JACK HIGGINS

2

JACK HIGGINS

2

LES ANNÉES 1963-1966

Présentation de François Rivière

SANS RANCUNE, CAPITAINE

L'ANNÉE DU TIGRE

PASSAGE DE NUIT

LA COLÈRE DU LION

LES CLEFS DE L'ENFER

LE ONZIÈME COMMANDEMENT

LE TIGRE DE FER

JACK HIGGINS
OU
LE VERTIGE DES HÉROS
par
François Rivière

En 1959, lorsqu'il publie son premier roman d'aventures chez l'éditeur John Long, Harry Patterson n'est lui-même encore qu'un jeune aventurier du roman, aux dents longues et à la plume acérée, hésitant entre les différents univers que la fiction offre à son appétit d'ogre. Plus tard, il avouera : « Ma carrière d'écrivain a commencé le jour où j'ai adopté le pseudonyme de Jack Higgins... Jusque-là, j'avais copié les autres. » Trop modeste, mais également lucide, Patterson avait en effet longtemps hésité à dévoiler ses plus intimes desseins d'écrivain, mais pour autant il ne pouvait s'empêcher de laisser affleurer le relief d'une âme tourmentée. L'adolescent pauvre qui ne vivait que dans le rêve d'une vie d'action, la seule capable de le délivrer des paysages plutôt navrants de sa lower-middle class d'origine, cet adolescent-là — dont le souvenir reviendra souvent hanter ses livres — a servi de guide ardent aux premiers essais du romancier. Insatiable, passant d'un livre à l'autre, d'une identité à l'autre, qu'il s'agisse du nom de son héros ou de son nom de plume, Harry n'a cessé de jongler avec ce qui semble avoir longtemps constitué à ses yeux le facteur capital de sa démarche. Comme en un jeu de rôles, il s'est tour à tour essayé à nous convaincre — et à se persuader lui-même — que son effort de « reproduction » d'autres univers du roman d'action était en vérité bien autre chose qu'une simple *copie*. Higgins, rampant déjà furieusement sous l'alias de Patterson ou celui de Martin Fallon, exigeait sa part du butin.

Les sept romans publiés dans le premier tome de cette édition intégrale reflètent passablement la manière retenue et audacieuse à la fois avec laquelle Higgins s'est acquitté de son affranchissement. Même s'il ne s'agit encore que d'une approche qu'il juge rétrospectivement téméraire, car cet homme est dépourvu de complaisance avec lui-même, comme le sont les êtres qu'il met en scène. Mark Hagen, Hugh Marlow, Martin Shane et Martin Fallon, par ordre d'apparition, ont montré qu'ils éprouvaient une sorte de réticence à s'assumer avec l'assurance doublée d'arrogance de leurs prestigieux confrères… La fatigue, le dégoût les submergent sans cesse et c'est de songer avec insistance à L'Irlande — « une maison de campagne avec l'alcool qui coule à flots et quantité de bons chevaux » — qui rassérène Hagen au détour de *L'Or des marais rouges.* L'attitude de Fallon, dans *La Dernière Chasse*, est plus ambiguë. Dans le décor de ce pays que Harry considère comme sa terre nourricière, il vit le cauchemar de sa difficile mission à la manière d'un rachat de ses fautes.

Dans le premier roman de ce second volume, *Sans rancune, Capitaine*, le héros, Hugh Lomax, offre une dimension supplémentaire à l'archétype avec lequel Harry a souvent joué jusque-là. Cet agent secret anglais à la sensibilité exacerbée revient sur les lieux d'une action accomplie durant la seconde guerre mondiale et c'est alors qu'une fracture s'opère en lui. Retrouvant les acteurs de sa vie passée en Grèce, confronté au romancier Olivier Van Horn — « Je souhaiterais avoir seulement la moitié de son talent » —, il accomplit une mission douloureuse sur le plan psychologique. Du coup, l'écriture de Higgins s'affirme, elle s'élargit aussi, mais sans affèterie, aux dimensions de son propos, teinté d'un humour à froid qui deviendra plus tard l'une des composantes majeures de son talent d'écrivain.

L'Année du tigre nous fait retrouver Paul Chavasse, l'agent de l'Intelligence Service, que ses chefs ont envoyé au Tibet. Et, tout naturellement, Higgins remet avec aisance ses pas dans ceux de l'auteur de récits d'espionnage traditionnel qu'il ne dédaigne pas d'être. Ce livre, paru en Angleterre en 1963, recourt à tous les tics du genre alors en plein épanouissement, mais l'espion de Higgins, étrangement, ressemble moins à James Bond qu'à ses homologues français Francis Coplan, créé par Paul Kenny, ou OSS 117, né de la plume du prolifique Jean Bruce, par sa façon d'aborder sobrement une intrigue prenant en compte le réseau complexe des influences idéologiques mis en place au cours de la Guerre Froide. Les soucis qu'une science en pleine expansion imposent aux politiques s'y trouvent exprimés sobrement, sans gadgets superflus et le héros n'affecte pas non plus cette arrogance parfois exaspérante du célèbre personnage imaginé par Ian Fleming.

Mais Harry n'est pas tout à fait à son aise dans ce rituel de l'espionnage, en dépit du plaisir qu'il trouve sans doute à faire de Chavasse un être cultivé, sensible, tout le contraire en somme des aventuriers en gros sabots du roman d'action traditionnel. Après un passage-éclair dans le roman sentimental, avec *A Phoenix in the Blood,* en 1964, il lance un nouveau héros, Harry Jordan, dans *Thunder at Noon,* une aventure ayant pour cadre le Mexique. *La Colère du lion* (1964) plus tard réédité, dans une version réécrite, sous le titre *Dillinger,* mêle astucieusement l'Histoire contemporaine à l'aventure débridée, une forme de récit dont Harry se révèlera par la suite le praticien subtil, voire génial dans le livre qui sera son premier best-seller, *L'Aigle s'est envolé.*

Le Onzième Commandement marque une étape nouvelle dans l'œuvre de Jack Higgins. C'est un véritable roman noir, ayant pour cadre Londres et pour objet l'enquête douloureuse du Détective-Sergent Nick Miller sur le passé d'un fascinant et redoutable personnage nommé Ben Garvald. L'ambiance du livre rappelle beaucoup celle du *Huit heures de sursis* de F.L. Green, voire de certains romans d'Eric Ambler, avec un goût immodéré pour les situations morbides, incoerciblement liées au décor triste des quartiers de Londres les moins salubres que le roman d'action anglais se plaît souvent à évoquer. Higgins nous y confronte aussi à une vision du monde pessimiste, expressionniste dans sa manière de brosser les décors du roman, l'un des plus étranges qu'il ait jamais composés.

En 1966, avec *Le Tigre de fer*, il renoue avec l'action à l'état pur. La mission de Jack Drummond — hommage amusé au Bulldog-Drummond de son prédécesseur Sapper ? — anticipe sur celle du héros de l'un de ses derniers livres, *Opération Virgin*, comme lui tête brûlée au service du plus offrant. Et tout se passe encore comme si, désireux de brouiller les pistes d'une inspiration en spirale, tout à la fois ténébreuse et traversée d'éclairs, Harry Patterson ne cessait déjà plus d'osciller entre le doute et la foi en ces êtres que, mieux qu'aucun autre de ses confrères trop méconnus du roman — d'aventures — Gavin Lyall, Elleston Trevor — il excelle à mettre en scène. Car c'est de ce vertige romanesque alimentant sans relâche une œuvre originale, en dépit des poncifs qu'elle honore puis trahit avec une sorte d'humour froid d'adolescent retenu, que Harry, au fil de cette seconde série de romans particulièrement divertissants, tire sa grande originalité — et son épingle du jeu.

1963

SANS RANCUNE, CAPITAINE...

Traduction de Claire Durivaux
revue et complétée par Shaïne Cassim

Ce roman a paru sous le titre original :
THE DARK SIDE OF THE ISLAND

PREMIÈRE PARTIE

UN LONG RETOUR

1

À KYROS, RIEN NE CHANGE

Hugh Lomax, étendu sur sa couchette étroite dans la cabine sans air, nu jusqu'à la ceinture, et le corps couvert de sueur, contemplait le plafond délabré. En le fixant pendant un long moment, il se transforma en une assez bonne carte de la Grèce. Il suivit ainsi le trajet qui, d'Athènes, passe par les Cyclades pour rejoindre la masse plus élargie de la Crète, mais là où Kyros aurait dû être indiqué, il n'y avait rien. Pour une raison inconnue, cela le rendit curieusement mal à l'aise. Il se leva brusquement, alla remplir le lavabo d'eau et s'aspergea longuement pour se débarrasser de la transpiration qui lui collait au corps.

Ses épaules étaient larges et musclées, son corps bronzé et d'une certaine façon, la marque affreuse d'une vieille blessure de balle du côté gauche de sa poitrine semblait sinistre et déplacée. Alors qu'il s'essuyait, il vit un étranger dans le miroir. Un homme à la peau tendue sur les pommettes, aux yeux noirs qui examinaient le monde à distance avec une expression que lui-même n'arrivait pas à analyser. Au moment où il enfilait sa chemise, la porte de la cabine s'ouvrit, et le steward lui jeta un rapide regard :

— Kyros dans une demi-heure, Mr Lomax, dit-il en grec.

La porte se referma derrière lui; pour la première fois, Lomax fut conscient d'une faible agitation, comme un doigt glacé qui l'aurait touché quelque part. Il enfila sa veste et monta sur le pont. Appuyé au parapet, il regardait Kyros émerger graduellement de la mer. Le capitaine Papademos sortit de sa cabine et vint s'accouder près de lui. C'était un homme trapu, au teint brûlé par le soleil. Il alluma sa pipe.

— On voit mal avec la brume de chaleur, mais si vous regardez bien, vous pouvez apercevoir au loin la Crète. Beau, n'est-ce pas?

— « Beau » est en dessous de la vérité, dit Lomax.

— Je suis allé partout où un marin *peut* bourlinguer, mais à la fin, je me suis aperçu que je tournais toujours en rond.

— N'est-ce pas ce que nous faisons tous ?

Il prit une cigarette et Papademos lui tendit du feu.

— Pour un Anglais, vous parlez rudement bien le grec... Avec le meilleur accent que j'aie jamais entendu. Vous êtes déjà venu chez nous ?

Lomax acquiesça.

— Il y a bien des années. Avant l'invasion allemande.

Papademos eut d'abord l'air stupéfait puis son visage s'éclaira :

— Ah oui, je vois ! Vous étiez dans les îles pendant la guerre !

— Je travaillais en Crète, avec l'E. O. K. la plupart du temps.

— Un moment difficile pour nous tous. Les habitants de ces îles n'ont pas oublié combien les Anglais les ont aidés. Êtes-vous revenu par ici, depuis ?

— Je n'en ai pas eu l'occasion. Il me semblait toujours avoir quelque chose d'autre de plus important à faire. Vous savez ce que c'est...

— La vie, monsieur, nous prend à la gorge. Mais dix-sept ans c'est long et, un homme change en dix-sept ans.

— Tout le monde change.

— Sans doute avez-vous vos raisons, mais pourquoi avoir choisi Kyros ? Je connais des endroits plus agréables.

— Des gens que j'aimerais revoir s'ils sont encore là. Je voudrais me rendre compte s'ils ont changé eux aussi. Après j'irai en Crète et à Rhodes.

— À Kyros, monsieur, rien ne change jamais.

Il cracha dans l'eau.

— Il y a dix ans que je fais cette traversée, et ils me traitent encore comme si j'avais la lèpre.

Lomax haussa les épaules :

— Ils n'aiment peut-être pas les étrangers ?

Papademos secoua la tête :

— Ils n'aiment personne. Vous êtes sûr d'y avoir des amis ?

— Je l'espère.

— Je vous le souhaite, sinon, vous en verrez de dures, car vous serez obligé de rester toute une semaine à Kyros avant que je ne repasse vous prendre.

— Je vais tenter ma chance.

Papademos tapota le tuyau de sa pipe contre la barre du pont.

— Écoutez : nous demeurerons à quai pendant quatre heures. Pourquoi ne pas jeter un rapide coup d'œil, histoire de vous souvenir des vieux jours puis venir avec moi en Crète ? Croyez-moi, vous passeriez des vacances plus agréables à Herakleion que dans ce pays.

Lomax hocha la tête.

— La semaine prochaine j'accepterai votre offre, mais pas maintenant.

— Comme il vous plaira.

Papademos haussa les épaules et retourna dans sa cabine.

Ils approchaient maintenant de la terre, et le pic central de l'île les dominait de trois mille pieds. Au moment où leur bateau à vapeur contournait le promontoire recouvert de maisons blanches, un caïque à un seul mât glissa, gonflé par la brise, et se dirigea vers la haute mer. Il courait sur la vague, si près d'eux, que Lomax put voir les grands yeux peints de chaque côté de la proue.

L'homme à la barre leva le bras pour adresser un salut et Lomax agita la main en réponse. Le vrombissement des moteurs ralentit alors qu'ils entraient dans le port. Sur le sable blanc, des caïques fraîchement peints étaient tirés à sec, et des pêcheurs raccommodaient des filets, pendant que leurs enfants jouaient à se poursuivre au bord de l'eau.

Lomax regagna sa cabine pour rassembler ses affaires. Cela ne prit pas beaucoup de temps. Quand il eut terminé, il laissa sa valise avec sa machine à écrire portative sur la couchette et retourna sur le pont. On s'affairait déjà le long de la jetée en pierre. Lomax vit les machines qui s'arrêtaient et tout sembla alors étrangement immobile dans la chaleur lourde. À quai, trois hommes somnolaient au soleil, et un jeune garçon était assis, une canne à pêche à la main, un petit chien noir couché près de lui.

Au moment où le steward sortait de la cabine, avec la valise et la machine à écrire, Papademos apparut sur le pont.

— Vous voyagez avec peu de bagages...

— C'est le meilleur moyen de voyager. Que dois-je faire maintenant ? Dois-je juste quitter le bateau ? Est-ce que personne ne désire voir mes papiers ?

— Il y a un sergent de police, qui s'appelle Kytros, qui s'occupe de tout cela. Il saura bien assez tôt que vous êtes là.

Deux marins achevaient de fixer la passerelle. Le steward s'engagea le premier, et Hugh, après avoir mis des lunettes de soleil, le suivit. Au moment où il prenait son portefeuille pour lui donner un pourboire, il se sentit examiné par les trois vieillards assis. Le garçon qui pêchait enroulait sa ligne, et alors que le steward remontait à bord, il s'avança en courant, le chien sur ses talons.

Il paraissait avoir douze ans, avec de grands yeux marron, un visage intelligent et mince. Son tricot était trop grand pour lui et son pantalon était rapiécé un peu partout. Il regarda Lomax un moment avec curiosité, et finit par lui dire lentement en anglais :

— Vous voulez un bon hôtel, monsieur ? Ils s'occupent très bien des touristes américains.

— Qu'est-ce qui te fait penser que je suis américain ? demanda Lomax en grec.

— Vos lunettes noires ! Tous les Américains en portent.

Le garçon répondit instinctivement dans sa langue et il porta sa main à sa bouche comme s'il avait dit un gros mot.

— Dites donc, monsieur, vous parlez grec aussi bien que moi ? Comment ça se fait ?

— Sans importance. Comment t'appelles-tu ?

— Yanni. Yanni Melos.

Hugh prit dans son portefeuille un billet de banque et le montra au garçon.

— D'accord, Yanni Melos. Ceci t'appartiendra lorsque nous arriverons à ton hôtel où l'on traite si bien les Américains. Je souhaite pour toi que ce soit vraiment le meilleur.

Les dents de Yanni brillèrent sur son visage bruni.

— C'est le seul de la ville, monsieur.

Il ramassa la valise, la machine à écrire, et trotta rapidement en tête, le chien sur ses talons. Lomax suivait.

Rien n'avait changé. Pas une seule chose. Même le mur en béton armé construit par les Allemands pour protéger la jetée, se tenait encore là, sa surface extérieure s'effritant seulement un peu. Seuls manquaient au tableau les « E-Boats » [1] dans le port et le drapeau nazi flottant au-dessus de la mairie.

Le gamin guidait Lomax le long des maisons blanches, s'éloignant de la jetée. Une ou deux fois, ils passèrent devant des gens assis sur le seuil de leur porte, mais en général, les rues étaient désertes.

L'hôtel formait l'angle d'un square pavé, en face d'une église. Sur la terrasse s'alignaient quelques tables en bois, mais pas la

1. Sous-marins allemands.

moindre trace de client. Lomax pensa que l'endroit serait probablement animé dans la soirée. Il suivit l'enfant dans une pièce large, dallée, basse de plafond. Là aussi, il y avait des tables, des chaises, et dans un coin de la pièce, un bar recouvert de marbre derrière lequel les bouteilles étaient rangées sur des étagères.

Yanni déposa les bagages par terre et disparut derrière une porte à l'arrière. Il faisait frais par rapport à la chaleur du dehors; Lomax s'accouda au bar et attendit. Il percevait l'écho d'une conversation, et soudain la voix mécontente d'une femme lui parvint.

— Tu me racontes toujours des histoires !

Il y eut le claquement d'une gifle, puis Yanni traversa la pièce, tête baissée, suivi de près par une jeune fille, vêtue d'une robe bleue et d'un tablier blanc. Elle s'arrêta brusquement en apercevant Lomax et l'enfant fit un geste théâtral.

— Alors, je disais pas la vérité ?

La nouvelle venue devait avoir entre dix-sept et dix-huit ans, avec un visage rond et agréable. Elle s'avançait, intimidée, en essuyant ses mains sur son tablier. Elle le regarda, rouge de confusion. Lomax lui sourit.

— Ne vous inquiétez pas, je parle grec.

Elle parut soulagée.

— Excusez-moi, mais Yanni est tellement menteur ! Et il m'a interrompue en pleine cuisine. Que puis-je pour vous ?

— Me trouver une chambre. Yanni m'a assuré que c'était ici le meilleur hôtel de la ville.

Comme elle semblait ne pas savoir que répondre, Lomax continua :

— Peut-être n'avez-vous plus de place ?

— Oh ! Si ! Seulement... Je ne m'attendais pas... À Kyros, nous recevons rarement des touristes. Il faut que j'aille chercher des draps propres et que j'aère le matelas.

— Ne vous faites pas de souci pour ça, rien ne presse.

Il tendit à l'enfant le billet promis. Ce dernier regarda l'argent avec de grands yeux. Il mesura la distance qui le séparait de la porte et repoussa mollement la main de Lomax.

— Je crois que vous vous trompez, monsieur. Vous me donnez beaucoup trop.

Lomax ferma les doigts de l'enfant sur le billet.

— Appelons cela une avance, pour tes services. Je peux encore avoir besoin de toi.

— Chouette alors ! Maintenant vous êtes mon ami, et j'espère que vous resterez longtemps à Kyros !

Il siffla son chien et se sauva en courant. Lomax ramassa ses affaires et emboîta le pas à la jeune fille le long d'un couloir.

— Yanni est impossible ! dit-elle.

— Il a l'air de bien parler anglais.

— Oui. Après que ses parents se furent noyés, Yanni a vécu à Rhodes, dans la famille de sa mère. Je pense que c'est là qu'il a appris avec les touristes.

— Et qui s'occupe de lui, maintenant ?

— Il habite avec sa grand-mère, près du port, mais elle ne peut pas bien le surveiller. Elle est trop vieille.

Ils montèrent un escalier de bois et tournèrent dans un corridor qui semblait parcourir toute la longueur de la maison. Elle s'arrêta devant la dernière porte, au fond, et remarqua :

— C'est une pièce très simple…

— C'est exactement ce que je cherche.

Elle ouvrit la porte et lui céda le passage. La chambre était meublée plus que sobrement : un lit de fer, une table de toilette, une vieille armoire, avec, comme partout dans la maison, des murs blanchis à la chaux. Le plancher brillait comme un miroir. Il se dégageait de l'ensemble une atmosphère de propreté. Lomax ouvrit la fenêtre et regarda les toits rouges groupés près du port.

— Mais c'est merveilleux.

Quand il se retourna, elle était rouge de plaisir.

— Je suis bien contente que ça vous plaise. Combien de temps comptez-vous rester ?

— Jusqu'à ce que le bateau revienne la semaine prochaine. Peut-être plus. Je ne sais pas encore. Comment vous appelez-vous ?

— Anna Papas, dit-elle en rougissant. Voulez-vous manger quelque chose ?

— Pas maintenant, Anna. Plus tard, peut-être.

Elle sourit timidement et retourna vers la porte.

— Alors je vous laisse. Si vous avez besoin de quoi que ce soit, n'hésitez pas à m'appeler. Je serai dans la cuisine.

Lorsqu'elle fut partie, Lomax alluma une cigarette et retourna à la fenêtre. Des bateaux de pêche rentraient au port, et il pouvait apercevoir le navire sans âge, ancré près de la jetée. Une mouette cria en frôlant les toits, et soudain, sans savoir pourquoi, Lomax fut heureux d'être de retour à Kyros.

2

UN HOMME NOMMÉ ALEXIAS

Il défit sa valise, se rasa et mit une chemise propre. Il enfilait sa veste lorsqu'on frappa à la porte et un petit homme chauve entra. Il tenait sous son bras un grand registre, et souriait servilement en exhibant une mauvaise dentition.

— Excusez-moi. J'espère que je ne vous dérange pas?

Lomax le trouva immédiatement antipathique, mais réussit à sourire.

— Pas du tout. Entrez donc.

— Je suis le propriétaire, Georges Papas ; je suis désolé de n'avoir pas été là lorsque vous êtes arrivé. Je travaille tous les matins à mes oliviers.

— Votre fille s'est très bien occupée de moi.

— C'est une bonne petite, dit-il, très satisfait.

Il posa le registre sur la table, l'ouvrit et sortit un stylo de sa poche.

— Si cela ne vous dérange pas de signer? Une obligation légale, vous comprenez? Notre sergent de police est tatillon sur ces questions-là.

Lomax examina le livre avec intérêt. La dernière présence d'un client remontait presque à un an. Il inscrivit ses nom, adresse et nationalité dans les colonnes appropriées.

— Vous ne semblez pas avoir beaucoup de visiteurs?

— Kyros est un endroit très tranquille, où rien n'attire les touristes, surtout les touristes américains.

— Il se trouve que je suis anglais. Peut-être mes goûts sont-ils plus simples?

— Anglais? dit Papas en fronçant les sourcils, mais ma fille m'a assuré que vous étiez américain!

— Une erreur du jeune garçon qui m'a amené ici du port. Cela importe-t-il?

— Mais non, sûrement pas.

Papas eut l'air mal à l'aise en faisant pivoter le registre pour le regarder :

— Hugh Lomax — California, murmura-t-il. Nationalité : anglaise — et soudain tout son corps fut saisi d'un spasme violent.

Un moment, Lomax pensa qu'il allait avoir une attaque. Il lui prit le bras pour le conduire sur une chaise, mais Papas se dégagea violemment comme si on venait de le piquer. Son teint était livide et ses yeux exorbités, alors qu'il reculait vers la sortie.

— Mais enfin, qu'est-ce qu'il vous arrive ?

Papas parvint à ouvrir la porte d'une main, tandis que de l'autre il se signait.

— Sainte Mère de Dieu, chuchota-t-il dans un souffle.

Il disparut en trébuchant le long du corridor.

Lomax resta un instant immobile, les sourcils froncés, puis il ramassa le livre et le suivit. En bas, il rencontra Anna qui nettoyait les vitres. Elle se retourna et lui sourit.

— Avez-vous besoin de quelque chose ?

Il secoua la tête et posa le registre sur le bar.

— Votre père a oublié ceci dans ma chambre. Pensez-vous que je puisse lui parler un moment ?

— Je crains qu'il ne soit sorti. Je l'ai vu traverser la place il y a quelques minutes.

— Ça ne fait rien, j'attendrai. Dites-moi, y a-t-il encore, au bord de l'eau, une taverne appelée « Le Petit Navire » ? Le propriétaire se nommait Alexias Pavlo.

— Mais oui ! Elle existe toujours. Tout le monde connaît Alexias. Il est maire de Kyros cette année. Mais, comment êtes-vous au courant de tout cela ?

— Rappelez-moi de vous le raconter un de ces jours.

Lomax sortit dans la lumière et la chaleur. Yanni arriva au galop, le chien sur ses talons. Il portait une chemise rouge, un short kaki, une paire d'espadrilles blanches.

Il s'arrêta à quelques pas de Lomax et pirouetta.

— Est-ce que je ne suis pas beau comme ça ?

— Pourquoi tant de coquetterie ?

— Si je dois travailler pour un maître aussi riche et important que vous, je ne veux pas qu'il ait honte de moi ! Ce sont mes plus beaux habits.

— Ça se tient. Où as-tu volé ces affaires ?

— Mais, je ne les ai pas volées ! cria Yanni d'une voix indignée, c'est un cadeau d'un très bon ami à moi. Mon meilleur ami !

— Bon, admettons...

Lomax s'en fut le long des rues aboutissant au port, Yanni trottant à ses côtés. À croire que le garçon ne savait pas se déplacer autrement.

— Où désirez-vous vous rendre pour commencer ?

— À un endroit qui s'appelle « Le Petit Navire ».

L'enfant ouvrit de grands yeux.

— Il ne faut pas y aller ! C'est pas bien ! Pas pour les touristes, seulement pour les pêcheurs.

— Que suggères-tu ?

— Il y a un tas de choses à voir. Par exemple le temple romain, à l'autre bout de l'île, mais il faudrait louer une barque pour y arriver. C'est très loin.

— Quoi d'autre ?

— Le tombeau d'Achille, par exemple ?

— Il a été enterré ici ?

— Oui. Tout le monde sait ça.

— Ça a dû être un long voyage pour l'amener de Troie !

Le garçon ignora la remarque.

— On pourrait aussi visiter le monastère de Saint-Antoine, ou plutôt ce qu'il en reste. Ils l'ont fait sauter pendant la guerre.

— J'en ai entendu parler, remarqua Lomax d'un air sombre.

— Évidemment, on est obligé de grimper jusqu'en haut de la montagne. Vous trouverez sûrement qu'il fait trop chaud.

— Alors, nous nous contenterons d'aller au « Petit Navire », pour le moment.

— Comme vous voudrez.

Yanni haussa les épaules d'un air découragé et poursuivit le chemin vers le port. « Le Petit Navire » se trouvait au coin d'une rue étroite et lorsqu'ils s'en approchèrent, Yanni hésita et se tourna vers Lomax avec un regard suppliant.

— Laissez-moi vous emmener ailleurs, monsieur.

Lomax lui ébouriffa les cheveux.

— Ne te tracasse pas pour moi. (Il sourit.) Tu veux que je te confie un secret ? Je suis déjà venu ici, il y a longtemps, très longtemps, avant même que tu sois né.

Il laissa l'enfant stupéfait, et descendit les marches de pierre, dans la fraîcheur obscure du « Petit Navire ».

À l'intérieur, près de la porte, un jeune homme, assis sur une chaise, chantait d'une voix grave, ses doigts caressant doucement les cordes d'un « bouzouki [1] ». Il portait une chemise à carreaux rouges et verts dont les manches roulées laissaient voir des biceps impressionnants. Ses cheveux épais formaient des boucles noires sur son cou.

Il n'esquissa aucun mouvement pour laisser passer Lomax. Celui-ci le regarda un moment, anonyme avec ses lunettes noires, avant d'enjamber avec précaution les jambes allongées du chanteur, et entra.

La première personne qu'il aperçut fut le capitaine Papademos, assis seul dans un coin, et buvant du vin rouge. Lomax lui adressa un signe de la main, mais le capitaine se détourna délibérément. À ce moment, Hugh nota une chose curieuse. Six hommes buvaient dans la pièce, quatre d'entre eux assis à la même table, et cependant personne ne parlait. Le type, derrière le bar, avait le côté droit de la figure déformé par une longue cicatrice qu'un bandeau noir, sur l'œil, coupait. Il lisait un journal, appuyé au zinc, ignorant l'arrivée de l'étranger. Ses doigts tremblaient curieusement, comme s'il luttait contre une terrible tension.

Lomax retira ses lunettes noires.

— Alexias Pavlo est-il là ?

— Qui le cherche ? demanda l'homme, sèchement.

— Un ami de longue date, dit Lomax. Quelqu'un de son passé.

Le joueur de bouzouki plaqua un dramatique accord final. Lomax se retourna lentement et vit que tout le monde l'observait, même Papademos et Yanni, dont le visage pâle et effrayé apparaissait à la porte. Dans le silence lourd, l'assistance semblait s'être arrêtée de respirer, et soudain un homme apparut, écartant le rideau séparant le bar d'une autre pièce. Autrefois, il avait dû être un géant, mais maintenant son costume blanc flottait autour de son corps maigre. Il avança lentement, il boitait sérieusement, s'appuyant lourdement sur une canne, et la belle moustache était devenue grise.

— Alexias, dit Lomax. Alexias Pavlo.

Pavlo secoua la tête, doucement, comme s'il ne pouvait admettre l'évidence de ses propres yeux.

— C'est *vous,* murmura-t-il. Après toutes ces années vous êtes revenu ! Quand Papas me l'a dit, j'ai pensé qu'il était devenu fou. Les Allemands ont dit que vous étiez mort.

1. Guitare grecque.

— C'est moi, Alexias, dit Lomax en lui tendant la main, Hugh Lomax, vous ne vous souvenez pas ?

Pavlo ignora la main tendue.

— Je me souviens de vous, Anglais. (Un muscle tressaillit sur son visage.) Comment vous aurais-je oublié ? Comment les gens de cette île pourraient-ils vous avoir oublié ?

Soudain une fureur terrible envahit sa figure. Il ouvrit la bouche comme pour parler, mais les mots refusèrent de venir, et il leva sa canne. Lomax évita le coup, s'approcha et immobilisa les bras de son adversaire. Derrière lui, une chaise s'écrasa contre le bar. De la porte, Yanni cria pour le prévenir. Comme il lâchait Pavlo et se précipitait vers la sortie, un bras lui encercla le cou et l'arrêta net. Il essaya de se dégager mais, solidement tenu, il fut contraint de reculer.

Les quatre hommes, précédemment assis côte à côte, maintenaient Lomax à moitié renversé sur leur table. Papademos se leva et se dirigea vers la porte, mais le joueur de bouzouki qui en barrait l'entrée secoua la tête, et le capitaine se rassit. Puis, il déposa son instrument avec précaution contre le mur et s'avança. Il regarda calmement Lomax, puis le gifla violemment. Lomax essaya de se dégager, mais en vain. Pavlo repoussa le garçon.

— Non, Dimitri, il est pour moi. Levez-lui la tête pour que je le voie bien en face.

Dimitri saisit Lomax par les cheveux et le souleva un peu. Pavlo remarqua :

— Les années ne vous ont guère marqué, capitaine Lomax. Vous semblez vous porter très bien.

Le petit homme au bandeau qui se tenait derrière le comptoir s'approcha à son tour. Soudain, il se pencha et lui cracha dessus. Lomax sentit la froide salive sur son visage et la colère bouillonna en lui.

— Pour l'amour du Ciel, Alexias, que signifie tout cela ?

— Très simple. Il s'agit de ma jambe et de la figure de Nikoli, que vous voyez. Ou si vous préférez, il y a le père de Dimitri, et vingt-trois autres hommes et femmes qui sont morts dans un camp de concentration, à Fronchi.

Soudain, tout prit sens, une signification folle de cette attitude commençait à poindre dans l'esprit de Lomax.

— Et... Vous croyez... que j'en suis responsable ? dit Lomax incrédule.

— Vous avez été jugé et condamné, il y a longtemps. Il ne reste que la sentence à appliquer.

Le visage dur comme du bois, il se tourna vers le joueur de bouzouki.

— Donne-moi ton couteau, Dimitri.

Il prit l'arme et, en appuyant sur un bouton, fit jaillir la lame longue de vingt centimètres et affilée comme un rasoir. Lomax eut un recul, la panique commençait à le gagner. Dans un geste désespéré il réussit à libérer un de ses bras. Il se tourna et envoya son poing dans le premier visage offert, mais en un instant il fut cloué sur la table à nouveau. La main qui tenait le couteau trembla un peu, mais dans les yeux de Pavlo on devinait une froide résolution. Il avança d'un pas et leva le poignard. À cet instant, de la porte une voix menaça :

— Lâchez ce couteau, Alexias !

Tout le monde se retourna et Lomax sentit la poigne l'immobilisant se relâcher. Debout sur le seuil se tenait un sergent de police, vêtu d'un uniforme kaki froissé. La tête de Yanni apparaissait sous son bras.

— Reste en dehors de ça, Kytros ! lança Pavlo.

— Je vous ai dit de lâcher ce couteau. Je ne voudrais pas avoir à vous le répéter.

— Mais vous ne comprenez pas ? Cet homme est l'Anglais qui était ici pendant la guerre, celui qui nous a dénoncés aux Allemands !

— Et c'est pour cela que vous voulez le tuer maintenant, de sang-froid ?

Le petit Nikoli eut un geste de dénégation.

— Ce n'est pas un meurtre, c'est la justice.

— Il est évident que nous avons des points de vue différents.

Puis, il se tourna vers Lomax :

— Mr Lomax, venez avec moi, s'il vous plaît.

Ce dernier avança d'un pas mais Dimitri l'empoigna par un bras :

— Non ! Il reste là ! dit-il sèchement.

Kytros sortit de son étui de cuir un revolver. Lorsqu'il parla, ce fut d'une voix métallique.

— Mr Lomax va sortir d'ici avec moi. Je vous serais obligé de ne pas rendre nécessaire un coup de feu sur un de vos amis.

Le visage de Pavlo se tordait de colère, et d'un geste violent il planta le couteau dans une table.

— D'accord, Kytros, agissez à votre guise. Mais assurez-vous bien qu'il sera sur le bateau qui quitte le port à quatre heures. Sinon, je ne serais pas responsable de ce qui arrivera.

Dehors, dans le soleil, Lomax dut s'appuyer un instant contre un mur pour retrouver sa respiration. Kytros posa une main sur son bras et s'enquit :

— Vous ne vous sentez pas bien ? Est-ce qu'ils vous ont frappé ?

— Je commence à être trop vieux pour ce genre de sport, c'est tout.

— Ne le sommes-nous pas tous, Mr Lomax ? dit Kytros. Mon bureau est juste à deux pas d'ici. Je serais heureux que vous m'y accompagniez.

Chemin faisant, Yanni agrippa la main de Lomax et demanda anxieusement :

— Je suis allé chercher le sergent, est-ce que j'ai eu raison ?

Lomax sourit :

— Tu m'as sauvé la vie, rien de moins.

— Ils disent que vous êtes un méchant homme, Mr Lomax, dit Yanni en fronçant les sourcils.

— Qu'en penses-tu ?

Le garçon sourit subitement.

— Vous n'en avez pas l'air.

— Alors nous sommes toujours amis ?

— Bien sûr !

À la porte du commissariat, Lomax caressa la tête de l'enfant.

— Je vais être occupé un bon moment, Yanni. Retourne à l'hôtel et attends-moi là-bas.

L'enfant sembla hésiter et Lomax ajouta :

— Ne t'en fais pas. Le sergent Kytros ne me mettra pas en prison.

Le jeune garçon siffla alors son chien et tous deux s'éloignèrent en courant le long de la jetée.

Le sergent l'introduisit dans une pièce meublée d'un bureau, de nombreuses chaises et d'un casier métallique.

— Ce garçon semble vous avoir adopté ! remarqua-t-il en retirant sa casquette et en s'installant derrière son bureau. Dommage que vous ne restiez pas plus longtemps parmi nous. Yanni aurait besoin de subir une bonne influence.

— Alors, c'est définitif, il faut que je parte, n'est-ce pas ?

Kytros posa ses mains sur la table.

— Mr Lomax, soyez raisonnable. Si je n'étais pas arrivé à temps tout à l'heure, les choses auraient sûrement très mal tourné, et je ne puis pas vous garantir que ça ne se reproduira pas. Alexias est un personnage important à Kyros.

— Cela en fait-il un Dieu ?

— Il n'a pas besoin d'être Dieu pour charger quelqu'un de vous planter un couteau dans le dos, en pleine nuit.

— Le Alexias Pavlo que j'ai connu il y a dix-sept ans réglait ses comptes lui-même.

Le sergent ignora la remarque.

— Puis-je voir vos papiers ?

Hugh les lui tendit ; le policier examina rapidement.

— Mr Lomax, dans quel but avez-vous débarqué sur cette île ?

— J'y étais pendant la guerre. Je pensais que j'aimerais revoir l'endroit.

— Mais pourquoi Kyros ? La guerre a dû vous amener en divers endroits ?

— C'est le premier port en venant d'Athènes. C'est aussi simple que cela. Je souhaitais aussi retrouver de vieux amis en Crète et à Rhodes. Si toutefois j'en ai encore ! Après mon accueil ici, je commence à en douter.

— Je vois, dit Kytros en lui rendant les papiers, ils sont parfaitement réglementaires.

— Que-va-t-il se passer maintenant ?

— Vous partirez par le bateau de quatre heures.

— Est-ce un ordre ?

— J'ai noté que votre passeport est signé de la main du ministre lui-même. Cela signifie que vous avez des amis importants à Athènes ?

— Je puis vous l'assurer, répondit Lomax en souriant.

— Vous me mettez dans une situation très délicate. Si je vous force à partir, j'aurai des ennuis à Athènes. D'un autre côté, si vous restez, quelqu'un essaiera de vous tuer, et c'est encore moi que l'on blâmera.

— Sergent, je tiens à aller au bout de cette histoire. Vous pouvez le comprendre ? Pour commencer, pouvez-vous me dire pourquoi tous ces gens pensent que je les ai dénoncés aux Allemands ?

— Tout ce que je sais m'a été répété. J'arrive du continent, moi aussi. Je ne suis ici que depuis deux ans.

— Que me conseillez-vous de faire ?

Kytros consulta sa montre.

— Il vous reste exactement une heure un quart avant que le navire ne quitte le port. Je vous conseillerais d'aller à l'église Sainte-Catherine et de parler avec le Père John. Il était là au moment de ces histoires.

Lomax le regarda très étonné :

— Voulez-vous dire le Père John Mikali ? Mais je l'ai connu ici, pendant la guerre. À l'époque, il devait avoir au moins soixante-dix ans !

— Un homme extraordinaire...

Lomax se dirigea vers la porte et salua Kytros de la main.

— Merci pour le conseil. Je vous verrai plus tard.

— À quatre heures, sur la jetée. Et souvenez-vous, Mr Lomax, le temps joue contre vous.

Il tira à lui une pile de papiers et avança la main pour prendre un stylo. Lomax sortit et se dirigea vers la jetée.

3

Deux bougies pour Sainte-Catherine

La petite église était plongée dans la pénombre, et sur l'autel où brûlaient les cierges, sainte Catherine semblait flotter, baignée dans la douce lueur tremblotante.

L'odeur de l'encens était trop forte et pendant un instant, il sentit un vertige le gagner. Cela faisait bien des années que Lomax n'avait mis les pieds dans une église, et il toucha un pilier pour reprendre contact avec la réalité et avança vers l'allée centrale... Le Père John Mikali priait, agenouillé au pied de l'autel. Son visage enfantin se levait vers le ciel, et sa barbe blanche, au reflet des cierges, ressemblait à de la moire s'étalant sur sa longue robe noire.

Lomax s'assit sur un banc, et attendit que le prêtre se signât et se relevât. Il vit alors Hugh, mais son visage ne témoignait d'aucun sentiment. Lomax se leva :

— Cela fait longtemps, mon Père.

— J'ai été prévenu de votre arrivée.

— Les nouvelles se répandent vite dans une petite ville.

— Particulièrement les mauvaises nouvelles, acquiesça le prêtre.

— Vous aussi ! dit Lomax amèrement. Alors, maintenant, je suis convaincu que mes ennuis sont sérieux.

— Ce n'est pas à moi de vous juger, mais vous avez commis une folie en revenant. Une fois que l'herbe a repoussé sur une tombe, il ne faut pas la retourner.

— Je ne veux que trouver une réponse à quelques questions. Si vous, mon Père, vous ne m'aidez pas, à qui dois-je m'adresser ?

Le Père John s'assit sur un banc.

— Laissez-*moi* d'abord *vous* poser une question. Pourquoi vous êtes revenu à Kyros après tant d'années ?

— Une impulsion, je suppose.

Il y avait une autre raison mais il n'arrivait pas à se l'expliquer lui-même. Il serra ses mains l'une contre l'autre et fronça les sourcils tentant d'y voir clair dans son esprit.

— Mais je crois que je suis revenu chercher quelque chose.

— Cela m'intéresserait de savoir quoi.

— Je ne suis pas sûr. Il me semble que je recherche l'homme que j'étais et que j'ai perdu, il y a bien longtemps.

— C'est ici, à Kyros, que vous pensez le retrouver ?

— Mon Père, c'est ici qu'il a existé ! Vous ne comprenez pas ? Il m'est arrivé de réfléchir durant ces deux dernières années. Les événements auxquels cet autre homme a été mêlé, dans ces îles, autrefois, me semblent plus réels que tout ce qui m'est arrivé depuis. Plus importants, en tout cas à tous les points de vue. Pouvez-vous m'expliquer pourquoi ?

Le vieux prêtre hocha la tête.

— Capitaine Lomax, pour les habitants de cette île, cet homme est mort depuis dix-sept ans. Il aurait mieux valu que vous ne le fassiez pas ressusciter.

— La dernière vision que je garde de Kyros se situe à l'arrière-port du « E-Boat », m'emmenant en Crète, après que les Allemands m'eurent capturé. Que s'est-il passé après mon départ ?

— Tous ceux qui vous avaient aidé ont été arrêtés, ainsi que leurs proches parents. Certains d'entre eux furent fusillés au milieu du square, pour l'exemple, les autres, envoyés dans un camp de concentration en Grèce. Très peu d'entre eux ont survécu aux tortures.

— Et tous pensent que je suis responsable ? Que je les ai trahis ?

— À leurs yeux, vous étiez logiquement le seul capable de le faire. De plus, le fait que les Allemands ne vous aient pas exécuté sur place semble le prouver : les Allemands abattaient toujours les officiers britanniques qu'ils trouvaient dans les montagnes avec la Résistance.

— Mais, c'est ridicule !

— Vous étiez gravement blessé ! Vous déliriez sans doute. Comment pouvez-vous être sûr que vous n'avez pas parlé ? Dans un état pareil, un homme a des réactions imprévisibles.

— Impossible ! s'arrêta-t-il. Je n'ai rien avoué, mon Père, croyez-moi !

— Je regrette de vous le dire, mais c'est impossible. Le colonel Steiner n'a pas caché qu'il vous avait persuadé de lui livrer des informations en échange de votre vie.

Lomax sentit comme un vent glacial lui balayer le visage.

— Mais ce n'est pas vrai ! Je n'ai pas dit un mot à Steiner !

— Alors, qui ? capitaine Lomax. Il n'y avait *personne* d'autre que vous. Les Allemands n'ont ménagé personne, vous savez. Ils m'ont même impliqué dans ce drame.

— Ils *vous* ont arrêté ?

Le prêtre sourit.

— Mais oui. J'ai pu me rendre compte des charmes de leur camp de concentration à Fronchi.

Lomax cacha son visage dans ses mains.

— Tout ça commence à ressembler à un affreux cauchemar. Vous a-t-on dit qu'Alexias Pavlo a essayé de me tuer, tout à l'heure ?

La douleur envahit la figure du vieux prêtre.

— Ah ! Ça commence déjà ? Je le craignais : la violence appelle la violence. C'est ce dont j'avais peur.

Lomax se leva et marcha nerveusement de long en large. Il s'immobilisa un moment, le regard absent, puis se retournant vivement :

— Mon Père, si j'avais été coupable, pensez-vous que j'aurais osé me montrer ici, même après dix-sept années ? Je connais ces îles et j'ai passé quatre ans avec leurs habitants dans les montagnes. Ils croient au « dent pour dent, œil pour œil » et ont la meilleure mémoire du monde.

— Évidemment, votre argument est plausible, mais d'un autre côté, la situation ici vous a peut-être surpris. Vous pouviez très bien ne pas être au courant de ce qui s'est passé à la suite de ce dont on vous soupçonne.

Lomax le regarda, désarmé, et une grande lassitude l'envahit. Il s'assit lourdement, les épaules voûtées par le découragement.

— À quoi bon lutter, mon Dieu ?

Le prêtre se leva.

— Croyez-moi, mon fils, je ne nourris aucun ressentiment contre vous, mais je crains l'enfer que votre présence ici peut déchaîner. Je pense qu'il vaudrait mieux pour nous tous que vous repartiez sur le bateau qui vous a amené. Vous en avez encore le temps.

— Vous avez peut-être raison, mon Père.

Le prêtre murmura une bénédiction.

— Il faut que je vous laisse, maintenant. Ma présence dans les rues peut prévenir toute violence lorsque vous irez au port.

Il s'éloigna sans bruit, et Lomax resta là, la tête dans les mains, perdu, l'esprit en déroute, pris dans un piège dont il n'arrivait pas à se sortir. Il se sentit très las, tout à coup. Toute sa force s'en allait et il se pencha en avant, la tête appuyée contre le pilier.

Quelqu'un entra dans l'église en courant, puis s'arrêta, et vint dans sa direction. Les pas s'arrêtèrent près de lui.

C'est le parfum dont il fut conscient en premier, un parfum particulier et en quelque sorte étranger à l'atmosphère du lieu. L'odeur de lilas frais que l'on respire après la pluie le pénétra et il leva la tête brusquement.

Une jeune fille se tenait là, dans la demi-obscurité, un foulard lui couvrant la tête, à la manière paysanne. Elle avait du mal à reprendre sa respiration. Elle venait sûrement de courir un long moment, et elle se tenait là, l'examinant en silence. Sa bouche devint sèche et quelque chose comme de la peur l'envahit parce que ce qu'il voyait était impossible.

— Katina ! Petite Katina Pavlo !

Elle s'approcha de lui, avança une main pour lui caresser la joue, son visage refléta la maturité, la beauté d'une jeune femme de trente ans. Dans la lumière des bougies, son visage prit forme, devint vivant :

— Les Allemands nous ont dit que vous étiez mort, que le navire sur lequel ils vous envoyèrent en Crète, avait coulé.

— C'est vrai, mais j'ai été recueilli.

Elle s'assit près de lui, si près, qu'il pouvait sentir la chaleur de son corps sous la robe.

— J'étais dans un magasin, en train de faire des achats, lorsque j'ai entendu dire que vous étiez arrivé par le bateau à vapeur d'Athènes. Je croyais que ce n'était pas vrai. J'ai couru tout le long du chemin.

La sueur perlait à son front, et il prit son mouchoir pour l'essuyer doucement. Elle sourit faiblement.

— Ce n'est pas bon de courir avec ce soleil.

— Dix-sept ans et vous me traitez encore comme une enfant !

— Lorsque vous m'êtes apparue, j'ai cru un instant que vous l'étiez encore. La pénombre me trompait.

— Ai-je donc si peu changé ?

— Seulement pour devenir plus belle.

— Vous êtes toujours l'homme le plus galant que j'aie jamais rencontré.

Pendant un long moment le temps perdit de son importance, le présent et le passé se confondirent. Il leur semblait avoir déjà été assis là, dans la lumière des cierges, autrefois, comme si tout ce qui arrivait était un cercle tournant sans fin sur lui-même.

Il lui prit doucement la main et murmura :

— Comment avez-vous appris que j'étais là ?

— Le sergent Kytros me l'a dit.

Elle hésita avant d'ajouter :

— Je sais aussi ce qui s'est passé au « Petit Navire ». N'en veuillez pas à mon oncle. Quelquefois, je me demande s'il a encore sa tête à lui. Il a vécu dans le chagrin pendant tant d'années !

— Et il en met toute la responsabilité sur mon compte !

— J'en ai bien peur, acquiesça-t-elle gravement.

— Et tous les autres aussi, le Père John y compris. Pourquoi ne penseriez-vous pas comme eux ?

— Parce que moi, je sais que vous vous êtes sacrifié pour nous tous, répondit-elle calmement.

Il eut un rire amer.

— Essayez d'expliquer cela à Alexias et à ses amis, vous verrez ce que ça vous rapportera !

— Je l'ai fait. Il y a longtemps. Un seul m'a crue.

— Qui ?

— Olivier Van Horn.

— On m'a appris, à Athènes, qu'il était resté ici après la guerre. J'avais espéré lui rendre visite. Habite-t-il toujours la villa en dehors du village, sur le promontoire ?

— Oui. Je m'occupe de son intérieur.

Ses sourcils s'arquèrent de surprise.

— Vous ne vous êtes donc pas mariée ?

— Non.

— Olivier doit être proche de la soixantaine, maintenant, dit-il doucement.

Sa bouche s'étira légèrement et dans les yeux de la jeune femme, passa une lueur amusée.

— Il n'y a aucun arrangement de cette sorte entre nous, si c'est ce qui vous préoccupe.

— Cela ne me regarde pas, dit-il, mais il sourit pour la première fois et elle lui rendit la pareille.

— Comment les indigènes le traitent-ils ? Après tout, il se montre assez *britannique* dans ses habitudes, non ?

— Pas pour les habitants des îles. Il a autant souffert que n'importe lequel d'entre nous. On l'a emmené avec nous tous.

Lomax fronça les sourcils, une pensée l'effleura pour la première fois.

— Et vous, Katina ? Que vous est-il arrivé ?

— Je suis partie avec les autres.

— Au camp de concentration de Fronchi ?

— Non, dans un autre. Mais ils se ressemblaient tous.

Elle se pencha et toucha sa joue.

— Vous avez vieilli. Trop vite. Il me semble que vous avez été malheureux.

— Dix-sept ans c'est une longue période.

— Êtes-vous marié ?

Il hésita, mais lorsqu'il parla il fut surpris de l'aisance avec laquelle il s'exprimait comme s'il résumait ce qui aurait pu arriver à un lointain parent, ou à une vague connaissance qui n'était pas très importante à ses yeux.

— J'avais une femme et une petite fille. Elles ont été tuées toutes les deux dans un accident de voiture, à Pasadena, il y a cinq ans.

— Je savais qu'il y avait quelque chose, mais je n'étais pas sûre. Ça se voit dans vos yeux.

Elle lui prit les mains, qu'elle garda dans les siennes.

— Maintenant, dites-moi : pourquoi êtes-vous revenu à Kyros ?

— Lorsque le Père John me l'a demandé, je lui ai dit que j'étais à la recherche d'un autre moi-même, de celui qui existait ici, dans ces îles il y a tant d'années, mais maintenant je n'en suis plus tellement sûr.

— Il y a une autre raison plus profonde, n'est-ce pas ?

— Qui sait ? Van Horn m'a raconté jadis que la vie était faite d'actions et de passions. Si cela est vrai, il y a eu une infinité d'actions et de passions dans ma vie, pendant une longue période. Peut-être je pense à reconquérir quelque chose ?

— Qu'allez-vous décider maintenant ? Repartirez-vous avec le bateau ?

— C'est ce qu'ils semblent tous attendre de moi. Alexias a prévenu Kytros qu'il ne serait pas responsable de ce qui pourrait m'arriver au cas où je resterais.

Elle jeta un coup d'œil à sa montre.

— Vous n'avez plus que vingt minutes pour prendre une décision.

— Que voudriez-*vous* me voir décider ?

— Je n'ai pas le droit de vous influencer. Vous devez choisir seul.

Elle se leva, et il la retint par la main. Il était sûr, mû par quelque obscure raison, qu'elle était le pivot de tout.

— Est-ce que vous souhaitez que je reste ?

— Cela vous demanderait du courage, beaucoup de courage.

Il lui sourit soudainement.

— Mais je vous ai donné mon courage il y a longtemps. Vous vous rappelez ?

Elle hocha la tête, une expression de grand sérieux sur le visage.

— Je n'ai pas oublié.

Ils se regardèrent un moment en silence, puis elle dégagea sa main des siennes et murmura :

— Je reviens dans un instant.

Il la regarda aller vers l'autel où, après une génuflexion, elle se releva, choisit deux cierges et les plaça sous la statue de sainte Catherine. Ce ne fut que lorsqu'elle les eut allumés que Lomax réalisa pour qui ils étaient, et sa gorge se serra. Il se leva et se dirigea en aveugle, dans la pénombre, jusqu'à la porte.

4

Un Achille en bronze

Dans le square, la chaleur était si forte qu'il se réfugia de nouveau sous le porche de l'église et fuma une cigarette en attendant Katina. Il aperçut Anna qui sortait de l'hôtel, un seau à la main. Mais, lorsqu'elle vit Lomax, elle fit demi-tour et regagna précipitamment la maison. Les ombres s'allongeaient au fur et à mesure que l'après-midi avançait. Il restait là, la cigarette brûlant entre les doigts, regardant dans le square; d'une certaine façon c'était comme s'il attendait que quelque chose se passe. Il y eut un léger bruit derrière lui et il se retourna. Katina le fixait d'un air grave. Il lui sourit gentiment.

— Il y avait si longtemps...

Les yeux de sa compagne s'embuèrent. Il lui entoura les épaules d'un bras et la serra contre lui. Ils restèrent ainsi, un moment, dans la fraîcheur du porche, puis elle le repoussa doucement.

— Nous devons partir maintenant, si vous ne voulez pas manquer le départ du bateau.

Il la suivit, son esprit était agité par mille choses à la fois.

Au même moment, Yanni, les vêtements déchirés et couverts de poussière, le visage barbouillé de larmes, déboucha de la rue menant au quai. Il n'arrivait pas à contrôler le tremblement nerveux l'agitant. Dans ses bras, il tenait le petit chien noir.

Katina courait déjà à la rencontre de l'enfant et était agenouillée devant lui lorsque Lomax les rejoignit.

— Que se passe-t-il, Yanni ? Qu'est-il arrivé ?

Le petit garçon montra le chien, dont la tête pendait. Ses reins avaient été brisés, et de la bave sortait de sa gueule.

— C'est Dimitri ! Dimitri l'a tué !

— Pourquoi ?

— Parce que j'ai aidé Mr Lomax ! sanglota Yanni, parce que j'ai aidé Mr Lomax.

La colère qui envahissait Lomax le transformait en un bloc dur. Il avança et Katina dit : « Hugh ! »

Lorsqu'il se retourna, le visage de la jeune femme était très pâle, ses yeux s'étaient complètement assombris.

— Faites attention. Il a déjà passé deux ans en prison pour homicide involontaire. Quand il a fumé du hachisch, il ne sait plus ce qu'il fait !

Il se détourna et se dépêcha de traverser le square et lorsqu'il se retrouva dans la rue, il se mit à courir. En arrivant au quai, il était couvert de sueur, et les gens se retournaient pour le regarder avec curiosité.

Cette fois, il n'entendit aucune musique venant de la taverne. Il descendit très vite les marches et s'arrêta au milieu de la salle.

Il y avait à peu près une douzaine d'hommes présents, installés en train de boire, mais aucun de ceux qui se trouvaient là lors de sa visite au « Petit Navire ». Seul, le type derrière le bar, avec son bandeau noir sur l'œil, était l'un de ceux qui l'avaient maintenu sur la table pour Alexias. Il était en train de remplir un verre lorsqu'il vit Lomax, il s'arrêta net, la bouche ouverte par la stupéfaction. Toutes les têtes convergèrent dans la direction de Lomax qui, après un coup d'œil à l'assistance, alla droit vers le comptoir.

— Je cherche Dimitri.

Le barman haussa les épaules.

— Pourquoi vous adresser à moi ? Je ne suis pas sa nourrice !

Il prit un verre qu'il essuya soigneusement avec un torchon sale. Hugh se retourna vers la salle et traversa lentement la pièce. Le bouzouki du garçon se trouvait encore appuyé au mur près de la chaise où il s'était assis.

Lomax attrapa l'instrument de musique et le brisa contre le mur. Puis il regarda les autres qui ne bronchaient pas.

— J'ai demandé où se trouve Dimitri ? dit-il calmement.

Sur le moment il n'y eut pas de réaction, puis un vieux pêcheur aux cheveux blancs et à la moustache jaunie par le tabac dit :

— Il est à la jetée pour vous regarder partir.

Lomax ressortit dans le soleil et courut le long du débarcadère. Le bateau à vapeur s'apprêtait à mouiller l'ancre, et, du pont, Papademos criait des ordres aux marins qui commençaient à détacher le câble retenu à l'organeau [1]. Une vingtaine de curieux, partagés en deux groupes, surveillaient les manœuvres. Alexias, appuyé à un pilier, fumait un cigare et le petit Nikoli avec son visage effrayé se tenait à ses côtés. Il fut le premier à

1. Anneau métallique où l'on amarre le câble d'une ancre.

voir Lomax et prévint les autres qui se retournèrent d'un bloc. La moitié d'entre eux étaient de jeunes gens semblables à tous ceux que l'on trouve dans n'importe quel port du monde, ces jeunes animaux vicieux qui font des histoires partout où ils passent. L'un d'entre eux dit quelque chose qui amusa les autres. Hugh repéra Dimitri. Au milieu de ses amis, une cigarette au coin des lèvres, il taillait nonchalamment un morceau de bois avec son couteau à cran d'arrêt.

La foule s'écarta sur le passage de Lomax qui vint se planter devant le joueur de bouzouki. Ce dernier fredonnait une rengaine. Il ne prit même pas la peine de lever la tête. Alexias s'approcha.

— Ce n'est pas le moment de chercher la bagarre, Lomax. Le bateau part dans cinq minutes.

L'interpellé regarda Pavlo avec mépris :

— Quand j'aurai besoin de vous demander quelque chose, je vous ferai signe. Vous avez été un homme, autrefois, Alexias, mais maintenant…

Comme il se détournait, Dimitri se baissa pour ramasser un autre morceau de bois, que Lomax poussa du pied hors de sa portée. Dimitri se redressa lentement. Ses yeux semblaient étinceler de fureur, et un muscle de sa joue se mit à tressaillir nerveusement.

— Contre les enfants et les chiens, vous vous sentez fort, dit Lomax d'une voix claire et forte afin que tout le monde puisse bien l'entendre. Que diriez-vous de vous mesurer à quelqu'un qui serait un peu plus à votre taille ?

Dimitri banda tous ses muscles et s'arc-bouta, son arme pointée et étincelant au soleil vers son adversaire. Ce dernier aurait pu facilement lui casser le bras, mais il se contenta de le frapper du tranchant de la main, sur le poignet. Dimitri poussa un cri et lâcha le couteau qui tomba sur la jetée. Lomax le ramassa et le lança dans l'eau. Maintenant, il se sentait très calme et sans peur. Un peu comme si le jeune homme qu'il avait été revenait brusquement et prenait la situation en main. Comme celui qui avait été entraîné à ce genre de gestes jusqu'à ce qu'ils deviennent des réflexes.

Un grondement de colère monta du groupe des amis de Dimitri, mais ce dernier secoua la tête, et d'une voix curieusement lointaine, affirma :

— Je vais lui briser les reins, comme au chien…

Sur le bateau le travail avait cessé et tout le monde attendait. Alors que Lomax se tenait prêt à parer une attaque de son adversaire, d'autres gens accoururent de toutes parts. Une vieille Jeep déboucha d'une rue parallèle et s'arrêta dans un grincement de freins. Katina et Yanni en descendirent. Une mouette poussa un cri rauque en survolant le quai.

Dimitri se lança en avant, son poing droit prêt à cogner. Pour Lomax, le coup était trop lent. Il esquissa un mouvement de côté et le frappa au passage, à la hauteur de l'estomac. Le garçon laissa échapper un gémissement et tomba à genoux sur les galets. Il resta ainsi un moment, comme hébété. Quand il se releva, de la bave lui coulait de la bouche. Il s'élança à nouveau. Lomax lui attrapa le poignet des deux mains, le lui tordit et lui appliqua un retournement de bras selon les meilleures règles de l'école japonaise. Dimitri hurla de douleur. Lomax profita de son déséquilibre pour le pousser la tête la première dans un tas de cartons cerclés de fer. Il y eut un murmure dans la foule. Dimitri saisit une chaîne et se remit péniblement sur pied, la figure couverte de sang. La chaîne lui glissa des mains alors qu'il avançait en titubant, et il s'écroula.

Un silence stupéfait suivit, rompu par les vociférations des amis de Dimitri qui se précipitèrent tous en même temps sur Lomax. Ce dernier envoya son poing dans le premier visage offert, mais un coup de pied dans les tibias l'obligea à se pencher. Un genou se leva et l'atteignit au visage. Il lui sembla que le sol venait à sa rencontre. Il roula sur lui-même, la tête rentrée dans les épaules, et les mains sur le bas-ventre, pour se protéger désespérément. À ce moment-là, un coup de feu claqua, puis un autre. Ce fut comme si une bombe venait d'éclater. Les jeunes voyous se reculèrent à contrecœur, et Lomax se remit péniblement debout.

Le Père John Mikali se tenait à quelques pas de l'assistance, Kytros à ses côtés, revolver au poing.

Hugh, le corps douloureux, avait dans la bouche un goût de sang. Le sergent, très maître de lui-même, remarqua seulement :

— Le bateau vous attend pour partir, capitaine Lomax.

Lomax regarda Alexias. Le visage du maire reflétait un semblant de respect, mais aussi une certaine confusion, comme si, pour la première fois, un doute se glissait en lui.

Lomax respira profondément, se détourna. Il frôla le sergent en passant près de lui, et s'éloigna le long de la jetée, alors que la foule s'écartait pour le laisser passer. Il entendit, venant de très loin, l'ordre que Papademos lançait à ses hommes, puis le raclement de la chaîne retenant l'ancre, suivi du ronflement des moteurs. Katina s'avança vers lui et l'entoura de ses bras. Yanni sautait de joie. Elle l'aida à s'installer dans la jeep pendant que Yanni tenait la portière. Il s'assit sur le siège arrière. Avant de démarrer, la jeune femme essuya le sang lui couvrant le visage et lui demanda calmement :

— Comment vous sentez-vous ?

Il se rendit compte que la main de sa compagne tremblait. Il la retint un instant et sourit.

— Une bonne chose que Kytros soit arrivé à temps. Je deviens un peu trop vieux pour jouer à ce jeu-là.

Elle embraya brusquement et la foule s'éparpilla pour laisser passer la Jeep qu'elle conduisait d'une main experte.

— Où allons-nous ? demanda-t-il.

— À l'hôtel, chercher vos affaires. Ensuite, je vous conduirai à la villa. C'est ce qu'Olivier m'aurait demandé de faire.

Elle immobilisa le véhicule au milieu de la place, mais alors qu'elle s'apprêtait à descendre, Lomax la retint par le bras.

— Pas vous ! J'irai seul. Katina, j'ai besoin d'un peu de temps pour penser à tout cela.

Il sortit de la Jeep et en fit le tour.

— Comme vous voudrez.

— Allez-vous garder Yanni avec vous ?

— Je crois que ce serait mieux.

Il sourit et caressa la tête de l'enfant.

— Nous te trouverons un autre chien, Yanni.

Il se fraya un passage parmi les tables, et au moment où il atteignit la porte, Katina le rappela. Elle détachait de son cou une chaîne en or qu'elle lui lança. Il l'attrapa, refermant sa main sur l'or liquide qui brillait sous le soleil, sachant ce qu'il représentait.

— Je vous rends votre courage, dit-elle, puis la Jeep démarra et disparut très vite.

Lomax entra dans le hall obscur et frais, conscient d'être épié par Anna retranchée dans sa cuisine. L'escalier menant au premier lui sembla être d'une longueur infinie.

Lorsqu'il eut atteint sa chambre, il referma soigneusement la porte. Il resta appuyé contre elle, sa main refermée sur la médaille. Au bout d'un moment, il ouvrit doucement son poing et regarda la petite pièce en bronze qui représentait l'effigie d'Achille.

Il y a si longtemps, pensa-t-il. Diablement longtemps. Il alluma une cigarette et s'allongea sur le lit; le passé revivait sous ses paupières fermées.

DEUXIÈME PARTIE

Le visiteur de la nuit

1

Sous couvert de la nuit

Ce fut l'odeur du diesel qui réveilla Lomax. Il resta allongé un moment sur la couchette à fixer la cloison d'acier, les sourcils froncés, essayant de se rappeler où il se trouvait.

Un déclic se déclencha dans son esprit et il se souleva sur son coude. Alexias, affalé sur une chaise en rotin, l'observait. Le Grec retira la cigarette lui pendant au coin des lèvres, et remarqua :

— Vous parlez en dormant, mon ami. Le saviez-vous ?

— C'est bien ce qui me faut. Avez-vous une cigarette pour moi ?

L'autre se leva. C'était un homme grand et fort, dont une barbe mal rasée accentuait la mine peu avenante. Ses pectoraux puissants gonflaient son chandail de matelot.

— À mon avis, vous avez joué à ce petit jeu trop longtemps déjà, dit-il en tendant une cigarette à Lomax.

— Ne l'avons-nous pas tous fait ?

Avant que le Grec ne puisse répondre, le rideau s'écarta et le sergent Boyd apparut avec deux tasses de café. Lomax avala une gorgée, puis déclara avec une grimace :

— Tout a le goût du sous-marin. Je ne sais pas comment ils font.

Boyd était un grand et fort Nordique, qui avait la médaille militaire cousue au-dessus de la poitrine, sur la poche gauche de son uniforme, juste sous les ailes de son insigne SAS.

— Nous venons d'émerger. Le commandant Swanson vous demande d'être prêt à partir dans un quart d'heure.

— Les appareils de mouillage sont prêts ?

— J'ai été obligé de faire quelque chose. Impossible de dormir. Je ne peux jamais dormir sur ces engins-là.

— Comment vous sentez-vous maintenant ?

— Par rapport au boulot ? Comme d'habitude. Pourquoi ?

Boyd haussa les épaules.

— Pas de raison spéciale. Nous avons été chargés de pas mal de missions ces derniers temps. Nous ne tiendrons pas éternellement à ce régime.

— La guerre non plus. De toute façon, c'est *fifty-fifty* à chaque fois, au point de vue chances. Si je m'y connais en mathématique !

— Je ne sais pas. Ce coup-ci est différent. En Crète, un homme peut courir et se cacher facilement dans les montagnes. Mais Kyros est une petite île.

— Nous avons déjà été dans de petites îles. De plus, nous avons Alexias pour nous montrer le chemin. Nous réussirons.

Le Grec eut un sourire et ses dents parurent encore plus blanches dans la sombre broussaille de ses joues mal rasées.

— Tout se passera bien, ne vous faites pas de souci.

— Qui a dit que je m'en faisais ? Vous deux, rassemblez les affaires. Je vous retrouve en haut dans cinq minutes.

Après qu'ils eurent disparu, Lomax acheva de boire son café. Il lui trouva un goût horrible mais les cigarettes aussi avaient une saveur désagréable. Il se sentait fatigué, c'était ça le problème. Beaucoup trop fatigué et tout commençait à se brouiller, à le crisper nerveusement. Il aurait sûrement besoin de repos après cette dernière mission. Il enfila son manteau de mouton, prit son béret et sortit.

Lomax traversa la chambre de contrôle et monta sur l'échelle en colimaçon conduisant au pont. Dehors, les étoiles brillaient dans le ciel. Il respira profondément et se sentit tout de suite beaucoup mieux.

Swanson inspectait la rive avec des lunettes d'approche spéciales pour la nuit. Il éteignit sa cigarette et se glissa près de lui.

— Comment ça va ?

— Jusqu'ici, pas d'accroc.

Ils se mouvaient parmi des rochers déchiquetés et de minuscules îles. Lomax siffla doucement.

— Ça semble plutôt hasardeux à mon avis.

— Nous n'avions pas le choix. Après tout, vous vouliez arriver de ce côté de l'île. Ici, nous sommes protégés contre leurs radars. Il paraît que le port ici est bourré de « E-Boats ». Vous voulez jeter un coup d'œil ?

Lomax prit les jumelles et immédiatement les falaises lui apparurent comme en plein jour, le ressac blanc frappant les rochers.

— Nous y sommes presque, précisa Swanson, ça va?

— Très bien. Ne vous tracassez pas pour nous.

— C'est vrai que vous avez déjà accompli ce genre de mission plusieurs fois. Je dois dire que votre sergent a une allure sympathique.

— Nous travaillons ensemble depuis deux ans. La Crète, Rhodes, tout le golfe d'Egine. Il s'y connaît plus en explosifs que tous les hommes que j'aie pu connaître. Il s'occupait de faire sauter des rochers dans une mine du Yorkshire, avant la guerre. L'armée ne voulait pas l'envoyer au front, mais il a refusé de rester à l'abri.

— Et le problème de la langue grecque?

— Il a appris assez de grec et d'allemand pour se débrouiller, mais ça ne fait rien : je parle couramment ces deux langues.

— Vraiment! Qu'aviez-vous donc comme job avant la guerre?

— Université, journalisme, quelques articles. Je n'ai, au vrai, rien approfondi sérieusement.

— La guerre, la guerre, cette saleté de guerre! Je sais ce que vous voulez dire. J'étais moi-même étudiant en médecine, troisième année, et regardez-moi maintenant!

Ils se trouvaient très près de l'île à présent, et pouvaient apercevoir le grand pic unique se dressant noir sur le ciel sombre.

— Les autochtones ne croient-ils pas qu'Achille a été enterré en haut de cette montagne?

— C'est ce qu'ils disent. Le monastère de Saint-Antoine est là-haut, lui aussi.

— Vous semblez déjà bien connaître le terrain?

— Pas tellement. C'est pourquoi Alexias est là. Il est né et a été élevé ici. Nous ne pourrions accomplir ce travail sans lui.

— Il n'a pas l'air commode. Longtemps qu'il est avec vous?

— Non. Mais il a travaillé avec un groupe en Crète. L'Intelligence Service l'a détaché spécialement pour l'affecter à notre mission.

— Comment vous débrouillerez-vous, après avoir fini le travail?

— Le Service Spécial doit s'occuper de ce détail. Il aura un caïque grec qui prétendra être un pêcheur. Un type appelé Soames s'en chargera.

— Je le connais bien. Il aurait mieux valu que vous ayez affaire aux Jerry.

— On survivra, dit Lomax.

— Je bavardais avec un gars, la semaine dernière, dans un bar, à Shepheard, et il me disait qu'Olivier Van Horn habitait encore sur cette île. Il m'a assuré que les Allemands l'ont laissé seul. Est-ce que c'est vrai ?

— C'est ce que j'ai cru comprendre, dit Lomax. Il est venu s'installer juste avant la guerre à cause de la tuberculose. Je ne pense pas qu'il puisse les gêner beaucoup et lui permettre de rester sur l'île leur assure une bonne publicité. Avez-vous lu quelques-uns de ses livres ?

— Un ou deux. Il écrit dans le style de Maugham. Avec des personnages merveilleux.

— Je souhaiterais avoir seulement la moitié de son talent ! dit Lomax avec émotion.

Swanson, après avoir examiné la côte avec attention, alla au chadburn donner des ordres. Bientôt le sous-marin ralentit, il se retourna vers Lomax et dit d'un air crispé :

— Nous ne pouvons pas nous rapprocher davantage. On est en train de sortir votre canot et le matériel par l'écoutille avant. Vous retrouverez votre sergent et le Grec qui vous attendent en bas.

— Merci pour la traversée.

Ils échangèrent une brève poignée de main et Lomax, enjambant le bord, descendit l'échelle, le long de la coque. Le canot flottait déjà sur l'eau, et comme Lomax atteignait les derniers barreaux de l'échelle, Boyd sauta dans le canot, suivi d'Alexias. Le courant était fort et la mer très mauvaise. Un premier-maître passa les mitraillettes et le poste radio à Boyd, puis se retourna vers Lomax.

— Si j'étais vous, monsieur, j'attacherais mon ballot à ma ceinture. Vous allez être secoué.

Hugh passa la courroie du lourd paquet autour de ses épaules et la boucla soigneusement autour de sa taille.

— Prêt à partir, monsieur ?

— C'est le moment, chef !

Lomax attendit, évaluant la distance, et au moment où le canot s'élevait sur la houle, il sauta et s'assit immédiatement. Boyd, Alexias et lui détachèrent les cordes, libérant le canot qui, poussé par les vagues, s'éloigna très vite du sous-marin. Le vent se rafraîchissait, creusant la mer de longs sillons blancs. Un moment, ils se trouvèrent dans un creux de la lame et un paquet d'eau passa par-dessus bord. Ils commencèrent à pagayer. À travers le rideau d'écume, ils distinguaient la côte qui se rapprochait. Autour d'eux, les vagues se brisaient contre des récifs.

Boyd fendait la mer de sa pagaie, à grands coups réguliers. Alexias, de son côté, usait de toute sa vigueur pour soutenir la lutte de la légère embarcation contre la force des flots. Ils furent alors hissés très haut sur une lame, et Lomax aperçut la côte à moins de deux cents mètres. Pendant un instant ils semblèrent ainsi, en suspens, au-dessus du niveau de la mer, puis soudain, ils retombèrent brutalement entre deux rochers. Étrangement, le courant les empoignant les fit tourner en cercle et bientôt la coque du canot heurta brutalement quelque chose. L'eau écuma et les trois hommes furent projetés contre les flancs du bateau qui embarquait. Lomax tomba par-dessus bord, dans l'eau bouillonnante. Il essaya de retenir le poste de radio contre lui. À ce moment, une autre vague l'envoya à la dérive, pareil à un fétu de paille. En tentant de se redresser, il aperçut Boyd qui plongeait pour venir à son aide. Ils se cramponnèrent l'un à l'autre, mais un nouveau paquet de mer les empoigna et les roula. Instinctivement, Lomax lâcha son poste radio et agrippa Boyd. Il se cramponna désespérément au rivage, sa main libre accrochée dans le gravier. La mer se retira dans un grondement terrible.

L'Anglais se mit debout avec effort en soulevant Boyd. À ce moment, il aperçut Alexias. L'eau les recouvrit à nouveau jusqu'à la ceinture. Au moment du reflux, ils parcoururent tous trois, en titubant, la dernière ligne de rochers déchiquetés. Un instant plus tard ils étaient hors de danger, sur la plage, au pied de la falaise.

Lomax se laissa tomber sur le sable, le dos contre un rocher, et Boyd s'assit près de lui.

— Vous n'êtes pas blessé, monsieur ?

— Non mais ça a été un sale quart d'heure, hein ?

— J'ai réussi à sauver les armes. Une bonne chose que les paquets aient été attachés à nos ceintures, commenta Boyd.

— J'ai bien peur que la radio ne soit perdue, dit Lomax.

Les dents de Boyd se montrèrent dans un grand sourire.

— Eh bien ! Monsieur, de cette façon, vous ne serez pas tenté de vous en servir à tout moment.

Alexias s'accroupit près d'eux.

— Je suis parvenu à hisser le canot.

Il y eut un chuintement quand il ouvrit les valves et commença à le dégonfler.

— Merci pour le coup de main, dit Lomax, ça a été plus dur que je ne l'aurais cru.

Alexias regarda un moment les roulis furieux de l'eau.

— De ce côté de l'île, la mer est pareille à une femme. Vous ne savez jamais quelle sera sa réaction d'un instant à l'autre. Quand j'étais jeune, je venais souvent nager par ici, certaines nuits d'été. L'eau était noire comme de l'encre.

— Nous sommes arrivés en entier, mis à part la perte de notre radio, et c'est le principal. À combien sommes-nous de la ferme de votre frère ?

— Environ deux miles, par un chemin facile.

— Alors plus vite nous y arriverons et mieux ce sera.

Lomax se leva.

— D'après les renseignements, une patrouille opère toutes les heures, même de ce côté de l'île.

Ils recouvrirent à la hâte le canot de sable et de galets, puis Boyd distribua les mitraillettes. Ils partirent, Alexias en tête, pour leur montrer le chemin, et Lomax fermant la marche.

Ils parvinrent à un chemin qui montait en escalier jusqu'au sommet de la falaise. Alexias fit signe à ses compagnons de s'arrêter et s'avança pour inspecter l'autre côté du ravin. Puis, d'un geste, il leur ordonna d'avancer et ils traversèrent un plateau couvert d'herbe brûlée, avant d'escalader une colline jonchée de galets.

Ils n'échangèrent pas un mot durant tout le trajet qui dura une heure et demie.

Ils finirent par atteindre un repli de la montagne d'où ils découvrirent une maison dressée au milieu d'un champ d'oliviers, dans une petite combe en contrebas. Alexias s'arrêta un instant, pour s'orienter, puis se mit à descendre le flanc de la colline dans l'obscurité, sans se soucier de suivre le sentier zigzaguant à travers les terrasses couvertes de vignes.

La maison était plongée dans l'obscurité et ils s'accroupirent un instant près de la clôture, alors que Lomax vérifiait l'heure à sa montre. À peine neuf heures. Il fronça les sourcils.

— Ils se couchent vraiment tôt.

— Tous ces gens mènent une vie rude, dit Alexias en haussant les épaules.

— Possible, mais nous ne devons courir aucun risque. Boyd, vous allez passer par-devant, tandis que je couvrirai Alexias de ce côté, au cas où.

Le sergent se glissa dans le noir, et ils lui accordèrent quelques minutes avant de bouger. Lomax s'agenouilla près d'un abreuvoir, en face de la grange. Alexias s'avança dans la cour et monta les marches du perron. Il ouvrit la porte avec précaution, puis disparut à l'intérieur. Quelque part un cheval remua dans sa stalle et au loin un chien aboya lugubrement. Un vent léger envoya du sable dans la figure de Lomax qui commençait à se demander ce qu'il pouvait bien se passer dans la maison.

Avec un léger grincement, la porte de l'étable s'ouvrit et quelqu'un chuchota en grec :

— Posez votre arme et levez les mains !

C'était une voix de femme, qui, eu égard aux circonstances, lui parut d'un calme surprenant. Lomax appuya sa mitraillette contre l'abreuvoir et se retourna vers son adversaire. Le canon d'un fusil toucha sa poitrine et il se rendit compte qu'il était en présence d'une très jeune fille dont la tête n'atteignait même pas le niveau de son épaule.

— Que faites-vous ici ? Qui êtes-vous ?

Il détourna précautionneusement le canon du fusil.

— Pas besoin de ça. Je suis un ami. Un officier britannique. Je cherche Nikoli Pavlo. Est-il chez lui ?

Elle baissa la tête. Lorsqu'elle parla sa voix était imperceptiblement altérée.

— Il n'est plus là.

— Je vois, dit Lomax. Puis-je vous demander qui vous êtes ?

— Katina Pavlo, sa fille.

Un sifflement léger leur parvint, venant de la maison, et Lomax ramassa son arme.

— Rentrons, voulez-vous. Vous allez avoir une surprise.

Ils traversèrent la cour et trouvèrent Boyd en haut des marches.

— Personne à l'intérieur, mais il y a du feu dans la cheminée de la salle commune et la lampe est encore chaude… Qui est-ce ? dit-il en voyant la fille.

— La fille de la maison. Elle se cachait dans l'étable.

Ils entrèrent dans une cuisine carrelée, aux murs peints à la chaux, puis dans une grande salle, très sobrement meublée. Du bois se consumait dans l'âtre et au fond de la pièce une échelle donnait accès à la soupente par une trappe. Alexias allumait la lampe placée sur une table. La jeune Grecque et lui se regardèrent un long moment en silence ; enfin cette dernière laissa tomber son fusil et se précipita dans les bras de son oncle. Il la souleva, la faisant pirouetter dans l'air.

— Katina ! Ma petite Katina ! Comme tu as grandi !

Il la reposa à terre en lui demandant :

— Où est ton père ?

Le jeune visage était pâle, les traits tirés accusaient les pommettes trop saillantes, les yeux trop cernés. Katina secoua la tête, comme si elle était incapable de parler, et le sourire mourut sur les lèvres de Pavlo.

— Qu'est-ce qui est arrivé, Katina ? Dis-moi !

Lorsqu'elle parla, sa voix était dure et manquait de naturel.

— Il est mort. Ils l'ont fusillé devant la mairie, la semaine dernière.

Elle commença à pleurer. Les sanglots secouaient son corps fluet. Il l'attira contre lui et fixa le vide sans rien voir. Au bout d'un moment, il la guida vers la cuisine, traînant les pieds comme un vieillard. La porte se referma doucement derrière eux.

2

TUER DE BON CŒUR

Lorsque Alexias reparut, quelque vingt minutes plus tard, il trouva Lomax et Boyd assis devant le feu ravivé, nus jusqu'à la ceinture, leurs vêtements fumant sur une corde improvisée.

Le Grec se laissa tomber sur une chaise et alluma machinalement une cigarette. Il semblait avoir vieilli de dix ans et ses yeux reflétaient une infinie tristesse alors qu'il fixait les flammes. Après un moment, il secoua la tête :

— Mon frère était un brave homme. Trop bon pour mourir de cette façon-là.

Lomax lui donna du feu.

— Que s'est-il passé ?

— Ils l'ont surpris en train d'essayer de saboter un de leurs sous-marins, dans le port.

— Tout seul ?

Alexias acquiesça.

— Oui. Kyros est une petite île. Il ne serait pas possible à n'importe quel mouvement de Résistance organisé d'y survivre. C'est la raison pour laquelle je me suis rendu en Crète, il y a deux ans. Nikoli voulait venir aussi, mais l'un de nous devait rester, à cause de la ferme et de Katina, dont la mère venait juste de mourir.

— Comment se sent-elle ? dit Lomax.

— Katina ? Ce n'est rien. Un moment de faiblesse. Elle a beaucoup de courage, vous savez... Elle est en train de préparer du café et quelque chose à manger.

— Que va-t-elle devenir ? demanda Boyd. Elle ne peut pas continuer à vivre seule. Ce n'est qu'une enfant.

— Elle loge chez ma femme. J'ai un bar près du port, qui s'appelle « Le Petit Navire ». Katina vient tous les jours ici, pour s'occuper de la ferme jusqu'à ce que l'on trouve une solution. Apparemment, elle s'apprêtait à partir lorsqu'elle nous a vus arriver à travers les vignobles.

— Sait-elle pourquoi nous sommes ici ?

— Pas pour le moment. Je lui expliquerai plus tard. Elle pourrait nous être très utile.

— La disparition de votre frère retardera-t-elle beaucoup nos plans ? demanda Lomax.

— Un tout petit peu, répondit Alexias. Toutefois, je vais être obligé de contacter personnellement certaines personnes. Sitôt que nous aurons fini de souper, je descendrai en ville avec Katina.

— Ce pourrait être dangereux, remarqua Boyd.

— Il n'y a pas de couvre-feu à Kyros et les cafés sur la jetée sont généralement pleins jusqu'à minuit passé. Les Allemands peuvent abîmer beaucoup de choses, mais pas notre manière de vivre.

La porte de la cuisine s'ouvrit et Katina entra, portant un plateau qu'elle déposa sur la table.

Elle repoussa de la main une mèche de cheveux qui tombait sur son front.

— J'ai peur qu'il n'y ait que du fromage de chèvre et des olives, mais le pain est frais. Ma tante l'a préparé ce matin avant que je ne parte.

— Je trouve cela merveilleux, moi, dit Boyd et elle rougit en saisissant le café pour remplir les gobelets.

Lomax, enfilant sa chemise et son chandail devant le feu, se tourna et se trouva devant elle qui lui tendait un gobelet de café. Elle sourit timidement.

— Je suis désolée, il n'y a pas de sucre.

Son visage était émacié avec une peau très blanche comme tirée sur les pommettes et soudain il y avait les cernes très sombres sous les yeux.

Ses cheveux noirs étaient tirés en arrière et attachés sans coquetterie par un ruban. Elle avait peut-être seize ou dix-sept ans, mais c'était difficile d'en être sûr. Elle avait ce regard fatigué, prématurément vieilli qu'il avait vu si souvent ces derniers temps. Il sourit et avala une gorgée de café.

— Il est bon quand même. Vous n'en prenez pas ?

— Ma tante m'attend pour dîner tous les soirs.

Elle portait une robe imprimée aux dessins ternes, et qui avait dû être lavée et repassée maintes fois, avec une veste bien trop grande pour elle. Lomax toucha du doigt le revers :

— Tweed. Rien de tellement grec ? Où l'avez-vous eue ?

Elle rougit, et il en fut désolé, comprenant qu'il venait de blesser sa fierté.

— Il est impossible d'obtenir des vêtements neufs à Kyros. C'est un ami qui m'a donné celui-ci : Mr Van Horn.

— Vous connaissez Olivier Van Horn ? dit Lomax surpris.

— Tout le monde ici le connaît. Il est très gentil.

— Habite-t-il toujours la villa sur le promontoire ? demanda Alexias.

— Oui. Les Allemands le laissent tranquille. Depuis que le vieux docteur Douplos est mort, Mr Van Horn a pris sa place. Il est le seul médecin disponible pour les gens de l'île.

Lomax murmura pensivement :

— J'oubliais qu'il avait fait sa médecine. Un autre point commun avec Maugham. Je donnerais beaucoup pour pouvoir le rencontrer.

— Qui sait ? Cela vous arrivera peut-être, dit Alexias en se taillant une grande tranche de fromage.

» Katina, j'ai décidé d'aller en ville avec toi. Ce n'est pas trop dangereux ?

— Je ne pense pas. Il doit y avoir du monde dans les rues, par une nuit aussi chaude.

Le Grec se tourna vers Lomax :

— Je serai de retour au petit jour. J'espère être en mesure de nous faciliter les choses. Vous et le sergent pouvez dormir dans le grenier en m'attendant.

— Je vais atteller la jument, interrompit Katina, si je m'attarde trop, tante Sarah va commencer à s'inquiéter.

— O. K.

Lomax enfila sa tunique, prit les jumelles et se dirigea à son tour vers le porche.

— Elle a raison, ne vous attardez pas. Je vais l'aider et en profiter pour jeter un coup d'œil aux alentours.

Alexias se reversa du café et prit place près du feu.

— Je suis prêt dans cinq minutes, juste le temps de me sécher un peu.

Boyd continuait à entamer pain et fromage lorsque Lomax sortit à son tour. Ayant traversé la cour, il s'arrêta au seuil de l'étable. À la lueur de la lampe à huile, il vit Katina occupée à serrer des courroies autour du ventre de la jument. Une pierre roula. Aussitôt la jeune fille se retourna d'un bond pour saisir le fusil appuyé contre le mur, à sa portée.

— Oh ! C'est vous, capitaine Lomax, dit-elle visiblement soulagée.

— Votre oncle vous a donc dit mon nom.

— Oui. Vous êtes plus jeune que je ne l'imaginais. Beaucoup plus jeune.

— Je ne saisis pas bien, dit-il en fronçant les sourcils.

— Même à Kyros nous avons entendu parler de l'homme de la nuit, expliqua-t-elle. Et de tous vos exploits en Crète. Le mois dernier, dans les cafés, on ne parlait que de la façon dont vous avez enlevé le général allemand à Rhodes et comment vous l'avez fait sortir d'Égypte. Même ses compatriotes ont du mal à garder de telles choses secrètes.

— Les faits enflent toujours quand on commence à les raconter. Souvenez-vous de cela.

— Vous parlez très bien le grec. Trop bien pour un insulaire.

— J'ai passé cinq ans à Athènes, lorsque j'étais enfant. Mon père travaillait à l'ambassade britannique.

Elle fit sortir la jument de son box.

— Puis-je vous aider ?

— La carriole est là-bas, dans le coin. Si vous pouviez l'amener ici.

Il approcha la petite charrette à deux roues et elle plaça la jument entre les deux brancards. Il installa d'une main experte le harnais pendant qu'elle faisait de même pour l'autre côté. Elle lui sourit quand ils eurent fini.

— Ce n'est pas la première fois que vous harnachez.

— Mon grand-père était fermier et c'est tout ce que je souhaitais devenir dans mon enfance.

— Et maintenant ?

— Mes talents semblent aller vers des activités plus sombres. Je ne pense pas que mes capacités actuelles seront très demandées après la guerre.

— Ce qui a lieu actuellement ne compte pas. Pour aucun d'entre nous. Nous avons un proverbe qui dit que le temps ne marche pas avec l'esprit. C'est ce que représente la guerre : un mauvais rêve qui ne signifie plus rien lorsque revient le jour.

Il y avait une sincérité passionnée dans sa voix, et à la faible lueur de la lampe, elle parut soudain encore plus jeune. Lomax fut sur le point de lui faire remarquer que la vie, très souvent, n'était pas ce qu'elle devrait être, mais il n'en eut pas le courage.

— Espérons que vous avez raison.

— Si je n'avais pas raison, l'existence serait une duperie !

Il alluma une cigarette et suivit l'attelage qu'elle emmenait. La nuit paraissait calme et sereine. Le ciel était comme un velours sombre incrusté de diamants. Ils restèrent un moment l'un près de l'autre, sans rien dire. Puis la jeune fille remarqua :

— Par une nuit pareille, il est possible de tout oublier, pour un moment, même la guerre. Il y a tant de choses que je pourrais vous faire admirer, si les choses étaient différentes.

— Si j'arrivais en touriste, débarquant du bateau d'Athènes, par où commencerions-nous ?

— Le tombeau d'Achille. Nous le visiterions une fois au clair de lune et à nouveau au lever du jour, lorsqu'il y a de la brume sur la montagne. Le monde ne pourrait rien vous montrer de plus beau.

— Si vous étiez à mes côtés, ma satisfaction serait complète, assura-t-il galamment.

Puis il se tourna vers le grand pic qui émergeait dans la nuit :

— Le monastère de Saint-Antoine est là-haut, n'est-ce pas ?

Il pouvait entendre son souffle devenir plus rapide et son corps se raidir :

— Ainsi c'est pour cela que vous êtes ici ?

— Je ne comprends pas ?

— Je vous en prie, capitaine Lomax, je ne suis pas stupide.

Nul, sur l'île, n'ignore que les Allemands occupent depuis trois mois une partie du monastère, et y ont installé une station de radar.

— Pas une station de radar, Katina. C'est beaucoup plus important que cela.

— Je sais, dit-elle, et vous avez l'intention de le détruire ? Mais, les moines l'habitent encore !

— S'ils ne s'y trouvaient pas, il y a longtemps que nous l'aurions bombardé. C'est d'ailleurs la raison pour laquelle les Allemands les forcent à y rester. Tactique typiquement nazie. Ils ont essayé la même chose sur une plus grande échelle à Monte Cassino, en Italie, mais ça n'a pas marché. Tout a été rayé de la surface de la terre.

— Alors, pourquoi n'agissez-vous pas de même ici ? Depuis quand la vie d'une vingtaine ou d'une trentaine de vieux moines a-t-elle de l'importance, d'un côté ou de l'autre de cette guerre ?

— Parce que ce n'est pas nécessaire, dit-il, surpris par l'amertume de sa voix. Mon plan est plus simple et moins sanglant. Avec un peu de chance, personne ne devrait être blessé et encore moins mourir.

— À part vous, peut-être. Vous l'oubliez !

— Il y a longtemps que je ne songe plus à cette éventualité. Cela ne sert à rien, dit-il en souriant.

Elle allait répliquer lorsqu'il perçut un bruit, loin dans la nuit. Il posa la main sur son bras.

— Un moment !

Ils écoutèrent et le bruit s'amplifia. Katina chuchota :

— La patrouille !

— Combien sont-ils ?

— Habituellement deux. Ils suivent la côte en moto et side-car. Quelquefois, il n'y a qu'un seul soldat.

Lomax ajusta les lunettes de nuit devant ses yeux et en même temps qu'un vrombissement de moteur s'amplifiait, la moto apparut et s'immobilisa au-dessus de la vallée. Le side-car était vide et le motocycliste très repérable avec ses grosses lunettes. Un instant plus tard, le soldat remit le moteur en marche, et la lourde machine descendit le chemin dans un nuage de poussière.

— Ont-ils l'habitude de passer à la ferme ?

— Quelquefois ils s'arrêtent et demandent une tasse de café, mais assez rarement.

Il lui prit le bras et ils coururent vers la maison. Ils trouvèrent

Alexias et Boyd, à la porte de la cuisine. Alexias, qui tenait une mitraillette, demanda :

— Des ennuis ?

— La patrouille allemande. Un homme sur une moto.

Le sergent Boyd retira de sous sa veste un Mauser automatique muni d'un silencieux. Une des armes favorites des agents allemands, qu'il gardait en souvenir d'une affaire précédente en Crète.

— Ne faites pas l'idiot. Si nous le tuons, ils vont mettre l'île sens dessus dessous. Ça ruinerait nos projets.

— Le capitaine a raison, insista Katina. Vous devriez ramasser vos affaires et vous réfugier dans le grenier. Lorsqu'il arrivera, je lui dirai que je m'apprêtais à partir.

Il n'y avait pas un instant à perdre. Ils retournèrent dans la salle ; Boyd plaça l'échelle, les deux autres lui passèrent les ballots et leur équipement, pendant que Katina mettait les restes du dîner et la vaisselle sale dans un placard. Elle éteignit la lampe et ouvrit la porte de la cuisine alors que dehors le ronflement du moteur s'arrêtait. Un dernier coup d'œil à Lomax, qui lui adressa un signe d'encouragement avant d'escalader l'échelle, et elle disparut. Dans la soupente, Boyd referma la trappe, tout en la coinçant, avec un morceau de bois afin de pouvoir jeter un coup d'œil dans la pièce en dessous : on voyait un bout de la cheminée, la table, une chaise mais pas la porte.

Ils attendirent et Hugh repensa à la jeune fille, se remémorant son visage trop pâle et trop calme au moment où elle sortait. Ils perçurent l'écho d'une conversation et la porte s'ouvrit. L'Allemand entra bientôt dans leur champ de vision. Un garçon presque aussi grand et fort qu'Alexias. La poussière couvrait en partie son manteau de cuir noir. Il retira son casque et ses gants, qu'il déposa sur la table puis il prit une cigarette. Tête nue, il paraissait plus jeune. Il appela Katina en mauvais grec. Lomax ne put entendre ce qu'ils se disaient, mais un peu plus tard Alexias se pencha vers lui pour chuchoter :

— Elle prépare du café. Je le sens d'ici.

L'Allemand se leva et disparut, sans doute pour s'adosser à la porte de la cuisine. Il revint bientôt s'asseoir et Katina apporta un plateau. En feignant de vouloir prendre le pot de café, son hôte lui attrapa le bras et l'obligea à pivoter. Elle essaya de lutter en silence mais il était beaucoup plus fort qu'elle. Il rit, pendant que là-haut, Lomax fermait les yeux en essuyant la sueur lui perlant au front. Lorsqu'il les rouvrit, il vit la fille à moitié étendue en travers de la table, l'Allemand sur elle, qui caressait le jeune corps d'une main, tout en la maintenant immobile de l'autre.

Le visage de Katina semblait de cire, et elle avait l'air de regarder Lomax droit dans les yeux. Ce dernier sentit sa gorge devenir sèche et serra les poings. Avant qu'il n'ait bougé, Alexias poussa un grognement de fauve et ouvrant violemment la trappe, s'élança. Dans sa précipitation, son pied glissa entre deux barreaux, il perdit l'équilibre et tomba lourdement au sol.

L'Allemand se retourna, affolé. Un moment, il fixa Alexias avec une surprise incrédule, puis repoussa brutalement Katina. Lomax descendit à son tour, très vite. Une fraction de seconde trop tard, car son adversaire se saisit de son revolver. Lomax était sur lui, tordant son poignet, il poussa l'arme de côté et envoya un coup de genou dans le bas-ventre du gars, qui se plia en deux... En se redressant, le coude de Lomax l'atteignit à la joue. Ses os craquèrent avec un bruit écœurant et il hurla de douleur. Il buta contre la table où Lomax le cueillit du tranchant de la main en travers de la gorge. La table se renversa et le soldat allemand s'écroula, face contre terre.

Katina se tenait à genoux près de son oncle et Boyd, qui descendait du grenier, son Mauser au poing, rengaina son arme pour aider le Grec à s'asseoir. Le visage couvert de sueur, Alexias se tordait de douleur.

— Sainte Mère de Dieu, je crois qu'elle est cassée.

Lomax les rejoignit rapidement. Avec d'infinies précautions on transporta Pavlo jusqu'à une chaise. Il tâta prudemment sa jambe et eut une grimace de douleur.

— J'avais raison, il y a une cassure juste sous le genou. Quelle poisse !

Katina était au bord des larmes.

— Je suis désolée. J'ai fait de mon mieux, mais il ne voulait pas partir. Il a insisté pour que je lui prépare du café.

Boyd, agenouillé près de l'Allemand, se releva en concluant :

— En tout cas, une chose est sûre, il n'embêtera jamais plus personne.

Il jeta un coup d'œil à Lomax.

— Quand vous commencez quelque chose, vous allez jusqu'au bout ! D'ici deux heures, ils chercheront ce type à travers toute l'île.

— Alors, il faut qu'ils le retrouvent, coupa Alexias.

— Qu'est-ce que vous voulez dire ? questionna Lomax.

— Pour l'amour du ciel, donnez-moi une cigarette, dit le Grec. Ce sera très simple. Comme il patrouillait en moto, il lui sera arrivé un terrible accident en longeant le chemin qui surplombe la côte.

— Bon sang ! Mais il a raison ! C'est un moyen de nous en sortir.

— Le seul, remarqua Lomax. Mais il y a une difficulté. Ils ne le trouveront probablement pas avant le jour. Ça signifie que l'endroit sera dangereux pour le reste de la nuit. De toute façon, Alexias a besoin d'un médecin. À combien sommes-nous de la villa de Van Horn ?

Alexias haussa les épaules.

— Elle est au moins à une heure de marche. Elle est située sur l'autre flanc de la montagne.

— Si vous croyez que nous allons vous laisser ici, vous rêvez. Quand les Allemands entreprendront leurs recherches, ils rappliqueront sûrement de ce côté.

— Je ne serai plus là. Je me trouverai en sécurité, au « Petit Navire », en ville. Aidez-moi à monter dans la carriole, j'y arriverai dans une demi-heure.

— Et moi, mon oncle ?

— Tu dois les conduire chez Mr Van Horn le plus tôt possible. Avec de la chance, il reviendra avec toi au « Petit Navire » cette nuit même.

— Bon, d'accord. On dirait que vous avez tout prévu, dit Lomax. Nous allons vous mettre tout de suite dans la charrette. Plus tôt vous serez en sécurité et hors du chemin, meilleur ce sera.

Lui et Boyd l'aidèrent à gagner la porte pendant que Katina rapprochait la carriole jusqu'aux marches du perron. Lorsque le Grec fut installé, la jambe sur l'un des brancards, Boyd lui apporta une mitraillette, qu'ils glissèrent sous le siège. Avant de partir, Alexias assura en souriant :

— Ne vous en faites pas. Tout se passera très bien. Je le sens. Cette jambe ne contrariera pas nos plans. Dès que j'aurai des renseignements, je vous préviendrai.

Sitôt qu'il eut disparu, Lomax réintégra la maison en vitesse.

— Nous n'avons pas beaucoup de temps. Enlevons notre ami le plus vite possible de là.

Katina les surveilla de la porte alors qu'ils remettaient à

l'Allemand son casque et ses gants. Lorsqu'ils passèrent près d'elle avec le corps, elle se détourna.

— Qui s'occupera de lui ? demanda Boyd.

— Moi. Vous, descendez toutes nos affaires du grenier et tenez-vous prêt à partir à mon retour.

Puis s'adressant à Katina, il ajouta :

— J'ai besoin de votre aide pour me montrer l'endroit d'où le laisser tomber.

Sans un mot elle s'installa derrière lui sur la machine. Il démarra et ils suivirent un chemin qui s'éloignait de la vallée. À un moment donné, elle lui toucha l'épaule et lui indiqua un chemin qui coupait le terrain comme un trait blanc dans la nuit.

Le vent leur apportait l'odeur de la mer, et leur mettait un goût de sel sur les lèvres. Bientôt ils surplombèrent la masse de rochers et Lomax coupa le contact.

— Nous y sommes ?

— Oui. Les rochers sont hauts de plus de cent pieds par ici. En bas, il y a une vieille jetée et une cabane où mon père gardait son bateau pour la pêche, avant la guerre. Maintenant, les Allemands nous interdisent de nous en servir.

Il sortit le corps du side-car, le déposa par terre, débraya au point mort et laissa la moto rouler dans le ravin. Puis il hissa le corps sur son dos, resta un moment en équilibre au-dessus du vide et balança son fardeau à la suite de la machine.

Il retourna près de la jeune fille. Elle était là où il l'avait laissée et Lomax eut conscience qu'elle le regardait à travers l'obscurité.

— Je suis désolé que vous ayez dû être mêlée à tout ça, dit-il maladroitement, c'est une nuit de cauchemar à tous les points de vue.

Elle restait immobile, sans dire un mot ; il se rapprocha.

— Vous ne vous sentez pas bien ?

Elle commençait à pleurer, doucement il l'attira contre lui.

Puis, au bout d'un instant, ils retournèrent dans le noir vers la ferme.

3

D'ACTION ET DE PASSION

La villa d'Olivier Van Horn se trouvait perchée sur l'extrême bord d'une avancée étroite de rochers dominant la mer, à l'autre bout de la ville. C'était une maison à deux étages, agrémentée d'un important jardin et clôturée par un haut mur.

Ils pénétrèrent par la grille grande ouverte, longèrent une allée bordée d'oliviers et de palmiers qui penchaient doucement sous la froide brise, parfumée de mille essences de fleurs et une fontaine coulait dans un bassin avec un petit son clair.

Ils pouvaient entendre l'écho étouffé de voix qui parvenait de tout près et Katina s'accroupit vivement.

Une voiture allemande était garée près du perron et deux soldats en uniformes gris allaient et venaient devant elle en fumant.

Un instant plus tard, la porte d'entrée s'ouvrit et deux hommes parurent sous le porche éclairé. Lomax reconnut tout de suite Van Horn, d'après les nombreuses photographies qu'il avait vues de lui. Un costume de toile blanche, sa fine moustache et ses cheveux prématurément gris. L'autre homme était un officier allemand, colonel d'infanterie, étonnamment jeune, au visage intelligent. Il boita lourdement en descendant les marches et monta dans la voiture avec difficulté. Van Horn lui adressa un signe amical de la main et ne se retira que lorsque le véhicule eut regagné la route.

Une fois la porte fermée, Lomax se tourna vers Katina :

— Qui est cet officier ?

— Le colonel Steiner. Il a la responsabilité de l'île.

Boyd intervint.

— Ils ont l'air un peu trop amis à mon goût.

Katina secoua la tête.

— Mr Van Horn dépend de la bonne volonté de Steiner pour obtenir les médicaments dont il a besoin. C'est la raison pour laquelle il joue aux échecs avec lui toutes les semaines.

Elle se releva.

— Je crois que nous ferions mieux de passer par-derrière.

Katina les guida par un autre chemin et s'arrêta au milieu de buissons, face à un escalier de pierre conduisant à une terrasse couverte. Une porte-fenêtre éclairée était entrebâillée. Les rideaux, masquant l'intérieur, s'agitaient sous un vent léger, la lumière trouait l'obscurité. Quelqu'un jouait au piano une mélodie d'avant-guerre, mélancolique et déjà démodée.

— Attendez-moi ici, chuchota Katina.

Elle traversa la pelouse, monta les marches et disparut par la porte-fenêtre. Lomax s'appuya contre un arbre, la main sur la gâchette de sa mitraillette, et attendit.

Le piano s'arrêta de jouer. Le silence qui suivit sembla s'éterniser. Les deux hommes ne percevaient plus que le grondement des vagues se brisant contre les rochers. Tout à coup le rideau s'écarta et Van Horn apparut. Se penchant sur la balustrade, il appela doucement :

— Capitaine Lomax ?

Lomax émergea des buissons, Boyd sur ses talons, et vint à la rencontre de l'écrivain.

— Très heureux de vous voir, mon cher, dit-il comme s'il accueillait un vieil ami pour le dîner. Entrons.

La pièce était grande et confortablement meublée. Le plafond bas s'agrémentait de poutres apparentes. Un piano à queue occupait une place de choix et un feu de bois brûlait agréablement dans la cheminée. Katina avait disparu, puis une porte s'ouvrit et elle apparut, suivie d'une vieille femme au visage couvert de taches de rousseur et aux yeux noirs de jais. Elle s'essuya les mains sur son tablier blanc qu'elle portait sur sa robe et leur lança un regard curieux. Van Horn alla à la rencontre des deux femmes avec lesquelles il eut une rapide conversation, puis rejoignit l'officier.

— J'ai demandé à Maria, ma gouvernante, de vous préparer une chambre et un repas. Nous bavarderons à mon retour.

— Vous vous rendez en ville ?

— Pas pour longtemps. Les Allemands m'ont confisqué ma voiture mais j'ai réussi à obtenir deux bicyclettes pour les cas urgents.

— Y a-t-il quelqu'un d'autre dans la maison ?

— Seulement Maria. Elle est sourde mais comprend tout ce qu'on lui dit.

Il se tourna vers Katina.

— Nous ferions bien de partir maintenant, ma chère.

Elle paraissait très pâle et très fatiguée, mais elle réussit à adresser un pâle sourire à Lomax.

— Je vous verrai probablement demain matin.

— Seulement après que vous aurez dormi au moins douze heures.

— Ne vous inquiétez pas, je veillerai à ce qu'elle n'y manque pas, promit Van Horn, qui la prit par les épaules et la conduisit hors de la pièce.

Longtemps après que Maria les eut conduits dans une chambre confortable avec deux lits jumeaux au bout du couloir de l'étage au-dessus, Lomax, regardant par la fenêtre la mer au loin, sentit la fatigue le gagner. Boyd était nu jusqu'à la ceinture et se passait la tête et les épaules dans l'eau froide. Lomax fit de même. Il se sentit beaucoup mieux et tous deux redescendirent en suivant l'odeur du café jusqu'à la cuisine où Maria avait préparé du poisson frit et des œufs. Plus tard, ils prirent leur café, revinrent au salon et s'installèrent devant le feu avec des cigarettes.

— Beaucoup trop d'émotions pour une seule soirée, dit Boyd, une autre cigarette et au lit. Et vous ?

— J'attends le retour de Van Horn. Il aura probablement un message d'Alexias.

Boyd se leva et s'en fut examiner les livres disposés sur des étagères couvrant tout un panneau. Il en désigna une rangée.

— Tous ceux-là sont du grand homme lui-même ! Reliés en cuir vert, et titrés en lettres d'or, avec le nom de l'auteur.

— Apportez-m'en un.

Boyd revint avec une pile de bouquins qu'il déposa sur un fauteuil. Il choisit un mince volume qu'il feuilleta avec intérêt.

— Celui-ci s'appelle *Le Survivant*. J'ai l'impression que ce sont surtout des poèmes sur la guerre.

— Van Horn a combattu dans les tranchées, en 1914-1918.

— Je crois que je vais emporter ce bouquin pour le feuilleter au lit. Je vais voir s'il sait de quoi il parle. Je vous verrai plus tard.

Lorsqu'il fut seul, Lomax ouvrit un livre qu'il avait déjà lu, mais il fut pris à nouveau par le talent du narrateur. Une heure plus tard, les rideaux bougèrent et Van Horn entra par la porte-fenêtre. Il déposa sur une chaise une vieille trousse de médecin.

— Ah ! Vous êtes là ! Qu'avez-vous fait de votre sergent ?

— Parti se coucher avec un de vos volumes sur la guerre. J'espère que ça ne vous ennuie pas ?

— À condition qu'il me rapporte le livre. Pour une raison obscure, les gens pensent que les écrivains doivent distribuer leurs œuvres gratuitement... Bon sang! Ce que j'ai souffert en montant la côte! Je commence à devenir vieux.

Il se dirigea vers un bar d'où il sortit une bouteille et deux verres.

— La dernière goutte de gin.

— Ne la gâchez pas pour moi. Je suis seulement de passage et je pourrai bientôt retourner me réapprovisionner à Shepheard.

— Aucune importance. Ce soir est une occasion exceptionnelle. Je n'ai pas souvent de compagnie civilisée.

— Le colonel Steiner ne compte pas?

— Grand Dieu, non! Ça n'a rien à voir. Je le laisse me battre aux échecs, une fois par semaine, et il se croit moralement obligé de me fournir les médicaments que je lui demande.

— Nous l'avons vu monter dans sa voiture comme nous arrivions. Il me semble être très jeune.

— Vingt-sept ans, grièvement blessé à Stalingrad, juste avant que les Russes referment le cercle. Il a la Croix de Chevalier, entre autres, et vous savez qu'ils ne donnent pas *ça* pour rien.

— Ce doit être un homme très brave. Avez-vous eu des difficultés en ville?

— Alexias se trouvait au « Petit Navire » depuis une demiheure lorsque nous y sommes arrivés. Ils l'ont couché et j'ai examiné sa jambe.

— Est-ce grave?

— Assez. J'ai immobilisé l'os et je lui ai donné des sulfamides. Il s'en remettra facilement s'il reste tranquille une semaine ou deux. Il ne pourra sûrement pas prendre une part active dans votre opération.

— Y a t-il un message?

— Seulement qu'il essaiera de réunir plusieurs personnes dans l'après-midi. Katina viendra nous dire à quelle heure.

— Alors, il vous a mis au courant?

— J'en ai bien peur. Je pense que les événements l'y ont forcé. Katina m'a appris que vous étiez là pour la station radar installée dans la tour centrale du monastère.

— Ce n'est pas un radar. C'est un petit gadget ingénieux qui actionne une cible électroniquement. Tout ce que leurs avions et leurs sous-marins ont à faire, c'est de suivre le rayon émis. Ils ne peuvent pas se tromper. Ils ont infligé pas mal de dégâts à nos navires, récemment.

— Mais est-ce si important que cela ? Je croyais que de toute façon ils étaient en train de perdre la guerre, depuis le débarquement en Normandie du mois dernier ?

— Il y a peu de chance pour que la Crète soit reprise dans un futur proche, et dans ce cas, cette installation sur Kyros pourrait être ennuyeuse, mais le golfe d'Egine n'a plus qu'une importance secondaire maintenant, si c'est ce que vous voulez dire. Je ne pense pas que ce qui peut arriver ici change en quoi que ce soit le cours ultime de la guerre, à un détail près. (Il eut un sourire grimaçant et avala une gorgée de gin.) D'un autre côté, il faut bien qu'on nous occupe, n'est-ce pas ?

— C'est une observation judicieuse, répondit Van Horn, à quoi travailliez-vous avant la guerre ?

— Université, un peu de journalisme... Rien de bien défini.

— Et vint alors la guerre, avec une réponse facile à tous vos problèmes.

Il inclina la tête vers la médaille accrochée à la tunique de son vis-à-vis, et remarqua :

— Il me semble que vous avez eu un rôle actif depuis.

— Je suppose qu'on peut le dire comme ça.

— Ça vous a plu ?

— À ma manière tordue, oui.

— Accepter de tuer. Très important pour un soldat. Curieux comme le même mot peut signifier deux choses différentes. Pour moi, la guerre, c'était les tranchées, la boue, la crasse, la brutalité et la mort à une échelle indescriptible. Toute une génération décimée. Parfois, je sens un anachronisme.

— Et pour moi, la guerre, c'est... Quoi, à votre avis ?

— Un débarquement silencieux, une action nocturne, une chasse à l'homme à travers les montagnes. Dans une semaine, vous serez assis dans un bar de Shepheard, en train de célébrer une autre médaille que vous aurez gagnée. J'ai la très nette impression que le jour où le conflit se terminera, vous ne saurez plus que faire de votre personne.

— Il y a un petit détail que vous avez omis. Tous les officiers du Service Spécial sont automatiquement fusillés, s'ils sont capturés. Ceci est un ordre direct du Haut-Commandement allemand, il est appliqué depuis deux ans. Cela ajoute un certain risque, non ?

— Normal. La vie est composée d'actions et de passions : dès lors, il est indispensable qu'un homme se partage entre la passion et l'action de son temps, au risque d'être jugé comme quelqu'un qui n'a pas vécu.

Van Horn se renversa dans son fauteuil.

— Voilà que je redeviens sentimental. D'ailleurs Olivier Wendell Holmes a déjà dit tout cela avant moi et mieux que moi.

— J'avais aussi espéré devenir un écrivain un jour. C'est pourquoi je souhaitais vous rencontrer.

— Vous devriez sortir quelque chose de la guerre alors, ne fût-ce qu'un livre. Venez, allons fumer une cigarette sur la terrasse.

Il traversa le hall pour longer un long corridor blanc. La pièce dans laquelle ils pénétrèrent était plongée dans le noir mais Lomax vit qu'elle était circulaire avec des glaces sur les murs. Van Horn ouvrit une porte dérobée et ils se retrouvèrent dehors. Lomax respira profondément. Le balcon était surélevé et l'impression première était qu'on flottait dans l'espace, l'obscurité sentait le parfum des fleurs et la nuit semblait rejoindre la mer, les étoiles glissaient dans l'infini. Deux cents mètres plus bas, les vagues débordaient et se répandaient en une blanche crème sur les rochers.

— Je n'ai jamais rien admiré de pareil. Au contact permanent d'une telle beauté, comment un homme pourrait-il faire autre chose qu'écrire ?

— C'est ce que je pensais, dit Van Horn, et la guerre arriva. Le vieux docteur Douplos mourut et je me rappelais qu'à un moment aberrant de ma jeunesse, j'étais médecin. Depuis, je n'ai plus le temps.

— Peut-être quand la guerre sera finie ?

— Qui sait ? dit Van Horn. Lorsque je me tiens ici et que je pense à la stupidité de l'homme, je me demande si j'aurais à nouveau envie d'écrire sur lui. Dans ces moments-là, je vais jeter un œil à ma collection pour me rassurer et pour croire que la vie vaut la peine d'être vécue.

— Votre collection ?

— Je vais vous la montrer, si vous le désirez.

Van Horn rebroussa chemin, ferma la porte dérobée et retraversa la pièce. Lomax entendit le bruit d'un commutateur qu'il tournait mais ne s'attendait pas du tout à ce qu'il vit. De chaque côté du mur, des vitrines apparurent, toutes illuminées, répandant leurs lueurs comme si elles flottaient dans l'obscurité. Mais ce fut leur contenu qui lui fit échapper un murmure d'admiration. Elles contenaient la plus belle collection de poteries grecques qu'il ait jamais vue.

— Il y en a pour plus de cinquante millions, du seul point de vue commercial. Mais, à la vérité, certains de ces objets sont sans prix.

Hugh inspecta chaque vitrine, et finalement, tomba en arrêt devant une amphore haute d'un mètre. Le rouge et le noir du dessin étaient encore vifs après plus de deux mille ans.

— Ceci ne peut être un original et encore en une seule pièce !

— Elle vient de Rhodes, d'une tombe sous le temple d'Apollon. Le gouvernement grec l'en a retirée juste avant la guerre. Cette amphore devrait se trouver à Athènes, mais je me suis arrangé avec l'officier sous payé qui l'a découverte.

— Une des plus belles pièces qu'il m'ait été donné de voir !

— Le travail de l'homme, de la main de l'homme, c'est ce qui me donne encore de l'espoir, bien que je ne comprenne pas le snobisme actuel qui exalte les œuvres des années vingt et trente que l'on appelle de l'art.

— D'un autre côté, certaines d'entre elles sont à peine figuratives, dit Lomax en montrant des figurines assez crues de la mère-terre. Van Horn eut un petit rire :

— Un point pour vous.

Il éteignit les lumières et ils se retirèrent. Dans l'escalier les conduisant au premier étage, l'écrivain conclut :

— Je sais qu'il ne nous reste pas beaucoup de temps, mais peut-être pourrons-nous reparler de tout ceci demain matin. Vous devez avoir besoin de vous reposer maintenant.

Ils se dirent bonsoir, et Lomax gagna sa chambre, où il trouva Boyd profondément endormi. Il continua à penser à Katina Pavlo, se rappelant combien elle était pâle et fatiguée la dernière fois qu'il l'avait vue. Sa dernière pensée consciente fut son visage qu'il croyait apercevoir dans l'obscurité et chose étrange, elle lui souriait.

4

« Le petit Navire »

Juste après midi, le jour suivant, Katina conduisait la charrette dans le square central de Kyros, où le drapeau allemand flottait sur le pignon de la mairie. Lomax, assis près d'elle, vêtu d'un habit de matelot, de vieilles bottes, et d'une casquette déformée, ressemblait à un paysan typique arrivant tout droit d'une ferme de la montagne. Katina portait un foulard sur la tête, et une robe sans manches qui rendait ses bras très maigres. Elle n'avait presque rien dit depuis leur départ de la villa, mais ses yeux étaient clairs et il y avait une fraîcheur sur son visage qui indiquait qu'elle venait de passer une bonne nuit.

Elle retint les rênes pour laisser passer une escouade de soldats allemands que Hugh examina avec un intérêt tout professionnel.

— Des vieux et des tout jeunes, dit-elle alors qu'ils avançaient à nouveau. Ils ont purgé la Grèce et les îles de leur meilleures troupes, depuis des mois. Au moins cela démontre qui est en train de gagner la guerre.

Ils débouchèrent sur le port, où des marins s'occupaient à raccommoder inlassablement leurs filets, près de caïques fraîchement peints. Un sous-marin s'éloignait en mer. D'autres se tenaient alignés le long de la jetée, leurs équipages s'affairant sur les ponts.

— Y a-t-il toujours un aussi grand nombre de submersibles à quai ? demanda Lomax.

— Oui. Et il y a en a à peu près autant qui patrouillent en mer.

La charrette tourna dans une petite rue au bout de laquelle se trouvait « Le Petit Navire ». Hugh descendit et ouvrit la grille de la cour qui donnait sur l'arrière de la taverne. Il sortit de sous son siège un petit ballot et ils entrèrent dans un corridor au bout duquel le bruit de conversations leur parvint, mêlé à celui de verres entrechoqués et d'un air populaire joué sur un bouzouki.

Ils arrivèrent devant un rideau de perles masquant la salle, au bas d'un escalier en colimaçon. Katina lui fit signe d'attendre, puis elle écarta le rideau et disparut. En soulevant quelques chapelets de perles, Lomax eut un aperçu de l'endroit : une pièce fraîche, agréable, aux murs blanchis à la chaux, arrondis comme ceux d'une cave. Il ne semblait pas y avoir un seul Allemand.

Katina revint, suivie d'une femme, petite et rondelette à l'air aimable, qui paraissait âgée d'une quarantaine d'années.

— Voici tante Sarah. Les autres sont déjà là et attendent dans la chambre de mon oncle. Mr Van Horn est arrivé depuis dix minutes.

Mrs Pavlo sourit et les précéda dans l'escalier.

— Elle semble prendre tout ça avec un calme remarquable, chuchota Lomax à Katina.

— Elle est mariée avec mon oncle depuis vingt ans, et l'adore. Elle pense que tout peut arriver et que ce n'est donc pas la peine de se mettre martel en tête.

Mrs Pavlo ouvrit une porte en haut des marches et entra. La pièce était envahie par la fumée de cigarettes. Alexias, allongé sur un lit, fumait la pipe, entouré d'hommes parmi lesquels Lomax ne reconnut que Van Horn qui fumait lui aussi avec un fume-cigarettes en argent. En apercevant son ami, Pavlo eut une exclamation joyeuse :

— Ah ! Lomax ! Nous vous attendions. Tout le monde est là. Je vous présente le Visiteur de la nuit.

Dans le silence qui suivit l'arrivée de l'étranger, le Grec procéda aux présentations et Lomax salua une à une les personnes présentes.

Le prêtre de la paroisse, le Père John Mikali, un vieillard à barbe blanche, ne sourit pas en serrant la main de Lomax qui le jugea plutôt froid et distant. John Paros, un grand homme ayant l'aspect d'un loup de mer, s'avéra être l'électricien du pays. Assis près de lui, dans un coin, le beau-frère d'Alexias : Nikoli Aleko, petit, l'air préoccupé, qui aidait sa sœur à tenir « Le Petit Navire ». Enfin, George Samos et Yanni Demos, deux jeunes de moins de vingt ans. L'un et l'autre bronzés et bouclés, se ressemblant comme des jumeaux. Ils lui serrèrent la main, une expression admirative sur leurs figures.

Alexias s'enquit :

— Avez-vous apporté ce que je vous ai demandé ?

Lomax montra le paquet.

— Oui, tout est là.

— Bon, alors, nous pouvons parler travail.

— Un moment, Alexias, interrompit le Père John. J'aimerais

poser une question au capitaine Lomax avant que nous n'allions plus loin.

Il y eut une soudaine tension dans l'air et Lomax devina que ce que le prêtre allait dire avait été discuté avant son arrivée.

— Votre mission, ici, capitaine... De quelle importance est-elle ?

Hugh sentit le regard de Van Horn braqué sur lui, mais il n'en fut pas troublé.

— De très grande importance, mon Père, dit-il calmement.

— Mais comment est-ce possible, dit le Père John gentiment, les Allemands sont en train de perdre la guerre, le monde entier sait que ce n'est plus qu'une question de temps. La destruction d'une station de radar, ou de quelque autre chose de ce genre sur une île minuscule dans le golfe d'Egine, peut-elle avoir un réel effet, alors que nous sommes près de la fin ?

— Si cet argument était discuté sur chaque théâtre de guerre, le résultat serait probablement différent. Puis-je vous demander pourquoi vous m'avez posé cette question ?

— En tant que prêtre, j'ai la quiétude de mes paroissiens à considérer avant toute chose. Pardonnez-moi cette remarque, mais une fois votre mission accomplie, vous quitterez Kyros. Nous, nous resterons et devrons subir la colère des Allemands.

— Je sais, mon Père.

— Avez-vous pensé que lorsque les Allemands découvrent l'identité de celui qui s'est rendu coupable d'un acte d'agression à leur égard, ils arrêtent aussi ses proches parents et les envoient au camp de concentration de Fonchi, sur le continent ? Dans le cas de Katina, le colonel Steiner a consenti une exception, seulement parce que Mr Van Horn et moi-même avons plaidé la clémence, en prétextant son extrême jeunesse. Katina est maintenant mêlée à quelque chose d'infiniment plus grave.

Alexias remarqua sombrement :

— Vous devriez venir en Crète, mon Père. J'ai vu des villages entiers complètement détruits en raison de nos succès. Des hommes et des femmes pendus aux oliviers comme des fruits mûrs. Cela n'avait pour résultat que d'encourager le peuple à haïr plus fort l'envahisseur.

John Paros, à son tour exprima son opinion, mais plus calmement.

— Nous avons cohabité avec les Allemands pendant trois ans, mon Père. Kyros est une petite île. Jusqu'à maintenant, nous n'avons pas beaucoup combattu pour notre liberté. Cette occasion est peut-être notre seule chance d'apporter enfin notre contribution à la victoire commune.

Katina s'avança et s'agenouilla devant le vieux prêtre.

— Ne vous tourmentez pas pour moi. Mon père a donné sa vie. Comment pourrais-je offrir moins ?

Le religieux lui caressa doucement les cheveux et regarda tout le monde à la ronde.

— Ainsi soit-il. De mon côté, je suis seul dans cette histoire.

Il y eut un soupir de soulagement général et Nikoli Aleko passa un verre de vin à Lomax :

— Buvons à notre chance ! dit-il.

Lomax trinqua et Alexias dit :

— Les choses se présentent ainsi. Demain est la fête de saint Antoine. Comme d'habitude, l'île entière sera en vacances pour toute la journée. Les soldats iront en ville pour s'amuser.

— Et les moines ?

— En général, une partie d'entre eux prennent part à la procession religieuse. Le Père John s'arrangera pour qu'ils s'y rendent tous cette année. Ils quitteront le monastère à trois heures et y reviendront vers six heures.

— De quelle façon est gardé le monastère ?

— Une sentinelle à la grande porte, dans une guérite. Pendant la journée le portail reste ouvert, mais il y a un pont-levis. La tour est de l'autre côté d'une place minuscule. La salle de garde est au rez-de-chaussée de cette tour.

— Comment communique-t-on avec la ville ?

— Par téléphone. Mais Paros coupera les fils le moment venu. Il connaît l'installation, il a déjà travaillé dessus. Il y a aussi un câble de transmission dans la tour, auquel nous ne pourrons malheureusement pas toucher.

— Combien d'hommes en service ?

— Trois au rez-de-chaussée, quatre dans la tour au cinquième, où se trouve l'installation. La seule issue est un escalier circulaire en bois.

— Tout ça me semble très clair, dit Lomax. Par quel moyen nous y rendrons-nous ?

— C'est là que George et Yanni interviennent. (Alexias se tourna vers les deux jeunes gens.) Ils ont une cabane de berger près du sommet de la montagne. Katina vous y conduira dans la soirée.

— Et ensuite ?

— Un camion de ravitaillement va de la ville au monastère, tous les jours, à trois heures et demie. Vous savez combien les Allemands sont méthodiques. George et Yanni bloqueront la route avec leurs moutons pendant quelques minutes. C'est à vous de décider du sort que vous réserverez au chauffeur. George et Yanni se sont portés volontaires pour vous accompagner ensuite. Ils se cacheront à l'arrière du camion. Vous ou Boyd, pourrez endosser l'uniforme du conducteur.

— Cela devrait nous amener au monastère à quatre heures moins le quart environ. Combien de temps faudra-t-il à ceux qui se trouveront en ville pour nous tomber dessus, lorsqu'ils entendront l'explosion ?

— Pas mal de temps, car ils seront à pied. Pour venir de chez Mr Van Horn, vous avez traversé un pont qui enjambe un ravin, juste en dehors de la ville. Ce soir, Nikoli se servira de l'explosif que vous avez apporté, pour le miner. Au moment où il entendra votre explosion au monastère, il fera sauter le pont.

— Et cela coupera la seule route de ce côté de la montagne, dit Lomax, les Allemands ne pourront pas utiliser leurs véhicules.

— J'ai pensé que vous approuveriez, dit Alexias en tendant son verre à sa femme pour qu'elle le remplisse. Et, comparé aux plans que nous avons échafaudés en Crète, celui-ci est un jeu d'enfants.

— À part que le navire qui doit venir nous reprendre ne sera dans la baie qu'à neuf heures. Cela nous obligera à nous cacher pendant environ cinq heures avec Steiner à nos trousses, qui mettra l'île sens dessus dessous pour nous dénicher.

— Lorsque nous avons pris le général à Rhodes, ils nous ont poursuivis durant quatre jours sans parvenir à nous attraper, lui rappela Alexias.

— À Rhodes, nous avions de la place pour nous cacher. Enfin, nous verrons bien…

— Donc, vous approuvez mes plans ?

Lomax se dirigea vers la fenêtre et regarda le port, une légère crispation sur le visage. Au bout d'un moment, il se tourna vers les autres :

— Excepté une chose. George et Yanni ne nous accompagneront pas. Ils disparaîtront dès qu'ils auront arrêté le camion.

— Je ne comprends pas, dit Alexias, déconcerté.

— C'est très simple. Boyd et moi pouvons nous débrouiller

seuls une fois que nous aurons le camion à notre disposition. De plus, nous aurons revêtu nos uniformes… Pas d'habits paysans, cette fois.

— Vous devez être fou ! dit Alexias incrédule.

— J'incline à penser comme vous, dit Lomax en se resservant du vin, mais de cette façon, Steiner pensera peut-être que nous avons agi sans aide locale. (Il se tourna vers le prêtre :) C'est tout ce que je puis tenter, mon Père.

— Je vous suis reconnaissant, capitaine. Vous êtes très brave.

— Ou fou, dit Van Horn.

— Je boirai donc à ma folie, répondit Lomax.

Il leva son verre, se sentant soudainement téméraire et il s'aperçut que Katina le regardait, les yeux brillants. Pour la première fois, depuis leur rencontre, la jeune fille avait les joues colorées.

5

Le temple de la nuit

C'était une nuit calme, seul l'aboiement d'un chien au loin dans la vallée en troublait la quiétude. Le ciel était incroyablement beau avec ses étoiles suspendues à l'horizon où la montagne tentait de se hausser pour les rencontrer. Lomax le contempla quelques minutes, se demandant pourquoi la vie ne s'avérait pas aussi simple qu'une nuit d'été. On a juste à se tenir là et la regarder, il n'en coûte rien, excepté un peu de temps et cela vous donne tant en échange.

Katina attendait Hugh, perdu dans sa contemplation. Il la rejoignit, et tous deux continuèrent leur ascension, pour dominer bientôt le temple en ruine s'effritant avec le temps, au centre d'un plateau balayé par le vent.

L'anneau jaune de la lune éclairait la scène d'une faible lumière et les ombres noires des piliers tombaient sur le sol en mosaïque comme des barres de fer.

— C'est de l'autre côté, précisa Katina.

Il la suivit, ses bottes résonnant sur les pierres branlantes. Ils s'arrêtèrent un instant devant une tombe carrée en marbre, haute de six pieds.

— Voici donc le tombeau d'Achille.

Katina sourit.

— C'est ce qu'on dit.

Elle se détourna et contempla la vallée et la mer au loin.

— Quelle chose incroyable de penser que par une nuit pareille, alors que nous devrions remercier Dieu, les hommes soient occupés avec des pensées de mort et de violence.

Il alluma une cigarette en protégeant la flamme avec sa main. Lorsqu'il leva les yeux, elle se trouvait à l'autre bout du plateau. Elle se tourna et pendant un moment, la peur le gagna. La lune, juste derrière la jeune fille, nimbait sa silhouette d'or pâle. Elle paraissait irréelle et étherée, posée là par hasard et prête à s'envoler de nouveau. Elle bougea et le charme fut rompu.

Katina s'assit sur une pierre et s'adossa à la tombe. Il s'accroupit près d'elle.

— Il va falloir que vous partiez bientôt. Il est plus de minuit.

Elle acquiesça et se pencha, regardant avec curiosité une médaille pendant à une chaîne en or, que son compagnon portait au cou et que la lune éclairait.

— Une médaille religieuse ?

— Non. Une vieille pièce à l'effigie d'Achille.

— Un porte-bonheur ?

— Quelque chose comme ça. Une tireuse de cartes me l'a donnée, à Alexandrie, juste avant ma première mission. Elle m'a prédit que je courrai de grands dangers, mais toujours avec courage tant que je porterais la médaille.

— Et vous l'avez crue ?

— Pas vraiment. Si je me souviens bien, Achille lui-même était vulnérable, lorsqu'il livra son dernier combat.

Elle sembla hésiter un moment, puis dit lentement :

— Quand vous avez battu le soldat à la ferme, hier soir, j'ai découvert une certaine dureté dans vos yeux, et j'ai eu peur. Mon oncle Alexias tue parce qu'il hait les Allemands. Mais vous, pourquoi tuez-vous ?

— Sûrement pas pour cette raison-là. Des hommes tels que Boyd et moi-même en avons le talent, et c'est aussi simple que cela. Nous le faisons parce qu'il faut que ce soit fait.

— Je vois.

Il y eut un autre silence avant qu'elle ne dise :

— Pensez-vous réussir demain ?

— On ne sait jamais. Quelque chose d'imprévu peut toujours intervenir, quelque chose auquel nul n'a pensé. Je crois que le plus dur sera de nous cacher jusqu'à ce que le navire vienne nous reprendre.

— Comment vous débrouillerez-vous ?

— Je ne sais pas encore. Nous agirons suivant les événements. Nous nous réfugierons probablement dans votre ferme, puis nous irons nous cacher quelque part près de la baie où nous avons débarqué. La nuit tombe à sept heures et demie. Cela nous aidera beaucoup.

— Il y a deux ans, mon père a essayé de cultiver du tabac. Il a creusé une sorte de grotte sous l'étable. L'entrée en est une trappe couverte avec de la paille.

— Je pense que les Allemands découvriront l'endroit assez vite s'ils entreprennent une fouille méticuleuse. Mais je vous remercie quand même pour l'idée. Et maintenant il faut que vous rentriez.

Ils descendirent la colline, menant à la petite excavation dans laquelle se trouvait la cabane de berger. George, assis contre un rocher, un fusil entre les jambes, un gros chien noir couché près de lui, pour lui tenir chaud, guettait. Il leva la main lorsqu'il les vit. Ils allèrent ensuite regarder la vallée, à l'extrémité de la grotte. Il était désespérément conscient qu'il avait des choses à dire, mais elles ne venaient pas jusqu'à son esprit et cette étrange, secrète jeune fille se tourna vers lui, lui sourit comme si elle savait tout ce qui s'agitait dans sa tête :

— Vous réussirez demain, Hugh Lomax.

Leurs mains se touchèrent. Elle se détourna et descendit vers la vallée. Il la suivit des yeux jusqu'à ce qu'elle ait disparu, happée par l'ombre du ravin.

Dans la hutte basse de plafond, construite avec des blocs de pierre, Boyd, accroupi sur une couverture près du feu, nettoyait une carabine Winchester. Il leva la tête lorsque Lomax apparut :

— La gosse est-elle partie ?

Lomax acquiesça en silence.

— Les enfants naissent courageux sur cette île.

— Lorsque nous partirons demain matin, vous pourrez laisser cet engin ici. Trop encombrant.

Le sergent caressa le canon du fusil.

— Vous avez peut-être raison, mais c'est quand même une arme merveilleuse.

Il la chargea avec précaution, la déposa sur la couverture près de lui et, ouvrant sa tunique, en sortit un livre peu épais, relié en cuir vert. Intrigué, Lomax demanda :

— Qu'est-ce que c'est ?

— Le livre de poèmes sur la guerre, de Van Horn. Je n'ai pas l'habitude de ce genre d'ouvrage, mais je dois reconnaître qu'il est captivant.

— Alors il y a encore de l'espoir pour vous, dit Lomax en souriant.

Yanni leur servit du café dans deux tasses.

Plus tard, enroulé dans une couverture, Lomax contemplait le feu mourant, s'interrogeant sur les raisons profondes de sa présence au sommet d'une montagne dans une île minuscule du golfe d'Egine.

Mais il n'y avait pas de réponse, aucune raison satisfaisante ; il se tourna contre le mur et sombra dans un sommeil agité.

6

LE FEU DANS LA MONTAGNE

Accroupi près de la caverne, le soleil lui brûlant le dos, Lomax était conscient, depuis plusieurs minutes, de l'approche du camion, malgré les bêlements des moutons à travers la colline. Il se leva pour se rapprocher de Boyd. Ils repérèrent le véhicule contournant la montagne, dans la vallée, à leurs pieds. Un instant plus tard, il disparut derrière une masse de rochers. Lomax sortit et fit un signe à George et Yanni qui poussèrent le troupeau vers le versant, puis Lomax et Boyd dévalèrent la pente à leur tour, en courant. Arrivés au chemin, ils se réfugièrent dans le fossé. Ils furent entourés de moutons qui bêlaient plaintivement sous les aiguillons des deux jeunes Grecs, jusqu'à ce qu'ils obstruent complètement l'étroit passage. Lomax pouvait entendre le camion ralentir et s'arrêter près de leur cachette. Le conducteur se pencha hors de sa cabine et interpella furieusement George qui, quelques pas plus loin, se débattait au milieu de ses bêtes affolées. L'homme à son volant, se penchant un peu plus, commençait à s'énerver sérieusement. À ce moment, Yanni déboucha sur l'arrière du camion et de sa longue perche assena un coup terrible sur la nuque du chauffeur. L'Allemand s'affaissa sans un cri et lorsque le jeune berger ouvrit la portière, son corps tomba mollement sur le sol.

Lomax et Boyd se précipitaient déjà. Boyd enfonça son béret dans la poche de son uniforme et mit sur sa tête la casquette du mort. Elle était un peu trop petite, mais en l'inclinant sur le front il n'en paraîtrait rien à distance. Il s'installa au volant et Hugh se retourna vers Yanni qui inspectait les poches du mort.

— Fourrez-le dans le fossé et sauvez-vous vite. N'oubliez pas que vous n'avez pas beaucoup de temps.

George Samos s'éloignait déjà avec le troupeau et le camion repartit après que Lomax eut grimpé près du conducteur. En quelques instants, ils furent loin du troupeau et le bruit s'évanouit derrière eux alors qu'ils se dirigeaient vers un profond ravin. Lomax prit le Mauser de Boyd, ajustant le silencieux au moment où ils quittaient le ravin et se trouvaient en vue du monastère. Il était spectaculairement accroché au bord d'un plateau comme une saillie. Derrière lui, un mur de rochers de cinq cents pieds bloquait tout accès. Lomax s'accroupit sur le plancher, sa tête et ses épaules sous les jambes de Boyd, le Mauser prêt dans sa main droite. Boyd continua à rouler à vive allure. Alors qu'il commençait à ralentir, il dit :

— La chance est avec nous. La sentinelle a déjà levé la barrière.

— Nous devrons quand même nous méfier de lui.

— Attention ! Nous y sommes.

Il arrêta le camion, tout en laissant le moteur tourner, et ouvrit sa portière. La sentinelle dit quelque chose que Lomax ne put entendre, et s'approcha de Boyd. C'était un homme petit, d'environ quarante ans, qui portait des lunettes cerclées de fer. Il balançait négligemment son fusil sur son épaule et souriait.

Lomax ne lui laissa aucune chance. Il le saisit par les revers de sa tunique, l'attira à lui, lui appliqua son silencieux entre les deux yeux et tira. Il traîna ensuite le corps à l'intérieur. Boyd claqua la portière et fit entrer le camion dans la cour. Le léger sourire s'était figé sur le visage du mort, mais le sang sortait à flots de son nez et de sa bouche. Après une manœuvre circulaire, la machine s'immobilisa à l'entrée de la tour.

Lomax ouvrit la porte, monta rapidement les marches et entra rapidement, la mitraillette au poing. Il faisait froid et sombre et tout était silencieux. Un escalier en spirale menait aux étages supérieurs. Près d'eux, la porte de la salle de garde. Lorsque à l'intérieur, quelqu'un rit, cela sembla lointain et quelque peu irréel. Lomax se rapprocha du battant, essuya la sueur qui lui perlait au front, ouvrit vivement, entra, suivi de Boyd.

Deux des gardes, en manches de chemise, jouaient aux cartes, alors que le troisième, allongé sur une étroite banquette, lisait un magazine. L'un des joueurs abattant son jeu, son partenaire éclata de rire, avança la main pour prendre l'argent placé au centre de la table. Il vit alors les deux Anglais.

— Debout! dit Lomax en allemand, obéissez, si vous voulez vivre.

Les soldats se levèrent lentement, les mains derrière la nuque. Deux d'entre eux étaient très jeunes, mais le troisième, plus âgé, avait un regard froid, qu'une longue cicatrice sur un côté du visage n'adoucissait pas. Lomax dit à Boyd :

— Vite, en haut. Je m'occupe de ces trois-là.

Boyd partit et Lomax resta seul :

— Enlevez vos ceintures et tournez-vous!

Un des jeunes se mit à trembler et le balafré le rassura :

— Ne t'inquiète pas mon garçon. Ils n'iront pas bien loin.

— Taisez-vous et faites ce qu'on vous dit. Si nous n'avions craint le bruit, vous seriez déjà morts.

Il y eut des coups de feu dans l'escalier. Instinctivement, Lomax se tourna vers la porte et le balafré lui lança une chaise dans les jambes avant de s'élancer pour attraper une arme. Lomax tira et l'homme s'affaissa contre le mur. Il continua à tirer sur les deux autres qui se tenaient toujours près de la table, abasourdis et hésitants. L'un d'eux s'écroula avec un cri, les talons tambourinant sur le sol. Lomax l'acheva avec une rapide rafale et s'élança dans les escaliers. Il vit Boyd arriver. Il y avait du sang sur son visage où une pierre avait entaillé la joue.

— Arrivé à mi-chemin du premier étage, j'en ai rencontré un qui descendait. Beaucoup plus rapide que moi. Il a fermé une sorte de trappe qui isole les autres étages du premier.

— Tous les soldats de la ville vont nous tomber dessus avant que nous ayons eu le temps de remplir notre tâche. Et Nikoli ne doit pas faire sauter le pont avant l'explosion. Il va falloir travailler ici.

Boyd ne discuta pas. Il sortit son paquet et l'ouvrit. Ils déroulèrent les mèches et placèrent les charges de plastic à différents intervalles. Au moment où ils commençaient à relier les charges entre elles, l'écho d'une explosion leur arriva de loin. Ils se regardèrent en silence, et Boyd continua calmement son travail. Nikoli avait sûrement eu une raison pour agir avant le signal. Probablement un véhicule avait-il franchi le pont et il avait dû réaliser que quelque chose avait mal tourné.

Lomax demanda à Boyd :

— Ça suffira ?

— Je ne sais pas. Ça dépend de l'état des fondations. Sous ce climat, le mortier de ces vieilles bâtisses est généralement pourri.

Boyd relia les fils à un détonateur :

— Mettez le moteur en marche, capitaine. Dès que je l'entendrai, je remonterai cet engin pour trente secondes.

Lomax sortit, traîna le cadavre de la sentinelle dehors, les mouches s'affairaient déjà sur son visage. Il se mit au volant. Le moteur ronfla et alors qu'il effectuait une marche arrière, le sergent jaillit de la tour, courut et sauta près de lui. Lomax braqua si brusquement que le camion vira sur deux roues. Au moment où il prenait de la vitesse, on leur tira dessus d'un étage supérieur. Les balles pleuvaient, elles faisaient jaillir des fontaines de poussière dans l'air, enfin, ils passèrent la grille.

L'explosion fut terrible. Dans le rétroviseur, Lomax vit un énorme champignon s'élever, au centre duquel la tour se dressait. Un moment, elle resta debout, puis s'écroula lentement, dans un nuage de fumée et de poussière.

Boyd, penché à sa portière, avait surveillé l'explosion, il essuya de la main le sang coulant de son visage.

— Je peux bien vous dire que pendant un moment j'étais soucieux.

— Je le suis encore, dit Lomax. Plus vite nous serons de l'autre côté de la montagne, mieux ce sera.

Ils descendirent la pente du ravin à une allure folle. Un camion allemand montait, deux cents mètres plus bas, se dirigeant droit vers eux.

Il n'y avait que quelques secondes pour agir. Lomax poussa Boyd contre l'autre portière en lui criant :

— Sautez !

Le sergent se ramassa sur lui-même et se laissa rouler hors du bolide. Lomax accéléra avant de sauter à son tour.

Les Allemands ne prirent conscience du danger qu'au dernier moment. Leur voiture braqua alors si brusquement qu'elle bascula presque dans le vide et le bolide fou, abandonné par les deux hommes, la frôla au passage et tomba dans le ravin, cent mètres plus loin, alors qu'un autre camion allemand débouchait dans le contrefort de la montagne.

Lomax sortit du fossé et traversa la route en courant. Une douzaine de soldats le prirent en chasse. Il mit un genou en terre et leur envoya une rafale qui les éparpilla à la recherche d'un abri, il continua alors sur la route, et commença à escalader le versant de la montagne. Derrière lui les uniformes gris s'éloignaient au fur et à mesure qu'il grimpait, sautant d'un rocher à l'autre pour se protéger. Il s'arrêta une fois pour souffler, mais une balle sifflant à ses oreilles le força à reprendre son ascension. Ils étaient proches maintenant, très proches. Il glissa et perdit quelques mètres précieux. Il y eut un cri de triomphe dans son dos, presque aussitôt couvert par une explosion suivie des cris des blessés et des mourants. Alors qu'il se relevait, Boyd apparut derrière un rocher, un peu plus haut dans la montagne. Son bras partit en arrière et une grenade traversa l'espace. Lomax plongea instinctivement lorsqu'elle éclata puis courut rejoindre son compagnon sur une sorte de petit plateau.

En contrebas, les survivants de la première troupe continuaient à escalader la pente. Derrière eux, sur une falaise nettement dégagée et qui rejoignait le sommet de la montagne, les soldats d'un deuxième groupe arrivaient sur eux en biais pour leur couper toute retraite.

— Nikoli aurait dû démolir le pont plus tôt.

— Ça commence à se gâter ! acquiesça Boyd.

À leur gauche, le versant de la montagne en paliers conduisait à la petite cabane où ils avaient dormi la nuit précédente.

Lomax n'hésita pas. Il traversa le versant en courant, Boyd sur ses talons. Sous eux, des balles claquaient, et Lomax savait que dans quelques secondes ils seraient exposés au feu de leurs poursuivants. Il était déjà difficile de garder l'avance acquise, mais Boyd s'arrêta un instant pour reprendre sa respiration. Les Allemands ne cherchaient même pas à s'abriter. S'immobilisant, ils commencèrent à tirer tous en même temps. Soudain, d'une façon tout à fait inattendue, l'un d'eux s'écroula, puis un autre. Immédiatement, leurs camarades s'éparpillèrent, pris de panique.

Quelqu'un leur tirait dessus, de la caverne située juste sous le sommet de la montagne. Lomax passa la courroie de sa mitraillette autour de son cou et continua à monter, se cramponnant aux cailloux qui roulaient. Il sauta dans la caverne, suivi de Boyd. Katina était allongée derrière un rocher, la Winchester de Boyd à l'épaule. Elle tira deux coups rapides. Surpris, Hugh s'écria :

— Que diable faites-vous là ?

— Je m'inquiétais. Lorsque je me suis réveillée ce matin, j'ai eu un mauvais pressentiment, alors j'ai décidé de venir vous attendre ici. J'ai trouvé le fusil et vos affaires. À ce moment-là les événements se sont précipités.

Boyd, adossé à la muraille, soulevait sa chemise et pressait un pansement sur une vilaine plaie profonde.

Lomax s'accroupit près de lui.

— Grave ?

— Ne vous tracassez pas pour moi. Je resserrerai ma ceinture d'un cran, voilà tout.

Katina regarda par-dessus le plateau et revint vers eux.

— Ils sont très près.

— Nous devons repartir.

Il aida Boyd à se relever et ils achevèrent de parcourir le reste de terrain les séparant du sommet où se trouvait le tombeau d'Achille.

Ils contemplèrent la vallée sur l'autre versant. Le visage de Boyd était crispé de douleur et de grosses gouttes de sueur perlaient à son front. Il se tourna, désespéré, vers Lomax.

— Pas la peine d'insister. Je ne peux pas marcher assez vite. Je ne ferais que vous ralentir.

Lomax ne lui répondit pas, et s'adressa à Katina :

— Je vais essayer de les retenir ici. Emmenez-le le plus loin possible dans la vallée. Dans dix minutes, je reculerai en tentant de leur faire perdre notre piste. Conduisez-le à la ferme, je vous y rejoindrai à la nuit.

Il lui prit la Winchester des mains, et lui laissa la mitraillette de Boyd, puis leur tournant le dos, il alla se planter derrière un monticule, à l'autre bout du plateau. De son poste, il découvrait la cabane abandonnée. Un soldat surgit et avança avec précaution. Lomax distingua, à travers son télescope, l'aigle sur la tunique, au moment où il appuya sur la gâchette.

Lorsqu'il regarda par-dessus son épaule, il était seul sur le plateau.

7

Pas de sentiments, capitaine Lomax

Il commença à pleuvoir; le brouillard s'élevait de la mer, poussé par un vent froid. Lomax descendit avec précaution de la montagne. Il avait la bouche sèche et chaque os de son corps était douloureux.

Il s'arrêta près d'un olivier creux pour épier la ferme plongée dans l'obscurité. Comme rien ne bougeait, il se glissa sous une barrière et s'avança dans la cour. À l'abreuvoir, il s'aspergea le visage d'eau. En se relevant, il vit la porte de l'étable s'ouvrir et Katina s'avancer vers lui.

— J'étais en haut, je vous guettais. Je commençais à croire que vous n'arriveriez jamais.

Il sentit immédiatement que quelque chose n'allait pas. Il s'approcha d'elle et la scruta intensément :

— Où est Boyd ?

Après un bref silence, elle répondit doucement :

— Dans l'étable. Je n'ai pas pu l'emmener plus loin.

Quelque chose dans sa voix lui dit ce qu'il y trouverait, il courut vers l'étable, sortant sa lampe-torche de sa poche.

Boyd était étendu dans la paille, ses yeux sans vie partiellement rétractés, les mains avaient été pieusement croisées sur la poitrine, déjà dures et froides :

— Il a été bien jusqu'à ce que nous atteignions le haut de la colline, dit Katina d'une voix éteinte, puis il a eu une hémorragie. Je n'avais jamais vu tant de sang. Il m'a fallu presque une heure pour le traîner jusqu'ici.

Elle commença à pleurer et il déposa son arme pour la prendre dans ses bras. Son corps gracile était secoué de sanglots et il la serra contre lui, lui caressant doucement les cheveux. Elle se calma bientôt et se recula.

— Pardonnez-moi. Je me conduis comme une enfant. Vous devriez descendre vers la baie maintenant. Il ne vous reste plus beaucoup de temps.

Il était fatigué, plus fatigué qu'il ne l'avait été depuis quatre années. Plus rien ne semblait avoir de l'importance à présent. Il alluma une cigarette, et à ce moment les aboiements furieux d'une meute leur parvinrent de la colline.

Katina agrippa vivement le bras de Lomax qui dit :

— Je croyais les avoir semés. Il semble que je me sois trompé.

— Nous avons encore le temps, dit-elle, pressante.

— Vous, Katina, mais pas moi. Je vais tenter de les éloigner. Dès qu'ils commenceront à tirer à travers l'oliveraie, sauvez-vous par-derrière, et faites le tour par la montagne. Prenez la Winchester. Elle se démonte, ainsi vous pourrez la cacher facilement.

— Je ne vous laisserai pas !

Il la saisit par le bras.

— Le Père John ne s'est pas trompé à mon sujet. Tout saccager et détruire en laissant les autres faire face aux conséquences. Il est temps que je prenne un peu mes responsabilités.

— Mais dans quel but ? dit-elle avec désespoir.

— Je ne sais pas. Cela sera peut-être salutaire aux habitants de Kyros. En tout cas ce sera utile si cela ne sert qu'à vous sauver.

Elle pleurait à nouveau, la tête contre sa poitrine à lui. Il leva son menton, l'embrassa et la repoussa doucement. D'un geste sec, il arracha de son cou la chaîne qui retenait la médaille de bronze et la lui tendit.

— Je n'en aurai plus besoin maintenant.

Il releva Boyd, le chargea sur ses épaules et le trouva étrangement léger. Dehors, la pluie fine lui fouettant le visage lui redonna une énergie nouvelle.

Les chiens n'étaient plus loin. En traversant la cour, il les entendit dévaler la pente. Il se mit à courir vers la colline, à découvert. Il s'arrêta en haut d'un petit promontoire, déposa Boyd dans l'herbe et ajusta sa mitraillette.

Au moment où les Allemands atteignaient les oliviers, il envoya une rafale dans leur direction. Les chiens poussèrent des jappements d'excitation, des ordres furent lancés, et une salve répondit à ses coups de feu.

Lomax se remit à courir, mais ses jambes refusèrent de le porter et il tomba lourdement sur le sol où il resta quelques minutes avant de se redresser. Il constata que les Allemands avaient dépassé la ferme et se rapprochaient inexorablement de lui. Il leva son arme, garda le doigt sur la gâchette jusqu'à l'épuisement des munitions. Il abandonna alors l'arme inutile et se remit à courir, les balles sifflant autour de lui. Soudain, il eut l'impression de recevoir plusieurs décharges dans les jambes et il s'écroula face contre terre.

Tout s'éloignait de lui mais il était encore conscient lorsqu'une main l'empoigna par l'épaule, le retourna, lui envoyant en pleine figure le faisceau d'une lampe électrique. Il perçut les voix victorieuses des soldats, les grognements des chiens que l'on retenait, tout enfla dans un rugissement denué de sens et il sombra dans un trou noir.

*

* *

Lentement, le voile noir se déchira, devint gris et Lomax eut conscience que quelqu'un, près de lui, parlait calmement. Il ouvrit les yeux et distingua une grosse lampe juste au-dessus de lui. Il comprit qu'il se trouvait sur une table d'opération, et lorsqu'il esquissa un mouvement, la voix s'arrêta de parler et il perçut quelques pas rapides sur le carrelage. L'homme qui se pencha sur lui portait une blouse blanche et semblait être un médecin.

— Détendez-vous, tout ira bien.

Un infirmier s'approcha. Le docteur remplit la seringue et lui administra une piqûre. À ce moment, une porte à battants s'ouvrit et Steiner vint se pencher à son tour au-dessus du blessé, un mince sourire au coin des lèvres.

— Alors, mon cher Lomax, vous êtes encore parmi nous ?

Il fronça les sourcils, essaya de se soulever.

— Comment avez-vous appris mon nom ?

L'infirmier actionna avec son pied un levier qui remonta une extrémité de la table, et les deux hommes se trouvèrent face à face. Steiner rit.

— J'ai un dossier sur vous d'au moins vingt centimètres d'épaisseur sur mon bureau. Les services secrets le complètent tous les mois. Cependant, je ne croyais pas vous voir jamais sur l'île de Kyros. Excellent travail sur le monastère ; à propos, j'imagine qu'il vous rapporterait une autre médaille sur votre uniforme, si vous retourniez dans votre pays ?

Il glissa une cigarette dans la bouche de Lomax et l'alluma.

— Comment vous sentez-vous ?

Hugh se redressa un peu et constata que son pantalon avait été coupé jusqu'aux genoux. Ses deux jambes se trouvaient prises dans de gros pansements.

— Comme quelqu'un qui n'est pas à sa place.

— Mais vous y êtes, dit Steiner, pas de chance vraiment. Je dois vous faire fusiller. Vous en êtes conscient, n'est-ce pas ?

— J'ai eu du bon temps.

— Bien sûr ; une légère coopération pourrait m'aider à changer d'avis. Le nom des gens qui vous ont aidé, par exemple…

— Je n'ai eu besoin de personne d'ici. J'avais douze hommes avec moi.

— Curieux ! Car jusqu'ici nous n'avons vu que vous et le sergent dont le corps reposait à vos côtés quand nous vous avons ramassé. Comment expliquez-vous cela ?

— Le reste de ma troupe a dû arriver à temps au rendez-vous. (Lomax jeta un coup d'œil à sa montre et essaya de paraître convaincant.) Un sous-marin devait venir nous reprendre à huit heures, de l'autre côté de l'île.

Il sourit faiblement :

— Vous avez raté le bateau, colonel.

— Il nous est donc impossible de trouver un arrangement ?

— Il n'existe aucun point sur lequel nous puissions nous entendre.

— De toute façon, je me doutais que vous refuseriez.

Steiner enfila ses gants.

— Pas de sentiments, Lomax. Je respecte un homme courageux, mais je suis obligé de remplir mon devoir.

— Pas de sentiments, dit Lomax.

Ils échangèrent une poignée de main, et l'Allemand sortit, laissant Hugh se recoucher à plat et glisser dans le sommeil, en repensant à Steiner qui, lui avait-il semblé, s'était moqué de lui sans qu'il puisse s'expliquer pourquoi.

L'infirmier rallongea la table, détourna la lampe et il s'endormit.

Hugh se réveilla sur un brancard que l'on plaçait dans une ambulance. Deux infirmiers militaires étaient assis près de lui. Il tourna la tête pour chuchoter :

— Où suis-je ? Que se passe-t-il ?

L'un des deux se pencha, un jeune au visage agréable, le regard sérieux sous son bonnet militaire.

— Ne vous inquiétez pas. On vous emmène en Crète, c'est tout. Votre jambe a besoin d'une opération spéciale.

Lomax essaya de faire le point de la situation, mais il ne parvint pas à se concentrer. L'ambulance s'arrêta bientôt, les portes furent ouvertes et on le sortit.

Il devait être très tôt dans la matinée ; le ciel était gris, une pluie fine tombait sur le port. Trente ou quarante personnes, parlant entre elles par petits groupes, se massaient sur la jetée. La plupart étaient des marins, deux ou trois femmes se tenaient un peu en retrait. Ils s'avancèrent pour voir, et les infirmiers durent les repousser pour se frayer un passage et il leur fallut une minute ou deux pour hisser le brancard sur le bateau rangé à quai. Le blessé fut installé sur le pont près de la timonerie et gardé par les ambulanciers, pendant que l'équipage larguait les amarres, en toute hâte. L'eau bouillonna à l'arrière, le navire s'éloigna de la jetée où la foule demeurait silencieuse. Lomax regarda presque sans voir les figures figées de l'assistance, et le petit visage de Katina sembla s'élancer vers lui. Elle était donc saine et sauve ? Il en pouvait remercier le Ciel ! Elle avait la tête couverte d'un foulard, comme le soir où ils s'étaient rencontrés pour la première fois, elle lui sembla à nouveau très jeune, les yeux comme des ombres sur le visage pâle et une boule lui obstrua la gorge, l'étouffant presque.

Hugh resta étendu sur le pont, la pluie froide tombant sur son visage, et alors que l'île disparaissait à l'horizon, une mouette le frôla au passage, puis disparut dans le matin gris, pareille à une âme quittant le monde.

TROISIÈME PARTIE

LA CHASSE EST OUVERTE

1

« ON DIT QU'IL NE FAUT JAMAIS SE RETOURNER »

En se réveillant, Lomax trouva la médaille de bronze dans sa main crispée. Il la regarda, une lueur de stupéfaction sur le visage. Sa première impression fut qu'elle ne devrait pas être dans sa main et soudain, il se rappella. Le passé et le présent venaient de se trouver mêlés d'une façon tellement étroite en lui qu'il lui fut difficile de dissocier l'un de l'autre. Qui suis-je ? se demanda-t-il. Le « Visiteur de la nuit », ou bien Hugh Lomax, habitant la Californie, scénariste et romancier ? Il ne trouva pas de réponse satisfaisante. Il était devenu étranger à lui-même. Sa joue lui brûlait, là où un pied l'avait frappé. Il se leva et alla s'asperger le visage d'eau. Alors qu'il s'essuyait, on frappa à la porte et Katina entra. Un foulard lui couvrait encore les cheveux et elle portait la même robe de soie crème. Elle referma la porte et lui sourit.

— Comment vous sentez-vous ?

— Trop vieux pour des bagarres de rues avec des hommes deux fois plus jeunes que moi.

Elle ouvrit sa valise et en retira une chemise propre, qu'elle déboutonna.

— De quelle façon avez-vous passé le temps ?

— En me remémorant le passé, pour essayer de comprendre ce qui est arrivé, jadis.

— Un jeu dangereux. On dit qu'il ne faut jamais retourner en arrière.

— Je crois que c'est vrai. Je ne sais même plus qui je suis, à présent.

— Vous êtes Hugh Lomax. Le Visiteur de la nuit est mort depuis longtemps.

— Je n'en suis pas sûr. Il a presque tué un jeune garçon cet après-midi.

Elle n'eut pas de réponse à cela et il poursuivit :

— Il n'y a pas de logique dans cela, Katina. Pas de réponse. Il n'y a qu'une seule chose qui me retienne à un monde devenu fou. C'est le fait que je sais ne pas avoir trahi ceux qui m'ont aidé.

— Je vous crois, Hugh, et Olivier aussi. Il veut vous rencontrer. Il pense pouvoir peut-être vous être utile. Viendriez-vous à la villa avec moi ?

— Je n'ai plus rien à perdre et de toute façon, j'aimerais bien le revoir.

Elle alla vers la porte qu'elle ouvrit.

— Je vous attendrai en bas. Il faut que je parle à Anna avant que nous ne partions.

Il décida de se raser et s'habilla rapidement. Cinq minutes plus tard, il la retrouva dans la chaleur du square, assise au volant de sa Jeep, parlant avec Kytros.

Le sergent de police examina Lomax d'un œil critique.

— Vous semblez en meilleure forme que Dimitri.

— Comment va-t-il ?

— Lorsque je l'ai vu pour la dernière fois, on était en train de lui coller des agrafes dans la figure. Mais ne l'en sous-estimez pas pour autant. Il lui faudra plus d'une correction pour le mettre sur le dos. Il est dur comme le fer et possède une capacité de haine terrifiante.

— Dois-je prendre cela comme un avertissement ?

Kytros inclina gravement la tête.

— Tenez-vous à l'écart des rues le soir, Mr Lomax. Ceux qui désirent vous tuer y seront. Je préférerais que vous ne leur rendiez pas la tâche facile.

— Avec plaisir.

Lomax sauta dans la Jeep, près de Katina.

— Autre chose, sergent ?

— Le seul héritage intéressant de l'occupation allemande est notre système téléphonique. Si vous souhaitez l'utiliser pour m'informer de vos allées et venues, ce pourrait être utile. Si je ne suis pas à mon bureau, l'opérateur sera en mesure de me joindre pour vous.

Il se recula et Katina contourna le square avec la Jeep. Dans la première rue, elle demanda :

— Ferez-vous ce qu'il vous a conseillé ?

— Pourquoi pas, si ça peut le rendre heureux ?

Elle se concentra sur la route, dirigeant la voiture d'une main experte à travers les rues étroites. En dehors de la ville il y avait un nouveau pont. Des piliers de fer remplaçaient l'ancienne construction de bois. À part cela rien n'avait changé.

— Où est Yanni ?

— Je l'ai laissé dans la cuisine de la villa, en train de manger comme un ogre.

— Avec qui ? La vieille Maria ?

Une expression douloureuse remplaça le sourire de la jeune femme.

— Maria est morte depuis longtemps, à Fronchi. Ils l'ont emmenée lorsqu'ils ont arrêté Olivier.

Il baissa la tête, se rappelant la vieille servante et sa bonté. Une autre pensée l'effleura et il demanda doucement :

— Qu'est-il advenu de votre tante ?

— Elle a essayé de prévenir mon oncle, lorsqu'ils sont venus le chercher. Ils l'ont abattue dans l'escalier.

— Une autre raison pour me haïr ? dit Lomax amèrement.

Elle ne répondit pas, et ils parcoururent la fin du trajet en silence.

Lorsqu'elle arrêta le moteur dans la cour, à l'extérieur des écuries, à l'arrière de la maison, il faisait encore chaud, tout était silencieux et rien n'avait changé. Le temps n'avait pas bougé, le passé et le présent se fondaient avec un léger côté irréel. Alors qu'il la suivait le long de l'allée étroite d'oliviers, le sentiment demeurait et ce qu'il trouva lorsqu'ils gravirent les escaliers pour accéder à la terrasse renforça cette impression d'irréalité. Le décor demeurait le même après dix-sept ans ! Dans le salon, la grande cheminée, le piano, les étagères couvertes de livres vers lesquelles il s'avança pour en caresser doucement quelques-uns.

Il vacilla soudain, pris de vertige. Katina s'approcha, inquiète.

— Vous n'êtes pas bien ?

Il respira profondément et se reprit.

— Ce n'est rien. Seulement, le temps semble ne plus signifier grand-chose pour moi, et je n'y suis pas encore habitué.

Elle hésita à répondre, puis se détourna et sortit, une légère crispation sur le visage. Il la suivit le long du couloir où régnait la fraîcheur et, dans la pièce, il n'y avait aucune trace de Van Horn mais la merveilleuse collection de poteries grecques était encore là. Lomax s'arrêta pour admirer la grande amphore, mais la regardant de plus près, il constata que la surface en était recouverte par un filet de petites lignes. Depuis la dernière fois, on l'avait brisée en mille morceaux, que quelqu'un avait laborieusement recollés.

Un pas résonna derrière lui et la voix de Van Horn s'éleva dans le silence de la pièce.

— Si cela vous intéresse, sachez que cela m'a pris un an.

Van Horn lui sembla un peu amaigri, sa moustache et ses cheveux avaient blanchi, mais ses yeux gardaient toujours autant d'éclat, et sa poignée de main demeurait ferme.

— Que s'est-il passé, Van Horn ?

— L'amphore ? (Van Horn haussa les épaules.) Les Allemands qui m'ont arrêté se sont un peu énervés. Le plus étonnant est qu'à mon retour, après la guerre, j'ai pu récupérer tous les morceaux dans une boîte, au grenier. Ce fut une bonne chose en un sens. Ce travail méticuleux m'occupa pendant la première année. La réadaptation a été dure.

— Après Fronchi ?

— Oui… Allons sur la terrasse. Quand le soir descend c'est très agréable.

Katina s'était éclipsée silencieusement. La vue s'étendait jusqu'à la Crète, dont on apercevait les montagnes qui dansaient dans la brume de chaleur. Le soleil, pareil à une grosse orange, semblait toucher l'eau, chatoyant dans la chaleur.

Van Horn s'assit dans un fauteuil en rotin, près d'une table où plusieurs bouteilles et un pot de glace voisinaient avec une machine à écrire. Lomax ramassa quelques feuilles de papier, éparpillées par le vent.

— Je crains de n'avoir rien lu de vous récemment.

— Mon cher, j'ai écrit tout ce que j'avais à dire depuis longtemps.

Van Horn remplit deux verres de gin.

— Savez-vous que les Allemands nous ont laissé entendre que vous étiez mort ? Que le navire sur lequel ils vous envoyèrent en Crète n'arriva jamais à destination ? Qu'est-il arrivé ?

— Nous avons croisé un caïque grec, qui n'aurait pas dû se trouver là, et le capitaine décida de l'approcher. Malheureusement pour lui, il eut affaire à un loup déguisé en berger. Le navire du Service Spécial, qui aurait dû nous reprendre après l'accomplissement de notre mission, se promenait dans les parages.

— Le navire allemand a donc été coulé ? Quel a été votre sort ?

— On m'a conduit à Alexandrie le plus vite possible. Mes jambes étaient en très mauvais état; après, on m'a expédié en Angleterre pour y subir un traitement spécial. Je ne pus reprendre mon activité qu'au début de 1945. À ce moment-là, les choses en Europe se précipitant, mes chefs décidèrent que je serais plus utile en Allemagne.

— Pourquoi pas? Après tout, le golfe d'Egine n'a jamais été plus qu'un théâtre secondaire. Ils n'ont même pas pris la peine d'envahir la Crète. Lorsque la fin est arrivée, les Allemands se sont rendus, comme tous ceux occupant les autres îles.

— Et pourtant un projet d'invasion de la Crète fut la raison de l'opération sur Kyros. Je présume qu'à votre avis toute cette affaire ne fut qu'une perte de temps?

Van Horn eut l'air sincèrement surpris.

— Ai-je jamais prétendu le contraire? Les choses se sont déroulées d'une façon très romanesque, ici, dans le golfe d'Egine, avec votre débarquement nocturne, et votre brigandage autorisé, mais n'allons pas prétendre que cette histoire aurait pu avoir le moindre effet sur le déroulement de la guerre.

Une colère aveugle, incontrôlable, envahit Lomax.

— Je regrette que Joe Boyd et un ou deux autres ne soient pas là pour entendre ce que vous venez de dire.

— Je pourrais vous citer quelques noms moi-même, répondit calmement Van Horn. La vieille Maria, la femme d'Alexias, et bien d'autres. Spectateurs innocents qui ne savaient même pas de quoi il était question. Fronchi a été assez dur, mais rien en comparaison des bordels pour soldats où des jeunes filles comme Katina ont été envoyées. Les voilà les vraies victimes.

Van Horn continuait à parler mais Lomax ne l'entendait plus. Fermant les yeux, il se sentit plongé dans un grand trou noir. Il alla s'appuyer à la balustrade, et vomit. Il resta un moment à contempler le vide, puis, lentement, la vie revint à lui. Il prit conscience de la présence de Van Horn, qui lui tendait un verre. Il but, et le liquide lui brûla l'estomac.

— Je suis désolé, Lomax. Je pensais que vous étiez au courant.

— La seule chose que Katina ait omis de me révéler, murmura Lomax.

L'écrivain lui tapa amicalement l'épaule et retourna s'asseoir. Lomax alluma une cigarette et resta un moment accoudé au parapet, les yeux perdus au loin. Puis il se retourna et dit calmement :

— Katina m'a appris qu'à part elle, vous êtes la seule personne à penser que je ne vous ai pas tous trahis.

— En effet.

— Puis-je vous demander pourquoi ?

— Disons simplement que ça ne correspondait pas à votre caractère.

— Cela vous paraît une raison suffisante ?

— Je suis écrivain de profession, ne l'oubliez pas. L'observation des gens est mon travail.

Lomax vint prendre place à la table.

— Racontez-moi ce qu'il s'est passé lorsqu'ils sont venus vous arrêter.

— Un assez jeune officier est arrivé avec une petite bande de soldats, et ils ont fouillé la maison sans me donner d'explications. C'est à cette occasion que l'amphore a été brisée. Ensuite, ils m'ont emmené au quartier général pour voir Steiner. Ce dernier m'a simplement affirmé savoir que je vous avais hébergés, vous et Boyd. Naturellement je lui ai rétorqué que j'ignorais de quoi il parlait.

— Et quand a-t-il suggéré pour la première fois que j'étais l'informateur ?

— Un des gardes de la prison me l'a confié, un mois plus tard.

— Ils ne vous ont donc pas envoyé à Fronchi directement ?

— Je suis resté ici en prison pendant trois mois avant qu'ils ne me transfèrent. La plupart des autres s'y trouvaient déjà.

— Alexias aussi ?

— Il n'y est jamais allé. Ils l'ont envoyé directement à la prison de la Gestapo à Athènes. Je suppose qu'ils pensaient se servir de lui en temps et en heure. Ils connaissaient son activité secrète.

— Mais pourquoi vous ont-ils retenu ici, après que les autres eurent été emmenés ?

— Steiner en avait décidé ainsi. Il savait que ma santé n'était pas bonne et le docteur de la garnison lui a assuré que je ne survivrais pas trois mois à Fronchi. Je crois qu'il a essayé d'agir de son mieux à mon égard.

— Pour quelle raison ? demanda carrément Lomax.

— Il m'aimait bien, c'est aussi simple que cela. Nous jouions aux échecs ensemble chaque semaine, vous vous souvenez ? Lorsque j'en avais besoin, il m'obtenait des médicaments spéciaux me permettant de sauver bien des vies. Il était impitoyable, sans doute, insensible même, mais pas mauvais homme au fond.

— Alors, pourquoi son changement d'attitude envers vous, trois mois plus tard ?

— Ce n'est pas lui. Il a quitté l'île un matin, pour se rendre à une conférence militaire en Crète. Son sous-marin a été coulé. Comme vous, nous n'avons plus jamais entendu parler de lui. Son successeur m'a expédié à Fronchi dès qu'il est arrivé. J'y suis resté jusqu'à ce que les Allemands se constituent prisonniers en Grèce, l'année suivante.

— Ainsi ce docteur de garnison se trompait bien lorsqu'il prétendait que vous ne survivriez pas trois mois à Fronchi.

La remarque de Hugh ne contenait aucune équivoque et elle était entre eux, comme une épée tranchante. Van Horn rompit le silence pour déclarer avec calme :

— Il semble y avoir un doute dans votre esprit, quant à la véracité de mon récit ? Peut-être réussirai-je à mieux vous convaincre en vous exposant quelque chose d'un peu plus concret que des mots ?

Il se leva, déboutonna sa chemise et se tourna. Partant des épaules jusqu'au bas de la colonne vertébrale, son dos n'était qu'une masse de tissus cicatriciels, formant des lignes se superposant. Il rajusta sa chemise.

— Pas très agréable à voir, n'est-ce pas ? Cinquante coups de fouet pour avoir frappé un gardien. Et ce n'est pas grand-chose en comparaison de ce que d'autres ont enduré.

— Et vous avez survécu à cela ? dit lentement Lomax.

Van Horn reboutonna sa chemise.

— J'ai touché le fond de l'abîme, Lomax. L'extrême dans la dégradation. Étrange, mais lorsque vous descendez aussi bas, vous êtes tellement plein de haine pour ceux qui vous y ont poussé, que cela vous donne une vie nouvelle. Je m'étais juré de vivre assez longtemps pour voir le jour où je sortirais de ces fils de fer barbelés. À la vérité, ils ont dû me transporter sur une civière hors du camp, mais je vivais !

Lomax se leva, et retourna s'accouder à la balustrade. Il revoyait dans son esprit les cicatrices de Van Horn, tous ceux qui étaient morts, Katina et son agonie secrète. L'écrivain vint près de lui et murmura :

— J'ai bien peur qu'il ne vous faille chercher ailleurs votre traître.

— Des suggestions ?

Au bout d'un moment, Van Horn hocha la tête et soupira :

— Même si je le savais, je ne suis pas sûr que je vous le dirais.

Pendant un long moment, Lomax scruta le visage élégant, les yeux bleus si pleins de compassion et tourna rapidement les talons pour retourner dans la maison.

2

De l'autre côté du temps

Hugh Lomax descendit dans le jardin, conscient de sa fraîcheur par rapport à la chaleur de la journée.

Le ciel était d'un rouge violent à l'horizon, les cyprès près du mur se gravaient sur cette toile, comme un lacet noir et, juste au-dessus d'eux, le rouge cramoisi s'évanouit dans une barrière bleu noir sur laquelle scintillait une seule étoile. Quelque part, le gazouillis du jet d'eau faisait entendre un son cristallin. Il sortit par une porte latérale et se retrouva au sommet de la falaise. À ce moment, Yanni déboucha et se heurta à lui. L'enfant leva la tête, surpris, et eut un sourire insolent.

— Oh ! C'est vous, Mr Lomax ?

— Où vas-tu donc d'un air si pressé ?

— À la cuisine. Katina m'a chargé de demander à la cuisinière de commencer à préparer le dîner.

— Katina est sur la plage ?

— Oui. Je l'ai aidée à préparer le bateau. Mr Van Horn et elle vont naviguer jusqu'en Crète, samedi. Si je suis sage, ils m'emmèneront !

— Je vois que c'est ce que tu fais.

Lomax lui caressa les cheveux, Yanni sourit et disparut en courant dans la direction de la maison.

La plage se trouvait au bas de marches en pierre qui zigzaguaient le long de la falaise. Lomax aperçut Katina au bout de la jetée. Elle se tenait debout avec de l'eau jusqu'aux genoux, la robe relevée, le visage tourné vers le soleil. Il y avait quelque chose de sauvage en elle, on la devinait liée à jamais à sa terre ancestrale, qu'elle semblait personnifier en ce moment, alors que sa silhouette se détachait sur le ciel déjà assombri et que ses jambes nues supportaient l'assaut des vagues. Elle tourna la tête et le vit. Sa gorge se serra. Il eut comme une révélation lorsqu'il réalisa qu'elle était belle.

Elle lui sourit et s'étonna :

— Vous n'avez pas parlé longtemps avec Olivier.

— Pourquoi ne m'avez-vous rien dit, Katina ?

Ils se regardèrent un moment en silence, puis elle sortit de l'eau, traversa la plage jusqu'à un creux sablonneux entouré de rochers. Ses chaussures et une serviette de bain se trouvaient sur une vieille couverture de voyage où elle s'assit pour s'essuyer les jambes. Lomax s'accroupit près d'elle et alluma une cigarette. Au bout d'un moment, elle tendit la main :

— Vous permettez ?

Il lui donna sa cigarette sans un mot et il y eut quelques secondes de silence pendant qu'elle fumait.

Elle soupira puis la lança dans le sable.

— Que voulez-vous que je vous dise ? Que ma vie est finie ? Que chaque jour fut un supplice ?

— N'en était-ce pas un ?

— Il y a si longtemps qu'il me semble que c'est arrivé à quelqu'un d'autre. De toute façon, j'ai eu de la chance. Je me suis trouvée enceinte au bout de quelques mois et ils m'ont mise à la porte, me laissant me débrouiller seule.

— Et l'enfant ?

— Il est mort avant de venir au monde. Il n'aurait pas survécu de toute façon. En ce temps-là la moitié de la Grèce mourait de faim.

— Je suis désolé, Katina. Vous ne saurez jamais à quel point je suis désolé…

— Il n'y a aucune raison pour que vous le soyez.

— En êtes-vous sûre ? Rappelez-vous ce que le Père John a dit un jour au « Petit Navire ». Les hommes comme moi laissent toujours les autres payer leur propre gloire.

— C'est la guerre qui est à blâmer. Je vous ai expliqué une fois que ce n'était qu'un mauvais rêve dans lequel rien de ce qui arrivait n'avait de sens.

— Et duquel certaines personnes ne se sont jamais réveillées.

— Vous pensez à mon oncle ? … Oui, j'ai peur qu'il ne puisse jamais oublier. Il vit trop seul, trop replié sur lui-même.

— Seul ?

— À la ferme. Il y habite depuis la fin de la guerre. Il y reste trop longtemps et cela ne lui vaut rien.

— Il a sûrement des employés, une gouvernante ?

— Seulement pendant la journée. Le soir, il préfère être seul.

— Et le « Petit Navire » ?

— Il a pris Nikoli comme associé. Il s'en occupe avec Dimitri.

— Pourquoi Dimitri ?

— Mon oncle s'est toujours senti responsable de lui. Son père est un de ceux qui sont morts à Fronchi.

— Et ils me haïssent tous. Tous, sauf vous. Pourquoi Katina ?

Elle se leva et dit d'un ton léger :

— Mais, parce que vous ne m'avez donné aucune raison de vous haïr !

Elle se leva et regarda le soleil qui disparaissait, englouti sous la surface de l'eau. Lomax s'approcha d'elle.

— Pourquoi ne vous êtes-vous jamais mariée ? demanda-t-il doucement, une jeune fille comme vous doit avoir des soupirants.

Elle se tourna lentement et dans la lueur orange émanant de la mer, on aurait pu la prendre pour Hélène, plus belle que jamais, regardant brûler Troie. Lorsqu'elle prononça son nom, ils se rapprochèrent l'un de l'autre tout naturellement. Elle prit sa tête entre ses mains et l'embrassa. Il la souleva dans ses bras et l'étendit doucement sur la couverture ! Katina pleurait, son visage ruisselait de larmes, il en eut subitement conscience, puis un grand vent sembla les soulever de terre et les emporter de l'autre côté du temps.

En traversant le jardin conduisant à la maison, ils marchaient main dans la main, comme deux enfants. La robe en toile de Katina était abîmée et tachée par l'eau salée. Lomax eut un petit rire et l'embrassa gentiment sur la joue.

— Vous devriez vous changer pour le dîner. Ne choquons pas Olivier !

Ils traversèrent le hall et s'arrêtèrent devant les marches.

— Je pense que je vais prendre une douche aussi, dit-elle, je vous rejoins dans une heure.

— Je serai sur la terrasse avec Van Horn.

Elle l'embrassa rapidement et gravit l'escalier, il resta là, respirant son parfum suspendu dans l'atmosphère, il se sentait curieusement triste.

Pour un instant, il avait réussi à échapper au monde de haine et de violence dans lequel il était plongé. Mais le bref moment de bonheur goûté sur la plage ne pourrait se prolonger que s'il réussissait à résoudre le mystère vieux de dix-sept ans, et il commençait à douter que ce fût possible.

Van Horn, assis sur la terrasse, à l'endroit où Lomax l'avait laissé, regardait la mer à travers des jumelles.

— Ah ! vous voilà ! Bonne promenade ?

— Je suis allé jusqu'à la plage. J'ai admiré votre bateau.

— Il m'est très utile. Je peux me rendre en Crète quand l'envie me prend. Le courrier ne passe ici qu'une fois par semaine.

— Je ne le sais que trop !

— Dites-moi, Lomax… Pourquoi êtes-vous revenu après tant d'années ?

— J'ai senti comme un changement. Rien de plus simple.

— Rien ne l'est jamais.

Sachant qu'il avait raison, Lomax fronça les sourcils, essayant d'être clair.

Au bout d'un instant, il dit :

— Il me semble qu'à un moment donné de ma vie, je me suis égaré sur un mauvais chemin.

— Vous vouliez être écrivain, n'est-ce pas ?

— Oh ! J'en suis devenu un. Pas celui que j'aurais souhaité être, loin de là, mais enfin, je me suis fait un nom au cinéma.

— Admettre la compromission est une des choses les plus difficiles à accepter dans la vie.

Hugh eut un rire amer.

— Dans mon cas, il semblerait plutôt que ce soit la vie qui m'ait obligé au compromis. J'avais atteint un stade où mes matins étaient empreints du goût permanent de la mort, comme autrefois. J'ai pensé que si je revenais au golfe d'Egine, si je prenais le temps de penser, je trouverais peut-être où je m'étais trompé de route et recommencer.

— N'est-ce pas ce que nous voulons tous tenter sans y arriver jamais ? Nous ne commettrions pas les mêmes fautes deux fois. Nous nous contenterions seulement d'en faire de nouvelles.

Il sourit avec douceur.

— Un vieux proverbe grec prétend : « Pour chaque plaisir, Dieu donne deux peines. » Il nous faut accepter la vie comme elle est, Lomax, sans chercher plus loin.

Lomax secoua la tête.

— Trop fataliste à mon goût. Un homme devrait pouvoir réagir quand les événements se tournent contre lui.

— Et c'est probablement ce que vous avez l'intention de faire présentement ?

Lomax acquiesça.

— Je suis pleinement conscient d'avoir une part de responsabilité dans ce qui s'est passé ici, mais ce n'est pas moi qui ai déclenché la tempête sur ces malheureux. Je ne vois pas pourquoi je porterais la croix à la place du coupable.

— Mais vous n'avez pas de point de départ. Vous ne savez même pas exactement ce que vous cherchez.

— Mais si, je cherche le membre de notre groupe qui a tiré bénéfice de sa trahison.

— Ou de sa faiblesse, ou de sa peur. Avez-vous pensé à cela ? Vous n'y arriverez pas, Lomax… De toute façon, chacun des membres de notre groupe a souffert. Quelques-uns sont morts, d'autres ont fini la guerre à Fronchi et nous avons tous connu l'enfer. Pas un n'a eu un traitement de faveur, je puis vous l'assurer.

— À part Alexias, dit Lomax.

— Comme il me semble vous l'avoir déjà appris, il a été envoyé à Athènes, où ce qu'il a subi fut un traitement spécial d'un autre genre.

— Pourtant, il n'est pas mort. Les Allemands devaient certainement savoir qu'il avait travaillé avec moi, et avec l'E. O. K., en Crète. D'après les conventions de Genève, ils auraient dû le fusiller en tant qu'espion, et ils ne l'ont pas fait.

— Je vous rappelle qu'ils exécutaient généralement tout officier des Services Spéciaux qu'ils capturaient. Or, ils ne vous ont pas fusillé.

— Encore une histoire que je n'ai pas comprise. Pourquoi Steiner n'a-t-il pas ordonné mon exécution ? Pourquoi me garder et m'envoyer juger en Crète ? Leur politique commandait d'organiser une exécution publique.

— Je puis ajouter que si vous cherchez quelqu'un dont le sort n'a pas été celui des autres, il y a Katina, dit Van Horn très calmement.

Lomax le regarda avec stupéfaction.

— Vous ne parlez pas sérieusement ? … Vous savez bien ce qui lui est arrivé ?

— Nous n'avons que sa parole pour la croire. Si vous suspectez son oncle, vous devez aussi la suspecter, elle aussi.

Lomax fronça les sourcils et s'assit en face de Van Horn qui poursuivit :

— Autre chose. Même si Alexias nous a vendus, cela n'explique pas pourquoi les Allemands s'en sont pris à lui, en premier lieu.

Et voilà le point faible. Lomax poussa un grand soupir.

— Vous avez raison bien sûr.

— Je suis désolé, dit gentiment Van Horn, mais il fallait le dire. Qu'allez-vous faire maintenant ?

— Je pense qu'il est temps que j'ai une conversation avec Alexias. Après tout, c'est lui qui est au centre de l'affaire, dit Lomax en se levant.

— Acceptera-t-il de vous rencontrer ?

— Je ne vois pas pourquoi il refuserait. Katina m'a dit qu'il vivait seul à la ferme. Si je me présente là-bas, il n'aura pas le choix.

— Vous êtes bien sûr ? Réalisez-vous qu'il est peut-être en train de prier pour que vous tombiez dans ses griffes ? Que vous vous jetiez tout simplement dans la gueule du loup ?

— J'ai prévu tout cela, répondit calmement Lomax.

Van Horn alla jusqu'à la balustrade. Pendant un moment, il observa la mer puis se tourna vers Lomax :

— Je ne peux pas dire que j'approuve tout cela, Lomax. Franchement, je ne pense pas que tout cela ait encore la moindre importance aujourd'hui, toutefois si je peux vous aider, je le ferais. Pour commencer la Jeep est à votre disposition.

— Merci, mais je crois que j'ai besoin d'un peu de temps pour réfléchir. Je vais y aller à pied, en passant par la montagne.

— Puis-je vous persuader de rester à souper ?

— Je ne pense pas. Je ne voudrais pas que Katina soit mêlée davantage à cette aventure. Si elle devine que j'ai l'intention de rencontrer son oncle, il est probable qu'elle essaiera de m'en dissuader.

— Que devrais-je lui raconter ?

— Ce que vous voudrez. Je lui parlerai plus tard. Je tiens à débrouiller les choses tout seul.

Van Horn allait répliquer, mais Lomax, lui tournant le dos, traversa la maison et le jardin. Près du portail, quelqu'un l'appela, il vit Yanni sortir d'un buisson.

— Vous ne restez pas pour dîner, Mr Lomax ?

— J'ai une affaire urgente qui m'appelle, mon garçon. Dis à Katina combien je suis désolé.

Le jeune visage de Yanni était grave.

— Vous cherchez encore des ennuis ?

— C'est d'habitude dans l'autre sens. Rentre à la maison maintenant. Je te verrai demain.

Laissant le petit garçon, Hugh s'engagea sur le chemin et grimpa sur le flanc de la colline.

C'était le moment calme, entre le jour et la nuit, instants étrangement tranquilles. Il entendit un chien aboyer, et l'odeur du bois brûlé venant d'une cabane de berger lui parvenait portée par un vent léger. Lorsqu'il s'arrêta pour se reposer, il s'adossa contre un bloc de cailloux et alluma une cigarette. Il avait conscience depuis un moment d'être suivi. Il recula dans l'ombre et attendit. Il y eut un roulement de pierres sur le chemin, et Yanni s'avança prudemment. Le petit garçon s'immobilisa, manifestement indécis. Lomax sortit de sa cachette et lui tapa sur l'épaule.

— Et où peux-tu bien aller comme ça ?

Yanni sourit d'un air penaud.

— Je ne voulais pas mal faire, Mr Lomax. J'ai pensé que vous pourriez encore avoir des ennuis, comme cet après-midi.

— Eh bien tu as mal pensé, dit Lomax. Katina sait-elle que tu es ici ?

— Si je lui avais dit, elle aurait voulu venir aussi.

Lomax lui fit fermement faire demi-tour et le poussa dans le dos.

— Maintenant tu vas retourner droit à la villa avant qu'elle ne s'inquiète à ton sujet.

Le petit garçon s'éloigna, puis, quelques pas plus loin, se retourna mais Lomax se força à ne pas se laisser attendrir, et d'un geste l'invita à continuer. Il disparut dans l'ombre sombre du ravin. Lomax resta sans bouger, un sourire aux lèvres puis il reprit sa route et recommença à grimper.

Lorsqu'il arriva à l'extrémité du plateau, près du sommet de la montagne, et regarda encore le tombeau d'Achille, la nuit s'installait vraiment.

Il resta dans la lumière déclinante, la montagne était encore enflammée et orange. En bas, la mer était noire comme un gouffre, son rivage seul se détachait pourpre et gris, et la villa sur le flanc de la colline ressemblait à une maison de poupée.

Lomax sentit l'émotion le gagner comme une sorte de tristesse, devant la beauté du paysage. La nuit l'enveloppa d'un coup. Un vent froid se glissa entre les piliers du temple, seul murmure troublant le silence. Il eut froid et une sensation de peur le traversa.

Pénétré par le sortilège de l'heure sur ce sommet de montagne, parmi les ruines d'une histoire révolue, Hugh se sentait confronté au silence de l'éternité. Quoi qu'un homme entreprenne, tout se réduit à rien ; rien ne pèse dans la balance du temps.

Cependant, il lui incombait de poursuivre sa tâche, en espérant le meilleur.

Il traversa le plateau et s'attaqua à l'autre côté de l'île.

3

UNE BELLE NUIT POUR MOURIR

La lune se levait au moment où Lomax atteignait le champ d'oliviers ; il pouvait sentir le sel dans le vent. La ferme, plongée dans l'obscurité, ressemblait à une grosse bête immobile. Hugh avança dans la cour avec précaution. Un vieux camion militaire, relique de la guerre, était rangé devant le porche. Le radiateur de la machine était encore chaud lorsqu'il le toucha et il resta immobile, une légère crispation sur le visage, puis il gravit les marches du perron et ouvrit la porte. Il traversa la cuisine, cherchant à se repérer dans le noir, et eut soudain la certitude de ne pas être seul. Un pas gratta une dalle et Dimitri Parras dit dans l'ombre :

— Entrez donc, capitaine Lomax. Nous espérions votre visite.

Lomax recula, pas assez vite pour éviter le coup qui l'atteignit au creux de l'estomac, le pliant en deux. Il tomba à genoux et se pencha de côté pour éviter un nouveau coup. La lumière jaillit dans la pièce, le trouvant à genoux, cherchant à reprendre sa respiration, pendant que ses poignets étaient attachés dans son dos. À travers un brouillard, il entendit que l'on s'entretenait en grec, il perçut des éclats de rire, et quelqu'un l'empoigna, le forçant à se relever. Deux garçons, en plus de Dimitri, se trouvaient là, mais tous trois semblaient sortis du même moule, vêtus de vestes de matelot usées et de vieux jeans rapiécés. L'un d'eux tremblait d'excitation, l'autre essuyait souvent la sueur lui perlant au front. Dimitri avait la tête couverte de pansements, son visage était crispé par la douleur :

— Vous allez mourir, l'Anglais, dit-il et ses yeux étaient de pierre. Pour m'avoir ridiculisé en présence de mes amis, avec vos vilains tours, et pour avoir envoyé mon père à la mort, au camp de Fronchi.

Lomax éprouvait encore des difficultés à respirer, sa bouche était si sèche qu'il ne pouvait articuler un mot. Il passa la langue sur ses lèvres et dit d'une voix rauque :

— Je n'ai pas envoyé votre père à la mort, ni personne d'autre. C'était un brave homme pour lequel j'avais du respect.

Dimitri le gifla avec le dos de la main.

— Vous n'avez pas le droit de parler de lui !

Il se tourna vers les deux autres.

— Mettez-le dans le camion.

Ils le traînèrent hors de la pièce, le hissèrent comme un ballot dans le véhicule, et le laissèrent tomber rudement sur le plancher du camion. L'un des gars s'installa au volant, son camarade et Dimitri se penchèrent à l'autre portière. Lomax réussit à se retourner et lorsque les phares furent allumés, il se trouva face à Dimitri. Le joueur de bouzouki sortit de sa poche un Beretta automatique et le tendit à son voisin.

— S'il ne se tient pas tranquille pendant le trajet, descends-le.

— Que ferons-nous après nous être débarrassés de lui ?

— Revenez à la ferme. J'attendrai ici la bonne nouvelle. (Dimitri se tourna vers Lomax :) désolé de ne pas être de la partie, j'ai une autre affaire qui m'attend. Toutefois, mes amis Riki et Nikita s'occuperont très bien de vous. Ils ont presque autant de raisons que moi de vous haïr.

— Vous ne vous en sortirez pas à si bon compte, dit Lomax.

Dimitri lui cracha au visage.

— Voici pour vous porter chance l'Anglais. Vous en aurez besoin !

Il se recula et Riki sauta sur le siège avant. Le camion traversa la cour doucement, puis Nikita appuya à fond sur l'accélérateur, et le bruit du moteur emplit la nuit. Lomax réussit à se mettre de côté et leva les yeux. À la lumière du tableau de bord, Nikita offrait un aspect presque inhumain avec son visage dont les os saillaient. Riki, qui fumait une cigarette, la jeta et se mit à chanter, mais le bruit du moteur était tel que sa bouche s'ouvrait et se fermait sans qu'aucun son ne parût en sortir. Lomax croyait vivre un affreux cauchemar et pour la première fois de son existence, il eut peur.

— Écoutez-moi ! Cria-t-il désespérément.

Si les deux garçons l'avaient entendu, ils n'en laissèrent rien paraître. Le camion rebondit sur une bosse, faisant rouler le prisonnier qui se retrouva à nouveau la face contre le plancher. Pris de panique, il se remit sur le dos et hurla :

— Pour l'amour de Dieu, écoutez-moi !

L'effet fut presque miraculeux. Le véhicule freina brusquement et Nikita coupa le moteur. Ils le regardèrent en silence, attendant qu'il dise quelque chose.

— Vous commettez une folie ! Me tuer ne vous rapportera rien, sinon des ennuis.

— Vous avez une meilleure idée ? dit Riki.

— Je suis un homme riche. Ma vie vaut pour moi une fortune.

Le silence qui suivit lui fit comprendre qu'il avait essayé le mauvais argument. Riki appuya son pied sur le cou de Lomax qui commença à étouffer. Au bout de quelques secondes, la pression se relâcha.

— Avez-vous entendu parler d'un homme appelé George Samos ? demanda Riki.

Lomax acquiesça, un grand froid le pénétra car il réalisait ce qui allait se passer :

— Je connaissais un berger de ce nom. Il m'a aidé lorsque je me trouvais ici, pendant la guerre.

— C'était notre oncle, le frère de notre père. Les Allemands l'ont pourchassé dans la montagne, et abattu comme un chien.

— Vous croyez que tout votre argent paierait pour sa vie, l'Anglais ? demanda Nikita.

Il n'y avait rien à répondre, rien qu'ils auraient accepté d'écouter. Lomax ne put esquisser le moindre mouvement pendant que Riki le bâillonnait avec un bandana rouge. Le moteur se remit en marche.

Il se rendit compte qu'ils pénétraient en ville, car le camion ralentissait pour aborder des rues étroites, et de temps en temps, il apercevait le toit d'une maison. Lorsque Nikita arrêta le véhicule, Riki sauta hors de son siège, tira Lomax à lui et, lui mettant son revolver sous le nez, l'avertit :

— Faites exactement ce qu'on vous dit. Ne m'obligez pas à utiliser ceci.

Ils se trouvaient à l'extrémité du promontoire. Un endroit sombre et désert, où le seul bruit émanait de la mer se brisant contre les piliers de la vieille jetée. Lorsque la porte d'un café s'ouvrait dans le lointain, la musique et les rires qui s'en échappaient semblaient provenir d'un autre monde. Lomax frissonna quand ils descendirent des marches de pierre qui conduisaient à la jetée. À quai se trouvait un vieux Diesel de quarante pieds de long, ses filets encore mouillés d'avoir servi pendant la journée; son pont était couvert d'écailles de poissons. Les deux frères obligèrent Lomax à s'allonger près d'un tas de filets, la figure contre le pont, puis ils lui attachèrent les chevilles. Nikita alla chercher quelques chaînes qu'il déposa près de Hugh. Riki retourna son prisonnier sur le dos et s'accroupit près de lui.

— À quelques miles d'ici, il y a un endroit que nous connaissons. Calme et très profond. Vous l'aurez pour vous tout seul.

Il lui donna une petite tape sur la joue, se releva et ordonna à son frère :

— Je m'occupe du moteur, détache les amarres.

Il disparut dans la cabine. Nikita ôta les câbles des bittes d'amarre, et s'installa à la proue. Un moment il fut hors de vue et Lomax se mit sur le côté, tirant désespérément sur ses liens, mais il perdait son temps. La jetée s'étendait lugubre et déserte. Soudain, dans le noir, un bidon se renversa et roula à travers le pont dans un vacarme amplifié par le silence ambiant. Lomax se tordit pour regarder derrière lui. Nikita accourut, inquiet.

— Bon sang! Qu'est-ce qui se passe?

Un gros chat blanc et noir sortit de l'ombre et se frotta contre ses jambes. Le garçon le prit et le secoua affectueusement.

— Vieux brigand, tu m'as fait bougrement peur!

Au moment où il reposait le chat à terre, le moteur brisa de nouveau le calme de la nuit, et le bateau s'éloigna lentement de la jetée. Un instant plus tard, il dépassait les dernières lumières et gagnait la haute mer. Au-dessus des trois hommes, le ciel étalait ses joyaux d'étoiles. Riki s'approcha de Lomax. Il contempla longuement le firmament. Il alluma une cigarette, l'allumette illumina les mains en coupe, et le visage si emacié. Il la jeta à la mer et regarda Lomax.

— Vous pouvez remercier Dieu pour une nuit pareille, l'Anglais. Une belle nuit pour mourir.

Ses dents brillèrent dans l'obscurité, puis il regagna la cabine en fredonnant une rengaine. Lomax fut soulagé de son départ. Depuis un moment, il s'était convaincu que le chat n'avait pu renverser le bidon tout seul, et que quelqu'un devait se trouver caché, accroupi derrière un tas de filets. Il réussit à se reculer, et tandis qu'une main dénouait le bandana, la voix de Yanni Melos chuchota :

— Doucement, Mr Lomax. Laissez-moi vous débarrasser de ça d'abord.

Lomax arracha le foulard l'étouffant et respira largement.

— Si tu as un couteau, dépêche-toi, mon garçon. Ils vont bientôt revenir.

L'enfant fit jaillir la lame d'un couteau à cran d'arrêt, et un instant plus tard, Lomax frottait ses poignets douloureux où le sang commença à circuler de nouveau. Au moment où Yanni coupait les cordes emprisonnant les chevilles de son ami, le moteur s'arrêta et le bateau ralentit sa course. Le garçon retourna se réfugier dans l'ombre et Lomax lui dit doucement :

— Reste en dehors de ça. Je ne veux pas que tu reçoives un mauvais coup.

Un éclat de rire leur parvint, et Nikita, sortant de la cabine, s'approcha de Lomax, le sourire aux lèvres.

— Ce ne sera plus long, maintenant, l'Anglais.

Il se raidit soudain, le sourire s'évanouit et comme il se penchait sur Lomax, ce dernier le frappa en travers de la gorge, du tranchant de la main. Nikita eut un râle affreux, et perdant l'équilibre, heurta le bastingage derrière lui les mains sur sa gorge. À ce moment, Riki apparut, le Beretta en main. Un coup de feu claqua, et Lomax n'en attendit pas un deuxième. D'un bond, il se jeta par-dessus bord et plongea. Il passa sous le bateau dont la quille lui rabota douloureusement le dos. De l'autre côté, il s'accrocha à une échelle et attendit un peu pour reprendre son souffle. L'eau était bougrement froide et il frissonna en grimpant à l'échelle. Riki lui tournait le dos, scrutant la mer, le cou tendu. Yanni sortit de sa cachette, s'approcha du marin et leva son poignard. L'autre choisit ce moment précis pour se retourner. Il expédia le couteau dans la mer et poursuivit l'enfant, le visage crispé par la rage, l'arme tendue.

Un harpon de six pieds de long se trouva être la seule arme à la portée de Lomax qui s'en saisit.

— Je suis là, Riki !

Le Grec tourna la tête, surpris, et pointa son arme dans la

direction d'où venait la voix. Le harpon lui traversa le bras à la hauteur de l'épaule. Il lâcha son automatique en poussant un cri. Il retira le fer de son bras et tomba sur les filets. Yanni trébucha sur le bastingage, son petit corps se souleva et Lomax prit le Beretta et s'approcha de lui. Le garçon se retourna, essuya sa bouche d'un revers de main, essayant de retenir ses larmes.

— Je croyais que vous étiez mort. Je pensais que vous aviez disparu pour toujours.

Hugh le poussa doucement vers la cabine.

— Rentre à l'intérieur, et attends-moi. Je n'en ai pas pour longtemps.

Il referma la porte sur Yanni, ramassa l'arme de Riki et la plaça dans la ceinture de son pantalon. Riki était accroupi près de son frère qui, allongé sur le dos, ouvrait des yeux vitreux. Lomax fabriqua un pansement d'une serviette qui séchait sur une corde et la tendit au Grec.

— Si vous tenez ceci sous votre bras en serrant le plus possible, vous pourrez peut-être vivre assez longtemps pour voir un médecin.

Le visage de Riki devenait jaune et ses yeux fixes, exorbités.

— Il est mort, dit-il d'un air stupide. Mon frère est mort…

Lomax lui souleva le bras et laça lui-même la serviette, sans que le Grec réagisse. Il resta prostré à côté de son frère, en tenant son bras blessé contre son corps. Lomax retourna dans la cabine. Il s'adossa à la porte et ferma les yeux. Ce fut comme s'il était seul et qu'une grande ombre le pénétrait, s'installait en lui. Il se sentait perdu, dans cette nuit… Une main le tira par la manche. Ouvrant les yeux, il vit Yanni. Son petit visage était pâle et inquiet et Lomax réussit à sourire en tapotant l'épaule du garçon.

— C'est fini, Yanni. Je deviens vieux, c'est tout.

Mais il y avait autre chose, quelque chose de plus grave que cela. Il regarda par la fenêtre Riki accroupi près du cadavre de Nikita et se détourna avec un haut-le-cœur. Ses mains tremblèrent lorsqu'il mit le moteur en marche. Le bateau effectua une longue courbe et Lomax interrogea l'enfant :

— Maintenant, dis-moi quand et comment tu as réussi à nous rejoindre.

— Je vous ai suivi jusqu'à la ferme au lieu de retourner à la villa. Lorsqu'ils vous ont emporté, j'ai sauté sur la roue de secours à l'arrière du camion et je me suis cramponné.

— Tu as dû faire un voyage agité.

— Ça aurait pu être pire ! Ensuite, je voulais aller prévenir Kytros, mais j'avais peur de vous laisser seul avec eux. Je ne pouvais monter sur le bateau par la jetée à cause des lampes, alors j'y suis allé à la nage, par le pont arrière. C'est à ce moment-là que j'ai heurté le bidon. (Il hésita et dit timidement :) Est-ce que j'ai bien fait, Mr Lomax ?

Lomax lui sourit :

— Je commence à me demander comment je ferais sans toi.

En dépit du brouillard qui s'épaississait, ils distinguèrent les lumières du port. En longeant la jetée, Yanni sortit sur le pont, amarres en mains. Bientôt le moteur s'arrêta et ils glissèrent lentement. Mais Lomax avait mal calculé son coup, et la quille heurta un pilier. Il perdit l'équilibre et lorsqu'il se retourna, Yanni, sur le quai, enroulait déjà les câbles autour d'une bitte en fer. L'enfant lui cria en riant :

— Il y a combien de temps que vous n'avez pas rentré un bateau au port, Mr Lomax ?

— Nous sommes là, c'est tout ce qui compte. Où se trouve le commissariat ?

— Au coin, là-bas. C'est à quelques minutes d'ici seulement. Vous voulez que j'aille chercher le sergent Kytros ?

— Oui. Je vous attends ici.

Un bruit retentissant et caverneux jaillit de l'eau alors que le jeune garçon courait le long des planches en bas de la jetée. Il disparut dans l'obscurité. Lorsque Hugh se retourna, il vit que Riki s'était relevé. Il regardait fixement son frère, les jambes raides, le bras blessé tenu fermement.

— Qui vous a monté, vous, votre frère et Dimitri contre moi ? Était-ce Alexias Pavlo ?

Riki releva lentement le visage. Dans la lumière jaunâtre de la lampe, ses yeux étaient devenus deux trous noirs, son visage ruisselait de sueur, un masque de douleur.

Il ne dit rien et la haine fut entre eux comme un être vivant ; Lomax frissonna comme si quelqu'un, quelque part, avait marché sur sa tombe. Un petit vent monta de l'eau, se glissant sous ses vêtements humides et il se détourna, sauta par dessus la barre pour marcher le long de la jetée.

Quand il atteignit le quai, il hésita, sachant que la bonne chose à faire était d'attendre Kytros, de le laisser prendre la situation en main. Et il pensa à Dimitri attendant là-bas à la ferme la bonne nouvelle de sa mort, la rage le gagna. Il sauta dans le camion et un instant plus tard il s'éloignait à vive allure.

Une seule lumière l'accueillit, lorsqu'il déboucha dans la cour de la ferme. Il arrêta le moteur et resta un moment assis, regardant vers le porche. Finalement, il descendit du camion et franchit les marches du perron. Il sortit le revolver de sa ceinture, le tint fermement contre sa hanche le cran de sûreté retiré et pénétra dans la cuisine. La pièce était plongée dans l'obscurité mais un rai de lumière parvenait du bas de la porte qui menait au living-room.

Il resta là, conscient de l'étrangeté inquiétante de ce silence, il ne bougea pas d'un millimètre et quelque part le tonnerre gronda, menaçant. D'un mouvement brusque, il ouvrit la porte de la salle. Dans la cheminée, un morceau de bois se consumait ; sur la table la lampe envoyait des ombres allongées au plafond. Il remarqua à ce moment la bouteille de vin rouge renversée sur le tapis, son contenu répandu comme une tache de sang qui menait jusqu'aux jambes dépassant d'une chaise à dossier haut, tournée vers le feu.

Dimitri Paros fixait le plafond d'un regard figé pour l'éternité, un demi-sourire au coin des lèvres, un poignard à manche de corne planté dans le cou. Dans une main, il tenait encore un verre dont le reste de vin tombait goutte à goutte sur le carrelage. Lomax remit son revolver dans sa ceinture et s'accroupit près du cadavre. Il toucha la joue qu'il trouva encore chaude. Il venait juste de mourir, c'était évident, et Lomax soupira puis se releva.

Une légère brise effleura sa nuque et la porte grinça. Une voix familière dit :

— Ne bougez pas.

Alexias Pavlo s'avança en s'appuyant lourdement sur sa canne, et serrant fermement un Mauser dans son autre main. Il prit le Berretta, le rangea dans sa poche et regarda Dimitri.

Lorsqu'il se tourna vers Lomax, son visage était chargé de haine, aussi froid et implacable que la pierre :

— Maintenant je voudrais vous voir pendu, capitaine Lomax, dit-il.

4

Perspective de potence

La cellule était petite et nue avec des murs blanchis à la chaux, pour toute lumière il y avait une ampoule. Il y avait aussi une minuscule fenêtre à barreaux, un lavabo et une planche sur laquelle il s'était étendu. La porte, renforcée par des barres de fer, comportait une petite grille permettant d'apercevoir un bout de couloir. Du bureau, lui parvenait le murmure d'une conversation à voix basse.

Il ramena autour de lui l'unique couverture, pour se protéger du froid qui le pénétrait, et alluma une des cigarettes données par Kytros. À travers les barreaux, il pouvait voir le ciel bleu et noir et un éparpillement d'étoiles ; au loin le tonnerre gronda encore. Il se leva et s'avança vers la fenêtre : plus loin encore, la mer scintillait en dessous de la ligne d'horizon. Un pas résonna dans le corridor, et bientôt Stavrou, le geôlier, un homme grand et trapu en uniforme kaki ouvrit la porte. Lomax abandonna sa couverture et sortit dans le couloir.

— Qu'est-ce qu'il se passe ?

— Le sergent s'est entretenu avec le Père John. Le vieux prêtre voudrait vous parler avant de repartir.

Le bureau était peuplé d'ombres, une seule lampe posée sur la table de travail l'éclairait de sa lumière verte. Kytros, debout devant la fenêtre, tournait le dos au Père John. Lorsque Lomax s'encadra dans la porte et s'immobilisa, le prêtre se tourna brusquement vers lui. Ils se dévisagèrent un moment en silence, puis finalement, le vieillard se leva :

— Y a-t-il quelque chose que je puisse faire pour vous ?

— Je ne le pense pas.

— Le sergent Kytros m'a appris que vous accusiez Alexias Pavlo dans cette affaire, dit calmement le prêtre.

— Et vous ne l'en croyez pas capable, je suppose ?

— De tuer ? Le diable est en chacun de nous… En tout cas, ce soir, Alexias était là où il est chaque jeudi soir depuis des années. Il a joué aux échecs chez moi, jusqu'à neuf heures et demie.

— Cela lui laisse encore du temps devant lui, dit Lomax d'un ton obstiné.

— J'ai peine à le croire.

À ce moment-là des pierres heurtèrent le toit. Kytros remarqua :

— Ils commencent à s'énerver.

Le Père John et Lomax s'approchèrent à leur tour de la fenêtre. À travers les lames des volets, ils virent une trentaine de personnes, certaines parlant entre elles, d'autres fixant le commissariat en silence.

— Que veulent-ils ? demanda Lomax.

— Vous, j'imagine, répondit calmement le sergent.

— Il faudra longtemps avant que l'île voie la fin de tout ce qui s'est passé cette nuit, dit le Père John en jetant son manteau sur ses épaules.

— Et naturellement, je suis le responsable ?

— Affirmer avec certitude, à qui incombe la responsabilité de ce qui arrive dans la vie, est bien difficile. Je ne sais qu'une chose : cette nuit, deux hommes sont morts. Vous auriez dû repartir par le bateau lorsque je vous ai prévenu, Mr Lomax. Je réalise maintenant que nous aurions dû vous forcer à le faire.

Lomax s'assit et prit une cigarette dans le paquet posé sur le bureau.

— Ça vous aurait bien arrangé, tous, n'est-ce pas, mon Père ? Vous auriez continué à vivre paisiblement en pensant que j'étais le traître, que l'homme responsable de tant de crimes n'appartenait pas à votre peuple.

Le vieil homme le regarda, étonné, puis fut sur le point de dire quelque chose mais se reprit. Il s'adressa à Kytros.

— Je dois partir, maintenant. Il faut encore que j'aille rendre visite aux parents de Nikita Samos.

— Merci d'être venu, mon Père.

— Je vais renvoyer chez eux les gens qui sont attroupés dehors. Si vous avez besoin de moi plus tard, n'hésitez pas à m'appeler.

Il regarda Lomax, hésita puis sortit sans ajouter un mot. Kytros, toujours aux aguets devant la fenêtre, poussa un grognement de satisfaction.

— Ils s'en vont ?

— Pour le moment, mais ils reviendront bientôt.

Kytros s'activa lui-même à une table où bouillait un pot sur un petit réchaud. Il servit deux tasses, les apporta sur le bureau et Lomax sentit la bonne odeur du café. Il était chaud et brûlant, l'emplissant d'une vigueur nouvelle, il soupira de plaisir et alluma une autre cigarette.

Kytros s'assit de l'autre côté du bureau. Il inséra une cigarette turque dans son fume-cigarettes en argent et l'alluma également. Il se renversa en arrière et il fut au bord de la lumière de l'ampoule, le visage restant dans l'ombre.

— Il y a une chose qui me rend perplexe, dit-il, pourquoi Dimitri Paros qui voulait faire partie de tout cela, choisit, pourtant de se priver du plaisir d'assister à la mort d'un homme qu'il hait. Pourquoi ?

— Il nous a appris qu'il devait régler une autre affaire.

— Une affaire sûrement très importante, alors...

Kytros ouvrit un tiroir et sortit l'arme qui avait tué Paros. Un modèle courant dont le manche en corne s'agrémentait d'ornements en cuivre, et lorsqu'il pressa le bouton, une lame de vingt-cinq centimètres de long apparut. Le sergent hocha la tête.

— Un moyen peu ordinaire de poignarder un homme, vous ne croyez pas ?

— Un vieux truc de commando. Regardez, je vais vous montrer.

Il se leva, prit le couteau qu'il dissimula dans sa main droite, appuyé contre sa cuisse. Brusquement son bras se leva en même temps que la lame jaillissait de sa main comme la langue d'un serpent. Il le planta dans la table, puis se rassit.

— Une façon commode de tuer un homme à peu de distance, et de face. La mort est instantanée.

— Et c'est cette méthode qui a servi à tuer Dimitri ?

— J'en suis sûr. Il y avait encore un sourire figé sur son visage. Vous l'avez sûrement remarqué, vous-même. Il a été tué par quelqu'un qu'il connaissait bien, et je voudrais souligner en passant qu'il était peu souriant avec moi.

— Un bon point pour vous, bien que je ne l'aurais pas décrit comme un gentil sourire.

— Il n'y a rien de doux chez un salaud. Autre chose : si j'avais voulu le tuer, pourquoi aurais-je utilisé un couteau alors que je possédais un Beretta ?

— Une affaire difficile à résoudre, Mr Lomax. Si seulement vous m'aviez attendu sur le quai ! Les choses auraient pu être si différentes.

— C'est l'histoire de ma vie que vous résumez là. Que va-t-il se passer maintenant ?

— Plusieurs hypothèses. L'autopsie, par exemple. Le docteur Spanos s'en occupe en ce moment. Après...

Stavrou s'approcha en balançant ses clés. Lomax dit amèrement :

— En d'autres termes, je suis toujours le suspect numéro un sur la liste ?

— Je le crains.

— Agissez ainsi que vous l'entendrez. N'oubliez pas que je suis citoyen britannique.

— J'enverrai un message par radio en Crète. Ils contacteront votre ambassade, à Athènes. Puis-je autre chose pour vous ?

— J'aimerais bien avoir des vêtements de rechange. Je suis encore trempé et il fait assez froid dans votre cellule.

— Je vais voir ce que je peux faire. Mais maintenant, vous voudrez bien m'excuser, j'ai beaucoup de choses à voir encore.

Stavrou reconduisit Lomax à sa cellule et l'enferma. Lomax s'assit sur son lit de planches en s'enveloppant dans la couverture. Si seulement il avait attendu l'arrivée de Kytros sur le port, au lieu de s'aventurer seul à la ferme. Mais il était un peu tard pour les regrets. Il était pris dans un tissu de preuves circonstantielles, déjà jugé et condamné.

Des pas se rapprochèrent à nouveau de la porte et le visage de Stavrou apparut à la grille. La clé tourna dans la serrure, les gonds grincèrent et le geôlier lui lança un gros chandail de laine.

— Voilà quelque chose qui vous réchauffera toujours un peu.

Lomax retira sa veste et enfila le vêtement. À ce moment, Katina sortit de l'ombre et s'avança. Ses yeux paraissaient immenses dans son visage trop pâle. Ils restèrent un moment à se regarder en silence, et Stavrou s'éclaircit la gorge.

— Cinq minutes, c'est tout.

La porte se referma. La clé tourna dans la serrure et ils furent seuls.

— Ils ne vous ont pas fait trop de mal ?

Elle leva la main pour toucher son visage.

— Quelques bleus, sans plus.

Il remarqua qu'elle avait pleuré et l'attira sur le lit.

— Que se passe-t-il, Katina ?

— Je suis allée au « Petit Navire » pour demander à mon oncle de vous aider, mais il a refusé de me voir. Nikoli et ses amis sont en plein délire. C'est terrible.

— Vous pensez qu'ils vont devenir dangereux ?

Elle acquiesça lentement.

— Je crois qu'ils veulent prendre la situation en main et agir à leur manière.

— En avez-vous informé Kytros ?

Elle secoua la tête.

— Il paraît qu'il est sorti juste avant que je n'arrive.

Lomax se leva, une sensation très désagréable au creux de l'estomac.

— Les choses ne se présentent pas tellement bien, hein ?

— Ils sont quarante ou cinquante attendant dehors. Et d'autres vont arriver.

Lomax se laissa choir sur sa couchette, la bouche sèche. Katina sortit de sa poche un automatique et le lui tendit.

— Il est très vieux, mais c'est tout ce que j'ai pu trouver.

Sa main serra le canon et il fronça les sourcils.

— Essayez-vous de me suggérer de m'en servir ?

— Dimitri Paros vaut-il que vous mouriez pour lui ?

À ce moment seulement, il réalisa qu'elle aussi croyait qu'il avait tué Paros et il comprit que sa position deviendrait désespérée s'il ne réagissait pas très vite.

— Quel est votre plan ? Même si je parviens à maîtriser Stavrou, je ne peux pas aller jusqu'à la porte de la prison. Existe-t-il une autre issue ?

— Oui, un passage donnant sur une cour qui s'ouvre elle-même sur d'autres cours qui vous fera atteindre une allée étroite. Elle vous mènera jusqu'au quai. Je serai avec la Jeep devant la mairie.

— N'oubliez pas qu'il fait nuit. Je peux facilement me perdre.

— Pas avec Yanni pour vous guider. Il vous attend déjà dehors.

— Et ensuite ?

— Olivier et moi avons tout arrangé. Je vous emmènerai à la villa, dit-elle calmement. La chaloupe sera prête. Vous pourrez être en Turquie dans douze heures. C'est très simple.

Il fut sur le point de lui répliquer que rien, dans la vie, ne se déroulait simplement, qu'il n'existait aucun endroit où un criminel pût se cacher, mais il n'en eut pas le temps. La clé tournait dans la serrure. Lomax se leva et Katina lui toucha le bras en chuchotant :

— Ne lui faites pas de mal. C'est un brave homme.

Il inclina la tête et attendit, l'automatique à la main. La porte s'ouvrit, Stavrou s'avança.

— Je suis désolé, Katina. Il faut que vous partiez maintenant. Si Kytros vous trouvait ici, il serait furieux.

Au même moment, il se tourna vers Hugh et vit l'arme braquée sur lui. Il devint très pâle, ses épaules s'affaissèrent, et en l'espace de dix secondes, il sembla avoir vieilli de dix ans. Il dit amèrement à Katina :

— Salope ! À cause de vous, je vais perdre ma place.

— Faites ce que je vous dis et il ne vous arrivera rien. Enlevez votre cravate et votre ceinture et mettez-vous à plat ventre sur le lit.

Stavrou s'exécuta à contrecœur. Lomax lui attacha mains et chevilles, et le bâillonna avec le foulard de Katina. Il referma la cellule à clé, et ils traversèrent le bureau du sergent de police. À la porte, elle hésita et le regarda intensément. Il lui pressa la main très fort, et elle sortit en refermant derrière elle. Lomax observa la rue par les interstices des volets. Des ombres s'alignaient tout le long des murs. Des voix menaçantes s'élevaient. On devinait un assaut imminent de la populace. Il ne manquait qu'un meneur, un homme ayant le courage de les entraîner à l'intérieur. Lomax jugea qu'il s'en présenterait un avant longtemps. Il surveilla Katina qui s'éloignait, puis retourna dans le couloir. La fermeture de la porte de derrière était assurée par deux solides verrous qu'il poussa. Mais le battant refusant encore de s'ouvrir, il essaya les clés du trousseau pris à Stavrou. Il réussit à la quatrième tentative. Dehors, Hugh resta immobile, le temps d'accoutumer ses yeux à l'obscurité, et de découvrir avec angoisse un mur haut de huit mètres à quelques pas de lui. Un léger crissement sur le sol, et Yanni apparut à ses côtés.

— Par ici, Mr Lomax. Il y a un olivier, juste à l'angle du mur.

— Allons-y, mon garçon ! Dépêchons-nous, le temps presse.

L'enfant grimpa le premier, prenant appui contre le mur et l'arbre. Quelques instants plus tard, Lomax et lui suivirent le faîte d'un grand nombre de murs pour aboutir dans une cour en contrebas, fermée par un large portail en bois. Un coup d'œil à l'extérieur pour s'assurer que le chemin était libre, et ils s'engagèrent dans une étroite venelle mal éclairée. Yanni se retourna pour parler. Quelque part dans l'ombre, à l'autre extrémité de la ruelle, quelque chose bougea. Puis une voix cria en grec :

— Il se sauve ! L'Anglais est en train de se sauver !

Deux coups de feu claquèrent si proches l'un de l'autre qu'une oreille non avertie n'en aurait perçu qu'un seul. Yanni se mit à courir, tandis que son compagnon sortait l'automatique de sa poche et visant dans la direction d'où on tirait, il appuya vainement sur la gâchette. Son arme n'était pas chargée.

Lomax courait, les yeux fixés sur la lumière dont il se rapprochait. Des pas résonnaient sur les pavés et les murs hauts et étroits en amplifiaient l'écho. Un nouveau coup de feu résonna désagréablement à son oreille. Un moment plus tard, ils atteignaient le bout de l'allée. Le gamin devança Lomax et le prévint, essoufflé :

— Attention, Mr Lomax. Nous arrivons sur les quais.

Il tourna le coin de la ruelle et se heurta à un pêcheur. L'homme eut un grognement de colère et attrapa l'enfant par la chemise. Lomax, qu'il n'avait pas vu arriver, lui tordit le poignet et le repoussa contre le mur.

— Sauve-toi, Yanni ! dit-il vivement et le garçon disparut dans l'obscurité.

Puis il laissa son assaillant s'avancer vers lui, et le cueillit avec un crochet à l'estomac. Laissant son homme récupérer en toute quiétude, il scruta les alentours. Il ne se trouvait qu'à cinquante mètres du « Petit Navire », devant lequel un camion se remplissait de gens affairés. Il distingua à l'une des fenêtres de la taverne, Nikolo Aleko qui, l'ayant reconnu, alerta les autres. Il y eut un rugissement dans la foule. Lomax courut pour sauver sa vie. Il monta la pente abrupte d'une rue, écoutant le bruit du camion dont le rugissement du moteur s'amplifiait avant d'aborder la côte. Des voix excitées encourageaient le chauffeur à accélérer, et des hommes sautèrent à terre afin d'aller plus vite que le véhicule poussif. À un moment, Lomax glissa, et derrière lui un cri de triomphe s'éleva mais il se releva et déboucha dans le square. Quelqu'un tira plusieurs coups de feu.

Des cailloux volèrent près de sa tête et la Jeep de Katina jaillit à cet instant d'une rue transversale, s'arrêtant dans un grincement de freins. La jeune femme se levant de son siège épaula une carabine et tira quatre coups qui ricochèrent devant le camion. Le gros engin s'immobilisa, et les hommes s'éparpillèrent à la recherche d'un abri. Le col de sa pelisse en peau de mouton relevé, son visage aux os plus proéminents que jamais, et la Winchester à lunette en main, Katina attendit Lomax.

Il se laissa tomber près de Katina qui lui tendit l'arme en lui demandant calmement :

— Et Yanni ?

— Nous avons couru pendant qu'il y avait du vilain. Mais il est sauf. Pour l'amour de Dieu, ne restons pas là !

Elle embraya et la Jeep traversa le square pour s'engager dans la seule rue menant hors de la ville, par le pont extérieur. En face d'eux, un autre camion déboucha et Lomax distingua, à la lueur des phares, le visage affolé du chauffeur qui braqua brusquement et rentra dans un mur, bloquant ainsi la route. Katina exécuta rapidement une marche arrière et se retrouva dans le square, où le premier camion accélérait pour se mettre en travers de la dernière issue possible, la route qui menait à l'autre côté de l'île. Mais à l'ultime seconde, le conducteur dut ralentir pour éviter un obstacle. Katina le frôla et fonça en direction de la ferme.

Quoi qu'il arrivât maintenant, il n'y avait qu'une façon de rejoindre la villa. Par la montagne et à pied.

5

La fuite

La Jeep parvint à la ferme avec cinq bonnes minutes d'avance sur ses poursuivants. Lomax alla vers l'abreuvoir et s'aspergea la figure d'eau. Lorsqu'il se releva, il vit que Katina devant lui l'observait.

— Qu'y a-t-il ?

— Nous nous sommes déjà trouvés ici ensemble, autrefois, répondit-elle doucement.

— Je m'en souviens.

— Est-ce différent, cette fois-ci, Hugh ?

— Je ne sais pas, Katina. Moi, il me semble que le présent est étroitement mêlé au passé.

Elle lui prit la main, la lui pressa, et à cet instant, il eut la certitude qu'elle représentait tout ce qu'il avait jamais désiré. Il l'embrassa, alors que derrière eux, un bruit de moteur se rapprochait.

Ils traversèrent le jardin, passèrent sous la clôture et descendirent sur le chemin escarpé et pentu, à travers les oliviers. Katina marchait en tête, le guidant à travers le terrain, familier malgré l'obscurité. À part le tonnerre qui grondait, tout était calme, étrangement calme.

Ils abandonnèrent le champ d'oliviers pour traverser un plateau découvert. La lune sortit alors de derrière un nuage, éclairant la scène, en bas : le camion arrêté, et les Grecs affairés fouillant les bâtiments de la ferme. Un cri soudain jaillit, derrière eux, les avertissant qu'on venait de les découvrir. Lomax ressentit une sensation curieuse à être poursuivi à nouveau, une sorte d'excitation l'anima comme autrefois, ravivant ses forces. Il s'arrêta une seconde pour regarder les autres qui se lançaient à leurs trousses. Certains d'entre eux portaient des lanternes. Le deuxième camion arriva au milieu de la cour de la ferme, et des aboiements se mêlèrent aux éclats de voix. Un coup de feu résonna et se perdit dans la nuit et il recula de manière à être hors de leur vue. Katina se rapprocha de lui, le visage troublé :

— Kytros ne peut être avec eux. Il n'aurait jamais permis cela.

Lomax essuya avec le revers de la main la sueur qui perlait à son front.

— Nous n'avons pas besoin de nous inquiéter, car nous avons de l'avance sur eux.

— N'en soyez pas trop sûr. (Elle secoua la tête.) La plupart sont des fermiers et des bergers. Ils connaissent la montagne et peuvent s'y déplacer deux fois plus vite que nous.

Au lieu de monter la colline abrupte, en zigzaguant, Katina l'attaqua en droite ligne. Le chemin montait jusqu'à être perpendiculaire aux touffes d'herbe qui dépassaient des rochers. Ils arrivèrent au pied d'une éminence couverte de pierres. La jeune femme s'arrêta et jeta un coup d'œil derrière elle.

— Ça va ? dit-elle d'un ton anxieux.

Il eut un sourire crispé.

— Disons que je suis un peu vieux pour ce genre de sport.

— Vous devrez faire très attention, à présent. Le terrain est traître.

Elle commença à escalader, lentement, avec précaution, tâtant chaque motte de terre, chaque arbrisseau, chaque caillou et Lomax la suivit. Après un moment, il oublia les hommes qui le poursuivaient, le danger qu'il courait. Seule, une profonde exaltation l'animait. Il buta contre une grosse pierre qui roula et l'écho de sa chute résonna dans le calme de la nuit. Il y eut un silence entrecoupé par leur respiration essoufflée puis la voix de Katina s'éleva calmement :

— Vous ne vous êtes pas fait mal ?

— Il s'en est fallu de peu, répondit-il doucement, et recommença à grimper.

Ils atteignirent bientôt un large plateau. Ils se tournèrent vers la pente qu'ils venaient de quitter mais n'aperçurent aucun signe de leurs poursuivants.

— Ils ont pris le chemin facile, annonça Katina. Vous vous souvenez de la piste que nous avions suivie le soir où je vous ai emmené à la villa pour la première fois ?

— Où devons-nous passer maintenant ?

Elle pointa du doigt le grand pic se dressant devant eux. Sa pente éclairée par la lune apparaissait couverte d'aspérités et fendue de longues crevasses. Lomax siffla doucement.

— Vous êtes sûre qu'il peut être escaladé ?

— Certainement. Je l'ai fait moi-même lorsque j'étais enfant. Ce n'est pas aussi terrible que ça en a l'air.

Il se força à sourire.

— Nous n'avons pas le choix, n'est-ce pas ?

Elle se tourna et prit le chemin, avançant entre les gros cailloux. Lorsqu'ils arrivèrent au pied de la montagne, Lomax constata que la pente s'élevait perpendiculaire. La jeune Grecque commença à grimper sans perdre de temps. Il la suivit. Il ne regarda derrière lui qu'après avoir fait une soixantaine de mètres. Il eut alors l'impression d'être suspendu dans le vide, tandis qu'une main géante essayait de le tirer en arrière. Il respira profondément et ferma les yeux. Lorsqu'il les rouvrit, tout était redevenu normal. Après cette expérience, il ne s'aventura plus à regarder en bas, mais continua à monter régulièrement. Cinq minutes plus tard, il aboutit au bord d'un large plateau en partie couvert par une dalle visqueuse, où l'attendait Katina.

— Est-ce que ça va ?

Maintenant qu'il avait cessé de grimper, ses poumons le brûlaient, mais il sourit pour la rassurer.

— Nous nous arrêtons un moment ?

— Nous ne pouvons pas nous permettre de perdre du temps. Même par ce chemin détourné, nous aurons de la chance si nous parvenons au temple avant les hommes qui empruntent la piste.

Elle reprit l'ascension et Hugh la suivit, essayant d'oublier ses poumons douloureux pour se concentrer sur son effort. Venant de la mer, un vent froid le pénétra, le tonnerre gronda à nouveau. On devinait que l'orage se préparant serait terrible. Ils touchèrent enfin le premier sommet. Au-dessus d'eux, une masse abrupte et haute de quatre cents mètres s'élevait dans la nuit, Katina indiqua une cheminée noire qui se frayait un chemin jusqu'au sommet de la falaise :

— Cela semble périlleux, mais c'est le moyen le plus facile d'atteindre notre but.

— Je vous fais confiance, murmura son compagnon en faisant un effort pour sourire.

Il attendit qu'elle ait disparu dans l'ombre pour entreprendre lui-même la montée. Il utilisa la technique des montagnards, s'appuyant du dos contre un versant pour pousser l'autre des pieds, en tirant le plus possible sur les bras. Dix minutes plus tard, il rejoignit Katina. Ils se tenaient au sommet du plateau, le tombeau et le temple d'Achille étaient tout près. En dessous, toute la partie sud de l'île était plongée dans l'obscurité jusqu'à la mer. Lomax était encore conscient de cette tranquillité incroyable et un manteau sombre traversa l'horizon en couvrant les étoiles. Le tonnerre résonna et Katina dit :

— L'orage va éclater. Il nous couvrira sur notre chemin.

Ils se mirent à descendre le versant de la falaise. Un cri porté par le vent alarma Lomax. À la clarté de la lune, il aperçut distinctement trois hommes et deux chiens qui émergeaient au-dessus d'eux. L'Anglais épaula sa Winchester et visa une des bêtes. Touchée, elle bondit, et disparut de l'autre côté du ravin.

— J'espère que ça les retiendra un moment. Venez vite, Katina.

Ils coururent jusqu'au temple d'Achille, et en se retournant, Lomax vit que deux hommes et le chien avançaient rapidement dans une course parallèle en espérant les intercepter. L'un d'entre eux précédait ses compagnons et avait une grande avance. Un moment plus tard, ils disparaissaient derrière une légère montée de terrain.

Lomax suivit Katina entre les gros rochers, glissant et trébuchant sur le chemin accidenté et enfin, il gravit les marches de la terrasse. Alors qu'ils avançaient entre les piliers, sur le sol en mosaïque, Nikoli Aleko surgit à leur droite et courut vers eux. Son bandeau noir sur l'œil, les dents apparaissaient dans un sourire sauvage. Il serrait un poignard dans sa main droite dont la lame étincelait. Lomax poussa violemment Katina d'un côté et s'élança. Parant le coup du Grec, il fit voler le poignard avec la crosse de son fusil, tandis qu'il lui envoyait le canon de l'arme dans la gorge. L'homme s'abattit sans un cri.

Lorsque Lomax retrouva Katina près de la cabane de berger, il y eut un terrible roulement de tonnerre. La pluie commençait à tomber quand il quitta la cabane pour suivre la jeune fille à travers un tablier argileux qui surplombait un ravin complètement incliné et profond de trois ou quatre cents mètres. À mi-chemin de la descente, Katina s'arrêta pour se retourner et son pied glissa. Elle essaya de s'accrocher désespérément. Et une espèce d'ondulation passa sur la surface argileuse. Lomax continua à avancer et un instant plus tard, ils étaient ensemble. Mais maintenant la pluie était devenue si torrentielle qu'elle étouffait tous les sons. Il se pencha sur elle et lui fit un signe d'encouragement, puis un éclair transforma pour une fraction de seconde la nuit en jour.

La bouche de Katina s'ouvrit pour pousser un cri sans bruit. Il se retourna. Derrière lui, à vingt pas, se tenaient les deux compagnons d'Aleko et le chien. À ce même instant, celui-ci se jeta sur lui. Lomax assena un coup à la bête avec la Winchester et la terre tout entière parut s'effondrer sous ses pieds. Il eut conscience du hurlement de Katina et de l'aboiement du chien puis ils dévalèrent la pente boueuse. Il laissa tomber la Winchester, essaya péniblement de la récupérer mais il était trop tard. Pendant des secondes terribles, il lui sembla chevaucher le vent à travers l'obscurité et dans la pluie, puis le mouvement s'arrêta et le terrain se nivela brusquement. Il entendit Katina qui l'appelait et avança doucement vers elle. Elle était plus bas, dans une espèce de mare.

— Ça va ? lui demanda-t-il, anxieux.

Elle s'accrocha à son cou.

— Je croyais que je n'en finirais jamais de rouler, murmura-t-elle.

— Au moins nous avons parcouru un bout de chemin en un temps record ! Nous ferions mieux d'en profiter.

Il finissait sa phrase quand le terrain bougea à nouveau. Et le chien aboya quelque part. Il surgit soudain de nulle part.

Lomax poussa Katina, saisit un gros morceau de rocher qu'il envoya des deux mains et de toutes ses forces sur le molosse. Il y eut un craquement terrible et comme un sanglot plaintif, puis le chien assommé, s'écroula dans l'eau. Lomax se détourna, cherchant à reprendre sa respiration. Il prit Katina par le bras et ils s'agrippèrent aux rochers pour ressortir du ravin en contournant le petit lac. Enfin, ils reprirent leur chemin sous la pluie battante.

6

CONFESSION

Lorsqu'ils atteignirent la villa, Katina boitait lourdement et Lomax la soutenait alors qu'ils franchissaient le fossé pour rejoindre la route. Les portes s'ouvrirent et au-delà du portail ouvert, une lanterne éclairait l'allée noyée sous une pluie diluvienne. Lomax était trempé jusqu'aux os et ses cheveux noirs étaient plaqués sur son front. Chaque muscle de son corps était douloureux et il faisait un énorme effort pour mettre un pied devant l'autre. Katina était aussi à bout de forces, ses nerfs avaient aussi atteint la limite extrême. Elle buta contre une souche et Lomax la retint contre lui. Il la serra dans ses bras.

— C'est presque fini, nous arrivons.

Et le chant du piano, mélancolique, lui arriva comme jadis en ce même endroit. Hugh se sentit à nouveau pris entre le présent et le passé. Il demeura un instant immobile, Katina dans les bras, écoutant cette musique estompée par le bruit de l'eau qui lui transmettait une étrange et douloureuse tristesse.

À la porte-fenêtre entrouverte, les rideaux se gonflaient, ruisselants de pluie. Au salon, une grosse bûche flambait dans la cheminée, une lampe posée sur le piano illuminait la chevelure argentée du pianiste et sa veste d'intérieur en soie verte. Van Horn s'arrêta net de jouer et se leva en voyant entrer ses visiteurs.

— Je croyais que vous ne viendriez plus. Que vous est-il arrivé ?

Katina tomba évanouie. Lomax la porta sur le divan. Van Horn s'assit près d'elle, souleva une paupière avec son pouce puis prit son pouls.

— Elle est complètement épuisée. Apportez-moi le cognac qui est sur ma table, là-bas, Lomax.

Lomax rapporta la bouteille et deux verres. Il se servit lui-même une grande rasade de l'alcool qui lui brûla l'estomac.

L'écrivain souleva la tête de la jeune femme pour la faire boire. Elle fut agitée d'un long frisson, puis ouvrit les yeux. Aussitôt elle essaya de s'asseoir et Van Horn dit :

— Ne vous inquiétez pas, vous êtes arrivée à la villa.

Elle le fixa et soudain un déclic se fit dans son esprit.

— Le bateau est-il prêt ?

Il inclina la tête. Aussitôt, d'un bond, elle se remit sur pied en demandant d'une voix fébrile :

— Alors, qu'attendons-nous là, à perdre un temps précieux ?

Lomax la repoussa doucement.

— Rien ne presse plus maintenant, Katina... Je ne vais nulle part.

Elle le regarda, stupéfaite, et Van Horn déclara sèchement :

— Êtes-vous fou, Lomax ? J'ai entendu raconter que vous accusiez Alexias d'avoir tué Dimitri Paros, mais vous n'avez pas une ombre de preuve pour le prouver.

Lomax prit calmement une cigarette dans la boîte en argent posée sur le piano. Il l'alluma lentement et souffla de longues volutes de fumée. Il se sentait très fatigué et il souffrait d'une légère et persistante douleur tout près de l'œil droit.

— Je ne crois pas que ce soit Alexias qui ait tué Paros. Je pense que c'est vous, dit-il avec douceur.

Le tonnerre gronda encore et la pluie tambourina sur les vitres avec de plus en plus de violence. Aucun muscle du visage de l'écrivain n'avait bougé. Il demanda calmement :

— Êtes-vous bien sûr de savoir ce que vous dites ?

Katina se leva, les yeux plus grands que jamais dans son visage pâle.

— Qu'essayez-vous d'insinuer, Hugh ?

Il posa les mains sur les épaules de la jeune femme.

— Quelqu'un m'a tiré dessus, ce soir, derrière la prison, Katina. Quelqu'un qui savait que je m'échapperais à ce moment-là. Et l'automatique que vous m'aviez donné, pour une raison étrange, il n'était pas chargé.

La jeune femme le regarda, horrifiée. Il continua :

— Van Horn savait-il que votre oncle jouait aux échecs tous les jeudis soir chez le Père John ?

— Tout le monde le sait, à Kyros.

— Alors, pourquoi ne m'a-t-il pas dit que je perdais mon temps quand j'ai expliqué mon intention d'aller à la ferme voir Alexias ?

Katina se tourna lentement vers Van Horn pendant que Lomax poursuivait.

— Dimitri et les frères Samos m'attendaient dans l'obscurité. Il n'y a qu'une seule explication possible. Parce que quelqu'un avait prévenu Dimitri. Mais une seule personne le savait.

Van Horn eut un léger sourire.

— Ça ne tient pas debout. Comment diable aurais-je pu le prévenir à temps ? Katina avait pris la Jeep.

Ce fut la jeune femme qui répondit à sa place.

— Vous étiez au téléphone quand je suis sortie de la cuisine et Dimitri travaille souvent de nuit au « Petit Navire ». Tout le monde le sait.

Van Horn alluma une cigarette. Sa main était aussi ferme que le roc.

— Vous n'arriverez pas à prouver que je me trouvais à la ferme à l'heure du crime. Pas un jury au monde ne pourrait se laisser convaincre qu'un homme de mon âge et dans mon état de santé ait pu traverser la montagne deux fois dans la même nuit, à pied et en l'espace de quelques heures.

— Cette question m'a beaucoup préoccupé, dit Lomax, jusqu'à ce que je me souvienne d'une jetée, située non loin de la ferme, dont Katina m'avait parlé un jour. Katina... Combien de temps pensez-vous qu'il faille pour s'y rendre en bateau, d'ici ?

— Pas plus de vingt minutes. J'ai souvent effectué le parcours, et Olivier aussi.

— Van Horn, pouvez-vous certifier que le bateau n'a pas pris la mer ce soir ? Nous pourrions toujours le vérifier.

— Cela n'a aucun sens. Pour quel motif aurais-je tué Dimitri Paros ?

— Ce n'est qu'une hypothèse, mais j'imagine qu'il a peut-être compris que vous étiez responsable de la mort de son père.

Katina sursauta. Une fraction de seconde, Van Horn perdit de son calme, mais il se reprit aussitôt.

— Votre thèse ne tient pas debout, Lomax. Tous ici savent ce que j'ai enduré à Fronchi.

— Lorsque nous avons abordé ce sujet ensemble, aujourd'hui même, je vous ai désigné Alexias comme étant le traître possible. Vous m'avez fait remarquer fort judicieusement que je devais d'abord démontrer pour quelles raisons les Allemands se seraient adressés à lui. Je peux maintenant faire mieux et vous montrer ce qui leur a permis de s'adresser à vous.

— J'ai bien peur que vous ne soyez en train de divaguer, dit Van Horn, mais le sang avait quitté son visage et son front était marqué de rides profondes.

— La première fois que je suis venu dans cette maison, il y a dix-sept ans, Joe Boyd a emprunté un de vos livres de poèmes sur la guerre. Ce livre s'intitulait *Le Survivant*, et comme tous vos ouvrages, il était relié de cuir vert et titré en lettres d'or…

Hugh se dirigea vers les étagères, choisit un volume qu'il rapporta.

— Le voici. Je l'ai remarqué cet après-midi, mais sur le moment, je n'ai pas réalisé qu'il n'aurait pas dû se trouver là.

— Je ne comprends pas? dit Katina.

— Je crois que Van Horn comprend, lui. Boyd a oublié de reposer l'exemplaire. Il le gardait dans une poche de son uniforme quand il a été abattu par l'ennemi. Je ne m'en suis souvenu que ce soir, après tant d'années! Les Allemands ont dû le récupérer en fouillant ses vêtements et vous le rendre, Van Horn. Pas étonnant que Steiner se soit moqué de moi lorsque je lui affirmai n'avoir contacté personne dans l'île.

Van Horn prit le livre et en caressa doucement la couverture. Il hocha la tête et remarqua d'une voix bizarre :

— Il eût été dommage de perdre une pièce de cette collection. C'est mon éditeur américain qui me l'a offerte, juste avant la guerre.

Il replaça le bouquin à sa place, puis se servit du cognac. Froidement, comme s'il parlait de quelqu'un d'autre.

— Bien sûr, vous avez vu juste, Lomax. Les Allemands ont trouvé le livre que Steiner m'a rapporté. J'ai essayé de jouer l'innocent, mais ça n'a pas pris.

Katina avança vers lui :

— Pourquoi leur avez-vous tout dit ?

Il se détourna, mais elle le prit par le bras et le força à la regarder dans les yeux.

— Pourquoi, Olivier?

— Parce que j'avais peur. Il m'a menacé de m'envoyer à la Gestapo d'Athènes.

— C'est tout?

Van Horn secoua la tête.

— Il m'a juré aussi de détruire chaque pièce de ma collection. À titre d'exemple, il a brisé la grande amphore devant moi.

Écœurée, Katina s'écarta de lui.

— Pourquoi Steiner vous a-t-il gardé dans la prison de l'île au lieu de vous envoyer directement à Fronchi, avec les autres ? demanda Lomax.

— Votre mort apparente vous désignait comme le bouc émissaire idéal. Steiner ne voulait me garder que pendant six mois, il m'aurait relâché ensuite en prétextant ma santé délicate.

— Ainsi vous auriez pu l'informer plus sur vos amis ? dit Katina.

— Malheureusement, le navire de Steiner disparut en mer, et l'officier allemand qui prit le commandement de l'île ne connaissait pas notre arrangement et m'envoya rejoindre les autres prisonniers à Fronchi.

— Ainsi, vous avez condamné tous vos amis aux pires tortures parce que vous aviez peur et pour sauver votre stupide collection ?

— J'ai eu ma part de douleurs, Lomax, vous avez vu les marques que j'en ai gardées ? En apprenant votre intention de rencontrer Alexias ce soir, j'ai deviné que tôt ou tard vous finiriez par résoudre le problème pour peu que vous restiez assez longtemps à Kyros, et je me suis affolé.

— Vous avez alors contacté Dimitri ?

— Il m'a promis de s'occuper de vous, mais il insista pour me rencontrer. Comme vous l'avez deviné, je me suis servi du bateau et en arrivant à la ferme, il était complètement ivre. Dimitri avait tout compris.

— Et il se préparait à vous faire chanter ?

— Il y avait un couteau de berger sur la table. J'ai pensé que si je m'en servais, Kytros croirait à un règlement de compte entre marins.

— Vous l'avez frappé de façon trop particulière pour cela, Van Horn.

— Je sais. Une méthode apprise dans les tranchées. On n'oublie jamais certains gestes. Vous le savez mieux que quiconque.

Lomax ignora l'attaque.

— Et l'agression dans la cour de la prison ? Ai-je vu juste ?

Van Horn acquiesça.

— Lorsque Katina vint me demander de vous aider, je n'ai pas osé refuser, mais le revolver que je lui ai donné avait un percuteur abîmé. Après qu'elle fut partie en Jeep, je l'ai suivie en ville sur ma vieille bicyclette.

Lomax commençait à sentir peser la fatigue et sa tête lui faisait de plus en plus mal.

— Ainsi, vous avez tué, et m'avez obligé à tuer. Pourquoi tous ces crimes, Van Horn ? Dans quel but ?

— Je ne sais pas. Je n'en sais rien. Y a-t-il jamais une fin aux choses ?

Il mit sa main dans sa poche et sortit un revolver. Katina recula de quelques pas, et Lomax dit :

— Un meurtre de plus, Van Horn ? Mais le mien ne vous suffira pas. Allez-vous tuer Katina aussi ?

— Je ne pense pas, annonça une voix dans leur dos.

Écartant les rideaux de la porte-fenêtre, Kytros s'avança suivi d'Alexias Pavlo. Surpris, Van Horn regarda les nouveaux venus et Lomax poussa Katina d'un côté et s'élança.

Une dixième de seconde trop tard. L'écrivain tira à bout portant et la balle traversa l'épaule de Lomax qui, dans sa chute, se cogna au piano. Alors que Katina criait, sa main entraîna la lampe, plongeant la pièce dans le noir pendant qu'il glissait sur le sol.

7

Cendres et poussières

Pendant quelques instants, il n'y eut que l'obscurité et sa confusion. Cependant, Lomax fut conscient de la présence de Katina tout près de lui. Lorsque la lumière revint, il constata que Van Horn et Alexias avaient disparu. Kytros secoua la porte donnant sur le hall, et dit calmement :

— Fermée à clé ! Mais il n'ira pas loin. J'ai pris la précaution de boucler les grilles en arrivant et Stavrou garde le chemin de la falaise.

Lomax essaya de se redresser en se cramponnant au piano. Sa blessure saignait beaucoup. Katina lui glissa une compresse improvisée sous son pull-over. Le sergent s'approcha.

— C'est grave ?

Lomax secoua la tête.

— Je survivrai. Vous vous trouviez depuis longtemps sur la terrasse ?

— Assez longtemps. Ne vous inquiétez pas, Mr Lomax, j'étais au courant avant d'arriver ici. L'autopsie du docteur Spanos m'a fourni deux indices intéressants.

— Je ne comprends pas, dit Lomax.

— D'abord Paros était mort depuis plus longtemps que nous le croyions. La chaleur du feu à proximité du corps a reculé les effets de la *rigor mortis*.

— Et le second point ?

— Il a cassé sa montre en tombant. Les aiguilles marquaient neuf heures ! Vous voudrez bien excuser le modeste policier que je suis, d'avoir omis un détail aussi évident à première vue.

— À neuf heures, les frères Samos m'emmenaient en mer.

— Et Alexias jouait aux échecs chez le Père John.

— Comment avez-vous été amené à soupçonner Van Horn ?

— D'abord, en raisonnant logiquement. Riki Samos a avoué que Dimitri avait été prévenu de votre départ pour la ferme, mais il ignorait d'où venait le tuyau. Je me suis renseigné au « Petit Navire ». Paros avait quitté la taverne à la suite d'un appel téléphonique mystérieux... Et il y a fort peu de ces appareils installés sur l'île.

— L'opérateur s'est donc souvenu facilement du nom de son correspondant ?

— Forcément ! J'allais chercher Alexias qui m'apprit votre évasion de la prison. Yanni est arrivé au poste, affolé, parce qu'il pensait que vos poursuivants vous mettaient en pièces dans la montagne.

— Cette éventualité n'a pas eu l'air de vous tourmenter outre mesure !

Le sergent se permit un léger sourire.

— Connaissant vos anciennes prouesses dans l'île, je ne m'inquiétais pas trop à votre sujet.

— Encore quelque chose dont il faudra remercier Yanni.

— Le petit a beaucoup d'admiration pour vous, vous savez ? Dommage qu'il soit livré à lui-même, sans personne pour le guider...

— Je pense que ça peut s'arranger.

Un coup de feu claqua, assourdi par la pluie. Alexias réapparut, essoufflé.

— Il se cache dans le jardin !

Kytros dégaina son revolver et courut vers la terrasse. Lomax sortit à son tour, suivi de Katina, et s'accouda à la balustrade. La pluie tombait toujours avec autant de violence. Un coup de feu, suivi d'un autre, et la voix du sergent appelant Stavrou, puis, plus rien… À distance, un bruit de voix commença à s'amplifier. Quelques aboiements de chiens se mêlèrent aux échos assourdis. Katina indiqua à Hugh le portail derrière lequel se massaient des ombres qui agitaient à bout de bras des lanternes, comme des yeux dans la nuit.

Lomax, pris d'une impulsion soudaine, descendit les marches pour se perdre à son tour dans les broussailles. Katina le rattrapa un moment plus tard.

— C'est de la folie ! protesta-t-elle.

Il se fraya un chemin jusqu'au terrain d'oliviers, la jeune fille sur ses talons. La pluie leur brouillait le paysage. Venant de la montagne, le bourdonnement de la foule se rapprochait.

Kytros surgit de derrière un arbre et les rejoignit. Au même moment, un bruissement dans les buissons fut suivi d'un nouveau coup de feu. Stavrou cria quelque chose d'inintelligible et Van Horn courut le long du sous-bois, un bras levé pour se protéger le visage. Il buta contre une souche, se rattrapa à un tronc d'arbre et regarda le petit groupe lui faisant face. Dans la lumière jaunâtre, sa peau ressemblait à du parchemin et il avait l'air vieux, fatigué et défait. Il haletait. Les policiers s'avancèrent lentement vers lui. Telle une bête traquée, Van Horn fonça en direction du portail. Les gens massés contre les grilles se bousculaient pour mieux voir. L'écrivain se retourna, et derrière lui, Lomax et Katina, rejoints par Alexias, s'immobilisèrent, il y eut un étrange silence. La foule se figea, réalisant qu'il se passait quelque chose d'extraordinaire. Stavrou sortit de l'ombre, braqua le canon de son pistolet vers le portail. Kytros l'écarta du chemin et s'avança seul. À quelques mètres de la grille, il s'arrêta, revolver au poing. Sa voix résonna haute et distincte.

— Jetez votre arme ! Mr Van Horn. Que personne ne souffre plus dans cette affaire.

L'interpellé ne broncha pas. Il leva lentement son pistolet, mais rapide, Kytros tira le premier et l'écrivain tomba dos au portail. Les spectateurs s'éparpillèrent en poussant des cris affolés. Van Horn, en s'accrochant aux barreaux, réussit à se redresser. Obstinément, il visa le policier qui tira deux fois sur lui.

De l'autre côté des grilles, des exclamations montèrent de la nuit. Le mourant leva les yeux sur Lomax qui se penchait sur lui. Il voulut parler, mais le sang jaillit de la bouche, il eut un sursaut avant de s'immobiliser à jamais. La foule attendait, tranquille sous la pluie, ne comprenant pas encore ce qui venait de se passer, attendant une explication.

Alexias s'approcha alors de Lomax, l'air vieilli et fatigué comme si tout à coup vivre était devenu trop difficile. Il essaya de trouver des mots mais rien ne vint et il se dirigea vers la porte. Kytros ayant ouvert le battant, il s'avança sur la route. On l'entoura et il commença à parler d'un ton calme à la foule. Puis le sergent s'agenouilla près de Van Horn et examina le corps. Au bout d'un moment, il leva les yeux :

— Vous n'avez pas à vous en vouloir, Mr Lomax. Cet homme souhaitait mourir. Il m'a conduit à le tuer.

Lomax serra son bras, sentant le sang couler entre ses doigts et la lampe du portail parut devenir énorme sous ses yeux. Il remonta vers la villa dont la porte d'entrée était ouverte. Il traversa le couloir, entra dans la pièce obscure au centre de laquelle l'amphore grecque découpait une masse plus sombre. Il resta un moment immobile à la contempler, et soudain une rage folle l'anima. D'un coup de pied il bascula le vase antique hors de son support, et le regarda se briser en mille morceaux sur le sol. Puis pour une raison inexplicable, il ne put respirer et la nuit entra dans son corps quand des sanglots lui serrèrent la gorge.

Il sortit sur la terrasse, et retrouva Katina à ses côtés, il dit d'une voix brisée :

— Cendres et poussières, Katina. Cendres et poussières.

— Je sais, Hugh, dit-elle simplement.

Il s'accouda à la balustrade. La pluie venait enfin de cesser, et l'odeur de la terre mouillée s'élevait dans l'air humide et il était vivant. Au bout d'un instant, il enserra son épaule avec son bras valide et ils rentrèrent dans la maison.

1963

L'ANNÉE DU TIGRE

Traduit de l'anglais
par Renée Tesnière

Ce roman a paru sous le titre original :
YEAR OF THE TIGER

1

LA SECONDE PHASE

Quand ils le jetèrent dans la cellule, Chavasse trébucha sur un corps et alla donner contre le mur opposé. Il se redressa à quatre pattes et respira à fond une ou deux fois pour s'éclaircir les idées. Au bout d'un moment, se sentant un peu mieux, il se retourna pour examiner ce qui l'entourait.

La cellule pouvait avoir 6 mètres de côté; elle n'était éclairée que par une petite lampe à graisse, placée dans une niche du mur, au-dessus de sa tête. À sa pâle lumière, il vit que l'endroit grouillait d'une puante humanité. Quelques visages apathiques se tournèrent vers lui, des yeux vides le dévisagèrent un instant.

C'étaient, pour la plupart, des paysans tibétains, qui dormaient étroitement enveloppés dans leurs *shubas* de peau de mouton. Dans un coin, un vieux lama, visage plissé par l'âge, tunique jaune déchirée et salie, regardait dans le vide et ses doigts faisaient cliqueter les perles de son chapelet tandis qu'il psalmodiait, d'une voix basse et monotone, une interminable série de *Om ma-ni pad-me hum.*

Il faisait incroyablement froid et la pluie projetait une bruine impalpable entre les barreaux de la petite fenêtre qui s'ouvrait tout en haut du mur. Chavasse se leva, enjamba un pauvre diable recroquevillé dans les loques de sa tunique, le visage emperlé d'une mauvaise sueur, et se dressa sur la pointe des pieds pour regarder au-dehors.

L'un des murs de torchis de la cour s'était écroulé et le regard portait jusqu'à la ville. Le vent qui balayait en hurlant les toits plats de Changu venait des steppes de Mongolie; c'était l'hiver qu'il apportait avec lui, et ses doigts glacés effleuraient le visage de Chavasse. Celui-ci ne put s'empêcher de frissonner.

En face, une porte s'ouvrit, inondant la cour d'une lumière

dans laquelle un soldat chinois s'encadra sur le seuil. Il se retourna pour dire quelques mots vers l'intérieur. Il y eut un brusque éclat de rire, puis le soldat referma la porte et traversa la cour au pas de course, tête baissée contre la pluie.

Chavasse se fraya un chemin précautionneux parmi les corps endormis jusqu'à un coin demeuré vide, près de la porte ; mais il recula vivement devant l'épouvantable puanteur d'excréments humains qui lui montait aux narines.

Il regagna sa première place et se laissa tomber sur la paille détrempée. À quelques pas de lui, un immense Tibétain, en tunique déchirée et chapeau de feutre conique, accroupi contre le mur, le dévisageait sans ciller tout en grattant ses poux d'une main. Au bout d'un moment, il sortit on ne savait d'où un morceau de *tsampa* pétri avec du beurre, le partagea en deux et en offrit la moitié à Chavasse. Celui-ci réussit à sourire et refusa d'un signe. L'homme, avec un haussement d'épaules, se mit à mastiquer le *tsampa*.

Chavasse se détourna ; il tremblait de tous ses membres que le froid mordait cruellement. Il croisa fortement les bras, ferma les yeux et se concentra sur ce qui s'était passé ; il se demandait comment diable il allait pouvoir se tirer de ce mauvais pas. Mais la question demeurait sans réponse. Au bout d'un moment, il s'abandonna à une somnolence agitée.

Il eut conscience du bruit de la clé dans la serrure et de la porte qui s'ouvrait, mais ce fut le coup en pleine figure qui l'éveilla pour de bon. Une main le mit debout et, d'une poussée, on lui fit traverser la cellule et passer le seuil.

Dans le couloir dallé de pierres, deux soldats et un sergent l'attendaient, pareillement vêtus de ternes uniformes matelassés ; la seule tache de couleur était l'étoile rouge de l'Armée de la République populaire, fixée sur leurs képis. Le sergent se détourna sans une parole et s'éloigna dans le couloir. Chavasse lui emboîta le pas, cependant que les deux soldats fermaient la marche, fusils mitrailleurs braqués.

Dans un autre couloir, à l'étage supérieur, ils firent halte devant une porte. Le sergent frappa, écouta un instant et, le premier, entra.

La pièce, de toute évidence, avait naguère été occupée par un personnage d'une certaine importance. Les murs de bois étaient couverts de peintures magnifiques, des tapis de peau de mouton recouvraient le sol et des bûches flambaient dans la vaste cheminée de pierre. Le classeur vert, qui se dressait dans un angle, et le bureau, au centre de la pièce, prenaient un air incongru, déplacé.

Derrière le bureau siégeait le colonel Li ; il tenait à la main un rapport dactylographié dont il n'interrompit pas la lecture. Chavasse resta debout près d'un fauteuil, et s'examina dans l'étroite glace encadrée d'or, accrochée au mur derrière Li.

Le beau visage aristocratique était hâve, décomposé, les yeux faisaient deux taches sombres tout au fond des orbites, du sang coulait lentement d'une coupure au front. Il leva la main pour l'essuyer et le colonel Li grogna, laissa tomber le rapport sur son bureau et leva les yeux.

Son regard, aussitôt, exprima l'inquiétude.

— Mais, mon pauvre ami, que vous a-t-on fait ? demanda-t-il en un anglais impeccable.

— Votre sollicitude me touche profondément, dit Chavasse.

Li se renversa dans son fauteuil ; un léger sourire frémit au coin de ses lèvres.

— Ainsi, vous parlez anglais. Vous voyez, nous avons déjà fait des progrès.

Chavasse jura à part lui. Il était las… plus las qu'il ne l'avait été depuis longtemps et, pour cette raison, il s'était laissé prendre au plus ancien piège qui fût. Il haussa les épaules.

— Un point pour vous.

— Naturellement ! fit Li d'un ton calme.

Il adressa un signe de tête au sergent et aux deux soldats qui se retirèrent sur-le-champ.

La température de la pièce commençait à étourdir légèrement Chavasse. Il chancela, se rattrapa au bord du bureau. Aussitôt, le colonel Li fut debout.

— Je crois que vous feriez mieux de vous asseoir, mon bon ami.

Chavasse se laissa tomber dans le fauteuil. Li alla vers un cabinet de laque, dans un coin, l'ouvrit, en sortit une bouteille et deux verres et revint. Il remplit vivement les verres, en poussa un de l'autre côté du bureau. Chavasse attendit que le Chinois bût le premier.

Li, avec un pâle sourire, vida son verre.

— Buvez, mon cher ami, dit-il. Je crois que vous allez avoir une surprise.

C'était du whisky écossais, et du meilleur, et Chavasse tendit la main vers la bouteille et remplit son verre à nouveau.

— Je suis heureux qu'il vous plaise, fit Li.

Chavasse leva silencieusement son verre à son adresse et le vida d'un trait. L'alcool se répandit dans tout son être et il se sentit mieux. Il se renversa dans son fauteuil.

— Comme chez soi, hein ? dit-il. Vous avez vraiment la vie dure, vous autres, à travailler pour le prolétariat. Au fait, vous n'auriez pas une cigarette, par hasard ? Vos gars m'ont proprement nettoyé. À les voir, j'ai l'impression que vous ne devez pas les payer très souvent.

Le colonel Li sortit de sa poche un paquet de cigarettes américaines.

— Vous voyez, je suis en mesure de satisfaire tous vos besoins.

Chavasse prit une cigarette et se pencha vers le bureau pour avoir du feu.

— Pourquoi pas des cigarettes de chez vous ?

— C'est que le tabac de Virginie est d'excellente qualité, fit Li avec un aimable sourire. Le moment venu, nous nous en réserverons la consommation.

— Doucement, camarade, dit Chavasse. À Pékin, on appellerait ça de la trahison.

Le colonel Li sourit de nouveau et fixa une cigarette dans son élégant fume-cigarette de jade.

— Mais nous ne sommes pas à Pékin, mon cher ami. Ici, c'est moi qui commande.

La voix restait aimable, l'humeur égale, mais Chavasse commençait à se rendre compte de la technique.

— Et maintenant, qu'est-ce qu'on fait ? demanda-t-il.

Le colonel Li haussa les épaules.

— Cela ne dépend que de vous, mon cher ami. Si vous coopérez, cela vous facilitera les choses.

Chavasse sentit son intérêt s'éveiller. Il semblait qu'il demeurât une possibilité de transaction. Il sourit au colonel à travers la fumée.

— Alors, j'ai encore une chance ?

— Mais bien sûr, dit Li. Il vous suffit de me dire qui vous êtes vraiment et quelle mission vous amène à Changu.

Chavasse eut un rire dur. Il écrasa sa cigarette dans le cendrier de jade.

— Si c'est tout ce que vous avez à me proposer, je ne marche pas.

Le Chinois, d'une main soignée, tambourina sur le bureau et déclara d'un ton pensif :

— C'est vraiment bien dommage.

Il semblait sincèrement peiné. Chavasse, qui l'écoutait d'une manière curieusement détachée, pensait en même temps à d'autres choses.

— Qu'est-ce qui est dommage ? demanda-t-il.

— Le fait que nous nous trouvions dans deux camps opposés. Je ne suis ni un politicien idéaliste ni un fanatique, mais simplement un homme qui a toujours su s'adapter aux circonstances.

Il rectifia l'alignement des papiers, sur son bureau.

— Vous avez encore le temps de changer d'avis, continua-t-il.

Chavasse secoua la tête avec un soupir.

— Non, merci, colonel. Mieux vaut, maintenant, passer à la seconde phase.

Li fronça les sourcils.

— La seconde phase ? Je crains de ne pas comprendre.

— Vous auriez intérêt à vous mettre à jour dans vos lectures, fit Chavasse. Pour être plus précis, il s'agit de la dernière publication du Comité central de Pékin. *Interrogatoire des prisonniers politiques et des étrangers*. Pour commencer, vous êtes gentils, puis vous devenez très désagréables… avec toute la reconnaissance voulue envers le camarade Pavlov, naturellement.

Le colonel Li soupira.

— Vous vous faites vraiment de curieuses idées sur nous, vous autres.

Il pressa un bouton sur son bureau, et, presque aussitôt, la porte s'ouvrit ; le sergent entra et vint se placer derrière Chavasse.

Celui-ci se remit debout avec lassitude.

— Et maintenant ?

— Cela dépend de vous, fit le colonel, avec un haussement d'épaules. Je puis vous accorder quelques heures de réflexion. Après quoi…

Il répéta son geste, prit un nouveau rapport et l'ouvrit.

Les deux soldats attendaient dehors. Ils emboîtèrent le pas à Chavasse qui suivait le sergent. Ils longèrent le couloir, descendirent l'escalier de pierre qui menait au sous-sol et tournèrent dans un autre couloir, brillamment éclairé. De massives portes de bois s'alignaient sur un côté ; le sergent en ouvrit une et fit signe à Chavasse d'entrer.

Celui-ci se trouva dans une petite cellule de pierre de moins de 2 mètres de côté. Au long d'un mur, une couchette de fer. Pas de fenêtre. La porte se referma bruyamment derrière lui et l'obscurité l'engloutit aussitôt. Les murs, le plafond suintaient l'humidité. Précautionneusement, il tâtonna en direction de la couchette. Il n'y avait pas de matelas mais, dans son état, il eût dormi à même le sol. Il s'allongea et, les yeux grands ouverts, fixa l'obscurité.

Il disposait d'un répit. Pourquoi, il n'en savait rien. Mais tout de suite, il se laissa aller, sentit la tension l'abandonner. Il était si las que tous ses membres lui faisaient mal, tandis qu'une douleur légère, insistante, lui taraudait le milieu du front. Il soupira, ferma les yeux. Immédiatement, la cellule résonna d'un tumulte horrible, effroyable…

Il se releva précipitamment, tous les nerfs vibrants. Un timbre énorme était fixé au-dessus de la porte et sonnait sans discontinuer, tandis qu'une lampe rouge s'allumait et s'éteignait rapidement.

Il restait là, les yeux levés, tourmenté de nausées, sachant ce qui allait venir. La clé grinça dans la serrure, la porte s'ouvrit à la volée.

Le petit sergent était sur le seuil, les mains aux hanches, et souriait gentiment. Chavasse passa dehors. Les deux soldats l'attendaient et l'escortèrent au long du couloir. Quand le sergent ouvrit la porte, tout au bout, une rafale de pluie les accueillit et ils s'enfoncèrent dans la nuit.

À travers l'obscurité, le sergent se dirigea vers un camion qui stationnait près du poste de garde. Chavasse attendit au milieu de la cour, en compagnie des deux soldats. Le vent des steppes lui lardait le dos de coups de baïonnette.

Il se demandait avec lassitude ce qui allait advenir quand les deux faisceaux jumelés du camion le firent sortir de la nuit.

Le sergent revint, sortit son automatique et fit un signe à ses deux hommes qui reculèrent dans la zone obscure. Chavasse attendait, incertain de son sort. Pour le moment, il semblait que le sergent et lui fussent seuls. Il avança un pied, lentement, précautionneusement, et reçut par-derrière un déluge d'eau glacée.

La douche lui fit l'effet d'un coup violent. Il fit volte-face et en reçut une autre en pleine figure.

Il eut l'impression d'un énorme étau, qui lui étreignait tout le corps et chassait l'air de ses poumons : le vent cinglant traversait ses vêtements trempés, brûlait le plus secret de sa chair. Il parvint à faire vers eux un pas chancelant, tout en levant les mains, avant que le sergent lui envoyât un coup dans les reins. Au moment où il s'écroulait, ils se rapprochèrent et les bottes et les poings martelèrent son corps sans défense…

Il n'éprouva aucune surprise à se retrouver, soutenu par les deux soldats, devant la porte du bureau du colonel Li. Le sergent frappa à la porte, l'ouvrit et ils entrèrent.

Ils demeurèrent debout devant la table de travail et, pour la seconde fois de la soirée, Chavasse s'examina dans la longue glace encadrée d'or. Il présentait un extraordinaire spectacle. Ses cheveux se plaquaient sur son front élevé. Il avait un œil à demi-fermé et le côté droit de son visage était enflé et défiguré par une énorme meurtrissure violacée. Sa bouche écrasée saignait et tout le devant de sa chemise était couvert de sang.

Le colonel Li leva les yeux vers lui et soupira.

— Vous êtes un homme bien obstiné, mon cher ami. Et à quoi bon ?

La bouteille de whisky et les verres étaient encore sur la table. Il remplit un verre, le poussa vers Chavasse, que les soldats aidèrent à s'asseoir dans un fauteuil, tandis que le sergent amenait le verre jusqu'à ses lèvres.

Chavasse poussa un gémissement douloureux quand l'alcool brûla sa chair à vif mais, au bout d'un moment, une douce chaleur commença de se répandre par tout son corps et il se sentit mieux.

— Votre spectacle est très au point, dit-il d'une voix rauque.

Le visage de Li se plissa de colère.

— Vous imaginez-vous que je prends plaisir à ce genre de chose ? questionna-t-il. Me prenez-vous pour un barbare ?

Il pressa un bouton sur son bureau.

— Assez de ce jeu puéril du chat et de la souris. Je sais tout ce qui vous concerne.

La porte s'ouvrit sur une jeune Chinoise en uniforme qui vint poser un dossier sur le bureau. Le regard détaché de Chavasse remarqua, tandis qu'elle sortait, que son uniforme lui seyait comme un gant et que les bottes russes en cuir mettaient en valeur de fort jolies jambes.

— Tout est là, fit le colonel Li en soulevant le dossier. Je me suis mis en rapport avec Lhassa et, là-bas, on a immédiatement contacté le quartier général des services secrets de Pékin.

Chavasse haussa les épaules.

— Ça reste à voir.

Le colonel Li ouvrit le dossier d'une pichenette et se mit à lire. « Paul Chavasse, né à Paris en 1928, de père français, de mère anglaise. Études à la Sorbonne, à Cambridge et à l'université de Harvard. Docteur ès Lettres en langues modernes. Conférencier à l'université de Manningham jusqu'en 1954. Depuis lors, employé comme agent par le Bureau, organisation secrète utilisée par le gouvernement britannique dans sa continuelle lutte clandestine contre les nations communistes libres. »

Chavasse n'éprouva aucune surprise particulière à constater qu'ils en savaient autant sur son compte. Il ne ressentait aucune crainte. Il consacrait les forces qui lui restaient à garder les yeux ouverts.

— Vous avez, en tout cas, une imagination bougrement féconde, dit-il.

Le colonel Li bondit sur ses pieds avec rage.

— Pourquoi me forcez-vous à vous traiter de la sorte ? Est-ce une manière de se conduire, pour des gens intelligents ?

Il fit le tour de son bureau et vint s'asseoir sur le bord, à deux pas de Chavasse. Quand il reprit la parole, sa voix était aussi douce que s'il essayait de raisonner un enfant difficile et entêté.

— Dites-moi ce que vous faites ici, c'est tout ce que je veux savoir. Après cela, vous pourrez avoir un médecin, un repas, un lit bien chaud.

Chavasse se sentait perdre pied. Garder les yeux ouverts constituait un effort et le visage de Li paraissait enfler dans d'énormes proportions. Il tenta d'ouvrir la bouche, sans pouvoir émettre un son.

Le colonel s'approcha encore.

— Dites-moi ce que je veux savoir, Chavasse. C'est tout ce que je vous demande. Je m'occuperai du reste, je vous le promets.

Chavasse parvint à lui cracher à la figure avant qu'un feu d'artifice multicolore fît explosion dans sa tête et qu'une grande vague d'impénétrable obscurité le submergeât.

2

UN NOMMÉ HOFFNER

Du seuil du *Caravel Club*, dans Great Portland Street, Chavasse considérait d'un air sombre la pluie battante. Il était plus ou moins amoureux de Londres depuis plusieurs années, mais 4 heures du matin, par un jour pluvieux de novembre, c'était difficilement supportable pour n'importe quel amour, se dit-il en gagnant le trottoir.

Il se sentait la bouche amère : trop de cigarettes, et la pensée des 115 livres qui étaient passées de l'autre côté des tapis verts du *Caravel* n'arrangeait rien.

Il y avait trop longtemps qu'il était en ville à ne rien faire, voilà ce qui n'allait pas. Deux mois, maintenant, qu'il était rentré de congé, après l'affaire Caspar Schultz, et le patron l'avait tenu tout ce temps derrière un bureau du quartier général, à s'occuper de paperasses qu'aurait expédiées n'importe quel employé raisonnablement compétent.

Il en était encore à considérer la situation sous toutes ses faces et à se demander comment il pourrait y remédier, quand, en tournant l'angle de Baker Street, il leva machinalement les yeux et vit de la lumière dans son appartement.

Il traversa rapidement la rue et passa les portes battantes. Le vestibule était désert, le gardien de nuit n'était pas à son poste. Chavasse s'arrêta un instant pour réfléchir, les sourcils légèrement froncés. Il finit par décider de ne pas utiliser l'ascenseur et grimpa vivement jusqu'au troisième étage.

Le couloir n'était que silence. Il s'immobilisa devant la porte de son appartement pour prêter l'oreille ; puis il passa l'angle du couloir, atteignit la porte de service et sortit sa clé.

La jeune femme qui, assise au bord de la table de cuisine, lisait un magazine en attendant que le café fût prêt, était bien en chair et séduisante en dépit de ses lunettes sombres, assez strictes.

Chavasse referma la porte sans bruit, traversa la pièce sur la pointe des pieds et lui posa un baiser sur la nuque.

— Il faut bien avouer que c'est une drôle d'heure pour une visite mais j'en suis plus qu'heureux, dit-il avec un sourire.

Jane Frazer le dévisagea d'un air calme.

— Ne vous faites pas d'illusions. Et où diable étiez-vous donc ? J'ai des émissaires qui parcourent tout Soho et le West-End depuis hier soir.

Il sentit frémir en lui le doigt glacé de la surexcitation.

— Il est arrivé quelque chose d'important ?

Elle hocha la tête.

— Je vous crois. Vous feriez bien de passer de l'autre côté. Le patron est là depuis minuit, à attendre que vous daigniez paraître.

— Et le café ?

— Je l'apporterai quand il sera fait.

Elle fronça le nez.

— Vous avez encore bu, hein ?

— Quelle sacrée épouse vous feriez, mon cœur, fit-il avec un sourire un peu las.

Et il passa dans le living-room.

Deux hommes occupaient les bergères près de la cheminée ; un échiquier était posé entre eux, sur la table basse. L'un était pour Chavasse un inconnu : un vieillard aux cheveux blancs, qui devait bien avoir 70 ans.

L'autre, à première vue, pouvait être n'importe quel haut fonctionnaire de l'État. Le costume gris sombre bien coupé, la vieille cravate Eton et jusqu'aux cheveux grisonnants semblaient tous faire partie intégrante de l'image traditionnelle.

Ce fut seulement quand il tourna vivement la tête et leva les yeux que la différence se fit sentir. Ce n'était pas là le visage d'un homme ordinaire. On se trouvait en présence d'un être à l'intelligence supérieure, dont les yeux gris et froids étaient, avant tout, ceux d'un réaliste.

— On me dit que vous me cherchiez, fit Chavasse en se débarrassant de son imperméable.

Le patron eut un fugitif sourire.

— C'est peu dire. Vous devez avoir découvert un endroit nouveau.

Chavasse hocha la tête.

— Le *Caravel Club*, dans Great Portland Street. Ils ont des steaks passables et une salle de jeu.

— Ça vaut la visite ?

— Pas vraiment, fit Chavasse en souriant. C'est assez morne et fichtrement trop coûteux. Il est temps que je fasse un peu autre chose.

— Je crois que nous allons pouvoir vous rendre ce service, Paul, dit le patron. À propos, je voudrais vous présenter le professeur Craig.

Le vieillard serra la main de Chavasse avec un sourire.

— Ainsi, c'est vous, le linguiste ? J'ai beaucoup entendu parler de vous, jeune homme.

— En bien, j'espère ?

Chavasse prit une cigarette dans la boîte posée sur la table et approcha un fauteuil.

— Le professeur Craig est président du Programme commun de recherches spatiales récemment mis sur pied par l'OTAN, dit le patron. Il nous a soumis un problème fort intéressant. Pour être tout à fait franc, je crois que vous êtes le seul agent du Bureau actuellement disponible qui soit capable de le résoudre.

— Voilà qui commence vraiment d'une façon flatteuse, fit Chavasse. De quoi s'agit-il ?

Le patron inséra avec grand soin une cigarette turque dans un élégant fume-cigarette d'argent.

— Quand êtes-vous allé au Tibet, Paul ?

Chavasse fronça les sourcils.

— Vous le savez aussi bien que moi. Il y a deux ans, quand nous avons fait sortir le Dalaï Lama.

— Ça vous dirait d'y retourner ?

Chavasse haussa les épaules.

— Je peux me débrouiller en tibétain. Je ne le parle pas absolument couramment, mais pas trop mal quand même. Ce qui me tracasserait davantage, ce sont les autres problèmes inhérents à cette région. En premier lieu, je pense, le fait que je suis Européen.

— Mais j'ai cru comprendre que vous aviez aidé le Dalaï Lama à fuir, il y a deux ans, intervint le professeur Craig.

Chavasse acquiesça d'un signe.

— Mais ce n'était pas la même chose. Je suis entré et ressorti en l'espace de quelques jours. Je me demande combien de temps je pourrais tenir si je devais y prolonger mon séjour. Qu'on me largue en Russie avec la tenue adéquate et je passerai facilement inaperçu. Dans une rue de Pékin, je serais aussi visible que le nez au milieu de la figure.

— C'est assez vrai, dit le patron. Je comprends votre point de vue. Mais si nous pouvions éluder ce problème ?

— Resteraient encore les Chinois, fit Chavasse. Ils ont nettement durci leur attitude, depuis ma dernière visite. Et surtout après la révolte tibétaine. Remarquez bien que, selon moi, le contrôle qu'ils exercent sur de vastes régions doit être purement théorique.

Il hésita avant de reprendre :

— Cette affaire... c'est important ?

Le patron hocha gravement la tête.

— C'est probablement la mission la plus importante dont je vous aie jamais chargé.

— Il vaudrait mieux me mettre au courant, alors.

Le patron se renversa dans son fauteuil.

— À votre avis, quel est le problème international le plus grave à l'heure actuelle ?

— Probablement la course à l'espace.

Le patron approuva d'un signe.

— D'accord. Et le fait que John Glenn et ceux qui l'ont suivi aient marché avec succès sur les traces de Gagarine et de Titov inquiète fort nos amis russes. La distance diminue... et ils le savent.

— Y peuvent-ils quelque chose ?

Le patron hocha la tête.

— Oui, justement, et il y a déjà fichtrement trop longtemps qu'ils travaillent là-dessus. Mais peut-être le professeur Craig voudrait-il vous en parler. C'est lui, l'expert en la matière.

Le professeur Craig ôta ses lunettes d'or et se mit à en frotter les verres avec sa pochette.

— Le gros problème, c'est la propulsion, Mr Chavasse. Des fusées de plus en plus puissantes, de plus en plus efficaces ne représentent pas une solution, surtout quand il s'agit d'aller jusqu'à la lune. Et si l'on veut aller encore plus loin, le trajet à parcourir est immense.

— Et je présume que les Russes, eux, ont découvert une solution ?

Craig fit un signe négatif.

— Pas encore, mais, à mon avis, ils ne doivent plus en être bien loin. Depuis 1956, ils font des expériences sur une fusée ionique utilisant comme force motrice l'énergie dégagée par les étoiles.

— On dirait une histoire de science-fiction, remarqua Chavasse.

— Si seulement c'était cela, dit gravement le professeur Craig.

Malheureusement, il s'agit là de faits réels et si nous ne découvrons pas au plus vite une autre solution, nous ferons aussi bien de jeter l'éponge.

— Et je suppose qu'elle existe, cette autre solution ? demanda doucement Chavasse.

Le professeur remit ses lunettes avec soin.

— En temps normal, j'aurais répondu que non mais, étant donné certains renseignements sur lesquels j'ai pu récemment mettre la main, il semble que nous ayons encore une chance.

Le patron se pencha en avant.

— Il y a dix jours, un jeune noble tibétain est arrivé à Srinagar, capitale du Cachemire. Ferguson, notre agent là-bas, l'a pris en charge. Non seulement il était en possession de précieux renseignements concernant les circonstances actuelles au Tibet occidental, mais il était chargé d'une lettre pour le professeur Craig. Cette lettre venait de Karl Hoffner.

Chavasse plissa le front.

— J'ai vaguement entendu parler de lui. N'est-il pas depuis des années une espèce de missionnaire médical au Tibet ?

Le patron fit un signe affirmatif.

— C'est un homme absolument merveilleux que la plupart des gens ont totalement oublié. Une carrière remarquablement semblable à celle d'Albert Schweitzer. Médecin, musicien, philosophe, mathématicien. Il a consacré au Tibet quarante années de sa vie.

— Et il vit encore ? fit Chavasse.

Le patron hocha la tête.

— Il habite une petite bourgade appelée Changu, à 240 kilomètres environ de la frontière du Cachemire. Sans avoir le droit de sortir de chez lui, pour autant que nous sachions.

— Cette lettre, demanda Chavasse au professeur Craig, pourquoi vous était-elle adressée ?

— Karl Hoffner et moi, nous avons fait nos études ensemble et, ensemble, pendant des années, nous nous sommes livrés à des recherches.

— Mais qu'y avait-il de si intéressant, dans cette lettre ?

— À première vue, pas grand-chose. C'était simplement la lettre d'un vieil ami à un autre. Il avait apparemment entendu dire que ce jeune Tibétain allait essayer de passer la frontière et il avait saisi cette occasion pour m'écrire, sans doute pour la dernière fois. Il n'est pas en bonne santé.

— Comment le traite-t-on ?

— Bien, semble-t-il, fit Craig avec un haussement d'épaules. Le peuple l'a toujours beaucoup aimé. Les communistes en font probablement une sorte de symbole. Dans sa lettre, il me disait qu'il n'avait pas quitté sa maison depuis plus d'un an et que, pour passer le temps, il s'était de nouveau consacré à sa grande passion, les mathématiques.

— Et je présume que c'est ce qui est important ?

— Karl Hoffner est sans doute l'un des plus grands mathématiciens de tous les temps, dit Craig d'un ton solennel. Verriez-vous un inconvénient à ce que j'emploie des termes techniques ?

— Je vous en prie.

— Je ne connais pas l'étendue de vos connaissances en matière de concepts mathématiques, dit Craig, mais vous savez peut-être qu'Einstein a démontré que la matière n'est pas autre chose que de l'énergie immobilisée dans une forme fixe ?

— $E = mc^2$, fit Chavasse en souriant. Jusqu'ici, je vous suis.

— Dans une thèse célèbre, écrite pour son doctorat quand il était jeune, poursuivit Craig, Karl Hoffner démontrait que l'énergie elle-même est de l'*espace* enfermé dans une forme définie. Pour le prouver, il se lançait dans un audacieux développement de géométrie non euclidienne, aussi révolutionnaire que la théorie de la relativité d'Einstein.

— Je suis complètement perdu, maintenant, dit Chavasse.

— Aucune importance, fit Craig en souriant. Il n'existait sans doute pas au monde plus de six cerveaux capables, à l'époque, de comprendre sa théorie, tant elle était complexe. Elle éveilla dans les cercles académiques un intérêt considérable, pour être ensuite virtuellement oubliée. Elle était d'ailleurs purement théorique, voyez-vous, et ne comportait aucune application pratique convenable.

— Et maintenant, il est allé plus loin encore dans cette voie, dit Chavasse. C'est bien là que vous voulez en venir ?

Craig hocha la tête.

— Il mentionnait, dans sa lettre — tout à fait en passant, pourrais-je ajouter — qu'il en était arrivé à la solution définitive du problème. Il a prouvé que l'espace peut être dénaturé, manipulé si vous préférez, jusqu'à devenir un champ d'énergie.

— Et c'est vraiment important ?

— Si c'est important ?

Le professeur soupira.

— Tout d'abord, cela relègue approximativement la physique nucléaire à l'âge éocène de la science. Ensuite, cela nous fournit un concept entièrement nouveau du voyage spatial. Nous pourrions produire, pour nos fusées, une énergie de propulsion tirée de l'espace lui-même, quelque chose d'infiniment supérieur au concept russe de la propulsion ionique.

— Pensez-vous que Hoffner ait la moindre idée de l'importance de sa découverte ?

Craig fit un signe de dénégation.

— Je ne crois pas même qu'il soit au courant des vols orbitaux. S'il savait que l'homme a déjà franchi le seuil de l'espace, la valeur de sa découverte lui deviendrait aussitôt évidente.

— C'est incroyable, dit Chavasse. Absolument incroyable.

— Ce qui importe, pour l'instant, dit le patron, c'est que ce que nous savons ne nous avance à rien, aussi longtemps que le mode d'emploi demeure enfermé dans le cerveau d'un vieil homme malade, retenu chez lui sous bonne garde, dans un pays aux mains des communistes. Il faut le faire sortir, Paul.

Chavasse poussa un soupir.

— Eh bien, moi qui voulais de l'action, je suis servi. Mais comment diable vais-je me tirer de cette histoire, ça, je n'en sais rien.

— J'y ai déjà longuement réfléchi.

Le patron repoussa l'échiquier pour déployer une grande carte.

— Tenez, voici la région en question : le Cachemire et le Tibet occidental. Changu se trouve à 240 kilomètres environ de la frontière. Vous remarquerez, à 80 kilomètres environ vers l'intérieur du Tibet, un village appelé Rudok. Dans sa dépêche de l'autre jour, Ferguson m'avait déjà informé que, d'après le jeune noble tibétain qui avait apporté la lettre, les Chinois n'ont que très peu d'autorité dans cette région. Il dit que le monastère situé près de Rudok est un grand centre de résistance. Si nous pouvions vous faire parvenir jusque-là, vous auriez à tout le moins une base d'opérations. Évidemment, à partir de là, vous devriez jouer d'oreille.

— Deux points évidents, fit Chavasse. Comment pénétrer dans le pays et comment amener les indigènes à m'accepter, si j'y parviens ?

— Tout cela est arrangé, dit le patron. Depuis hier soir, où le professeur Craig est venu pour la première fois me trouver afin de me signaler que la lettre en disait plus long qu'il n'y paraissait à première vue, je me suis servi de la ligne spéciale par quatre fois pour joindre Ferguson à Srinagar. Il a pris toutes dispositions pour que ce jeune Tibétain vous accompagne.

— Moyens de transport ?

— Vous irez par avion.

Chavasse fronça les sourcils.

— Êtes-vous sûr que ce soit possible ? La chaîne de Ladakh a une sacrée hauteur.

— Ferguson a déniché un pilote de brousse nommé Jan Kerensky. C'est un Polonais. Il était dans la RAF pendant la guerre. Il travaille dans la région pour le gouvernement : reconnaissance aérienne et le reste. Il semble qu'il y ait, aux abords de Leh, un ancien terrain d'atterrissage de secours qu'il utilise parfois. Il n'est qu'à 110 ou 120 kilomètres de la frontière tibétaine. Nous lui avons offert 5 000 livres pour vous introduire dans le pays et vous amener à ce monastère près de Rudok, et 5 000 autres pour revenir vous prendre une semaine plus tard exactement. Il dit que c'est faisable, sans plus. Il va manifestement vous falloir beaucoup de chance.

— À qui le dites-vous ! fit Chavasse. Quand dois-je partir ?

— Un bombardier Vulcain quitte le terrain de la RAF, à Edgeworth, à 9 heures, pour Singapour. Il vous laissera à Aden. De là, vous pourrez gagner le Cachemire.

Il se leva et reprit avec entrain :

— Je ne pense pas que nous soyons encore d'une utilité quelconque ici, professeur. Je vous emmène. Vous paraissez avoir besoin de repos.

Craig se levait quand Chavasse intervint.

— Un instant, professeur, si vous le voulez bien.

Craig se rassit et Chavasse poursuivit :

— Reste la question de savoir comment je me ferai reconnaître du docteur Hoffner. Il faut absolument que je lui prouve, sans le moindre doute possible, que je suis bien ce que je prétends être. Avez-vous une suggestion à me faire ?

Un moment, le regard de Craig demeura perdu dans le vide ; puis, brusquement, il sourit.

— Il y a, dans le passé de Karl Hoffner, une circonstance que nous sommes seuls à connaître, lui et moi, dit-il. Nous étions tous deux amoureux de la même jeune fille. Un certain soir de mai, dans son appartement de Cambridge, nous décidâmes de régler la question une fois pour toutes. Elle était assise dans le jardin et, après avoir joué à pile ou face, Karl alla le premier la trouver. Je n'oublierai jamais l'expression de son visage, à son retour. Plus tard, tandis que je me trouvais au jardin avec elle, après qu'elle eut promis de devenir ma femme, il se mit au piano dans l'obscurité de la maison et joua la *Sonate au Clair de Lune*. C'était un merveilleux pianiste, voyez-vous.

— Je vous remercie, dit doucement Chavasse.

— Il y a longtemps, très longtemps de cela, jeune homme, mais il se souviendra du moindre détail de cette nuit-là. Pour ma part, je sais que je n'ai rien oublié.

Craig tendit la main.

— Je ne peux que vous souhaiter bonne chance, Mr Chavasse. J'espère vous revoir bientôt.

Il prit son pardessus et se dirigea vers la porte. Le patron se retourna vivement et sourit.

— Eh bien, Paul, ça va être dur, cette fois. Rappelez-vous seulement l'importance que ça a pour nous tous. Jane va rester pour vous préparer à manger et vous aider. Elle vous conduira jusqu'à Edgeworth et attendra votre départ. Navré de ne pouvoir venir moi-même mais j'ai une conférence importante au Foreign Office, à 9 heures et demie.

— Ça ne fait rien, monsieur, dit Chavasse.

Le patron accompagna Craig jusqu'à la porte qu'il ouvrit. Puis il se retourna de nouveau. Il parut sur le point de dire autre chose mais il se ravisa et referma doucement la porte sur lui.

Après leur départ, Chavasse demeura un long moment debout au milieu de la pièce. Puis il alluma une cigarette et partit vers la cuisine.

Jane Frazer faisait frire des œufs au bacon. Elle fronça le nez.

— Vous feriez bien de prendre une douche. Vous avez une mine de déterré.

— Vous auriez la même si l'on venait de vous coller ce genre de boulot. Au fait, et votre café ?

— Je ne voulais pas vous déranger.

Elle hésita avant de s'approcher de lui tout en se passant nerveusement les mains sur les cuisses.

— Ça n'est pas tellement drôle, hein, Paul ?

— Une belle cochonnerie, dit-il.

Il lui fit un sourire de biais.

— Je me demande parfois ce que je suis venu faire dans ce métier de cinglés.

Subitement, elle parut sur le point de fondre en larmes. Il se pencha vivement et lui posa un baiser sur les lèvres.

— Accordez-moi dix minutes pour me doucher et me changer et nous prendrons ensemble le petit déjeuner. Après quoi, vous pourrez me conduire vers mon destin.

Elle se retourna rapidement, et, revenu dans le living-room, il ouvrit la fenêtre et respira la glaciale fraîcheur de la pluie. C'était la première fois depuis deux mois qu'il se sentait vraiment vivant. En entrant dans la salle de bains, il sifflotait.

3

EN UN PAYS LOINTAIN

Quand Chavasse traversa le tarmac, à l'aéroport de Srinagar, le lendemain matin, il trouva Ferguson qui l'attendait près de la barrière. C'était un homme de haute taille, grisonnant, qui pouvait avoir 45 ans et semblait fort à l'aise dans son costume de toile blanche immaculé.

Il sourit en serrant la main de Chavasse.

— Il y a bien longtemps que nous ne nous sommes vus, Paul. Comment allez-vous ?

Chavasse était fatigué et l'état de son costume donnait à penser qu'il avait dormi tout habillé mais il réussit à sourire.

— Sacrément mal. J'ai pu attraper à temps l'avion d'Aden mais nous avons rencontré un orage et j'ai raté ma correspondance à Dehli. Il a fallu que je poireaute pendant des heures en attendant le départ d'un autre avion.

— Ce qu'il vous faut, c'est une douche et un verre de quelque chose de fort. Des bagages ?

Chavasse montrait son sac de toile.

— Je compte sur vous pour me fournir le genre d'équipement qu'il va me falloir.

— J'ai déjà tout sous la main. Mais sortons d'ici. Ma voiture est devant la porte.

Pendant le trajet jusqu'à Srinagar, Chavasse alluma une cigarette et regarda par la portière les hautes cimes neigeuses des montagnes qui se découpaient en frise déchiquetée sur le ciel d'un bleu éclatant.

— C'est donc ça, la vallée du Cachemire ?

— Déçu ? demanda Ferguson.

— Au contraire, dit Chavasse. Depuis combien de temps êtes-vous ici ?

— Dix-huit mois environ, répondit Ferguson avec un large sourire. Oh ! je sais bien qu'on m'a mis en veilleuse, mais je ne m'en plains pas. Je ne suis plus qu'un bureaucrate, rien d'autre.

— Comment va votre jambe, à présent ?

Ferguson haussa les épaules.

— Ça pourrait être pire. Parfois, j'ai l'impression qu'elle est encore là mais on dit que ce genre d'hallucination peut durer des années.

La voiture ralentit pour se frayer un chemin prudent dans les rues étroites du bazar, et Chavasse, les yeux fixés sur le grouillement de la foule, songea à Ferguson. Un bon agent, efficace, l'un des meilleurs qu'eût possédés le Bureau, jusqu'au jour où quelqu'un avait lancé cette grenade par la fenêtre de sa chambre, un soir sans lune, à Alger. On avait beau savoir son métier, se montrer prudent ; tôt ou tard, votre numéro sortait de la boîte.

Il éloigna de lui cette idée et alluma une autre cigarette.

— Ce pilote que vous avez déniché... Kerensky ? On peut compter sur lui ?

— C'est l'un des meilleurs pilotes que j'aie jamais rencontrés, dit Ferguson. Chef d'escadrille dans la RAF pendant la guerre, décoré de tous les côtés. Il est ici depuis cinq ans environ.

— Et il croit pouvoir m'introduire au Tibet ?

Ferguson sourit.

— Au prix que nous le payons, il tenterait volontiers l'aller-retour en enfer. C'est ce genre d'homme.

— Vit-il ici, à Srinagar ?

Ferguson opina du chef.

— Il a une péniche sur le fleuve. À cinq minutes de chez moi.

Ils achevaient de traverser l'autre moitié de la ville quand Ferguson ralentit et vira pour s'engager dans l'allée qui menait à un charmant bungalow peint en blanc. Un boy en turban écarlate et treillis blanc descendit en courant les marches de la véranda et débarrassa Chavasse de son sac.

À l'intérieur, il faisait sombre et frais, derrière les stores vénitiens qui masquaient les fenêtres. Ferguson montra le chemin vers une salle de bains étincelante, d'un surprenant modernisme.

— Je pense que vous trouverez ici tout ce qu'il vous faut, dit-il. J'ai dit au boy de vous préparer des vêtements frais. Vous me retrouverez sur la terrasse.

Quand il fut sorti, Chavasse s'examina dans la glace. Il avait les yeux légèrement injectés de sang, les traits creusés par la fatigue, et grand besoin de se raser. Avec un profond soupir, il commença de se déshabiller.

Vingt minutes plus tard, quand il sortit sur la terrasse, vêtu d'un pantalon de coton et d'une chemise blanche, les cheveux encore humides de la douche, il se sentait un tout autre homme. Ferguson l'attendait près d'une petite table, placée sous un parasol aux couleurs vives. Par-delà la terrasse, le jardin s'étendait en pente douce jusqu'à la rive du Jhelum.

— Quelle vue vous avez, remarqua Chavasse.

Ferguson hocha la tête.

— C'est encore plus beau le soir. Quand le soleil descend sur les montagnes, c'est un véritable spectacle, je ne vous dis que ça.

Le boy parut ; il portait un plateau sur lequel se dressaient deux hauts verres emperlés d'une buée glacée. Chavasse avala une rapide gorgée et soupira de plaisir.

— Exactement ce qu'il me fallait. À présent, je me sens de nouveau humain.

— Aimeriez-vous manger quelque chose ?

— J'ai mangé dans l'avion. J'aimerais voir Kerensky dès que possible, si cela ne vous fait rien.

— Ça me va, dit Ferguson.

Il se leva et, par un escalier de pierre aux marches basses, conduisit son hôte vers la pelouse grillée par le soleil. Ils passèrent une porte à claire-voie et s'engagèrent sur le chemin de halage. Chavasse demanda :

— Et le Tibétain ? Comment est-il ?

— Joro ? Je crois que vous allez être agréablement surpris. Il a une trentaine d'années, une intelligence remarquable et parle un excellent anglais. Si j'ai bien compris, Hoffner s'est arrangé pour lui faire passer trois années dans une école missionnaire de Dehli, quand il était gosse. Il voue au vieux une admiration sans bornes.

— Où est-il, pour l'instant ?

— Dans un campement aux limites de la ville, avec quelques compatriotes. Bon nombre de réfugiés passent la frontière du Cachemire.

Brusquement, il tendit le bras.

— Tenez, voici Kerensky.

La péniche rouge et or était amarrée au rivage à une quarantaine de mètres plus loin. L'homme debout sur le toit de la cabine ne portait qu'un caleçon de bain. Au moment où ils approchaient, il exécuta un impeccable plongeon.

Ferguson, à cause de sa jambe, eut quelque peine à franchir la planche étroite qui servait de passerelle ; Chavasse passa le premier et l'aida à descendre sur le pont. On avait briqué celui-ci jusqu'à lui donner un blanc éclatant et le bateau tout entier était magnifiquement entretenu.

— Comment est-ce, en bas ? demanda Chavasse.

— Du tonnerre ! dit Ferguson. Chaque année, il y a des tas de gens qui passent leurs vacances sur un bateau comme celui-ci.

Quelques fauteuils de rotin et une table se groupaient sous un auvent de toile, à l'arrière ; ils s'assirent pour attendre Kerensky, qui les avait vus et revenait vers le bateau d'un crawl rapide et sans effort. L'eau ruisselait sur son corps trapu et puissant quand il se hissa en souriant par-dessus la rambarde.

— Ah, Mr Ferguson, l'homme plein aux as. Je ne vous attendais presque plus.

— Mon ami a manqué son avion à Delhi, dit Ferguson.

Jan Kerensky possédait un visage d'une laideur sympathique, surmonté d'un chaume de cheveux gris-fer. Quand il souriait, ce visage se plissait de mille petites rides.

— J'espère que vous avez les nerfs solides.

Il se tourna vers Chavasse.

Chavasse se sentit aussitôt attiré vers cet homme.

— Si j'en crois Mr Ferguson, je ne pourrais être en meilleures mains.

Kerensky exhiba ses dents éclatantes en un large sourire.

— Je serais tenté d'être de son avis, mais vous feriez mieux de réserver votre jugement. Excusez-moi un instant.

Les pieds nus, il traversa le pont et disparut.

— C'est un personnage, fit Chavasse.

— Vous l'avez dit. Si quelqu'un peut vous emmener jusque-là, c'est bien lui.

Lorsque Kerensky remonta sur le pont, il portait un plateau chargé de verres et une grande carte repliée. Il posa le plateau sur la table et s'assit.

— Vodka glacée, mes amis. Le meilleur breuvage du monde.

Chavasse but une longue gorgée.

— Polonaise, hein ?

— Naturellement, dit Kerensky. Un homme a besoin de ça, dans ce climat, pour rester en forme.

D'une main, il claqua sa poitrine musclée.

— Pas mal, pour 45 ans, hein, Mr Chavasse ?

Chavasse parvint à garder son sérieux.

— Je n'en reviens pas.

Kerensky repoussa le plateau pour faire de la place et déplia la carte.

— Passons aux affaires sérieuses. Ferguson me dit que vous êtes déjà allé au Tibet ?

— Rien que dans le Sud-Est.

_ L'Ouest, c'est autre chose. À peu près partout, l'altitude est de 5 000, peut-être 5 500 mètres au-dessus du niveau de la mer. C'est une région sauvage, accidentée.

— Et vous pensez pouvoir y pénétrer ?

Kerensky haussa les épaules.

— On peut toujours essayer. Il y a à Leh un terrain de secours que j'utilise parfois. C'est un village situé dans la gorge de l'Indus supérieur, à environ 3 300 mètres d'altitude. De là, il vous reste moins de 200 kilomètres à couvrir pour atteindre Rudok.

— Et nous pouvons vraiment y atterrir ?

Kerensky fit un signe affirmatif.

— J'ai déjà parlé avec ce Tibétain qui vous accompagne. Il m'a décrit un endroit parfait, à une douzaine de kilomètres à l'est de Rudok. Une plage de sable au bord d'un lac.

— Ça me paraît très bien, dit Chavasse.

— Nous traverserons la frontière du Tibet par le col de Pangong Tso, qui doit se trouver à quelque chose comme 4 500 mètres. Ça va racler le ventre de mon zinc. Ça n'aura rien d'une partie de plaisir, je vous préviens, et, là-haut, il y pas mal de neige et de glace. Si vous avez envie de vous dédire, c'est le moment.

— Pour vous gâter tout votre plaisir ? fit Chavasse. Quand partons-nous ?

Kerensky eut un large sourire.

— Savez-vous que vous me plaisez, l'ami ? Pour un peu, je serais tenté de faire le boulot à l'œil mais, comme d'habitude, mon naturel mercenaire reprend le dessus. Nous monterons jusqu'à Leh cet après-midi. Cette nuit, la lune est pleine. Si le ciel est clair, nous pourrons essayer de gagner Rudok aussitôt, mais s'il y a des nuages, nous ne pouvons risquer les cols.

— Qu'est-ce que vous en pensez ? demanda Ferguson.

Chavasse haussa les épaules.

— Plus tôt nous partirons, plus tôt nous serons de retour, en ce qui me concerne. Quelle heure ?

— Disons 3 heures à l'aérodrome, répondit Kerensky. Et le Tibétain ?

— Nous allons le voir maintenant, lui dit Ferguson. Je ferai en sorte qu'il soit à l'heure.

Les trois hommes quittèrent leurs fauteuils et Kerensky leva son verre.

— Comme on dit dans mon pays, Dieu veuille que nous allions à une bonne mort.

Un instant, son visage se fit grave ; puis il vida son verre et sourit.

— Et maintenant, messieurs, si vous voulez bien m'excuser, j'aimerais repiquer une tête.

Il tourna les talons et plongea par-dessus la rambarde dans l'eau jaunâtre. Chavasse et Ferguson franchirent la passerelle pour rejoindre la rive.

Un peu plus tard, tandis qu'ils sortaient de Srinagar et roulaient vers le camp de réfugiés pour voir Joro, Ferguson gardait le silence, les sourcils froncés.

— Qu'est-ce qui ne va pas ? demanda Chavasse.

Ferguson haussa les épaules.

— Oh ! c'est probablement sans importance. J'ai simplement l'impression que Kerensky est beaucoup moins enthousiaste qu'il ne voudrait nous le faire croire, à propos de cette mission.

— Avec l'argent qu'on lui verse, il n'a pas besoin d'enthousiasme.

— Et vous, Paul ? demanda Ferguson avec un coup d'œil de biais. Qu'en pensez-vous ?

— Vous devriez savoir qu'on ne pose pas ce genre de question. Je vais là où le Bureau m'envoit. En ce qui me concerne, il s'agit d'une mission comme une autre. Un peu plus difficile que la plupart, peut-être, mais rien de plus.

— Mais ça ne vous tracasse pas, l'idée de pénétrer dans ce pays ? insista Ferguson.

— Si, bien sûr, fit Chavasse avec un sourire. Sans ça, je n'irais pas.

Ferguson quitta la grand-route et, sur plusieurs kilomètres, ils suivirent un chemin de terre. Ils avaient traversé les terres basses et montaient à travers de grasses prairies quand, brusquement, ils se trouvèrent au sommet d'une crête et virent, au-dessous d'eux, près d'un petit cours d'eau, vingt ou trente tentes.

C'était une image de paix, avec la fumée des feux de cuisine qui montait tout droit dans l'air calme. Quelques femmes, de l'eau jusqu'aux genoux, lavaient du linge dans la rivière, leurs longues *shubas* relevées dans leurs ceintures, tandis que des enfants pieds nus jouaient bruyamment à une sorte de jeu de cache-cache.

Les tentes, typiquement tibétaines, étaient faites de peaux de yak cousues et tendues sur un cadre d'osier circulaire ; chacune était entourée d'un muret de pierres ou de mottes de gazon.

Le camp tout entier possédait un charme primitif et tranquille très particulier et Chavasse sourit en voyant un jeune garçon, qui les avait remarqués, appeler ses amis. Un instant plus tard, toute la meute courait à leur rencontre, en hélant à grands cris les mères restées près de la rivière.

Les femmes levèrent les yeux, en se protégeant du soleil avec une main en auvent, et, au même moment, un cavalier franchit au galop la crête d'une colline, à 50 ou 60 mètres de là ; il dispersa sur son passage un troupeau de yaks qui passait et descendit jusqu'au camp. Il portait une longue tunique aux larges manches, une *shuba* de peau de mouton, qui lui laissait le torse nu jusqu'à la ceinture, et des bottes de cuir non tanné, teint en vert, qui lui montaient aux genoux. Ses cheveux, tressés en nattes enroulées de chaque côté de la tête, étaient couverts d'un bonnet conique en peau de mouton. Un large anneau d'argent ornait son oreille gauche.

Il immobilisa son petit cheval tibétain, mit pied à terre et vint vers les deux hommes, silhouette curieusement médiévale. Il était grand, musclé et son visage tanné n'avait rien d'oriental. Ses pommettes hautes, son nez aquilin lui faisaient une physionomie nettement aristocratique.

— Joro, dit Ferguson, voici Mr Chavasse.

Le Tibétain tendit la main.

— Je suis heureux que vous soyez ici, dit-il.

Chavasse se sentit agréablement surpris. Joro parlait un anglais excellent mais il y avait autre chose encore. C'était un homme qu'on eût distingué dans n'importe quelle société. Il paraissait intelligent et énergique — un chef, dans toute l'acception du terme. Pas du tout le type à éviter le combat, ce qui intriguait Chavasse.

Ils firent quelques pas hors du camp et s'assirent sur un talus herbeux. Chavasse offrit à Joro, qui l'accepta, une cigarette et en prit une lui-même. En donnant du feu au Tibétain, il dit :

— Ferguson m'informe que vous êtes disposé à rentrer au Tibet et à m'aider dans toute la mesure du possible. Pourquoi ?

— Pour deux raisons, dit Joro. Parce que Mr Ferguson m'a dit que vous aviez été de ceux qui avaient aidé le Dalaï Lama à s'échapper ; et aussi parce que vous voulez aider le docteur Hoffner.

— Mais pourquoi avez-vous quitté le Tibet ? Vous étiez en danger ?

Joro secoua la tête.

— Je ne fais pas partie des suspects, si c'est là ce que vous voulez dire. Non, Mr Chavasse. Mon peuple est brave mais nous ne pouvons combattre les Chinois avec des sabres et des mousquets. Il nous faut des fusils modernes et des mitrailleuses. J'ai passé le col de Pangong Tso avec de l'or dans la doublure de ma *shuba*. Je suis venu acheter des armes et Mr Ferguson a arrangé l'affaire pour moi.

— Vous allez les emporter, dit Ferguson. Tout est prêt. Vous avez quelques fusils avec des munitions, une ou deux mitraillettes et une caisse de grenades. C'est tout ce que j'ai pu faire. Nous venons de voir Kerensky. Il veut aller jusqu'à Leh cet après-midi. Cela vous convient-il ?

— Je ne vois aucune raison de retarder le départ, si Mr Chavasse est prêt.

— S'il fait beau, reprit Chavasse, Kerensky voudrait essayer de gagner Rudok cette nuit même, de sorte que nous disposons de très peu de temps. Il serait bon que vous me fournissiez quelques renseignements. Quelle est, d'une façon générale, la situation, au Tibet occidental ?

— Très différente de ce qu'elle est dans le reste du pays. Les Chinois ont construit une route pour relier Gartok à Yarkand, à travers le territoire disputé du plateau d'Aksai Chin, dont ils revendiquent la possession aux dépens de l'Inde ; mais cette route est peu fréquentée. Cette région est la moins peuplée du Tibet ; ils ne contrôlent que les villes et les villages, et encore, pas tous.

— Il y a donc eu quelque résistance, dans cette région ?

Joro esquissa un sourire.

— La plupart de mes compatriotes sont des bergers, sans cesse en mouvement derrière leurs troupeaux, de rudes montagnards qui ne supportent guère la brutalité chinoise. Comment voudriez-vous qu'il en soit autrement ?

— Je croyais qu'en tant que bouddhistes, les Tibétains étaient généralement contre la violence, remarqua Ferguson.

— C'était vrai naguère, répondit Joro d'un air farouche. Mais les Chinois sont venus massacrer nos jeunes gens et déshonorer nos femmes. Avant que le seigneur Bouddha nous eût enseigné le chemin de la paix, les Tibétains étaient des guerriers. Les Chinois ont refait de nous des guerriers.

— Il a raison, dit Chavasse à Ferguson. Quand j'étais dans le Sud, les moines eux-mêmes combattaient.

— C'est exact, confirma Joro. Près de Rudok, au monastère de Yalung Gompa, nous trouverons de nombreux amis.

— Parlez-moi maintenant de Hoffner, dit Chavasse. Dans quel état était-il, la dernière fois que vous l'avez vu ?

— Il avait été très malade. C'est pour cette raison que je suis allé le voir. Je lui ai dit que j'avais l'intention de faire un tour au Cachemire et il m'a demandé de porter cette lettre pour lui.

— Il n'est donc pas étroitement gardé ?

Joro secoua la tête.

— On lui permet de continuer à habiter sa maison de Changu, une vieille ville fortifiée qui compte environ cinq mille habitants. Le commandant chinois pour toute la région, le colonel Li, y habite également.

— Et Hoffner est tenu de ne pas quitter sa maison ?

— Il fait de temps en temps un tour en ville, mais il n'a pas le droit d'en sortir, fit Joro, qui haussa les épaules. On ne prend pas la peine de le garder étroitement, si c'est là ce que vous désirez savoir. Où pourrait bien aller un vieillard fragile ?

— Cela signifie que nous pourrons sans doute mettre un projet au point sans trop de peine, dit Chavasse.

— Il peut se présenter des difficultés que vous n'avez pas prévues, objecta Joro. La gouvernante de Hoffner, par exemple. Elle ne m'inspire pas confiance.

— Pourquoi cela ? demanda Chavasse.

— Pour la meilleure de toutes les raisons, dit Joro. Elle est Chinoise — ou, plutôt, sa mère l'était. Son père était Russe, ce qui ne vaut guère mieux. Elle s'appelle Katya Stranoff. Elle voyageait avec son père, de Sinkiang à Lhassa. Il est mort en route.

— Et Hoffner l'a recueillie ?

Joro hocha la tête.

— C'est là son grand défaut : il faut toujours qu'il vienne en aide aux autres, quoi que cela puisse lui coûter.

Chavasse réfléchit un moment, les sourcils froncés. Il dit enfin :

— Résumons-nous. Elle ne vous inspire pas confiance, mais vous n'avez rien de précis à lui reprocher. En somme, elle peut très bien être tout à fait inoffensive ?

— C'est vrai, reconnut Joro, à regret.

— Eh bien, nous devons courir le risque. En arrivant au monastère, il faudra de toute façon que vous alliez jusqu'à Changu, afin d'explorer le terrain pour moi.

Ferguson se leva.

— Si c'est tout pour le moment, nous devrions rentrer à Srinagar. J'ai quantité de dispositions à prendre avant le décollage de cet avion, et vous, Paul, vous pourriez employer ce temps-là à récupérer un peu de sommeil.

Chavasse acquiesça.

— La meilleure idée que vous ayez eue.

Il sourit et serra la main de Joro.

— À cet après-midi, alors.

Ils le laissèrent, assis sur ce talus herbeux, et traversèrent le camp pour regagner la voiture. Tandis qu'ils démarraient, Ferguson demanda :

— Qu'avez-vous pensé de lui ?

— Il est tel que vous me l'aviez décrit. Je ne pouvais souhaiter meilleur compagnon.

— Je dois avouer qu'après avoir entendu tout ce qu'il avait à dire, l'affaire, dans son ensemble, me paraît plus facile à réaliser que je ne le pensais, dit Ferguson. Il y a bien cette femme, dont il nous a parlé, mais elle est probablement inoffensive.

— Probablement, soupira Chavasse.

Il semblait toujours y avoir une femme quelque part et celle-ci représentait l'« inconnue » avec un grand I. Bah ! on verrait bien. Il chercha une position plus confortable sur le siège, rabattit son chapeau sur son visage et ferma les yeux.

4

ZONE INTERDITE

Il avait cessé de pleuvoir ; un blanc ruban de clair de lune s'allongeait en travers du lit. Chavasse, dans cet état intermédiaire entre la veille et le sommeil, gardait les yeux fixés au plafond, dans la pénombre.

Au bout d'un moment, il jeta un coup d'œil sur sa montre. Bientôt 11 heures. Il se laissa retomber sur l'oreiller un instant, le corps trempé de sueur ; puis il se glissa hors du lit.

Rapidement, il se sécha le corps avec une serviette et s'habilla ; il enfila un épais tricot de laine avant de passer sur la terrasse.

Les maisons à toits plats de Leh dégringolaient en désordre jusqu'à l'Indus ; les murs immenses de la gorge se dressaient en ombres noires contre le ciel. L'atmosphère était calme et paisible ; on n'entendait que l'aboiement d'un chien, quelque part, de l'autre côté du fleuve, comme une cloche tintant en sourdine dans la nuit.

Chavasse alluma une cigarette, les mains en coupe, contre le vent. Au moment où il jetait l'allumette, un banc de nuages déferla sur la lune et le paysage fut soudain baigné d'une lumière blanche et dure. Le ciel nocturne avait une incroyable beauté ; les étoiles s'égrenaient jusqu'à l'horizon, où les montagnes se dressaient à leur rencontre.

Chavasse respirait la fraîcheur de la terre, humide après la forte pluie, et se demandait pourquoi les choses ne pouvaient toujours être aussi dénuées de complications que cette scène.

Mais un vent léger vint lui effleurer la joue, fit passer dans tout son être une vague de grisaille et lui rappela qu'à une demi-heure de vol, là-bas, dans la nuit, c'était la frontière. Le vent l'appelait en gémissant sur les toits ; il se détourna et rentra.

L'hôtel était plongé dans le silence et, quand il descendit l'escalier, une bouffée d'air chaud, vicié, vint à sa rencontre depuis le petit vestibule où un ventilateur antique, accroché au plafond, grinçait inutilement, sans presque agiter l'atmosphère.

Le veilleur de nuit hindou était endormi à son bureau, la tête entre les mains, et Chavasse passa sans bruit devant lui pour gagner le bar.

Kerensky était assis à une table près de la fenêtre, une serviette sous le menton. Il était l'unique client et un serveur, qui rôdait non loin, regardait avec une religieuse stupeur le Polonais démantibuler le poulet rôti posé sur son assiette.

Chavasse passa derrière le bar, se versa un grand scotch et y ajouta de l'eau glacée. Il alla rejoindre Kerensky, et le Polonais leva la tête en souriant.

— Ah, vous voilà. J'allais justement vous faire éveiller. Qu'est-ce que vous diriez de manger un morceau ?

Chavasse secoua la tête.

— Rien pour moi, merci.

Debout devant la fenêtre, il contemplait le clair de lune, de l'autre côté de la terrasse.

— C'est certainement une nuit idéale pour ce genre d'opération.

— Ça ne pourrait pas être mieux, fit Kerensky avec un gloussement. Avec ce clair de lune, je vais pouvoir franchir les cols sans peine, et c'est ce qui a toujours représenté la phase dangereuse de l'expédition. Ça va être du gâteau.

— J'espère que vous ne vous trompez pas.

— Je ne me trompe jamais. Pendant la guerre, j'ai accompli plus de cent missions. Chaque fois qu'il arrivait une tuile, je m'étais senti tout drôle avant le départ. J'ai du sang gitan, par ma grand-mère maternelle. Je vous assure que je sais toujours ; et ce soir, je me sens bien.

Il se pencha pour verser de la vodka dans le verre vide de Chavasse.

— Buvez ça et nous partons pour le terrain. J'y ai déjà envoyé Joro, avec mon agent ici.

Chavasse contemplait le contenu de son verre, le front plissé. Au plus profond de son être, un instinct primitif, peut-être cet élément légèrement mystique commun à toutes les races anciennes et hérité de ses ancêtres bretons, lui disait que tout n'allait pas pour le mieux.

Une fois le fait admis, un étrange calme fataliste s'empara de lui. Il leva son verre en souriant et avala la vodka d'une seule lampée.

— Je suis à votre disposition, dit-il.

Le terrain se trouvait à 800 mètres de Leh, sur une plaine au bord du fleuve. Ce n'était une escale officielle pour aucune des grandes compagnies aériennes; il avait été établi pendant la guerre par la RAF, comme terrain de secours.

On y trouvait un unique hangar préfabriqué, en ciment, encore peint du camouflage vert et gris du temps de guerre; en y pénétrant, ils entendirent la pluie goutter régulièrement à travers le toit affaissé.

L'avion était garé au centre du hangar; l'écarlate et l'argent de son fuselage luisaient à la lueur de deux lampes tempête suspendues aux poutres. Jagbar, le mécanicien de Kerensky, assis aux commandes, écoutait avec une expression d'intense concentration le bruit du moteur. Joro était à ses côtés.

Jagbar sauta au sol et Joro le suivit.

— Comment ça marche ? demanda Kerensky.

Jagbar sourit, ce qui découvrit des dents tachées et gâtées.

— Parfait, sabib.

— Le carburant ?

— J'ai fait le plein, y compris le réservoir de secours.

Kerensky approuva d'un signe et flatta le flanc de l'avion.

— Vole bien pour moi, mon ange, roucoula-t-il en polonais.

Il se tourna vers Chavasse.

— À votre disposition.

Chavasse regarda le Tibétain en souriant.

— Je vais mettre mon déguisement.

Avec un signe de tête, Joro sortit un paquet de l'avion. Il contenait une tunique de laine brune, une *shuba*, un bonnet en peau de mouton et une paire de bottes tibétaines en cuir brut.

Chavasse se changea rapidement et se tourna vers Kerensky.

— Ça va ?

Le Polonais acquiesça.

— De loin, personne n'aurait l'idée d'y regarder à deux fois. Mais n'oubliez pas de garder le visage couvert. Il est aussi caractéristique qu'un paquet de Gauloises, à Pigalle, un samedi soir.

Chavasse sourit largement.

— Je tâcherai de m'en souvenir.

Joro et lui montèrent les premiers dans l'appareil; après quoi, Kerensky se glissa aux commandes. Il déplia la carte et se tourna vers Joro.

— Vous êtes sûr de ne pas vous tromper à propos de la patrouille sur la frontière ?

Le Tibétain eut un hochement de tête convaincu.

— Ils sont censés patrouiller quotidiennement jusqu'au col de Pangong Tso mais, ces temps derniers, c'est devenu malsain pour eux. Il n'y a que dix hommes et un sergent. Ils ne s'éloignent guère de Rudok.

Kerensky se pencha vers Jagbar.

— Attends-moi dans deux heures environ.

Le mécanicien fit un signe affirmatif et ôta les cales ; Kerensky roula lentement hors du hangar et vint au vent. Un instant après, l'extrémité de la piste se précipitait à leur rencontre. Il ramena le manche en arrière et l'avion s'éleva dans la gorge, entre les murs de rocher qui filaient de chaque côté.

Les montagnes se dressaient à leur rencontre, gigantesques, formidables ; ils montèrent encore plus haut et virèrent en une courbe aisée qui les fit passer entre deux cimes jumelles et les amena dans un autre col.

Les murs de rocher étaient péniblement proches. Chavasse s'en détourna vivement et chercha une occupation. Joro était assis, une mitraillette sur les genoux, et y introduisait soigneusement les chargeurs qu'il tirait d'une caisse à munitions.

Chavasse sortit son arme personnelle, un Mauser muni d'un silencieux renflé, dont les agents nazis aimaient à se servir pendant la guerre ; il en vérifia le fonctionnement, bien qu'un pistolet ne pût lui être d'une grande utilité, s'il se trouvait vraiment dans une situation dangereuse. Il remit l'arme dans l'étui de cuir souple qu'il portait à la hanche et tendit la main vers l'autre mitraillette.

En moins d'une demi-heure, ils semblaient perdus dans un paysage si désolé qu'on eût pu se croire sur la lune. D'immenses pics couverts de neige montaient très haut de tous côtés et Kerensky, qui maniait son appareil avec l'habileté du génie, avançait dans un labyrinthe qui semblait n'avoir pas de fin. Au-delà des pics, les étoiles étaient pareilles à des pointes de diamants posées sur un coussin de velours noir, plus brillantes que Chavasse ne les avait jamais vues.

Soudain, ils effleurèrent l'épaulement d'une montagne et, à 100 mètres au-dessous d'eux, un lac scintilla au clair de lune.

— Pangong Tso ! cria Joro, par-dessus le grondement du moteur.

Le grand col montait à leur rencontre. Kerensky ramena légèrement le manche mais, en même temps que l'avion s'élevait, la terre glacée en faisait autant.

Chavasse retenait son souffle dans l'attente de l'écrasement, mais rien ne se produisit. Avec 15 mètres de marge, ils franchirent l'obstacle et filèrent entre un mur de roc et un glacier.

Au-dessous d'eux, un plateau sombre et froid s'étendait au loin à perte de vue. Kerensky se retourna et sourit dans la pâle clarté que diffusait le tableau de bord.

— Je pensais que vous seriez content de savoir que nous survolons maintenant le Tibet, cria-t-il. Je change légèrement de cap pour éviter Rudok. Pas besoin de nous annoncer.

L'avion vira vers l'est avant de reprendre son vol en droite ligne. La vue était magnifique et les steppes ondulantes s'étendaient jusqu'à l'horizon. Çà et là, des creux, des vallées s'apercevaient, sombres et menaçants, mis en relief par la blancheur du clair de lune.

Puis un lac apparut et, quelques instants plus tard, un autre. Joro tapa sur l'épaule de Kerensky et le Polonais répondit d'un signe et commença de perdre de la hauteur.

À l'extrémité est du lac, la plage de sable luisait sous la lune. Kerensky décrivit un cercle et entreprit de piquer du nez pour l'atterrissage. Mais, brusquement, il vira serré et remonta.

— Qu'est-ce qui se passe ? cria Chavasse.

— J'ai cru voir une lumière en bas, dit Kerensky. Juste de l'autre côté de la colline qui se dresse au bord du lac. Je vais descendre jeter un coup d'œil.

Chavasse adressa à Joro un regard interrogateur et le Tibétain haussa les épaules.

— Si vous avez vu une lueur, ce ne pouvait être que le feu d'un berger. Les soldats chinois n'oseraient pas passer une nuit en plein air dans cette région.

— Ça règle la question, fit Chavasse, qui tapa sur l'épaule de Kerensky. Posez le zinc.

Kerensky répondit d'un signe de tête et fit une fois de plus le tour du lac avant de venir au vent pour un atterrissage parfait sur le rivage. Chavasse ne perdit pas de temps. À peine l'avion avait-il fini de rouler qu'il sautait au sol et se retournait pour aider Joro à descendre les armes et les munitions.

Le sable, soulevé par l'hélice, l'enveloppa d'un nuage de particules cinglantes mais, en quelques instants, les caisses étaient à terre et Joro se retrouvait près de lui.

Kerensky tendit le bras pour refermer la porte.

— Dans une semaine, même heure, même endroit, cria-t-il, plus fort que le rugissement du moteur. Soyez exact. Je n'ai pas envie de traîner dans ce coin.

Chavasse et Joro tirèrent vivement les caisses à l'écart, reculèrent et regardèrent Kerensky rouler jusqu'à l'autre extrémité de la piste et tourner pour revenir au vent.

À mesure qu'il approchait, le son du moteur se faisait plus grave. Quelques instants plus tard, l'avion virait et s'éloignait au-dessus du lac, gagnant sans cesse de la hauteur, pour disparaître enfin en direction nord-ouest.

Chavasse se tourna vers Joro, les oreilles encore bourdonnantes du bruit du moteur.

— Nous ferions bien de chercher un endroit où enterrer tout ça jusqu'à ce que vos amis de Yalung Gompa puissent venir le prendre.

Il se dirigea, à travers le sable, vers un étroit ravin qui s'ouvrait au flanc de la colline à moins de 40 mètres. Bizarre, comme il gardait dans les oreilles ce bruit de moteur. Mais le ravin semblait être l'endroit propice.

Il se retournait pour appeler Joro quand une jeep apparut, comme par magie, sur la crête.

En ce premier moment de panique paralysante, il vit les képis des soldats et le long canon méchant de la mitrailleuse lourde montée sur pivot. L'instant d'après, il courait à découvert, tout en cherchant d'une main son Mauser.

— Attention, Joro ! hurla-t-il.

Le lourd canon de la mitrailleuse tournait déjà en direction du Tibétain. Des rubans de feu poignardèrent la nuit, faisant jaillir d'immenses fontaines de sable.

Joro se laissa tomber sur le côté et roula sur lui-même désespérément, tandis que Chavasse, sur un genou, lâchait un ou deux coups pour attirer sur lui l'attention des soldats.

Joro se remit péniblement debout et disparut à l'abri d'un tas de rochers, près du rivage, au moment où le canon de la mitrailleuse se tournait vers Chavasse. Celui-ci gagna à reculons l'entrée du ravin et se jeta à plat ventre tandis que les balles venaient tambouriner contre les rochers, tout près de lui.

Un éclat lui taillada la joue et, quand il se mit sur pieds pour tenter de s'enfoncer plus avant dans l'obscurité protectrice, une balle lui entama l'épaule gauche.

Il se laissa retomber au sol et attendit. Quand les coups de feu cessèrent enfin, le silence devint encore plus difficile à supporter. Avec précaution, Chavasse se releva de nouveau ; immédiatement, il y eut une explosion assourdie et le ravin fut baigné d'une lumière blanche et crue.

Il leva les yeux vers la fusée qui redescendait et attendit : il n'y avait aucun espoir de fuite. Au bout d'un moment, des pierres dégringolèrent avec bruit et deux soldats chinois parurent au bord du ravin, l'arme prête. Il allait tirer quand un troisième homme surgit entre eux.

Il était debout, tout au bord du rocher, légèrement souriant, si près que Chavasse distinguait la plume de son chapeau tyrolien et le col de fourrure de sa vareuse de chasse.

— Ne faites pas l'idiot ! dit calmement, en anglais, le nouveau venu. Ce truc-là ne peut vous servir à rien.

Chavasse, stupéfait, leva les yeux vers lui et, en dépit de son épaule douloureuse, se mit à rire. La nuit, en fin de compte, était fertile en surprises.

— Voyez-vous, je crois que vous pourriez avoir raison, répondit-il.

Il jeta le Mauser loin de lui et attendit qu'on vînt le prendre.

5

LA CHUTE DU ROI DES ENFERS

Le vent des steppes descendait jusque dans le creux du terrain et posait sur Chavasse ses doigts glacés. Il frissonna et, d'une main, remonta vers son visage la *shuba* en peau de mouton.

La souffrance de son épaule s'était atténuée, ce n'était plus qu'une douleur sourde, latente, sous l'effet du froid mordant qui anesthésiait la chair à vif. Il éprouvait une migraine lancinante et une légère sensation de nausée : l'une et l'autre, sans doute, dues au fait qu'il n'avait pas eu le temps de s'acclimater à l'altitude.

Il était assis contre l'une des roues de la jeep et, à quelques pas de lui, un réchaud à alcool flambait dans le vent à l'entrée d'une petite tente. Les deux soldats chinois étaient accroupis. L'un des deux, son fusil mitrailleur en travers des genoux, fumait une cigarette tandis que l'autre faisait chauffer du café dans une casserole d'aluminium.

Chavasse se demandait ce qu'était devenu Joro. Du moins avait-il réussi à se tirer d'affaire sans mal, de sorte que cette sale histoire avait son bon côté, mais, pour l'instant, lui, Chavasse, ne pouvait attendre aucun secours de cette direction. Seul et sans armes, le Tibétain ne pouvait rien faire. S'il parvenait à entrer en contact avec quelques-uns de ses hommes, ce serait une autre histoire.

Le volet de la tente se souleva et l'homme au chapeau tyrolien sortit à quatre pattes, tenant une trousse de pansements.

Il s'accroupit près de Chavasse et lui adressa un sourire de sympathie.

— Comment vous sentez-vous ?

Chavasse haussa les épaules.

— Je m'en tirerai, si c'est ce que vous voulez dire.

L'homme sortit un paquet de cigarettes.

— Essayez-en une. Ça vous fera peut-être du bien.

Il pouvait avoir 35 ans, il était grand, bien bâti et l'allumette qui flamba entre ses mains jointes révéla un visage énergique et sensible, aux lèvres mobiles.

Chavasse aspira profondément la fumée et toussa quand elle atteignit le fond de sa gorge.

— Russe ! s'écria-t-il, en levant la cigarette.

Soudain, les choses s'éclairaient quelque peu.

— Mais bien sûr, fit l'homme avec un sourire. Andrei Sergeievich Kurbsky, pour vous servir.

— Mais, j'y pense, que pouvez-vous bien venir faire ici, la nuit ? questionna Chavasse. J'avais cru comprendre que c'était une zone dangereuse.

— J'étais en route pour Changu. Nous avons eu une panne de moteur et, le temps que nous ayons trouvé de quoi il s'agissait, il faisait nuit et j'ai décidé de camper ici. Nous avons été rudement surpris de vous voir arriver en avion.

— Je dois me faire vieux, soupira Chavasse. C'est donc la lueur de votre réchaud que nous avons vue ?

Kurbsky approuva.

— Vous avez interrompu mon souper. Naturellement, j'ai éteint le réchaud dès que je vous ai vus. Vous aviez manifestement l'intention d'atterrir et je ne voulais pas vous en dissuader.

Kurbsky ouvrit la trousse de pansements.

— Et maintenant, si vous voulez bien, je vais voir en quel état vous êtes.

— Ce n'est qu'une égratignure. La balle m'a creusé un sillon dans l'épaule, c'est tout.

Le Russe examina la blessure avant de la bander adroitement.

— Vous semblez vous y connaître, dit Chavasse.

— J'étais correspondant de guerre en Corée. Dure école.

— Et que faites-vous au Tibet ? Vous venez voir de près comment les paysans reconnaissants réagissent à l'ordre nouveau ?

—. Il y a un peu de ça, fit Kurbsky avec un haussement d'épaules. Je fais partie de l'équipe rédactionnelle de la *Pravda*, mais mes articles paraissent dans des journaux et des magazines de toute l'Union soviétique.

— Je n'en doute pas.

— Cette petite aventure va faire une lecture intéressante, poursuivit Kurbsky. Quel dommage que vous ne puissiez pas être américain. Ç'aurait été encore plus sensationnel.

La flamme du réchaud à alcool, que le vent faisait vaciller, dansait sur son visage et faisait briller dans ses yeux une lueur d'humour. Chavasse soupira : on avait du mal à se défendre de toute sympathie pour un homme comme celui-là.

— Et maintenant ?

— Du café, quelque chose à manger et du sommeil, si vous arrivez à dormir.

— Et demain ?

Kurbsky eut un soupir.

— Demain, nous poussons jusqu'à Changu, où nous trouverons le colonel Li, commandant militaire de la région.

Il se pencha en avant ; son visage bon enfant se fit solennel.

— Si vous m'en croyez, à votre place, je lui dirais ce qu'il veut savoir, sans faire de l'héroïsme idiot. On m'a dit que c'était un homme dur.

Un moment, le silence régna entre eux ; puis Kurbsky se tapa sur la cuisse.

— Et maintenant, soupons.

Il fit un signe et l'un des soldats apporta du café et une boîte en fer contenant des biscuits.

— Vous n'allez pas me dire que l'Armée populaire s'attendrit sur mon sort, commenta Chavasse.

Kurbsky secoua la tête.

— Ce sont mes réserves personnelles, je vous le garantis. Je constate toujours que quelques petites friandises font toute la différence du monde, au cours d'un voyage comme celui-ci.

Chavasse avala une gorgée de café. Il était bon, et il grogna une approbation.

— Vous faites un emprunt au manuel du vieux bâtisseur d'empire, hein ? Dîner en habit, pendant un safari au cœur de l'Afrique noire, et tout ce genre de choses ?

— Dieu soit loué d'avoir fait les Anglais, dit Kurbsky d'un ton solennel. Du moins ont-ils donné au monde le sens de la respectabilité.

— Ce n'est jamais qu'une vertu fort douteuse, fit Chavasse.

Et tous deux se mirent à rire.

— Que devient Londres ? demanda Kurbsky.

Chavasse eut un instant d'hésitation, avant de hausser les épaules. Après tout, pourquoi pas ?

— À mon départ, une fine brume arrivait de la rivière et apportait avec elle les signes d'un hiver anglais caractéristique ; il ne restait plus une feuille en vue dans Regent's Park, et cinq partisans du désarmement nucléaire s'étaient enchaînés aux grilles du 10, Downing Street.

Kurbsky soupira.

— Il n'y a qu'à Londres qu'on voit ça ! J'y étais l'an dernier, voyez-vous. J'ai réussi, un soir, à voir Gielgud dans *La Cerisaie*. Remarquable interprétation — pour un Anglais jouant Tchekhov, naturellement. Après la représentation, nous avons soupé à *La Sellerie*, chez Hélène Cordet.

— Pour un Russe à l'étranger, vous connaissez les bons endroits, fit Chavasse.

L'un des soldats rapporta du café. Quand il fut retourné près du feu, Chavasse reprit :

— Une question m'intrigue. Je croyais la situation assez tendue entre Moscou et Pékin ? Comment se fait-il que les Chinois vous laissent rôder en liberté dans leur province la mieux gardée ?

— Nous avons de temps à autre de petites divergences. Rien de plus.

Chavasse secoua la tête.

— Ne vous faites pas d'illusion. Vous aimez, vous autres, à plaisanter le manque de maturité politique des Américains ; du moins ont-ils eu assez de bon sens pour comprendre, avant le reste du monde, quel était le véritable ennemi de la paix. La Chine est votre problème aussi bien que le nôtre. Khrouchtchev lui-même est assez intelligent pour s'en rendre compte.

— La politique et la religion, soupira Kurbsky en secouant la tête. Ce sont des sujets de querelles même entre amis. Je crois qu'il est temps d'aller nous coucher, mon cher.

Malgré le sac de couchage matelassé que lui avait prêté Kurbsky, Chavasse avait froid. Sa tête lui faisait affreusement mal et, de nouveau, il éprouvait cette légère sensation de nausée. Le regard tourné vers l'ouverture de la tente, il cherchait à concentrer son esprit sur la flamme du réchaud à alcool pour essayer de se contraindre au sommeil. L'un des deux soldats s'était enveloppé dans une couverture en peau de mouton, près du réchaud, tandis que l'autre, de garde, faisait les cent pas, battant le sol gelé de ses bottes en caoutchouc.

Chavasse pensait à Kurbsky; il se rappelait certaines paroles du Russe et la façon dont le rire pétillait constamment dans ses yeux gris. Difficile de ne pas aimer cet homme-là. En d'autres circonstances, peut-être même eussent-ils pu devenir amis.

Il sommeilla pour s'éveiller à nouveau une heure plus tard, claquant des dents, le visage emperlé de sueur. À genoux près de lui, Kurbsky tenait une tasse.

Chavasse voulut se redresser mais le Russe le repoussa.

— Ne vous en faites pas. Un peu de mal des montagnes, c'est tout. Avalez cette pilule. Ça vous fera du bien.

Chavasse prit la pilule entre ses doigts tremblants et la fit descendre d'une gorgée de café froid contenu dans la tasse que Kurbsky présentait à ses lèvres.

Il croisa les bras à l'intérieur du sac de couchage pour arrêter leur tremblement et parvint à sourire.

— J'ai l'impression d'avoir une crise de paludisme.

Kurbsky secoua la tête.

— Ça ira mieux demain matin.

Il sortit, tandis que Chavasse, les yeux grands ouverts dans l'obscurité, réfléchissait aux révélations nouvelles que vous apporte chaque jour de l'existence. Peu importait ce que contenait la pilule : elle était certainement efficace. Son mal de tête avait disparu et une chaleur délicieuse se répandait lentement dans tout son corps. Il tira sur sa tête le capuchon du sac de couchage et, presque aussitôt, se laissa aller au sommeil.

Le lendemain matin, le ciel était incroyablement bleu, et tandis que, debout près de la jeep, il regardait les deux soldats lever le camp, Chavasse se sentait plus vieux de dix ans.

Kurbsky, lui non plus, n'était plus le même : son regard était grave, son visage fripé de fatigue, comme s'il avait mal dormi. Quand tout fut prêt, il se tourna vers Chavasse, presque d'un air d'excuse, et fit un geste vers la jeep. Chavasse grimpa derrière et s'assit sur l'un des sièges libres, sous la mitrailleuse à pivot.

Les steppes ondulantes s'étendaient devant eux ; l'herbe courte et dorée était emperlée de givre et les roues tambourinaient sur le sol gelé.

En moins d'une demi-heure, ils atteignirent la grand-route que les Chinois avaient construite, en 1957, pour faciliter les mouvements de troupe entre Sinkiang et Yarkand, quand ils avaient dû faire face à un soulèvement chez les Khambas.

— Une belle réussite, vous ne trouvez pas ? demanda Kurbsky.

— Tout dépend du point de vue auquel on se place. Je me demande combien de milliers de Tibétains sont morts en la construisant.

Une ombre passa sur le visage de Kurbsky. En chinois, il aboya un ordre bref et la jeep reprit son chemin à travers la steppe, laissant derrière elle la route, abandonnée et comme étrangère.

Il semblait peu disposé à reprendre la conversation et Chavasse se renversa sur son siège et regarda le paysage. D'un côté, le plateau d'Aksai Chin montait dans le ciel bleu ; devant eux, la steppe paraissait onduler à l'infini.

Encore une demi-heure à peine, et ils étaient descendus au niveau d'une vaste plaine de sable et de gravier, un terrain très ferme, et le conducteur écrasa l'accélérateur.

La jeep fila à travers la plaine et, sous le vent glacé qui cinglait le visage, Chavasse sentit renaître en lui une étincelle de vie, de véritable vitalité. Le conducteur changea de vitesse à l'extrémité de la plaine et ralentit pour l'ascension d'une colline au doux renflement. Au moment où ils en franchissaient le sommet, Chavasse aperçut un monastère dans la vallée, au-dessous d'eux.

Il en éprouva un choc presque physique et, tandis qu'ils redescendaient l'autre versant, l'impatience et l'espoir s'éveillèrent en lui. Il se tourna vers Kurbsky pour demander négligemment :

— Nous faisons halte ici ?

Kurbsky acquiesça d'un bref hochement de tête.

— Pourquoi pas ? Je fais une série d'articles sur le bouddhisme et ce monastère est l'un des rares qui fonctionnent encore dans cette région du Tibet. Une heure ou deux ne feront pas grande différence.

Pendant un instant de folie, Chavasse faillit exprimer tout à trac sa pensée : il ne pouvait s'agir que d'un seul endroit — le monastère de Yalung Gompa, le centre, d'après Joro, de toute la résistance de la région. C'était bien le dernier endroit au monde à visiter, pour un Russe et deux soldats chinois, mais le destin avait tracé le chemin de Kurbsky et l'on ne pouvait revenir en arrière. Avec, au cœur, un sentiment étrangement proche du regret, Chavasse se rejeta en arrière et attendit.

La lamaserie était constituée de plusieurs bâtiments aux toits plats, peints en ocre et construits au creux de la vallée. L'ensemble était entouré d'une haute muraille et de larges portes à deux battants s'ouvraient sur la cour intérieure.

Des troupeaux de yaks et de petits chevaux tibétains paissaient au pied de la muraille et les tentes de cuir noir des bergers se serraient près d'un cours d'eau.

C'était une image de paix et la fumée des feux de cuisine qui prenait aux narines reporta Chavasse aux feux de camp de son enfance.

Un groupe de cinquante ou soixante personnes était rassemblé près des portes. Tous regardaient dans la cour et l'air vibra soudain d'un étrange son, grave et sonore, qui se répercuta entre les versants de la vallée.

Kurbsky, surexcité, tendit le bras.

— Regardez, là, sur le toit le plus haut. Il y a un moine qui souffle dans un *radong*. Avec ça, ils envoient des signaux à des kilomètres.

La foule, qui stationnait près de la porte, se retourna vers eux. C'étaient pour la plupart des bergers, de rudes montagnards en *shubas* de peau de mouton, certains avec de larges couteaux passés dans leur ceinture. Ils avaient une expression nettement hostile et le soldat chinois posté à la mitrailleuse s'inclina vivement et vérifia le magasin. La jeep ralentit, comme le conducteur changeait de vitesse, et la foule s'écarta pour les laisser passer.

Pendant un instant, toute autre préoccupation fut chassée de l'esprit de Chavasse à la vue du magnifique spectacle qui se déroulait dans la cour.

Un groupe de lamas, en éclatants costumes traditionnels, était en train de célébrer une cérémonie religieuse. Vêtus de tuniques de soie bleues, rouges et vertes, portant d'énormes masques peints de hideuses faces de démons, ils tourbillonnaient tous ensemble selon des figures compliquées et sinistres, en agitant au-dessus de leurs têtes des épées gigantesques.

— Quelle chance ! s'exclama vivement Kurbsky. C'est une chose que bien peu de voyageurs peuvent voir. La *Chute du Roi des Enfers*.

Il ouvrit son sac à dos, en sortit un appareil photographique et se mit à prendre des clichés aussi vite qu'il en était capable.

Les démons tournaient de plus en plus vite et sautaient en l'air, tandis que leurs tabliers d'ossements humains se soulevaient jusqu'à être parallèles au sol. La musique des conches et des tambours devenait de plus en plus frénétique et le soldat assis à la mitrailleuse se pencha nonchalamment en avant, bouche bée d'étonnement.

C'est alors que Chavasse s'aperçut que les démons avaient peu à peu encerclé la jeep, que leur cercle allait se rétrécissant et que la foule était maintenant entrée dans la cour.

Kurbsky et ses hommes n'avaient rien remarqué.

Chavasse n'avait pas quitté des yeux un homme qui semblait mener la danse pour tous les autres. Il portait une tunique écarlate, un masque écarlate et blanc orné de touffes de crins de cheval noirs.

Tandis qu'il tourbillonnait, l'épée qu'il brandissait tournoyait en un étincelant cercle d'acier, et, subitement, il se trouva tout proche. Son bras droit jaillit de derrière son épaule gauche en un terrible revers. Le mitrailleur chinois chancela contre Chavasse, la tête à demi séparée du corps, et bascula par-dessus l'accoudoir.

Il y eut un moment de silence absolu, pendant lequel le monde tout entier parut avoir cessé de respirer ; puis, dans un rugissement, la foule avança. Chavasse se sentit perdre pied en voyant le démon arracher son masque et Joro lever vers lui un regard menaçant, dans un visage durci, glacé.

Le conducteur poussa un seul cri en sentant des mains se tendre vers lui, l'arracher du volant. Kurbsky restait là, les traits figés d'horreur, l'appareil-photo encore à demi levé. Il jeta vers

Chavasse un seul regard terrible, un regard d'agonie, avant d'être tiré de son siège par-derrière.

Pendant un bref instant, il parvint à se relever, couvert de poussière, le visage souillé de sang; puis, comme une vague gigantesque, la foule l'engloutit, le fit disparaître.

Chavasse se retrouva en train de dégringoler de la jeep dans la foule et d'essayer, la bouche ouverte en un cri silencieux, de se frayer péniblement un chemin vers le Russe à travers un mur humain.

Des visages se tournaient vers lui, aveuglés de rage et de passion, les lèvres distendues sur les dents gâtées. Sentant des mains s'agripper à ses vêtements, il écrasa son poing sur une bouche; mais une douleur déchirante lui traversa le crâne et il plongea dans la nuit.

6

LA FILLE DE MOSCOU

Lentement il ouvrit les yeux. Durant un moment, il se sentit la tête complètement vide et il se souleva sur un coude, envahi d'une peur panique.

Il était allongé sur un lit étroit, dans un angle d'une pièce obscure et sans fenêtre. Suspendue au milieu du plafond, une lampe à graisse jetait une lueur vacillante, et tous les dieux et les démons du panthéon bouddhiste se poursuivaient dans l'ombre sur les tapisseries anciennes qui recouvraient les murs.

Leurs gigantesques figures diaboliques émergeaient de l'obscurité pour le regarder et il ferma un instant les yeux. Il prit alors conscience d'une voix basse et monotone. Quand il rouvrit les paupières, il s'aperçut qu'un moine en tunique safran, en bonnet de feutre conique, était assis dans l'ombre à quelques pas de lui et priait en faisant cliqueter entre ses doigts les grains de son chapelet.

Entendant Chavasse bouger, le vieillard interrompit sa prière, se leva et s'approcha. Il avait l'air incroyablement âgé, son visage de parchemin jauni était couvert d'un réseau de mille petites rides. Tout à coup il sourit et, soulevant la tapisserie au pied du lit, passa sous une arche basse et sortit.

Chavasse se sentait tout à fait reposé, son mal de tête évanoui. Il rejeta la peau de mouton et posa les pieds sur le sol. À ce moment, la tapisserie s'écarta, et Joro fit son entrée.

Le Tibétain portait la tunique brune et la *shuba* de peau de mouton dont il avait été vêtu dans l'avion et il souriait. On eût pu croire que l'autre Joro, celui qui avait porté le masque du Roi des Enfers, n'avait jamais existé.

— Comment vous sentez-vous ? demanda-t-il.

— Tout bien considéré, pas trop mal, répondit Chavasse. Je ne sais ce qui m'a poussé à me conduire de la sorte. Je pense que j'avais un peu de fièvre ou quelque chose de ce genre.

— Le mal des montagnes, rien de plus. Ça fait faire des choses bien curieuses. L'abbé vous a fait prendre un remède pendant votre sommeil.

— Rudement bien montée, votre affaire, dans la cour.

Joro haussa les épaules.

— Ils avaient la mitrailleuse, il nous fallait donc être prudents. Je suis content d'avoir réussi. J'ai dû marcher presque toute la nuit pour être ici à temps, mais je savais qu'ils allaient vous emmener à Changu, de sorte qu'ils devaient passer par ici.

— Qu'est-il arrivé au Russe ? Il est mort ?

Joro fit un signe affirmatif.

— Naturellement. Pour mon peuple, les Russes et les Chinois, c'est bonnet blanc et blanc bonnet.

Chavasse soupira, pris d'un regret sincère.

— Dommage. C'était un brave homme.

— Pas pour moi, dit Joro. À mes yeux, il représentait l'ennemi et nous sommes en guerre. J'ai eu assez de mal à vous sauver.

— Pour cela au moins, je vous remercie. Vous avez trouvé les armes, je suppose ? Elles étaient à l'arrière de la jeep.

Joro acquiesça d'un signe.

— Quelques-uns de mes hommes les mettent en état de marche, dans la pièce voisine. Pourquoi ne pas venir ? Il y a du feu et du thé. Du thé tibétain, mais il est temps que vous vous y accoutumiez.

Il releva la tapisserie et Chavasse le suivit dans une pièce beaucoup plus vaste, au plafond bas couvert d'un enduit grossier, aux fenêtres minuscules placées très haut dans la muraille.

Les armes étaient étalées sur une grande table de bois et trois guerriers tibétains les nettoyaient habilement.

Un feu de bouse de yak flambait gaiement dans le grand âtre de pierre et Chavasse regarda Joro émietter une poignée de thé en bloc dans un chaudron d'eau bouillante et y ajouter du beurre et une pincée de sel.

— Vous n'auriez pas par hasard une cigarette ? demanda-t-il.

D'un mouvement du menton, Joro désigna la table.

— L'un de mes hommes a vidé les poches du Russe. Ses affaires sont là. Il y avait, je crois, trois ou quatre paquets de cigarettes.

Chavasse alla jusqu'à la table et demeura un moment à contempler tout ce qui subsistait d'un homme. Un portefeuille, ses papiers et trois paquets de cigarettes.

Il en alluma une lentement et revint vers le feu, avec le portefeuille et les papiers. Il s'assit sur un banc de bois grossier.

Le portefeuille contenait une liasse de billets chinois, une ou deux lettres manifestement écrites par des amis de Russie et une carte de membre d'un club de presse moscovite. Pas de petits instantanés intimes de femme ou d'enfants et Chavasse, étrangement soulagé, examina les papiers.

C'étaient les permis de voyage habituels, avec un visa spécial pour le Tibet, portant un timbre à date de Pékin et contresigné par le gouverneur militaire à Lhassa. Les papiers étaient maculés de sang et très détériorés par un coup de couteau mais, sur la photo d'identité les traits de Kurbsky étaient encore reconnaissables.

Chavasse gardait les yeux fixés sur les papiers, si profondément plongé dans ses pensées que, lorsque Joro lui tendit une tasse en métal, il en avala le contenu inconsciemment.

— Le thé, dit Joro en souriant. Il vous plaît ?

Chavasse baissa les yeux sur sa tasse vide en fronçant légèrement les sourcils, puis il lui rendit son sourire.

— Je ne l'ai même pas senti descendre. Vous devriez m'en donner une autre tasse.

Le breuvage était étrangement rafraîchissant et il se sentit revivre. Il alluma une autre cigarette et demanda :

— À quelle distance se trouve Changu ?

— 140 kilomètres, peut-être, répondit Joro. Deux jours à cheval, en chevauchant bien.

— Et si nous prenions la jeep ?

— C'est impossible, dit Joro. Il y a bien deux cents soldats, là-bas, qui patrouillent régulièrement dans le voisinage. Rien qu'en tentant de nous approcher de la ville en jeep, nous nous ferions arrêter.

— Et si nous entrions tout de go ?

Joro, stupéfait, plissa le front.

— Comment serait-ce possible ?

— Si je disais aux autorités que je m'appelle Andrei Sergeievich Kurbsky, journaliste russe en tournée au Tibet, avec un visa du Comité central de Pékin ? Je parle fort bien le russe, soit dit en passant.

— Mais votre escorte ?

— Assassinée par les bandits qui ont attaqué notre camp par surprise pendant la nuit. Vous pourrez être le guide que j'avais engagé à Lhassa : vous avez fait mine de passer dans leur camp et vous m'avez sauvé la vie en les persuadant de me garder pour toucher une rançon.

Joro hocha lentement la tête.

— Je vois… et nous nous sommes probablement échappés avec la jeep pendant le sommeil de nos gardiens ?

Chavasse eut un large sourire.

— Voilà, vous y êtes.

Le Tibétain secoua la tête.

— Vous oubliez un détail. Les papiers du Russe… ils portent sa photo.

D'un geste rapide, Chavasse les jeta au feu. Les documents maculés de sang roussirent, leurs angles frisèrent. Un bref instant, il vit Kurbsky le regarder une dernière fois avant de disparaître dans une brusque flambée.

— Disons que les bandits m'ont vidé les poches, fit Chavasse. D'autres objections ?

— Non, fit Joro, sinon que ce sera très dangereux. Nous avons peut-être un fait qui jouera en notre faveur. L'un de mes hommes est arrivé de Changu hier au soir. Il semble que le colonel Li soit absent pour quelques jours. C'est un capitaine du nom de Tsen qui exerce le commandement, et il est jeune et inexpérimenté.

— Ça ne pourrait mieux tomber, dit Chavasse. Même s'il entre en contact par radio avec Lhassa, que pourront-ils faire d'autre que déplorer qu'une telle mésaventure soit arrivée à un ressortissant russe sur leur territoire, et confirmer mon existence ?

— À supposer que Tsen accepte notre histoire, que faisons-nous ensuite ?

— Kurbsky cherchait des sujets d'articles. Je ne vois pas pourquoi il ne se serait pas rendu à Changu dans le but de réaliser une interview du docteur Hoffner.

Le Tibétain sourit brusquement et ses yeux étincelèrent.

— Ce serait vraiment un excellent tour à jouer aux Chinois. Peut-être même le docteur Hoffner accepterait-il de vous héberger durant votre séjour.

Son sourire disparut soudain, il reprit son air grave.

— Mais, quoi que nous fassions, il faut faire vite, avant le retour du colonel Li. Ce n'est pas un homme facile à tromper, je vous le garantis.

— Alors, nous ferions bien de partir.

Laissant Joro prendre certaines dispositions avec ses lieutenants, il sortit et, debout en haut d'un perron de pierre, contempla la cour poussiéreuse.

Elle était paisible et déserte, n'était la rangée de moines qui, assis le long d'un mur dans le pâle soleil, priaient tous ensemble, d'une voix qui n'était qu'un murmure dans l'air tranquille.

Il semblait incroyable que la mort eût visité ces lieux si peu de temps auparavant. Pourtant, en se dirigeant vers la jeep, il passa près de grandes taches de sang violacé qui avait imprégné la poussière.

Il se mit au volant, alluma une cigarette et médita.

Quelques minutes plus tard, Joro vint le rejoindre. Ils franchirent les portes et entamèrent leur randonnée.

Pendant les deux premières heures, ils suivirent à travers les steppes le cours sinueux d'une antique piste de caravane, à présent sillonnée d'ornières par les roues des véhicules militaires chinois.

À plusieurs reprises, ils dépassèrent des bergers avec leurs troupeaux et, une fois, une longue caravane de yaks et de mulets lourdement chargés. Le paysage était rude et farouche, les steppes ondulaient à l'infini jusqu'à l'horizon, sur lequel, de place en place, se dressaient d'étranges sanctuaires de pierre et des mâts portant des guirlandes sacrées et des banderoles de prières.

Près de quatre heures après leur départ de Yalung Gompa, Chavasse fit halte et tapota l'épaule de Joro qui sommeillait dans son coin.

Changu s'étendait au bord d'une rivière, dans une large vallée peu profonde, et ses bâtiments aux toits plats s'étageaient sur le versant opposé. Le plus imposant était de loin le monastère, qui se dressait au centre même de l'antique ville fortifiée, avec ses murailles rayées de rouge, vert et noir.

— Le monastère fonctionne-t-il encore ? demanda Chavasse à Joro.

Il se mit en première et engagea la jeep dans la descente abrupte.

Le Tibétain secoua la tête.

— Le colonel Li en a fait son quartier général. Il ne reste plus que peu de monastères au Tibet, à présent. C'est seulement l'isolement de Yalung Gompa qui l'a sauvé jusqu'ici.

Les tentes bien connues des bergers se pressaient autour des murailles de la ville, et ils dépassèrent une caravane avant de franchir l'arche puissante de la porte principale.

Juste à l'intérieur, une guérite en ciment prenait un air plutôt incongru. Trois soldats jouaient aux dés, accroupis dans la poussière.

— On voit que le colonel Li n'est pas là, fit Joro.

Chavasse ne prit même pas la peine de s'arrêter. Il bondit en avant dans un rugissement de moteur, entra dans la cour du monastère et fit halte d'une manière qu'il espéra suffisamment arrogante.

Le soldat négligemment adossé au mur près de la grande porte se dressa aussitôt et déboucla son fusil automatique.

— Voulez-vous que je vous accompagne ? demanda Joro.

— Non, restez ici. Ça pourrait vous laisser une chance, si les choses tournaient mal pour moi.

Il gravit le large perron aux marches basses qui conduisait à l'entrée.

Le garde s'avançait, la main sur son fusil. Chavasse jeta d'une voix brève :

— Conduisez-moi immédiatement au colonel Li !

Sa voix avait pris exactement l'intonation métallique qui convenait. Le soldat en fut convenablement impressionné. Il expliqua vivement que le colonel était absent mais que le capitaine Tsen était dans son bureau.

Ils suivirent un couloir dallé de pierres, montèrent quelques marches à l'autre bout et se trouvèrent dans un autre couloir, parqueté, celui-là. À l'autre extrémité, la sentinelle ouvrit une porte et s'effaça respectueusement pour laisser entrer Chavasse.

Un jeune caporal, l'air sérieux d'un homme d'étude, assis derrière un bureau, leva un regard surpris. En voyant Chavasse, ses yeux s'élargirent derrière les verres épais de ses lunettes à monture d'acier et il se leva hâtivement.

— Où est le capitaine Tsen ? questionna Chavasse, d'un ton irrité.

Le caporal ouvrit la bouche pour dire quelque chose, la referma et se retourna instinctivement vers la porte derrière lui. Chavasse passa tout près de lui, ouvrit la porte et entra.

Le jeune officier assis au bureau avait peut-être 25 ans et, quand il se leva, haussant des sourcils stupéfaits, Chavasse put voir qu'il ne mesurait guère plus d'1 mètre 50.

— C'est vous, Tsen ? demanda-t-il d'une voix courroucée. Grands dieux, qu'est-ce que c'est que ce foutu poste que vous commandez, ici ? Des gardes qui jouent aux dès à la porte principale, des sentinelles qui soutiennent les murs, pendant que les rebelles assassinent vos propres soldats.

Tsen voulut affirmer son autorité. Il dit avec colère au caporal, demeuré debout sur le seuil :

— Que se passe-t-il ? Qui est cet homme ?

— Qui je suis ? interrompit Chavasse. Bon Dieu, mon vieux, je suis Kurbsky. On vous a certainement expédié une radio de Lhassa pour vous annoncer ma visite ?

— Kurbsky ? fit Tsen sans comprendre. Lhassa ?

— Je suis journaliste, espèce d'idiot, rugit Chavasse. Je voyage au Tibet afin de trouver des sujets d'articles pour mon journal de Moscou. Et c'est une belle histoire que j'ai à leur offrir, c'est moi qui vous le dis. Retenu prisonnier par une bande d'égorgeurs, d'assassins, mon escorte massacrée. Ça va faire bien dans la *Pravda*. Quand le Comité central de Pékin va entendre parler de ça, les têtes vont rouler, je vous le promets.

Le visage du capitaine Tsen était d'un gris cendreux. Il avança vivement un fauteuil.

— Asseyez-vous, je vous en prie. Je ne savais pas.

— Je m'en doute, fit Chavasse. Je pense que vous pouvez au moins m'offrir à boire ?

Tsen se tourna vers le caporal. Celui-ci alla jusqu'à un placard et en revint avec une bouteille noire et un verre qu'il remplit en toute hâte.

— Comment diable appelez-vous ça ? questionna Chavasse,

en sentant la brûlure de l'alcool lui descendre tout au long du gosier. C'est du pétrole ?

Tsen parvint, non sans peine, à sourire et revint à son fauteuil.

— Si je pouvais voir vos papiers, camarade Kurbsky ?

— Mes papiers ? dit Chavasse d'un ton stupéfait. Mais, bon Dieu, mon vieux, ils m'ont dépouillé de tout. J'ai encore de la chance de me retrouver ici tout entier. Contactez Lhassa par radio, ils vous diront qui je suis.

Le capitaine Tsen eut un sourire apaisant.

— Bien sûr, camarade, mais je pourrai m'en occuper plus tard. Peut-être pourriez-vous me raconter ce qui s'est passé ?

Chavasse débita rapidement son histoire et, quand il eut fini, Tsen demanda :

— Ce Tibétain qui vous a sauvé... il vous a accompagné jusqu'ici ?

— Il est dehors, dans la jeep. Mais n'allez pas en faire un héros. S'il m'a aidé, c'est seulement parce qu'il savait de quel côté son pain était beurré. Tous des sacrés cochons, ces Tibétains. Il n'y a qu'une seule manière de résoudre vos problèmes dans ce pays, capitaine : c'est de les écraser, et durement !

— Combien je suis d'accord avec vous, camarade, approuva le capitaine Tsen avec conviction. Mais, pour l'instant, le Comité central de Pékin nous prescrit d'autres méthodes.

— Tant pis pour ces crétins.

Chavasse se leva.

— Si vous n'avez pas d'autres questions à me poser, j'aimerais m'en aller. Un bain chaud et un repas convenable m'arrangeraient bien.

Le capitaine Tsen parut stupéfait.

— Mais où comptez-vous aller ? Je vais naturellement vous faire loger ici.

Chavasse voulut bien sembler s'adoucir.

— C'est très aimable à vous, capitaine, mais j'espérais que Hoffner pourrait m'héberger. Après tout, c'est lui que je suis venu voir.

Tsen eut une illumination. Il sauta sur ses pieds, tout sourire.

— Ah, mais je comprends, maintenant ! Vous êtes venu à Changu pour écrire un article sur le bon docteur pour votre journal ?

— Je ne vois pas du tout quelle autre raison aurait pu m'amener jusqu'ici, déclara Chavasse. À Lhassa, j'ai entendu parler du docteur Hoffner et il m'a paru que c'était un homme fort extraordinaire.

— Il l'est. En vérité, il l'est, camarade, dit Tsen. Les paysans l'idolâtrent, ce qui aide énormément notre cause.

Il prit son képi.

— Je tiens à vous conduire chez lui.

Chavasse se surprit à froncer les sourcils.

— Le bon docteur approuve donc ce que vous faites ici ?

Tsen fit un geste affirmatif.

— Mais bien sûr. C'est un grand humanitaire. Le colonel et lui sont amis intimes. Ils jouent ensemble aux échecs.

Ils s'arrêtèrent un instant au bureau et Tsen dit rapidement quelques mots au caporal, qui attrapa son képi et sortit aussitôt de la pièce en courant.

— Je l'ai envoyé en avant pour avertir de notre arrivée la camarade Stranoff.

— Stranoff ? répéta Chavasse.

— La gouvernante du docteur Hoffner, expliqua le capitaine Tsen. Son père était russe, sa mère chinoise. Une femme merveilleuse.

Sa voix contenait une chaleur soudaine et Chavasse dissimula un sourire.

— J'ai hâte de la connaître.

Il put adresser un rapide signe de tête à Joro, au moment où le Tibétain passait sur l'un des sièges arrière pour laisser sa place à Tsen.

La maison de Hoffner était l'une des plus importantes de la ville. C'était un bâtiment à trois étages, au toit plat, cerné d'une haute muraille et, guidé par Tsen, Chavasse fit halte dans la cour.

Il commença de gravir les marches du perron, Tsen sur ses talons. À ce moment, la porte s'ouvrit et une jeune femme mince s'avança pour l'accueillir.

Elle portait un étroit pantalon matelassé et une chemise à la mode russe, en soie noire bordée d'argent, boutonnée très haut sous le menton. Elle avait des cheveux presque blonds mais son teint possédait cet aspect crémeux particulier aux Eurasiennes, tandis que ses lèvres un peu trop pleines lui donnaient une expression légèrement sensuelle.

Elle avait cette beauté à vous couper le souffle qu'on associe toujours à la simplicité. Chavasse frissonna brusquement, sans raison.

Elle se tenait devant lui, son regard grave fixé sur le visage du visiteur. Puis elle sourit et ce fut comme si elle s'était éclairée du dedans.

— Ça fait du bien de vous voir ici, dit-elle en russe.

Chavasse humecta ses lèvres sèches.

— Je suis heureux d'y être, répondit-il.

Et, tandis qu'elle le faisait entrer, il constata avec surprise que ses paroles étaient sincères.

7

MUSIQUE POUR UN SOIR DE MAI

C'était de toute évidence l'une des plus belles chambres de la maison. Les murs étaient recouverts de plâtre et peints, et des tapis de peau de mouton étaient disséminés sur le plancher de bois. Mais, détail plus important, le lit semblait confortable à l'extrême.

Plongé jusqu'au cou dans l'eau chaude, carré dans le vaste baquet de bois placé près de la cheminée, Chavasse fumait une de ses cigarettes russes en songeant à Katya Stranoff.

C'était sans contredit une sacrée femme mais il allait devoir prendre des précautions. Il semblait manifeste qu'elle était heureuse de le voir, surtout parce qu'elle se considérait comme une Occidentale, exilée en pays étranger.

Il se demandait comment elle se débrouillait au point de vue compagnie masculine. Hoffner, à coup sûr, était trop âgé pour elle, mais le capitaine Tsen n'avait pas fait mystère de la haute estime qu'il lui portait et il restait toujours le colonel Li, de plus d'une façon l'inconnue du problème.

La porte s'ouvrit sur Joro, porteur d'un paquet bien net qu'il posa sur une chaise. Il s'accroupit en souriant près du baquet.

— La femme m'a demandé de vous apporter des vêtements propres.

— Je me demandais quand vous alliez vous manifester, dit Chavasse. On vous traite bien ?

Joro hocha la tête.

— Je couche dans la cuisine, où il fait du moins plus chaud que dans les écuries.

Il fronça les sourcils.

— Il y a eu des changements, depuis ma dernière visite.

Chavasse tendit le bras vers la serviette, se mit debout et commença de se sécher rudement.

— De quel ordre ?

— Il n'y a plus personne ici que je connaisse. Il ne reste plus que deux serviteurs, un homme et sa femme, Chinois tous les deux.

— Et vous croyez qu'ils sont au service du colonel Li ?

Joro fit un signe affirmatif.

— Vous feriez bien d'être prudent.

— Ne vous en faites pas, dit Chavasse avec conviction. C'est bien mon intention.

Il revêtit rapidement les habits que Katya lui avait fait porter. Il y avait une chemise de soie noire à la russe, pareille à celle qu'elle portait elle-même lors de leur rencontre, un pantalon matelassé et un épais tricot de laine.

Il s'examina avec soin dans la glace, se coiffa et se retourna vers Joro.

— Vous feriez bien, maintenant, de retourner à la cuisine. Je vous verrai plus tard.

Il descendait l'escalier quand une porte s'ouvrit brusquement. Katya Stranoff traversa le vestibule. Elle s'arrêta en entendant son pas et leva les yeux ; son regard étincela dans la lueur de la lampe.

Elle portait un fourreau chinois de lourde soie noire, brodé de pavots écarlates, qui collait à son corps souple comme une seconde peau. Il se boutonnait très haut, et deux fentes discrètes, de chaque côté de la jupe, permirent à Chavasse d'apercevoir les jambes fines quand elle s'avança à sa rencontre.

— Le bain a l'air de vous avoir fait du bien. Ce qu'il vous faut, à présent, c'est quelque chose à boire et un repas convenable.

— L'un et l'autre me plairaient fort, dit-il, mais voulez-vous d'abord me permettre de vous faire compliment de cette robe étonnante ?

Il eût juré qu'elle rougissait. Elle le prit par le bras et sourit.

— Le docteur Hoffner vous attend.

Elle ouvrit la porte et entra devant lui dans une pièce vaste et confortable. Du plafond au sol, des rayonnages couvraient les murs, chargés de livres en rangs serrés; au centre, une table était préparée pour le repas. Un bon feu flambait dans la grande cheminée et le reflet des flammes dansait sur la surface luisante d'un piano à queue. La pièce tout entière respirait une merveilleuse atmosphère de paix et de tranquillité.

L'homme qui lisait, assis dans un fauteuil près du feu, se retourna et se leva. C'était l'un des hommes les plus massifs qu'eût jamais vus Chavasse, avec des épaules étonnamment larges et une crinière d'un blanc de neige rejetée derrière les oreilles. Il portait une vieille veste de velours côtelé et une chemise à col ouvert, mais ce furent les yeux remarquables qui frappèrent dès l'abord Chavasse. Ils étaient sombres, profonds, pleins d'une surprenante sérénité.

Un bref instant, ils exprimèrent la perplexité, le front se plissa légèrement. Puis Hoffner tendit la main en souriant.

— C'est un grand plaisir, camarade Kurbsky. Nous n'avons pas souvent de visiteurs, à Changu.

— Il y a déjà quelque temps que je me fais une joie de cette rencontre, dit Chavasse. Puis-je vous féliciter pour votre excellent accent russe ?

— C'est Katya qui mérite les compliments, pas moi.

Hoffner adressa à la jeune fille un regard affectueux.

— Quand elle est arrivée ici, il y a un an, je ne parlais pas un mot de russe.

Elle l'embrassa sur la joue.

— Venez dîner. Le camarade Kurbsky doit mourir de faim.

Il était visible qu'elle s'était donné beaucoup de mal pour faire de ce repas une petite fête. Des bougies brûlaient sur la table et les plats étaient étonnamment savoureux. On leur servit un consommé de poulet, du mouton, du riz et des légumes hachés, à la mode chinoise; comme dessert, des poires au sirop. Il y avait même une bouteille d'un vin tout à fait acceptable.

En se levant de table, Hoffner soupira en secouant la tête.

— Je ne sais pas comment elle s'arrange, Kurbsky. Non, vraiment.

— Quel hypocrite, dit Katya à Chavasse. Chaque semaine, il permet à ce pauvre colonel Li de gagner une partie d'échecs. Cela le met en si belle humeur qu'il est tout disposé à me donner tout ce que je lui demande.

Ils allèrent s'asseoir près du feu et Katya prépara le café sur une petite lampe à alcool. Elle était très séduisante, avec les reflets des flammes qui jouaient dans ses cheveux, et Chavasse se sentit soudain détendu, totalement à son aise.

Il alluma une de ses cigarettes russes et, tandis qu'il exhalait un long panache de fumée, Katya fronça le nez en soupirant.

— Ah, ce parfum. Je ne connais rien d'absolument semblable. Ça me ramène chez moi plus précisément que n'importe quoi.

Elle versa le café dans de délicates tasses de porcelaine et lui en tendit une.

— Comment va Moscou ?

Il haussa les épaules.

— On construit beaucoup dans les faubourgs mais, à part ça, tout est pareil. À vous dire vrai, je vois bien peu notre vieille ville : je passe la plus grande partie de mon temps à l'étranger.

— Qu'est-ce qui vous amène au Tibet, exactement ?

Il eut un mouvement négligent des épaules.

— En Russie, on s'intéresse énormément à ce qui se passe par ici. Par ailleurs, un bon journaliste va là où il peut trouver de la copie et la perspective d'une histoire valable.

— Et vous en avez trouvé une ?

— Mon expérience d'hier suffira pour commencer. Mais ce que j'espère, en réalité, c'est tirer quelque chose de notre docteur.

Hoffner, qui écoutait leur conversation en allumant sa pipe, haussa les sourcils.

— Je m'étonne qu'il y ait encore des gens pour s'intéresser à moi.

— Vous êtes trop modeste, fit Katya, qui se retourna vers Chavasse : 74 ans et, chaque jour, il supervise encore sa clinique. Est-ce qu'on vous a dit ça, à Lhassa ? Il a consacré toute sa vie à ce pays, alors qu'il aurait pu avoir, quand il l'aurait voulu, une chaire de professeur dans n'importe quelle université d'Europe.

— Allons, allons, ma chère enfant, dit Hoffner. Il ne faut pas vouloir faire de moi une sorte de saint en plâtre. Ça ne me ressemble en rien.

— Mais c'est ainsi que certaines gens vous voient, intervint Chavasse. Sous les traits d'un grand missionnaire.

Hoffner soupira.

— J'ai bien peur d'avoir abandonné depuis des années cet aspect de mes activités.

Il se pencha en avant et plongea son regard dans les flammes.
— Je suis venu ici en médecin missionnaire. Je voulais sauver des âmes en même temps que des vies. Mais je me suis trouvé au milieu d'un peuple déjà profondément religieux, qui croyait à la douceur à un degré pratiquement incompréhensible pour un esprit occidental. Qu'avais-je à offrir à ces gens, spirituellement parlant ?
— Je vois ce que vous voulez dire, approuva Chavasse. Et la solution ?
— Leur venir en aide médicalement quand ils en avaient besoin, dit Hoffner. À part cela, tâcher de les comprendre et de devenir leur ami.
— Les Chinois vous ont-ils gêné en quelque façon dans vos activités ?
— En fait, ils m'ont extraordinairement encouragé. Ma clinique est plus fréquentée que jamais. Attention : je ne suis pas autorisé à franchir les murs de la ville, mais c'est uniquement en vue de ma protection personnelle. La région est encore dans un certain état d'agitation, comme vous vous en êtes aperçu à votre détriment.
— Vous considérez donc que tout changement dans le gouvernement a eu des effets bénéfiques ?
— Très certainement. Prenez le ravitaillement médical, par exemple. Jadis, tout ce dont j'avais besoin devait venir de l'Inde, par caravanes.
— Et maintenant ?
— Le colonel Li me procure tout ce que je désire sans aucune difficulté. Voyez-vous, avant l'arrivée des Chinois, ce pays restait médiéval, son peuple arriéré, ignorant. Tout ça est en train de changer.
Chavasse gardait le sourire mais, en son for intérieur, il était inquiet : le vieillard avait vraiment l'air convaincu. Avant qu'il pût poursuivre la conversation, Katya se leva en souriant.
— Si vous voulez bien m'excuser, je vais vous laisser à votre entretien. Je dois aller à la cuisine.
La porte se referma derrière elle et Chavasse dit :
— Voilà une jeune femme remarquable.
Hoffner approuva d'un signe.
— Son père était un archéologue russe. Il était chargé, par le gouvernement chinois de Pékin, des fouilles à l'ancien palais impérial. Il reçut l'autorisation de visiter Lhassa avant de rentrer

chez lui, mais il mourut en chemin. Katya est arrivée ici avec la caravane une semaine après l'avoir mis en terre. La pauvre enfant était dans un tel état que j'ai dû lui porter secours dans toute la mesure de mes moyens.

— Et elle a décidé de rester ici ?

— Le colonel Li aurait pu s'arranger pour assurer son retour à Yarkand, expliqua Hoffner, mais je suis tombé gravement malade. Une crise cardiaque. Elle m'a soigné pendant six mois, m'a ramené à la santé. Depuis lors, la question de son départ ne s'est tout bonnement plus posée.

— Tout ce que vous me dites fait un sujet d'article fort intéressant, déclara Chavasse. Vous êtes donc d'avis, dans l'ensemble, que vous menez une existence satisfaisante ?

— J'ai mes livres, mon piano, la clinique.

— Le piano m'intéresse tout spécialement, dit Chavasse. C'est un objet assez inhabituel, dans une région aussi isolée. On m'a dit que vous en jouiez remarquablement.

— Je n'irai pas jusque-là, protesta Hoffner, mais je souffrirais énormément si je devais jamais me passer de musique. J'ai fait venir ce piano de l'Inde, par caravane, avant la guerre. Le son est encore très bon.

Il s'approcha de l'instrument, souleva le couvercle et s'assit. Il frappa quelques accords, ébaucha un passage d'une polonaise de Chopin.

— Y a-t-il quelque chose que vous ayez particulièrement envie d'entendre ?

Chavasse était resté debout près du feu ; il allumait une autre cigarette et prenait tout son temps. Il dit négligemment, en anglais :

— Oh, je ne sais pas. Pourquoi pas une musique qui convienne à un soir de mai à Cambridge ?

Toutes les rides parurent s'effacer du visage du vieillard et, pendant un moment, le silence fut tel que Chavasse entendit murmurer le vent contre les volets de bois, à l'extérieur des fenêtres.

— Je savais qu'il y avait en vous quelque chose de bizarre, dit calmement Hoffner, en anglais lui aussi. Je l'ai su du moment où vous êtes entré dans cette pièce.

— Vous avez envoyé une lettre à un vieil ami, il y a quelque temps, dit Chavasse. Vous pouvez me considérer en quelque sorte comme sa réponse.

— Ainsi, Joro a pu sortir ?

Chavasse fit un signe affirmatif.

— Il est maintenant en bas, à la cuisine. C'est lui, le Tibétain qui est censé m'avoir sauvé des bandits. Vous pourrez le voir plus tard.

— Vous parliez de musique pour un soir de mai à Cambridge ? dit Hoffner.

Chavasse hocha la tête.

— Un jour, il y a longtemps, vous avez perdu un pari que vous aviez fait avec Edwin Craig, et lui et la jeune fille qui vous l'avait préféré étaient assis dans un tranquille jardin, par un soir de mai, tandis que vous jouiez pour eux à l'intérieur.

Hoffner soupira.

— Il me semble parfois que cela se passait il y a mille ans et pourtant, je sens encore le parfum des lilas humides de pluie. Je me rappelle même ce que je jouais.

Il frappa les premiers accords du *Clair de Lune* et Chavasse secoua la tête.

— Je ne crois pas, docteur. C'était la *Sonate au Clair de Lune*.

Hoffner le dévisagea d'un regard pénétrant pendant un long moment. Puis un lent sourire s'épanouit sur son visage. Il se leva, prit Chavasse par la main.

— Mon cher garçon, je me demande s'il vous est possible d'imaginer à quel point je suis heureux de vous voir !

Ils revinrent vers le feu et s'assirent. Hoffner approcha son fauteuil et ils se penchèrent l'un vers l'autre.

— Dites-moi, comment va mon vieil ami Edwin Craig ?

— Il est en excellente santé et fort impatient de vous revoir. C'est la raison qui m'amène ici.

— De me revoir ? fit Hoffner, tandis qu'une expression d'incrédulité se faisait jour sur son visage. Mais jamais les Chinois ne m'autoriseraient à partir.

— Ne vous inquiétez pas de ça pour l'instant, dit Chavasse. Si c'était faisable, seriez-vous disposé à essayer ? D'après notre conversation de tout à l'heure, j'avais plus ou moins l'impression que vous approuviez ce qui se passe ici.

Hoffner eut un rire étouffé.

— Que diantre vouliez-vous que je dise à un correspondant de la *Pravda* ? Oh, le colonel Li m'a témoigné personnellement beaucoup de gentillesse, je ne puis le nier, et il a réellement fait tout son possible pour que je sois assuré de recevoir tout ce dont j'ai besoin pour la clinique.

— Je dois dire qu'il paraît remarquablement philanthrope, pour un communiste à tous crins, fit Chavasse.

Hoffner eut un doux sourire.

— C'est fort simple. J'ai réussi à établir, au cours des années, un certain niveau de vie dans cette région et les gens ont fini par m'accorder leur confiance. Le fait que ma clinique n'ait pas été fermée suppose non seulement que j'approuve les communistes mais encore que je suis disposé à collaborer avec eux.

— Et la seule façon de le démentir consisterait à refuser de travailler à la clinique, ce qui signifierait la suppression de tout centre médical pour les Tibétains, dit Chavasse. Il est certain que le colonel Li sait se débrouiller pour placer les gens dans une impasse. Ce qui me ramène à ma question. Si j'avais la possibilité de vous faire sortir d'ici, seriez-vous disposé à partir ?

Hoffner vida dans l'âtre la cendre de sa pipe et se mit à la remplir en puisant dans une vieille blague de cuir. Il fronçait légèrement les sourcils.

Au bout d'un moment, il déclara :

— Jeune homme, j'ai 74 ans. De plus, je suis en assez mauvaise santé, ce qui n'augure rien de bon pour l'avenir. Il se peut que je n'approuve pas le régime communiste tel qu'il est mis en pratique dans ce pays. Du moins me permet-on de continuer à donner mes soins à des gens assez arriérés qui, sans cela, devraient s'en passer. Il me paraît que mon devoir consiste à rester ici pour les en faire bénéficier pendant les quelques années qui me restent à vivre.

— Et si je vous disais que vous êtes plus nécessaire ailleurs ? Beaucoup plus nécessaire ?

— Je crois qu'il serait bon que vous me donniez quelques explications, dit Hoffner, qui poursuivit avec un brusque sourire : Il serait bon aussi que je connaisse votre nom.

Chavasse haussa les épaules.

— Mon nom ne vous dira rien. Je m'appelle Chavasse, Paul Chavasse.

Il alluma une cigarette et se pencha en avant.

— Il y a bon nombre d'années, pour votre doctorat en mathématiques, vous avez présenté une thèse dans laquelle vous prouviez que l'énergie est de l'espace fixé sous une certaine forme.

Hoffner plissa le front.

— Mais comment savez-vous cela ?

— Vous y faisiez allusion dans votre lettre à Craig. Vous disiez aussi que vous étiez maintenant parvenu plus loin encore. Vous aviez fait la preuve que l'espace lui-même pouvait être transformé en un champ énergétique.

— Mais je ne comprends pas, dit Hoffner, surpris. Pourquoi Edwin Craig témoigne-t-il d'un tel intérêt pour ce qui n'est, au mieux, qu'une conception mathématique nouvelle et intéressante ? Tout cela est entièrement théorique, je vous assure.

— Ça l'était, jusqu'au moment où les Russes ont envoyé dans l'espace un nommé Gagarine, pour tourner sur orbite autour de la Terre. Et un autre ensuite, pour prouver que ce n'était pas un simple coup de veine.

Hoffner, à ce moment, approchait du fourneau de sa pipe la bougie d'un chandelier. Il s'interrompit et une lueur brilla dans ses yeux.

— Il serait stupide de ma part d'imaginer que vous plaisantez ?

Chavasse hocha la tête.

— Les Américains ont déjà suivi leur exemple. Ils ont un peu de retard mais ils le rattrapent vite. Je ne saurais dire qui arrivera le premier sur la lune. Mais il y a une chose dont je suis sûr. Ce ne seront pas les Chinois. Ils ne sont même pas dans la course.

— Ce qui explique pourquoi, ici, à Changu, on nous a laissés dans l'ignorance.

Hoffner sauta sur ses pieds et, avec agitation, se mit à faire les cent pas.

— Pour une fois dans ma vie, je suis vraiment en colère. Non seulement en tant que savant, mais en tant qu'être humain. Penser que, tandis qu'ici, les jours se suivaient, tous semblables, l'homme, dans le reste du monde, faisait déjà les premiers pas vers la plus grande aventure qu'on ait jamais connue…

Il revint à son fauteuil et se rassit. Son visage s'était animé, empourpré, une étincelle dansait dans son regard.

— Dites-moi tout, demanda-t-il avec ardeur. Tout ce que vous savez. Par exemple, quelle sorte de propulsion utilisent-ils ?

— À la fois des carburants liquides et solides. Des fusées à plusieurs étages, naturellement.

Hoffner secoua la tête.

— Mais tout cela est primitif, mon cher ami. Amener un satellite jusqu'aux limites de l'espace, c'est une chose, mais aller jusqu'à la lune ou au-delà…

— C'est ici que vous intervenez, expliqua Chavasse. Depuis

des années, les Russes travaillent sur une fusée à poussée ionique, utilisant comme force motrice l'énergie émise par les étoiles. Ils ont des années d'avance sur l'Occident. S'ils conservent cette avance, cela peut signifier éventuellement la domination du monde par les communistes.

— Et Craig a l'impression que ma nouvelle théorie peut leur enlever cette supériorité ?

Chavasse acquiesça.

— Je n'ai rien d'un savant mais il semble croire que, grâce à votre découverte, nous pourrions produire l'énergie nécessaire à nos fusées à partir de l'espace lui-même. Est-ce vrai ?

Hoffner hocha gravement la tête.

Après un instant de silence, Chavasse reprit, d'un ton calme :

— Vous voyez à présent pourquoi il est indispensable que vous reveniez.

Avec un profond soupir, Hoffner tapa sa pipe pour la vider.

— Oui, c'est vrai.

Un moment encore, son regard s'attarda sur le feu. Puis il leva les yeux et sourit.

— Je ne vois pas comment diantre vous envisagez d'y parvenir, jeune homme, mais quand partons-nous ?

Brusquement, il fronça les sourcils.

— Et Katya ? Je ne puis la laisser ici.

— Pensez-vous vraiment qu'elle vous suivrait ?

Hoffner fit un signe affirmatif.

— Elle n'a rien d'un animal politique et elle ne possède ni famille, ni attaches d'aucune sorte.

Chavasse soupira.

— Ça pourrait compliquer les choses. Laissez-moi réfléchir mais, pour l'amour du ciel, ne lui dites rien. On ne peut lui soutirer par la force ce qu'elle ignore. Inutile de précipiter le mouvement. Nous disposons de cinq jours pleins. Le seul problème véritable, c'est de trouver le joint pour vous faire sortir de Changu.

Depuis quelques instants, il avait plus ou moins conscience d'un léger courant d'air sur sa joue droite. Il se retourna pour découvrir Katya qui venait de franchir le seuil, tenant un plateau sur lequel était posé un verre de lait chaud.

Il se demanda depuis quand elle était là et, plus encore, ce qu'elle avait pu entendre. Mais elle demeurait impassible. Elle s'avança, tendit à Hoffner le verre de lait et dit calmement en russe :

— Il est l'heure d'aller vous coucher, docteur.

Hoffner soupira, but une gorgée de lait et fit la grimace.

— Vous voyez, mon cher ami, dit-il à Chavasse. Je suis pareil à un écolier : j'obéis.

— Je suis persuadé que la camarade Stranoff sait ce qui est bon pour vous.

Elle eut un énigmatique sourire.

— Certainement, camarade Kurbsky. En toute chose.

Dans ses yeux passa momentanément un étrange regard. Ce fut rapide, mais il savait ce qu'il voulait savoir, quand elle se dirigea vers la porte et sortit.

8

LA MORT DONNE SES RENDEZ-VOUS

Dans la chambre, il faisait une agréable tiédeur et l'on avait manifestement remis du bois au feu depuis peu de temps. Chavasse posa la lampe à huile sur la table de chevet, ouvrit les persiennes et sortit sur le balcon couvert qui faisait toute la longueur de la maison et donnait sur le jardin.

Il ne pleuvait pas, mais le vent était chargé d'humidité. Il respira profondément la fraîcheur de la terre humide. Puis la fatigue eut raison de lui ; il rentra et ferma les persiennes.

Il commençait à se déshabiller quand on frappa doucement à la porte. Hoffner entra, un vieux peignoir de bain sur le bras. Souriant, il le laissa tomber au pied du lit.

— J'ai pensé que vous pourriez en avoir besoin.

Quelque chose, dans sa voix, une nuance de contrainte, fit froncer les sourcils à Chavasse.

— Qu'est-ce qui ne va pas ? questionna-t-il.

Hoffner s'assit sur le lit avec un soupir.

— J'ai bien peur que Katya ne soit au courant.

Chavasse alluma une cigarette avec calme.

— Vous feriez mieux de tout me raconter.

— C'est très simple. Elle a entendu plus que nous ne le pensions, de la fin de notre conversation. Pour commencer, elle parle très bien l'anglais et n'a rien d'une sotte. Elle sort de ma chambre. Elle voulait savoir ce qui se passait exactement et qui vous étiez réellement.

— Que lui avez-vous dit ?

— Que j'étais un vieil homme très las qui voulait rentrer et mourir dans son pays, et que des amis à moi vous avaient envoyé pour m'aider.

— Rien d'autre ?

— Ça ne paraissait pas utile pour l'instant.

— Vous avez eu raison. Après tout, elle est tout de même russe. Se rendre utile est une chose. Mais vous aider, se faire votre complice, dans une entreprise dont le succès ne peut, en définitive, que nuire à son propre pays, cela, psychologiquement, la place devant un choix très difficile. De toute façon, comme je vous l'ai déjà dit, moins elle en saura, moins on pourra la contraindre à en dire.

— À vous de juger.

Hoffner se remit sur pied.

— Vous devriez lui dire un mot demain matin. Pour l'instant, elle est intimement convaincue que je vais courir au suicide. Que mon cœur ne supportera pas le voyage.

— Je m'en occuperai. Allez dormir et ne vous en faites pas. Tout ira bien, je vous le promets.

La porte se referma doucement derrière le vieillard. Chavasse demeura immobile un moment, songeur ; puis la fatigue, de nouveau, eut raison de lui et chassa de son esprit toute autre préoccupation.

Il eut à peine la force de se débarrasser de ses vêtements et de grimper dans son lit. Il éteignit la lampe, et, pendant quelques minutes, les yeux fixés sur les ombres du plafond, laissa se détendre chacun de ses muscles. Puis il s'endormit.

Il n'eut pas conscience de s'éveiller mais seulement du fait qu'il était couché et que le feu était presque éteint. Il souleva le poignet et le cadran lumineux de sa montre brilla dans l'obscurité. Il était un peu plus de 2 heures ; il n'y avait donc guère que quatre heures qu'il dormait ; pourtant, la fatigue s'était enfuie.

Au loin, le tonnerre gronda, menaçant ; puis un éclair déchira le ciel et, dans la fugitive illumination, il vit distinctement chaque détail de la chambre.

Il sortit du lit, saisit le peignoir de bain que lui avait prêté

Hoffner et, pieds nus, alla jusqu'à la fenêtre. Comme il ouvrait les persiennes et passait sur le balcon, la pluie se mit à tomber avec une brusque violence et l'air en fut rempli.

Une voix tranquille dit en anglais :

— L'air nocturne est dangereux, à cette altitude, Mr Chavasse.

Il se retourna lentement, tous les sens en alerte. Katya Stranoff était debout à quelques pas de lui, près de la balustrade, et, à la lumière soudaine d'un nouvel éclair, son visage parut jaillir de la nuit.

Elle était belle : ce fut pour lui une révélation qui le frappa brusquement et l'emplit d'émerveillement. Dès l'abord, il avait su clairement qu'elle était séduisante, attirante mais, dans la fugitive illumination de l'éclair, il avait découvert quelque chose de plus.

Elle avait dans toute sa personne un air d'innocence désespérément aux prises avec les dures réalités du monde qui lui rappela douloureusement une autre fille, en d'autres temps, en d'autres lieux.

— Vous ne pouvez pas dormir ? demanda-t-il.

Elle secoua la tête.

— On pourrait dire que j'ai trop de soucis en tête.

— Alors, rentrons et parlons-en. Le feu est presque éteint, dans ma chambre, mais il fait encore bon.

Elle passa devant lui sans un mot ; il la suivit et referma les persiennes. En se retournant, il vit qu'elle avait ranimé le feu et qu'elle y avait remis une ou deux bûches.

Assise sur le tapis de peau de mouton, elle tendit ses mains à la flamme. Il tira une chaise près du feu.

— J'ai vu Hoffner sortir de votre chambre, tout à l'heure, dit-elle sans le regarder. Je suppose qu'il vous a parlé de notre conversation ?

— Vous voulez parler de votre petit numéro d'indiscrétion, pendant que nous bavardions, après dîner ?

Elle se retourna vivement, une étincelle s'alluma dans ses yeux.

— Je n'en ai pas honte. C'est un vieillard. Si je ne me fais pas de souci pour lui, personne ne s'en fera.

Sa voix avait une certaine dureté, l'indication d'une énergie plus grande qu'il ne l'eût imaginé ; il sourit largement et leva une main comme pour faire mine de se défendre.

— Hé, je suis de votre côté.

— Je vous demande pardon, dit-elle, aussitôt repentante. Mais Hoffner a été un père, pour moi.

— Nous sommes d'accord sur ce point, déjà.

— Le sommes-nous vraiment ? demanda-t-elle. Pensez-vous honnêtement qu'un vieillard de 74 ans, qui a le cœur malade, ait la moindre chance d'accomplir ce voyage, survivre à une randonnée à cheval à cette altitude, à travers l'une des régions les plus sauvages du globe ?

— Ce ne sera peut-être pas nécessaire.

Aussitôt, elle fronça les sourcils.

— Je crains de ne pas comprendre.

Il se pencha vers elle en souriant.

— Détendez-vous. Tout ira parfaitement bien, je vous le promets.

Elle secoua la tête avec exaspération.

— Vous avez une telle manière de simplifier les choses… tout à fait comme mon père. Quand il disait quelque chose, ça devait se réaliser.

— Ce n'est pas une mauvaise façon de vivre.

— Croyez-vous ? soupira-t-elle. Il disait que nous irions à Lhassa avec une caravane. Que ce serait facile, que nous ferions le voyage de notre vie. Il n'avait pas prévu, dans ses projets, qu'il mourrait en route de la typhoïde.

— Comment l'eût-il fait ? demanda doucement Chavasse. La mort a la fâcheuse habitude de donner elle-même ses rendez-vous.

Dans le bref silence qui suivit, il sortit ses cigarettes et lui en offrit une. Elle l'accepta sans rien dire et il la lui alluma. Au bout d'un moment, elle reprit :

— Le vrai Kurbsky… C'est vous qui l'avez tué ?

Il fit un signe de dénégation.

— Il est exact qu'avec son escorte, il a été attaqué par des partisans. De toute évidence, ils aimaient aussi peu les Russes que les Chinois.

— Je vois, dit-elle. Et vous avez tout bonnement pris son identité ? Ces partisans… ils étaient de vos amis ?

— Façon de parler. Si vous voulez dire que j'aurais peut-être pu sauver la vie de Kurbsky, je crains bien que non.

— Et le Tibétain qui est arrivé ici avec vous ? Joro, vous l'appelez, je crois. Aurait-il pu faire quelque chose ?

— Il est clair que vous n'avez pas les fréquentations qu'il faut.

Pour ces gens-là, c'est la guerre. Ils se battent contre un envahisseur brutal.

— Je vous en prie, dit-elle, je ne suis plus une enfant. Je sais que les Chinois ont commis ici des crimes affreux. Mais tout ce sang répandu…

Elle frissonna.

— Cela m'apparaît comme un si effrayant gâchis de vie humaine.

— C'est peut-être vrai, mais souvenez-vous de ce qu'a dit un jour Lénine. Le but du terrorisme, c'est de terroriser. C'est la seule ressource qui reste à un petit peuple pour lutter contre un empire.

— Mon père disait toujours qu'aucun homme ne peut être Dieu. Lénine moins que tout autre.

— J'ai l'impression que c'était un homme selon mon cœur, dit Chavasse. Parlez-moi de lui.

Elle haussa les épaules.

— Il semble qu'il y ait si peu à en dire, maintenant. Voyez-vous, c'était un érudit, qui ne s'intéressait ni à la politique ni au gouvernement. Nous avions tendance à vivre très repliés sur nous-mêmes.

— Et votre mère ?

— Morte à ma naissance. J'ai fait mes premières années d'école à Moscou, chez une tante de mon père. Quand j'ai été un peu plus vieille, il a pu m'emmener avec lui dans ses déplacements. Pendant les trois dernières années de sa vie, nous habitions Pékin.

— Pourquoi avait-il tellement envie de visiter Lhassa ?

Elle secoua la tête.

— À vrai dire, je n'en sais rien. C'était un rêve qu'il nourrissait depuis très longtemps, je crois. Ça lui paraissait la chose à faire avant de regagner la Russie.

— N'avez-vous jamais envie, vous-même, de retourner là-bas ?

— Non, pas vraiment. Oh, bien sûr, les théâtres me manquent, et les livres, mais rien d'autre. Ma tante est morte il y a trois ans et je n'ai personne d'autre.

— Sauf Hoffner, dit doucement Chavasse.

Elle se retourna, le visage illuminé.

— C'est vrai. Sauf Hoffner. Il a pris une grande importance dans ma vie.

— Le sentiment semble réciproque, en ce qui le concerne. Vous a-t-il dit qu'il aimerait vous voir partir avec nous ?

Elle fit un signe affirmatif.

— Je partirais volontiers avec lui, je tiens à ce que vous le sachiez. Mais toute cette affaire me paraît tellement impossible !

Il secoua la tête.

— Croyez-moi, il n'en est rien. J'irai presque jusqu'à dire qu'elle va être étonnamment simple. Mais inutile de vous tracasser de tout ça pour l'instant. Nous avons plusieurs jours à tuer avant de pouvoir faire quoi que ce soit.

Elle se leva.

— Il faudra donc attendre avec toute la patience dont nous serons capables, je suppose, jusqu'à ce que vous jugiez bon de nous faire partager vos secrets.

Elle parlait d'une voix légèrement irritée et il se leva à son tour en souriant.

— Ne prenez pas la chose ainsi. C'est à vous et au docteur que je pense, voilà tout ; ce que vous ignorez ne peut vous faire du tort.

Il lui mit les mains aux épaules.

— Le seul véritable problème va consister à trouver comment passer le temps. Que faites-vous pour vous distraire, par ici ?

— Pas grand-chose, j'en ai peur. Quand le temps le permet, je sors à cheval, hors les murs.

— Eh bien, voilà qui me convient parfaitement.

Elle se détendit brusquement et lui sourit.

— Peut-être aimeriez-vous m'accompagner ? Êtes-vous bon cavalier ?

— Pas mauvais. C'est un autre de mes talents.

— Et vous en avez beaucoup, n'est-ce pas, Mr Chavasse ? Il me vient à l'esprit qu'un homme ordinaire ne saurait parler le chinois aussi parfaitement et le russe comme un indigène.

— Et vous-même ? riposta-t-il. Votre anglais n'est pas mauvais.

— J'ai commencé à l'apprendre à ma première école de Moscou ; j'avais 6 ans. En Russie, de nos jours, c'est la seconde langue courante.

Elle secoua la tête.

— Non, il y a autre chose, en vous. Quelque chose de particulier.

C'est alors qu'une idée lui vint, qui lui élargit les yeux. Elle fit un pas vers lui et, d'une main, s'accrocha au revers de son peignoir.

— Il y a bien autre chose, n'est-ce pas ? Qui concerne le docteur ?

Il eut la seule réaction possible. Il lui entoura la taille de ses bras et l'embrassa.

Son corps tout entier parut s'animer et elle se mit à trembler. Un moment, il l'étreignit puis, doucement, elle le repoussa.

Quand elle leva les yeux, son regard était sombre et inquiet, son visage empourpré.

— Je crois que je ferais mieux de partir.

Sans rien trouver à lui dire, il ouvrit les persiennes et elle passa devant lui. Dehors, il pleuvait toujours. Elle se retourna, le dévisagea un instant et, soudain, leva une main et lui en effleura le visage. Puis elle disparut.

Il resta là encore un moment, la peau parcourue de frissons sous le petit vent qui caressait son torse nu. Puis il referma les persiennes et se remit au lit.

9

D'ABORD SURVIVRE

La journée était aussi enivrante qu'un vin nouveau et le ciel bleu plongeait vers l'horizon quand ils franchirent la porte principale de Changu, un peu après midi, le lendemain.

Ils montaient de nerveux petits chevaux tibétains, et Katya poussa sa monture au galop et prit les devants. Elle portait un pantalon d'équitation et de souples bottes russes ; sa toque et son col étaient d'astrakan noir.

Chavasse avait les bottes tibétaines et la *shuba* qu'il portait lors de son arrivée. Il galopa à sa suite. En longeant le campement des bergers, ils dispersèrent un troupeau de yaks qui passaient et remontèrent le versant de la vallée.

Les steppes étaient d'un jaune safran, doré sous le soleil. Chavasse immobilisa son cheval près d'une mare d'eau sombre, au pied de hauts rochers où le vent murmurait dans l'herbe sèche. Un oiseau cria en prenant son essor et Chavasse sentit s'abattre sur lui une tristesse étrange, inexplicable.

Il frissonna sans raison valable. Katya, alors, l'appela, du haut d'une colline lointaine, d'une voix que portait le vent; il éperonna sa monture et galopa vers elle.

Une brume légère baignait le paysage, estompait les distances, et le vent avait la tiédeur d'une caresse. Il s'arrêta au sommet de la colline; à ses pieds, dans une gorge profonde, coulait une rivière. Katya se dressait au bord des falaises.

Il descendit la pente au petit galop, mit pied à terre et, d'une claque sur la croupe, envoya son cheval rejoindre celui de la jeune fille.

Elle vint à sa rencontre dans l'herbe sèche; elle avait le soleil dans le dos et il la voyait comme une image aux contours brouillés. Elle semblait éthérée, irréelle. Quand elle parla, le charme fut aussitôt rompu.

— Asseyons-nous, Paul.

Ils se laissèrent tomber sur l'herbe courte et, au bout d'un moment, il ferma les yeux et se détendit. C'était si bon, si merveilleusement bon, d'être allongé au soleil, près de quelqu'un qui vous plaisait.

Quelque chose lui chatouilla les narines; il ouvrit les yeux et surprit Katya à lui caresser doucement le visage avec un brin d'herbe.

— Savez-vous qu'il y a des années que je n'ai fait ce genre de chose, dit-il.

— Vous devriez. Après tout, la vie est faite pour être vécue.

— Sur ce point, vous avez raison. Le malheur, c'est qu'il semble que je n'aie jamais le temps. Vice de conformation, je suppose.

Elle eut un petit rire.

— Je n'en crois rien. Étiez-vous ainsi, étant petit?

Il plissa le front, ferma à demi les paupières, pour tenter de sonder l'infinie profondeur du ciel.

— Je ne me souviens pas très bien. Mon père était français, ma mère anglaise. Il a été tué en combattant avec son régiment, à Arras, en 1940. Ma mère et moi avons été évacués par Dunkerque.

— Vous devez l'aimer beaucoup, votre mère.

Il lui jeta un regard étonné.

— Comment le savez-vous?

— Votre voix, dit-elle en haussant les épaules. On peut toujours se rendre compte. Qu'est-il arrivé, quand vous avez été en Angleterre ?

Il se surprit à se livrer comme il ne l'avait jamais fait avec quiconque depuis des années. Il remontait par la pensée le cours du temps, et des événements à demi oubliés se ravivaient soudain.

Quand il en fut à ses deux années de conférencier à l'université de Manningham, près d'une heure s'était écoulée.

Il se tut et elle le regarda en fronçant les sourcils.

— Mais je ne comprends pas. Vous possédiez tout ce que vous aviez jamais souhaité, en même temps que la perspective d'un brillant avenir académique et pourtant, vous avez jeté tout cela aux orties.

— Ce sont mes idées sur l'existence qui ont changé, voilà tout. Une année, pendant les vacances, j'ai aidé un ami à faire sortir de Tchécoslovaquie un de ses parents. Je me suis aperçu que cette expérience m'avait plu.

Elle soupira et secoua la tête d'un air découragé, comme s'il était un petit garçon capable de faire des sottises.

— Et vous avez décidé de vous consacrer dorénavant à ce genre d'aventures ?

— Oh, maintenant, j'y suis expert. On a même fait appel à moi, l'an dernier, pour aider le Dalaï Lama à gagner l'Inde.

— Et que pense de tout ça votre mère ?

Chavasse sourit.

— Elle s'imagine que je suis une espèce de fonctionnaire, ce qui est vrai, en un sens.

Katya gardait son air perplexe.

— Et, honnêtement, ce genre de vie vous plaît ?

— Oh, la plupart du temps, ce n'est pas si terrible. Ça vous déplaît ?

— Que cela me plaise ou me déplaise n'est pas la question. Ça n'a rien à voir avec la politique, le gouvernement ni quoi que ce soit de semblable. Simplement, je trouve dommage de gâcher de si belles qualités intellectuelles.

Il ferma les yeux ; il se rappelait qu'une autre, un jour, avait dit la même chose. La voix de Katya continuait ; puis elle se mit à s'élever et retomber ; ce fut ensuite le bruit de la rivière au fond de la gorge ; et enfin, le doux murmure de l'eau sur les cailloux.

Il s'éveilla brusquement. Au-dessus de lui, dans le ciel, des nuages déferlaient et tourbillonnaient, annonçant un changement de temps. Katya était partie. Il se releva maladroitement et regarda autour de lui.

Il ne la vit nulle part et, saisi d'une sorte de panique, il se précipita vers le bord de la falaise. Elle était debout sur un rocher, au bord de l'eau, et jetait distraitement des galets dans la rivière. En entendant ses bottes crisser sur les cailloux, elle se retourna.

— Vous m'avez abandonné, dit-il. En m'éveillant, je me suis aperçu que vous aviez disparu, comme la princesse tartare enchantée, dans le conte de fée.

Elle sauta à bas du rocher et trébucha ; il s'avança vivement et la saisit dans ses bras.

— Vous ne vous êtes pas fait mal ?

— Oh, Paul, je voudrais que ce soit un conte de fée, dit-elle. Je voudrais que ce jour soit un jour enchanté, immobilisé dans le temps, et que vous et moi, nous soyons ensemble à jamais.

Sa voix avait une profondeur, une violence qui lui serra brusquement la gorge. Un moment, il plongea son regard dans ses yeux, avant de l'embrasser tendrement. Pendant un bref instant, elle fondit contre lui ; puis elle s'écarta brutalement et, trébuchant sur les cailloux, regagna le sentier.

Quand il atteignit le haut de la falaise, elle était déjà en selle et s'éloignait au galop ; Chavasse perdit quelques minutes à rattraper son cheval.

Au moment où il passait la crête de la colline, des nuages masquèrent le soleil et une vaste zone d'ombre vint assombrir la terre.

Il vit Katya se diriger vers cette ombre et il lança sa monture au galop : pour quelque incompréhensible motif, il ressentait le besoin désespéré de la rejoindre avant qu'elle n'eût atteint la zone d'ombre.

Il se trouvait encore à 30 ou 40 mètres en arrière quand elle en fut enveloppée, et il retint son cheval. L'ombre passa sur lui, à son tour, et la peur lui effleura le cœur de ses doigts de glace.

Un instant, il resta là, écoutant le bruit des sabots du cheval de Katya s'éteindre au loin. Quand elle disparut, derrière un pli de terrain, il remit son cheval au pas et la suivit.

À la porte de la maison, Joro l'attendait, le visage grave. Chavasse mit pied à terre, lui tendit les rênes et le Tibétain dit :

— Le capitaine Tsen est venu poser des questions.

— À propos de quoi ? demanda Chavasse.

— Il établit un rapport pour Lhassa. Il m'a interrogé pendant une demi-heure. Je lui ai dit que nous campions près de Rudok quand ils nous avaient attaqués. J'ai dit qu'ils avaient jeté les corps des deux gardes dans un trou.

— Ça me paraît tout à fait plausible. Où est-il, à présent ?

— Dans la maison. Il allait partir quand la Stranoff est rentrée. Qu'est-ce qui s'est passé ?

— Nous avons décidé de faire la course, sur le chemin du retour, mais mon cheval était à bout de souffle.

Il prit son temps pour allumer une cigarette et dit rapidement :

— Tout va très bien, jusqu'à présent. Le docteur est disposé à nous suivre, la femme aussi.

Joro fronça les sourcils.

— Êtes-vous sûr qu'on puisse se fier à elle ?

À ce moment, la porte de la maison s'ouvrit et Katya parut en haut du perron avec le capitaine Tsen.

— L'instant me paraît aussi bien choisi qu'un autre, pour s'en rendre compte, dit Chavasse.

Et il traversa la cour à leur rencontre.

Katya semblait très calme, parfaitement détendue, et le capitaine Tsen sourit poliment.

— J'espère que la promenade vous a plu, camarade.

— En aussi charmante compagnie, comment pourrait-il en être autrement ? fit Chavasse, en s'inclinant légèrement devant Katya. Je regrette d'avoir été éliminé dès le début de la course. Mon cheval, je le crains, n'était pas à la hauteur.

— Il faudra que nous voyions à vous en trouver un meilleur, la prochaine fois, dit-elle. Je crois que le capitaine Tsen aimerait vous dire un mot.

Tsen leva la main.

— Rien ne presse, vraiment. Je souhaite simplement entendre votre propre version de cette malencontreuse aventure, camarade. Pour mon rapport à Lhassa, vous comprenez. Il se trouve que le bon docteur m'a invité à dîner ce soir. Peut-être, alors, pourrons-nous avoir cet entretien ?

— Avec plaisir, dit Chavasse.

Le Chinois sourit.

— À ce soir, donc.

Il salua Katya en claquant les talons à la prussienne, et s'éloigna à travers la cour.

— Je vous prie de m'excuser, dit Katya. Je dois voir la cuisinière pour le repas de ce soir.

Elle parlait d'un ton cérémonieux, presque froid. Avant que Chavasse pût répondre, elle avait fait volte-face et disparaissait dans la maison. Il demeura sur place un instant, les sourcils légèrement froncés, avant de prendre le même chemin.

Il trouva Hoffner dans la bibliothèque, assis devant un feu ronflant ; un livre sur les genoux, il buvait du thé dans une tasse de délicate porcelaine. Le vieillard leva la tête.

— La promenade vous a-t-elle plu ?

Chavasse se chauffait les mains à la flamme.

— C'était assez agréable, mais le paysage est terriblement monotone, par ici.

— Oh, il a ses bons côtés, fit Hoffner. Je suppose que vous êtes au courant de la visite de Tsen ?

Chavasse acquiesça.

— Je l'ai rencontré au moment où il partait. Il avait déjà parlé avec Joro. Il m'a dit qu'il aurait un petit entretien avec moi, ce soir, après dîner.

— Katya m'a paru bien mélancolique, à son retour, dit le vieil homme d'un ton hésitant. Je suppose que vous lui avez parlé ?

Chavasse s'assit dans l'autre fauteuil, en face de lui, et se versa du thé.

— Toute cette affaire est loin de lui plaire, mais elle est prête à nous accompagner.

— Je présume que vous ne lui avez pas confié la véritable raison de mon départ ?

Chavasse secoua la tête.

— C'est inutile. Celle que vous lui avez donnée est parfaitement logique.

Il hésita avant de poursuivre :

— De fait, docteur, si jamais les choses tournent mal et que les Chinois vous interrogent, dites-leur exactement ce que vous avez dit à Katya.

On entendit, à ce moment, un véhicule freiner et s'arrêter dehors. Hoffner fronça les sourcils et posa sa tasse.

— Je me demande bien qui ça peut être.

Chavasse allait se lever quand la porte s'ouvrit. Katya entra précipitamment, pâle comme la mort.

— Le colonel Li ! dit-elle rapidement, en russe.

Chavasse remarqua l'extrême pâleur de son visage, les yeux noirs soudain cernés d'une ombre profonde. Tout en se sentant envahi d'un froid de glace, il parvint à lui adresser un sourire confiant et reprit sa tasse de thé.

— Quelle heureuse surprise, dit-il calmement.

Des pas rapides résonnèrent dans le vestibule et un homme s'arrêta sur le seuil. Il était presque aussi grand que Chavasse et portait un uniforme remarquablement coupé aux mesures de son corps mince ; un manteau kaki à col de fourrure était jeté sur ses épaules.

Dans sa main gantée, il tenait une cravache et, avec un sourire, il en effleura le bord de sa casquette.

— Mon cher docteur, quel plaisir de vous voir.

Il parlait chinois, d'une voix grave, agréable, et, de toute évidence, il avait dans les veines du sang européen. Ses yeux se relevaient légèrement vers les tempes, mais leur regard, dans le visage sain et bronzé, était à la fois aigu et bienveillant et, sous le nez droit, les lèvres étaient bien formées, pleines d'humour.

— Nous ne nous attendions pas à vous revoir avant la fin de la semaine, colonel, dit Hoffner d'un ton paisible.

— Comme diraient les Anglais, quelque chose est venu sur le tapis.

Li se tourna vers Katya et porta la main de la jeune fille à ses lèvres.

— Ma chère, vous êtes toujours aussi charmante.

Elle eut un sourire un peu las.

— Nous avons reçu un hôte inattendu, depuis votre dernière visite, colonel. Permettez-moi de vous présenter le camarade Kurbsky, correspondant étranger de la *Pravda*, qui est venu interviewer le docteur.

Le colonel se retourna vers Chavasse qui lui tendit la main.

— Très honoré, colonel.

Le colonel Li serra cette main tendue avec un sourire de bonne humeur.

— Mais j'ai déjà eu le plaisir de faire la connaissance du camarade Kurbsky, annonça-t-il.

Il y eut un moment de silence absolu, pendant lequel l'univers tout entier parut retenir son souffle.

— Je crains de ne pas comprendre, dit Chavasse avec prudence.

— Voyons, camarade, vous vous rappelez sûrement ?

Les lèvres de Li se relevaient aimablement.

— Il y a quatre nuits, à Rangong? Nous sommes descendus tous deux à l'auberge du village. Quel abominable trou, hein?

Chavasse fit vivement un pas en avant, lança dans les jambes de Li un coup de pied qui lui fit perdre l'équilibre et, d'un coup droit bien assené, l'expédia en arrière par-dessus le fauteuil de Hoffner.

En courant vers le vestibule, il sortait déjà son Mauser. Pas le temps, maintenant, de penser à Hoffner ou à Katya.

Au bas des marches du perron, une jeep stationnait et quatre soldats s'y adossaient nonchalamment et bavardaient entre eux. Ils levèrent des yeux inquiets et Chavasse fit demi-tour pour rentrer dans le vestibule.

Le colonel Li parut, un automatique à la main. Chavasse leva le Mauser, pressa la détente, mais rien ne se produisit. Il fit une nouvelle tentative, aussi vaine, jeta à la tête de Li l'arme inutile et bondit par-dessus la balustrade.

Il tomba mal, perdit l'équilibre et, quand il se releva, il ressentit dans la cheville une douleur fulgurante. Les dents serrées, il prit sa course vers la grand-porte.

Derrière lui, Li cria :

— Ne tirez pas!

Chavasse était à un mètre de la porte quand un croche-pied le fit dégringoler; d'instinct, il se couvrit le visage de ses mains et roula sur le sol. Un pied l'attrapa en plein flanc, un autre lui effleura le visage; puis il se retrouva de nouveau debout, le dos au mur.

Il eut le temps d'entrevoir rapidement le visage angoissé de Katya Stranoff, debout sur le seuil près de Hoffner. Et les quatre soldats l'encerclèrent.

L'un d'eux portait une longue matraque militaire; il s'élança pour en porter un coup à la tête de Chavasse. Celui-ci se baissa et, au moment où la matraque ébréchait le mur, derrière lui, il envoya un coup de pied dans le bas-ventre de l'homme. Celui-ci s'écroula.

Les trois autres soldats marquèrent une brève hésitation. Puis l'un d'eux tira sa baïonnette.

Le colonel Li traversait la cour au pas de course. Il cria :

— Non, je le veux vivant!

Chavasse se laissa tomber sur un genou, ramassa vivement la matraque et l'abattit sur le bras du soldat. L'os claqua comme une branche sèche et l'homme poussa un hurlement, tandis que la baïonnette glissait de ses doigts sans vie.

Chavasse se relevait quand les deux autres se précipitèrent sur lui. Le premier lui lança dans le côté un coup de pied qui le souleva et l'envoya contre le mur.

Chavasse attrapa l'homme par un pied, et tous deux tombèrent et roulèrent ensemble plusieurs fois. Au moment où Chavasse prenait le dessus, le colonel Li, qui arrivait précisément, s'empara de la matraque et, d'une main experte, lui en appliqua un coup sec sur la nuque.

10

SUR LA PLACE DE SELA

Chavasse, avançant péniblement tout au bout de la colonne, présentait un extraordinaire spectacle. Ses yeux s'étaient enfoncés tout au fond des orbites sombres, sa barbe était sale et emmêlée, son corps décharné était couvert d'une vieille *shuba* en peau de mouton infestée de vermine.

Ses poignets étaient étroitement liés devant lui, et l'autre bout de la longue corde passait sur le pommeau de la haute selle de bois de son garde.

Il commençait à se sentir las. La pluie, qu'un vent violent lui jetait à la figure, était glacée, et son estomac souffrait les affres de la faim. Il ralentit un peu le pas et, aussitôt, le garde tira brusquement sur la corde ; il trébucha et s'étala à plat ventre.

L'homme se mit à hurler en chinois. Chavasse se remit debout péniblement et repartit d'un pas chancelant.

— Ça va, salaud, cria-t-il en anglais. Ne t'emballe pas, bon Dieu !

En tête de la colonne de trente hommes, il voyait le colonel Li à cheval. Tous montaient les mêmes chevaux tibétains, maigres et nerveux, tous portaient des mitraillettes en bandoulière et, une fois de plus, il s'étonna du curieux mélange d'ancien et de moderne, si caractéristique des Chinois.

En dépit de l'étendue de la région qu'il supervisait, le colonel

Li n'avait à sa disposition que deux jeeps et un unique camion et, quand il effectuait ses rondes dans les villages du haut plateau où la sécurité laissait à désirer et où il avait besoin d'une forte escorte, il était contraint d'utiliser la cavalerie.

La pluie tombait de plus en plus violemment et Chavasse, dans un état lamentable, continuait à clopiner, tandis que le froid s'infiltrait jusque dans ses os.

Il se trouvait peut-être au point le plus bas de sa résistance et le fait qu'il se l'avouât à lui-même était extrêmement dangereux. Le colonel Li eût été bien surpris d'apprendre combien il était près de s'effondrer. Il leva ses mains liées pour s'essuyer le visage et reprit sa marche trébuchante.

Pendant près de trois semaines, on l'avait battu, humilié de toutes les façons possibles. Nuit après nuit, dans sa cellule, le timbre avait retenti, la lumière rouge avait brillé ; parfois, on venait le chercher, parfois non.

Tout cela faisait partie d'un plan. C'était de la bonne, de la solide psychologie. C'était Pavlov qui avait tout mis en branle, avec ses chiens et la cloche qui résonnait à l'heure des repas ; petit à petit, en modifiant l'ordre des facteurs, on pouvait produire une dépression nerveuse totale, jusqu'au moment où l'esprit d'un homme se retrouvait aussi entièrement brisé que son corps. Alors, et alors seulement, débutait le processus du retour à la vie. Quand c'était fini, le Parti disposait d'un nouveau zombie, loyal et efficace, pour grossir ses rangs.

Il se demanda comment Katya et le docteur Hoffner se tiraient d'affaire. Joro, aussi. Le colonel Li n'avait fait aucune allusion au Tibétain, depuis le jour de la capture de Chavasse. C'était rassurant, semblait-il.

La pluie lui martelait le visage. Il renonça à l'ignorer et fit retraite au plus profond, au plus secret de son être : c'était l'unique recours qui l'avait aidé à tenir depuis vingt-deux jours.

Un moment, il ressentit la nostalgie de sa cellule. Du moins était-elle sèche et l'on y mangeait de temps en temps. Mais il fut secoué d'un frisson en évoquant la nuit où l'on était venu huit fois le chercher et le jour où Li et le capitaine Tsen l'avaient, à eux deux, interrogé pendant vingt-quatre heures consécutives.

Il se demanda pourquoi Li avait décidé de l'emmener dans cette tournée d'inspection. Li, sa fausse bienveillance et son beau visage d'homme cultivé, qui dissimulait un cœur de démon.

De nouveau, il trébucha et tomba et, cette fois, aucune main impatiente ne tira sur la corde. En levant les yeux, il vit que la colonne avait fait halte à l'abri d'un affleurement de rochers qui surplombait une vallée ; au cœur de celle-ci se blottissait un petit village où la fumée des feux s'alourdissait sous la pluie.

Le garde décrocha la corde de la selle et Chavasse alla s'asseoir contre un rocher, heureux de ce bref répit, la tête appuyée sur les genoux.

Une pierre grinça devant lui et le colonel Li dit en anglais :

— Mais, mon cher Paul, vous paraissez bien mal en point. Puis-je quelque chose pour vous ?

Sa sollicitude semblait sincère. Chavasse leva les yeux et dit avec lassitude :

— Allez vous faire voir.

Le colonel Li rit gentiment, s'assit sur un rocher voisin et, dans une timbale de matière plastique, versa du thé chaud de son bidon.

— Tenez, buvez.

Après une courte hésitation, Chavasse s'empara de la timbale avant que Li pût changer d'avis, et en avala le contenu.

Le thé était bouillant et lui brûla le gosier. Il se pencha en avant, toussant, suffoquant, et Li lui tapa dans le dos.

Au bout d'un moment, Chavasse se redressa et lui tendit la timbale.

— J'aimerais savoir ce qui se cache derrière ce sourire, dit-il. Ce n'est pas pour ma santé que vous m'avez amené jusqu'ici, c'est bien évident.

— Pour le bien de votre âme, Paul, dit le colonel Li. Pour le bien de votre âme immortelle.

— Vue par les communistes, bien sûr.

Avec un léger sourire, Li inséra une cigarette dans son fume-cigarette de jade.

— Voyez-vous, depuis trois semaines, je me suis pris d'amitié pour vous, Paul. Je suis vraiment bien décidé à vous faire passer dans notre camp.

— Je vous verrai plutôt rôtir en enfer.

— Je ne le pense pas, fit Li en secouant la tête. Vous paraissez oublier que j'ai la fâcheuse habitude de toujours obtenir ce que je veux.

— Je n'avais pas remarqué.

— C'est pourtant vrai. Par exemple, la première fois que vous êtes venu me voir, vous refusiez de me dire qui vous étiez réellement. Je l'ai découvert moi-même assez vite dans les dossiers du Renseignement à Pékin. Je voulais savoir ensuite ce que vous étiez venu faire ici.

— Ça, il y a trois semaines que vous essayez de le découvrir, fit Chavasse. Et où en êtes-vous ?

Li eut un petit rire.

— Mais je l'ai su dès le début. Katya m'a dit le premier soir tout ce qui vous concernait. Vous espériez faire sortir du Tibet le docteur Hoffner.

Chavasse humecta ses lèvres sèches.

— Katya vous a dit cela ? répéta-t-il.

— Mais naturellement. Tout cela est bien simple, en vérité. Il était tout à fait clair à mes yeux que vous aviez une bonne raison de vous trouver chez le docteur Hoffner sous l'identité de Kurbsky. J'ai invité le bon docteur à me dire tout ce qu'il savait. En sa qualité d'humanitaire, il a naturellement refusé. Je lui ai signalé les conséquences regrettables que pourrait avoir son attitude sur nos relations futures. Aussitôt, Katya est intervenue et m'a raconté toute l'histoire.

— Ainsi, vous savez, maintenant, dit Chavasse. Je suis heureux qu'elle ait eu assez de bon sens pour vous le dire. Qu'avez-vous fait d'eux ?

— L'un et l'autre sont encore chez Hoffner. Je crains bien de devoir, un jour ou l'autre, les envoyer à Lhassa et, de là, à Pékin, mais seulement quand cette affaire sera réglée.

— Mais qu'y a-t-il d'autre à savoir ?

— Bien des choses, fit Li, avec un haussement d'épaules. Comment vous avez pénétré au Tibet. Qui vous a aidé à votre arrivée. Ce qu'il est advenu de Kurbsky et de son escorte.

— Il y a trois semaines que vous me posez sans cesse les mêmes questions et qu'est-ce que cela vous a apporté ? Vous ne renoncez donc jamais ?

— Non, mon cher Paul. Jamais.

La voix de Li était soudain glacée.

Chavasse lui rit au nez.

— Autant me descendre et en finir tout de suite.

— Oh, mais non, Paul. Ce n'est pas dans mes intentions. Avant que j'en aie fini avec vous, vous me direz ce que je veux savoir — la vérité. Toute la vérité. Et vous me la direz de votre plein gré. Après cela, vous irez à Pékin où, sans aucun doute, le Comité central trouvera en vous un auxiliaire de valeur.

— Tuez-moi, dit Chavasse. Vous nous épargnerez bien des déboires, à l'un et à l'autre.

Le colonel Li secoua la tête.

— Je vais vous aider, Paul. Je vais vous sauver malgré vous.

Il se leva vivement et s'éloigna. Un instant après, il enfourchait son cheval, en tête de la colonne. Chavasse attendit son garde. Au bout d'un moment, l'homme s'approcha, passa de nouveau le bout de la corde sur le pommeau de sa selle et la colonne s'ébranla pour descendre vers la vallée.

Ils approchaient d'un village. Des chiens accoururent au-devant d'eux, poussant des aboiements sonores dans l'air humide.

Quelques enfants déguenillés et faméliques rôdaient à distance respectueuse et marchaient à la hauteur de la colonne qui pénétrait dans le village.

Chavasse pensa qu'il avait rarement vu, au cours de son existence, spectacle plus misérable que les ruelles boueuses et les pitoyables masures groupées autour de la grande place. Il se traînait à l'arrière de la colonne, avec les chiens qui jappaient sur ses talons et les enfants qui trottaient à ses côtés en poussant des cris surexcités.

Au centre de la place se dressait une grande plate-forme de pierre et c'est là que les attendait le chef du village, entouré de quelques anciens. Le colonel Li arrêta son cheval auprès d'eux et attendit, pendant que ses hommes parcouraient au galop les misérables ruelles, faisaient sortir les habitants sous la pluie et les rassemblaient sur la place.

En moins de dix minutes, ils avaient terminé. Une foule d'environ cent cinquante personnes se groupait sur la place. Li fit un signe, et un soldat poussa Chavasse en avant et le fit monter sur la plate-forme.

À travers la pluie, il contemplait la mer mouvante des visages maussades, apathiques, les cavaliers rangés derrière, et se demandait ce qui allait bien pouvoir se passer.

Il ne tarda guère à le savoir. Le colonel Li leva une main pour demander le silence.

— Peuple de Sela ! cria-t-il. Bien des fois, dans le passé, je vous ai parlé des diables étrangers qui sont vos ennemis. Aujourd'hui, je vous en ai amené un, afin que vous le voyiez de vos yeux.

Il y eut un vague frémissement dans la foule, sans autre manifestation d'intérêt, et il poursuivit :

— Je pourrais vous conter bien des choses affreuses sur cet homme. Je pourrais vous dire qu'il a assassiné vos compatriotes, qu'il veut vous faire beaucoup de mal à tous, mais il s'est rendu coupable d'un crime plus diabolique que tous les autres.

Il se fit tout à coup un silence absolu. Ils écoutaient tous. Li dit lentement :

— Cet homme est l'un de ceux qui ont aidé à enlever le Dalaï Lama, qui ont emmené par la force le dieu vivant en Inde, où il est maintenant retenu captif contre sa volonté.

Quelqu'un, aux derniers rangs, poussa soudain un cri ; un autre suivit. En un instant, la foule entière se jetait en avant. Une pierre décrivit une parabole. Chavasse s'écarta pour l'éviter. Une autre l'atteignit au-dessus de l'œil droit.

Des ordures, des immondices de toutes sortes, arrachées à la fange de la place, lui étaient jetées à la figure ; en quelques instants il en était couvert.

Dès le début, le colonel Li avait détourné son cheval. Un peu à l'écart de la foule, il cria :

— Quel châtiment convient à un tel monstre ?

Un moment, la foule hésita ; puis quelqu'un hurla :

— Tuez-le ! Tuez-le !

Pris de panique, Chavasse lança son pied en avant en sentant une main chercher à le saisir par la cheville et des doigts agripper le bord de sa tunique déchirée. Quelqu'un s'empara de la corde, encore attachée à ses poignets, et tira dessus ; il tomba la tête la première au milieu de la foule.

Il se retrouva à plat ventre dans la boue, entouré d'une forêt de jambes, et la peur lui serra la gorge, l'étouffa. Soudain, la foule se dispersa devant le galop foudroyant des cavaliers.

Les villageois formèrent le cercle autour de lui et, péniblement, il se releva et leur fit face. Ils le regardaient en silence, les yeux pleins de haine. Le colonel Li poussa son cheval et dit :

— Non, la mort serait une solution trop facile, camarades. Nous devons l'aider à changer. À devenir comme nous. N'est-il pas vrai ?

De la foule monta un murmure morose. Il inclina la tête et les cavaliers emmenèrent les villageois.

Li se pencha vers Chavasse et sourit.

— Vous voyez, Paul : sans moi, ils vous tueraient. En fin de compte, je suis votre ami.

Et Chavasse, levant vers lui un regard furieux, la haine au cœur, ne trouva rien à répondre.

11

LE TRIBUNAL REND SON JUGEMENT

Étendu dans l'obscurité, suspendu dans une sorte de vide, Chavasse se trouva ramené par force à l'instant présent en entendant soudain retentir dans sa tête le timbre strident ; en même temps, la cellule était illuminée par des éclairs écarlates.

Il eut l'impression que la peau de son visage durcissait et que ses nerfs à vif subissaient une série de décharges électriques.

Il resta allongé, les yeux au plafond, et attendit qu'on vînt le chercher.

Il entendit le bruit des bottes sur les dalles du couloir, puis la clé qui grinçait dans la serrure. Le verrou fut tiré et un filet de lumière blanche, aveuglante, perça l'obscurité.

Lentement, très lentement, il amena ses pieds au sol et se leva. Seul, le petit sergent était là. Il recula d'un pas et lui fit signe de sortir.

Chavasse longea le corridor comme dans un filet de toiles d'araignées d'un gris miroitant. Il traînait légèrement les pieds. Il n'avait rien mangé depuis trois jours et, chaque fois qu'il posait un pied sur les dalles, il avait l'impression de se mouvoir au ralenti.

Il se sentait baigné d'un grand calme. Au bout du couloir, quand ils furent au pied de l'escalier, il se retourna pour sourire au sergent. Celui-ci le regarda curieusement avec, au fond des yeux, quelque chose qui ressemblait à de la peur.

« Mais pourquoi donc aurait-il peur de moi ? » se demanda Chavasse. Devant la porte bien connue, tandis qu'il attendait que le sergent la lui ouvrît, il sourit de nouveau.

Dans le bureau d'entrée, l'élégante jeune femme en uniforme, assise à sa table, s'affairait à des écritures. Elle leva les yeux, fit un signe de tête. Le sergent ouvrit l'autre porte et s'effaça.

Le capitaine Tsen était installé au bureau du colonel Li. Il étudiait un rapport dactylographié et, tête baissée, les ignora complètement.

Chavasse ne s'en inquiéta point. À travers les toiles d'araignées, un étranger barbu et décharné le contemplait, du haut du miroir accroché au mur. Il sourit et l'inconnu lui rendit son sourire. Derrière lui, près de la porte, se tenait le sergent, avec ce regard de crainte.

Mais de quoi diantre avait-il peur ? L'inconnu du miroir fronça les sourcils, comme si, lui aussi, il cherchait la réponse à cette question. Soudain, une vive lumière jaillit à travers les toiles d'araignées et les dissipa instantanément. *Ils ne pouvaient plus rien contre lui.* C'était la seule réponse possible. *Il avait gagné.*

Le capitaine Tsen leva un visage totalement dénué d'expression. Il ouvrit la bouche. Sa voix paraissait lointaine, comme si elle venait de l'autre bout d'un tunnel.

Chavasse sourit poliment. Tsen saisit un document dactylographié et se mit à lire à haute voix. Et, cette fois, Chavasse entendit chaque mot.

— « Paul Chavasse, vous avez été jugé par un tribunal spécial du Comité central des services secrets à Pékin et vous avez été reconnu coupable de crimes graves contre la République populaire. »

Il ne semblait pas qu'il pût alléguer grand-chose. Il y avait bien, certes, le fait évident mais insignifiant qu'il n'avait pas été présent au procès. Mais des vétilles de ce genre n'avaient que peu d'importance dans l'ensemble des événements.

Il attendit et Tsen poursuivit :

— « Le tribunal a rendu son jugement : le prisonnier devra être passé par les armes sitôt que les circonstances le permettront. »

Ce fut comme si l'on avait levé une immense vanne : un flot de joie l'envahit, dans une vague d'émotion qui lui mit les larmes aux yeux.

— Merci, dit-il. Merci beaucoup.

Tsen le regarda, les sourcils froncés.

— Vous allez être exécuté. Vous comprenez ?

— Parfaitement ! affirma Chavasse.

Tsen haussa les épaules.

— Très bien. Déshabillez-vous.

Lentement, les doigts tremblants, il se mit à se dévêtir et, dans le miroir, l'inconnu suivit son exemple avec un petit signe d'encouragement. Il laissa tomber sur le sol sa chemise crasseuse et Tsen dit au sergent :

— Examinez ses vêtements. Il ne saurait être question qu'il échappe à la sentence en se suicidant.

Quand Chavasse eut fini, il resta debout devant le bureau, nu comme au premier jour, et contempla avec stupeur le sergent qui, à genoux devant lui, examinait attentivement chaque vêtement.

Tsen pressa un bouton sur le bureau et retourna à son rapport. Au bout d'un moment, la femme en uniforme entra. Debout près du bureau, elle ignora complètement Chavasse, tandis que Tsen lui parlait. Elle prit les papiers qu'il lui tendait, se dirigea vers un grand classeur vert et se mit en devoir de les ranger.

Chavasse attendait patiemment que le sergent eût terminé. Derrière lui, la porte s'ouvrit et le colonel Li s'encadra dans le miroir.

Sur le visage de Li apparut une expression stupéfaite, vite remplacée par une sincère indignation. En deux enjambées rapides, il avait traversé la pièce et extirpait Tsen de son fauteuil.

— Espèce de stupide cochon ! gronda-t-il. N'a-t-il pas assez souffert ? Faut-il donc l'humilier totalement ?

— Mais je veillais simplement à ce que la fouille habituelle eût lieu avant l'exécution, expliqua Tsen. Les ordres du Comité central sont très explicites et la procédure à suivre est clairement indiquée.

— Ôtez-vous de ma vue ! hurla le colonel Li. Et emmenez-moi cette sacrée femelle !

Le capitaine Tsen et la femme en uniforme se retirèrent précipitamment et le sergent se mit en devoir d'aider Chavasse à se rhabiller.

— Je suis navré, Paul, dit Li. Sincèrement navré, vous pouvez me croire.

— En fin de compte, c'est moi qui ai gagné ? hein ?

Le visage de Li était empreint d'une tristesse sincère.

— J'aurais donné je ne sais quoi pour que cette affaire se terminât autrement, vous le savez bien, Paul. Mais la décision ne m'appartient plus.

— C'est étrange, dit Chavasse, mais je me sens presque heureux que ça finisse comme ça. Je suis même content que mon pistolet se soit enrayé quand j'ai voulu m'en servir, et qu'ainsi, je n'aie pu vous mettre une balle dans la tête. Ça vous laisse le temps de vous rendre compte que vous vous êtes trompé. Que tous, vous vous trompez.

Li poussa une sorte de gémissement, se leva et alla jusqu'à la cheminée. Un moment, il garda les yeux fixés sur les flammes, avant de se retourner.

— Mais c'est nous qui avons raison, Paul. Notre progression est aussi inexorable qu'une loi de la nature. Nous gagnerons et vous perdrez.

— Vous ne tenez jamais compte des êtres humains, vous autres, dit Chavasse. Ils représentent pourtant le facteur le plus variable, dans l'univers. Rien n'est certain, en cette vie, ni pour moi, ni pour vous, ni pour personne.

Le colonel Li haussa les épaules.

— Je vois que je perds mon temps à vous parler.

Il rejeta les épaules en arrière, claqua les talons et tendit la main.

— Adieu, Paul.

Machinalement, Chavasse serra cette main, parce qu'à ses yeux, cela n'avait plus d'importance. Puis, il se retourna ; le sergent lui ouvrit la porte et ils sortirent.

Arrivé devant sa cellule, il s'arrêta, mais le sergent le poussa en avant jusqu'à une autre porte, tout au bout du couloir. Il ouvrit la porte et, d'une bourrade, envoya Chavasse à l'intérieur.

Il faisait complètement noir et, après être resté un instant immobile, il s'avança précautionneusement, les bras tendus ; sa botte heurta bruyamment l'extrémité d'une couchette et, au même moment, une lumière brutale s'alluma.

L'homme étendu sur la couchette était enveloppé de haillons trempés de sang et il avait les mains croisées sur la poitrine, comme un mort. Ses yeux étaient fermés, ses lèvres tuméfiées ne laissaient passer aucun son. Le visage était cireux, la peau si transparente qu'on eût juré voir les os au travers ; les traits portaient la marque d'indicibles souffrances.

Chavasse se laissa choir au bord du lit ; il secouait la tête d'un côté à l'autre.

— Joro ! dit-il d'une voix morne. Joro !

Doucement, du bout des doigts, il effleura le visage glacé.

Rien ne paraissait plus réel, tout semblait faire partie de quelque impossible cauchemar. Chavasse demeura assis près du

Tibétain, le regard fixé sur le mur qu'il ne voyait pas. Au bout d'un moment, des pas s'approchèrent, la porte s'ouvrit.

Ils étaient cinq, y compris le sergent. Deux d'entre eux se saisirent de Joro et sortirent les premiers, tandis que Chavasse les suivait avec les autres.

Quand ils ouvrirent la porte, au bout du couloir, le vent leur chassa la pluie au visage. Dehors, dans la cour, il faisait affreusement froid; le ciel était noir de nuages menaçants; le petit matin baignait toutes choses d'une lumière sale.

Au milieu de la cour, le capitaine Tsen attendait avec six hommes armés de fusils.

Deux poteaux de bois, à 3 mètres environ de distance, avaient été plantés en terre à un mètre du mur opposé; Chavasse attendit, pendant que l'on ficelait à l'un d'eux Joro, toujours inconscient.

Quand ce fut son tour, qu'ils se saisirent de lui et l'attachèrent habilement, il ne ressentit aucune crainte. Il ne sentit même pas la morsure des cordes qu'on serrait fortement sur ses bras.

Le colonel Li apparut au haut du perron de l'entrée principale. Il portait la casquette d'uniforme et des gants blancs. Tout était correct, réglementaire. Le capitaine Tsen se retourna et salua.

Li descendit lentement les marches et traversa la cour. Il s'immobilisa à quelques pas, les mains derrière le dos, le regard planté droit dans les yeux de Chavasse. Puis, d'un mouvement rapide, il claqua les talons, salua et s'en fut.

Tsen aboya un ordre bref; les six hommes armés s'avancèrent vivement et levèrent leurs fusils. Chavasse vit s'ouvrir la bouche de Tsen, son bras commencer à s'abaisser et il ferma les yeux.

La salve éclata sur la ville avec un bruit mat, sous la pluie battante. Il attendait la mort. Elle tardait à venir.

Quelque part, dans le silence qui l'entourait, il entendit des pas s'approcher et il rouvrit les yeux. Joro était affalé en avant; son corps inutile et sans vie tendait les cordes qui le retenaient au poteau. À quelques pas, le colonel Li l'examinait.

Tandis que Chavasse le dévisageait sans comprendre, son esprit paralysé refusant d'admettre ce qui venait de se passer, Tsen aboya un ordre. Le sergent et quatre hommes accoururent au pas redoublé. Ils détachèrent Chavasse et, pendant ce temps, celui-ci regardait ce qui restait de Joro et le sang qui coulait du visage éclaté sur les pavés mouillés.

Li s'avança, le visage calme, détaché.

— Vous avez raison, Paul. Regardez-le bien. C'est votre faute si ce pauvre idiot ignorant est là.

En se sentant libéré des cordes, Chavasse, en proie à la réaction, se mit à trembler.

— Pourquoi ? demanda-t-il d'une voix étranglée.

Le colonel Li était occupé à fixer une cigarette dans son fume-cigarette de jade. Il garda le silence, le temps d'accepter le feu que lui présentait le sergent, exhala un filet de fumée et dit avec un doux sourire :

— Voyons, mon cher Paul, vous ne vous étiez pas imaginé que nous en avions fini avec vous ?

Chavasse sentit jaillir en lui un hurlement terrible et muet. Il se précipita en avant, les doigts tendus vers le cou qui émergeait du col montant de l'uniforme. Il ne l'atteignit pas. Un poing s'abattit sur sa nuque, quelqu'un lui fit un croche-pied et il s'écrasa sur les pavés.

12

LA NUIT EST UNE AMIE

Il y avait une lueur, qui s'approchait très près pour s'éloigner ensuite. Elle répéta ce mouvement à plusieurs reprises. Chavasse trouvait ça fort agaçant. Sa tête tournait et il avait peine à ouvrir les yeux.

Quand il s'éveilla enfin, il était étendu dans un lit étroit. La pièce était petite, étroite, et partout régnait cette odeur particulière, caractéristique des hôpitaux, de désinfectant et de propreté.

La chambre était dans la pénombre. Sur le coffre, près de son lit, il y avait une lampe à abat-jour. Une jeune infirmière chinoise lisait à la lumière de cette lampe. Quand il se redressa, elle posa son livre et se dirigea vers la porte.

— Allez chercher le docteur, dit-elle à quelqu'un qu'on ne voyait pas, dans le couloir.

Et elle referma le battant.

Chavasse eut un faible sourire.

— Ainsi, je fais toujours partie du monde des vivants ? La vie est pleine de surprises.

Elle lui mit une main sur le front. C'était une main fraîche et douce, et il ferma les yeux.

— Reposez-vous, dit-elle. Vous ne devriez même pas parler.

La porte s'ouvrit et il souleva les paupières. Il vit un visage brun, bienveillant, la peau étroitement tendue sur de hautes pommettes et toute couturée de rides. On lui souleva délicatement le poignet ; tout en regardant sa montre, le médecin demanda :

— Comment vous sentez-vous ?

— Abominablement mal ! fit Chavasse.

Le médecin sourit.

— Vous avez une constitution stupéfiante. Dans votre situation, la plupart des hommes seraient morts, à présent.

On frappa discrètement à la porte et l'infirmière parut.

— Le colonel Li est là.

Le docteur se retourna vers la porte au moment où le colonel entrait.

— Un quart d'heure, je vous en prie, colonel, dit-il. Il lui faut beaucoup de sommeil.

Il sourit à Chavasse.

— Je vous verrai demain matin.

L'infirmière et lui sortirent de la chambre et, émergeant de l'ombre, Li sourit à Chavasse.

— Hello, Paul, fit-il. Comment vous sentez-vous ?

— J'aimerais une cigarette, dit Chavasse.

Li hocha la tête. Il approcha un siège, s'assit et tira son étui à cigarettes. Chavasse prit une profonde aspiration et poussa un soupir de satisfaction.

— Ça va mieux.

— À tous les points de vue, non ? demanda Li. Des draps propres, un lit confortable, votre corps débarrassé de sa crasse.

— Mais pour combien de temps ?

Li haussa les épaules.

— Cela dépend entièrement de vous.

— C'est bien ce que je pensais, fit Chavasse avec amertume. Dès que je serai sur pied, retour immédiat à ma bonne petite cellule et nous reprenons tout depuis le début.

— C'est exact, Paul, dit Li d'un ton calme. Nous recommençons depuis le début. J'y songerais, à votre place.

— Oh, je n'y manquerai pas, je vous le garantis.

Li se dirigea vers la porte et se retourna.

— À propos, vous vous trouvez au troisième étage du monastère, et un garde est posté à la porte. Ne faites pas d'extravagances.

— Je n'aurais même pas la force d'aller jusqu'aux toilettes, affirma Chavasse.

Li eut un pâle sourire.

— Rendormez-vous. Je vous reverrai demain.

La porte se referma sans bruit sur lui et Chavasse, les yeux au plafond, s'efforça de rassembler ses esprits. Un fait était certain. Il préférait mourir, plutôt que de refaire le même épouvantable chemin. Cela étant, il n'avait, de toute évidence, pas grand-chose à perdre.

Il repoussa les couvertures et mit les pieds par terre. Après avoir respiré à fond, il se leva et se mit à marcher.

Il se sentait la tête curieusement légère et, pendant un moment, il eut l'impression d'avancer dans du coton. Il atteignit enfin le mur opposé. Il se reposa un instant, fit demi-tour et revint au lit.

Il s'assit puis, au bout d'un moment, fit un nouvel essai. Dans le coin le plus éloigné se dressait une armoire, qu'il ouvrit dans l'espoir d'y trouver quelque chose. Elle contenait un peignoir de bain et des chaussons de feutre, rien d'autre; il la referma, alla pieds nus jusqu'à la fenêtre et jeta dehors un regard prudent.

Quand ses yeux se furent accoutumés à l'obscurité, il vit que le sol était à quelque 12 mètres plus bas. Désappointé, il tourna les talons et regagna le lit. À peine s'y était-il réinstallé que la porte s'ouvrit. L'infirmière entra.

Elle retapa ses oreillers, lissa les couvertures.

— Comment vous sentez-vous ? demanda-t-elle.

Il gémit faiblement :

— Pas très bien. Je crois que je vais redormir.

Elle hocha la tête, avec un regard de compassion.

— Je reviendrai tout à l'heure.

Elle sortit de la pièce sans plus de bruit que lorsqu'elle y était entrée.

Chavasse sourit pour lui-même. « Jusqu'ici, tout va bien. » Il rejeta de nouveau les couvertures et alla jusqu'à la porte. On entendait, dehors, un murmure de conversation; l'infirmière riait et il l'entendit déclarer :

— Vous allez vous ennuyer à mourir, à rester assis là toute la nuit.

Une voix d'homme répondit :

— Pas si j'ai quelque chose d'aussi joli que vous pour me tenir compagnie, ma fleur.

Elle se remit à rire.

— Je repasserai vers 11 heures et demie, pour voir comment il va. Si vous êtes bien sage, je vous ferai donner une boisson chaude.

Elle s'éloigna dans le couloir et Chavasse entendit grincer la chaise du soldat qui se rasseyait.

Il n'avait qu'une seule chance de salut : la surprise. S'il ne s'échappait pas maintenant, c'en était fait de lui, il le savait. Ce soir était le seul moment d'accalmie : on le croyait si malade, si affaibli, que la seule idée d'une évasion portait à rire.

Il prit dans l'armoire le peignoir et les chaussons, les enfila, éteignit la lampe de chevet et alla jusqu'à la fenêtre.

Un peu sur la droite, à quelque 9 mètres plus bas, s'ouvrait l'entrée principale, au-dessus de laquelle une lanterne, accrochée à une potence de fer, jetait une flaque de lumière sur le chemin. Une fine pluie traversait la lumière jaune, comme un brouillard d'argent. Il ouvrit la fenêtre à doubles vitres et se pencha au dehors.

À droite et à gauche, des séries de fenêtres, et des rais de lumière dorée qui perçaient la nuit par les fentes des volets.

Mais dans la pièce située exactement au-dessous de sa chambre, on ne voyait aucune lumière.

Sans guère prendre le temps de songer au danger qu'il courait, il défit son lit et noua bout à bout deux draps et une couverture. Sous l'entablement de la fenêtre passait la tuyauterie de fer de la vidange du lavabo. Avec soin, il attacha au tuyau l'un des bouts de sa corde improvisée et lança l'autre bout dehors, dans la nuit.

Il sortit les pieds devant, se retourna, agrippa fermement la corde et entreprit de se laisser glisser. Soudain, ses pieds heurtèrent l'entablement de la fenêtre à l'étage au-dessous ; il était sauvé.

Il se balança un moment, suspendu à sa ligne de sauvetage d'une seule main tremblante, tandis que l'autre se tendait pour tenter d'ouvrir la fenêtre. Mais elle était bien fermée. Sans se soucier des conséquences, il leva un coude et l'envoya brutalement dans la vitre. Un brusque coup de vent survint en tourbillon à l'angle du bâtiment et couvrit à demi le bruit. Il passa la main par l'orifice en dents de scie et souleva le loquet. Un instant plus tard, il était tapi dans une tiède obscurité.

Il semblait qu'il se trouvât dans une sorte de magasin, car les murs étaient couverts de rayonnages chargés de piles de couvertures. Un mince filet de lumière filtrait sous la porte qu'il ouvrit précautionneusement pour passer dans le couloir.

Il referma la porte derrière lui et se mit en marche lentement, tous les sens en alerte. Il se sentait calme, à présent, fataliste, parce que, d'une étrange manière, il savait qu'il allait s'en tirer.

En arrivant au bout du couloir, il entendit des voix paisibles ; il jeta un coup d'œil au-delà de l'angle et vit deux soldats, adossés au mur, au haut de l'escalier. Tous deux étaient armés de pistolets-mitrailleurs.

De toute évidence, le colonel Li ne prenait pas de risques. Chavasse revint sur ses pas et s'immobilisa brusquement en entendant d'autres voix qui approchaient de l'autre bout du couloir. Derrière lui, une petite porte. Il l'ouvrit vivement et se retrouva dans l'obscurité.

Il était au haut d'un étroit escalier de pierre en colimaçon, qui paraissait construit dans l'épaisseur du mur extérieur. Il le descendit prudemment et se trouva dans un long couloir blanchi à la chaux.

Il le suivit d'un pas rapide, tout en jetant un coup d'œil dans chaque pièce. Brusquement, il entendit parler derrière la dernière porte. Celle-ci était entrouverte et il glissa un regard à l'intérieur. Assis à une table de bois, deux soldats prenaient leur repas et riaient à quelque bonne histoire. Il poursuivit son chemin et tourna dans un couloir plus étroit sur lequel s'ouvraient deux portes.

Il essaya la première, qui donnait accès à des toilettes. L'autre pièce était plus satisfaisante. Elle contenait cinq lits et plusieurs coffres métalliques : là devaient loger quelques-uns des gardes.

Tous les coffres contenaient les mêmes objets : uniformes de rechange, bottes de caoutchouc, diverses affaires personnelles. Il s'empara du premier uniforme à peu près à sa taille qui lui tomba sous la main, prit aussi une paire de bottes et entreprit de se changer rapidement.

Une fois prêt, il s'examina dans une glace fêlée. Avec un peu de chance, il passerait partout inaperçu, dans l'uniforme matelassé de couleur terne. Il ne lui manquait qu'une petite touche complémentaire.

Dans le dernier coffre, il découvrit ce qu'il cherchait : un képi d'uniforme, orné de l'étoile rouge de la République populaire au-dessus de la visière. Il la tira très avant sur ses yeux pour dissimuler le plus possible son visage. À ce moment, la porte s'ouvrit ; un soldat entra.

C'était un jeune paysan bien musclé, mains de cultivateur, jambes un peu arquées. D'abord bouche bée de stupeur, il s'élança sur Chavasse.

Celui-ci n'était pas en état de se battre dans les règles. Derrière lui se trouvait une vieille chaise cassée, appuyée contre le mur. Il l'attrapa et l'abattit sur la tête et les épaules du malheureux intrus.

Le soldat s'effondra sur les genoux avec un gémissement terrible. Il tenta de se relever, tendit les bras vers Chavasse qui gagnait la porte. Ses doigts repliés s'agrippèrent à l'uniforme matelassé. Chavasse se retourna et lui lança un coup de pied dans l'estomac. L'homme retomba en arrière et se tordit sur le sol ; son visage se violaçait lentement.

Chavasse referma la porte et suivit rapidement le couloir. Au bout il gravit l'escalier, ouvrit une nouvelle porte et se trouva dans un étroit passage qui donnait sur le grand vestibule.

Près de l'entrée, il y avait un minuscule bureau vitré et deux soldats y étaient installés et buvaient du thé. Chavasse s'avança d'un pas assuré, tout en gardant la tête baissée ; l'un des hommes jeta un coup d'œil par-dessus son épaule, cria quelque chose et se mit à rire en exhibant des dents jaunes et gâtées… Chavasse, avec un geste désinvolte de la main, sortit dans la nuit.

Au bas du perron stationnait une jeep, capote levée à cause de la pluie. Il n'hésita qu'un bref instant avant de descendre les marches en courant et de se glisser au volant. Au premier coup d'accélérateur le moteur gronda ; Chavasse lâcha le frein à main et démarra lentement.

Il s'attendait au tumulte qui allait éclater derrière lui, aux brusques clameurs d'alarme ; mais rien ne vint. À l'entrée principale, sous la lanterne, un soldat était de faction, mitrailleuse au creux du bras. Chavasse ralentit, mais l'homme leva le bras pour lui faire signe de passer. Dehors, il vira sur la place et prit la direction du centre de Changu.

Quand il parqua la jeep dans la cour, devant chez Hoffner, la pluie fine tombait toujours ; il faisait un froid glacial. Tout s'était passé facilement — presque trop facilement ; en gravissant le perron qui menait à la porte d'entrée, il ne ressentait aucune jubilation particulière.

Il tira sur la chaîne et la cloche éveilla des échos dans l'obscurité de la maison. Il s'appuya contre la porte et, quand celle-ci s'ouvrit brusquement, il chancela en avant.

Alors, ce fut le salut — vraiment, le salut. Des bras se tendirent pour le retenir, des bras très doux et pourtant vigoureux, et le visage de Katya Stranoff émergea, lumineux, de la pénombre, doux, tiède, plein d'amour.

13

J'AI UNE DETTE ENVERS VOUS

Il faisait bon ; on se sentait loin du monde extérieur, où la pluie tambourinait sur les volets. Chavasse laissait le feu réchauffer son torse nu et se détendait, en regardant Katya préparer le thé près de l'âtre.

Hoffner l'examinait au stéthoscope, le visage tendu. Au bout d'un moment, il se redressa et secoua la tête.

— Vous devriez être à l'hôpital, Paul. Physiquement, vous êtes dans un état désastreux.

— Il y a peu de chances pour que mon état s'améliore si je reste ici beaucoup plus longtemps, dit Chavasse. Ce qu'il me faut, c'est une drogue qui me soutienne quelque temps. Vous pouvez faire quelque chose ?

Hoffner acquiesça.

— Mais pour une période limitée seulement.

Il se retourna vers son sac noir, y prit une petite ampoule de verre et une seringue.

— L'effet se fera sentir combien de temps ? demanda Chavasse.

— En temps ordinaire, vingt-quatre heures. Mais dans votre état, je ne peux rien affirmer. Je peux vous injecter celle-ci, et une autre ensuite. Deux jours au plus. Après cela, vous serez sur le flanc.

— Mais nous aurons traversé la frontière du Cachemire.

Dès que le docteur eut fini, il se mit à se rhabiller rapidement. Katya se retourna et lui offrit du thé brûlant, dans un bol de porcelaine.

Elle posa sa main sur le genou de Chavasse et dit gravement :

— Que vous deviez, vous, essayer de sortir d'ici, Paul, je le comprends facilement. Mais le docteur Hoffner est un vieillard. D'ici à la frontière, il y a au moins 225 kilomètres de route difficile. Il n'y arrivera jamais.

— J'ai dans la cour une jeep militaire, avec un réservoir plein d'essence. Nous pouvons aller en voiture jusqu'au-delà de Rudok, laisser la jeep au bas du col de Pangong Tso et faire à pied les 4 ou 5 derniers kilomètres.

— Mais son cœur ne supportera pas l'altitude.

Hoffner la fit lever et lui mit les mains aux épaules.

— Katya, il faut que je parte. Vous devez le comprendre. Mais je désire plus que tout au monde que vous nous accompagniez.

Chavasse boutonna sa vareuse et se leva.

— Je tiens à vous rappeler que nous n'avons que peu de temps. Là-bas, on va découvrir mon absence d'ici une demi-heure tout au plus.

Elle secoua la tête.

— Mais pourquoi est-ce tellement nécessaire ?

Hoffner, sourcils haussés, jeta un coup d'œil à Chavasse qui approuva d'un signe. Le vieil homme dit doucement :

— Je crains que nous n'ayons pas été absolument francs avec vous, ma chère enfant. Voyez-vous, j'ai fait une découverte d'une certaine importance. Une contribution nouvelle, lourde de sens, au concept mathématique.

— La modestie vous égare, fit Chavasse.

Hoffner l'ignora et poursuivit :

— Cette découverte signifie que j'ai pris brusquement de l'importance, non seulement pour mon propre pays mais pour tout le monde occidental.

Elle gardait un visage absolument impassible, mais il y avait de la souffrance dans son regard.

— Pourquoi ne me l'avoir pas dit plus tôt ? Je compte donc si peu pour vous ?

Elle se retourna vers Chavasse.

— Pour vous deux ?

— Mais ce serait vous demander beaucoup, dit Hoffner. De vous tourner contre votre propre peuple. De vivre parmi les étrangers.

Elle prit une des mains du docteur, la leva jusqu'à sa joue.

— Vous êtes mon peuple.

Elle se retourna et sourit à Chavasse.

— Vous et Paul. Qui d'autre ai-je dans le monde entier ?

Chavasse l'attira entre ses bras ; quand il l'embrassa, il lui trouva le visage baigné de larmes. Elle leva les yeux vers lui avec un sourire heureux ; mais, soudain, son sourire s'effaça, son corps se raidit.

Il sentit un courant d'air froid, venu du vestibule, lui effleurer la nuque et un frisson lui parcourut l'échine. Il repoussa Katya et se retourna lentement. Le capitaine Tsen venait de franchir le seuil de la pièce ; le serviteur chinois de Hoffner se tenait près de lui, pistolet-mitrailleur en main.

Le visage de Tsen exprimait une joie sadique et ses dents luisaient à la lumière des flammes.

— Ainsi, Mr Chavasse, nous connaissons enfin la vérité ? Je suis certain que vous serez d'accord avec moi : cela valait la peine de recourir à notre petit stratagème. À présent, fini de jouer.

« J'aurais dû m'en douter », pensa Chavasse avec amertume. Toute cette satanée évasion s'était déroulée trop aisément. Le colonel Li connaissait bien son homme. Ce n'était qu'un autre coup dans la partie, et un coup qui avait rapporté.

Hoffner fit un pas en avant.

— Voyons, capitaine, commença-t-il.

— Veuillez, je vous prie, rester exactement où vous êtes, dit Tsen froidement.

Un bref instant, le regard du serviteur se détourna vers Hoffner. Chavasse n'en demandait pas davantage. D'une poussée qui la fit chanceler, il expédia Katya hors d'atteinte et plongea dans l'ombre protectrice d'une bergère.

Dans les mains du domestique, le pistolet-mitrailleur décrivit un arc de cercle, les balles arrosèrent les meubles. Katya se précipita en criant :

— Non, Paul, non !

Mais elle poussa un hurlement et s'écroula…

Elle était allongée sur la peau de mouton, devant le feu, et, d'une blessure au front, le sang ruisselait sur son visage. Accroupi derrière le fauteuil, Chavasse jeta un coup d'œil.

Tsen et le domestique étaient toujours debout sur le seuil. Hoffner était à genoux près de Katya.

— Vous ne pouvez vous en tirer, Chavasse, cria Tsen. Sortez de là, les mains en l'air.

À plat ventre, Chavasse rampa derrière un antique canapé et, avec précaution, prit un petit bibelot chinois sur une table qui se trouvait près de lui. Un moment, il le soupesa dans sa main.

— Je suis à bout de patience, cria Tsen.

Chavasse jeta le bibelot à travers la pièce, dans l'obscurité de l'angle le plus éloigné. Le domestique se retourna et tira deux rafales coup sur coup. Chavasse se releva, fit en avant trois pas rapides et lui asséna sur la nuque une manchette. Il s'empara du pistolet-mitrailleur qui échappait aux doigts sans vie.

Tsen avait tout juste pu tirer son automatique. Il s'empressa de le lâcher. Chavasse se pencha pour le ramasser et le glissa dans sa poche.

— Je n'ai qu'une seule raison pour vous laisser en vie, dit-il. Il se trouve que j'ai besoin de vous. Maintenant, ôtez votre ceinture et retournez-vous.

Tsen s'exécuta, la haine et la peur dans les yeux. Chavasse lui lia les poignets derrière le dos à l'aide de la ceinture et le poussa dans un fauteuil.

Il alla ensuite rejoindre Hoffner et Katya. Le sac noir était posé sur le sol et le vieillard épongeait doucement le sang qui inondait le visage de la jeune femme.

— C'est grave ? demanda Chavasse.

— Elle a de la chance, dit Hoffner. La balle n'a fait que l'égratigner. Elle va demeurer évanouie un certain temps et, quand elle reprendra conscience, elle souffrira d'un traumatisme et peut-être d'une commotion cérébrale.

— Peut-elle voyager ? Voilà ce qui importe.

— Il faudra bien. Nous ne pouvons la laisser ici maintenant.

Chavasse posa le pistolet-mitrailleur sur le plancher, près du docteur.

— Je vais dans les chambres, prendre les vêtements nécessaires et le reste. Je vous laisse ça pour le cas où notre ami que voici voudrait vous faire des ennuis.

Quand il revint, cinq minutes plus tard, des manteaux en peau de mouton et des vareuses matelassées plein les bras, Hoffner venait de finir de bander la tête de Katya et lui faisait une piqûre.

Il referma vivement son sac et se leva.

— Voilà. Je ne peux rien faire de plus pour elle.

Doucement, Chavasse la souleva et Hoffner lui passa les bras dans les manches d'une vareuse, puis d'un lourd manteau en peau de mouton, dont il lui releva le capuchon sur la tête.

Chavasse la porta jusqu'à la jeep, tandis que Hoffner se préparait. Il pleuvait toujours, un vent glacial soufflait. Il l'installa aussi confortablement que possible sur le siège arrière et retourna en hâte dans la maison.

Debout au milieu de la pièce, vêtu d'un long manteau en peau de mouton et d'une casquette de fourrure à oreillettes, Hoffner tenait dans sa main droite le pistolet-mitrailleur, qui lui donnait une allure incongrue, déplacée.

Il plissait légèrement le front mais, soudain, son visage s'éclaira. Il alla vers son bureau, ouvrit l'un des tiroirs et en sortit une serviette de cuir usagée.

— Il ne faut surtout pas que j'oublie cela.

— Les papiers ?

Le vieil homme acquiesça.

Toujours affalé dans son fauteuil, Tsen les considérait d'un regard mauvais.

— Vous ne vous en tirerez jamais.

— Mais si, mais si, fit Chavasse en le faisant lever de force. Parce que, quand nous allons franchir la porte principale, vous serez à mes côtés.

Tsen parut tout à coup près de s'évanouir. Mais Chavasse se rappelait Joro et nulle pitié ne s'éveillait en son cœur. D'une poussée, il expédia Tsen dans le vestibule et le suivit.

Quand ils rejoignirent la jeep, Hoffner s'installa à l'arrière, près de Katya, et Chavasse se mit au volant, Tsen à côté de lui.

Ils traversèrent la ville par des rues entièrement désertes ; aux approches de la porte, Chavasse sortit de sa poche l'automatique et le posa sur ses genoux.

— Et tâchez de dire ce qu'il faut, fit-il d'un ton d'avertissement.

Il n'y avait pas de guérite et le soldat qui se tenait sous la lanterne, près de la porte close, était l'image même du désespoir, sous la pluie battante.

Chavasse ralentit et la sentinelle s'avança. Sa mitraillette brilla dans la lueur des phares. Tsen se pencha au-dehors et cria :

— Ouvre vite, espèce d'âne. Je suis pressé.

Ahuri, l'homme ouvrit la bouche toute grande. Il se hâta de faire demi-tour pour lever la barre massive qui assujettissait les battants. Il tira vivement ceux-ci et s'écarta.

Chavasse, au passage, garda la tête baissée ; la visière de la casquette militaire lui masquait le visage. Il se retourna un peu plus loin et jeta un regard en arrière : les battants commençaient à se refermer. Il accéléra et fonça dans la nuit.

Quelque vingt minutes plus tard, Chavasse fit halte et se retourna vers Tsen.

— Descendez !

— Et mes poignets ? fit l'autre, d'un ton suppliant. Comment pourrai-je faire à pied tout ce chemin ?

— J'ai dit dehors ! répéta froidement Chavasse.

En hâte, Tsen dégringola de la voiture et reprit la route en sens inverse. Aussitôt, Chavasse descendit de son côté et partit à sa suite.

— Capitaine Tsen ! cria-t-il. J'allais oublier. J'ai une dette envers vous, pour mon compte et celui de quelques autres.

Au moment où Tsen, méfiant, se retournait, Chavasse tira de sa poche l'automatique et l'abattit de deux balles dans le crâne, presque à bout portant.

Il ne resta qu'un instant près du corps. Puis il revint à la jeep et, sans prêter attention au visage bouleversé de Hoffner, il repartit dans la nuit.

14

LES MURAILLES DE YALUNG GOMPA

Dans la grisaille du petit matin, les murailles de Yalung Gompa ressortaient en orange éclatant sur un ciel tourmenté de nuages. Intrigué, Chavasse fronça les sourcils. Il y avait quelque chose de changé, quelque chose de pas très normal. En descendant plus avant dans la vallée, il se rendit compte de ce que c'était. Il n'y avait plus de campement au pied des murailles.

Le monastère avait pris un étrange aspect d'abandon. On eût

dit qu'on approchait de quelque antique cité en ruine, déserte et désolée depuis des siècles. Il passa lentement les larges portes grandes ouvertes, entra dans la cour et fit halte aussitôt.

Une rangée de moines en tuniques safran étaient étalés le long du mur le plus éloigné ; les uns griffaient le sol de leurs ongles, les autres avaient les genoux remontés vers le ventre, comme s'ils avaient connu une mort atroce.

— Oh, mon Dieu, fit Hoffner, de l'horreur dans la voix.

— Ceci vous donne une petite idée de la manière dont les Chinois essaient de gouverner ce pays, dit Chavasse. Restez ici. Je vais jeter un rapide coup d'œil.

Un peu plus tôt, dans un compartiment du tableau de bord, il avait trouvé une excellente carte militaire de la région, deux grenades à manche et une cartouchière de toile garnie de munitions destinées certainement à la mitrailleuse habituellement montée à l'arrière. Il rechargea rapidement le pistolet-mitrailleur, mit dans sa poche une poignée de cartouches et traversa la cour en direction de la porte principale.

À l'intérieur, il faisait sombre et froid. Avec précaution, il suivit un couloir dallé de pierres. Il entendit quelque part, non loin de lui, une voix basse, monotone, qui psalmodiait des prières et, se baissant pour passer sous une petite porte, il se trouva dans le temple central.

Des cierges brûlaient devant un grand Bouddha d'or et un prêtre à genoux était en prière. Il se releva, se retourna et Chavasse baissa les yeux vers un visage parcheminé qui lui était familier : celui de l'abbé, le vieil homme qu'il avait trouvé assis à son chevet quand il était sorti de son profond sommeil, après la mort de Kurbsky, un millier d'années plus tôt.

— Je suis heureux de vous voir, dit l'abbé avec calme.

— C'est réciproque. Que s'est-il donc passé ici ?

— Les Chinois ont décrété la fermeture de tous les monastères. Nous savions que ce serait tôt ou tard notre tour. Ils sont venus hier. Un fort détachement de cavalerie.

— Mais les hommes de Joro ? questionna Chavasse. N'auraient-ils pas pu vous venir en aide ?

Le vieillard secoua la tête.

— Ils sont partis il y a deux semaines, pour se joindre à un groupe plus nombreux, dans le sud.

Ses yeux pleins de sagesse se levèrent sur Chavasse et il lui mit une main sur l'épaule.

— Mais vous, mon fils. Vous êtes un autre homme. Vous êtes passé à travers la fournaise.

— Joro est mort, dit Chavasse.

L'abbé hocha la tête.

— L'heure vient à tous les hommes. On ne peut y échapper. Puis-je quelque chose pour vous ?

Chavasse fit un signe de dénégation.

— Plus maintenant. Je vais tenter de franchir la frontière du Cachemire avec deux amis. J'avais espéré que les hommes de Joro m'aideraient.

— Une famille est passée par ici, il y a deux jours, dit l'abbé. Des Khazaks, de Sinkiang. Un chef de tribu, sa femme et deux enfants. Eux aussi espéraient pouvoir passer au Cachemire. Ils avaient avec eux des chevaux qui ont dû les ralentir. Peut-être pourrez-vous les rattraper.

Chavasse acquiesça.

— Il faut que je m'en aille. Puis-je faire quelque chose pour vous ? demanda-t-il après une brève hésitation.

L'abbé secoua la tête avec un tranquille sourire.

— Rien, mon fils.

Il se détourna, se remit à genoux. En s'éloignant, Chavasse entendit sa voix basse, monotone, éveiller les échos de la vaste salle.

Il grimpa au volant de la jeep et se retourna pour regarder Katya.

— Comment va-t-elle ?

— Elle est maintenant plongée dans un profond sommeil, dit Hoffner. Elle devrait en sortir au cours des prochaines heures. Avez-vous trouvé quelqu'un ?

— Le vieil abbé. Malheureusement, il a tenu à rester.

Il lança le moteur.

— Il va falloir faire vite. À l'heure qu'il est, le colonel Li doit nous serrer de près.

— Aura-t-il beaucoup d'hommes avec lui, à votre avis ?

Tout en franchissant les portes, Chavasse secoua la tête.

— Sa seule chance de nous rattraper, c'est d'utiliser ses jeeps et il n'en a que deux. Il pourrait tout au plus emmener une dizaine d'hommes.

— N'y a-t-il pas une garnison à Rudok ? demanda Hoffner.

— Selon Joro, dix hommes et un sergent, mais la région n'est pas sûre. Ils ne tiennent guère à s'éloigner.

— Mais le colonel Li va sûrement les contacter par radio.

— Ils n'en ont peut-être pas. Extraordinaire, ce que les Chinois peuvent être primitifs, en certains domaines, fit Chavasse avec un haussement d'épaules. De toute façon, ils n'ont pas grande chance de nous retrouver, dans ces steppes.

— Je vois, dit Hoffner, le front plissé. Pensez-vous vraiment que nous ayons une chance de nous en sortir ?

— Il y a constamment des gens qui en font autant. Le Cachemire grouille de réfugiés. L'abbé me disait justement qu'une famille de Khazaks de Sinkiang était passée par Yalung Gompa, il y a deux jours, se dirigeant vers la frontière. Nous les retrouverons peut-être du côté du col. Ils pourraient nous être d'un grand secours pour le franchir.

Deux heures plus tard, environ, il se mit à neiger de larges flocons poudreux qui collaient si bien au pare-brise que Chavasse dut mettre en marche les essuie-glaces.

Ils traversèrent la grande route militaire vers Yarkand et, un instant après, en regardant par la portière, Chavasse aperçut à sa droite le lac au bord duquel Kerensky avait fait atterrir son Beaver.

Il se demanda si le Polonais avait réussi à rejoindre sa base et sourit brusquement. Voilà un homme avec lequel il aimerait vraiment boire encore un verre.

Soudain, Katya gémit et bougea et Hoffner tapota l'épaule de Chavasse.

— Elle s'éveille, Paul.

Chavasse fit halte et se retourna vivement. Le rose avait déserté les joues de Katya et, sous le bandage, son visage semblait tout en creux.

Le vaste manteau en peau de mouton paraissait bien trop grand pour elle. Il lui sourit.

— Bonjour, mon ange.

Un regard de perplexité passa dans les yeux sombres ; elle tenta de se redresser tant bien que mal mais, gentiment, Hoffner la repoussa.

— Non, Katya. Vous avez besoin de repos. De tout le repos possible.

Elle repoussa la main qui voulait la retenir, se redressa et regarda le paysage désertique, la neige qui tombait sans discontinuer.

— Mais je ne comprends pas. Où sommes-nous ?

— Quelque part au nord de Rudok, à une cinquantaine de kilomètres de la frontière, dit Chavasse avec un large sourire. Pour ainsi dire, bien au chaud à la maison.

Elle fronça les sourcils, porta une main à son bandage.

— Que s'est-il passé là-bas ?

— Il y a eu bagarre et une balle vous a effleurée, expliqua Hoffner d'une voix apaisante. Il n'y a rien dont vous deviez vous inquiéter. Détendez-vous. Vous aurez besoin de toutes vos forces pour la dernière étape.

Elle se rejeta dans son coin et releva autour de son visage le capuchon du manteau en peau de mouton. Chavasse s'était retourné et tendait la main vers le démarreur quand Hoffner lui tapa sur l'épaule avec insistance.

— Un instant. J'ai cru entendre quelque chose.

Chavasse attendit, les sourcils un peu froncés. Quelque part derrière eux, porté par le vent, il distingua nettement un bruit de moteur.

Katya se pencha en avant.

— Qu'est-ce que c'est ?

— Le colonel Li, lancé à nos trousses, à en juger par le bruit, répondit Chavasse.

Et il démarra rapidement.

Par-dessus le ronflement du moteur, Hoffner cria :

— Il doit marcher pleins gaz.

Chavasse ne prit pas la peine de répondre : il s'apercevait tout à coup qu'il avait fort à faire pour ne pas quitter l'antique piste caravanière qu'ils suivaient. Celle-ci dégringolait à travers un étroit ravin et les ornières gelées étaient dures comme fer.

Le ravin s'élargit et la piste s'inclina en pente raide vers une vaste gorge qui se creusait un passage au cœur des montagnes plus élevées. Loin au-dessous, il vit un pont.

Il s'arrêta un instant pour examiner la carte puis, en première, s'engagea prudemment dans la descente. C'était une frêle et étroite construction, soutenue, de chaque côté de la gorge, par des poutrelles de bois, selon le principe du cantilever.

Chavasse fit halte, sauta sur le sol gelé, alla jusqu'au pont et se tint un moment au centre. La rivière qui rejaillissait paresseusement sur de gros rochers n'était qu'à 6 mètres plus bas, mais c'était bien suffisant comme hauteur. Il fit demi-tour et revint en courant vers la jeep.

— Ça tiendra ? demanda Hoffner.

— Solide comme un roc, répondit Chavasse, d'un ton qu'il voulait convaincant.

Il n'avait qu'une cinquantaine de centimètres de marge, de chaque côté, quand il s'avança lentement. Il sentit sa chemise se tremper de sueur lorsque les planches du centre firent entendre des craquements sinistres. Enfin, ils eurent traversé et se retrouvèrent sains et saufs de l'autre côté.

Il y avait encore quelque chose à faire. Il fit halte, se saisit d'une grenade à manche et revint à pied jusqu'au pont. Il ôta la goupille, lança la grenade vers le centre du pont et tourna le dos tandis que l'explosion déchirait le silence.

Des fragments de pierre et de poutres montèrent vers le ciel et, en regardant en arrière, il vit que toute la partie médiane s'était effondrée. Il s'avança, attendant que la fumée se dissipât pour mieux voir. À ce moment, deux jeeps émergèrent de l'entrée du ravin, du côté opposé de la rivière, et entamèrent la descente.

La première contenait environ une demi-douzaine d'hommes et une mitrailleuse légère était montée à l'arrière. Il vit tout cela d'un coup d'œil et son esprit l'enregistra, tandis qu'il faisait volte-face et revenait en courant vers la jeep.

Les roues dérapèrent sur la boue glacée et, un instant, la panique s'empara de lui. Mais bientôt, ils gravissaient la pente qui allait les faire sortir de la gorge. Il prit ses risques, changea de vitesse et poussa l'accélérateur au plancher, de sorte que la jeep bondit par-dessus le bord de la gorge, quittant le sol des quatre roues. Au même instant, la mitrailleuse claqua et fit rejaillir à côté d'eux la poussière et les cailloux.

Une fois franchi le sommet, la piste faisait le tour d'un gigantesque éperon rocheux. Chavasse accéléra et tourna le volant pour passer derrière l'éperon. Katya poussa un cri d'avertissement et il appuya sur le frein de toutes ses forces.

Mais il était trop tard. La piste s'évanouissait dans une vaste excavation dont les éboulis se perdaient dans le vide. La jeep glissa vers le bord. Chavasse se cramponnait au frein à main. Un instant, on eût dit qu'il allait tenir. Mais la jeep chancela et l'une des roues avant passa par-dessus bord.

Ils ne disposaient que de quelques secondes. Chavasse sauta au sol, se retourna et fit descendre Katya. Hoffner la suivit, tenant son sac noir.

À ce moment, dans un frémissant grondement de protestation, la jeep se mit à glisser. Chavasse tendit le bras, s'empara du pistolet-mitrailleur et de la grenade à manche à l'instant où le véhicule glissait par-dessus bord.

Chavasse revint en arrière au long de la piste et jeta un coup d'œil par-delà l'à-pic. Le vent commençait à balayer la neige à travers les steppes en un vaste rideau, mais il vit nettement les deux jeeps stationnées de l'autre côté du pont; les soldats descendaient à pied pour traverser la rivière.

Il revint vers les autres.

— Ça n'est pas fameux. Ils traversent à pied.

Katya semblait tendue, inquiète, mais Hoffner paraissait avoir conservé un calme extraordinaire.

— Que faisons-nous, à présent, Paul?

— D'après la carte, nous ne sommes plus qu'à une quinzaine de kilomètres de la frontière, dit Chavasse. Si nous quittons la piste ici, pour franchir l'épaulement de la montagne, nous aboutirons au col de Pangong Tso. À 3 kilomètres de là, environ, subsiste un ancien poste de douane tibétain.

— Mais c'est impossible, Paul, cria Katya, d'une voix que le vent transforma en hurlement. Je ne pourrais faire un seul kilomètre dans l'état où je suis. Et le docteur non plus.

Il la saisit par le bras et la poussa sur la pente.

— Nous n'avons pas le choix.

Hoffner lui prit l'autre bras et ils entamèrent la montée, tête baissée sous la neige qui tombait dru. Ils s'arrêtèrent un instant à l'abri de quelques rochers et Hoffner se retourna subitement, le visage cendreux.

— Ma serviette, Paul. Je l'ai laissée dans la jeep.

Chavasse le regardait sans comprendre. Soudain, la rage le saisit à la gorge, menaçant de l'étouffer. Tout ce pour quoi il avait peiné. Toutes les souffrances des semaines passées. Tout cela pour rien.

Il mit de force la grenade à manche dans la main du vieillard.

— Tenez. Je sais que vous ne valez pas grand-chose avec une arme à feu. Si quelqu'un vient, ôtez la goupille et jetez la grenade.

Il fit demi-tour, le pistolet-mitrailleur dans la main gauche, et se laissa glisser au long de la pente jusqu'à la piste. La pente se poursuivait de l'autre côté. Il poursuivit sa glissade sans hésiter et arriva ainsi jusqu'à la jeep démantibulée, écrasée entre de gros rochers, 12 mètres plus bas.

Presque aussitôt, il trouva la serviette, coincée sous le siège avant en accordéon. Il la prit et se mit à remonter. Son cœur battait la chamade, sa bouche avait un goût de sang, mais, tenant de la main gauche la serviette et le pistolet-mitrailleur, il s'aidait de sa main droite dans son ascension.

Il se hissa sur la piste et, au moment de la traverser, il glissa, tomba sur un genou. Il se relevait quand il entendit des cris, par-delà le rideau de la neige qui tombait toujours.

Il se retourna pour jeter un rapide regard en arrière. Une demi-douzaine de soldats, bien groupés, venaient de passer l'angle de l'à-pic. Il se laissa retomber sur un genou, affermit le pistolet-mitrailleur sur son bras et lâcha tout le contenu du magasin en une seule rafale. Il traversa la piste et reprit tant bien que mal l'ascension. Son cœur peinait comme celui d'un animal traqué.

Il entendit derrière lui les cris des hommes qui se lançaient à sa poursuite et, soudain, retentit une effroyable explosion. Quand le fracas s'éteignit, ce qu'il entendit n'était plus des bruits de poursuite mais les cris des blessés et des mourants.

Il n'avait plus de force. Un moment, il demeura étendu à plat ventre et, tout à coup, la neige, autour de lui, fut soulevée en un bouillonnement qui masqua toute la vallée en contrebas.

Il se releva péniblement. Des sabots martelèrent les cailloux. Un cheval descendait la pente à sa rencontre.

L'homme qui le montait portait un bonnet de fourrure, la peau d'un léopard des neiges et des bottes noires en cuir souple. Une carabine menaçante était posée sur son bras.

Tandis que Chavasse levait sur lui un regard impuissant, le beau visage brun s'épanouit en un large sourire.

15

ÉTRANGES SONT LES VOIES D'ALLAH

La neige était un être vivant fouetté par le grand vent à travers les steppes mais, au fond du creux que gardaient les hauts rochers régnait un étrange silence.

Assis dos au roc, Chavasse releva sa manche pour que Hoffner pût lui faire une autre piqûre. Osman Sherif, le chef khazak, accroupi près de lui, la carabine en travers des genoux, lui adressa un large sourire.

— Étranges sont les voies d'Allah, mon ami, dit-il en chinois. Il semble que nous soyons destinés à faire ensemble la dernière étape de notre voyage.

Derrière lui, près des chevaux, se tenait sa femme, avec Katya ; les deux jeunes enfants du chef, tout emmitouflés de fourrures, étaient déjà à cheval, l'un derrière l'autre.

Chavasse abaissa sa manche et se leva.

— Si nous ne partons pas au plus vite, nous ne pourrons peut-être même pas atteindre la frontière.

Osman Sherif leva les yeux vers le ciel, à travers la tourmente de neige, et secoua la tête.

— Je crois que la tempête ira de mal en pis, dit-il. J'avais eu l'intention de dresser le camp ici pour la nuit. C'est un bon endroit.

— Pas si l'on craint à tout moment l'arrivée de soldats chinois, fit Chavasse.

— Mais nous ne pouvons franchir la frontière avant la tombée de la nuit, reprit le Khazak.

— Ce n'est pas la peine. Une fois passé l'épaulement de la montagne, nous nous trouvons dans le col de Pangong Tso. À environ 3 kilomètres de la frontière, il y a un ancien poste de douane tibétain. Cela ne doit guère faire plus de 10 ou 11 kilomètres d'ici. Nous pourrions nous y reposer et passer un peu plus tard.

— Et s'il y a des Chinois, là-bas ?

— C'est un risque à courir. De toute façon, ils ne seraient pas plus d'une demi-douzaine.

Osman Sherif haussa les épaules.

— Allah en a décidé. Cela signifie que nous devrons laisser derrière nous pas mal de nos affaires personnelles, de façon à ce que chacun de vous ait un cheval.

— Ne vous en faites pas pour ça, dit Chavasse. Au Cachemire, on s'occupera de vous. Je veillerai personnellement à ce qu'on vous emmène en Turquie, afin que vous puissiez rejoindre le reste de vos compatriotes sur le plateau d'Anatolie.

Une flamme soudaine s'alluma au fond des yeux de Khazak.

— Tu aurais dû me dire cela plus tôt, mon ami.

Il jeta sa carabine sur son épaule et se mit à détacher la charge du premier cheval de bât.

Chavasse alla rejoindre Katya et lui sourit.

— Comment vous sentez-vous ?

Elle était d'une pâleur alarmante et ses yeux s'enfonçaient au fond des orbites profondes.

— Ça ira, Paul. Ne vous inquiétez pas pour moi. Allons-nous réussir ?

Il lui tapota l'épaule d'une main rassurante.

— Nous y arriverons, ne vous en faites pas.

Sur quoi, il s'en fut aider le Khazak à préparer les chevaux.

Dix minutes plus tard, quand ils sortirent du creux des rochers, Osman Sherif était en tête de la petite colonne et Chavasse fermait la marche.

Les chevaux enfonçaient jusqu'aux boulets dans la neige épaisse et Chavasse chevauchait tête baissée contre le vent, seul avec ses pensées. Il n'éprouvait plus aucune crainte. Il avait la calme certitude qu'il survivrait à tout ce qui pouvait encore se produire.

Il se prit à songer au colonel Li. Il se rappelait les interrogatoires sans fin et l'étrange et perverse amitié que l'autre avait tenté de créer entre eux.

Une telle tentative était naturellement vouée à l'échec. C'était, là encore, un artifice psychologique qui n'avait pas marché. Pourtant, l'homme avait paru presque sincère. C'était le plus incroyable de toute l'affaire.

Il ressentit au visage une douleur aiguë comme un coup de couteau. Il fit la grimace et tira sur les rênes. À sa grande surprise, il découvrit que le cheval enfonçait dans la neige presque jusqu'aux genoux et, quand il arracha son gant pour toucher son visage, il sentit sur ses joues une croûte de neige et de glace et s'aperçut qu'en plusieurs endroits, la chair avait éclaté.

Il fronça les sourcils et remit ses gants. Mais il éprouva alors une fugitive impression de panique : en levant les yeux, il vit qu'il était seul et que la nuit tombait.

Il s'était arrêté près d'un haut rocher droit et noir, solitaire, debout comme une silencieuse sentinelle et, déjà, le vent soulevait la neige en tourbillons, effaçant les traces de ses compagnons. Tout en pressant son cheval, il les vit disparaître complètement.

Pendant ce qui lui parut des heures, il avança à l'aveuglette, se fiant à l'instinct du cheval, tandis que le vent tournoyait autour de sa tête et lui cisaillait les joues jusqu'à ce que l'engourdissement éteignît toute douleur.

Il releva la tête en sentant sa monture s'arrêter. Émergeant de la pénombre, dressé vers le ciel dans la neige qui tombait toujours, il vit le haut rocher noir devant lequel il était passé il y avait une heure au moins. Il avait tourné en rond.

Il se courba sous une soudaine rafale de vent et, en regardant le sol, il vit dans la neige de grandes empreintes déjà brouillées. Il poussa en avant sa monture épuisée, afin de suivre ces traces.

Le vent hurlait comme un démon et Chavasse était entièrement couvert de neige gelée, mais il gardait la tête baissée, les yeux à terre. Au bout d'un moment, il aperçut un gant de fourrure.

Un peu plus loin, il tomba sur un bonnet militaire chinois, en fourrure, lui aussi. Il mit pied à terre et le ramassa. Il le contemplait sans comprendre quand une silhouette émergea de l'obscurité tourbillonnante et, chancelante, vint donner contre lui.

Chavasse distingua vaguement un masque blême et pétrifié et, baissant les yeux sur la main qui s'accrochait à son épaule, il vit qu'elle était nue et gelée.

Il leva son gant, pour essuyer la neige sur le visage qui lui faisait face ; son regard croisa celui du colonel Li, vide, sans expression. Chavasse le regarda un long moment ; puis il ôta son gant et fouilla dans la poche droite de son manteau en peau de mouton pour en sortir l'automatique qu'il avait pris au capitaine Tsen.

Il sortit l'arme, le doigt crispé sur la détente et l'appliqua contre la poitrine de Li. Mais, brusquement, il remit le pistolet dans sa poche et enfila son gant.

« Comment se fait-il que je ne te tue pas, espèce de salaud ? Dis, comment se fait-il que je ne te tue pas ? » Il n'y avait pas de réponse à cette question... aucune réponse plausible. Il traîna vers le cheval le corps inerte du colonel Li et tenta de le hisser sur la selle.

Mais en pure perte. Il ne lui restait plus assez de force. Il s'appuya contre le cheval, un bras autour des épaules de son ennemi. Il savait que s'en allaient ses dernières forces.

Mais une flamme brûlante veillait encore en lui, une quintessence de courage, qui se refusait à le laisser abdiquer. Il prit une longue inspiration et fit un ultime et suprême effort qui eut pour résultat de jeter Li, tête en bas, en travers du cheval. Au moment où Chavasse se hissait dans la haute selle de bois et talonnait l'animal, Osman Sherif sortit au galop de la tempête, à sa rencontre.

16

LA MINUTE DE VÉRITÉ

La hutte basse était construite en gros blocs de pierre brute. Dehors, hurlait le vent venu de Mongolie ; il amoncelait la neige contre les murs.

Cela ressemblait plutôt à une écurie, avec les chevaux qui occupaient au moins la moitié de la place disponible. Chavasse, plongé dans une sorte de stupeur, buvait du thé brûlant dans un bol.

De l'autre côté de l'âtre, Katya dormait près des deux enfants, complètement épuisés, et leur mère attendait patiemment que l'eau commençât à bouillir dans un chaudron de fer.

Dans l'angle le plus éloigné de la porte, une petite lampe à graisse, placée dans une niche, jetait une lueur vacillante et, à sa faible lumière, Hoffner et Osman Sherif étaient accroupis près du colonel Li.

Au bout d'un moment, le vieillard se leva et revint vers le feu, laissant Osman Sherif recouvrir le Chinois d'une peau de mouton.

— Comment va-t-il ? demanda Chavasse.

Hoffner soupira.

— J'ai dû l'amputer de trois doigts à la main gauche. Une mesure énergique, mais tout valait mieux que la gangrène. Il est heureux qu'Osman Sherif vous ait retrouvés à ce moment-là.

Le vent rugissait dans la vaste cheminée que formait le col. Chavasse frissonna.

— Nous n'aurions pas résisté longtemps en plein air, par une nuit pareille. C'est un rude gaillard. Il lui a fallu un foutu courage pour partir à ma poursuite dans un tel blizzard. Je venais de m'apercevoir que je tournais en rond quand j'ai trouvé le colonel.

Hoffner bourra lentement sa pipe en fronçant les sourcils.

— Je me figurais naguère que je le connaissais bien mais je n'en suis plus tellement sûr. Je me demande ce qui a pu le pousser à nous suivre à pied par un temps pareil.

— C'est absolument simple, dit Chavasse. Il en avait après la serviette.

— Mais comment était-ce possible ? Le capitaine Tsen n'a pas eu l'opportunité de lui faire son rapport.

De nouveau, Hoffner secoua la tête.

— Non, je crois que c'était vous qu'il voulait, Paul.

— Il était après nous tous, fit Chavasse. C'est évident.

Hoffner fit une fois encore le même geste de dénégation.

— Je voulais dire quelque chose, mais ça n'a plus d'importance.

Il se laissa aller en arrière, posa sa tête sur la serviette de cuir et tira sur son corps un manteau en peau de mouton.

— Je crois que je vais dormir un peu.

Chavasse s'allongea près de lui. Le regard fixé sur le feu, il tenta de trouver un sens à la suite des événements mais ne trouva pas de réponse. Au bout d'un moment, il se laissa aller au sommeil.

Il s'éveilla et, pendant quelques instants, demeura immobile, les yeux levés vers le toit bas, cherchant à retrouver où il était. « Tant d'endroits », pensait-il. « Tant et tant d'endroits, et où suis-je, à présent ? » Quand son esprit redevint clair, il tenta de s'asseoir.

Il avait les mains enflées et son visage le faisait souffrir. Il toucha ses joues et fit la grimace quand ses doigts rencontrèrent de larges coupures dans la chair.

Tout le monde paraissait dormir. Il se pencha pour ranimer le feu. Les flammes jaillirent et il vit alors Katya, accroupie près du colonel Li.

Elle était pâle et paraissait souffrante. Elle s'avança avec précaution entre les corps endormis et vint s'asseoir près de Chavasse en tendant ses mains vers le feu.

— Comment vous sentez-vous ? demanda-t-elle.

— Je tiendrai le coup. Et notre ami ?

— Je ne pouvais dormir. Je l'ai entendu gémir et j'ai pensé que je ferais bien d'aller voir. Qu'a-t-il à la main ?

— Des gelures, expliqua Chavasse. Le docteur Hoffner a dû l'amputer de trois doigts.

Il entendit sa respiration siffler entre ses dents et lui passa un bras autour des épaules.

— Je sais que tout ceci a pris l'allure d'un terrible cauchemar mais il n'y en a plus pour bien longtemps. Dès que le temps va s'éclaircir nous pourrons franchir la frontière.

Il y eut un instant de silence. Puis elle demanda :

— Paul, pourquoi croyez-vous qu'il ait continué de nous suivre, seul et à pied, par un temps pareil ?

Il haussa les épaules.

— Le colonel Li est de ce type d'hommes qui vivent de leur foi, comme n'importe quel prêtre. Mais c'est la foi en une croyance politique sur laquelle il a fondé toute son existence.

— Mais qu'est-ce que tout cela a à voir avec vous ?

— Je ne peux que le supposer. Je pense que, pour quelque étrange motif personnel, il lui est apparu d'une suprême importance, non seulement que je reconnaisse mes crimes envers la République populaire, mais aussi que par son entremise, je me convertisse sincèrement au communisme.

— Qu'est-ce qui vous le fait croire ?

— Je crois qu'il a de l'amitié pour moi. Dieu lui soit en aide, dit Chavasse avec un soupir. Je crois qu'en d'autres temps, en d'autres lieux, nous aurions pu être amis.

Il y eut un long silence. Puis Katya dit doucement :

— Et maintenant ?

Chavasse secoua la tête.

— À vrai dire, je n'en sais rien. J'ai ébranlé les fondements mêmes de sa foi en refusant de l'accepter, même sous la contrainte. Il ne peut subsister en cet état d'esprit. Il n'a plus le choix, maintenant. S'il ne parvient pas à me détruire, c'est lui-même qu'il détruit.

— Bizarre, fit-elle, les sourcils froncés. Vous parlez de lui en des termes qui devraient exprimer la compassion mais il n'y a aucune bonté dans votre voix.

— La pitié est le dernier des sentiments que je ressente à son égard. Il a, pour cela, trop de sang sur les mains.

— Que ferez-vous de lui quand nous partirons ?

— Je lui laisserai un cheval et quelques vivres. S'il le veut, il peut aller sans peine d'ici jusqu'à Rudok. Je ne le tuerai pas, si c'est là ce que vous pensiez. Ce n'est plus nécessaire.

— Parce que, de toute façon, vous l'aurez annihilé ?

Il acquiesça.

— Quelque chose de ce genre.

Un moment, elle contempla le feu.

— Et moi, Paul? Qu'arrivera-t-il quand nous serons au Cachemire?

Il sourit et l'embrassa doucement sur la joue.

— Je suis sûr que nous trouverons à vous employer.

— Vous croyez donc qu'il y ait un espoir pour nous?

Son visage était celui d'une toute jeune fille, ses yeux sondaient jusqu'à l'âme même de Chavasse.

— Il y a toujours de l'espoir, Katya, dit-il. C'est ce qui donne son prix à l'existence.

Elle posa la tête sur sa poitrine et il la serra étroitement contre lui. Au bout d'un moment, elle glissa dans le sommeil tandis qu'il restait là, les yeux fixés sur les flammes, attendant l'aurore.

Juste avant le jour, le vent s'apaisa et Osman Sherif sortit. Au retour, il souriait.

— La neige ne tombe plus. Nous devrions pouvoir traverser sans aucune difficulté.

Il commença de faire sortir les chevaux et tout le monde s'éveilla. En quelques instants, sa femme avait ranimé le feu et faisait chauffer de l'eau pour le thé.

Chavasse sortit pour aider Osman à seller les chevaux et lui dit qu'il désirait en laisser un pour le colonel Li.

— Ce serait gâcher un bon cheval, fit le Khazak.

Chavasse fronça les sourcils.

— Vous ne pensez pas qu'il pourrait retourner seul jusqu'à Rudok?

Le Khazak secoua la tête.

— J'avais autre chose en tête. J'ai regardé dans ses yeux, mon ami. C'est un mort en marche.

Chavasse rentra dans la hutte et s'assit près de Hoffner qui buvait du thé. Le vieil homme avait le teint gris, les traits tirés, mais il semblait avoir un moral excellent.

— Vous paraissez bien sombre, Paul, dit-il gaiement.

— Vous n'avez pas l'air dans une forme tellement merveilleuse, vous-même, riposta Chavasse.

Et il tendit la main vers le bol de thé que lui passait la femme d'Osman Sherif.

De l'autre côté du feu, Katya, assise près des enfants, plongeait dans les flammes un regard vide.

Il vida son bol, le remplit et alla s'accroupir près du colonel Li, qui était assis dos au mur, une peau de mouton sur les jambes.

Il tenait contre sa poitrine sa main gauche bandée et semblait parfaitement calme, en dépit de sa pâleur. Il eut un sourire contraint pour accepter le thé.

— Je suppose que je devrais vous féliciter.

— Une chose m'intrigue encore, dit Chavasse. Pourquoi Tsen n'avait-il pas de soldats pour l'appuyer, quand il est venu attendre mon arrivée chez Hoffner ?

— J'avais désigné six hommes qui devaient le rejoindre à minuit. Mais je crains bien que la rapidité de votre évasion n'ait bouleversé nos plans. Y a-t-il eu des survivants, parmi mes hommes ? Au départ, ils étaient trois avec moi.

— Nous n'en avons vu aucun. Moi-même, j'étais égaré dans le blizzard quand je vous ai rencontré.

Osman Sherif rentra et s'accroupit devant le feu, et Chavasse fit un signe dans sa direction.

— C'est à notre ami, là-bas, que vous devez la vie.

Le colonel Li vida le bol et le plaça soigneusement près de lui, sur le sol.

— Mais pas pour longtemps, j'imagine.

Chavasse secoua la tête.

— Vous vous trompez du tout au tout. Nous allons vous laisser un cheval et des vivres. Vous devriez pouvoir atteindre facilement Rudok.

Les lèvres du colonel Li frémirent légèrement et, soudain, la sueur lui perla au front.

— Voulez-vous dire que vous n'allez pas m'abattre ?

Chavasse fit un signe de dénégation.

— Ce n'est pas nécessaire, colonel. Comme diraient nos amis Américains, vous êtes lessivé.

Il allait se remettre sur pied quand une voix tranquille dit :

— Pas tout à fait, Paul.

Il se retourna très lentement. Debout de l'autre côté du feu, Katya leur faisait face à tous. Elle tenait dans ses mains le pistolet-mitrailleur.

Hoffner fut le premier à retrouver l'usage de la parole.

— Katya, pour l'amour du ciel ! Qu'est-ce que cela signifie ?

Son extrême pâleur ne faisait que la rendre plus belle encore. L'épiderme de son visage était presque translucide et les sombres yeux mélancoliques avaient un regard hanté qui devait obséder Chavasse jusqu'à la fin de ses jours.

Il s'avança légèrement, les mains enfoncées dans les poches de son manteau en peau de mouton, et sourit doucement.

— Dites-lui, mon ange. Dites-lui tout.

Quelque chose qui ressemblait à de l'horreur passa soudain dans son regard.

— Vous saviez, murmura-t-elle. Vous avez toujours su.

— J'attends que vous abattiez votre jeu depuis le moment où vous avez repris conscience, dit Chavasse. Si cela peut vous intéresser, c'est votre petit ami que voici qui vous a trahie. L'après-midi où il a révélé ma supercherie, chez Hoffner, il a déclaré que Kurbsky et lui s'étaient rencontrés dans un village nommé Rangong, quelques jours plus tôt. Malheureusement, Kurbsky m'avait déjà dit qu'il ne le connaissait pas.

— Tout le monde peut se tromper, dit-elle.

— Pas dans ce métier, si l'on veut rester en vie. Et vous avez commis deux erreurs. Quand nous sommes allés nous promener à cheval, je vous ai révélé que j'avais aidé à faire sortir du Tibet le Dalaï Lama. Je savais de source sûre que Pékin ne pouvait être au courant; cependant, le colonel Li l'était, lui. Dans l'un et l'autre cas, vous étiez la seule personne à avoir pu lui fournir l'information.

— C'est mon frère, dit-elle avec fierté. Nous savons ce que nous faisons et où nous allons.

— Pour l'amour du ciel, assez de bla-bla. J'en ai eu ma claque durant ces dernières semaines. Serait-il exagéré de vous demander pourquoi l'on vous avait placée chez le docteur ?

— Il avait de l'importance pour nous, comme une sorte de figure de proue, parce que le peuple avait confiance en lui, dit-elle avec un haussement d'épaules.

— Il y a un point qui me tracasse depuis longtemps, dit Chavasse. Quand j'ai voulu tirer sur votre frère, mon Mauser s'est enrayé.

— J'avais pris la précaution de vider le chargeur la veille au soir, dit Katya.

— Remarquable prévoyance de votre part. Vous rendez-vous compte de ce qui va nous arriver, quand vous allez nous ramener ?

— Ils ne feront que ce qui est nécessaire au bien de l'État. Rien de plus.

— Katya !

Il y avait de la souffrance dans la voix de Hoffner.

— N'avez-vous donc aucune affection pour moi ?

— Aucune, dit-elle froidement.

— Je ne vous crois pas.

Il voulut passer devant le feu pour se diriger vers elle, mais elle leva le pistolet-mitrailleur dans un geste d'avertissement.

— En arrière, docteur. Je tirerai, je le jure.

— Et vous tueriez la poule aux œufs d'or, fit Chavasse d'un ton moqueur.

— Tout est dans la serviette, riposta-t-elle avec calme. Je n'ai rien à perdre.

Hoffner avançait toujours, une main tendue.

— Katya, je vous en prie, écoutez-moi.

— Je vous préviens, dit-elle.

Chavasse n'avait cessé de surveiller l'index de la jeune fille, recourbé sur la gâchette du pistolet-mitrailleur. Sa propre main était toute prête, sur l'automatique de Tsen. En voyant blanchir sa phalange, il tira par deux fois à travers la poche du manteau en peau de mouton.

L'impact des balles la souleva et la plaqua contre le mur ; elle laissa échapper son arme et glissa jusqu'au sol.

Hoffner poussa un cri de douleur, et se couvrit le visage de ses mains. Chavasse le poussa de côté pour s'agenouiller près de Katya. Elle leva vers lui ses yeux élargis, les traits contractés dans sa petite grimace perplexe, puis elle s'étrangla tandis que le sang lui sortait à flots de la bouche. Quand il la reposa par terre, sa tête retomba sur le côté.

Déjà, Osman Sherif poussait dehors sa femme et les deux enfants. Chavasse se releva et fit face à Hoffner.

— Je suis désolé, dit-il. Je sais quelle affection vous lui portiez.

Hoffner secoua lentement la tête.

— Vous n'aviez pas le choix, dit-il. Pour la première fois de ma vie, je commence à me rendre compte de la force de l'adversaire.

Il prit sa serviette et son sac médical et suivit les autres. Chavasse se retourna pour jeter sur Katya un dernier regard.

Le colonel Li était agenouillé près d'elle. Il se redressa au bout d'un moment et, quand il parla, ce fut d'une voix qui semblait appartenir à quelqu'un d'autre.

— Vous êtes un homme dur, dit-il. Plus dur que j'aurais jamais imaginé qu'on pût l'être.

— Je suis un professionnel, répliqua Chavasse. C'est là une qualité que vous êtes incapable d'apprécier. Elle l'aurait pu. Elle l'était également.

Il allait se détourner quand Li l'attrapa par le bras.

— Tuez-moi, Paul !

Chavasse se libéra d'une secousse et sortit sans un mot. Le ciel était gris mais commençait déjà à s'éclairer, et la neige avait une blancheur éblouissante.

Les autres étaient déjà en selle et Osman Sherif l'attendait avec un cheval. Chavasse tendit la main vers le pommeau de la haute selle de bois et s'y hissa. Ce fut un rude effort, mais il y parvint et la petite caravane s'ébranla.

Il savait que le colonel Li était sorti en chancelant de la hutte et se tenait près du cheval qu'ils lui avaient laissé, mais il ne prit pas la peine de jeter un regard en arrière.

L'effet des piqûres que lui avait faites Hoffner commençait à s'atténuer ; il se sentait tout à coup terriblement las. Mais cela n'avait pas d'importance. Rien n'avait d'importance, sinon que, d'une étrange manière, la vie, maintenant, recommençait.

Ce fut sans doute une heure plus tard qu'ils atteignirent le point le plus élevé du col. À un millier de kilomètres en arrière, il crut entendre son nom. Il se retourna et regarda, pour la dernière fois, la petite silhouette, toute noire sur la neige, près de la cabane des douanes. Il pressa son cheval et, à la suite des autres, descendit vers le Cachemire.

1964

PASSAGE DE NUIT

Traduction de l'anglais
par Thomas Bauduret

Ce roman a paru sous le titre original :
PASSAGE BY NIGHT

Celui-ci est pour l'oncle Bob

1

TOUCHÉ PAR LA GRÂCE

Manning s'éveilla d'un sommeil profond et dépourvu de rêves. Il retrouva ses esprits si rapidement qu'on eût dit qu'il venait de naître à ce moment précis, où ses yeux s'étaient ouverts pour fixer le plafond de la cabine. Il resta allongé, immobile, baignant dans sa propre sueur.

Il était torse nu et portait un jeans délavé par le soleil et l'eau salée. Il jeta un coup d'œil à sa montre, puis passa ses jambes par-dessus le lit et resta assis, la tête basse; une douleur sourde et lancinante pulsait derrière son œil droit. Au bout de quelques instants, il entendit des pas résonner dans l'escalier des cabines.

L'homme qui entra était un Noir d'âge indéfinissable. Des yeux vifs pétillaient d'intelligence au milieu d'un visage buriné et crevassé par son métier de marin. Il portait une vieille casquette de capitaine, une chemise écarlate et un jeans d'un bleu immaculé. Manning le regarda et demanda d'une voix solennelle :

— Seth, pourrais-tu me dire ce que je fous là ?

Le marin eut un sourire.

— Que voulez-vous, patron, y'a des jours comme ça ! Vous devriez peut-être y aller mollo sur le rhum. Je viens de faire du thé, il est encore chaud.

— Impeccable. Où est notre client ?

— M. Morrison est allé pêcher au trident dans les récifs. Il m'a dit de ne pas vous déranger. J'espère qu'il aura plus de chance qu'avec le thon de l'autre jour. Ça, comme pêcheur, il ne vaut pas un clou.

— Je te rappelle qu'il nous paie cent cinquante dollars par jour. À ce prix-là, on ne peut rien lui reprocher.

Manning suivit Seth dans l'escalier des cabines et resta là, un pied sur la rambarde, à regarder le golfe qui s'étendait devant lui. Manning était un grand homme bâti en force, avec de larges épaules et des cheveux bruns éclaircis par le soleil. Son menton s'ornait d'une barbe de deux jours. La peau de son visage était étirée sur des os entourant des yeux placides au regard insondable.

Un yacht qui venait de sortir de Nassau passa à quelques centaines de mètres d'eux et s'avança dans le golfe, le vent de noroît gonflant ses voiles. Au loin, un petit avion filait vers le nord, son fuselage argenté reflétant les rayons du soleil.

Seth arriva avec le thé. Il hocha la tête en regardant passer l'avion dont on pouvait percevoir le bourdonnement d'insecte.

— Jimmy Walker emmène des touristes à Eleuthera. On dirait qu'il profite bien de la saison.

— Sauf qu'il boit tout ce qu'il gagne au bar du Caravel, ajouta Manning.

— Je ne pense pas qu'il n'y aille que pour le rhum.

— Parfois, Seth, j'ai l'impression que tu aimes jouer avec le feu.

Manning vida ce qui restait de sa tasse par-dessus bord.

— Il est temps qu'on aille chercher Morrison. On ne peut se permettre de le perdre. J'y laisserais ma réputation.

— Pour ce qu'elle vaut, fit amèrement Seth.

Il aida Manning à boucler les lanières de sa bouteille à oxygène.

— Où sont les fusils à harpons ? demanda Manning.

Son associé haussa les épaules.

— Vous en avez cassé un la semaine dernière et ne l'avez pas encore fait réparer. M. Morrison a pris le deuxième.

— À l'heure où je te parle, il s'est sans doute déjà transpercé le pied.

Manning fixa son masque à oxygène, s'assit sur le plat-bord et se laissa glisser en arrière pour plonger dans l'eau limpide. Il resta sur place le temps de régler son débit d'oxygène, puis se mit à nager une brasse lente et précise.

Il aimait toujours autant cette sensation de flotter dans l'espace, seul dans un monde de silence. Le soleil se reflétait sur les vagues et luisait au-dessus des algues ondulantes qui tapissaient le fond marin, et des étoiles de mer rouges et des coques nacrées se découpaient sur le sable blanc des clairières.

Le récif était une forêt de coraux contorsionnés en des silhouettes fantastiques, d'horribles concrétions monstrueuses qui montaient vers la surface comme des colonnes en ruines. Quelques poissons à rayures se pourchassaient paresseusement à travers les arbustes coralliens. Manning s'arrêta un instant pour les regarder, puis, s'élança d'un grand coup de palmes, et les petits poissons s'égaillèrent sur son passage.

Au-delà des coraux s'étendait une immense fosse sombre aux profondeurs insondables sillonnée par des bancs de petits alevins multicolores, montant et descendant en un nuage scintillant qui n'en finissait pas de changer de couleurs.

Le nuage se désintégra soudain, déchiré par l'apparition d'une bande de maquereaux bleus poursuivis par un requin. Celui-ci vira de bord, et Manning fut repoussé comme par une main invisible. Il se reposa un instant, cramponné aux rebords déchiquetés d'une crevasse creusée à flanc de récif. Morrison sortit de la brume verte et se propulsa à grands coups de palme vers la surface.

D'une main, il tenait son fusil à harpon, et de l'autre la flèche sur laquelle était empalée une perche argentée. Manning partit dans sa direction; en le voyant, l'Américain s'immobilisa entre deux eaux et brandit sa prise. Un nuage brun de sang s'accrochait à son épaule gauche et dérivait en longs filaments dans les eaux vertes. En s'approchant, Manning vit que son client s'était lacéré le bras contre une arête de corail.

L'Américain sourit et haussa les épaules comme pour dire que cela n'était rien. Puis, soudain, ses yeux s'écarquillèrent. Manning allait se retourner lorsque quelque chose heurta violemment son dos, l'envoyant rebondir contre la falaise. Il entrevit un éclair bleu et argent et se retourna pour voir un barracuda disparaître dans la pénombre aqueuse.

Morrison, effrayé, lâcha son harpon, qui dériva dans les profondeurs vertes, entraînant le fusil et son fil de récupération. D'une détente puissante, Manning alla le récupérer, saisit le fil et tira, ramenant le lance-harpons vers lui. Il se dépêcha de le recharger et put voir Morrison qui tentait en vain de se glisser dans une crevasse.

C'est alors que le barracuda jaillit, rapide comme l'éclair, et alla se placer à quelques mètres de l'Américain. Un autre poisson apparut et vint se placer à ses côtés.

Le nuage brun s'élargit; Manning savait qu'il ne manquerait pas d'attirer d'autres prédateurs des mers. Il jaillit en avant et tira, presque à bout portant, dans le ventre blanc du barracuda le plus proche. Il atteignit sa cible qui se tordit de douleur, lui arrachant le lance-harpons des mains. L'animal passa sur le dos, et ses soubresauts d'agonie firent bouillonner les eaux, éparpillant le nuage de sang.

Manning se dirigea vers Morrison et le fit sortir de la crevasse pour l'emmener à sa suite. Alors qu'ils s'éloignaient, l'autre barracuda se retourna vers son congénère, dévoilant des rangées de dents acérées. Il mordit dans la chair exposée, puis secoua la tête, déchirant des morceaux de chair et de cartilages. D'autres silhouettes élancées surgissaient déjà des profondeurs du gouffre ; Manning prit le bras de Morrison et l'attira vers la surface.

Ils nagèrent entre deux eaux, dominant les splendeurs rouges et verte du récif, puis la coque du *Touché par la Grâce* apparut au-dessus d'eux, et ils firent surface près de sa poupe. Morrison fut le premier à grimper à l'échelle, et Seth l'aida à enjamber la rambarde. Lorsque Manning prit à son tour pied à bord, il vit que l'Américain s'était effondré sur le pont, ses épaules secouées de sanglots silencieux.

Manning retira son masque et sa bouteille. Seth vint lui demander :

— Des ennuis ?

— M. Morrison s'est abîmé l'épaule, et deux barracudas se sont intéressés à son cas.

Morrison s'assit et Seth l'examina en hochant la tête.

— Je vous avais dit de faire attention aux arêtes rocheuses, monsieur Morrison. Lorsqu'on fait de la pêche sous-marine, on a tout intérêt à ne pas se blesser. En temps normal, les grands garçons qui rôdent là-dessous vous fichent la paix, mais lorsqu'ils ont flairé le sang, on ne peut plus les tenir.

— Je m'en souviendrai.

Manning l'aida à se relever.

— Descendons dans la cabine. Je vais m'occuper de cette épaule. Seth se chargera de votre équipement.

Morrison s'assit sur l'une des couchettes, une serviette autour des épaules, secoué de frissons. Manning tira une bouteille de rhum d'un des placards, en remplit un verre et le lui donna. L'Américain avala d'un trait le liquide ambré et eut un sourire plein de gratitude.

— Je croyais que ces histoires de requins et de barracudas s'en prenant à des plongeurs n'étaient que des contes de bonnes femmes ?

— Pas s'ils ont flairé du sang, fit Manning en passant un coton imbibé de désinfectant sur la plaie. Autre chose : lorsque vous avez tiré avec votre lance-harpons, il faut toujours le recharger. Vous pouvez toujours en avoir besoin.

— Je ne risque pas de l'oublier, fit Morrison alors que Seth s'inscrivait dans l'entrée.

— Le *Bonaventure* s'approche, Cap'taine.

— Tiens, prends ma place.

Manning se tourna vers Morrison :

— J'ai à parler avec un vieux pote.

Il ouvrit un tiroir, en sortit un petit paquet et monta sur le pont.

Le *Bonaventure* était un vieux chalutier vert et blanc qui perdait sa peinture par lamelles entières. Le poste de commandement dominait le pont de trois bons mètres et, alors que le navire virait de bord, il se pencha dangereusement, comme s'il était trop plein.

Manning put voir deux hommes d'équipage, un jeune garçon en jeans à la peau tannée par le soleil et un homme maigre et chauve avec un œil de verre. Tous deux lancèrent leurs grappins et les bateaux s'entrechoquèrent. Manning sauta à bord du *Bonaventure.*

Dans la cale, trois thons et quelques marlins gisaient en vrac, et des nuées de mouches bourdonnaient autour de leurs bouches ouvertes. Sanchez se pencha sur sa barre et sourit.

— Monte, *amigo*.

Il avait la soixantaine, mais était mince et noueux, son corps desséché comme du cuir d'Espagne par la mer et le soleil. Lorsque Manning monta l'échelle, il le vit qui versait du gin dans deux verres pas très propres. Il se tourna et lui en offrit un.

— À ta santé, fit-il gravement et en espagnol.

— À la tienne, répondit Manning. Alors, quoi de neuf à La Havane ?

— Rien d'inhabituel.

Le vieil homme se tourna et cracha par le hublot avant de reprendre :

— Nous avons beaucoup espéré, mais maintenant que les États-Unis ont promis de ne pas débarquer…

Manning but son gin et reprit :

— Je te propose un pari. Cent dollars américains. D'ici à un an, Castro ne gouvernera plus Cuba.

Le vieil homme éclata de rire, cracha dans sa main et saisit celle de Manning.

— Comment puis-je refuser une telle offre? (Il leva son verre). À Castro, qu'il grille en enfer.

Il sortit d'un tiroir une boîte de cigares et en offrit un à Manning.

— Et Maria, comment va-t-elle? Est-ce qu'elle chante toujours dans ce club de Spanish Cay, comment s'appelle-t-il, le Caravel?

Manning acquiesça. Il tira le paquet de sa ceinture et le laissa tomber sur la table.

— Voilà sa lettre, comme d'habitude. Et sa mère?

Sanchez soupira.

— Elle n'est pas en bonne santé, *amigo*. Mais ne le dis pas à Maria. Elle a assez de soucis comme ça.

Il tira une enveloppe sale de sa poche et la posa à côté du paquet.

— Une lettre de la vieille. Dans laquelle, bien sûr, elle dit que tout va bien. C'est ce qu'elle veut faire croire à Maria.

— Il n'y a toujours pas moyen de lui faire quitter Cuba?

Sanchez fit non de la tête.

— Impossible. Quoi qu'il arrive, dans son état, mieux vaut ne pas y penser.

Il claqua l'épaule de Manning.

— Peut-être que tout ira mieux l'an prochain, hé? Alors tu pourras revenir. Tu reprendras cette affaire qu'ils t'ont volée et Maria rentrera chez elle. Tout sera comme avant.

Manning secoua la tête.

— Rien n'est jamais comme avant, Sanchez. Tout change.

— Tu as peut-être raison, soupira Sanchez avant de prendre la main de Manning. Que Dieu soit avec toi, *amigo*, et dis à Maria de prendre bien soin d'elle-même. La semaine dernière, au Honduras, on a abattu deux des nôtres en pleine rue. Fidel a le bras long.

— À Cuba, il est peut-être Dieu en personne, mais à Nassau, on le ferait enfermer.

Manning sourit et descendit l'échelle.

— À dans un mois.

Lorsqu'il regagna son propre bateau, Morrison apparut sur le pont, suivi de Seth. L'Américain s'arrêta le temps d'allumer une cigarette. Lorsqu'il leva les yeux, le *Bonaventure* virait de bord, dévoilant sa poupe où étaient inscrits son nom et son port d'origine.

— La Havane ? fit Morrison surpris. Je ne savais pas que les navires cubains s'aventuraient si loin vers le nord.

— Il le faut, s'ils veulent prendre du poisson, répondit Manning. Depuis la révolution, ils ne peuvent compter que sur leurs propres navires. Personne ne veut s'approcher de leurs eaux territoriales. Les autorités ont la sale habitude de réquisitionner tout ce qui leur plaît au nom de la Révolution.

— Je crois détecter une légère amertume dans vos propos ?

— En effet. J'avais une entreprise là-bas, à La Havane. Je faisais de la récupération d'épaves. Lorsque les *fidelistas* sont arrivés, ils me l'ont prise en même temps que tous les commerces dirigés par des étrangers. J'ai réussi à sortir le *Touché par la Grâce* du port, mais ce fut de justesse.

— Alors vous ne portez pas ce cher Castro dans votre cœur ?

Manning haussa les épaules.

— Il est malin, c'est sûr. Il le faut pour transformer une troupe de quatre-vingt-deux hommes en armée révolutionnaire. Mais son pouvoir commence à se fendiller. Il ne durera plus longtemps.

— À cause de cette affaire avec les Russes ?

— Non, mais de quelque chose qui, de son point de vue, est bien plus important. C'est les *guagiros* — les fermiers — qui commencent à s'agiter. Ils devaient se partager les terres réquisitionnées. Malheureusement, une bonne partie de ces terrains se sont révélés n'être que de la montagne, de la jungle ou de la poussière. On peut dire qu'ils l'ont mauvaise.

— Vous pensez donc que votre entreprise peut vous être rendue plus vite qu'on ne le croit ?

— On peut toujours espérer.

Manning regarda sa montre.

— Si nous partons maintenant, nous pourrons arriver à Johnstown avant la nuit. Là, vous pourrez m'offrir ce verre que vous m'avez promis. Même si nous ne vous avons pas levé un thon, ce fut un après-midi riche en bons moments.

— Avec plaisir.

Seth levait déjà l'ancre. Manning passa devant la barre et mit les moteurs en marche. Un instant plus tard, il mettait pleins gaz et virait dans le golfe.

2

Spanish Cay

Il était déjà tard lorsqu'ils arrivèrent à Spanish Cay. La plage n'était plus qu'une ligne blanche d'écume sur fond de palmiers se détachant sur un ciel orangé.

Alors que le *Touché par la Grâce* faisait le tour du promontoire pour entrer dans le port de Johnstown, un navire de croisière sortit du chenal, traînant derrière lui des grappes de rires joyeux qui se mélangeaient aux ténèbres et à la pulsation sourde du moteur.

*
* *

Manning réduisit sa vitesse et fit dériver le navire vers la jetée de pierre à demi éboulée qui s'étendait à l'est du port. Un grand Noir aux traits avenants, en uniforme de la police coloniale, était assis sur le mur et fumait une cigarette. Il se leva et prit la corde que Seth lui jeta.

Manning coupa les moteurs, endossa son vieux caban et sortit sur le pont, où l'attendait Morrison. Lorsqu'ils montèrent l'échelle rouillée pour prendre pied sur le quai, le policier s'était à nouveau installé sur le mur. Il leur sourit, dévoilant des dents blanches.

— La pêche a été bonne, m'sieur Manning ?

L'interpellé secoua la tête.

— On rentre bredouille.

Il se tourna vers Morrison.

— Vous connaissez le sergent Joe Howard ? C'est le représentant de l'Empire, ou ce qu'il en reste, dans ce pays de sauvages. Il nous fait tous marcher à la baguette.

Morrison acquiesça.

— On s'est croisés hier, lorsque j'ai débarqué de l'avion. Vous venez prendre un verre avec nous, sergent ?

— Il est un peu trop tôt pour ça. Plus tard, peut-être.

— C'est noté, conclut Morrison, et ils partirent le long de la jetée, laissant Howard discuter avec Seth.

Ils pouvaient entendre l'étrange pulsation du *Goumbé*, la version nassavienne du *calypso*, alors qu'ils parcouraient le front de mer pour s'approcher du Caravel. Le bar faisait face au port et sa terrasse était ombragée par des arbres au feuillage imposant.

Le Caravel avait autrefois été un petit hôtel minable, principalement fréquenté par les marins de passage et divers poivrots aux revenus plus douteux. Durant la saison touristique, les voyageurs venaient y chercher un brin de couleur locale. Bien sûr, les tarifs avaient augmenté proportionnellement au standing de l'endroit, mais une bonne partie de la clientèle originelle hantait encore les lieux.

On n'avait guère modifié la disposition de l'endroit, mais on lui avait adjoint un petit casino. Les dirigeants n'avaient pas cédé au mirage de l'air conditionné, et d'immenses ventilateurs démodés tournaient toujours paresseusement au plafond. Les murs contenaient toujours de longs aquariums éclairés au néon, regorgeant de poissons tropicaux.

La petite piste de danse était encerclée par des tables serrées les unes contre les autres, dont la plupart étaient déjà occupées, car dans les îles, selon la coutume, on dînait de bonne heure. Un groupe de calypso jouait sur une petite estrade installée dans un coin de la salle, sous une voûte recouverte d'un dais en perles; plusieurs couples se tortillaient sur la piste.

Manning et Morrison se frayèrent un passage dans la foule, et l'Américain commanda des gin-tonics. Jimmy Walker était assis à l'autre bout du bar, un verre à demi vide devant lui. Il portait un blouson d'aviateur de la R.A.F. dont on avait retiré les emblèmes, et son vieux képi se tenait de guingois au-dessus de son visage de jeune risque-tout.

Il décocha un sourire à Manning.

— Je vous ai vu, vous avez jeté l'ancre au large de Cat Cay cet après-midi. Alors, la pêche fut bonne ?

Manning secoua la tête.

— Et toi ? Les affaires marchent ?

— Peut pas se plaindre. Cet après-midi, j'ai ramené tout un chargement de Nassau.

— Je me demande toujours comment tu fais pour que ce vieux Walrus ne te claque pas entre les doigts, fiston. Tu reprends un verre avec nous ?

Walker vida son verre et secoua la tête.

— Faut que j'aille faire le plein. Je vais emmener des gens à Nassau pour qu'ils puissent prendre le vol de minuit pour Miami. Dis à Maria que je regrette d'avoir loupé son tour de chant.

— Ceci sera répété, fit gravement Manning.

— J'en doute pas.

Walker eut un sourire de défi, tourna les talons et fendit la foule. Manning offrit une cigarette à Morrison, et l'Américain répondit :

— Je ne suis pas sûr d'aimer ce jeune homme. Il m'a tout l'air d'un jeune coq.

— Il est jeune, en effet, et il se croit amoureux.

— Mais l'est-il vraiment ?

— Qui sait ? À son âge, on craque pour la première jolie fille que l'on rencontre.

— Pourtant, à mon âge canonique, je n'ai pas changé sur ce point. Et vous m'en voyez très heureux.

Morrison vida son verre.

— Si vous voulez bien m'excuser, je vais aller prendre un bain. Peut-être pouvons-nous dîner ensemble, plus tard ?

Manning fit non de la tête.

— Merci de la proposition.

— Une autre fois peut-être.

Morrison sortit son portefeuille et laissa quelques billets sur le bar.

— Voici un léger acompte.

Manning compta la somme et fronça les sourcils.

— On avait dit : cent cinquante la journée. Il y a cent dollars de trop.

— Le moins que je puisse faire, c'est vous offrir un nouveau lance-harpons. (Morrison eut un sourire avide.) On part à quelle heure demain matin ? J'ai toujours l'intention de me ramener un thon.

— Inutile de partir trop tôt. Retrouvons-nous à 8 heures, sur la jetée.

— Ce sera avec plaisir.

L'Américain s'éloigna du bar. Manning fourra les billets dans sa poche revolver et commanda un double-rhum. Alors qu'il allumait une cigarette, il y eut un roulement de tambour, et la piste de danse se vida. Les lumières s'éteignirent progressivement pour ne laisser qu'un spot qui renvoya un cercle de lumière sous la voûte, derrière l'orchestre.

Lorsque Maria Salas apparut, franchissant le rideau de perles, il y eut un soupir, comme si la foule tout entière avait retenu son souffle. Elle portait un pantalon de cuir, un chemisier de soie blanche noué à la taille et un chapeau espagnol incliné avec goût pour que son ombre cache son visage.

Pendant un instant, elle resta là, immobile, comme si elle attendait quelque chose. Puis ses doigts caressèrent les cordes de sa guitare, et elle se mit à chanter.

Elle n'avait pas une voix extraordinaire, et pourtant, il y avait quelque chose, peut-être un morceau de nuit, une tristesse qui voilait le fond de sa gorge. Il n'y avait sans doute qu'une demi-douzaine de personnes dans la salle qui comprenaient ce qu'elle chantait, mais cela n'avait aucune importance.

Manning se souvint de leur première rencontre, par un après-midi étouffant de juillet ; de ce bateau de pêche rempli de réfugiés en provenance de Cuba qui dérivait dans le golfe. Face à cette situation désespérée, elle avait fait preuve d'un calme étonnant, et c'est la première chose qui l'avait attiré vers elle.

On ne pouvait pourtant pas la trouver belle. Sa peau arborait un teint olivâtre, ses cheveux si noirs qu'ils en étaient presque bleus étaient ramenés en arrière et noués d'un ruban écarlate, et pourtant, elle éclipsait toutes les femmes présentes.

Alors que les dernières notes de son chant s'étiraient dans l'air, il y eut un moment de silence essoufflé qui se conclut par un tonnerre d'applaudissements. Elle fit face aux acclamations tel un *torero* dans l'arène de Mexico, les pieds serrés, son chapeau tendu au bout de sa main droite. Alors que Manning commandait un autre rhum, elle entama un flamenco, dansant en même temps qu'elle chantait, frappant l'estrade du talon de ses bottes. Elle conclut sur une note rauque et stridente qui avait quelque chose de très excitant.

Cette fois-ci, les applaudissements se prolongèrent. Elle disparut derrière le rideau de perles et revint pour saluer le public, très raide, les talons serrés, se tournant tout doucement d'un côté, puis de l'autre, alors que ses yeux regardaient au-delà de la foule. Au moment où ils croisèrent ceux de Manning, il leva son verre et elle hocha la tête. Elle chanta encore une chanson, puis au final, dansa à travers le rideau de perles tout en continuant de chanter, sa voix se faisant de plus en plus lointaine.

L'orchestre attaqua un autre *Goumbé*. Manning traversa la foule et entra dans le casino. Il était encore trop tôt, et il n'y avait pas grand monde autour des tables, juste un ou deux joueurs de roulette. Le distributeur du black-jack faisait des réussites en attendant la grande ruée.

Kurt Viner, le propriétaire du Caravel, était assis devant le comptoir et vérifiait la recette du soir précédent sous l'œil circonspect de son comptable. Viner était un Allemand mince et grisonnant d'une cinquantaine d'années qui portait son smoking blanc avec une certaine élégance aristocratique.

Au moment où Manning entrait dans la pièce, il leva les yeux et lui fit un signe de la main.

— Salut Harry, ça va ?

Manning prit les deux cent cinquante dollars que Morrison lui avait donnés et les posa sur sa table.

— Un petit acompte. Ces derniers temps, j'ai quelque peu oublié d'effacer mes ardoises.

Viner se leva et fit un signe de tête au comptable.

— Mettez-moi ça sur le compte de M. Manning. Si on a besoin de moi, je serai dans mon bureau.

Il se tourna vers Manning.

— Allons boire un verre, Harry. Loin de tout ce bruit.

Il passa la porte verte qui faisait face à sa table, et Manning l'y suivit. La pièce qui se trouvait de l'autre côté était meublée avec goût en style suédois contemporain, des panneaux de bois alternant avec des cloisons de papier fait main. Dans un coin se trouvait un petit bar en arc de cercle. Manning s'assit sur l'un des tabourets alors que Viner s'installait de l'autre côté du comptoir.

— Morrison doit être un bon client. Qu'est-ce qu'il fait dans la vie ?

— Il est agent immobilier ou quelque chose dans ce style. Et puis qu'importe ? Mes clients sont tous les mêmes. Des hommes d'affaires entre deux âges qui commencent à prendre du bide, se retrouvent avec beaucoup trop d'argent sur les bras et veulent pimenter un brin leur existence. Lorsqu'ils arrivent ici, ils commencent par défaire leurs bagages et s'habiller comme un personnage d'Hemingway, puis ils descendent sur le pont et s'attendent à ce qu'on leur offre un thon sur un plateau d'argent.

— Oui, mais ils vous paient grassement pour cela, ne l'oubliez pas, contra Viner. Et en dollars. De nos jours, c'est une monnaie fort utile.

— Et je leur en sais gré.

— Alors ce Morrison ne vous plaît pas trop ?

— Grâce à lui, j'ai perdu un lance-harpons, mais il a tenu à me le rembourser bien qu'il sache que je suis assuré. J'en conclus qu'il est plus régulier que la moyenne.

— Et comment. Cent cinquante dollars par jour, c'est bien payé.

Viner hésita, puis ajouta :

— Vous savez, Harry, vous êtes toujours le bienvenu ici, mais il est évident que, de nos jours, vous avez à peine de quoi gagner votre vie.

— Vous avez mieux à me proposer ?

L'Allemand remplit son verre et dit lentement :

— Il vous arrive d'aller à Miami, non ?

— Et alors ?

— Le *Touché par la Grâce* est un grand bateau. Vous pourriez prendre des passagers.

Manning fronça les sourcils.

— Des réfugiés cubains, vous voulez dire ? Des immigrés clandestins ? Vous savez ce qu'on risque ?

— Oui, mais cela rapporte pas mal.

— Et comment. Cinq ans de prison. Cette côte regorge de petites vedettes pleines de garde-côtes, surtout depuis la crise de Cuba. Et puis qu'est-ce que ça peut vous faire ? Vous n'avez pas tellement besoin d'argent.

— Disons que mon cœur est du côté des réfugiés. Je l'ai moi-même été, quelques années après la guerre. (Viner sourit.) Pensez-y, Harry. Mon offre tient toujours.

Manning vida son verre et se leva.

— Merci, mais mes affaires ne vont pas si mal que ça. À plus tard.

Il quitta l'arrière-salle, puis traversa le casino pour se rendre au bar. Il hésita un instant, puis passa dans le hall, devant la réception, et monta les escaliers jusqu'au premier étage.

Il prit tout de suite conscience du calme qui y régnait. Alors qu'il traversait de longs couloirs, une femme éclata de rire, et ce bruit lui parut étrangement lointain. La musique qui résonnait au rez-de-chaussée pouvait aussi bien provenir d'un autre monde.

Il ouvrit la porte au bout du couloir et entra. La chambre s'emplissait d'ombres et, au centre, une seule et unique lampe munie d'un abat-jour était posée sur un guéridon. La grande verrière s'ouvrait sur la terrasse, et la brise soulevait légèrement les rideaux.

Elle était assise dans les ténèbres, sur un vieux fauteuil de rotin, une robe de chambre la protégeant de la fraîcheur du vent nocturne.

— Salut, Harry, dit-elle doucement.

Il lui tendit une cigarette, puis gratta une allumette qui entra en éruption entre ses mains, et elle se pencha pour profiter de la flamme. La lueur cuivrée fit ressortir ses traits et les lacs sombres de ses yeux.

— Comment fut ta journée ?

— Pas plus mal que d'habitude. Tant que tu tiens le coup, c'est la belle vie.

Il ne put cacher son amertume, et elle secoua la tête.

— Tu ne peux pas continuer comme ça, Harry. Tu ne peux ressasser constamment le passé. D'accord, tu avais une entreprise qui marchait bien et tu l'as perdue. Pourquoi ne peux-tu pas accepter ton sort au lieu de vivre au jour le jour en attendant un miracle qui te la rendrait ?

— Je ne dépends de personne. Je gagne ma croûte.

— Oui, mais de peu, fit-elle d'une voix teintée par la colère. Est-ce vraiment une vie pour un homme comme toi ? À La Havane, tu es parti de rien. Pourquoi ne pas recommencer ?

— Parce que je suis fatigué, pour commencer. Et puis j'ai quinze ans de plus que lorsque j'ai monté mon affaire. Je viens de discuter avec Viner. Il veut que je passe des réfugiés en Floride. Vite fait, bien fait, un voyage de nuit et pas de questions.

Elle se pencha en avant, prise d'un doute.

— Tu n'as tout de même pas accepté ?

— Ne t'en fais pas, j'ai encore un brin de bon sens.

Il tira l'enveloppe de sa poche et la lui tendit.

— Une lettre de ta mère.

Elle se leva avec un petit cri de joie. Il la vit déchirer le papier fiévreusement, puis se détourner. Elle s'accouda à la rambarde.

Après un moment, elle le rejoignit.

— Comment va Sanchez ?

— Il m'a paru en bonne santé.

— Il a dit quelque chose ?

Il fixa son visage, essayant de déchiffrer l'expression de ses yeux, mais ceux-ci se cachaient dans l'ombre.

— Juste que deux des vôtres ont été abattus au Honduras la

semaine dernière. Il te dit de faire attention. Castro a le bras long.

— En ce cas, rétorqua-t-elle, il devrait faire attention à sa main, parce qu'on pourrait bien la lui couper.

Manning fit la grimace.

— Maria, est-ce que tu t'es mêlée à quelque chose ? Est-ce que tu as quelque chose à me dire ?

Elle eut un sourire.

— Ne t'inquiète pas. Il n'y a rien. Rien du tout.

Manning se détourna et se pencha contre la rambarde. Elle se plaça derrière lui afin que ses épaules touchent les siennes à chaque fois qu'elle remuait. Le vent rafraîchissait la surface des eaux, et une légère brume ourlait le port. Il se sentait à la fois paisible et agité, heureux et mécontent. La journée avait été rude, et le passé refaisait surface. Il eut un soupir et se redressa. Elle leva les yeux, et son visage n'était qu'une tache blanche dans l'obscurité.

— À quoi penses-tu ?

— À la vie ! On ne peut être sûr de rien dans cette existence. Rien n'est jamais fixé.

Elle se rapprocha de lui, ses mains s'emparèrent des revers de son caban, et il la reçut dans ses bras. Au-delà du promontoire, la mer commençait à se soulever, et des crêtes d'écume apparaissaient.

— Il y aura une tempête avant le matin, dit-il.

Elle fixa la mer dans le lointain et frissonna.

— Rentrons, Harry. Mon prochain spectacle est à 11 heures. Dans trois heures.

Elle passa dans la chambre. Il resta là un instant, à regarder la surface des flots, puis la brise émit un étrange gémissement qui l'emplit d'un malaise vague et irrationnel. Il se retourna et suivit Maria.

*
* *

Il resta là, à cheval sur les frontières du sommeil et de l'éveil, tout en prenant conscience du vent qui s'était raffermi. Quelque part, loin au-dessus de l'océan, retentit l'écho d'un seul et unique coup de tonnerre.

Au bout d'un moment, il tendit la main et réalisa qu'il était seul. Il rejeta les draps et regarda sa montre. Onze heures et des poussières. Il resta là, fronçant les sourcils, puis se souvint qu'on était vendredi et qu'elle devait apparaître une nouvelle fois sur scène. De toute évidence, elle avait choisi de ne pas le réveiller.

Il se leva, alla à la salle de bains et tourna les robinets de la douche. Les aiguillons de l'eau glacée lui redonnèrent toute sa vigueur et, lorsqu'il s'habilla, son corps avait retrouvé toute sa vitalité.

Il descendit les escaliers à 11 heures et demie. Le vent secouait les volets de la terrasse. Le casino comptait encore quelques clients, mais bizarrement, le bar était désert. Ou presque.

Morrison était assis sur un tabouret et buvait du gin-tonic tout en feuilletant un vieux magazine de yachting. Il leva les yeux et sourit.

— Salut la compagnie. Alors, on se boit un verre ?

Manning regarda la piste de danse déserte et fronça les sourcils.

— Qu'est-ce qui se passe ? À quelle heure s'est terminé le spectacle ?

— Ce soir, il n'y a pas eu de second tour.

Une rafale de vent fit trembler les vitres, et Morrison ajouta :

— On dirait qu'on va se prendre un grain.

Alors que Manning tournait les talons, son sentiment de malaise revint en force. Viner passa la porte du casino, un petit coffre sous le bras. Il allait passer derrière le bar lorsque Manning lui prit le bras.

— Qu'est-ce qui se passe ici ? Maria m'a dit qu'elle entrait à nouveau en scène à 11 heures. Où est-elle ?

Viner posa la caisse derrière le bar et soupira.

— Vous devriez prendre un verre, Harry.

Avant que Manning ait pu répondre, il y eut un cri à l'extérieur et la porte s'ouvrit. Un coup de vent l'envoya s'écraser contre le mur.

L'homme qui entra d'un pas incertain avait beaucoup couru, et son imperméable dégoulinait d'eau. Il agrippa le rebord du bar et resta là en gémissant doucement.

C'était un vieux marin du nom de Saunders qui, durant la saison touristique, faisait le charter. Viner passa derrière le bar, lui versa un verre de rhum et le poussa vers lui.

— Bois un coup et remets-toi, mon vieux. Qu'est-ce qu'il y a ?

— Jimmy Walker et son vieux zinc sont tombés à l'eau, cracha

Saunders avant d'avaler une gorgée de rhum qui le fit tousser. J'étais à trois bornes de là, vers Blackstone Reef. La mer y est agitée comme un chaudron.

— Peu importe, fit Manning. Qu'est-ce qui s'est passé ?

— Sais pas. Ça a fait un sacré boum, en tout cas. Lorsque j'ai levé les yeux, j'ai vu le zinc qui tombait comme une pierre.

— Tu n'es pas allé les aider ?

— Dans ma vieille barcasse ? Monsieur, de la façon dont ça bouillonnait, j'avais bien du mal à éviter qu'elle ne rende son âme à Neptune. Je me suis dit, autant aller chercher un véritable secours.

Alors que Viner posait la bouteille de rhum qu'il tenait en main, il y eut un bruit de verre brisé. L'Allemand oscilla légèrement sur ses pieds, le visage blanc comme un linge, et dut se retenir au bar.

— Bon sang, remettez-vous ! cria Manning. Prenez un ciré, et filons d'ici.

— Mais Harry, vous n'avez rien compris ! fit Viner. Maria avait pris cet avion.

Manning resta là, à le regarder, et le froid envahit tout son corps. C'est alors que le ciel cracha un roulement de tonnerre et que la pluie se mit à tambouriner contre le toit.

3

Les eaux sombres

La pluie battait le pont et les flancs du *Touché par la Grâce* alors que le navire sortait du port et se dirigeait vers le large. Manning mit les gaz à fond ; la proue se souleva et attaqua les vagues avec une ardeur renouvelée. Le bateau ne tarda pas à laisser loin derrière lui Joe Howard et sa vieille vedette de police.

Manning était d'un calme surprenant ; il avait chassé de son esprit toutes les hypothèses indésirables. Ils arriveraient à temps pour sauver ce qui pouvait l'être, et il n'y avait rien d'autre à faire. Il chercha une cigarette ; Morrison se dépêcha de lui en tendre une et lui donna du feu.

— Est-ce qu'ils ont une chance de s'en sortir ?

— Plusieurs, répondit Manning. Ce vieux Walrus ne coulera pas si facilement. De plus, Jimmy emporte toujours un matériel de sauvetage et un dinghy en prévision d'un accident. Il a toujours été très strict en matière de sécurité. J'imagine qu'il a gardé ses habitudes du temps de la R.A.F.

— Et ce récif sur lequel ils se sont abattus ?

— C'est bien ça qui m'inquiète.

Alors que le bateau escaladait la crête d'une vague, une bourrasque plus forte que les autres le frappa de plein fouet ; le navire trembla de tous ses rivets avant d'entamer sa descente vers le creux de la vague.

La violence du choc repoussa Morrison et Saunders sur le côté. Manning s'empara de la barre qui commençait à tourner sur elle-même et s'y cramponna pour aborder le prochain mur liquide qui se précipitait sur eux.

À la lumière de la loupiote, le visage de Morrison était pâle et terrifié.

— Cela arrive souvent ?

— En général, une fois suffit, rétorqua Saunders.

La porte du salon s'ouvrit, libérant un flot de lumière, et Seth monta l'escalier, porteur d'une théière fumante et d'une tasse.

— Bon sang, Neptune est en rogne ce soir !

— On peut le dire, répondit Morrison. Comment va Viner ?

— Malade comme un chien. C'était à prévoir. On aurait dû le laisser à terre.

Manning but une gorgée de thé bouillant et passa la tasse à Saunders. Les feux de position rouges et vert jetaient d'étranges lueurs sur le pont et, au-delà, il n'y avait rien, que la mer et la nuit.

Quelques instants plus tard, la pluie cessa et la lune apparut, profitant d'une percée dans la chape de nuages qui filaient dans le ciel. Le vent retomba et le grain mourut aussi subitement qu'il avait commencé.

La clarté lunaire éclairait la mer qui s'étendait jusqu'au bout de l'horizon. Le *Touché par la Grâce* se mit à fendre les courants, sa proue semblant mordre la surface des eaux. Par-dessus le rugissement sourd du moteur, ils purent entendre une détonation sourde, et un geyser d'eau blanche entra en éruption à plusieurs mètres d'eux.

— Bon sang, qu'est-ce que c'était que ça? demanda Morrison.

— Un évent, répondit Saunders. Ça arrive par mauvais temps. Le récif est plein de trous.

Ils se turent en approchant de l'immense rempart noir et déchiqueté qui se dressait une dizaine de mètres au-dessus des eaux. Un courant les aspira alors que Manning s'apprêtait à virer, et il y eut un clapotement sourd contre la coque du bateau. La vague se brisa soudain en un jaillissement de gouttelettes qui montèrent très haut dans les airs pendant que, tout autour d'eux, apparaissaient des arêtes rocheuses.

Manning fit tourner le moteur au ralenti. La direction se fit très lourde, et ils dérivèrent vers un gros morceau de pierre noire. Manning et Seth durent s'y mettre à deux pour faire tourner la barre et réussirent à contourner la pointe sud du récif pour rejoindre l'autre côté, à l'abri du vent, là où les eaux étaient plus paisibles.

La mer s'étirait à l'infini, une chape ténébreuse encerclant des rochers et des bancs de coraux éclairés par la lune. Pas trace du Walrus. Seth ouvrit le hublot avant; Manning alluma le projecteur qu'il fit lentement pivoter. Le faisceau lumineux jeta un cercle blême sur la surface des eaux lisses.

Saunders poussa une exclamation et tendit la main vers une section de fuselage qui scintillait dans la lumière du projecteur. Seth se précipita à la proue pour jeter l'ancre. Manning éteignit le moteur. Morrison et Saunders étaient montés sur le toit de la cabine. Manning leur emboîtait le pas lorsque l'Américain poussa un cri d'horreur.

Manning alla faire pivoter le projecteur, et son estomac se souleva. Dans la lumière crue du faisceau, la mer bouillonnait littéralement sous les coups de nageoire d'une douzaine de requins qui, telle une horde de chiens affamés, plongeaient et se disputaient une pièce de viande. Une tête hideuse surgit de l'eau, un bras humain dans la gueule, puis replongea pour échapper aux assauts des autres prédateurs.

Manning sauta sur le pont et courut dans la cabine. Lorsqu'il en ressortit, il portait une carabine automatique Garrand. Il alla s'adosser à la rambarde. Une rage impuissante s'enflait en lui alors qu'il vidait son chargeur sur les corps luisants.

C'était inutile. Maintenant, les soubresauts d'agonie des

requins agitaient la surface des eaux alors qu'ils devenaient à leur tour les victimes de leurs congénères surexcités.

Le sang qui jaillissait à gros bouillons, les morceaux de chair qui dérivaient sur les flots, les grands poissons qui se tordaient, tout le spectacle semblait tout droit sorti d'un cauchemar où la mer elle-même aurait hurlé sa souffrance.

Alors que l'écho du dernier coup de feu résonnait dans la nuit, Manning jeta sur le pont sa carabine inutile et descendit d'un pas hésitant. Pendant un moment, les autres restèrent là, à se jeter des regards impuissants, puis Seth alla éteindre le projecteur.

Manning se tenait assis devant la table du salon et fumait une cigarette, un verre vide devant lui. Il tendit la main vers la bouteille. Viner entra, refermant la porte derrière lui, et alla se jeter sur la chaise. Ses cheveux étaient détrempés par la pluie et son visage était très pâle.

— Qu'est-ce qui se passe là-dehors ? fit Manning, d'un calme olympien. C'est fini ?

Viner secoua la tête et posa son menton entre ses mains. Manning remplit un demi-verre de rhum et le poussa vers l'homme assis en face de lui.

— Buvez un coup. Ça ira mieux après.

Viner secoua la tête.

— J'en doute. Je préfère prendre une cigarette.

Manning lui en donna une ; l'Allemand l'alluma soigneusement et toussa lorsque la fumée se coinça dans sa gorge. Le silence retomba sur le salon.

Après un instant, Manning demanda :

— Où allait-elle ? À Miami ?

Viner acquiesça.

— Elle a reçu une lettre du Comité des réfugiés cubains. Ils voulaient qu'elle parte en tournée aux USA pour récolter des donations en leur faveur.

— Mais pourquoi ne m'a-t-elle rien dit ?

— Elle préférait que cela se passe ainsi. Une rupture bien nette.

Manning secoua la tête.

— Je n'y comprends rien. Rien du tout. Il doit y avoir une autre raison. Quelque chose de logique.

— Bon, d'accord, Harry, vous l'aurez voulu. Depuis que vous êtes arrivé à Spanish Cay, vous n'en finissez pas de vous lamenter sur votre sort. On dirait que vous êtes le seul à avoir souffert de la crise de Cuba. Puis Maria est arrivée. Au moins, elle vous a empêché de vous tuer à force de boire, mais depuis, elle vous a servi de béquille. Elle a décidé qu'il était temps que vous réappreniez à vous tenir sur vos deux pieds.

Manning resta là, à le regarder en fronçant les sourcils. Puis il vida son verre, se leva et sortit de la cabine. Saunders, Morrison et Seth discutaient tranquillement face au poste de pilotage ; il les dépassa et alla se tenir face à la rambarde. Il pensa à Maria, dont le corps devait flotter entre deux eaux. Il savait que Viner avait cent fois raison.

Une faible luminosité apparut, et il put distinguer la brume grise qui se dégageait de la mer et les hallebardes de la pluie.

Le cauchemar était terminé. Les flots se soulevèrent légèrement pour venir mourir contre le rocher. Les requins étaient partis.

La vedette de police avait jeté l'ancre à vingt ou trente mètres de là. Joe Howard apparut derrière la barre et leva un bras ; il monta dans son canot, détacha l'amarre et pagaya jusqu'au navire de Manning.

Lorsqu'il prit pied sur le pont, son visage d'habitude jovial était grave.

— J'ai appelé Nassau. Ils envoient un bateau de sauveteurs et deux plongeurs. Ils devraient arriver vers midi.

Manning secoua la tête.

— Ce n'était pas la peine. J'y vais moi-même.

— Ne faites pas l'idiot, Harry ! fit Viner, émergeant dans la cabine de pilotage, les autres sur ses talons.

— Si je veux risquer ma peau, c'est mon affaire.

Seth le regarda et dit doucement :

— Vous ne trouverez rien là en bas, Harry. Rien qu'un requin-tigre ou deux venus chercher du rab, et encore.

— Je verrai bien.

Manning se tourna vers Howard

— Désolé, Joe, mais c'est comme ça.

Le jeune policier soupira et se tourna vers Seth :

— Pendant que vous y êtes, sortez deux bouteilles. Je vais avec vous. (Il eut un sourire las.) Je ne sais pas si vous vous en souvenez, mais c'est *moi* qui suis censé prendre les responsabilités.

— Non, mais, vous êtes dingues tous les deux ou quoi ? demanda Morrison.

Manning l'ignora et commença à se déshabiller. Joe Howard suivit son exemple tout en décochant un sourire rassurant à l'Américain.

— Ne vous en faites pas, Morrison. Ça ne sera pas la première fois.

Ils gardèrent chemises et caleçons afin de se protéger du froid. Seth ramena leur nécessaire de plongée du salon et, assisté de Saunders, il aida les deux hommes à s'équiper.

Personne ne dit mot. Manning considérait la situation avec un certain sentiment d'irréalité, comme s'il faisait un mauvais rêve. Un cauchemar dont il pourrait se réveiller à tout moment pour tendre la main et s'apercevoir qu'elle était allongée à ses côtés.

Lorsqu'il plongea, la froideur acérée de l'eau lui fit l'effet d'une gifle et le ramena brutalement à la dure réalité. Il resta à peu de distance de la surface, le temps de régler son débit d'oxygène, puis s'enfonça dans les eaux opaques sans attendre son compagnon.

Il vit presque immédiatement la silhouette sinistre de l'avion. Il s'était couché sur un banc d'algues qui s'étirait jusqu'à la vase du récif et, alors que Manning se propulsait vers l'épave, il sentit l'attraction du courant qui cherchait à l'attirer vers le rocher et les cavernes qui s'ouvraient à sa base.

Les infrastructures du Walrus étaient à peu près intactes, mais la queue et le compartiment à bagages n'étaient plus qu'un trou dans le fuselage. Tout autour, le métal était tordu et noirci comme suite à une explosion. Joe Howard rejoignit Manning qui examinait la plaie béante.

Howard avait l'air préoccupé et fronçait les sourcils. Manning lui tapota l'épaule d'un geste rassurant et ils pénétrèrent dans l'épave. Les sièges étaient toujours à leur place, et le courant faisait battre tout doucement la porte de la cabine. Pas de cadavres. L'équipage et les passagers avaient disparu sans laisser de traces.

Howard passa dans la cabine pendant que Manning retournait à l'extérieur et l'attendait, accroché au fuselage. Le soleil se levait ; ses premiers rayons transpercèrent les eaux grisâtres, et pourtant, tout semblait étrangement mort.

Seth avait raison. Il n'avait rien à faire là en bas. Maria Salas avait disparu avec ses compagnons, d'une façon aussi absolue que si elle n'avait jamais existé. Il allait se propulser vers la surface lorsque Joe apparut et posa la main sur son épaule.

Il désigna les algues pâles que le courant étirait à la base du récif. Manning comprit tout de suite ce qu'il voulait dire. Au fil des années, l'érosion avait creusé la base de la falaise, créant une vaste caverne en dessous. Il était toujours possible que l'un ou plusieurs des cadavres y aient été emportés par le courant avant que les requins ne s'en mêlent.

Il lâcha l'avion et se laissa entraîner par le flux. L'entrée n'était qu'une fente verticale d'à peine un mètre de large dans le roc ; il y plongea et attendit que Joe Howard l'y rejoigne.

La caverne regorgeait de petits poissons multicolores et son toit était voûté comme celui d'une cathédrale. Les rayons du soleil matinal s'infiltraient par l'évent et traversaient les eaux en grands rayons translucides.

L'endroit était si tranquille qu'il en paraissait coupé du monde. Puis Joe Howard apparut à ses côtés, faisant fuir les poissons qui se dispersèrent, dévoilant un cadavre cloué à la paroi de la caverne.

C'était Jimmy Walker. Il portait un gilet de sauvetage et flottait là, contre le toit, le visage tourné vers le bas. Ses yeux étaient clos, ses membres détendus. Son corps n'arborait aucune marque ou blessure. Manning et Howard s'élevèrent vers le toit de la caverne, éparpillant à nouveau les poissons qui filèrent dans une autre direction. Chacun prit un bras du cadavre et ils nagèrent vers l'entrée.

Ils s'arrêtèrent à vingt pieds de la surface, le temps de décompresser, et émergèrent près de la proue du *Touché par la Grâce*. Saunders fut le premier à les voir. Il poussa un cri qui se coinça dans sa gorge lorsqu'il vit ce qu'ils ramenaient.

Seth avait déjà placé l'échelle sur le plat-bord ; il la descendit et saisit le gilet de Jimmy Walker. Morrison l'aida à remonter le corps. Lorsque Manning grimpa à bord, il vit qu'ils l'avaient déposé près de la cabine.

— Il n'y a pas une seule trace de dent, fit Saunders étonné. Comment les requins ont-ils pu le rater ?

Manning retira son masque et cracha l'embout de la bouteille d'oxygène.

— Nous l'avons trouvé sous le récif. Il devait être toujours aux commandes lorsque l'avion a touché le fond. Il faut croire que, cette nuit, le courant était particulièrement fort. Dès qu'il est sorti de la cabine, il a été entraîné.

— Pourquoi est-ce que son gilet est gonflé ?

— Sans doute un réflexe lorsqu'il s'est senti emporté. Peut-être qu'il a compris ce qui arrivait et espérait sortir par l'évent.

Il frissonna en s'imaginant Jimmy Walker, perdu dans les ténèbres, seul et désemparé.

— Et les autres ? demanda Morrison.

— Il n'en reste rien, lui répondit Joe Howard. On dirait bien qu'il y a eu une explosion.

L'Américain fronça les sourcils.

— Quoi ? L'un des moteurs ?

Joe Howard fit non de la tête.

— Quoi que ce soit, c'était dans la soute à bagages. La queue a été tranchée nette. Le zinc a dû tomber comme une pierre.

Le silence retomba. Saunders reprit son souffle. Après un moment, Seth dit lentement :

— Vous voulez dire que ce n'était pas un accident ?

Manning laissa tomber sa bouteille à oxygène sur le pont, ramassa une serviette et la posa sur le visage de Jimmy Walker. Lorsqu'il se redressa, il était très, très calme.

— C'est exactement ça.

4

Un nommé Garcia

Lorsque Manning ouvrit la porte, le lit était toujours tel qu'il l'avait laissé, les draps chiffonnés, l'oreiller portant toujours le creux laissé par la tête de Maria. Il eut un frisson involontaire et alla ouvrir la verrière, laissant entrer les rayons éblouissants du soleil.

Il fouilla méthodiquement la chambre, commençant par l'armoire et ouvrant chaque tiroir et chaque recoin. Il trouva pas mal de ses affaires à lui, mais rien qui ait appartenu à Maria. Pas même un mouchoir. Elle aurait aussi bien pu n'être jamais entrée dans cette chambre.

Il resta là un instant, écoutant le silence, puis se déshabilla, alla dans la salle de bains et lava son corps de tout le sel qu'il avait ramassé. Il passait une chemise propre lorsque Joe Howard entra.

Ce dernier tira un morceau de papier de la poche revolver de sa tunique :

— J'ai retrouvé la liste des passagers. Ils n'étaient que quatre, à part Maria : un homme d'affaires américain nommé Fallon, Mme Norah Hamilton, un touriste anglais et un certain Perez.

Manning se retourna lentement.

— Un Cubain ?

— Il était descendu à la taverne Old Ship. Il y est resté deux semaines. Un petit bonhomme entre deux âges qui marchait avec une canne.

Manning acquiesça.

— Je m'en rappelle. Il boitait du pied gauche.

— À vrai dire, il avait de la chance qu'il lui reste des jambes. Il y a deux mois de cela, un agent de Castro lui a jeté une bombe à la figure. Son vrai nom était Docteur Miguel de Rodriguez, et c'était un réfugié cubain. Il s'est mis à arpenter toute l'Amérique Centrale pour fomenter une opposition anti-castriste. Il faut croire qu'il a réussi au-delà de toute espérance.

— Que faisait-il ici ?

— Il se reposait tout tranquillement. D'où le faux nom. Nassau m'a averti de son arrivée, par simple précaution. Je ne savais pas qu'il devait partir la nuit dernière. De toute évidence, quelqu'un d'autre était au courant.

— Et ce quelqu'un a posé une bombe dans la soute à bagages ?

— Ce n'était pas très difficile. Le Walrus est resté amarré au quai pendant des heures, en pleine nuit, sans personne à bord. Il a fallu sacrifier les autres passagers, mais je pense que cela n'a guère gêné les coupables.

Manning s'aperçut que ses mains tremblaient. Il alluma une cigarette et alla se mettre devant la fenêtre.

— Et maintenant, que fait-on ?

— Le commissaire veut que je parte pour Nassau sur-le-champ. Avec un peu de chance, je serai de retour ce soir. Si je découvre quoi que ce soit, je vous tiendrai au courant.

Il marcha jusqu'à la porte, et hésita :

— C'était quelqu'un de bien, Harry. Je suis désolé. Bon sang, je suis vraiment désolé.

La porte se referma sans bruit derrière lui. Manning resta là, à regarder le port tout en réfléchissant, puis il coiffa sa casquette et descendit les escaliers.

Le bar était désert ; il sortit sur la terrasse et trouva Viner, seul à une table, en train de prendre un petit déjeuner tardif. L'Allemand claqua des doigts pour faire venir le serveur alors que Manning le rejoignait.

— Vous mangerez bien quelque chose, Harry ?

Manning secoua la tête.

— Je me contenterai de café.

Le serveur apporta une deuxième tasse, la remplit et s'en alla. Viner continua de manger, mal à l'aise. Manning alluma une cigarette et regarda au loin la silhouette d'Andros qui scintillait dans les brumes de chaleur.

Viner finit son petit déjeuner et plaça adroitement une cigarette dans un fume-cigarette d'argent.

— Votre café se refroidit.

Manning vida sa tasse et la remplit à nouveau.

— Où est Morrison ? On devait se retrouver à l'aube.

— Vu les circonstances, il ne pensait pas que vous seriez au rendez-vous. Il a préféré partir pour Nassau avec Joe, dans la vedette de police.

— Il vous a parlé de Rodriguez ?

L'Allemand acquiesça.

— Ça ne tient pas debout, Harry. C'est une chose que de tuer un homme qu'on considère comme son ennemi, mais commettre un acte pareil ne peut leur attirer que des ennuis.

— Peut-être qu'ils veulent effrayer un brin tous ceux qui, comme nous, leur sont opposés. Nous montrer qu'ils ne rigolent pas. Néanmoins, je crois que Joe avait tort lorsqu'il décrivait la façon dont ils ont posé la bombe.

— Ça m'a paru logique, s'étonna Viner.

— C'est ce que j'ai aussi cru, mais j'y ai réfléchi. Jimmy Walker s'est toujours occupé lui-même du chargement. Un jour, il a confondu un de ses employés qui cherchait à lui faire passer de l'héroïne jusqu'à Vera Cruz, et il a failli finir lui-même en taule. Depuis, il n'avait confiance en personne. Et il fermait toujours la soute à clé. Si quelqu'un avait forcé la serrure, il s'en serait aperçu.

— En ce cas, la bombe devait être dans les bagages de quelqu'un. Peut-être de Rodriguez lui-même.

Manning opina.

— En tout cas, ce quelqu'un ne savait pas qu'il emportait sa propre mort avec lui. On a sans doute déposé la bombe à son hôtel. Pas mal de gens en avaient l'occasion. Les femmes de chambre, les serveurs. Mais je n'aurais pas cru Rodriguez capable de se faire avoir si facilement. Lorsqu'on se retrouve dans sa position, il faut faire attention si l'on veut survivre.

— De toute évidence, il ne s'est pas montré assez prudent, fit sèchement Viner. Mais même si la bombe était dans les bagages d'un autre passager, il ne devrait pas être difficile de trouver un coupable. Nous pourrions commencer par interroger le personnel des hôtels en question, pour voir ceux qui étaient en service la nuit dernière.

— Bonne idée. Est-ce qu'une des personnes sur la liste résidait ici même ?

Viner fit non de la tête.

— Nous savons que Rodriguez était à la taverne Old Ship. On peut toujours commencer par là. Vous connaissez le propriétaire, Bill Lumley, et moi aussi. Il nous aidera du mieux qu'il pourra.

Manning termina son café et se leva.

— J'ai une meilleure idée. Allez donc voir Bill. Je vais appeler l'agence de voyages pour obtenir une copie de la liste. Comme ça, nous saurons où étaient les deux autres.

— En ce cas, retrouvons-nous à l'Old Ship. Et la police ?

Manning haussa les épaules.

— Joe ne reviendra pas avant cet après-midi. D'ici là, l'oiseau peut avoir quitté son nid. Et je m'en voudrais de le laisser s'envoler.

— Moi aussi.

Manning le laissa, descendit les marches et se tourna vers le port. Seth était assis sur la digue et discutait avec deux marins. Il se leva d'un bond et traversa la route poussiéreuse.

— On s'en va, Harry ?

— Ça m'étonnerait.

Il avait l'impression d'évoluer au fond de la mer. Tous ses gestes semblaient ralentis. Tous les sons étaient lointains, étouffés. Même sa propre voix lui paraissait étrangère. À nouveau, il se crut en train de rêver. Il allait se réveiller et tout serait comme avant.

L'agence de voyages était sombre et fraîche. L'employé noir

buvait un verre d'eau glacée qu'il reposa à la hâte, d'un air grave.

— Que puis-je pour vous, monsieur Manning ?

— J'aimerais jeter un coup d'œil à cette liste des passagers, celle que vous avez montrée au sergent Howard.

Alors que l'employé allait fouiller parmi une liasse de documents, la porte de derrière s'ouvrit, laissant le passage à un jeune Noir qui retira sa veste au moment où l'employé trouvait la feuille en question.

— Voilà, monsieur Manning. C'est cette liste que Joe Howard a recopiée. Bien sûr, ce n'est pas moi qui ai rédigé l'original, mais Bill ici présent. C'est lui qui est de service la nuit.

Bill s'avança, regarda la liste et opina.

— C'est bien ça, monsieur Manning. C'est l'exemplaire définitif que j'ai rédigé après le départ de M. Walker.

— L'exemplaire définitif ? Que voulez-vous dire ?

— Eh bien, il arrive que certaines personnes n'arrivent pas à temps pour s'embarquer. Lorsqu'il y a un absent, nous le rayons de l'exemplaire définitif.

Manning sentit une vague de froid pétrifier ses entrailles. En un instant, tout se clarifia. Il se pencha par-dessus le comptoir et demanda :

— Y a-t-il eu un passager manquant cette nuit ?

L'employé acquiesça.

— Un certain M. Garcia. Il s'est inscrit vers midi, mais ne s'est pas présenté au moment de l'embarquement.

— Et ses bagages ?

— Oh, ils se trouvaient dans l'avion. Je lui ai dit qu'il fallait être là vers 7 heures. M. Walker aime charger la soute assez tôt.

— Vous avez dit tout cela au sergent Howard ?

Le jeune employé fit non de la tête.

— Je ne l'ai pas vu depuis. Je dormais. Il n'y a qu'une heure que je sais qu'il y a eu un accident.

Manning se retourna et vit Seth qui se trouvait juste derrière lui.

— Tu comprends ce que cela signifie ?

Seth opina gravement.

— Il est certainement déjà loin, Harry. Il a dû tout arranger.

— Tant pis. File vers le port. Regarde si tu peux trouver un bateau qui a quitté l'île hier soir, sans doute à destination de

Nassau. Ça ne devrait pas être difficile. Moi, je vais voir Viner. On se retrouve au bateau.

Seth s'éloigna. Manning se tourna vers le front de mer. L'Old Ship n'était qu'à quelques centaines de mètres, près de la jetée. En approchant, il vit Viner qui se tenait à côté de la porte. L'Allemand écarta les bras.

— Pas de chance, Harry. Bill Lumley n'a embauché personne depuis la dernière saison. Tous ses employés sont des gens d'ici qui travaillent pour lui depuis des lustres.

— Je m'en suis mieux tiré. Un des passagers ne s'est pas présenté à l'embarquement. Un nommé Garcia. Il n'est pas monté dans l'avion, mais ses bagages sont restés dans la soute.

— Vous croyez qu'il est toujours dans le coin ?

— Certainement pas. J'ai envoyé Seth voir ce qu'il peut glaner.

C'est alors qu'ils entendirent une exclamation et se retournèrent pour voir Seth qui courait vers eux. La sueur inondait son visage et il haletait.

— Vous aviez raison, Harry, parvint-il à souffler. Manny Johnson a emmené quelqu'un à Nassau. On dirait que c'est notre homme. Il se tenait au bar de Flo vers 7 heures, hier soir, lorsque ce type est venu le trouver. Flo dit qu'ils se sont disputés. Le voyage était prévu depuis deux jours, mais Manny voulait l'ajourner à cause du temps. D'après Flo, il a fallu que Garcia lui promette un bonus de vingt livres pour qu'il se décide.

Manning lui claqua l'épaule.

— Bien joué. On s'en va.

Seth partit en courant vers la jetée, et Manning se tourna vers Viner :

— Vous pouvez toujours aller visiter les deux autres hôtels au cas où on fasse fausse route, mais je doute que cela serve à quelque chose.

Il s'éloigna. L'Allemand lui lança :

— Faites attention à vous, Harry. Ces gens-là ne plaisantent pas.

Manning se tourna avec un sourire aussi dangereux qu'une mèche allumée.

— Moi non plus.

Il traversa la jetée en courant, sauta sur le pont du *Touché par la Grâce* et entra en coup de vent dans le poste de pilotage alors que Seth larguait les amarres. Il mit les gaz à fond, et le navire bondit en avant et quitta rapidement le port pour affronter les eaux du golfe.

5

DEBOUT LES MORTS !

Ils arrivèrent à Nassau en début d'après-midi. Alors que le *Touché par la Grâce* s'approchait des eaux vertes de l'île Athol, un grand bateau de plaisance blanc sortit du port, rempli de touristes qui se massaient contre les rambardes pour apercevoir New Providence.

Le front de mer grouillait de navires venus des îles les plus éloignées, transportant tout ce qui était possible et imaginable : légumes, poissons, volailles et passagers mélangés. L'endroit ressemblait à un vaste marché rempli d'indigènes en tenues bigarrées qui se lançaient dans des discussions interminables tout en marchandant avec ardeur.

Ils s'amarrèrent à une vieille jetée située à l'autre bout du vaste port et progressèrent sur Bay Street, cherchant du regard le navire de Manny Johnson. Ils le trouvèrent au bout d'une demi-heure; Manning se laissa tomber sur le pont et regarda dans la cabine, mais celle-ci était vide. Alors qu'il remontait sur le pont, il vit que Seth s'était renseigné auprès de deux pêcheurs qui accrochaient leurs hameçons.

— On dirait que Manny a sacrément fait la fête hier soir. Il a jeté ses billets par les fenêtres comme s'ils allaient être dévalués.

— C'est bien son genre. Il préfère boire son argent plutôt que de le garder. Il a peut-être dormi quelques heures avant de recommencer la bringue ?

— Possible. On va refaire la rue dans l'autre sens. Je prends le côté du port. Regarde dans tous les bistrots. Il y aura bien quelqu'un qui sait où on peut le trouver. (Il consulta sa montre.) On se retrouve ici même dans deux heures.

Seth partit immédiatement, fendant la foule, et Manning arpenta les bars du front de mer. Il s'aperçut bien vite qu'il perdait son temps. Certes, il refaisait l'itinéraire que Manny Johnson avait parcouru le soir d'avant, mais personne n'avait la moindre idée d'où il se trouvait maintenant.

Il revint au bateau vers 4 heures. Il avait chaud, était crevé, et une douleur sourde pulsait à l'arrière de son crâne. Il alluma une cigarette et se pencha sur le parapet pour regarder la rade tout en se demandant si Seth avait eu plus de chance que lui. Au bout d'un moment, il se retourna et vit Morrison qui marchait dans sa direction. L'Américain arborait un grand sourire.

— Hé, je ne savais pas que vous viendriez ici aujourd'hui !

— Moi-même, je n'en savais rien. L'occasion a fait le larron.

— Désolé de vous avoir posé un lapin ce matin, mais vu les circonstances, je ne pensais pas que le rendez-vous tenait encore. Lorsque Joe Howard m'a dit qu'il partait pour Nassau, j'ai sauté sur l'occasion. Je n'avais pas encore eu l'occasion d'y passer.

— Sacrée ville. La nuit, c'est très animé, et le casino est célèbre sur toute la côte.

— Intéressant.

Morrison s'essuya le visage avec un mouchoir.

— Mais il fait trop chaud. On va boire quelque chose ?

Du coin de l'œil, Manning vit Seth émerger de la foule et hésita.

— Non, merci, finit-il par dire. J'ai à faire. Une autre fois peut-être.

Il laissa l'Américain et rejoignit Seth.

— Alors ?

— Ça n'a pas été facile, répondit le grand Noir, mais je l'ai trouvé. Il a une chambre dans un hôtel, pas très loin d'ici. Que voulait Morrison ?

— Boire un verre. J'ai dû l'envoyer sur les roses, mais on n'a pas de temps à perdre en civilités.

Cinq minutes plus tard, ils atteignaient leur destination : un immeuble décrépit qui servait d'hôtel aux marins de passage. Ce n'était pas le genre d'établissement à embaucher un réceptionniste. Ils entrèrent dans un vestibule sombre et lugubre qui donnait sur un escalier de bois. Ils le gravirent, puis Seth ouvrit une porte tout au bout du couloir et y entra le premier.

Il régnait une puanteur étouffante dans la chambre, et Manning alla vite ouvrir les volets. Il resta là un instant, à inspirer la brise douce venant du large, puis se retourna et regarda Manny Johnson.

Celui-ci était allongé sur le dos, la bouche ouverte, un pli obscène au coin des lèvres, son corps à moitié recouvert par des draps souillés. Manning s'assit au bord du lit et lui claqua doucement les joues.

Lorsque le vieil homme ouvrit les yeux, il le dévisagea d'un regard vitreux, puis il y eut comme un déclic dans sa tête et ses lèvres s'étirèrent lentement pour former un sourire.

— Harry Manning. Qu'est-ce que tu fous là ?

— Je n'ai pas le temps de t'expliquer, Manny. J'ai besoin d'informations, et vite.

Manning lui donna une cigarette et la lui alluma.

— Hier soir, tu as ramené quelqu'un depuis Spanish Cay. Un nommé Garcia.

Le vieil homme frotta ses yeux injectés de sang et acquiesça.

— C'est ça. Qu'est-ce que tu lui veux ? Il te doit du pognon ?

Manning ignora la question.

— Tu sais où il est allé ?

— Pas la moindre idée. Il m'a grassement payé et a foutu le camp.

— Il a pris un taxi ?

Manny secoua la tête.

— Il a demandé à un des gamins qui traînent sur le port de lui porter ses bagages.

— Qui était-ce ?

— Le gamin ? tu ne peux pas le louper, il rôde toujours autour des quais ; il porte un de ces T-shirts de football américain qu'un touriste lui a donné. Un truc jaune avec un gros 22 sur le dos. Il lui descend jusqu'aux genoux.

Manning se tourna vers Seth, qui acquiesça.

— Je le connais.

Manning se releva.

— Merci, Manny. Au moins, tu nous as fait avancer.

— De rien, répondit le vieux marin. Maintenant, si vous voulez bien avoir l'amabilité de foutre le camp, j'aimerais me rendormir.

*
* *

Ils trouvèrent le gamin assis sur le quai, à peu de distance du navire de Manny. Il portait une canne à pêche et un petit chien noir était couché à ses pieds. Il devait avoir dans les douze ans et son T-shirt jaune contrastait violemment avec sa peau d'ébène.

Seth lui sourit.

— Alors, tu t'en sors ?

Le gamin fit non de la tête.

— Les poissons regardent ailleurs. C'est pas mon jour de chance.

— Ça, ça peut encore changer.

Manning tira un billet d'une livre et le roula entre ses doigts. Le gamin ouvrit des yeux ronds.

— Qu'est-ce que vous attendez de moi, m'sieur ?

— Tu connais un M. Johnson, de Spanish Cay ?

— Ouaip. C'est son bateau qui est amarré là.

— Hier soir, il a amené un passager. Il t'a embauché pour porter son sac. Je veux savoir où il est allé.

— Et vous me donnez une livre pour ça ?

Manning opina. Le gamin sourit jusqu'aux oreilles.

— Voilà ce que j'appelle de l'argent facile !

Il tendit sa canne à pêche à un autre gamin qui était assis au bord du quai, puis se leva, réveilla le chien de la pointe de l'orteil et traversa Bay Street.

Manning et Seth eurent du mal à marcher à son rythme alors qu'il arpentait les trottoirs bondés. Il obliqua dans une ruelle étroite, et ils le suivirent dans un dédale de passages minuscules. Finalement, il s'arrêta au coin d'un petit square entouré par des maisons en bois pourri.

Il désigna l'un des taudis, à l'autre bout du square.

— C'est là qu'il est allé, monsieur. Il m'a payé dans la cour. Je crois que c'était un Cubain. Lorsque la demoiselle lui a ouvert la porte, elle l'a appelé Juan.

Manning donna le billet au gamin qui cracha dessus et sourit.

— Si vous voulez quelque chose, quoi que ce soit, faites-moi signe. Je suis toujours au même endroit, sur le quai.

Il siffla son chien et repartit par où ils étaient venus. Manning se tourna vers Seth :

— Reste là. Si je ne suis pas revenu dans dix minutes, viens me chercher.

Seth fit la grimace.

— Il est peut-être temps de laisser faire la police, Harry.

Manning l'ignora et traversa le square. La porte du taudis était fermée ; il suivit un passage sur le côté qui l'emmena dans une cour constellée de boîtes de conserve vides et d'ordures de toutes sortes. Il monta quatre marches et frappa à la porte.

Il y eut des pas, puis la porte s'ouvrit de quelques centimètres.

— Qui est-ce ?

— Je cherche Juan, dit Manning. Juan Garcia. Je suis un de ses vieux copains.

Une chaîne cliqueta et la porte s'ouvrit.

— Entrez donc, dit-elle avant de partir dans le couloir.

Il referma la porte et la suivit, plissant son nez assailli par un relent aigre fait d'odeurs de cuisine et d'urine. Elle alluma la lumière et le fit entrer dans une pièce relativement propre, avec un tapis sur le sol et un double lit tiré contre le mur opposé.

C'était une grande femme large d'épaules, son teint couleur café et ses lèvres épaisses indiquant une métisse. À sa façon un peu rude, elle était très belle. Soudain, elle eut un sourire intéressé.

— Je suis Hannah, la copine de Juan. Je peux faire quelque chose pour vous ?

Sa voix contenait une invitation à peine déguisée. Manning sourit.

— Pas vraiment.

— Vous êtes là pour affaires ?

— Si l'on veut.

— C'est bien.

Elle s'assit au bord du lit et lui sourit.

— Donnez-moi une cigarette et dites-moi tout.

Elle désigna du plat de la main la place à côté d'elle. Manning obéit. Lorsqu'elle croisa les jambes, sa robe de chambre s'ouvrit, révélant des bas noirs au-dessus desquels sa chair semblait gonflée.

— Je croyais connaître presque tous les amis de Juan. Comment cela se fait-il que vous ne soyez jamais venu ici ?

— Je bouge beaucoup et ne reste pas longtemps au même endroit. Où dites-vous que Juan est allé ?

Elle lâcha un jet de fumée vers le plafond et s'adossa contre l'oreiller.

— Je n'ai rien dit. En fait, cela faisait quinze jours qu'il était en déplacement. Il n'est rentré qu'hier soir.

— À quelle heure est-il reparti ce matin ?

— Vers 10 heures. (Elle haussa les épaules :) Je suis allée au marché et lorsque je suis revenue, il était parti. Il a laissé un message pour dire qu'il passerait ce soir.

Manning secoua la tête.

— Permettez-moi d'en douter.

Elle fronça les sourcils.

— Que voulez-vous dire, monsieur ?

— Il s'en est allé pour de bon.

Elle s'assit, et ses yeux jetèrent des éclairs de colère.

— Vous dites n'importe quoi !

— Où est-il parti ?

— Je n'en sais rien.

— Mais vous avez bien une idée ?

Elle s'étira avec un soupir d'aise, ses seins tendant le mince tissu de sa robe de chambre, et se leva.

— Vous prendrez bien un verre ?

Il acquiesça. Elle traversa la pièce pour se planter devant une armoire dont elle tira une bouteille de gin et deux verres. Elle les remplit généreusement avant de lui en tendre un.

— Cela fait un mois qu'il se comporte bizarrement. Il n'arrête pas de dire qu'il est sur un gros coup, quelque chose qui nous mettrait à l'abri du besoin jusqu'à la fin de nos jours, mais il n'a pas voulu me dire de quoi il s'agissait.

— Vous n'avez pas trouvé par vous-même ?

Elle but un peu de gin et fit non de la tête.

— Non, mais je l'ai suivi une ou deux fois. Il allait toujours au même endroit.

— Où ça ?

— Et pourquoi vous le dirais-je ?

Il tira son portefeuille et lui donna un billet de cinq livres. Elle s'en empara rapidement et le glissa dans la vallée profonde entre ses seins. Un sourire plissa son visage.

— Une diseuse de bonne aventure nommée Mother Diamond. Elle vit dans une maison de Grant Street, près du port.

— Et vous ne savez pas pourquoi il allait la voir ?

— Non. Je ne pouvais lui demander : sinon, j'aurais dû avouer que je l'avais suivi, et il m'aurait taillé les oreilles en pointe.

Manning finit son gin et se leva.

— Merci pour le verre, mais il faut que je me sauve.

Elle se radossa à l'oreiller et le dévisagea.

— Vous êtes bien pressé. .Juan ne reviendra pas avant quelques heures.

— Ça, je n'en suis pas si sûr, dit-il.

Sa bouche s'affaissa de stupéfaction au moment où il refermait la porte derrière lui.

Dans le square, le crépuscule s'annonçait. Il tourna dans la rue. Seth se détacha de l'ombre d'un porche.

— Alors, Harry, quoi de neuf?

— Tu as entendu parler d'une diseuse de bonne aventure nommée Mother Diamond?

Seth le regarda.

— Bien sûr. Tout le monde la connaît. Elle est mêlée à tout ça?

— On dirait. Tu sais où elle habite?

— Près du port. (Seth hésita avant de continuer :) Mais ce n'est pas sain de se mêler de ses affaires, Harry. Bien des gens s'en sont aperçus, mais trop tard.

Manning alluma une cigarette et sourit.

— Qu'est-ce qu'elle va me faire, me donner le mauvais œil?

Seth transpirait beaucoup et, tout d'un coup, ses yeux parurent très blancs.

— On dit qu'elle peut siffler les noyés, Harry. Qu'elle peut conjurer les morts de la mer.

Soudain, Manning fut pris d'un frisson irrationnel, comme si on avait marché sur sa tombe, mais il se força à sourire.

— On va bien voir.

*

* *

Il faisait presque nuit lorsqu'ils arrivèrent sur Grant Street. La maison était indépendante et dotée d'une clôture de deux bons mètres, entièrement peinte en blanc. Manning ouvrit la grille. Ils marchèrent le long d'un chemin de brique et s'arrêtèrent au pied d'un escalier de bois branlant.

Manning se tourna vers Seth.

— Reste là, mais ne te montre pas. S'il y a du barouf, tu enfonces la porte.

Sans un mot, Seth se fondit dans les ténèbres. Manning monta les escaliers, puis frappa à la porte. Après quelques instants, il entendit un pas traînant à l'intérieur et, à travers la vitre opaque fendillée de la porte, crut voir une silhouette sombre. La serrure émit un déclic, et une vieille femme s'inscrivit dans l'ouverture.

Un bandana rouge était noué comme un turban autour de sa tête et sa peau ridée avait la couleur du vieux cuir, avec de longues boucles d'oreilles qui encadraient son visage. Ses yeux, presque noirs, étaient son trait le plus marquant : ils semblaient briller d'une lueur étrange, mystérieuse.

— Mother Diamond ?

— Que lui voulez-vous ?

Sa voix était atone, presque morte.

— Pourriez-vous me consacrer quelques instants ?

— Vous voulez consulter les étoiles ?

— Exact. On m'a conseillé de m'adresser à vous.

Elle acquiesça.

— Entrez.

Le hall était lugubre et lourd d'un relent d'encens qui lui brûlait désagréablement la gorge. Elle souleva une lourde tenture de velours et ouvrit la porte.

La chambre n'était guère meublée, et la seule lumière provenait d'une lampe solitaire posée sur une petite table. Il prit une chaise et elle s'assit en face de lui. Devant elle étaient disposés plusieurs livres et un bloc de papier blanc.

— Donnez-moi vos date, lieu et heure de naissance, dit-elle. L'heure est essentielle.

Il lui donna ces indications et regarda par-dessus son épaule les ombres qui se massaient contre le fragile halo de lumière que diffusait la lampe. Il se demanda ce qu'il devait faire, puis décida d'attendre qu'elle lui offre une opportunité.

Elle consulta plusieurs livres tout en griffonnant sur son bloc et finit par acquiescer.

— Croyez-vous aux puissances surnaturelles ?

— Si je n'y croyais pas, je ne serais pas ici.

— Vous êtes ambidextre ?

Un instant, il se retrouva désorienté.

— Comment savez-vous ça ?

— Vous l'êtes comme beaucoup de ceux nés sous le signe du Scorpion. (Elle regarda à nouveau ses notes :) Pour vous, la vie est souvent un champ de bataille.

— Pardon ?

Elle le regarda calmement.

— Mars, le Soleil et Neptune en conjonction à la mi-ciel ont pour résultat une langue acérée et un caractère belliqueux. Vous êtes souvent votre pire ennemi.

Malgré lui, Manning eut un rire moqueur.

— C'est-y pas merveilleux !

La vieille femme le regarda. La lueur de la lampe faisait briller ses yeux d'un noir de jais.

— Ce que je dis vous amuse ?

— À peu près.

Elle empila soigneusement ses livres.

— Qui vous a conseillé de venir ici ? Je ne me souviens plus.

— Parce que je ne vous l'ai pas dit. Mais puisque vous le demandez, c'était Juan Garcia.

Elle ne cilla même pas.

— Je ne connais personne de ce nom.

— Alors pourquoi ne pas jeter un coup d'œil dans votre boule de cristal ? Il peut toujours rôder dans un de ses recoins.

— Vous feriez mieux de partir, dit-elle tranquillement.

— Vous faites une grave erreur.

Une brise caressa sa nuque. La porte grinça, et une voix s'éleva :

— C'est vous qui avez commis une erreur, Manning.

L'homme qui s'encadra dans le halo de la lampe portait un costume de lin blanc et cachait son visage sous un panama. Ses yeux étaient froids et durs et tout aussi menaçants que le 7, 65 qu'il tenait dans sa main droite.

— Surprise, surprise, fit doucement Manning. Juan Garcia, je présume ?

L'autre opina et, durant un bref instant, ses dents brillèrent dans l'obscurité.

— Je crains de devoir vous détromper, Señor. Je m'appelle Pelota. En ce moment, ce pauvre Juan se trouve à bord d'un navire en partance pour Cuba, où il croit qu'il va recevoir sa récompense suite à son petit exploit sur Spanish Cay. (Il eut un grand soupir.) Comme on dit, il n'y a qu'au paradis qu'on est récompensé.

— Et c'est ce qui va arriver à Garcia ?

Pelota fit non de la tête.

— Il n'aura pas à chercher si loin, mon ami. Nous avons à notre disposition un petit paradis terrestre nommé l'Ile des Larmes.

Mother Diamond le coupa :

— Cela suffit. Cet homme est dangereux. Je refuse de le garder chez moi. Ce n'est pas ce qu'on avait convenu.

Les yeux de Pelota étincelèrent de colère. Manning prit la lampe posée sur la table et tira sur la prise, plongeant la pièce dans l'obscurité. Alors qu'il se jetait à l'abri derrière un canapé, Pelota tira par deux fois, et la flamme orangée du coup de feu éclaira brièvement la pièce.

Manning se mit à genoux alors que Pelota criait :

— Vous feriez mieux de sortir de votre trou, Manning. Vous n'avez pas une chance.

C'est alors qu'un coup de pied repoussa la porte. La lumière du couloir inonda la pièce et la silhouette de Pelota, qui se retourna. Il eut à peine le temps de lever son automatique qu'une balle le frappa en plein front, l'impact le soulevant de terre pour le projeter contre la vieille femme.

Alors que Manning se relevait, une main actionna l'interrupteur principal. Morrison se tenait dans l'entrée, revolver en main, Viner et Joe Howard à ses côtés.

6

L'HOMME DE LA C. I. A.

Lorsque Manning sortit du bureau du commissaire, il trouva Seth et Viner qui l'attendaient dans la salle d'attente, assis sur un banc. Le grand Noir arborait un pansement sur le front et avait l'air malade et très, très fatigué. Il se força néanmoins à sourire.

— Tout va bien, Harry ?

Il acquiesça avant de demander :

— Et toi ? Pas trop cabossé ?

— Ça pourrait aller mieux. Je n'ai même pas vu celui qui m'a cogné. Vous croyez qu'ils pourront en tirer quelque chose ?

— De Pelota ? Ça m'étonnerait. L'hôpital vient d'appeler : il est mort il y a quelques minutes. Morrison et le commissaire sont en train de statuer sur notre sort à tous.

— Je n'arrive toujours pas à situer Morrison dans tout ça, intervint Viner. Et puis d'abord, qui est-il exactement ?

— *Central Intelligence Agency*, répondit Manning. Apparemment, cela fait quelque temps qu'ils ont un œil sur ces îles. Ils l'ont envoyé glaner des renseignements.

— Lorsque je l'ai vu au commissariat de police, en train de

discuter avec Joe Howard, je me suis douté qu'il n'était pas net. (Viner eut un sourire sans joie.) Je m'excuse, Harry, mais comme vous êtes assez doué pour vous fourrer dans les ennuis, je me suis dit qu'il valait mieux vous suivre. Alors j'ai loué un bateau et me voilà.

— Heureusement que vous l'avez fait, répondit Manning. Je comprends maintenant que ma rencontre avec Morrison n'était pas due qu'au hasard. J'imagine que vous nous suiviez.

Viner acquiesça.

— Dès le début, oui. Nous étions dans le jardin de Mother Diamond lorsque nous avons entendu les coups de feu. C'est là que nous avons défoncé la porte.

— Si vous voulez mon avis, cette diseuse d'aventure est une drôle de bonne femme. Lorsqu'ils l'emmenaient, elle m'a jeté un sort.

— Ils ont pu la faire parler ?

— Pas un mot. Ils employaient sa maison lorsqu'ils avaient besoin d'un endroit sûr, c'est tout. Elle prenait leur argent et cela n'allait pas plus loin.

La porte du bureau du commissaire s'ouvrit et Morrison fit son apparition. Il décocha un sourire à la cantonade.

— Je ne sais pas ce que vous en pensez, les gars, mais moi, je boirais bien un verre.

— Bonne idée, répondit Manning.

Ils sortirent dans la tiédeur de la nuit et marchèrent en direction du front de mer. Une fois qu'ils eurent atteint Bay Street, Seth tira la manche de Manning.

— Si ça ne vous gêne pas, je préfère retourner au bateau. Je ne me sens pas très fringant.

— Vas-y. Repose-toi. J'en ferai autant un peu plus tard.

Ils le regardèrent traverser d'un pas agile la rue bondée, puis partirent vers le premier bar qui s'ouvrit devant eux. De par les standards nassaviens, il était encore tôt et l'endroit était presque désert. Morrison commanda des *gin slings* et ils prirent possession d'une table au fond de la salle.

— Et maintenant, qu'est-ce qui va se passer ? demanda Manning.

Morrison haussa les épaules.

— Apparemment, on est en plein cul-de-sac. Pelota est mort, et notre seule piste nous mène tout droit à l'Ile des Larmes. Pauvre type !

— C'est quoi, cette île ? demanda Manning.

— C'est un petit récif au large de la côte cubaine, à deux cents kilomètres au sud d'Andros. Il y a là un port du nom de San Juan. Dans le temps, c'était un repaire de pêcheurs. Depuis la révolution, l'île leur est interdite. Et on dit qu'elle est en plein déclin.

— Pelota avait l'air de dire que cet endroit n'était pas comme les autres.

— C'est exact. Ils ont transformé la vieille forteresse qui domine l'île en prison pour les opposants au régime. C'est le dernier refuge de ceux dont ils veulent se débarrasser pour de bon. Jusque-là, personne n'y a survécu assez longtemps pour être libéré.

— Voilà la "récompense terrestre" dont parlait Pelota.

— Je ne sais pas ce qui y attend ce pauvre diable. Une balle dans la tête, s'il a de la chance.

Il y eut un silence, que Viner rompit.

— Excusez-moi, monsieur Morrison, mais il me semble que cette affaire est plus complexe qu'il n'y paraît, pas vrai ?

Morrison prit le temps d'allumer une cigarette. Lorsqu'il leva les yeux, son visage était lugubre.

— Les États-Unis ont passé un accord avec l'Angleterre qui leur permet de conserver quelques bases aux Bahamas.

— En connexion avec le projet Canaveral ?

— C'est exact. Certaines stations contiennent des cerveaux électroniques qui contrôlent et guident les missiles en vol. Elles sont installées à Grand Bahama, San Salvador et quelques autres îles.

— Tout le monde sait ça !

— Il y a trois semaines, on a saboté l'une d'entre elles.

— Vous avez bien étouffé l'affaire, remarqua Manning.

— Il le fallait. Si jamais cette histoire venait à transpirer, vous imaginez le tollé qu'elle soulèverait sur le plan international !

— Et vous croyez que ce sont les mêmes gens qui ont monté cette nouvelle affaire ?

— Oui. Et nous pensons qu'ils ont pris les Bahamas comme Q. G.

Manning eut un petit sifflement.

— Cela fait sept cents îles et deux mille récifs. Vous parlez d'une botte de foin.

— Et nous devons les chercher sans attirer l'attention. On ne peut se permettre d'être découverts, pas à ce stade. Lorsque notre Président et votre Premier ministre se rencontreront, d'ici deux semaines, le monde entier aura les yeux braqués sur ces îles.

— C'est un coup des Russes, comme toujours, non ? demanda Viner.

Morrison fit la moue.

— Je ne crois pas. Depuis la crise de Cuba, ils essaient plutôt d'arrondir les angles. Je penche plutôt pour un groupe de fanatiques cubains. Il n'y a qu'à eux que le crime pourrait profiter. Moscou ne les a pas vraiment aidés ces derniers temps. Peut-être veulent-ils leur forcer la main.

— Et Garcia est votre seule piste ?

— Et, à ce moment, il doit débarquer à San Juan.

Manning alla au bar et se commanda un double-rhum. À son retour, il fronça les sourcils.

— D'après ce qu'on dit, Cuba regorge de vos agents. Pourquoi ne pas envoyer quelqu'un à San Juan pour qu'il se renseigne sur ce qu'est devenu notre homme ? Pour autant qu'on sache, il peut aussi bien se prélasser dans le meilleur hôtel de la ville.

— Permettez-moi d'en douter.

— Mais cela vaut la peine de vérifier ?

— Depuis le début de la crise, nous préférons garder un profil bas. Pas plus que les Russes, nous ne souhaitons une nouvelle tempête. Et envoyer un Yankee à Cuba serait comme d'agiter un chiffon rouge devant un taureau.

— Et un Anglais ?

Ce fut au tour de Morrison de froncer les sourcils.

— Vous êtes fou.

— Pourquoi pas ? insista Manning. Les relations entre Cuba et l'Angleterre ne sont pas vraiment au beau fixe, mais c'est toujours mieux que vous autres.

— Vous vous mettriez la corde au cou.

Manning haussa les épaules.

— Il me suffira d'une bonne couverture.

— Nous ne pourrions pas vous aider. En aucun cas. Vous serez seul.

— Qui vous a dit que j'avais besoin d'aide ? Si j'y vais, ce sera pour raisons personnelles. J'ai autant de raisons que vous de vouloir détruire ce groupe.

Morrison secoua la tête.

— Votre offre est tentante, Manning. Je ne le cache pas. Mais ça ne marcherait pas. Tout d'abord, vous ne pourriez pas entrer à San Juan comme ça. Ils vous enfermeraient sur-le-champ.

— Ça, je n'en suis pas si sûr, remarqua Viner. Il y a bien des gens des îles, des citoyens anglais, qui font escale à San Juan et en ressortent aussi libres qu'ils y sont arrivés.

Morrison se tourna vers lui.

— Vous en êtes sûr ?

Viner prit une cigarette et la mit dans son fume-cigarette.

— J'ai bien des centres d'activités, monsieur Morrison. Et, parfois, mes affaires m'emmènent dans des endroits bien étranges. (Il alluma sa cigarette, lâcha un nuage de fumée bleue, puis continua :) À l'extrémité sud de l'île d'Andros, il y a un petit port de pêche nommé Harmon Springs. Les gens qui y vivent sont des Grecs, principalement des pêcheurs d'éponges venus de la mer Égée il y a quarante ans pour s'installer ici. Maintenant, ils font la pêche au gros. Certains livrent des thons à San Juan. Les Cubains leur en savent gré, parce qu'ils n'ont plus d'autre occasion d'être livrés en gros poissons. Les Grecs en tirent un bon prix.

Morrison se tourna vers Manning.

— Vous étiez au courant ?

Manning fit non de la tête.

— Je n'ai jamais mis les pieds à Harmon Springs. Ils ne sont pas très accueillants. Ils parlent grec entre eux et gardent leurs anciennes coutumes. Mais je veux bien croire ce que dit Viner. Ce sont des durs. Je ne connais rien au dessus ou en dessous de la surface de la mer qui puisse effrayer un Grec. Ils font les meilleurs plongeurs au monde.

— Comment cela se fait-il que vous en sachiez autant à leur propos ?

— Durant la guerre, j'ai été marin pendant trois ans dans la mer Égée.

Morrison, soudain tout excité, se tourna vers Viner.

— Vous avez des contacts là-bas ?

— Je crains que non. Tout ce que je sais n'est que par ouï-dire. Je peux vous assurer la véracité de mes informations, mais rien de plus.

— Cela me suffit, dit Manning.

Morrison resta un instant à fixer son verre. Lorsqu'il se

redressa, il avait repris toute sa maîtrise, et parla lentement, délibérément.

— Je pourrais vous débloquer des fonds, autant qu'il vous en faudra, mais je ne peux rien de plus. Si vous partez là-bas, ce sera à titre strictement personnel. Nous ne vous reconnaîtrons plus.

Manning se leva et alla se tenir devant la fenêtre. La pluie, fouettée par un petit vent en provenance de la mer, venait s'écraser sur les carreaux. Les rafales semblaient murmurer son nom alors qu'elles gémissaient entre les ponts des bateaux à quai. Manning sentit un frisson d'excitation le traverser. Il sourit, se détourna et rejoignit la table.

— Si je dois aller à Harmon Springs, il me faudra une bonne couverture. Buvons encore un verre et voyons si nous pouvons concocter quelque chose de convaincant.

7

Méfiez-vous des Grecs

Le lendemain, peu avant midi, le *Touché par la Grâce* arrivait à Harmon Springs. Seth tenait la barre, le vieux Saunders servait de moussaillon et Manning, coiffé d'un panama et vêtu d'un costume tropical d'un goût déplorable, se tenait accoudé à la rambarde.

Alors que le navire contournait le promontoire constellé de maisons blanches, un caïque à mât unique, toutes voiles dehors, partit en direction de la mer. Il passa si près qu'ils purent distinguer la paire d'yeux peints de chaque côté de la coque pour écarter les esprits du mal.

Manning fit un geste de la main, mais celui qui tenait la barre l'ignora complètement. Saunders cracha dans la mer.

— Ce sont de vilains bougres qui traînent dans le coin, Harry. La plupart construisent eux-mêmes leurs bateaux à leur fantaisie.

Alors qu'ils ralentissaient pour entrer dans le port, le moteur eut quelques ratés. Plusieurs vedettes de haute mer étaient amarrées à la jetée, mais sur les plages, de nombreux navires de pêche peints de couleurs vives étaient ramenés sur le sable, et les pêcheurs s'affairaient à raccommoder leurs filets pendant que des gamins nus se pourchassaient dans les vagues.

Ce spectacle avait quelque chose d'irréel, comme une vision d'un autre monde, et ramena la mémoire de Manning des années en arrière, durant la guerre et son temps passé dans la mer Égée avec les Services Spéciaux Maritimes.

Il passa dans la cabine. Sur la table, il y avait deux appareils photo dans leurs étuis de cuir, qu'il passa en bandoulière. Il mit une paire de lunettes de soleil, prit un sac de toile et alla sur le pont.

Le navire heurtait déjà la jetée de bois. Alors qu'il regardait le port qui s'étendait sous ses yeux, le moteur s'arrêta et le monde entier parut s'immobiliser, comme pétrifié par la chaleur étouffante. Deux jeunes hommes étaient adossés à la rambarde et fumaient une cigarette pendant que trois vieillards se doraient au soleil, mais personne ne fit un geste pour prendre le cordage que Saunders leur avait jeté. Il émit un juron, passa par-dessus la rambarde et alla attacher lui-même la corde à un étançon.

— Bande de feignants ! marmonna-t-il.

Manning rejoignit Seth au moment où celui-ci sortait de la cabine.

— On n'a qu'à rester là une heure ou deux, Harry. On verra bien ce qui va se passer.

Manning secoua la tête.

— Ne t'en fais pas, Seth. Je te contacterai.

Il resta là, à attendre. Seth soupira et retourna à la barre. Un instant plus tard, le moteur émit son ronronnement rauque. Saunders défit l'amarre et remonta à bord.

Manning attendit que le *Touché par la Grâce* soit sorti du port avant de ramasser son sac de toile. Les trois vieillards qui étaient assis là lui jetèrent des regards curieux, et les deux jeunes s'étaient tus. Il les dépassa, ses pas résonnant sur la jetée de bois, et se tourna vers le front de mer.

La petite ville silencieuse semblait retenir son souffle en attendant qu'il se passe quelque chose. Non loin de là, quelqu'un se mit à chanter. Il suivit le bruit et trouva un bar au coin d'une rue. À l'entrée, un jeune homme étalé sur une chaise contre le mur chantait à voix basse alors que ses doigts caressaient doucement les cordes d'un *bouzouki*.

Il n'eut aucune réaction en voyant arriver Manning qui le dévisagea, caché derrière ses lunettes noires, anonyme. Il dut enjamber les longues cannes du garçon pour entrer dans le bar. La salle était fraîche avec un comptoir de marbre, et trois hommes étaient assis à une petite table, un verre devant eux.

L'homme derrière le bar était entre deux âges et arborait un visage ridé couleur d'acajou, mais ses yeux bleus pétillaient et il avait un sourire accueillant. Manning s'approcha, et toutes les conversations s'interrompirent.

Il posa son sac de toile et ses appareils photo sur le comptoir.

— Je prendrais bien un verre. Quelque chose de long et frais.

L'homme sourit, posa un grand verre sur le bar et y versa de la glace.

— Journaliste ?

Manning acquiesça.

— Je suis dans le coin pour un ou deux jours. J'aurais besoin d'une chambre. Vous avez ce qu'il faut ?

— Bien sûr. Rien de très luxueux, mais on y mange bien.

Le joueur de *bouzouki* termina sur une note discordante pleine de colère, et les hommes attablés éclatèrent de rire. L'un d'entre eux appela le gamin en grec.

— Hé, Dimitri, t'aime pas la gueule de notre visiteur ? Peut-être qu'il aura plus de succès que toi avec les filles du coin. Fini de traîner la nuit sur la plage.

— Et si tu la fermais ? rétorqua le jeune homme.

C'était le genre de marins burinés qu'on trouve dans à peu près tous les ports du monde. Des gens qui travaillent dur et ne sont pas très accueillants avec les étrangers. Manning se retourna, retira ses lunettes et les regarda tranquillement. Leurs sourires se fanèrent quelque peu et ils se penchèrent pour marmonner entre eux à voix basse.

Alors que Manning revenait à son verre, l'un d'entre eux dit tout fort, en grec :

— Après tout, Dimitri n'est qu'un dégonflé. Un dégonflé bien sapé.

Le jeune homme se leva d'un bloc. Un instant, il sembla hésiter, puis alla au bar et heurta délibérément le coude de Manning, qui portait son verre à sa bouche.

Le rhum se répandit sur le bar. Manning se tourna vers le gamin et dit :

— Eh bien, tu peux m'en payer un autre.

— Faites-le vous-même, rétorqua le jeune homme.

Manning le gifla du plat de la main, l'envoyant dinguer contre le mur.

— Je ne le répéterai pas.

La main du jeune homme plongea dans sa poche. Il la ramena prolongée d'une lame de vingt bons centimètres qui parut jaillir de son poing droit. Manning sauta de côté, saisit le poignet du gamin et le tordit dans le dos de son adversaire qui hurla et laissa tomber son couteau. Du même élan, Manning le fit basculer sur la table, renversant les verres des trois buveurs.

— N'envoyez jamais un gosse faire le travail d'un homme, dit-il en grec.

Il y eut un instant de silence stupéfait. Alors que les trois hommes faisaient mine de se lever, le barman fit le tour de son comptoir, matraque en main.

— Le premier qui bouge, je lui brise le crâne. Vous avez voulu vous amuser, mais vous vous êtes trompés d'adresse. Restons-en là et qu'on n'en parle plus.

Les convives se rassirent. Le gamin partit en courant et sortit de la taverne. Le barman sourit à Manning et lui tendit la main.

— Nikoli Aleko. Pour un Anglais, vous parlez bien le grec.

— Pendant la guerre, j'ai passé trois ans en mer Égée. Mais cela fait un bail. Je m'appelle Manning. Harry Manning.

— Un autre verre, monsieur Manning? La tournée du patron.

— Non, la mienne. Et générale.

Il prit une chaise et s'assit. Les trois hommes sourirent.

— Quiconque parle le grec aussi bien que vous ne peut pas être mauvais, dit l'un d'entre eux. Prenez une cigarette.

Aleko apporta à boire et ils entrechoquèrent solennellement leurs verres. Manning reposait son verre lorsque l'un d'entre eux dit :

— Vous êtes venu pour pêcher ?

— Je suis photographe. Un grand magazine américain m'a envoyé pour préparer un article.

— Sur Harmon Springs ?

— Sur Cuba. Ils veulent que je me rende à un endroit nommé San Juan pour prendre quelques photos. Ils veulent voir comment ont évolué les choses depuis la révolution.

Ils se regardèrent, surpris, et l'un des hommes leva son verre.

— Bonne chance, mon ami. Vous en aurez besoin.

— Pourquoi ?

— Ces temps-ci, personne ne va à San Juan. C'est un endroit oublié de Dieu et des hommes.

— Ce n'est pas ce qu'on m'a dit à Nassau. J'ai entendu dire que des bateaux s'y rendaient régulièrement.

— C'était l'an dernier. Tout a changé depuis.

Manning tira son portefeuille.

— On m'a alloué des crédits. Je paie bien.

L'homme qui avait le plus parlé eut un rire rude.

— Mon ami, comme on dit chez nous : si tu veux forcer un homme à risquer sa vie pour de l'argent, adresse-toi à un pauvre.

Les deux autres éclatèrent de rire et l'un d'entre eux ajouta :

— Il devrait aller voir Papa Melos. Au point où il en est, il pourrait accepter.

Manning se leva et alla au comptoir.

— Vous avez entendu ? dit-il à Aleko.

Le patron acquiesça.

— Ils ont raison. Avant la crise, nos bateaux allaient porter leurs thons à San Juan. Comme les Cubains ne peuvent aller vers le nord, on en tirait un bon prix. Mais depuis la crise, tout a changé.

— Vous voulez dire que les Cubains vous ont interdit d'y entrer ?

— Pas vraiment, mais l'atmosphère y est malsaine. On ne peut dire de quoi ils sont capables. Personne ne veut y laisser son bateau.

— Qui est ce Papa Melos dont ils parlaient ?

Aleko eut un sourire.

— Un vieil homme merveilleux. Il dirige un bateau, l'*Amant de Crète*. Son seul fils, Yanni, s'est noyé l'an dernier. Il a une fille, Anna, très intelligente. Il l'a inscrite à l'école en Amérique, dans un coin qui s'appelle Vassar. Vous en avez entendu parler ?

— En effet, fit Manning avec un sourire.

— Il s'est ruiné pour l'y envoyer et, depuis la mort de son jeune gars, il a bien du mal à gagner sa vie. La fille est revenue il y a trois mois. Lorsqu'elle a su ce qui est arrivé, elle a refusé de repartir ; depuis, c'est elle qui lui sert de moussaillon.

— Qu'est-ce qu'ils pêchent, le thon ?

— Plus maintenant. À vingt kilomètres à l'ouest, près de Blair Cay, il y a un grand récif. C'est là qu'il a trouvé une énorme perle. Depuis, il continue d'y plonger.

— À son âge ? fit Manning incrédule. C'est profond dans le coin ?

— Quinze à vingt brasses, et son costume de plongée a bien quarante ans.

— Il doit être fou.

— Il ne veut pas perdre son bateau, c'est tout. Avec Anna, c'est tout ce qui lui reste.

— Pensez-vous qu'il pourrait me mener à San Juan ?

Aleko haussa les épaules.

— Un homme qui a le dos au mur est capable de tout.

— Vous dites vrai.

Manning ramassa son sac et ses appareils photo.

— Maintenant, je jetterais bien un coup d'œil à ma chambre.

En suivant Aleko le long d'un couloir blanchi à la chaux, une étincelle d'excitation naquit en lui alors qu'il réalisait avec certitude qu'il avait trouvé la solution à ses problèmes.

*
* *

Aleko était propriétaire d'un petit canot de quatre mètres qu'il ne demandait qu'à louer. Deux heures plus tard, après s'être changé et avoir englouti l'un des meilleurs repas de toute son existence, Manning fit sortir l'embarcation du port et vira vers l'ouest à la pointe de l'île.

La mer ressemblait à du verre et le ciel d'un bleu immaculé plongeait sur l'horizon. Il alluma une cigarette et s'installa dans le fauteuil, une main sur la barre, tout en repensant à Papa Melos, ou du moins au portrait qu'on lui en avait fait. Qu'est-ce qui pouvait pousser un homme à continuer de se battre alors que tout était contre lui ? Il n'avait aucune réponse à apporter. Certains mouraient en combattant jusqu'au bout de leurs forces. D'autres coulaient sans un murmure.

Quarante minutes plus tard, il contournait Blair Cay et repérait un navire ancré à un quart de mille dans le golfe. Manning ralentit et se laissa dériver vers l'autre bateau. Il entendit la pulsation saccadée de la pompe mécanique qui envoyait de l'air sous la mer bleutée, jusqu'à l'homme qui hantait ses profondeurs.

Difficile de croire qu'on puisse encore employer un de ces antiques scaphandres de toile avec tout leur attirail de tubes et de métal en une époque où les hommes-grenouilles se contentaient de cylindres à air comprimé, supérieurs sur tous les plans et laissant le plongeur libre de ses mouvements.

En s'approchant, il put voir la fille, plutôt petite, vêtue d'un chemisier rouge vif et d'un jeans, ses longs cheveux ramenés en un chignon. Elle tournait la poignée du treuil qui hissait son père sur le navire. Elle semblait ne pas avoir remarqué l'arrivée de Manning.

Soudain, la poignée se coinça. Elle poussa, tira, puis alla regarder par-dessus la rambarde. Elle retourna à la poignée et la poussa de toutes ses forces, sans résultat. Puis, en un instant, elle se détourna et plongea par-dessus bord.

Manning amarra sommairement le canot à l'autre navire, bondit sur le pont et alla pousser à son tour la poignée en y mettant toute sa force. En vain. Alors qu'il allait à la rambarde, la fille creva la surface des flots et inspira une grande goulée d'air. Son chignon s'était défait et ses cheveux d'un noir bleuté flottaient sur l'eau comme des algues soyeuses. Il lui tendit la main et la ramena à bord.

— Qu'est-ce qui se passe là-dessous ?

Effarée, elle réussit à balbutier :

— Je n'ai pas pu arriver jusqu'à lui ! Il est trop profond !

— De combien ?

— Dix brasses, peut-être plus. Il faut que j'y retourne.

Elle se redressa et se tourna vers la rambarde. C'est alors qu'une énorme bulle d'air fit éruption à la surface. Manning s'assit pour retirer ses chaussures et sa veste.

— Restez là et surveillez cette poignée. La corde a dû s'accrocher quelque part. À mon signal, essayez de le remonter.

Il sauta sur le toit de la cabine, alla jusqu'au bord et resta là pendant quelques secondes, à remplir ses poumons d'autant d'oxygène qu'ils pouvaient en contenir, puis sauta à l'eau.

Un jour, dans les îles Caïman, il avait plongé comme cela d'une hauteur de cent mètres, mais il y avait de cela dix ans. Dix années d'une existence peu saine. Une longue descente.

Alors qu'un plongeur s'éloigne de la surface, les couches successives d'eau qui s'accumulent au-dessus de lui filtrent les rayons du soleil et absorbent les couleurs rouge et orange. À cinquante pieds, alors qu'il descendait le long de la grande falaise, Manning se retrouva dans une zone neutre. La visibilité restait excellente, mais toutes les couleurs étaient sombres et automnales.

Il trouva le vieil homme sur une grande avancée rocheuse. Alors qu'il se débattait, l'antique combinaison s'était déchirée contre des coraux acérés comme des rasoirs. L'eau s'était engouffrée par les coupures et seule la pression de l'air dans le casque l'empêchait de monter plus haut que sa poitrine.

La vision de Manning était floue, mais il put apercevoir un visage tourné vers lui alors qu'il tirait sur la corde de remontée. La jeune fille dut comprendre le signal, parce que la corde se tendit et hissa le vieil homme vers la surface.

La pression sur ses oreilles était extraordinaire et, quelque part, tout près, résonnait un carillon mélodieux, de grandes vagues sonores qui s'abattaient sur lui.

Loin au-dessus de lui, il put voir la proue de *l'Amant de Crète*; il lâcha le vieil homme et fonça vers le haut, traînant un sillage de bulles.

Il creva la surface près de l'échelle et y resta accroché le temps de reprendre son souffle. Lorsqu'il se hissa par-dessus la rambarde, la fille se cramponnait à la poignée, et la sueur dégoulinait sur son front.

— Il arrive ! cria-t-elle. Il arrive !

Manning sentait la douleur qui poignardait ses côtes et la main gigantesque qui appuyait sur sa poitrine. Il combattit les ténèbres qui se refermaient sur lui et, à son tour, tira sur la corde.

Le vieil homme émergea à son tour. Manning et la fille le soulevèrent jusqu'au pont où il s'écroula.

Manning regarda la fille qui desserrait les boulons du casque, puis sa vision se brouilla et le son de sa propre voix lui sembla provenir du fond d'un tunnel. Lorsqu'il se laissa aller, ce fut avec l'impression de plonger tête la première dans les eaux sombres.

8

L'Amant de Crète

Manning vida sa tasse et Anna Melos la remplit à nouveau. Le café bouillant brûlait sa gorge et, alors qu'il répandait sa chaleur jusqu'au fond de son estomac, Manning se sentit renaître à la vie.

Il la regarda alors qu'elle partait vers la cabine. Son corps mince aux contours presque masculins semblait étrangement asexué, et pourtant, ses lèvres charnues suggéraient une sensualité à peine déguisée.

Elle se tourna, croisa son regard et eut un sourire.

— Vous vous sentez mieux ?

Il acquiesça.

— Je n'ai pas eu le temps de décompresser. Cela n'a rien de dangereux tant qu'on ne le fait que de temps en temps.

— Mais il ne faut pas en abuser, renchérit-elle. Lorsque j'avais douze ans j'ai vu mon oncle Alexias mourir de la maladie des caissons. Ce n'était pas très beau à voir.

Des pas claquèrent sur l'escalier des cabines et son père fit son apparition. Il avait bien soixante-dix ans, avec des cheveux grisonnants et une moustache blanche qui se découpait sur sa peau tannée par le soleil.

Il s'assit et bourra son antique pipe d'écume.

— Comment ça va ?

— Je m'en sortirai.

— Ce n'était pas rien. Je devais être à trente bons mètres de fond. Il n'y a pas beaucoup d'hommes capables de plonger si profond.

— Oh, j'en ai rencontré. Dans les Caïmans, ils descendent jusqu'à cinquante mètres, mais ils doivent s'attacher à un morceau de plomb pour descendre assez vite.

— Vous avez déjà fait de la plongée ? Sérieusement, je veux dire.

— Avec des bouteilles. Mais jamais je n'utiliserais tout un bazar comme le vôtre, ajouta Manning avec un sourire. En fait, c'est plutôt bien qu'il soit tout déchiré et inutilisable.

— Inutilisable, ma combi ? (Papa Melos haussa les épaules.) Je peux la rafistoler.

Anna, qui préparait des sandwiches, revint à la hâte et se planta devant son père.

— Pas question, Papa. Plus jamais.

— Tu préfères voir Mikali nous prendre le bateau ?

Il prit sa main dans la sienne.

— Il faut bien qu'on vive, Anna. Et je ne sais rien faire d'autre.

Elle se détourna et sourit à Manning, détournant volontairement la conversation.

— Heureusement que vous êtes arrivé au bon moment.

— Ce n'était pas un simple hasard, précisa Manning. J'ai besoin de quelqu'un pour me mener à San Juan. Nikoli Aleko m'a dit que vous pourriez être intéressé.

— San Juan, sur l'Ile des Larmes ?

Le vieil homme fronça les sourcils.

— Pourquoi diable voulez-vous y aller ?

— Je suis un photographe indépendant, et je prépare un article sur Cuba pour un magazine américain. On m'a dit que, parfois, les navires d'Harmon Springs vont porter des thons à San Juan. J'ai fait mon service dans la mer Égée durant la guerre : je parle donc un peu de grec. Je me suis dit que vous pourriez peut-être me faire passer pour un membre de l'équipage.

— C'est vrai, il y a quelque temps, je faisais ce voyage. Comme nous tous. Là-bas, ils payaient bien, mais tout a changé depuis la crise. On ne peut savoir ce dont sont capables ces gens ; ils pourraient même me confisquer mon bateau. (Papa Melos secoua la tête.) J'aimerais pouvoir vous aider, monsieur Manning, mais pas cette fois-ci.

Manning sortit son portefeuille, l'ouvrit et montra la liasse de billets qu'il contenait.

— Quel est votre prix ? Cinq cents dollars ? Mille ?

La fille siffla entre ses dents.

— Papa, avec une somme pareille, tu pourrais rendre son argent à Mikali. Ce serait la fin de nos soucis.

Le vieil homme regarda les billets, comme hypnotisé, puis secoua lentement la tête.

— Si je vais à San Juan, je perdrai certainement mon bateau. Au moins, il me reste jusqu'à la fin du mois pour rembourser Mikali.

Manning se força à sourire.

— Ne vous en faites pas. Il doit bien y avoir quelqu'un à Harmon Springs qui soit prêt à accepter une telle somme.

Il monta sur le pont et fixa l'île en se demandant ce qu'il allait faire maintenant. Un instant plus tard, la fille le rejoignit.

— Je suis désolée, dit-elle. C'est vrai que je vous dois un fier service, mais pour mon père, ce bateau est toute sa vie. Il ne pourrait supporter de le perdre.

— Vous croyez vraiment qu'il pourra rembourser ce Mikali ?

Elle secoua la tête et s'accouda à la rambarde. Ses épaules minces se voûtèrent, comme si elle s'avouait vaincue. Un instant, il ressentit une bouffée de tendresse irrationnelle. Elle ressemblait à une enfant mise face à quelque chose qu'elle ne pouvait ni comprendre, ni surmonter, et qu'il fallait à tout prix rassurer.

Il entendit soudain le ronronnement d'un moteur. Un hors-bord jaillit de l'autre côté de Blair Cay et se dirigea droit vers eux. La fille leva la tête, le regarda quelques instants, puis descendit sur le pont.

Lorsqu'elle revint, son père l'avait suivie. Il fronça les sourcils.

— On dirait le bateau de Mikali. Je me demande ce qu'il veut.

Au volant du hors-bord, Manning reconnut Dimitri, le jeune homme avec qui il s'était bagarré au bar. Mikali lui-même était un bonhomme trapu et large d'épaules. En son temps, il devait avoir été un véritable hercule, mais maintenant, il avait grossi et les aisselles de son costume de lin étaient tachées de sueur. Il monta l'échelle, suant et soufflant, Dimitri restant derrière le volant.

— Qu'est-ce que tu viens faire ici ? lança Papa Melos en grec.

Mikali essuya son front dégarni avec un mouchoir.

— Ne me parle pas sur ce ton, vieux vautour. Ça fait trois jours que je te cherche partout. Et tu me glisses toujours entre les doigts.

— Je n'ai rien à te dire. Pas avant la fin du mois.

— Là, tu te trompes. Si je t'ai offert ce délai, ce n'était que par bonté d'âme. (Il jeta un coup d'œil à Anna.) J'espérais que nous pourrions parvenir à un arrangement raisonnable, mais apparemment, il ne faut pas y compter.

Le vieil homme rougit de colère.

— Dis ce que tu as à dire et descends de mon bateau.

— Tu veux dire *mon* bateau.

Mikali tira une feuille de papier officiel et le lui tendit.

— Comme le prouve ce document, il te reste jusqu'à vendredi midi pour me payer ce que tu me dois. Douze cent dollars.

Le vieil homme eut un rugissement de colère. Il arracha le papier des mains de Mikali et lui balança un direct du poing droit. Mais ses années jouaient contre lui. Mikali n'eut aucun mal à parer son coup, le saisit par le col de sa chemise et le gifla brutalement.

La fille cria et se jeta sur la brute, le griffant de toutes ses forces. Il la repoussa sans mal, et avec une telle force qu'elle tituba et perdit l'équilibre. Alors qu'il levait la main pour gifler à nouveau le vieil homme, Manning le prit par l'épaule et le fit pivoter pour qu'ils se retrouvent face à face.

— Pourquoi ne pas vous en prendre à moi ? grinça-t-il. Je suis plus de votre gabarit.

Mikali ouvrit la bouche pour parler, et Manning le frappa en plein visage. Alors que le gros homme titubait, Manning le frappa à nouveau, le faisant passer par-dessus la rambarde. Le Grec heurta la mer avec un grand fracas et coula à pic, puis refit surface à quelques centimètres du hors-bord. Dimitri le prit par le col et essaya de le hisser dans le bateau.

Manning descendit rapidement l'échelle, sauta dans le hors-bord et alla aider le jeune homme à remonter sa prise. Mikali vint s'affaler sur le siège arrière, ses vêtements collant à son corps bedonnant, du sang s'écoulant de sa bouche. Manning tira son portefeuille et compta douze billets de cent dollars, qu'il fourra dans la poche du Grec.

— Pour solde de tout compte, Mikali, fit-il sèchement. Et si vous revenez ennuyer mes deux amis, je vous casse en deux.

Il se tourna vers Dimitri.

— Et toi, tu es témoin. Je lui ai donné son argent. Ne l'oublie pas.

Et il remonta l'échelle. Dimitri démarra le moteur et fit s'éloigner le hors-bord en un long arc gracieux. Manning le regarda jusqu'à ce qu'il ait disparu derrière le promontoire et se retourna.

Le vieil homme était assis sur le banc à l'extérieur de la cabine et bourrait sa pipe. Lorsqu'elle fut prête, il l'alluma, souffla un nuage de fumée et haussa les épaules.

— Donc, va pour San Juan.

— Vous en êtes sûr ?

Papa Melos opina.

— Qu'est-ce que vous voulez que je fasse d'autre ? Vous avez sauvé mon bateau et ma vie. C'est le destin qui l'a voulu.

— Et vous ? dit Manning à la fille.

Elle se tenait à la rambarde et lui tournait le dos. Elle lui fit face et le regarda gravement.

— Nous n'avons pas vraiment le choix. Nous sommes des gens fiers, monsieur Manning. Et nous payons toujours nos dettes.

Un instant, Manning fut pris d'un désir insensé de lui dire la vérité, de les avertir que, s'ils se lançaient dans une telle entreprise, ils risqueraient bien plus que leur bateau. C'est alors qu'il se souvint des raisons qui la faisaient agir.

— Ça me va. Nous partons quand vous voudrez.

9

AU SUD D'ANDROS

Il n'avait pas conscience d'avoir dormi, juste de s'être réveillé d'un coup, d'avoir regardé sa montre et réalisé, non sans un certain étonnement, qu'il était 3 heures du matin. Il enfila son caban et abandonna la cabine.

Une légère brume montait au-dessus des eaux, et l'*Amant de Crète* filait à toute allure. La lune se cachait, mais le ciel était un manteau incrusté de pierres précieuses et la mer irradiait une étrange luminosité. Il marcha le long du pont, enjamba trois thons qu'ils avaient attrapés l'après-midi d'avant, et alla dans la cabine.

Papa Melos tenait le gouvernail. Sa silhouette disparaissait dans l'obscurité, mais son visage était éclairé par la lumière glauque du compas qui lui donnait l'allure d'un spectre.

— Comment ça va ? demanda Manning.

— On ne peut mieux.

Il laissa la barre à Manning et s'adossa à la porte tout en bourrant sa pipe.

— À quelle heure peut-on arriver à San Juan ?

Le vieil homme haussa les épaules.

— Si le temps se maintient, demain avant midi.

— Est-ce que nous serons tenus de partir au bout d'un certain délai ?

— Je ne crois pas, pas avec d'aussi beaux thons dans notre besace.

Papa Melos alluma sa pipe avant de reprendre :

— Vous savez vous servir d'une gaffe. Mieux que bien des pros. Et quand on y pense, pour un photographe, vous feriez un bon marin.

— Toute ma vie, j'ai tourné autour des bateaux et, comme formation, les Services Maritimes valaient le détour.

— Mais c'était il y a bien longtemps, reprit le vieil homme.

Sa voix contenait une question qu'il ne formula pas, mais qui était bien là. Manning l'ignora et dit d'un ton léger :

— Il y a des choses qui ne s'oublient pas.

— Faut croire, fit le vieil homme, et il eut un bâillement. Je crois que je vais aller me coucher. Je reprends le collier à 7 heures.

Il traversa le pont en chantonnant. Manning alluma une cigarette, tira une chaise pliante et s'assit confortablement face à la barre.

Inutile de se tourmenter à propos de leur arrivée à San Juan. Il verrait bien les réactions qu'ils susciteraient lorsqu'ils seraient sur place. Il jouerait avec les cartes qu'on lui donnerait. Un petit sourire ironique étira sa lèvre. En fin de compte, c'était un peu l'histoire de sa vie.

Peu à peu, son esprit reprit des chemins oubliés, et il repensa à des gens et des événements bien lointains. Lorsqu'il était en mer, il aimait bien se retrouver ainsi, seul avec son bateau et la mer. Comme si le monde avait cessé d'exister.

La porte s'ouvrit doucement au moment où la pluie éclaboussait les vitres. Il sentit un arôme de café qui embauma l'air du matin, plus une autre fragrance plus subtile.

— À une heure pareille, vous n'arrivez pas à dormir ? demanda-t-il.

— C'est le meilleur moment de la journée, répondit-elle en tirant l'autre siège.

Elle lui tendit une tasse de café et un sandwich, et ils mangèrent dans un silence qui n'avait rien d'hostile, genou contre genou. Ensuite, il lui donna une cigarette et ils restèrent là, à fumer, pendant que la pluie tambourinait contre les vitres.

— Vous aimez la mer, n'est-ce pas ? demanda-t-elle avec une brusquerie qui le désarçonna un instant.

— Il me semble bien, répondit-il. Elle est comme une femme : capricieuse et pas très fiable, mais ce n'est pas pour autant qu'on cesse de l'aimer.

Elle eut un sourire.

— Je n'ai jamais rencontré de photographe comme vous.

Elle aussi avait une question dans sa voix et, soudain, il comprit qu'il avançait en terrain miné.

— Dans le temps, j'étais récupérateur d'épaves à La Havane et faisais de la photographie sous-marine à mes moments perdus.

Lorsque vint la révolution, j'ai fait comme les autres : je n'ai pas senti tourner le vent et me suis cramponné jusqu'à la dernière minute. Je m'en suis tiré de justesse. J'ai tout perdu.

Il n'arrivait pas à dissimuler l'amertume qui l'envahissait. Elle se pencha et, impulsive, posa une main sur son bras. Lorsqu'elle parla, sa voix était chaleureuse et compatissante.

— Désolée.

— Il n'y a pas lieu de l'être. Je m'en tire mieux que la plupart de ces pauvres diables qui traînent dans Miami en attendant que Castro glisse dans son bain. Je connaissais des gens. C'est toujours utile. En bossant en indépendant, j'ai pu bien gagner ma vie.

— Et ce voyage à San Juan, est-il vraiment si important pour vous ?

— Pour l'instant, plus que tout au monde.

— Alors je suis heureuse que nous ayons accepté de partir.

Soudain, il eut honte de lui mentir. Après tout, il emmenait cette jeune fille et son père dans des eaux dangereuses et les mêlait à une situation qui ne les concernait d'aucune façon. Un instant, il fut pris du désir de tout lui dire, mais elle le prit de vitesse.

— Rien ne peut se comparer à cette sensation, n'est-ce pas ? Lorsqu'on se retrouve ainsi, sur un petit bateau en pleine mer par une nuit pareille, tous vos soucis vous semblent si dérisoires.

La lumière du compas éclairait faiblement son visage. Ses yeux n'étaient que deux puits d'ombres qui lui donnaient quelque chose d'étrange et d'unique à la fois.

— Vous êtes une drôle de fille, dit-il. Nikoli Aleko m'a dit que vous êtes allée à Vassar ?

Elle acquiesça.

— J'y étais encore il y a quelques mois. C'était une idée de mon père. Il m'a laissé un héritage. Comme la plupart des Grecs, il pense que l'éducation prime sur tout et a décidé de m'envoyer aux États-Unis. Il ne se contenterait que du meilleur.

— Que comptez-vous faire ?

— Je devais aller à Oxford cette année. J'espérais être admise en Droit.

— Et maintenant, vous êtes là.

— Mon frère Yanni s'est noyé l'an dernier. Lorsque papa m'a écrit pour me prévenir, il a dit que je n'avais pas besoin de revenir. Que tout était terminé.

— Alors vous êtes restée.

— Pourquoi pas ? Dans ses lettres, il disait que tout allait bien.

— Et lorsque vous avez fini par rentrer, la vérité était tout autre ?

— Quelque chose comme ça.

Elle se pencha en avant, pressant sa tête contre la vitre et fixa la nuit.

— Cela m'étonnerait que vous compreniez cela, mais lorsque je suis rentrée, je n'ai pas retrouvé mon père. J'ai trouvé un vieil homme au bout du rouleau. C'est la première fois qu'il me semblait vieux. (Elle soupira.) Il avait même dû hypothéquer le bateau pour que je puisse continuer mes études. Apparemment, mon héritage s'était tari avant même la mort de Yanni.

— Et il croyait pouvoir joindre les deux bouts en plongeant ?

— À un homme désespéré, il faut un remède désespéré, fit-elle en employant presque les mêmes mots qu'Aleko. Sinon, il y a toujours la solution proposée par Mikali.

— Vous voulez rire ?

Elle haussa les épaules.

— Nous autres sommes un peuple têtu. Nous nous en tenons aux traditions. Les mariages arrangés restent très fréquents. C'est mon père qui a toujours refusé.

Manning ressentit une pointe de colère irrationnelle.

— Je m'en doute. Il y a certainement une meilleure solution.

— En effet, et c'est vous qui nous l'avez offerte.

Il n'y avait rien à dire ; ils se turent donc. La pluie cessa peu à peu et le ciel s'éclaircit à l'approche de l'aube. Le jour apporta des brumes sur la mer et un vent glacial se leva, mais Manning le remarqua à peine.

Anna, à demi endormie, s'allongea sur le côté ; la fatigue et l'émotion s'effacèrent de son visage. Il resta là, à la regarder, puis réalisa, non sans émerveillement, qu'elle était belle. On aurait dit qu'il la voyait pour la première fois.

Elle ouvrit les yeux, le regarda et lui sourit.

— Bonjour, Harry.

L'usage de son prénom lui fit plaisir, un sentiment qu'il qualifia d'absurde.

— Ce fut une longue nuit.

— Je ferais mieux de préparer le petit déjeuner.

Elle prit le plateau, alla à la porte et hésita un instant.

— Ce sera peut-être ma dernière chance de vous parler seule à seul.

Il attendit, et son cœur avait la consistance d'une boule de pierre.

— Quoi qu'il arrive à San Juan, vous nous avez redonné l'espoir, et je vous en serai éternellement reconnaissante.

Puis elle s'en alla, le laissant regarder la porte qui battait et écouter ses pas qui s'éloignaient sur le pont. Lorsqu'il ouvrit un hublot pour laisser entrer l'air frais, ses mains tremblaient.

10

L'île des Larmes

San Juan se dorait au soleil de midi lorsqu'ils dépassèrent les blocs de béton désignant le cap pour entrer dans l'étroit chenal. Au loin, les falaises s'élevaient à trente mètres au-dessus de l'eau et, tout au sommet, on pouvait voir la vieille forteresse espagnole.

Papa Melos passa la tête par la fenêtre de la cabine de pilotage et la désigna du doigt.

— Ils s'en servent de prison pour les prisonniers politiques. J'ai entendu des récits terrifiants sur ce qui s'y passe à l'insu de tous.

— Je veux bien les croire.

Manning leva les yeux et contempla la forteresse. Elle devait être là depuis au moins quatre siècles, et les années semblaient n'avoir guère eu de prise sur elle. Hier l'Inquisition, aujourd'hui Castro. Il soupira et détourna les yeux. Le temps était une boucle qui n'en finit pas de se refermer sur elle-même et on ne pouvait discerner ni commencement, ni fin.

San Juan lui-même était un petit port de pêche cubain des plus typiques, mais il n'y avait guère de bateaux dans le port et il y planait comme un relent de putréfaction. Même le drapeau cubain érigé au-dessus de l'hôtel de ville pendait comme un chiffon, faute de vent pour le soulever.

Papa Melos éteignit le moteur et fit un signe à Manning qui jeta l'ancre. L'*Amant de Crète* glissa encore quelque peu sur les flots lisses puis, avec un léger soubresaut, vint s'arrêter à quelques dizaines de mètres d'une jetée de pierre décrépite qui enjambait le côté sud du port.

Le vieil homme sortit de la cabine et rejoignit Manning face à la rambarde.

— Il faut qu'on attende que la capitainerie nous donne l'autorisation d'aborder.

Anna sortit à son tour de la cabine. Un foulard bleu était noué autour de sa tête, à la façon des paysannes, et des lunettes de soleil cachaient ses yeux. Elle s'approcha de lui, et ses bras caressèrent sa peau.

— Qu'en pensez-vous, Harry ? demanda-t-elle avec anxiété.

Il voulut se faire réconfortant :

— Il n'y a aucune raison de s'inquiéter. Tout va très bien se passer.

Il avait passé un 7, 65 à sa ceinture, dissimulé sous sa chemise, et il en toucha la crosse pour se rassurer lui-même.

Alors qu'ils examinaient le port, un petit canot à rames apparut entre deux bateaux amarrés. L'homme qui pagayait était aiguillonné de la voix par un gros homme barbu, sans doute un officiel, en costume kaki froissé. Papa Melos eut une exclamation soulagée :

— Dieu merci, c'est toujours le même capitaine de port. Il s'appelle Luis Rafael et est aussi sympathique qu'il est gros.

— Ce qui n'est pas peu dire, renchérit Manning.

Alors que le canot venait buter contre le plat-bord, Rafael leur décocha un sourire qui illumina son visage luisant de sueur. Il leur parla en anglais avec un fort accent américain :

— Par tout ce qui est sacré, mais c'est Papa Melos ! J'ai cru reconnaître ton bateau, mais il fallait que je te voie de mes yeux. Il y a bien longtemps !

Papa Melos se pencha par-dessus la rambarde et lui serra la main.

— Luis, mon vieil ami ! Heureux de te revoir. (D'un geste de la main, il désigna Anna.) Je te présente ma fille. J'ai dû t'en parler bien souvent.

Rafael sourit aux anges.

— Enchanté, Señorita. Et Yanni, comment va-t-il ?

— Il s'est noyé dans la tempête, au large d'Andros, il y a six mois, dit calmement le vieil homme avant de désigner Manning. Voilà pourquoi j'ai pris un employé. Je te présente Alexia.

Rafael parut sincèrement désolé et se signa rapidement.

— Qu'il repose en paix.

— Tu montes à bord ?

Le Cubain fit non de la tête.

— Amènes-le directement à la jetée. Nous nous y retrouverons. C'est le moment de boire un verre.

— Bayo s'occupe toujours de l'hôtel ?

Rafael acquiesça.

— Les affaires ne sont plus ce qu'elles ont été, mais il a l'air de s'en sortir. Les temps sont durs.

— Pour nous tous, compléta Papa Melos. Nous te retrouverons sur le quai.

Rafael lança un ordre bref à son rameur, qui se mit immédiatement à la tâche. Papa Melos se tourna vers Manning en souriant.

— On dirait que tout s'arrange.

— On dirait bien, confirma Manning. Qui est ce Bayo dont vous avez parlé ? Peut-on lui faire confiance ?

— Certainement. Ces gens sont trop catholiques pour avoir viré communistes. C'est ce que Castro n'arrive pas à comprendre. À Cuba, il reste bien des gens comme Luis Rafael et Bayo. Des gens comme les autres qui doivent composer avec les bouleversements parce qu'ils ont une épouse, une famille, et qu'ils veulent continuer de vivre en paix. Mais ça ne veut pas dire qu'ils soient favorables à la révolution. Un jour, Castro paiera le prix de son erreur.

Sur ces bonnes paroles, il retourna dans la cabine et démarra le moteur alors que Manning remontait l'ancre. Il se rendit à la proue et vérifia le cap. Lorsqu'ils accostèrent, Rafael les attendait sur la jetée ; il parla à deux hommes de main qui s'avancèrent. Manning leur jeta la corde, qu'ils attachèrent autour d'une bitte d'amarrage. Papa Melos coupa le moteur.

La jetée n'était qu'à quelques dizaines de centimètres de la rambarde : Manning y sauta et hissa Anna derrière lui. Rafael retira son chapeau et baisa la main de la jeune fille.

— C'est un grand honneur de vous rencontrer. Cela fait des années que nous nous connaissons, votre père et moi. (Il regarda les thons et eut un grand soupir.) Cela fait bien longtemps que nous n'avons pas vu d'aussi belles pièces. Vous en tirerez un bon prix.

— J'y compte bien, dit Papa Melos.

Tous se mirent à remonter la jetée tout en discutant.

— Mais pourquoi ne voit-on plus un seul bateau de pêche ? insista Rafael. Cela fait bien six mois que les gens de Harmon Springs nous ignorent.

— Pour être franc, nous ne savions pas trop si nous serions les bienvenus. Les choses ont bien changé depuis la crise.

— Mais nous savons reconnaître nos amis, affirma Rafael. Entre des Grecs de Harmon Springs et des espions yankees de Miami, il y a une nuance.

— Heureux de l'apprendre. Peut-être que, lorsque nous raconterons aux autres le bon accueil qui nous fut réservé, ils reviendront.

— Je l'espère de tout cœur.

Sur le mur de chez Bayo, un écriteau proclamait : HOTEL. Le bâtiment était tout aussi décrépit que ceux du front de mer. À l'extérieur, on avait installé plusieurs tables, mais il n'y avait pas l'ombre d'un client. Manning se dit que l'endroit s'égaierait quelque peu lorsque viendrait le soir.

L'intérieur était frais et sombre, et la salle aux murs blanchis à la chaux était raisonnablement propre. D'autres tables et des chaises étaient entassées contre le mur et, dans un coin, il y avait un bar au comptoir de marbre pourvu d'étagères remplies de bouteilles diverses.

L'homme qui se tenait accoudé au bar pour lire son journal était mince et sec. Le côté droit de son visage était défiguré par une horrible cicatrice et son œil était recouvert d'un bandeau noir.

— Hé, Bayo, regarde qui voilà ! lança Rafael.

Bayo, surpris, leva les yeux. Lorsqu'il vit Papa Melos, un sourire enchanté illumina son visage. Il reposa son journal et fit le tour du comptoir.

— Papa Melos ! fit-il en anglais en secouant avec ardeur la main du vieil homme. C'est un plaisir de te revoir.

Papa Melos posa une main sur l'épaule du petit Cubain et fronça les sourcils.

— Qu'est-il arrivé à ton visage, Bayo ?

L'homme haussa les épaules, et son sourire s'altéra.

— Ce n'est rien, mon ami. J'ai eu un petit accident il y a trois mois. Tu as apporté du poisson ?

— Trois thons, confirma le vieil homme.

— Il voulait une excuse pour venir nous voir, ajouta Rafael.

Tous sourirent alors que Papa leur présentait Anna et Manning.

— Voici ma fille et mon nouvel homme d'équipage, Alexia Stavrou.

— Et Yanni ? Comment va-t-il ?

— Il s'est noyé il y a six mois.

Un spasme de douleur traversa le visage du petit Cubain, et il tendit instinctivement la main pour toucher la manche du vieil homme.

— C'était un brave gars.

— Le meilleur, renchérit Papa Melos. Dieu l'a voulu.

Il y eut un silence embarrassé que Rafael se dépêcha de rompre. Il jeta son chapeau sur une table et tira une chaise pour Anna.

— Mais il est temps de boire et non de parler. Bayo, sors-nous ton meilleur vin.

L'interpellé opina avec enthousiasme.

— J'ai un chablis 57 qui dort dans une glacière. Le colonel Rojas l'a réservé, mais il ne viendra pas avant ce soir.

Il disparut dans l'arrière-salle. Manning se tourna vers Rafael.

— Qui est ce colonel Rojas ?

Rafael parut immédiatement mal à l'aise.

— C'est le commandant de la forteresse. Ils en ont fait une prison pour prisonniers politiques. Et, depuis l'affaire de la Baie des Cochons, elle ne désemplit pas.

— Il est de la police ou de l'armée ?

Le regard que le Cubain jeta par-dessus son épaule était presque un réflexe.

— Il dit faire partie du D.I.E.R. La police secrète militaire. Aujourd'hui, à Cuba, ce sont eux les plus forts.

Papa Melos, qui bourrait sa pipe, demanda :

— Qu'est-il arrivé à Bayo ? Le voilà bien arrangé.

— Il y a trois mois, on a fait venir un nouveau contingent de prisonniers depuis l'île. Leurs gardes étaient des durs. Des vrais *barbudos*, comme ceux qui ont suivi le Président dans les collines. Ils ont trop bu et ont commencé à tout casser. Lorsque Bayo a voulu les en empêcher, l'un d'entre eux lui a lacéré le visage. Il a perdu un œil.

— Sympathique, dit Manning.

Rafael haussa les épaules.

— Dans le Cuba d'aujourd'hui, il n'est pas sain d'émettre des jugements sur quoi que ce soit, Señor. J'espère que vous vous en souviendrez.

— Vous avez sans doute raison, fit Manning en lui offrant une cigarette. Cet hôtel est-il le seul de toute la ville ?

— Il y en avait un autre, mais il a fermé le mois dernier. Plus personne ne vient pêcher dans le coin.

— Il y a des clients ?

Rafael eut un sourire.

— Je ne crois pas que Bayo ait eu un seul locataire depuis six mois. Si vous voulez rester, il y a de la place à revendre.

C'est alors que Bayo fit son apparition, un torchon d'un blanc immaculé sur le bras, portant un plateau contenant une bouteille de vin et cinq verres. Il le posa et souleva la bouteille.

— Le nectar des dieux. Regardez, la moisissure s'est transformée en givre.

— Parfait, mon cher Bayo, parfait, fit une voix provenant de l'entrée. Vous avez dû anticiper ma visite.

L'homme qui remplissait le seuil de sa masse parlait un anglais impeccable. Son visage s'abritait sous un panama et un costume de lin taché de sueur tendu entre ses immenses épaules recouvrait mal sa forme grotesque.

Il portait une canne dans une main et alors qu'il entrait dans la pièce, Bayo eut l'air terrifié. Ses doigts soudain inertes laissèrent glisser la bouteille, que Manning saisit au vol pour la placer sur la table.

— Merci beaucoup, Señor, dit le gros homme. Ce serait dommage de perdre un si bon vin. Mais je ne vois que cinq verres, Bayo.

Alors que le tenancier s'éloignait rapidement, un Rafael bien pâle bondit de sa chaise.

— Asseyez-vous, mon colonel.

— Merci bien, mon ami.

Il se laissa tomber avec un grognement.

— Seuls les Anglais et les chiens fous sortent au soleil de midi. Ce sont les Anglais eux-mêmes qui le disent. On dirait qu'il y a du vrai dans tout cela, n'est-ce pas ?

— Voilà le meilleur des remèdes, répondit Manning en versant du vin dans l'un des verres pour le tendre au colonel.

— Merci bien, Señor, mais il serait bien malpoli de ma part de boire seul. Rafael, présente-moi tes amis.

— Bien sûr, colonel Rojas.

Voilà donc ce fameux Rojas ? pensa Manning. Il garda une expression neutre tout en remplissant les verres pendant que Rafael balbutiait des présentations et que Bayo revenait à la table.

De grandes auréoles de sueur tachaient la veste du colonel et cascadaient sur les replis de son visage gras. Il tira un mouchoir de soie rouge, en essuya une partie et retira son panama. Sa tête était presque chauve, et le peu de cheveux qui lui restaient avaient été rasés. Mais c'étaient ses yeux qui attiraient l'attention : froids, durs, totalement dénués de pitié et sans cesse en mouvement.

— Mon pauvre Bayo, je t'ai surpris, pas vrai ? Je t'ai fait sursauter ?

Un muscle du visage de Bayo fut agité de spasmes nerveux. Rojas eut un rire rauque qui fit trembler son corps comme de la gelée.

— Depuis son accident de l'été dernier, il n'est plus le même.

Les yeux d'Anna étincelaient de colère. Elle se pencha dangereusement en avant ; Manning posa une main sur son bras pour empêcher tout débordement et s'empara de la bouteille.

— Encore un peu de vin, colonel ?

Rojas leva son verre et eut un soupir enchanté.

— Exquis ! Quel bouquet !

Il reposa le verre et tira un cigare Havane de sa poche revolver.

— Capitaine, on m'a dit que vous nous aviez apporté des thons…

Papa Melos acquiesça.

— Je suis même venu pour ça. Il y a peu, les navires de Harmon Springs faisaient régulièrement ce trajet, mais c'était avant la crise. Je voulais voir si nous serions toujours les bienvenus.

Rojas se tourna vers lui et le regarda avec un étonnement qui semblait sincère.

— Mais nous n'avons absolument rien contre votre peuple, mon ami. Nous n'en voulons qu'aux Américains et à ceux qui les aident.

Il y eut un silence gêné, que Manning rompit en disant d'une voix calme :

— Eh bien, c'est certainement une bonne chose.

Rojas alluma son cigare et lâcha un nuage de fumée bleutée.

— Donc, vous n'êtes venus que pour nous livrer du poisson ?

Le vieil homme humecta ses lèvres sèches.

— Mais bien sûr, fit-il avec un sourire forcé.

— C'est bizarre, dit Rojas tout aussi calmement. J'aurais cru que le señor Manning ici présent prendrait quelques photos.

Le vieil homme eut un sanglot qui ressemblait à un hoquet. Manning passa sa main sous sa chemise, à la recherche de son automatique. Rojas secoua la tête.

— Ce n'est pas une bonne idée.

Quelque chose de froid et dur heurta la tempe de Manning. Il se retourna pour contempler le canon d'une mitraillette. L'homme qui la tenait avait l'air de savoir s'en servir. Il portait un uniforme kaki impeccable, un béret noir et une barbe assortie.

Manning posa ses mains sur la table ; le soldat lui enleva son automatique. Rojas se versa un autre verre de vin et le but avec ferveur.

— Vous savez, ce vin est vraiment un délice. C'est le meilleur millésime depuis la guerre. Bayo m'en met une bouteille au frais tous les jours.

— Je ne vous aurais pas cru capable de voir la différence, rétorqua Manning.

Un instant, une lueur brilla dans les yeux du gros homme, et tout son corps resta totalement, étrangement immobile. Puis il se mit à rire, la tête rejetée en arrière, sa chair tressautant sur son imposant squelette. Lorsqu'il finit par reprendre le contrôle de lui-même, il avait la larme à l'œil.

Il s'essuya les yeux avec son mouchoir de soie rouge et dit :

— Mon cher Señor Manning. Vous savez, je pense que je vais bien m'amuser avec vous.

11

L'HOMME DANS LA CELLULE

Alors que la Jeep s'approchait, Manning put voir pour la première fois la forteresse dans toute sa gloire. Elle était perchée tout au bord d'un petit plateau qui saillait comme une étagère creusée au flanc de la montagne. Au-delà, il n'y avait qu'une falaise haute d'une trentaine de mètres et surplombant la mer.

Il était assis sur le siège arrière, entouré de soldats, alors que Rojas se tenait à l'avant, à côté du chauffeur. Les murs de l'ancienne forteresse étaient percés d'antiques meurtrières par où on pouvait faire passer la gueule d'un canon. Les portes étaient grandes ouvertes. Ils s'arrêtèrent le temps que la sentinelle soulève la longue barre de bois qui interdisait l'entrée. Rojas se retourna et sourit.

— Sacré spectacle, n'est-ce pas, Señor Manning ?

Manning regarda la grande voûte et les tours lugubres qui se dressaient au-delà.

— Il ne manque plus que quelques têtes plantées sur des pieux.

— Ce doit être une vieille coutume anglaise. Destinée à encourager les visiteurs. Y a-t-il une tête en particulier qu'il vous plairait de voir ainsi suspendue ?

— Celle de Kurt Viner serait un bon début.

Rojas eut un petit rire.

— C'est ce que j'aime chez vous. Vous en venez tout de suite aux faits. On ne tourne pas autour du pot.

— Ce n'est pas une déduction digne de Sherlock Holmes. Personne d'autre ne pouvait vous avoir renseigné.

— Quelle logique ! C'est un plaisir de traiter avec quelqu'un d'intelligent.

La Jeep entra dans l'enceinte, effectua un demi-tour et freina abruptement devant un porche voûté.

— Lorsque le lieutenant Motilina arrivera avec le vieil homme et la fille, dites-lui de les amener dans mon bureau. Je l'y rejoindrai plus tard.

Il monta les escaliers qui prolongeaient le porche. Manning le suivit, les deux gardes sur ses talons. Une série de marches escarpées montaient dans la pénombre. À sa gauche, il vit ce qui devait être la porte de la salle des gardes ; Rojas l'ouvrit et y entra d'un pas conquérant.

Deux soldats étaient assis devant une table et jouaient aux cartes pendant qu'un jeune sergent lisait une revue, allongé sur l'une des banquettes. L'un des joueurs lâcha un juron et jeta rageusement ses cartes. L'autre éclata de rire tout en tendant la main pour ramasser le tas d'argent posé au centre de la table. Puis il aperçut Rojas.

Ils sautèrent sur leurs jambes, l'un d'entre eux renversant une chaise dans sa hâte, et le sergent arriva en boutonnant sa tunique. Il claqua les talons et salua.

— Que me vaut le plaisir, colonel ?

— Ramassez vos clés et suivez-moi en bas, dit Rojas. Je veux voir l'homme dans la cellule.

Le jeune sergent s'empara d'un trousseau de clés accroché à un tableau et ouvrit la voie. Il alluma un interrupteur, et la lumière éclaira une grosse grille de métal cachée dans la pénombre. Il la déverrouilla et s'effaça pour les laisser passer.

Des marches plongeaient au plus profond des ténèbres. Le sergent alluma une autre lampe et descendit l'escalier. Manning frissonna en recevant de plein fouet une bourrasque de froid glacial. L'eau dégoulinait le long des murs et gouttait depuis les voûtes du plafond, rendant les marches glissantes et traîtres.

Rojas descendit les marches et s'orienta avec une adresse surprenante et, lorsqu'ils atteignirent le fond, s'arrêta pour allumer une autre cigarette.

— C'est la partie la plus ancienne de la forteresse. Elle date de 1523. Le décor vous plaît ?

— Et si on en venait au fait ?

— C'est bien ce que je compte faire. Dites-moi, quelles raisons fallacieuses avez-vous invoquées pour que le capitaine Melos vous mène à San Juan ? Pour prendre quelques photos, c'est bien ça ?

— Vous savez très bien pourquoi je suis venu.

Rojas gloussa, et l'écho de son rire se répercuta entre les blocs de pierre.

— Oh, bien sûr ! Suis-je bête.

Le sergent s'arrêta devant une porte aux gonds d'acier, qu'il déverrouilla. Il tira une lampe-torche de sa poche et la tendit à Rojas.

— Après vous, mon ami, dit le colonel.

Manning s'avança dans les ténèbres d'un pas prudent. Il faisait froid, et l'eau clapotait sous ses chaussures. Alors que Rojas allumait la lampe-torche, un grand rat montra son nez et disparut dans un trou.

De l'autre côté de la pièce, il y eut un grognement ; le rayon de la lampe balaya le mur et vint s'arrêter sur un homme allongé sur un lit étroit. Ses vêtements étaient sales et il restait là, vautré dans sa crasse, si faible qu'il pouvait à peine lever la tête.

— Voici l'homme que vous êtes venu chercher, Señor Manning, dit simplement Rojas. Juan Garcia.

Manning baissa les yeux sur le malheureux et son estomac se souleva. Seuls ses yeux étaient mobiles; sa peau racornie était blanche comme celle d'un cadavre. Il y avait du sang séché sur son visage et ses lèvres étaient horriblement enflées.

— Juan, tu m'entends? demanda Rojas en espagnol. Le Señor Manning voudrait te poser quelques questions.

Sa bouche, rouge comme une plaie et déjà infectée, s'ouvrit mais il ne put émettre qu'un grognement de souffrance animale. Rojas se tourna vers Manning et eut un soupir.

— Désolé, Señor Manning. On dirait qu'il a donné sa langue au chat.

Puis il se mit à rire, et le son se répercuta entre les murs étroits et retentit dans le couloir pour se perdre dans les ténèbres. Même les gardes parurent effrayés et étreignirent leurs mitraillettes d'un geste nerveux alors que Manning sortait de la cellule. Rojas fit un signe de la tête au sergent qui referma la porte et refit le chemin en arrière.

Lorsqu'ils retournèrent dans la salle des gardes, le lieutenant Motilina se tenait face à la fenêtre, à boire du café en fumant une cigarette. Rojas se jeta sur une chaise et retira son chapeau.

— Ce café sent bon.

Motilina claqua des doigts. L'un des soldats se dépêcha de verser du café dans une des tasses et la posa devant le colonel.

— Le vieil homme et la fille sont-ils arrivés?

— Ils sont dans la salle d'attente, devant votre bureau.

— Je vais bientôt m'occuper d'eux. Tout d'abord, je voudrais m'entretenir avec le Señor Manning.

— Vous avez d'autres ordres, colonel?

Rojas acquiesça.

— L'homme dans la cellule, Juan Garcia, ne me sert plus à rien. Emmenez-le dehors et abattez-le. Laissez-moi deux hommes.

À ces mots, le visage de Motilina ne refléta pas la moindre émotion. Il claqua des talons, salua et alla donner les ordres nécessaires. Alors que la porte se refermait, Rojas désigna le fauteuil devant lui, et Manning s'y assit.

Rojas tira un autre de ses gros cigares et l'alluma avec soin. Manning prit la parole :

— Tout d'abord, il y a un point que je voudrais éclaircir. Le vieil homme et la fille ne savaient rien de mes véritables intentions. Je leur ai balancé tout un bobard comme quoi j'étais un photographe à la recherche d'un article pour un magazine américain, et ils l'ont pris pour argent comptant.

Rojas jeta son allumette dans sa tasse où elle s'éteignit avec un sifflement.

— Ils restent coupables de crime contre la sécurité de l'état. Néanmoins, ils n'ont aucune importance. Vous, par contre, êtes bien plus intéressant. Et je voudrais que vous répondiez à une ou deux questions.

— Vous perdez votre temps.

— Je n'en suis pas si sûr. Je suis déjà fort bien informé en ce qui vous concerne, vous et vos complices. Cet homme de la C. I. A., Morrison, celui qui vous a transmis votre ordre de mission, doit vous avoir donné quelques contacts intéressants. Des résidants de l'île qui, en cas de besoin, seraient susceptibles de vous aider.

— Allez poser la question à Kurt Viner. Lui pourra peut-être vous aider. Moi, je ne sais rien.

— Pour des raisons techniques qui doivent vous paraître évidentes, son message est resté très concis. J'ai besoin de vous pour combler les trous.

Manning haussa les épaules.

— Comme je vous l'ai déjà dit, vous perdez votre temps.

Le regard de Rojas se posa sur lui. Ses yeux porcins ne cillaient pas et brillaient d'une lumière dure, froide et résolue. Rojas leva la main et claqua des doigts.

Deux soldats apparurent sur-le-champ, foncèrent vers la chaise où se tenait Manning et lui ramenèrent brutalement les bras dans le dos.

— Il est peut-être temps que vous réalisiez une chose : je n'aime pas perdre mon temps, dit Rojas.

Il tira sur son cigare, se pencha et appliqua sa pointe rougeoyante contre la joue de Manning. Celui-ci se tortilla, essayant de soustraire son visage à la brûlure, mais les soldats pesaient sur lui de tout leur poids, le clouant à la table.

Il inspira profondément et tenta de se ressaisir. Rojas ne souriait plus. Ses yeux étaient fixes et écarquillés, son visage ruisselait de sueur et sa grande bouche charnue tremblait légèrement.

Puis la douleur se fit insupportable. Manning poussa un cri et s'arc-bouta de toutes ses forces contre la table. L'un des soldats perdit prise et tomba à genoux ; la chaise se renversa. Manning se redressa et décocha un coup de poing à l'homme allongé au sol avant de se précipiter vers la porte. Au moment où il touchait la poignée, l'autre soldat réagit rapidement et, de la crosse de sa mitraillette, lui frappa la nuque.

Manning s'agenouilla au sol, face à la porte. Des ondes de souffrance parcouraient son corps, vague après vague, et il tentait désespérément de reprendre son souffle. À travers le rugissement qui emplissait ses oreilles, il put entendre le rire de Rojas.

— Ces Anglais sont si têtus ! dit-il en espagnol. Mais celui-ci finira bien par apprendre. Faites-lui monter les escaliers.

En tombant, Manning s'était éraflé la tête contre le mur et du sang dégoulinait dans ses yeux. Il l'essuya d'un geste de la main ; les soldats le remirent brutalement sur ses pieds et l'entraînèrent à la suite de Rojas.

Ils montèrent les marches de pierre et tournèrent pour aborder un couloir au bout duquel il y avait une porte. La sentinelle qui montait la garde près du battant l'ouvrit en voyant arriver le colonel.

Anna et son père étaient assis sur un banc de bois, adossés au mur. Rojas les dépassa, ouvrit une autre porte et la referma derrière lui. L'un des soldats poussa brutalement Manning, et ils se placèrent de chaque côté de l'entrée.

L'esprit de Manning n'arrivait toujours pas à fonctionner normalement. Il tituba contre le mur, faillit perdre l'équilibre, et s'adossa à la pierre blanchie.

— Ça va, Harry ? demanda Anna avec anxiété.

— Pas très fort, mais ça ira. Ces types ne sont pas des tendres.

Le sang dégouttait toujours sur son front pour dégouliner le long du mur en longues traînées écarlates. Il se laissa tomber sur le banc et réussit à sourire.

Papa Melos avait l'air furieux.

— Ils feraient mieux de se rappeler que nous sommes des citoyens anglais ; ils ne peuvent pas nous garder indéfiniment dans ce trou à rats. Nous n'avons rien fait de mal.

— Ce genre de discours n'est plus de saison, répondit Manning. Ces types se fichent pas mal du gouvernement anglais.

— C'est ce qu'on va voir.

Anna replia son mouchoir et tamponna le sang sur le front de Manning. Celui-ci eut un sourire.

— Vous vous faites du souci ?

— Pas tant que je ne le devrais.

Il prit sa main et dit d'un ton gêné :

— Je suis désolé de vous avoir entraîné dans tout ceci, Anna. Et pour l'instant, je ne vois aucun moyen de nous en sortir.

— Ce n'est pas votre faute, fiston, coupa Papa Melos. Nous connaissions les risques encourus.

Avant que Manning ait pu répondre, la porte du bureau du colonel s'ouvrit et un petit employé dans un costume en gabardine froissé fit son apparition. Il eut un signe de la tête.

— Entrez là-dedans. Tous.

Ils se levèrent et passèrent devant lui pour entrer dans le bureau, suivis par les gardes.

La pièce comportait des boiseries murales et était meublée de façon spartiate, avec un bureau et un tapis qui recouvrait le sol. Rojas se tenait face à la fenêtre ; à leur entrée, il se retourna et alla s'asseoir derrière son bureau. Il compulsa quelques paperasses d'un air grave avant de regarder Manning.

— Il y a quelques instants, je vous ai posé une question. Vous ne vous êtes guère montré coopératif.

— Et je n'ai pas l'intention de changer d'attitude.

Rojas s'empara d'un stylo, écrivit quelque chose sur un bloc-notes posé en face de lui et reposa le stylo devant lui. Puis il se tourna vers Papa Melos.

— J'ai examiné avec soin les faits qui vous sont reprochés et suis disposé à croire que vous avez été trompé par cet homme et ignoriez sa véritable identité. J'ai décidé de me montrer clément. Vous et votre fille allez être libérés, mais votre bateau vous sera confisqué.

Le vieil homme fut parcouru d'un frisson et sa tête oscilla de gauche à droite comme s'il avait du mal à comprendre le sens des paroles de Rojas. Anna fit un pas en avant.

— Mais c'est monstrueux ! Nous n'avons rien fait ! Rien !

De surprise, Rojas leva les sourcils.

— Vous introduisez un espion américain, l'agent d'une nation hostile, dans notre pays et vous prétendez que ce n'est rien ?

Elle tituba, comme frappée d'un coup de poing, puis se retourna lentement pour dévisager Manning.

— Harry ?

Il n'avait rien à dire et ne dit donc rien. Rojas eut un rire gras.

— Ainsi, ma chère, vous avez pris tout ce qu'il vous a raconté pour argent comptant. C'est bien dommage.

Elle se jeta sur Manning, saisit sa chemise et cria avec désespoir :

— Ce n'est pas possible, Harry ! Dites-leur que ce bateau est tout ce que nous avons ! Notre seul bien au monde. Dites-lui que ce n'est pas vrai !

— Je suis désolé, Anna.

Elle le gifla de toute sa force, puis à nouveau, de l'autre main. Il ne fit pas un geste pour se défendre. Rojas aboya un ordre. Les deux soldats s'emparèrent d'elle et l'écartèrent de Manning. L'un d'entre eux l'emmena dans la pièce d'à côté pendant que l'autre poussait Papa Melos à sa suite. Le vieillard se déplaçait comme un automate, traînant les pieds sur le sol. Rojas éclata à nouveau de rire.

— Décidément, il faut peu de chose pour briser un homme.

— Bon sang, rendez-leur leur bateau et laissez-les partir ! explosa Manning.

— Pour soulager votre conscience ? (Il secoua la tête.) Un homme doit être prêt à payer le prix de ses erreurs.

— Mais que voulez-vous qu'ils fassent ? Ils ne peuvent même pas rentrer chez eux.

— C'est leur problème. La fille est plutôt mignonne. Elle trouvera bien un moyen.

Le téléphone posé sur son bureau se mit à sonner ; il le décrocha et hocha la tête en direction des deux gardes qui rentraient à nouveau dans la pièce.

— Emmenez-le. Je m'en occuperai plus tard.

Dans un coin, le petit employé était en plein travail, et son stylo crissait de façon monotone contre sa feuille. Manning s'assit sur un banc contre le mur et attendit. Une douleur lancinante transperçait son dos ; il toucha l'endroit où elle affleurait et fit la grimace.

Il pensa à Anna et son père et se demanda ce qui allait leur arriver, mais il ne pouvait plus rien faire pour eux. Il ne pouvait même pas se tirer lui-même de ce mauvais pas. Les deux gardes se tenaient plantés de chaque côté de la porte et l'employé grattait son papier. Les ombres s'allongèrent graduellement, suivant le déclin du soleil.

L'un des soldats alluma la lumière. Peu de temps après, la porte s'ouvrit, laissant le passage à Rojas. Il portait sa canne et son chapeau et sourit en voyant Manning.

— Je savais bien qu'il y avait quelque chose de pas net. Emmenez le señor Manning à la Section Spéciale. Dites à Cienaga de le fourrer dans la Cave. Je m'occuperai personnellement de son cas demain.

— Mais il y a déjà un prisonnier dans la Cave, colonel, fit l'employé.

Rojas fronça les sourcils.

— Qui est-ce ?

L'employé jeta un coup d'œil furtif vers Manning, puis murmura à l'oreille du colonel. Rojas éclata de rire et posa son panama sur sa tête où il l'enfonça jusqu'aux yeux.

— Alors qu'on les mette ensemble. C'est une situation ironique, mais qui peut ouvrir des horizons.

Il ouvrit la porte et se retourna une dernière fois.

— Vous avez jusqu'à demain pour réfléchir, Manning.

Les soldats le relevèrent de force et l'emmenèrent jusqu'à l'autre bout du couloir. Un escalier de pierre était creusé dans le mur, avec une grille de fer forgé à son extrémité. Le garde qui se trouvait de l'autre côté la déverrouilla. Ils traversèrent un long passage creusé de cellules pour arriver face à une autre porte. À nouveau, un garde les toisa avant d'ouvrir.

Ils arpentèrent un passage mal éclairé pour émerger dans une longue galerie. On avait installé un grillage du sol au plafond, attaché aux piliers, mais Manning put voir, tout en bas, la salle principale de la forteresse. On aurait dit que le grillage était là pour empêcher les condamnés de sauter dans le vaste hall en contrebas.

Le toit était en arc de cercle, et son point central était soutenu par de grosses poutres noircies par l'âge. Celles-ci s'élevaient d'une étroite corniche de pierre à chaque extrémité du grand hall. De l'autre côté, il put voir une galerie semblable, mais sans grillage.

Ils atteignirent la fin de la galerie et s'arrêtèrent face à une autre grille métallique. Le soldat qui la déverrouilla regarda Manning, puis se tourna vers une porte sur sa gauche, l'ouvrit et cria :

— Cienaga ! En voilà encore un.

L'homme qui sortit de la pièce était court et trapu avec des épaules larges et des bras si longs que ses doigts atteignaient presque ses genoux. Il avait le plus beau faciès de brute que Manning ait jamais vu, couronné de cheveux longs et gras qui descendaient sur ses épaules. En des temps reculés, on lui avait fracassé le nez avec une telle violence qu'il en était resté tout aplati, et ses petits yeux noirs brillaient d'une lueur maléfique. Il portait un trousseau de clés et remonta son pantalon tout en s'avançant.

— Et qui est-ce, celui-là ?

— Un Anglais, dit l'un des gardes. Le colonel Rojas veut que tu le fourres dans la Cave, avec l'autre. Il dit qu'il s'en occupera demain.

— Un Anglais, hein ?

Cienaga inspira profondément et cracha au visage de Manning.

— Sale porc.

C'est alors que Manning se laissa aller à la colère qui bouillonnait en lui et exprima toute sa rage en un magnifique coup de poing qui, parti de sa hanche, frappa de plein fouet la mâchoire du Cubain.

Une fraction de seconde plus tard, les gardes intervenaient. Une crosse de fusil heurta son dos. Il y eut un éclair de douleur, puis les ténèbres se refermèrent sur lui.

12

LE CAMARADE ORLOV

Il s'éleva au-dessus d'un puits de ténèbres pour retomber là où régnaient les ombres. Il était allongé sur une couchette de métal dépourvue de matelas, et les ressorts lui rentraient douloureusement dans le dos.

Au-dehors, il faisait presque nuit, et un cône de lumière grisâtre s'infiltrait par une petite meurtrière creusée dans le mur, permettant de distinguer les contours des objets qui meublaient la pièce, mais pas grand-chose d'autre. Un froid vif assaillit Manning lorsqu'il se redressa et posa ses pieds par terre. La douleur vint ensuite ; il palpa sa nuque et rencontra une tache de sang séché.

— Qui est là ? dit-il sèchement.

— Ah, un Anglais ? Intéressant.

L'inconnu parlait avec un léger accent que Manning ne put situer.

— N'est-ce pas ? Et vous, qui êtes-vous ?

L'homme s'avança dans la pénombre et vint s'asseoir à côté de lui.

— Major Sergei Orlov, 31ème régiment du Génie.

— Vous êtes russe ? fit Manning, stupéfait.

— De Géorgie, corrigea Orlov. Ce n'est pas tout à fait la même chose, vous savez.

— C'est ce qu'on m'a dit. (Manning lui tendit la main.) Je m'appelle Harry Manning. Nos opinions politiques ne sont certainement pas les mêmes, mais apparemment, nous sommes dans la même galère. Et d'ailleurs, où sommes-nous ?

— Dans une cellule qu'ils appellent la Cave. Et ce n'est pas là que je passerais mes vacances ! Ce trou à rats est logé au plus profond des murs de la forteresse. Si vous trouvez qu'il fait froid maintenant, attendez les premières heures du matin, vous allez vous régaler. Et il n'y a ni eau, ni nourriture, ni matelas.

— Histoire de nous conditionner un brin ?

Le Russe acquiesça.

— J'en ai bien peur. Dommage que vous ne puissiez pas admirer les lieux. Il vous faudra attendre l'aube pour avoir ce plaisir.

Manning passa instinctivement la main dans sa poche et ses doigts se refermèrent sur son briquet.

— Ça m'étonne qu'ils me l'aient laissé, fit-il avant de l'allumer.

Le visage qui surgit devant lui était taillé à coups de serpe et sa peau s'étirait sur des pommettes hautes et proéminentes. Ses yeux étaient noirs avec des reflets ambrés et, à la lumière chancelante de la flamme, semblaient changer constamment de couleur. Sa bouche franche et son collier de barbe contribuaient à donner une impression de vitalité extraordinaire.

— Ils se sont tellement amusés à vous tabasser qu'ils en ont oublié de vous fouiller, dit-il. Vous n'auriez pas une cigarette pour accompagner cette flamme ?

Manning ouvrit son autre poche et trouva son étui de cuir. Il contenait une douzaine de cigarettes ; il en prit une et tendit l'autre au Russe. Puis il alla se mettre au centre de la pièce, ralluma le briquet et le tint au-dessus de sa tête.

La cellule faisait cinq mètres sur cinq avec des murs de pierre mal dégrossie et un sol dallé. La meurtrière longue et étroite qui servait de fenêtre ne mesurait guère plus de cinq centimètres de large. Pour tout ameublement, il n'y avait que les deux couchettes de fer. La porte de bois était doublée de plaques de fer et percée d'une petite grille. Manning s'en approcha et regarda à l'extérieur.

— Tout est bien calme.

— Et le sera jusqu'à ce que quelqu'un ne craque et se mette à hurler.

— Auquel cas, je présume que ce cher Cienaga se fera un plaisir d'aller lui casser la figure.

Orlov secoua la tête.

— Il n'entre jamais dans une cellule sans être escorté par un garde, et durant la nuit, il reste seul dans sa chambre.

— Donc, ces pauvres diables peuvent hurler tout leur saoul ?

— C'est ce qui lui plaît. Il lui arrive de faire la tournée des cellules et de les regarder à travers la grille.

Manning se détourna de la porte et tendit le briquet bien haut au-dessus de sa tête. C'est alors qu'il remarqua deux grosses poutres de bois qui passaient d'un mur à l'autre à trois mètres au-dessus du sol. À intervalles réguliers, celles-ci se prolongeaient de piques évoquant des crocs de boucher.

— Je me demande à quoi servent ces petits instruments.

— Facile à imaginer, répondit Orlov. Lorsque le colonel Rojas en fera la démonstration, j'espère que je serai loin d'ici.

Manning glissa son briquet dans sa poche et se rassit.

— Et d'abord, pourquoi diable êtes-vous dans cette galère ?

— Il y a trois mois, je servais de chauffeur pour une conférence, dans la province de Camaguey. Nous passions le long d'une falaise lorsque la voiture a dérapé et est tombée dans la mer. J'ai réussi à m'en sortir et à nager jusqu'à la côte. Mais le courant était si fort qu'il m'a emporté vers le large.

— Et ensuite ?

— Un bateau de pêche m'a sauvé et m'a emmené jusqu'ici. Lorsque Rojas a contacté La Havane pour leur dire que j'étais toujours vivant, ils lui ont dit de ne pas l'ébruiter et de me mettre au frais.

— Je ne comprends pas.

— Je suis ingénieur, spécialiste en missiles. Un scientifique en uniforme. Voilà pourquoi on m'a envoyé à Cuba.

— Je vois. S'ils ne peuvent pas obtenir des missiles, au moins, ils ont sous la main un expert capable d'en construire.

— Tout à fait. Mais je crains que le colonel Rojas et moi n'ayons quelques petites divergences d'opinion.

— Vous savez, lorsqu'on racontera tout ça à Moscou, je me demande s'ils vont vraiment apprécier.

— C'est le moins qu'on puisse dire, soupira Orlov. Je me demande ce qui passait par la tête de nos dirigeants lorsqu'ils ont décidé de s'occuper de cette malheureuse île. Cela restera dans l'histoire comme une des plus belles bourdes de Nikita.

— Je suis d'accord.

— Et vous ? s'enquit Orlov. Pourquoi êtes-vous ici ?

Dans de telles circonstances, il aurait été absurde de vouloir garder le secret : Manning lui raconta toute l'histoire.

Lorsqu'il eut terminé, Orlov secoua la tête.

— Il est évident que Rojas entend s'amuser un brin avec nous, et ses méthodes ne sont pas toujours très agréables.

Manning se leva, alla se planter devant la porte et scruta le couloir plongé dans les ténèbres. Il pouvait voir la porte de fer qui menait à la galerie. Un rai de lumière s'infiltrait sous la porte de la chambre de Cienaga.

— À quoi sert le grillage dans la galerie ? demanda-t-il.

— Il y a deux mois, alors qu'on emmenait un prisonnier pour l'interroger, il a sauté et s'est écrasé dans le hall. Rojas n'a pas trop aimé. Il a personnellement donné le fouet aux soldats responsables.

— J'ai remarqué qu'il y avait une galerie semblable de l'autre côté du hall. Mais là, il n'y a pas de grillage.

— C'est les quartiers des officiers. Ils m'ont d'abord gardé dans une de leurs chambres. Ils m'ont bien traité jusqu'à ce que je me rebiffe.

— Et votre petit séjour ici est censé vous rendre à de meilleurs sentiments ?

— C'est à peu près ça, mais j'ai bien peur qu'ils se trompent de bonhomme. Mes parents ont été tués durant la guerre et, à quinze ans, je me battais déjà avec les partisans. Le colonel Rojas pourrait bien s'y casser les dents.

— Vous avez pensé à vous évader ?

Orlov eut un rire silencieux.

— Souvent, mais c'est impossible. Même si l'on parvient à

sortir de cette cellule, il faut passer par au moins quatre portes, chacune verrouillée et gardée.

— Et si on peut éviter de passer par ces portes ?

— Je ne comprends pas.

Manning retourna s'asseoir sur son lit.

— Le toit est posé sur des poutres elles-mêmes soutenues par une corniche de pierre de chaque côté du hall, et qui s'étend sur toute sa largeur.

— Et alors ?

— Un homme déterminé pourrait passer sur cette corniche pour atteindre les quartiers des officiers.

— Un homme désespéré, voulez-vous dire. La corniche ne fait guère plus de douze centimètres de large et au moins vingt-cinq mètres de long.

— Seriez-vous prêt à tenter le coup ?

— Certainement, mais vous avez oublié un détail. D'abord, il faudrait sortir de cette cellule pour rejoindre la galerie. Et comment comptez-vous vous y prendre ?

— En attirant Cienaga ici pour lui retirer ses clés.

— Mais, fit patiemment Orlov, je vous ai déjà dit qu'il n'entrait jamais dans une cellule sans être accompagné par un garde et, de nuit, il est seul. Même si nous faisions assez de bruit pour le faire sortir de son trou, il se contenterait de rester devant la porte pour mieux se moquer de nous.

— Et si l'un des prisonniers se suicidait, que se passerait-il ? Un prisonnier très spécial ?

— Rojas ferait la peau de son geôlier ?

— C'est bien ça.

Manning se leva, alluma son briquet et le tendit pour qu'il éclaire le plafond.

— Si Cienaga regardait à travers cette grille et voyait l'un d'entre nous suspendu à l'un de ces crocs de boucher, que ferait-il ?

— Il se dépêcherait d'entrer, répondit automatiquement le Russe.

C'est alors qu'il comprit la signification de ses propres paroles et sauta sur ses pieds, tout excité.

— Bon sang, Manning, vous avez trouvé. S'il pense avoir le temps de couper la corde avant que le pendu ne rende son dernier souffle, il faudra bien qu'il entre. Il aura si peur du châtiment que Rojas pourrait lui infliger qu'il ne pensera à rien d'autre.

— C'est bien ce que je pensais, dit Manning. Mais il y a encore un détail qui me tracasse. Si nous lui sautons dessus, il ne manquera pas de se débattre et de faire un boucan de tous les diables.

— Personne n'y prêtera la moindre attention. Comme je vous l'ai dit, les bagarres sont monnaie courante dans le secteur.

— Alors c'est dit, conclut Manning. Il ne nous reste plus qu'à trouver un moyen de monter notre mise en scène.

— Ça ne devrait pas être trop difficile. Comme je suis plus petit que vous, je vais prendre la place d'honneur pendant que vous vous chargerez de pousser des cris hystériques. Passez-moi votre ceinture.

Manning obéit, puis alluma son briquet pour que le Russe puisse travailler à sa lueur. Orlov accrocha sa propre ceinture sous ses aisselles, puis y passa celle de Manning pour former une boucle qu'il accrocha dans son dos. Puis il eut un sourire joyeux :

— J'espère ne pas être trop lourd !

Manning lui sourit en retour. Les deux hommes venaient à peine de faire connaissance, mais il avait déjà cerné la personnalité du Russe, celle d'un homme brave et décidé, à la forte résistance physique et à l'intelligence acérée tempérée par un humour constant. Un homme qu'il était impossible de ne pas aimer.

— Et maintenant, à vous, dit-il.

Manning se courba et Orlov grimpa rapidement sur son dos, puis s'installa avec soin sur ses épaules. Manning tenait toujours le briquet tendu. Soudain, le poids qui l'écrasait disparut, et il put se retourner.

Orlov avait passé un bras autour de la poutre et resta accroché là pendant qu'il cherchait la boucle de cuir de sa main libre. De toute évidence, il était d'une force impressionnante. Il glissa la boucle sur un crochet, inspira profondément et se laissa descendre lentement. Son corps se mit à se balancer avec un grincement étrange et, lorsqu'il rejeta la tête de côté, l'illusion fut parfaite.

— De quoi ai-je l'air ?

— D'un pendu, répondit Manning. C'est parfait, ne bougez plus.

Il glissa son briquet dans sa poche, se retourna et se mit à tambouriner contre la porte de ses poings serrés. Alors que les battements retentissaient dans le couloir, il passa son visage contre la grille et cria en espagnol :

— Bon sang, Cienaga, venez vite ! Il va se tuer !

Un instant plus tard, la porte à l'autre bout du couloir s'ouvrait et un halo de lumière transperçait les ténèbres. Alors que Cienaga émergeait, torche en main, Manning redoubla d'efforts.

— Dépêchez-vous, bon sang ! Il va se tuer !

Cienaga éclata d'un rire gras.

— Se tuer, hein ? Ça, c'est nouveau.

Alors que son faciès de brute se collait contre la grille, Manning se retira quelque peu. Une seconde plus tard, le rayon de la puissante torche inondait la cellule et venait se poser sur le visage du Russe. Son corps se balançait de gauche à droite, ses yeux étaient fixes et écarquillés et sa langue saillait entre ses dents.

Cienaga eut un petit cri, et retira la lampe. Un instant plus tard, il y eut un cliquetis de serrure et la porte s'ouvrit. Le garde se rua à l'intérieur ; d'un mouvement fluide, Orlov leva les deux bras, empoigna la poutre et envoya ses deux pieds frapper Cienaga en plein visage.

Le Cubain retomba contre le mur ; il laissa échapper la torche, qui roula sur le sol, puis fit un effort pour se relever. Manning allait l'achever. Il levait son genou, visant la face sanguinolente de leur garde-chiourme, lorsque les longs bras de l'homme le saisirent et se mirent à serrer.

Manning se débattit, le souffle coupé, tentant désespérément de se libérer. Puis Orlov intervint. Il dirigea le faisceau de la torche sur le visage de Cienaga, visa soigneusement, puis lui donna un coup de poing juste sous son oreille droite. Les yeux du Cubain roulèrent dans leurs orbites jusqu'à ce qu'on ne voie plus que leur blanc, et il desserra sa prise. Il se laissa aller en avant ; Orlov lui donna un coup de pied en pleine tempe.

La clé était toujours passée dans la serrure, le reste du trousseau pendant au bout de l'anneau. Ils sortirent dans le couloir et refermèrent bien vite la porte à clé. Ils s'immobilisèrent un instant, écoutant de toutes leurs oreilles, mais rien ne remuait. La galerie était faiblement éclairée et le bloc tout entier était silencieux. Manning examina les clés une par une jusqu'à ce qu'il trouve la bonne ; puis ils sortirent et refermèrent la grille derrière eux.

Le hall n'était éclairé que par une seule et unique lampe, et le toit était plongé dans l'obscurité. À eux deux, ils n'eurent aucun problème pour écarter le grillage, forant une ouverture assez grande pour leur laisser le passage.

La première poutre se trouvait à un mètre sur leur gauche. Manning inspira profondément et marcha sur la corniche jusqu'à ce qu'il l'atteigne. Il y parvint avec une facilité qui le surprit lui-même. Il attendit qu'Orlov le rejoigne, puis fit demi-tour dans l'étroit espace, étendit les bras en guise de balancier et commença à avancer.

Alors qu'il progressait sur la gauche, il perdit toute notion du temps, si bien qu'il fut lui-même surpris lorsque ses doigts touchèrent l'autre poutre. Il se reposa un instant, le temps qu'Orlov le rejoigne. Celui-ci dégoulinait de sueur, mais souriait néanmoins.

— Allons-y. On ne va pas y passer la nuit.

Il restait trois poutres à franchir; Manning s'avançait, sa respiration anormalement sonore à ses propres oreilles, lorsqu'une porte s'ouvrit. Il se figea, se pressa contre le mur et jeta un coup d'œil en bas pour voir passer un soldat qui traversa le halo de lumière éclairant le hall. Celui-ci s'arrêta le temps d'allumer une cigarette, puis passa une autre porte. Manning reprit sa lente progression. Deux minutes plus tard, il escaladait la balustrade et posait le pied sur la seconde galerie.

Orlov l'y rejoignit et ils restèrent là, à écouter. Au loin retentit une bouffée de rires, puis la porte se referma, et le silence se fit à nouveau.

— Je sais me diriger dans ce côté-ci de la forteresse, chuchota Orlov. Ils ont installé un ascenseur de service au bout de ce couloir. Il descend au rez-de-chaussée, au quartier des soldats. C'est notre seule chance de pouvoir sortir d'ici. Il est de ce côté-là.

Manning acquiesça; le Russe le guida le long du couloir. Les grilles de l'ascenseur étaient flambant neuves et paraissaient déplacées dans ces lieux plus anciens. En appuyant sur le bouton, Manning remarqua non sans amusement que la plaque du fabriquant indiquait *Made in Detroit*, ce qui devait prouver quelque chose, même s'il ne savait pas trop quoi.

Lorsque la cabine arriva, ils y rentrèrent rapidement et appuyèrent sur le bouton du rez-de-chaussée. Manning ressentit un étrange creux dans son estomac au moment où l'ascenseur s'arrêta, mais les grilles s'ouvrirent sur un vaste sous-sol silencieux et il put constater que personne ne les y attendait.

Ils tournèrent dans un couloir brillamment éclairé. À leur

gauche, des voix retentissaient dans une des pièces dont la porte était restée entrouverte. Manning entrevit des soldats attablés et mangeant de bon appétit, puis suivit Orlov.

Arrivé devant la porte suivante, le Russe s'immobilisa pour mieux écouter, puis l'ouvrit et entra, suivi de Manning. Ils se retrouvèrent dans les quartiers d'une demi-douzaine d'hommes. Les lits étaient disposés autour de la pièce, les couvertures sagement repliées. Des mitraillettes et des fusils automatiques étaient accrochés à un râtelier dans un coin de la pièce et il y avait aussi tout un choix d'uniformes et d'autres équipements dans les armoires de fer disposées à côté de chaque lit.

— Vous parlez espagnol ? demanda Orlov.

— Je me débrouille.

— Alors, de toute évidence, voilà notre visa de sortie.

Ils enfilèrent rapidement des manteaux gris militaires et des képis, et prirent chacun une mitraillette. Puis ils retournèrent dans le couloir et montèrent rapidement plusieurs escaliers de pierre pour finir dans un couloir s'ouvrant lui-même sur un petit vestibule.

Un guichet vitré trônait à l'entrée ; là, un garde feuilletait une revue, cigarette au bec, avec l'air de s'ennuyer à cent sous de l'heure. Manning et Orlov partirent avec le plus grand naturel, leurs mitraillettes à l'épaule. En passant devant le guichet, Manning leva la main et le garde leur répondit par un petit geste

Dehors, il pleuvait. Ils descendirent quelques marches jusqu'à la cour et continuèrent leur chemin dans l'obscurité.

— Tous les camions passent par ici, affirma Orlov. Mais nous devrons franchir la grille à pied. Il n'y a pas d'autre solution.

Manning toucha son bras et désigna du doigt une Jeep qui attendait à quelques mètres de là, devant une porte éclairée.

— Le mess des officiers, chuchota Orlov.

— On ne peut rêver mieux. On a moins de chances d'être interpellés.

Ils avancèrent sur le pavé mouillé. Manning se mit au volant et appuya sur le démarreur. Le Russe sauta sur le siège d'à côté et ils partirent en trombe.

Manning attendait un bruit, un cri, une alarme, mais le silence régnait toujours. Il vira dans la cour et se dirigea vers la grille. C'était si facile que cela en devenait ridicule. Lorsqu'ils furent à quelques mètres du poste, le garde leva la barrière.

Quelques instants plus tard, ils fonçaient dans la nuit, droit sur San Juan.

13

LES MÂCHOIRES DU TYRAN

Un fin brouillard poussé par le vent étendait ses volutes sur le port. Bien que de nombreuses fenêtres soient éclairées, les rues étaient désertes et, lorsque Manning s'arrêta à quelques mètres de chez Bayo, il s'alarma de tout ce calme inhabituel.

— Vous êtes sûr que vos amis sont toujours là ? demanda Orlov.

— J'espère qu'ils y sont. Sinon, je ne sais pas trop où aller les chercher. Restez ici. Je vais voir comment ça se goupille.

Il s'approcha de l'hôtel et regarda par la fenêtre. Bayo était là, derrière le bar, et lisait un journal pendant que trois vieillards jouaient aux cartes dans un coin. Il n'y avait personne d'autre en vue.

Manning retourna vers la Jeep.

— Je ne les vois pas. Prions pour qu'ils soient restés dans le coin.

Ils traversèrent une ruelle sur le côté de l'immeuble, puis passèrent dans une cour dallée. La porte de derrière n'était pas verrouillée : ils purent entrer dans une grande cuisine aux murs blanchis à la chaux. Un petit chiot noir et blanc, qui dormait dans un panier posé dans un coin, se réveilla et se précipita vers les nouveaux arrivants en jappant avec ardeur. Alors que Manning se courbait pour le caresser, la porte donnant sur le bar s'ouvrit, et Bayo entra.

— Hé, vous là, que faites-vous ici ? fit-il avec colère avant de reconnaître Manning.

Il referma la porte et s'y adossa, puis se signa à la hâte.

— Sainte Mère de Dieu, aidez-moi.

— Ne vous inquiétez pas, répondit Manning en anglais. Je veux juste savoir ce qui est arrivé à Papa Melos et Anna.

Bayo avait l'air épouvanté.

— Si Rojas découvre que je vous ai aidé, il mettra une semaine pour me tuer.

— Si vous êtes malin, il ne le saura jamais.

Le Cubain fit un grand effort pour reprendre ses esprits, traversa la pièce et ouvrit une autre porte.

— Ils sont là.

Papa Melos dormait sur une couche, les yeux fermés, la bouche entrouverte. Sur le lit, il y avait une bouteille de rhum vide et une autre s'était vidée de son contenu sur le sol. L'odeur de l'alcool empuantissait la chambre.

Orlov se pencha, souleva la paupière du vieil homme et prit son pouls avant de se retourner et secouer la tête.

— Il en a pour plusieurs heures.

Manning donna un coup de pied à la bouteille de rhum et se tourna vers Bayo.

— Et ça fait combien de temps qu'il est dans cet état ?

— Plusieurs heures. Il a voulu retourner voir le colonel Rojas pour parler de son bateau, mais ils ne l'ont pas laissé entrer. Puis il s'est aperçu qu'on avait fait rentrer l'*Amant de Crète* dans le port et posté un garde à bord. C'est alors qu'il est revenu et s'est mis à boire.

— Et la fille ?

— Elle a fait de son mieux pour l'arrêter, mais il n'a pas voulu l'écouter.

— Et où est-elle en ce moment ?

— Elle est allée voir le colonel Rojas pour le supplier de rendre le bateau.

— S'il voyait sa mère pendue, il ne couperait même pas la corde, dit Manning.

— Qui sait, Señor ? répondit Bayo en haussant les épaules. Elle est plutôt jolie, et tout le monde sait que le colonel a un faible pour les jeunes femmes.

Manning avala péniblement sa salive. Il s'humecta les lèvres avant de reprendre :

— Où habite-t-il ? dans la forteresse ?

Bayo secoua la tête.

— Il a une hacienda à quelques centaines de mètres de la ville. Une très belle demeure, entourée d'un jardin et de hauts murs.

— Elle est gardée ?

— Un homme à la porte, trois à l'intérieur. Plus l'assistant du colonel, le lieutenant Motilina, qui réside aussi dans la maison. Il est responsable de sa sécurité.

En voyant Manning réfléchir, Orlov lui demanda :

— Vous comptez allez rendre visite à notre cher colonel ?

Manning acquiesça.

— Je prends la Jeep. Si je ne suis pas de retour dans une heure, je vous conseille de voler un bateau et de ficher le camp d'ici.

— Si nous partons, nous partirons ensemble, rétorqua le Russe. Et puis, j'aimerais bien me retrouver face à face avec Rojas.

— En ce cas, mieux vaut emmener le vieil homme avec nous. À partir de maintenant, nous devrons faire vite. Je ne voudrais pas m'en aller sans lui. (Il se tourna vers Bayo :) Nous avons une Jeep qui nous attend là-dehors.

— Je vous l'y porte, Señor.

Bayo prit le vieillard sur ses épaules ; ils traversèrent la cour et la ruelle jusqu'à la façade de l'immeuble, puis déposèrent Papa Melos à l'arrière. Manning et Orlov grimpèrent dans la Jeep ; Manning démarra le moteur et tendit la main au Cubain.

— Merci beaucoup, Bayo.

— Un de nos proverbes dit : sois patient et tu pourras suivre l'enterrement de tes ennemis. Que Dieu soit avec vous, Señor.

Le Cubain se détourna et disparut dans la ruelle alors que la Jeep s'éloignait.

*
* *

Les grilles de fer forgé de l'hacienda étaient grandes ouvertes et la lampe accrochée tout en haut de l'arche servant d'entrée était secouée par le vent, émettant un halo de lumière qui s'avançait dans les ténèbres pour battre aussitôt en retraite.

La sentinelle sortit de sa guérite de bois et leva la main pour les faire stopper. Manning se contenta de ralentir.

— Message urgent pour le colonel Rojas, lança-t-il.

La sentinelle leur fit signe de continuer leur chemin et retourna à l'abri dans sa guérite.

Le jardin étalait ses innombrables couleurs et des palmiers dressaient leurs têtes au-dessus des murs, oscillant au gré des bourrasques. Leurs feuilles ressemblaient à des gravures sur fond d'obscurité. Soudain, l'allée fit un coude et Manning freina pour s'arrêter devant la grande porte.

Ils grimpèrent les escaliers et entrèrent dans un vaste hall frais, agréable et très silencieux. Ils purent entendre des voix en provenance d'une porte s'ouvrant sur leur gauche. Quelqu'un chantait une *guaracha* populaire :

Fidel est arrivé,
Fidel est arrivé,
Maintenant, nous autres Cubains sommes libérés
Des mâchoires du tyran.

Lorsque Orlov ouvrit la porte, ils tombèrent sur deux hommes assis à une table, en train de jouer aux échecs. Un troisième était assis au bord de sa couchette et grattait sa guitare.

— Debout ! cria Manning en espagnol.

Ils obéirent avec lenteur, mains croisées dans le dos. Deux d'entre eux étaient très jeunes, presque des enfants, mais le joueur de guitare était plus âgé et arborait un visage à l'expression froide et résolue.

— Où est Motilina ? demanda Manning.

Pas de réponse. Il s'avança et envoya le canon de sa mitraillette dans l'estomac du gamin le plus proche.

— Où est-il ?

— Ne lui dis rien, fit le guitariste. Ils n'iront pas bien loin.

Orlov fit passer sa mitraillette dans sa main gauche, fit un pas en avant et frappa l'homme en plein visage. Celui-ci tituba, et du sang coula de son nez.

— Dans la cuisine, balbutia le gamin. Elle est à l'autre bout du couloir, après les escaliers.

— Et le personnel ?

— Absent pour la nuit.

— Une jeune fille est venue il y a quelques heures. Que lui est-il arrivé ?

— Elle est avec le colonel. Il a demandé qu'on ne les dérange pas.

— Vous avez compris tout ça ? demanda Manning à Orlov.

Le Russe opina.

— L'essentiel. Allez chercher la fille. Je m'occupe de ces trois-là.

Manning traversa le couloir, puis les escaliers qui montaient au second et entra dans un corridor étroit. Tout au bout, une langue de lumière passait sous une porte fermée. Il resta face au panneau, écoutant de toutes ses oreilles, puis tourna la poignée.

Motilina faisait cuire des œufs sur la cuisinière et tournait le dos à la porte. Alors qu'il se tournait pour prendre un petit pain, il vit Manning et fronça les sourcils.

— Qui êtes-vous ? Qu'est-ce que vous voulez ?

Au même moment, Manning s'avança, fit tourner son arme et frappa le cou du Cubain avec la crosse. L'homme eut un terrible grognement et s'effondra contre la table, puis glissa jusqu'au sol où il resta immobile.

Manning essuya son visage inondé de sueur et sortit de la pièce. Quelque part, tout près, il pouvait entendre des voix étouffées. Il emprunta à nouveau le couloir, tourna au coin et s'arrêta devant une autre porte. Il y eut un instant de silence, puis un cri de douleur, et le rire de Rojas se fit entendre. Manning ouvrit la porte et entra.

La pièce était meublée avec goût : le sol était recouvert d'un tapis persan et les verrières étaient grandes ouvertes sur la nuit, la brise soulevant les rideaux.

Anna gisait sur un divan près de la cheminée et Rojas était vautré sur elle, ses mains parcourant son jeune corps. Elle eut un gémissement qui fit rire Rojas de plus belle. Manning s'avança en silence, l'épais tapis étouffant le bruit de ses pas, et lui tapota l'épaule. Alors que Rojas, surpris, se retournait, il l'arracha à sa proie et, de toutes ses forces, balança son poing sur la bouche du colonel.

Rojas tituba contre le divan. Anna se releva rapidement et vint se tenir à côté de Manning. Sa robe était déchirée et sa bouche s'ourlait d'un filet de sang, mais à part ça, elle ne semblait pas avoir souffert.

— Pas de questions, dit Manning. Dehors.

Elle courut vers la porte alors qu'il reculait, lentement, gardant le canon de sa mitrailleuse braquée sur Rojas. Le Cubain resta là où il était, une main posée sur sa joue. Manning passa dans le couloir où l'attendait Anna.

— Ça va ?

Elle acquiesça.

— Je savais ce que je faisais.

— Passez la grande porte, dit-il. Vous trouverez votre père endormi à l'arrière de la Jeep qui est garée au bas des escaliers.

Elle obéit sans plus attendre et fila dans le couloir pendant que Manning retournait dans la pièce. Rojas s'était levé et tendait la main vers le téléphone posé sur une petite table, à côté du divan.

— C'est raté, fit Manning.

Rojas se redressa lentement, l'air très calme.

— Quoi que vous fassiez, Manning, vous ne pourrez jamais quitter cette île.

Manning tira une balle qui frappa le corps volumineux du Cubain. Alors que celui-ci tournoyait sous la puissance de l'impact, une longue rafale le propulsa jusqu'au divan où il s'avachit, baignant dans son propre sang, sa veste fumant sous la chaleur dégagée par les balles.

Manning rejoignit le couloir et se mit à courir. Il entendit des coups de feu. Orlov sortait à reculons de la salle des gardes tout en balançant de courtes rafales. Ils descendirent les escaliers quatre à quatre et s'engouffrèrent dans la Jeep. Anna s'était déjà agenouillée aux côtés de son père. Manning alluma le moteur et partit en trombe.

Alors qu'il tournait au premier virage, il vit la sentinelle qui courait vers eux. Manning accéléra et fit zigzaguer l'engin, ne laissant au soldat pas d'autre choix que de plonger dans les buissons.

Lorsqu'ils franchirent les grilles, Manning se tourna vers Orlov.

— Qu'est-ce qui s'est passé ?

Le Russe haussa les épaules.

— Le guitariste a voulu tenter sa chance et a essayé de s'emparer d'un fusil. Et Rojas ?

— Il a eu un petit accident.

Anna vint poser une main sur son épaule.

— Je ne comprends pas, Harry. Que vous est-il arrivé ?

— Je n'ai pas le temps de vous le raconter maintenant. Attendons d'être remontés sur l'*Amant de Crète* et de gagner le large.

— On va reprendre le bateau ?

— En tout cas, on va essayer. Au fait, je vous présente Serguei Orlov. Nous sommes sortis de la forteresse ensemble.

Un sourire charmeur apparut sur le visage du Russe qui tendit la main à la jeune femme.

— Comment va votre père ?

Avant qu'elle n'ait pu répondre, ils arrivèrent sur le port ; Manning descendit ses vitesses et s'engagea sur la jetée. Il s'arrêta tout au bout, à quelques mètres de la mer, et sauta de la voiture.

Le brouillard s'était épaissi et étendait ses longs doigts opaques au-dessus de la surface des flots. L'*Amant de Crète* était ancré à quelques encablures de la jetée. Manning retira son manteau.

— Vous comptez le rejoindre à la nage ? demanda Orlov.

Manning acquiesça.

— Chercher un canot prendrait trop de temps et, comme il y a un garde à bord, mieux vaut se faire le plus discret possible.

Il se laissa glisser dans les eaux froides et partit d'une brasse silencieuse, mais puissante qui le propulsa dans le bassin. Lorsqu'il ne fut plus qu'à quelques mètres de l'*Amant de Crète*, un étrange gémissement s'éleva depuis les murailles de la forteresse, une clameur surnaturelle qui résonna dans la nuit avant de mourir dans le lointain. C'était certainement une sirène d'alarme annonçant le branle-bas général : le garde à bord du navire jaillit de la cabine et se précipita vers la rambarde.

Manning prit une grande inspiration et plongea sous le navire, s'éraflant le dos sur la quille. Il fit surface de l'autre côté, se cramponna à l'échelle de plongée et l'escalada rapidement. Puis il traversa le bateau sur la pointe des pieds et poussa le garde par-dessus bord, puis alla remonter l'ancre à la main.

Sur le rivage, c'était la panique. Il put voir les phares de plusieurs véhicules qui descendaient la route reliant la forteresse au port. Il reposa l'ancre et courut dans la cabine de pilotage.

Lorsqu'il appuya sur le démarreur, le moteur ne réagit pas. Il essaya à nouveau, puis encore, jusqu'à ce que le moteur ne tousse avant de s'ébrouer.

Alors qu'il se garait le long de la jetée, deux Jeeps apparurent sur le front de mer. La rambarde grinça contre la pierre. Anna fut la première à sauter à bord, puis se tourna pour recevoir son père qu'Orlov faisait descendre. Une fois le Russe sur le pont, Manning mit pleins gaz.

Il entrait dans le chenal lorsque Orlov vint le rejoindre.

— Vous croyez qu'ils vont nous poursuivre ?

Manning secoua la tête.

— Ils n'ont pas de bateau assez puissant pour nous rattraper. Mais c'est la casemate qui garde le port qui m'inquiète. Si elle est occupée, on est mal barrés.

— Je vais faire rentrer le vieillard et la fille dans la cabine, puis je reviens. Peut-être que quelques balles calmeront leurs ardeurs.

Manning scruta les brumes. La forteresse se trouvait sur leur gauche ; il pouvait voir la ligne sombre de la côte. Soudain, à leur droite, des gerbes de balles traçantes strièrent la nuit.

— Mitrailleuses lourdes, cria Orlov. Gardez le cap. Je m'en occupe.

Le bateau frissonna alors qu'un choc sourd ébranlait sa poupe. Orlov glissa le canon de sa mitraillette par le hublot et ouvrit le feu. Les Cubains les canardèrent encore quelques instants, puis cessèrent subitement.

Quelques instants plus tard, l'*Amant de Crète* abordait la haute mer.

14

Exuma Sound

Un fort vent d'est venu de la mer soulevait la crête des vagues et dissipait les dernières volutes de brouillard. La visibilité s'améliorait de minute en minute et la lune finit par apparaître de derrière un nuage.

Manning jeta un rapide coup d'œil à la carte et modifia légèrement sa trajectoire. Orlov entra dans la cabine de pilotage.

— Alors, comment vont-ils ? demanda Manning.

— Le vieil homme est toujours dans le cirage. Sa fille s'occupe de lui.

— Des dégâts dans la cabine ?

— La cloison est trouée comme un gruyère. Heureusement qu'Anna s'est tout de suite jetée à terre.

— C'est quelqu'un, cette gamine.

Le Russe opina gravement et regarda la carte.

— Où va-t-on ?

— À Spanish Cay. Je pense que Morrison aimerait bien savoir qui est réellement Viner.

— On a assez de carburant ?

— On a fait le plein avant de quitter Harmon Springs. Avec ça, nous avons un rayon d'action de plus de mille kilomètres.

— Ça suffira. Je n'aurais rien contre un bon bain et un petit somme. Quinze heures, par exemple, et dans un vrai lit.

Manning lui jeta un coup d'œil.

— Vous n'avez pas l'air de vous inquiéter.

— Pourquoi m'en ferais-je ? Lorsque j'aurai raconté mon odyssée aux autorités de Nassau, tout ce qu'ils pourront me faire, c'est me renvoyer à mon ambassade.

— Peut-être préféreront-ils vous garder.

Le Russe eut un sourire.

— Parce que, d'après vous, je n'y ai pas pensé ? Après tout, les gens comme moi, du moins avec une formation comme la mienne, sont toujours utiles à quelque chose. Je pourrais certainement apprendre quelques petites bricoles à ces messieurs de Cap Canaveral.

— Si ces autres messieurs du Kremlin vous entendaient, ils ne seraient pas contents du tout.

— Mais ils sont à Moscou, n'est-ce pas ? Et ce n'est pas la porte à côté. Vous voulez que je prenne la barre ?

— Vous vous en tirerez ?

— Ce ne sera pas la première fois.

— D'accord. Je vous la confierai tout à l'heure. En attendant, essayez de dormir un peu. Revenez dans trois heures. Nous allons prendre des tours de veille.

Le Russe descendit dans la cabine. Manning déplia la chaise et s'assit dessus. Soudain, il se sentait vidé de ses forces. Il régnait une chaleur étouffante dans la cabine ; il ouvrit un hublot et se pencha à l'extérieur pour inspirer le bon air salé.

La porte grinça et se referma. Avant même de se retourner, il sut qu'elle venait d'entrer.

— Du café, Harry ?

Il prit la tasse qu'elle lui tendait, la but d'un trait et se sentit renaître.

— Comment va votre père ?

— Il s'en sortira. Ce n'est pas la première fois qu'il boit plus que de raison.

— Une fois de trop peut tuer un homme.

— Il y a bien d'autres façons de mourir, répondit-elle calmement. Vous voulez une cigarette ? J'en ai trouvé un paquet dans la cabine.

Il en prit une avec joie. Elle gratta une allumette, et la flamme illumina le visage de la jeune fille alors qu'il se penchait en avant. Elle ne lui avait jamais paru aussi belle ; instinctivement, il lui caressa la joue.

Et puis, elle se retrouva dans ses bras. Elle le regardait avec une curiosité mêlée de tristesse.

— Harry, qui êtes-vous vraiment ? Pourquoi faites-vous tout ceci ?

Il la serra contre lui, gardant une main sur la barre, et lui raconta tout : le meurtre de Maria Salas et la piste qui l'avait mené de Nassau pour se terminer avec la mort de Pelota.

Lorsqu'il eut terminé, elle resta quelques instants silencieuse.

— Vous deviez l'aimer beaucoup.

— Je n'en suis même plus si sûr Tout ce que je sais, c'est que j'étais en train de sombrer et qu'elle m'a tiré la tête hors de l'eau. Et je lui dois au moins cela.

Il y eut un autre silence avant qu'elle n'ajoute :

— Et maintenant ?

— Maintenant, nous rentrons à Spanish Cay. Il faut que j'avertisse Morrison le plus vite possible.

— Et ensuite, lorsque tout ceci sera terminé ?

— Qui sait ? Je trouverai bien quelque chose.

Elle resta encore quelque temps blottie dans ses bras, puis s'éloigna et partit vers la porte.

— Je vais voir si Papa se remet.

— Ne vous faites pas d'idées, Anna, dit doucement Manning. Je suis bien trop vieux pour vous.

— Je n'en suis pas si sûre, répondit-elle, puis elle referma la porte.

Elle avait laissé le paquet de cigarettes sur la carte ; il en alluma une seconde et eut un grand soupir. La vie ressemblait aux cercles que dessinait la pluie sur la surface d'une mare, des vagues et des vagues qui n'en finissaient pas de s'entremêler. À peine s'était-on tiré d'un mauvais pas que d'autres problèmes se présentaient aussitôt. Il se rassit sur son pliant, dévia sa course d'un point vers l'est, et se concentra sur sa conduite.

Orlov vint le remplacer à 1 heure du matin, et il descendit dans la cabine. Papa Melos était toujours K.O. et Anna dormait paisiblement, un bras replié sous sa tête en guise d'oreiller. Il se laissa tomber sur la couchette restante et fixa le plafond tout en réfléchissant. Mais, bien vite, de grandes vagues de sommeil vinrent le submerger, et il s'endormit comme une masse.

*
* *

Une pression insistante sur son épaule le réveilla ; il ouvrit les yeux pour voir le visage angoissé d'Anna. Il s'assit sur sa couchette.

— Qu'est-ce qu'il y a ?

— C'est le bateau. Il se comporte de façon bizarre. Serguei voudrait vous voir.

C'est alors qu'il remarqua son père, assis face à la table, une tasse de café en main.

— Comment vous sentez-vous ?

Le visage du vieil homme était sillonné de rides profondes et avait pris une couleur cendre. Ses yeux ressemblaient à deux trous noirs. Il réussit néanmoins à sourire.

— Il vaut mieux que j'aille voir ce qui se passe.

Le bateau se traînait, Manning s'en aperçut en montant l'escalier, et il oscillait paresseusement au gré des vagues. Lorsqu'il sortit sur le pont, le vent d'est lui aspergea le visage d'embruns. Pourtant, le ciel restait dégagé et la visibilité excellente alors que la lune entamait sa descente vers l'horizon.

Le Russe se tourna vers lui, l'air soulagé.

— Il y a quelque chose qui ne va pas. Je ne sais pas quoi, mais c'est évident.

Manning prit sa place. La barre était molle et le moteur semblait à bout de souffle, et pourtant, les gaz étaient poussés à fond. Il se tourna vers Orlov.

— Essayez de stabiliser le bateau. Je vais jeter un coup d'œil à la mécanique.

Alors qu'il retournait sur le pont, Anna émergea sur le pont.

— Vous feriez mieux de venir, Harry.

Manning la suivit dans la cabine et s'arrêta sur le pas de la porte. Un bon centimètre d'eau recouvrait le plancher. Papa Melos avait ouvert la trappe.

— Le bateau se remplit d'eau, Harry. Et vite. Il doit y avoir un trou quelque part.

— Sans doute ces mitrailleuses qui nous ont canardés à la sortie de San Juan, dit Manning. Où est la pompe ?

— À la proue, répondit Anna. Je vais vous la montrer. Mais je crains qu'il ne faille l'actionner à la main.

Il eut un grognement.

— Il ne manquait plus que ça.

Une fois face à l'engin, il s'accroupit pendant qu'Anna l'éclairait de sa torche. Manning installa l'embout de la pompe, puis se mit au travail. Il appuya vigoureusement sur le levier jusqu'à ce que le tuyau crache un flot d'eau livide qui se répandit sur le pont avant de retourner dans la mer.

Il changeait fréquemment de main. Après une demi-heure d'efforts, le comportement du bateau s'améliora grandement. Anna le relaya alors qu'il regagnait la cabine.

— Gardez les gaz à fond, dit-il à Orlov. On dirait qu'en quittant San Juan, on a subi quelques dégâts en dessous de la ligne de flottaison. Je vais aller jeter un coup d'œil à la coque.

Lorsqu'il descendit, Papa Melos avait retiré la trappe d'accès et regardait dans les entrailles du vaisseau. Il se retourna et hocha la tête.

— Il reste encore pas mal d'eau, mais le niveau a baissé.

— Je vais voir ce qui se passe dans la soute.

Il disposait d'environ un mètre pour évoluer et l'eau clapotait contre la coque. Il descendit les pieds en avant, la torche entre les dents, et le relent de pourriture caractéristique aux vieux bateaux le frappa de plein fouet. Il s'avança à genoux, tenant la lampe au-dessus de sa tête.

Alors que le bateau escaladait les vagues, le niveau de l'eau montait et descendait, éclaboussant son visage et le trempant jusqu'à l'os.

Les balles avaient foré plusieurs trous dans les flancs du navire, et l'eau s'y engouffrait avec un clapotement sourd. Il examina un instant les dégâts, puis se retira et se hissa à nouveau par la trappe.

— Ça donne quoi ? demanda le vieil homme.

— Ça pourrait être pire. Après tout, cela fait sept heures que l'on a quitté San Juan : la coque a mis longtemps pour se dégrader à ce point. Dans trois heures, nous arriverons à Spanish Cay. Une fois là-bas, nous ferons radouber le bateau. Vous n'avez aucune raison de vous inquiéter.

Le vieil homme était toujours un peu K.O. Il s'assit et s'empara de la cafetière. Manning remonta sur le pont. Le vent s'était considérablement rafraîchi et des nuages voilaient la lune. Alors qu'il rentrait dans la cabine, il se mit à pleuvoir.

— Alors ? demanda Orlov.

— La coque tombe en pièces, mais lentement.

— Comme il ne nous reste que trois heures avant d'aborder Spanish Cay, nous devrions avoir de la marge.

— Je n'en suis pas si sûr. Si nous essuyons un grain, nous risquons de faire naufrage.

Orlov regarda par le hublot la pluie qui tambourinait sur le toit.

— Qu'en pensez-vous ?

— Que nos chances sont assez réduites. Mieux vaut que je vous remplace. Allez donner un coup de main à Anna. Il faut pomper en permanence.

Durant la demi-heure suivante, les conditions climatiques se détériorèrent considérablement et la visibilité se fit réduite. L'*Amant de Crète* frappait les vagues de plein fouet, les embruns éclaboussant toute la longueur du pont, et après quelques instants, le navire se remit à donner de la bande.

La porte s'ouvrit et Papa Melos fit son apparition. À la lumière de la lampe-tempête, il avait l'air d'être redevenu lui-même.

— Comment se comporte mon bateau ?

— Pas très bien, répondit Manning. Je crois qu'il prend l'eau à nouveau.

— Allez vérifier. Je m'occupe de la barre.

Manning sortit et alla sur le pont. Dans la lumière étrange des feux de navigation verts et rouges, il pouvait voir Orlov qui maniait la pompe avec ardeur.

Lorsqu'il entra dans la cabine, il trouva Anna sur l'une des couchettes, en train d'essayer de boucher les trous de balles avec des morceaux de chiffon. À chaque fois qu'une vague s'écrasait contre la coque, de gros filaments aquatiques s'infiltraient dans la cabine. Le niveau d'eau recouvrant le plancher atteignait déjà une dizaine de centimètres.

— Faites de votre mieux, dit-il. Je reviens dès que possible.

Il alla s'agenouiller aux côtés d'Orlov. Le vent emportait ses paroles : il dut donc crier pour être entendu du grand Russe.

— Vous tiendrez le coup ?

— Je crois. Quoi de neuf ?

— Ça ne s'arrange pas. Je vais vérifier notre position.

Alors qu'il regagnait la cabine, une grande vague aspergea le pont, le repoussant en arrière. Il tomba contre la trappe de la salle des machines et se cogna douloureusement l'épaule. Il se redressa tant bien que mal et se cramponna à la rambarde pour arriver à la cabine.

Le vieil homme se retourna lorsqu'il entra. Son visage était sombre.

— On dirait qu'on fait du surplace.

— Là en bas, on patauge dans l'eau, lui dit Manning. Anna fait de son mieux pour limiter les infiltrations. Voyez si vous pouvez lui donner un coup de main. Je vous remplace quelque temps.

Le vieil homme acquiesça et lui donna la barre. Lorsqu'il fut parti, Manning se laissa tomber sur le siège et posa son front contre la vitre. Il était fatigué, gelé, et avait très peur. Au-delà des feux de navigation, il n'y avait rien, rien que les ténèbres et le vent qui gémissait autour de la cabine comme un mauvais présage.

Il était trop crevé pour réfléchir, et pourtant, il le fallait. Il alluma la lumière éclairant la carte et, retenant la barre d'une main, essaya d'estimer leur position.

Maintenant, ils étaient bien engagés dans Exuma Sound et au nord d'Eleuthera, mais à quelle distance ? Il n'avait pas beaucoup d'éléments pour le dire, mais fit un calcul approximatif basé sur leur vitesse et une estimation de la distance parcourue. D'après ces chiffres, il devait prendre plus vers le nord-ouest pour attendre Spanish Cay, mais au nord d'Exuma, des centaines de rochers et de récifs ne demandaient qu'à porter le coup de grâce au vieux bateau. Par un temps pareil, ils n'avaient pas une chance.

Il infléchit leur course. Peu à peu, une légère luminosité nacrée teintait le ciel, et il put distinguer les hallebardes sombres de la pluie. L'aube vint une demi-heure plus tard ; il ouvrit le hublot et regarda la lourde chape de nuages qui suffoquait le ciel.

Le vent diminuait et les vagues se calmaient quelque peu, mais l'*Amant de Crète* ne filait toujours que quelques nœuds. À chaque fois qu'il plongeait dans un creux, Manning croyait qu'il n'arriverait jamais à escalader la vague suivante.

La porte s'ouvrit et Papa Melos entra, trempé jusqu'à l'os, à bout de résistance.

— C'est inutile, Harry. Nous n'irons nulle part.

— Si mes calculs sont bons, nous ne sommes plus très loin des récifs au nord d'Exuma, dit Manning. Prenez ma place et gardez le cap.

Orlov maniait toujours la pompe, mais de toute évidence, il ne tiendrait plus longtemps. Manning descendit l'échelle et plongea dans une eau qui lui montait jusqu'aux cuisses. Anna bondit vers lui.

— Ça ne sert à rien, Harry. Nous allons couler.

Ses traits étaient tirés et elle était glacée. Il prit un caban accroché derrière la porte, le posa sur ses épaules et lui fit monter l'échelle.

— Allez dans la cabine de pilotage, il y fait plus chaud. Je vais aider Orlov.

Le vent était presque entièrement retombé et le ciel s'éclaircissait rapidement, mais la houle soulevait toujours les flots. Manning prit la pompe et lui imprima le même rythme que le Russe. Celui-ci étira ses doigts raidis et secoua la tête.

— Vous perdez votre temps. Il rentre trois fois plus d'eau qu'on ne peut en évacuer. Le bateau n'en a plus pour longtemps.

C'est alors que le moteur s'arrêta. Il y eut un sifflement, comme une fuite de gaz, et un grand nuage de vapeur s'éleva au-dessus des prises d'air.

L'*Amant de Crète* tanguait paresseusement et même la houle n'arrivait plus à le soulever. Papa Melos et Anna sortirent de la cabine de pilotage. Le vieil homme avait l'air épuisé, vaincu, et elle lui tenait le bras comme pour le soutenir.

— Je suis désolé, dit Manning. Plus que vous ne pouvez le croire.

— Vous avez fait de votre mieux, fiston. Vous êtes un bon marin.

Ils défirent les attaches du canot de sauvetage et le firent glisser dans la mer. Anna et son père s'assirent à l'arrière, Manning et Orlov prirent chacun une rame.

Maintenant, l'eau avait atteint le pont et, alors qu'ils s'éloignaient, une onde verte vint teinter les planches. Après un temps, les rameurs cessèrent leur mouvement et restèrent là, à regarder couler l'*Amant de Crète*.

La proue du vieux bateau disparut sous les flots et sa poupe se souleva. Un instant, il resta là comme un coin planté dans la mer, puis sombra sans un heurt.

Il n'y avait plus rien à dire. Manning se remit à ramer, le regard fixé vers un point situé au-delà du vieil homme et de la jeune fille tout en évitant de regarder l'un ou l'autre.

Le ciel se fit de plus en plus bleu, puis le soleil émergea à l'horizon. Vers le nord-ouest, ils pouvaient voir une langue de terre. Deux heures plus tard, le vieux Saunders, parti pêcher le thon, les faisait monter à son bord.

15

Au Caravel

Alors qu'il s'approchait du *Touché par la Grâce*, Manning pouvait voir Seth, assis à la proue, en train d'enrouler une corde. Il l'accrocha sur un crochet planté sur la cloison de la cabine de pilotage, fit un signe de la main à une vedette qui passait près du bateau et descendit l'escalier des cabines.

Manning avait chaud et il était à bout de force. Il n'eut pas le cœur d'attendre les autres : il regarda par dessus son épaule pour s'assurer qu'ils le suivaient et sauta sur le pont. Il s'arrêta un instant et regarda autour de lui avec un plaisir qu'il ne chercha pas à dissimuler avant de descendre dans la fraîcheur de la cabine, pourvue d'un système d'air conditionné. Seth était passé dans la cuisine et Manning put respirer l'odeur du café.

— Sors quatre tasses de plus, dit-il. Tu as de la compagnie.

Il se laissa tomber sur un siège. Seth sortit de la cuisine et le regarda en fronçant les sourcils.

— Bon sang, on dirait que vous avez vu le diable.

— Ça ne m'étonne pas, répondit Manning, vu que j'ai traversé l'enfer. Sauf que, ces jours-ci, il se fait appeler Cuba.

Seth écarquilla les yeux.

— Alors vous avez pu arriver jusqu'à San Juan ? Vous avez trouvé Garcia ?

— Ou du moins ce qu'il en restait. En fait, on m'avait préparé un comité d'accueil.

Seth ouvrit la bouche de surprise.

— Mais, Harry, c'est impossible ! Il n'y a que trois personnes qui savaient où vous alliez. Je sais que je ne suis pas un espion cubain et Morrison ne peut en être un. Ce qui nous laisse Viner.

— Exact.

Avant que Seth n'ait pu répondre, des pas claquèrent sur l'échelle et Orlov entra, suivi d'Anna et son père.

— Je me suis fait quelques amis en cours de route, expliqua Manning. Ils aimeraient bien t'extorquer une tasse de café.

Seth retourna dans la cuisine. Anna et son père se laissèrent tomber sur les sièges restants. Tous deux avaient l'air épuisés.

Manning tendit une cigarette à Orlov et posa le paquet sur la table pour qu'Anna puisse se servir.

— Ça ira ? demanda-t-il.

Son visage était pâle et ses yeux s'ourlaient de cernes noirs, mais elle réussit à sourire.

— Il y a une douche et deux cabines à l'arrière. Seth va vous les montrer. Maria a laissé quelques robes et d'autres affaires dans l'une des armoires. Prenez ce que vous voulez.

Papa Melos avait sombré dans l'apathie la plus complète et restait assis, la tête basse. Anna lui dit quelques mots à voix basse, puis se tourna vers Manning, l'air inquiète.

— Il vaut mieux qu'il s'allonge. Est-ce que nous pouvons l'emmener jusqu'à sa cabine ?

Manning partit pour se lever, mais Orlov fut plus rapide.

— Je vais vous donner un coup de main, dit-il.

Anna et lui aidèrent le vieil homme à se lever et l'emmenèrent le long du couloir.

Manning resta là, la tête entre les mains, submergé par des vagues de fatigue. Lorsque Seth apporta le café, il était si chaud qu'il lui brûla le palais, mais il lui redonna néanmoins un peu d'énergie et la capacité de réfléchir, du moins pour quelques instants.

Orlov et Anna revinrent à leurs places respectives ; Seth leur apporta du café.

— Morrison est toujours dans le coin ? lui demanda Manning.

Seth acquiesça.

— Hier, nous sommes allés aux Iles du Chat. Il m'a demandé de l'emmener à Nassau cet après-midi. Il est toujours au Caravel, dans la même chambre.

— Joe Howard est en ville ?

Seth secoua négativement la tête.

— Il est parti tôt ce matin pour Crab Cay avec ses deux adjoints. La nuit dernière, on y a trouvé un type avec un couteau planté dans le dos.

Manning finit son café et se leva.

— Je vais aller voir Morrison.

Il ouvrit le tiroir de la table, farfouilla parmi les cartes marines et finit par en sortir un automatique Luger et un revolver 7, 62 Smith & Wesson au canon scié. Il les soupesa un instant, opta pour le Luger et replaça le Smith & Wesson dans le tiroir.

— Vous croyez qu'il va y avoir du grabuge ? demanda Orlov.

Manning glissa le Luger dans sa ceinture et rabattit les pans de sa chemise par-dessus.

— On ne sait jamais.

— Alors je viens avec vous.

Anna les regardait, assise devant sa tasse de café qu'elle n'avait pas touchée. Elle se leva et demanda :

— Et nous, Harry ?

— Vous restez ici. J'ai toujours ma chambre au Caravel : Orlov et moi pouvons nous y installer en attendant mieux. Après avoir vu Morrison, je viendrai récupérer mes affaires. Ensuite, vous pourrez prendre la mer quand vous voudrez. Si vous le souhaitez, Seth pourra vous emmener jusqu'à Harmon Springs.

Elle fronça les sourcils.

— Je ne comprends pas.

— Ce bateau est à vous, dit-il. Je pense que, vu les circonstances, c'est le moins que je puisse faire.

Elle oscilla sur ses pieds et dut se cramponner à la table pour ne pas tomber. Manning donna un coup d'épaule à Orlov.

— Allez, on y va.

Le Russe fut le premier à monter l'escalier, Manning sur ses talons, puis tous deux descendirent sur la jetée. Anna apparut alors sur le pont.

— Non, Harry ! C'est impossible !

— Pas de discussions, Anna, dit-il calmement. C'est comme ça et c'est tout.

Elle se mit à pleurer, accoudée à la cloison de la cabine, le visage enfoui dans ses mains. Harry se retourna et vit Orlov qui le regardait d'un air grave.

— Mon ami, je pense que vous êtes un idiot de première classe.

— C'est la vie, que voulez vous. Il y a des jours où on gagne, d'autres où l'on perd.

Chaque fibre de son être lui disait de revenir en arrière, que c'était tout ce qu'il désirait, mais il était déjà bien assez impliqué dans cette histoire de fous. Il avait fait du tort à Anna Melos et son père. Il lui fallait réparer. Un point c'est tout.

*
* *

La terrasse du Caravel regorgeait de touristes qui dînaient en plein air, à l'ombre des arbres. En contrebas, sur la pelouse, l'orchestre jouait un calypso.

Manning alla tout droit au comptoir de la réception. L'employé le reconnut et sourit.

— Content de vous revoir, monsieur Manning.

L'interpellé prit une cigarette à même la boîte posée sur le bureau.

— M. Viner m'a dit qu'il me garderait la chambre qu'occupait la Señorita Salas.

— C'est exact, dit l'employé en décrochant une clé du tableau. Vous y montez maintenant ?

Manning acquiesça.

— Viner est ici ?

— Je crois qu'il est dans son bureau. Je peux l'appeler pour vérifier.

Manning fit non de la tête.

— Je le verrai plus tard. Pour l'instant, j'ai surtout besoin d'une bonne douche.

Il monta rapidement les escaliers, Orlov sur ses talons, et traversa le couloir vers la chambre de Maria. Les rideaux étaient tirés et le lit fait ; il régnait dans la chambre une pénombre et une fraîcheur bienfaisantes. Manning resta là, à écouter le silence, empreint d'un sentiment d'irréalité si fort qu'il dut faire un effort pour s'en sortir.

— Il y a une baignoire et une douche, dit-il à Orlov. Et des vêtements propres dans l'armoire. Servez-vous.

— Vous allez voir Morrison ?

— Inutile de perdre un temps précieux.

La chambre de l'Américain se trouvait à l'étage d'au-dessus. Manning monta rapidement les escaliers et s'arrêta devant la porte. Il frappa doucement et entra.

— Posez tout ça sur la table, fiston, lança Morrison depuis la terrasse. J'arrive.

Manning attendit en souriant. Lorsque son interlocuteur

apparut, il était vêtu en tout et pour tout d'une serviette nouée autour de sa taille. Il portait un livre dans une main et des lunettes de soleil de l'autre. Lorsqu'il vit Manning, son visage prit une expression d'étonnement.

— Bon sang de bois ! Je croyais que c'était le garçon.

On frappa à nouveau à la porte, et Manning alla se cacher dans la salle de bains. La porte s'ouvrit, il y eut quelques murmures, puis elle se referma. Lorsque Morrison réapparut, il portait un plateau contenant une demi-bouteille de whisky et une carafe d'eau avec des glaçons.

— Il devrait bien y avoir un verre à dents dans le coin.

Manning trouva le verre en question, le rinça et retourna dans la chambre. Morrison se tenait face à la fenêtre et regardait la mer. Il se tourna et désigna du doigt le plateau.

— Servez-vous.

Manning remplit à moitié son verre de whisky, y ajouta des glaçons et le vida en deux gorgées. Il secoua la tête, se laissa tomber dans une chaise et reprit la bouteille.

— On dirait que vous êtes passé sous un rouleau compresseur, dit Morrison. Vous avez pu trouver un bateau à Harmon Springs ?

— Je l'ai trouvé, en effet. Je suis même allé jusqu'à San Juan.

Manning avala une gorgée de whisky avant de reprendre :

— J'ai surtout perdu mon temps. L'homme qu'il nous fallait était resté ici, à Spanish Cay.

— Que voulez-vous dire ? fit Morrison, fronçant les sourcils.

— Que Kurt Viner est impliqué dans cette histoire jusqu'au trognon.

Morrison alla vers l'armoire, en tira un costume et une chemise et les jeta sur le lit.

— Racontez-moi tout pendant que je m'habille. Tout. Sans rien oublier. C'est peut-être plus important que vous ne le croyez.

Manning reprit un verre et entama son récit. Il eut vite terminé et leva les yeux sur Morrison qui, debout devant le miroir, nouait son nœud de cravate avant d'attraper son manteau.

— Et ce type, cet Orlov, il est là, avec vous ?

Manning acquiesça.

— Ne vous en faites pas. Et pour Viner ? Qu'en dites-vous ?

Morrison se caressa le menton.

— Je ne sais trop que penser. D'après moi, il n'est guère

qu'un homme de main. Ceux qui tirent les ficelles sont quelque part et attendent leur heure.

— Mais quelle heure ? Et comment êtes-vous sûr qu'ils rôdent toujours dans le coin ?

— Le lendemain de votre départ, ils ont saboté une autre base. Plus d'un million de dollars de dégâts et toujours pas une trace des coupables.

— Alors la solution me paraît évidente. Appelez les Marines, la Navy, tous ceux qui peuvent faire quelque chose. Et tôt ou tard, vous les trouverez.

Morrison secoua la tête.

— Vous l'avez dit vous-même : il y a sept cents îles et deux mille récifs dans ces eaux. Cela pourrait prendre des semaines et, pour l'instant, mieux vaut ne pas trop nous montrer. Les grosses huiles n'arriveront que la semaine prochaine, mais notre Secrétaire d'État et votre Ministre des Affaires Étrangères commencent leurs entretiens préliminaires demain, au club Lyford Cay, à vingt kilomètres de Nassau. Dans les jours qui vont suivre, le monde entier aura les yeux braqué sur ces îles.

— Et vous pensez que nos amis pourraient tenter leur chance au moment ad hoc ?

— C'est bien possible.

Manning commençait à se sentir légèrement gris. Il se versa soigneusement une autre mesure de whisky, l'avala et sourit.

— Il n'y a qu'un seul moyen de savoir de quoi il retourne.

— C'est-à-dire ?

— Demander à Viner.

— Vous êtes sûr de savoir ce que vous faites ?

Manning acquiesça.

— Au passage, je vous présenterai à Orlov, mais n'essayez pas de l'interroger. Il n'ouvre la bouche que lorsqu'il en a envie.

Pourtant, lorsqu'ils descendirent, il n'y avait pas trace d'Orlov dans la chambre, mais ils purent l'entendre qui barbotait dans la salle de bains. Lorsque Manning ouvrit la porte, des nuages de buée s'élevèrent. Orlov s'était plongé jusqu'au menton dans l'eau chaude et son visage arborait une expression extatique.

— C'est le bonheur, dit Manning.

— Je me contente de peu, répondit Orlov avec un sourire. Ils ont des femmes de chambre, ici ?

— Pas l'après-midi. Question de climat. Vous devrez vous

contenter de la compagnie de Morrison. Peut-être que vous vous découvrirez plus de points communs que vous ne l'auriez soupçonné.

Il le planta là et descendit les escaliers. Il se sentait tout déboussolé et réalisa avec étonnement qu'il n'avait rien mangé depuis trente-six heures. Pas étonnant que le whisky lui soit monté à la tête.

Les gens qui ont l'estomac plein ressentent toujours un faux sentiment de sécurité : en début d'après-midi, le casino était toujours bondé. Manning se fraya un chemin jusqu'à la porte de derrière. Le petit gérant tenta de s'interposer; il eut un sourire faux et dit :

— Vous cherchez quelqu'un, monsieur Manning ?

— Vous le savez bien.

— Je crains que M. Viner ne soit occupé. Il a demandé qu'on ne le dérange pas.

— Dommage.

Manning le poussa sans ménagements, ouvrit la porte et entra.

Viner se tenait derrière le bar et remplissait deux verres. L'homme qui était assis sur l'un des tabourets faisait bien un mètre quatre-vingt-dix et sa gabardine s'étirait autour de ses deux larges épaules. Il avait un visage rude et mal dégrossi avec une cicatrice sous un œil, et ses cheveux blonds étaient coupés très court.

Manning referma la porte derrière lui. Il y eut un bref silence lourd de conséquence, puis Viner dit d'une voix étranglée :

— Harry ! Quelle surprise !

— Vous pouvez le dire, espèce de salopard, fit Manning en s'avançant.

Viner eut soudain l'air très inquiet.

— Je ne vois pas de quoi vous voulez parler, mais il vaut peut-être mieux que vous reveniez lorsque vous serez un peu plus clair.

D'un coup de pied, Manning envoya une petite table à café de l'autre côté de la pièce.

— Ça me convient comme ça.

— Hans, flanque-le dehors, dit Viner.

— Avec joie, Herr Colonel, répondit Hans en se levant.

Manning se sentait très calme, comme s'il était extérieur à toute la scène. Il se demanda d'où venait Hans. Des SS ou de la

Gestapo, sans doute. Ce qui ouvrait des horizons quant au passé de Viner.

L'Allemand semblait très sûr de lui. Lorsqu'il fut à un mètre de Manning, il lui balança un direct dans lequel il dut mettre toutes ses forces. Pour Manning, le coup évoquait un roseau ondulant au vent. Il se rapprocha, lui donna un coup de pied au menton puis, alors que Hans se cassait en deux, envoya son genou gauche percuter le visage de son adversaire.

Hans s'affala au sol et resta là, à gémir, du sang s'écoulant de sa bouche et de son nez.

— Lève-toi, Hans ! Lève-toi ! ordonna Viner.

— Il n'est pas si bête, rétorqua Manning.

Il tira le Luger de sa ceinture, s'assit sur l'un des tabourets et frappa Viner entre les deux yeux avec le canon.

— Inutile d'appeler Rojas par radio, Viner. J'ai bien peur de l'avoir laissé dans un sale état.

— Je ne vois pas de quoi vous voulez parler, fit Viner, s'efforçant de rester calme.

— Vous les avez prévenus pour que, lorsque j'arriverais à San Juan, il y ait un comité d'accueil. Vous les avez aidés à tuer Maria. Viner, je devrais vous loger une balle dans le ventre, ici et maintenant.

— Je vous en prie ! fit désespérément Viner. Je ne suis qu'un instrument. J'ai dû faire ce qu'on me demandait. Ces gens me tiennent.

— Ah, oui ? Et comment ?

— Pendant la guerre, j'étais colonel chez les SS. Le tribunal des Crimes de Guerre de Ludwisburg a édicté un mandat d'arrêt à mon nom, suite à un incident particulier. Bien sûr, rien de tout ça n'est vrai, mais vous savez comment sont ces chasseurs de sorcières.

Manning secoua la tête.

— Viner, j'en ai assez qu'on se joue de moi. Il est temps d'en finir. Ces satanés Cubains m'ont pris tout ce que j'avais à La Havane. Eh bien, dans ma chambre, j'ai là quelqu'un qu'ils aimeraient bien revoir, quitte à me donner bien plus que la valeur de mon entreprise pour que je le leur livre. Je me trompe ?

Viner hésita, sur le point de nier tout ce que Manning venait de dire, puis il finit par craquer.

— Bon sang, c'est vrai.

— Je me doutais que vous étiez au courant. Et voilà ce que je vais faire. Orlov ne se plaît pas trop ici : il a peur que les autorités ne tentent de le retenir, mais j'ai promis de l'aider. Il me fait confiance.

— Ah, je vois. Vous voulez conclure un marché ?

— Avec vous ou avec les Russes. Pour moi, cela n'a pas d'importance.

— Combien ?

— Cent mille dollars américains. C'est raisonnable.

— Je dois contacter mes supérieurs, mais cela peut prendre un certain temps.

Manning secoua la tête.

— Ne vous en faites pas. Je rencontre votre patron en personne, ou il n'y a pas de marché.

Viner haussa les épaules.

— Comme vous voudrez, mais il faudra attendre la nuit.

— Sa base est loin d'ici ?

— Deux heures, pas plus.

— Sur un des îlots au large d'Exuma ?

Viner eut un sourire.

— Mon cher Harry, me prendriez-vous pour un crétin ?

— Pas précisément.

— Très bien. Nous prendrons votre bateau. Je vous retrouve à 8 heures sur la jetée.

— Ça me va. Mais Orlov restera ici, avec Seth. Ils me serviront d'assurance au cas où vous voudriez me jouer un sale tour.

— Et l'équipage ?

Hans se releva tout en gémissant et se prenant la tête à deux mains. Manning l'aiguillonna d'un léger coup de pied.

— D'ici là, ce comique troupier devrait avoir repris ses esprits.

Alors qu'il se dirigeait vers la porte, Viner le rappela.

— Et Morrison ? Il est toujours dans le coin ?

— En effet, répondit Manning. Je viens de le voir. Je lui ai dit que Garcia était mort et que j'avais de la chance de m'en être tiré en un seul morceau.

— Vous ne lui avez pas parlé de moi ?

— Non, mais il n'est pas trop tard pour le faire. Ne l'oubliez pas.

Il referma la porte, se fraya à nouveau un chemin à travers la foule des joueurs, puis monta les escaliers. Orlov avait passé une robe de chambre et était assis au bord du lit. Morrison se tenait face à la fenêtre. Tous deux se tournèrent vers Manning, et le Russe dit :

— Alors ? qu'est-ce qui s'est passé ?

— Pas grand-chose. J'ai accepté de vous vendre, c'est tout.

— Vous avez quoi ? fit Morrison.

— Je vais traiter avec les employeurs de Viner. Je le retrouve à 8 heures sur la jetée. Nous prendrons notre bateau pour rejoindre leur quartier général.

— Il a dit où il se trouvait ?

Manning secoua la tête et retira sa chemise.

— À deux heures d'ici. Ce qui peut nous amener vers les îlots au nord d'Exuma ou de l'autre côté de l'Ile aux Chats. Pas moyen de le savoir.

— Rien ne nous dit qu'ils ne vont pas vous trancher la gorge sans autre forme de procès.

— Orlov reste ici et Seth aussi. Viner me fournira un moussaillon. Ne vous en faites pas, je me suis montré convaincant. Je lui ai demandé cent mille dollars et il n'a même pas cillé.

Morrison se dirigeait déjà vers la porte.

— Il faut que je me presse si je veux pouvoir vous couvrir.

Manning s'arrêta à la porte de la salle de bains.

— Morrison, soyez sûr d'une chose : cette fois-ci, nous les tenons. Mais si vous alertez la Navy ou la police, ils sentiront qu'on les a doublés et tout tombera à l'eau.

— Il faut malgré tout que j'alerte Nassau, afin que nous puissions investir leur base dès que nous saurons où elle se trouve.

— Tant que vous n'en rajoutez pas, fit Manning.

Sur ce, il entra dans la salle de bains et tourna le robinet de la douche.

16

Ces Grecs sont tous les mêmes

C'est la brise marine qui le réveilla doucement, si doucement qu'il resta là, assis dans un fauteuil de rotin sur le balcon, à demi conscient, mais n'ayant pas la moindre idée d'où il pouvait bien se trouver.

Il était vêtu en tout et pour tout d'une serviette nouée autour de sa taille; un frisson le parcourut, et il posa ses jambes sur le sol. La chaleur de la journée déclinait avec le soleil qui avait entamé sa descente inexorable vers l'horizon.

Il s'arrêta devant la verrière, écouta la respiration régulière du Russe, puis marcha silencieusement vers l'armoire. Il l'ouvrit, en sortit des vêtements propres et s'habilla rapidement. Le téléphone sonna au moment où il bouclait sa ceinture.

— Manning, dit-il à voix basse.

— Ici la réception, monsieur Manning. Une jeune fille vous demande. Mademoiselle Melos.

— Dites-lui que j'arrive.

Orlov ne s'était pas réveillé. Manning passa une veste en lin et quitta la chambre, refermant doucement la porte derrière lui.

Anna était assise sur un divan près de la porte et feuilletait un magazine. Elle portait une robe sans manche qui épousait parfaitement son corps et ses cheveux noirs étaient tressés en une natte ramenée sur son épaule. Elle se leva et eut un sourire timide; de toute évidence, elle ne savait que dire.

— Bonjour, Harry.

Dans le salon, l'orchestre se mit à jouer. Harry lui sourit à son tour.

— Vous avez dîné?

— Je ne pense pas. J'ai dormi quelques heures. Lorsque je me suis réveillée, je n'avais qu'une chose en tête : il fallait absolument que je vous voie.

— On mange très bien ici. Vous m'en direz des nouvelles.

Bien qu'il soit encore tôt, plusieurs couples étaient déjà attablés. Le maître d'hôtel s'avança vers eux.

— Une table, monsieur Manning?

— Plutôt une alcôve.

Le maître d'hôtel acquiesça, et ils le suivirent jusqu'à leur place. Une fois assis, il refusa d'un geste de la main le menu que lui tendait le garçon.

— Je n'en ai pas besoin. Nous prendrons de la soupe à la tortue, du porc salé aux fines herbes, puis des bananes flambées. Et deux vodkas en apéritif.

Anna sourit en secouant la tête.

— Vous savez toujours ce que vous voulez, n'est-ce pas?

— Pour l'instant, de la bonne cuisine locale. Comment va votre père?

— Beaucoup mieux. Il comptait venir en personne, mais je ne l'ai pas laissé faire.

— Si vous voulez me parler du bateau, vous perdez votre temps. Dès que possible, je ferai faire les papiers pour légaliser la chose.

Elle secoua la tête.

— Harry, nous ne pouvons pas le garder. D'abord, il vaut cinq fois plus que l'*Amant de Crète*. Et nous avons discuté avec Seth, qui m'a dit pas mal de choses. Le *Touché par la Grâce* est tout ce que vous possédez au monde.

— Ce qui me met d'égal à égal avec votre père. La seule différence entre nous, c'est qu'il est un vieil homme tandis que j'ai encore quelques années devant moi.

— Je connais mon père. C'est un homme fier. Il n'acceptera jamais votre offre. Il a bien trop de sympathie pour vous.

— Vous autres Grecs êtes bien tous les mêmes ! Vous n'avez pas changé d'un iota depuis l'Odyssée. Que ça lui plaise ou non, ce bateau ira à Harmon Springs. J'en ai encore besoin cette nuit, mais demain matin, il sera à lui, et sans discussion.

Elle fronça les sourcils.

— Vous en avez besoin cette nuit ? Que voulez-vous dire ?

— Je vais partir avec Viner. Un tout petit trajet : quelques heures à peine. Rien de bien méchant.

Elle pâlit et se pencha vers lui.

— Vous vous passez encore la tête dans un nœud coulant.

Il eut un sourire en coin.

— Et qu'est-ce que j'ai à perdre ?

C'est alors qu'on leur apporta leur soupe, et il changea délibérément de sujet de conversation. Elle mangea de bon appétit, et il se surprit à la regarder à chaque fois qu'il en avait l'occasion.

Il commanda deux cafés, s'excusa et monta dans la chambre de Morrison. La porte était fermée. Il frappa, mais n'obtint aucune réponse. Lorsqu'il redescendit, il s'arrêta devant la réception le temps d'allumer une cigarette et regarda le tableau. La clé de Morrison y était toujours accrochée. Il retourna dans la salle à manger.

Le groupe s'était remis à jouer et, alors qu'il s'avançait vers la table, il lui sourit.

— Si le cœur vous en dit…

Elle se leva, et ils se dirigèrent vers la piste de danse. Elle passa un bras autour de son cou et posa la tête sur son épaule pendant qu'ils virevoltaient. Son corps jeune et ferme se pressait si étroitement au sien qu'il pouvait sentir ses formes, de la poitrine aux cuisses.

Lorsque la musique s'interrompit, ils restèrent un bref instant enlacés, puis elle se retira.

— Il fait trop chaud ici.

— Allons dehors.

Un sentier qui traversait les jardins les mena hors de la ville, au milieu des casuarinas et des palmiers que les premiers colons avaient plantés il y avait des années de cela. Ils arrivèrent au bord d'une falaise qui descendait droit vers une plage de sable blanc.

Le mer était d'un noir violacé que venaient mordorer les rayons du soleil, grosse boule de feu orange prête à se noyer derrière l'horizon. Le spectacle était d'une telle beauté que Manning se sentit vidé de toute émotion, hormis une étrange tristesse. Elle se retourna et le regarda d'une façon tout aussi étrange, presque distante, et il lui prit la main. Ensemble, ils empruntèrent le chemin qui descendait jusqu'à la plage.

Manning s'arrêta le temps d'allumer une cigarette. Lorsqu'il leva les yeux, elle se tourna lentement pour lui faire face. Elle ne lui avait jamais paru aussi jolie qu'ainsi, avec la lueur du couchant qui caressait ses traits. Elle murmura son nom, vint vers lui et, tout naturellement, ils se retrouvèrent au bord de l'eau. C'est elle qui chercha sa bouche ; il la souleva dans ses bras et l'emporta sur la plage. Lorsqu'il la déposa dans un creux entre deux rochers, son visage était humide de larmes.

*
* *

Ils rentrèrent en ville, la main dans la main, au milieu des jardins et des palmiers. La robe d'Anna était incrustée de sel marin, trempée et froissée. Elle s'arrêta pour se regarder à la lumière d'une fenêtre.

— Dès qu'on sera rentrés, dit-elle, il faudra que je me change. Je ne veux pas causer d'émotions fortes à mon père. Pas à son âge.

Elle eut un sourire qui illumina son visage et Manning se sentit soudain déborder de tendresse.

— Vous avez des regrets ?

Elle fit non de la tête, gravement, puis dit :

— Et vous ?

Il sourit et passa ses doigts sur son visage.

— Qu'est-ce que vous croyez ?

Ils prirent un raccourci à travers les jardins situés derrière l'hôtel. Il pouvait entendre le ruissellement d'une fontaine, quelque part derrière les buissons. L'air était riche des mille senteurs de la nuit et, comme toujours, l'emplit de regrets pour ce qui se tenait toujours là, dans les ténèbres, invisible, et toujours, toujours hors de portée.

Il s'arrêta le temps d'allumer une cigarette. Elle se retourna, et l'éruption de l'allumette illumina un bref instant son visage. Elle le regardait fixement, et la lumière qui se reflétait dans ses yeux masquait ce qui se cachait derrière leur radiance. Lorsqu'il parla, il réalisa soudain que, d'une façon purement instinctive, elle avait compris ce qu'il ressentait.

Elle posa une main sur son bras et l'y laissa un instant.

— Ce qui vient de se passer… nous ne sommes pas liés pour autant. En ce qui me concerne, tu es libre, comme tu l'as toujours été.

— Je sais, Anna. Je sais.

Elle attendait quelque chose de lui, mais il ne sut quoi lui dire, du moins rien qui puisse la rassurer. Alors ils reprirent leur chemin en silence.

Le Caravel étincelait de tous ses feux et résonnait de voix et de rires qui s'envolaient dans la nuit pour se mêler au rythme joyeux du *goumbé*.

Ils s'arrêtèrent à nouveau au bas des escaliers qui montaient vers l'entrée.

— Je n'en ai que pour quelques minutes, dit-il. Je voudrais parler à Morrison.

Dans la clarté étrange des lanternes chinoises accrochées aux branches des arbres, il ne put analyser l'expression de son visage ; et pourtant, il sut que d'une certaine façon, elle avait fait un pas décisif qui l'éloignait de lui.

— Je pars en avant, dit-elle. Nous n'aurons pas beaucoup de temps pour nous préparer.

Il chercha à nouveau quoi lui dire, mais rien ne lui vint à l'esprit. Qu'attendait-elle de lui, cette fille si belle ? Ce qui venait de se passer entre eux était déjà du passé. Et c'était peut-être mieux ainsi.

— Nous nous retrouverons là-bas, dit-il.

Et elle se retourna et disparut dans les ténèbres.

Il s'arrêta à la réception pour acheter des cigarettes et remarqua que la clé de Morrison était toujours accrochée au tableau. Il monta les escaliers, les sourcils froncés. À quoi jouait donc cet Américain de malheur ?

Il entra dans sa chambre et alluma la lumière. Orlov avait disparu sans laisser de traces. On avait soigneusement fait le lit et la porte-fenêtre du balcon était ouverte.

Il redescendit les escaliers et retourna à la réception.

— Avez-vous vu ce monsieur avec qui je partageais ma chambre ?

— Il est sorti il y a de cela une demi-heure, monsieur.

Manning fronça les sourcils, soudain inquiet.

— Il était seul ?

— Oh non. Il est parti en compagnie de M. Morrison, l'Américain de la chambre 105.

Manning se détourna, soulagé, et se dirigea vers le bar. Il alluma une cigarette et commanda un bacardi. Au moment où le barman le lui apportait, Viner fit son apparition.

— Offert par la maison, George, et sers-moi la même chose.

Il se tourna avec un sourire. Avec son smoking blanc, il était d'une élégance rare.

— Vous êtes prêt, Harry ?

— Quand vous voudrez.

— J'ai encore une ou deux petites choses à arranger. Nous nous retrouverons dans une heure sur la jetée, comme prévu. (Il leva son verre avec un sourire en coin.) J'espère que vous obtiendrez ce que vous désirez.

— Ne vous en faites pas pour moi, je m'en sortirai.

Il finit son verre, se détourna et se fraya un passage dans la foule. Alors qu'il descendait les escaliers, il se sentait vaguement inquiet, car Viner lui avait paru bien trop joyeux pour être honnête.

*
* *

Certains des bateaux étaient éclairés, mais la jetée était déserte. En approchant du *Touché par la Grâce*, il pouvait entendre le son d'une radio. Celle-ci diffusait l'une des nombreuses émissions américaines qui pouvaient être captées d'ici et, entre tous les airs, celle-ci jouait “Valse Triste”.

Il monta sur le pont et s'arrêta au bord de l'escalier des cabines. À nouveau, cette étrange tristesse s'emparait de lui. Lorsque le morceau de musique se termina, il eut un soupir et s'avança. Soudain, un pied se planta dans son dos et le poussa brutalement, l'envoyant s'affaler au bas des escaliers. La porte du fond s'ouvrit en coup de vent ; il tituba dans la cabine et tomba à genoux. Lorsqu'il essaya de se lever, une voix dit :

— Attention, Manning.

Hans se tenait à côté de la porte, mitraillette en main. Anna, son père et Seth étaient assis dans un coin du salon, Orlov et Morrison de l'autre. Un indigène grand et costaud, vêtu d'une chemise à rayures blanches et rouge et armé d'un pistolet automatique, montait la garde près de la porte.

Manning se redressa, leva les mains, et Hans le fouilla d'une main experte. Il le soulagea de son Luger, le glissa dans sa propre ceinture et fit un pas en arrière. Manning se retourna.

Kurt Viner se tenait sur le seuil de la cabine.

— Maintenant, nous pouvons peut-être y aller ? dit-il.

17

LA LUMIÈRE VERTE

Alors que le *Touché par la Grâce* sortait du port pour virer et s'avancer dans le golfe, Manning regarda par-dessus son épaule et regarda s'éloigner les lumières de Spanish Cay jusqu'à ce qu'elles soient avalées par les ténèbres. Pour l'instant, il ne pouvait rien faire. Le grand Noir était assis au coin de la cabine de pilotage, sa mitraillette posée sur ses genoux, et un troisième homme était assis à la proue, fusil en main.

Après un temps, Viner arriva sur le pont.

— Attendez donc dehors, Charlie. Je doute que M. Manning ne tente quelque chose de stupide.

— Je n'en serais pas si sûr, grinça Manning.

— Oh, mais si ! Hans a reçu l'ordre d'ouvrir le feu au premier bruit suspect sur le pont. Et vous pouvez sans peine imaginer les dégâts que peut causer une rafale de mitraillette dans un espace aussi réduit que votre salon.

— Donc, pour l'instant, c'est vous qui avez la main. Et ensuite ?

Viner se pencha sur la carte.

— Vous connaissez un endroit nommé Jackson Cay ? C'est à dix milles au sud de l'Ile aux Chats.

— Je m'en suis approché une fois ou deux, c'est tout. D'après ce qu'on dit, l'île appartient à un millionnaire américain quelconque.

— Elle l'était jusqu'à il y a deux ans. Cigarette ?

Refuser ne le mènerait nulle part ; Manning se pencha pour profiter du briquet de son ennemi. Le vent de noroît qui balayait le golfe charriait encore un peu de la chaleur de la journée en s'infiltrant par les hublots restés ouverts. La lune se cachait, et pourtant, le ciel brûlait de l'incandescence de mille étoiles.

Viner inspira profondément l'air frais et suivit des yeux un banc de poissons volants bondissant hors des flots en un jaillissement de gouttelettes phosphorescentes.

— Tu sais, Harry, par une telle nuit, c'est bon de se sentir vivant, dit-il avec l'air sincère.

Manning secoua la tête.

— Par moments, j'en arrive presque à croire que vous êtes humain.

— Mon cher ami, soyez sûr qu'il n'y a rien de personnel dans tout ceci. J'espère que vous pouvez le comprendre. Vous avez été assez stupide pour vous mêler de ce qui ne vous concernait certainement pas, vous avez perdu la partie, et vous allez y laisser des plumes. C'est tout.

— Vous oubliez Maria et Jimmy Walker.

Viner soupira et haussa les épaules.

— Ce fut une nécessité regrettable, et qui ne me plaisait guère. Mais je n'ai pas décidé de leur mort.

— Je m'en doute. Comment avez-vous si vite retrouvé ma trace ?

Les dents de Viner étincelèrent dans l'obscurité.

— Dès que Morrison est arrivé, j'ai fait poser des micros dans sa chambre. J'ai écouté tous vos échanges verbaux depuis mon bureau. Si vous espérez que Nassau va envoyer la cavalerie, vous vous trompez. J'ai bien peur que, après que Morrison vous eut quitté, il n'ait pas eu l'occasion de sortir de l'hôtel.

— Et Orlov ?

— Rien de plus simple. Il m'a suffi de le faire appeler par la réception en disant que vous vouliez qu'il vous retrouve au bateau le plus vite possible.

Il avait raison. Tout avait été très simple. Bien trop au goût de Manning, qui ravala la colère noire qu'il sentait bouillir au fond de lui. Il se pencha vers la carte et fit semblant de la consulter.

— Vous aviez tout prévu, dirait-on.

— Je crois, oui. Aurais-je oublié un détail ?

— Qu'est-ce qui nous attend sur cette île ?

Viner eut un sourire.

— Je crains qu'il ne vous faille attendre d'être sur place pour le savoir.

Il ouvrit la porte et appela Charlie :

— Dis à Paco de venir me voir.

L'indigène fit un signe à l'homme assis à la poupe, qui obtempéra sur-le-champ.

— Qu'y a-t-il ? demanda Manning.

— Maintenant, nous nous dirigeons tout droit vers Jackson Cay. Paco va prendre la barre. Vous pouvez retourner voir vos amis. Je vous ferai signe lorsque j'aurai besoin de vous. Escorte-le, Charlie.

Manning traversa le pont et descendit l'escalier des cabines. Seth et Anna faisaient du café et Hans se tenait adossé au mur près de l'entrée, le doigt sur la détente de sa mitraillette. Manning l'ignora et alla s'agenouiller aux côtés de Papa Melos.

— Comment va, Papa ?

Le vieil homme avait l'air plus en forme qu'il ne l'était au sortir de San Juan.

— Je m'en sortirai, fiston. Ne vous souciez pas de moi.

Manning donna une tape amicale sur l'épaule de Seth et alla rejoindre Orlov et Morrison.

— Quelqu'un a une cigarette ?

Morrison lui présenta son paquet.

— Elles ont pris un coup de vieux, mais doivent être fumables.

Il était très pâle et Manning vit qu'il avait une marbrure violette sur le cou.

— On dirait que vous vous êtes fait surprendre.

— Pour une fois, opina l'Américain.

Manning se tourna vers Orlov.

— Et vous ? Viner a dit quelque chose ?

— Comme d'habitude : si je suis un bon garçon et que je fais ce qu'on me dit, je devrais m'en tirer sans trop de bobos.

— Vu les circonstances, c'est une offre correcte.

— Je sais, fit Orlov avec un grand soupir. L'ennui, c'est que je n'ai jamais aimé revenir en arrière, quoi qu'il arrive.

Seth apporta du café et Anna un plateau de sandwiches. Alors qu'elle se penchait pour poser le plat au centre de la table, Hans passa sa main sur sa cuisse. Elle se retourna et lui envoya une gifle qui n'atteignit jamais son but : il lui saisit le poignet et le tordit cruellement, la forçant à mettre un genou à terre. Avant que Manning n'ait pu réagir, Orlov s'était déjà levé et criait avec indignation :

— Enlève tes sales pattes de là, gros porc !

Il fit un pas vers Hans, qui repoussa la fille et leva le canon de sa mitraillette.

— Un pas de plus et je te remplis de plomb.

Orlov étendit les bras en riant amèrement.

— Eh bien, ne te gêne pas ! Viner sera ravi. C'est fou ce que je lui serai utile une fois mort.

Le front de l'Allemand s'ourlait de sueur, et sa langue effleura ses lèvres sèches.

— Assieds-toi et ferme-la.

— Mieux vaut faire ce qu'il dit, m'sieur, cria Charlie depuis l'escalier. Je peux toujours vous coller un coup de crosse.

Orlov l'ignora. Il aida Anna à se relever, puis à s'asseoir sur la table. Il lui sourit.

— Cela ne se reproduira pas, je vous le promets.

Soudain, Manning ressentit une pointe de jalousie totalement irrationnelle en voyant le sourire chaleureux qu'elle décocha au grand Russe. Et pourtant, il n'avait pas le droit de se sentir jaloux. Il alla prendre une tasse de café et retourna s'asseoir.

Pendant quelque temps, Orlov s'assit à côté d'elle et ils discutèrent à voix basse, puis il bâilla, alla s'asseoir à côté de Seth et son père, s'adossa au mur et ferma les yeux.

Manning croisa les bras et piqua lui aussi du nez. À part le grondement de l'eau sur la coque, il régnait un silence total dans la cabine et, alors qu'il restait là, il se sentit soudain très fataliste. Arrive ce qui arrivera ! Sa voie était déjà toute tracée et il ne pouvait pas revenir en arrière. Aucun d'entre eux ne pouvait échapper à son destin.

Anna posa sa tête sur ses bras. Il croyait qu'elle s'était endormie lorsqu'elle tourna la tête et ouvrit les yeux. Elle le regarda sans ciller tout en se cachant de Hans derrière son bras replié. De sa main libre, elle ouvrit tout doucement le tiroir contenant les cartes.

C'est alors que Manning se rappela le Smith & Wesson. Il entrevit le revolver lorsqu'elle le sortit pour le poser sur ses genoux. Elle déboutonna sa robe, glissa l'arme à l'intérieur, puis la reboutonna.

Durant toute l'opération, elle ne le quitta pas des yeux. La peur fouaillait les entrailles de Manning comme une lame de glace. Il secoua la tête. Pour l'instant, le revolver ne pouvait leur être d'aucun secours. Si, pour une raison ou pour une autre, Hans ou Charlie ouvraient le feu avec leurs mitrailleuses, la cabine serait réduite en miettes d'ici quelques secondes.

Une voix résonna dans la cage d'escalier; Charlie se leva et désigna Manning du menton.

— M. Viner veut vous voir.

Le pont était tout gluant d'embruns. Viner se tenait face à la rambarde et regardait la masse de ténèbres qu'était l'Ile aux Chats. Il se retourna en entendant le pas de Manning.

— C'est pour bientôt, Harry. Je voudrais que vous repreniez la barre. Paco n'est pas un as de la navigation. Le moment venu, je vous guiderai.

Manning prit la place du Cubain dans la cabine de pilotage. Bizarrement, bien que la lune se cachât, la visibilité était fort bonne, et Manning put distinguer chaque récif et chaque îlot indiqué sur la carte.

Ils passèrent entre deux îles; au-delà s'étendait Jackson Cay. Viner s'approcha de la cabine.

— Vous allez repérer un feu clignotant vert. Suivez-le, mais en douceur. Le chenal est étroit.

Manning réduisit sa vitesse et dériva vers le récif. Tout en haut de la falaise, il vit une maison et, en dessous, la lumière verte qui clignotait à travers les ténèbres.

— Nous passons bien près de cette falaise, dit-il.

— Le chenal donne sur une grande caverne, lui dit Viner. Ne vous faites pas de souci. Contentez-vous de suivre la lumière.

De chaque côté s'élevaient d'imposantes concrétions rocheuses. Il y eut comme une turbulence, puis le bateau s'engagea sous une arche sombre. La lumière verte éclairait une jetée de pierre et, de toute évidence, la lampe était animée par une minuterie. Il n'y avait là qu'un seul autre bateau, une vedette à moteur diesel de douze mètres à la coque peinte couleur crème avec une ligne rouge au niveau de la ligne de flottaison. Alors que Manning rangeait le *Touché par la Grâce* à côté de la vedette, Paco sauta sur la jetée, corde en main.

Manning coupa les moteurs, passa sur le pont et fut frappé par l'extrême froideur de l'air humide.

— Après vous, fit Viner en désignant la rambarde.

Alors que Manning prenait pied sur la jetée, les autres sortirent de la cabine et se joignirent à lui. Ils montèrent un escalier, Manning gravissant péniblement les marches derrière Viner.

Une fois arrivé en haut, l'Allemand ouvrit une porte menant à un couloir carrelé. Il les mena jusqu'à l'autre bout, ouvrit une autre porte et monta un court escalier qui s'ouvrait directement sur un vestibule.

Celui-ci était meublé avec goût, avec des tapis au sol et des murs recouverts de panneaux de chêne. Viner ouvrit une autre porte et entra. Là se trouvaient deux hommes, tous deux cubains. L'un s'occupait d'un émetteur-récepteur à ondes courtes, un casque planté sur ses oreilles, l'autre était assis derrière un bureau et remplissait des paperasses. Celui-ci se leva en souriant.

— Alors vous avez réussi à nous les amener tous ? dit-il en espagnol. Vous n'avez pas eu trop de mal ?

— Ce fut très simple, mon cher Vargas, répondit Viner dans la même langue. Nous avons mis la main sur l'Américain avant qu'il n'ait pu contacter les Services secrets britanniques de Nassau. Le colonel veut-il les voir ?

— Non, juste le Señor Manning. Pour l'instant, les autres peuvent descendre. Occupez-vous-en, voulez-vous ?

Alors que Viner se tournait et donnait les ordres nécessaires à Hans et Charlie, Vargas traversa la pièce et ouvrit une autre porte, entra et la referma derrière lui. Il revint quelques instants plus tard.

— Par ici, Señor Manning.

Alors que celui-ci s'avançait, Viner partit pour le suivre, mais Vargas secoua la tête.

— Ce n'est pas nécessaire, Viner. Le colonel veut voir le Señor Manning seul à seul.

Viner haussa les épaules et se détourna. Manning entra dans la pièce. Alors que la porte se refermait derrière lui, il entrevit une grande pièce confortable aux murs emplis d'étagères à livres et où un feu crépitait joyeusement dans une cheminée de pierre.

C'est alors que les murs se mirent à trembler. Il inspira profondément pour chasser les ténèbres qui menaçaient de l'envelopper, chassant de son esprit toute bribe de raison. Mais, lorsque les brumes se levèrent, il comprit que ses yeux ne l'avaient pas trahi.

C'était bien Maria Salas qui était assise derrière ce bureau, à l'autre bout de la pièce.

18

Le terrorisme vise à terroriser

Le mur derrière elle était en fait une verrière, et il prit conscience de plusieurs petites choses à la fois. Comme du bruit de la mer venant se fracasser sur les rochers, ou de l'odeur des hibiscus du jardin.

— Tu devrais prendre un verre, Harry, dit-elle. Tu as l'air d'en avoir bien besoin.

Plusieurs bouteilles et verres trônaient sur une petite table; il se versa un double-rhum qu'il vida d'un trait avant de se resservir, puis se tourna vers elle.

Elle portait une chemise militaire au col ouvert et un pantalon kaki serré. Ses cheveux étaient noués par un ruban rouge, seule concession à sa féminité. Elle lui rendit son regard, et son visage était grave et calme.

— Pour quelqu'un qui est censé avoir fini dans l'estomac d'un requin, tu m'as l'air en pleine santé, fit-il en se jetant sur le fauteuil qui faisait face au bureau.

— Je ne peux en dire autant de toi, malheureusement, répondit-elle. Mais, étant donné les circonstances, cela n'a rien d'étonnant. Il s'est passé bien des choses depuis notre dernière rencontre.

— Qui se déroulait dans un lit, si mes souvenirs sont bons,

rétorqua Manning. Durant le trajet, Viner n'en finissait pas de parler d'un colonel. Serait-ce toi ?

— Je suis lieutenant-colonel des services secrets de l'armée cubaine, répondit-elle calmement. Je suis responsable de nos opérations aux Bahamas.

— Depuis le début ? Depuis ce jour où je t'ai tirée de ton bateau de réfugiés ?

— Exact.

— Et Viner ?

— Après avoir découvert ses petits secrets, je n'ai eu aucun mal à le gagner à notre cause.

— Et moi ? Qu'est-ce que je viens faire dans tout cela ?

— Tu t'es montré très utile, Harry.

Il fronça les sourcils, puis comprit ce qu'elle voulait dire.

— Bien sûr ! Ce brave Sanchez et les lettres soi-disant écrites par ta mère qu'il faisait transiter par moi.

— Un message radio, même codé, n'est jamais sûr à cent pour cent.

Il tendit le bras vers la bouteille de rhum.

— À titre documentaire, que s'est-il vraiment passé cette fameuse nuit ?

Elle prit une cigarette dans un étui argenté posé sur la table, l'alluma et se radossa à sa chaise.

— Plusieurs choses. L'assassinat de Miguel de Rodriguez était prévu de longue date. Je ne devais pas y être impliquée.

— Et c'est pour cela que tu t'es servie de Garcia ?

— Il n'avait pas d'autre utilité. Ce n'était qu'un traître à sa patrie qui espérait pouvoir monnayer son retour.

— Mais tu en as profité en te faisant passer pour morte ?

Elle haussa les épaules.

— Il y avait trop de requins dans ces parages. Nous savions que Morrison était un agent de la C.I.A. Lorsqu'il est arrivé à Spanish Cay, qui sait s'il n'était pas sur ma piste. Il valait mieux que je disparaisse avant d'être démasquée. Et, de toute façon, il était temps pour moi de changer d'air.

Manning commençait à y voir clair.

— Tu as persuadé Jimmy Walker de t'aider ?

— Je lui ai dit que je voulais m'éloigner de toi, que notre liaison commençait à me peser. Que, si tu me croyais partie pour Miami, tu m'y suivrais.

— Donc tu n'es jamais seulement montée dans cet avion ?

Elle secoua négativement la tête.

— Pauvre Jimmy. Il croyait me retrouver chez moi, sur la plage. Il voulait m'emmener à Vera Cruz le lendemain.

Un instant, Manning revit le visage pâle du pilote et sa couronne de cheveux ondulant dans l'eau verte. Soudain, il eut un accès de colère.

— Il t'aimait, Maria, cracha-t-il. Ça n'a donc aucune importance pour toi ?

— Miguel de Rodriguez devait mourir. C'était un ennemi du peuple, une menace pour chaque Cubain libre.

— Il y avait trois autres personnes dans l'avion. Elles aussi devaient mourir ?

— C'était regrettable, mais nécessaire. Nous devions montrer à nos ennemis que nous ne reculons devant rien.

— Et, pour cela, vous massacrez des innocents.

— Le terrorisme vise à terroriser. Ce n'est que de cette façon qu'un petit pays peut espérer vaincre un empire. Ainsi parlait Lénine.

— Tu peux te gargariser de belles phrases, cela ne vous empêchera pas de finir là où finissent toutes les dictatures. (Soudain, le dégoût l'envahit :) Bon sang, ils t'ont vraiment bien lavé le cerveau.

— Cela ne fut pas nécessaire, répondit-elle avec ce même calme. J'œuvre pour la destinée d'une nation tout entière. Pour atteindre notre but, nous ne reculons devant aucun sacrifice.

Le rhum et l'atmosphère confinée de la pièce montèrent à la tête de Manning; ce qui l'entourait perdit soudain de sa définition comme si rien de tout cela n'était réel, comme s'il contemplait d'un regard extérieur ce cauchemar sans queue ni tête, sans commencement ni fin.

— Mon père était un brave homme, dit-elle. Un avocat. Il aidait les pauvres et défendait les prisonniers politiques dont personne ne voulait s'occuper. Un soir, j'avais alors treize ans, les policiers de Batista sont venus le chercher. Il n'a jamais atteint le commissariat. Ils ont dit qu'il avait été abattu en tentant de s'échapper.

— Je ne vais pas défendre le régime de Batista, dit Manning. Seul un fou s'y risquerait.

— Plus tard, cette même nuit, ils sont revenus chez nous pour prendre des documents. Six d'entre eux ont emmené ma mère dans le jardin. Le soldat chargé de me garder a pillé le bar. Lorsqu'il s'est trouvé assez saoul, il m'a violée.

Sa voix tremblait, mais Manning ne l'entendait pas. Il fermait les yeux et luttait contre une douleur qui était presque physique, une boule qui obstruait sa gorge et menaçait de l'étouffer. Il se rabattit sur la table, versa de l'eau dans un verre et le vida d'un trait.

Lorsqu'il la regarda, elle arborait un air qui ressemblait à de la compassion.

— Cela ne signifie plus rien, Harry. C'est arrivé il y a bien longtemps.

Il secoua la tête.

— Mais tout peut se reproduire cette nuit même. Penses-tu que tes amis des services secrets valent mieux que les policiers de Batista ? Castro a gardé tout ce qui était pourri dans l'ancien régime et y a ajouté sa propre corruption.

Elle bondit sur ses pieds en rougissant de colère.

— Je t'interdis de dire des choses pareilles ! Je me suis cachée dans les collines avec Fidel. C'est un grand homme.

— Bien, mon colonel, fit doucement Manning. Il vous suffit de ne pas accepter la contradiction pour que la réalité devienne telle que vous la souhaitez.

Elle se tourna et passa sur le balcon ; il hésita un instant avant de la suivre. Elle se tenait accoudée à la rambarde. En s'approchant d'elle, il eut soudain l'impression de flotter dans l'espace. Les ténèbres étaient parfumées par l'odeur des fleurs et la nuit constellée d'étoiles venait se noyer dans une mer plus sombre encore.

— Et maintenant, que va-t-il se passer ? demanda-t-il.

— Vous allez tous être ramenés à San Juan.

— Pour répondre de nos crimes devant un tribunal ?

Elle secoua la tête.

— Je crains que ce ne soit impossible.

— Bien sûr, il faut penser au cas particulier que constitue Orlov. Dommage qu'on ne puisse organiser un de ces grands procès démocratiques comme on les aime tant de nos jours à La Havane. On y installe la cour sur un terrain de sport pour que tout le monde puisse voir les juges condamner à tour de bras.

— Tu passeras en procès, rétorqua-t-elle. Aujourd'hui, à Cuba, il y a une justice pour tous.

La sincérité dans sa voix prouvait une dévotion proche du

fanatisme, et il comprit qu'il ne pourrait jamais la convaincre. Il soupira.

— C'est bon, Maria, tu as gagné. Quand est-ce qu'on embarque ?

— Demain soir. Nous partirons tous ensemble. D'ici là, nos agents auront rempli leur mission.

— Je n'en serais pas si sûr. D'après ce que m'a dit Morrison, vous avez poussé le bouchon un peu loin ces derniers temps. À partir de maintenant, vous risquez d'avoir plus de mal à vous dissimuler.

— Mais il est déjà trop tard. Bien trop tard.

En dépit de son calme, ses mots étaient tranchants, recelant une foule de sous-entendus qu'il ne pouvait ignorer.

— Tant va la cruche à l'eau qu'elle se casse, dit-on. Et vous avez pas mal puisé à la source.

— Tu crois que nous voulons encore saboter les bases de guidage ? (Elle haussa les épaules.) Cette fois-ci, nous chassons un plus gros gibier.

— C'est-à-dire ?

Pour la première fois depuis qu'il était entré dans cette pièce, elle eut un sourire.

— Dean Rusk et Lord Home.

Soudain, le monde entier parut retenir son souffle. Il fixa ce visage calme et résolu et, en un geste purement instinctif, ses mains se refermèrent sur le cou de la jeune femme.

Elle ne fit pas un geste pour se défendre, mais il y eut le déclic d'un revolver que l'on arme et un grand Cubain basané en maillot de marin sortit de l'ombre, pistolet-mitrailleur en main. Manning relâcha sa prise. Elle secoua la tête.

— Crois-tu que je sois si bête, Manning ?

Elle se détourna sans attendre de réponse et passa la porte-fenêtre. Il resta là quelques minutes, à fixer les ténèbres tout en réfléchissant à l'énormité de ce qu'elle venait de proférer. Lorsqu'il finit par rentrer dans la pièce, elle s'était rassise derrière son bureau. Il alla se placer en face d'elle.

— Vous n'y arriverez jamais, Maria. Ces deux hommes seront si bien protégés que vous ne pourrez jamais passer à travers les mailles du filet.

— Tout est possible si l'on est bien préparé.

Elle ouvrit un tiroir et en sortit une carte qu'elle étala sur son bureau.

— Nassau est ici ; à vingt kilomètres de là se trouve Lyford Cay, là où Rusk et Home vont se rencontrer. Demain, à 2 heures de l'après-midi, ils vont partir pour une petite croisière dans un yacht. À 3 heures, ils jetteront l'ancre à côté d'une bouée rouge installée dans le chenal pour assister à un spectacle de ski nautique. Nous connaissons leurs moindres gestes.

— Et vous croyez que vous pourrez vous approcher assez près pour tenter quoi que ce soit ?

— Nous n'aurons même pas besoin d'être là, répliqua-t-elle avec patience. Demain, à l'aube, je vais faire un brin de plongée au large de Lyford Cay.

— À l'aube ? Je ne comprends pas.

— Oh, mais tu auras tout le temps de réfléchir, Harry. Tu liras toute l'histoire dans les journaux.

Elle appuya sur un bouton ; la porte s'ouvrit sur-le-champ et Vargas entra.

— J'en ai fini avec le Señor Manning. Vous pouvez l'emmener rejoindre les autres.

Manning fit un pas en avant.

— Pour l'amour de Dieu, Maria, écoute-moi !

Mais il perdait son temps. L'homme de la terrasse entra ; Maria prit une feuille de papier et un stylo. Manning se retourna brusquement, marcha en passant devant Vargas et entra dans l'autre pièce.

Viner était assis au bord du bureau et fumait une cigarette. Il eut un petit sourire.

— On ne sait jamais quelle surprise la vie peut vous réserver, pas vrai, Harry ?

Manning l'ignora et prit une cigarette au paquet posé sur le bureau.

— Elle est cinglée. Et, si vous croyez pouvoir réussir un coup pareil, vous l'êtes tout autant qu'elle.

Viner lui donna du feu avant de répondre :

— Vous ne savez pas tout, Harry. Son plan est vraiment ingénieux.

— Cela suffira-t-il ?

L'homme au PM le poussa du canon de son arme. Manning obtempéra, suivi par Viner. Ils traversèrent le vestibule et descendirent des escaliers à l'arrière de la demeure.

Ils arrivèrent devant un grand cellier aux murs blanchis à la chaux, éclairé par une ampoule nue à la lumière éblouissante. Paco et Charlie, les deux hommes de main de Viner, étaient agenouillés sur le sol et jouaient aux cartes, leurs fusils-mitrailleurs posés contre le mur. Paco se redressa d'un bond et tira de sa poche un trousseau de clés.

— Où dois-je le mettre ?

— Avec ses amis, fit Viner gaiement. Vous allez tous les retrouver, Harry. À part la jeune fille, qui a sa propre cellule. Maria peut parfois se montrer très puritaine.

Ils passèrent devant plusieurs portes maintenues par des barres de fer, chacune pourvue d'une petite grille. Manning entrevit le visage blême d'Anna derrière l'une d'entre elles, puis ils s'arrêtèrent devant la suivante. Elle s'ouvrit sur un amas de visages interrogateurs, puis Manning se sentit poussé sans ménagement, et la porte claqua derrière lui.

Il ignora l'avalanche de questions qui déferla sur lui et regarda à travers la grille. Il ne vit que le dos de Viner qui s'éloignait. Soudain, il éclata d'un rire sans joie avant de se tourner vers ses compagnons d'infortune.

— Bon sang, Harry, qu'y a-t-il de si drôle? demanda Morrison.

— La vie peut être si ironique, répondit Manning. Je viens soudain de réaliser que deux grands de ce monde vont mourir parce que, des années plus tôt, un paysan saoul a violé une petite fille.

19

Poursuite en mer

Un froid glacial régnait dans la cellule. Manning s'assit contre le mur en fumant une des cigarettes de Morrison. Seth et Papa Melos semblaient assoupis; Orlov se tenait devant la grille et regardait à l'extérieur. Morrison, lui, arpentait l'étroit espace en longues enjambées nerveuses.

Après un moment, il finit par venir s'asseoir à côté de Manning.

— Si on ne sort pas bientôt d'ici, je vais devenir fou.

— Inutile de se monter la tête. Quelle heure est-il ?

Morrison consulta le cadran lumineux de sa montre.

— Deux heures du matin.

— Ils vont bientôt partir. S'ils veulent être à Lyford Cay au lever du soleil, ils ont intérêt à ne pas traîner. Le voyage dure trois heures.

— Mais ce que je voudrais bien savoir, c'est ce qu'ils vont faire une fois qu'ils seront là-bas.

— Peut-être qu'ils veulent poser une mine dans le chenal. Ils ont dit qu'ils préféreraient ne pas être là lorsque cela va se produire : peut-être parlaient-ils d'une explosion.

— Mais ce chenal est parcouru par des dizaines de bateaux, dit Morrison. Je n'ai encore jamais entendu parler d'une mine capable de sélectionner ses victimes. (Il se dressa d'un bond.) Bon sang, rien que d'y penser, j'en ai le frisson. Ces crétins sont-ils incapables de réaliser les conséquences d'un tel acte ? Ils préparent le terrain pour une nouvelle guerre mondiale. Personne ne croira jamais que les Cubains aient pu réussir un coup pareil sans assistance extérieure.

— C'est peut-être ce qu'ils veulent, justement. Forcer la main des Soviétiques.

— Et nous voilà coincés ici. Qu'est-ce que je ne donnerais pas pour un revolver !

— Anna en a un. Lorsque nous étions encore sur le bateau, je l'ai vue prendre mon Smith & Wesson dans le tiroir.

— Alors, bon sang, pourquoi est-ce qu'elle ne s'en est pas servie ?

— Elle a eu assez d'intelligence pour ne pas le faire, vous voulez dire. Face à une mitraillette, elle n'irait pas bien loin. Ou est-ce que vous voulez tenter votre chance ?

— Vu les circonstances, j'aimerais pouvoir le faire.

Manning se tourna vers Orlov, qui n'avait pas quitté les gardes des yeux.

— Qu'est-ce qui se passe là-dehors ?

— Pas grand-chose. Ils ont sorti une bouteille de whisky et, à eux deux, ont dû en liquider la moitié. L'indigène a l'air de mieux tenir l'alcool que Paco.

— Ont-ils dit quoi que ce soit d'intéressant ?

Orlov haussa les épaules.

— La routine. Des histoires de femmes et tout ça. Paco semble avoir le béguin pour Anna. Charlie vient de lui préciser qu'il risquerait de lui arriver quelques bricoles si le colonel découvrait qu'il avait touché à sa prisonnière.

— Dieu merci.

C'est alors que des pas claquèrent dans l'escalier. Manning alla regarder à travers la grille et vit Viner dire quelques mots à Charlie. Le garde ramassa sa mitraillette et gravit à son tour les escaliers. L'Allemand s'avança et vint se tenir juste devant leur porte.

— Je voulais vous dire que nous partons, Harry. Ne vous en faites pas. Nous serons de retour avant midi.

— Je n'y compte pas trop, rétorqua Harry.

L'Allemand eut un petit rire et s'éloigna.

Quelques minutes plus tard, Manning entendit le grondement étouffé d'un moteur diesel qu'on venait d'allumer. Lorsque la pulsation sourde des machines s'éloigna jusqu'à devenir imperceptible, un silence quasiment surnaturel retomba sur l'île. Paco sortit la bouteille de whisky qu'il avait planquée en voyant arriver Viner et la porta à ses lèvres. Manning retourna s'asseoir à côté de Morrison.

— Je vous en prie, donnez-moi une cigarette.

Alors qu'ils restaient assis là, dans l'obscurité, Manning se sentit soudain vidé de ses forces. Il ne pouvait rien faire, rien. C'est alors que Paco se mit à chanter.

Il était complètement ivre. Ils se pressèrent contre la grille pour le voir porter la bouteille à ses lèvres et éclater de rire alors que le whisky dégoulinait sur son visage et trempait sa chemise.

Une fois la bouteille vide, l'ivrogne la fracassa contre le mur et marcha en titubant vers la cellule d'Anna.

— *Querida*, ma petite chérie, sois gentille avec Paco. Allez, viens.

Les mains de Manning agrippèrent les barreaux, et il lutta pour contenir sa rage. Sur le visage gras de la brute, la sueur se mêlait au whisky en un relent écœurant. Soudain, il éclata de rire, farfouilla dans sa poche et en tira un trousseau de clés.

— Bien sûr. Suis-je bête.

Anna n'avait toujours pas émis un seul mot. Paco déverrouilla la porte et l'ouvrit en coup de vent, l'envoyant claquer contre le mur, puis fit un pas en avant.

Anna lui lança une injure incompréhensible, et il poussa un cri de rage. Un instant plus tard, c'est elle qui émergeait de la cellule. Sa robe était déchirée de l'épaule à la taille, mais sa main droite enserrait fermement la crosse du Smith & Wesson. Paco s'inscrivit derrière elle, dans l'encadrement de la porte ; Anna se retourna, leva le bras et lui fit sauter la cervelle.

Sa mort fut instantanée ; elle n'eut même pas un regard pour le cadavre qu'elle enjamba pour retirer le trousseau de clés de la porte. Elle fit quatre tentatives, essayant une clé après l'autre de ses doigts tremblants, avant de trouver celle qui ouvrait la cellule où étaient détenus Manning et les autres. Un instant, alors que la serrure cliquetait, ses yeux croisèrent ceux de Manning, puis il se retrouva dehors, dans le couloir.

Manning ramassa la mitrailleuse de Paco, l'arma et fonça vers les escaliers. Le Cubain qui montait la garde sur la terrasse de Maria descendait déjà les marches, son PM en batterie. Manning fit un pas en arrière, se mit à couvert derrière le mur, passa le canon de son arme de l'autre côté et arrosa les escaliers. Le Cubain poussa un grand cri et dégringola les marches pour s'affaler sur le sol du cellier.

Morrison ramassa le PM.

— Et maintenant ?

— Il y a une radio dans le vestibule. On essaie de s'en emparer ?

— Bonne idée.

Manning monta les escaliers quatre à quatre et regarda dans le vestibule. Celui-ci était désert : il fit signe aux autres de le rejoindre. Il traversa rapidement la pièce jusqu'à la porte derrière laquelle se cachait l'émetteur. Morrison le suivit et se posta derrière lui. Manning tourna doucement la poignée.

L'opérateur était seul face à sa radio. Alors qu'il se retournait, alarmé, Morrison entra.

— Fais ce qu'on te dit et il ne te sera fait aucun mal.

Le Cubain n'hésita pas un instant : il plongea vers l'automatique posé sur son bureau. Morrison n'avait pas le choix. Il lâcha une rafale qui projeta l'homme en arrière et réduisit l'émetteur en miettes.

Au même moment, des tirs résonnèrent à l'autre bout du couloir. Alors que Manning se tournait pour riposter, des balles miaulèrent contre le mur. Papa Melos poussa un cri de douleur et posa sa main sur son bras.

— Faites-les sortir d'ici, cria Manning à Orlov. Essayez de rejoindre le bateau. Nous vous couvrons.

Il tira une longue rafale dans la direction de la tête qui venait d'apparaître au bout du couloir. Derrière lui, Anna ouvrait la marche pendant qu'Orlov et Seth entraînaient le vieil homme.

Quelques instants plus tard, le Russe appela depuis la porte. Manning et Morrison ouvrirent le feu pour couvrir leur retraite, puis virevoltèrent et sortirent à toute allure.

Ils verrouillèrent la porte de l'intérieur et suivirent les autres à travers les différents sous-sols jusqu'à ce qu'ils arrivent à l'escalier descendant vers la jetée. La lumière verte clignotait toujours et le *Touché par la Grâce* ondulait doucement au rythme des vagues qui clapotaient à l'entrée de la caverne.

Ils entendirent des chocs sourds qui résonnaient derrière eux : les Cubains avaient entrepris d'enfoncer la porte. Orlov et Seth déposèrent doucement le vieil homme sur le pont; Manning jeta sa mitraillette au Russe et se précipita dans la cabine de pilotage.

Au moment où il démarrait les moteurs retentit une grande clameur et plusieurs hommes apparurent en haut des escaliers. Ils ouvrirent le feu alors que Manning arrachait le navire au quai dans une débauche de puissance. Une balle fracassa l'un des panneaux de la cabine, l'aspergeant de poussière et de copeaux. Orlov et Morrison ripostèrent, mais ils étaient déjà en pleine mer.

*
* *

La mer était grosse et les vitres brisées laissaient passer les embruns qui trempaient sa tête et ses épaules, le faisant grelotter. Le froid et le goût du sel sur sa peau le revivifièrent; il fit monter graduellement le moteur en régime jusqu'à ce qu'il donne toute sa puissance.

La porte claqua et Seth monta sur le pont.

— J'ai jeté un bref coup d'œil, Harry. La coque n'a pas l'air d'avoir souffert. Apparemment, c'est la cabine de pilotage qui a le plus encaissé.

— Comment va Papa Melos ?

— Ça pourrait être pire. La balle lui a traversé l'avant-bras sans toucher l'os. Sa fille et M. Orlov se sont très bien occupés de lui.

— Et Morrison ?

— Il essaie de joindre Nassau par radio. Mais ce n'est pas facile.

Manning alluma la loupiote qui éclairait la carte et étudia la route à suivre. Soudain, de grosses gouttes de sang apparurent sur le verre. Seth poussa une exclamation.

Manning passa une main sur son visage et fit la grimace alors qu'un trait de douleur le poignardait. Une écharde de verre lui avait entaillé la joue.

— Je vais chercher la trousse de premiers secours, dit Seth en partant vers la proue.

Manning se pencha à nouveau sur la carte, calcula leur position et la route à suivre. Il finissait ses prévisions lorsque Morrison entra dans la cabine de pilotage.

— Alors, vous avez appelé Nassau ?

L'Américain fit non de la tête.

— Je viens de regarder à l'intérieur de l'appareil. Il manque quelques résistances. Il semblerait que nos amis n'aient pas voulu prendre de risques. Et maintenant, que fait-on ?

— C'est à vous de voir. J'ai tracé un itinéraire qui nous mènera à Lyford Cay en passant à vingt kilomètres du port de Johnstown. Si nous décidons de nous y arrêter, nous pourrons joindre Nassau de là-bas.

— Et tout dévoiler à la face du monde ? (L'Américain fit non de la tête.) Cela ne me plaît guère et je n'ai aucune envie d'infléchir notre trajectoire. J'ai la désagréable impression qu'ils mijotent quelque chose. D'après moi, nous devons leur coller au train.

— Je suis d'accord, acquiesça Manning. Si le temps se maintient, nous avons de bonnes chances de les intercepter avant l'aube. Et nous arriverons toujours à destination avant qu'ils n'aient terminé leur sale besogne.

— Vous en êtes sûr ? Je vous rappelle qu'ils ont près d'une heure d'avance sur nous.

Manning posa une main sur la cloison de la cabine.

— Depuis mon enfance, je m'occupe de bateaux. J'ai navigué sur tout ce qui peut prendre la mer. Le *Touché par la Grâce* est le meilleur bateau que j'aie jamais connu. Il nous mènera à destination dans les temps.

Seth interrompit leur conversation :

— Monsieur Morrison, prenez donc la barre pendant que je soigne cette coupure.

Manning s'assit et tourna son visage vers la lumière. Seth nettoya la plaie avec de l'alcool et la couvrit d'un pansement.

— Et voilà ! Comme neuf.

Manning reprit la barre. Morrison alluma une cigarette.

— Et s'ils sont déjà en plein travail lorsque nous arrivons ? Elle vous a dit qu'elle comptait plonger, n'est-ce pas ?

— Alors nous irons la chercher.

Manning se tourna vers Seth :

— Tu peux sortir les équipements de plongée et vérifier qu'ils sont en ordre de marche. On a de l'oxygène ?

— Oui, trois bouteilles, mais pas de rechanges. Et M. Morrison a utilisé l'une d'entre elles l'autre jour pendant une heure.

— Mieux vaut faire un inventaire. Tu me tiendras au courant.

Seth acquiesça et sortit de la pièce. Morrison consulta la carte et, d'un doigt nerveux, dessina leur route. Lorsqu'il leva les yeux, son visage reflétait son anxiété.

— Si nous devons vraiment plonger à leur suite, cela peut devenir vraiment dangereux.

Manning haussa les épaules.

— Vous avez mieux à nous proposer ? Si cette affaire s'ébruite, ce sera le plus grand chambardement au niveau international depuis la crise de Cuba.

Morrison acquiesça d'un air pensif.

— Vous avez raison. C'est le seul moyen.

— Bien sûr que j'ai raison ! fit Manning avec un sourire. Allez donc donner un coup de main à Seth au lieu de vous faire du mouron !

Le vent chassa des embruns qui vinrent s'écraser contre la vitre. Manning se frotta les yeux pour chasser la fatigue et s'assit, enserrant fermement la barre. La lune restait cachée, mais la visibilité était excellente. Il regarda aussi loin que possible vers l'horizon. La porte s'ouvrit et Orlov fit son apparition.

— Comment va Papa Melos ? demanda Manning.

— Ce type est indestructible. Il est en train de faire un somme.

— Dieu merci. Il a assez souffert de toute cette histoire.

— Donc, nous voilà lancés à la poursuite des méchants terroristes ?

Manning lui jeta un coup d'œil.

— Vous avez discuté avec Morrison ?

Le Russe acquiesça.

— S'il vous faut plonger, j'aimerais me joindre à vous. Je sais me servir d'une bouteille de plongée.

— Jusqu'à quel point ?

Orlov haussa les épaules.

— Parallèlement à ma spécialité, je m'intéresse à la faune sous-marine. Cela fait cinq ans que je l'étudie. J'ai plongé principalement dans la mer Noire, mais depuis qu'on m'a envoyé à Cuba, j'ai passé pas mal de temps entre deux eaux.

Manning lui sourit.

— Très bien, vous êtes incorporé.

Orlov lui rendit son sourire.

— Vous m'en voyez très honoré. Mais, de toute façon, j'aurais insisté s'il le fallait. Si vous voulez, je vais vous relayer pendant une heure. Anna a fait du café.

Manning ne fit même pas mine de refuser. Ses yeux le brûlaient et la douleur sourde qui taraudait son visage semblait lui saper ses forces. Avant de descendre, il alla s'accouder à la rambarde.

Seth et Morrison avaient étalé leurs instruments de plongée sur le parquet et la table du salon. Le matériel comprenait quelques fusils à harpons flambant neufs ; Manning en prit un et fronça les sourcils.

— D'où viennent ces engins ?

— M. Morrison les a achetés après votre départ.

— Et les bouteilles de rechange ?

Seth secoua la tête.

— Ce n'est pas le Pérou. Quarante minutes d'oxygène supplémentaires pour l'un des appareils, guère plus.

— Cela devrait suffire. (Manning se tourna vers Morrison.) Au fait, si nous devons plonger, Orlov nous accompagnera. Apparemment, il est aussi un expert en la matière.

— C'est quelqu'un, ce Russe.

— C'est le moins qu'on puisse dire.

Il passa dans la cuisine au moment où Anna sortait de la cabine. Son visage était pâle et ses yeux cernés.

— Vous avez l'air à bout, lui dit-il. Vous devriez dormir un peu.

Elle lui versa une tasse de café avant de répondre.

— J'ai entendu parler Morrison et Serguei. Je sais ce que vous comptez faire. Ce n'est pas une bonne idée.

— Comment ça ?

— Vous ne voyez pas que vous êtes en train d'en faire une affaire personnelle ? fit-elle avec désespoir. Cette femme vous a dupé, et vous allez risquer à nouveau votre vie à cause de votre stupide orgueil.

Elle était au bord des larmes. Il secoua lentement la tête.

— Maintenant, elle n'est plus rien pour moi. En ce qui me concerne, Maria Salas s'est noyée au large du récif de Blackstone il y a cinq jours.

Elle tourna abruptement les talons et s'enfuit dans la cabine, refermant la porte derrière elle. Manning termina son café, retourna dans le salon et s'étira sur l'un des bancs.

Il y a cinq jours. Seulement ? Qu'était le temps, sinon une série d'événements animés d'un mouvement circulaire et perpétuel qui ne menait qu'à un dénouement écrit depuis le commencement des temps. Il ferma les yeux et plongea dans les eaux noires du sommeil.

20

AU PLUS PROFOND DU CRÉPUSCULE INDIGO

L'aube s'annonçait grise et froide, charriant des masses de brumes qui tournoyaient lentement au-dessus des flots que soulevait une houle grasse. Seth tenait la barre et Manning se tenait à côté de lui, une tasse de café à la main.

Sous son jeans et son gros pull, il portait tout son équipement de plongée, un poignard glissé dans sa ceinture, un manomètre et un compas attachés à son poignet. Il reposa sa tasse, prit une paire de jumelles et regarda vers l'horizon.

— Rien de rien. Il ne manquait plus que ça.

Morrison monta sur le pont, engoncé dans un vieux caban, le visage couleur cendre.

— Je croyais que le soleil brillait toujours sur les Bahamas ?

— Il faut choisir son moment. À cette heure, les touristes dorment.

L'Américain regarda sa montre.

— Cinq heures du matin ! J'avais oublié que l'aube existait bel et bien. (Il fixa les brumes d'un regard angoissé.) Heure H moins dix.

Manning se tourna vers la carte, estima leur position à partir des kilomètres déjà parcourus, et jeta son crayon.

— Je dirais que nous ne sommes guère plus qu'à trois kilomètres au sud-sud-ouest de Lyford Cay. Coupe le moteur, Seth.

Il monta sur le pont au moment où Anna et Orlov sortaient du salon. Elle portait un de ses gros pulls dont elle avait remonté les manches. Le Russe portait un maillot de bain et un coupe-vent.

— Pourquoi nous sommes-nous arrêtés ? demanda Anna. Nous sommes arrivés ?

Manning acquiesça.

— Silence sur le pont. Essayons d'entendre quelque chose.

Le bateau tangua légèrement, puis s'immobilisa ; Manning, accoudé à la rambarde, écoutait de toutes ses oreilles. Une mouette rasa le pont, puis les flots avec un cri aigu. Quelque part dans le lointain résonna un grondement évoquant celui du tonnerre.

— Quel est ce bruit ? demanda Orlov.

— La mer qui se brise sur un récif, répondit Manning.

Morrison se tenait à quelques mètres et regardait dans ses jumelles. Il eut une exclamation et tendit le doigt vers l'horizon.

— Je crois que j'ai vu quelque chose. Les brumes se sont dissipées un bref instant ; c'est droit devant, à un kilomètre.

Manning s'empara des jumelles et monta sur le toit de la cabine de pilotage. Le vent frais commençait à disperser les brumes. D'ici à une heure, l'horizon serait complètement dégagé.

Il crut voir un espar apparaître sur la crête d'une vague. Le *Touché par la Grâce* plongea dans un grand creux, puis remonta. Alors qu'il réglait les jumelles, l'autre bateau sembla bondir au-dessus des flots, profitant d'une percée dans les brumes, la ligne rouge peinte au-dessus de sa ligne de flottaison se découpant sur la coque blanche. Manning jeta un coup d'œil au compas accroché à son poignet et sauta sur le pont.

— Il est bien là.

Il donna à Seth, qui tenait la barre, une nouvelle direction à suivre.

— Reste à mi-vitesse jusqu'à mon signal. Lorsque nous serons assez près, mets les gaz à fond et coupe tout lorsque nous approcherons de sa proue. (Il se tourna vers Morrison et Orlov.) Mieux vaut nous préparer.

Ils descendirent dans le salon. Papa Melos, le bras droit en écharpe, était assis à une table et buvait du café. Manning ouvrit le tiroir des cartes nautiques, en tira une boîte de cartouches de calibre 38 et la jeta à Morrison.

— Vous prenez le Smith & Wesson et restez dans la cabine avec Seth au cas où les choses tournent au vinaigre. (Il jeta un coup d'œil à Orlov.) Et les autres armes ?

— Il ne reste plus que quelques balles pour chacune d'entre elles.

— Alors il faudra les économiser. Lorsque nous aborderons, vous sauterez sur le pont à partir de la proue. Je partirai de la poupe.

Il ramassa sa mitraillette. Alors qu'il se retournait, Anna posa une main sur son bras.

— Et Papa et moi ?

— Vous restez là en bas et n'en bougez plus. Que ce soit bien entendu. Nous aurons bien assez de soucis comme ça.

Elle attendit un mot, un geste, mais en vain. Les doigts qui enserraient son bras se détendirent, et elle se détourna.

— Ne vous en faites pas pour nous, fiston, lança Papa Melos. Nous nous débrouillerons.

Manning monta rapidement l'escalier des cabines et traversa le pont. Le bruit des moteurs n'était plus qu'une pulsation étouffée alors que le navire progressait à allure régulière.

Manning infléchit légèrement sa trajectoire et se tint aux côtés de Seth, son regard tentant de percer les brumes opaques. Il sentit une rafale de vent qui s'infiltra par la fenêtre brisée ; le bateau tangua quelque peu et le rideau gris se déchira d'un coup.

Le navire cubain n'était qu'à une centaine de mètres à tribord, et ses couleurs vives se détachaient sur la grisaille du matin. Derrière lui, la mer se fracassait sur les récifs et des barrières d'écume s'élevaient au-dessus des brumes. Manning claqua l'épaule de Seth.

Celui-ci mit les gaz à fond, et le bateau frissonna et se souleva face à ce surcroît de puissance. Le bruit des machines devint rugissement. Manning alla se poster à la poupe, mitraillette en batterie.

Un marin en polo noir se tenait face à la rambarde du navire cubain et déroulait une corde. Il regarda par-dessus son épaule et poussa un cri d'alarme en voyant le bateau qui émergeait de la brume. L'homme courut sur le pont et gravit les marches menant à la cabine de pilotage.

Manning vit Orlov s'agenouiller, mitraillette braquée, puis l'écart entre les deux navires se rétrécit rapidement. Seth coupa le moteur, et le *Touché par la Grâce* vira abruptement vers tribord, éraflant la proue de l'autre navire.

Manning passa par-dessus la rambarde, glissa sur le pont humide et tomba sur un genou. Au même moment, Charlie apparut en haut de l'escalier des cabines et ouvrit le feu avec son PM. Manning lui décocha une rafale qui l'envoya se réfugier dans la cabine.

Le moteur toussa lorsque l'homme qui tenait la barre essaya de le faire démarrer. Orlov courut le long des hublots en tirant deux courtes rafales. Il y eut un grand cri et l'homme s'effondra, le torse suspendu au-dessus de l'escalier, un bras pendant dans le vide comme pour toucher le pont.

Manning s'approcha de l'escalier des cabines et cria en espagnol :

— Vous feriez mieux de sortir.

Orlov le rejoignit et se mit de l'autre côté de la porte.

— Dernier avertissement.

Une grêle de balles fracassa les abords de l'escalier ; Manning fit un bond en arrière pour se mettre à couvert. Orlov se tourna et sauta par-dessus la rambarde pour se recevoir sur le pont du *Touché par la Grâce*. Il se laissa tomber sur le ventre, attendit que les deux vaisseaux s'entrechoquent sous l'effet de la houle, puis vida son chargeur par les hublots du salon. Il y eut un cri bref et les tirs s'interrompirent immédiatement.

Orlov rejoignit alors Manning sur le pont du bateau cubain.

— J'ai l'impression qu'il n'y a plus personne.

— Ce qui voudrait dire que nous arrivons trop tard : ils sont déjà partis. (Il tendit sa mitraillette au Russe.) Couvrez-moi. Je descends voir.

Charlie était étalé sur les dernières marches, les doigts crispés comme des serres. Il y avait du sang partout. Manning enjamba le cadavre et passa dans le salon.

Viner gisait face contre terre, sa veste encore fumante trempée d'un flot régulier de sang. De toute évidence, la rafale d'Orlov l'avait atteint en plein dos.

Lorsque Manning retourna l'Allemand, ses yeux étaient écarquillés comme s'il avait du mal à éclaircir sa vision. Il s'humecta les lèvres et dit d'une voix faible :

— Je lui avais dit qu'il valait mieux vous tuer avant de partir. (Il secoua la tête d'un air étonné.) j'ai du mal à y croire. Depuis la guerre, j'ai pris l'habitude de survivre à tout.

— Jusqu'à ce que Maria ne vienne fausser la donne, fit Manning.

— Ce détail ne m'avait pas échappé. (L'Allemand ferma les yeux sous l'effet de la souffrance, puis les rouvrit presque aussitôt :) Elle a plongé sous le récif avec Hans et trois Cubains. Une bouée rouge indique l'endroit où le yacht va jeter l'ancre cet après-midi. Ils vont y accrocher une bombe.

— À la bouée ? Mais comment la feront-ils exploser ? Elle disait qu'ils ne seraient pas là lorsque cela se produirait.

— Message radio depuis l'émetteur du navire. Il enclenche électroniquement le détonateur sur un rayon de soixante milles. (Viner secoua la tête.) Après toutes ces années, mourir comme ça… Y a-t-il une réponse, Harry ?

— Prenez une cigarette.

Il en alluma une mais, alors qu'il la tendait à l'Allemand, celui-ci ferma les yeux et exhala en un soupir tout ce qui lui restait de vie.

Lorsque Manning se retourna, Orlov et Morrison se tenaient dans l'entrée.

— Vous avez tout noté ?

Morrison acquiesça.

— Mais il y a une chose que je ne comprends pas. Il dit qu'elle est passée sous le récif. Que voulait-il dire par là ?

Ils se retournèrent pour monter sur le pont.

— Je connais bien cet endroit, dit Manning. Ce récif est surnommé “La Nef”. Il s'étend sur des kilomètres au sud. Il y a un grand passage qui le traverse sur trois cents mètres, en arc de cercle, comme la voûte d'une gigantesque cathédrale. De l'autre côté du chenal, le récif descend en pente douce, puis plonge au plus profond d'une fosse.

Tout en discutant, ils commencèrent à se déshabiller.

— D'après vous, combien de temps allons-nous mettre pour contourner avec le bateau ? demanda Morrison.

— Une bonne demi-heure. Il est difficile de s'orienter là en bas. Nous irons plus vite si nous les suivons à travers le récif. Seth peut emmener le bateau et nous récupérer devant la bouée.

Seth apporta les nécessaires de plongée sur le pont et ils les enfilèrent. L'une des lanières retenant la bouteille de Manning se tordit ; il essaya de défaire le nœud, en vain. C'est alors qu'apparut Anna.

Alors qu'il resserrait les lanières sur sa poitrine, elle l'aida à en faire autant avec les autres attaches, puis ramassa son masque de plongée et le lui tendit. Son visage était paisible et ses yeux assurés. Rien qu'un instant, leurs doigts se touchèrent, puis elle se retourna et alla rejoindre son père, qui venait de monter sur le pont et se tenait aux côtés de Seth, dans la cabine de pilotage.

Manning et Morrison avaient chacun un fusil à harpons ; Orlov avait fixé l'un des harpons restant au bout d'un grappin de deux mètres pour obtenir une lance.

Lorsqu'ils furent prêts, Manning hocha la tête en direction de Seth.

— Avec cette brume, tu devrais mettre une demi-heure pour arriver à la bouée. Nous t'y attendrons.

Cette affirmation, énoncée avec la plus parfaite certitude, avait quelque chose de rassurant. Manning passa par-dessus la rambarde et plongea dans les eaux froides.

*
* *

La mer noyée dans la clarté de l'aube semblait hantée d'ombres verdâtres. Manning attendit les autres, puis se propulsa en avant dans une brume laiteuse et vaguement phosphorescente. Le courant les aspira vers le récif ; il plongea d'un grand coup de palme, glissant silencieusement vers l'immense arche qu'ils appelaient la Nef.

La caverne s'étirait à l'infini, baignée dans une lumière filtrant à travers les coraux en un déluge de tonalités différentes qui renforçaient l'illusion : on se serait bel et bien cru dans une cathédrale submergée.

Pour l'instant, il n'y avait pas trace de ceux qu'ils poursuivaient, mais les eaux commençaient déjà à changer de couleur et, quelques minutes plus tard, il perçut des turbulences dans les courants alors qu'ils entraient dans le chenal.

Lorsqu'il fit surface, il vit tout de suite la bouée, une tache rouge qui dansait sur les flots à trois cents mètres de là. Il jeta un coup d'œil à son compas et plongea à nouveau. Morrison et le Russe l'attendaient ; il leur fit un signe de la main et prit la tête du petit groupe.

L'horizon changeait d'apparence avec une stupéfiante rapidité. La grisaille se dissipait et, à travers les eaux d'un vert d'émeraude, la visibilité était excellente. Il laissa le récif sur sa gauche, disparaissant dans les insondables profondeurs de la grotte, et il se propulsa dans ce monde étrange au milieu des myriades de petits poissons qui s'écartaient sur son passage.

Lorsqu'il vit ceux qu'ils poursuivaient, leur image était étrangement brouillée, comme s'il regardait dans un télescope à l'envers, mais il n'y avait pas à s'y tromper. Il distinguait clairement la chaîne retenant la bouée, son attache plantée dans le récif et les cinq silhouettes rassemblées sous la tache rouge, juste en-dessous du niveau des flots.

Il progressait régulièrement, son fusil à harpons prêt à tirer, flanqué d'Orlov et Morrison. L'ennemi les repéra un instant plus tard. Tout de suite, trois des silhouettes se détachèrent du groupe et foncèrent vers eux.

Manning n'avait d'yeux que pour le nageur du milieu. Il résista à la tentation de tirer trop tôt et attendit que l'homme soit à portée. Celui-ci s'arrêta un instant, se mettant à la verticale tout en agitant doucement bras et jambes, peut-être dérangé par le mouvement inéluctable des trois plongeurs qui avançaient vers lui. Puis l'homme tira son harpon dans un nuage de bulles microscopiques. Manning dut se tordre pour éviter sa lame et tira à son tour.

Le harpon transperça le ventre du plongeur qui fut secoué d'un spasme si violent qu'il arracha le fusil des mains de Manning. Il aperçut Morrison qui luttait avec son propre adversaire sur sa gauche pendant que, sur sa droite, Orlov embrochait le troisième plongeur avec sa lance improvisée. Il hésita, puis fonça vers la bouée.

Maria et Hans étaient en train d'y accrocher un gros paquet. Les longs cheveux de la jeune femme flottaient autour d'elle en un nuage sombre et ondulaient comme quelque chose de vivant. Puis elle regarda par-dessus son épaule et le vit arriver.

Hans tira un poignard de son étui et partit à l'attaque. Manning avait déjà sorti son propre couteau. Un instant, on aurait dit qu'ils allaient entrer en collision, puis il pivota d'un coup de palme, évitant le coup maladroit que lui portait l'Allemand.

Manning creva la surface des flots et fit immédiatement demi-tour. Hans flottait à deux mètres en dessous de lui et jetait des regards anxieux à droite et à gauche. Manning lui fonça dessus. Son bras droit s'enroula autour du cou de l'Allemand, puis il plongea son poignard entre les côtes, transperçant le cœur.

L'homme se cabra et battit les flots dans son agonie. Manning se crut soudain projeté dans un atroce cauchemar. Lorsque Manning le lâcha, le cadavre se mit à descendre vers le récif en se retournant lentement sur le dos comme un poisson crevé.

Alors que Manning se retournait, il y eut comme une vibration de l'eau, et il reçut un coup violent à l'épaule droite qui le fit tournoyer sur lui-même. Alors que sa main droite trouvait, puis tirait sur le harpon fiché dans sa chair, la douleur le transperça en une vague rouge. Il inspira et ravala sa souffrance.

Maria se tenait à quelques mètres de lui, fusil en main, la ligne du harpon tendue devant elle. Il sut qu'elle l'avait reconnu ; d'un coup de palme, il se propulsa vers elle.

Elle lâcha son fusil, se retourna et s'enfuit. C'est alors qu'il réalisa qu'il tenait toujours dans sa main gauche le poignard qui avait tué Hans. Il le laissa tomber et se lança à la poursuite de Maria.

*
* *

Le temps, le monde, tout ce qui l'entourait cessa d'exister. Il ne percevait même plus la douleur qui envahissait son corps ou le sang qui s'épanouissait autour de lui en un nuage brunâtre.

Elle avait vingt ou trente mètres d'avance sur lui lorsqu'elle passa le bord du récif pour plonger dans les profondeurs abyssales de la fosse. Il la suivit sans l'ombre d'une hésitation, descendant verticalement le long de la paroi rocheuse sans jamais quitter des yeux la mince silhouette en maillot blanc avec sa traîne de cheveux noirs.

Il jeta un coup d'œil au manomètre et vit qu'ils étaient déjà à une profondeur de cinquante mètres. C'est alors que le délire prit possession de lui, aggravé par tous les efforts que son corps avait endurés ces derniers jours.

Alors qu'ils descendaient, toutes les couleurs se fanèrent pour ne plus laisser qu'un néant bleu et glauque. Ils étaient déjà bien trop profond, il le savait, et pourtant il continuait sa plongée, mû par une impulsion irrésistible. On eût cru qu'elle voulait absolument l'emporter avec elle et qu'il ne pouvait se soustraire à sa volonté, même si la mort les attendait tous les deux.

Il vérifia une nouvelle fois son manomètre : cent mètres. Il tendit la main vers elle, comme pour l'appeler, mais il perdait son temps. Les ténèbres se refermèrent sur lui alors que la silhouette blanche descendait toujours au plus profond du crépuscule indigo.

21

Au bout de la route

Lorsqu'il se réveilla, il se trouvait dans un décor inhabituel et étrangement calme. Il était allongé sur un étroit lit d'hôpital, et les murs comme les meubles de la petite chambre étaient peints en blanc.

Il tenta de s'asseoir et sentit immédiatement la douleur sourde qui pulsait dans son épaule. Les murs lui semblèrent onduler et un murmure traversa le silence de l'éternité. Il inspira profondément et essaya de se relever un peu plus. La porte s'ouvrit et une infirmière entra.

C'était une matrone à l'allure maternelle, au visage agréable et aux mains puissantes. Elle traversa la pièce d'un pas vif et l'aida à se radosser à l'oreiller.

— Vous ne devez pas vous lever. Vous ne devriez même pas bouger.

C'est un étranger qui lui répondit, quelqu'un que Manning ne connaissait pas du tout.

— Où suis-je ?

— À l'hôpital de Nassau. Cela fait trois jours que vous êtes ici. Reposez-vous. Je vais chercher le docteur.

Elle quitta la pièce. Il resta là, à tenter d'assembler le puzzle, mais en vain. Tout son corps exsudait la souffrance et un étrange bourdonnement résonnait à ses oreilles.

Quelques minutes plus tard, la porte se rouvrit et quelqu'un approcha du lit. Il ouvrit les yeux et vit un visage brun et amical couronné de cheveux d'un gris métallique.

— Je m'appelle Flynn. Je suis votre médecin soignant. Comment vous sentez-vous ?

— Pas la forme olympique.

Il tira un ophtalmoscope et examina soigneusement ses yeux. Puis il grogna et remit l'appareil dans sa poche.

— Les lésions devraient se résorber sans problèmes.

— Qu'est-ce qui s'est passé ?

— Empoisonnement au nitrogène. Lorsqu'on vous a amené il y a trois jours, je n'aurais pas donné cher de votre peau. Vous aviez perdu pas mal de sang. Et, en plus, vous étiez descendu trop profond.

C'est alors que le puzzle se composa de lui-même. Un bref instant, Manning se retrouva en train de poursuivre en vain la silhouette blanche qui descendait dans la fosse insondable.

— Vous ne vous souvenez de rien ?

— Si, mais tout reste vague. Comme si cela était arrivé à quelqu'un d'autre.

Flynn acquiesça.

— Narcose nitrogénique. Ce qu'on surnomme l'ivresse des profondeurs. Les effets varient selon les individus. Dans votre état de faiblesse, vous n'aviez guère de chances de pouvoir y résister. Heureusement que votre ami Smith vous accompagnait.

— Smith ? fit Manning.

— C'est lui qui vous a remonté. Lui aussi, en arrivant, a eu droit au caisson de décompression. Mais il n'y est pas resté bien longtemps. Vous, par contre, nous avez fait en suer pendant dix heures jusqu'à ce que votre système ait éliminé.

Orlov. C'était la seule explication qui tienne. Morrison avait sans doute décidé qu'il valait mieux que le Russe ne dévoile pas sa véritable identité.

— Quand pourrai-je sortir d'ici ?

— Mon Dieu, pas avant quarante-huit heures ! (Flynn eut un petit rire.) Ne faites pas cette tête. Dès que j'aurai fini ma tournée, je passerai un coup de fil à votre ami Morrison. Ces derniers jours, il était tout le temps fourré dans les couloirs.

Après son départ, Manning resta là, à fixer le plafond, en pensant à Maria Salas. Elle avait choisi son départ, renonçant volontairement à la vie après avoir constaté l'échec de ses sombres desseins. Dans le silence qui régnait dans la chambre, il crut pouvoir entendre sa voix, aiguë et pleine de bravoure lancer un dernier *flamenco* alors même qu'elle disparaissait dans le brouillard. Mais, pour l'instant, il ne ressentait rien, rien qu'un grand vide glacial et inexplicable qui remuait tout au fond de lui.

Papa Melos ouvrit la porte et entra, vêtu d'un pyjama et d'une robe de chambre bleue, son bras droit en écharpe. Il s'assit au bord du lit et eut un sourire satisfait.

— Je ne pouvais pas attendre, fiston. Lorsque le docteur m'a dit que vous aviez fini par émerger, j'ai attendu que l'infirmière ait le dos tourné pour filer à l'anglaise. Anna a dit qu'elle se chargeait de prévenir Seth qui est resté sur le bateau. Il va sans doute se radiner.

— Anna ? fit Manning. Elle est passée ce matin ?

Le vieil homme se tortilla, mal à l'aise.

— Elle est venue tous les jours, Harry. Elle était dans ma chambre lorsque le docteur est venu me dire que vous étiez sorti du coma. (Il parut chercher ses mots avant de reprendre :) Écoutez, je sais que ça ne me regarde pas, mais est-ce que vous deux vous êtes disputés ? Anna est très fière. Elle n'irait pas là où on ne veut pas d'elle.

Il y eut un silence gêné. Manning préféra changer de sujet.

— Et votre bras ?

— Il s'en tire bien. D'ailleurs, ajouta le vieil homme avec un sourire, tout va très bien. Je vais recevoir un nouveau bateau, le meilleur possible. Le secrétaire d'État y tenait beaucoup, d'après Morrison.

Manning lui prit la main.

— J'en suis heureux, Papa. Vraiment.

La porte s'ouvrit sur l'infirmière que Manning avait déjà vue. Papa Melos lui jeta un regard empreint de culpabilité et se leva.

— Je m'en doute, dit-il.

Il sourit à Manning en désignant l'infirmière.

— Elle me rappelle ma mère. Si elle avait vécu, Dieu ait son âme, elle aurait le même âge.

Et il plongea sous le bras de la femme en blanc pour filer dans le couloir. Elle l'y suivit, refermant la porte derrière elle.

*
* *

L'infirmière revint plus tard pour apporter à Manning de quoi manger. Alors qu'elle posait le plateau sur ses genoux, il remarqua un vase rempli de fleurs posé près de la fenêtre et lui demanda qui les avait apportées.

— C'est Mlle Melos, répondit-elle en souriant. Elle les change tous les jours.

Après qu'elle eut remporté son plateau, il resta là, à regarder danser les rayons du soleil matinal, en pensant à Anna. Toutes ses perceptions lui semblaient affinées, plus claires qu'elles ne l'avaient jamais été. Il pouvait respirer le parfum des fleurs et son désir de la voir en était presque douloureux.

Il se tourna, plein d'espoir, en entendant s'ouvrir la porte. C'est Serguei Orlov qui entra, vêtu d'un costume brun tropical qui lui allait comme un gant et arborant des lunettes de soleil.

— Monsieur Smith, je présume ? fit Manning.

Le Russe sourit, retira ses lunettes et s'assit au bord du lit.

— Morrison va venir dans quelques minutes. Il discute avec le docteur. Comment allez-vous ?

— Si bien que je me demande ce que je fiche ici. Ils m'ont dit que vous aviez plongé après moi. Que s'est-il passé exactement ?

— Je me suis débarrassé de mon bonhomme et vous ai suivi. Vous saigniez pas mal, et je me suis dit qu'il valait mieux veiller au grain.

— Vous êtes allé jusqu'au bout ?

Le Russe acquiesça.

— J'étais déjà descendu à de telles profondeurs sans que cela ait un effet particulier sur moi. Dans ce cas précis, nous avons dû remonter trop vite. C'est ce qui nous a assommés.

— Et Maria ?

— En vous remontant, je l'ai vue continuer sa grande descente. Elle a choisi d'en finir.

Manning s'efforça de ne pas y penser et demanda une cigarette. Ils restèrent là, à fumer en silence.

— Et maintenant, qu'est-ce qui va se passer ? finit par dire Manning.

— Dans mon cas, je me retrouve dans une situation intéressante. Officiellement, je suis mort. Ce qui m'ouvre pas mal de possibilités.

— Comme de rester de ce côté-ci de la barrière ?

Le Russe eut un sourire.

— Inutile de tourner autour du pot. Pour tout vous dire, demain matin, je pars pour Washington avec Morrison. Nous ne sommes restés que pour savoir comment vous vous en sortiriez. D'après Morrison, je devrais pouvoir me rendre utile.

— J'en suis sûr, fit sèchement Manning.

Morrison fit son apparition. Il alla s'asseoir de l'autre côté du lit et sourit.

— Vous vouliez nous ficher la frousse ou quoi ?

Ils se secouèrent la main.

— Papa Melos est passé par ici, dit Manning. Il m'a parlé du bateau et tient à vous remercier.

— Il le méritait.

— Il paraît que vous repartirez au pays en bonne compagnie ?

Morrison sourit :

— Vous parlez de Smith ici présent ? La raison l'a emporté. (Il hésita un instant avant de reprendre :) en fait, je suis ici pour raisons professionnelles, si l'on veut. Je suis habilité à vous transmettre des remerciements officiels.

— C'est inutile. Je me suis lancé dans tout ça pour des raisons personnelles et vous le savez bien.

— Bien sûr, toute cette histoire doit rester secrète. Je dois dire que, pour ça, les autorités se sont très bien débrouillées. Étant donné les circonstances, mon gouvernement regrette de ne pouvoir vous transmettre de remerciements officiels. Néanmoins, il y a d'autres moyens. On m'a dit de vous annoncer que vous allez être pleinement dédommagé pour la perte de votre entreprise de La Havane.

Manning ne trouva rien à dire. Morrison hocha la tête en direction de Orlov et se leva.

— Vous m'avez l'air épuisé, Harry. Essayez de dormir encore un peu. Nous reviendrons vous voir avant de partir.

*
* *

Après leur départ, il se mit à réfléchir. Ainsi donc, il pouvait prendre un nouveau départ. Il pouvait disposer non seulement d'un bateau, mais aussi d'assez d'argent pour remonter son entreprise. Cette idée le remplit d'une vitalité nouvelle. Il rejeta ses couvertures et posa ses pieds sur le sol. Lorsqu'il marcha jusqu'à l'armoire, ce fut avec l'impression de flotter.

Son plus beau costume était sagement installé sur un cintre, accompagné de linge propre et d'une paire de chaussures. Sans doute qu'Anna ou Seth les avait apportés en attendant le jour où il pourrait sortir.

En guise de chemise, il garda sa veste de pyjama bleu. Son épaule blessée ne lui facilita guère la tâche; il se contenta de boutonner sa veste et laissa pendre la manche vide.

Il marcha à travers des couloirs déserts jusqu'aux escaliers. Le rez-de-chaussée, lui, semblait grouiller de monde, une majorité de patients et quelques hommes en uniforme. Il passa dans un vestibule au carrelage coloré et se retrouva face à une grande porte vitrée.

Un portier en uniforme se tenait sur le porche. Il jeta un regard curieux à Manning :

— Je vous appelle un taxi, monsieur?

Manning allait accepter, mais se rappela qu'il n'avait pas un sou sur lui. Il secoua la tête.

— C'est mon premier jour hors du lit. J'ai besoin d'exercice.

Il n'avait pas fait cinquante mètres qu'il réalisait son erreur : il n'était pas en état de marcher. Il continua néanmoins son chemin tout en s'efforçant de rester à l'ombre.

La sueur dégoulinait sur son visage et détrempait sa veste de pyjama. Lorsqu'il arriva enfin sur le front de mer, son épaule commençait à le faire souffrir.

Le port bourdonnait d'activité. Il se lança dans la foule tout en essayant autant que possible de protéger sa blessure. Un panier heurta son épaule, et il étouffa un cri; enfin, il arriva sur le mur de pierre tout au bout du quai.

À une centaine de mètres de là, le *Touché par la Grâce* entrait dans le port. Anna se tenait à la poupe et remontait un seau qu'elle avait plongé dans les flots. Sous ses yeux, elle se mit à laver le pont à grande eau.

Il se sentit tiré par la manche. Il baissa les yeux et croisa le regard de 22, le petit noir avec son T-shirt de footballeur qui, quelques éternités plus tôt, lui avait montré l'endroit où habitait Garcia.

— Hé, m'sieur, vous vous souvenez de moi?

— Je ne risque pas de t'oublier. (Manning désigna du doigt le *Touché par la Grâce.*) Va dire à la demoiselle qui lave le pont de ce navire que je suis désolé, mais que je n'ai pas la force d'aller plus loin. Il faudra qu'elle vienne me ramasser.

Le gamin eut l'air étonné.

— C'est tout, m'sieur?

— Je vais te dire ce qu'on va faire. Tu vas aller lui parler et, après, tu m'attendras sur le bateau. Je te parie dix shillings que tu ne perdras pas ton temps.

Le gamin fila à travers la foule et disparut immédiatement. Manning s'assit sur le mur. La chaleur était accablante ; il ferma les yeux pour lutter contre les ténèbres qui menaçaient de le submerger. Lorsqu'il les rouvrit, Anna se tenait là, en face de lui.

L'expression de son visage était un mélange d'incrédulité, de colère et de désarroi. Elle s'avança, sortit le mouchoir de Manning de sa poche et lui essuya le front.

— Idiot ! rugit-elle. Espèce de sombre idiot ! Vous voulez vraiment vous tuer !

Il secoua la tête.

— Non, je veux juste convaincre une Grecque têtue comme une mule que je suis amoureux d'elle, c'est tout.

Un instant, elle se colla à lui en se cramponnant à sa veste. De sa main libre, il lui caressa les cheveux.

— Franchement, Anna, tu crois vraiment qu'on a une chance ?

Elle le regarda, et son visage pétillait de vie.

— Je ne sais pas. Mais je sais que si nous n'essayons pas, nous le regretterons toute notre vie.

Elle glissa un bras autour de sa taille, et ils fendirent ensemble la foule en direction du *Touché par la Grâce*.

1964

LA COLÈRE DU LION

Traduit de l'anglais
par Laurence Kiefé

Ce roman a paru sous le titre original :
WRATH OF THE LION

*Pour Joe Cooper –
mon vieil ami.*

La colère du Lion, c'est la sagesse de Dieu.
William Blake

1

AVIS DE TEMPÊTE

La lentille se brouilla, momentanément obscurcie par un rideau d'eau verdâtre, mais lorsque l'extrémité du périscope refit surface, le petit cargo mal entretenu apparut avec une étonnante netteté. Le lieutenant Fénelon attrapa les poignées de l'oculaire et laissa échapper un long soupir.

À côté de lui, Jacaud demanda :

— Le *Kontoro* ?

Fénelon hocha la tête.

— Il est à cinq cents mètres, pas plus.

Jacaud laissa tomber sa cigarette sur le pont et l'écrasa d'un coup de talon.

— Laissez-moi voir.

Fénelon se recula, avec une sensation de vide au fond de l'estomac. Il avait vingt-six ans, il n'était jamais passé à l'acte, il ne savait rien de la guerre, sauf à travers les yeux des autres. C'était… c'était une expérience toute nouvelle. Pris de vertige, il se passa la main sur les yeux.

Jacaud se tourna vers lui en grommelant. C'était un homme costaud, à la mine patibulaire, qui aurait eu bien besoin de se raser. Sa joue droite était coupée en deux par une cicatrice irrégulière.

— Gentil de leur part d'être à l'heure.

Fénelon regarda de nouveau. Le *Kontoro* se déplaçait lentement vers la droite, à travers les petites lignes noires gravées dans le verre du périscope. Il sentit sa gorge se dessécher. Il commençait déjà à goûter de cette excitation particulière qui s'empare du chasseur au moment où sa proie se découvre.

— Une seule torpille, dit-il doucement. Ça suffira amplement.

Jacaud le regarda avec un sourire étrange, sardonique.

— Qu'est-ce qu'on en a à fiche ? Personne ne le saura jamais.

— Probablement pas.

Fénelon appela la salle de contrôle par le tuyau acoustique.

— Barre à un-zéro-cinq et préparez-vous à faire surface.

Il fit rentrer le périscope dans sa gaine, et ce sifflement se mêla à la clameur du système d'alarme. Quand il se retourna, en essuyant la sueur qui lui dégoulinait dans les yeux, Jacaud sortait un Lüger de sa poche. Il ôta le chargeur, le vérifia avec la rapidité d'un expert et le remit brutalement en place, en le faisant cliqueter d'une manière menaçante.

Il alluma une autre cigarette. Quand il releva les yeux, il ne souriait plus.

Dans la timonerie du *Kontoro*, Janvier, le premier officier, bâilla en se penchant sur la carte. Il effectua un rapide calcul puis jeta son crayon. À l'estime, ils se trouvaient à quarante miles à l'ouest de Ushant et la météo n'était pas bonne. On annonçait des vents soufflant en tempête dans les zones de Rockall, Shannon, Sole et Finistère.

Pour le moment, c'était un calme étonnant, la mer se soulevait en grosse houle huileuse. Janvier était fatigué, il avait les yeux irrités par le manque de sommeil. Originaire de Provence, il n'avait jamais réussi à s'habituer au froid de ces mers du nord et il frissonna de dégoût en regardant l'aube grise.

Derrière lui, la porte de l'escalier des cabines s'ouvrit et le steward entra, une tasse de café chaud dans chaque main. Il en donna une à Janvier et l'autre à l'homme de barre, dont il prit la place pour lui laisser le temps de boire.

Janvier ouvrit la porte pour faire quelques pas sur le pont. Appuyé contre le bastingage, il but son café en inspirant à grandes goulées l'air frais du matin, sentant son moral remonter. Une fois passé Biscaye, il y avait la longue traversée vers le sud — vers Madère, puis le Cap, avec du soleil tout du long. Il termina sa tasse, balança les dernières gouttes par-dessus bord et fit demi-tour.

À cent mètres à tribord, l'eau huileuse se mit brusquement à bouillonner. Couronné d'écume blanche, un sous-marin fit surface, aussi monstrueux qu'une créature préhistorique surgie de l'aube des temps.

Janvier se pencha par-dessus le bastingage, surpris. Sous ses yeux, l'écoutille du kiosque s'ouvrit et un jeune officier coiffé d'une casquette à visière apparut, suivi par un marin qui hissa aussitôt un petit pavillon. Un brusque souffle de vent le fit se déployer, et le drapeau tricolore — bleu, blanc, rouge — se détacha nettement sur le ciel gris.

Le steward sortit de la timonerie et vint s'accoter au bastingage.

— Qu'est-ce qu'on en fait, de ce bateau, monsieur ?

— Dieu seul le sait. Il vaut mieux aller chercher le capitaine, répondit Janvier en haussant les épaules.

Un troisième marin apparut dans le kiosque, une lampe à la main. Le sous-marin se rapprocha, réduisant l'écart entre les deux bateaux, et la lampe se mit à clignoter rapidement, émettant force signaux.

Janvier était officier naval de réserve. Il n'eut donc aucune peine à décoder les signaux. Après avoir déchiffré le message, il resta là, appuyé contre le bastingage, les sourcils froncés, puis il entra dans la timonerie pour décrocher leur propre lampe.

Tandis qu'il revenait vers le bastingage, la lumière clignota de nouveau sur le kiosque, répétant la même demande. Janvier répondit — « message reçu » — au moment où le capitaine surgissait de l'échelle de coupée, le quartier-maître juste derrière lui.

Henri Duclos avait près de cinquante ans et il naviguait depuis trente ans. Pendant cinq ans, il avait été capitaine de corvette pour la Marine de la France Libre et plus rien ne parvenait à le surprendre.

— Qu'est-ce qui se passe ? demanda-t-il.

— Ils ont répété deux fois le même message, répondit Janvier. « En panne. Souhaite venir à bord. »

— Qu'avez-vous répondu ?

— « Message reçu ».

Duclos entra dans la timonerie pour prendre des jumelles. Il observa le sous-marin pendant un moment, puis il grommela :

— Ils sont français, d'accord. Je vois les uniformes. Quand même, c'est petit, pour un sous-marin. Qu'est-ce que vous en dites ? ajouta-t-il en tendant les jumelles au quartier-maître.

Le vieil homme prit tout son temps avant de répondre.

— *L'Alouette*. Je l'ai vu à Oran l'année dernière, pendant les manœuvres de la flotte. Un ancien U-boat. Un modèle expérimental sur lequel travaillaient les Allemands à la fin de la guerre. C'est un de ceux dont la Marine s'est emparé.

— Donc, maintenant, on sait de quel bâtiment il s'agit, reprit

Duclos. Le problème, c'est de comprendre ce qu'ils nous veulent. Demandez-leur d'être un peu plus explicites, dit-il en se tournant vers Janvier.

Il y eut un silence tandis que les lampes clignotaient, puis Janvier déclara d'une voix neutre :

— Ils disent : « Impératif de monter à bord. Une affaire d'importance nationale. Prière d'observer silence radio. »

La lampe sur le kiosque du sous-marin était éteinte.

— Que dois-je leur répondre, monsieur ? demanda Janvier.

Duclos porta les jumelles à ses yeux puis il les laissa retomber.

— Qu'est-ce qu'on peut répondre ? S'ils nous envoient un fichu sous-marin aux fesses, c'est que ça doit être important pour eux. Répondez : « Montez à bord ».

Il se tourna vers le quartier-maître et reprit :

— J'attendais le soleil avec impatience. Mes rhumatismes me font un mal de chien en ce moment. Espérons qu'on ne sera pas obligés d'aller à Brest.

Le quartier-maître haussa les épaules.

— Il se passe des choses bien bizarres dans notre République au jour d'aujourd'hui.

— Quelle république ? s'enquit Duclos, sarcastique. Alertez l'équipage et faites descendre une échelle.

Le quartier-maître s'éloigna et Janvier baissa la lampe.

— Ils nous remercient pour notre coopération.

— Comme c'est aimable ! Espérons qu'ils ne nous font pas perdre notre temps. Faites stopper les moteurs.

Janvier rentra dans la timonerie. Duclos sortit sa pipe et commença à la bourrer dans une vieille blague à tabac en cuir, sans quitter le sous-marin des yeux.

L'écoutille avant s'ouvrit et un grand canot pneumatique jaune fut gonflé. Tandis que le cargo commençait à ralentir, les deux bâtiments dérivèrent ensemble jusqu'à ce que l'écart entre eux ne soit plus que de vingt ou trente mètres.

Le commandant du sous-marin descendit l'échelle du kiosque et s'arrêta pour observer la demi-douzaine de marins qui s'occupaient du canot. Il était mince et il avait l'air jeune, avec son caban, ses bottes en caoutchouc, et sa casquette à visière inclinée avec désinvolture. Il leva les yeux vers Duclos, sourit en lui faisant un geste de la main, puis marcha le long de la coque pour monter dans le canot.

Il fut suivi par une demi-douzaine de marins, dont la plupart portaient des mitraillettes en bandoulière. Quatre d'entre eux pagayèrent vers l'échelle qui avait été descendue contre la paroi du *Kontoro*. Deux autres, qui étaient restés à bord, laissaient filer une corde qui reliait le canot au sous-marin.

— Ils transportent beaucoup de matériel lourd, non ? remarqua Janvier.

Duclos hocha la tête.

— Cette histoire ne me plaît pas du tout. S'ils créent la panique, ça pourrait mal tourner pour tout le monde. Ils sont peut-être à la recherche d'un des membres de l'équipage. Un gars de l'O. A. S. qui essayerait de quitter le pays ou quelque chose dans ce genre.

Les marins accostèrent rapidement. Trois d'entre eux prirent leur mitraillette et restèrent en bas, tandis que le jeune officier montait sur le pont supérieur, énergiquement escorté par les trois autres.

Il tendit la main en souriant.

— Capitaine Duclos ? Je m'appelle Fénelon. Je suis navré de tout cela, mais je ne fais qu'obéir aux ordres, vous savez.

L'homme qui le suivait de près avait un visage brutal et couturé de cicatrices, avec des cheveux frisés. Comme Fénelon, il était vêtu d'un caban et de bottes en caoutchouc, mais sans casquette. Il s'appuya nonchalamment contre le bastingage et alluma une cigarette. Les deux autres marins se postèrent derrière Fénelon, mitraillette au poing.

Duclos commençait à se sentir extrêmement mal à l'aise.

— Voyons, que se passe-t-il ? De quoi s'agit-il ?

— On va vous expliquer, répondit Fénelon. Vous avez fait ce qu'on vous demandait à propos du silence radio ?

— Bien sûr.

— Parfait.

Fénelon se tourna et fit un petit signe de tête à l'un des marins, qui traversa le pont jusqu'à la cabine de transmissions, derrière la timonerie, ouvrit la porte et y pénétra.

On entendit un cri, suivi d'un coup de feu. Quelques instants plus tard, le radio sortit en vacillant, le visage couvert de sang. Il tomba à genoux et Janvier s'élança pour le retenir.

— La radio, marmonna l'homme. Il a tiré dedans.

Sur le pont inférieur, l'équipage se mit brusquement à gronder de façon menaçante. Une rafale y répondit, les balles sifflèrent dans les gréements d'acier. Duclos jeta un coup d'œil au-delà du bastingage et vit qu'on avait installé une mitraillette lourde montée sur pivot au bord du kiosque. Même en tenant compte de la différence de hauteur entre les deux bâtiments, tout le pont du *Kontoro* risquait fort d'être réduit en miettes sanglantes.

Il se tourna lentement vers les arrivants, très pâle.

— Qui êtes-vous ?

Fénelon sourit.

— Exactement ce que nous avons l'air d'être, Capitaine. Le commandant et l'équipage du sous-marin *L'Alouette*. En mission spéciale, mais au service de la France, je vous le promets.

— Que voulez-vous ?

— Un de vos passagers, Pierre Bouvier. Si j'ai bien compris, il doit rester à bord jusqu'à Madère ?

La rage de Duclos, qu'il avait du mal à retenir, explosa brutalement.

— Bon Dieu ! Vous irez d'abord pourrir en enfer ! C'est encore moi le capitaine de ce bateau !

Toujours confortablement adossé au bastingage, Jacaud sortit le Lüger de sa poche et tira une balle dans la jambe gauche de Duclos. Celui-ci hurla quand le lourd projectile vint lui éclater la rotule et roula sur le pont, le visage tordu par la souffrance.

— Pour encourager les autres, déclara calmement Jacaud. Maintenant, faites monter Bouvier.

Au moment où Janvier se retournait, une voix tranquille déclara :

— C'est inutile, monsieur. Il est là.

L'homme qui sortit de l'escalier du salon avait largement dépassé l'âge mûr. Grand et mince, avec des épaules voûtées, il avait un visage osseux et anguleux comme en ont les ascètes et des cheveux gris peu abondants. Il avait enfilé son imperméable par-dessus son pyjama et une femme de petite taille, aux cheveux gris, s'accrochait à son bras, l'air terrifié. Derrière eux, deux autres passagers, habillés à la hâte, hésitaient à franchir le seuil.

— Vous êtes Pierre Bouvier ? demanda Fénelon.

— Oui.

Jacaud fit signe à un des marins.

— Amenez-le ici.

La femme commença aussitôt à élever la voix, mais Bouvier la calma et accepta d'avancer. Le marin le fit mettre dos au bastingage et vint se poster à côté de Jacaud.

— Que voulez-vous de moi ? demanda Bouvier.

— Il y a un mois, à Fort-Neuf, vous étiez procureur général dans un procès, déclara Fénelon. Au cours de ce procès, six de nos amis ont été condamnés à mort.

— Donc, c'est l'O. A. S. qui est derrière tout ça ? demanda Bouvier en haussant les épaules. Je n'ai fait qu'accomplir mon devoir. Aucun homme ne peut faire mieux.

Fénelon sortit un papier de sa poche et le déplia.

— Monsieur, je suis certain que vous nous accorderez un privilège identique, déclara-t-il en s'apprêtant à le lire. « Pierre Bouvier, je vous informe que vous avez été jugé par contumace et déclaré coupable de trahison contre la République par un tribunal militaire du Conseil de la Résistance Nationale. »

Il s'interrompit et Bouvier intervint doucement :

— Et le tribunal a rendu une sentence de mort ?

— Naturellement, dit Fénelon. Avez-vous quelque chose à dire ?

Bouvier haussa les épaules et son visage prit une expression de mépris.

— Quelque chose à dire ? Mais quoi donc ? Il n'y a aucune charge contre moi. Je le sais et vous le savez également. Partout, les Français seront…

Jacaud arracha la mitraillette des mains d'un des marins à côté de lui, visa rapidement et d'une longue rafale, jeta Bouvier contre le bastingage. Celui-ci pivota sur lui-même, le tissu de son imperméable s'enflamma tandis que les balles le frappaient dans le dos et il s'écroula sur le pont.

Sa femme cria son nom, fit un pas en avant et s'évanouit. Un des passagers la retint quand elle s'écroula en arrière.

Sur le pont inférieur, l'équipage poussa un étrange soupir muet, puis ce fut le silence. Jacaud lança la mitraillette au marin à qui il l'avait prise et se dirigea vers l'échelle sans jeter un regard en arrière. Fénelon semblait prêt à vomir tripes et boyaux. Il fit un signe de tête à ses hommes et suivit en hâte Jacaud, manqua une marche à mi-chemin et faillit tomber sur le pont.

Ils s'engagèrent l'un derrière l'autre sur l'échelle, et du kiosque du sous-marin, la grosse mitraillette les couvrait de façon menaçante. Dès qu'ils furent tous à bord du canot, les marins debout à l'avant du sous-marin les halèrent en hâte.

Ils laissèrent le canot partir à la dérive et s'enfournèrent tous dans l'écoutille, sauf Fénelon qui marcha le long de la coque et grimpa à l'échelle du kiosque. Il resta là à regarder le cargo tandis que les deux bâtiments s'éloignaient l'un de l'autre. À bord du *Kontoro*, il régnait un silence étrange, troublant.

Les deux marins démontèrent la mitraillette et disparurent. Fénelon les suivit de près. L'écoutille du kiosque se referma et l'écho du claquement se répercuta au ras de l'eau.

Sur le *Kontoro*, ce fut comme si un sort avait été levé et tout le monde se précipita sur le bastingage. Janvier n'avait jamais eu un tel sentiment d'impuissance de toute sa vie et pour une raison qui lui échappait, il avait bizarrement l'impression d'être au bord des larmes.

Au loin, le vent formait déjà des moutons à la surface des flots et il se souvint de l'avis de gros temps. *L'Alouette* s'enfonçait sous l'eau comme un fantôme gris, le drapeau tricolore surnageant bravement, puis lui aussi disparut et il ne resta plus que la mer.

2

SOUPER AVEC LE DIABLE

Un épais brouillard venant de la mer montait du port de Southampton tandis que le taxi tournait pour s'arrêter le long du trottoir. Anne Grant regarda par la portière la masse sombre du bâtiment qui se dressait dans l'obscurité.

La maison datait du XVIIIe siècle, on le voyait bien, mais les années ne l'avaient guère épargnée. Des marches inégales montaient jusqu'à la porte, la peinture craquelée s'écaillait dans la faible lueur jaunâtre d'un réverbère. Au-dessus de l'escalier, le nom de l'hôtel — *Regent Hotel* — était écrit sur une petite plaque en verre.

Elle tapa sur la vitre de séparation et le chauffeur la fit coulisser.

— Vous êtes sûr que c'est bien là ?

— *Regent Hotel*, Farthing Lane. C'est l'adresse que vous m'avez donnée et c'est là que je vous ai emmenée, répondit l'homme. Ce n'est qu'un asile de nuit, madame. Le genre d'endroit où les marins viennent pioncer pour leur première nuit à terre. Vous vous attendiez à quoi, au *Ritz* ?

Elle ouvrit la porte et sortit, hésitante devant la façade humide et croulante de l'hôtel. Excepté le bruit des vagues qui venaient taper contre les piliers du quai de l'autre côté de la rue, tout était complètement silencieux. Quand la porte d'un bar s'ouvrit un peu plus loin, on aurait dit que la musique et les rires venaient d'une autre planète. Elle donna dix shillings au chauffeur, lui demanda d'attendre et monta les marches.

Le couloir était mal éclairé, mais on distinguait un escalier tout au fond. Elle fronça le nez, écœurée par l'odeur de renfermé, mélangée à des relents de cuisine et d'urine, mais continua à avancer.

Il y avait une porte sur la gauche, avec le mot *Bar* gravé à l'acide sur le panneau de verre dépoli. En l'ouvrant, elle se retrouva dans une longue salle étroite, dont le fond était plongé dans l'obscurité. Un vieux comptoir recouvert de marbre occupait l'un des murs, avec un miroir craquelé derrière, et un homme était appuyé contre les pompes à bière, lisant le journal.

Dans un coin, un ivrogne s'était écroulé sur une table, le visage enfoui entre ses bras, la respiration sifflante et le corps figé. Deux hommes étaient assis à côté d'un petit poêle à charbon et discutaient à voix basse en jouant aux cartes. Ils se tournèrent pour la regarder quand elle ferma la porte et passa devant eux.

Le barman était vieux et chauve, avec le visage affaissé et blasé de l'homme que plus rien ne peut surprendre. Il replia proprement son journal et le rangea sous le bar.

— Puis-je faire quelque chose pour vous ?

— Je cherche un certain Mr Van Sondergard. D'après ce que je sais, il habite ici.

Les deux hommes installés à côté du poêle l'observaient dans le miroir, derrière le barman. L'un était petit et râblé, avec une barbe noire et mal entretenue. Son compagnon mesurait plus d'un mètre quatre-vingts ; il avait un visage dur et maigre et des mains qui ne cessaient de s'agiter, battant les cartes sans relâche. Il fit un sourire et elle lui rendit calmement son regard avant de détourner les yeux.

— Sondergard ? demanda le barman.

— Elle doit parler du Norvégien, dit l'homme de haute taille d'une voix douce d'Irlandais.

— Oh, ce type-là ? Parti hier, répliqua le barman en hochant la tête.

Il passa son chiffon sur le comptoir et Anne Grant reprit d'une voix neutre :

— Mais ce n'est pas possible. Je ne l'ai embauché que la semaine dernière par l'intermédiaire du syndicat des gens de mer. J'ai un nouveau yacht à moteur qui attend à Lulworth. Il est censé le conduire dans les Iles Anglo-Normandes demain.

— Vous aurez du mal à mettre la main dessus, l'interrompit l'Irlandais. Il a embarqué comme quartier-maître sur le *Ben Alpin* ce matin. Suez et tout droit vers l'est.

Il se leva et traversa lentement la salle.

— Je peux peut-être vous aider ? reprit-il.

Avant qu'elle n'ait le temps de répondre, une voix sèche l'interrompit.

— Et si pour une fois, c'était à mon tour de renvoyer la balle ?

Surprise, elle se retourna, s'avisant, pour la première fois depuis qu'elle était entrée, qu'un homme était debout dans l'ombre, à l'autre extrémité du comptoir. Il avait remonté le col de son caban et la visière de sa casquette dissimulait en partie un visage étrangement pâle, où les yeux faisaient deux trous noirs.

Le barman s'approcha de lui, l'Irlandais s'appuya contre le comptoir en souriant à Anne.

— Que diriez-vous d'un verre ?

Elle refusa gentiment d'un signe de tête, fit demi-tour et se dirigea vers la porte. Dans le couloir, elle fit halte en haut des marches. Le taxi était parti et le brouillard s'était épaissi, envahissant le port, s'enroulant autour des réverbères comme une chose vivante.

Elle descendit l'escalier et s'engagea sur le trottoir. Arrivée au premier réverbère, elle s'arrêta pour regarder derrière elle. L'Irlandais et son copain étaient sur le seuil. Quand elle se remit en route, ils descendirent les marches et lui emboîtèrent le pas.

Neil Mallory alluma une autre cigarette, leva son verre de whisky dans la lumière, puis le reposa.

— Ce verre est sale.

Le barman s'approcha, l'air agressif.

— Et qu'est-ce que t'attends que je fasse ?

— Que tu m'en donnes un autre, répondit tranquillement Mallory.

Une sonorité particulière dans la voix, un éclat des yeux sombres, tout cela obligea le barman à ravaler sa colère et à s'obliger à sourire. Il remplit un autre verre et le poussa vers Mallory.

— Le client est roi.

— C'est bien ce que je pense, rétorqua Mallory sans quitter des yeux l'Irlandais et son copain qui se levaient pour suivre la femme.

Il avala son whisky en une seule gorgée et les suivit hors du bar.

Debout en haut des marches, il prêta l'oreille, mais le brouillard étouffait tout, même les bruits proches. Un bateau entra dans le port, et le son assourdi de sa corne de brume, étrange et déplacé, le remua au plus profond de lui-même. Il en frissonna malgré lui. Ce fut à ce moment-là qu'Anne Grant poussa un cri.

Il descendit l'escalier et écouta de nouveau, la tête légèrement penchée. On entendit de nouveau crier, sur la gauche, un cri curieusement amorti par le brouillard, et il se mit à courir.

Il tourna sur le quai tout au bout de la rue, avançant silencieusement sur ses semelles de crêpe, et les prit par surprise. Les deux hommes maintenaient à terre la femme qui se débattait dans la lueur jaune d'un réverbère.

Tandis que l'Irlandais se retournait, surpris, Mallory lui balança un coup de pied en pleine figure. L'homme recula en vacillant, roula au bout du quai et alla s'écraser trois mètres plus bas dans un banc de vase.

Le barbu sortit un couteau de sa poche et Mallory recula. L'homme sourit en se jetant sur lui. Il leva son couteau et Mallory lui saisit le poignet, en lui tordant le bras vers l'extérieur, tendu comme une barre de fer. L'homme poussa un hurlement aigu de femme et lâcha son couteau. Mallory lui balança à toute volée un mauvais coup sur la nuque avec l'avant-bras et l'homme se ratatina par terre.

Anne Grant s'appuyait contre le mur, son visage blanc dans la lueur jaunâtre malsaine, le sang coulant d'une profonde entaille dans la joue. Elle rit nerveusement et repoussa une mèche de ses cheveux sombres de son front.

— Vous ne faites pas les choses à moitié, dites donc !

— Ça servirait à quoi ?

Son tailleur de jersey était taché et tout abîmé, son chemisier déchiré à la taille. Elle boitait lourdement de la jambe gauche. Elle s'arrêta pour récupérer son sac à main et le barbu grommela en se retournant sur le dos.

Elle l'observa pendant un long moment, puis elle regarda Mallory.

— Allez-vous appeler la police ?

— Le souhaitez-vous ?

— Pas particulièrement. Tout d'un coup, j'ai l'impression qu'il fait plus froid, ajouta-t-elle en se mettant à trembler légèrement.

Il ôta son caban et le lui posa sur les épaules.

— Vous avez besoin d'un verre. Nous allons retourner à l'hôtel. Vous vous installerez dans ma chambre pendant que je chercherai un taxi.

Elle désigna le barbu d'un signe de tête.

— Il va s'en sortir ?

— Les types dans son genre s'en sortent toujours.

Il la prit par le bras. Après avoir tourné le coin, ils remontèrent la rue. Il se mit à pleuvoir, un petit crachin qui perlait d'argent les grilles de fer. Elle ressentait une douleur sourde dans la cheville et les vieilles bâtisses se mirent à flotter dans la brume, irréelles et chimériques, partie intégrante de ce rêve sombre dont elle ne parvenait pas à se réveiller, et brusquement, le trottoir ondula sous ses pieds.

Il l'entoura aussitôt d'un bras fort et rassurant ; elle se tourna vers lui et sourit à ce visage étrange et pâle, à ces yeux sombres.

— Ça va. Juste un peu de vertige, c'est tout.

L'enseigne de l'hôtel jaillit du brouillard ; ils pénétrèrent dans l'entrée et montèrent l'escalier délabré. Sa chambre était tout au bout du couloir ; il ouvrit la porte, alluma la lumière et la fit entrer.

— Mettez-vous à l'aise. Je reviens dans deux minutes.

La chambre avait cette atmosphère typique des hôtels bon marché, dans le monde entier : étrange, presque morte. Un bout de tapis élimé par terre, un lit de fer, une armoire et une table de chevet minables. La seule note de luxe, c'était le lavabo dans le coin près de la fenêtre et elle boitilla jusque-là.

À sa grande surprise, l'eau chaude coulait en abondance ; elle se lava le visage et les mains avant de s'examiner dans le miroir vissé dans le mur. Sa joue n'était coupée que d'une façon superficielle, mais son tailleur était bon à jeter. À part ça, il semblait qu'elle n'ait subi aucun autre dommage. Quand il remonta, il la trouva assise au bord du lit en train de regarder sa cheville.

Il posa une demi-bouteille de brandy et deux verres sur la table de chevet et s'accroupit devant elle.

— C'est grave ?

Elle secoua la tête.

— Une vilaine écorchure, c'est tout.

Il tira une vieille valise en fibre de sous le lit et prit un gros pull-over de marin qu'il posa sur ses genoux.

— Vous feriez bien de mettre ça. Vous êtes trempée.

Elle obéit et roula les manches trop longues. Ensuite, il lui prit le pied droit et le posa sur son genou pour bander avec compétence la cheville abîmée avec un mouchoir plié. Elle le regarda faire tranquillement.

Il était de taille moyenne, avec de larges épaules, et portait la tenue habituelle des marins. Une chemise ordinaire en flanelle bleue, un pantalon de travail épais, coupé dans un tissu sombre, retenu à la taille par une large ceinture de cuir avec une boucle en cuivre. Mais lui, n'était pas ordinaire. Il avait un visage étrange, difficile à déchiffrer, le visage d'un homme qu'on ne s'avise pas de traiter à la légère. Le teint clair et pâle ; des cheveux noirs et raides, plantés en pointe sur le front. Mais c'était surtout ses yeux qui étaient étranges, si sombres que la lumière venait y mourir.

Sur le quai, sa colère, dans son efficacité mortelle, l'avait rendu terrifiant, et quand il leva brusquement les yeux, elle se sentit aussi transparente que du verre. Pour la première fois de la soirée, elle eut vraiment peur. Puis, brusquement, tout son visage se plissa dans un sourire au charme si dévastateur qu'on avait l'impression qu'il changeait radicalement de personnalité.

— Vous avez l'air d'avoir dix ans avec ce pull-over.

Elle fit un grand sourire en lui tendant la main.

— Je m'appelle Anne Grant et je vous suis très reconnaissante.

— Mallory, Neil Mallory.

Il lui toucha rapidement la main, ouvrit la bouteille de brandy, versa une bonne rasade dans un des deux verres et le lui tendit.

— J'ai demandé au barman de téléphoner pour avoir un taxi. Ça risque de prendre du temps avant qu'il n'arrive.

— Je voudrais bien savoir pourquoi le chauffeur qui m'a amenée n'a pas attendu, dit-elle. Je le lui avais demandé.

— Ils n'aiment pas tellement se balader sur le port la nuit. C'est un endroit mal famé et les chauffeurs de taxi sont des cibles trop évidentes. Et en parlant de cible, c'est encore deux fois plus vrai pour les jeunes femmes séduisantes, ajouta-t-il en souriant.

Elle sourit à son tour d'un air piteux.

— Ne m'accablez pas. Je n'avais pas la moindre idée de la situation dans laquelle je suis venue me fourrer, mais je commençais à désespérer. J'ai attendu quelqu'un à Lulworth pratiquement toute la journée. Quand j'ai compris qu'il ne viendrait plus, j'ai décidé d'aller le chercher.

— Van Sondergard ? demanda Mallory. Je vous ai entendue parler de lui au barman.

— Vous le connaissiez ?

— Il avait une chambre à l'autre bout du couloir. Une fois, j'ai pris un verre avec lui au bar en bas. Rien de plus. Où l'avez-vous rencontré ?

— Je ne l'ai jamais rencontré. Toute l'affaire s'est passée par l'intermédiaire du syndicat des gens de mer. Je leur ai dit que j'avais besoin de quelqu'un pour conduire un yacht dans les Iles Anglo-Normandes et en assurer le commandement pendant un mois environ, le temps que ma belle-sœur et moi soyons capables de nous débrouiller toutes seules. J'avais aussi signalé qu'on préférerait quelqu'un ayant déjà fait de la plongée. Ils m'ont mise en contact avec Sondergard. L'idée avait l'air de lui plaire. J'aimerais bien savoir pourquoi il a changé d'avis, conclut-elle en soupirant.

— En réalité, c'est très simple. Il était assis dans le bar, à moitié soûl, plein de compassion envers lui-même, quand un de ses anciens patrons est entré. Il devait partir avec la marée du matin pour Suez et il lui manquait un quartier-maître. Trois verres de plus, c'est tout ce dont Sondergard a eu besoin pour faire son baluchon et embarquer avec lui. Les marins sont coutumiers de ce genre de choses.

Il avala son brandy, sortit un vieil étui à cigarettes en cuir et lui en proposa une.

— Êtes-vous marin, Mr Mallory ? demanda-t-elle tandis qu'il grattait une allumette et la lui présentait, les mains en coupe.

Il haussa les épaules.

— Entre autres choses. Pourquoi ?

— Je n'en étais pas certaine. Si on m'avait posé la question, j'aurais plutôt répondu que vous étiez soldat.

— Qu'est-ce qui vous fait penser ça ?

— Je crois qu'on peut dire que c'est une espèce qui m'est familière. Mon père l'était, mon mari aussi. Il a été tué en Corée.

Il n'y avait rien à ajouter; Mallory alluma sa cigarette et se dirigea vers la fenêtre. Il regarda dehors, puis se tourna vers elle.

— Le yacht dont vous avez parlé, il est comment ?

— Un trente mètres, d'Akerboon. À deux hélices, coque métallique.

— Rien que le meilleur ? Quelle puissance ? interrogea-t-il, l'air assez impressionné.

— Moteur à essence. Pleins gaz, il peut donner jusqu'à vingt-deux nœuds.

— Sonde de profondeur, direction automatique, tous les derniers perfectionnements ? D'après moi, ça n'a pas dû vous coûter moins de sept mille livres, dit-il en souriant.

— Pas à moi. À mon beau-père. Moi, je n'ai fait qu'obéir aux ordres. Il m'a dit ce qu'il voulait très précisément.

— On dirait que c'est un homme qui a l'habitude de faire les choses à sa guise.

Elle sourit.

— C'est une habitude dont il a du mal à se défaire. Il est général de division.

— Grant ? demanda Mallory, les sourcils froncés. Il s'agit d'Iron Grant ? L'homme du Désert occidental ?

Elle approuva d'un signe de tête.

— Absolument. Depuis qu'il a quitté l'armée, il vit dans les Iles Anglo-Normandes. C'est moi qui tiens sa maison.

— Et en ce moment, à quoi ce bon vieillard se consacre-t-il donc ?

— Il est presque aveugle, à présent, mais il est encore extrêmement actif. Il a réussi à se tailler une excellente réputation d'historien de la guerre. Il dicte sur un magnétophone et Fiona, sa fille, et moi, nous tapons ses notes.

— Vous avez dit que vous souhaitiez que Sondergard ait déjà fait de la plongée. Pourquoi ?

— Ce n'était pas indispensable, mais il aurait pu nous rendre service. Au seizième siècle, un petit village de pêcheurs et un fort construits sur l'Ile de Roc ont été engloutis. Les ruines reposent par quinze mètres de fond, à quelques centaines de mètres du rivage. Nous sommes en train de faire un relevé du site. Jusqu'à présent, il n'y a eu que Fiona et moi pour plonger.

— Ça paraît intéressant. Je pense que vous n'aurez aucun mal à trouver quelqu'un d'autre pour ce travail.

Tandis qu'il scrutait par la fenêtre l'épaisseur jaunâtre du brouillard, elle lui demanda tranquillement :

— Je me demandais justement si ça ne vous intéresserait pas ?

Il se tourna lentement vers elle, le front légèrement plissé.

— Vous ne savez rien de moi.

— Qu'y a-t-il à savoir ? Vous m'avez dit vous-même que vous étiez marin.

— Par obligation. Pas par choix.

— Vous ne sauriez pas diriger le *Foxhunter* ?

— C'est le nom de votre bateau ? Oh ! Si, j'ai déjà dirigé des bateaux de ce type. J'ai même déjà fait un peu de plongée sous-marine.

— Quatre-vingts livres par mois, nourri et logé. Cela vous tente-t-il ?

Il sourit, comme à regret.

— Tout à fait, Mrs Grant.

Elle lui tendit la main, dans un geste curieusement garçon manqué.

— J'en suis heureuse.

Il retint sa main un moment, la regardant gravement dans les yeux. Elle sentit son sourire s'effacer, et de nouveau, elle fut saisie de cette peur vague et irrationnelle. Cela dut se lire sur son visage. La main de Mallory serra la sienne plus fort et il lui sourit avec gentillesse. Immédiatement, sa peur s'évanouit et un flot de tendresse inexplicable l'envahit. Dehors, une voiture klaxonna et il l'aida à se mettre debout.

— Il faut y aller. Où êtes-vous descendue ?

— Dans un hôtel du centre-ville.

— Vous allez faire sensation en entrant dans le salon, dit-il en la prenant par le bras pour lui faire traverser la chambre.

Le brouillard se levait un peu quand il ouvrit la portière pour l'aider à monter en taxi. Elle baissa la vitre et se pencha vers lui.

— Je dois régler différentes choses demain, je ne serai pas de retour à Lulworth avant le soir. Je vous verrai là-bas.

Il hocha la tête.

— Une grasse matinée ne vous ferait pas de mal.

Elle sourit tristement dans la lumière glauque, mais le taxi s'éloigna avant qu'elle ait le temps de répliquer. Mallory resta debout dans le brouillard, à écouter le bruit du moteur décroître, puis il remonta l'escalier.

Quand il entra dans le bar, le barman était encore occupé à lire le journal.

— Où sont-ils ? demanda Mallory.

L'homme releva l'abattant et, du pouce, désigna la porte de derrière.

— Là-bas.

Quand Mallory ouvrit la porte, l'Irlandais était assis à une table, à côté d'un feu de charbon, une bassine d'eau chaude devant lui. Ses vêtements étaient raides de boue et le sang coulait d'une balafre qui allait de l'oreille à la pointe du menton. Le barbu, allongé sur un vieux canapé en crin de cheval, étreignait son bras droit en gémissant doucement.

L'Irlandais sauta sur ses pieds, le regard fou.

— Espèce de salaud ! Qu'est-ce que t'as essayé de faire ? De nous tuer ?

— Je vous avais demandé de faire un peu peur à la fille, rien de plus, mais vous, vous avez voulu faire les malins. Vous l'avez bien cherché.

Mallory prit quelques billets dans son portefeuille et les lança sur la table.

— Pour solde de tout compte !

— Dix livres ! cria l'Irlandais. Dix minables livres ! Et Freddy, alors ? Tu lui as cassé le bras !

— C'est pas mes oignons, répliqua calmement Mallory. Dis-lui d'aller se faire soigner dans un dispensaire.

Il sortit et l'Irlandais s'effondra de nouveau sur sa chaise, en proie au vertige. Le barman entra et se planta devant lui.

— Comment te sens-tu ?

— Affreusement mal. Qui c'est, ce salaud ?

— Mallory ? répondit le barman en haussant les épaules. Je ne sais qu'une chose. C'est le mec le plus glacé que j'aie jamais rencontré, et pourtant j'en ai connu quelques-uns. Dis donc, Freddy n'a pas l'air très en forme. Il vaudrait peut-être mieux que je téléphone à une ambulance ?

— Tu peux bien faire tout ce qui te chante ! rétorqua violemment l'Irlandais.

Le barman sortit en secouant la tête.

— Tu sais ce qu'on dit. Pour souper avec le diable, il faut avoir une grande cuillère. Je crois bien que Freddy et toi, vous vous êtes approchés d'un peu trop près.

Il poussa un énorme soupir et disparut dans le bar.

3

Secret londonien

La pièce était plongée dans la pénombre, la seule source de lumière venant de la lampe sur le bureau. L'homme assis de profil sur la chaise pivotante, le regard tourné vers la grande baie vitrée et les lumières clignotantes de Londres, était de petite taille, avec un visage parcheminé, bizarrement dépourvu d'âge. C'était le visage d'un homme extraordinaire, un homme qui avait connu la souffrance et qui avait réussi à la dépasser.

Le téléphone vert posé sur son bureau sonna une fois ; il fit tourner sa chaise et appuya sur un bouton.

— Oui ?

— Mr Ashford est là, Sir Charles.

— Faites-le entrer.

La porte s'ouvrit sans bruit et Ashford s'avança sur l'épais tapis ; un homme de haute taille, d'une quarantaine d'années, grisonnant, avec le visage préoccupé du fonctionnaire qui a passé trop de temps dans les coulisses du pouvoir.

Il prit une chaise, ouvrit sa serviette et en sortit un dossier qu'il posa avec soin sur le bureau. Sir Charles poussa vers lui un étui à cigarettes en argent.

— Quel est le verdict ?

— Le Premier ministre vous approuve entièrement. Cette affaire doit être tirée au clair. Mais pas question que la presse s'en empare. Il va falloir que vous vous montriez diablement prudent.

— C'est notre règle de conduite, généralement, rétorqua Sir Charles, glacé.

— Il n'y a qu'une seule chose qui contrarie beaucoup le

Premier ministre, reprit Ashford en ouvrant le dossier. Ce type, Mallory. Est-il vraiment l'homme de la situation ?

— Encore mieux que ça. C'est le meilleur gars que j'aie jamais eu et il a déjà travaillé avec le Deuxième Bureau avec succès. En fait, ils ont fait appel à lui deux fois. Sa mère était française, évidemment. Ça leur plaît.

— C'est cette affaire choquante à Perak en 1954, que le Premier ministre n'apprécie pas. Bon sang, on peut dire que ce type a eu de la chance de ne pas finir en taule.

Sir Charles attira le dossier à lui et l'ouvrit.

— C'est le curriculum vitae d'un homme hors du commun, dit-il en chaussant des lunettes sans monture.

Il se mit à lire à haute voix, piochant au hasard dans le document.

— « Aviation Spéciale pendant la guerre… envoyé en France trois fois… dénoncé à la Gestapo… a survécu six mois à Sachsenhausen… capitaine de parachutistes en Palestine… major en Corée… deux ans dans un camp de prisonniers chinois en Mandchourie… relâché en 1953… nommé en Malaisie, en janvier 54, en mission spéciale ». Lieutenant-colonel à trente ans, ajouta-t-il en fermant le dossier. Probablement le plus jeune de l'armée à l'époque.

— Et foutu dehors à trente et un ans, riposta Ashford.

Sir Charles haussa les épaules.

— On l'avait chargé de nettoyer Perak du dernier foyer de guérilla communiste et il l'a fait. D'une manière un peu brutale, mais il l'a fait. Ensuite, ses supérieurs ont poussé un grand soupir de soulagement, et ils l'ont jeté en pâture aux loups.

— Et vous étiez prêt à le rattraper au vol ?

Sir Charles secoua la tête.

— Je l'ai laissé aller à la dérive pendant un an. Bombay, Alexandrie, Alger. Je savais où il se trouvait. Quand j'ai été certain qu'il était au bout du rouleau, je l'ai repêché..Depuis, il travaille pour moi.

Ashford se leva en soupirant.

— Agissez à votre guise, Sir Charles, mais si quoi que ce soit déraille…

Sir Charles sourit doucement.

— Je sais, je finirai comme Neil Mallory. Je l'aurai dans l'os.

Ashford rougit et traversa rapidement la pièce. Il referma la porte derrière lui et Sir Charles resta immobile à réfléchir. Au bout d'un moment, il appuya sur un des boutons du téléphone intérieur.

— Envoyez-moi Mallory.

Il vint fumer une cigarette près de la fenêtre, contemplant la ville, toujours la plus belle du monde quoi qu'on en dise. En ouvrant les vitres, il sentit l'odeur du fleuve et la sirène d'un bateau résonna faiblement dans l'atmosphère tranquille, au moment où il quittait le port.

Il était fatigué et il sentait une douleur légère sourdre derrière son œil droit. Il fallait absolument qu'il aille voir un médecin pour se faire examiner. D'autre part, peut-être valait-il mieux ne rien savoir ? Il se demanda si Mallory vivrait assez vieux pour le remplacer derrière ce bureau, dans cette pièce tranquille. Il aurait été réconforté par une telle idée, mais il savait pertinemment que c'était peu probable.

Derrière lui, la porte s'ouvrit et se referma. Quand il se retourna, Mallory se tenait à côté du bureau. Un costume confortable de worsted sombre soulignait ses larges épaules et dans la lumière blanche tamisée, son visage aquilin donnait une impression de force racée, qui ne devait jamais être déplacée.

Sir Charles retourna s'asseoir.

— Comment allez-vous, Neil ?

— Très bien, monsieur. Je viens de passer six semaines sans bouger de notre île.

— Je sais. Comment va votre épaule ?

— Plus de problème. On m'a bien soigné.

Sir Charles approuva d'un hochement de tête.

— La prochaine fois, vous serez plus prudent, n'est-ce pas ?

Il ouvrit un dossier dans lequel il choisit un document. Il le poussa vers Mallory.

— Regardez ça.

Lui-même prit d'autres documents et Mallory se plongea dans les trois feuillets de papier ministre tapés serré. Quand il eut terminé, il les lui rendit, le visage impassible.

— Où se trouve le *Kontoro* à présent ?

— Le destroyer qui l'a trouvé l'a amené directement à Brest. Pour l'instant, les Français tiennent à étouffer l'affaire. Sécurité totale et tout le tremblement. Mais ils ne vont pas tenir plus de trois ou quatre jours. Ce genre d'histoire, ça finit toujours par exploser.

— Qu'est-ce qu'ils essayent de faire ?

— La rafle systématique de tous ceux qui, de près ou de loin, sont soupçonnés d'avoir un lien avec l'O. A. S. ou le C. N. R. Par ailleurs, le Deuxième Bureau et la Brigade Criminelle, épaulés par toute la sécurité militaire disponible, n'ont qu'un seul mot d'ordre : retrouver ce sous-marin.

— Il ne me semble pas que ça soit si difficile.

— Je n'en suis pas aussi sûr, dit Sir Charles. En particulier, parce qu'il ne s'agit pas d'un sous-marin ordinaire. Il est très petit. C'est un modèle sur lequel les Allemands travaillaient à la fin de la guerre.

— Quel est son rayon ?

— Pas beaucoup plus de mille.

— Ce qui veut dire qu'il peut être basé en Espagne, ou même au Portugal ?

— Les Français sont en train d'explorer ces pistes, mais ils doivent être prudents. En plus, ils passent au peigne fin toute la côte de Biscaye, chaque crique, chaque île. J'ai l'horrible pressentiment qu'ils sont en train de perdre leur temps, dit-il en poussant un énorme soupir.

— Je voudrais bien savoir comment vous en êtes arrivé à cette conclusion, déclara Mallory.

Sir Charles sourit malicieusement, comme un collégien, puis il ouvrit un tiroir pour y prendre une carte qu'il déplia sur le bureau. C'était une carte très détaillée des Iles Anglo-Normandes et du Golfe de Saint-Malo.

— Vous avez déjà entendu parler de Philippe de Beaumont ?

— Le colonel de parachutistes ? Celui qui a aidé à ramener de Gaulle au pouvoir ?

— Exactement. C'était un des chefs du coup d'État militaire de mai 1958 et un des membres du Comité de Salut Public. Philippe, comte de Beaumont. Dernier survivant de l'une des plus grandes familles militaires françaises.

— Et il vit dans les Iles Anglo-Normandes ?

— C'était un partisan convaincu de l'Algérie française. Quand de Gaulle a pris le parti de l'indépendance, il a démissionné et il a quitté la France.

Sir Charles traça un cercle sur la carte à une cinquantaine de kilomètres au sud-ouest de Guernesey.

— Par ici, il y a une île qui s'appelle l'Ile de Roc et qui appartient au vieil Hamish Grant.

— Vous voulez dire Iron Grant, le général du Désert occidental ?

— Exactement. Il habite là depuis cinq ans, avec sa fille Fiona, et il fait des recherches sur la guerre. Sa belle-fille, Mrs Anne Grant, fait marcher la maison. Son mari a été tué en Corée. À deux kilomètres à l'ouest de l'Ile de Roc, il y a une île plus petite, Saint-Pierre.

— Et c'est là que vit de Beaumont ?

— Il l'a achetée à Grant il y a deux ans. Il y a une espèce de château perché au sommet du rocher, une de ces folies pseudo-gothiques construite au dix-neuvième siècle par un excentrique.

— Et, d'après vous, il est lié à des histoires louches ?

— Disons les choses comme ça. Les Français ne l'ont pas lâché pendant deux ans, sans réussir à découvrir la moindre trace de ses liens avec l'O. A. S. ou le C. N. R. Et pourtant, tout le monde sait qu'il est du même bord. Pour parler franchement, même le Quai d'Orsay pense que c'est simplement un *grand seigneur*, qui refuse de revenir en France parce qu'il est en bisbille avec le Général.

— Et vous n'êtes pas de cet avis ?

— Jusqu'à hier soir, je n'étais pas contre.

— Qu'est-ce qui a pu vous faire changer d'avis ?

— Depuis un an, j'avais un type qui tenait Beaumont à l'œil, par simple mesure de précaution. Il y a un petit hôtel sur l'Ile de Roc. Il y travaillait comme barman. Il a disparu mardi. Hier soir, à marée haute, on a retrouvé son corps flottant à la dérive. La police est venue de Guernesey pour le récupérer. Inutile de préciser que rien ne laisse supposer qu'il puisse s'agir d'un meurtre.

— Vous pensez qu'il a peut-être vu quelque chose ?

Sir Charles haussa les épaules.

— Pourquoi pas ? *L'Alouette* a quitté Brest il y a deux jours pour effectuer des manœuvres. S'ils ont fait halte à Saint-Pierre, notre homme a très bien pu les voir. Manifestement, il a découvert quelque chose et le Deuxième Bureau est d'accord avec moi. Ils envoient un gars pour travailler avec vous sur cette affaire.

— Je me demandais quand nous allions en arriver là, dit Mallory.

Sir Charles poussa un dossier vers lui.

— Raoul Guyon, vingt-neuf ans. Il était capitaine dans un

régiment colonial de parachutistes. Il a été envoyé directement de Saint-Cyr en Indochine en 1952.

Mallory examina la photo. On y voyait un homme jeune, mince et nerveux, aux hanches étroites, les manches de sa veste de treillis remontées sur ses avant-bras bronzés. Sa casquette à visière assombrissait son visage calme et tanné par le soleil, aux yeux sombres, ce qui lui conférait une allure étrangement sinistre, rébarbative.

— Pourquoi a-t-il quitté l'armée ?

— Dieu seul le sait, répondit Sir Charles. J'imagine que passer six ans en Algérie, c'est suffisant pour n'importe qui. Il a demandé un congé sans solde et Legrand, du Deuxième Bureau, lui a proposé un poste.

— Quand dois-je le rencontrer ?

— Pas pour le moment. Apparemment, c'est un peintre plein de talent. Il s'en sert comme d'une couverture. Il a réservé une chambre à l'hôtel de l'Ile de Roc à partir de demain.

— Et moi ?

— Je crains que ce ne soit un peu plus compliqué. Si de Beaumont s'apprête à faire des bêtises, alors, il s'attend à recevoir du monde. Il faut que vous ayez une raison d'être sur place suffisamment convaincante pour le duper au moins un jour ou deux, et j'aime autant vous dire tout de suite que vous ne disposerez pas de davantage de temps.

— Comment dois-je m'y prendre ? demanda Mallory.

Sir Charles ouvrit un autre dossier et lui passa une photographie. Mallory se trouva face à une fille d'une bonne vingtaine d'années, dont les cheveux sombres et frisés étaient coupés aussi court que ceux d'un jeune garçon, avec des yeux bridés, en amande, et des pommettes hautes. On ne pouvait pas dire qu'elle était belle au sens conventionnel du terme, mais au milieu d'une foule, elle ne devait guère passer inaperçue.

— Anne Grant ? demanda-t-il spontanément.

Sir Charles hocha la tête.

— Elle est arrivée ce matin pour conclure l'achat d'un yacht de trente mètres, le *Foxhunter*. Il est ancré à Lulworth à présent. Apparemment, elle a embauché un marin pour en assurer le commandement pendant deux mois, le temps qu'avec sa belle-sœur, elles apprennent à le manœuvrer elles-mêmes. C'est un gros bateau pour deux filles.

Mallory hocha la tête.

— J'ai navigué à bord d'un de ces bâtiments autour de Tanger en 1959. Vous vous en souvenez ?

— Vous croyez pouvoir encore vous débrouiller ?

— Aucun problème, rétorqua Mallory en souriant.

Sir Charles hocha la tête d'un air satisfait.

— Première chose, se débarrasser de ce marin. Après, il n'y a plus qu'à s'assurer que le boulot vous revient.

— Ce ne devrait pas être trop compliqué.

Mallory hésitait à poursuivre.

— Ne pourrait-on pas mettre le général Grant au courant ? reprit-il. Lui dire ce que nous recherchons ? Je suis certain qu'il serait prêt à collaborer.

Sir Charles secoua la tête.

— Avant que vous n'ayez eu le temps de faire ouf, il aurait fichu toute notre combine en l'air. De toute façon, je ne suis jamais d'accord pour faire appel à des amateurs quand on peut l'éviter. Ils foutent tout par terre trop facilement. Utilisez-le au cas où vous ne pourriez pas faire autrement, mais vraiment dans une situation extrême. Je veux que vous obteniez des résultats, Neil, ajouta-t-il en se levant brusquement. Et rapidement. Foncez dans le tas, s'il le faut. Je vous couvre quoi qu'il arrive.

La bouche de Mallory se releva en une moue ironique.

— Il me semble que j'ai déjà entendu quelqu'un me dire la même chose.

Le visage de Sir Charles était grave et impassible, le regard tranquille et Mallory savait, sans l'ombre d'un doute, qu'en cas de nécessité, le vieil homme n'aurait pas le moindre scrupule à le jeter en pâture aux loups.

— Je suis navré, Neil, dit-il.

— Au moins, avec vous, je sais où j'en suis. C'est déjà ça, répliqua Mallory en haussant les épaules.

Sir Charles sortit de sa poche une montre ancienne en or et y jeta un coup d'œil.

— Vous n'avez plus le temps de traîner. J'ai tout prévu pour qu'ils vous attendent à 8 heures à G3. Ils vous donneront tout ce qu'il faut. De l'argent, des papiers pour prouver que vous êtes marin et un émetteur spécial. Informez-nous de votre arrivée. Ensuite, silence radio tant que vous n'avez pas de nouvelles à communiquer. Je me suis arrangé pour que trois torpilleurs soient envoyés à Jersey, officiellement pour faire des manœuvres en eaux peu profondes. Au moment même où la situation se débloquera de votre côté, ils fonceront tellement vite que de Beaumont n'aura pas le temps de comprendre ce qui lui arrive.

Mallory se dirigea vers la porte. Quand il l'ouvrit, le vieil homme lui dit :

— Bonne chance, Neil. Si on s'y prend bien, ça peut être une affaire plutôt simple.

— N'est-ce pas toujours le cas? rétorqua sèchement Neil en fermant doucement la porte derrière lui.

4

G3

Le professeur Yoshiyama mesurait un peu plus d'un mètre cinquante et portait une tenue de judo, maintes et maintes fois lavée, ceinturée de noir. C'était surtout le visage de l'homme qui attirait l'attention, avec sa peau couleur parchemin, presque transparente. On n'y décelait aucun signe de faiblesse. Il n'était que force et intelligence, mêlées à une sorte de bonté. Cela aurait pu être le visage d'un saint ou d'un érudit. En fait, c'était celui d'un grand maître qui pratiquait son art depuis plus de cinquante ans.

Il s'exprimait d'une voix sèche et assez pédante, en avalant légèrement les voyelles, mais la douzaine d'hommes assis en tailleur par terre l'écoutaient attentivement. Perché sur la mezzanine du gymnase, Mallory se pencha sur la rambarde pour regarder.

— Au sens littéral, les deux caractères japonais qui forment le mot *karaté* signifient mains nues, dit Yoshiyama. Cela renvoie au fait que le karaté est un système d'autodéfense qui repose uniquement sur des techniques de combat sans arme. Ce système s'est d'abord développé il y a des siècles sur l'île d'Okinawa, à une époque où les habitants n'avaient pas le droit de porter une arme, sous peine de mort.

Tout ce qu'il disait sonnait étrangement démodé, comme s'il répétait une leçon péniblement apprise. Il se tourna vers une grande affiche murale, qui représentait la silhouette d'un corps humain, avec tous les centres vitaux, auxquels correspondaient les endroits où frapper, clairement indiqués.

— Le système consiste à apprendre différentes techniques pour bloquer ou détourner une attaque et contre-attaquer à coups de poing ou de pied. (Il se tourna, le visage terne, dénué d'expression.) Mais le karaté, c'est bien autre chose qu'un bon entraînement ou de la force physique. (Il se tapa sur la tête.) Il y a tout un travail mental. On vous apprendra à concentrer toute votre force et votre énergie sur une seule cible, à un moment précis. Je vais vous montrer de quoi il s'agit.

Il fit un bref signe de tête et deux de ses assistants prirent trois longues planches. Chacune mesurait environ soixante centimètres de long et deux centimètres et demi d'épaisseur. Les deux hommes se plantèrent devant Yoshiyama, tenant les trois planches entre eux, légèrement au-dessus de la taille. D'un seul mouvement, extraordinairement fluide, le pied gauche du vieil homme frappa le sol tandis que son poing droit s'élevait à partir de la taille, phalanges tendues. On entendit une détonation, comme un coup de fusil, et les planches volèrent en éclats sur toute leur longueur.

Aussitôt, un murmure s'éleva de la salle et Yoshiyama se tourna vers eux, toujours imperturbable.

— Il est également possible de casser une brique en deux du tranchant de la main. Mais ceci exige de l'entraînement, ajouta-t-il avec un petit sourire. Major Adams, s'il vous plaît.

Un petit homme sec, entre deux âges, avec des cheveux grisonnants et un bandeau noir sur l'œil droit, se leva au fond de la salle et s'avança. Comme Yoshiyama, il avait une ceinture noire, mais son bras gauche était remplacé par une prothèse métallique.

— Vous remarquerez que le Major Adams est un homme d'assez petite taille, dit Yoshiyama. De plus, il n'est plus exactement de première jeunesse. Si on ajoute à cela qu'il n'a plus qu'un bras, a priori, on ne donnerait pas cher de sa peau s'il se faisait agresser. Cependant, vous allez voir que cet homme ne correspond pas aux critères ordinaires.

Il fit signe à un de ses assistants et se recula. L'assistant, un jeune Japonais solidement bâti, avec des cheveux très noirs, courut à l'autre bout du gymnase. Il choisit un couteau sur une table parmi toute une gamme d'armes, fit demi-tour et se précipita, en poussant un cri rauque à faire se cailler le sang.

Il bondit en avant, puis s'immobilisa brutalement, avant de se précipiter sur le Major, venant lui balafrer le visage. Adams, à une vitesse étonnante, détourna le bras armé d'un couteau. En même temps, il fit un saut de côté et décocha un bon coup de pied dans l'aine du Japonais. Du même élan, il frappa la rotule de son adversaire sans changer de pied. Le Japonais fit la culbute et se retrouva à plat dos, tandis qu'Adams lui envoyait un ultime coup en pleine trachée.

Les deux hommes restèrent étendus un moment, puis sautèrent sur leurs pieds, en souriant largement.

— Dans d'autres circonstances, et si les coups avaient été portés en pleine force, mon assistant serait un homme mort, conclut tranquillement Yoshiyama.

Adams ramassa une serviette et épongea la sueur qui ruisselait sur son visage. Il aperçut alors Mallory sur la mezzanine. Il lui fit un bref signe de tête, murmura quelque chose à Yoshiyama et sortit de la salle. Mallory vint le rejoindre dans le couloir.

— Qu'est-ce que tu essaies de faire, quitter ce monde dans une auréole de gloire ?

Adams sourit.

— Y a des moments où ce satané bureau me donne tellement la nausée que j'ai l'impression que ma tête va exploser. Yoshiyama me fournit une excellente soupape de sûreté. (Il se passa la main sur la hanche droite et grimaça.) Je me suis fait un mal de chien en tombant. Je dois me faire vieux.

Tandis qu'ils montaient l'escalier au bout du couloir, Mallory pensait à Adams. Un des meilleurs agents que le service ait jamais eus ; un cran du tonnerre et un esprit tranchant comme une lame de rasoir, jusqu'au soir où il avait été un peu trop loin au goût d'un de ses adversaires qui n'avait pas hésité à fixer une bombe sur la poignée de sa chambre d'hôtel au Caire.

Et c'est ainsi qu'il était devenu gratte-papier, s'occupant de G3, la section des services secrets qui est au cœur de toute l'organisation. Bien des gens l'enviaient, mais Adams n'était pas satisfait de son sort.

Il ouvrit une porte et entra dans un petit bureau bien rangé. Une vieille fille entre deux âges, l'air desséché, avec des cheveux gris bien tirés et des lunettes sans monture, était assise derrière sa machine à écrire. Elle leva les yeux avec une moue désapprobatrice et Adams sourit.

— Ne dites rien, Milly. Prévenez-les simplement que je suis prêt.

Il passa dans son propre bureau. Comme dans celui de Sir Charles, on y avait une belle vue sur le fleuve et la table était à côté de la fenêtre. Il ouvrit un placard, en sortit un peignoir épais qu'il enfila.

— Navré de t'avoir fait attendre. Je pensais que Sir Charles te garderait au moins une heure.

— Ça a duré plutôt un quart d'heure. Avec les histoires poisseuses, il va toujours droit au but.

— Je ne dirais pas qu'il s'agit d'une histoire poisseuse. Plus intéressante qu'autre chose. Si ça se trouve, on est simplement en train de faire une tempête dans un verre d'eau. Allons dans la salle de projection, répliqua Adams.

Il ouvrit une autre porte et ils descendirent quelques marches pour parvenir dans une petite pièce, équipée de plusieurs rangées de fauteuils confortables et d'un grand écran. L'endroit était désert. Ils s'assirent et Mallory offrit une cigarette à Adams.

— Il nous manque beaucoup d'éléments ?

Adams souffla la fumée en soupirant de plaisir et secoua la tête.

— Je ne pense pas. En tout cas, rien d'important. Qu'est-ce qu'il t'a raconté, le vieux ?

— Il m'a donné le schéma directeur du boulot, les noms des principaux acteurs. Rien de plus.

— Allons-y, alors.

Adams se tourna vers la cabine de projection, faiblement éclairée.

— On est prêts !

Quelques minutes plus tard, la projection commença. On voyait un sous-marin entrer lentement au port, l'équipage aligné sur le pont.

— Pour commencer, voilà l'objet du délit, dit Adams. *L'Alouette*. Film pris à Oran il y a deux ans.

— C'est un petit bâtiment. Il ne doit pas y avoir plus d'une douzaine de gars sur le pont.

— À l'origine, c'était un U-boat allemand. Du type XXIII. Un peu plus de trois mètres de long. Il peut parcourir douze kilomètres en étant submergé. Seize gars d'équipage.

— Et l'armement ?

— Deux torpilles de vingt et un dans la proue et rien en réserve.

— Pas question de faire des erreurs !

Adams hocha la tête.

— En vérité, ils n'en ont jamais rien fait. Celui-là a été construit par la Deutsches Werft en 1945 et a coulé corps et biens dans la Baltique. Il a été remonté en 46, réparé et offert aux Français.

Le film s'acheva, remplacé par une diapositive. C'était un jeune officier de la marine française, avec un regard sérieux sous la casquette d'uniforme, le visage encore adolescent posant à la gravité.

— Henri Fénelon, lieutenant. C'est lui le commandant. Vingt-six ans, célibataire. Né à Nantes. Son père vit toujours là-bas. Dirige une petite affaire d'exportation de vins.

Mallory étudia le visage pendant quelques instants.

— Je lui trouve l'air mou. Il a déjà eu l'occasion de passer aux actes ?

Adams secoua la tête.

— Pourquoi demandes-tu ça ?

Mallory haussa les épaules.

— À le regarder, on peut croire qu'il est du genre à craquer facilement. D'où il sort politiquement ?

— C'est bien le surprenant de l'histoire. Nous n'avons pas réussi à trouver le moindre lien avec l'O. A. S.

— Il s'est probablement lancé là-dedans par goût de l'aventure, répondit Mallory. Il suffit qu'il y ait une demi-douzaine d'hommes d'équipage d'accord avec lui. Les autres, ils pouvaient les forcer à obéir.

— Ça me paraît possible. Continuons, dit Adams.

Un certain nombre de diapositives suivirent. Une carte détaillée de l'Ile de Roc, avec le port, l'hôtel et la demeure du général Grant clairement signalés. Saint-Pierre n'était guère plus qu'un rocher surplombant la mer de trente mètres et couronné par ce château gothico-victorien.

Mallory secoua la tête.

— Dieu seul sait comment ils ont réussi à construire ce sacré machin là-haut.

— Ça date de 1861, dit Adams. C'est l'œuvre d'un industriel autodidacte qui s'appelait Bryant. Légèrement mégalomane. Il se prenait pour le roi de ce château et tout le toutim. Ça a dû lui coûter plus de cent mille livres pour construire ça et dans ce temps-là, ça représentait un joli paquet d'argent.

— Je ne vois pas d'appontement. Il est de l'autre côté ?

— Il y a une grotte au pied des falaises. Si tu regardes bien, tu peux en distinguer l'entrée. La jetée est à l'intérieur.

Le château disparut, remplacé par une autre diapositive. Celle d'un homme à l'allure distinguée, avec des cheveux argentés, et un regard tranquille dans un visage aquilin et sensible.

— De Beaumont ? s'enquit Mallory.

Adams hocha la tête.

— Philippe, comte de Beaumont. Une des plus anciennes familles aristocratiques de France. Il est même un très lointain cousin de tu-sais-qui, ce qui rend toute l'affaire encore plus délicate.

— Je connais assez bien son passé militaire, dit Mallory. Après tout, pour les paras, dans le monde entier, il est plus ou moins un héros. Pendant la guerre, il est venu ici, en Angleterre, pour rejoindre de Gaulle, n'est-ce pas ?

— Oui. On lui a donné toutes les décorations possibles et imaginables. Après, il est parti en Indochine comme colonel de parachutistes. Les Viets l'ont fait prisonnier lors de la défaite de Dien-Bien-Phu en 1954. Après sa libération, il est rentré en France et on l'a envoyé en Algérie. Il a toujours été à couteaux tirés avec les huiles. Une fois, au cours d'une réception officielle, il a même eu une discussion assez vive avec le vieux en personne à propos de ce qui constitue la guerre au sens moderne du terme.

— Ça aurait dû suffire pour qu'il se retrouve mis au placard définitivement.

— Je suppose qu'ils avaient besoin de lui, répliqua Adams en haussant les épaules. Après tout, à cette époque, c'était lui le colonel de parachutistes le plus extraordinaire de toute l'Algérie. Il se chargeait de toutes les tâches répugnantes pour lesquelles le gratin refusait de se salir les mains.

— Il a donc contribué au retour de de Gaulle au pouvoir ?

— Absolument. C'était un des pionniers du mouvement *Algérie Française*. Alors, évidemment, le Général l'a carrément frappé dans le dos quand il a décidé, en définitive, d'accorder l'indépendance à l'Algérie.

— Et de Beaumont a pris le large ?

— Après le petit coup d'État avorté de Challe, l'année dernière. Qu'il ait été ou non mêlé à cette bande, on ne le sait pas. En tout cas, ce qui est sûr, c'est qu'il a quitté la France et qu'il a acheté ce château de Saint-Pierre à Hamish Grant. À l'époque, la presse française a beaucoup glosé là-dessus.

— Et depuis, on ne l'a pas retrouvé mêlé à la moindre embrouille ?

— Pas la moindre, répondit Adams en souriant. Même les Français n'ont pas réussi à le mouiller dans quoi que ce soit. Il possède un bateau, au fait. Un yacht à moteur à double hélice de douze mètres de long, qui s'appelle *Fleur de Lys*. Le dernier cri pour naviguer en haute mer, avec sonde de profondeur, pilotage automatique et un moteur diesel de 100 chevaux. Il vit un peu en reclus, mais on le voit régulièrement à Saint-Hélier. Qu'est-ce que tu en penses ?

— Moi, je trouve qu'il a ce genre d'arrogance innée, issue directement du fait que voilà plus de mille ans qu'il est du bon côté du manche, et qu'il croit avoir toujours raison, déclara Mallory. Les hommes de sa race ne peuvent jamais rester tranquilles. Ils sont toujours en train de fomenter un complot pour une cause ou une autre. Pour eux, il est absolument évident que tout ce qui vient contrarier leur propre point de vue est forcément faux.

— Intéressant, dit Adams. Moi, je trouve surtout qu'il ressemble à un puritain du dix-septième siècle. Un de ces types parfaitement intolérants, avec les lèvres minces. Un sacré bon colonel pour cette Armée Nouveau Modèle.

— Pour Jésus, et pas de quartier ? dit Mallory en secouant la tête. Ce n'est pas un bigot. Simplement, un aristocrate arrogant, avec une vision du monde limitée et la conviction absolue que ses propres actions sont justes. Quand il met au point un plan d'attaque, il le suit jusqu'au bout, même si ça finit mal. C'est ce trait de caractère qui en fait un officier tellement remarquable. Les hommes comme lui ne perçoivent la bêtise que s'ils sortent d'eux-mêmes et réalisent le prix à payer pour toute cette saloperie.

— Quelle analyse intéressante, d'autant que tu n'as vu que sa photo.

— Je le connais en tant que soldat, répondit Mallory. À Dien-Bien-Phu, on lui avait proposé de se faire évacuer par avion. Il était trop précieux pour qu'on le perde. Il a refusé. Dans son dernier message, il disait qu'ils s'étaient tous trompés, depuis le quartier général jusqu'à lui-même. Que toute la stratégie de Dien-Bien-Phu avait été une terrible erreur. Il disait que si ses hommes devaient rester là pour payer le prix de cette erreur, le moins qu'il pouvait faire, était de rester avec eux.

— Ce qui probablement explique la popularité dont il jouit auprès de ses troupes, dit Adams.

— Personne n'aime jamais les hommes de sa trempe, même pas lui, d'ailleurs.

La photo de de Beaumont fut remplacée par une autre. Ils se trouvèrent face à un visage épais et brutal, avec un regard froid et des cheveux frisés coupés court.

— Paul Jacaud, présenta Adams. Quarante ans. Parents inconnus. Il a été élevé par une mère maquerelle dans un bordel au bord de l'eau, à Marseille. Il a passé trois ans dans la Résistance et il a rejoint les paras après la guerre. Il était sergent-major dans le régiment de de Beaumont. Médaille militaire plus procès en cour martiale pour meurtre. Acquitté par manque de preuve.

— Et toujours aux côtés de son vieux chef ?

— Absolument. Tu peux faire ce que tu veux de tous ces éléments. Maintenant, intéressons-nous aux anges de cette affaire.

Hamish Grant envahit l'écran, un cliché célèbre pris dans les Ardennes durant l'hiver 44. Debout à côté de Montgomery, tous deux souriaient en étudiant une carte. Il n'avait jamais mieux mérité son surnom, Iron Grant, car, avec ses larges épaules roulant sous sa canadienne, il avait vraiment l'air d'un homme de fer.

— Quel homme ! dit Mallory.

— Et il n'a pas beaucoup changé. Bien sûr, sa vue n'est plus aussi perçante, mais il est toujours costaud. Il a écrit deux livres sur la dernière guerre qui sont plutôt bons.

— Et sa famille ?

— Il est veuf. Son fils a été tué en Corée. Pour l'instant, il vit avec sa fille Fiona, sa belle-fille Anne et un ancien *naik* gurkha qui s'appelle Jagbir, et qui était à ses côtés pendant la guerre. Voilà sa fille.

Fiona Grant avait de longs cheveux blonds et un visage en forme de cœur, extrêmement attirant.

— Une forte tête, celle-là, déclara Adams. Elle a été élevée dans le sud de la France, ce qui n'arrange rien. Elle a achevé ses études dans un lycée à Paris, ce qui a eu l'air de lui convenir. En ce moment, elle est chez elle.

— Elle me plaît bien, dit Mallory. Elle a une belle bouche.

— Voyons voir ce que tu vas dire de celle-là. Anne Grant, la belle-fille du vieux lion.

C'était la même photographie que celle que lui avait montrée Sir Charles et Mallory la contempla, sentant sa gorge se nouer pour une raison incompréhensible. Il avait le sentiment qu'ils s'étaient déjà rencontrés, pourtant il savait que c'était absolument impossible. Les yeux en amande paraissaient vivants et soutenaient son regard ; il secoua légèrement la tête.

— En ce moment, elle est ici pour conclure l'achat d'un nouveau bateau.

— Sir Charles m'a parlé de ça. Et ce type, Sondergard, qu'elle a embauché, qu'est-ce qu'on en fait ?

— On va le faire embarquer pour une autre destination. Ce n'est pas très difficile. J'ai déjà mis au point un petit scénario pour te faire rencontrer Anne Grant.

Vint ensuite la photo d'une Française, Juliette Vincent, qui travaillait à l'hôtel de l'Ile de Roc. On ne savait rien d'elle et elle paraissait bien inoffensive, tout comme Owen Morgan, son patron. Quand le visage du Gallois disparut de l'écran, Mallory se redressa sur son siège, pensant que la projection était terminée. Mais à sa grande surprise, un autre visage apparut.

Étonné, il se tourna vers Adams.

— Mais c'est Raoul Guyon, l'homme avec lequel je vais travailler. J'ai déjà vu sa photo. Pourquoi tu me le montres ?

Adams haussa les épaules.

— Je ne suis sûr de rien, mais je n'apprécie pas tellement la manière dont les Français appréhendent cette affaire. J'ai l'intuition que cette vieille araignée de Legrand et le Deuxième Bureau ne nous disent pas tout ce qu'ils savent. Dans ces conditions, ça pourrait être utile de savoir tout ce qu'il y a à savoir sur Raoul Guyon. C'est quelqu'un d'assez peu banal.

Mallory regarda encore une fois la photo que Sir Charles lui avait déjà montrée. La silhouette fine et nerveuse dans sa tenue de camouflage, le visage tanné par le soleil, le regard calme et dénué d'expression.

— Dis-moi tout sur lui.

— Raoul Guyon, vingt-neuf ans. A quitté directement Saint-Cyr pour l'Indochine en 1952. On sait qu'il est le seul survivant de la promotion des cadets de cette année-là, ce qui est déjà suffisant pour en faire un homme à part.

— Il n'était pas à Dien-Bien-Phu ?

Adams secoua la tête.

— Non, mais il s'est retrouvé dans beaucoup d'autres endroits extrêmement durs. Il a été plongé jusqu'au cou dans la guerre d'Algérie. On a parlé à ce moment-là d'une fille, une Arabe, je crois. Elle a été assassinée par le F. L. N. et il en a été complètement bouleversé. Un ou deux jours plus tard, lui-même a été grièvement blessé.

Suivit une photo de Guyon à moitié couché sur une civière, la poitrine totalement bandée, le pansement trempé de sang. Il avait le visage creux, au-delà de la souffrance, les yeux noyés dans un abîme de solitude.

— Voilà un gars qui a passé l'épreuve du feu, commenta Mallory.

— Et plus d'une fois. Commandeur de la Légion d'honneur, croix de la Valeur militaire et cité une demi-douzaine de fois. Pour couronner le tout, il peint comme un dieu.

— Un homme avec lequel il faut compter.

— Et surtout, ne l'oublie pas.

Pendant une vingtaine de minutes, ils restèrent assis là, à discuter de problèmes de temps et de lieux, de quelques données techniques importantes et d'autres sujets variés, qui participaient tous au succès de l'opération. Quand ils revinrent enfin dans le bureau, Adams s'assit derrière sa table et désigna d'un geste la corbeille remplie par le courrier qui venait d'arriver.

— Regarde-moi ça, dit-il d'un air profondément dégoûté. Dieu du ciel, qu'est-ce que je ne donnerais pas pour échanger ma place avec toi, Neil.

Mallory sourit.

— Je me le demande. Y a-t-il encore autre chose ?

Adams secoua la tête.

— Passe au service technique. Ils vont te fournir un émetteur dernier modèle. Ils te donneront l'indicatif d'appel, un code adapté et tout ce qu'il faut. Reviens me voir dans une demi-heure. Je t'aurai préparé des papiers d'identité et tout ce dont tu as besoin, plus le schéma grossier de ce que j'ai imaginé pour te faire rencontrer Mrs Grant.

— D'autant que maintenant, j'attends ça avec impatience, répondit Mallory.

Et le plus étrange, c'est que c'était vrai. Tandis qu'il marchait le long du couloir avant de descendre les quelques marches qui l'amenaient au service technique, il était hanté par son souvenir. Ses yeux étranges, à l'affût, à la recherche de quelque chose.

Il poussa un énorme soupir. À bien y réfléchir, cette affaire pourrait bien s'avérer sacrément compliquée.

5

TRAVERSÉE DE NUIT

— *Foxhunter* ! Ohé du navire ! Ohé ! *Foxhunter* !

Le bateau était à l'ancre à cinquante mètres de la plage, le jaune et crème de sa coque se détachant gaiement contre la blancheur des falaises de la crique. Un vent léger venait de la mer, les vagues recouvraient la plage de galets et la nuit tombait vite.

Anne Grant frissonna légèrement quand une petite bruine vint frapper son visage. Elle était fatiguée, elle avait faim et sa cheville recommençait à la faire souffrir. Elle ouvrit la bouche pour héler de nouveau le bateau, mais Neil Mallory apparut sur le pont. Il se laissa glisser dans le canot par la poupe et se mit à ramer vers elle.

Il portait des bottes en caoutchouc qui montaient jusqu'aux genoux et quand la proue en fibre de verre du canot vint racler les galets humides, il sauta dans l'eau peu profonde et tourna le bateau pour mettre la poupe vers la côte.

Il tendit la main pour prendre la valise de la jeune femme et sourit.

— Comment vous sentez-vous ?

— Rien que d'être ici, ça va mieux, dit-elle. La journée a été longue. J'ai été obligée de courir partout.

Elle était vêtue d'un tailleur en tweed, avec une jupe droite, et d'une canadienne. Il l'aida à s'installer à l'arrière, donna une bonne poussée au canot et commença à ramer vers le navire.

Anne retrouva la proue oblique et brillante ainsi que le pont aux lignes allongées du *Foxhunter* avec un vif plaisir. Tout en respirant à grandes goulées le bon air marin, elle sourit à Mallory.

— Qu'est-ce que vous en pensez ?

— Du *Foxhunter* ? (Il hocha la tête.) Il a vraiment de la classe, mais n'empêche, c'est un bateau bien difficile pour que deux femmes s'en débrouillent seules. Quel âge a votre belle-sœur ?

— Fiona a dix-huit ans, mais ça ne veut rien dire. Je pense que vous nous sous-estimez.

— Et les moteurs ? Il faudra bien que quelqu'un les entretienne.

— Aucun souci à se faire de ce côté-là. Owen Morgan, le patron de l'hôtel sur l'île, est mécanicien naval à la retraite. Il nous aidera autant qu'il le faudra et puis, il y a toujours Jagbir.

— Qui est-ce ? demanda vivement Mallory, en se souvenant qu'il n'était pas censé être au courant.

— L'ordonnance du Général. Il était *naik* dans un régiment gurkha. Ils sont ensemble depuis le tout début de la guerre. Il n'a pas bénéficié de ce que vous appelleriez une éducation au sens strict du terme, mais vous n'avez jamais rencontré un meilleur cuisinier de votre vie, et il a un talent extraordinaire pour tout ce qui touche à la mécanique.

— À vous entendre, on dirait que c'est l'homme idéal dans une maison, répondit Mallory.

Ils vinrent se cogner contre la paroi du *Foxhunter* et il l'aida à monter la petite échelle, avant de la suivre avec la valise.

— À quelle heure souhaiteriez-vous partir ?

Elle lui prit la valise des mains.

— Dès que vous voudrez. Vous avez déjà mangé ?

— Pas depuis midi.

— Je vais me changer et préparer à dîner. Nous pourrons partir ensuite.

Après qu'elle eut disparu, Mallory remonta le canot par l'arrière et le hissa par-dessus le bastingage. À présent, l'obscurité tombait vite et il alluma les feux de navigation vert et rouge avant de descendre dans la cabine.

Il la trouva en train de s'activer devant le réchaud, dans la coquerie, vêtue d'un vieux jean et d'un polo qui lui donnait l'air encore plus féminin qu'auparavant. Elle le regarda par-dessus son épaule en souriant.

— Des œufs au bacon, ça vous va ?

— Parfait.

Dès que ce fut prêt, ils s'assirent de chaque côté de la table et mangèrent dans un silence convivial. Au moment où elle servait le café, une brutale averse tambourina sur le roof.

Elle leva les yeux vers lui, en haussant les sourcils.

— Ça ne me paraît pas très bon. Quelles sont les prévisions météo ?

— Vent force trois à quatre — pluies en rafale. Rien de bien préoccupant. Vous êtes inquiète ?

— Pas le moins du monde, dit-elle en souriant avec légèreté. Mais j'aime bien savoir dans quoi je m'engage, c'est tout.

— Est-ce que nous ne sommes pas tous pareils, Mrs Grant ? Je pense qu'on ferait bien de se mettre en route, ajouta-t-il en se levant.

Quand il monta sur le pont, il s'aperçut que le vent avait forci, dispersant le crachin en toiles d'araignée argentées devant les feux de navigation. Il entra dans la timonerie, enfila son caban et consulta la carte pendant quelques minutes.

La porte s'ouvrit à la volée, une bourrasque de vent se prit dans la carte comme dans une voile et Anne Grant surgit à ses côtés. Elle avait mis sa canadienne et noué une écharpe autour de sa tête, à la mode des paysannes.

— Tout est en place ?

Elle acquiesça d'un signe de tête, les yeux brillants d'excitation dans la lumière de la table des cartes. Il appuya sur le démarreur. Les moteurs toussèrent, comme s'ils étaient asthmatiques, puis rugirent en se mettant en route. Le *Foxhunter* décrivit une longue courbe et quitta la crique pour entrer dans la Manche.

Le feu en haut du mât se balançait en rythme d'un bord à l'autre, tandis que la houle se gonflait sous l'étrave, et que les embruns venaient frapper la vitre. À tribord, les feux de navigation rouge et vert d'un steamer étaient clairement visibles à un mille au large. Mallory ralentit la vitesse à dix nœuds et les ténèbres s'ouvrirent devant eux, le bruit des moteurs faisant vibrer sourdement l'air nocturne.

Il lui fit un sourire.

— Pour l'instant, il ne se passe rien de mauvais. Avec un peu de chance, on devrait avoir une traversée tranquille.

— Quand voulez-vous que je prenne la relève ?

Il haussa les épaules.

— Il n'y a pas d'urgence. Allez dormir. Je vous appellerai quand je me sentirai fatigué.

La porte claqua derrière elle et un petit vent coulis siffla dans la timonerie avant d'aller mourir dans un coin. Il baissa le siège à abattant, alluma une cigarette et s'installa confortablement, les yeux fixés sur l'écume qui courait le long de la proue.

C'était le genre de situation qu'il aimait particulièrement au cours d'un voyage. Se retrouver seul face à la mer, en pleine nuit. Le monde extérieur disparaissait peu à peu, au fur et à mesure que le *Foxhunter* s'enfonçait dans l'obscurité. Il commença à passer en revue de façon systématique tous les éléments de sa mission, du début à la fin, soupesant chaque point avant de passer au suivant.

C'est en repensant à de Beaumont et à sa présence en Indochine qu'il se souvint que Raoul Guyon y avait été aussi. Mallory fronça les sourcils et alluma une autre cigarette. Il y avait peut-être là un lien, même si Adams n'avait absolument pas mentionné une telle éventualité. Par ailleurs, Guyon n'avait pas été fait prisonnier par les Viets, ce qui faisait une différence. Et même une sacrée différence.

Il vérifia le cap, le modifiant légèrement à tribord et se réinstalla sur son siège, remontant le col de son caban autour de son visage. Petit à petit, son esprit s'égara sur de vieux chemins oubliés et il se mit à penser à des gens qu'il avait connus, à des incidents qu'il avait vécus, bons et mauvais, avec une sorte de tristesse contenue. Toute sa vie ressemblait à un océan de vagues sombres qui l'entraînaient vers le bout du monde, le poussant vers nulle part.

Il regarda sa montre et s'aperçut, avec étonnement, qu'il était plus de minuit. La porte s'ouvrit doucement, au moment même où une bourrasque s'abattait contre la vitre, et Anne Grant entra, un plateau à la main.

— Vous aviez promis de me réveiller, dit-elle d'un ton de reproche. Je n'en croyais pas mes yeux quand je me suis réveillée et que j'ai vu l'heure. Ça fait plus de quatre heures que vous êtes là.

— Je me sens bien, dit-il. Je pourrais tenir toute la nuit.

Elle posa le plateau sur la table des cartes et remplit deux tasses.

— J'ai fait du thé. Vous n'avez pas eu l'air d'apprécier le café après le dîner.

— Y a-t-il des choses qui vous échappent ? demanda-t-il.

Elle lui tendit une tasse en souriant dans la lumière tamisée.

— La boisson du soldat.

— Qu'est-ce qui vous intéresse ? Les détails les plus sanglants ?

Elle abaissa l'autre siège et lui tendit un sandwich.

— Seulement ce que vous souhaitez me raconter.

Il réfléchit en sachant que, comme toujours, une demi-vérité valait mieux qu'un gros mensonge.

— On m'a viré en 1954.

— Continuez, dit-elle.

— Ma solde n'était pas suffisante pour mes besoins, reprit-il en haussant les épaules. Vous savez ce que c'est. J'avais des responsabilités comptables, alors j'ai emprunté de l'argent liquide pour me remettre à flot. Malheureusement, ce mois-là, les vérificateurs sont passés plus tôt que d'habitude. C'est ce qui se passe en général dans les cas comme le mien.

— Je ne vous crois pas, rétorqua-t-elle posément.

— À votre guise. (Il se leva en s'étirant.) Le bateau est sur pilote automatique, donc vous n'aurez pas de problème pendant un bon moment. Je viendrai à 4 heures moins le quart pour changer de cap.

Assise là, elle le regardait sans rien dire, les yeux démesurément grands dans la demi-obscurité. Il se détourna, ouvrit la porte et la laissa plantée là.

Il descendit dans la cabine et se jeta sur sa couchette, contemplant la cloison dans les ténèbres. Il y avait eu des femmes avant, il y en avait toujours eu, mais seulement pour satisfaire un besoin, jamais pour se sentir proche de quelqu'un. Cela se passait ainsi depuis belle lurette et il s'en était toujours satisfait. À présent, cette fille étrange et calme, avec ses cheveux si courts, venait d'entrer dans sa vie et refusait tranquillement d'être mise de côté. Sa dernière pensée consciente fut pour son visage brillant dans l'obscurité, tandis qu'elle lui souriait.

Il n'eut aucune conscience d'avoir dormi, seulement de se réveiller et de regarder sa montre, en réalisant avec effroi qu'il était 3 heures et demie. Il enfila sa veste et monta sur le pont.

La mer était assez agitée et la pluie froide le frappa de plein fouet quand il traversa le pont et ouvrit la porte vitrée de la timonerie. Anne Grant était à la barre, le visage désincarné par la lumière de la boussole.

— Comment ça va ?

— Je m'amuse bien. Ça fait une bonne demi-heure que la mer est grosse.

Il jeta un coup d'œil par la vitre.

— Ça ne m'étonnerait pas si ça empirait avant de s'arranger. Je vais prendre la relève.

Elle lui céda la place, son corps souple s'appuyant contre le sien quand ils se croisèrent.

— Je ne crois pas que je pourrais dormir maintenant, même si je le souhaitais.

Il sourit.

— Faites-nous encore du thé, alors, et puis revenez. La situation va sûrement devenir intéressante.

Il augmenta légèrement la vitesse du bateau, faisant la course avec le mauvais temps qui menaçait de l'est, et au bout d'un moment, elle revint avec le thé. La barre se démenait sous ses doigts comme quelque chose de vivant et il fixait des yeux l'étendue grisâtre du petit matin.

La mer forcit encore, les vagues roulaient le *Foxhunter* et de nouveau, Mallory accéléra jusqu'à ce que la proue parût voguer au-dessus des flots chaque fois qu'une vague roulait dessous.

Une demi-heure plus tard, ils atteignirent Alderney et il sentit le grand courant de marée qui traverse les Iles Anglo-Normandes, faisant monter le niveau de l'eau dans le Golfe de Saint-Malo de près de 9 mètres.

Il mit le cap sur Guernesey et demanda à Anne d'écouter les prévisions météo sur la radio de la cabine. Elle prit son temps et quand elle revint, elle apportait encore du thé et des sandwiches sur un plateau.

— C'est très encourageant, dit-elle. Le vent va se calmer, les bourrasques de pluie vont s'arrêter.

— Rien d'autre ?

— Quelques bancs de brouillard près des îles, mais rien de très inquiétant.

Petit à petit, le vent tomba, la mer s'apaisa et un clair matin de septembre se leva, avec une légère brume montant des flots. Mallory ouvrit une fenêtre et aspira l'air frais. Quand il se tourna vers elle, elle lui souriait.

— Vous savez manœuvrer un bateau, Mr Mallory. Je porte ça à votre crédit.

— N'oubliez pas de le mentionner quand vous me ferez mon certificat.

En souriant, elle reprit le plateau et sortit de la timonerie. Il se pencha sur la carte et vérifia le trajet. Une heure et demie plus tard, le *Foxhunter* doublait le phare des Hanois à la pointe ouest de Guernesey. Les mouettes et les cormorans emplissaient le ciel de leurs cris, survolant le bateau du haut des grandes falaises.

La visibilité commençait déjà à diminuer, le brouillard dérivant par bancs en pleine mer, tandis que Guernesey disparaissait derrière l'horizon. Il mit le bateau sur pilote automatique et se pencha sur la carte au moment où Anne Grant entra.

— Comment ça se passe ?

— Avec un peu de chance, on devrait atteindre l'Ile de Roc dans une heure, une heure et demie. Ça va dépendre du brouillard. Si on rencontre des bancs vraiment épais, on va peut-être avoir quelques problèmes.

— Dans le tiroir du haut, il y a une carte très détaillée de l'île et de ses alentours, dit-elle. Je l'ai achetée exprès.

Il la sortit et ils se penchèrent ensemble dessus. L'Ile de Roc mesurait à peu près trois kilomètres de long sur quatre kilomètres de large, le seul mouillage se trouvant dans une baie à la pointe sud. Toute la zone était cernée par un réseau de récifs immergés, avec seulement deux chenals d'eau profonde permettant de franchir cette barrière en toute sécurité.

— Je vais prendre la barre, si vous voulez, dit Anne. Je connais les parages comme ma poche et vous, il faut que vous appreniez.

— Ce sacré endroit ressemble à un piège mortel, dit Mallory en secouant la tête. Je n'aimerais pas dériver le long de cette côte une nuit de gros temps.

— C'est ce qui est arrivé à beaucoup de bons bateaux. Vous voyez Saint-Pierre, à un mille au nord ? Jadis, quand une tempête soufflait de l'océan Atlantique, les bateaux étaient souvent jetés entre les deux îles et venaient faire naufrage contre le grand récif immergé qui les relie. À marée basse, le niveau de l'eau descend énormément et on peut voir quelques-uns de ces vieux bâtiments.

— Ça doit être dangereux de se baigner là-dedans.

Elle hocha la tête.

— En particulier à certaines heures. Pour dire la vérité, le barman de l'hôtel de Owen Morgan s'est noyé l'autre jour. On a retrouvé son corps flottant à la dérive avant que je ne parte.

— Ce n'est pas drôle.

Mallory continua vivement.

— Je vois qu'il y a un château sur Saint-Pierre.

— Un mausolée gothique. Il est loué pour vingt ans à un comte français, Philippe de Beaumont.

— Il y a l'air d'y avoir plus de gens dans ces parages que ce que j'imaginais.

Elle secoua la tête.

— Nous ne le voyons guère. Il ne sort pas beaucoup de chez lui et nous, nous recevons peu de visiteurs sur notre île. L'hôtel n'a que six chambres. Pendant tout l'été, elles sont occupées, c'est vrai, mais Owen décide en général que la saison est terminée début septembre. Il aime bien pouvoir profiter des derniers moments de beau temps.

— Il doit avoir un personnel réduit, non ?

— Pendant la saison uniquement, il embauche des filles de Guernesey. Il a une cuisinière française qui vit là en permanence depuis près d'un an maintenant. Elle aurait dû repartir à la fin de la saison, mais elle est restée.

— On dirait bien qu'ils se sont mis en ménage.

Elle haussa les épaules.

— C'est leur affaire et c'est une fille sympathique. J'espère qu'il va l'épouser.

Le brouillard se leva un peu et de part et d'autre, on voyait la mer se briser en rouleaux d'écume blanche contre les grands récifs. Mallory sourit d'un air sardonique.

— Je crois que c'est ici que vous allez commencer votre boulot.

Elle prit la barre et modifia légèrement le cap. Quelques instants plus tard, à travers une éclaircie soudaine, les hautes falaises de l'île se profilèrent à l'horizon, puis de nouveau, le rideau gris redescendit, cachant le paysage.

Mallory ralentit la vitesse et Anne Grant fit avancer le bateau à travers le brouillard. Elle paraissait complètement à l'aise et il haussa les épaules d'un air fataliste avant de rabattre l'autre siège et de sortir une cigarette.

À ce moment-là, il y eut un choc et le bateau tout entier tangua violemment. Mallory et la jeune femme furent projetés de l'autre côté de la timonerie. Le *Foxhunter* fit une embardée brutale ; Mallory repoussa la jeune femme et se précipita pour rattraper la barre.

Pendant qu'il remettait le bateau sur le droit chemin, Anne Grant vint se mettre à côté de lui et ils fixèrent le brouillard. Peut-être à une centaine de mètres à bâbord, il aperçut soudain quelque chose de solide qui se déplaçait dans l'eau et une vague de bonne taille vint de nouveau faire tanguer dangereusement le *Foxhunter*.

— Mais bon sang, qu'est-ce que c'est que ça ? cria-t-il.

— Probablement un requin pèlerin. On en trouve souvent dans les parages, mais celui-là devait être gros pour laisser un pareil sillage.

Mallory scrutait le brouillard, les sourcils froncés, en repensant à la force de cette vague. Un requin, même de bonne taille, aurait-il la force de créer un tel remous ? Il était encore en train d'y réfléchir quand ils émergèrent du dernier banc de brouillard et l'Ile de Roc se dressa devant eux, à cinq cents mètres de là.

Saint-Pierre était à l'ouest et c'était vraiment un îlot, qu'on distinguait mal, parce qu'à cette distance, la visibilité n'était toujours pas bonne. Entre les deux îles, la mer rugissait, tout écumante, par-dessus le grand pont rocheux submergé.

— Nous voilà sortis de la zone dangereuse, dit Anne Grant.

Il poussa à fond les moteurs du *Foxhunter* et ils fendirent les flots vers la grande crique arrondie qui s'ouvrait droit devant eux.

L'eau était d'un bleu profond et translucide, ce qui lui évoquait bizarrement la Méditerranée. Une jetée de pierre s'avançait dans la mer sur quinze mètres et, au-dessus, on voyait l'hôtel, un bâtiment à deux étages, peint en blanc, construit dans un creux pour être à l'abri des tempêtes de l'hiver.

Un bateau de plaisance de cinq mètres était amarré à l'autre bout de la crique. Un jeune homme brun, avec des lunettes de soleil, était assis à l'arrière. Au moment où il se tournait pour les regarder, un nageur fit surface et Mallory aperçut l'éclair d'une chevelure blonde.

Quand ils furent à trente mètres de la jetée, il coupa le moteur et le *Foxhunter* se laissa glisser sur son erre. Anne Grant était déjà en train de faire passer les pare-battages par-dessus le bastingage et Mallory se précipita pour lui prêter main forte. Au moment où ils abordèrent, il sauta sur la jetée, un câble à la main, qu'il enroula deux fois autour d'une bitte métallique. Le *Foxhunter* eut un dernier sursaut, cogna contre la jetée et s'immobilisa.

Tandis qu'il se dépêchait d'aller fixer la seconde amarre, on entendit un moteur rugir et le bateau de plaisance s'avança vers la jetée, le bruit renvoyé en écho par les falaises. Le nageur était pratiquement arrivé à côté du *Foxhunter*. Anne Grant passa à bâbord et Mallory la rejoignit.

— Fiona, dit-elle simplement.

Mallory se pencha et aida la jeune fille à passer par-dessus le bastingage. Elle s'accroupit un moment sur le pont, en riant aux éclats et en s'ébrouant comme un jeune chien.

— Mais il est superbe, Anne. Purement et simplement superbe.

Elle ne paraissait même pas avoir dix-huit ans, avec ses longs cheveux blonds qui tombaient en mèches humides sur ses épaules. Elle était vêtue d'un maillot de bain et du haut d'une combinaison de plongée en caoutchouc jaune vif qui soulignait sa silhouette élancée comme une seconde peau.

Elle observa Mallory avec intérêt et ses yeux s'élargirent pour manifester son approbation.

— Et lui, où l'as-tu trouvé ? demanda-t-elle.

Anne se mit à rire et l'embrassa affectueusement.

— Allez, ne commence pas, Fiona. Voilà Neil Mallory. C'est lui qui va s'occuper du bateau pendant un mois ou deux, le temps que nous apprenions à nous en servir.

Fiona Grant repoussa une mèche de cheveux humides devant ses yeux et tendit la main.

— J'ignore quelles sont les intentions d'Anne, mais en ce qui me concerne, je ferai tout mon possible pour ne pas apprendre trop rapidement.

Le bateau de plaisance n'était plus qu'à une cinquantaine de mètres; son occupant coupa le moteur et il se mit à dériver vers le *Foxhunter*.

— Qui est-ce, pour l'amour du ciel ? demanda Anne.

Fiona passa son bras humide dans le sien.

— Un homme simplement merveilleux, Anne. C'est un Français. Il est venu passer ici une semaine ou deux pour peindre et faire un peu de plongée sous-marine.

— Mais je croyais que Owen avait fermé l'hôtel la semaine dernière ?

— C'est vrai, mais heureusement, j'étais sur la jetée quand il a débarqué. J'ai persuadé Owen de changer d'avis.

Le bateau de plaisance vint heurter la coque du *Foxhunter* et Mallory attrapa la corde qu'on lui lançait. Tandis qu'il l'enroulait autour du bastingage, le Français sauta sur le pont. Il était vêtu d'un T-shirt moulant qui laissait nus ses bras bronzés; ses lunettes noires lui donnaient le même air anonyme et légèrement sinistre que la visière de sa casquette militaire sur la photo du dossier.

Fiona le prit par le bras et se tourna pour leur faire face.
— Anne, j'ai le plaisir de te présenter Raoul Guyon, dit-elle.

6

IRON GRANT, L'HOMME DE FER

La vieille maison de pierre grise était fermement plantée au creux d'une colline, flanquée de part et d'autre de hêtres de haute taille. À une certaine époque, on y avait ajouté une grande serre en verre, qui courait sur toute la longueur du bâtiment et qui ouvrait sur une terrasse en pierre par toute une série de petite marches.

De la terrasse, les falaises surplombaient d'une soixantaine de mètres un petit bras de mer en forme d'entonnoir, qui aurait fait un mouillage parfaitement abrité, s'il n'y avait pas eu cette barrière de rochers déchiquetés qui s'étendait juste devant.

Anne Grant s'appuya contre le mur, un verre de boisson fraîche à la main et contempla la mer. La journée était magnifique, étonnamment chaude pour un mois de septembre, avec quelques petits nuages blancs traînant sur l'horizon. Elle se sentait complètement détendue, paisible, heureuse d'être rentrée chez elle. Un pas fit crisser le gravier. Quand elle se tourna pour voir qui arrivait, elle vit son beau-père en haut des marches.

Le général Hamish Grant, Distinguished Service Order, Military Cross, n'avait pas été surnommé pour rien Iron Grant, l'homme de fer. Un mètre quatre-vingt-dix de haut, des épaules extrêmement larges, une crinière d'un blanc de neige rejetée derrière les oreilles. Il était vêtu d'un pantalon de treillis et d'une veste en velours.

Il fouilla la terre du bout de sa canne.
— Tu es revenue, Anne ?
— Je suis là, Hamish.

Elle monta les marches et le prit par le bras. Son large visage taillé à la serpe s'éclaira alors d'un grand sourire chaleureux.
— Fiona a l'air terriblement excitée par le nouveau bateau,

mais elle n'est restée à la maison que quelques instants, le temps de se changer et hop, elle est repartie.

Dans un coin de la terrasse, une table avait été dressée à l'ombre d'un grand parasol à rayures. On y avait posé un plateau avec différentes boissons. Elle l'emmena jusque-là et il installa sa grande carcasse dans une chaise en osier.

— Elle est descendue à l'hôtel retrouver Raoul Guyon, ce jeune peintre français qui fait un séjour ici. Elle a promis de lui montrer certains coins de l'île avant le déjeuner.

— Et ce gars, Mallory, où est-il ?

— Il devrait arriver d'une minute à l'autre. Je lui ai demandé d'aller chercher le matériel de plongée. Même s'il n'y avait aucune urgence, j'ai pensé que vous auriez envie de faire sa connaissance.

— Absolument, rien que pour le remercier de la façon dont il a mené cette histoire à Southampton. (Il fronça les sourcils.) Mallory. Neil Mallory. Ce nom me dit quelque chose. C'est irlandais, évidemment.

— On ne peut pas dire qu'il parle avec un accent.

— Et tu m'as bien dit qu'il s'était fait virer parce qu'il avait trafiqué les livres de compte ? Je trouve que ça ne correspond pas au type de gars qui n'hésite pas à s'attaquer à deux malfrats dans une ruelle.

— C'est bien ce que j'ai pensé. C'est un homme étrange, Hamish. De temps en temps, il y a même quelque chose d'effrayant chez lui. Il est très lointain, détaché des choses. Je pense qu'il vous plaira.

— Je suis curieux de savoir pourquoi ils l'ont fichu à la porte, dit le Général. Y a pas à dire, le Ministère de la Guerre, Dieu les protège, ils font des choses bien idiotes de nos jours.

— Je préférerais que vous n'abordiez pas ce sujet, dit-elle. Promis ?

Il fronça les sourcils puis il haussa les épaules.

— Je ne vois pas pourquoi je ne t'obéirais pas. Après tout, le passé d'un homme, ça le regarde. La chose primordiale, c'est de savoir s'il est capable de diriger un bateau ?

— À la perfection, répondit-elle en hochant la tête.

— Alors, de quoi nous plaignons-nous ? rétorqua-t-il en lui prenant la main. Prépare-moi un brandy avec du soda comme une gentille petite et parle-moi encore du *Foxhunter*.

Elle n'en eut pas le temps. Tandis qu'elle lui versait à boire, Jagbir apparut en haut des marches, suivi de près par Mallory.

Le Gurkha était petit et trapu, guère plus de un mètre cinquante de haut et il était vêtu d'une veste en lin propre, couleur sable. Comme il arrive souvent aux Asiatiques, il avait un visage sans âge, jaune foncé, et il boitait lourdement de la jambe gauche, séquelle d'une vilaine blessure reçue à la bataille de Monte Cassino.

Il s'exprimait en bon anglais, avec cette familiarité tranquille des vieux serviteurs.

— Mr Mallory est là, Général.

Le Général prit une ou deux gorgées de son brandy avant de reposer son verre.

— Qu'est-ce qui est en train de cuire ?

— Du poulet au curry. Quand souhaitez-vous passer à table ?

— Quand tu voudras. Tu nous serviras ici.

Debout en haut des marches, Mallory attendait, la casquette à la main et Anne lui sourit.

— Accepteriez-vous de vous joindre à nous pour déjeuner, Mr Mallory ?

Il secoua la tête.

— C'est très aimable à vous de me le proposer, mais j'ai déjà pris mes dispositions pour déjeuner à l'hôtel.

Elle renvoya Jagbir d'un petit mouvement de tête, en essayant de masquer sa déception, et Mallory descendit l'escalier.

— Voilà Mr Mallory, Général, dit-elle d'une manière formelle.

Hamish Grant se tourna vers Mallory, la tête légèrement penchée.

— Approchez-vous un peu, mon gars. Je ne vois pas très clair.

Mallory s'avança vers la table et regarda les yeux troubles, opalins. Le Général étendit le bras et le toucha doucement à la poitrine.

— Ma belle-fille me dit que vous êtes un bon marin.

— Je l'espère, répondit Mallory.

— Quel est votre dernier embarquement ?

— Un pétrolier, S. S. *Pilar*. De Tampico à Southampton.

Le Général se tourna vers Anne.

— As-tu vérifié ses papiers ?

Elle secoua la tête et il regarda de nouveau Mallory.

— Montrez-les-moi, reprit-il.

Mallory prit son portefeuille dans sa poche de pantalon, en

sortit un document plié et une carte du syndicat et les lança sur la table.

— Regarde la date de sa dernière cotisation et vérifie sa carte. Il doit y avoir une photo dessus.

Elle vérifia rapidement et hocha la tête.

— Débarqué du S. S. *Pilar*, à Southampton, le 1er septembre.

Elle sourit en les lui rendant et ajouta :

— Ce n'est pas une très bonne photo.

Mallory ne répondit pas et le Général reprit :

— Les termes de l'accord que vous avez passé avec Mrs Grant vous conviennent-ils ?

— À la perfection.

— Il y aura un bonus de cent livres pour vous en plus. Pour vous manifester ma reconnaissance pour la façon dont vous avez réagi à Southampton.

— C'est tout à fait inutile, monsieur, rétorqua sèchement Mallory.

Aussitôt, le sang monta au visage du Général.

— Bon sang, monsieur, si je dis que c'est nécessaire, c'est que ça l'est. Vous obéirez à mes ordres comme n'importe qui d'autre.

Mallory remit sa casquette et se tourna vers Anne.

— Vous m'aviez parlé d'un équipement de plongée que vous souhaitiez que je descende dans le bateau.

Elle jeta un coup d'œil hâtif au visage congestionné du Général et dit vivement :

— Dans le fond de la cour, il y a un break. Jagbir l'a déjà chargé. Je vous rejoindrai en bas plus tard dans l'après-midi.

— Je vous attendrai. Puis-je disposer, monsieur ? demanda-t-il en se tournant vers le Général.

— Oui, bon sang de bonsoir ! explosa le Général.

Un sourire se risqua au coin de la bouche de Mallory. Instinctivement, sa main se leva pour saluer. Il se reprit juste à temps, jeta un coup d'œil à Anne et grimpa l'escalier d'un pas léger.

Le Général se mit à rire.

— Verse-moi un autre brandy.

Anne déboucha la bouteille et prit son verre.

— Est-ce que je me trompe si je pense que cette scène était absolument délibérée ?

— Tu as raison, dit Hamish Grant, et le mystère va encore s'épaissir, ma chérie. Voilà un homme qui a été habitué à commander, et à un haut niveau encore. Je n'ai pas passé quarante ans dans l'armée pour rien.

Tout en haut des falaises, sur la côte ouest de l'île, Raoul Guyon et Fiona Grant parvinrent au sommet d'une pente forte et firent une pause. Sous leurs yeux, l'île paraissait tomber des falaises et la grande crête rocheuse qui liait l'Ile de Roc et Saint-Pierre était visible sous l'eau.

— Nous y voilà, dit-elle en faisant de la main un grand geste ample. Est-ce que je vous ai menti ?

— Vous aviez raison. C'est absolument splendide.

— J'espère que je vous verrai installé ici dès demain à la première heure.

— Vous serez déçue. Je travaille toujours à partir de croquis préalables, jamais d'après la réalité.

Elle s'était éloignée de quelques mètres, penchée pour cueillir une fleur et elle se redressa vivement.

— Escroquerie !

Il sortit de la poche de sa veste de velours un crayon et un petit carnet d'esquisses et se laissa tomber à terre.

— Restez où vous êtes, mais tournez-vous vers la mer.

Elle lui obéit aussitôt.

— D'accord, mais vous avez intérêt à faire du bon travail.

— Ne bavardez pas. Ça me distrait, rétorqua-t-il.

Le soleil brillait dans ses cheveux couleur paille et son image se brouilla, si bien que le temps d'un instant, on aurait pu la croire peinte par Renoir. Elle avait l'air incroyablement jeune et innocente, et pourtant le vent qui venait de la mer plaquait la mince robe de coton sur son corps ferme avec une sensualité troublante.

Guyon poussa un grognement et rangea son crayon.

— Parfait.

Elle vint s'asseoir à côté de lui et lui arracha le carnet des mains. À ce moment, son sourire s'effaça et ses joues s'empourprèrent. Fixée pour l'éternité en quelques rapides coups de crayon, elle était là, debout face à la mer, et par l'étrange alchimie du talent, tout ce qu'il y avait de bon en elle, toute l'innocence et le désir de la jeunesse étaient là, aussi.

Elle le regarda d'un air émerveillé.

— C'est magnifique.

— Mais c'est vous qui êtes magnifique, répondit-il calmement. Personne ne vous l'a jamais dit ?

— J'ai appris assez tôt dans ma vie qu'il est très dangereux de laisser les gens le faire, dit-elle en souriant d'un air piteux. Jusqu'à la mort de ma mère, il y a quatre ans, nous habitions dans une villa près de Saint-Tropez. Vous connaissez ?

— Parfaitement bien.

— À Saint-Tropez, pendant la belle saison, les personnes du sexe féminin sont très demandées, et les filles de quatorze ans semblent représenter une proie de choix pour certains hommes.

— C'est ce que j'ai entendu dire, dit-il d'une voix grave.

— Oui, la vie n'était pas si facile, mais après, le Général a acheté cette petite île et j'ai été au lycée pendant deux ans. Je n'aimais pas ça du tout.

— Qu'avez-vous fait ? Vous vous êtes enfuie ?

Elle repoussa ses longs cheveux pour dégager son visage et se mit à rire.

— J'ai convaincu le Général de m'envoyer finir mes études à Paris. Ça, c'était vraiment passionnant.

Guyon sourit en allumant une cigarette.

— Dites-moi, pourquoi l'appelez-vous toujours Général ?

Elle haussa les épaules.

— Tout le monde l'appelle ainsi, sauf Anne, bien sûr. Ce n'est pas une personne ordinaire. Quand elle a épousé mon frère Angus, elle n'était pas plus vieille que moi aujourd'hui. Il a été tué en Corée.

Elle se tut, enfouissant son visage dans quelques fleurs des champs, le regard perdu dans cette évocation du passé ; Guyon s'allongea pour contempler le ciel et la tristesse s'empara de lui quand il se souvint d'un autre moment, d'une autre fille.

Alger, 1958. Après avoir passé cinq mois à chasser les fellaghas dans les forêts de chêne-liège de la Grande Kabylie, il s'était retrouvé dans cette ville de la peur, menant ses hommes à travers les rues étroites de la Kasbah et de Bab el Oued, coincé dans cette affrontement à la vie, à la mort qu'était cette Bataille d'Alger.

Et c'était alors que Nerida était entrée dans sa vie, une jeune fille arabe qui s'était échappée d'une foule après l'explosion d'une bombe sur le Boulevard du Telemly. En fermant les yeux, il revoyait ses cheveux noirs épars sur un oreiller, tandis que le clair de lune filtrait à travers les lattes du store. Les longues nuits quand ils tentaient d'oublier le lendemain.

Mais le matin était arrivé, le petit matin gris quand on l'avait retrouvée sur la plage, dévêtue et souillée, la tête rasée, le corps mutilé. Une fin convenable pour une femme qui avait trahi son peuple pour un *Françaoui*. La balle d'un tireur isolé qui, le jour suivant, l'avait renvoyé en France couché sur une civière lui avait offert un oubli presque bienvenu.

Nerida. Il sentit son odeur l'envahir et il se pencha pour la renverser contre lui, écrasant ses lèvres contre les siennes. Son corps était souple et consentant, et quand elle se coucha sur le dos, sa bouche se fit douce comme le miel. Il ouvrit les yeux et Fiona Grant lui adressa un sourire paresseux.

— Comment donc en sommes-nous arrivés là ?

Il s'appuya sur un coude et se frotta les yeux du plat de la main.

— Mettez ça sur le compte de l'air marin. Je suis navré.

— Pas moi.

— Eh bien, vous devriez l'être, dit-il en la relevant. Ne m'aviez-vous pas dit qu'on vous attendait pour déjeuner ?

Elle s'accrocha à sa main.

— Revenez avec moi. J'aimerais vous présenter le Général.

— Une autre fois. J'avais prévu de déjeuner à l'hôtel.

Elle se détourna de lui comme une petite fille blessée. Il se retint pour ne pas l'envelopper de ses bras, en se rappelant brutalement qu'il avait un travail à effectuer — un travail important — et s'éloigna. En haut de la pente, il hésita et fit demi-tour à regret.

Elle était debout là où il l'avait laissée, la tête baissée, l'air abattu d'une façon touchante. La lumière brutale du soleil, perçant la cotonnade fine de sa robe, dessinait à la perfection ses jeunes cuisses fermes.

— Oh ! Merde ! dit-il doucement. Si elle n'avait rien sur elle, ce serait pareil.

Il poussa un profond soupir et descendit la pente.

À bord du *Foxhunter*, Mallory était allongé sur sa couchette et regardait la fumée bleue de sa cigarette tourner et s'enrouler dans le souffle de l'air conditionné. Il avait mangé un excellent repas à l'hôtel en compagnie d'Owen Morgan, mais le Français ne s'était pas manifesté.

Son esprit revint encore sur sa rencontre avec Hamish Grant

dans la maison sur les falaises. Derrière la brutalité du vieillard, il y avait une méthode, de ça, il en était certain. Il avait été soldat lui-même pendant trop longtemps pour souscrire à l'opinion selon laquelle tous les généraux sont des culottes de peaux plutôt crétins, dotés de cervelles comme des petits pois et qui passent leur temps soit à envoyer sans raison des hommes à la mort, soit à se goinfrer à table.

Derrière la physionomie usée, tannée comme du vieux cuir, derrière les yeux à moitié aveugles, on sentait une volonté de fer et un esprit hors pair. Iron Grant, qui avait fait avancer à marche forcée sa division à travers l'enfer que représentait la Dépression Qattara plutôt que de se rendre à Rommel, qui avait franchi le premier la passerelle du premier bateau à arriver à Sword Beach le jour J, était un adversaire dont on pouvait reconnaître les mérites.

Et puis il y avait sa belle-fille. Mallory ferma les yeux, en essayant de retrouver ses traits. Il y avait en elle quelque chose de calme et d'assuré qui le perturbait. Même sur le quai, à Southampton, elle n'avait pas paru effrayée. C'était comme si la vie lui avait déjà offert le pire, comme si ça ne pouvait pas aller au-delà. Comme si rien ne pourrait plus jamais la blesser vraiment. Il comprit brusquement qu'elle avait dû aimer énormément son mari et il eut conscience d'un sentiment de jalousie vague et irrationnel.

Il n'y eut aucun bruit, mais pourtant, ce fut comme si un courant d'air lui balayait le visage ; aussitôt tous ses muscles se tendirent, prêts à entrer en action. La première marche de l'escalier grinça et il posa la main sur la crosse de son pistolet caché sous l'oreiller.

— Inutile, mon vieux, dit tranquillement Guyon.

Tandis que Mallory ouvrait les yeux, le jeune Français vint s'asseoir sur la couchette en face de lui et sortit un paquet de cigarettes.

— Dommage que vous ayez raté le déjeuner, déclara Mallory. Où étiez-vous ?

Guyon haussa les épaules.

— J'ai laissé filer le temps. Vous savez ce que c'est ?

— Absolument. Vous avez de l'herbe sur votre veste.

— Une belle journée pour s'allonger et contempler le ciel, dit Guyon en mentant effrontément.

— Pas quand on a un travail à effectuer.

Mallory ouvrit un placard sous la couchette et en sortit une bouteille de whisky et deux verres. Il les posa sur la table.

— Ne mélangeons pas les affaires et le plaisir, dit-il.

— Je suis heureux de pouvoir déclarer le contraire. Ne suis-je pas censé être un jeune artiste bon vivant en vacances ?

Guyon se versa une rasade généreuse de whisky et leva son verre.

— Santé !

Étroit de hanches, mince et souple, Raoul Guyon possédait cette drôle de qualité qu'on retrouve chez les soldats de tous les pays, une sorte d'autosuffisance née des hasards du métier. Bien qu'il n'eût pas conscience de cela chez lui, il l'identifia immédiatement chez l'Anglais ; mais il y avait autre chose encore. Bien autre chose. Mallory était formé d'un mélange étrange de soldat et de moine, homme d'action doublé d'un mystique, un mélange comme il en avait rencontré chez les meilleurs colonels de parachutistes en Algérie. Des hommes comme Philippe de Beaumont. Bizarres, indomptables, fanatiques à moitié fous, bouleversés par les expériences vécues dans les camps de prisonniers viets, contrôlant à ce moment-là le destin d'une grande nation.

Mais Mallory avait aussi traversé l'épreuve d'un camp de prisonniers communiste ; comme Philippe de Beaumont, il avait tenté de mettre en pratique les leçons si durement acquises auprès des tyrans chinois et il avait obtenu le même résultat désastreux.

Mallory alluma une cigarette et s'adossa contre le mur.

— Quel est votre niveau en plongée sous-marine ?

Guyon haussa les épaules.

— Je me débrouille. Je manque un peu d'entraînement, c'est tout.

— Anne Grant veut que je l'emmène au-dessus du récif cet après-midi. Elle a rapporté du continent deux scooters des mers. Elle veut qu'on les essaye. J'ai pensé que si vous demandiez gentiment à Fiona, vous pourriez vous faire inviter.

— À dire vrai, c'est déjà fait. Tout ça fait partie de mon programme travail plus loisirs.

— Vous ne perdez pas de temps, répliqua Mallory en souriant. On va voir à quoi ça ressemble. Plus tard, dans la soirée, on pourra se lancer dans une reconnaissance des lieux plus détaillée.

— Vous croyez vraiment qu'il y a du louche dans cette histoire ?

Mallory haussa les épaules.

— Je ne m'aventurerais pas à le dire. Pendant qu'on revenait en bateau ce matin, quelque chose de sacrément gros est passé devant nous, sous l'eau. D'après Anne Grant, c'était un requin. Apparemment, on en trouve beaucoup dans les parages.

— Estimez-vous que ça vaut le coup de faire un rapport ?

Mallory secoua la tête.

— Mon patron souhaite avoir des faits, pas des hypothèses. J'ai signalé mon arrivée et c'est tout.

Il ouvrit de nouveau le placard et en sortit quelque chose qui ressemblait à un petit transistor qu'il brandit.

— Incroyable ce qu'on arrive à faire avec l'électronique de nos jours, reprit-il. En ce moment, il y a trois torpilleurs basés à Saint-Hélier, censés effectuer des manœuvres en eau peu profonde. Si on leur fait signe, ils peuvent arriver ici à la vitesse de l'éclair.

— Quel est le signal ?

— Le mot de passe, c'est Léviathan. Si on a besoin d'eux, on n'a qu'à simplement appeler Code Quatre. C'est tout ce dont on a besoin.

Mallory rangea l'appareil dans un des tiroirs de la table et Guyon se resservit un verre de whisky.

— Je suis entré en contact avec mes collègues avant de quitter Guernesey ce matin. En ce qui concerne *L'Alouette*, ils ont totalement fait chou blanc. Ça nous met dans une situation particulière.

— Mais bon sang de bois, qu'est-ce que l'O. A. S. essaye de prouver ? dit Mallory. Ce genre de choses ne va pas les mener loin à long terme.

— Les hommes désespérés s'accrochent à des solutions désespérées. Depuis 1960, l'O. A. S. et le C. N. R. ont fomenté huit complots pour tuer de Gaulle. Le mois dernier, ils ont bien failli réussir quand ils ont piégé sa voiture sur la route de l'aéroport de Villacoublay. On n'a capturé le chef de cette petite opération que la semaine dernière seulement.

— Donc, cette toute dernière affaire, c'est pour prouver aux gens qu'ils représentent toujours une force avec laquelle il faut compter.

— Bien plus que ça. Qu'ils ont le bras long et qu'ils peuvent le manœuvrer à leur guise pour punir ceux qui s'opposent à eux. Ce n'est pas la première fois qu'on assassine une personnalité du monde judiciaire. Si ça continue, bientôt, on ne trouvera plus personne pour s'occuper des procès des membres de l'O. A. S., surtout si le simple fait d'y participer suffit pour vous condamner automatiquement à mort.

— Et en ce qui concerne Bouvier ?

— Il était procureur général auprès d'un tribunal militaire qui, rien qu'au cours du mois précédent, a fait passer en procès six membres de l'O. A. S. Deux ont été condamnés à mort. Son exécution a été mise en scène pour produire le plus bel effet dramatique et le gouvernement ne peut guère espérer garder le secret au-delà de la fin de la semaine.

— Ce qui ne nous laisse guère de temps pour se débrouiller ici, dit Mallory en fronçant les sourcils. Avez-vous déjà rencontré Philippe de Beaumont personnellement ?

— Moi, je faisais partie de la foule. Il était membre du premier Comité de Salut Public, celui qui a ramené de Gaulle au pouvoir. Quand il est devenu patent que le Général allait cesser de croire à son rêve d'une Algérie intégrée, il s'est jeté dans les complots, ou du moins c'est ce que nous pensons.

— Est-ce qu'on a déjà réussi à prouver la moindre chose contre lui ?

Guyon secoua la tête.

— On pensait que c'était lui le cerveau en coulisses pour le coup d'État avorté du Général Challe, en 1961, mais on n'en a aucune preuve. Avant qu'on ait eu le temps d'en rassembler, il a demandé un congé sans solde et il a quitté la France. Il est très riche, au fait. Un de ses oncles a fait un beau mariage dans l'industrie après la Première Guerre.

— Que pense de lui Legrand ?

Guyon se mit à rire.

— L'aristocratie inspire peu de respect à Legrand. Il apprécierait beaucoup de revoir la guillotine, comme au temps jadis. Il n'a aucune preuve de la collusion de de Beaumont avec l'O. A. S., mais cet homme lui déplaît. Il serait tout à fait heureux de le savoir mort. Spontanément, c'est un homme qui apprécie l'ordre.

— Et votre avis, à vous ?

— Sur de Beaumont ? dit Guyon d'un ton hésitant. C'est un homme dangereux, qui est loin d'être idiot. Pendant un an, il a dirigé tout l'espionnage militaire en Algérie, mais il était toujours à couteaux tirés avec les huiles. Il voit la guerre comme la voient les communistes, une situation où il faut vaincre — et il est persuadé que la fin justifie les moyens. Quelque chose que les *boi-dois* lui ont enseigné à coups de trique dans les camps viets, continua Guyon en souriant à moitié. Ça, au moins, je m'attends à ce que vous ayez ceci en commun, lui et vous. Legrand m'a dit que vous aussi, vous vous étiez retrouvé derrière les barbelés communistes pendant un moment.

— Ce que vous en dites le rend plutôt intéressant, répondit Mallory. J'aimerais bien le rencontrer. J'ai le sentiment que ce serait suffisant pour savoir tout ce dont j'ai besoin.

— C'est tout à fait possible. Y a-t-il autre chose que vous souhaitiez me voir faire ? demanda Guyon en vidant son verre.

— Cette Française qui vit à l'hôtel avec Morgan, Juliette Vincent ? Selon mes instructions, elle est inoffensive. Qu'est-ce que vous en pensez ?

— À première vue, on n'a rien trouvé d'extraordinaire à son propos. Ses parents ont une petite ferme en Normandie. Elle avait un frère, qui a été tué pendant son service militaire en Algérie, en 1958. Elle a travaillé dans un hôtel à Saint-Malo pendant six mois avant de venir ici.

Mallory hocha la tête.

— Ça semble parfait, mais quand même, faites la vérification d'usage dans votre chambre, pour être sûr qu'on ne l'a pas fouillée.

Guyon chaussa ses lunettes noires et se leva.

— Je vais me changer. Je vous retrouve dans une demi-heure et on jettera un coup d'œil sur ce récif.

Il s'arrêta sur le seuil de la cabine et s'étira de tout son long.

— C'est vraiment une journée magnifique. Je suis impatient de plonger.

Après son départ, Mallory s'assit sur le bord de sa couchette, brassant en esprit tous les éléments dont il disposait, essayant de prévoir ce qui allait se passer, mais il savait qu'il était en train de perdre son temps.

S'il y avait une leçon qui l'avait marqué à jamais, c'était bien que, dans ce jeu, rien n'était jamais acquis. Chaque mouvement de pion était soumis à la chance. Il ouvrit un des placards, en sortit l'équipement de plongée et entreprit de le vérifier.

7

SUR LE RÉCIF

Mallory enjamba le bastingage et se jeta dans l'eau bleue et transparente ; il s'arrêta, le temps de régler le débit d'air de ses bouteilles puis, d'un mouvement ample, s'enfonça sous les flots. Il passa sous la coque du *Foxhunter* où Fiona Grant descendait souplement le long de la chaîne d'ancre, semblable à une fleur exotique dans sa combinaison de plongée jaune vif. Quelques instants plus tard, sa belle-sœur apparut à côté d'eux au milieu d'un nuage de bulles d'argent.

Fiona fit aussitôt un saut de carpe et s'éloigna le long de la chaîne dans un brouillard bleu, ses longs cheveux flottant derrière elle. Mallory et Anne la suivirent.

Ils se trouvaient peut-être à une centaine de mètres du bord, sur la côte sud de l'île. L'eau était tellement saturée de soleil que, même par douze mètres de fond, la visibilité restait bonne.

Le fond de la mer était recouvert par une grande forêt d'algues, de plus de deux mètres de haut, qui ondulaient en rythme avec chaque allée et venue du courant, changeant de couleur comme un être vivant. Fiona s'y enfonça et les poissons s'égaillèrent pour l'éviter. Mallory s'arrêta pour rôder au-dessus de cette masse oscillante. Après lui avoir donné une tape sur l'épaule, Anne s'éloigna.

Ils plongèrent au-dessus d'une grande crête rocheuse noire et un mur entier, avec une fenêtre en arc, surgit de l'ombre à quelques mètres sur la droite. Anne passa au travers sans difficulté et Mallory la suivit.

À l'évidence, seule la grande amplitude des marées de ce côté-ci de l'île avait empêché les pierres d'être complètement enfouies dans la vase depuis des siècles. Le toit avait disparu et les murs s'étaient en partie écroulés. Aucun ne s'élevait à plus de un mètre vingt de haut. Plus loin, le fond de la mer remontait doucement et on retrouvait une autre forêt d'algues, encore des murs en ruines et un entassement de blocs de pierre jetés n'importe comment.

Fiona Grant ressurgit de l'obscurité et nagea vers eux. Elle s'immobilisa à quelques mètres et plongea la main dans un sac en nylon accroché à son poignet gauche. Elle en sortit un fragment de poterie rouge qu'elle brandit d'un air triomphant. Anne leva le pouce en signe de victoire et ils firent tous demi-tour, traversèrent de nouveau le récif et remontèrent vers la coque incurvée du *Foxhunter*.

Ils refirent surface près de la petite échelle accrochée au bateau et Anne remonta la première. Mallory la suivit. Il ôta son masque et tendit la main à Fiona. Celle-ci s'accroupit sur le pont, sortant un par un les fragments de poterie de son sac et les posant sur le sol avec précaution.

Raoul Guyon avait installé son chevalet à côté de la barre et il était en train de faire une esquisse de Hamish Grant, assis à l'avant. Le Français posa son crayon et vint rejoindre les trois autres.

Le Général tourna la tête d'un geste brusque.

— Que se passe-t-il ?

— Fiona a trouvé des fragments de poterie, répondit Anne.

Guyon se tourna vers Mallory, qui ressemblait à un individu extraterrestre, avec ses pieds palmés et sa combinaison de caoutchouc noir.

— Comment est-ce là-dessous ?

— Intéressant, répliqua Mallory. Vous devriez essayer.

— Peut-être plus tard. Je voudrais bien finir mes croquis du Général et la lumière est parfaite.

Fiona détacha ses bouteilles, s'accroupit à nouveau sur le pont et se mit à trier ses trouvailles, complètement absorbée par sa tâche.

Anne se tourna vers Mallory.

— On n'entendra plus parler d'elle aujourd'hui.

— Avez-vous envie de plonger à nouveau ?

Elle secoua la tête.

— Je voudrais essayer les scooters. Prenez-en un, je prendrai l'autre. On va aller jusqu'au récif de Saint-Pierre. Je vais vous montrer le Couloir Central. Là-bas, il y a au moins un bateau naufragé qui vaut le déplacement.

Guyon aida Mallory à sortir les deux scooters de la cabine. C'étaient des engins compacts, propulsés par deux hélices équipées de piles et prévus pour fonctionner aussi bien en surface que jusqu'à des profondeurs de quarante mètres. Ils possédaient leurs propres phares, ce qui permettait d'améliorer considérablement la visiblité quand l'eau était trop trouble.

Anne et Mallory se mirent à l'eau et Guyon leur passa les

lourdes machines. Anne démarra aussitôt, volant à la surface des flots, et Mallory la suivit.

La mer était calme, le soleil brillait au creux des vaguelettes, mais plus ils s'approchaient du grand doigt rocheux qui surgissait de la mer à l'extrémité occidentale de l'île, plus Mallory se sentit soumis à des courants contraires. Anne leva un bras pour faire un bref signal et disparut.

Une fois sous l'eau, la sensation de vitesse devint extraordinaire. Mallory avait le sentiment de fendre l'espace, lancé à la poursuite d'une silhouette vêtue de jaune qui filait devant lui et pourtant, sa vitesse réelle ne devait guère dépasser les trois nœuds.

Le nez rouge du scooter fouettait l'eau bleu-vert, l'entraînant au cœur d'un fouillis de rochers noirs. L'espace d'un instant, il eut l'impression que son corps était écartelé à cause des courants contraires, puis il dépassa la pointe et se retrouva dans des eaux plus calmes.

Ils refirent surface à côté d'un rocher plat couvert d'algues. Anne s'assit dessus, à moitié hors de l'eau, et ôta son masque. En face d'eux, et jusqu'à Saint-Pierre, la mer, blanchie d'écume, se brisait en grosses vagues contre les rochers entassés qui formaient la masse même du récif.

— À marée basse, le récif presque tout entier émerge, dit-elle. On dirait une chaussée gigantesque qui va jusqu'à Saint-Pierre.

— On peut l'emprunter à pied ?

Elle eut une moue dubitative.

— Je ne me risquerais pas à essayer. Ce n'est praticable que pendant une heure, à cause d'un autre courant qui passe par là en venant de l'Atlantique.

À moins de deux kilomètres de là, le grand îlot déchiqueté de Saint-Pierre se dressait au-dessus de la mer. Le château était perché tout au bord de la falaise et ses bizarres tours pointues, de style gothique, se détachaient contre le bleu du ciel. Les vagues écumantes venaient se briser contre les rochers, soixante mètres plus bas.

— Qu'en pensez-vous ? demanda-t-elle.

— Cela a dû coûter une fortune à construire, même à la belle époque de la prospérité victorienne. Je ne vois pas de jetée, ajouta-t-il en fronçant les sourcils, et en protégeant ses yeux de la main.

— Elle est sous l'île. Si vous regardez avec beaucoup d'attention derrière le dernier alignement de rochers, vous distinguerez l'entrée au milieu des falaises. À marée haute, ce n'est plus qu'une ouverture qui ne dépasse pas trois ou quatre mètres de haut.

— L'eau est très profonde là-bas ? s'enquit-il d'un air neutre.

Elle hocha la tête.

— Même à marée basse, on n'a pas loin de vingt mètres de fond. Il y a une faille dans le fond de la mer qui divise le récif en deux dans la longueur. Elle passe directement sous Saint-Pierre.

— Ce ne serait pas cela, votre fameux Couloir Central ?

— Absolument, et ça vaut le déplacement, je vous le promets.

Elle serra les dents sur l'embout de caoutchouc, abaissa son masque et se laissa glisser dans l'eau. La mer était claire et la visibilité toujours bonne. Mallory distingua les grosses masses du récif à huit ou neuf mètres de fond, puis, brusquement, Anne dirigea son scooter par-dessus un écueil de granit et s'enfonça dans l'espace marin.

Ils passèrent dans le clair-obscur d'un tunnel rocheux, les rayons du soleil filtrant à l'oblique à travers les fentes et les fissures du plafond en longs pinceaux lumineux oscillants. Par endroits, on se serait cru dans la nef d'une cathédrale, les rochers s'arrondissant de chaque côté pour soutenir la voûte, puis les ténèbres s'éclaircirent et ils arrivèrent dans un endroit dégagé.

Anne, à une dizaine de mètres devant lui, s'arrêta pour l'attendre. Dès qu'il l'eut rattrapée, elle s'élança d'un bond. Mallory la suivit, l'avant rouge de son scooter fendant l'eau, les poissons rejetés de part et d'autre. À vingt mètres de fond, il se déplaçait dans une lumière glauque et verdâtre, où la visibilité était considérablement réduite.

Elle s'était arrêtée plus bas que lui, oscillant au-dessus d'un haut-fond. Quand il la rejoignit, il vit, à sa grande surprise, un camion Bedford de trois tonnes couché sur le côté, dans une grande faille. La bâche en toile avait disparu depuis longtemps, mais en s'approchant, il repéra, peinte sur la carrosserie, l'étoile blanche qu'arboraient tous les véhicules alliés le jour J et durant la période qui suivit.

Ils continuèrent leur route et un peu plus loin, la proue d'un navire se détacha dans l'obscurité glauque. Tous les câbles, toutes les cordes, le bastingage, étaient recouverts d'étranges plantes sous-marines. Il longea la coque jusqu'à l'endroit où une torpille l'avait déchiqueté, formant un trou noir et béant. En dessous, à l'oblique au fond d'une crevasse, un tank Churchill s'était écrasé et derrière, on devinait des camions, un canon isolé pointé en biais vers le haut.

Mallory suivit Anne jusqu'à la timonerie. La porte ouverte battait doucement dans le courant, autour, le pont était en miettes comme s'il y avait eu une explosion interne. La roue était encore intacte, ainsi que la boussole dans son support gradué. Lorsque Mallory y pénétra, il eut l'étrange sensation que quelqu'un aurait dû être là, qu'il manquait quelque chose. Une mauvaise fin pour un excellent bateau, pensa-t-il en ressortant. Anne lui tapa sur l'épaule, et ensemble, ils remontèrent vers la surface et la lumière.

Ils se hissèrent en haut d'un grand rocher plat, tout sec sous le soleil, et Anne ôta son masque en respirant à pleins poumons.

— C'est quoi, l'histoire ? demanda Mallory.

Elle haussa les épaules.

— Un des bâtiments du jour J qui n'a pas réussi son coup. Il s'est fait torpiller près de Guernesey. Une fois les moteurs arrêtés, la marée l'a déporté droit sur le récif. Apparemment, l'équipage a pu s'en tirer en embarquant dans les canots de sauvetage.

— D'où tirez-vous ce récit ?

— De Owen Morgan. Il y a eu beaucoup de naufrages dans ces parages, et Owen connaît l'histoire de chacun. Chez lui, c'est devenu une passion.

— C'est intéressant, dit Mallory. J'aimerais bien y jeter encore un coup d'œil. Ça vous dit d'y retourner ?

— Je ne crois pas. Je vous attends ici. Ne restez pas trop longtemps. Quand la marée change, ça produit un courant sous-marin très fort dans le chenal.

Il s'en aperçut presque aussitôt : c'était comme si une main invisible le repoussait d'un côté, le long de la crête du récif. Il sentait son masque comprimé sous la pression de l'eau, tandis que le scooter s'enfonçait et il fit une embardée quand un mât métallique vint percer l'atmosphère glauque.

Il tourna autour du pont incliné, en se demandant ce qu'il allait faire ensuite. En voyant un escalier s'ouvrir, béant, vers les entrailles sombres du navire, il se décida. Il se glissa à l'intérieur et alluma aussitôt le phare qui se trouvait à l'avant du scooter.

Il parcourut un couloir coudé et poussa la première porte qu'il trouva. Elle s'ouvrit lentement vers l'intérieur. La pièce était sombre et il se sentit envahi d'une peur étrange, irrationnelle. Il y pénétra résolument, et son phare, dont l'eau tamisait la lumière, éclaira une table fixée au sol, une couchette contre un mur, des bouteilles et des débris divers flottant contre le plafond.

Il ressortit et reprit le couloir jusqu'à l'endroit où il ne restait plus qu'une masse de ferraille désintégrée, avec des fils électriques dégringolant du plafond, et spectacle poignant entre tous, les restes brisés d'un squelette d'homme écrasé sous une poutrelle.

Il revint en hâte dans le couloir et, dès qu'il fut sorti de l'escalier, remonta vers le récif. À six mètres, il s'arrêta pour décompresser pendant plusieurs minutes, conscient du courant qui cherchait à l'entraîner. Il refit surface à quelques mètres du rocher et trouva Anne Grant dans l'eau jusqu'à la taille, en train de remettre son équipement.

— Il faut qu'on s'en aille, cria-t-elle quand il fut près d'elle, le masque relevé. Il est peut-être plus tard que je ne crois. Je sens déjà la marée changer.

— C'est si grave que ça ?

Elle hocha la tête.

— Même les scooters ne pourront pas lutter contre un courant contraire de cinq nœuds.

Sur ces mots, elle partit et il la suivit. Derrière eux, sur toute la longueur du récif, des vagues venaient se briser et il sentait s'exercer sans relâche la pression du courant. Il se mit à battre des pieds de toutes ses forces, et petit à petit, la pointe se rapprocha. Anne se retourna, lui fit un bref signe de la main et ils s'enfoncèrent.

Les algues au fond de la mer, en dessous de lui, penchaient toutes d'un même côté, vers le récif, et la pression maintenant semblait un mur solide qu'il essayait de franchir. Il recommença à battre des pieds, eut vaguement conscience de passer au-dessus des rochers noirs, puis ils se retrouvèrent en eau calme et le scooter bondit en avant, avec une puissance accrue.

Il remonta à la surface et vit aussitôt Anne, vers la droite, assez loin devant lui. Il lui fit un signe d'encouragement et la suivit. Quand il franchit l'extrémité de la pointe, elle se trouvait à une cinquantaine de mètres et se dirigeait résolument vers le *Foxhunter*.

Un hors-bord était amarré à côté de l'échelle et le soleil faisait étinceler sa peinture rouge. Quelqu'un était assis sur une chaise en toile à côté du général Grant, un homme grand, à l'allure distinguée, avec des lunettes noires et une veste de lin, qui se leva pour s'approcher du bastingage, protégeant ses yeux du soleil pour mieux voir Anne.

Elle arriva à l'échelle et il se pencha pour l'aider. Quand elle sauta sur le pont, Mallory, encore à vingt ou trente mètres derrière elle, ralentit.

Quand il passa à côté du hors-bord, l'homme assis à la barre se tourna pour le regarder. C'était un individu costaud, à la mine patibulaire, avec des traits durs et une cicatrice en dents de scie qui lui coupait la joue droite. Mallory le reconnut aussitôt, grâce à la photo qu'on lui avait montrée avant sa mission.

Il remonta son masque.

— Bonjour !

Jacaud le regarda calmement, hocha la tête et se détourna. Mallory s'arrêta au pied de l'échelle où Raoul Guyon l'attendait déjà, la main tendue pour attraper le scooter.

Mallory enjamba le bastingage, s'accroupit sur le pont et ôta ses bouteilles. Anne Grant était debout à deux mètres de là, séduisante silhouette moulée dans sa combinaison jaune, en train de discuter avec l'homme en veste de lin.

On ne pouvait guère se tromper sur son identité. Le beau visage aristocratique, l'allure dégagée, tout disait que c'était un homme suprêmement conscient du fait que Dieu avait commencé par créer d'abord les Beaumont.

— Quelle surprise agréable ! était-elle en train de dire.

— Je passais par là par hasard, je vous assure. J'essayais mon nouveau hors-bord, répondit de Beaumont en mettant la main devant sa bouche. Ma chère Anne, vous êtes plus charmante chaque fois que je vous vois.

Le compliment la fit rougir d'une façon délicieuse et le Général intervint :

— Et maintenant que vous êtes avec nous, nous n'allons plus vous laisser repartir. Il faut que vous veniez dîner ce soir. Cela fait trop longtemps qu'on ne s'est vus.

— Je vous en prie, renchérit Anne.

Il haussa les épaules, sans lui lâcher la main.

— Comment puis-je refuser ?

Raoul Guyon se tenait à côté du roof avec Fiona et Anne se tourna vers lui.

— Connaissez-vous Mr Guyon ?

— Oui, nous nous sommes rencontrés, répondit de Beaumont.

J'ai remarqué les croquis charmants qu'il a faits du Général. S'il en a le temps, peut-être pourriez-vous le persuader de venir sur Saint-Pierre me dessiner, moi ?

— Avec plaisir, rétorqua Guyon.

Anne se tourna vers Mallory.

— Et voici Mr Neil Mallory. C'est lui qui dirige le bateau pendant un mois ou deux, le temps que Fiona et moi soyons capables de nous débrouiller seules.

De Beaumont s'immobilisa, regardant Mallory, puis, lentement, il ôta ses lunettes de soleil. Ses yeux étaient d'un étrange bleu métallique, très froids, sans une once de chaleur, et pourtant, Mallory sentit quelque chose passer, quelque chose qui le mit aussitôt en alerte.

— Mr Mallory, dit de Beaumont en lui tendant la main.

Mallory la prit et ils échangèrent une poignée de main ferme. Le Français le regarda dans les yeux pendant un moment, puis se tourna vers Anne.

— À présent, il faut que je parte. À quelle heure le dîner, ce soir ?

— Sept heures, dit-elle. Nous vous attendrons avec plaisir.

Il redescendit l'échelle et monta dans son hors-bord, en faisant un signe de tête à Jacaud. Le moteur rugit et le bateau s'éloigna, dans un vrombissement puissant.

De Beaumont leva le bras en signe d'adieu, prit un étui à cigarettes en or dans une poche intérieure, en choisit une et l'alluma.

— Dois-je dire à Marcel de se tenir prêt à vous faire traverser ce soir ? demanda Jacaud.

De Beaumont hocha la tête.

— À Pierre aussi, mais j'aurai également besoin de vous, Jacaud.

— Quelque chose d'intéressant ?

— Je viens juste de voir un fantôme, déclara de Beaumont tranquillement. Un fantôme du passé, et les fantômes sont toujours intéressants.

Il se carra dans son siège et Jacaud fit tourner la roue entre ses mains et mena le hors-bord de l'autre côté de la pointe, le visage impassible.

Mallory, debout à la barre du *Foxhunter*, pensait à de Beaumont. Il s'était passé quelque chose, ça, il en était sûr, mais de quoi pouvait-il bien s'agir ? À coup sûr, ils ne s'étaient jamais rencontrés auparavant.

La porte s'ouvrit derrière lui et Raoul Guyon entra. Il s'appuya contre la table des cartes et alluma une cigarette.

— Qu'est-ce que vous pensez de lui ?

Mallory haussa les épaules.

— Très charmant, très élégant. Il a l'air très policé, tant qu'on ne voit pas ses yeux. Dînez-vous avec eux ce soir ?

Guyon secoua la tête.

— J'ai été invité à boire un verre après. Comment était-ce sur le récif ? Intéressant ?

Mallory lui raconta tout ce qui s'était passé. Quand il eut fini, Guyon hocha la tête.

— À vous entendre, cette grotte sous l'île pourrait constituer une cachette parfaite pour *l'Alouette*.

— C'est ce qu'il va falloir découvrir.

— Et comment allons-nous nous y prendre ?

— Nous nous servirons des scooters. On essayera d'emprunter le Couloir Central dont je vous ai parlé.

— Direct dans la grotte. Vous croyez qu'ils vont nous laisser faire ?

— C'est ce que nous allons devoir découvrir. Nous irons ce soir. La météo est bonne et la lune est pleine. Si le temps est favorable, ça ne devrait pas être trop difficile. Nous nous rendrons de l'autre côté de la pointe en canot. Ça nous donnera un bon point de départ.

Guyon soupira.

— D'après Legrand, cette mission devait être intéressante. Même s'il n'en savait pas grand-chose. On se retrouve tout à l'heure.

Il referma la porte derrière lui et Mallory fit accélérer le bateau. Ce qu'il y avait d'étrange, c'était que, alors que le *Foxhunter* se rapprochait rapidement de la jetée, il ne pensait pas aux dangers qui l'attendaient, ni à cette longue plongée dans les ténèbres. Non, il pensait à deux yeux bleu métallique qui l'avaient dévisagé, en se demandant ce que diable ils avaient bien pu voir.

8

L'homme de Tanger

Au-dehors, la pelouse brillait d'une lueur pâle et les grands hêtres se détachaient sur le ciel crépusculaire. Au-delà, c'était le murmure éternellement triste de la mer.

À l'intérieur, la pièce était chaude et douillette, avec une lumière tamisée et des bûches qui sifflaient et crépitaient dans la cheminée. Il y avait un grand piano dans un coin, deux vieux canapés confortables près du feu et une ou deux gravures sur les murs.

C'était un salon dans lequel on vivait, un endroit tranquille et chaleureux, et les cinq personnes qui s'y trouvaient, installées à leur gré, sans cérémonie, discutaient paisiblement. De temps en temps, le rire de Fiona Grant remontait en surface comme une bulle d'air dans une mare d'eau tranquille.

De Beaumont et son hôte portaient des smokings et le Français paraissait élégant, complètement à l'aise, tandis qu'il parlait avec Anne Grant et le Général.

Fiona, vêtue d'une robe verte assez simple, coupée dans une soie épaisse, était assise sur l'accoudoir d'un vieux fauteuil recouvert de tapisserie. Guyon était debout à côté d'elle, en train de fumer une cigarette, s'appuyant d'une main contre la haute cheminée. Il ne portait pas de smoking, mais un costume bleu marine bien coupé, qui mettait en valeur sa silhouette fine, en lui donnant l'air distingué.

Il se pencha vers Fiona pour lui murmurer quelque chose à l'oreille. Elle rit et se leva.

— Raoul et moi, nous sortons faire une petite promenade. Quelqu'un souhaite-t-il nous accompagner ?

— Et que ferais-tu si nous disions oui ? demanda son père.

— Gros malin ! répliqua-t-elle en l'embrassant affectueusement avant de se diriger vers la porte. Je vais chercher un manteau, Raoul. Il peut faire frais dehors.

Raoul fit un sourire à de Beaumont.

— Vous reverrai-je avant votre départ, Colonel ?

De Beaumont secoua la tête.

— Je crains bien que non. Je me couche de bonne heure en ce moment. Instructions très strictes de mon médecin.

Guyon lui tendit la main.

— Donc, adieu pour le moment.

— Et n'oubliez pas ce portrait, lui rappela de Beaumont. Je pensais vraiment ce que je vous ai dit.

Le jeune Français salua les autres d'un signe de tête et franchit rapidement la porte en entendant Fiona l'appeler du vestibule.

— Il m'a tout l'air d'un jeune garçon assez sympathique, remarqua le Général.

— Manifestement, c'est ce que pense Fiona, dit Anne. Et en tout cas, il ne manque pas de talent. Il a passé plusieurs années dans l'armée, en Algérie, avant de se mettre à la peinture.

— Il est remarquablement doué, dit de Beaumont. Il n'aura aucun mal à se faire connaître.

Le Général tourna la tête vers Jagbir qui entrait pour offrir à boire sur un plateau.

— Mr Mallory est-il réapparu ?

— Non, Général.

Le Général ouvrit une boîte en argent à côté de lui et en sortit un long cigarillo noir.

— Je me demande ce qui a bien pu lui arriver.

— Ça a probablement quelque chose à voir avec le bateau, dit Anne. Et il se déplace à pied, après tout.

De Beaumont enfonça une cigarette dans un fume-cigarette en argent et demanda avec circonspection :

— Vous le connaissez depuis longtemps ?

Hamish Grant secoua la tête.

— Anne l'a trouvé à Southampton. En fait, il l'a sortie d'une histoire pas très agréable.

— Et c'est sur ces bases que vous l'avez embauché ?

— Tous ses papiers étaient en règle. Il venait juste de débarquer d'un pétrolier en provenance de Tampico un ou deux jours auparavant. Pourquoi posez-vous cette question ?

De Beaumont se leva et se mit à arpenter la pièce avec nervosité.

— C'est vraiment extrêmement difficile pour moi. Je ne voudrais surtout pas que vous pensiez que je me mêle de vos affaires, mais par ailleurs, je me sens dans l'obligation de dire ce que je sais.

— Vous savez quelque chose sur lui ? demanda le Général. Quelque chose de négatif ?

De Beaumont revint s'asseoir sur son siège.

— Vous êtes au courant, bien entendu, que, durant la dernière partie de ma carrière militaire, j'étais à la tête d'un régiment de parachutistes en Algérie. Durant les premiers mois de 1959, j'ai été détaché au quartier général à Alger et nommé responsable de la sécurité militaire.

— En quoi cela concerne-t-il Mallory ?

— Nous avions établi un dossier spécial sur les gens dont nous pensions qu'ils travaillaient pour le F. L. N. ou d'autres organisations nationalistes. Neil Mallory en faisait partie. Il était capitaine d'un yacht long-courrier basé à Tanger. Il faisait de la contrebande, engagé dans un commerce extrêmement rentable qui consistait à passer du tabac en fraude en Espagne et en Italie. On pensait aussi qu'il transportait des armes pour le compte du F. L. N.

Hamish Grant vida son verre, le reposa soigneusement sur la table et haussa les épaules.

— En d'autres termes, c'était un jeune homme dur, dépouvu de scrupules, qui était prêt à faire de l'argent partout où c'était possible. Vous ne m'avez rien appris que je n'avais réussi à déduire tout seul.

Il poussa son verre vers Anne.

— Verse-m'en un autre, ma chérie.

— Ce sont les années qui ont précédé Tanger que j'ai trouvées le plus intéressantes dans ce dossier, reprit de Beaumont. C'est la raison pour laquelle je me souviens si bien de lui. Vous souvenez-vous d'un livre que vous m'avez prêté il y a environ un an ? Un essai, publié par le Ministère de la Guerre, qui s'appelait *Une Nou elle Conception de la Guerre Ré olutionnaire* ? Vous m'aviez dit que cela avait été écrit par un jeune et brillant officier en 1953, au cours des mois qui avaient suivi sa libération d'un camp de prisonniers chinois en Corée. Il me semble qu'à l'époque, ce livre avait fait couler beaucoup d'encre et provoqué un scandale.

Le Général se raidit, une de ses mains se crispant sur le pommeau de sa canne.

— Grand Dieu ! s'exclama-t-il. Mallory ! Lieutenant-colonel Neil Mallory !

— Comment donc l'avait-on surnommé après cette aventure déplaisante en Malaisie ? dit doucement de Beaumont. Le Boucher de Perak ?

Le verre dans lequel Anne Grant était en train de verser du whisky tomba brusquement par terre. Elle resta là, regardant fixement de Beaumont, une expression de surprise sur le visage, puis elle se dirigea vivement vers son beau-père.

— Qu'est-ce qu'il veut dire ?

Hamish Grant lui tapota la main.

— Vous êtes certain qu'il s'agit du même homme ?

De Beaumont haussa les épaules.

— On peut difficilement parler de coïncidences. Je dois avouer qu'avant aujourd'hui, je ne connaissais que sa photographie, mais il a un visage très particulier. Du genre qu'on n'oublie pas facilement.

— Mais de quoi s'agit-il, Hamish ? insista Anne.

De Beaumont était manifestement embarrassé.

— Il vaudrait peut-être mieux que je m'en aille à présent. Pardonnez-moi d'avoir jeté une ombre sur cette soirée qui, sans cela, eût été absolument parfaite, mais en tant qu'ami, je me sentais dans l'obligation de vous révéler tout ce que je savais de cet homme.

— Vous avez très bien fait, répondit Hamish Grant en se levant. Je vous en suis très reconnaissant. Nous nous reverrons bientôt, je suppose ?

— Mais bien entendu.

Le Général se rassit, tandis qu'Anne et de Beaumont se rendaient dans le vestibule.

— Je vais demander à Jagbir de vous descendre jusqu'à la jetée en break, dit-elle.

De Beaumont secoua la tête.

— C'est inutile. C'est une belle soirée. Marcher me fera le plus grand bien.

Quand il lui prit la main pour y déposer un baiser, il la trouva molle et indifférente. Il prit son manteau, ouvrit la porte et sourit.

— Bonne nuit, Anne.

— Bonne nuit, Colonel de Beaumont, répondit-elle d'une manière formelle, puis elle referma la porte.

Il resta en haut de l'escalier, le visage éclairé par un léger sourire. Elle était fâchée parce qu'il avait découvert quelque chose de négatif dans le passé de Mallory ; cette réaction ne pouvait être celle, automatique, que d'une femme d'ores et déjà profondément concernée par cet homme, ce qui ne manquait pas d'être intéressant.

Il descendit l'escalier vers l'entrée principale et Jacaud sortit des buissons.

— Que s'est-il passé ?

De Beaumont haussa les épaules.

— Patience, mon cher Jacaud. J'ai mis les choses en route. Maintenant, il faut attendre les développements ultérieurs.

Un pas fit crisser le gravier et Jacaud le tira vivement dans l'ombre. Quelques instants plus tard, Mallory passa devant eux en se dirigeant vers la maison.

— Et à présent, qu'est-ce qu'on fait ? chuchota Jacaud. On retourne à Saint-Pierre ?

De Beaumont secoua la tête.

— La nuit sera longue et il va encore se passer bon nombre de choses intéressantes. Je pense que nous allons descendre à l'hôtel et goûter du brandy de contrebande de notre excellent ami Owen. Nous pourrons attendre la suite des opérations là-bas.

Il rit doucement et se mit en route sur l'étroit sentier, blanc dans le crépuscule.

— Qui est-ce, Hamish ? demanda calmement Anne. Je veux le savoir.

— Neil Mallory ? dit Hamish en haussant les épaules. Un officier parachutiste hors du commun. Un état de service exceptionnel durant la guerre, décoré à plusieurs reprises. Ensuite, la Palestine, la Malaisie, un autre genre de guerre. Il s'est rendu en Corée en 51, il a été blessé et fait prisonnier quelque part dans l'Imjin. Il est resté prisonnier pendant deux ans.

— Et ensuite ?

— De ce qu'on sait, il était le genre d'hommes dont les gens ont peur, en particulier ses supérieurs. Un peu comme Lawrence ou Orde Wingate, Dieu le protège. Un marginal désespéré qui ne trouve jamais sa place quand il s'agit de redevenir un soldat en temps de paix.

— De Beaumont a dit qu'il était colonel ? Il devait être très jeune ?

— Probablement, le plus jeune de l'armée à l'époque. Il a écrit ce livre pour le Ministère de la Guerre, *Une Nou elle Conception de la Guerre Ré olutionnaire*, en 1953. À ce moment-là, ça a effectivement fait couler beaucoup d'encre. La plupart des gens pensaient qu'il était devenu communiste. Il n'arrêtait pas de faire des citations tirées du livre de Mao Tse Toung sur la guerre de guérilla, comme si ce sacré bouquin était une bible.

— Qu'est-ce qui s'est passé ?

— Après l'affaire de Corée, il avait été nommé lieutenant-colonel. Il fallait lui trouver quelque chose à faire, alors on l'a envoyé en Malaisie. La situation n'était pas de tout repos là-bas, à l'époque. Dans certaines zones, la guérilla communiste contrôlait plus ou moins tout. Mallory s'est retrouvé à la tête d'une troupe constituée de soldats indigènes. Ce n'était pas vraiment un régiment. Il n'y avait guère plus d'une centaine d'hommes. Le recrutement ne se faisait pas facilement, dans ce temps-là. Des petits paysans malais, râblés, sortis tout droit de leurs rizières. Je connais le genre.

— Ont-ils fait de bons soldats ?

— Au bout de trois mois, c'était probablement les soldats les plus formidables de toute la jungle de Malaisie. Au bout de six, ils avaient fait la preuve d'une telle efficacité qu'ils s'étaient gagné un surnom : « les Tigres de Mallory ».

— Que s'est-il passé à Perak ?

— L'apogée du drame, ou de la tragédie, si tu préfères, parce que c'est bien de ça dont il s'agit. À cette époque, la guérilla communiste pourrissait Perak, en particulier le long de la frontière avec la Thaïlande. Le pouvoir en place a ordonné à Mallory de se rendre sur place et de faire place nette une bonne fois pour toutes.

— Et c'est ce qu'il a fait ?

— Je pense qu'on pourrait dire que oui, mais quand ça a été terminé, on lui avait attribué un nouveau surnom.

— Le Boucher de Perak ?

— C'est cela. Un homme qui avait ordonné l'exécution de nombreux prisonniers, qui avait interrogé et torturé les captifs. Un homme dont on savait parfaitement qu'il avait agi avec une férocité tenace, et pratiquement de sang-froid.

— Et on l'a remercié ?

Le Général secoua la tête.

— Je pense que cela aurait mis d'autres gens en cause. Non, on l'a simplement poussé à la retraite. On a donné aux journaux la version habituelle. En gros, qu'il n'avait jamais réussi à récupérer après l'expérience vécue dans les camps chinois, et tout le toutim. Personne ne pouvait le nier et ainsi, toute l'affaire a été purement et simplement enterrée.

Elle resta là, à contempler le feu pendant plusieurs minutes, puis elle secoua la tête.

— L'homme que vous décrivez devait être un monstre, ce que n'est pas Neil Mallory, j'en suis persuadée.

D'une main, il enveloppa les siennes.

— Il te plaît, n'est-ce pas ?

Elle ne répondit pas et il poussa un soupir.

— Dieu sait que ça devait arriver, reprit-il. Il y a longtemps que Angus est parti, Anne. Très, très longtemps.

La porte s'ouvrit et Jagbir apparut, suivi de Mallory.

— Mr Mallory est là, Général.

Hamish Grant se redressa dans son siège, carra les épaules et dit calmement :

— Fais entrer le colonel Mallory, Jagbir.

Mallory s'arrêta juste au seuil de la porte, le visage très pâle dans la lumière douce, ses étranges yeux noirs ne trahissant rien.

— Qui vous l'a dit ?

— De Beaumont, répondit le Général. Quand il était à la tête de la Sécurité Militaire à Alger en 1959, il avait un dossier sur les gens dans votre genre. Si j'ai bien compris, vous transportiez des armes pour le F. L. N. à partir de Tanger. Est-ce que je me trompe ?

Sur le coup, Mallory se sentit surtout soulagé. Il était regrettable que de Beaumont l'ait reconnu du temps de l'Afrique du Nord, mais au moins, la couverture dont il s'était servi à Tanger n'avait manifestement pas été mise en cause et c'était bien le principal.

— Quelle importance cela a-t-il ? Mon passé, je veux dire ?

— Seigneur, ce que vous avez fabriqué à Tanger ne m'intéresse pas, jeune homme. Ce que je veux savoir, c'est ce qui s'est passé à Perak.

— Et si je vous répondais que vous vous mêlez de ce qui ne vous regarde pas ?

Le vieil homme demeura étrangement calme, mais Anne s'avança et toucha la manche de Mallory.

— Je vous en prie, Neil, il faut que je sache.

Elle le fixait de ses yeux immenses, et il se détourna brusquement, marcha jusqu'à la fenêtre et descendit l'escalier de la terrasse.

Il s'arrêta près du mur qui dominait le bras de mer, dans la faible lumière du crépuscule. Les lumières d'un navire, au large, semblaient très lointaines.

Il se sentait fatigué, vidé de toute émotion, n'ayant conscience que d'une étrange certitude intérieure : quels que soient les actes commis par un homme, en dernière analyse, il n'en reste rien.

Il entendit marcher sur le gravier derrière lui. Quand il se retourna, Hamish Grant et sa belle-fille étaient debout, au pied des marches. Ils s'approchèrent de la table, le vieil homme s'assit sur une des chaises et Anne Grant s'approcha de Mallory.

Pendant un long moment, elle resta là à le scruter, les traits dans l'ombre, puis elle se jeta en avant, enfouissant son visage contre sa poitrine et, instinctivement, il l'entoura de ses bras.

La silhouette du vieillard, les mains croisées sur le pommeau de sa canne, enracinée dans le sol comme quelque antique statue, se distinguait clairement contre le pâle ciel nocturne et la mer.

— Parfait, Colonel Mallory, dit-il d'une voix qui ne souffrait pas la contradiction, je n'attends plus que vous.

9

Le Boucher de Perak

Le lieutenant Gregson marchait nerveusement de long en large en fumant une cigarette, tentant d'avoir l'air aussi indifférent que la demi-douzaine de soldats malais qui s'étaient installés dans l'herbe haute en discutant tranquillement. Au bord de la clairière, le corps d'un homme était pendu par les chevilles au-dessus des braises encore rougeoyantes, la chair se détachant par lambeaux de son crâne.

L'odeur était nauséabonde, tellement envahissante que Gregson pouvait presque en sentir le goût dans sa bouche. Il frissonna de façon manifeste, en se demandant ce qui pouvait bien retenir le Colonel. Il n'avait que vingt-deux ans, il était mince avec de larges épaules, mais le visage sous le béret rouge avait les traits fins, les yeux trop enfoncés dans leurs orbites.

Il entendit le bruit de la Land Rover qui arrivait sur la piste et claqua vivement des doigts. C'était inutile. Les soldats s'étaient déjà dressés comme un seul homme, avec la discipline tranquille et facile des vétérans, et attendaient. Quelques instants plus tard, le sergent Tewak pénétrait dans la clairière, suivi par le Colonel.

Mallory était coiffé d'un béret de parachutiste et d'une tenue de camouflage ouverte au col et il n'arborait aucun galon. Il s'immobilisa devant le cadavre, le fixant de ses yeux sombres et troublants dans son étrange visage blafard et se mit à taper sans relâche son genou droit, du bout d'une badine en bambou.

Quand il prit la parole, ce fut d'une voix calme.

— Quand l'avez-vous trouvé ?

— Il y a environ une heure. J'ai pensé que vous souhaiteriez le voir exactement dans l'état où ils l'ont laissé.

Mallory hocha la tête.

— Laissez le sergent Tewak prendre la direction des opérations ici. Il ramènera le corps à Maluban dans votre Land Rover. Vous pouvez revenir avec moi.

Il reprit brusquement le chemin de la jungle et Gregson, avant de lui emboîter le pas, transmit les instructions nécessaires à Tewak. Quand il rejoignit la Land Rover, Mallory était déjà au volant et Gregson s'installa à la place du passager.

Le Colonel s'éloigna rapidement et Gregson, tout en allumant une cigarette, dit avec précaution :

— J'espère que vous n'êtes pas en train de vous faire des reproches, monsieur ?

Mallory secoua la tête.

— C'était un bon soldat, il savait les risques qu'il encourait. S'ils l'avaient accepté, nous en aurions appris un sacré paquet sur eux. Probablement assez pour anéantir leur réseau dans toute la zone de Perak. Mais ça n'a pas marché.

Gregson frissonna en repensant au corps torturé, pitoyable, à l'odeur de chair brûlée.

— Ils ne l'ont pas épargné, n'est-ce pas, monsieur ?

— Ils le font rarement, rétorqua sèchement Mallory. Il y a un ou deux larbins planqués à Singapour qui auraient pu apprendre quelque chose cet après-midi. Malheureusement, on dirait qu'ils ne se déplacent jamais jusqu'ici.

Une main sur le volant, il prit une cigarette dans sa poche de poitrine et l'alluma.

— Pendant votre absence, reprit-il, le Quartier Général s'est manifesté. Ils m'envoient un avion vendredi. Il va y avoir une enquête.

Gregson se tourna vivement vers Mallory.

— L'affaire Kelantang ?

Mallory hocha la tête.

— Apparemment, la presse s'en est emparée au pays. Je ne pense pas que je reviendrai, dit-il en ralentissant pour aborder une côte.

— Mais c'est ridicule, dit Gregson avec colère. Il n'y a plus aucune guérilla à Kelantang. Les Tigres ont remporté davantage de victoires en six mois que n'importe quelle autre unité depuis le début de cette période critique.

— Ils n'apprécient pas mes méthodes, répliqua Mallory. Ce n'est pas plus compliqué que cela.

— Moi non plus, dans un premier temps, mais à présent, je comprends que c'est la seule façon possible. Et si on refuse de combattre le feu par le feu, alors autant plier bagage et rentrer chez soi.

— Ce qu'ils ne nous laisseront pas faire, non plus, répondit Mallory. La Grande-Bretagne n'a jamais aimé renoncer à quoi que ce soit. C'est ce que disait mon grand-père irlandais et il avait de bonnes raisons de le penser.

En sortant de la jungle, la Land Rover franchit une petite colline au pied de laquelle, le long du fleuve, s'étendait Maluban. Il y avait peut-être quarante ou cinquante maisons au toit de chaume, bâties sur pilotis, la scierie et l'entrepôt de caoutchouc tout au bout de la jetée.

Tout était très calme, c'était l'heure paisible où la jungle se replie sur elle-même avant la tombée de la nuit. Au moment où Mallory traversait le village au volant de sa Land, on entendit un coup de sifflet strident et les ouvriers commencèrent à sortir de la scierie.

Il freina brusquement devant son poste de commandement, un bungalow de bardeaux blanchis construit sur des pilotis de béton, salua la sentinelle et grimpa rapidement l'escalier. À l'intérieur, un caporal était assis devant une radio, dans un coin. Il commença à se lever, mais Mallory le fit rasseoir.

— Du nouveau ? demanda-t-il en malais.

— Pas depuis votre départ, monsieur.

Mallory se planta devant la grande carte de la région qui était fixée au mur. Il fit courir son doigt le long de la rivière.

— Jack doit être par là à présent. À plus de soixante-cinq kilomètres.

Gregson hocha la tête en montrant un petit village au sud-ouest.

— Harry sera à Trebu à la tombée de la nuit. À eux deux, ils auront balayé presque toute la rive occidentale du fleuve.

— Sans découvrir la moindre trace de quoi que ce soit. Quels sont les effectifs dont nous disposons en ce moment ?

— Si on compte le sergent Tewak et les six hommes qui doivent ramener le corps, une douzaine. Huit hommes à l'infirmerie, et aucune simulation.

— Inutile de me le dire, répliqua Mallory en s'emparant de sa badine. Mr Li donne une réception ce soir. J'y resterai probablement jusqu'à minuit. Appelez-moi s'il se passait quoi que ce soit.

— Il y a une raison particulière à cette réception ?

Mallory hocha la tête.

— Une journaliste s'est installée chez lui pour quelques jours. Elle s'appelle Mary Hume.

— Ce n'est pas elle qui, avant, était membre du Parlement ?

— Exactement. Une de ces libérales professionnelles, qui passent leur temps à se rendre dans tous les points chauds de la planète pour ensuite rédiger des articles et descendre en flammes notre pauvre armée à coups de pied dans le cul.

— Tant pis ! dit Gregson. Au moins, on mange bien chez le vieux Li.

— Maigre consolation…

Mallory se dirigea vers la porte, se tourna vers Gregson et pratiquement pour la première fois depuis qu'ils se connaissaient, fit un sourire.

— Vendredi, hein ? reprit-il. Ça fait juste trois jours. Ça ne laisse pas beaucoup de temps pour nettoyer Perak, pas vrai ?

Quand il fut sorti, Gregson revint à la carte. Le pays était sacrément étendu et il savait, tout au fond de lui, que les patrouilles qu'ils avaient envoyées le long du fleuve étaient en train de perdre leur temps. À Perak, il existait peut-être une soixantaine de guérilléros chinois, certainement pas davantage. Et pourtant, c'était suffisant pour terroriser toute une région, pour inspirer à la population elle-même une telle peur que tout espoir de coopération était impossible.

Et vendredi, le Colonel allait s'envoler pour Kuala Lumpur afin d'assister à une enquête qui pourrait bien le mener droit en cour martiale et à la disgrâce. Gregson jura à voix basse. Si seulement Mallory avait pu filer en emportant la nouvelle que lui et ses Tigres avaient encore réussi. Réussi à détruire le dernier nid de guérilla encore active dans le nord. Voilà qui aurait donné matière à réflexion au Quartier Général.

Il se rendit dans la chambre, située sur l'arrière, se versa un verre et, debout dans la véranda, contempla la petite bande d'herbe grasse qui tenait lieu de jardin. Il entendit une planche grincer derrière lui et vit Suwon, la secrétaire de Mr Li, en train de monter l'escalier.

Elle avait une vingtaine d'années et sa peau avait un aspect crémeux, particulier aux Eurasiennes. Ses lèvres, très pleines, lui donnaient un air vaguement sensuel. Elle était vêtue d'une robe écarlate coupée dans une lourde soie rouge, fendue de chaque côté au-dessus du genou, qui moulait sa silhouette appétissante.

Il eut un sourire contraint et leva son verre.

— Surprise, surprise. Je pensais que vous seriez à la réception.

— Je vais y aller tout à l'heure. Mais je voulais vous voir.

— Voilà qui est des plus flatteur.

Il se rapprocha et elle lui posa la main sur la poitrine.

— Je vous en prie, Jack, c'est sérieux. La femme de Sabal, le passeur, me quitte à l'instant. Elle est folle d'inquiétude.

— Quel est le problème ?

— Depuis trois jours, ils cachent un terroriste blessé, sous les menaces habituelles. Il a été touché pendant cet affrontement avec la patrouille la semaine dernière de l'autre côté du fleuve. Ses amis l'ont porté chez Sabal parce que la maison est isolée. Vous savez où ça se trouve ?

Le ventre de Gregson se creusa sous le coup de l'émotion et quand il reposa son verre, il avait la main qui tremblait.

— À environ huit cents mètres en amont. Donc, ils ont décidé de s'en débarrasser ?

Elle haussa les épaules.

— Si cet homme n'est pas pris en charge par des médecins, il ne va pas tarder à mourir. Sabal est bouddhiste. Il ne peut pas laisser une telle chose se produire.

— Vous n'en avez parlé à personne d'autre ?

Elle secoua la tête.

— Personnellement, je n'ai aucune envie de devenir une cible. Vous savez comme ces choses-là circulent facilement. Voilà pourquoi je fais machine arrière.

Il boucla son ceinturon avec son revolver.

— Personne n'apprendra de qui je tiens mes informations, je vous le promets.

— C'est surtout pour Sabal et sa famille que je m'inquiète.

— C'est inutile. Je ne vais prendre que deux hommes avec moi. Faire comme s'il s'agissait d'un contrôle de routine. (Il l'embrassa légèrement sur les lèvres.) Vous feriez mieux de partir. On va vous chercher à ce dîner. Et pas un mot à quiconque. Je veux faire une surprise au Colonel.

Il sortit en passant par l'autre pièce et elle l'entendit appeler à haute voix le caporal de garde. Quelques instants plus tard, la Land Rover démarra. Elle resta là, une ombre tombant à l'oblique sur ses yeux, comme un masque. Ce ne fut que lorsque le bruit du moteur eut finalement disparu dans le lointain qu'elle s'éloigna enfin.

Un papillon de nuit voleta désespérément à côté de la lampe à huile et se ratatina dans la chaleur. Ce qui en restait s'abattit en voltigeant sur la table. Mr Li le balaya d'un revers de main et prit la carafe de vin. On voyait qu'il avait du sang européen dans les veines. Ses yeux, légèrement bridés, étaient perspicaces et pleins de bienveillance, ses lèvres, sous le nez droit, bien formées et pleines d'humour.

— Encore un peu de brandy, Mrs Hume ?

Elle avait une quarantaine d'années, des cheveux courts et grisonnants, coiffés d'une manière banale. C'était une femme encore séduisante dans sa robe simple en coton imprimé, les épaules drapées dans un châle de cachemire pour se protéger de la fraîcheur de la nuit.

Elle poussa son verre vers Mr Li qui reprit :

— Vous n'avez pas idée du plaisir que cela me donne de recevoir un Membre du Parlement britannique sous mon toit.

— J'ai bien peur que vous ne soyez pas au courant des dernières nouvelles, Mr Li, répondit-elle avec désinvolture au moment où Suwon entrait avec le café. Je ne m'intéresse plus guère à la politique. Je suis une simple journaliste salariée envoyée en reportage.

— Pour découvrir par vous-même l'état des choses dans la région frontalière ? demanda Mr Li en souriant. Comme ça tombe bien que le Colonel Mallory ait accepté d'être mon hôte durant son séjour. Je suis persuadé que personne n'est plus compétent que lui pour parler de l'époque troublée que nous sommes en train de traverser.

— J'ai déjà eu quelques aperçus des méthodes du Colonel Mallory, rétorqua froidement Mary Hume en se tournant vers Mallory, assis tout au bout de la longue table, vêtu d'un uniforme de coutil merveilleusement bien coupé, arborant ses médailles, ses rubans et les ailes de la S. A. S au-dessus de sa poche de poitrine, qui formaient une tache de couleur dans la lumière.

— J'ai traversé le village de Pedak à une quinzaine de kilomètres d'ici au sud, reprit-elle. Toutes les maisons avaient été brûlées entièrement sur vos ordres. Les femmes et les enfants se retrouvaient sans abri alors que les pluies ne vont pas tarder.

Suwon se pencha par-dessus l'épaule de Mallory pour verser du café dans sa tasse et il respira son parfum.

— Il y a deux jours, une de mes patrouilles est tombée dans un piège à Pedak. Quatre hommes ont été tués et deux autres blessés. Les villageois auraient pu les prévenir. Mais ils ne l'ont pas fait.

— Parce qu'ils avaient peur, répliqua-t-elle avec colère. Ça me semble évident. Les guérilléros communistes ont dû les contraindre par la menace à garder le silence.

— Absolument, répondit calmement Mallory. C'est la raison pour laquelle j'ai fait brûler leurs maisons. La prochaine fois, ils y réfléchiront à deux fois.

— Mais vous les mettez devant un choix impossible. Vous les obligez à trahir leurs compatriotes.

— Voilà une chose que les gens dans votre genre n'ont jamais l'air de comprendre. Les hommes pris dans l'embuscade, ceux qui ont été tués, mes soldats, étaient malais. Les guérilléros qui les ont eus étaient chinois.

— Pas tous.

— Certains sont des Chinois de Malaisie, je ne discuterai pas sur ce point, mais la majorité sont des Chinois communistes, entraînés et équipés par l'Armée de la République Populaire et infiltrés en Malaisie, en passant par la Thaïlande.

— Ce que raconte le colonel Mallory est tout à fait vrai, Mrs Hume, intervint Mr Li. Ces terroristes sont des gens dangereux. Ils ont rendu la situation très difficile pour nous dans cette région.

— Pour le commerce, vous voulez dire, répliqua-t-elle d'une voix acide.

— Mais bien sûr, répondit Mr Li sans se laisser décontenancer le moins du monde. Plusieurs grandes entreprises de caoutchouc ont plus ou moins déjà mis la clé sous la porte et bientôt, la situation sera aussi catastrophique que dans le commerce du bois. À la scierie, mes ouvriers ne travaillent déjà plus qu'à mi-temps. C'est le peuple qui en pâtit réellement, vous savez. Il y a deux semaines, la mission catholique de Kota Banu a été attaquée. Le missionnaire était absent à ce moment-là, mais deux religieuses et treize jeunes filles ont été tuées.

— Vous perdez votre temps, Li, dit Mallory. Ce n'est pas le genre d'histoire que Mrs Hume a envie d'entendre. Son torchon imprime en général ce type de nouvelles dans le coin en bas à gauche de la page sept.

Il prit son verre de brandy et sortit sur la véranda ouverte, poursuivi par la voix de Li qui s'excusait derrière son dos. Dans l'obscurité qui s'épaississait au-delà de la rivière, la jungle commençait à se réveiller, les grenouilles faisant vibrer l'air, tandis que les singes s'apostrophaient mutuellement en se balançant d'un arbre à l'autre, tout cela rythmé par le chant entêtant des criquets.

À côté de lui, Mary Hume déclara d'une voix sèche et plate :

— À Singapour, on dit que vous avez exécuté vos prisonniers pendant l'opération de Kelantang. Est-ce vrai ?

— J'étais sur le point de mettre la main sur un autre groupe de guérilla. J'avais besoin de tous les hommes disponibles. Des prisonniers m'auraient retardé, répondit Mallory en haussant les épaules.

— Et maintenant, on va ouvrir une enquête. Ils vont vous virer, vous savez.

Il haussa les épaules.

— N'est-ce pas ce que vous souhaitez ?

Elle fronça les sourcils.

— Vous ne m'aimez pas, n'est-ce pas, colonel Mallory ?

— Pas particulièrement.

— Puis-je vous demander pourquoi ? Je ne fais que mon travail.

— Si je me souviens bien, c'était l'excuse que vous aviez déjà invoquée en Corée quand vous et un ou deux spécimens de choix dans votre genre, vous avez accepté une invitation des Chinois à venir voir comment se passaient vraiment les choses de l'autre côté.

— Je comprends maintenant, dit-elle et sa voix mourut dans un long soupir.

— Vous avez écrit d'excellents articles sur les camps de prisonniers. Comme ils étaient corrects, comme on y était tous bien traités. Je les ai lus après ma libération. Évidemment, on ne vous a jamais montré le camp où je me trouvais, Mrs Hume, ce qui n'a rien de surprenant. À peu près à l'époque où vous commenciez votre visite guidée, moi, j'étais enfermé pour six mois dans une cage de bambou, plutôt exiguë. Pour dire la vérité, nous étions vingt dans ce cas. Une expérience salutaire, surtout quand l'hiver vient juste de commencer.

— J'ai rapporté les faits tels que je les ai vus, dit-elle d'une voix calme.

— C'est ce que font toujours les gens comme vous.

Il avala la moitié de son verre de brandy et reprit :

— Il y a une chose qui m'intéresse vraiment. Pourquoi est-ce toujours votre propre pays ? Pourquoi est-ce qu'il ne s'agit jamais de l'adversaire ? Je veux dire, qu'est-ce qui vous fait manquer de cran à ce point-là ?

À l'évidence, elle ne parvenait à contrôler sa colère que par un suprême effort de volonté, et quand elle lui répondit, ce fut d'une voix légèrement chevrotante.

— Quand il s'agit d'un principe moral, je refuse d'être entravée par un nationalisme feint.

— C'est ça, l'histoire ? dit Mallory. Eh bien, je vais vous annoncer quelque chose, Mrs Hume. Je préfère avoir affaire à ces types-là dans la jungle qu'à des gens dans votre genre. Au moins, ils se battent pour ce en quoi ils croient. Ils méritent mon respect pour ça.

— Même quand ils martyrisent des religieuses et des jeunes filles ? persifla-t-elle.

— On a fait face à ce genre de choses à une échelle bien plus impressionnante pendant la guerre. Après tout, pour une puriste comme vous, il ne doit guère y avoir de différence entre la grenade d'un terroriste et les bombes qu'on lâche en appuyant sur un bouton à douze mille mètres de haut.

Elle se raidit brusquement et il reprit doucement :

— Mais j'oubliais. Votre mari n'était-il pas pilote de bombardier pendant la guerre ? Je suis certain qu'il aurait une opinion très intéressante.

— Mon mari est mort, colonel Mallory. Il a été tué pendant la guerre.

— Je sais, Mrs Hume, répondit tranquillement Mallory.

Elle se détourna brusquement et rentra dans la maison. Mallory prit une cigarette et frotta son allumette contre la rambarde de la véranda.

Il y eut un bruissement dans les buissons en dessous et le sergent Tewak déclara calmement :

— Colonel, il y a de mauvaises nouvelles au poste de commandement. Il faudrait mieux que vous veniez.

Mallory jeta un rapide coup d'œil par-dessus son épaule. Mr Li et Mrs Hume étaient assis autour de la table, lancés dans une conversation extrêmement sérieuse, tandis que Suwon s'activait à préparer des boissons sur le buffet. Il enjamba la rambarde et suivit Tewak à travers les buissons.

Le petit Malais avançait rapidement sans rien dire. Il franchit le premier la porte de derrière et descendit la colline vers le village. Les rues étaient calmes, mais devant le poste, Mallory trouva ce qui semblait être la totalité du détachement debout par groupes de deux ou trois, en arme et prêts à se mettre en route.

Tandis que Tewak le guidait vers la réserve, une cabane construite le long du bungalow, Mallory prit conscience du vide qui lui tordait l'estomac. Le Malais ouvrit la porte, alluma la lumière et entra.

Le corps était recouvert d'un tapis de sol et reposait sur une table à tréteaux au centre de la pièce. Mallory sut aussitôt qu'il s'agissait de Gregson à cause des bottes de parachutiste américain qu'il avait achetées d'occasion dans une boutique de Singapour trois mois auparavant. Tewak repoussa le tapis de sol et attendit, le visage comme une pierre.

Les dents étaient serrées, les lèvres retroussées dans un rictus d'agonie. On lui avait lié les mains derrière le dos, on lui avait arraché les yeux, manifestement alors qu'il était encore en vie. Tout le reste de son corps ressemblait à un morceau de viande crue.

Mallory prit une profonde inspiration et se détourna.

— Quand est-ce arrivé ?

— Il y a environ une demi-heure. On est venu le prévenir qu'un terroriste blessé se cachait dans la maison de Sabal le passeur. Je suis arrivé environ une heure après son départ. Il n'avait pris que deux hommes. En ne le voyant pas revenir, j'ai pensé qu'il valait mieux que j'aille aux nouvelles.

— Ils sont tous morts ?

— Ainsi que Sabal, sa femme et leurs quatre enfants.

Mallory hocha lentement la tête, les sourcils légèrement froncés. Il regarda le corps étendu sur la table, de nouveau recouvert par le tapis de sol.

— Va au bungalow de Mr Li. Il y a une Anglaise là-bas, une Mrs Hume. Dis-lui que je veux la voir. Si elle refuse de venir, amène-la de force.

La porte se referma doucement et Mallory alluma une cigarette, en pensant à Gregson, à la cruauté inutile et dénuée de sens de sa mort. On avait voulu le menacer, lui, cela était évident, il était personnellement visé. Quels que soient les individus qui contrôlaient la soixantaine de terroristes de Perak, ils s'étaient simplement servis de Gregson comme d'une carte de visite.

Quelques minutes plus tard, la porte s'ouvrit et Mary Hume fut poussée à l'intérieur. Derrière elle, Mallory vit le visage perturbé de Li.

Elle était blême et tremblante de fureur. Elle s'avança vers lui, mais Mallory prit vivement la parole avant qu'elle n'ait le temps de dire un mot.

— Navré de vous déranger, Mrs Hume, mais un de mes jeunes officiers souhaitait vivement vous rencontrer.

Tandis que le front de Mrs Hume se creusait davantage, il ôta brutalement le tapis de sol. Elle resta là à regarder la table, une expression de surprise figée sur ses traits, puis sa tête se mit à osciller, et ses lèvres à trembler. Mr Li la prit doucement dans ses bras et la tint contre lui.

— Ce n'était pas une bonne chose à faire, Colonel.

— Allez au diable, répliqua Mallory, et emmenez-la avec vous.

Il se tourna pour recouvrir Gregson avec soin puis sortit de la réserve.

Au loin, le tonnerre gronda, puis un éclair illumina le ciel. Pendant un dixième de seconde, Mallory distingua clairement chacun des meubles de sa chambre. Il jeta sa badine et son béret sur le lit avant d'ouvrir les volets. Au moment où il sortait sur la véranda, la pluie commença, une grosse averse brutale qui remplit la nuit de bruit.

Il inspira profondément, emplissant à fond ses poumons, et une voix tranquille s'éleva :

— L'air de la nuit n'est pas bon quand la pluie commence, Colonel.

Suwon se tenait à quelques mètres, près de la rambarde, et quand il y eut un nouvel éclair, son visage parut jaillir de l'obscurité, le dragon brodé sur sa robe de soie rouge se réveillant comme une étrange créature nocturne.

— J'espérais que tu viendrais, dit-il.

Elle s'approcha jusqu'à ce que leurs corps se touchent, et son odeur était tiède, les pointes de ses seins dressées contre sa poitrine. Elle posa une main sur sa nuque, la bouche molle de désir, et il demanda doucement :

— Pourquoi as-tu dit à Gregson qu'un terroriste blessé se cachait dans la maison de Sabal ?

Tandis qu'il faisait glisser ses mains vers le creux de ses reins, il la sentit se raidir, tendue comme la corde d'un arc. Elle poussa un cri de terreur étranglé, fit demi-tour et dévala les marches en trébuchant vers la pelouse. Pendant qu'elle la traversait, un éclair zébra de nouveau le ciel et dans ce court moment d'illumination, le sergent Tewak et une demi-douzaine d'hommes s'avancèrent en demi-cercle. Au moment où Tewak la saisit, le ciel parut s'ouvrir en deux, le tonnerre fut si fort que la terre en trembla, noyant son cri de terreur tandis qu'on lui faisait faire demi-tour sans ménagement en la poussant vers l'escalier.

Dans sa chambre, Mallory alluma la lampe, prit une chaise et s'assit. La robe de Suwon était trempée et collait à son corps comme une seconde peau, et elle avait le visage blafard quand Tewak la fit entrer.

— Un peu plus tôt dans la soirée, tu es venue au poste par le jardin. Tu as raconté au lieutenant Gregson qu'il y avait un terroriste blessé chez Sabal.

Elle se mit à secouer mollement la tête en signe de dénégation et Mallory continua :

— Ne perds pas ton temps à des mensonges idiots. Le caporal de garde a entendu toute votre conversation.

Les larmes commencèrent à rouler sur ses joues et il lui déclara :

— Gregson est mort, mais je ne t'en rends pas responsable. C'est la personne qui t'a donné des ordres qui l'est. Qui est-ce ? Tu n'as pas besoin d'avoir peur. Je veillerai à ce que tu sois protégée.

Elle secoua la tête avec désespoir et tenta de se libérer de la poigne de fer de Tewak. Elle perdait son temps. Le Malais haussa les sourcils. Mallory hocha la tête et Tewak lui balança un coup de poing sur la bouche, qui l'envoya valdinguer à l'autre bout de la pièce, sur le lit.

Quand Mallory la releva, elle avait les lèvres écrasées et sanglantes et elle avait perdu deux dents.

— Il y a deux semaines, tes amis ont brûlé une mission catholique et martyrisé treize petites filles, dit-il calmement. En juillet dernier, ils ont fait dérailler un train et tué ou blessé près de cent paysans. En ce qui me concerne, tu es aisément remplaçable. Donc, soit tu me dis ce que je veux savoir, soit je laisse Tewak s'occuper vraiment de toi et là, je peux te promettre une chose — tu ne voudras plus jamais te regarder dans la glace.

Tewak commença à ôter sa ceinture et elle secoua faiblement la tête, l'air sortant avec difficulté de sa bouche brisée.

— Mr Li, gémit-elle. C'était Mr Li.

Li scrutait son visage dans le miroir de la salle de bains, une pince à épiler à la main. Avec beaucoup de soin, il arracha deux poils blonds de sa moustache, puis dévissa le capuchon doré d'une grande bouteille de lotion parfumée et en versa dans le creux de ses mains. Il se massa la figure avec soin, grimaçant sous la fraîcheur mordante puis retourna dans sa chambre.

Mallory était debout à côté de la fenêtre ouverte qui donnait sur la véranda. Il avait son béret rouge sur la tête et il se frappait sans arrêt la cuisse droite de sa badine. Ce fut ses yeux qui révélèrent à Li le destin qui l'attendait, ces yeux étranges, insondables, comme des trous dans ce visage blanc, dont le regard le transperçait.

Il n'y avait rien à dire, absolument rien. Il resta là, avec un léger sourire, les mains au fond des poches de sa robe de chambre de soie. Mallory fit un signe et Tewak, suivi de ses hommes, entra dans la chambre.

Mr Li s'avança vers une petite table basse, prit une cigarette dans une boîte de jade et l'alluma.

— Qui vous l'a dit ?

Mallory secoua la tête.

— Suwon était un mauvais calcul. Les filles comme elle tiennent trop à leur apparence. Elles n'ont rien d'autre à offrir.

La bibliothèque contre le mur du fond s'écroula dans un bruit de tonnerre et trois des soldats enfoncèrent le panneau de bois à coups de crosse. Il céda rapidement, révélant un placard avec un émetteur sans fil et plusieurs dossiers.

Mallory examina ce qu'ils avaient découvert, hocha la tête et se retourna.

— Jusqu'ici, ça va. Maintenant, revenons-en à nos affaires. Selon les rapports d'espionnage, il y a entre soixante et soixante-dix hommes mobilisés à Perak. Je veux savoir où ils se trouvent.

— Vous perdez votre temps, mon cher Mallory, répliqua Li. Et voilà une chose que vous n'avez pourtant pas les moyens de perdre, n'est-ce pas ? Quand viennent-ils vous chercher — vendredi ? Trente-six heures, voilà ce dont vous disposez.

Il se mit à rire et Tewak leva la main. Mallory secoua la tête.

— Inutile de perdre du temps en préliminaires. Amène-le dans le salon, il y a du feu dans la cheminée.

Li sentit le froid envahir son corps. Les histoires qu'il avait entendues à propos de ce Mallory, de ces Tigres et de la façon dont ils agissaient. Personne n'y croyait vraiment, parce que les Anglais ne se battent pas ainsi. Ils n'utilisent pas de telles méthodes, et c'est là leur plus grande faiblesse. Lavage de cerveau et pressions psychologiques, ça, il y avait été préparé, mais là… !

D'une bourrade, ils le poussèrent dans l'autre pièce, près de la grande cheminée de pierre où il avait ordonné aux domestiques d'allumer du feu pour lutter contre l'humidité de l'atmosphère. Mallory hocha la tête. La robe de chambre et la veste de pyjama de Li furent arrachées, le laissant nu jusqu'à la ceinture. Sans ménagement, on lui lia les mains derrière le dos avec un morceau de corde.

On entendit du remue-ménage derrière la porte et la voix aiguë de Mary Hume s'éleva. Mallory traversa la pièce, ouvrit la porte et passa dans le couloir. Le visage de la femme paraissait encore plus pâle avec ses yeux cernés de noir et manifestement, elle avait pleuré.

— Que se passe-t-il là-dedans ? dit-elle. J'exige de le savoir.

— Je suis en train d'interroger Mr Li, répondit Mallory. Nous venons juste de découvrir qu'il n'est pas exactement celui qu'il a l'air d'être.

— Je ne vous crois pas, répliqua-t-elle.

— C'est bien dommage. À un autre moment, je vous montrerai avec plaisir l'émetteur qu'il avait caché dans sa chambre, mais pour l'instant, je suis occupé. (Il se tourna vers le caporal à sa gauche.) Raccompagnez Mrs Hume dans sa chambre et veillez à ce qu'elle n'en sorte pas.

Il revint dans le salon, claquant la porte au nez de la dame indignée, et s'approcha du feu. Il s'assit en face de Li, prit une cigarette et l'alluma.

— Avez-vous déjà été torturé ?

Li ne répondit pas et Mallory continua.

— En 1943, je travaillais clandestinement en France. Je n'avais que vingt ans. La Gestapo m'a pris. Les deux premiers jours, je n'ai pas trop mal résisté, mais à la fin de la semaine, je leur ai dit tout ce qu'ils voulaient savoir. Évidemment, pendant ce temps, Londres avait pu tout changer, donc ça n'avait plus beaucoup d'importance.

— Comme c'est intéressant ! dit Li.

— Je pensais que vous alliez dire cela, dit Mallory en prenant un tisonnier et en le mettant dans le feu. J'ai bien peur de ne pas pouvoir attendre une semaine, vous comprenez, mais je ne crois pas que ce sera nécessaire. J'ai sur vous l'avantage d'avoir passé deux ans dans un camp de prisonniers communiste. Ils m'ont beaucoup appris, vos copains.

Horrifié, Li fixait le tisonnier avec des yeux fascinés et il sentit sa gorge se dessécher. Il humecta ses lèvres et dit d'une voix rauque :

— Vous n'oseriez pas. Tout le monde pourrait voir les traces sur mon corps. Mrs Hume pourrait témoigner de tout ce que vous feriez.

— On m'a ordonné de nettoyer Perak, dit Mallory, et je n'ai que jusqu'à vendredi matin pour le faire. Forcément, il faut un peu foncer dans le tas. Vous le comprenez, j'en suis sûr.

Il ôta du feu le tisonnier chauffé à blanc. Il se tourna vers Li et dit tranquillement :

— Tout ce que je veux savoir, c'est où sont vos hommes.

— Vous perdez votre temps, répliqua Li. Vous feriez mieux de me descendre et d'en finir comme ça.

— Je ne crois pas.

Mallory l'observa soigneusement et secoua la tête.

— D'après moi, reprit-il, je dirais que vous tiendrez deux heures, mais je n'en suis pas du tout sûr.

Trois heures plus tard, Li reprit conscience sur son lit, dans l'obscurité fraîche de sa chambre. On lui avait grossièrement bandé les mains et la douleur envahissait son corps à tel point que ses sens en étaient ébranlés.

Et il avait parlé. Il se sentait tellement honteux. Il avait tout raconté à cet abominable Anglais, au visage blanc et aux yeux sombres qui vous transperçaient jusqu'à l'âme.

Il se redressa maladroitement et lentement, boitilla dans la pièce, en grinçant des dents pour s'empêcher de hurler. Il s'arrêta à la fenêtre et regarda au-dehors. La véranda était déserte. Personne en vue. Il ouvrit la fenêtre et s'avança vers l'escalier. Il resta là un moment à respirer la fraîcheur de la pluie, se laissant prendre à une vague excitation qui chassait la douleur de son esprit. Il gagnerait. Il allait vaincre ce Mallory et il n'y avait rien de plus important.

Il descendit l'escalier en vacillant puis s'engagea sur la pelouse. Il était peut-être à mi-chemin quand il entendit le bruit sec d'un revolver qu'on arme. Il se tourna, la bouche ouverte pour crier, conscient qu'à présent Mallory allait l'emporter.

La balle qui jaillit des buissons le fit tourner deux fois sur lui-même et l'abattit face contre terre. Pendant quelques instants, il sentit l'odeur de l'herbe mouillée, puis ce fut le néant.

Dans son bureau du poste, Mallory entendit distinctement la rafale de mitraillette. Il releva la tête un instant avant de revenir à la carte étalée devant lui. Quelques instants plus tard, Tewak entra, secouant son tapis de sol trempé.

Mallory releva les yeux.

— Que s'est-il passé ?

— La sentinelle l'a descendu pendant qu'il traversait le jardin. Mrs Hume est dehors. Apparemment, elle s'est précipitée hors de la maison quand elle a entendu les coups de feu. Elle a vu dans quel état il était.

— Fais-la entrer.

Elle portait un vieil imperméable Burberry bien trop grand pour elle et ses épaules étaient trempées. Tewak la conduisit à une chaise dans laquelle elle s'écroula en regardant Mallory, le visage vieilli et rongé d'inquiétude.

— J'ai vu Mr Li, dit-elle d'une voix monotone. J'ai vu tout ce que vous lui avez fait subir.

— Mr Li était directement responsable de la torture à mort du lieutenant Gregson et de ses hommes, répliqua Mallory. Il était responsable de la mort de treize écolières, il y a deux semaines et de beaucoup d'autres innocents dans les deux années qui viennent de s'écouler.

— Vous l'avez torturé. Torturé de sang-froid, puis vous l'avez abattu.

— Si on l'avait envoyé à Singapour, il serait passé en procès et probablement, n'aurait été condamné qu'à dix ans au plus comme opposant politique, dit Mallory. Et croyez-moi, ses amis l'auraient sorti de là bien avant.

— Vous êtes cinglé, murmura-t-elle. Vous avez tout perdu. Tout. Vous ne vous en rendez pas compte ?

Mallory se pencha en avant.

— Il y a soixante guérilléros communistes à Perak, Mrs Hume. Voilà ce que j'ai appris de Li. Une trentaine d'entre eux sont rassemblés en ce moment sur une plantation de caoutchouc abandonnée, près de Trebu. J'ai là-bas une patrouille importante. Ils seront prêts à passer à l'attaque à 2 heures du matin. Les autres guérilléros doivent descendre le fleuve, cachés dans deux barques de pêcheurs dans l'heure qui vient. Apparemment, ils avaient l'intention de faire sauter le pont de chemin de fer de Pegu à l'aube. Je crois bien qu'ils vont être déçus…

Elle fronça légèrement les sourcils, comme si elle avait du mal à comprendre ce qu'il venait de dire.

— Mais vous ne disposez que d'une poignée d'hommes. Vous ne pouvez pas espérer vaincre une troupe aussi nombreuse.

— C'est maintenant que vous montrez de la sollicitude à mon égard, Mrs Hume ? Vous faites fausse route.

Il se leva et boucla son ceinturon.

— Ne vous inquiétez pas, reprit-il, nous avons nos méthodes. Mais ne bougez pas d'ici, et cette fois-ci, je ne plaisante pas, ajouta-t-il en ouvrant la porte.

Mary Hume ouvrit la bouche pour protester, mais aucun son n'en sortit, et brusquement, elle eut peur. Peur de ce jeune homme terrifiant. Elle ne pouvait rien faire pour empêcher cette tragédie de se jouer. Au plus profond d'elle-même, elle savait que Neil Mallory, en détruisant les puissances diaboliques qu'il haïssait, se détruisait aussi lui-même. Et ce qu'il y avait de plus étonnant, c'était que cela l'inquiétait.

Mallory traversa la jetée et s'arrêta à côté des deux hommes accroupis derrière leur lourde mitraillette. Un autre était en position au sommet d'une petite colline cinquante mètres plus loin et, entre leurs deux postes, ils balayaient le fleuve dans leur ligne de mire.

Au bout de la jetée, Tewak attendait avec le reste des hommes. Deux d'entre eux étaient tapis derrière le mur étroit, les gros canons de leurs lance-flammes formant un renflement obscène.

La pluie tombait sur le fleuve en un sifflement continu, et Mallory se sentit envahi par une tristesse étrange et douloureuse. C'était comme s'il avait déjà vécu cela, à un autre moment, à un autre endroit. Comme si la vie tournait indéfiniment en rond. Tout ce qui était arrivé durant les heures précédentes restait flou, comme dans un rêve dont on ne se souvient qu'à moitié.

Et puis Tewak poussa un grognement. On entendit l'eau clapoter contre la quille d'un bateau, et une masse encore plus sombre que la nuit se déplaça dans les ténèbres. Mallory frappa légèrement Tewak sur l'épaule.

Le petit sergent prit un projecteur portable et l'alluma. La lumière blanche transperça l'obscurité, éclairant deux grands bateaux de pêcheurs qui descendaient le courant côte à côte, les voiles ferlées, un homme pagayant à l'arrière.

Il y eut un cri d'alarme et le premier bateau sortit à moitié de l'eau quand il entra en collision avec l'aussière du bac que Tewak et ses hommes avaient accroché en travers du fleuve une heure auparavant.

Le bateau tourna sur lui-même, s'écrasant sur l'autre, et on entendit un autre cri, suivi par une rafale de coups de feu en direction de la jetée.

Mallory jeta un ordre et les hommes armés de lance-flammes se dressèrent. Une gerbe de feu transperça la nuit et vint s'écraser sur les deux bateaux. Aussitôt, les voiles et les superstructures s'enflammèrent et les hommes se rassemblèrent sur le pont.

Les deux mitraillettes se mirent en route, arrosant les ponts, abattant les guérilléros au fur et à mesure qu'ils se montraient. Tewak abandonna son projecteur, prit sa mitraillette et rejoignit les autres.

Ce fut terminé en quelques minutes. Quelques guérilléros sautèrent à l'eau pour échapper à la fournaise et se débattirent désespérément pour se mettre à l'abri, mais les lance-flammes les poursuivirent, le feu léchant avidement la surface de l'eau, et les rattrapèrent un par un.

Le fleuve et le village étaient brillamment illuminés et Mallory resta là à observer, sans prendre part à l'opération. Il regarda sa montre. Il était un peu plus de 2 heures et il se demanda comment Harrison s'en sortait.

Il se tourna et vit Mary Hume à quelques mètres derrière lui. Quand il s'approcha d'elle, il s'aperçut qu'elle pleurait.

— Vous êtes un boucher. Un boucher ! Je ferai tout pour que vous soyez pendu après l'opération de cette nuit.

— Je n'en doute pas un instant, Mrs Hume, répondit-il tranquillement avant de passer devant elle et de continuer à remonter la jetée.

Il ne lui restait plus que vingt-quatre heures avant l'arrivée de cet avion, mais c'était suffisant. Si la jonction se faisait rapidement avec Harrison et ses hommes, qui venaient du sud, on pouvait être assuré de liquider tous les survivants à la plantation de caoutchouc. Encore vingt-quatre heures et ensuite…

Tandis qu'il remontait le fleuve en direction du poste, une des deux barques de pêcheurs s'enfonça sous l'eau dans un sifflement de vapeur.

10

Une affaire d'honneur

Une allumette s'enflamma, éclairant les traits taillés à la serpe de Hamish Grant, tandis qu'il allumait un petit cigare.

— Et l'enquête ?

Il faisait assez sombre à présent et, tout en bas, les vagues recouvraient d'écume les rochers à l'embouchure du petit bras de mer. C'était une nuit douce et tiède, les étoiles brillaient jusqu'aux confins de l'horizon, et quand la lune apparut, dégagée des nuages, la terrasse se retrouva baignée dans une lumière dure et blanche.

Mallory détourna le regard de la mer et haussa les épaules.

— Une conclusion courue d'avance. Ils ont utilisé des expressions du genre : « Brillants états de service antérieurs ». Ce qui laissait sous-entendre que je ne m'étais jamais remis de l'épreuve qu'avaient représentée les deux années passées dans un camp de prisonniers chinois.

— Ce qui vous a épargné la disgrâce ultime.

— Effectivement, ils ne m'ont pas viré, si c'est ce dont vous parlez. Disons qu'on m'a facilité une mise à la retraite aussi discrète que possible. Pour le bien du service, évidemment.

— Naturellement, dit le vieil homme. Une sale affaire. Ce genre de chose rejaillit sur tous ceux qui sont touchés.

— Ce que j'ai fait subir à Li, il me l'aurait fait, dit Mallory. Le but du terrorisme, c'est de terroriser. C'est Lénine qui l'a dit. C'est inscrit sur la première page de tous les manuels communistes sur la guerre révolutionnaire. Face à un tel type de lutte, il faut se battre avec les mêmes armes. Autrement, il n'y a qu'à aller se coucher et attendre que les vagues vous emportent. Voilà ce que j'ai fini par comprendre dans ce camp chinois, Général.

— C'est un point de vue intéressant.

— C'est le seul possible au vu des circonstances. J'ai fait ce qu'il fallait faire. Une fois cette opération achevée, il n'y a plus jamais eu de terrorisme nocturne à Perak. Ni à Kota Banus. Plus de dépeçage de petites filles. Bon Dieu, ça a quand même son importance !

Le silence tomba. Dans le clair de lune, le visage d'Anne Grant paraissait très pâle, ses yeux sombres et secrets ne laissant rien passer. Quand un nuage passa devant la lune, elle devint une silhouette immobile, le visage tourné vers lui, mais sans dire un mot.

Mallory poussa un soupir et jeta sa cigarette par-dessus le mur, lui faisant décrire une courbe incandescente.

— Étant donné les circonstances, vous voudrez bien m'excuser, Général ? Voilà le genre de soirée au cours de laquelle je boirais volontiers un verre.

Il remonta l'escalier, le bruit de ses pas s'estompant rapidement dans l'obscurité. Au bout de quelques instants, Hamish Grant dit tranquillement :

— On n'a pas souvent l'occasion de rencontrer un homme de cette trempe. Quelqu'un qui est prêt à accepter d'être coupable pour nous tous. Il faut une sacrée dose de courage.

Elle tourna vers lui son visage, pâle et indistinct, puis, comme si elle venait de prendre une décision, elle se leva.

— Ça ne vous ennuie pas ?

Il lui prit la main et la serra.

— Laisse-moi la voiture, s'il te plaît. Je vous rejoindrai peut-être plus tard.

Et voilà, se dit Mallory. *Tout avait été dit.* Pas la peine de se demander ce qu'elle avait pensé de lui. Son silence, cette immobilité, voilà qui constituait une réponse suffisante. Et le plus bizarre de tout, c'était qu'il se sentait touché ; pour la première fois depuis des années, la coquille protectrice dont il s'était soigneusement entouré venait de craquer et il se retrouvait sans défense.

Le menton sur la poitrine, les mains dans les poches, il s'engagea sur le bas-côté, recouvert d'herbe élastique, qui longeait la route blanche sous le clair de lune, et descendit vers le port.

Un petit vent lui caressa le visage et il prit une profonde inspiration. Il n'entendit pas le moindre bruit, mais pourtant, il sut qu'elle marchait à côté de lui. Il parla calmement, mais avec un léger accent irlandais, hérité de son père, et qui surgissait toujours dans les moments de tension.

— Et qu'est-ce que vous voulez, Anne Grant ?

— Un verre, Neil Mallory, répondit-elle en s'accordant à son humeur, et peut-être même un second, d'ailleurs. Est-ce trop demander ?

Il s'arrêta et se tourna vers elle, les mains toujours fourrées au fond de ses poches. Dans le clair de lune, elle était très belle, plus belle qu'il n'aurait imaginé possible, et elle avait les yeux pleins de larmes. Il glissa un bras autour de ses épaules et ensemble, ils descendirent la colline vers les lumières de l'hôtel.

Dans l'herbe haute de la colline, au sommet des falaises, Raoul Guyon était allongé sur le dos et contemplait l'infini des étoiles, les mains jointes derrière la nuque. À côté de lui, Fiona Grant était assise en tailleur, et elle se coiffait.

Elle se tourna vers lui en souriant, le visage lumineux dans le clair de lune.

— Alors, as-tu l'intention de faire de moi une femme honnête ?

— Comme d'habitude, tu as le don de poser la question épineuse, dit-il.

— Réponds simplement oui ou non, ça suffira. Je suis un individu assez civilisé.

— Un mot qu'aucune femme n'a le droit d'utiliser, déclara-t-il solennellement en allumant une cigarette. La vie est rarement aussi simple que oui ou non, Fiona.

— Je ne suis pas d'accord. Ce sont les gens qui la rendent compliquée. Mon père t'aime bien, si c'est un des aspects du problème, et je ne vois pas en quoi je pourrais leur déplaire de ton côté. Après tout, je pourrais très bien me faire passer pour une Française.

— Je suis à peu près certain que ma mère t'adorerait. Par ailleurs, nous les Bretons, nous sommes très démodés par certains côtés. Elle ne me laissera jamais épouser une fille qui n'apporterait pas une dot convenable.

— Est-ce qu'onze mille livres suffiront ? Mon oncle préféré est mort en mars dernier.

— Je suis sûr que Maman sera très impressionnée.

Elle se blottit contre lui, la tête sur sa poitrine.

— De toute façon, pourquoi s'en faire à propos d'argent ? Je sais bien que la plupart des artistes tirent le diable par la queue, mais combien ont un talent comme le tien ?

— Bien vu.

Et elle avait raison. Il avait déjà vendu de nombreux tableaux, qu'il avait peints entre deux missions, dans la ferme familiale près de Loudéac que sa mère dirigeait avec tant de compétence. Les petits matins sur les berges de l'Oust, quand les feuilles tombent des hêtres dans la rivière et qu'on sent l'odeur de la terre humide. La campagne où il avait grandi et qu'il adorait. Il sentait, à la fois étonné et ravi, qu'il avait envie d'emmener là-bas cette fille, pour voir avec elle la vieille ferme grise nichée dans un creux au milieu des arbres, pour marcher à ses côtés dans la campagne familière qu'il aimait tant.

— Bien sûr, tu as peut-être quelqu'un d'autre, dit-elle.

Elle avait parlé d'une voix légère, mais malgré tout intense. Comme si elle savait qu'elle risquait d'être blessée, et instinctivement, il la serra contre lui.

— Il y a eu une autre fille, Fiona, à Alger, il y a longtemps. Elle a su me donner la paix quand c'était ce dont j'avais le plus besoin au monde. Elle a payé ce don de sa vie. C'était cher payé. Depuis, je tente de lui échapper.

Il y eut un silence bref, puis elle dit doucement :

— N'as-tu jamais pensé que c'était peut-être l'Algérie que tu cherchais à fuir ? Que, en définitive, cette fille est devenue le symbole de tout ce qui s'est passé là-bas ?

À l'instant même, il sut qu'elle venait de dire quelque chose de vrai. Par une perception étrange, elle avait fait mouche au cœur même des choses.

— Je sais que je suis jeune, Raoul, et somme toute, je ne connais de la vie que le côté léger, mais il y a une chose que je sais : la guerre d'Algérie n'était pas la première à renvoyer les hommes chez eux avec du sang sur les mains et elle ne sera pas la dernière. C'est la vie. La douceur n'existe pas sans l'amertume. Il faut s'en contenter.

— À vue de nez, je dirais que tu dois avoir mille ans.

Il l'embrassa avec passion et elle lui entoura le cou de ses bras, en se serrant contre lui. Au bout d'un moment, elle roula sur le dos, hors d'haleine, les yeux brillants.

— Et à présent, crois-tu que j'irai voir cette ferme en Bretagne ?

Il la fit mettre debout et la tint à bout de bras.

— Ai-je jamais eu le choix ?

Elle se dressa sur la pointe des pieds puis se tourna pour dévaler la colline. Guyon la laissa prendre une avance d'une vingtaine de mètres, puis il se jeta à sa poursuite, le rire jaillissant spontanément de sa bouche pour la première fois depuis des années.

Le bar de l'hôtel était une longue salle agréable, aux murs passés à la chaux, les fenêtres donnant sur la mer. Deux grosses lampes à huile pendaient à une des poutres de chêne qui soutenaient le plafond bas.

Jacaud était assis avec deux autres hommes à une table dans un coin et ils jouaient aux cartes. Owen Morgan, appuyé contre le bar, à côté d'eux, regardait la partie. C'était un homme de petite taille, grisonnant, avec des yeux vifs de Gallois et un visage buriné par une vie de marin.

À côté d'une fenêtre ouverte, Mallory et Anne étaient assis de part et d'autre d'une petite table, et fumaient en silence. Au large, les lumières d'un navire se déplaçaient lentement sur l'horizon, comme venues d'un autre monde, et Anne soupira.

— C'est un gros. Je me demande où il va.

— Tanger. Les Açores. Choisis.

— C'est une invitation ?

— De l'espèce la plus inappropriée, dit-il en souriant.

— Tu devrais faire ça plus souvent, de sourire. Ça te va bien.

Avant qu'il ne puisse répondre, une ombre tomba sur la table. C'était Juliette Vincent, portant un plateau avec deux verres et une demi-bouteille de champagne. Elle avait environ trente-cinq ans, une femme ordinaire, avec une allure simple, un peu épaisse à la taille, vêtue d'une robe en lainage bleu, mais le teint frais et les joues rouges.

— De la part de Monsieur le Comte, madame, dit-elle simplement en posant les verres et la bouteille sur la table.

Tout au bout du bar, deux ou trois hautes marches menaient à une autre salle où de Beaumont s'était installé à côté d'un agréable feu de bois. Anne hocha la tête et il leva son verre.

— Pour vous remercier de ce délicieux repas.

— Veux-tu qu'on lui demande de se joindre à nous ? demanda Mallory.

Elle secoua la tête.

— Si tu le souhaites.

Quelques instants plus tard, le break vint s'arrêter devant l'hôtel. Raoul Guyon et Fiona en sortirent, et se penchèrent pour aider le Général. Le vieil homme monta les marches d'un pas assuré et pénétra dans le bar.

— On est là, Hamish ! appela Anne.

Il se dirigea vers eux.

Mallory se leva pour lui avancer une chaise et Fiona se glissa sur la banquette à côté d'Anne. Guyon prit la bouteille et fit un signe de tête approbateur.

— Heidsieck 1952. C'est bien caractéristique des Anglais de garder le meilleur pour eux. Il faut vraiment que je fasse quelque chose pour rétablir l'équilibre.

Il s'approcha du bar et Hamish Grant sortit un étui à cigares en cuir brun. Il en proposa un à Mallory.

— Essayez-en un. Ce sont de vraies saloperies, mais il n'y a rien d'aussi bon. J'en ai pris l'habitude en Inde.

Mallory se servit et, quand Guyon revint, il était en train d'offrir du feu au vieux monsieur.

— Notre vieil ami Owen est en train de piller sa propre cave. Il ne peut pas garantir que la marchandise soit forcément arrivée là en toute légalité, mais on s'en fiche. D'après lui, le contrôleur ne passe qu'une fois par an et le prévient toujours de sa visite.

— C'est compréhensible, remarqua le Général. Ils étaient dans la marine ensemble.

Owen Morgan réapparut quelques minutes plus tard avec un grand sourire.

— Pas besoin de glace, dit-il à Guyon en lui tendant une bouteille pour que celui-ci l'examine. Il fait assez frais là d'où elle vient.

— Excellent, dit Guyon. Je vais l'ouvrir pendant que vous allez chercher des verres.

Sa gaieté était absolument contagieuse et au bout de quelques minutes, il réussit à les faire tous rire en leur racontant, d'une manière bouffonne et exagérée, une anecdote sortie de son passé. La conversation qui s'ensuivit devint générale.

Une ou deux fois, Mallory remarqua que les trois hommes dans le coin regardaient dans leur direction, manifestement énervés quand Fiona ou Guyon riaient particulièrement fort. L'un d'eux frappa lourdement sur la table et appela Owen Morgan d'une voix forte pour qu'il apporte encore du cognac.

Mallory se pencha vers Anne.

— Celui qui est à gauche, avec les cheveux très courts. C'est lui qui était à la barre du bateau de de Beaumont cet après-midi. Qui est-ce ?

— Il s'appelle Jacaud. C'est tout ce que je peux te dire. Apparemment, il suit de Beaumont partout où il va. Je pense que les autres ont peur de lui.

— Ça n'a rien de surprenant, intervint Guyon. Voilà près de cent kilos de muscles et d'os, et plutôt du muscle, à voir sa dégaine.

Jacaud se leva, traversa le bar et pénétra dans la salle à côté. Il se pencha sur la table de de Beaumont et ils eurent une brève conversation. Mallory les observait par-dessus le bord de son verre. De Beaumont se tourna une fois pour regarder dans leur direction. Il dévisagea tranquillement Mallory puis s'intéressa de nouveau à Jacaud.

Le grand Français rejoignit ses amis et Owen Morgan alluma la radio. La musique envahit le bar. Guyon fit lever Fiona en souriant.

— Allez, viens, on va un peu animer la salle.

Ils formaient un couple séduisant. La très belle jeune fille, au seuil de l'âge adulte et Guyon, avec son visage fin, tanné par le soleil et plein de vie.

Anne Grant les contempla avec une tristesse rêveuse et rougit lorsqu'elle s'aperçut que Mallory la regardait.

— Fiona me donne toujours l'impression d'être vieille, dit-elle.

— Pas trop vieille quand même, répliqua Mallory. Vous voudrez bien nous excuser, monsieur ? ajouta-t-il en se tournant vers le Général.

Le Général effleura la bouteille de champagne et leva son verre.

— Amusez-vous tant qu'il en est temps. Moi, je m'arrange très bien de ceci.

Ils s'avancèrent au centre de la salle. Elle lui passa le bras autour du cou et elle dansa, la tête sur son épaule, tellement serrée contre lui qu'il sentait les contours de son corps, depuis les seins jusqu'aux cuisses.

Pendant un moment, il oublia tout sauf le fait qu'il était en train de danser avec une fille tiède et excitante, dont le parfum envahissait ses narines en provoquant une délicieuse sensation de manque au creux de son ventre.

Il n'avait pas couché avec une femme depuis fort longtemps, mais ce n'était pas la seule raison. Qu'il fût attiré par Anne Grant, c'était indéniable, mais il y avait quelque chose de plus, quelque chose de plus profond qui, pour l'instant, dépassait sa compréhension.

La musique s'arrêta, un silence entre deux disques, et ils retournèrent à leur table. Les autres les suivirent, et quand Fiona se rassit, il y eut une explosion de rires gras à la table de Jacaud et de ses amis, suivis par une remarque en français, grossière, précise et impossible à transcrire.

Guyon bondit sur sa chaise, le visage dur. Provocants, les trois hommes lui rendirent son regard. Il se dirigea vivement vers eux ; Mallory l'attrapa par la manche et l'obligea à se rasseoir.

— Laisse tomber.

Guyon tremblait de colère contenue.

— Tu as entendu ce qu'il a dit ?

Fiona se pencha en avant en posant la main sur son bras.

— Ne te laisse pas troubler, Raoul. Ils ont bu un coup de trop, c'est tout.

Une ombre vint obscurcir la table et Mallory leva les yeux vers un homme qu'Owen Morgan avait appelé Marcel un peu plus tôt dans la soirée. De taille moyenne, il était vêtu d'un jean et d'un tricot de marin bleu. Il était très soûl et se cramponnait au bord de la table pour ne pas s'écrouler.

— Je crois que vous feriez bien de retourner vous asseoir, lui dit Mallory en français.

Marcel l'ignora, se pencha sur la table, en renversant un verre et attrapa Anne par un bras.

— Vous dansez avec moi maintenant ? articula-t-il en mauvais anglais.

Mallory attrapa le bras droit de l'homme juste au-dessus du coude, et enfonça son pouce au creux. Au moment où l'homme tournait sur lui-même, la bouche ouverte sur un cri de douleur, Guyon le frappa sous la rotule droite. Marcel vacilla en arrière, perdit l'équilibre et alla s'écrouler sur l'autre table. Jacaud le repoussa sur le côté, se leva et s'approcha.

Il resta là, oscillant doucement comme s'il était ivre, et pourtant, ses yeux gris ardoise étaient froids comme la glace, absolument attentifs.

— Deux contre un, messieurs, dit-il dans un excellent anglais. L'avantage est pour vous.

Owen Morgan sortit en courant de derrière le comptoir, très pâle, les yeux brillants. Le grand Français l'envoya valdinguer d'un seul revers de main méprisant et rit brutalement.

— Il l'a bien cherché, Jacaud, intervint sèchement de Beaumont. N'insistez pas.

Jacaud ignora la remarque et de Beaumont ne fit pas mine de se lever, ne tenta pas de montrer qu'il avait envie ou qu'il pouvait contrôler la situation. Il resta assis à côté du feu, l'air attentif.

À ce moment-là, Mallory comprit que toute la scène avait été manigancée. Que, pour une raison connue de lui seul, de Beaumont avait délibérément provoqué cette situation.

Guyon commença à se lever et Mallory le fit de nouveau rasseoir.

— Mon affaire.

Jacaud restait là, légèrement oscillant, faisant encore semblant d'être ivre, ses grandes mains légèrement recourbées, tous les muscles tendus, prêt à bondir. Il tituba en avant, les dominant de toute sa taille.

— Évidemment, mon ami serait prêt à se calmer en échange d'un verre. Une bouteille de champagne fera l'affaire, dit-il en montrant la table d'un mouvement de tête.

— Tout ce que vous souhaiterez, répliqua tranquillement Mallory.

Il tendit la main vers la bouteille et, brusquement, d'un revers bien appliqué, l'abattit sur le crâne du Français. Anne poussa un cri, Jacaud vacilla et tomba sur un genou. Mallory prit une chaise, s'écarta et la fracassa sur le large dos. Jacaud grogna, commença à pencher et Mallory le frappa encore et encore avec la chaise brisée, jusqu'à ce qu'elle soit réduite en miettes. Il la jeta et attendit.

Lentement, douloureusement, Jacaud attrapa le bord du comptoir et se releva. Il resta là pendant un moment, puis il se tourna vers Mallory, en essuyant le sang sur son visage d'un geste négligent.

Puis, d'une façon sidérante, il chargea, tête baissée comme un taureau blessé, ses grandes mains tendues en avant pour détruire. Mallory calcula exactement son coup, sauta de côté et le Français plongea en avant, tandis que Mallory lui balançait du tranchant de la main un coup de karaté au creux des reins.

Jacaud hurla et tomba à terre. Il resta là un bon moment, à quatre pattes, et quand il se redressa, il bavait comme une bête. Il tituba et Mallory lui fit un croche-pied brutal. Jacaud s'écrasa sur le sol, roula sur lui-même et ne bougea plus.

Dans le silence qui suivit, de Beaumont descendit lentement les marches. Il s'agenouilla à côté de Jacaud, l'examina et releva la tête.

— Vous êtes un homme dur, colonel Mallory.

— Quand il le faut, répliqua Mallory. Vous auriez pu faire quelque chose pour arrêter cette bagarre. Pourquoi n'avez-vous rien fait ?

Il se tourna sans attendre la réponse et revint s'asseoir.

— Je pense que ça suffira pour la soirée. On y va ?

Hamish Grant était pâle, et ses narines palpitèrent légèrement quand il se leva.

— Vous savez, Neil, je pense que c'est vraiment le moment que je vous offre un verre. Chez moi, j'ai de l'excellent whisky. Tellement irlandais que vous en sentirez la tourbe. J'aimerais beaucoup avoir votre avis dessus.

Le visage d'Anne était très blanc et elle tremblait. Mallory lui serra la main pour la réconforter et ils se dirigèrent tous vers la porte. De Beaumont s'avança pour leur barrer la route.

— Un moment, Général. Peut-être va-t-on me permettre de

présenter mes excuses pour cette histoire lamentable. Même en temps habituel, Jacaud a très mauvais caractère. Alors, quand il a bu…

— C'est inutile, de Beaumont, rétorqua sèchement Hamish Grant. J'estime que cette affaire a été réglée de la façon dont il convient.

De Beaumont ne bougea pas, son sourire figé, puis il fit brutalement demi-tour et ils sortirent.

Fiona se mit au volant, Guyon à côté d'elle, tandis que le Général et Anne montaient derrière. Mallory referma la portière et se pencha à la vitre ouverte.

— Si vous voulez bien m'excuser, Général, je préférerais boire ce verre à un autre moment. J'ai eu assez d'excitation pour une seule soirée.

Tandis qu'Anne tournait vivement la tête vers lui, il s'éloigna rapidement, sans leur laisser le temps de discuter, et descendit vers la jetée. Quelques instants plus tard, le moteur toussota derrière lui et le break s'éloigna.

À la jetée, il tourna à droite, prenant un petit sentier abrupt qui le mena à une plage de sable, blanche dans le clair de lune, entourée de vagues qui venaient lécher les galets avec un doux bruit de succion.

Il s'assit sur un rocher et alluma une cigarette avec des doigts légèrement tremblants. Il inspira une bonne bouffée, faisant descendre la fumée au fond de ses poumons puis la recracha en un long soupir.

Derrière lui, Anne Grant dit :

— Tu ne fais jamais les choses à moitié ?

— De quoi s'agit-il ? demanda-t-il simplement.

— J'ai l'impression que nous avons déjà eu cette conversation.

Quand elle murmura son nom, ils s'étreignirent naturellement, facilement. De ses deux mains, elle repoussa sa tête en arrière tandis que ses lèvres cherchaient les siennes et qu'il se laissait envahir par toute cette douceur d'elle. Il la prit dans ses bras et, doucement, l'allongea dans le sable si accueillant.

11

Dans un lieu solitaire

Le vent fraîchissait, les vagues se frangeaient d'écume, et quand le canot franchit la pointe, l'eau passa par-dessus le plat-bord. Guyon déplaça son poids avec précaution vers le milieu du bateau et se mit à écoper. Il avait enfilé un gros pull et un caban pour se protéger du froid et des jumelles adaptées à la vision nocturne pendaient autour de son cou. Derrière lui, un des scooters était accroché à la proue.

Mallory était assis à l'arrière, vêtu d'une combinaison de plongée en caoutchouc noir, les lourdes bouteilles déjà fixées sur son dos. Un courant contraire fit tourner le canot vers les falaises et il ouvrit les gaz du moteur hors-bord pour compenser tout en jetant un coup d'œil sur le cadran lumineux de sa montre.

Il était minuit moins le quart et il y avait peu de nuages. Le ciel était clouté d'étoiles et le clair de lune dansait sur les vagues, laissant derrière lui un sillage d'argent. Le canot fut soulevé par la houle et retomba dans la direction du grand rocher en forme de doigt qui marquait l'extrémité occidentale de l'île. Mallory ouvrit de nouveau les gaz. L'espace d'un instant, le canot sembla s'immobiliser, puis il s'élança.

Ils firent le tour de la pointe, luttant à contre-courant, Guyon ne cessant de jurer au fur et à mesure que l'eau passait par-dessus bord, puis ils arrivèrent enfin dans des eaux plus calmes. Plus loin, Saint-Pierre et les tours gothiques du château se détachaient contre le ciel.

Mallory réduisit les gaz et le canot continua sur sa lancée, le bruit du moteur réduit à un murmure dans le vent. Le grand récif qui s'étendait entre les deux îles semblait faussement tranquille au clair de lune. Les vagues qui déferlaient du large venaient s'écraser paresseusement sur les rochers et de temps à autre, un rideau d'écume blanche s'élevait dans la nuit, dentelle d'argent.

Il conduisit le canot dans les eaux calmes du Couloir Central, jusqu'à ce qu'ils atteignent le premier endroit où le toit se refermait et où l'eau bouillonnait contre les grandes dents noires et déchiquetées. Il coupa le moteur, le canot ralentit puis vint s'échouer doucement contre un gros rocher en pente recouvert d'algues. Guyon accrocha l'amarre dans une crevasse et regarda l'îlot avec ses jumelles de nuit.

— On est bien à quatre cents mètres. À la nage, ça fait long.

— Pas avec le scooter, dit Mallory.

Guyon le fit descendre sur le côté, ce qui fit dangereusement pencher le canot.

— J'aime mieux ça pour toi que pour moi. L'eau est gelée. Combien de temps te faudra-t-il ?

Mallory haussa les épaules.

— Pas plus d'une demi-heure. Je n'ai pas l'intention de faire des vieux os à l'autre bout.

Il ajusta l'embout de caoutchouc entre ses dents, vérifia sa provision d'oxygène, effleura le couteau passé à sa ceinture et se hissa maladroitement sur le récif. Il pataugea dans l'eau, nagea de l'autre côté du canot pour attraper le scooter. Guyon lui fit un sourire et Mallory hocha la tête avant de s'enfoncer sous les flots.

Le clair de lune se reflétait sous l'eau, sondant les profondeurs. Mais dès qu'il s'engagea sous le récif pour emprunter le Couloir Central, il se trouva plongé dans un univers plus sombre et plus sinistre.

Il alluma son phare puissant et les ténèbres s'entrouvrirent devant lui, repoussant les rochers en voûte haut au-dessus de sa tête.

Il dirigea le scooter vers le fond, à petite vitesse, et se maintint à six mètres. Même s'il ne dépassait pas les trois nœuds, il avait l'impression de foncer à une vitesse hallucinante dans le mur de brume grise qui barrait sa visibilité. La grande nef voûtée du récif s'étendait à l'infini devant lui, et l'eau venait se briser contre son masque.

Puis tout changea et il se retrouva dans un paysage étrange, formé de rochers enchevêtrés et de pâles forêts d'algues qui oscillaient paresseusement dans la lumière tamisée du clair de lune. Il refit surface et leva les yeux vers les falaises de Saint-Pierre ; tout en haut, les tours pointues du château se détachaient contre le ciel plus clair.

Le clair de lune éclaboussait la paroi des falaises, révélant l'entrée sombre de la grotte. C'était marée haute et l'ouverture n'avait pas plus de trois ou quatre mètres de hauteur. Mallory fit plonger le scooter et se stabilisa à douze mètres de fond. Il éteignit le phare et se retrouva dans une brume grise phosphorescente.

La grande faille s'ouvrait devant lui. Pas loin de vingt mètres de fond, avait dit Anne, qui s'enfonçait dans les entrailles de la terre. La brume parut se tirer d'un côté, comme un rideau, révélant l'entrée de la grotte, qui devait mesurer près de vingt mètres à la base.

Il s'y laissa porter, passant entre deux murs vert-de-gris. L'eau devint plus lumineuse, le gris devint du bleu comme si une lumière artificielle filtrait d'en haut. Il avança en rasant la paroi et en prenant beaucoup de précautions.

Il s'immobilisa et arrêta son scooter. Il était arrivé à l'endroit où le mur grossier de la grotte se transformait en jetée, des gros blocs carrés de ciment qui évoquaient les fondations de quelque ancienne forteresse tombée dans les profondeurs. Sur ses gardes, il avança encore de quelques mètres et aussitôt, le ventre gris foncé du sous-marin jaillit de la brume.

Il avait trouvé ce qu'il était venu chercher et rester plus longtemps ne pouvait que lui attirer des ennuis. Il fit demi-tour et repartit vers l'entrée, en battant des pieds. La lumière diminua et il sentait le courant l'entraîner.

Il se retrouva dans cet univers étrange, gris phosphorescent et s'arrêta pour faire redémarrer le scooter. Mais à ce moment-là, on le lui arracha des mains dans un grand remous, accompagné d'un bruit métallique.

Il vit alors l'homme-grenouille suspendu dans l'eau à quelques mètres de là, étrange créature marine, menaçante, dont la visière brillait dans le clair de lune, tandis qu'il rechargeait son fusil sous-marin.

Mallory s'avança en tirant le lourd couteau de sa gaine. À trois mètres, le fusil explosa de nouveau en une pluie de bulles d'argent. Il se jeta désespérément sur le côté. Le projectile le rata de peu et il se précipita en avant. Son couteau s'enfonça dans le caoutchouc avant d'atteindre la chair.

Le corps de l'homme eut un sursaut d'agonie, tandis que son sang s'échappait en un nuage sombre. Mallory ressortit son couteau et arracha le tuyau d'oxygène de l'homme. L'air sous pression jaillit et une multitude de bulles s'échappèrent vers la surface de l'eau.

Il voyait très distinctement le visage de l'homme, les yeux qui roulaient, les dents serrées sur la mort qui venait. Puis brusquement, il bascula sur le dos dans un geste gracieux, comme une feuille portée par le vent en automne, maintenu au fond de l'eau par le poids de ses bouteilles.

Mallory se débattit pour remonter à la surface, poussant son scooter qui réagissait lentement. Il attrapa les poignées et mit les gaz, conscient de provoquer des remous qui agitaient déjà les flots.

Le petit scooter bondit en avant, aidé par la marée. Le fond recommença à s'aplatir, et sous lui, il devinait la forêt d'algues et les rochers noirs en ruban qui marquaient le début du récif.

De nouveau, il se sentit heurté par une vague et il jeta un coup d'œil à droite. À cinquante mètres de là, avançant rapidement dans l'eau éclairée par la lune, un grand scooter sous-marin, au moins deux fois plus puissant que le sien, tirait un homme-grenouille.

Mallory battit désespérément des pieds, pour avancer plus vite. Puis les rochers se dressèrent de part et d'autre et il se précipita dans les ténèbres du Couloir Central. Il alluma son phare, descendant pour éviter de se cogner contre la voûte. Il perçut une vibration étouffée dans son oreille et regarda derrière lui. En voyant un large pinceau lumineux trouer la brume, il comprit que son poursuivant n'était pas loin.

Il traversait une zone où le clair de lune filtrait à travers les fentes du toit et il sut qu'il était environ à mi-parcours, quelque part au-dessus du cargo naufragé. Il plongea et à vingt mètres de fond, un mât de métal fuselé surgit de l'obscurité. Mallory l'attrapa d'une main et attendit.

Les ténèbres l'envahissaient de façon suffocante et le mât semblait osciller comme si le vieux navire tanguait encore. Il se souvint de l'escalier sombre, du squelette humain écrasé sous la poutre de métal et il frissonna, brusquement conscient du froid.

Il sentit les remous de l'eau, le clapotement des vagues. En levant les yeux, il aperçut l'étrange lueur incandescente du phare de l'autre scooter qui passait au-dessus de lui. Il attendit encore un petit moment, puis il remonta lentement.

Il redressa à six mètres, mit le moteur en marche, mais pas le phare et suivit l'autre véhicule. La visibilité n'était vraiment mauvaise que par endroits et à cette profondeur, le clair de lune qui se faufilait par les fentes du rocher faisait comme des réverbères régulièrement espacés le long d'une route sombre.

Quand il sortit enfin de la grande nef, il arrêta son scooter et fit surface.

Raoul Guyon était assis à l'arrière du canot. Un ou deux mètres plus loin, l'homme-grenouille était dans l'eau jusqu'à la taille, juché sur le récif à côté de son scooter, son fusil chargé à la main. On aurait presque dit qu'ils faisaient la conversation.

Mallory lâcha son scooter, plongea et se mit à nager. Il jaillit brusquement derrière l'homme, glissa son bras droit autour de son cou et tomba en arrière, entraînant l'autre dans les profondeurs tout en lui arrachant son tuyau d'oxygène.

Ils s'enfoncèrent dans l'eau claire et le fusil disparut. Mallory, de sa main libre, arracha brutalement le masque de l'homme, découvrant son visage, tordu de frayeur.

Mallory se cramponna, même quand une main l'agrippa par-derrière, réussissant à lui arracher son propre tuyau d'oxygène. Il serra les lèvres et resserra sa prise. Deux nuages de sang s'échappèrent des narines de l'homme et il fallut peu de temps pour que Mallory le sente devenir tout mou contre son bras. Mallory le lâcha, le corps lui échappa, tourna deux fois sur lui-même et commença à couler.

Ses oreilles bourdonnaient et ses tempes battaient. D'un coup de pied, il se propulsa vers la surface et vint heurter le canot, haletant, à bout de souffle. Guyon se pencha pour l'attraper par le bras et Mallory se hissa sur le rocher plat. Il s'accroupit à quatre pattes, respirant maladroitement.

Pour pouvoir l'aider, Guyon sauta du canot et se retrouva dans l'eau jusqu'aux genoux ; il lui ôta son masque, le visage anxieux dans la lumière de la lune. Quand il parla, ce fut d'une voix faible et lointaine et Mallory secoua la tête à plusieurs reprises.

Son malaise s'estompa brusquement et il réussit à articuler :

— Pas le moment de poser des questions. J'ai eu des petits ennuis. On ferait mieux de se tirer.

— Tu as découvert *L'Alouette* ?

— Il est là, pas de problème. Amarré à la jetée, sous l'île, exactement comme nous avions pensé. Il reste encore de la place pour deux autres bâtiments, à voir les lieux.

Il ôta ses lourdes bouteilles, les balança dans le canot et grimpa à bord. Pendant qu'il démarrait le moteur hors-bord, Guyon détacha l'amarre et le rejoignit. Une seconde plus tard, le canot fonçait vers l'Ile de Roc, suivant les méandres du bras de mer entre les grands rochers qui se dressaient déjà de chaque côté à présent que la marée était en train de changer.

— Qu'est-ce qui se passe maintenant ? demanda Guyon.

— On se met en rapport avec Léviathan à la minute où on arrive. Ces torpilleurs basés à Saint-Hélier seront ici avant qu'on ait le temps de faire ouf.

Pris dans un courant rapide entre les hautes parois noires, le canot se mit à tanguer et vira de bord en direction de la pointe. Derrière eux, un vrombissement puissant déchira la nuit et Guyon prit les jumelles pour regarder. Quand il les rabaissa, il paraissait pâle dans le clair de lune.

— C'est ce satané hors-bord de de Beaumont. Il arrive à toute blinde de ce côté-ci du récif. Il doit bien faire ses quinze nœuds.

Mallory jeta un coup d'œil derrière lui, et distingua en un éclair le pinceau lumineux du phare de la vedette. Il poussa le moteur du canot à pleins gaz. Il y avait un fort courant contraire maintenant et, tandis qu'ils essayaient de doubler la pointe, la légère embarcation vira de nouveau et une vague embarqua par l'avant.

— Balance le scooter par-dessus bord ! cria Mallory.

Guyon rampa sur les genoux, attrapa les courroies, les souleva et jeta le scooter à la mer. La situation se modifia instantanément. La proue s'élança à l'assaut des vagues et ils réussirent à doubler la pointe pour se retrouver dans ce qui aurait dû être des eaux plus calmes.

Cependant, la marée, à cet endroit-là, venait affronter le courant côtier assez fort, et toute la zone était couverte par de grandes vagues écumeuses qui venaient s'écraser irrégulièrement contre les falaises, repoussées ensuite par le courant sous-marin.

Le canot, ballotté entre deux grosses vagues, ralentit considérablement tandis que, derrière lui, le vrombissement du moteur se rapprochait inexorablement.

— On ne réussira jamais à atteindre le port, cria Guyon. Dans deux minutes, ils vont nous voir.

À bâbord, une grosse vague était en train de se former. Elle souleva le canot haut dans les airs et Mallory eut le temps d'apercevoir la maison de Hamish Grant nichée dans un creux au sommet des falaises, la lumière brillant dans une des pièces du rez-de-chaussée. Il poussa la barre et le courant entraîna le canot vers les falaises à une vitesse folle.

La brèche dans le bras de mer était à plus de vingt mètres de là, mais le vrai problème, c'était cette rangée de rochers déchiquetés qui bloquaient l'entrée aussi sûrement qu'une herse métallique. Le seul minuscule espoir, c'était que les vagues fassent monter le niveau de l'eau et les entraînent pile au bon endroit.

Il cria à Guyon :

— Ça va pas être du gâteau ! Cramponne-toi et tiens-toi prêt à sauter !

Le Français jeta un regard en arrière, remua les lèvres pour répondre, mais le mugissement de la mer emporta ses paroles. Mallory agrippa la barre à deux mains. Des courants étranges, en tourbillon, les entraînaient et le canot était à leur merci.

L'entrée de la crique apparut brusquement dans la paroi de la falaise. L'eau y pénétrait en bouillonnant. D'un côté, l'écume blanche moussait haut en fouettant l'air, tandis que, tout autour, des taches brunes apparaissaient et disparaissaient au gré des vagues et des rochers.

Le canot vira par le travers devant l'entrée, fut soulevé dans les airs et vint s'écraser contre un grand rocher verdâtre. La barre fut arrachée des mains de Mallory, le moteur hors-bord réduit en miettes, en même temps qu'une partie de l'arrière.

Le canot dérapa sur le récif et vint s'échouer, un morceau déchiqueté de rocher traversant la coque de part en part. Guyon plongea tête la première par-dessus la proue en poussant un cri et Mallory le suivit.

Le Français essaya de se relever et Mallory plongea dans les vagues déferlantes, les mains tendues pour l'attraper. Pendant un moment, ils s'agrippèrent l'un à l'autre, puis une nouvelle vague, déferlant du récif, leur fit lâcher prise.

Guyon fut submergé, et Mallory, en se débattant pour le récupérer, se retrouva en eau profonde. Il saisit le Français par le col de sa veste et se mit à nager, le courant les poussant en avant. Ses pieds touchèrent le sable et il se redressa, tirant Guyon derrière lui. L'eau bouillonnait de nouveau à la hauteur de leur taille, leur arrachant les membres. Quand elle recula, ils se précipitèrent, les pieds glissant sur les galets et réussirent à atteindre en vacillant l'étroite bande de sable au pied des falaises.

Quelqu'un jouait du piano, un vieil air d'avant-guerre de Cole Porter, où il était question de nuit, de chaleur, d'amour et d'espoir, tant de choses qui semblaient faire désormais partie d'une autre époque.

Accroupi dans les buissons en dessous de la terrasse, Mallory se laissa prendre pendant un bref moment, incapable d'avancer ou de reculer. Guyon poussa un grognement à côté de lui, crachant de l'eau. Mallory l'aida à se relever et ils montèrent l'escalier en vacillant.

La fenêtre était entrebâillée, un bout de rideau en velours rouge ondulait sous la brise. Il prit une profonde inspiration et ouvrit la fenêtre en grand.

Le feu brûlait gaiement dans la cheminée de pierre et les cheveux de Hamish Grant brillaient comme de l'argent dans la lumière de la lampe, tandis qu'il se carrait dans son fauteuil à oreillettes, un cigare à la bouche. Anne était assise en face de lui. Elle contemplait le feu tandis que Fiona jouait du piano.

Ce fut Fiona qui les vit en premier. Elle poussa un cri, ses doigts dérapèrent sur les touches et elle se leva d'un bond. Anne se dressa lentement et Hamish Grant tourna la tête en regardant directement la fenêtre.

— Navré de tout ceci, dit Mallory en s'avançant, soutenant toujours Guyon d'un bras.

Guyon eut brusquement un haut-le-cœur et recommença à tousser. Mallory l'aida à s'asseoir dans un fauteuil près du feu et le Français se laissa aller en grognant.

Anne resta étonnamment calme.

— Brandy, Fiona, ordonna-t-elle. Vite. Deux verres.

Mallory fit quelques pas, l'eau dégoulinant de sa combinaison de caoutchouc, et tendit les mains vers le feu, frissonnant involontairement quand la chaleur l'enveloppa. Hamish Grant s'approcha de la silhouette sombre et tendit la main pour toucher la combinaison humide.

— Une drôle d'heure pour aller nager.

— Étant donné les circonstances, nous n'avions pas le choix.

Mallory se tourna vers Anne, qui le regardait d'un air interrogatif.

— Il y a bien le téléphone ici, n'est-ce pas ? demanda-t-il.

Elle hocha la tête.

— On est relié à Guernesey par câble, mais ça ne marche plus depuis l'orage d'hier. Ça arrive souvent. Il y a le téléphone radio à bord du *Foxhunter*, évidemment. C'est important ?

— C'est le moins qu'on puisse dire.

Mallory se tourna vers Guyon, qui avalait le brandy que Fiona venait de lui donner.

— Je vais descendre au port immédiatement. Je me servirai de l'émetteur.

— On y va ensemble, répliqua Guyon. Qui sait quel genre d'ennuis nous attendent là-bas ?

— Vous n'avez pas l'intention de vous expliquer ? demanda Hamish Grant sans amabilité.

Mallory prit le verre de brandy que lui tendait Fiona, en avala la moitié et se mit à tousser quand le liquide brûlant descendit dans sa gorge.

— Il me semble qu'on vous doit bien ça, vu les circonstances. J'ai été envoyé ici par les Services Secrets britanniques et le capitaine Guyon par les mêmes services de l'autre côté de la Manche. Nous avions pour mission d'effectuer une rapide vérification de de Beaumont.

— Je vois, dit Hamish Grant. Si j'ai bien compris, il est dans une belle embrouille ?

— Absolument. Ses activités actuelles représentent une menace directe pour les intérêts de son propre gouvernement et le fait qu'il n'hésite pas à agir en territoire britannique complique encore les choses. En plus de tout, nous n'apprécions guère la nature de ses actes.

Hamish Grant eut un léger sourire.

— Comme c'est étrange. Deux grandes nations côte à côte pendant des siècles. Nous nous sommes querellés, mais finalement, ce n'est jamais sorti de la famille. Dans les moments cruciaux, nous nous précipitons à une telle vitesse pour nous prêter main-forte que c'en est presque effrayant.

— Puis-je savoir ce qui est arrivé à Van Sondergard ? demanda Anne.

— Je lui ai donné le double de ce que vous l'auriez payé et j'ai pris sa place.

— Et l'incident sur le quai ? C'était fait exprès, ça aussi ?

Il hocha la tête.

— Ça a été plus loin que prévu. C'est pour ça que je me suis conduit aussi brutalement. Je suis désolé.

— Pas moi, répliqua-t-elle simplement.

Il tendit la main pour lui toucher le visage et ses yeux se mirent à briller. Elle posa sa main contre celle de Mallory et tourna la tête, effleurant de ses lèvres sa paume froide. Pendant un bref instant, ce fut comme s'ils étaient seuls. Comme si les autres n'existaient plus. Hamish Grant brisa l'enchantement.

— Je suppose que la première chose à faire, c'est de mettre des vêtements secs. Ensuite, vous allez avoir besoin de la voiture.

— Je vais la sortir du garage, dit vivement Fiona.

Elle était debout à côté de la chaise de Guyon. Elle lui sourit, puis sortit par une des portes-fenêtres. Guyon se leva ; Mallory et lui suivirent Anne hors de la pièce, trempant le tapis au passage.

Dans l'armoire de Hamish Grant, elle leur dénicha des chaussettes sèches, deux vieux pantalons de treillis et deux gros pulls. Elle laissa les deux hommes se changer dans la chambre. Quand ils redescendirent dix minutes plus tard, Jagbir versait le café dans des tasses posées sur une table devant la cheminée. Hamish Grant était toujours dans son fauteuil, mais il n'y avait pas trace des filles.

Le petit Gurkha leur offrit du café, l'air toujours aussi tranquille et le vieil homme dit :

— Vous avez parlé d'ennuis possibles si vous descendiez au port. Il s'agit d'ennuis de nature violente, je suppose. Êtes-vous armés ?

Guyon répondit :

— J'avais un revolver dans la poche de mon caban. Je l'ai perdu dans les vagues.

— Vous en trouverez un autre dans le tiroir en haut à droite du bureau, derrière vous, déclara le vieil homme. Quelque part, il y a aussi une demi-boîte de cartouches. Vous y trouverez également un Lüger, mais celui-là, il est déjà chargé.

Guyon ouvrit le tiroir et revint, le revolver dans une main, le Lüger dans l'autre.

— Prenez le Lüger, vous, dit le vieil homme. Si ça ne vous embête pas, je garderai le Webley pour moi.

Guyon glissa le Lüger dans sa poche et se mit à charger le Webley. Anne et Fiona rentrèrent dans la pièce. Elles portaient toutes les deux d'épaisses canadiennes et Anne était en train de nouer une écharpe autour de sa tête, à la manière paysanne.

Elle sourit à Mallory.

— À ta disposition.

Il secoua doucement la tête.

— Il n'en est pas question. Tu restes ici.

Son front se plissa légèrement et Fiona commença à protester. Hamish Grant coupa court à leurs revendications.

— Ils auront déjà bien assez de choses en tête sans encore s'inquiéter pour vous.

Fiona se tourna vers Anne, mais sa belle-sœur poussa un soupir en secouant la tête.

— Il a raison, Fiona. On va encombrer, c'est tout.

Elle s'approcha de Mallory en souriant.

— Alors, on s'assoit et on attend ? Pendant combien de temps ?

— Avec un peu de chance, toute l'affaire sera proprement bouclée à l'heure du petit déjeuner. Et je te préviens, j'aurai une faim de loup !

— Tu peux compter sur moi.

Il lui toucha rapidement la main et passa dans le vestibule. Le break était garé au pied de l'escalier, le moteur ronronnant. Il s'installa derrière le volant et attendit Guyon. Le jeune Français était en haut des marches avec Fiona, Anne derrière eux sur le seuil. La jeune fille se mit sur la pointe des pieds, l'embrassa et rentra en courant dans la maison. Il descendit et s'assit sur le siège passager, l'air sinistre.

Mallory s'éloigna à bonne vitesse, franchit le portail et descendit la colline en direction du port. L'hôtel était plongé dans l'obscurité et la crique était exactement telle qu'il l'avait laissée, le *Foxhunter* amarré d'un côté de la jetée, le bateau de location de Guyon de l'autre.

Mallory s'arrêta au bout de la jetée, arrêta le moteur et sortit de la voiture. Le clair de lune argentait les flots et le ciel nocturne ressemblait à un douillet coussin de velours sombre piqueté de diamants.

— Pour l'instant, ça baigne ! dit-il à Guyon.

Il sauta sur le pont du *Foxhunter* et pénétra dans la timonerie. Il alluma la lumière et jura à voix basse. Le téléphone radio avait été arraché de son socle sur le mur du fond et on l'avait jeté dans un coin, inutilisable, une hache à côté de lui.

— Ils nous ont eus, après tout.

Il bouscula Guyon, dévala l'escalier et traversa la cabine vers l'arrière du bateau. Il tomba à genoux, ouvrit le placard sous sa couchette et fourragea dedans.

— Est-ce ceci que vous cherchez, colonel Mallory ? interrogea doucement Raoul Guyon.

Mallory se leva d'un bond. Guyon était de l'autre côté de la table, devant un tiroir ouvert, et il tenait à la main le petit émetteur électronique, qui représentait le seul lien de Mallory avec les services secrets.

— Brave type ! dit Mallory en s'avançant d'un pas.

Guyon laissa tomber l'appareil par terre et l'écrasa deux fois sous son talon, tout en prenant son Lüger dans sa poche.

Mallory resta là à le dévisager, l'air passablement perplexe, et on entendit une voix dire :

— Excellent, capitaine Guyon. Vous commenciez vraiment à me mettre au désespoir.

Mallory se retourna. De Beaumont sortit de l'ombre, Jacaud à ses côtés, armé d'une mitraillette.

12

Vers la tour sombre

Ils étaient à présent tout proches de l'île. Marcel réduisit la vitesse du moteur et amena lentement le *Foxhunter* en face de l'arche sombre. La vedette de location de Guyon dansait derrière eux au bout d'un long câble de remorquage et quand Mallory se pencha pour regarder la mer, une ombre se dressa, masquant les étoiles.

Guyon se tenait à côté du bastingage, à quelques mètres de là, et s'entretenait à voix basse avec de Beaumont. Jacaud, lui, était adossé à la timonerie, la mitraillette à la main. Il avait un œil à moitié fermé, tout le côté droit du visage enflé et défiguré par un énorme hématome violet, mais il dévisageait Mallory sans ciller.

Ils franchirent l'entrée sombre de la grotte et Mallory frissonna, glacé par l'air humide. D'un bout à l'autre, ce tunnel mesurait une centaine de mètres de long et peut-être quinze de large. Sous l'eau, comme il s'en était rendu compte auparavant, il était même encore plus large.

La longue jetée de pierre était brillamment éclairée par deux lampes à arc et ils vinrent accoster derrière un magnifique bateau à moteur de douze mètres de long à la coque métallique, sur laquelle était peint le nom de *Fleur de Lys*.

Le sous-marin était amarré à l'autre extrémité, un bâtiment trapu et noir, qui était encore plus petit que ce qu'avait imaginé Mallory. Une douzaine d'hommes vêtus de l'uniforme de la Marine française étaient en pleine activité. Ils chargeaient du matériel à bord, sous la surveillance d'un lieutenant mince, à l'allure encore adolescente, vêtu d'une casquette à visière et d'un caban. Celui-ci s'avança, saluant de Beaumont tranquillement, sans attendre qu'il ait atteint la jetée, tandis qu'il montait les degrés de la petite échelle.

— Comment ça se passe, Fénelon ? s'enquit de Beaumont. Aucune difficulté ?

Fénelon secoua la tête.

— Nous serons prêts dans les temps.

— Parfait, je vous transmettrai mes ultimes instructions à 9 heures.

Fénelon repartit vers ses hommes et de Beaumont se tourna vers Mallory.

— C'est un bâtiment superbe, n'est-ce pas ? Et taillé sur mesure pour nous. Petit, compact — qui n'a pas besoin d'un équipage supérieur à seize hommes. Vous connaissez bien ce modèle ?

— Seulement sur papier.

— Celui-là a une sacrée histoire. Construit par la Deutsche Werft en 1945, il a coulé corps et biens après un mois de mission. On l'a repêché, on l'a remis en état et on l'a donné aux Français.

— Et à présent, il vous appartient, dit Mallory. Une carrière qui aura connu des hauts et des bas…

Il y avait un corps posé contre le mur du fond, recouvert d'une bâche goudronnée. Les deux pieds chaussés de palmes étaient tournés du même côté, et le sang coulait toujours dans la mare d'eau de mer dans laquelle il baignait.

— Impossible de retrouver l'autre. Le courant a dû l'entraîner sous le récif, dit de Beaumont en secouant la tête. Une sale façon de mourir.

Les mots semblaient chargés d'une menace implicite, mais Mallory refusa de s'y laisser prendre. De Beaumont eut un sourire crispé et le précéda vers une volée de marches qui s'enfonçait dans l'obscurité. Ils les montèrent et arrivèrent sur un palier de pierre ; de Beaumont alla jusqu'au bout d'un couloir, passant devant plusieurs portes. Une ou deux étaient ouvertes et on distinguait au passage d'étroites couchettes de service avec des couvertures grises bien pliées. D'une entrée latérale, sortaient des odeurs de cuisine.

Il ouvrit une autre porte et ils pénétrèrent dans un vaste hall où on distinguait, dans la demi-obscurité, de grandes poutres de chêne incurvées. Un large escalier de marbre en occupait le centre, surplombé par une galerie. Le long d'un des murs, des bûches brûlaient dans une immense cheminée médiévale.

— Impressionnant, n'est-ce pas? Vous imaginez la quantité d'argent que ces industriels victoriens devaient avoir à jeter par les fenêtres, d'autant qu'il fallait apporter chaque pierre par bateau!

Son ton était désinvolte, courtois. Il aurait pu être un hôte content de lui en train de montrer à un ami sa dernière acquisition. Ils montèrent le grand escalier et parcoururent la galerie jusqu'au bout. De Beaumont ouvrit une porte derrière laquelle il y avait un étroit escalier en colimaçon. Tout le long de la montée, des meurtrières étaient percées à intervalles réguliers, et plus ils grimpaient, mieux Mallory découvrait la mer.

Ils atteignirent un palier de pierre et s'arrêtèrent devant une porte. De Beaumont entra, la laissant entrouverte. La pièce était encombrée de matériel radio et un opérateur était installé devant un émetteur, les oreilles couvertes d'un casque. Il se leva en voyant entrer de Beaumont. On perçut le murmure d'une conversation, puis le Colonel ressortit.

Il continua à monter l'escalier en colimaçon, suivi de Mallory, Guyon et Marcel, Jacaud fermant la marche. Enfin, ils débarquèrent sur un petit palier et de Beaumont ouvrit sa dernière porte.

C'était une pièce ronde et assez grande. Meublée confortablement, avec des tapis persans sur le sol, et un bon feu de bois brûlant dans la vaste cheminée. Les murs étaient couverts de livres, sauf une partie de six mètres de long masquée par un rideau de velours. De Beaumont le tira, révélant une baie vitrée arrondie.

— Une de mes petites améliorations. Quand le temps est clair, on voit les côtes de France. Je vous en prie, dit-il en désignant un siège à côté du feu.

Mallory s'assit et Jacaud se posta derrière lui, mitraillette au poing. Marcel s'avança près de la fenêtre, tenant son revolver contre sa cuisse. Guyon resta devant la porte. Mallory lui jeta un regard. Guyon le lui rendit calmement, sans rien trahir de ce qu'il pensait, et Mallory se tourna alors vers de Beaumont, assis en face de lui.

— Je n'insulterai pas votre intelligence en jouant au plus fin avec vous, colonel Mallory, déclara-t-il. Pendant un certain temps, je me suis retrouvé prisonnier des Viets en Indochine. On peut dire qu'ils m'ont tout appris en direct sur la manière d'arracher des informations à ceux qui se montrent rétifs. Jacaud était adjudant-chef dans mon régiment. Nous avons partagé les mêmes épreuves. Je n'ai pas vraiment besoin d'ajouter qu'il serait très heureux d'avoir l'occasion de se livrer à quelques expériences.

— Inutile de continuer, répliqua Mallory. J'ai compris.

— Excellent, reprit de Beaumont. Venons-en donc à notre affaire. Comme vous l'avez sans doute compris tout seul, le capitaine Guyon est en quelque sorte un agent double. Lorsque les gens du Deuxième Bureau lui ont proposé du travail, ils ignoraient qu'il était déjà un membre loyal de l'O. A. S. Un arrangement des plus pratiques. D'après Guyon, le Bureau n'avait aucune raison valable de soupçonner que l'*Alouette* ait été cachée ici. Sa mission sur l'Ile de Roc, où il devait travailler en collaboration avec vous, a été lancée à la requête des services britanniques. J'aimerais savoir pourquoi.

— Un de nos hommes vous surveillait ici, répondit Mallory. Simple routine, à cause de qui vous êtes et de ce que vous êtes. On l'a retrouvé dérivant au fil de l'eau l'autre soir. Noyade accidentelle, tel fut le verdict du coroner.

— Il avait l'habitude de faire de longues promenades sur les falaises, une fois la nuit tombée, avec des jumelles à infra-rouges, dit de Beaumont. C'était plutôt dangereux. Quelqu'un aurait dû le prévenir.

— Là, vous avez commis une erreur, reprit Mallory. Pour mon chef, cela ne signifiait qu'une seule chose : notre homme avait vu quelque chose d'important. Avec les Français qui passaient au peigne fin la moindre crique, la moindre embouchure de leur côté de la Manche, cela l'a amené à penser de façon assez désagréable que ce bateau devait être planqué quelque part dans les Iles Anglo-Normandes.

— Quel dommage ! dit de Beaumont. Me voilà à présent obligé de partir plus rapidement que je ne le souhaitais. C'est vrai, mais par ailleurs, mes projets, qu'ils soient à court ou à long terme, n'en seront pas modifiés.

Il se leva en faisant un sourire poli.

— Dans des circonstances plus appropriées, reprit-il, j'aurais été ravi de discuter avec vous. Nous devons avoir beaucoup de choses en commun. Je suis certain que vous comprenez que je ne dispose que d'un temps limité.

— Naturellement, rétorqua Mallory ironiquement en se levant, lui aussi.

Il avait souvent pensé à ce moment-là, se demandant comment il se produirait et quand. Ce qu'il y avait d'étrange, c'est qu'il n'avait pas peur. Il était plus curieux qu'autre chose. Jacaud s'agitait nerveusement derrière lui et Marcel se détacha du mur, le revolver pendant toujours le long de sa jambe.

De Beaumont sortit une arme de sa poche et s'avança vers Guyon pour la lui donner.

— À vous l'honneur, Capitaine ! Une fin digne d'un soldat.

La main de Guyon se crispa sur la crosse du revolver et il regarda Mallory, le visage blafard. Brusquement, il saisit de Beaumont par les revers de sa veste, le projetant en avant, et braqua le canon de l'arme contre sa gorge.

Il y eut un moment d'immobilité absolue, puis de Beaumont se mit à rire gentiment.

— Vous savez, nos amis, à Paris, se faisaient du souci pour vous depuis déjà un certain temps, Guyon. Je comprends pourquoi. Vous venez de commettre une erreur. J'aurais pensé qu'un officier de votre trempe aurait perçu la différence entre les poids d'un revolver chargé à blanc et d'un autre chargé de vraies balles.

Il ôta l'arme de la main de Guyon. Celui-ci regarda Mallory et eut un sourire piteux.

— Parfois, on veut se montrer trop malin, mon cher ami.

— Content de te retrouver avec moi, en tout cas, répliqua Mallory.

De Beaumont ouvrit la porte et fit un signe de tête à Marcel.

— Faites-le descendre et surveillez-le bien. J'enverrai le colonel Mallory le rejoindre plus tard.

Il ferma la porte derrière eux et se tourna en souriant vers Mallory.

— Et maintenant que nous savons tous exactement où nous en sommes, nous allons pouvoir peut-être nous détendre pendant une demi-heure.

Il prit une bouteille et deux verres dans un placard d'angle et revint s'asseoir.

— C'est de l'excellent cognac, reprit-il. Je pense que vous l'apprécierez.

Mallory s'assit en face de lui, conscient de la présence de Jacaud derrière lui, et attendit la suite des événements. Il accepta un verre d'alcool, en but une gorgée et se carra dans son siège.

— Je ne comprends pas quel bénéfice vous espérez retirer de toutes ces histoires. En commettant des meurtres et des assassinats, vous risquez de perdre le peu de soutien dont vous disposez encore.

— Les opinions divergent, répondit de Beaumont. Dans notre monde moderne, la seule façon de mener une politique efficace, c'est la violence. Que ce soit en Palestine, à Chypre ou en Algérie, autant de victoires remportées uniquement parce que la violence et l'assassinat avaient été soigneusement et délibérément prévus. Nous agissons de la même façon.

— Les circonstances sont complètement différentes. Dans les exemples que vous venez de citer, des éléments nationalistes s'opposaient à un pouvoir colonial. Dans votre cas, ce sont des Français qui liquident d'autres Français.

— Ils ne méritent pas ce nom-là, les porcs auxquels nous avons eu affaire jusqu'à présent. Des grandes gueules, des libéraux professionnels et des politiciens intrigants qui se font leur beurre pendant que moi et les types dans mon genre, nous pourrissons dans les camps viets, répondit de Beaumont avec un rire amer. Je ne me souviens que trop bien de notre arrivée en France. On s'est fait huer dans tout Marseille par les dockers communistes.

— C'est de l'histoire ancienne, dit Mallory. Ça n'intéresse personne. De toute façon, tant qu'on n'a pas vécu soi-même ce type d'expérience, on ignore de quoi l'autre parle.

— Mais vous, vous l'avez vécu, dit de Beaumont. Tout au fond de vous-même, vous savez ce que je veux dire. Les Chinois vous en ont fait voir de toutes les couleurs. Dans votre livre, vous avez mis tout ça noir sur blanc. Et que s'est-il passé quand vous avez mis ces théories en pratique ?

Il fixa le feu, les sourcils froncés.

— Cela allait se dérouler autrement en Algérie, nous en étions certains, reprit-il. Nous avons combattu les *fellaghas* dans les *djebels* de l'Atlas, dans la fournaise du Sahara et dans les ruelles d'Alger, et on était en train de les battre. À la fin, on les tenait à la gorge.

Il se tourna vers Mallory.

— Je faisais partie du complot militaire du 13 mai 1958. On ne nous a pas laissé le choix. Autrement, mes amis et moi, nous aurions été arrêtés ; nous serions passés en procès, accusés d'avoir commis des actes abominables forgés de toutes pièces, prévus exprès pour faire plaisir aux grandes gueules et à leurs compagnons de route de retour à Paris. Nous avons mis de Gaulle au pouvoir parce que nous croyions dans l'idéal de l'Algérie française, d'une France plus grande.

— Et une fois qu'il a eu les rênes en main, il a fait exactement le contraire de ce que vous espériez, dit Mallory. Une des grandes ironies de l'histoire de l'après-guerre.

De Beaumont avala son cognac avant de poursuivre.

— Et ce qu'il y a d'encore plus ironique, c'est que moi, Philippe de Beaumont, descendant de l'une des plus grandes familles militaires françaises, j'ai contribué à mettre au pouvoir un homme qui a détruit la grandeur de son pays.

— Ça, ça reste à prouver, répondit Mallory. Je dirais que de Gaulle n'était animé que par une seule chose — un profond patriotisme. Quoi qu'il ait fait, il l'a fait parce qu'il pensait que c'était ce qu'il y avait de mieux pour la France.

De Beaumont haussa les épaules.

— Nous sommes donc en désaccord. Mais de toute façon, il n'y en a plus pour longtemps. Après son voyage à Saint-Malo le 3 du mois prochain, de Gaulle ne sera plus un problème.

— J'ignore ce que vous avez en tête, mais si j'étais vous, je n'y croirais pas trop. Combien de fois avez-vous échoué, vous et vos amis ? Huit fois, non ?

— Je me plais à penser que ma propre organisation a remporté beaucoup plus de succès. Ces affaires exigent une réelle compétence, Mallory. Ce sur quoi je travaille, moi, ce sont les opérations militaires, prévues dans leurs moindres détails, et exécutées dans des conditions de sécurité maximum. L'affaire de *L'Alouette*, je m'en suis occupé personnellement depuis le début. Mes collègues de Paris en ignorent tout. Je travaille strictement en solitaire et je ne me sers d'eux que comme d'un service de renseignements.

Mallory secoua la tête.

— Vous ne pourrez plus tenir très longtemps. Vous travaillez sur une trop grande échelle. *L'Alouette* devient déjà plus un handicap qu'autre chose.

— Vous ne pourriez vous tromper davantage.

De Beaumont se leva, prit deux cartes dans le placard à côté de sa chaise et se dirigea vers une petite table.

— Venez par ici, reprit-il. Cela va vous intéresser.

C'étaient deux cartes détaillées de la zone entre Guernesey et la côte de France. Il les mit rapidement bout à bout.

— Voilà l'Ile de Roc et Saint-Pierre, à une cinquantaine de kilomètres au sud-ouest de Guernesey. Le territoire français le plus proche, c'est la Pointe du Château, à seulement trente kilomètres. Vous connaissez la région ?

Mallory secoua la tête.

— Je n'ai pas été au-delà de Brest.

— Une côte dangereuse faite de petites îles et de récifs, déserte et sauvage. Vous remarquerez que l'Ile de Monte n'est qu'à cinq cents mètres de la côte, en face des Marais de la Gironde. Il y a une petite maison sur une île, à peut-être huit cents mètres dans le marais, le long de la rivière principale. Située à dix kilomètres d'une route et très isolée. Il n'y a même pas le téléphone. Pour l'instant, seules deux personnes y vivent.

— Et vous les voulez ?

— L'homme uniquement. Henri Granville.

Mallory se redressa, sourcils froncés.

— Vous voulez parler de Granville le magistrat, le Procureur général qui est parti à la retraite le mois dernier ?

— Je vous félicite pour la connaissance intime que vous avez des affaires françaises. Il est arrivé là-bas avec sa femme hier. Ils sont plutôt isolés. Évidemment, personne n'est censé être au courant. Il adore la solitude — la solitude et les oiseaux. Malheureusement pour lui, un de mes contacts parisiens a eu vent de ses déplacements hier et m'en a aussitôt informé. Je vais envoyer Jacaud à bord de *L'Alouette* un peu plus tard dans la journée. Son exécution devrait provoquer pas mal de remous.

— Vous êtes fou, dit Mallory. Il doit avoir au moins quatre-vingts ans. En plus, c'est un des hommes les plus appréciés de France. Seigneur, tout le monde aime Granville ! La politique n'a rien à y voir.

— À trois reprises, le tribunal où il siégeait a condamné à mort quelques-uns de mes vieux camarades. Maintenant, il doit en assumer les conséquences. En s'attaquant à Granville, nous prouvons une bonne fois pour toutes que nous représentons une force avec laquelle il faut compter. Aucun homme, quel que soit son pouvoir, quelle que soit sa place dans l'opinion publique, n'est à l'abri de notre vengeance.

— Henri Granville n'a jamais condamné quiconque dans sa vie sans raison valable. Si vous touchez un cheveu de sa tête, vous vous attirerez les pires représailles, répondit Mallory en secouant la tête. Vous ne pourrez plus vous en sortir.

De Beaumont eut un petit sourire, revint vers la cheminée et se versa un autre verre de cognac.

— C'est ce que vous pensez ?

Il avala une gorgée d'alcool et soupira.

— Je vais retarder votre exécution jusqu'à ce soir. À ce moment-là, Jacaud sera revenu. Cela me fera plaisir de vous envoyer à la mort en sachant que Henri Granville vous a précédé.

— Ce qui reste encore à voir, dit Mallory.

De Beaumont se tourna et montra du doigt un étendard en lambeaux pendu au-dessus de la cheminée.

— Un de mes ancêtres l'a porté lui-même lors de la bataille de Waterloo, après la mort de son porte-étendard. Je l'avais avec moi à Dien-Bien-Phu. J'ai réussi à le conserver pendant tous ces mois sordides de captivité. Vous remarquerez qu'il porte la devise des de Beaumont.

— « Qui ose, vainc », dit Mallory.

— Je m'en souviendrais, si j'étais vous.

— Il y a une chose que vous semblez avoir oubliée, répondit Mallory. Lorsque votre ancêtre a ramassé cet étendard à Waterloo, il n'était pas seul à mener la bataille. Il était soutenu par tout un régiment de soldats qui marchaient derrière lui et je crois me souvenir qu'à Dien-Bien-Phu, vous étiez vous-même à la tête d'un régiment de parachutistes. Mais, à présent, c'est de la France dont il s'agit. La vraie France. Et manifestement, c'est un sujet dont vous ignorez tout.

L'espace d'un instant, les yeux de de Beaumont scintillèrent, mais il ravala sa colère et parvint à sourire.

— Emmenez-le en bas, Jacaud. Que Guyon et lui passent leurs dernières heures ensemble à essayer de résoudre un problème impossible. Cela m'amusera d'y penser.

Jacaud poussa Mallory sans ménagement vers la porte. Au moment où il l'ouvrit, de Beaumont déclara d'une voix calme :

— Et, Jacaud, quand je retrouverai le colonel Mallory, je veux qu'il soit dans le même état qu'à présent. Vous m'avez compris ?

Jacaud se retourna brutalement, prêt à mordre. Il parut sur le point de défier de Beaumont, mais il se ravisa et fit avancer Mallory d'une bourrade.

Ils descendirent l'escalier en colimaçon, Mallory en tête, la mitraillette au creux des reins. La galerie était à moitié plongée dans l'obscurité, le feu devenu un tas de braises. Ils traversèrent le hall et franchirent la porte qui menait aux logements et à la grotte.

Au bout d'un long couloir blanchi à la chaux, ils trouvèrent Marcel assis sur une chaise, devant une porte, en train de lire un journal, le revolver à la ceinture.

Il leva les yeux vers Jacaud d'un air interrogatif.

— Quand ?

— Ce soir, quand je reviendrai du continent.

Jacaud se tourna vers Mallory et tapota sa mitraillette. Ses yeux glacés parurent rougir de haine.

— Je m'en occuperai personnellement, colonel Mallory.

Mallory entra dans la cellule. Quand la porte claqua derrière lui, Guyon ramena ses jambes sous lui et le regarda.

Il se mit brusquement à sourire.

— Est-ce que par hasard tu n'aurais pas quelque chose comme une cigarette ?

13

Conseil de guerre

— Je ne croyais plus ni au bien ni au mal. Ça ne me concernait plus. À la fin, on ne s'intéresse plus qu'à ses camarades, à son copain qui a eu la gorge tranchée la nuit précédente. Voilà où j'en étais arrivé au bout de six ans de guerre d'Algérie.

Debout à côté de la petite fenêtre garnie de barreaux, Raoul Guyon contemplait la nuit. Quand il se tourna vers Mallory, il avait l'air fatigué.

— Et c'est la raison pour laquelle tu as rejoint l'O. A. S. ? demanda Mallory.

Guyon secoua la tête.

— J'étais à Alger en 1958. Il y a eu tellement de sang versé que j'en étais écœuré. J'ai rencontré une jeune fille arabe. Pendant quelque temps, nous avons tenté de nous protéger ensemble de la tempête. Et puis un matin, on l'a retrouvée sur la plage, nue et le corps mutilé. C'est moi qui ai dû l'identifier. Le jour suivant, j'ai été grièvement blessé et on m'a renvoyé en France pour me faire soigner. Quand je suis revenu, mes camarades paraissaient avoir trouvé la seule solution possible. Ramener de Gaulle au pouvoir.

— Tu faisais partie du premier complot ?

Guyon haussa les épaules.

— J'étais sympathisant. Un jeune officier de plus. Mais pour moi, de Gaulle représentait l'ordre qui allait jaillir du chaos. Ensuite, la plupart d'entre nous ont été répartis dans des unités différentes. J'ai passé cinq mois à patrouiller dans le Hoggar avec les méharistes.

— Et as-tu trouvé ce que tu cherchais ?

— Presque, dit Guyon. Il y a eu une journée où il faisait chaud et soif et j'ai presque atteint mon but. Tu sais, quand les pierres vibrent de chaleur, quand les montagnes dansent dans une brume bleutée. Je me suis senti partie prenante. Presque, pas tout à fait.

— Que s'est-il passé après ça ?

— On m'a renvoyé en Algérie, dans un des pires districts. Un endroit plein de peur et de fils barbelés, où la violence surgissait comme une épidémie et où la vie ne représentait même plus un acte de foi. J'ai été de nouveau blessé l'année dernière, juste avant le coup d'État raté du général Challe. C'était sans gravité, mais suffisant pour me fournir une bonne excuse si je demandais un congé sans solde. Le soir avant mon départ, Legrand est venu me rendre visite dans ma chambre d'hôtel. Il m'a proposé de travailler pour le Deuxième Bureau.

— Et tu as accepté ?

— Bizarrement, c'était une façon de prendre le large. Plus tard, à Paris, des agents de l'O. A. S. m'ont contacté. En tant qu'ancien officier de paras et partisan du coup d'État qui avait porté de Gaulle au pouvoir, je représentais évidemment une proie de choix.

— Et tu as prévenu Legrand ?

— Dès que j'ai réussi à le joindre. C'était le plus drôle. Je n'ai même pas eu besoin de faire mon choix. C'est presque comme si on avait décidé à ma place. Il m'a dit d'accepter la proposition. De son point de vue, un agent possédant ce type de contact était évidemment précieux.

— Et pourtant, on nous a dit que le Deuxième Bureau n'avait aucun soupçon sérieux à l'égard de de Beaumont. Pourtant, tu devais sûrement avoir quelques doutes sur sa personne, grâce à tes relations parisiennes ?

— Pas vraiment. J'étais en marge de l'organisation. On mentionnait de Beaumont comme un sympathisant. D'autre part, ses opinions politiques sont bien connues en France. Personne ne l'a sûrement jamais soupçonné d'être un activiste.

— Et durant tout ce temps, on t'a accepté sans réticence ?

— C'était ce que je pensais. En tant que nouvelle recrue du Deuxième Bureau, c'était normal que mes sources d'informations soient limitées, mais je sélectionnais certains éléments des ordres de Legrand pour les leur transmettre. À coup sûr, je n'ai jamais réussi à approcher le moindre personnage important, mais je me taillais bien la route. À deux occasions, il m'a même autorisé à prévenir des lampistes quand leur arrestation était imminente.

— Et à propos de *L'Alouette* ?

— C'est la chose qui nous a étonnés depuis le début. L'absence complète d'information à propos de l'endroit où se trouvait ce sous-marin, même dans les milieux de l'O. A. S. À cause de cela, Legrand m'a demandé de prévenir mes contacts de Paris qu'on m'envoyait dans les Iles Anglo-Normandes pour effectuer simplement un contrôle de routine sur de Beaumont, afin de s'assurer qu'il se conduisait correctement. Legrand se disait que, au moins, ça nous prouverait une fois pour toutes s'il existait un lien quelconque entre de Beaumont et l'O. A. S.

— Voilà une chose dont il n'a pas jugé bon de nous informer.

— J'en suis navré, mais Legrand ne vit jamais dans le moment présent, toujours dans le futur. Il envisageait une situation possible dans laquelle mes autres activités s'avéreraient utiles. Étant donné les circonstances, il paraissait plus raisonnable de me présenter simplement en tant que Raoul Guyon, agent reconnu du Deuxième Bureau et rien de plus.

— Je vois que le vieux renard croit toujours qu'il faut jouer ses cartes quand elles se présentent, dit Mallory. Ça se voit quand il joue au poker.

— Voilà une remarque qui ressemble étrangement à celle qu'il a faite à ton propos avant que je ne parte.

Mallory sourit.

— Il y a au moins une chose qui ressort de tout cela. De Beaumont est bel et bien lié à l'O. A. S. à Paris, puisqu'on l'a prévenu de ton arrivée. La seule chose que je ne comprends pas, c'est pourquoi il n'a pas trouvé bizarre que tu ne leur aies pas parlé de l'affaire de *L'Alouette*.

— C'est la première chose qu'il m'a demandée quand je suis monté à bord. Une question à laquelle il était difficile de répondre.

— Et comment t'es-tu débrouillé ?

— Je lui ai raconté que le Bureau considérait toute cette affaire comme l'initiative d'un groupe indépendant. Que ceci m'avait été confirmé personnellement par les milieux O. A. S. qui, manifestement, ignoraient tout de cette histoire. Et que, en tant qu'ancien officier de paras ayant pris part au coup d'État de juin 58 et ayant assisté à la trahison de de Gaulle, je préférais de beaucoup travailler pour lui.

— Et il t'a cru ?

— C'est ce que j'ai pensé sur le moment.

— Tout ça me paraît diablement tiré par les cheveux.

— À de Beaumont aussi, dit Guyon en souriant sans joie. D'autre part, je n'avais pas eu le temps de monter une meilleure histoire et je me suis retourné contre toi juste avant qu'ils ne t'attaquent, si tu te souviens bien ?

— Tu as réagi drôlement vite.

Le jeune Français haussa les épaules.

— Quand j'ai vu ce qu'ils avaient fait du téléphone radio, ça m'a paru logique de penser qu'ils se trouvaient encore à bord, que nous étions sous surveillance. C'était donc sage d'établir ma bonne foi tant que c'était encore possible et je me suis souvenu que je t'avais vu ranger l'émetteur dans le tiroir de la table, un peu plus tôt dans l'après-midi.

— Et de Beaumont, tu ne l'avais jamais rencontré auparavant ?

Guyon secoua la tête.

— Comme je te l'ai déjà dit, jamais personnellement. Naturellement, je savais beaucoup de choses sur lui. C'était un des meilleurs officiers de parachutistes, tu sais.

— J'ai repensé à tout ce qu'il m'a dit là-haut, dit Mallory. Rien de tout ça n'est raisonnable. Il va finir par perdre, c'est sûr. En soi, le meurtre d'un vieil homme digne de respect comme Henri Granville suffira pour lui aliéner le soutien de beaucoup de gens, et pourtant, il s'obstine. Je me demande pourquoi.

— Il a toujours été un personnage étrange, ascétique. Un mélange de fanatique religieux et de soldat. La défaite de Dien-Bien-Phu, l'humiliation des camps viets et l'abandon de l'Indochine qui s'est ensuivie, tout cela représente pour lui une source de honte permanente. Comme beaucoup d'autres dans son genre, il s'était juré que cela ne se reproduirait plus.

— Et, en dépit de tout ce qu'il a pu faire, ça a quand même recommencé.

Guyon hocha la tête.

— De Beaumont est le dernier rejeton de l'une de nos plus nobles familles. Son unique héritier, c'est son frère qui est professeur de sciences politiques à la Sorbonne. Un homme connu pour ses sympathies à gauche. Un de ses ancêtres fait partie de ces rares aristocrates qui ont soutenu sans réserve la Révolution de 1789, un autre était général sous Napoléon. Pendant cent cinquante ans, les de Beaumont ont été les membres d'une des plus grandes familles de France.

— Une vraie catastrophe nationale s'il faut l'arrêter.

— Tu peux le dire ! Le gouvernement était absolument enchanté quand il a choisi d'aller vivre dans les Iles Anglo-Normandes. À l'époque, c'était une bonne façon de se débarrasser d'un problème encombrant.

— Ce qu'il est devenu, dit Mallory, et de bien des façons.

— Tu penses à sa menace de se débarrasser de de Gaulle durant son voyage à Saint-Malo, le mois prochain ?

Guyon secoua la tête, s'allongea sur le second lit et croisa les mains sous sa nuque.

— Je ne m'en fais pas trop pour ça, reprit-il. Ils ne réussiront pas à avoir de Gaulle. Ce type-là, il est indestructible. Comme un de ces rochers, là-bas sur le récif, après un orage. Un peu entamé, mais toujours debout.

— Ce qui nous laisse l'affaire Granville, dit Mallory. Et bon sang de bois, j'ai l'impression qu'on ne peut absolument rien faire contre.

Allongé sur le dos, contemplant le plafond, il alluma une cigarette. Puis il passa en revue les événements des deux heures précédentes. Il finit par dire doucement :

— La première règle à respecter, c'est que le boulot doit toujours passer avant tout le reste. La plupart des hommes avec lesquels j'ai travaillé, dans ta situation, auraient joué le jeu avec de Beaumont et même, n'auraient pas hésité à me descendre s'il l'avait fallu.

— J'avais peut-être une autre vision de la situation, dit Guyon.

— Tu as agi tellement vite que tu n'as même pas remarqué la différence de poids des cartouches à blanc. Pourquoi ?

— Voilà une chose que je ne cesse de me demander depuis plus d'une heure. Ce n'est pas facile à expliquer. Disons simplement que brusquement, les gens m'ont semblé de nouveau avoir leur importance et restons-en là.

Il se tourna vers le mur. Mallory resta allongé, à fumer une cigarette, en pensant que c'était étrange qu'un jeune homme, dont toute l'affectivité avait été dévastée par deux guerres barbares, soit ramené à la vie par la plus vieille et la plus fondamentale des émotions de l'homme — l'amour.

Engourdi et glacé, il avait les membres douloureux. Il étendit la couverture sur ses jambes et regarda sa montre. Presque 3 heures. Couché dans l'obscurité, il écouta la pluie et le vent. Au bout d'un moment, il se rendormit.

Il sentit quelqu'un le pousser doucement et il ouvrit les yeux. Raoul Guyon était accroupi à côté de lui. Une lumière grisâtre se glissait dans la pièce par la fenêtre à barreaux et Mallory se redressa.

— Il pleut toujours ?

Guyon hocha la tête.

— Ça n'a pas cessé de la nuit. Il est presque 8 heures.

Mallory marcha jusqu'à la porte et observa le couloir à travers la grille de fer. Un jeune marin était installé sur une chaise, en train de lire un livre, avec un gros revolver de service pendu à sa ceinture dans son holster.

Mallory revint vers la fenêtre. Les battants s'ouvrirent sans difficulté, mais les barreaux étaient solidement fixés dans l'encadrement. Il observa le ciel gris du matin, le long du récif jusqu'à l'Ile de Roc. La pluie tombait à verse et la visibilité était mauvaise, une brume froide errant à la surface de l'eau.

— Je me demande ce qu'ils font là-bas, dit Guyon à côté de lui.

— Ils ont dû prendre conscience que quelque chose avait mal tourné, répondit Mallory avec un haussement d'épaules. S'ils ont le moindre bon sens, ils auront été voir Owen Morgan et ils seront partis chercher de l'aide à Guernesey dans ton bateau.

— De Beaumont a sûrement dû prévoir cette possibilité.

— Probablement. C'est bien ce qui m'inquiète.

Il y eut un bruit de serrures et la porte s'ouvrit. Marcel entra dans la pièce et se posta dans un coin, un revolver à la main. Le jeune marin entra derrière lui, portant un plateau qu'il déposa sur un des lits. Ils repartirent sans dire un mot, faisant claquer les serrures derrière eux.

La nourriture était simple, du pain, du fromage et du café chaud, et Mallory prit brusquement conscience qu'il était affamé. Ils s'assirent de chaque côté du plateau et quand tout fut liquidé, ils partagèrent la dernière cigarette.

Ensuite, il s'allongea sur son lit en attendant qu'il se passe quelque chose, tandis que Guyon arpentait sans arrêt leur cellule, et que la pluie tambourinait contre la fenêtre. Il était presque 10 heures quand la porte se rouvrit. De Beaumont entra, suivi de Marcel.

Il paraissait de bonne humeur et il souriait gaiement.

— Bonjour, messieurs. J'espère que vous avez passé une bonne nuit. La chambre vous convient-elle ?

— J'en ai connu des pires, reconnut Mallory.

— Puis-je faire quelque chose pour vous ?

— Le dernier souhait du condamné ? demanda Mallory en haussant les épaules. Nous aurions bien besoin de cigarettes. C'est tout.

Marcel prit un paquet de Gauloises dans sa poche et le jeta sur le lit.

— Rien d'autre ? s'enquit poliment de Beaumont.

Mallory mit une cigarette entre ses lèvres et lança le paquet à Guyon.

— Je ne crois pas.

— Dans ce cas, vous voudrez bien m'excuser. Vous serez contents d'apprendre que Jacaud et ses hommes sont partis pour la Pointe du Château, il y a un quart d'heure, comme nous l'avions prévu. Étant donné les circonstances, je pense qu'il est temps que j'aille rendre visite à nos amis de l'Ile de Roc.

— Si j'étais vous, je ne m'attendrais pas à y trouver qui que ce soit.

— Oh ! mais si, ils seront là. Ça, je vous le promets.

De Beaumont eut un petit sourire comme s'il se réjouissait d'une plaisanterie connue de lui seul. Il fit un signe de tête à Marcel et ressortit. La porte se referma, les serrures claquèrent avec un bruit définitif. Guyon se tourna vers Mallory en esquissant un geste désespéré, mais Mallory lui fit signe de se taire. Quand il revint examiner le couloir, le jeune marin était de nouveau là, mais cette fois, il lisait un magazine.

Mallory s'approcha de la fenêtre pour regarder dehors. Au

bout de deux minutes, il entendit un bruit de moteur et le *Foxhunter* apparut, longeant le récif vers l'Ile de Roc.

— Le voilà.

Guyon vint à la fenêtre et regarda dehors en fronçant les sourcils.

— Mais pourquoi a-t-il pris le *Foxhunter*?

— Parce qu'il est plus facile à manœuvrer sur des courtes distances que le *Fleur de Lys* et que la mer est trop grosse pour le hors-bord.

Guyon, pensant à Fiona, laissa tomber sa cigarette et l'écrasa consciencieusement par terre.

— Je n'ai pas aimé sa dernière remarque. Il paraissait bien trop sûr de lui. Comme s'il était absolument certain que le Général et les filles étaient toujours sur l'île.

— Je pense que c'est le cas. La nuit a été longue. J'ignore quelles sont ses intentions, mais ce n'est pas important pour l'instant. Il veut probablement les ramener ici pour les garder en lieu sûr tant qu'il n'est pas prêt à quitter l'île.

— Tu as peut-être raison.

— C'est à Henri Granville que je pense, installé au milieu des marais de la Gironde, ignorant totalement que peu après midi, on va frapper à sa porte. Je vois d'ici le sourire de Jacaud.

— Et on ne peut rien y faire.

— On pourrait tout, si on réussissait à sortir d'ici. Il y a toujours la radio dans la tour, et même, le *Fleur de Lys* serait un meilleur atout. Un bateau de cette taille possède sûrement un téléphone radio.

Guyon secoua la tête.

— Ces marais sont un des endroits les plus isolés de toute cette côte. Même si on parvenait à joindre mes collègues à Paris, ce serait quand même trop tard pour Henri Granville. Ils ne pourraient jamais arriver à temps.

— Mais nous, oui, dit Mallory. *L'Alouette* va devoir faire tout le trajet submergé. Ça va lui prendre trois bonnes heures.

— Ça fait déjà près d'une heure qu'ils sont partis, fit observer Guyon.

— Le *Fleur de Lys* va deux fois plus vite. On pourrait encore battre Jacaud au poteau.

— Seulement si on arrive à sortir d'ici dans la demi-heure qui vient, dit Guyon. Et il y a belle lurette que je ne crois plus aux miracles.

— Pas besoin de miracle. Seulement un peu de chance, rétorqua Mallory en le poussant sur le lit. Écoute-moi bien.

Il faisait froid dans le couloir, le jeune marin frissonna et se leva. Il tapa vigoureusement des pieds par terre pour rétablir la circulation et fit quelques pas autour de sa chaise. Il s'ennuyait. Il avait aussi un peu peur. Au début, toute cette affaire ressemblait à une grande aventure, à une croisade. À présent, il n'en était plus aussi persuadé. Au moment où il s'apprêtait à se rasseoir, un cri étranglé jaillit de la cellule.

Il s'immobilisa, l'air préoccupé. On entendit un autre cri, suivi par la chute d'un lit qu'on renversait. En arrivant devant la grille, il surprit Guyon en train d'allonger un coup de poing à Mallory, l'envoyant valdinguer contre le mur.

— C'est toi qui m'as collé dans cette saloperie, salaud ! cria le jeune Français. Je vais te tuer ! Je vais te tuer !

Il se précipita en avant et Mallory plongea pour éviter un autre coup, s'approcha et lui fit un croc-en-jambe. Une seconde plus tard, il était à genoux sur la poitrine de Guyon et il le tenait fermement au collet, l'étranglant d'une main experte.

Le jeune marin poussa un cri. Il déverrouilla la grille et pénétra dans la cellule, revolver au poing. Il attrapa Mallory par le col et, à sa grande surprise, Guyon se releva d'un bond, lui attrapant férocement le poignet pour lui arracher son arme. Le marin ouvrit la bouche pour hurler, mais son cri lui resta dans la gorge quand le poing de Mallory vint s'abattre rudement contre sa mâchoire.

Mallory ramassa le revolver, fit un signe de tête à Guyon et ils sortirent en hâte de la cellule. Tout était tranquille. Guyon verrouilla la porte et ils s'éloignèrent à grands pas.

Bizarrement, tout était calme jusqu'au grand couloir. Là, ils entendirent des bruits de voix dans le lointain et un remue-ménage de casseroles dans la cuisine. Ils allèrent jusqu'au bout, Mallory ouvrit la porte avec précaution et s'avança sur le palier, en haut de l'escalier qui menait à la grotte.

La jetée était déserte. Seuls le *Fleur de Lys* et le hors-bord étaient amarrés contre le mur. Ils dévalèrent les marches de pierre et s'arrêtèrent quelques secondes avant de se précipiter à bord du *Fleur de Lys*.

Quand ils pénétrèrent dans la timonerie, ils s'aperçurent tout de suite que le téléphone radio avait été ôté de son socle dans le mur. Mallory eut un sourire crispé.

— C'est un salopard prudent, autant pour lui.

— On pouvait s'y attendre, dit Guyon en haussant les épaules. Un bon soldat s'efforce de prévoir toutes les éventualités. (Il regarda autour de lui en secouant la tête.) À priori, la situation se présente assez mal.

— On va se débrouiller, dit Mallory. On n'a pas le choix. On a le plein de carburant, ce qui est le principal. Va détacher les amarres et on y va.

Guyon s'attaqua en hâte à la première, à l'avant du bateau. Au moment de se diriger vers l'arrière, il entendit un cri rauque. Il leva les yeux : un marin venait d'apparaître sur le palier en haut de l'escalier. Il courut le long du pont et arracha la seconde amarre. Le marin sortit un revolver et tira deux coups sans viser tout en descendant.

C'était trop tard. Les moteurs vrombissaient déjà et Mallory réussit à sortir le *Fleur de Lys* de la grotte. Les embruns vinrent frapper la vitre, les vagues se brisèrent sur le pont tandis qu'il traversait le récif et mettait le cap sur la Pointe du Château.

14

La force des armes

Hamish Grant ouvrit la porte et resta là, à écouter le bruit de leurs respirations paisibles. Fiona était étendue sur le canapé et Anne dormait dans le fauteuil à oreillettes, une couverture sur les jambes.

Comme il s'apprêtait à refermer la porte, Anne ouvrit les yeux et demanda à voix basse :

— Quelle heure est-il ?

— Un peu plus de 8 heures. Jagbir vient de faire du thé.

Elle se leva, posa la couverture sur Fiona et le suivit dehors.

— On a des nouvelles ?

Le vieil homme secoua la tête.

— Pas encore.

La cuisine donnait de l'autre côté de la cour. C'était une grande pièce agréable, avec des poutres apparentes qui soutenaient un plafond bas. Jagbir était en train de faire frire des œufs. Quand il vit Anne, il lui versa une tasse de thé qu'elle but debout devant le feu, à petites gorgées.

Dehors, par la baie vitrée, on voyait les nuages menaçants au-dessus des champs, l'eau qui débordait des gouttières et les feuilles mortes qui traînaient sur les pavés. Elle s'approcha de la fenêtre et contempla la pluie en pensant à Mallory.

Hamish Grant vint à côté d'elle et lui serra la main.

— Il avait bien dit qu'il en aurait au moins jusqu'à l'heure du petit déjeuner. Je ne m'inquiéterais pas trop, si j'étais toi.

— Je ne m'inquiète pas. S'il y a une chose dont je suis persuadée, c'est qu'il est parfaitement capable de se prendre en charge, mais quand même, nous devrions avoir de leurs nouvelles à présent.

— Nous en aurons très probablement d'ici peu de temps.

Elle finit de boire son thé et se dirigea vers la porte.

— Je crois que je vais courir jusqu'au port pour voir ce qui se passe.

— Jagbir va t'accompagner.

Elle secoua la tête.

— Laissez-le s'occuper du petit déjeuner. Je n'en ai pas pour longtemps. Inutile de réveiller Fiona avant que je ne revienne. Dormir lui fera le plus grand bien.

Elle traversa l'entrée, enfila sa canadienne et sortit. La pluie tombait de façon régulière et elle noua une écharpe autour de sa tête tout en descendant l'allée pour sortir par le portail.

La visibilité était mauvaise, une brume grise et poisseuse s'accrochait par plaques au-dessus de l'eau et la colline au centre de l'île paraissait très verte contre le ciel plombé. Elle accéléra le pas et s'arrêta au sommet de la pente pour observer le port en contrebas. Il n'y avait qu'un seul bateau amarré, la vedette que Raoul Guyon avait louée, et le break était garé au bout de la jetée.

Elle dévala la colline, coupant à travers l'herbe humide. La voiture était emperlée d'humidité, le moteur froid. Elle resta là sans bouger, les sourcils froncés, puis longea la jetée et sauta sur le pont du bateau de Guyon. Elle pénétra dans la petite cabine, regarda autour d'elle pendant quelques instants puis s'apprêta à repartir.

Elle s'immobilisa brusquement, le nez froncé. La fraîcheur de l'air matinal était gâchée par une lourde odeur d'huile. Une flaque s'étalait sous le compartiment du moteur. Elle ouvrit la porte et se trouva face à un amas de tuyaux tordus et de valves brisées.

Elle s'accroupit sans pouvoir détacher les yeux du moteur, incapable de réfléchir. Au moment où elle se relevait, des pas résonnèrent sur les planches en bois de la jetée et elle entendit Owen Morgan crier :

— Ohé ! Du bateau !

Anne sortit de la cabine et remonta sur le pont au moment où il sautait de la jetée. Il portait un vieux blouson de pilote bleu et des bottes en caoutchouc. La pluie givrait ses cheveux gris. Il commença à sourire, mais son expression se figea en voyant son air bouleversé.

— Qu'est-ce qui se passe ?

— Venez voir le moteur.

Il descendit rapidement. Quand il réapparut, son visage était grave.

— Pourquoi quelqu'un ferait-il une chose pareille ?

— Pour être sûr que nous ne quitterons pas l'île, répondit-elle.

Il fronça vivement les sourcils.

— Écoutez, si vous me racontiez toute l'histoire ? Où est le *Foxhunter* ? Je l'ai entendu partir de bonne heure ce matin.

— Ce devait être le colonel Mallory et monsieur Guyon. À présent, ils devraient être revenus. J'ai très peur qu'il leur soit arrivé quelque chose.

— Est-ce qu'ils ont des ennuis quelconques ?

— Probablement, mais je n'ai pas le temps de vous expliquer ça maintenant, Owen. Il faut qu'on aille à Guernesey le plus vite possible. Et si on prenait votre bateau à vous ?

— Je ne l'ai remisé et rangé pour l'hiver que depuis deux jours, répondit-il. Ce n'est pas compliqué de le ressortir si c'est aussi urgent que ça. Je peux être prêt à partir dans une demi-heure.

— On fait comme ça, dit Anne. Je retourne à la maison chercher les autres. Je vous expliquerai les choses en détail quand je reviendrai.

Elle courut le long de la jetée, se glissa derrière le volant et mit le moteur en route. Il toussa et s'étrangla à plusieurs reprises avant de démarrer et Owen était déjà à mi-chemin de sa remise à bateaux, à côté de l'hôtel, quand elle réussit enfin à s'en aller.

L'excitation donnait la chair de poule au Gallois. Quelle que soit la nature du problème, ça paraissait sérieux. À voir les réactions d'Anne Grant, c'était évident. Pour un homme dont toute la vie n'avait été constituée que d'une suite d'aventures, la perspective de se jeter dans l'action était un aussi bon coup de fouet qu'un verre d'alcool bien tassé. Quand il ne fut qu'à quelques mètres de la remise, il se souvint que la lourde porte était fermée au cadenas. Il fit demi-tour et remonta en hâte la pente qui menait à la porte de l'hôtel.

Quand il entra dans la cuisine, Juliette était devant l'évier, occupée à laver la vaisselle du petit déjeuner.

— Où est la clé de la remise ? demanda-t-il.

Elle se retourna, les sourcils arqués par la surprise.

— Au clou, derrière la porte, là où elle est toujours. Qu'est-ce qui se passe ?

— Il faut que je sorte le bateau, répondit-il. Les Grant veulent que je les emmène à Guernesey. Je ne peux pas t'expliquer pourquoi. Je ne le sais même pas moi-même. Mais ça doit être pour quelque chose de sérieux.

Il décrocha la clé et ressortit. Après son départ, Juliette Vincent resta devant l'évier, regardant la porte sans la voir. Au bout d'un moment, elle se sécha soigneusement les mains et monta dans sa chambre.

Owen Morgan ouvrit les lourdes portes de la remise et entra. Le bateau était bien calé dans une profonde tranchée de béton et un câble métallique enroulé autour d'un treuil à l'arrière le maintenait en place.

Il sauta sur le pont, souleva le couvercle qui protégeait le moteur et s'immobilisa brusquement, la gorge sèche. Le moteur était exactement dans le même état que celui du bateau de Guyon. Les tuyaux fins et les valves étaient définitivement broyés, à l'aide d'un gros marteau qui venait de sa propre boîte à outils et qu'on avait ensuite abandonné au milieu des décombres.

Quand il se releva, il entendit le raclement d'une semelle sur la pierre derrière lui. Il se retourna et vit Juliette. Elle lui avait emprunté sa vieille veste de velours pour se protéger du froid et elle gardait les mains enfouies au fond des poches.

— Qu'est-ce qui se passe, Owen ?

Et alors, en un éclair, il eut l'intuition brutale et inexplicable que c'était elle la responsable de ce gâchis et ses yeux s'écarquillèrent.

— Pourquoi, Juliette ? Pourquoi as-tu fait cela ? demanda-t-il.

— Mon frère a été tué en Algérie, Owen, répondit-elle d'une voix atone, sans vie. Il est mort pour la France. Ils l'ont récompensé en donnant ce pour quoi il était mort. Je n'ai pas pu accepter ça et rester sans rien faire.

La colère s'empara de lui comme les flammes embrasent un tas de feuilles sèches.

— Qu'est-ce que tu es en train de me raconter comme idioties, ma petite ? Et mon bateau là-dedans ?

Il commença à se hisser à ses côtés, mais elle recula et sortit un revolver de sa poche. Il s'immobilisa face à elle, figé, le visage si pâle qu'il en était presque transparent, avec une expression totalement ébahie.

— C'est moi, Juliette. Moi, Owen.

Il avança d'un pas.

— Passe devant moi très lentement, Owen, dit-elle. Les mains derrière le dos. Ne m'oblige pas à te tuer.

Il s'arrêta, les jambes écartées, prêt à bondir en riant comme un fou.

— Me tuer, ma petite ? Toi ?

Il se jeta en avant, une main cherchant à attraper le revolver, l'autre saisissant la femme au collet. Au même moment, quelque chose bougea dans son regard et il sut, avec la même certitude inexplicable, qu'il venait de commettre la dernière erreur de son existence.

Le bruit du coup de feu résonna de façon assourdissante entre les murs de la remise et l'impact de la balle, tirée à bout portant, l'envoya basculer en arrière. Il oscilla au bord de la rampe, les mains crispées sur son ventre, le sang jaillissant de sa bouche en un flot bouillonnant et il tomba à la renverse sur le pont.

Juliette Vincent s'approcha du bord de la rampe et contempla le corps. Il était immobile, ses yeux noirs fixant un point situé à des millions de kilomètres d'elle. Elle remit le revolver dans sa poche, sortit de la remise et commença à refermer les lourdes portes. Quand elle se retourna, le *Foxhunter* avait juste doublé la pointe et entrait dans le port.

Dans la cuisine, Hamish Grant était assis à un bout de la table, les restes de son petit déjeuner devant lui, et il écoutait gravement ce qu'Anne avait à lui dire.

Quand elle eut achevé son récit, il hocha vivement la tête.

— Inutile de faire comme si la situation se présentait de façon favorable. Manifestement, ce n'est pas le cas. Mais il y a au moins une chose certaine. À nous tout seuls, nous ne pouvons pas tenter grand-chose.

— Alors, Guernesey représente notre unique espoir ?

Il hocha la tête et se leva.

— Je pense qu'il vaut mieux que nous y allions tous ensemble. Ce n'est jamais un bon calcul de tenter le sort et la situation pourrait devenir franchement malsaine par ici.

Fiona entra, venant du hall, lui apportant sa bonne vieille capote militaire.

— Papa, il vaut mieux que tu mettes ça. Il fait assez froid.

Depuis des années, elle ne l'appelait plus autrement que Général et, en l'entendant dire « Papa », il sentit son cœur se serrer de tendresse. Il lui caressa le visage, du bout des doigts, et lui tapota la joue.

— Ne t'inquiète pas, Fiona. On va arranger ça.

Elle lui serra fort la main, puis ressortit dans le hall. Anne était déjà au volant du break, le moteur tournait. Le Général monta à l'arrière avec Jagbir, Fiona devant et Anne démarra rapidement.

Il pleuvait toujours aussi fort et elle mit les essuie-glaces en marche. Elle conduisait penchée en avant, scrutant la route pour éviter les nids-de-poule. Tandis que la voiture grimpait jusqu'au sommet de la colline, elle rétrograda pour aborder la descente vers le port. Ils atteignirent la crête et Fiona poussa un cri. Anne freina.

De Beaumont, Marcel et trois marins étaient debout au milieu de la route, tournés vers la mer. À cinq cents mètres au large, le *Fleur de Lys* naviguait sud-ouest vers les côtes de France, à grande vitesse. Marcel le désignait de son bras tendu. Il se tourna pour parler à de Beaumont et aperçut la voiture.

Tandis qu'ils se déployaient en éventail sur la route, Anne, par réflexe, écrasa son pied sur l'accélérateur. Le vieux break bondit en avant. Elle vit les bouches s'arrondir de peur, rendues muettes par le rugissement du moteur, puis ils s'égaillèrent de tous côtés. La voiture les dépassa puis retomba sur la route, rata le virage et coupa à travers l'herbe vers la jetée.

Elle freina de toutes ses forces et le véhicule dérapa dans une longue glissade terrifiante. L'espace d'un horrible moment, ils crurent qu'ils allaient passer par-dessus bord, et s'écraser sur la plage et les rochers en dessous. Ils finirent par s'arrêter, le pare-choc avant coincé contre une grosse pierre. Elle ouvrit la porte et sortit de la voiture.

Aucune trace d'Owen Morgan ni de son bateau. Quand elle leva les yeux vers la remise, elle vit que les lourdes portes étaient toujours fermées. Elle se retourna : le Général avait du mal à s'extraire de la banquette et Jagbir lui donnait un coup de main. Quand le petit Gurkha se redressa, son manteau s'ouvrit et elle aperçut le manche d'ivoire et d'argent de son *kukri*, le poignard incurvé dans son fourreau de cuir qu'il avait glissé dans sa ceinture.

Au moment où Fiona sortait de l'autre côté, on entendit un cri en haut de la colline. Anne leva les yeux et vit de Beaumont et ses hommes courir vers eux. L'un d'eux s'arrêta, leva son arme et tira une première balle de sommation qui siffla sur la jetée avant de tomber à l'eau.

Hamish Grant se retourna brusquement.

— Et Owen ?

— Pas trace de lui, ni du bateau, répondit Anne. Mais le *Foxhunter* est amarré au bout de la jetée.

L'espoir ténu de monter à bord du bateau avant l'arrivée de de Beaumont et de ses hommes s'écroula quand ils virent un marin sortir de la timonerie, regarder dans leur direction et rentrer en hâte.

— On ferait mieux de remonter à l'hôtel, dit Anne.

Ils commencèrent à grimper le long de la colline, Fiona ouvrant la marche, Hamish Grant s'appuyant sur sa canne. On entendit de Beaumont crier de nouveau et le marin qui gardait le *Foxhunter* se précipita sur le pont avec un fusil, tira une fois et fit éclater le cadre de bois de l'une des portes de la remise.

Anne eut un goût de sang dans la bouche et elle sentit une douleur dans la poitrine. Elle prit la main d'Hamish Grant et avança tant bien que mal, glissant sur le gazon humide, puis ils arrivèrent sur la terrasse et franchirent le porche.

Fiona ouvrit la porte à la volée et entra la première. Le bar était complètement vide, un petit feu brûlait dans l'âtre. Il régnait un tel silence qu'Anne entendait les battements de son cœur.

Hamish Grant s'appuya contre une table, luttant pour retrouver son souffle et elle s'écria :

— Owen ! Owen Morgan ! Où êtes-vous ?

Il n'y eut aucun bruit de pas, mais pourtant une voix tranquille s'éleva brusquement derrière elle :

— Il n'est pas là.

Anne se retourna brusquement et scruta le visage tranquille de Juliette Vincent.

— Pour l'amour du ciel, Juliette ! Où est-il ? Que se passe-t-il ?

— Je pense que vous êtes sans doute venue au mauvais endroit, madame, répondit Juliette. (Elle sortit son pistolet de sa poche.) Et maintenant, nous allons tous attendre tranquillement le comte de Beaumont.

Au même instant, Jagbir se précipita, le terrible cri de guerre des Gurkhas jaillissant de sa gorge. Sa main plongea sous son manteau et la lame aiguisée de son *kukri* siffla dans l'air.

Juliette Vincent tira deux fois sur la gâchette, les balles pulvérisèrent le corps du petit Indien, puis il se précipita sur elle. Quand elle tira de nouveau à bout portant, la lourde lame s'abattit, lui tranchant à moitié le cou. Ils tombèrent ensemble, Jagbir par-dessus, tenant aussi fermement le *kukri* dans sa main droite mort que vivant.

Fiona se mit à crier et la porte s'ouvrit. Hamish Grant se retourna, sortant le Webley de sa poche, le braquant vers l'ombre floue qui se détachait à contre-jour et qui n'était autre que de Beaumont.

Derrière lui, la vitre vola en éclats et il sentit le canon d'un fusil s'enfoncer douloureusement dans son dos.

— Si le Général est sage, il ferait mieux d'abandonner, dit Marcel.

Hamish Grant resta là, incapable de prendre une décision et de toute façon, c'était déjà trop tard. De Beaumont s'avança et lui ôta doucement le Webley des mains.

— Et maintenant, mon vieux, vous allez peut-être vous montrer raisonnable ?

15

LE FLEUR DE LYS

Le *Fleur de Lys* bravait le vent de sa coque élégante, plongeant dans les vagues, fendant l'eau de sa proue. Dans la timonerie, Mallory était penché sur la table des cartes. Derrière lui, la roue cliquetait de façon sinistre, pour compenser tandis que le bateau virait à tribord, sous contrôle du pilote automatique.

Les cartes détaillées qu'il avait trouvées dans les tiroirs de la table étaient très faciles à lire. Celle qui allait de la côte autour de la Pointe du Château aux Marais Girondins lui disait tout ce qu'il avait besoin de savoir.

La porte de l'escalier de la cabine s'ouvrit et Guyon apparut. Vêtu d'un ciré jaune, il tenait une grande tasse de café dans chaque main.

— Comment avance-t-on ?

Mallory regarda sa montre.

— Bientôt midi. On n'en a plus pour longtemps. On fait du quinze nœuds.

— J'ai écouté les prévisions météo à la radio juste avant de remonter, dit Guyon. Elles ne sont pas très bonnes. Le vent va forcir et on prévoit du brouillard dans les zones côtières.

— On est déjà en train de foncer dedans.

Mallory but un peu de café et Guyon scruta la mer. Au loin, le brouillard les attendait comme un linceul humide et le ciel bas et gris tombait dans la mer. Les vagues formaient déjà des moutons au nord-ouest.

— D'après toi, à quelle distance est-on de *L'Alouette*, maintenant ? demanda Guyon.

Mallory haussa les épaules.

— Quand il est immergé, il va deux fois moins vite que nous. Étant donné l'avance qu'il avait prise, on ne devrait pas tarder à le rattraper.

Il se pencha de nouveau sur la carte.

— Ils seront obligés de faire surface près de l'Ile d'Yeu, avant de s'engager dans la crique la plus importante qui borde les marais.

— Quelle est la profondeur, là-bas ?

Mallory suivit le trajet du bout de son crayon.

— Entre sept et neuf mètres. *Courants puissants liés à la marée changeant constamment. Ne pas s'y fier.* Je sais ce que ça veut dire. Un jour, on se retrouve sur un banc de sable. Le lendemain, on a dix mètres d'eau claire. Ces marécages sont tous les mêmes.

— Mais on va pouvoir s'en sortir avec le *Fleur de Lys* ?

— Je pense. On n'ira probablement pas jusqu'à l'île centrale, là où se trouve la petite maison. C'est signalé sur la carte. À huit cents mètres à l'intérieur.

Guyon se redressa et son inimitable petit rictus en forme de sourire lui tordit la bouche.

— Les choses pourraient bien devenir intéressantes, non ?

— Je pense qu'on peut le dire.

Petit à petit, la brume les enveloppa jusqu'à ce qu'ils se retrouvent en train de naviguer dans un monde clos, étrange. Mallory reprit la barre et réduisit la vitesse à dix nœuds. Une demi-heure plus tard, ils arrivèrent dans une zone d'eau claire et aperçurent le littoral de la Pointe du Château à moins de huit cents mètres à bâbord.

Comme ils s'en approchaient, une barrière de rochers et de petits îlots surgit de la mer, parallèlement à la côte, s'estompant vers l'Ile d'Yeu, qu'on devinait au loin dans la brume.

Mallory appela Guyon pour qu'il vienne prendre la barre et se remit à étudier la carte. Quand il se redressa, ses yeux brillaient d'un étrange éclat.

— Il y a un moyen de gagner un peu de temps, mais ça va nous obliger à prendre des risques. *L'Alouette,* lui, va nécessairement emprunter le chenal près de la côte. Ils n'ont pas le choix. Mais de ce côté de l'Ile d'Yeu, on signale un autre passage, situé entre l'île et le récif. Cinq mètres cinquante de fond.

— On risque d'arracher la coque, remarqua Guyon.

Mallory haussa les épaules.

— C'est le bateau de de Beaumont, pas le mien.

Guyon eut un petit sourire.

— Alors, je propose que ce soit toi qui prennes la barre.

Mallory modifia légèrement le cap et le jeune Français redescendit dans la cabine. Il en remonta avec deux gilets de sauvetage.

— Quand j'étais gamin, une bohémienne a prédit à ma mère qu'il fallait que je me méfie de l'eau. Je sais très bien que la superstition, ce n'est qu'un tissu de bêtises, malheureusement, mes origines bretonnes s'y cramponnent. En l'occurrence, je détesterais lui prouver qu'elle avait raison.

Mallory mit le bateau sur pilotage automatique, glissa ses bras dans les emmanchures du gilet et reprit la barre. Ils naviguaient parallèlement aux îles à présent et le *Fleur de Lys* tanguait dans les remous, les vagues venant cogner contre sa coque.

La pluie tambourinait contre la vitre, formant des cascades qui brouillaient le contour de tous les objets et baignant toute la scène dans une atmosphère de rêve étrange. L'Ile d'Yeu était toute proche et il voyait le bouillonnement de l'eau qui venait se fracasser contre la crête acérée du récif.

Il poussa fermement la barre à bâbord. Le *Fleur de Lys* en vibra de protestation, une vague vint frapper la coque de plein fouet et le pont passa à l'oblique. Guyon fut balancé à l'autre bout de la timonerie et Mallory tomba à genoux. La barre commença à tourner, mais il l'avait déjà reprise en main. Le bateau bondit en avant vers l'étroite bande d'eau claire entre le récif et l'île.

Mallory donna tout ce que les moteurs contenaient et le *Fleur de Lys* répondit merveilleusement bien. Ils s'engouffrèrent dans le chenal à une vitesse incroyable, l'eau s'écrasant contre les gros rochers de part et d'autre du bateau, doigts blancs et crochus prêts à les avaler.

Autour d'eux, les gros blocs rocheux apparaissaient et disparaissaient, recouverts par l'écume au rythme des vagues. Raoul Guyon se cramponnait à la table, blanc comme un linge.

Le gouvernail se trouva pris dans des courants tourbillonnants et le *Fleur de Lys* se mit à virer de bord, les jetant dans l'angoisse. Mallory pesa de tout son poids sur la barre. Le bateau trembla de toute sa structure, de la proue à la poupe, quand il glissa le long d'un banc de sable, puis ils se retrouvèrent en eau claire.

Le brouillard enveloppait la terre de ses rideaux opaques et on sentait l'odeur fétide des marais, apportée par le vent de l'intérieur. Mallory ralentit et ils pénètrèrent dans les terres, tandis que les moteurs faisaient entendre un grondement de protestation.

Les marais surgirent du brouillard, sombres et menaçants, prêts à les engloutir, et au-dessus de leurs têtes, un grand cortège d'oies sauvages se déploya, semblable aux esprits des morts animés par le vent. Des bancs de sable allongés, étroits, affleuraient à la surface de l'eau et du côté de la terre, on devinait des kilomètres de marais et d'herbe épaisse, un fouillis de criques, de vase et des barrières de roseaux ondulants.

Ils doublèrent un long banc de sable et l'embouchure de la crique principale s'ouvrit devant eux. Guyon se pencha en avant en poussant un cri d'alarme. *L'Alouette* était tapi juste à l'entrée, échoué comme une baleine, ses plaques gris foncé brillantes d'humidité. Fénelon était debout sur le kiosque avec Jacaud et en dessous, trois marins fixaient un moteur à l'arrière d'un grand canot de caoutchouc.

Mallory ouvrit les gaz et le *Fleur de Lys* bondit en avant; l'étrave vint heurter la coque du sous-marin et un des matelots tomba à l'eau. Un cri de surprise retentit. Quand ils doublèrent *L'Alouette*, ils n'étaient pas séparés par plus de trois mètres. Mallory eut le temps de voir la consternation sur le visage troublé de Fénelon, Jacaud n'en croyant pas ses yeux et puis ce fut fini, ils étaient à l'abri dans le brouillard.

Il réduisit encore la vitesse et ouvrit la fenêtre. Le brouillard s'engouffra aussitôt, froid et pénétrant, amer comme la mort. Il scruta le paysage, observant les roseaux. Quelques minutes plus tard, ils s'arrêtaient en douceur, le bateau glissant sur son erre avant de se bloquer sur un léger sursaut.

Mallory fit rapidement machine arrière. Pendant un moment, on eut l'impression qu'il ne se passait rien, puis brusquement, le *Fleur de Lys* commença à reculer.

— Comme ça, c'est réglé, dit-il. Manifestement, nous n'irons pas plus loin.

Il coupa les moteurs, sortit sur le pont puis grimpa sur le toit de la timonerie. Les roseaux étaient très épais, mais sur la gauche, il y avait une petite anse arrondie qui mesurait une trentaine de mètres de diamètre.

Il la montra à Guyon qui se hissait à côté de lui.

— Notre seule et unique chance.

Il sauta sur le pont et courut dans la timonerie remettre les moteurs en marche. Tandis qu'ils vrombissaient, il fit tourner la roue et le bateau s'écrasa contre les roseaux en accélérant.

L'espace d'un instant, on put les croire infranchissables, puis ils se séparèrent lentement et le *Fleur de Lys* put pénétrer dans l'anse. Mallory coupa de nouveau les gaz et le bateau vint s'arrêter de l'autre côté, la proue doucement enfouie dans un banc de sable.

— On n'a pas de temps à perdre, dit Mallory. L'un de nous reste à bord. L'autre va chercher Granville et sa femme.

— Il vaut mieux que ce soit moi qui y aille, dit Guyon. Nous avons des relations en commun. Je pense qu'il me fera confiance.

Mallory étala la carte.

— Le mieux que tu aies à faire, c'est d'y aller à pied et de nager quand tu te trouveras devant un bras de mer.

Il ouvrit un tiroir pour y prendre une boussole de poche.

— Dirige-toi toujours vers l'est, reprit-il, et tu ne peux pas rater l'île centrale. C'est à environ quatre cents mètres.

— Ramener Granville ici ne sera pas très facile, dit Guyon. C'est un vieux monsieur.

— Mais il est habitué à ces marais. Souviens-toi que c'est pour eux qu'il vient ici. Débrouille-toi du mieux que tu peux.

Mallory sortit le revolver qu'il avait pris au jeune marin du château et le lui tendit.

— C'est pas terrible, mais quand même mieux que rien.

Guyon l'enfonça dans la poche de son ciré et sortit vivement sur le pont. Il sauta de la proue sur le banc de sable et s'enfonça dans les roseaux.

Mallory alluma une cigarette et resta debout sous la pluie paisible. Cinq minutes plus tard, il entendit un moteur le long du chenal principal. Le bruit décrut dans le lointain, assourdi par le brouillard, puis ce fut le silence.

Tandis que Guyon avançait dans les roseaux, un courlis se mit à siffler d'une manière envoûtante quelque part sur la gauche et du gibier d'eau cria en s'envolant à la surface de l'eau, dérangé par sa présence. Il prit pied sur un terrain un peu surélevé, vérifia la boussole et se mit à courir, seul sur cette étendue de vase luisante, d'anses isolées et de roseaux envahissants.

Il atteignit l'extrémité de la terre ferme et se mit à patauger dans une étroite crique, les pieds s'enfonçant dans la boue lisse. Il sentait le goût du sel sur ses lèvres, il avait les yeux douloureusement piquants, mais il continuait son chemin, repoussant les roseaux dans le linceul gris.

Petit à petit, le sol se raffermit de nouveau jusqu'à ce qu'il puisse courir sur du sable et de l'herbe épaisse. Quelques instants plus tard, il arrivait au bord d'un lac peu profond. La maison surgit du brouillard au milieu de son îlot, à cinquante mètres de là.

Avant de s'enfoncer résolument dans l'eau noire et couverte

de mousse, il sortit le revolver et le tint au-dessus de sa tête. Il y avait peu de chances pour que l'eau l'abîme, mais mieux valait ne pas prendre de risque.

À sa grande surprise, la traversée fut facile. La boue laissa vite place à du sable dur et il ne lui fallut que quelques instants pour se retrouver sur la terre ferme. Tandis qu'il se précipitait vers la petite maison basse, une étroite jetée de bois surgit brusquement du brouillard. Il s'immobilisa. Aucun bateau n'y était amarré, même pas une barque à fond plat. Il fronça les sourcils en comprenant ce que cela signifiait, puis il se dirigea vers la maison.

On sentait bien l'odeur du feu de bois et un filet de fumée bleue s'élevait de la grossière cheminée de pierre. Il monta l'escalier de bois branlant, ouvrit la porte et entra.

La pièce était meublée simplement, mais confortablement, avec des petits tapis répartis sur le plancher ciré. Il y avait plusieurs bibliothèques, toutes pleines, un canapé et deux fauteuils devant la cheminée.

Les bûches couvaient dans l'âtre de pierre, bien entourées de cendres pour ne pas brûler trop vite. Elles suffirent à Guyon pour lui apprendre ce qu'il avait besoin de savoir. Henri Granville et sa femme n'étaient pas là. Pourquoi n'avaient-ils pas envisagé cette éventualité, Mallory et lui ?

L'ornithologie était la grande passion du vieil homme. Il avait même écrit un livre sur le sujet. Il était évident qu'en ce moment même, il se trouvait sur un bateau avec sa femme quelque part au milieu des roseaux qui recouvraient presque tous les marais, probablement même bien cachés, occupés depuis l'aube à prendre des photos.

Il ressortit et descendit sur la jetée. Faiblement, à travers le brouillard, lui parvint le bruit d'un moteur. Jacaud et ses hommes. Pour eux, la solution serait évidente. Ils se contenteraient d'attendre que Granville veuille bien revenir. Inutile de se donner la peine de le chercher.

Il n'y avait qu'une seule réponse au problème. Guyon pataugea dans le lac et se retrouva de l'autre côté. Il remonta sur la terre ferme et courut le long de la côte vers le bruit de moteur.

En dépit du froid pénétrant des marais, la sueur dégoulinait des aisselles de Fénelon. Depuis le choc qu'il avait ressenti en voyant le *Fleur de Lys* les dépasser à l'entrée de la crique, la peur ne le quittait plus et il en était malade. Ensuite, il y avait eu le message de de Beaumont transmis par radio. Pendant que l'opérateur le décodait, il s'était senti la cervelle paralysée.

Le message était simple. Étant donné les circonstances, il fallait qu'ils reviennent immédiatement. Mais Jacaud avait refusé de s'en contenter. Il avait insisté pour pénétrer à l'intérieur des marais et Fénelon avait cédé devant sa colère froide.

Les roseaux se soulevaient de chaque côté, comme de pâles fantômes et on n'entendait que le ronronnement régulier du moteur. Il était assis à l'arrière, tenant la barre, et deux marins étaient au centre, les armes à la main. Jacaud s'était installé à la proue, sa mitraillette passée autour du cou, et il scrutait le brouillard, semblable à un grand oiseau de proie.

Il se tourna et son visage brutal, taillé dans le granit, luisait d'humidité.

— On doit presque y être. Arrêtez le moteur. On va commencer à pagayer.

— Tu perds ton temps, Jacaud, s'écria alors Guyon d'une voix pleine d'entrain. Je t'ai battu. À présent, Henri Granville et sa femme sont bien à l'abri, loin d'ici.

Tandis que le canot dérivait, un banc de sable surgit au milieu des roseaux comme un doigt tendu. Guyon était debout sur une petite éminence à son extrémité. Il leva le bras et tira deux fois. Un des marins poussa un gémissement et tomba par-dessus bord sans lâcher son arme.

Jacaud fit passer la mitraillette par-dessus sa tête. Il lâcha une longue rafale bégayante qui vint hacher les roseaux. Mais c'était trop tard. Guyon s'était déjà fondu dans le brouillard comme un fantôme. On entendit l'écho de son rire moqueur non loin de là, puis le silence retomba.

Le marin qui restait se pencha par-dessus bord pour remonter son camarade. Jacaud se retourna en levant le bras.

— Laisse-le. On n'a pas le temps.

Le marin eut un mouvement de recul face à cette colère meurtrière, ce visage démoniaque qui l'agressait. Mais le plus curieux, ce fut que quand Jacaud se décida à parler, sa voix était assez calme.

— On retourne à *L'Alouette* et pousse le moteur au maximum. Mallory doit revenir sur l'Ile de Roc. Il n'a pas le choix. Sa petite amie y est encore. Avec un peu de chance, on pourra les coincer avant qu'ils atteignent le large.

Pour Mallory, la rafale de mitraillette au loin lui fit l'effet d'un coup de poing et il se mit à arpenter le pont, plein d'une rage impuissante, espérant de toutes ses forces que Guyon, quel qu'ait été le problème, avait réussi à s'en dépatouiller. Dix minutes plus tard, il entendit le bruit du canot à moteur qui revenait dans la crique. Il s'immobilisa, l'oreille aux aguets, un pied sur le bastingage.

Il se hissa sur le toit de la timonerie et regarda vers l'ouest, scrutant le brouillard. Ce ne fut qu'au bout d'un bon quart d'heure qu'il entendit le bruit des oies qui criaient en s'envolant des roseaux. Alors qu'on percevait encore le battement de leurs ailes, il s'avisa d'un mouvement vers la gauche.

Il prit le risque et mit ses mains en porte-voix :

— Raoul ! Par ici !

Deux minutes plus tard, Guyon émergeait du brouillard et s'avançait en trébuchant sur le banc de sable. Mallory courut à la proue et le fit monter à bord. Guyon était trempé jusqu'aux os, glacé jusqu'à la moelle, blafard et épuisé.

— Ils sont déjà passés ?

Mallory hocha la tête.

— Qu'est-ce qui est arrivé ?

Guyon raconta brièvement sans cesser de frissonner dans ses vêtements trempés que le vent plaquait contre lui.

— Qu'est-ce qu'on fait maintenant ?

— On se tire d'ici et en vitesse, dit Mallory. À moins que je ne me trompe complètement, Jacaud va nous attendre à l'embouchure de la crique. Si on y arrive assez vite, on peut espérer sortir en pleine mer avant qu'ils ne soient prêts à nous sauter dessus.

— Et on retourne à l'Ile de Roc ?

— C'est l'idée générale. Tu ferais mieux de descendre. Trouve-toi des vêtements secs et quelque chose à boire. Je m'occupe du reste.

Il entra dans la timonerie pour mettre les moteurs en route. Quand il mit la marche arrière, le *Fleur de Lys* s'arracha sans difficulté à la vase. Il fit faire un tour complet à la roue, amenant la proue face au mur de roseaux qui les séparait de la crique.

En donnant un coup d'accélérateur brutal, il fit bondir le bateau en avant, répétant la même manœuvre que précédemment. De nouveau, ce fut une réussite. Les roseaux résistèrent, mais finirent par s'ouvrir en deux et le bateau fit irruption dans l'anse. Mallory tourna la roue à tribord et vira de bord, venant brouter la boue de l'autre rive.

Le *Fleur de Lys* descendit lentement le courant, les moteurs chuchotant sous la pluie. Guyon sortit de la cabine, vêtu d'un pantalon kaki, de bottes en caoutchouc et d'un gros pull-over blanc à col roulé. Il tenait d'une main une bouteille de cognac et de l'autre, un quart métallique.

— Comment te sens-tu ? s'enquit Mallory.

Guyon sourit en brandissant le cognac.

— Tu te rends compte ? C'est du Courvoisier. Tu en veux ?

— Évidemment.

Mallory avala le cognac en deux gorgées rapides. Tandis qu'une douce chaleur commençait à envahir tout son corps, il sortit le paquet de Gauloises que Marcel leur avait donné et le lança à Guyon.

— Mieux vaut s'en griller une quand c'est encore possible. Dans les dix minutes qui viennent, la situation pourrait bien se corser.

Il en prit une lui-même et ouvrit la fenêtre de la timonerie. La pluie le frappa en pleine figure et une petite brise venant de la mer ondula à la surface des marais, soulevant les nappes de brouillard de façon étrange.

On n'y voyait pas à plus de trente ou quarante mètres, mais les roseaux commençaient à s'espacer et le chenal s'élargissait de façon sensible. L'eau se soulevait en longues ondulations et les vagues venaient cogner l'arrière du bateau. Ils étaient presque à la grande crique. Quand un banc de sable incurvé apparut à bâbord, Mallory coupa les moteurs et se laissa porter par le courant. Le bateau heurta le fond avec un petit choc puis tout s'immobilisa.

— Qu'est-ce qu'on va faire ? demanda Guyon.

— J'aimerais bien savoir où en est l'adversaire. Reste ici. Je n'en ai pas pour longtemps.

Mallory sauta sur le banc de sable et se retrouva dans l'eau jusqu'aux genoux. Il le longea en pataugeant et finit par perdre de vue le *Fleur de Lys*. Il ne lui fallut que quelques minutes pour arriver au bout. Le sable laissait la place à l'eau. Il regarda dans la direction de l'Ile d'Yeu. Aucun signe de *L'Alouette*. Il fit demi-tour et repartit en courant vers le *Fleur de Lys*, sautant dans les flaques qui commençaient à se former au fur et à mesure que la marée montait.

Le *Fleur de Lys* se balançait déjà dans le chenal. Mallory saisit la main tendue de Guyon et se hissa par-dessus le bastingage.

— Pas trace d'eux. J'ai l'intention de pousser ce bateau au maximum et de rejoindre la pleine mer. Il faudra qu'ils trouvent quelque chose de vraiment rusé s'ils veulent nous coincer.

Il entra dans la timonerie, fit démarrer les moteurs et repartit dans le chenal en marche arrière. La visibilité s'améliorait au fur et à mesure que le brouillard se levait. Le *Fleur de Lys* vrombit, fendant l'eau d'une étrave puissante.

L'embouchure de l'estuaire apparut, dégagée, ouverte sur le large. Mallory mit la barre à bâbord pour négocier le grand banc de sable à cinquante mètres de l'entrée. Quand ils doublèrent la pointe, repoussés par le courant, ils trouvèrent *L'Alouette* qui les attendait.

Jacaud était sur le kiosque, avec une mitraillette montée sur un axe pivotant. Au moment où ils apparurent, il se mit à tirer. Les balles balayèrent le pont et Mallory plongea en avant quand la vitre de la timonerie éclata.

Guyon s'accroupit sur le seuil, posant le revolver sur son bras levé, essayant de viser, mais c'était impossible. Tandis que les balles martelaient la coque, Mallory fit tourner la roue et le jeune Français perdit l'équilibre.

Le brouillard les sauva, une nappe compacte et allongée qui s'enroulait autour du récif, devant le vent. Ils furent engloutis en un instant. Guyon se releva et écouta le bavardage impuissant de la mitraillette que Jacaud continuait à faire fonctionner. Au bout d'un moment, le silence retomba.

Il se tourna pour regarder Mallory en laissant échapper un long soupir.

— Je trouve que tout ça mérite un autre verre.

Dès qu'ils sortirent de la nappe de brouillard, Mallory entraîna le bateau au large, en faisant tourner les moteurs à plein régime. Il se tourna vers Guyon en souriant.

— Rien de mauvais par là, Dieu merci.

Guyon alla chercher le Courvoisier dans la cabine.

— Il a fait une sacrée panique en bas, dans la cabine. Je ne crois pas que cela fera plaisir à de Beaumont.

Mallory avala une gorgée de cognac et alluma une cigarette.

— Ça, on le saura toujours assez tôt.

Guyon retourna dans la cabine et Mallory aspira goulûment la fumée, conscient du plaisir qu'il y prenait. Tout allait bien se passer, il en était certain. Parfois, on a de ces intuitions. Le vent avait encore forci et les embruns venaient éclabousser la vitre en miettes de la timonerie. Il abaissa le siège de l'homme de barre et s'assit.

Un peu plus tard, Guyon entra avec des sandwiches et du café chaud. Mallory mit le bateau sur pilotage automatique.

— Tu veux que je te remplace ? demanda Guyon.

Mallory secoua la tête.

— Dans ces conditions-là, il ne nous faudra pas plus de deux heures pour revenir.

Ce fut peut-être une demi-heure plus tard qu'il réalisa qu'ils perdaient considérablement de la vitesse. Il eut beau essayer de modifier certaines manettes de contrôle, rien n'y fit. Il se mit sur pilotage automatique et descendit dans la cabine.

Guyon était allongé sur un des divans, les mains croisées sous la nuque, les yeux fermés. Quand Mallory entra, il les ouvrit aussitôt et s'assit.

— Qu'est-ce qui se passe ?

— Dieu seul le sait, dit Mallory, mais nous sommes en train de ralentir énormément et le bateau ne répond plus comme il devrait.

Le *Fleur de Lys* pencha à tribord et l'eau s'engouffra sous leurs pieds. Il se mit à genoux, souleva le tapis et regarda ce qui se passait en dessous. Quand il releva les yeux, son visage était grave.

— Il doit y avoir au moins deux douzaines d'impacts de balles le long de la ligne de flottaison. On fait eau comme une passoire. Ça m'étonne pas que cette saloperie ralentisse.

Ils remontèrent rapidement sur le pont. La pompe électrique se trouvait dans un placard, à l'intérieur de la timonerie et à voir les portes, criblées de balles, il comprit dans quel état devait être la pompe.

Il jeta un coup d'œil sur le métal tordu et broyé, puis se tourna vers Guyon, qui faisait une tête catastrophée.

— Tu trouveras une pompe manuelle derrière le moteur principal. Fais de ton mieux avec ça. Tiens le plus longtemps que tu peux et je viendrai te relayer.

— Je vois, dit Raoul Guyon. Le pronostic n'est pas favorable, c'est ça ?

— Uniquement si *L'Alouette* nous rattrape, répliqua Mallory d'un air sombre.

Guyon, sans répondre, partit à l'autre bout du pont et quelques instants plus tard, Mallory entendit le bruit métallique et rythmé de la pompe manuelle. Il regarda par la fenêtre l'eau marron frangée de blanc qui jaillissait sur le pont, prit la barre et attendit que le *Fleur de Lys* s'allège.

16

La mer déchaînée

Quand Fénelon aperçut le *Fleur de Lys*, ses pensées se figèrent, refusant d'accepter sur le moment ce qu'il considérait comme une impossibilité. La lentille se brouilla, obscurcie par une vague, et il leva davantage le périscope.

Le *Fleur de Lys* lui sauta aux yeux, et sa silhouette familière était sans équivoque. Il ordonna vivement au matelot à côté de lui :

— Ramenez M. Jacaud ici. Dites-lui de se dépêcher.

Jacaud arriva quelques instants plus tard.

— Que se passe-t-il ?

— Regardez.

L'homme de haute taille agrippa les poignées du périscope et baissa la tête. Quand il se tourna pour regarder Fénelon, un muscle de sa joue droite tressautait.

— Je me demande ce qui leur est arrivé.

Fénelon haussa les épaules.

— Avec la mitraillette, vous avez peut-être endommagé les moteurs. Ou peut-être même avez-vous percé la coque. Quelle importance ? Je remonte à la surface ? Nous devrions pouvoir l'arraisonner sans trop de problème.

Jacaud secoua la tête et ses yeux froids eurent une lueur étrange.

— J'ai une meilleure idée. Vous vous souvenez du *Kontoro* ? Vous aviez dit qu'avec une torpille, ce serait bien suffisant. Voyons voir ce que ça donnerait.

Fénelon sentit le sang lui monter à la tête et son cœur se mit à battre la chamade.

— Mon Dieu, c'est parfait ! Ils ne sauront même pas ce qui va les descendre.

— Ça m'est égal, dit Jacaud, du moment qu'il ne reste rien ensuite.

L'Alouette portait deux torpilles de vingt et un, fixées à l'avant. Fénelon prit une courte inspiration, se ressaisit et donna des ordres brefs, définitifs.

— Position de l'ennemi, un-deux-cinq. Cap, un-trois-un. Vitesse, six nœuds. Portée, mille cinq cents.

Ces estimations fournies à un appareil électronique complexe donnaient l'angle de déviation, ce qui permettait de diriger les torpilles à la bonne distance de la cible, pour qu'elles fassent mouche en même temps au même endroit.

Quelques instants plus tard, le quartier-maître annonça :

— Déviation, un-trois degrés à droite, monsieur.

Fénelon leva les poignées du périscope, le visage collé à l'embout caoutchouteux.

— Paré pour les deux ?

— Paré pour les deux.

Fénelon sentait la sueur ruisseler sur son visage et son cœur sauter dans sa poitrine. On lui en avait tellement parlé, de ce moment-là, des hommes qu'il connaissait le lui avaient décrit. Mais pour lui, c'était la première fois.

— Paré à tirer.

Le *Fleur de Lys* se dessina clairement au bout de son périscope, net dans ses moindres détails. Ses mains se crispèrent sur les poignées.

— Envoyez la première.

Le sous-marin fit une embardée au moment de libérer le missile. L'opérateur confirma :

— Torpille lancée.

— Envoyez la seconde.

De nouveau, le sous-marin vibra.

— Torpille lancée.

Fénelon se tourna vers Jacaud.

— Ça vous intéresse de regarder ?

L'homme de haute taille le repoussa sans ménagement et se pencha pour saisir les poignées.

À bord du *Fleur de Lys*, Guyon continuait à transpirer en

maniant la pompe et le bateau avançait, sous contrôle du pilote automatique, tandis que Mallory, debout sur le toit de la timonerie, balayait la surface de la mer avec ses jumelles.

À présent, il était certain que *L'Alouette* allait les rattraper. Ils n'avançaient pas à plus de six nœuds et avaient toutes les peines du monde à maîtriser le niveau de l'eau à l'intérieur du bateau.

Immergé, le sous-marin faisait trois ou quatre nœuds de mieux. Ils se trouvaient complètement en dehors de la zone de trafic maritime, il le savait. Leur seul espoir, c'était de rencontrer par hasard un bateau de pêche qui se serait aventuré par là. Ce qui était peu probable, vu la météo.

Il balaya de nouveau l'horizon d'un grand geste de ses jumelles et se raidit en apercevant quelque chose qui sortait de l'eau à tribord. C'était un périscope, on le voyait à la vague d'étrave. Puis il vit surgir une grande bande d'écume qui bouillonnait à la surface des flots en se précipitant dans leur direction.

— Torpille ! hurla-t-il.

Il sauta sur le pont, perdit l'équilibre et roula sur lui-même. Il se releva, vacilla jusqu'à la timonerie et se rua sur la barre. Il la fit tourner avec l'énergie du désespoir, et lentement, le bateau répondit. Guyon surgit à ses côtés, pesant lui aussi de tout son poids sur la barre, puis une grosse houle, venant de l'ouest, leur donna l'impulsion finale.

Mallory laissa Guyon à la barre et courut au bastingage. Il y fut juste à temps pour voir le sillage de la torpille se creuser à tribord. Quelques secondes plus tard, il en vit passer un autre.

Dans le sous-marin, Jacaud poussa un hurlement de rage. Il se tourna pour attraper Fénelon par les revers de sa veste.

— Vous les avez ratés, bon sang ! Vous les avez ratés !

— Mais c'est impossible !

Fénelon se pencha sur le périscope et Jacaud le repoussa.

— À partir de maintenant, c'est moi qui donne les ordres. Approchez-vous et faites surface. Je vais achever ce maudit Mallory de mes propres mains.

Sur le *Fleur de Lys*, Mallory avait repris la barre et Guyon pompait comme un fou. Mais ça ne servait à rien. Le bateau tanguait lourdement, les vagues venaient s'écraser contre sa proue. Alourdi par le poids de l'eau à l'intérieur, il se traînait littéralement.

L'Alouette avait envoyé ses deux torpilles et Mallory savait que dans les sous-marins de ce type, il n'y en avait pas de supplémentaire. Il jeta un coup d'œil par la fenêtre, observant le brouillard qui se formait de nouveau en nappe. Aucun autre bâtiment n'était en vue, et il sentit le courage lui manquer. Étant donné les circonstances, il savait très bien ce que Jacaud allait maintenant tenter.

Et pourtant, il se sentit quand même étonné lorsque la mer se mit à bouillonner à moins de cinquante mètres de là et que *L'Alouette* fit surface. L'eau ruisselait encore le long de ses plaques que Jacaud était déjà sur le kiosque. Un matelot apparut à ses côtés et ils commencèrent à monter la grosse mitraillette sur son percuteur.

Guyon était sur le seuil, le revolver dans la main droite.

— Et maintenant, qu'est-ce qui se passe ?

— Ça me paraît évident, répliqua platement Mallory. Si je dois disparaître, il disparaîtra avec moi. J'ai été très heureux de te connaître.

— Moi de même, mon colonel, dit Raoul Guyon en se mettant au garde-à-vous comme pendant un défilé. Ce fut un honneur.

Il s'avança vers la proue et Mallory fit tourner la barre pour mettre le *Fleur de Lys* dans le vent. Quelques instants plus tard, ils fonçaient sur *L'Alouette*.

Jacaud se mit à tirer et les balles s'enfoncèrent dans la proue. Mallory s'arc-bouta, maintenant fermement la barre. Guyon s'aplatit sur le pont, un bras passé autour d'un étai, attendant le choc. Il lui restait deux balles et il priait le ciel qu'en définitive, il ait la chance de les loger toutes les deux dans le corps de Jacaud.

Sur le kiosque de *L'Alouette*, Jacaud tirait toujours à la mitraillette, la relevant légèrement pour viser Mallory dans la timonerie. Fénelon surgit à ses côtés, pâle et terrifié, la bouche ouverte sur un cri étranglé.

Mallory avait conscience de tout cela. Les balles tambourinèrent contre la timonerie alors qu'il plongeait pour se planquer, puis brusquement, le *Fleur de Lys* fut soulevé par une grosse vague. Le bateau parut s'immobiliser, puis il glissa de l'autre côté, droit dans *L'Alouette*, sa proue grinçant contre la paroi du kiosque, là où elle touchait la coque.

Il y eut un choc épouvantable. La proue du *Fleur de Lys* vint s'encastrer dans les plaques du sous-marin, détruisant les réservoirs de lest et broyant la coque pressurisée dans un bruit de métal écrasé. *L'Alouette* gîta, le kiosque se coucha, jetant la mitraillette à l'eau, tandis que Jacaud et Fénelon se cramponnaient désespérément.

Guyon était debout, penché par-dessus la rambarde. Il visa et tira, mais au même moment le *Fleur de Lys* fit une embardée et il tomba à l'eau tête la première.

Le *Fleur de Lys* ne s'arrêta pas, sa coque métallique glissa par-dessus le sous-marin, l'enfonçant sous les flots. Brusquement, il se retrouva de l'autre côté, et la proue s'enfonça librement dans une vague. Mallory se releva, s'empara de la barre et s'efforça de reprendre le contrôle.

À son grand étonnement, le bateau répondit et paresseusement, se souleva sur la houle, ses moteurs tournant toujours. Il se retourna pour regarder le sous-marin par la fenêtre pulvérisée.

Il venait de se redresser, mais la mer se brisait par-dessus sa coque de manière sinistre. L'écoutille à l'avant s'ouvrit et plusieurs marins en sortirent. Jacaud descendit l'échelle pour les rejoindre.

Ils étaient en train de montrer quelque chose dans la mer et Mallory vit Raoul Guyon, soulevé par la houle qui le portait vers le sous-marin. Au moment où il allait heurter la coque grise, ils se jetèrent sur lui.

Mallory ne pouvait rien faire et il continua sa route, s'enfonçant dans le brouillard. Quand il regarda derrière lui cinq minutes plus tard, *L'Alouette* avait disparu.

Petit à petit, les moteurs perdaient leur puissance et le bateau se mit à avancer de plus en plus lentement. Le brouillard se déplaçait par nappes qu'un vent fraîchissant déplaçait, et dans le lointain, il distinguait l'Ile de Roc, basse sur l'horizon. Les moteurs s'arrêtèrent tous les deux en même temps, cinq minutes plus tard, dans un sifflement de vapeur.

Il descendit dans la cabine inondée, trouva la bouteille de Courvoisier et remonta sur le pont. Le brouillard se levait de plus en plus, mais le vent était froid et les vagues de plus en plus hautes.

Il décrocha le canot et attendit que les flots verdâtres recouvrent le pont pour le faire passer par-dessus bord et sauter dedans. Il s'éloigna à la rame, puis il s'arrêta pour regarder le *Fleur de Lys* s'enfoncer.

L'eau bouillonna un petit moment, puis s'apaisa, grande nappe blanchâtre où surnageaient un rouleau de corde, une boîte, quelques bouts de bois isolés. C'était toujours une vision déprimante, la perte d'un bon bateau. Il gonfla son gilet de sauvetage, but une rasade de Courvoisier et commença à ramer.

L'Alouette dépassait à peine le niveau de l'eau, mais ses puissants moteurs diesel tournaient encore, le poussant vers l'île. Ils avançaient à une vitesse mortellement lente et, dans le kiosque, Jacaud attendait, une cigarette à la bouche, observant l'île qui se rapprochait dans le crépuscule montant.

En dessous, les choses allaient mal et empiraient de minute en minute. L'équipage travaillait dans l'eau jusqu'aux genoux et le quartier-maître avait besoin de toute son autorité pour garder les hommes sous contrôle.

Fénelon était allongé sur la couchette de sa minuscule cabine, il remuait silencieusement les lèvres en fixant le plafond. Il frissonnait comme s'il avait la fièvre, et quand quelqu'un essayait de lui parler, il dévisageait son interlocuteur avec un regard vide.

Guyon était recroquevillé dans un coin du pont, le sang suintant d'une vilaine entaille au front, assommé par Jacaud au moment même où ils l'avaient arraché à la mer.

Jacaud le remua du bout de sa botte, se demandant comment il allait précisément s'y prendre pour le liquider. Cela aurait été facile de le laisser se noyer ou même de lui tirer une balle dans le crâne au moment où ils le hissaient à bord, mais ça aurait été trop simple. Guyon méritait un traitement spécial. C'était un traître et il l'avait été de bout en bout.

Le battement des diesels ralentit puis s'arrêta et, dans le silence qui suivit, on entendit un cri de surprise monter de l'intérieur du sous-marin. L'écoutille s'ouvrit et l'équipage apparut. Ils apportaient avec eux plusieurs canots gonflables, y compris celui équipé du moteur hors-bord dont Jacaud s'était servi dans les marais.

Jacaud ramassa Guyon, le chargea sur une de ses épaules sans le moindre effort et descendit l'échelle. Il longea la coque et s'arrêta à deux mètres des marins effrayés. Ils n'étaient plus qu'à quatre cents mètres du grand récif qui reliait l'Ile de Roc à Saint-Pierre et la marée les portait. Jacaud n'avait pas l'intention d'attendre pour voir ce qui allait arriver à *L'Alouette* quand il viendrait se fracasser contre ces terribles rochers.

Il fit un signe de tête au quartier-maître.

— Je prends le canot avec le moteur. Vous, vous venez avec moi.

Les hommes poussèrent en chœur des cris d'effroi et l'un d'entre eux se précipita.

— Pourquoi vous ? Pourquoi pas nous ?

Jacaud sortit un Lüger de sa poche et tira deux fois dans la poitrine de l'homme, le faisant tomber à l'eau. Il y eut un silence immédiat et ils reculèrent tous en hâte.

Quelques instants plus tard, le plus grand canot s'éloignait, le quartier-maître à l'arrière, s'occupant du moteur. Jacaud était assis à la proue, face à lui, et Guyon étalé de tout son long au fond.

La force du courant déportait déjà le sous-marin condamné vers le récif, et sur le pont, il y eut des cris et de la bousculade. Un par un, les hommes s'entassèrent sur les canots qui restaient et aussitôt, ils furent entraînés par le courant.

Au fond de *L'Alouette*, Fénelon était allongé dans sa cabine, oublié de tous. Ce ne fut que lorsque l'eau atteignit sa couchette qu'il reprit conscience. Il s'assit, regarda le niveau monter puis brusquement, s'anima.

Il sortit dans le couloir. À ce moment, toutes les lumières s'éteignirent. Il poussa un cri quand l'obscurité l'enveloppa et commença à se frayer un chemin vers l'extérieur avec l'énergie du désespoir.

Quand il parvint dans la salle de contrôle, éclairée par un rayon de lumière venant du kiosque, l'eau commençait à dévaler l'échelle et brusquement, tout l'univers se retrouva cul par-dessus tête.

Il eut conscience du choc, du fracas des plaques métalliques broyées, puis il fut miséricordieusement englouti sous une cascade d'eau verdâtre. La mer jeta *L'Alouette* en travers du récif. L'espace d'un instant, le bateau resta en équilibre sur la crête, puis il s'enfonça dans les ténèbres du Couloir Central.

17

LA COURSE VERS L'ÎLE

Les avirons s'enfonçaient dans l'eau et remontaient. Mallory y mettait toute sa force, mais il avait les bras fatigués et une ampoule s'était déjà formée dans une de ses paumes, à cause d'un éclat de bois sur les poignées grossièrement équarries.

Le *Fleur de Lys* avait coulé depuis plus d'une heure et il n'avait cessé de ramer avec régularité, sans beaucoup progresser. Le brouillard était toujours bas sur l'eau, flottant en longues nappes fantomatiques. Une fois, il lui sembla entendre un faible cri. Quand il se retourna, il eut une brève vision de quelque chose de jaune au sommet d'une vague : c'était un des canots de caoutchouc du sous-marin qu'on jetait à la mer.

Au bout d'un moment, il s'arrêta de ramer. L'Ile de Roc était encore à huit cents mètres et il était évident que la marée le déportait parallèlement à l'île, ce qui risquait de l'envoyer finalement vers le large.

Même s'il parvenait à rejoindre la route des paquebots qui remontaient la Manche, en venant d'Ushant, il ferait nuit d'ici une heure. Il ne se faisait pas la moindre illusion sur sa capacité à résister une nuit entière en pleine mer, sur un esquif aussi fragile.

Dans la bouteille de Courvoisier, il restait encore deux bonnes rasades. Il les but lentement puis jeta la bouteille vide à la mer. Au moment où une pluie fine s'abattait sur lui, poussée par le vent, il recommença à ramer.

En fraîchissant, le vent emporta les derniers lambeaux de brouillard et une méchante houle se forma. Il appuyait régulièrement sur ses rames, fixant le crépuscule qui tombait, la tête vide, concentrant tout ce qui lui restait de force et d'idée sur son impossible tâche.

Quand il s'arrêta vingt minutes plus tard pour regarder par-dessus son épaule, il s'aperçut à sa grande surprise qu'il se trouvait à présent très près de l'île. L'eau vint gifler le fond du canot et il vira de bord, entraîné le long d'un rocher, se déplaçant vite, porté par un puissant courant côtier.

Il reprit ses rames avec une énergie accrue, oubliant la douleur de sa main droite, indifférent au sang qui coulait régulièrement. Le courant l'aida, le rapprochant sans cesse de la côte. Les vagues étaient plus hautes à présent qu'elles venaient frapper contre les rochers et l'eau passait par-dessus bord.

Il pesa sur les rames, en essayant de maintenir le cap, mais c'était trop dur. Il laissa aller, s'agenouilla dans le fond et attendit, cramponné à deux mains.

Les falaises étaient toutes proches, les vagues, blanches d'écume, venaient s'écraser sur l'étroite plage et se briser contre les rochers. Derrière Mallory, une grande houle se gonflait, le poussant devant elle. Un choc brutal vint ébranler sa colonne vertébrale. Autour de lui, l'eau était écumante et les embruns montaient haut. Le canot vint s'encastrer dans des rochers déchiquetés, ses planches se fendirent et il s'arrêta, la proue coincée dans une crevasse.

Mallory se cramponna et, quand la mer se retira avec un grand bruit de succion, il rampa hors du canot et retomba sur la dernière ligne de rochers. Quelques instants plus tard, il avait réussi à se mettre à l'abri sur la bande de sable au pied des falaises.

Il s'assit, la tête entre les mains, le monde tourbillonnant autour de lui. Il sentait le goût de la mer au fond de sa gorge et après plusieurs haut-le-cœur, il en cracha une bonne quantité.

Au bout d'un moment, il se leva pour examiner les falaises derrière lui. Elles n'avaient pas plus de vingt mètres de haut, au sommet, elles s'inclinaient doucement vers la mer, fissurées par de grandes ravines.

L'escalade n'était pas trop difficile et cela ne lui prit que quelques minutes. Quand il parvint au sommet, il se retourna pour regarder la mer. Le brouillard avait complètement disparu, mais la nuit tombait vite et la lune se levait déjà au-dessus de l'horizon.

Il marcha d'un bon pas dans l'herbe humide, suivant la pente en décrivant un grand virage qui l'amena, dix minutes plus tard, en haut de la colline, à l'extrémité du port, non loin de la maison des Grant.

La crique semblait bizarrement déserte, aucune fumée ne montait de la cheminée de l'hôtel. Il repéra la vedette de Guyon, le break jeté contre un rocher, les longues traces de dérapage, depuis la pente herbue jusqu'à la route. Il courut en bas de la colline.

Il fit le tour pour arriver devant l'hôtel, en appelant à voix haute sans recevoir de réponse. Quand il ouvrit la porte et pénétra dans le bar, il était prêt à affronter l'inhabituel, au minimum des traces de lutte.

Jagbir et Juliette Vincent étaient toujours blottis l'un contre l'autre, près du bar, dans une mare de sang séché qui s'étendait jusqu'au tapis tressé.

Tout était très calme, trop calme, et pendant un moment, Mallory n'entendit que le rugissement de la mer. Toute la scène avait quelque chose d'irréel. C'était comme si rien de tout cela n'existait vraiment. Il fit demi-tour et ressortit de l'hôtel en vacillant.

Il perdit cinq minutes à descendre jusqu'à la jetée dans l'espoir insensé que le bateau de Guyon pourrait encore naviguer. Il faisait presque complètement noir quand il remonta la colline en courant vers la maison des Grant.

Il pénétra dans la cuisine et le calme l'enveloppa, cette immobilité étrange, secrète qui n'appartient qu'aux endroits vides. Il se sentit envahi par un sentiment de solitude abominable.

Il cria à pleins poumons, d'une voix rauque et cassée :

— Anne ?

Mais il n'y eut que la maison pour l'entendre. Il marcha d'un pas incertain jusqu'au salon, ouvrit le placard et se servit un cognac. Il resta là, debout, à le boire tranquillement, se souvenant d'elle à côté du feu, dans la lumière douce de la lampe, il y avait mille ans de cela.

Il avait l'impression que les ténèbres l'enveloppaient d'un étrange murmure, et il ferma les yeux, fort, luttant contre la panique et le désespoir qu'il sentait monter en lui. Il réussit à dépasser ce moment. Il reposa son verre et sortit par une des portes-fenêtres.

La lune était claire et brillante, les étoiles scintillaient jusqu'à l'horizon. Quand il parvint au sommet de la colline, sur le côté occidental de l'île, Saint-Pierre et le château se détachèrent sur le fond noir du ciel, et c'était un paysage d'une beauté à vous couper le souffle, comme une image sortie d'un conte pour enfants.

À ses pieds, la marée était déjà en train de changer, l'eau blanche d'écume venait se briser contre le grand récif, les rochers surgissaient au clair de lune. Minute après minute, l'eau continuerait à descendre, jusqu'à ce que, une petite heure durant, une digue morcelée joigne les deux îles. Une heure seulement, avant que la marée ne remonte en rugissant. Mais ce n'était même pas la peine d'y songer. Il s'était tellement dépêché depuis qu'il avait débarqué du canot qu'il n'avait pas pris le temps d'ôter son gilet de sauvetage. Il le toucha d'un geste machinal, longea la falaise jusqu'à une faille en pente qui dévalait jusqu'à la plage et entreprit de descendre.

Marcel déverrouilla la lourde porte et de Beaumont entra. Il n'y avait pas de fenêtre, mais la pièce était éclairée par une ampoule nue qui pendait au centre d'un plafond bas. Guyon et Hamish Grant étaient assis chacun sur une vieille malle et discutaient à voix basse.

Ils se levèrent, le vieil homme s'appuyant sur sa canne. Guyon était très pâle, les yeux cernés de noir, et l'entaille de son front était rouge et envenimée.

— Il semble que je doive vous féliciter, Capitaine Guyon, déclara tranquillement de Beaumont.

Guyon secoua la tête.

— Inutile. Vous aviez perdu dès le départ. Dommage que vous ne l'ayez pas compris quelques vies plus tôt.

— Si j'étais vous, j'en serais moins sûr. Les jeux ne sont pas encore faits.

— Ils le seront au moment où le colonel Mallory mettra pied à terre.

— Et s'il n'y parvient pas ? D'après ce que je sais, la dernière fois qu'on a vu le *Fleur de Lys*, il était prêt à sombrer.

— Vous oubliez Granville et sa femme. À présent, ils ont dû contacter les autorités. Votre temps est compté, de Beaumont. Vous aviez tort depuis le début, vous avez toujours eu tort. Nous n'avons pas besoin que des gens comme vous et vos petites frappes viennent nous dire comment gouverner la France.

Marcel fit un pas en avant, mais de Beaumont le retint.

— Laissez-le continuer.

— La grandeur d'un pays se mesure à celle de l'âme de son peuple, pas à la taille de son territoire, et la France, c'est son peuple. D'une manière ou d'une autre, depuis 1939, le peuple de France n'a connu que la souffrance et le sang versé, et il en a assez. Mais pas vous, Colonel. Vous ne pourriez pas vous arrêter, même si vous le souhaitiez.

— Tout ce que j'ai fait, je l'ai fait pour la plus grande gloire de la France, dit de Beaumont.

— Ou pour la plus grande gloire de Philippe de Beaumont ? De laquelle s'agit-il ? Pouvez-vous faire la différence ? En avez-vous jamais été capable ?

Le visage de de Beaumont parut s'affaisser et pour la première fois depuis que Guyon le connaissait, il eut l'air d'un vieillard. Il fit demi-tour et sortit. Marcel hésita avant de le suivre. La porte se referma et les serrures claquèrent.

— Quel discours ! dit Hamish Grant en rompant le long silence qui avait suivi.

— Ne servant strictement à rien, répondit Guyon avec lassitude.

Il se rassit, la tête dans les mains.

— C'est toujours bon à entendre, en tout cas.

Le vieil homme lui tapota doucement l'épaule avant d'aller se rasseoir. Ils se remirent à attendre.

De Beaumont, debout devant la grande baie vitrée de la pièce de la tour, contemplait la mer. Loin, loin, à l'ouest, sur la ligne d'horizon, l'océan brûlait d'une lueur orange, et l'Ile de Roc se détachait, silhouette sombre, contre le ciel.

C'était trop de beauté pour un seul homme. Il ouvrit la fenêtre pour respirer avidement le bon air marin. Au-delà de l'île, au large, les lumières d'un navire paraissaient être au bout du monde.

La vie n'était qu'une suite de débuts et de fins, cela, au moins, il avait eu l'occasion de le comprendre. Il se souvint de Dien-Bien-Phu, quand il était debout au bord d'un trou d'obus, sous la pluie, tandis qu'on descendait le drapeau tricolore, après que les petits paysans jaunes des rizières avaient envahi en masse le paysage bouleversé pour l'emporter, lui et ce qui lui restaient d'hommes.

Et ensuite l'Algérie. Toutes ces années de carnage. La mort dans les rues, la mort dans les montagnes. Il avait cru, de façon implicite, que la fin justifiait toujours les moyens, mais à quoi bon, si on n'aboutissait jamais à rien ? À quoi bon si, en définitive, on ne faisait que se retrouver avec du sang plein les mains ? Du sang versé sans aucune raison, du sang qu'on ne pourrait jamais laver.

Il se sentait étrangement triste, vidé de la moindre émotion. Un petit vent gémit autour de la tour, puis il n'y eut plus que le silence. Ce fut au cours de ce bref moment que son cœur se consuma. À l'intérieur, il ne resta plus que des cendres. Tout en contemplant la lumière de la lune, il sut, avec une certitude amère, qu'il s'était toujours trompé. Que, finalement, tout ce qu'il avait accompli n'avait servi à rien. Que tout ce qu'avait dit Raoul Guyon était vrai.

Il marcha jusqu'à la cheminée et regarda le vieil étendard militaire pendant un long moment. Il hocha enfin la tête, comme s'il venait de prendre une décision secrète, cachée.

Il décrocha le téléphone et appuya sur une des lignes intérieures. Quand on décrocha à l'autre bout du fil, il ordonna sèchement :

— Faites monter Jacaud.

Il reposa le combiné, traversa la pièce jusqu'à une porte étroite, l'ouvrit et pénétra dans une petite chambre à coucher installée dans la tourelle. Anne Grant était assise sur une chaise, près de la fenêtre. Fiona était allongée sur le lit.

Elles se levèrent toutes deux pour lui faire face. Il s'inclina avec courtoisie et s'effaça pour les laisser passer.

— Si vous voulez bien être assez aimables…

Elles hésitèrent de façon visible, puis se décidèrent. Il referma la porte derrière elles, marcha jusqu'à la cheminée et se retourna.

— Qu'avez-vous fait de mon père ? demanda Fiona.

— Vous n'avez pas besoin de vous inquiéter. On ne lui fera aucun mal. Je vous en donne ma parole.

— Et Raoul Guyon ?

De Beaumont esquissa un sourire.

— Il s'est passé énormément de choses que vous ignorez. Pour l'instant, le capitaine Guyon est en compagnie du général Grant. En dehors d'une vilaine coupure à la tête, il m'a paru être en bon état quand je l'ai vu il y a une heure.

— Vous n'avez pas parlé du colonel Mallory, dit Anne d'une voix mesurée.

De Beaumont haussa les épaules.

— Pour m'en tenir à la stricte vérité, ma chère amie, tout ce que je peux dire en ce moment précis, c'est que je n'ai pas la moindre idée de l'endroit où il se trouve.

On frappa à la porte. Elle s'ouvrit, laissant passer Jacaud. Il s'avança et attendit, son regard froid dans son visage de brute bestiale ne laissant rien transparaître.

— Faites le plein du *Foxhunter* et préparez-le pour le départ, ordonna de Beaumont.

— Je m'en suis déjà occupé. Partons-nous ?

— Je suppose que c'est la chose raisonnable à faire. Même si Mallory n'a pas encore réussi à accoster, Granville s'est déjà certainement mis en rapport avec les autorités françaises. Évidemment, elles doivent entrer en contact avec les services britanniques, mais je ne pense pas qu'il faudra attendre très longtemps avant de se retrouver confrontés à une espèce de délégation officielle.

— Où allons nous ? Au Portugal ?

— Vous, peut-être, Jacaud, mais pas moi.

Philippe de Beaumont prit une cigarette dans son étui et l'inséra soigneusement dans son fume-cigarette.

— Nous partons dans une demi-heure pour Jersey, reprit-il. Une fois que vous m'aurez débarqué à Saint-Hélier, vous serez un homme libre. Vous et les autres, vous pourrez aller là où vous le souhaiterez.

Les yeux de Jacaud se rétrécirent.

— Jersey ? Mais pourquoi voulez-vous vous rendre là-bas ?

— Parce qu'on y trouve un aéroport des plus commodes, mon cher Jacaud, avec un vol pour Paris qui décolle tôt le matin. J'ai l'intention de le prendre.

— Vous êtes cinglé. Vous n'aurez pas fait dix pas sur les Champs-Élysées qu'on vous reconnaîtra.

— Ce ne sera pas utile, répondit de Beaumont calmement. Voyez-vous, j'ai l'intention de me remettre entre les mains des autorités.

Pour une fois, le calme à toute épreuve de Jacaud fut ébranlé.

— Vous rendre ? Mais vous êtes certain d'être condamné !

— Ce sera au tribunal de le décider, répliqua de Beaumont en secouant la tête. Je me suis trompé, Jacaud. Nous nous sommes tous trompés. Je pensais que je voulais le meilleur pour la France. Je comprends à présent que ce que je voulais, c'était ce qu'il y avait de mieux pour moi. Continuer le carnage et la violence ne mènera à rien. Voilà ce que m'ont appris les événements des quelques jours qui viennent de s'écouler.

— Et les femmes et le vieux ? Qu'est-ce qu'on en fait ?

— Nous n'avons qu'à les relâcher avant de partir. Quelqu'un viendra les rechercher rapidement.

— Et Guyon ?

— Lui aussi, on va le laisser ici.

Jacaud ne put réprimer sa colère et il laissa échapper un grognement de fureur.

— Celui-là, j'ai bien l'intention de le descendre, même si c'est la dernière chose que je fais sur terre. Bon sang, j'aurais pu le laisser se noyer !

— Sergent-Major Jacaud ! cria de Beaumont d'une voix plus froide que l'acier. Je vous ai donné un certain nombre d'ordres. Veillez à ce qu'ils soient exécutés. Compris ?

Il y eut un moment de silence tendu, dangereux. Les yeux de Jacaud lancèrent des éclairs, puis brusquement, il céda.

— Je demande au Colonel de bien vouloir accepter mes excuses.

— Entendu. Relâchez le capitaine Guyon et le général Grant et faites-les monter ici. Nous partons dans une demi-heure.

Jacaud ouvrit la porte et sortit. De Beaumont poussa un soupir, et dit, presque pour lui-même :

— Vingt-trois ans de sang et de guerre. C'est trop pour un seul homme.

Ce fut Anne, le visage très pâle, qui lui répondit.

— Devant Dieu, Colonel de Beaumont, j'ai pitié de vous.

Il lui prit la main et la baisa doucement, puis traversa la pièce jusqu'à la petite chambre à coucher.

— Peut-être accepterez-vous d'attendre ici ?

Elles passèrent devant lui. Il referma la porte et revint devant la cheminée. Il fixa un long moment l'étendard, puis il s'assit à son bureau et prit un stylo.

Marcel s'assit devant la table, dans sa chambre minuscule, une bouteille de cognac devant lui. Il était en train de lire un vieux magazine, dont il feuilletait lentement les pages, la tête ailleurs. Ils auraient dû quitter cet endroit au moment même où Jacaud était revenu leur dire que *L'Alouette* avait sombré, c'était tellement évident ! Il se demanda pourquoi de Beaumont avait ordonné à Jacaud de monter et porta son verre à ses lèvres. Mais derrière lui, la porte s'ouvrit à toute volée et Jacaud entra.

Il était blanc comme un linge, avec la peau tendue sur ses pommettes proéminentes, et dans les yeux, une lueur étrange et floue qui donna aussitôt la chair de poule à Marcel.

— Qu'est-ce qu'il y a ? Qu'est-ce qui vient de se passer là-haut ?

Jacaud s'empara du verre, le remplit de cognac et l'avala d'un trait.

— Il veut qu'on l'emmène à Jersey. De là, il a l'intention de prendre un vol pour Paris où il se remettra entre les mains des autorités.

— Il est devenu fou, dit Marcel, dont le visage vira immédiatement au jaune verdâtre. Tu vas pas le laisser faire, quand même ?

— Bordel que non ! S'ils le prennent, lui, ils nous prennent tous. Ce ne serait plus qu'une question de temps.

— Et les prisonniers, qu'est-ce qu'on en fait ?

— Il veut les relâcher.

Marcel, affolé, sauta sur ses pieds.

— Il faut qu'on se tire d'ici. Toute cette histoire commence à puer sacrément.

— On se tire effectivement d'ici. Mais tout seuls, dit Jacaud. Rien que toi et moi. Tous les autres peuvent aller au diable. Mais avant, il faut que je règle son affaire à de Beaumont. Il en sait trop pour son propre bien.

— Et Guyon ?

— Il va falloir que je me prive de ce plaisir. Occupe-toi de lui et du vieux. Je te rejoins sur la jetée dans un quart d'heure.

Il sortit et Marcel porta la bouteille de cognac à ses lèvres, et en but une longue rasade avant de la jeter dans un coin.

Le couloir était tranquille ; il marcha d'un bon pas jusqu'au bout, avant de s'arrêter devant une solide porte en bois. Il sortit un revolver de sa poche et le vérifia rapidement. Il y avait quatre balles dans le cylindre. Il déverrouilla la porte, l'ouvrit d'un coup de pied et entra.

Raoul Guyon et le général Grant se levèrent pour lui faire face. Marcel referma la porte derrière lui et s'avança.

— Vous d'abord, Capitaine, dit-il en levant la main.

Guyon se jeta de côté et la balle vint arracher un bout de mur. Au même moment, Hamish Grant fit voltiger sa canne dans l'ampoule, plongeant la pièce dans l'obscurité.

Marcel poussa un cri rauque et fit feu deux fois. Il vit une ombre se déplacer vers la droite durant une fraction de seconde et fit de nouveau feu deux fois. La seconde fois, le chien cliqueta dans la chambre vide. Avec un sanglot, il balança son arme inutile dans l'obscurité et voulut se diriger vers la porte.

Il entendit le raclement d'une semelle derrière lui et un grand bras s'enroula brutalement autour de son cou. Sous la force de la pression, il ressentit une douleur vive, et il se débattit de toutes ses forces. Mais Hamish Grant resserra encore son étreinte, ses doigts serrés comme des crochets de fer, et le corps du Français devint flasque.

Le vieil homme le laissa tomber par terre et appela d'une voix rauque :

— Raoul, où es-tu ?

Il y eut un mouvement derrière lui, dans les ténèbres.

— Ici, mon général.

Hamish Grant étendit la main pour lui toucher l'épaule.

— Es-tu blessé ?

— Pas du tout, répondit Guyon. Mais sortons d'ici. Il faut qu'on retrouve les deux filles.

Le vieil homme ouvrit la porte avec précaution et s'avança dans le couloir. Quelque chose remua, une ombre noire se détachant à contre-jour. Il fit un pas en avant, en grondant de colère, et sentit qu'on le saisissait par les poignets avec fermeté.

Une voix familière et fatiguée dit :

— Tout va bien, mon général. C'est moi.

18

Dernier affrontement

Mallory se débattait au beau milieu d'une grande étendue de pierres arrondies et glissantes. Il fit halte au sommet d'un escarpement naturel. Il n'avait jamais eu un tel sentiment de solitude dans sa vie entière. À droite comme à gauche, s'étendait la mer, et devant lui, éclairé par la lune, c'était l'entassement sinistre et anarchique des rochers déchiquetés et des gros galets qui formaient le récif.

À marée haute, l'escarpement au sommet duquel il se tenait, se trouvait à près de dix mètres de profondeur. Il reprit sa route, glissant et trébuchant dans un marécage d'algues visqueuses, s'enfonçant régulièrement dans l'eau jusqu'aux genoux.

Il lui avait fallu trois quarts d'heure pour effectuer la moitié du chemin, en suivant le récif. À chaque minute qui passait, il devenait de plus en plus évident que, s'il ne parvenait pas à avancer plus vite, la marée, en remontant inexorablement, le fracasserait contre ces rochers sans pitié.

Il atteignit une bande de sable humide, brillant sous la lune, et se mit à courir. Pendant environ une centaine de mètres, le sable tint bon, puis se transforma en gravillons et en pierres concassées.

Il pénétra dans une forêt de doigts rocheux et sombres, qui se dressaient sous la lune comme d'étranges monuments préhistoriques et perdit dix minutes à essayer de s'en sortir. Quand il réussit à prendre pied sur un rocher plat tapissé d'algues, il fit halte et observa les eaux du chenal brillant dans la lumière de la lune.

Le Couloir s'étendait devant lui, tunnel sombre avec au moins six mètres de hauteur sous plafond à marée basse. Le vent soufflant de la mer, l'arrosant d'embruns, le poussa à prendre une décision. Étant donné la vitesse avec laquelle il avançait, il était certain de se faire avoir. Il ne lui restait qu'une seule chance d'aller plus vite que la marée et il se laissa glisser dans l'eau.

Assez bizarrement, quand il pénétra dans l'eau, il ne fut pas saisi par le froid et son gilet de sauvetage fonctionna à la perfection. Il se coucha sur le dos et commença à nager, battant l'eau de ses deux bras, avec force et régularité.

Dans le clair de lune, le passage était tranquille et plein d'ombre ; le bruit de la mer semblait venir d'autre part. Il se souvint de ce qu'il y avait sous lui, à des mètres de profondeur, dans les ténèbres, et repoussa cette pensée, concentrant toutes ses forces pour mener cette tâche à bien.

Environ un quart d'heure plus tard, il remarqua que la mer à l'extérieur faisait un bruit différent, tandis que les embruns moussaient à travers les fentes au-dessus de sa tête, lui éclaboussant le visage. Le niveau de l'eau commença aussitôt à s'élever et chaque minute qui passait, rapprochait le plafond.

Il se tourna sur le ventre et reprit ses efforts, battant des pieds comme un fou. Quelques instants plus tard, il ressortit dans une cuvette irrégulière. Quand la houle le souleva, il agrippa un rocher en saillie et se hissa hors de l'eau.

La marée était déjà presque haute, elle léchait les rochers avec avidité et au large, un éclair en nappe illumina le ciel. Il était parvenu au bout de la partie principale du récif et devant lui, s'étendait sur trois cents mètres une longue crête allongée, formée de rochers et de graviers, qui menait à Saint-Pierre.

Il se mit à courir, pris dans le rugissement de la mer, avide de l'emporter tandis qu'elle montait à l'assaut de la terre, jaillissant en pleine phosphorescence, des lueurs bleu-vert dansant sur les flots et disparaissant aussi vite qu'elles se créaient.

Sur la droite, un éclair zébra de nouveau le ciel et une ombre sombre se déplaça, masquant les étoiles. Il arriva sur une longue bande de galets et reprit sa course.

À mi-chemin, il se retrouva dans l'eau jusqu'aux genoux. Il lutta pour continuer à avancer, conscient de la force du courant qui cherchait à l'entraîner. Il avait de l'eau jusqu'à la taille quand il parvint à la masse informe de roches entassée au pied de l'île. Au moment où il n'avait plus pied, il se jeta en avant, agrippa un rocher en saillie et réussit à se hisser hors de l'eau.

Mais la mer montait toujours, et il reprit sa marche en avant, poussé par la menace derrière lui. Il contourna le pied des falaises et finalement parvint sur un éperon rocheux situé à quelques mètres de l'entrée de la grotte.

Il sauta à l'eau et se mit à nager avec l'énergie du désespoir, mais c'était inutile. La marée le porta jusqu'à l'entrée sur la crête d'une grosse vague. Quelques instants plus tard, il vint se cogner contre le mur de la jetée, à l'arrière du *Foxhunter*. Il le contourna jusqu'à une volée de marches en pierre et sortit de l'eau.

Il était fatigué, plus fatigué qu'il ne l'avait jamais été de sa vie, et il avait l'impression que c'était à l'intérieur de son crâne que la mer rugissait. Il ôta son gilet de sauvetage, pataugea sur la jetée et monta l'escalier en rasant le mur. Quand il arriva sur le palier, tout était tranquille. Il ouvrit la porte avec précaution et avança.

Dans cette partie du couloir, il y avait trois portes, qui menaient toutes à des chambres qu'on utilisait comme quartiers pour l'équipage de *L'Alouette*. Il les fouilla rapidement, espérant y dénicher une arme, mais ce fut peine perdue.

En sortant de la dernière, il entendit l'explosion assourdie de plusieurs coups de feu tirés tout près de là. Il s'immobilisa, l'oreille aux aguets. Il y eut encore un coup de feu. Il courut le long du couloir, tous les sens en alerte, et s'arrêta au bout.

Derrière lui, une porte s'ouvrit. Il pivota sur lui-même, les mains levées, et Hamish Grant apparut.

Le grand hall était rempli d'ombres. Aucun feu ne brûlait dans la cheminée et la seule lumière venait d'une ampoule isolée tout au bout. Mallory quitta le seuil de la porte et s'arrêta pour écouter, mais il n'y avait pas un bruit. Il s'avança, suivi de Guyon et d'Hamish Grant.

Une petite applique était fixée au mur de la galerie, et pour une raison quelconque, elle paraissait donner de moins en moins de lumière au fur et à mesure qu'il montait. Il s'arrêta, vacillant légèrement, et la voix inquiète de Guyon lui parut venir de très loin.

— Ça va ?

Mallory rouvrit les yeux, hocha la tête et reprit sa marche, posant mécaniquement un pied devant l'autre. Lorsqu'ils eurent atteint la porte de la tour, il l'ouvrit d'une poussée et réalisa alors dans quel état de fatigue il se trouvait. Il ne lui restait plus la moindre force.

Guyon et le vieil homme se tassèrent pour pénétrer à leur tour dans l'entrée étroite, et Mallory verrouilla la porte.

— Quoi qu'il arrive maintenant, personne d'autre ne rentrera, dit-il en ayant l'impression que ces mots venaient d'être prononcés par quelqu'un d'autre.

Il prit une profonde inspiration, en essayant de rassembler toutes les ressources de son âme et de son corps, et commença à monter l'escalier. Les murs s'enroulaient en spirale, le ciel nocturne brillait par les meurtrières, et au loin, le tonnerre grondait de façon menaçante.

Quand ils parvinrent sur le premier palier, la pièce de la radio était grande ouverte et il n'y avait personne à l'intérieur. Mallory s'approcha de l'appareil et le mit en marche. On entendit un faible craquement de parasites. Au moment où il prenait le micro, trois balles furent tirées coup sur coup, plus haut dans la tour. Quelques instants plus tard, Fiona Grant se mit à hurler.

Jacaud s'arrêta sur le palier, sortit le Lüger de la poche de son caban et ôta le chargeur. Il n'était pas du tout plein, il le savait rien qu'au poids, mais il n'avait pas le temps de recharger. D'un coup sec, il le réinséra dans la crosse, remit le Lüger dans sa poche et ouvrit la porte.

De Beaumont était assis à son bureau, en train d'écrire et ses cheveux brillaient comme de l'argent dans la lumière douce. Il sécha avec soin la feuille de papier, reposa son stylo et leva les yeux.

Ses sourcils se froncèrent.

— Que s'est-il passé, Jacaud ? Où sont le général Grant et Guyon ?

— Marcel est en train de s'occuper d'eux, répondit tranquillement Jacaud.

— De s'occuper d'eux ? Je ne comprends pas.

— Vraiment, mon cher colonel ? répliqua Jacaud en lâchant un rire dur. Pensiez-vous vraiment que j'allais me mettre au garde-à-vous et accepter que vous vous envoliez pour Paris, afin de jouer *les grands seigneurs*, un de Beaumont jusqu'au bout !

— Comment osez-vous ! s'écria de Beaumont d'une voix enrouée.

— Pour vous, tout ceci n'a toujours été qu'un jeu, dit Jacaud. Un grand jeu merveilleux avec des clairons qui sonnent et des étendards qui volent dans la brise, comme une grande reconstitution du Moyen Âge. C'est la manière dont vous avez vécu, et c'est ainsi que vous souhaitez mourir, mais pas cette fois-ci, mon colonel. Ils vont tellement vous martyriser que vous leur direz tout, absolument tout ce qui s'est passé dans votre existence depuis l'âge de trois ans. Et malheureusement pour vous, je fais partie du lot.

De Beaumont s'empara d'un presse-papiers en verre, le jeta vers Jacaud avec toute la force dont il était capable et avança la main vers la poignée du tiroir où était son revolver. Jacaud fit un saut de côté, le presse-papiers vint s'écraser contre le mur, et l'homme tira.

La balle frappa de Beaumont dans l'épaule gauche, le fit tourner sur lui-même et Jacaud tira de nouveau deux fois de suite, l'impact jetant en avant de Beaumont. Il agrippa le rebord de la cheminée, le lin de sa veste s'enflamma et il leva le bras vers le vieil étendard. Il commença à tomber, ses doigts s'emmêlèrent dans les franges, le drapeau se décrocha et vint le recouvrir comme un suaire écarlate.

La porte de la chambre s'ouvrit : Anne et Fiona Grant apparurent. La jeune fille poussa aussitôt un cri, et se couvrit le visage de ses deux mains. Jacaud ne leur prêta aucune attention. Il traversa lentement la pièce et vint contempler de Beaumont, le regard hébété.

Derrière lui, la porte s'ouvrit à toute volée. En se retournant, il vit Raoul Guyon qui fonçait en avant. La première balle de Jacaud vint arracher un bout de mur à côté de la porte, mais la deuxième vint frapper Guyon en pleine poitrine, le stoppant net dans son élan. Il poussa un grognement et tomba à genoux. Jacaud leva son Lüger, visa soigneusement et tira de nouveau.

Mais le chargeur était vide. Anne Grant se jeta sur lui s'accrochant à son bras. D'un revers de main, il l'envoya valdinguer contre le mur, et se mit à fouiller ses poches à la recherche de munitions.

Mallory paraissait occuper tout le seuil, ses yeux étaient comme des trous d'ombre dans son visage ravagé de fatigue. Il se mit en marche, oscillant légèrement d'un côté à l'autre, le regard rivé sur Jacaud, le visage dénué d'expression. On aurait dit un mort en train d'avancer.

Jacaud lâcha le Lüger, s'empara du lourd tisonnier de cuivre près de la cheminée et le soupesa entre ses mains, tandis qu'un sourire féroce déchirait son visage.

— Viens donc ! cria-t-il. Viens donc, mon salaud !

Mallory s'immobilisa, les mains pendantes, l'air lessivé, et Jacaud bondit en avant, brandissant le tisonnier de cuivre qui luisait dans la lumière de la lampe.

Pour Mallory, ce coup fut comme une branche se balançant dans le vent. Au moment où le tisonnier s'abattait, il s'empara du poignet qui le tenait, fit tourner le bras vers le haut et l'extérieur, tendu comme une barre d'acier, utilisant la même prise terrifiante dont il s'était déjà servi si longtemps auparavant sur le quai, à Southampton.

Jacaud hurla et laissa tomber le tisonnier, tandis que les muscles de son épaule commençaient à se déchirer. De l'autre main, Mallory lui attrapa le second poignet et lui fit subir le même sort.

De nouveau, on entendit un déchirement quand le muscle céda et Jacaud poussa un autre hurlement. Sans relâcher sa prise abominable, Mallory l'obligea à traverser la pièce tête baissée, en courant vers la grande baie vitrée. Elle explosa dans un ouragan de verre brisé et Jacaud plongea dans les ténèbres, son dernier cri emporté par le vent comme quelque esprit enfin libéré.

Raoul Guyon était allongé, la tête sur le genou de Fiona, le visage creusé de douleur, et Hamish Grant était debout sur le seuil de la pièce. Lorsque Mallory se retourna, le visage ensanglanté par les éclats de verre, ils le dévisagèrent tous d'une manière étrange.

Il commença à s'écrouler et des bras costauds le retinrent, l'aidant à s'allonger par terre. Il leva les yeux et vit Anne Grant, son visage sombre et chéri tellement rempli d'amour pour lui.

— Raoul ? demanda-t-il. Comment va Raoul ? C'est grave ?

— Il va aller très bien.

Il y avait encore autre chose, quelque chose d'important. Il fronça les sourcils avec désespoir, puis soudain se rappela.

— La radio, dans la pièce en dessous. Il faut absolument appeler Jersey. Là-bas, il y a trois torpilleurs qui n'attendent que notre signal.

— Tout va bien, dit-elle. Tout va très bien. Nous allons nous en occuper.

Elle l'entoura de ses bras, lui installant la tête contre sa poitrine. Il se tourna vers sa douceur, avec le bruit de la mer dans les oreilles, et s'endormit.

1965

LES CLEFS DE L'ENFER

Traduction de l'anglais
par Serge Chwat

Ce roman a paru sous le titre original :
THE KEYS OF HELL

Pour Jan et Chris Hewitt,
qui aiment les bonnes histoires.

Il n'y a pas de clefs pour l'Enfer.
Les portes en sont ouvertes à tous.
Proverbe albanais

1

À ROME

Lorsque Chavasse pénétra dans la grande salle de bal de l'ambassade britannique, il eut la surprise de voir la délégation chinoise rassemblée auprès de la cheminée. Entourés par l'élite de la société romaine, ses membres ne semblaient vraiment pas à leur place dans leurs uniformes bleus.

Chou En-lai observait la scène assis sur un grand fauteuil doré avec à ses côtés l'ambassadeur et son épouse. Rien ne transparaissait sur son visage lisse, impassible. De temps à autre, le premier secrétaire lui amenait des hôtes suffisamment importants pour lui être présentés.

L'orchestre jouait une valse. Chavasse alluma une cigarette et s'appuya contre un pilier. Le décor était superbe, les lustres de cristal focalisaient la lumière provenant de tous les angles de la salle ivoire et or et la renvoyaient à l'infini sur les murs couverts de miroirs.

Les femmes étaient belles, les hommes élégants. Les uniformes de parade, la pourpre et l'écarlate des dignitaires de l'Église conféraient à cette soirée un cachet curieusement archaïque comme si, d'une certaine façon, les glaces reflétaient le souvenir à demi effacé d'un lointain passé tandis que les danseurs évoluaient au rythme de la musique légère.

Paul jeta un coup d'œil en direction des Chinois et pendant un court moment, le visage blême de Chou En-lai parut dominer la foule, cependant que son regard se rivait au sien. Il lui adressa un petit signe de tête, comme s'ils se connaissaient, et l'Anglais crut lire dans son regard : "*Tous ces gens sont condamnés. C'est mon heure, vous le savez aussi bien que moi*".

Chavasse frissonna et, sans raison précise, une vague de grisaille l'envahit. Un sixième sens, cet instinct inexplicable commun à toutes les races anciennes — il l'avait hérité d'un père breton — tentait de l'avertir d'un quelconque danger.

Ce sentiment s'estompa, les danseurs continuaient à virevolter. Il était fatigué, c'était là son problème. Voilà quatre jours qu'il courait sans arrêt, ne dormant que deux heures tout au plus s'il était en sécurité. Il alluma une cigarette et se regarda dans la glace accrochée au mur.

Sa tenue de soirée, coupée à la perfection, mettait en valeur ses larges épaules et sa mince silhouette musclée, mais sa peau était trop tirée sur ses hautes pommettes, legs de son père français, et il avait les yeux cernés.

“*Tu devrais bien prendre un verre*”, se dit-il.

Derrière lui, dans le miroir, une jeune fille quitta la terrasse et franchit les portes-fenêtres.

Chavasse se tourna lentement. Elle avait les yeux trop écartés, la bouche trop généreuse. Ses cheveux noirs tombaient librement sur ses épaules. Sa robe de soie blanche s'arrêtant juste au-dessus du genou était la simplicité même. Elle ne portait pas de bijoux. C'était inutile. Comme tous les êtres véritablement beaux, elle n'était pas jolie, cela n'avait aucune importance. À côté d'elle, toutes les autres femmes paraissaient insignifiantes.

Elle se dirigea vers le bar. On se retournait sur son passage et elle fut rapidement accostée par un colonel de l'armée de l'air italienne qui avait manifestement un peu forcé sur l'alcool. Chavasse lui laissa le temps de se rendre importun puis fendit la foule pour rejoindre la jeune femme.

— Ah tu es là, chérie, lança-t-il en italien. Je t'ai cherchée partout.

Elle avait d'excellents réflexes. Elle se tourna d'un mouvement souple, l'évalua en un clin d'œil et prit une décision.

Elle s'approcha, l'embrassa sur la joue.

— Tu m'avais promis que tu en aurais pour dix minutes. Ce n'est vraiment pas gentil de ta part.

Le colonel d'aviation s'était déjà fondu discrètement dans la foule et Chavasse eut un sourire en coin.

— Une coupe de Bollinger ? Il me semble qu'on a quelque chose à fêter.

— Je pense que ce serait très agréable, Mr Chavasse, répondit-elle en excellent anglais. Sur la terrasse, peut-être. Il y fait plus frais.

Chavasse prit deux coupes de champagne sur la table et la

suivit à travers la pièce, plissant légèrement le front. Il faisait effectivement meilleur sur la terrasse, les bruits de la circulation se perdaient dans le lointain et l'odeur capiteuse du jasmin se répandait dans l'air nocturne.

Elle s'appuya à la balustrade et inspira profondément.

— N'est-ce pas une nuit merveilleuse ?

Elle tourna la tête, le regarda et éclata d'un rire pétillant.

— Francesca, Francesca Minetti.

Elle tendit le bras, Chavasse lui donna une coupe de champagne avec un petit sourire.

— Vous semblez déjà me connaître ?

Elle se recula un peu, les yeux levés vers les étoiles. Quand elle parla, ce fut comme si elle récitait une leçon difficilement apprise.

— Paul Chavasse, né en 1928 de père français et de mère anglaise. Études à la Sorbonne, Cambridge et Harvard. Docteur ès Philosophie. Polyglotte. Professeur à l'Université jusqu'en 1954. Depuis...

Sa voix se perdit lentement et elle lui adressa un regard méditatif. Chavasse alluma une cigarette. Il n'était plus fatigué.

— Depuis ?...

— Vous figurez sur les registres en tant que troisième secrétaire, mais vous n'en avez vraiment pas l'air.

— Et selon vous, de quoi ai-je l'air ? demanda-t-il calmement.

— Oh, je ne sais pas exactement. De quelqu'un qui a vu bien des choses. (Elle but un peu de champagne et reprit sur le ton de la conversation :) Comment c'était, l'Albanie ? Je suis surprise que vous vous en soyez sorti en un seul morceau. Quand la liaison avec Tirana a été coupée, on vous a rayé des listes.

Elle rit de nouveau, rejeta la tête en arrière, puis une voix s'éleva dans le dos de Chavasse.

— Elle vous donne du fil à retordre, Paul ?

Murchison, le premier secrétaire, traversa la terrasse en claudiquant. C'était un bel homme, courtois, au visage sain et hâlé. Sur la poche gauche de sa veste, à hauteur de la poitrine, ses décorations projetaient un éclat de lumière vive.

— Mettons qu'elle en soit un peu trop sur moi pour mon confort intellectuel.

— Pas étonnant, répliqua Murchison. Francesca travaille pour le S2. Pendant toute la semaine passée, elle a été votre contact radio. C'est un de nos meilleurs agents.

Chavasse pivota rapidement.

— C'est vous qui avez transmis à Scutari le message qui m'avertissait de filer en vitesse ?

— Ravie de vous avoir été utile, murmura-t-elle en s'inclinant.

Avant que Chavasse ne puisse poursuivre, Murchison le saisit fermement par le bras.

— Ce n'est pas le moment de s'attendrir, Paul. Votre patron vient d'arriver, il désire vous voir. Vous pourrez parler du bon vieux temps plus tard avec Francesca.

Chavasse grimaça un sourire et pressa la main de la jeune femme.

— C'est promis. Vous ne vous sauverez pas ?

— Juré.

Il tourna les talons et suivit Murchison à l'intérieur.

Ils traversèrent la salle de bal bondée, arrivèrent dans le hall d'entrée, passèrent devant deux valets de pied en grande tenue et montèrent au premier étage.

Le long couloir, tapissé d'une épaisse moquette, était calme. Les échos de la musique semblaient appartenir à un autre monde. Ils gravirent encore cinq ou six marches, tournèrent dans un corridor de plus petite dimension et s'arrêtèrent devant une porte peinte en blanc.

— Allez-y, mon vieux, lança Murchison. Tâchez de ne pas vous attarder. Les attractions commencent dans une demi-heure. Et croyez-moi, vous ne serez pas déçu.

Il fit demi-tour et s'éloigna sans bruit grâce à l'épais tapis. Chavasse frappa à la porte, l'ouvrit et entra.

La pièce était petite, les meubles de bureau très simples et les murs peints en vert neutre. La jeune femme assise au bureau, très occupée à écrire, avait d'agréables rondeurs, elle était attirante, même, en dépit de ses lunettes sombres à grosse monture.

Elle leva vivement la tête, Chavasse eut un sourire narquois.

— En voilà une surprise.

Joan Frazer ôta ses lunettes, un air de réel plaisir sur le visage.

— Vous en faites une tête. Ça s'est passé comment en Albanie ?

— Fatigant, répondit Chavasse. Froid et humide. Et là-bas, l'amour du prochain, ce n'est pas une vertu cardinale. (Il s'assit sur le bord du bureau et préleva une cigarette dans une boîte en teck et en argent.) Qu'est-ce qui vous amène ici, vous et le vieux ? Cette histoire en Albanie n'était pas d'une telle importance.

— Il y avait une réunion des services de renseignements de l'OTAN, à Bonn. Quand nous avons appris que vous vous en étiez sorti indemne, le patron a décidé de venir jusqu'à Rome pour examiner votre rapport sur place.

— Ben voyons, fit Chavasse. Ce vieux salaud m'a trouvé un autre boulot, je parie. Mais si c'est le cas, il a intérêt à y regarder à deux fois.

— Pourquoi ne pas le lui demander ? suggéra-t-elle. Il vous attend.

Elle désigna de la tête une porte capitonnée de serge verte. Chavasse l'examina un moment, poussa un gros soupir et écrasa sa cigarette dans le cendrier.

La pièce était à moitié plongée dans la pénombre ; l'unique lumière provenait d'une lampe de bureau protégée par un abat-jour épais. L'homme debout à la fenêtre, contemplant les lumières de Rome, était de taille moyenne. Il eût été difficile de lui donner un âge. Il y avait dans ses yeux noirs une étrange expression pensive.

— Eh bien, nous y revoilà, murmura Chavasse.

Le chef se tourna, il observa brièvement Chavasse et son regard sombre enregistra tout ce qu'il y avait à voir.

— Heureux de vous voir entier, Paul. Je me suis laissé dire que tout ne s'était pas passé pour le mieux là-bas.

— C'est assez juste.

Le vieil homme se dirigea vers sa chaise et s'assit.

— Je vous écoute.

— L'Albanie ? (Chavasse eut un haussement d'épaules.) Nos possibilités d'action sont plutôt réduites, dans le secteur. On ne saurait prétendre que le peuple ait gagné grand-chose à la victoire des communistes, à la fin de la guerre. Mais il n'est pas question de contre-révolution, même à l'état embryonnaire. La *sigurimi*, la police secrète, est partout. À mon avis, ce sont eux qui ont le réseau le mieux organisé d'Europe.

— Vous êtes parti avec l'Amicale du Parti Communiste Italien, c'était votre couverture, je crois ?

— Pour ce que ça m'a servi. Les Italiens du parti m'ont accepté sans problème, mais les choses ont commencé à se gâter quand on est arrivés à Tirana. La *sigurimi* nous a collé à chacun un agent sur le dos et ça n'était pas des amateurs. Échapper à leur filature m'a posé pas mal de problèmes. Quand j'y suis enfin parvenu, ils ont compris que quelque chose n'allait pas et ont lancé un avis de recherche me concernant sur tout le territoire.

— Et le Parti de la Liberté ? Combien sont-ils ?

— Vous pouvez déjà en parler au passé. Quand je suis arrivé, il n'existait plus que deux cellules, une à Tirana, la capitale, et l'autre à Scutari. Toutes deux étaient encore en contact avec le S2, ici, à Rome.

— Avez-vous pu joindre leur chef, Luci, je crois ?

— À peine. Le soir où on était censés se rencontrer pour discuter sérieusement, la *sigurimi* lui a réglé son compte. Apparemment, il y avait des agents partout chez lui, attendant que je montre le bout de mon nez.

— Comment avez-vous pu vous tirer de ce guêpier ?

— La cellule de Scutari a reçu un appel radio de Luci, juste avant que la police ne fasse irruption chez lui. Le message a été relayé jusqu'au quartier général du S2 ici à Rome. Heureusement pour moi, la personne de service ce soir-là avait des réactions rapides. C'est une fille du nom de Francesca Minetti.

— C'est un de nos meilleurs éléments dans le secteur, précisa le chef. Je vous parlerai d'elle un de ces jours.

— J'ai pu quitter l'Albanie grâce à une vedette baptisée *Buena Esperanza*, pilotée par un certain Giulio Orsini. Et ça n'est pas n'importe qui. Il était sur un torpilleur de la marine italienne pendant la guerre. Son plus beau coup a été de couler deux de nos destroyers dans le port d'Alexandrie en 41. Lui aussi s'en est sorti entier. À présent, il est dans la contrebande. Il fait souvent la navette avec l'Albanie, d'où sa grand-mère était originaire.

— Selon le plan conçu au départ, je crois qu'il devait vous attendre trois nuits de suite dans une anse près de Durrës. C'est à une cinquantaine de kilomètres de Tirana, si je ne m'abuse ?

Chavasse acquiesça.

— Quand Francesca Minetti a eu le message de Scutari, elle a risqué le tout pour le tout et passé le mot à Orsini sur son bateau. Ce cinglé a laissé son matelot à bord et il a débarqué, volé une voiture à Durrës et foncé droit sur Tirana. Là, il m'a trouvé à mon hôtel alors que je m'apprêtais à partir pour mon rendez-vous avec Luci.

— Je suppose que ça n'a pas été une partie de plaisir pour rejoindre la côte.

— On a eu quelques petits problèmes. Il a fallu parcourir à pied les 15 derniers kilomètres nous séparant de la mer. Une fois à bord de la *Buena Esperanza*, ça a été facile. Les Albanais ont une marine plutôt réduite. Une demi-douzaine de dragueurs de mines et deux ou trois chasseurs de sous-marins. Notre vedette leur rendait dix nœuds minimum à chacun.

— Il semblerait qu'on doive une prime de risque à Orsini pour cette histoire.

— C'est le moins qu'on puisse dire.

Le chef approuva, ouvrit le dossier officiel contenant le rapport de Chavasse et le parcourut.

— Donc, nous perdons notre temps en Albanie ?

— J'en ai bien peur, approuva Chavasse. Vous savez quel tour ont pris les choses depuis le Vingtième Congrès du PC en 1956 ; de plus, à présent, les Chinois sont là et bien là.

— Qu'y a-t-il d'inquiétant dans tout cela ?

Chavasse secoua la tête.

— C'est le pays d'Europe le plus rétrograde que j'aie eu l'occasion de visiter, et les Chinois sont trop loin de chez eux pour pouvoir vraiment changer cette situation.

— Et cette base navale que les Russes utilisaient à Valona, avant qu'on ne les flanque dehors ? Il paraît qu'ils l'avaient transformée en une sorte de Gibraltar Rouge sur l'Adriatique.

— Albturist nous y a emmenés en visite officielle, le lendemain de notre arrivée. Appeler l'endroit un port, c'est certainement très exagéré. C'est un bon abri naturel, mais les bateaux de pêche sont les seuls à s'en servir. Il n'y a aucune trace de hangars à sous-marins.

— Et Enver Hoxha ? D'après vous, est-ce qu'il tient solidement les rênes du pouvoir ?

— Pour ça oui. On l'a vu lors d'un défilé militaire, le troisième jour. Sans aucun doute, c'est le héros du peuple pour le moment. Dieu sait pour combien de temps.

Le chef referma le dossier d'un geste vif mettant un terme à toute cette affaire. Pour lui, c'était du passé.

— Bon travail, Paul. Au moins, on sait où on en est. C'est un élément de plus pour notre puzzle. Vous avez droit à un congé à présent, n'est-ce pas ?

— Tout à fait, dit Chavasse, attendant la suite.

Le chef se leva, alla vers la fenêtre et il contempla les lumières de la ville sur le Tibre.

— Qu'aimeriez-vous faire ?

— Passer une semaine ou deux à Matano, répliqua Chavasse sans hésitation. C'est un petit port de pêche près de Bari. Il y a une belle plage. Giulio Orsini y possède un établissement sur le front de mer, le *Tabou.* Il m'a promis de me faire faire de la plongée. Je suis impatient d'y être.

— Je n'en doute pas. Ce doit être formidable.

— Alors, j'y ai droit à ce congé ?

Le vieil homme regarda vers la ville, l'air absent, les sourcils froncés.

— Certainement, Paul, vous les aurez vos vacances, quand vous aurez encore exécuté une petite corvée pour moi.

Paul gémit. Le vieil homme se retourna et revint à son bureau.

— Ne vous tracassez pas. Ça ne vous prendra pas longtemps, mais il faudra que vous partiez ce soir même.

— Est-ce vraiment nécessaire ?

Le vieil homme acquiesça.

— Il va falloir s'occuper d'un transfert et vous aurez besoin d'un coup de main. De préférence, votre ami Orsini, il a l'air sûr. On lui offrira un bon prix.

Chavasse soupira. Il songea à Francesca Minetti qui l'attendait sur la terrasse, à la nourriture et au bon vin dans la salle de bal au rez-de-chaussée. Il soupira de nouveau et écrasa soigneusement sa cigarette.

— Qu'est-ce que je dois faire ?

Le chef poussa un dossier vers lui.

— Enrico Noci. Un agent double qui travaille pour nous et les Albanais. Au début, ça ne me gênait pas vraiment, mais maintenant, les Chinois s'intéressent à lui.

— C'est plutôt malsain.

— C'est toujours malsain avec eux. Ils sont beaucoup trop sérieux pour mon goût. Il y a un bateau à Bari qui doit emmener Noci en Albanie demain soir. Tous les détails sont là-dedans.

Chavasse étudia la photographie, un visage lourd bien en chair, une bouche molle. Un homme qui avait probablement échoué dans tous les domaines où il s'était essayé, sauf peut-être avec les femmes. Il avait belle allure et le teint bronzé d'un homme qui fréquente assidûment la plage. Cela peut plaire.

— Je vous l'amène ?

— Pourquoi cela, Grand Dieu? (Le chef secoua la tête.) Débarrassez-vous de lui. Qu'il se noie accidentellement, ce que vous voudrez. Pas d'histoire, surtout.

— Naturellement, murmura calmement Chavasse.

Il jeta de nouveau un coup d'œil au dossier, en mémorisa le contenu puis le rendit au patron et se leva.

— Je vous verrai à Londres ?

— D'ici trois semaines, acquiesça le chef. Profitez bien de vos vacances.

— Oh ça, toujours.

Le vieil homme sortit un nouveau dossier, l'ouvrit et commença à l'étudier. Chavasse se dirigea vers la porte et sortit sans bruit.

2

C'EST UNE BELLE NUIT POUR MOURIR

Enrico Noci, allongé dans l'obscurité, les yeux fixés au plafond, fumait une cigarette. Une femme dormait, à côté de lui, sa cuisse tiède appuyée contre la sienne. À un moment, elle bougea, se blottit contre lui dans son sommeil, mais ne se réveilla pas.

Il tendit le bras pour attraper une autre cigarette et il y eut un léger bruit métallique très reconnaissable comme on déposait quelque chose dans la boîte aux lettres. Il glissa doucement hors du lit, afin de ne pas éveiller sa partenaire et, nu-pieds, traversa la pièce dallée.

Une grande enveloppe épaisse était posée sur le paillasson, dans l'entrée. Il la ramassa et se rendit à la cuisine. Il alluma le gaz sous la cafetière et décacheta rapidement son courrier. À l'intérieur se trouvait un autre pli scellé, plus petit, qu'il devait emporter avec lui et un feuillet tapé à la machine contenant ses instructions. Il les apprit par cœur avant de les brûler.

Il regarda sa montre. Presque minuit. Il avait le temps de prendre un bain chaud et de manger quelque chose. Il s'étira paresseusement, cependant qu'un sentiment de plaisir aigu l'envahissait. Cette femme s'y connaissait drôlement bien. Et ça avait été une manière bien agréable de passer cette dernière soirée.

Il barbotait jusqu'au menton dans l'eau tiède, la petite salle de bains disparaissait à moitié dans la vapeur quand la porte s'ouvrit, la femme entra. Elle attachait la ceinture de son peignoir de soie, tout en bâillant.

— Reviens te coucher, *caro*, murmura-t-elle sur un ton plaintif.

Sa vie dût-elle en dépendre, il était incapable de se rappeler son nom. Il esquissa un sourire.

— Une autre fois, mon ange. Il faut que je m'en aille. Sois gentille et prépare-moi des œufs et du café. Je dois être parti d'ici vingt minutes.

Quand il sortit de la salle de bains, dix minutes plus tard, il était rasé de près et avait soigneusement coiffé ses cheveux noirs. Il était vêtu d'une veste coûteuse tricotée main et d'un pantalon. Elle avait préparé une petite table dans le renfoncement de la fenêtre et disposé les œufs brouillés. Il s'installa.

Tout en mangeant, il tira le rideau et regarda les lumières de Bari jusqu'au front de mer. La ville était paisible et une douce pluie se reflétait dans la lueur jaune des réverbères, telles des paillettes d'argent.

— Tu reviendras ? questionna-t-elle.

— Qui sait, mon ange ? répondit-il avec un haussement d'épaules. Qui sait ?

Il finit son café, alla à la salle de bains, prit un imperméable en nylon bleu foncé, un petit sac en toile et revint dans le salon. Elle était assise les coudes sur la table, une tasse de café dans les mains. Il sortit son portefeuille, y préleva deux billets de banque qu'il posa négligemment sur la table.

— On s'est bien amusés, mon ange, lança-t-il en se dirigeant vers la porte.

— Tu connais l'adresse.

Quand il referma la porte d'entrée et tourna dans la rue, il était exactement minuit et demi. La pluie tombait dru à présent et il y avait du brouillard à l'extrémité des rues, réduisant la visibilité à moins de 30 mètres.

Il marchait d'un pas vif sur le trottoir mouillé, sûr de lui, enfilant une rue après l'autre. Au bout de dix minutes il s'arrêta devant une petite Fiat noire. Il ouvrit la portière, souleva un coin du tapis et trouva immédiatement la clé de contact. Quelques instants après, il démarrait.

Dans les faubourgs de Bari, il s'arrêta et consulta la carte qu'il trouva dans la boîte à gants. Matano était à une vingtaine de kilomètres au sud, sur la route côtière, en direction de Brindisi. Aucune difficulté pour s'y rendre même si la brume était susceptible de le retarder un peu.

Il alluma une cigarette et repartit. Il se concentra sur sa conduite; le brouillard devenait plus épais. Finalement, il dut rouler au pas et sortir la tête par la fenêtre. Il s'était écoulé près d'une heure quand il stoppa près d'un panneau indiquant Matano sur la gauche.

Comme il avançait le long de la route étroite, il commença à sentir l'odeur de la mer. La brume se dissipait peu à peu. Il arriva à Matano au bout d'un quart d'heure et traversa des rues silencieuses pour gagner le front de mer.

Il gara la voiture dans une ruelle près du *Club Tabou*, comme il en avait reçu l'ordre, et continua à pied. Le quai était désert et plongé dans l'obscurité. On n'entendait que le bruit du ressac contre les piles d'une jetée dont il emprunta les marches de pierre.

Tout était calme, personne en vue. À la lueur jaune d'un unique lampadaire, il s'arrêta à mi-chemin pour observer la vedette à moteur amarrée au bout de la digue. Une coque en acier de 10 mètres de long, probablement construite par Akerboon, pensa-t-il. Elle était en excellent état, sa peinture vert d'eau reluisait. Il examina le nom, *Buena Esperanza*, sur son flanc, en fronçant légèrement les sourcils.

Il enjamba la rambarde, des filets de pêche en festons étaient posés à l'arrière du bateau. Ils étaient encore humides d'avoir servi pendant la journée et sentaient le poisson; des écailles rendaient d'ailleurs le pont glissant.

Quelque part, dans le lointain, la porte d'un bar de nuit s'ouvrit, une musique aux accents étouffés par la distance lui parvint. Sans raison précise, Noci frissonna. C'est alors qu'il se rendit compte qu'on l'observait.

L'homme était jeune, mince, musclé, avec un visage très brun. Il aurait eu grand besoin de se raser. Il portait un jeans, un vieux ciré et une casquette de marin cachant presque son regard calme et dépourvu d'expression. Il était au coin du rouf, une corde enroulée à la main, il ne soufflait mot. Comme Noci s'avançait vers lui, la porte de la timonerie s'ouvrit, un autre homme apparut.

Il mesurait au moins 1, 85 mètre et ses larges épaules mettaient à rude épreuve les coutures de sa marinière de pilote. Il portait une ancienne casquette d'officier de la marine italienne dont le sel et l'air marin avaient terni le galon doré. Il avait peut-être le visage le plus laid que Noci ait jamais vu, avec un nez écrasé, aplati, et la marque blafarde d'une vieille cicatrice allant de l'œil droit à la pointe du menton. Il tenait fermement entre les dents un mince cigarillo du genre qu'apprécient les marins hollandais. Il ne l'enleva pas pour parler.

— Giulio Orsini, capitaine de la *Buena Esperanza*.

Noci ressentit un brusque soulagement, maintenant que la tension était tombée.

— Enrico Noci.

Il tendit une main qu'Orsini serra brièvement avant d'adresser un signe de tête à son jeune matelot.

— C'est parti, Carlo. (Du pouce, il désigna la cabine.) Vous trouverez à boire dans le salon. Ne sortez pas avant que je vous appelle.

Comme Noci se pliait à l'injonction d'Orsini, Carlo se dirigea rapidement vers la poupe. Le moteur se mit à vrombir, troublant le silence ambiant; la *Buena Esperanza* s'éloigna de la jetée et s'enfonça dans le brouillard.

Il faisait bon dans le carré et l'ameublement y était confortable. Noci parcourut les lieux d'un regard approbateur, posa son sac de toile sur la table et se servit un grand whisky qu'il sortit d'un placard d'angle. Il le but rapidement, s'allongea sur une des couchettes et fuma une cigarette, éprouvant une agréable sensation de chaleur.

C'était indubitablement un progrès comparé au vieux rafiot à bord duquel il s'était précédemment rendu en Albanie. Orsini représentait un visage nouveau, mais il n'y avait rien de surprenant à cela. Les visages changeaient constamment. Dans ce métier, ça ne rapportait guère de prendre des risques.

Le bateau bondit en avant en se cabrant puissamment et un petit sourire de satisfaction se dessina sur les lèvres de Noci. À cette allure, on le débarquerait sur la côte de Durrës avant l'aube. À midi, il serait à Tirana. Il y aurait aussi 5 000 dollars de plus sur son compte à la banque de Genève, et c'était son sixième passage. Les affaires marchaient plutôt bien, mais c'est connu, tant va la cruche à l'eau… Après cela, il aurait tout intérêt à prendre des vacances. Des vacances prolongées.

Il décida qu'il irait aux Bahamas. Des plages de sable blanc, un ciel toujours bleu et une belle fille bronzée, qui sortirait de l'océan pour venir à sa rencontre. Une Américaine, de préférence. Elles étaient si naïves et avaient tant à apprendre.

Les moteurs toussèrent une fois et s'arrêtèrent, la *Buena Esperanza* ralentit brutalement cependant que sa proue s'enfonçait dans les vagues. Noci se redressa, inclina la tête et tendit l'oreille. Il n'entendit que le clapotis des vagues contre la coque.

Ce fut une sorte de sixième sens, le résultat de toutes ses années de trahison et de double jeu, une réaction intuitive, en fait, qui l'avertit que quelque chose ne tournait pas rond. Il sauta sur ses pieds, attrapa son sac de toile et en tira la fermeture Éclair. Il sortit un Beretta et en ôta le cran de sûreté. Il se dirigea vers les premières marches de l'escalier de la cabine. Au-dessus de sa tête, la porte s'ouvrait et se fermait, grinçant légèrement tandis que le bateau tanguait dans les flots.

Il monta rapidement, une main contre la cloison, et leva prudemment les yeux. Le pont paraissait désert : la pluie fine qui tombait devant les feux de route rappelait la toile argentée d'une araignée.

Il sortit. Sur sa droite une allumette craqua, projetant une lueur vive, un homme apparut dans l'ombre, la tête penchée pour allumer une cigarette. La flamme révéla un beau visage démoniaque dont les yeux, au-dessus des hautes pommettes, ressemblaient à des trous noirs. Il jeta l'allumette puis resta là, les mains dans les poches de son pantalon. Il portait un gros pull marin, l'humidité faisait briller ses cheveux noirs.

— Signor Noci ? murmura-t-il dans un italien impeccable.

— Qui diable êtes-vous ? demanda Noci, sentant un doigt glacé s'agiter dans sa poitrine.

— Je m'appelle Chavasse. Paul Chavasse.

C'était un nom que Noci ne connaissait que trop bien. Involontairement, sa respiration s'arrêta, il leva le Beretta.

Une main dure comme de l'acier s'abattit sur son poignet, lui arrachant son arme.

— Ce n'est pas une bonne idée, dit Giulio Orsini.

À sa gauche, Carlo apparut dans la lumière et s'immobilisa, attendant la suite. Noci jeta autour de lui un regard d'impuissance. Chavasse tendit la main.

— Maintenant, je vais prendre l'enveloppe.

Noci la sortit et la lui donna à contrecœur, s'efforçant de rester calme tandis que Chavasse en examinait le contenu. Ils n'étaient pas à plus d'un demi-mille du rivage. Pour quelqu'un qui pratiquait la natation depuis son enfance, ça n'était pas grand-chose ; de plus, Noci ne nourrissait guère d'illusions sur ce qui se produirait s'il restait à bord.

Chavasse tourna le premier feuillet et Noci, échappant à la poigne d'Orsini, se précipita vers le garde-corps arrière. Il eut conscience d'un cri soudain, une voix qu'il ne connaissait pas, celle de Carlo, certainement, puis il glissa sur des écailles de poisson et s'étala de tout son long sur les filets.

Il s'efforça de se relever, on lui fit un croc-en-jambe, puis les cordages puants murmurèrent doucement et semblèrent l'envelopper des pieds à la tête. On le tira jusqu'à ce qu'il se retrouve à genoux, appuyé sur ses deux mains. Il leva alors les yeux et regarda à travers les mailles : Chavasse l'observait attentivement, son visage était calme et froid.

Orsini et Carlo tenaient un cordage à la main. À cet instant, Noci comprit ce qu'ils avaient en tête et poussa un hurlement.

Orsini tira brutalement sur l'amarre et Noci traversa le pont avant de s'écraser contre la rambarde basse. Là, il reçut un grand coup de pied dans les fesses et tomba dans l'eau glacée.

Quand il remonta à la surface, le filet l'empêchait de faire le moindre mouvement. Il comprit qu'Orsini attachait le bout du filin à la rambarde et que Carlo attendait, penché au hublot de la timonerie. Une main se leva et la *Buena Esperanza* bondit en avant.

Poussant un grand cri, Noci fut submergé avant de remonter à la surface, à demi étouffé. Il s'aperçut alors que Chavasse le regardait toujours, près de la rambarde. Son visage était tranquille dans la lumière tamisée par le brouillard. Enfin, lorsque le bateau prit de la vitesse, il sombra pour la dernière fois.

Il se débattait violemment, l'eau chassait l'air de ses poumons, aussi ne souffrait-il pas, pas du tout, même. Il avait l'impression, sous un ciel bleu, de se vautrer sur du sable doux et blanc ; une jolie fille à la peau cuivrée sortait de la mer et s'avançait vers lui en souriant.

3

LA VIERGE DE SCUTARI

Chavasse était fatigué ; de plus, l'abus de cigarettes lui irritait la gorge. Des volutes de fumée montaient jusqu'au plafond bas où elles s'accumulaient, formant des nuages autour de l'unique ampoule placée au-dessus du tapis vert de la table, avant de se disperser dans l'ombre.

Une demi-douzaine d'hommes participait au jeu. Chavasse, Orsini, son matelot Carlo Arezzi, deux patrons de pêche et le sergent de police. Orsini alluma un autre cigarillo hollandais à l'odeur pestilentielle et plaça deux autres jetons sur le tapis.

Chavasse secoua la tête et agita la main.

— C'est un peu trop pour moi, Giulio.

Il y eut un murmure général. Giulio Orsini grimaça un sourire et passa les doigts dans ses gains.

— Du bluff, Paul. Du bluff pur et simple. Toujours. C'est tout ce qui compte dans ce jeu.

Chavasse se demanda si c'était pour cela qu'il jouait si mal aux cartes. Pour lui, il fallait que l'action fasse partie d'une progression logique, partant d'un calcul prudent et raisonné sur les risques qu'elle entraînait. Dans le grand jeu de la vie et de la mort, qu'il pratiquait depuis si longtemps, un homme pouvait rarement bluffer plus d'une fois et s'en sortir intact.

Il repoussa sa chaise et se leva.

— Ça ira pour ce soir, Giulio. Je te verrai sur la digue demain matin.

— À 7 heures précises, Paul. On t'en prendra peut-être un gros.

Autour de la table, on recommençait à distribuer les cartes cependant que Chavasse se dirigeait vers la porte, l'ouvrait et sortait dans le couloir blanchi à la chaux. Malgré l'heure tardive, on entendait encore de la musique dans le night-club attenant et des gens rire avec insouciance. Il décrocha une vieille vareuse du portemanteau, l'enfila et ouvrit la porte de service.

L'air froid de la nuit lui emplit les poumons quand il respira à fond pour se remettre les idées en place. Il descendit la ruelle.

Une légère brume de mer s'élevait et à l'exception des échos lointains de la musique du *Tabou*, le silence régnait.

Il trouva dans sa poche un paquet de cigarettes froissé, il en prit une et frotta une allumette contre le mur; la flamme éclaira momentanément son visage. Devant lui, une femme sortit d'une rue étroite et se dirigea vers la jetée; le claquement de ses hauts talons résonnait dans la nuit. Un instant après, deux marins sortirent du *Tabou*, passèrent devant Chavasse et suivirent la femme.

Chavasse s'appuya au mur. Il se sentait un peu déprimé. Il y avait des moments où il se demandait ce que tout cela signifiait, non pas seulement le jeu dangereux dont il avait fait son métier mais la vie, tout simplement. Il sourit dans l'obscurité. À 3 heures du matin, sur n'importe quel front de mer de n'importe quel port, ce n'était pas le moment idéal pour commencer à se poser de telles questions.

La femme poussa un cri aigu. Il jeta sa cigarette et s'immobilisa, tendant l'oreille. Il y eut de nouveau un cri, bizarrement étouffé. Alors, il se mit à courir en direction du môle. Il tourna au coin d'une rue et trouva les deux marins qui la clouaient au sol, sous un réverbère.

Comme le plus proche des deux se retournait, inquiet, Chavasse lui envoya sa botte en plein visage, le projetant pardessus la jetée. L'autre se précipita alors vers lui avec un juron. De l'acier brillait dans sa main droite.

Chavasse distingua une barbe noire, un regard étincelant et une étrange cicatrice en forme de crochet sur sa joue droite. Il lui jeta sa casquette dans la figure et le gratifia d'un coup de genou vicieux. Son adversaire se tordait sur le sol en haletant. Chavasse évalua la distance et le frappa à la tête.

Dans l'eau, sous la digue, il y eut un grand bruit de plongeon. Il se pencha et vit le premier des deux hommes nager vigoureusement et se perdre dans la nuit. Chavasse le regarda disparaître puis se tourna pour voir comment allait la femme.

Elle était debout dans l'ombre d'un porche. Il s'avança vers elle.

— Ça va ?

— Je pense, répondit-elle d'une voix qui lui parut étrangement familière.

Elle sortit de l'ombre.

Il écarquilla les yeux, stupéfait.

— Francesca. Francesca Minetti. Mais nom d'un chien, qu'est-ce que vous fabriquez dans un endroit pareil ?

Sa robe avait été arrachée du cou à la taille et elle la maintenait de la main, un léger sourire aux lèvres.

— Nous devions nous retrouver sur la terrasse de l'ambassade il y a une semaine. Que s'est-il passé ?

— Il y a eu un imprévu, expliqua-t-il. Ça m'arrive tout le temps. Mais qu'est-ce que vous fichez sur les quais de Matano à une heure aussi matinale ?

Ses jambes se dérobèrent sous elle ; il n'eut que le temps de la retenir, la serrant contre sa poitrine un bref instant. Elle lui adressa un sourire triste.

— Désolée, mais la tête m'a brusquement tourné.

— Vous êtes censée aller où comme ça ?

Elle écarta de son front une mèche de cheveux.

— J'ai laissé ma voiture pas très loin d'ici, mais avec ce brouillard, toutes les rues se ressemblent.

— Il vaudrait mieux que vous veniez avec moi à mon hôtel. C'est juste à deux pas d'ici. (Il ôta sa veste et la lui mit sur les épaules.) Je pense pouvoir vous trouver un lit.

Elle éclata de rire et pendant un instant, elle redevint la jeune fille gaie et fascinante qu'il avait rencontrée si brièvement à l'ambassade.

— Oh ça, je n'en doute pas.

Il grimaça un sourire et lui entoura les épaules de son bras.

— Je pense que vous avez eu assez d'émotions pour cette nuit.

Il entendit derrière lui le cuir d'une semelle frotter sur les pavés. Il se retourna et vit le second des deux hommes chanceler dans le brouillard, tenant dans ses mains son visage meurtri.

Chavasse se dirigeait vers lui d'un pas vif quand Francesca l'attrapa par la manche.

— Laissez-le tranquille. Je ne veux pas que la police mette son nez dans cette histoire.

Il baissa les yeux vers son visage tendu, anxieux, et fronça légèrement les sourcils.

— Très bien, Francesca. Si c'est ce que vous voulez…

Il y avait dans son attitude quelque chose de bizarre, quelque chose qu'il ne comprenait pas bien. Ils longèrent la jetée et prirent les quais. Si on la comparait à d'autres villes portuaires, Matano était un endroit assez calme, pas suffisamment pourtant pour que de jolies jeunes filles se promènent sur les docks à 3 heures du matin et espèrent s'en tirer indemnes. Une chose était sûre, Francesca Minetti avait certainement eu une bonne raison de se trouver là.

L'hôtel était un petit bâtiment en stuc situé à l'angle d'une rue ; au-dessus de l'entrée, il y avait une vieille enseigne électrique. Il était propre, bon marché et on y mangeait bien. Le propriétaire était un ami d'Orsini.

Pour le moment, il dormait à la réception, la tête dans les bras. Sans le réveiller, Chavasse s'approcha du bureau et décrocha sa clé. Ils traversèrent le hall, montèrent un petit escalier étroit et longèrent un couloir blanchi à la chaux.

La chambre était meublée simplement avec un lit en cuivre, un lavabo et un vieux placard. Comme partout ailleurs dans la maison, les murs étaient blanchis à la chaux et le parquet parfaitement ciré.

Francesca resta sur le seuil, une main sur le col de sa robe pour la retenir, et jeta un coup d'œil approbateur.

— C'est joli. Vous êtes ici depuis longtemps ?

— Presque une semaine, maintenant. Mes premières vacances depuis au moins un an.

Il ouvrit son armoire et fouilla parmi ses vêtements. Finalement, il sortit un pull noir ras du cou en mérinos.

— Essayez ça et voyez si ça vous va. Je vais vous préparer quelque chose à boire. Vous avez l'air d'en avoir besoin.

Elle lui tourna le dos et enfila le chandail tandis qu'il sortait une bouteille de whisky d'un placard d'angle. Il rinça deux verres dans le lavabo. Quand il se retourna, elle était debout près du lit à l'observer. Elle paraissait étrangement jeune et vulnérable dans son lainage noir trop grand pour elle.

— Asseyez-vous, pour l'amour du ciel, sinon, vous allez vous écrouler.

Il y avait une chaise en rotin près de la porte-fenêtre ouvrant sur le balcon. Elle s'y affala et appuya sa tête contre la vitre, les yeux grands ouverts sur l'obscurité. Au large, une corne de brume lança son étrange appel. Elle frissonna.

— Je pense que c'est le son le plus triste au monde.

— Pour Thomas Wolfe, c'était le sifflement d'un train, répondit Chavasse.

Il versa du whisky dans un des verres et le lui tendit.

— Thomas Wolfe ? Qui est-ce ?

Elle paraissait ne pas le connaître.

— Oh, un écrivain. (Il eut un haussement d'épaules.) Quelqu'un qui en savait long sur la solitude. (Il but un peu de whisky.) Les jeunes filles comme vous ne devraient pas traîner sur les quais à une heure pareille. Vous le savez, j'imagine ? Si je n'étais pas arrivé au bon moment, vous auriez probablement fini dans l'eau.

Elle secoua la tête.

— Il ne s'agissait pas de ça.

— Je vois. (Il reprit une gorgée de whisky et réfléchit à la question.) Si je peux vous aider, je sais écouter les gens.

Elle prit son verre entre ses deux mains et le fixa ; elle paraissait troublée.

— C'est quelque chose d'officiel ? reprit-il gentiment. Une opération du S2 ?

Elle leva les yeux, vraiment inquiète, cette fois, et elle eut un geste vigoureux de dénégation.

— Non, ils ne sont au courant de rien et il ne faut surtout pas qu'ils sachent. Promettez-le-moi. C'est une affaire de famille, strictement privée.

Elle posa son verre, se leva et arpenta fébrilement la pièce. Quand elle se tourna, il y avait sur son visage une expression de véritable angoisse. Elle rejeta ses cheveux en arrière d'un geste nerveux, saccadé, et se mit à rire.

— L'ennui, c'est que j'ai toujours travaillé dans un bureau, jamais sur le terrain. Je ne sais pas comment me comporter dans une situation de ce genre.

Chavasse sortit ses cigarettes, en mit une entre ses lèvres et lui envoya le paquet.

— Pourquoi ne pas m'en parler ? Je suis très fort pour consoler les jeunes filles en détresse.

Elle attrapa le paquet machinalement et resta à regarder Paul, le front plissé. Elle acquiesça lentement.

— Bon, d'accord, mais tout ce que je vais vous raconter est absolument confidentiel. Je ne veux pas que quoi que ce soit arrive jusqu'aux oreilles de mes supérieurs du S2. Ça pourrait m'attirer de gros ennuis.

— Ça marche, dit-il.

Elle se rassit, sortit une cigarette et chercha une allumette.

— Qu'est-ce que vous savez de moi, Paul ?

— Vous travaillez pour le S2 à Rome, commença-t-il avec un

mouvement d'épaules. Selon mon patron, vous êtes un des meilleurs éléments que nous ayons eu dans le secteur. Pour moi, c'est suffisant.

— Je travaille pour le S2 depuis deux ans, maintenant. Ma mère était albanaise, je parle donc cette langue couramment. Je suppose que c'est d'abord en cela que je les ai intéressés. C'était la fille d'un chef *guègue.* Mon père était colonel des troupes de montagne de l'armée d'occupation italienne en 1939. Il a été tué dans le désert de l'ouest au début de la guerre.

— Votre mère vit encore ?

— Elle est morte il y a cinq ans. Elle n'a jamais pu retourner en Albanie après la prise du pouvoir par Enver Hoxha et les communistes. Deux de ses frères étaient membres des *Legaliteri*, qui avaient des sympathies royalistes. Ils ont combattu avec Abas Kupi pendant la guerre. En 1945, Hoxha leur a demandé de descendre de leurs collines pour participer à une conférence de la paix au cours de laquelle ils ont été immédiatement exécutés.

Son visage n'exprimait ni souffrance ni émotion, simplement une manière d'accepter sans protester ce qui devait faire partie des choses de la vie.

— Au moins, ça explique pourquoi vous étiez désireuse de travailler pour nous, émit doucement Chavasse.

— Je n'ai eu aucun mal à me décider. Il ne me restait plus qu'un vieil oncle, le frère de mon père. Il nous a élevés, Marco et moi. Jusqu'à l'année passée, mon frère était à Paris. Il étudiait l'économie politique à la Sorbonne.

— Où est-il à présent ?

— Quand je l'ai vu pour la dernière fois, il était face contre terre dans la boue des marais de Bojana. Il avait essuyé une rafale de mitrailleuse dans le dos.

— Quand était-ce ? demanda Chavasse, rompant prudemment le silence.

— Il y a trois mois. J'étais en congé à l'époque. (Elle leva son verre.) Je pourrais en ravoir ?

Il la servit jusqu'à ce qu'elle lève la main. Elle but un peu ; elle semblait encore parfaitement capable de se contrôler et elle poursuivit son récit.

— Vous étiez vous-même en Albanie il n'y a pas si longtemps. Vous savez comment ça se passe là-bas.

— C'est ce que j'ai connu de pire, acquiesça-t-il.

— Avez-vous vu des églises pendant vos déplacements ?

— Une ou deux semblaient encore être en activité mais je sais que la ligne officielle du parti est d'empêcher par tous les moyens toute forme d'observance religieuse.

— Ils ont presque détruit l'islamisme, annonça-t-elle d'une voix sèche comme si elle se bornait à noter un fait. L'Église orthodoxe albanaise s'en est un peu mieux sortie, ils ont déposé leur archevêque et l'ont remplacé par un prêtre loyal envers le communisme. C'est l'Église catholique romaine qui a subi les plus grandes persécutions.

— C'est toujours comme ça, nota Chavasse. C'est elle que le communisme redoute le plus.

— Un des deux archevêques et quatre évêques ont été arrêtés, deux ont été fusillés et, d'après les registres, un autre est mort en prison. L'Église a pratiquement cessé d'exister en Albanie, c'est du moins ce qu'espèrent les autorités.

— Je dois reconnaître que c'est aussi mon impression.

— Au cours de l'année passée, elle a connu un renouveau tout à fait exceptionnel dans le nord, mentionna-t-elle. Sous l'impulsion des pères franciscains de Scutari. Même les non-catholiques se pressaient dans les églises, dans cette région. Cela a beaucoup inquiété le gouvernement central de Tirana. Ils ont décidé de réagir et d'une façon spectaculaire.

— Comment cela ?

— Il y a un sanctuaire célèbre à l'extérieur de la ville, dédié à Notre-Dame de Scutari. Avec une statue, une grotte et une source miraculeuse. Rien de très inhabituel, en fait. C'est un lieu de pèlerinage qui remonte aux Croisades. La statue est en ébène recouverte de feuilles d'or. Elle est très ancienne. On l'appelle la Vierge Noire. D'après la tradition, c'est uniquement à cause de ses pouvoirs surnaturels que les seigneurs turcs, dans le temps, ont permis au christianisme de se perpétuer dans le pays.

— Mais quelles mesures le gouvernement central compte-t-il prendre ?

— Détruire le sanctuaire, s'emparer de la statue et la brûler publiquement sur la grand-place de Scutari. Les pères franciscains ont été avertis et se sont arrangés pour la faire disparaître le jour même où les autorités allaient agir.

— Où est-elle maintenant ?

— Quelque part dans les marais de Bojana, au fond d'une lagune, dans le bateau de mon frère.

— Que s'est-il passé ?

— Oh, ça n'est pas bien difficile à raconter. (Elle haussa les épaules.) Marco s'était intéressé à un groupe de réfugiés albanais qui vivaient à Tarente. L'un d'eux, un certain Ramiz, avait eu vent de ce qui allait se passer pour la Madone par un de ses cousins encore en Albanie, à Tama. C'est une petite ville au bord de la rivière, à une quinzaine de kilomètres à l'intérieur des terres.

— Et ils ont décidé d'aller sur place et de la mettre à l'abri ?

— Paul, la Vierge Noire n'est pas une statue ordinaire, affirma-t-elle très sérieusement. Elle symbolise tout l'espoir qui reste aux Albanais sous ce régime impitoyable. Les rouges se sont rendu compte du formidable effet psychologique que cela aurait sur la diaspora albanaise si on publiait dans la presse italienne que la statue était désormais en sûreté en Italie.

— Et vous êtes donc allée avec eux ?

— Ça n'avait rien de compliqué et la marine albanaise n'est vraiment pas très dangereuse. Nous n'avons eu aucune difficulté pour nous rendre dans le marais. On a pris la statue à l'endroit convenu la nuit de notre arrivée. Malheureusement, le lendemain matin, en repartant, on est tombé sur une vedette en patrouille. Il y a eu un échange de coups de feu et le bateau a été sérieusement endommagé. Il a coulé dans un petit lagon, et nous avons sauté dans le dinghy. Ils nous ont poursuivis la plus grande partie de la journée. Marco a été abattu dans la soirée. Je ne voulais pas laisser son corps, mais nous n'avions pas le choix. Plus tard, dans la nuit, nous avons rejoint la côte où Ramiz a volé une petite embarcation à voile.

— Et où est-il ce Ramiz, à l'heure qu'il est ? interrogea Chavasse.

— Quelque part à Matano. Hier, il m'a téléphoné à Rome et il m'a demandé de le rejoindre dans un hôtel sur les quais. Il s'est débrouillé pour dénicher une chaloupe à moteur, vous voyez.

Chavasse la fixa, une expression d'incrédulité sur le visage.

— Qu'est-ce que vous essayez de m'expliquer ? Que vous avez l'intention de retourner dans ces foutus marais ?

— En gros, oui, c'est à peu près ça.

— Seulement vous deux ? Vous et Ramiz ? (Il secoua la tête.) Mais vous ne tiendriez pas cinq minutes.

— Peut-être, mais ça vaut la peine d'essayer. (Comme il commençait à argumenter, elle leva la main.) Je ne vais pas passer le reste de ma vie à remâcher l'idée que mon frère est mort pour rien alors que j'aurais pu prendre sa suite. Nous autres Minetti sommes des gens fiers, Paul, nous prenons soin de nos morts. Je sais ce que Marco aurait fait, et il n'y a plus que moi qui puisse le remplacer.

Elle était assise, orgueilleuse et belle, et, dans la lumière, son visage n'en paraissait que plus pâle. Chavasse lui prit les mains, s'approcha d'elle et l'embrassa doucement sur la bouche.

— Cette lagune où le bateau a sombré, vous savez où elle se trouve ?

Elle acquiesça, fronça légèrement les sourcils.

— Pourquoi ?

— Vous ne pensiez tout de même pas que je vous laisserais partir seule ? répliqua-t-il avec un sourire en coin.

Une expression de complète stupéfaction se peignit sur le visage de Francesca.

— Mais pourquoi, Paul ? Donnez-moi une seule bonne raison de risquer votre vie pour moi ?

— Eh bien, mettons qu'après une semaine de farniente à bronzer sur la plage, je m'ennuie à mourir. Inutile d'épiloguer. Ce Ramiz, vous avez son adresse ?

Elle sortit un bout de papier de son sac et le lui tendit.

— Je ne pense pas que ce soit très loin d'ici.

— Bon, allons-y, dit-il en le glissant dans sa poche.

— Voir Ramiz ?

Il fit non de la tête.

— Ça, ce sera pour plus tard. On va d'abord rendre visite à un très bon ami à moi, le genre d'ami qu'il faut pour un travail de cette nature. Il est totalement dénué de scrupules, connaît la côte albanaise comme sa poche et il pilote le bateau le plus rapide de l'Adriatique.

Devant la porte, elle se retourna, le dévisageant d'un air interrogateur. Son regard s'illumina et ses joues reprirent des couleurs. Soudain, elle parut confiante et de nouveau sûre d'elle.

— Ça se passera très bien, mon ange. Je vous le promets.

Il porta brièvement à ses lèvres la main de la jeune femme, ouvrit la porte et la poussa gentiment dans le couloir.

4

L'odeur du sang

Bien que les joueurs de cartes soient partis, il régnait encore dans la pièce une très forte odeur de cigarette. À la lueur de la lampe voilée, on avait étalé sur la table une carte de l'Amirauté britannique du golfe de Drin, sur la côte albanaise. Chavasse et Orsini l'étudiaient attentivement. Francesca était assise à côté d'eux.

— La Bojana est l'émissaire du lac Scutari, ou Shköder comme ils l'appellent aujourd'hui, et descend jusqu'à la mer.

— Et ces marais côtiers ? Sont-ils aussi traîtres que le prétend Francesca ?

— C'est un foutu endroit, confirma Orsini. Un dédale de canaux étroits, de lagunes et de marais infestés par la malaria. À moins de savoir exactement où aller, on pourrait chercher cette chaloupe pendant un an sans jamais la trouver.

— Il y a des gens qui vivent là ?

— Quelques pêcheurs et des chasseurs de gibier d'eau, essentiellement des *guègues*. Les rouges ont un peu salopé leur boulot dans cette région. Traditionnellement, ce secteur représente une espèce de refuge pour les gens en fuite.

— Tu connais bien le coin, alors ?

Orsini eut un petit sourire.

— Je suis allé dans ces marais une bonne dizaine de fois cette année. Pénicilline, sulfamides, armes, bas nylon. Il y a beaucoup d'argent à gagner et la marine albanaise est quasi impuissante à stopper ce trafic.

— Ça reste quand même relativement dangereux ?

— Pour les amateurs, tout est dangereux. (Il se tourna vers Francesca.) Votre Ramiz, comment gagnait-il sa vie ?

— C'était un artiste. Je crois qu'il naviguait surtout le week-end.

Orsini regarda le plafond et leva les bras au ciel dans un geste d'impuissance.

— Mon Dieu, ce n'est pas croyable. C'est un miracle s'il vous a ramenée en Italie saine et sauve, *signorina*.

La porte s'ouvrit et Carlo entra ; il apportait des tasses sur un plateau. Il le passa à la ronde. Chavasse fut heureux de boire du café chaud. Il regarda la carte en fronçant les sourcils, suivant le canal principal. Puis il se tourna vers Francesca.

— Vous affirmez savoir où la chaloupe a sombré. Comment pouvez-vous en être sûre ? Toutes ces lagunes se ressemblent.

— Marco a fait un relevé juste avant qu'on coule. Je l'ai appris par cœur.

Orsini lui donna une feuille de papier et un crayon. Elle nota rapidement les chiffres. Il les examina avec attention, puis il calcula la position avec un soin infini. Il traça un cercle autour du point central, se redressa et grimaça un sourire.

— Le X indique l'endroit exact.

Chavasse l'examina rapidement.

— C'est à 8 kilomètres environ à l'intérieur des terres. À 6 kilomètres de Tama. Ça ressemble à quoi, ce bled ?

— Dans le temps, c'était un petit port de pêche en rivière actif, mais il a drôlement régressé quand le torchon a commencé à brûler entre l'Albanie et les pays satellites. (Orsini suivit du doigt la ligne du fleuve.) La Bojana sert en partie de frontière naturelle entre la Yougoslavie et l'Albanie. Certains l'ont laissée s'envaser en amont sur la majeure partie de son cours. Ce qui signifie qu'aujourd'hui, il faut bien connaître le delta et sa région pour remonter jusqu'à Tama.

— Tu pourrais nous y conduire, toi ?

Orsini se tourna vers Carlo.

— Qu'est-ce que tu en penses ?

— On n'a jamais eu d'ennuis jusqu'à présent. Il n'y a pas de raison que ça commence.

— Tant va la cruche à l'eau qu'à la fin elle se casse, observa doucement Francesca.

Orsini haussa les épaules.

— Pour chaque homme, la mort est le rendez-vous ultime. C'est elle qui choisit son heure.

— Il ne reste donc plus qu'à régler la question du prix, conclut Chavasse.

— Pas de problème sur ce point, s'exclama Francesca.

— *Signorina*, je vous en prie. (Orsini lui prit la main et l'effleura de ses lèvres.) Si je fais ça, c'est parce que je le veux bien, c'est tout.

Elle sembla sur le point de fondre en larmes et Chavasse se hâta de détourner la conversation.

— Il y a une chose qui me chiffonne, c'est Ramiz. Êtes-vous sûre que c'était bien sa voix au téléphone ?

Elle fit oui de la tête.

— Il est originaire de la province de Vlora. Ils ont un accent très reconnaissable. Oui, j'en suis certaine, c'était lui.

Chavasse décréta pourtant que ça sentait plutôt mauvais pour Ramiz. Les membres de la *sigurimi* n'avaient manifestement eu aucun mal à retrouver sa trace. Peut-être avaient-ils découvert le corps de Marco Minetti ou, et c'était plus vraisemblable, avaient-ils mis la main sur des gens qui avaient participé au transfert de la Madone à Scutari. Tout homme a ses limites, son propre seuil de tolérance devant la souffrance. Une fois ce seuil franchi, la plupart avoueront tout ce qu'on leur demande, même avant de mourir.

Il était normal que les Albanais remuent ciel et terre pour retrouver la statue. Sa disparition leur avait causé un tort considérable sur le plan du prestige politique et savoir qu'elle pouvait encore être sur le territoire national avait dû les encourager dans leurs recherches.

— Si Ramiz vous a vraiment passé ce coup de fil, c'est certainement parce qu'on l'y a forcé. De toute façon, on sait déjà qu'il vous a contactée. (Il sortit le bout de papier que Francesca lui avait donné à l'hôtel.) Tu connais ?

— Ce n'est pas loin d'ici, acquiesça Orsini. C'est le genre de repaire à punaises où les prostituées louent des chambres à l'heure parce que personne ne pose de questions. (Il s'adressa à Francesca.) Ce n'est pas un endroit pour les dames.

Elle commença à protester mais Chavasse ne lui laissa pas le temps de poursuivre.

— Giulio a raison. De plus, vous dormez debout. Ce qu'il vous faut, c'est huit heures de sommeil. Vous pouvez utiliser ma chambre, à l'hôtel. (Il se tourna vers Carlo.) Veille à ce qu'elle y arrive sans dommage.

Il prit sa vareuse et elle se leva.

— Vous serez prudent ?

— Ne le suis-je pas toujours ? (Il lui envoya une légère bourrade.) Enfermez-vous à clé dans la chambre. Je vous retrouverai plus tard.

Elle sortit à contrecœur, suivie de Carlo. Quand Chavasse se retourna, Orsini souriait de toutes ses dents.

— Ah, être jeune et beau.

— Tu n'as jamais su ce que c'était, toi, rétorqua Chavasse. Allez, viens, on s'en va.

Il pleuvait encore. Quand ils sortirent, le crachin couvrait d'une pellicule argentée le garde-fou métallique de la jetée. Les vieilles maisons de stuc flottaient dans la brume, irréelles et immatérielles, les réverbères semblaient des oasis de lumière jaune dans un monde de ténèbres.

L'hôtel n'était pas à plus de cinq minutes du *Tabou*. L'établissement était en piteux état, le crépi se détachait du mur de brique près de la porte ouverte. Ils pénétrèrent dans un hall mal éclairé, sinistre. Il n'y avait personne à la réception et nul ne répondit aux coups de sonnette impatients d'Orsini.

— Elle t'a donné le numéro de la chambre ?

— Oui, répondit Chavasse, le 26.

L'Italien passa derrière le comptoir et jeta un coup d'œil au tableau. Il revint en secouant la tête.

— La clé n'est pas là. Il doit être dans sa chambre.

Ils arrivèrent au premier étage par un escalier branlant. Il y avait une odeur de moisi tenace et désagréable, des vieux relents culinaires et urinaires, et il régnait une atmosphère étrange, menaçante. Ils longèrent le couloir, vérifiant le numéro des portes. Chavasse distingua des échos de musique et de rires aigus. Il s'arrêta devant la chambre d'où ils provenaient et Orsini se tourna vers la porte d'en face.

— C'est là.

Le battant s'ouvrit sur une simple pression de la main. Il entra et chercha la lumière. Rien ne se produisit. Il frotta une allumette. Chavasse le suivit.

La pièce était presque vide. Il y avait un tapis en jonc sur le sol, un lit en fer et un lavabo. Une chaise en bois était par terre à côté de la natte.

Comme Chavasse se penchait pour la redresser, l'allumette que tenait Orsini lui brûla les doigts ; il la lâcha en même temps qu'il laissa échapper un juron. Chavasse resta agenouillé, attendant qu'il en allume une autre. Il se rendit alors compte que son pantalon s'humidifiait sous son genou. Quand l'allumette s'enflamma, il leva la main ; ses doigts étaient tout poisseux de sang à demi séché.

— Et voilà pour Ramiz.

Ils fouillèrent rapidement la chambre, mais ne trouvèrent rien, pas même une valise, aussi retournèrent-ils dans le couloir. On entendait toujours un rire aigu en face. Orsini leva un sourcil interrogateur.

— Qu'est-ce qu'on risque ? murmura Chavasse.

Le grand Italien frappa vigoureusement. Il y eut un brusque silence et une voix de femme s'écria :

— Revenez plus tard. Je suis occupée.

Orsini frappa encore plus fort. Il y eut un brusque mouvement de colère dans la pièce et la porte s'ouvrit à la volée. La femme qu'ils avaient devant eux était petite et bien en chair, ses cheveux roux flamboyaient. La robe de nylon noir qu'elle portait ne dissimulait pas grand-chose de ses charmes opulents. Manifestement, elle reconnut Orsini sur-le-champ, car son expression revêche se trouva très vite remplacée par un sourire.

— Giulio ! Eh bien, tu y as mis le temps.

— C'est vrai, *cara*, lança-t-il en lui tapotant le visage. Tu as l'air en pleine forme. Mon ami et moi voulions bavarder avec le type d'en face, mais il n'a pas l'air d'être chez lui.

— Oh lui, répliqua-t-elle avec une expression de dégoût dépourvue d'ambiguïté. Il reste toujours enfermé dans sa chambre. Il ne se donnerait même pas la peine d'engager la conversation avec une fille.

— Il est aveugle, c'est tout, murmura galamment Orsini.

— Deux hommes sont venus le voir, tout à l'heure, les informa-t-elle. Il a dû y avoir du vilain. Quand je suis sortie voir, ils l'emmenaient en le tenant chacun par un bras. Il n'avait pas l'air d'aller très bien.

— Il ne vous est pas venu à l'esprit de prévenir la police ? questionna Chavasse.

— Si ce salaud de sergent devait venir par ici, je lui flanquerais un coup de couteau.

De l'intérieur de la pièce, on l'appela avec hargne.

— Il y en a qui manquent vraiment de patience, sourit-elle.

— C'est sûr, émit Chavasse.

Elle sourit de nouveau.

— Vous, vous me plaisez. Amène-le donc un de ces jours, Giulio. On s'amusera un peu.

— C'est à voir, fit Orsini.

Il y eut un autre cri d'impatience depuis le fond de la pièce. Elle haussa les sourcils d'un air désespéré et referma la porte derrière elle.

Orsini et Chavasse redescendirent au rez-de-chaussée et sortirent.

L'Italien s'arrêta pour allumer un cigarillo et, d'une pichenette, jeta l'allumette dans l'obscurité.

— Et maintenant ?

Chavasse haussa les épaules.

— En vérité, il n'y a pas grand-chose qu'on puisse faire. Mais moi, il y a une chose que je ferais bien, c'est dormir quelques heures.

— Rentre à ton hôtel, acquiesça Orsini. Va retrouver la petite et conduis-toi sagement. (Il frappa amicalement Chavasse sur l'épaule.) Ne te tracasse pas, Paul. Les spécialistes sont là.

Il s'éloigna dans la brume. En le regardant partir, Chavasse sentit la fatigue lui tomber sur les épaules comme une chape. Il marchait sur le trottoir. Ses pas résonnaient entre les murs de pierre resserrés. Il s'arrêta et plongea la main dans sa poche pour prendre une cigarette.

Au moment où l'allumette projetait une flamme au creux de sa main, un objet pointu comme une aiguille perça sa vareuse et s'arrêta près de sa colonne vertébrale.

— Ne bougez plus, monsieur Chavasse, murmura une voix calme.

Il attendit pendant que des mains expertes le fouillaient pour vérifier qu'il n'était pas armé.

— Maintenant, marchez droit devant vous sans vous retourner. Et obéissez. Cela me navrerait de devoir vous tuer.

C'est en avançant qu'il comprit ce qui se passait ; ce fut comme s'il avait reçu un coup sur la tête. La voix s'était exprimée en albanais.

5

L'HOMME D'ALBTURIST

Ils étaient deux, il l'avait compris en entendant l'écho de leurs pas dans les ruelles étroites comme ils traversaient le quartier ancien de la ville. La voix dure de celui qui avait parlé le premier rompait de temps à autre le silence pour lui indiquer de tourner à droite ou à gauche, mais sinon, ils ne s'adressèrent pas la parole et se tinrent même à une certaine distance de lui.

Un quart d'heure après, ils sortirent d'une venelle pour arriver près du mur dominant la mer, à l'autre extrémité du port par rapport à la jetée. Une vieille maison de plusieurs étages se dressait dans la nuit, à côté des marches de pierre qui descendaient vers un appontement.

Une vedette de patrouille assez ancienne y était amarrée. Elle n'était plus de première fraîcheur, la peinture s'écaillait sur la coque. À la poupe se lisait une inscription à demi effacée : *Stromboli — Tarente.*

Le wharf était désert, seul un réverbère l'éclairait. Il n'y avait personne pour lui prêter main-forte. Il se tourna lentement et dévisagea les deux hommes. L'un d'eux était petit, sans caractéristique particulière. Il portait un lainage épais et une casquette en laine tirée sur les yeux.

Le second avait une tout autre allure. Il était grand, apparemment dangereux et aurait eu besoin d'un bon coup de rasoir. Il avait un visage brutal et balafré et il était vêtu d'une vareuse et de bottes de mer.

Il glissa une cigarette au coin de ses lèvres et frotta une allumette sur le mur.

— On descend, monsieur Chavasse, on descend.

Chavasse s'exécuta lentement. Quand ils arrivèrent en bas, le plus petit passa devant lui et le conduisit jusqu'au bout du quai. Là, il ouvrit une porte taillée dans l'épaisseur du mur. Un escalier de pierre se devinait dans la pénombre. Chavasse le suivit. Le gros se tenait à deux pas derrière lui.

Ils parvinrent à un palier en pierre. Le petit homme ouvrit une seconde porte et bougea la tête. Chavasse passa devant lui et s'attarda sur le seuil. La pièce était meublée simplement : une table en bois, quelques chaises et un petit lit en fer contre un mur.

L'homme assis à la table en train d'écrire une lettre était petit, brun, et il était vêtu d'un impeccable costume tropical en laine peignée. Sa peau avait la couleur d'un cuir de qualité et son mince collier de barbe lui donnait l'allure d'un *conquistador.*

Chavasse s'arrêta à deux pas de lui, les mains dans les poches. Deux petits yeux noirs brillants avaient tourné pour l'observer.

L'homme pivota à demi et lui adressa un sourire plein de charme.

— Monsieur Chavasse… C'est un vrai plaisir, monsieur Chavasse.

Son anglais était très bon, pratiquement dépourvu d'accent. Chavasse décida cependant qu'il ne lui plaisait pas. Malgré sa politesse et son visage évoquant un oiseau, il avait un regard froid et impitoyable, un regard de tueur.

— Tout cela commence à m'ennuyer.

Le petit homme sourit.

— Dans ce cas, il faut essayer de rendre la situation plus attrayante. Cela vous tenterait de gagner 10 000 livres ?

Au bout de la table se trouvait un plateau contenant deux ou trois bouteilles et des verres. Chavasse se déplaça lentement dans cette direction, conscient que le gros homme avait bougé légèrement près de la porte.

Dans une des bouteilles, il y avait de la Smirnoff, sa vodka préférée. Il s'en versa un demi-verre et alla négligemment vers la fenêtre. Tout en buvant, il jeta un coup d'œil au port qu'ils dominaient d'une douzaine de mètres. Il vérifia sur sa gauche la position du *Stromboli* dont on devinait à peine la silhouette dans le brouillard.

— Eh bien ? demanda son petit interlocuteur.

Chavasse se tourna vers lui.

— Comment ça va à Tirana par les temps qui courent ?

— Très astucieux, sourit l'autre. Malheureusement, je ne suis pas retourné à Tirana depuis cinq ans. Une légère divergence d'opinion avec le régime actuel. (Il sortit une carte de visite et la lui tendit.) Voici ma carte, monsieur. Adem Kapo, représentant d'Albturist à Tarente.

— Entre autres activités, je présume.

Kapo sortit un étui, il en préleva une cigarette et la mit dans un fume-cigarette.

— Mettons que je sois une espèce d'intermédiaire. Si des gens désirent quelque chose, ils viennent me voir ; je m'efforce toujours de leur donner satisfaction.

— Pas gratuitement, je suppose ?

— Cela va de soi. (Il lui tendit son étui.) Cigarette ?

Chavasse se servit.

— 10 000 livres. Cela représente beaucoup d'argent. Qu'est-ce qui vous autorise à croire que je puisse être intéressé ?

— C'est aussi mon métier de savoir à qui j'ai affaire et j'en sais beaucoup sur vous, mon ami. Plus que vous ne pourriez l'imaginer. Les hommes comme vous se vendent au plus offrant. De toute manière, ce sera de l'argent aisément gagné. Mes clients sont prêts à vous offrir cette somme tout de suite si vous acceptez de les conduire là où repose une certaine chaloupe coulée récemment dans les marais de la Bojana, au nord de l'Albanie. Ça vous tente ?

— Ça se pourrait, si je savais de quoi vous parlez.

— Je suis persuadé que la *signorina* Minetti vous a déjà fourni tous les détails. Allons, monsieur Chavasse, tout est découvert, selon l'expression des mélodrames anglais. D'après les informations données aux gens que je représente, le corps d'un citoyen italien, un certain Marco Minetti, a été découvert sur un banc de sable il y a peu, à l'embouchure du fleuve, après une tentative pour sortir en fraude d'Albanie une relique religieuse sans prix.

— Non, pas possible, murmura Chavasse.

Kapo ne tint aucun compte de cette interruption.

— Quelques heures auparavant, son embarcation avait sombré dans la région désertique des marais de la Bojana. Plus tard, un prêtre et deux hommes furent arrêtés par des membres de la *sigurimi* dans la ville de Tama. Il semble que le prêtre se soit montré obstiné jusqu'à la fin, une de leurs sales manies, mais les deux hommes, eux, ont parlé. Ils ont donné les noms de Minetti, de sa sœur et d'un réfugié albanais, un artiste, un certain Ramiz. Je dois reconnaître qu'on m'a offert une somme rondelette pour les retrouver.

— Vous avez réussi ?

— Nous avons surveillé Ramiz pendant des semaines, attendant qu'il bouge. Aussi incroyable que cela puisse paraître, il avait l'intention d'y retourner. Vous savez, c'était un intellectuel, l'un de ces êtres exaspérants qui se sentent une mission dans la vie.

— Vous parlez de lui au passé, on dirait ?

— Oui, c'est vraiment un bien triste événement. (Kapo avait l'air réellement ému.) Je pensais avoir une petite conversation avec lui, plus tôt dans l'après-midi. Quand Hadji et Tashko l'ont amené ici, il y a eu comme une bagarre. Il est tombé du mur longeant la mer et s'est brisé la nuque.

— Un accident malheureux, j'imagine, rien de plus.

— Mais naturellement, et parfaitement inutile. Je m'étonne

de voir à quel point on se méprend à notre sujet. Cette nuit, également, une tentative pour entrer en contact avec la *signorina* Minetti a connu un échec manifeste.

— Ce qui nous vaut ce tête-à-tête.

— On ne peut quand même pas me reprocher de penser qu'il ne s'agit pas d'une simple coïncidence si M. Paul Chavasse, des services secrets britanniques, s'est trouvé sur les lieux au moment même où la *signorina* Minetti a eu besoin d'aide.

Chavasse tendit le bras vers la bouteille de vodka et se resservit.

— Et si pourtant je continuais à affirmer que je ne sais toujours pas de quoi vous parlez ?

— Si vous persistiez, vous ne me laisseriez pas le choix. Il faudrait que je m'adresse de nouveau à la *signorina,* ce qui me peinerait beaucoup, soupira Kapo. D'un autre côté, les femmes se laissent convaincre bien plus facilement. Tu n'es pas d'accord, Tashko ?

Le gros s'avança jusqu'au bout de la table, un sourire sans joie sur le visage, et Chavasse hocha pensivement la tête.

— Je ne sais pas pourquoi, mais je pensais bien que vous tiendriez ce genre de langage.

Il prit la bouteille de vodka par le goulot et en frappa latéralement le crâne de Tashko. L'Albanais poussa un cri aigu quand la bouteille éclata et qu'il se mit à saigner. Chavasse renversa la table. Kapo partit en arrière avec sa chaise. Il était coincé.

Hadji n'avait pas perdu de temps pour traverser la pièce. Il tenait un couteau dans sa main droite. D'un bras, Chavasse para au dernier moment et, saisissant le petit homme par le poignet gauche, il tira d'un coup sec, le projetant brutalement contre le mur.

Tashko était déjà à nouveau sur pied. Un côté de son visage était couvert de sang. Il voulut lui assener un violent coup de poing, mais Chavasse esquiva en se baissant, puis se dirigea vers la porte. Tashko tendit une jambe et Chavasse tomba lourdement sur le sol.

Se déplaçant rapidement, Tashko lui lança au visage et dans les côtes des coups de pied que Chavasse, en roulant sur lui-même, évita pour la plupart. Il se releva tant bien que mal, sauta pardessus la table retournée et, s'emparant à deux mains d'une chaise, il la jeta dans la fenêtre de toutes ses forces. Le bois sec du cadre, à moitié rongé, céda aisément et la vitre éclata en mille morceaux.

Il distingua le cri d'avertissement de Kapo et le mouvement de Tashko qui avançait vers lui d'un pas mal assuré. Il frappa de côté, sabra le visage du gros, prit appui sur le rebord de la fenêtre et sauta dans l'obscurité.

L'air lui siffla violemment aux oreilles, la brume sembla se refermer sur lui, puis il toucha l'eau dans un choc brutal et sombra dans une nuit qui n'en finissait pas.

Quand enfin il remonta à la surface, il regarda la masse sombre de la maison et la lumière que la fenêtre brisée laissait passer à travers le brouillard. Il y eut un appel soudain, c'était la voix de Kapo, auquel on répondit depuis le *Stromboli*, à peine visible à droite.

Il n'y avait qu'une seule façon logique de se sortir de cette situation, c'est celle qu'adopta Chavasse. Il se détourna donc de l'appontement et se dirigea vers la jetée, de l'autre côté du port. Il savait que ce n'était qu'à 400 mètres environ et l'eau était étonnamment bonne.

Il prit son temps, nageant régulièrement. Derrière lui, les voix se perdirent dans la brume. Il se retrouvait seul, dans un monde hermétiquement clos. Tout lui semblait avoir disparu. Il se sentit étrangement calme, en paix avec lui-même. C'était comme si le temps ne signifiait plus rien et il parvint remarquablement vite jusqu'aux lumières mouvantes des embarcations de pêche amarrées à proximité de la digue.

Il se faufila entre elles et prit pied devant l'escalier conduisant au môle. Il s'assit quelques instants pour reprendre son souffle, puis, d'un pas vif, il prit la jetée et arriva sur les quais.

Ce qu'il lui fallait d'abord, et vite, c'étaient des vêtements secs, aussi se hâta-t-il de regagner son hôtel. Après cela, il rendrait visite à Orsini, au *Tabou*, et ensuite, pourquoi pas, il jouerait le match retour avec Kapo et ses sbires, même s'il était plus que probable que le *Stromboli* fût déjà prêt à prendre la fuite.

L'enseigne électrique au-dessus de la porte luisait dans la nuit. Il l'ouvrit et se glissa à l'intérieur. Personne à la réception ; nul n'était de service, sans doute. Il monta l'escalier quatre à quatre et tourna dans le couloir.

La porte de sa chambre était ouverte, les panneaux éclatés ; une lampe restait encore allumée. Il y avait une chaise par terre au milieu de la pièce, et les couvertures avaient été repoussées au bout du lit comme si on s'était battu. Il resta là un moment, ressentant brusquement un creux à l'estomac; enfin, il pivota vivement et redescendit au rez-de-chaussée.

En allant vers la porte, il remarqua un pied qui sortait de sous le bureau et perçut un gémissement étouffé. Il jeta un coup d'œil et vit le vieux propriétaire étendu à plat ventre; du sang tachait ses cheveux blancs à hauteur de la nuque.

6

UNE DEMOISELLE EN DÉTRESSE

L'appontement était désert quand Chavasse, Orsini et Carlo y arrivèrent avec la vieille camionnette Ford. Le grand Italien coupa le moteur, sauta à terre et alla jeter un coup d'œil du haut des marches.

Il se tourna, secoua la tête.

— On perd son temps, Paul, mais on peut quand même fouiller la maison au cas où.

Ils descendirent rapidement les marches, traversèrent le wharf et allèrent jusqu'à la porte. Celle-ci s'ouvrit sans difficulté. Chavasse entra le premier, il tenait plaqué contre son genou droit un vieux colt automatique qu'Orsini lui avait prêté.

La seconde porte ouvrant sur la pièce où il avait eu son entretien avec Kapo était entrebâillée; un réverbère en face de l'appontement sombre éclairait vaguement la scène. Chavasse ouvrit d'un coup de pied et attendit. Pas de réaction. Il entra rapidement, courbé en deux, l'automatique prêt à tirer.

La vodka s'était répandue sur le plancher et s'était mélangée au sang. La table n'avait pas été remise debout. La brume entrait en volutes par la fenêtre cassée. Orsini s'en approcha, écrasant au passage des éclats de verre, et regarda dehors.

Il se tourna, une expression admirative sur le visage.

— Joli plongeon.

— Je n'avais pas vraiment le choix. Bon, et maintenant?

— On retourne au *Tabou*. Peut-être que le vieux Gilberto aura retrouvé la mémoire à l'heure qu'il est, suggéra l'Italien en haussant les épaules.

— Je ne compterais pas trop là-dessus, objecta Chavasse. Il en a pris un bon coup sur le crâne.

— Alors on trouvera autre chose.

Ils revinrent à la camionnette, se serrèrent dans la petite cabine et Carlo les ramena au *Tabou* par les rues désertes. Le véhicule s'immobilisa, Chavasse consulta sa montre : il était presque 2 heures et demie. Il descendit et suivit les deux Italiens jusqu'à la porte de service.

Il y avait encore quelques clients au bar, et comme ils longeaient le couloir, le barman passa la tête à l'angle du mur.

— Rome au téléphone. Ils attendent.

— C'est sûrement un appel du S2, expliqua Chavasse à Orsini. Je vais voir ce qu'ils ont à me raconter sur Kapo.

— Moi, je vais retourner voir le vieux Gilberto, répondit Orsini. Il aura peut-être recouvré ses esprits, à présent.

Chavasse prit la communication dans le petit bureau, derrière le bar. L'homme auquel il s'adressa était le responsable du service de nuit, ce n'était personne en particulier. Simplement un fonctionnaire consciencieux qui savait ce qu'était un dossier et comment l'utiliser efficacement.

Il n'y avait rien sur Kapo que Chavasse ne sache déjà. C'était incroyable, mais toutes les informations que l'homme avait données sur son propre compte étaient exactes. À une certaine époque, il avait occupé un poste important au ministère de l'Intérieur albanais. Puis en 1958, on avait songé à l'éliminer au cours des premières purges d'Enver Hoxha. Il avait obtenu le statut de réfugié politique en Italie et depuis, il vivait à Tarente où il gagnait sa vie dans l'import-export. Pensant certainement qu'un Albanais quel qu'il soit était préférable à un étranger, les gens d'Albturist l'avaient utilisé comme représentant dès 1963. Une enquête menée par les Renseignements militaires italiens n'avait rien révélé de suspect dans cette nomination. Chavasse remercia son interlocuteur. Non, c'était sans importance. Il avait simplement rencontré Kapo pendant ses vacances à Matano et il avait pensé que ça valait la peine de vérifier.

À l'autre bout du fil, l'homme de service, dans son petit bureau, à Rome, reposa le combiné. Presque aussitôt, il le reprit et appela le quartier général à Londres sur la ligne spéciale.

Ce n'était peut-être rien, mais Chavasse était un agent de haut vol — tout le monde savait ça dans le service. S'il y avait la plus petite chance qu'il soit tombé sur quelque chose sans que le chef en soit averti, des têtes tomberaient et notre homme avait bien l'intention de garder la sienne sur ses épaules.

Cinq minutes après, une sonnerie aiguë résonna sur son bureau. Il décrocha immédiatement.

— Allô… Oui, monsieur… C'est exact… Évidemment, ce n'est peut-être rien, mais j'ai pensé que vous aimeriez être au courant. Je viens de recevoir un appel très intéressant de Paul Chavasse à Matano.

Le vieux Gilberto toussa quand le cognac lui descendit dans la gorge et il adressa à Orsini un petit sourire confus.

— Je dois me faire vieux, Giulio. J'ai rien entendu. C'était peut-être vingt minutes après que Carlo a eu ramené la jeune femme. Je lisais une revue, et tout à coup, plus de lumière. (Il leva un poing noueux et balafré.) Mais j'ai beau être vieux, j'aimerais bien causer cinq minutes avec cet enfant de salaud, quel qu'il soit.

Orsini grimaça un sourire et lui tapota gentiment l'épaule.

— Tu le massacrerais, Gilberto. Ce sont des gens comme toi qui peuvent apprendre à ces petites frappes à vous manger dans la main.

Ils sortirent dans le couloir, laissant le vieillard assis près du feu, une couverture sur les épaules.

— C'était un bon poids lourd, autrefois, expliqua Orsini. Il a été assez intelligent pour se retirer quand il en était encore temps. Quelles nouvelles de Rome ?

Chavasse secoua négativement la tête.

— Tout ce que Kapo a raconté sur lui-même était exact. Il est effectivement agent d'Albturist à Tarente. Il vient de Tirana, c'est un ancien membre du Parti qui a ouvert la bouche une fois de trop. Il s'en est tiré d'extrême justesse. D'après les services de renseignements italiens, il est inoffensif et d'ordinaire, ils savent de quoi ils parlent.

— C'est ce que le M. I. 5 a dit de Fuchs[1], fit observer Orsini, et regarde où ça les a menés. Personne n'est parfait. Le bon agent, c'est celui dont personne ne songe à se méfier, surtout pas les services de renseignements adverses.

— Ça ne nous avance à rien de toute façon, rétorqua Chavasse. Tout ce que je vois, c'est qu'ils sont partis en emmenant Francesca Minetti.

1. Espion atomisé ayant opéré pour l'URSS en Angleterre. (N.d.T.)

Ils pénétrèrent dans le petit bureau à l'arrière du bar. Orsini sortit une bouteille de whisky et trois verres. Il les remplit, méditatif, en fronçant légèrement les sourcils.

— Je ne sais pas qui s'est emparé de la fille, mais ça ne peut pas être Kapo et ses hommes. Ils n'en auraient pas eu le temps. Les types qui l'ont agressée cette nuit sur la jetée, tu as des détails sur eux ?

— L'homme qui a voulu me mettre un coup de couteau devait être italien, à en juger par les mots qu'il a utilisés. Sorti tout droit du ruisseau de Tarente.

— Quelques détails intéressants sur lui ?

— Il avait une barbe, pas vraiment du genre soigné, et une méchante cicatrice sur la figure, une espèce de crochet qui s'incurvait vers son œil gauche.

Orsini éclata d'un rire tonitruant et lui administra une grande claque sur l'épaule.

— Mais mon cher Paul, c'est merveilleux.

— Dois-je comprendre que tu le connais ?

— Si je le connais ? (Orsini se tourna vers Carlo.) Parle-lui un peu de notre ami Toto.

— Il travaille pour un certain Vacelli, commença Carlo. Un vrai salopard, ce type. Il a deux ou trois bateaux de pêche qui trafiquent avec l'Albanie, l'unique bordel de la ville et un café dans le vieux quartier. (Il cracha vigoureusement.) Un porc.

— Il semble que Kapo se soit servi de Vacelli pour qu'il lui retrouve la fille, émit Orsini. C'est une tâche pour laquelle la nature l'a admirablement équipé. Malheureusement, tu es arrivé et tu as tout flanqué par terre.

— Ça n'explique pas pourquoi Kapo s'est donné tout ce mal pour avoir un entretien avec moi.

— Il a probablement cru qu'il pourrait traiter avec toi, tu t'es échappé et il s'est enfui en quatrième vitesse au cas où tu déciderais de lui flanquer la police aux fesses. Il n'avait pas le choix.

— Et entre-temps, Vacelli et ses hommes auraient enlevé la petite ?

— Oui, mais Kapo a été obligé de se sauver avant qu'ils puissent entrer en contact avec lui, remarqua Orsini.

— Donc, tu penses qu'elle serait encore chez Vacelli ?

Orsini ouvrit un tiroir, en sortit un Luger qu'il glissa dans sa poche. Il sourit et son visage laid en fut complètement transformé.

— Allons-y, on verra bien.

Le bar de Vacelli était situé en face du port, au coin d'une venelle qui menait au cœur de la vieille ville. L'enseigne indiquait simplement *Café*. À l'intérieur, quelqu'un jouait de la guitare. Ils garèrent la camionnette devant la porte et entrèrent. Orsini descendit l'escalier le premier.

Il y avait un rideau de perles derrière lequel on entendait des voix. Le guitariste était assis juste en arrière de l'entrée, sur une chaise appuyée contre le mur. Il était jeune avec des cheveux noirs bouclés. Les manches relevées de sa chemise montraient des bras musclés.

Orsini tira le rideau et baissa le regard sur les jambes étirées du jeune homme, qui barraient l'entrée. Comme le musicien ne se donnait pas la peine de bouger, Orsini déséquilibra sa chaise d'un coup de pied. Le fracas de sa chute surprit tout le monde et le silence s'établit.

Il y avait un étroit comptoir en marbre, avec derrière, le long du mur, des rangées de bouteilles. Il y avait aussi quelques petites tables et des chaises. Le sol était en pierre et les murs blanchis à la chaux. Il n'y avait pas plus d'une dizaine de clients, des hommes pour la plupart.

Le guitariste se releva prestement, un couteau à cran d'arrêt au poing, mais Carlo se montra plus rapide encore. Sa main se referma sur son poignet en le tordant cruellement. Le jeune homme poussa un cri et lâcha son arme. Il retourna en chancelant s'appuyer au mur, des larmes de souffrance dans les yeux. Orsini hocha la tête.

— Dieu sait ce qui est arrivé aux jeunes de ce pays. Ils n'ont plus aucune éducation.

Il se tourna, observa les autres clients d'un air tranquille. Le barbu avec la cicatrice sur le visage, celui qui s'appelait Toto, était assis sur une chaise près du mur, le bras en écharpe.

— Eh bien, Toto, sourit Orsini, tu n'as pas l'air très en forme. Où est Vacelli ?

Il y eut le raclement d'une botte sur les dalles et une voix hargneuse gronda :

— Qu'est-ce que tu lui veux, nom de Dieu ?

Vacelli était en haut de l'escalier de pierre, dans un coin de la pièce. Il était bâti comme Primo Carnera[1]. C'était une espèce de

1. Célèbre catcheur des années 50. (N.d.T.)

taureau avec une tête en pain de sucre, trop petite pour son grand corps.

— Ah, tu es là, espèce d'animal, s'exclama gaiement Orsini. On est venus chercher la petite Minetti.

La face brutale de Vacelli rougit de colère et il eut manifestement du mal à se contrôler.

— Je ne sais pas de quoi tu parles.

— C'est fâcheux. (Il ramassa la chaise la plus près de lui et la projeta sur les étagères derrière le bar, fracassant le miroir.) Tu comprends mieux, maintenant ?

Vacelli poussa un hurlement de rage et dévala les marches. Orsini s'empara d'une bouteille de Chianti pleine sur la table la plus proche, sauta sur le côté et la brisa sur le crâne de Vacelli qui chancela, emporté dans son élan.

Il mit un genou au sol. Orsini saisit une chaise et l'abattit sur les larges épaules de son adversaire qui commençait à s'effondrer. Orsini continua à le frapper jusqu'à ce que les morceaux de la chaise ressemblent à des allumettes. Il s'en débarrassa alors et attendit.

Vacelli s'agrippa au rebord du bar et, lentement, péniblement, se remit debout. Il se balança un moment sur place, puis chargea la tête la première. Le sang qui lui coulait sur le visage formait comme un rideau rouge. Orsini l'évita et lui sabra les reins du tranchant de la main comme il passait devant lui.

Il hurla et s'écroula face contre terre. Il essaya de se redresser, bavant comme une bête, mais il n'en était plus capable. Il retomba dans un grand soupir et ne bougea plus.

— D'autres amateurs ? demanda Orsini.

Comme personne ne bronchait, il se tourna vers Carlo.

— Surveille-moi ces gens-là. On en a pour une minute.

Chavasse prit l'escalier à sa suite. Le grand Italien écarta un rideau et conduisit son ami le long d'un couloir étroit. Une jeune femme vêtue d'une blouse de nylon fumait une cigarette, accoudée au chambranle d'une porte.

— Tiens, salut, Giulio. Tu l'as tué, ce salaud ?

— Presque. (Il esquissa un sourire.) Il ne sera pas très gaillard pendant quelques jours. Ça te laisse le temps de prendre tes affaires et de filer. On a amené une fille ici, cette nuit. Tu ne saurais pas où elle est ?

— Dans la pièce du fond. Il était sur le point d'y aller quand vous êtes arrivés. D'après moi, il ne lui voulait pas que du bien.

— Merci beaucoup, *carissima.* (Il l'embrassa délicatement sur la joue.) Retourne vite chez ta mère.

Chavasse l'avait déjà précédé mais la porte était fermée à clé.

— Francesca, c'est Paul, s'écria-t-il.

Il y eut un mouvement rapide à l'intérieur.

— C'est verrouillé de l'extérieur.

Orsini se recula, leva un pied lourdement chaussé et tapa deux fois sur la serrure. Il y eut un craquement brusque, et le bois pourri céda, mais la porte resta à demi accrochée à ses gonds. Il donna un troisième coup de pied et elle rebondit contre le mur.

Francesca Minetti resta immobile. Elle était très pâle. Elle portait encore le vieux pull de Chavasse. On lui aurait donné 15 ans. Chavasse entendit Orsini siffler entre ses dents, puis l'Italien s'avança vivement.

Sa voix était étrangement douce et apaisante, comme celle d'un père réconfortant une enfant effrayée.

— Tout va bien maintenant, *cara.* Il n'y a plus de raison de s'inquiéter.

Elle lui prit la main, regarda le visage laid, marqué, essaya de sourire et se mit à trembler. Elle se tourna, trébucha sur ce qui restait de la porte et se jeta dans les bras de Chavasse.

7

LES PASSAGERS DE NUIT

Il était 8 heures un peu passées quand la *Buena Esperanza* s'éloigna du quai pour gagner la pleine mer. C'était une nuit douce et tiède, l'eau était phosphorescente. Il n'y avait pas de lune, car des nuages épais couvraient l'horizon, comme si un orage se préparait.

Orsini était à la barre ; à côté de lui, Chavasse se penchait par le hublot de la cabine de pilotage pour tenter de percer l'obscurité ambiante.

— Qu'est-ce qu'on va avoir comme temps ? questionna-t-il.

— Un vent de force quatre avec une pluie imminente. Rien de bien inquiétant.

— Ce sera la même chose dans le golfe de Drin ?

— Quelques nappes de brouillard, mais elles nous seront plus utiles qu'autre chose.

Chavasse alluma deux cigarettes et en donna une à l'Italien.

— C'est drôle, ces surprises que nous réserve la vie de tous les jours. Je ne m'attendais pas à remettre les pieds en Albanie.

— On en fait des choses pour les femmes, sourit Orsini, mais celle-là, ce n'est pas n'importe qui. C'est un spécialiste qui te l'affirme. Elle me rappelle beaucoup ma femme, que Dieu ait son âme.

Chavasse, surpris, le regarda.

— Tu as été marié, toi ? Je l'ignorais.

— Il y a longtemps. (Le visage d'Orsini était calme, dépourvu d'émotion, mais on sentait pourtant la tristesse dans sa voix.) Elle n'avait que 19 ans quand je l'ai épousée. C'était en 1941, pendant mon service dans la marine. On a passé une permission ensemble, c'est tout. L'année suivante, elle a été tuée dans un bombardement alors qu'elle était chez sa mère, à Milan.

Il n'y avait rien à répondre à cela et Chavasse resta silencieux. Au bout d'un moment, Orsini augmenta la vitesse.

— Remplace-moi, Paul. Je vais calculer notre route.

Chavasse se glissa à sa place tandis que l'Italien se dirigeait vers la table des cartes. Il resta un moment penché au-dessus, puis hocha la tête, satisfait.

— On devrait être dans les marais juste avant l'aube. (Il vissa un cigarillo entre ses lèvres et grimaça.) Après, ce sera à la grâce de Dieu.

— Tu veux que je te relaye un moment ? demanda Chavasse.

Orsini reprit la barre et fit non de la tête.

— Plus tard, Paul. Quand Carlo aura terminé son quart. Comme ça, je serai frais pour reprendre à l'aube.

Chavasse le laissa et descendit à la cuisine où il trouva Francesca en train de préparer du café. Il s'appuya au chambranle et eut un sourire en coin.

— C'est ça qui me plaît chez les Italiennes. Leur efficacité à la cuisine.

Elle se retourna et lui adressa un sourire malicieux.

— On est seulement bonnes à ça ? Préparer la popote ?

Elle portait un vieux jeans et un gros pull, elle avait coiffé ses longs cheveux en une seule tresse qui lui passait par-dessus l'épaule. Elle semblait incroyablement pleine de vie et de fraîcheur. Chavasse esquissa un sourire.

— Oh, j'imagine bien une ou deux autres choses, mais je ne pense pas que ce soit le moment de les mettre en pratique.

— Et sur la terrasse de l'ambassade britannique ?

— Trop de monde.

Elle versa du café dans une chope qu'elle lui tendit.

— Je connais un endroit dans les collines, près de Rome. Une simple auberge de village, mais on y mange divinement bien. On dîne aux bougies sur une terrasse surplombant des pentes couvertes de vignes. Les lucioles y dansent au gré du vent. Et en plus, une semaine après, on a encore sur soi l'odeur des fleurs. C'est une expérience inoubliable.

— Je suis un peu occupé pendant les prochaines quarante-huit heures, rétorqua Chavasse, mais ensuite, je serai libre la plupart du temps.

— Par une étrange coïncidence, moi aussi. Je figure dans l'annuaire. Oserai-je vous rappeler que vous me devez toujours une soirée ?

— Mais comment pourrais-je donc oublier une chose pareille ?

Il esquiva le bout de pain qu'elle lui jeta à la tête et retourna au salon en passant par la cabine arrière. Carlo avait posé deux bouteilles de plongée sur la table ainsi que les appareils qui les complétaient.

— Il y a du café frais à la cuisine, l'informa-t-il.

— J'irai tout à l'heure. Je veux d'abord vérifier tout ça.

Il ne parlait jamais beaucoup. C'était un garçon étrange, silencieux, mais il était rassurant de l'avoir avec soi dans les moments difficiles ; de plus, il était totalement dévoué à Orsini. Assis sur le bord de la table, une cigarette se consumant au coin de ses lèvres, il passait méthodiquement en revue chaque élément des équipements. Chavasse resta un moment à le regarder avant d'aller dans l'autre cabine.

Allongé sur une couchette, il réfléchissait à la tâche qui les attendait. Si Francesca avait bonne mémoire, et si les relèvements qu'elle leur avait fournis étaient exacts, l'affaire était relativement simple. Il ne saurait y avoir plus de 5 ou 6 brasses de fond[1] dans ces lagunes ; aussi, récupérer la statue ne devrait pas prendre très longtemps. Avec un peu de chance, ils seraient de retour à Matano d'ici vingt-quatre heures.

1. Environ 8 à 10 mètres. (N.d.T.)

Il entendit des voix dans la cuisine, celle de Francesca très distinctement, puis celle de Carlo qui riait, ce qui était inhabituel. Chavasse se sentit, sans raison, un peu jaloux. Il resta étendu, à penser à elle, et la conversation se mêla au halètement du moteur et au murmure du ressac contre la coque.

C'est seulement en se réveillant qu'il se rendit compte qu'il avait dormi. Ce fut un choc, quand il regarda sa montre, de constater qu'il était 2 heures du matin. Orsini, le visage calme, un bras sous la tête, dormait sur l'autre couchette. Chavasse enfila sa vareuse et gagna le pont.

Des tourbillons de brume montaient de l'eau et la *Buena Esperanza* progressait à vive allure. Chavasse rejoignit Carlo et alluma une cigarette.

Il n'y avait pas de lune, cependant des étoiles parsemaient le ciel, semblables à des diamants sur un coussin de velours noir, et il y avait toujours cette étrange luminosité sur la mer.

Carlo était à la barre. Il évoquait une tête sans corps dans la lumière de l'habitacle.

— On avance ?

— Très bien. Je vais maintenir le cap un-quatre-zéro jusqu'à 3 heures et ensuite, on passera sur un-quatre-cinq. Giulio m'a dit qu'il serait là vers 4 heures. On ne devrait pas être loin de la côte à ce moment-là.

La porte claqua derrière lui. Un peu de vent qui s'était engouffré souleva les cartes marines, tourbillonna dans le carré, chercha à s'échapper et alla finalement mourir dans un coin. Chavasse attira un siège à lui et s'installa confortablement, tenant fermement la barre.

C'était ce qu'il aimait le plus au monde : être seul en mer, la nuit, dans un bateau. C'était une image profondément ancrée dans son subconscient, elle devait lui venir de ses ancêtres bretons et correspondait à une espèce de regret. Il aurait voulu être l'un de ces hommes qui aiment la mer plus qu'une femme, et qui ont navigué jusqu'aux grands bancs de la côte nord-américaine pour pêcher la morue bien avant que Colomb ou les Cabot[1] n'aient rêvé de traverser l'Atlantique.

La porte s'ouvrit soudain et la pluie tambourina contre les vitres. Il eut conscience de l'odeur puissante du café ainsi que d'un autre parfum, plus subtil.

1. Célèbres explorateurs des XVe et XVIe siècles.

— Pourquoi n'êtes-vous pas dans votre lit à une heure pareille ? questionna-t-il.

— Oh, c'est beaucoup plus amusant ici, rit-elle doucement. Ça se présente bien ?

— On suit exactement le cap. Encore une heure et Orsini prendra la relève pour nous amener à destination.

Elle saisit une chaise, posa son plateau sur la table des cartes, remplit deux chopes de café et s'assit près de lui.

— Un sandwich ?

Il fut surpris d'avoir aussi faim. Ils mangèrent dans un silence complice, plein d'intimité. Leurs cuisses se touchaient. Quand ils eurent fini, il lui proposa une cigarette et elle resservit du café.

— À votre avis, quelles sont nos chances ? questionna-t-elle. Et ne me racontez pas d'histoires.

— Tout dépend de l'exactitude du relevé de votre frère avant que votre chaloupe ne sombre. Si on arrive à la retrouver sans trop de difficultés, le reste devrait être une promenade de santé. Plonger pour récupérer la Madone dans une eau aussi peu profonde, c'est l'enfance de l'art. Si les conditions atmosphériques sont favorables, on pourrait être sur le chemin du retour dans la soirée.

— Vous n'envisagez pas qu'on puisse avoir des ennuis dans le golfe de Drin ?

— Avec la marine albanaise ? (Il eut un geste de dénégation.) Elle est pratiquement inexistante. Les Russes avaient bien tout un tas de navires de guerre basés dans le secteur avant la grande brouille, mais ils ont tout retiré quand Hoxha a refusé de suivre la ligne du parti. C'est une chose à laquelle il ne s'attendait pas et la Chine est trop loin pour lui fournir ce genre d'assistance.

— Quel pays. (Elle hocha la tête.) Je crois sans peine à cette vieille plaisanterie selon laquelle Dieu n'avait rien que des ennuis à donner à l'Albanie quand le tour est venu de s'occuper d'elle.

— Elle n'a pas eu une histoire très heureuse, acquiesça Chavasse.

— Une succession de conquérants plus importante que dans n'importe quel autre pays d'Europe. Grecs, Romains, Goths, Byzantins, Serbes, Bulgares, Vénitiens, Normands ou Turcs, et qui tous nous ont dominés pendant des périodes plus ou moins longues.

— Mais toujours, les gens se sont battus pour leur liberté, continua Chavasse. La vie a de ces ironies, parfois. Après des siècles de luttes désespérées pour son indépendance, l'Albanie l'obtient enfin et se voit finalement écrasée par une tyrannie pire que celles qu'elle avait connues jusqu'alors.

— C'est vraiment aussi moche qu'on le dit ?

— Oui, la *sigurimi* est omniprésente. Même les membres de l'association pour les vacances des travailleurs italiens se plaignent d'avoir un agent de la police secrète attaché à leurs basques. Selon une estimation approximative, les purges d'Enver Hoxha et de ses amis ont atteint plus de 100 000 personnes depuis qu'il a pris le pouvoir et vous savez comment les différentes confessions religieuses ont été traitées. Staline aurait été fier de lui. C'est un très bon élève.

Manifestement, ce sujet n'était pas du goût de la jeune fille. Il se rappela alors que certains de ses parents avaient compté parmi les victimes. Il se serait battu d'être entré dans les détails.

Il se dépêcha de sortir ses cigarettes et de lui en offrir une. Elle fuma un moment en silence avant de reprendre d'une voix lente :

— L'an passé, deux agents qui opéraient à titre temporaire pour le S2 à Rome ont été portés disparus. L'un en Albanie, l'autre en Turquie.

Chavasse opina de la tête.

— Matt Sorley et Jules Dumont. Des types bien.

— Comment pouvez-vous continuer à mener ce genre d'existence ? Ces choses doivent arriver souvent. Regardez, vous-même avez été à deux doigts de ne jamais sortir de Tirana.

— Peut-être que je n'ai jamais grandi, renvoya-t-il d'un ton léger. Vous savez, le gamin qui continue à jouer au gendarme et au voleur dans la cour et qui se prend pour Robin des Bois.

— Mais comment tout cela a-t-il commencé ?

— Presque par hasard. J'enseignais les langues dans une quelconque université britannique. Un ami voulait faire sortir un de ses parents de Tchécoslovaquie, je lui ai donné un coup de main. C'est alors que le chef m'a recruté. À l'époque, il s'intéressait aux gens qui parlaient les langues de l'Europe de l'Est.

— C'est assez inhabituel.

— Il y a des gens qui calculent de tête des racines cubiques en deux ou trois secondes, d'autres qui n'oublient jamais ce qu'ils ont lu. Moi, j'ai un don pour les langues. Je les absorbe comme une éponge l'eau, sans effort.

Elle se mit à parler albanais ; elle le pratiquait couramment.

— Ce n'est pas un peu déroutant ? Il ne vous arrive jamais de vous embrouiller ?

— Pas que je me souvienne, répondit-il sans la moindre faute dans la même langue. Je ne peux pas me permettre ce genre d'erreur. Si ça peut vous consoler, je n'arrive toujours pas à lire un journal chinois. D'un autre côté, je n'ai rencontré que deux Européens à en être capables.

— Avec cette capacité et vos diplômes universitaires, vous auriez pu entrer dans n'importe quelle université anglaise ou américaine en tant que linguiste. Cette perspective ne vous tente pas ?

— Pas le moins du monde. Je suis entré dans ce métier par hasard, et par hasard il se trouvait que j'avais toutes les qualités me permettant de l'exercer correctement.

— Dois-je comprendre que ça vous plaît vraiment ?

— C'est un peu ça. Si j'étais né en Allemagne vingt ans plus tôt, j'aurais probablement fini dans la Gestapo. Si j'étais né en Albanie, peut-être serais-je aujourd'hui un membre très efficace de la *sigurimi.* Allez savoir.

— Je ne vous crois pas.

Elle paraissait choquée.

— Pourquoi pas ? Il faut un certain type d'homme — ou de femme — pour pratiquer ce genre d'activité : un professionnel. Mais je suis capable aussi de reconnaître, et d'apprécier, les qualités de mes adversaires. Je ne vois rien de mal à cela.

Il y eut un silence gêné. Il savait que d'une certaine façon, il l'avait déçue. Elle prit le plateau.

— Il faut que je rapporte tout cela en bas. On ne doit plus être loin.

La porte se referma derrière elle, Chavasse ouvrit la fenêtre pour humer l'air frais du matin. Il se sentait un peu triste. C'était si fréquent pour les gens comme elle, les "fonctionnaires", ceux qui s'occupaient des transmissions ou du décodage des messages chiffrés, de ne pas savoir comment ça se passait réellement sur le terrain. Par quoi il fallait en passer pour survivre. Eh bien, lui, Paul Chavasse, il avait survécu, mais certes pas en aidant des demoiselles en détresse.

"*Alors, qu'est-ce que tu fous là ?*" se demanda-t-il, un sourire triste sur les lèvres. Qu'avait donc dit Orsini déjà ? "*On en fait des choses pour les femmes.* " Eh bien, il avait raison — cette fille n'était pas n'importe qui, non, vraiment.

La porte s'ouvrit à la volée, Orsini entra, immense avec sa vareuse et sa casquette vissée sur le côté du crâne.

— Ça va, Paul ?

— On ne peut mieux.

Orsini alluma un de ses inévitables cigarillos.

— Bon. Il ne devrait plus y en avoir pour longtemps, maintenant.

La demi-lumière grise de l'aube commençait à se répandre dans le ciel tandis qu'une brume épaisse roulait sur la mer. Orsini demanda à Chavasse de le remplacer et alla consulter les cartes. Il vérifia le relevé fourni par Francesca et traça un itinéraire éventuel dans le dédale de canaux dessiné sur la carte.

— Tout va bien ? demanda Chavasse.

Orsini reprit la barre et haussa les épaules.

— Je connais ces cartes par cœur. Quatre ou cinq brasses de tirant d'eau et un fort courant dû à la marée. Ce qui signifie qu'un jour, il y a un banc de sable, et un autre, dix brasses de fond. Les marais dans les estuaires sont tous les mêmes. On va prendre l'embouchure principale de la Bojana et on tournera dans le marais à environ un demi-mille à l'intérieur des terres. Non seulement c'est plus sûr, mais c'est vachement plus rapide.

La brume se referma sur eux jusqu'à ce qu'ils aient le sentiment de naviguer dans un monde clos. Orsini réduisit la vitesse à 10 nœuds. Peu après, Francesca et Carlo, qui étaient en bas, vinrent les rejoindre.

Chavasse, les mains dans les poches, alla se mettre à la proue. Les marais émergèrent du brouillard, il sentit leur odeur nauséabonde. Dans le ciel, des oiseaux aquatiques lançaient leurs cris. Carlo vint à côté de lui et se signa.

— Quel sale endroit. Je suis toujours content d'en sortir.

C'était un paysage de cauchemar. De longs bancs de sable étroits sortaient de l'eau. Dans les terres, sur des kilomètres et des kilomètres, des herbes des marais et de grands roseaux émergeaient de la brume, se perdant entre des myriades de criques et de lagons.

Orsini réduisit la vitesse à 3 nœuds et passa la tête par la fenêtre ; il regardait les roseaux défiler de part et d'autre du bateau. Chavasse revint près de lui et l'observa.

— À quelle distance sommes-nous de la position que nous a donnée Francesca ?

— Trois milles, peut-être, mais ça va être difficile d'y aller. Dans pas longtemps, il va falloir prendre le canot pneumatique. Ça sera nettement moins risqué.

— Qui gardera le bateau ?

— Carlo. C'est prévu comme ça. Même si cela ne lui plaît guère. De toute façon, avec lui, c'est le contraire qui serait étonnant.

Il adressa un sourire narquois à Carlo qui le foudroya du regard et il descendit. Chavasse retourna sur le pont, près de Francesca, à la proue. Peu après, le bateau pénétra dans une petite lagune d'une trentaine de mètres de diamètre. Là, Orsini coupa les moteurs.

Ils se laissèrent glisser et s'arrêtèrent doucement sur un banc de sable au moment où l'Italien remontait sur le pont. Il entoura de son bras les épaules de Francesca et lui sourit :

— Ça ne sera plus long à présent, *cara.* Encore quelques heures et on rentre chez nous. C'est moi, Giulio Orsini, qui vous le promets.

Elle le regarda d'un air grave puis se tourna vers Chavasse avec un regard étrange, voilé. Sans savoir pourquoi, il frissonna.

8

« PAR CINQ BRASSES SOUS LES EAUX » [1]

Francesca prépara un repas chaud, le dernier, peut-être, qu'ils prendraient pendant quelque temps. Après quoi, Carlo et Chavasse sortirent le grand radeau pneumatique, le gonflèrent et y fixèrent le moteur de hors-bord.

Quand ils retournèrent en bas chercher les bouteilles de plongée, Orsini, assis sur le bord de la table, chargeait une arme automatique. Le dessus d'un des sièges du salon avait été retiré et, à l'intérieur, il y avait tout un assortiment d'armes : un pistolet-

1. Shakespeare, la Tempête, acte 1, scène 2. (N.d.t.)

mitrailleur, deux ou trois carabines automatiques, et un vieux Bren du type de ceux utilisés par l'infanterie britannique pendant la dernière guerre.

— Servez-vous, s'écria-t-il. Il y en a pour tous les goûts.

Chavasse choisit une carabine automatique, un Garrand, et il approuva de la tête.

— Ça m'ira tout à fait. Et les munitions ?

— Il devrait y avoir tout ce qu'il faut dans un coin.

Trois caissettes étaient attachées ensemble ; la première contenait des grenades, mais la seconde plusieurs cartouchières avec des poches. Chavasse en prit une et Orsini secoua la tête.

— C'est un explosif que nous utilisions pendant la guerre pour le sabotage sous-marin. J'ai ça depuis des années.

— Et tu laisses les gens s'asseoir là-dessus ? Bravo, fit Chavasse.

Orsini ricana.

— Je m'en sers pour pêcher, c'est tout. Tu mets un détonateur chimique dans un truc gros comme ton poing, tu balances le tout par-dessus bord et tu attends. Les poissons remontent par milliers le ventre en l'air. Je vais en prendre quelques-uns au cas où on aurait besoin de faire sauter quelque chose.

Chavasse trouva ses munitions dans une troisième caissette ; il chargea son Garrand et attacha autour de sa taille une ceinture contenant une centaine de cartouches. Il aida Carlo à soulever une des bouteilles de plongée qu'ils chargèrent à la proue du dinghy avec le reste de l'équipement. Quand ils eurent terminé, Orsini et Francesca se montrèrent sur le pont.

Pour se protéger du froid, elle portait une vieille vareuse aux manches relevées appartenant à Carlo et un foulard noué sur la tête comme le font les paysannes. Elle semblait calme, pourtant, elle était livide et avait des cernes bleus sous les yeux.

Chavasse lui pressa la main en l'aidant à monter dans le canot et lui murmura rapidement :

— Ce sera bientôt terminé. On sera repartis avant que vous ne vous en soyez rendu compte.

Elle eut un pâle sourire mais ne répondit pas. Il se glissa dans l'embarcation, et s'assit sur un bord à ses côtés, le Garrand sur les genoux. Puis ce fut le tour d'Orsini qui s'installa à la poupe. Il leva les yeux vers Carlo et lui fit un petit sourire.

— Si tout va bien, on pourrait être rentrés dans la soirée. En tout cas, pas plus tard que demain à l'aube.

— Et si tout ne va pas bien ?

— Il faut toujours que tu exagères.

Orsini appuya sur le starter automatique et le puissant moteur se mit en route. Inquiets, des oiseaux aquatiques s'envolèrent dans les roseaux, emplissant l'air de leurs battements d'ailes. Quand Carlo dégagea l'amarre, le bateau bondit en avant. Chavasse jeta un dernier coup d'œil au visage sombre et taciturne du jeune homme qui les couvrait d'un regard noir depuis le bastingage, puis le marais se referma sur eux.

Les roseaux, tels des fantômes blêmes, sortaient de la brume. Seul leur parvenait le ronronnement régulier du moteur de hors-bord. Orsini consulta sa boussole ; passant d'une étroite voie d'eau à une autre, il se dirigeait toujours vers le point que Francesca lui avait indiqué sur la carte.

Elle était assise, silencieuse, les mains enfouies dans les poches de sa vareuse. Chavasse l'observait, se demandant à quoi elle pouvait bien songer. À son frère, probablement. À la façon dont il était mort et à ses propres efforts pour survivre dans ce cauchemar. Comme l'odeur désagréable des marais leur emplissait les narines, il se hâta d'allumer une cigarette.

Il s'écoula peut-être une heure avant qu'ils ne parviennent sur une large voie navigable ; là, Orsini coupa le moteur.

— Nous sommes aussi près que possible de la position que vous m'avez donnée, dit-il à Francesca. Vous reconnaissez quelque chose ?

Elle se leva et regarda autour d'elle. Quand elle se rassit, elle paraissait ennuyée.

— Tous ces canaux se ressemblent, mais je suis certaine que ce n'est pas le bon. Il était beaucoup plus étroit. Je me souviens que mon frère a manœuvré le bateau pour qu'il pénètre parmi des roseaux où l'on se serait cachés, mais brusquement, on s'est retrouvés dans ce petit lagon.

Orsini se redressa et jeta un coup d'œil à la ronde, mais les roseaux se perdaient dans la brume et formaient une barrière apparemment impénétrable. Il se tourna vers Chavasse avec un haussement d'épaules.

— C'est le point marqué sur la carte, aucun doute là-dessus. Donc, la lagune dont elle parle ne saurait être très loin d'ici. Il ne nous reste plus qu'à la chercher, c'est tout.

Chavasse commença à se déshabiller.

— Dieu veuille que les dernières piqûres qu'on m'a faites contre la malaria soient encore efficaces.

Il garda sa chemise, son pantalon et ses chaussures pour se protéger du froid, se glissa dans l'eau et traversa le canal. Quelques instants après, Orsini le suivit et s'enfonça dans le brouillard dans la direction opposée.

Le froid était intense. Chavasse toussa et cracha quand il ingurgita de l'eau stagnante au goût épouvantable. Il se faufila dans les roseaux, suivant une étroite voie d'eau qui le ramena dans le canal principal, après avoir décrit une boucle.

Il en prit une autre, et arriva au bout de quelques minutes dans un lagon dont la profondeur n'excédait pas 1, 50 mètre. Il eut du mal à y progresser à cause des roseaux. À ce moment, la voix d'Orsini s'éleva dans le brouillard, de l'autre côté de la barrière naturelle. Chavasse nagea vers lui. Il émergea dans une lagune d'une trentaine de mètres de diamètre tout au plus à l'instant même où Orsini faisait surface en son centre.

Toussant un peu, les cheveux plaqués sur le front, l'Italien flottait. Chavasse pencha la tête : il avait sous les yeux la chaloupe qu'on voyait distinctement par cinq brasses de fond dans une eau très claire. Se cassant en deux, il plongea droit sur elle.

Il déglutit pour réduire la pression, agrippa la rambarde et s'y accrocha. L'embarcation s'était inclinée sur le fond en pente; il alla jusqu'à la poupe où il découvrit le nom *Teresa — Bari* inscrit en lettres d'or sur la coque. Il examina rapidement l'épave pour voir si elle était encore à peu près en état, relâcha sa prise, et remonta rapidement à la surface.

Il recracha de l'eau, inspira à fond et esquissa un sourire à l'adresse d'Orsini.

— Bravo pour le navigateur.

— Ma mère, que Dieu ait son âme, m'a toujours répété que j'étais un génie.

Orsini se retourna, traversa le lagon à la nage et plongea parmi les roseaux, suivi de Chavasse. Ils revinrent dans le canal principal, et se dirigèrent vers le pneumatique.

— Alors ? demanda Francesca.

— C'est exactement comme vous nous l'aviez expliqué, répondit Orsini. À la fois tout près d'ici et très loin. Sans un relèvement, c'était sans espoir. On aurait pu fouiller ces marais pendant des mois sans rien trouver.

Ils remontèrent à bord et il lança le hors-bord en direction du mur de joncs. Ils crurent un moment ne jamais pouvoir le franchir. Chavasse et Francesca tirèrent désespérément le canot. Puis brusquement, les roseaux s'écartèrent et le dinghy pénétra dans le lagon.

Orsini coupa les gaz; ils dérivèrent jusqu'à l'endroit repéré. Se penchant sur le côté, Francesca regarda dans l'eau claire. Elle était très pâle. Elle frissonna et se remit d'aplomb.

— Ça prendra longtemps?

— Non. On va tendre un filin jusqu'à l'épave pour qu'on ne s'écarte pas de la bonne position, puis l'un de nous va descendre en utilisant une bouteille de plongée. Avec un peu de chance, ça sera terminé dans deux heures. (Il s'adressa à Chavasse.) Tu te sens d'attaque pour remettre ça?

Chavasse opina du chef.

— Pourquoi pas? Il ne doit pas faire beaucoup plus froid dans l'eau qu'ici.

Le vent enfonçait ses aiguilles acérées à travers sa chemise tandis qu'il supportait le lourd équipement de plongée qu'Orsini lui fixait sur le dos. Francesca, livide, le regardait, les yeux écarquillés. Chavasse lui adressa un petit sourire.

— C'est du gâteau. On sera repartis d'ici avant que vous n'ayez eu le temps de dire ouf.

Elle se força à sourire tandis qu'il ajustait son masque de plongée. Il s'assit sur le bord et il se laissa tomber à la renverse dans l'eau. Quand il remonta à la surface, Orsini lui lança un filin. Chavasse plongea, marqua une pause pour régler l'arrivée d'air, et descendit vers la chaloupe en décrivant une courbe.

La *Teresa* s'était presque retournée, aussi passa-t-il par-dessus la rambarde de poupe pour fixer le cordage. Il nagea vers la cabine qui s'était enfoncée dans le fond sablonneux de la lagune en formant un angle aigu.

Il y avait des traces irrégulières de balles dans la coque et les superstructures, témoignages visuels du combat entre la *Teresa* et les garde-côtes albanais. Un impact direct se distinguait encore dans le plafond du carré et l'escalier menant au pont avait été si sérieusement endommagé qu'on ne pouvait plus y accéder que par une ouverture étroite.

Il parvint tout de même à s'y introduire en force mais la bouteille de plongée émit un grincement de protestation en frottant contre des arêtes métalliques et tranchantes. La table du salon s'était arrachée aux fixations qui la retenaient au sol et flottait librement contre la cloison avec des bouteilles et des coussins de cuir.

Il ne vit nulle part la Madone ou quoi que ce soit qui y ressemble, aussi se dirigea-t-il vers la cabine avant. Là, le plafond avait éclaté sous le choc de ce qui paraissait être un éclat d'obus et une masse de métal tordu bloquait le passage. Il changea de direction, traversa le salon et se faufila de nouveau par la seule ouverture pour revenir vers l'air libre.

Il émergea à quelques mètres de l'arrière du dinghy qu'il regagna. Orsini l'aida à monter à bord et Chavasse s'accroupit sur le plancher où il retira son masque.

— L'intérieur est un vrai foutoir. Il y a des trucs partout.

— La Vierge Noire ?

— Pas vu. Toutefois, je n'ai pas pu aller jusqu'à la cabine intérieure. Il y a des épaves dans ce coin du salon et la porte est coincée.

— Mais c'est là qu'elle est ! s'écria Francesca. Je m'en souviens, maintenant. Marco l'a mise sous une des couchettes pour éviter qu'elle ne soit touchée lors de la fusillade. Elle est enveloppée dans une couverture, puis roulée dans une toile cirée pour la protéger de l'humidité. Le tout mesure environ 1, 50 mètre.

Orsini sortit un paquet de sous le banc de nage arrière.

— J'ai été bien inspiré d'apporter quelques explosifs. Il va falloir que tu t'en serves pour te frayer un chemin.

Il déplia une cartouchière dont il sortit des pains de plastic enveloppés comme des saucisses.

— Ça devrait suffire. On n'a pas besoin de réduire tout le bateau en miettes.

D'un autre paquet, il sortit une petite boîte en bois contenant plusieurs crayons détonateurs chimiques enveloppés chacun dans une feuille de plastique.

— De combien de temps je dispose avec ces machins ? questionna Chavasse.

— Une bonne minute. J'en ai d'autres qui durent plus longtemps, mais je les ai laissés à bord.

— Je te remercie. C'est beau, l'amitié. Qu'est-ce que tu espères ? Toucher mon assurance-vie ?

— Une minute, ça devrait largement aller. Il te suffit de placer l'amorce, d'en casser l'extrémité et de filer. Je peux y aller si tu préfères.

— Arrête de te donner en spectacle, railla Chavasse. De toute manière, avec ta charpente, tu n'arriverais jamais à te faufiler dans l'escalier du salon.

Il se rendit compte que Francesca, toujours très pâle, avait l'air inquiet quand il glissa l'embouchure de son tuba entre ses dents, puis abaissa son masque avant de se laisser tomber par-dessus bord.

Il descendit rapidement dans l'eau transparente, se glissa sans difficulté cette fois dans l'escalier et pénétra dans le salon. Il enfonça l'explosif dans un coin, au bas de la porte, et y plaça soigneusement le détonateur. Pendant un moment, il resta sur place, inspectant son travail; enfin, il cassa l'extrémité du crayon.

L'amorce commença aussitôt à brûler comme un pétard de feu d'artifice. Il fit demi-tour pour rejoindre l'escalier. Comme il voulait passer en force, sa bouteille de plongée s'accrocha à un morceau de métal déchiqueté. Il s'arrêta, lutta contre la panique, et se dégagea. Au bout de quelques secondes, il était libre, il fila ensuite à toute vitesse vers la surface.

Il remonta près du radeau où Orsini le hissa. Presque aussitôt, il y eut une explosion étouffée et le dinghy fut pris dans des remous. La surface de l'eau se mit à bouillonner, des débris jaillirent du fond et une pluie de sable dessina une grande tache du côté des roseaux.

Ils attendirent un quart d'heure. Petit à petit, l'eau redevint limpide et ils purent de nouveau voir la coque de la chaloupe. Sur un signe de tête d'Orsini, Chavasse replongea.

Il restait encore beaucoup de boue et de sable en suspension, formant comme un rideau, mais qui ne l'empêchait cependant pas de voir. Il descendit vers la *Teresa.*

L'explosion avait modifié l'accès à l'escalier; l'onde de choc avait ramené les débris sur le pont et il put traverser le salon sans aucun problème.

À l'endroit où était la porte, il n'y avait plus qu'un trou béant dans lequel il s'engagea. Il s'arrêta un moment avant de continuer.

Les couchettes superposées étaient toujours intactes, mais draps et couvertures flottaient paresseusement contre la cloison, comme des êtres vivants. Ils évoquaient de grands feuillages pâles entre lesquels il nageait. Il commença à chercher la statue. Mais il comprit instantanément qu'il perdait son temps. Il n'y avait pas de paquet d'environ 1, 50 mètre protégé par une toile cirée, comme Francesca l'avait décrit.

La Madone avait été sculptée dans l'ébène. C'était un bois lourd, certes, mais il devait pouvoir flotter. Il dériva parmi les couvertures qui ondulaient dans l'eau, les repoussa sur le côté et fouilla partout, mais il perdait bel et bien son temps.

Quand il eut quitté l'épave, il agrippa la rambarde de la poupe et resta sur place telle une étrange créature marine, laissant pendre ses palmes. Peut-être Francesca s'était-elle trompée. Peut-être son frère avait-il placé la statue à un autre endroit dans la chaloupe. Et puis il était toujours possible qu'elle soit remontée à l'air libre à la suite de l'explosion.

Il décida de recommencer et de passer l'embarcation au peigne fin. Mais il devait d'abord informer Orsini de ce qu'il n'avait pas vu.

Il fit surface à quelques pas du radeau et replongea aussitôt. Orsini, les mains en l'air, lui tournait le dos. De l'autre côté du dinghy, il y avait un bachot plat tel qu'on en utilise dans les marais avec à la poupe un moteur de hors-bord. Ses occupants étaient trois Albanais vêtus d'un uniforme terne et sale et d'une casquette frappée de l'étoile rouge de l'Armée de la République. Deux d'entre eux menaçaient Orsini et Francesca de leurs mitraillettes tandis qu'un troisième était sur le point de monter à leur bord.

Nageant en eau peu profonde, Chavasse passa sous le dinghy; la mitraillette se reflétait à l'endroit où il avait fait surface. Sa bouteille de plongée frotta le fond du chaland, il remonta à l'air libre, empoigna la traverse et fit chavirer le frêle esquif.

Un des soldats tomba sur lui, agitant désespérément les jambes, paniqué. Chavasse le prit par le cou et l'entraîna au fond. Il se cogna douloureusement la jambe contre la rambarde de la poupe de la *Teresa* à laquelle il se retint d'une main, resserrant son étreinte sur la gorge de son adversaire.

La tête du soldat se tordit sur le côté, il essaya de se dégager et arracha le tuba de la bouche de son assaillant. Chavasse serra les lèvres mais ne lâcha pas prise. L'homme bougea plus mollement. Il était évident qu'il s'affaiblissait, puis tout d'un coup, il cessa de lutter. Chavasse le laissa aller et le corps se mit à dériver.

Le sable au fond de la lagune avait de nouveau formé un grand nuage. Il plaça fermement son embout entre ses dents et remonta rapidement vers la surface. Au-dessus de lui, il y avait des mouvements violents et des membres qui se mêlaient en un combat sans merci.

Il arriva parmi les combattants, tira son poignard de son étui et en frappa une forme sombre vêtue de kaki. Le soldat se cambra dans les affres de l'agonie, repoussant Chavasse qui émergeait en partie.

À moins de 2 mètres de lui, une vedette à moteur de 5 mètres de long heurta le radeau. Il distingua Francesca qui essayait d'échapper à deux soldats qui s'étaient emparés d'elle. Quant à Orsini, il flottait près de la coque, le visage en sang.

Un soldat se précipita vers le garde-fou, la mitraillette pointée vers lui, mais un homme vêtu d'une veste de cuir noir avec un grand col de fourrure courut à lui et détourna le canon de l'arme dont les balles se perdirent dans le ciel.

— Vivant ! Je le veux vivant !

Pendant quelques secondes Chavasse regarda le visage furieux d'Adem Kapo, puis il exécuta un demi-tour très rapide et fendit l'eau en s'aidant de ses palmes pour se rapprocher du bord de la lagune. Il plongea entre les joncs, en s'efforçant de se frayer un chemin. Peu après, il refit surface. Derrière lui, il entendait des cris de voix excitées, puis le moteur de la vedette se mit à vrombir.

Il fonça dans le canal principal, avant de tourner dans un de ses affluents, assez étroit, et commença à nager : il y allait de sa vie.

9

LIRI KUPI ENTRE EN SCÈNE

La vedette sortit de la voie d'eau latérale et s'engagea dans le bras principal de la Bojana, remorquant le dinghy à sa suite. À la poupe, quatre soldats s'étaient regroupés. Ils fumaient une cigarette et s'entretenaient à voix basse. Les corps de leurs deux camarades, que Chavasse avait tués dans la lagune, gisaient sous une toile goudronnée à côté d'eux.

Orsini était enchaîné à la rambarde, apparemment à

demi-inconscient. Il avait à la tête un bandage grossier, là où il avait reçu un terrible coup de crosse. On ne voyait nulle part Francesca Minetti. Adem Kapo arpentait le pont de long en large. Il fumait une cigarette en donnant des signes d'impatience et avait remonté le col de fourrure de sa veste de chasse.

Orsini, les yeux mi-clos, l'observait. Au bout d'un moment, en haut de l'escalier menant à la passerelle, un homme apparut. Il était aussi grand qu'Orsini. Il avait un visage brutal, balafré, et arborait un uniforme de colonel de l'armée de la République albanaise. Il était dans les services de renseignements, comme l'insigne vert sur son col le montrait.

Kapo se tourna vers lui. Dans son visage blême, ses yeux étaient comme des trous noirs.

— Eh bien ?

— Elle ne se montre pas très coopérative, répondit le colonel en haussant les épaules.

Le petit homme laissa libre cours à la colère qui le consumait comme une flamme.

— Mais bon Dieu, vous m'aviez affirmé que ça marcherait. Qu'il nous suffisait d'attendre et qu'ils tomberaient droit dans le piège. Enfin, merde, qu'est-ce que je vais leur raconter, moi, à Tirana ?

— Qu'est-ce que vous croyez ? Qu'il va s'en sortir à la nage ? (Le colosse eut un rire froid.) On le retrouvera, ne vous inquiétez pas. Une nuit à la belle étoile dans un endroit pareil, et vous verrez qu'il va devenir raisonnable.

— Espérons que vous avez raison.

Kapo se dirigea vers Orsini, le regarda un moment, puis lui envoya un grand coup de pied dans les côtes. Orsini retint le cri de douleur qui lui montait à la gorge et continua à feindre l'évanouissement. Kapo se détourna de lui et se remit à arpenter le pont.

Au moment où la vedette doublait une langue de terre, trait d'union entre le brouillard et la rivière, Chavasse écarta les roseaux précautionneusement. Seules sa tête et ses épaules émergeaient de l'eau, et quand le bateau passa à une dizaine de mètres de lui, son œil exercé enregistra tout : Orsini, les soldats et, debout à la proue, Kapo avec son fume-cigarette à la bouche.

Le plus intéressant, c'était la présence de Tashko à bord. Quand Chavasse l'avait vu pour la dernière fois, il était vêtu comme n'importe quel marin qui traînait sur les quais de Tarente. Maintenant, il portait un uniforme de colonel des services de renseignements de l'armée, ce qui expliquait pas mal de choses. Derrière lui, à travers le hublot de la cabine, il distingua la tête de Hadji, l'homme au couteau. C'était lui qui tenait la barre.

La vedette s'enfonça dans la brume tandis que lui se dirigeait vers un endroit relativement sec pour analyser la situation. L'odeur pestilentielle des marais lui emplissait le nez et le froid très vif le glaçait jusqu'aux os, l'empêchant de bien réfléchir.

Il y avait dans toute cette histoire une foule d'éléments pour le moins inattendus, mais pour l'essentiel, les choses étaient claires. Adem Kapo n'était pas un agent ordinaire, mais quelqu'un d'infiniment plus important. Probablement un officier de haut rang de la *sigurimi*. Sinon, un colonel des services spéciaux n'aurait jamais accepté de se plier à ses ordres.

De toute manière, c'était un homme qui n'agissait pas à la légère. En quittant Matano, il était manifestement allé directement sur la Bojana et ses vingt-quatre heures d'avance lui avaient laissé tout le temps nécessaire pour gagner Tama et organiser la réception qui convenait.

La *Buena Esperanza* avait dû être mise sous surveillance depuis le moment où elle était arrivée sur la côte, et retrouver le dinghy n'avait pas posé de difficultés majeures pour des gens qui connaissaient bien les marais.

Il se demanda ce qui était arrivé à Carlo. Lui aussi devait être en route pour Tama à l'heure qu'il était. Il n'y avait pas d'autre ville d'une certaine importance dans la région et Kapo y avait sûrement établi sa base.

Le bruit du moteur de la vedette s'estompa avec la distance. Il se glissa dans l'eau et la suivit. D'ici une heure tout au plus, on enverrait des hommes à sa poursuite et les recherches se concentreraient certainement sur cette zone côtière.

Étant donné les circonstances, il devait courir moins de risques à Tama. Il y aurait au moins des maisons disséminées le long de la berge, et s'il y avait des maisons, en toute logique, il y aurait aussi des vêtements secs et de quoi manger. Peut-être même trouverait-il l'occasion d'aider ses amis, bien que sur ce point précis, il n'eût pas grand espoir.

Au bout d'un quart d'heure, l'air de sa bouteille s'épuisa ; il se hâta alors de remonter à l'air libre et se mit à l'abri dans les joncs. Il ôta ses palmes, se débarrassa de son équipement pesant et le laissa s'enfoncer dans la vase.

Il s'avança dans les roseaux et les oiseaux sauvages, dérangés par son passage, lancèrent des cris en s'envolant. Au bout d'un moment, il arriva à un endroit où le terrain s'élevait ; il avança dans la brume, laissant la rivière à sa gauche.

Il lui était difficile de marcher dans ces marécages, il était constamment obligé de traverser des ruisseaux étroits où il s'enfonçait jusqu'à la taille dans une boue épaisse et gluante. L'eau salée lui piquait douloureusement les yeux et le froid intense le glaçait peu à peu, le gelant des pieds à la tête jusqu'à ce qu'il ne sente plus ses membres.

Il se déplaçait dans un rideau de grisaille. Enfin, le sol devint plus ferme, mais il se retrouva alors à progresser d'un pas incertain sur du sable et des herbes souples des marais. Il s'arrêta sur une petite butte, la tête légèrement tournée. Chassée par le vent, une odeur lourde de fumée lui parvint et lui piqua les narines.

Un bras étroit du fleuve entourait un îlot où une maison basse se dessinait dans le brouillard. Il n'y avait aucun signe de vie et nul bateau n'était amarré à la petite jetée de bois. Il devait s'agir d'une habitation de pêcheur ou de chasseur de gibier d'eau parti poser ses pièges. Nageant vers l'amont, dérangeant un canard sur son passage, Chavasse se laissa porter jusqu'à l'île.

Il reprit pied parmi les roseaux qu'il traversa prudemment, son poignard à la main. La maison était à moins de 20 mètres. Elle n'avait pas l'air bien riche avec ses poutres équarries à la diable et son toit en bardeaux ; sa cheminée quant à elle était en pierre.

Deux ou trois poules rachitiques picoraient d'un air apathique et se dispersèrent quand il traversa le bout de terrain à découvert. La porte de derrière était simplement faite de quelques lourdes planches clouées ensemble. Elle s'ouvrit avec un grincement de protestation lorsqu'il détacha la chaîne qui la maintenait fermée.

Il pénétra dans une petite pièce sombre, une sorte de cuisine. Il y avait un placard, une table grossière et un seau d'eau fraîche à côté de la porte. Une autre table et plusieurs chaises formaient le mobilier du salon. Il y avait deux ou trois placards, et un tapis en peau de bête était posé sur le plancher de bois devant la cheminée où quelques bûches, plus ou moins recouvertes de cendres, se consumaient irrégulièrement.

Il se coucha devant l'âtre, étendant les bras, puis il sentit un souffle froid effleurer le côté de son visage.

— Bon, on reste calme. Les mains derrière la nuque et pas de bêtises, hein, lui intima-t-on tranquillement.

Il se leva lentement. Il y eut un léger bruit de pas et le canon dur d'un fusil s'enfonça dans son dos. Comme une main se tendait pour lui prendre son couteau, il pivota sur la gauche en écartant l'arme de lui. Il y eut un cri d'effarement lorsqu'ils tombèrent tous les deux lourdement sur le sol. Chavasse leva la main droite pour porter à son adversaire un *atemi* aussi dangereux qu'une hache de bûcheron.

Il s'arrêta net. Il avait en face de lui une jeune fille. 19 ans, 20 ans peut-être. Mais certainement pas davantage. Elle portait une grosse veste de chasse imperméable, un pantalon de velours et des bottes en cuir qui lui arrivaient aux genoux. Ses cheveux bruns étaient coupés très court, comme ceux d'un garçon. Elle avait une peau jaunâtre, des pommettes hautes et des yeux bruns. Elle n'était pas belle et cependant, même parmi la foule, elle ne serait pas passée inaperçue.

— Eh bien, en voilà une surprise, murmura-t-il en se rasseyant.

Pendant un moment, elle resta immobile, écarquillant les yeux sous l'effet du plus vif étonnement, puis d'un mouvement rapide et félin, elle se releva, le fusil à la main.

Elle était debout, bien campée sur ses jambes, pointant son arme sur la poitrine de Chavasse. Il attendit, le canon bougea et s'abaissa lentement. Elle posa le fusil contre la table et détailla l'homme avec curiosité. Elle vit qu'il était pieds nus, que sa chemise et son pantalon étaient trempés et qu'ils lui collaient à la peau. Elle hocha la tête.

— Vous êtes recherché, non ? Par qui ? Vous étiez enchaîné avec les autres, à Tama ?

Il fit non de la tête.

— J'ai la police aux trousses, oui, chérie. Mais ils me recherchent pour tout autre chose.

Elle lui jeta un regard noir et reprit son fusil.

— Une chose est sûre, vous n'êtes pas *guègue.* Vous parlez comme un *Tosque* de la capitale.

Chavasse était parfaitement au courant de l'inimitié qui existait encore entre les deux principales ethnies d'Albanie. Les *Guègues*, au nord, étaient loyaux envers leurs familles et leur clan alors que les *Tosques,* au sud, avaient amené le communisme.

Il y a des moments où un homme doit savoir se fier à ses intuitions. C'était le cas à présent. Son visage s'éclaira d'un sourire au charme irrésistible, un de ses atouts majeurs, et il leva la main comme le fusil était de nouveau pointé sur lui.

— Ni l'un ni l'autre. Je suis étranger.

Le visage de la jeune femme exprima une totale stupéfaction.

— Étranger ? D'où venez-vous ? De Yougoslavie ?

— Non, d'Italie.

— Ah, je comprends. Vous faites de la contrebande.

— C'est à peu près ça. On a été surpris par les soldats. J'ai réussi à m'échapper. Mais je pense qu'ils ont emmené mes amis à Tama.

Elle ne le quittait pas des yeux, méditative, les sourcils froncés. Il se décida à accomplir le geste décisif.

— Paul Chavasse, se présenta-t-il en lui tendant la main.

— Français ? demanda-t-elle.

— Et Anglais. Un peu des deux.

Elle prit sa décision et accepta sa poignée de main.

— Liri Kupi.

— Il y avait un chef *guègue* qui s'appelait Abas Kupi, il dirigeait le *Legaliteti*, le parti royaliste, non ?

— Il était à la tête de notre clan. Il s'est réfugié en Italie après que les communistes eurent assassiné la plupart de ses amis à une prétendue réunion amicale.

— Vous n'avez pas l'air de porter Hoxha et ses sbires dans votre cœur.

— Hoxha ?

Elle cracha dans le feu avec vigueur et précision.

10

Les Mâchoires du Tigre

Debout sur une natte de jonc près du grand lit, Chavasse se frotta avec une serviette jusqu'à ce que sa peau soit toute rouge. Il enfila rapidement les vêtements que lui avait fournis Liri Kupi : pantalon de velours, chemise à carreaux ainsi qu'une paire de bottes en cuir montant jusqu'aux genoux, mais comme elles étaient trop grandes pour lui, il les enleva et mit une paire de chaussettes supplémentaires.

Ils avaient appartenu à son frère. Enrôlé dans l'armée à l'âge de dix-huit ans, il avait été tué au cours de l'un des nombreux incidents qui, presque quotidiennement, éclataient le long de la frontière yougoslave. Son père était mort durant la dernière année de la Seconde Guerre mondiale en combattant avec le *Legaliteti,* le parti royaliste. Depuis le décès de sa mère, elle vivait seule dans les marais où elle était née et où elle avait grandi. Elle gagnait sa vie en chassant du gibier d'eau.

Lorsqu'il revint dans le salon, elle était accroupie près du feu, occupée à tourner quelque chose dans une grande casserole suspendue à un crochet. Elle tourna la tête vers lui, sourit et repoussa une mèche de cheveux qui lui tombait sur le front.

— Maintenant, tout ce qu'il vous faut, c'est manger.

Il tira une chaise près de la table et eut une crampe d'estomac comme elle lui versait du ragoût bien chaud dans une assiette de fer blanc. Sans perdre de temps en bavardages inutiles il prit sa cuillère et commença à manger. Quand il eut fini, elle le resservit.

Il s'installa plus confortablement sur sa chaise et poussa un soupir.

— Je n'aurais pas été mieux traité au Hilton, à Londres.

Elle ouvrit une bouteille et versa dans son verre un liquide incolore.

— J'aimerais vous offrir du café, mais il est très difficile de s'en procurer, ces temps-ci. C'est de l'alcool que nous distillons nous-mêmes. Si vous n'en avez pas l'habitude, vous le trouverez très fort, mais je vous garantis qu'avec ça, vous ne risquerez pas d'attraper la fièvre des marais.

En effet, il explosa littéralement dans l'estomac de Chavasse et se répandit dans tout son corps, lui procurant une agréable sensation de chaleur. Il toussa à plusieurs reprises et des larmes lui montèrent aux yeux.

— Eh là, même au Hilton, on ne pourrait pas vous servir un truc pareil.

Elle ouvrit précautionneusement une vieille boîte et la lui tendit. Il y avait à l'intérieur des cigarettes macédoniennes d'un tabac brun grossier, peu serré, mais Chavasse savait comment les fumer. Il tordit adroitement une des extrémités et se pencha sur la table comme elle lui présentait un tison rougeoyant en guise d'allumette.

Elle alluma aussi une cigarette, souffla un nuage de fumée âcre et murmura calmement :

— Vous ne faites pas de la contrebande, j'ai vu ça tout de suite et vous n'êtes pas marin non plus. Vous avez des mains en trop bon état.

— C'est donc que j'ai menti.

— Vous deviez avoir une bonne raison pour cela.

Les sourcils froncés, il fixa son verre un moment puis il décida de se jeter à l'eau.

— Vous avez entendu parler de la Vierge de Scutari ?

— Évidemment, comme tout le monde. Sa statue a disparu il y a environ trois mois. Selon l'opinion publique, c'est le gouvernement central de Tirana qui s'est arrangé pour qu'elle soit volée. Cela ennuie les gens qui avaient récemment recommencé, en grand nombre, à aller à l'église.

— Je suis venu sur la Bojana pour la récupérer, expliqua Chavasse. Elle était censée se trouver à bord d'une chaloupe qui a coulé dans une lagune du marécage, pas loin de la côte. On la cherchait, mes amis et moi, quand les soldats nous sont tombés dessus.

Il lui parla de Francesca Minetti, mais pas plus qu'il ne fallait, de Giulio Orsini, de Carlo et de la *Buena Esperanza.* Lorsqu'il eut terminé, elle hocha lentement la tête.

— Sale histoire. Les agents de la *sigurimi* vont les presser comme des citrons, même votre collègue contrebandier. Ils ont leurs méthodes et elles ne sont pas très agréables. Je suis navrée pour la fille. Dieu sait ce qu'ils vont lui faire.

— Je me demandais s'il serait possible d'aller jusqu'à Tama, murmura Chavasse. On apprendra peut-être ce qui leur est arrivé.

Le visage grave, elle lui lança un regard pénétrant.

— Il y a un dicton chez nous qui dit : seul le fou met la tête entre les mâchoires du Tigre.

— Ils sont certainement en train de passer au peigne fin les marais près de la côte, objecta Chavasse. Ça tombe sous le sens. Qui penserait à me chercher à Tama ?

— Oui, ça se tient.

Elle se leva, regarda le feu et posa les mains sur le manteau de la cheminée. Elle se tourna vers lui.

— Il y a quelqu'un qui pourrait peut-être vous aider, un franciscain, le père Shedu. Pendant la guerre, il s'est battu dans les collines avec les résistants. À cette époque, c'était devenu un personnage de légende et il ne serait pas très adroit, aujourd'hui encore, de le fusiller ou même de l'arrêter. On se contente donc de lui empoisonner l'existence, toujours très poliment bien sûr. Il n'est pas ici depuis longtemps. Deux mois peut-être. Le précédent religieux a été emmené par la police, je crois.

— J'imagine sans peine ce qui lui est arrivé. Votre père Shedu, il est à Tama en ce moment ?

— Il y a un monastère médiéval dans les faubourgs de la ville. L'armée l'utilise comme quartier général. L'église catholique a été transformée en restaurant, mais il reste la vieille chapelle du monastère au bord de l'eau. C'est là que le père Shedu dit la messe.

— C'est difficile d'y aller ?

Elle haussa les épaules.

— D'ici ? Une demi-heure environ. J'ai un moteur de hors-bord. Il n'est plus très fiable certes, mais il m'emmène où je veux.

— Est-ce que je pourrais vous l'emprunter ?

— Certainement pas. Vous seriez arrêté avant d'avoir fait un mille. Je sais par où il faut passer. Vous pas.

Elle décrocha un ciré de derrière la porte et le lui jeta avec une casquette de marin.

— Si vous êtes prêt, moi aussi.

Elle prit sa carabine de chasse et, sortant par la porte de devant, les emmena vers la rivière. Il n'y avait toujours pas de bateau amarré à la petite jetée en bois. Elle la dépassa et traversa une zone peu étendue de végétation dense pour arriver finalement dans une petite clairière sur la berge qui descendait droit dans l'eau. Son bateau, un petit chaland de marais avec un vieux moteur fixé à la poupe, était attaché à un arbre.

Chavasse ôta l'amarre tandis qu'elle s'occupait du moteur.

Lorsqu'il se mit à tousser, Chavasse poussa l'embarcation parmi les roseaux et sauta à bord.

Aucun doute sur ce point, Liri Kupi savait ce qu'elle faisait. À un certain moment, ils rencontrèrent des rapides; le fleuve sinuait entre des bancs de sable et tourbillonnait autour de rochers aux arêtes aiguës. Elle pilota le fragile esquif comme un marin chevronné, changeant de cap exactement quand il le fallait pour leur éviter de chavirer.

Peu de temps après, ils quittèrent la Bojana et pénétrèrent dans un étroit bras de rivière qui décrivait une courbe dans une grande étendue d'eau stagnante avant de se perdre dans d'innombrables canaux et lagunes.

Lorsqu'ils finirent par retrouver la rivière, ils étaient sur le côté sous le vent d'une grande île. La brume, tel un rideau gris, s'étendait d'une rive à l'autre et en quittant l'abri de l'île pour passer du côté au vent ils sentirent une odeur de fumée. Quelque part, un chien aboya.

Les premières maisons se dessinèrent dans le brouillard, disséminées sur la berge du fleuve où Liri amenait le bateau. Elle sortit la boîte de cigarettes de sa poche et la lança à Chavasse.

— Prenez-en une, ça fera mieux. Faites comme si vous étiez chez vous, essayez, du moins.

— Chez moi, c'est très différent.

Il alluma une cigarette, s'adossa à la proue et regarda la ville défiler sous ses yeux. À cette époque, elle comptait moins de cinq cents habitants, c'était à peu près tout ce qu'il savait. Depuis que la guerre froide s'était réchauffée entre la Yougoslavie et l'Albanie, le trafic fluvial était à peu près tombé à zéro et on avait laissé la Bojana s'enliser au point de ne plus être navigable pour aucune espèce de bateau.

La silhouette du monastère apparut dans la brume. C'était un vaste monument médiéval aux murs à demi écroulés, s'étendant sur plusieurs centaines de mètres le long de la rive.

Alourdi par la pluie, le drapeau albanais pendait mollement. Lorsqu'une rafale de vent le souleva, l'étoile rouge apparut très nettement sur l'aigle noire bicéphale et une trompette sonna dans le lointain.

Un peu plus loin sur la berge, une cinquantaine de bagnards, dont certains étaient dans l'eau jusqu'à la taille, travaillaient à installer des piles pour une nouvelle jetée. Chavasse remarqua que ceux qui étaient sur la rive étaient enchaînés les uns aux autres par les chevilles.

— Des politiques, expliqua brièvement Liri. On les envoie ici de tout le pays. Ils ne tiennent pas très longtemps dans les marais à l'époque des grandes chaleurs.

Elle donna un peu de mou à la barre, dirigeant l'embarcation vers la rive et une petite chapelle en ruine dont les murs en très mauvais état plongeaient droit dans l'eau. Au pied du mur, un tunnel très sombre s'ouvrait. Liri y conduisit leur barque.

Le plafond s'élevait à environ 1,80 mètre. Chavasse se leva et toucha les murs froids et humides. Plissant les yeux, il s'efforça de voir dans l'obscurité. Soudain il commença à faire nettement plus clair. Liri coupa le moteur et le bachot dériva vers un appontement constitué de grands blocs de maçonnerie.

Ils s'arrêtèrent contre une volée de marches en pierre. Chavasse amarra le bachot à un anneau de fer et aida la jeune femme à mettre pied à terre en lui tendant une main. Il y avait un peu de lumière au-dessus d'eux. Elle lui sourit dans la pénombre.

— Je ne serai pas longue.

Elle monta l'escalier. Chavasse alluma une autre cigarette, s'assit sur le bord de la jetée et attendit. Elle reparut après un bon quart d'heure. Au lieu de venir jusqu'à lui, elle descendit la moitié des marches et l'appela.

Il la rejoignit rapidement. Elle pivota, ouvrit une grosse porte en chêne, emprunta un couloir étroit à l'extrémité duquel elle ouvrit une seconde porte menant à l'intérieur d'une petite chapelle.

Les lampes étaient très faibles; près de l'autel, la flamme des cierges vacilla et la Vierge fut baignée de lumière. Il régnait une très forte odeur d'encens, Chavasse en fut même légèrement incommodé. Il y avait bien longtemps qu'il n'était pas entré dans une église, trop, comme sa mère ne cessait de le lui rappeler et il eut un petit sourire en coin en remontant le bas-côté. Le père Shedu était en prière au pied du tabernacle, sa robe paraissait encore plus sombre à la lueur des bougies. Il avait les yeux fermés, son visage fatigué était calme et, curieusement, la cicatrice impressionnante laissée par la balle qui lui avait emporté l'œil gauche allait très bien avec son personnage.

C'était un homme dont la force émanait de sa foi et aussi de ce qu'il savait faire la différence entre l'essentiel et le superflu. Les gens comme Enver Hoxha ou Adem Kapo ne duraient jamais très longtemps et finissaient toujours par se briser sur un être solide comme un roc, tel que le père Shedu.

Il se signa, se releva d'un mouvement souple et se tourna vers eux. Brusquement, Chavasse se sentit mal à l'aise sous le regard pénétrant de cet œil unique. Pendant quelques secondes il redevint le petit garçon qui séjournait chez son grand-père, dans le Finistère, à la fin de la guerre, au moment de la libération de la France et qui, la bouche sèche, essayait d'expliquer au vieux prêtre implacable de la paroisse pourquoi il avait manqué la messe.

Le père Shedu sourit et lui tendit la main.

— Je suis heureux de vous connaître, mon fils. Liri m'a touché deux mots des raisons de votre présence ici.

Soulagé, Chavasse lui tendit la main.

— Elle semblait penser que vous pourriez me donner un coup de main, mon père.

— Je suis plus ou moins au courant de ce qui est arrivé à Notre-Dame de Scutari, répondit le prêtre. C'est mon prédécesseur, le père Kupescu, qui l'a confiée au jeune homme qui a été tué dans les marais un peu plus tard. Je dois ajouter que le père Kupescu a payé de sa vie d'avoir agi de la sorte.

— La jeune fille qui était avec moi, ce matin encore, est la sœur de ce garçon, expliqua Chavasse. C'est elle qui nous a guidés jusqu'à la chaloupe de Minetti.

— Elle est arrivée à Tama un peu plus tôt dans l'après-midi avec un Italien du nom d'Orsini, confirma le religieux. On les a emmenés au monastère.

— Vous en êtes sûr ?

— Je visitais les prisonniers malades à ce moment-là, un des rares privilèges que je tienne absolument à conserver.

— Je m'étonne qu'on vous laisse même exercer votre ministère.

Le père Shedu eut un imperceptible sourire.

— Comme vous l'avez peut-être remarqué, je porte le même nom que notre bien-aimé président [1], ce qui incite les esprits médiocres du parti à me regarder avec une crainte superstitieuse.

1. Président du Conseil albanais de 1954 à 1981. (N. d. T.)

Ils se demandent toujours si nous ne sommes pas cousins au troisième degré, vous comprenez. Oh, ça ne les empêche pas de se laisser quand même aller à quelques fantaisies. Nous avions une merveilleuse église ancienne. Maintenant, c'est devenu un restaurant. L'autel sert de comptoir et la nef est bourrée de tables où des travailleurs heureux peuvent manger leur *kebab* et leur *shashlik* pour la plus grande gloire d'Enver Hoxha.

— Après la pluie, le beau temps, mon père, murmura Chavasse.

— En attendant, il se trouve que je peux effectivement vous aider, Mr Chavasse, sourit le curé. Vos amis sont en ce moment détenus dans le corps de garde du fond qui se situe à l'intérieur de la muraille interne du monastère. Un colonel des renseignements et un membre de haut rang de la *sigurimi*, un certain Kapo, sont repartis presque tout de suite avec tous les soldats sur lesquels ils ont pu mettre la main.

— Pour me retrouver.

— C'est évident. À mon avis, il ne devrait y avoir qu'un homme en faction en ce moment, deux au maximum.

— Mais comment pourrons-nous entrer, mon père ? demanda Liri. Il y a deux murs à franchir et des gardes à chaque porte.

— On passera en dessous, ma chère. C'est extrêmement simple. Les bons moines qui ont construit le monastère ont pensé à tout. Venez avec moi.

À sa suite, ils sortirent de la chapelle et reprirent le couloir menant à l'appontement. Il prit une lampe électrique sur une saillie où reposait une icône et descendit au bord de l'eau. Il alluma la torche et en promena le rayon sur les murs rugueux du tunnel qui s'enfonçait dans l'obscurité en se rétrécissant considérablement.

— Le système d'égouts souterrains du monastère passe par ici pour se déverser dans le fleuve. Le trajet ne sera pas très agréable, je le crains, mais il vous permettra d'entrer à l'intérieur du couvent sans être vus.

— Montrez-moi le chemin, mon père, dit Chavasse, c'est tout ce que je désire. Laissez-moi m'occuper du reste.

— Je ne peux pas vous demander de ne pas répondre à la violence par la violence, ça ne serait pas raisonnable, émit le père Shedu. Mais vous devez comprendre qu'il m'est impossible de me battre à vos côtés. Vous me comprenez ?

— Absolument.

— Tu veux rester là, mon enfant ? demanda le prêtre à Liri.

Elle fit non de la tête.

— On aura peut-être besoin de moi. Je vous en prie, mon père. Je sais ce que je fais.

Il ne prit pas la peine de discuter. Il coinça sa longue robe dans sa ceinture de cuir et s'avança, de l'eau jusqu'aux chevilles sur la gauche du tunnel. Chavasse le suivit le long d'une large corniche, en baissant la tête lorsque le plafond devenait trop bas.

Il y avait une forte odeur de terre et une légère brume montait de l'eau puis se dispersait en effleurant le plafond bas. Le tunnel s'enfonçait dans le noir et petit à petit l'eau devenait plus profonde au point qu'il la sentit s'agiter autour de ses genoux.

À présent l'odeur était épouvantable et il avança d'un pas moins ferme, le cœur au bord des lèvres. Enfin le religieux prit un passage latéral qui se transformait en caverne d'une quinzaine de mètres de diamètre.

Il y avait environ quatre-vingt-dix centimètres d'eau malodorante dans laquelle se déversaient celles d'une dizaine d'autres tunnels au moins. Le franciscain traversa la grotte et compta en partant de la gauche.

— Ça devrait être le huitième.

Le souterrain n'avait pas plus 1,20 mètre de hauteur. Chavasse s'arrêta à l'entrée.

— Ça ira ? demanda-t-il à Liri.

— Très bien. (Elle eut un petit rire.) Les marais sentent encore bien plus mauvais en été.

Ils se courbèrent en deux et suivirent le père Shedu qui les devançait maintenant de plusieurs mètres. Peu après il s'arrêta. Une espèce de grille laissait entrer la lumière et un court tunnel remontait à la surface.

— Si je ne m'abuse, nous devrions être dans une cellule du vieux cloître, derrière la cour où se trouve la salle de garde.

Le tunnel remontant vers la surface avait une vingtaine de mètres de long, les pierres en étaient lisses et glissantes, cela rendait leur progression difficile. Le religieux passa le premier, suivi de Liri et de Chavasse en arrière-garde. Ce dernier se faufila entre les murs étroits, avançant centimètre par centimètre. À un moment, Liri glissa et retomba sur lui. Il parvint à la retenir et ils continuèrent.

Au-dessus d'eux, le père Shedu était déjà à l'entrée. C'était une lourde grille qu'un maître artisan avait taillée dans la pierre. Il sortit à l'air libre et se tourna pour tendre la main à Liri.

Chavasse sortit le dernier et se retrouva dans une petite cellule aux murs effondrés dont la porte béante donnait sur un cloître à demi ruiné. Des piliers brisés se dressaient vers le ciel et l'herbe poussait entre de grandes pierres tombales fissurées.

— Vous traversez le cloître et vous arrivez jusqu'à la cour, indiqua le prêtre. La salle de garde est un petit bâtiment en brique et en ciment avec un toit plat. (Le religieux eut un léger sourire.) À partir de là, je ne peux plus rien pour vous. Je m'en suis expliqué tout à l'heure, je ne dois pas jouer de rôle actif dans cette affaire. J'attendrai ici. Tu restes avec moi ? demanda-t-il à Liri.

Elle fit non d'un mouvement obstiné de la tête.

— Il y a peut-être quelque chose que je peux faire. Lui donner un coup de main.

— Le père Shedu a raison, affirma Chavasse. Vous restez ici.

— Si vous ne m'emmenez pas, pas de fusil, lança-t-elle en caressant le canon de la vieille carabine. C'est mon dernier mot.

Chavasse regarda le prêtre qui poussa un gros soupir.

— C'est une vraie tête de mule, j'en ai peur, et elle ne porte pas les rouges dans son cœur.

— Vous pouvez venir jusqu'à la cour, dit Chavasse à Liri. Vous ferez le guet pendant que j'entrerai. Si ça tourne mal, vous aurez tout le temps de rejoindre le père Shedu. D'accord ?

Il traversa le cloître en piteux état puis le quadrilatère et parvint au mur délabré. La cour s'étendait devant lui, déserte. La salle de garde, tout comme l'avait expliqué le père Shedu, avait été construite au milieu du mur d'en face, mais il était difficile d'y accéder par le devant. Sur le côté le plus éloigné, un grand portail à double battant, à présent fermé, menait à une cour extérieure.

Chavasse se tourna vers Liri.

— Vous, vous ne bougez pas de là. Moi, je vais longer le mur pour arriver par le côté où il n'y a pas de fenêtre. S'il arrive quoi que ce soit, filez en vitesse retrouver le père Shedu.

Elle essaya de protester mais il lui prit fermement son fusil.

— Maintenant soyez gentille et ne discutez pas.

Il passa derrière le mur en ruine qu'il longea jusqu'à l'endroit où celui-ci faisait un angle avec celui qu'il rejoignait, sortit à découvert et, plié en deux, courut jusqu'à ce qu'il parvienne sur le flanc du bâtiment. Il s'arrêta, se rendit compte que sa chemise était trempée de sueur et repartit. À ce moment la porte de la salle de garde s'ouvrit pour livrer passage à quelqu'un.

Chavasse entendit des voix : deux hommes discutaient. L'un d'eux se mit à rire et la flamme d'une allumette brilla. Il était coincé, nulle part où se cacher. Si l'un des gardes tournait le coin du bâtiment, il le verrait forcément.

— Eh toi là-bas ! Oui, toi, le grand veau. Viens un peu ici ! lança une voix jeune et fraîche.

Liri Kupi traversait paisiblement la cour, les mains dans les poches. Elle avait manifestement l'intention d'attirer l'attention des gardes et elle y réussit parfaitement. Pendant que Chavasse se déplaçait le long du mur du corps de garde, deux militaires s'avancèrent à la rencontre de Liri.

Ils n'étaient pas armés et même l'un d'eux était nu jusqu'à la ceinture comme s'il venait de se laver. Chavasse courut vers eux, leva son arme et en frappa violemment le cou découvert. Le soldat s'effondra en gémissant tandis que l'autre se retournait. Chavasse lui enfonça brutalement le canon dans l'estomac. Il poussa un cri étranglé, tomba à la renverse, la crosse s'abattit sur son crâne.

Chavasse se dirigeait déjà vers la porte lorsque Liri le rejoignit en courant, le visage tout rouge.

— Il n'y en a sûrement pas d'autres. Ils seraient sortis quand j'ai appelé.

— Espérons que vous ne vous trompez pas.

Le bureau dans l'entrée était calme. Le vent qui s'engouffrait par le battant ouvert, avait fait s'envoler des papiers partout. Des clés étaient accrochées à un tableau sur le mur d'en face. D'un pas vif, Chavasse alla ouvrir la porte donnant sur le couloir. Il n'y avait que six cellules. Les quatre premières étaient vides. Giulio Orsini occupait la cinquième. Il était allongé sur une couchette, la tête dans les mains.

— Et alors, vieux schnock ! lança aimablement Chavasse.

L'Italien se redressa, une expression de stupéfaction sur le visage. Il sauta sur ses pieds et s'approcha des barreaux.

— Paul, par tous les saints du paradis ! Tu fais des miracles à présent ?

— “Demandez et l'on vous donnera”, cita Chavasse. Tu ne sais pas à quel point cette citation est vraie. Où est Francesca ?

— Juste à côté. On est ici depuis notre arrivée. Kapo est reparti. Il avait l'air plutôt pressé. Il est à ta poursuite, je suppose.

— Ce n'est pas son jour de chance, alors.

Liri était près de lui, des clés dans la main. Elle n'avait pas encore libéré Orsini qu'il était déjà à la cellule voisine. Francesca Minetti était là. Dans son visage livide, ses yeux ressemblaient à des trous noirs.

— Je savais que vous viendriez, Paul.

Il prit les clés des mains de Liri et déverrouilla la serrure. Francesca se jeta dans ses bras. Il la serra un moment contre lui puis la repoussa doucement.

— Il faut qu'on s'en aille.

À la suite de Liri, Orsini les avait déjà précédés. Chavasse ramassa la carabine et poussa Francesca dans le couloir. L'Italien s'arrêta à la porte et jeta un coup d'œil dans la cour.

— Ça a l'air tranquille.

Le bruit strident d'une sirène s'élevant dans l'air calme leur causa un choc brutal qui les paralysa un bref instant. Chavasse pivota : Francesca était à l'autre bout de la pièce. Elle avait ouvert un petit boîtier métallique fixé au mur et elle appuyait fermement sur un bouton rouge.

Il l'écarta si violemment qu'il la projeta contre le mur.

— Mais bon Dieu, à quoi jouez-vous ?

Elle lui cracha au visage et le gifla de toutes ses forces. D'instinct il la frappa à son tour. Mais du poing et elle roula à terre. À moitié assommée, elle gémissait faiblement. Orsini le tira par la manche, le forçant à se retourner.

— Pour l'amour du ciel, qu'est-ce que c'est que ce cirque ?

Un coup de feu retentit dans la cour, une partie du chambranle vola en éclat, Orsini se recula et força Liri à se jeter à terre. Chavasse regarda par la fenêtre et vit des gens bouger sur le mur au-dessus du grand portail. Il y eut une seconde détonation suivie du staccato rapide d'une mitraillette et une rafale vint dessiner des pointillés dans un rideau marron, projetant un nuage de poussière par la même occasion.

Il cassa la vitre avec la crosse de la carabine, épaula rapidement et appuya sur la détente. Il y eut un petit cri, un soldat passa par-dessus le parapet avant de tomber, les mains crispées sur son fusil.

Un des deux gardes étendus dans la cour se mit péniblement à genoux. Son visage exprimait l'incompréhension. Chavasse lui tira une balle dans la tête et se mit aussitôt hors de vue car ses camarades concentraient leur feu sur la fenêtre.

Il se rapprocha de la porte et s'accroupit à côté d'Orsini et de la jeune fille.

— Il doit y en avoir une demi-douzaine là-haut et d'autres sont en chemin. Je vais essayer d'attirer leur attention. Ça vous laissera peut-être une chance à Liri et toi.

Orsini ouvrait la bouche pour protester mais Chavasse était déjà parti en courant. Il se jeta au sol près du garde qu'il venait d'abattre, visa et se mit à tirer sur les hommes qui se trouvaient sur le mur.

Dans son dos Orsini et la fille sortirent du corps de garde et s'élancèrent. À ce moment les doubles portes à l'autre bout de la cour s'ouvrirent à la volée. Un moteur vrombit et une jeep arriva à pleine vitesse en soulevant un nuage de poussière. Une mitrailleuse était montée sur un pivot à l'arrière. Le colonel Tashko lui fit décrire un arc de cercle et une rafale projeta un geyser de terre à côté de l'Italien et de sa compagne, les obligeant à s'arrêter, les mains en l'air.

En voyant un détachement de soldats arriver sur les lieux, l'arme à l'épaule, Chavasse sentit son cœur se glacer. À l'instant où la jeep freina en chassant brutalement de l'arrière, Francesca passa près de lui d'un pas mal assuré et se dirigea vers la voiture. Chavasse sauta sur ses pieds et tira en courant, l'arme à la hanche.

Sa première balle souleva la poussière à quelques centimètres d'elle puis quelque chose le frappa au bras gauche, le faisant tournoyer sur lui-même tandis que son fusil lui fut arraché. Il se tassa sur lui-même comme un animal, étreignant son bras gauche. Du sang coulait entre ses doigts. Il entendit des bottes racler le sol dans le silence soudain.

Lorsqu'il leva les yeux, Adem Kapo le regardait, un léger sourire sur sa bouche trop petite.

11

Quelques éclaircissements

La pluie entrait par les barreaux de la fenêtre. Chavasse se releva tant bien que mal et regarda vers la rivière, au-delà des murs du couvent. Il éprouva aussitôt une douleur dans son bras gauche qu'il laissa retomber avec un juron.

La balle lui avait traversé la chair de part en part sans causer de dommages sérieux et on s'était contenté de lui mettre un bandage. Ils étaient dans une espèce de magasin au premier étage du bâtiment principal, Liri Kupi dormait dans un coin, une couverture tirée sur les épaules.

Orsini s'accroupit auprès d'elle pour la couvrir un peu mieux. Lorsqu'il se redressa il avait une étrange expression sur le visage.

— Elle est extraordinaire, cette fille. Quel dommage qu'elle se soit retrouvée mêlée à une affaire pareille.

— Comme je te l'ai déjà expliqué, ça n'aurait jamais dû arriver. (Il se dirigea vers la porte et jeta un coup d'œil au garde, dehors.) Mais bon Dieu, j'ai été en dessous de tout. Ça se voyait comme le nez au milieu du visage et je me suis laissé manœuvrer comme un débutant.

— Francesca ? (Orsini secoua la tête.) Je n'arrive toujours pas à y croire.

— Elle a prétendu que la Madone était dans la cabine avant alors qu'elle n'y était pas et rappelle-toi qu'on a dû utiliser des explosifs pour y accéder. Comment tu interpréterais ça, toi ? (Il shoota violemment dans une caisse.) Ah, la petite garce. Et l'autre nuit, devant le *Tabou,* quand elle a été attaquée. Ils devaient m'attendre pour commencer la représentation. Tout cela a été concocté à mon intention.

— Mais pourquoi ? s'écria Orsini. C'est complètement absurde. Et qu'est-ce qu'est devenue la Vierge Noire ?

— Ça, moi aussi j'aimerais bien le savoir. Cette partie de l'histoire semblerait authentique. Le père Shedu me l'a confirmé. Apparemment ils ne lui ont pas mis la main dessus, c'est déjà ça.

Une clef tourna dans la serrure et la porte s'ouvrit à la volée. Liri se réveilla et se remit debout cependant que deux soldats pénétraient dans la pièce suivis par Tashko. Il examina la jeune fille et sourit.

— Je m'occuperai de toi plus tard.

Elle lui cracha au visage. Vif comme un serpent, il l'empoigna par l'épaule. Chavasse et Orsini firent mine de s'avancer mais les deux soldats levèrent leur pistolet mitrailleur d'un air menaçant.

Tashko resta impassible et lui écrasa un nerf près de l'os d'un pouce expert. Liri ouvrit la bouche, faillit crier et s'effondra. Il se tourna vers Chavasse en rajustant ses gants de cuir.

— *Karaté*, mon ami. Vous en avez peut-être entendu parler ? Vous avez eu de la chance avec votre bouteille de vodka. Mais la prochaine fois, la chance, elle sera de mon côté, je vous le garantis.

D'un signe de tête il ordonna à un de ses hommes de sortir Chavasse. Il jeta un bref regard à Orsini agenouillé près de la jeune femme, puis la porte se referma.

Ils prirent un couloir dallé au bout duquel ils gravirent un escalier étroit en colimaçon. Tashko ouvrit une porte et l'introduisit dans un bureau au mobilier cossu.

Adem Kapo, assis à une table, parcourait quelques papiers. Il leva les yeux et sourit de toutes ses dents.

— Vous n'imaginez pas à quel point je suis heureux de vous revoir. Nous tenions énormément à vous récupérer depuis le petit incident de Tirana, la semaine dernière.

— *Sigurimi* ?

— Naturellement. Mes activités en Italie ne sont qu'une des multiples facettes de ma personnalité. Vous appréciez, j'en suis sûr.

— Mais comment donc. Et si vous me fournissiez quelques réponses ? Pour le côté sportif de la chose, simplement.

— Je n'ai rien à vous refuser, se récria Kapo avec un sourire jovial. C'est le côté anglais de votre nature qui ressort, je présume.

— Ce qui s'est passé à Matano n'était que de la poudre aux yeux. Il n'y avait pas plus de Ramiz que de Marco Minetti ?

— Ramiz ? Un peu de sang sur le plancher et une somme confortable versée à une jeune personne qui vivait dans l'appartement d'en face, rien de plus. Minetti n'était qu'un produit de notre imagination.

— Voilà qui explique pourquoi Francesca tenait tant à ce que je ne révèle pas le pot aux roses au quartier général du S2 à Rome.

— Tout cela était authentique pour l'essentiel. Un jeune Italien au sang chaud a réellement tenté l'aventure. Il s'appelait Carveggio et il a pris une balle dans la tête en récompense de ses efforts.

— La statue ?

— Nous l'avons récupérée presque tout de suite après le naufrage.

Il adressa un signe de tête à Tashko et ce dernier ouvrit un placard dont il sortit un paquet informe. Il déroula une couverture grise et posa la Madone sur le bureau.

Elle mesurait environ 1,20 mètre et avait été sculptée dans un seul bloc d'ébène. Sa robe était dorée à l'or fin. Ses traits exprimaient une sérénité et un calme parfaits. C'était un pur chef-d'œuvre, exécuté par un sculpteur hors pair.

— Bon, d'accord, fit Chavasse. Dans les grandes lignes, l'histoire que m'a servie Francesca était exacte et elle a produit l'effet escompté : me ramener en Albanie. Mais pourquoi vous êtes-vous donné tout ce mal ?

Kapo prit une cigarette dans une boîte en bois, sur le bureau, et s'appuya au dossier de son siège.

— Vous le savez certainement, les relations entre mon petit pays — fort pauvre au demeurant — et l'URSS ainsi que ses satellites se sont quelque peu détériorées au cours de ces dernières années. Un ami, un seul, nous est venu en aide en ces temps difficiles : la Chine.

— Comme c'est touchant.

— Nous sommes de grands sentimentaux, je vous assure. Nous tenons beaucoup à payer nos dettes. Le rapport de nos services de contre-espionnage nous informant de la couverture sous laquelle vous entreriez en Albanie — en tant que membre d'un groupe de vacanciers composé de travailleurs italiens du Parti Communiste — a été transmis aux responsables des renseignements chinois à Tirana. Question de courtoisie. Ils se sont montrés très intéressés. Il semblerait que vous leur ayez causé quelques désagréments au Tibet, l'an passé. Cela avait à voir avec un certain docteur Hoffner, si je ne m'abuse. Nous leur avons promis de vous livrer à eux.

— Et là-dessus, je vous ai glissé entre les doigts.

— Oui, mais pas pour longtemps, vous ne pouvez pas le nier, et ce grâce à *une* personne. Un agent extrêmement efficace de notre section de contre-espionnage à la *sigurimi.* Vous aimeriez la rencontrer ?

Tashko n'avait pas plutôt ouvert la porte qu'elle entra. Elle avait toujours les vêtements qu'elle portait à bord de la vedette, mais elle semblait différente. Plus dure, plus sûre d'elle-même.

— Mais enfin pourquoi, Francesca ? demanda-t-il.

— Je suis à la fois albanaise et italienne, expliqua-t-elle d'une voix calme. J'ai un pied dans les deux camps, si vous préférez. Mais il y a belle lurette que j'ai choisi le mien.

— Dois-je comprendre que vous travaillez pour l'autre côté depuis que le S2 vous a recrutée ?

— Et comment d'après vous mes supérieurs à Tirana auraient-ils su que vous arriviez ? J'ai transmis ce message radio en provenance de Scutari uniquement parce que le responsable du service de nuit était présent quand il m'est parvenu.

Brusquement il comprit et ce fut comme s'il recevait un coup de poing dans l'estomac. Au cœur même de la machine, après avoir passé tous les tests de sécurité, un membre des services adverses transmettait depuis deux ans des informations pour lesquelles des hommes avaient couru les pires dangers, voire donné leur vie. Peut-être même en avait-elle envoyé à la mort.

Elle avait dû deviner ce à quoi il pensait car elle eut un léger sourire.

— Oh oui, Paul. J'ai accompli de grandes choses. Rappelez-vous Matt Sorley et le Français Dumont. Ils n'ont pas duré longtemps, ces deux-là. J'y ai veillé. Et il y en a eu d'autres.

— Sale petite garce.

— Vous avez tué mon mari, Paul, répliqua-t-elle calmement et une lueur de haine glaciale passa dans son regard.

— Votre mari ? (Il fronça les sourcils et secoua la tête.) Je ne sais pas de quoi vous parlez. De plus, j'ai vu votre dossier personnel. Il n'y était pas question de mariage.

— C'est une information qu'il n'est pas très difficile de garder pour soi si on sait s'y prendre. Il s'appelait Enrico Noci. Vous l'avez noyé comme un rat, dans un filet de pêche. Pas de traces, pas de violence. Un accident banal.

— Je dois avouer que c'était très ingénieux de votre part, intervint Kapo.

Manifestement il n'y avait plus rien à ajouter. Chavasse se retourna et fit face au petit homme.

— Qu'est-ce que vous me réservez maintenant ? Un vol direct pour Pékin ?

— Il n'y a pas le feu. (Kapo esquissa un sourire.) Nous avons tout le temps et il y a tant de choses que vous pourriez me raconter. Tiens, pour commencer, comment diable êtes-vous entré dans ce monastère ? Bien sûr, on se doutait que vous finiriez par vous montrer. Nous étions absolument certains qu'un homme de votre trempe, aussi inventif, ne laisserait pas ses amis dans le pétrin, mais vous nous êtes apparu comme par miracle. Je ne m'attendais pas du tout à ça.

— C'est un truc que m'a appris un vieux *fakir* en Inde, il y a des années.

— C'est passionnant. Vous pourrez m'en dire plus quand je

reviendrai. Si vous refusez, on saura certainement persuader la jeune personne que vous avez rencontrée au cours de votre voyage de se montrer plus coopérative.

Chavasse ne s'arrêta pas à cette menace voilée et prit tranquillement une cigarette dans la boîte sur le bureau.

— Vous allez quelque part ?

— Je ne vous ai pas expliqué ? (Kapo prit une autre cigarette, l'alluma et lança les allumettes à Chavasse. Il aurait pu s'agir de deux amis échangeant des propos amicaux.) C'est assez ingénieux, même si ce n'est pas à moi de le dire. En ce moment votre jeune ami Arezzi attend toujours votre retour à bord de la *Buena Esperanza*.

C'était complètement démentiel. Chavasse ne put s'empêcher de plisser le front. Kapo sourit.

— Plus tard, dans la nuit, nous prendrons le garde-côte et emmènerons Francesca à distance raisonnable de votre vedette. Dans la lumière grise de l'aube, elle voguera sur votre radeau, dans la brume, en assez triste état, dois-je le préciser ?

— Et elle aura une histoire encore plus triste à raconter, j'imagine.

— Cela va de soi. Ils seront vraiment bouleversés, au S2, d'apprendre la disparition du vaillant Chavasse et de son ami Orsini.

— Vous pensez vraiment que le retour au bercail de Francesca passera comme une lettre à la poste ? (Chavasse hocha la tête.) Mon chef est particulièrement retors. Il vérifiera le moindre de ses mouvements depuis sa plus tendre enfance.

— À votre place, je n'en serais pas si sûr, sourit Kapo. Vous voyez, elle aura la Vierge Noire avec elle. Quelle propagande contre l'Albanie. Ça fera tellement plaisir à tout le monde.

Il avait raison. C'était un coup superbe. Absolument superbe. Kapo se mit à rire. Il fit un signe à Tashko.

— Ramenez-le auprès de ses amis. Je m'occuperai de lui demain matin après mon retour.

Chavasse se tourna vers Francesca. Au début, elle soutint son regard puis détourna les yeux. Tashko le poussa vers la porte. Ils descendirent l'escalier et reprirent le couloir.

Avant d'arriver au magasin, Tashko s'arrêta pour allumer une longue cigarette russe. Les deux soldats attendaient respectueusement à quelques pas de là. Il était évident qu'il les terrorisait. Il couvrit Chavasse d'un regard haineux et froid.

— Il s'écoute parler, l'autre là-haut. Mais moi je ne vois pas les choses sous le même angle. Vous ne tarderez pas à vous en rendre compte.

— Allez vous faire voir, lança Chavasse d'une voix égale.

Un éclair de rage passa dans les yeux froids de Tashko qui eut visiblement bien du mal à se maîtriser. Il y avait une porte, à côté de Chavasse. Brusquement l'Albanais lança son poing droit et y porta un coup terrible connu en *karaté* sous le nom de revers. La planche du milieu, de près de trois millimètres d'épaisseur, craqua et seules les ferronneries l'empêchèrent de tomber.

Il y avait un petit professeur japonais dont Chavasse suivait les cours trois fois par semaine lorsqu'il était à Londres. Il réalisait le même exploit, mais avec trois plaques de bois superposées et il était deux fois plus petit que Tashko. L'écho de ses paroles résonnait doucement comme une mélodie du temps passé :

— *La science, Chavasse San, la science. Pas la force. Dieu n'a jamais voulu que les brutes dominent sur terre.*

— Essayez d'imaginer l'effet sur votre visage, dit Tashko.

— Cela donne à réfléchir.

Chavasse poursuivit sa marche en gardant ses idées pour lui. L'un des soldats déverrouilla la porte et ils le poussèrent dans la pièce. Comme ils refermaient la cellule, il regarda Tashko bien en face.

— Ne vous inquiétez pas, lança l'Albanais. Je reviendrai.

Le bruit de son pas s'estompa le long du corridor. Chavasse se tourna vers ses compagnons. Orsini était assis près de la fenêtre, de son bras il entourait la taille de Liri, ils s'étaient tous deux enveloppés dans la couverture. Le froid était très vif.

— Que s'est-il passé ? demanda Orsini.

Chavasse lui raconta. Quand il eut terminé, Liri secoua la tête.

— C'est un vrai démon, cette femme.

— Non, *cara,* ce n'est pas un démon, répliqua Orsini. Elle est comme tous ses semblables, convaincue de détenir la vérité. Et par-dessus le marché, elle s'imagine que tout lui est permis.

— Ce qui nous fait une belle jambe, il faut avouer, conclut Chavasse.

Il alla s'asseoir sur une caisse, remonta le col de sa veste et croisa les bras pour se tenir chaud dans la mesure du possible. Il songeait à Francesca. Ainsi elle avait épousé Enrico Noci. Bizarre qu'une femme aussi indéniablement intelligente ait pu se laisser séduire par ce genre d'individu. C'était une preuve supplémentaire du fait qu'on ne pouvait vraiment accorder aucune confiance aux femmes dans ce domaine, voilà tout. Elles se laissaient trop dominer par leurs émotions.

Orsini et Liri parlaient à voix basse, unis par une étrange intimité. Quelqu'un — mais qui ? — avait dit un jour qu'on pouvait en apprendre autant sur un être en une journée qu'en dix ans.

Et quelle ironie pour Giulio Orsini — il s'était introduit dans le port d'Alexandrie sur l'un des premiers scooters sous-marins, il avait coulé deux destroyers britanniques, bref, il avait accompli Dieu sait combien d'exploits auxquels il avait survécu — de risquer de finir ainsi, simplement parce qu'il avait été touché par la détresse feinte d'une jeune femme. Il y avait des moments où la vie prenait de bien curieux détours. Au bout d'un moment sa tête tomba sur sa poitrine ; il s'endormit.

12

De Bruit et de Fureur

Il ne savait pas au juste ce qui l'avait réveillé et il resta immobile un moment, les yeux grands ouverts dans l'obscurité. Il se rendit compte que ses muscles étaient noués et douloureux et qu'il régnait un froid intense. Sa montre marchait encore et le cadran lumineux lui apprit qu'il était 2 heures du matin. Il resta d'abord assis, à écouter le vent hurler dans la cour, puis il se leva.

Il y eut un mouvement devant la porte. Quand il alla jeter un coup d'œil à travers la grille, il vit la sentinelle debout devant sa chaise, l'air absolument terrifié. Le colonel Tashko le toisait, les mains sur les hanches.

— Alors comme ça tu dormais, espèce de larve.

Sa main se détendit et frappa le malheureux gardien en plein visage. Il tomba sur sa chaise qui plia sous son poids. Lorsqu'il put se relever, Tashko le chassa de son poste à grands coups de botte.

— Allez ouste. Disparais. Tu me feras un rapport au poste de garde tout à l'heure. Je m'occuperai de toi plus tard.

Liri et Orsini, réveillés par ce tintamarre, vinrent à la porte.

— Qu'est-ce qui se passe ? questionna Orsini.

— Tashko, répondit brièvement Chavasse. Je pense qu'il est ivre.

L'Albanais s'approcha du grillage et regarda Chavasse à travers les barreaux, il avait une étrange expression dans les yeux. Sa tunique bâillait sur son torse nu. Ses muscles puissants saillaient comme des cordes.

Il souleva le rabat de l'étui de son pistolet, suspendu à sa hanche et en sortit un Mauser. Puis il déverrouilla la porte et l'ouvrit lentement. Il empestait l'alcool à plein nez. Involontairement, Liri recula vers Orsini qui l'entoura aussitôt de son bras.

— C'est-y pas mignon, ricana Tashko.

— La journée a été longue et on aimerait pouvoir dormir un peu, émit Chavasse. Alors ayez la gentillesse de nous expliquer ce que vous voulez et foutez le camp.

— Toujours aussi agressif, hein ? lança Tashko. Ça me plaît, ça. Allez, viens dehors avec moi.

— Et si je vous suggérais d'aller au diable ?

— Je mettrais une balle dans la rotule gauche de la fille. Ce serait dommage de gâcher du bon matériel, mais c'est comme ça et pas autrement.

Orsini s'avança d'un pas mais Chavasse le repoussa.

— Laisse, Giulio. C'est moi qu'il veut. (Il sortit dans le corridor. Tashko tira la porte et la referma à clé.) Je ne crois pas que ça plaise beaucoup à Kapo. Il me garde au frais pour Pékin.

— M'en fous de Pékin. De toute manière, c'est moi le responsable pour l'instant. Kapo et la fille sont partis il y a une heure.

D'une bourrade il projeta Chavasse en avant et le suivit à trois pas, prêt à utiliser son pistolet. Au bout du passage, ils trouvèrent un escalier en colimaçon qu'ils descendirent, tournèrent dans un large couloir et empruntèrent toute une série de marches de pierre qui semblait ne devoir jamais finir.

En bas, Tashko sortit ses clés et ouvrit une grosse porte en chêne solidement renforcée par des lames de fer. Chavasse entra. Tashko tourna un interrupteur et referma derrière lui. Ils étaient au sommet d'un large escalier de pierre et à la lumière chiche des ampoules électriques, Chavasse découvrit un spectacle extraordinaire. Un grand bain romain, d'une trentaine de mètres environ, s'étendait dans la pénombre, flanqué de colonnes brisées et des restes mutilés de ce qui avait dû être, à une époque lointaine, une colonnade de belles proportions. Il y avait une forte odeur de soufre et des volutes de vapeur montaient de l'eau.

— Étonnant ce que ces Romains savaient faire, fit Tashko. Évidemment les moines qui ont bâti ce couvent au Moyen Âge n'étaient pas fous de ces survivances païennes. Ils se sont donc contentés de construire par-dessus.

Au bas des marches, les dalles du sol étaient fendues. La piscine avait à peu près 1,80 mètre de profondeur. L'eau était très calme et, au fond, la mosaïque brillante représentant un visage fixait Chavasse d'un regard aveugle qui avait traversé deux millénaires de chaos.

— Elle est alimentée par une source naturelle, précisa Tashko. Elle sort à 50 degrés. C'est très agréable et excellent pour les rhumatismes, paraît-il.

Comme Chavasse se retournait lentement, l'Albanais ôta sa tunique et la laissa glisser par terre. Il prit les clés dans une main, le Mauser dans l'autre et lança le tout au centre de la piscine d'un geste vif.

— Aucune aide extérieure, cette fois, mon ami.

C'était donc ça ? Une simple question de vanité personnelle, rien de plus. Cet homme si fier de sa force brutale ne pouvait pas supporter l'idée d'avoir été battu. Chavasse recula d'un pas mal assuré, comme s'il était pris de panique. Si Tashko le croyait facile à vaincre, il commettrait peut-être une erreur.

L'Albanais s'avança, les bras le long du corps, et éclata d'un rire mauvais. Au même instant il frappa, de toutes ses forces, en revers. C'est un coup classique en *karaté* qui prend les non-initiés par surprise car il est porté avec la main opposée au pied d'appui.

Chavasse croisa les poignets au-dessus de sa tête, formant un X, le fameux *juji-uke*, et contra d'un coup de coude que Tashko prit en pleine bouche. Ses dents craquèrent comme des allumettes.

L'Albanais recula en chancelant. Le sang coulait de sa bouche écrasée. Chavasse eut un sourire moqueur.

— Un *gyaku-zuki*, et raté de surcroît. Vous n'avez rien de mieux à proposer ?

Le visage déformé par la rage, Tashko adopta immédiatement une position défensive, celle dite du chat, les bras le long du corps, invitant son vis-à-vis à avancer. Chavasse bougea, l'avant-bras droit à la verticale, se protégeant de son bras gauche. Ils tournaient prudemment l'un autour de l'autre. Ce fut Tashko qui prit l'initiative.

Il projeta le bas de sa paume vers le visage de son adversaire. Lorsque Chavasse bloqua, l'autre le toucha comme l'éclair à l'estomac. Chavasse pivota latéralement, amortissant en grande partie la frappe, et à la même seconde, se penchant sur le côté, il répondit par un coup de pied dans l'aine. L'Albanais commençait à tomber. Alors Chavasse, abandonnant toute prudence, leva le genou vers le visage de son adversaire.

Il comprit sur-le-champ qu'il avait commis une grosse faute. Un coup pareil aurait mis K.O. n'importe quel homme normalement constitué, mais il ne réussit qu'à ébranler le colosse qui referma ses mains énormes sur lui, cherchant à le saisir à la gorge.

Il eut l'impression que les lumières s'éloignaient, le tonnerre grondait à ses oreilles et il crut même entendre la voix monotone de son professeur. *La science — la science et l'intelligence triomphent toujours de la force brutale.*

Au prix d'un terrible effort de volonté, il cracha au visage de Tashko dont l'haleine empestait. Ce dernier eut un réflexe aussi naturel que respirer : il recula. Les doigts raidis de Chavasse se plantèrent alors de bas en haut dans son cou découvert. Tashko hurla et partit en arrière, mal assuré sur ses jambes.

Chavasse roula plusieurs fois sur lui-même et se releva tandis que le géant fonçait sur lui, les mains en avant, oubliant, lui aussi, tout ce qu'il savait. Chavasse se baissa et le cueillit, les phalanges tendues, à la base de la cage thoracique. Il amorça un mouvement de chute; cette fois Chavasse pouvait lui projeter son genou en pleine face, le rejetant en arrière.

Tashko oscilla vers le bord de la piscine, le visage en sang. Chavasse sauta très haut sur lui-même et assena à l'Albanais le terrible *mae-tobi-geri* qu'il reçut en pleine figure et qui le projeta dans l'eau.

Chavasse le suivit, manqua son élan et coula maladroitement. L'eau tiède se referma sur lui. Il se reçut sur les mains, s'appuya sur le visage barbu en mosaïque et remonta vivement à l'air libre.

Tashko était à moins de dix mètres. Il se dirigeait vers le centre de la piscine où il avait jeté le Mauser et les clés. Chavasse le rattrapa. Il grimpa sur son dos musclé, glissa les mains sous ses aisselles pour les réunir sur la nuque de son adversaire. Il commença à pousser. L'homme cria mais, sourd à toute pitié, Chavasse ne lâcha pas prise et la grosse tête de Tashko s'enfonça sous l'eau.

L'Albanais se débattit et frappa l'eau de ses mains, elle se mit à bouillonner, mais Chavasse augmenta la pression et s'accrocha tant qu'il put. La fin arriva étonnamment vite. Le corps de Tashko devint tout mou. Quand Chavasse le lâcha, il s'enfonça et se retourna sur le dos en atteignant le fond.

Chavasse inspira rapidement, repêcha le Mauser et les clés qui étaient à environ trois mètres. Il dut même pousser Tashko pour les récupérer. Les yeux de l'Albanais étaient grands ouverts sur l'éternité, du sang coulait en filaments bruns de son visage meurtri. Chavasse se tourna et regagna le bord.

Il resta assis au moins cinq minutes afin de reprendre son souffle, d'oxygéner de nouveau ses poumons douloureux. Quand il se sentit un peu mieux, il se releva et remonta les marches. Il dut essayer quatre clés avant de trouver la bonne. Une fois qu'il eut ouvert la porte il regarda pour la dernière fois Tashko qui le fixait de ses grands yeux ouverts, il n'était plus maintenant qu'un simple personnage de plus dans la mosaïque. Il éteignit et referma la porte au verrou.

Les couloirs étaient silencieux et il ne croisa personne en chemin. Devant la porte du magasin, la chaise de la sentinelle était toujours par terre. Il la remit debout avant de glisser le pistolet dans sa poche et de chercher la bonne clé.

Comme il les essayait les unes après les autres, Giulio Orsini apparut à la grille. Il parcourut des yeux le corridor, une expression de totale incompréhension sur le visage.

— Qu'est-il arrivé à Tashko ?

— Il a commis une erreur, répliqua Chavasse en poussant le battant. La dernière. Allez, on s'en va.

Il reprit le couloir, se souvenant du chemin qu'il avait pris à l'aller. Un escalier de pierre en colimaçon descendait au rez-de-chaussée, un autre au sous-sol. Tout était tranquille. Il les conduisit dans un étroit passage blanchi à la chaux et s'arrêta pour examiner le hall d'entrée, au fond. Il n'y avait pas de sentinelle, mais il n'y avait pas non plus de raison pour qu'il y en ait une. Le bâtiment était entouré par deux murs de dix mètres avec une garde importante à chaque portail.

Ils avaient précédemment expliqué à Orsini comment ils

étaient entrés dans le couvent, aussi le grand Italien suivait-il Chavasse sans hésiter, la jeune fille à ses côtés.

Ils restèrent dans l'ombre du mur, c'est-à-dire dans la partie de la cour en face du poste de garde où une lumière brillait à une fenêtre. Un trou dans le mur en ruine leur donna accès au cloître. La nuit était très noire. Chavasse se déplaçait avec précaution entre les piliers et tourna dans le couloir où étaient les cellules.

Il dût en essayer trois avant de trouver celle où il y avait la grille. Ce fut Orsini qui la souleva, ses doigts puissants s'y agrippèrent comme des crochets d'acier.

— Je passe le premier, annonça Chavasse. Ensuite Liri. Tu fermes la marche, Giulio, et tu replaceras la dalle derrière toi.

Il glissa sur le dos, les bras levés pour se protéger le visage et atterrit dans le tunnel en projetant de l'eau partout autour de lui. Liri le suivait de si près qu'elle le bouscula au moment où il se relevait. Orsini les rejoignit presque aussitôt. Ils s'accroupirent les uns contre les autres. L'obscurité était si profonde dans le boyau qu'ils ne se voyaient pas l'un l'autre.

— Ça ne va pas être une partie de plaisir, précisa Chavasse. Quoi qu'il arrive, il faut rester groupés. Quand on sera dans le canal principal, on ne pourra plus se tromper ; il va forcément en direction de la rivière.

— Et puis ça ne peut pas être pire que ce qu'on vient de connaître, s'exclama Orsini. Allons-y.

Chavasse, courbé en deux, s'engagea dans le tunnel, Liri s'accrochait au bas de son ciré. Il avait une étrange impression de claustrophobie qui ne ressemblait à rien de ce qu'il avait pu connaître précédemment et cependant il n'avait pas peur. L'obscurité était leur amie, elle couvrait leur fuite, les prenait entre ses mains douces et il lui en était reconnaissant.

Peu après ils parvinrent à la grotte centrale. Il était dans l'eau malodorante jusqu'à mi-cuisse, essayant de percer la pénombre.

— Le père Shedu a compté huit entrées à partir de la gauche lorsque nous sommes arrivés là, Paul.

— C'est juste. Restez derrière moi, vous deux, j'ai une idée.

Il sortit le Mauser, le pointa vers l'eau et appuya sur la détente. Dans ce bref éclair de lumière, les entrées du tunnel évoquaient de sombres blessures. Il tira de nouveau puis traversa le plan d'eau.

Il trouva l'ouverture à tâtons et poussa un grognement de satisfaction.

Une cinquantaine de mètres plus loin, le boyau se déversait

bien dans le tunnel principal, il entendait le murmure de l'eau qui coulait en direction de la rivière. Déjà l'odeur devenait moins forte et, tout en suivant le mur, Chavasse respira à fond pour tenter de s'éclaircir les idées.

L'appontement se devinait dans l'obscurité, les cierges qui brûlaient près de l'icône dans la niche, en haut de l'escalier, donnaient un peu de clarté. Le bateau de Liri était toujours amarré au bas des marches. Chavasse s'assit au pied du ponton et d'un geste las se passa la main sur les yeux.

— Combien de carburant vous reste-t-il dans ce machin ? Assez pour nous emmener à la côte ?

— Je crois. Ou alors il ne manquerait pas grand-chose.

— N'empêche qu'on a besoin d'une boussole pour retrouver la *Buena Esperanza,* fit Orsini. Tout au moins si nous partons en pleine nuit.

— On ne peut pas se permettre d'attendre l'aube, objecta Chavasse. C'est le moment qu'ils ont choisi pour envoyer Francesca dans le dinghy. Si on veut les prendre de vitesse, il faut partir maintenant.

— Le père Shedu aura sûrement une boussole, intervint Liri. Attendez-moi ici. Je vais aller lui demander.

Elle monta l'escalier et la porte se referma derrière elle. Orsini s'affala à côté de Chavasse.

— Elle a du cran, cette fille ! J'en connais beaucoup qui auraient déjà piqué une crise de nerfs.

— Il faut qu'elle vienne avec nous, murmura Chavasse. Elle ne peut pas rester dans ce pays.

— Il va lui falloir un permis en ce cas. C'est pas facile pour les réfugiés apatrides.

— Ne t'inquiète pas pour ça. À Rome, j'ai des relations au ministère. Je veillerai à ce qu'on la traite comme une princesse. On peut même lui trouver du travail. Elle l'a bien mérité.

— Peut-être qu'elle n'aura pas besoin de travailler.

Chavasse lui lança un coup d'œil étonné.

— Eh bien, tu ne perds pas de temps, toi au moins.

— On sait tout de suite quand on a rencontré l'âme sœur ou alors…, répondit Orsini avec un mouvement d'épaule. Évidemment, j'ai vingt ans de plus qu'elle.

— À ta place, je ne me soucierais pas de ça. Elle sait ce que c'est qu'un homme, un vrai.

Il resta assis sans bouger, son bras lui causait une douleur très vive et il sentait que peu à peu, ses forces l'abandonnaient. Au bout d'un moment ils entendirent la porte s'ouvrir et le père Shedu, accompagné de Liri, vint les rejoindre.

— Ainsi il y a encore des miracles, s'écria-t-il en s'avançant vers les deux hommes.

— Voici mon ami Giulio Orsini, père. Je suis heureux de voir que vous n'avez pas été inquiété. Ils n'ont toujours pas compris comment nous étions entrés dans le monastère.

Le religieux versa du cognac dans deux petites timbales de fer-blanc et tendit un petit panier à Liri.

— Ce n'est pas grand-chose, je le crains. Du pain, du fromage et de la viande séchée. Les jours heureux mettent du temps à arriver dans notre république populaire.

— On mangera en chemin, dit Chavasse.

Il but un peu d'alcool et toussa car il lui brûla la gorge.

— Liri m'a raconté ce qui s'était passé, expliqua le prêtre. Je suis désolé que cette femme vous ait trahis.

— Et elle recommencera son petit jeu si on n'arrive pas à l'arrêter, rétorqua Chavasse. D'après Liri, vous auriez peut-être une boussole.

Le vieux curé lui en présenta une et appuya sur un bouton pour que le couvercle s'ouvre. Chavasse l'examina et remarqua l'inscription W. D.[1] 1941.

— Fournie par l'Armée britannique ?

— Souvenir d'une autre vie, plutôt. Prenez-la avec ma bénédiction.

Il se tourna vers Liri et lui mit une main sur l'épaule.

— Et toi Liri, que vas-tu devenir ?

— On l'emmène avec nous, dit Orsini d'un ton bourru. Je m'occuperai d'elle.

Le religieux lui lança un coup d'œil pénétrant puis sourit.

— Les voies du Seigneur sont impénétrables. Allez, partez tous maintenant, pendant qu'il en est encore temps.

Ils montèrent à bord du bachot, Liri prit la barre. En démarrant, le grondement du moteur emplit toute la grotte puis le bateau prit rapidement son cap.

Au moment de franchir la grande entrée, Chavasse jeta un regard en arrière. Le franciscain était toujours là qui les suivait des yeux. Peu après ils étaient dans le bras principal et s'enfonçaient dans la nuit.

1. W. D. : War Department = Ministère de la Guerre. (N. d. T.)

13

Coup de main nocturne

Gonflée par les pluies venues des montagnes du nord, la rivière roulait des flots furieux et coulait vers la mer avec une violence inhabituelle.

L'eau s'engouffrait constamment dans la frêle embarcation, aussi Orsini et Chavasse se relayaient-ils pour écoper avec une vieille cuvette en fer-blanc. Ils mangèrent les provisions que leur avait données le prêtre et finirent le cognac.

Chavasse était assis à la proue, il avait remonté le col de sa veste et mourait d'envie de fumer une cigarette. Il se demandait ce que Kapo avait en tête. En attendant l'aube, il traînerait probablement plus loin en amont. Puis il enverrait Francesca avec le radeau et Carlo avalerait chacun de ses mensonges sans sourciller.

Environ une demi-heure plus tard, le moteur toussa et s'arrêta sans prévenir. La barge commença à dériver dans le courant houleux.

— Il y a des pagaies sous le banc de nage, leur cria Liri. Il faut nous maintenir au milieu du fleuve.

Chavasse farfouilla dans l'obscurité et dénicha deux rames grossières. Il se pencha d'un côté et en enfonça une dans le flot en y mettant toute sa force. Petit à petit le bachot reprit la bonne direction.

Orsini gagna la proue tant bien que mal et parvint à mettre le moteur à l'abri avant de tenter de déceler la panne uniquement au toucher. Au bout d'un moment ses doigts sensibles tombèrent sur un fil qui ne se raccordait plus à la prise sur laquelle il se branchait habituellement. Le câble vieux et friable se brisa entre ses mains. Il parvint néanmoins à le raccorder et essaya le starter. Le moteur commença par tourner et toussa deux fois, enfin il redémarra. Chavasse s'appuya au plat-bord tandis que le bateau s'élançait dans le fleuve.

— Il y a des chances pour que ça se reproduise ? demanda-t-il doucement.

— Ça n'aurait rien d'étonnant. Je crois que Noé s'en est servi pour son arche.

Orsini resta à la barre, veillant à ne pas forcer la machine et

Liri vint au milieu pour écoper. La nuit était encore très noire et la visibilité quasiment nulle. Seul le remous se brisant sur la berge leur permettait de savoir en gros où ils étaient.

La masse d'une île de grande dimension se devina dans l'obscurité et Liri poussa un cri. Orsini donna un coup de barre et ramena le chaland au milieu d'une des branches du fleuve.

Lorsque le courant les emporta, il y eut un grand bruit sur leur gauche. Chavasse regarda par-dessus son épaule et vit une vedette ancrée à l'abri de l'île. Une lampe brillait dans le poste de pilotage.

Il remarqua qu'on s'agitait sur le pont, il entendit qu'on parlait aussi, puis on alluma un phare puissant installé au-dessus de la timonerie. Son rayon balaya l'eau noire. Il les suivait sans relâche, les prenant au piège de sa lumière comme des insectes dans une toile d'araignée.

Il y eut un cri où se mêlaient la stupéfaction et l'incrédulité et dans l'air froid la voix de Francesca retentit comme un clairon.

— Kapo ! Kapo ! Venez vite !

Chavasse se pencha sur le flanc du bateau et se mit à ramer fiévreusement tandis qu'Orsini poussait le moteur au maximum de ses possibilités. Ils filèrent dans le chenal, le courant les entraînant au-delà du promontoire de l'île ; ils se retrouvèrent dans l'obscurité.

Presque aussitôt la vedette démarra. Liri revint à la poupe.

— Je prends, maintenant. Il y a une anse à environ un quart de mille. Si on réussit à l'atteindre, on sera tranquilles. Elle est trop étroite pour un bateau à moteur comme le leur. Ils devront donc rester sur le bras principal.

Orsini alla s'asseoir à côté de Chavasse, prit l'autre rame et pagaya en y mettant toute sa force. À présent, ils franchissaient une partie plus étroite du fleuve. Les eaux très hautes s'y précipitaient en grondant, couvrant le bruit du moteur de la vedette. Chavasse enfonçait avec rage l'aviron grossier dans la rivière. Mobilisant toutes ses réserves physiques et mentales dans un suprême effort, il tentait d'oublier la fatigue que lui avaient value les dernières vingt-quatre heures.

La rivière s'élargit, ils se rapprochèrent de la terre ferme et d'une façon très inattendue, alors que s'atténuait le fracas des flots, ils entendirent tout près derrière eux le moteur de la vedette.

Chavasse jeta un coup d'œil par-dessus son épaule, distingua la lampe de la cabine de pilotage. Le projecteur transperçait la nuit pour les retrouver. Le staccato mortel d'une mitraillette s'éleva puis le bachot passa au côté sous le vent d'une petite île et commença à virer.

Les roseaux se dressaient dans la nuit et quand le pinceau du phare se posa sur eux, l'entrée d'une anse de petite dimension apparut dans l'ombre. Il y eut une rafale de mitrailleuse, inefficace, puis les joncs se refermèrent sur eux.

Liri réduisit la vitesse ; ils longèrent la berge, passant au plus près des pâles frondaisons. Peu à peu le grondement de la rivière s'estompa. Le moteur de la vedette s'était tu un moment, mais à présent ils l'entendaient qui repartait dans le lointain. Orsini eut un rire un peu tremblant.

— Il s'en est fallu d'un cheveu.

Chavasse sortit de sa poche la boussole que lui avait donnée le père Shedu et la tendit à l'Italien.

— Tu serais bien avisé de commencer à te servir de ce machin. On n'a pas deux fois trop de temps.

Orsini rejoignit Liri à la poupe.

— On se dirige en gros au sud-sud-est. C'est faisable ?

— Oui, je crois. Je connais cette anse et je sais où elle mène. On sera bientôt dans un plus grand lagon. Mais il n'est pas impossible que vous ayez à pousser à certains endroits.

— Le jour se lèvera dans combien de temps ? demanda Chavasse.

— Dans une heure. Peut-être un peu plus. Une chose est sûre, il y aura de la brume.

— Nous sommes entre tes mains, *cara,* lui dit Orsini.

Ils entrèrent dans une vaste lagune, ainsi qu'elle le leur avait indiqué et tournèrent dans un dédale de canaux sinueux. Le moteur de hors-bord s'arrêta plusieurs fois à cause des herbes aquatiques qui s'accrochaient dans l'hélice avant de rendre l'âme sans appel.

Orsini passa plusieurs minutes à le regarder de près. Il secoua la tête.

— C'est terminé, j'en ai peur. Dans les circonstances présentes, je ne peux absolument rien faire.

Ils se virent donc contraints d'avancer à la rame. Très vite ils rencontrèrent une zone de roseaux si serrés que les deux hommes durent descendre et dégager un chemin. Ils pataugeaient dans une boue épaisse et gluante et essayaient en gros de rester dans la bonne direction.

On ne pouvait se fier au niveau de l'eau, la profondeur du marais variait à tout moment sans que rien ne l'annonce.

À un moment Chavasse perdit pied dans un trou. Il s'efforça en jurant de revenir à la surface puis de remonter comme il put dans le bateau alors qu'ils débouchaient sur un nouveau canal praticable.

Orsini eut un rire sans joie.

— Ça, c'est bien le genre d'expérience dont je me passe.

Ils souffraient beaucoup du froid. Une nappe de brouillard humide flottait sur les canaux. De temps à autre des oiseaux aquatiques battaient des ailes en protestant sur leur passage. Ils s'appelaient les uns les autres sur un ton coléreux afin de prévenir ceux qui étaient devant de l'arrivée d'intrus.

Les ténèbres commençaient nettement à se dissiper. Une certaine luminosité s'y insinuait. Ils commencèrent alors à distinguer les roseaux. Au-dessus de leurs têtes des oies sauvages crièrent et s'envolèrent à la rencontre de l'aube.

Orsini était blême, il avait les traits tirés et sa barbe naissante accentuait cette pâleur. On lui aurait donné vingt ans de plus, d'autant que ses mains tremblaient légèrement sous l'effet du froid intense. Chavasse n'était guère en meilleur état. La jeune fille semblait plus en forme mais elle n'avait pas passé presque une heure dans l'eau glacée.

Ils entrèrent dans un large chenal. Orsini leva la main.

— On doit être tout près maintenant. Oui, tout près.

Il se dressa dans l'embarcation, plaça ses mains en porte-voix et hurla à tue-tête.

— Ohé, de la *Buena Esperanza* ! Ohé ! Ohé !

Il n'y eut pas de réponse, aussi Chavasse se mit-il de la partie.

— Carlo ! Carlo Arezzi !

Ils se turent et dans la lumière grisâtre, ils se lancèrent un regard d'impuissance. Liri leva la main.

— J'ai entendu quelque chose.

Chavasse crut d'abord qu'il s'agissait d'un cri d'oiseau, mais comme cela recommençait, il n'y avait plus de doute possible : c'était une voix d'homme. Ils pagayèrent dans la brume, appelant sans relâche et petit à petit la voix prit du volume.

Pour la dernière fois, Chavasse et Orsini tirèrent le bateau à travers un mur de roseaux et soudain, ils se retrouvèrent dans une lagune familière.

En face d'eux, la *Buena Esperanza* sembla émerger du brouillard pour venir les accueillir. Carlo Arezzi était debout sur le toit de la timonerie.

14

Évasion

Il régnait une douce chaleur dans la cabine. Chavasse se frictionna vigoureusement puis enfila une salopette et un pull de rechange appartenant à Carlo. On frappa à la porte.

— Vous êtes décent ?

Elle lui apportait une chope de café qu'il accepta avec grand plaisir. Il était brûlant et cet arôme était comme un retour à la vie.

— Je n'en ai jamais bu de meilleur. Où est Giulio ?

— Il est allé à la timonerie. Il voulait vérifier quelque chose sur la carte.

Elle ouvrit sa petite boîte, lui offrit une cigarette macédonienne, frotta une allumette et la lui présenta entre ses mains en coupe, comme un homme.

Chavasse rejeta un nuage de fumée et lui lança un regard pénétrant.

— Vous l'aimez bien, hein ?

— Qui ? Giulio ? Y a-t-il des gens qui ne l'aimeraient pas ?

— Il a vingt ans de plus que vous. Vous le savez, je suppose ?

— Et vous, vous savez ce qu'on dit du bon vin ? rétorqua-t-elle d'une voix calme, avec un haussement d'épaules.

Chavasse eut un petit rire, entoura de son bras les épaules de la jeune fille et la serra un instant contre lui.

— Vous êtes quelqu'un, Liri, il faut le reconnaître.

Il avala le reste de son café, lui rendit la chope et se dirigea vers l'escalier qui menait aux cabines. Comme il arrivait sur le pont il se mit à pleuvoir et la brume recouvrit tout de son linceul gris. Dans la timonerie, Orsini et Carlo étaient penchés sur les cartes.

— Où en est-on ? demanda-t-il.

Orsini eut un mouvement d'épaules.

— J'ai envie de prendre le chenal principal. Ça nous gagnera du temps, de plus on a de bonnes chances de s'en tirer. De l'autre côté, c'est la Yougoslavie et les Albanais préfèrent éviter de trop s'en approcher. Si on arrive à gagner la pleine mer je ne vois pas avec quoi ils pourraient nous rattraper.

— J'aurais tendance à croire que c'est aussi ce à quoi Kapo s'attend de notre part.

— Oh, c'est très probable. Mais je suis quand même d'avis d'essayer.

— Bon, ça marche pour moi, mais ce serait peut-être une bonne idée de préparer l'artillerie. À tout hasard.

— Occupez-vous en, toi et Carlo. Moi, je vais mettre la vedette en marche.

Chavasse et le jeune Italien descendirent au salon, ouvrirent le coffre sous le siège et déballèrent les armes. Il restait encore une mitraillette, une dizaine de grenades et le vieux Bren. Ils retournèrent sur la passerelle et disposèrent leur équipement, prêt à servir, sous la table des cartes.

Il était exactement 5 heures du matin lorsque les moteurs démarrèrent. La *Buena Esperanza*, avec Orsini à sa barre, s'enfonça dans le brouillard. Chavasse était à la proue avec Liri. La pluie lui fouettait le visage et, sous l'effet du vent soufflant de la mer, la brume prenait des formes étranges.

La jeune fille fixait intensément le rideau de grisaille, la bouche légèrement entrouverte, ses joues prenaient des couleurs.

— Vous êtes contente de partir ? lui demanda-t-il.

— Pour ce que je laisse derrière moi, répondit-elle avec un petit mouvement d'épaule.

Maintenant qu'il y avait un peu plus de lumière, les lances d'argent bruni de la pluie se distinguaient davantage. Elles s'enfonçaient, obliques, dans le brouillard et quelque part, un courlis poussa un cri étrange. Bientôt il y en eut un second et Chavasse attendit en retenant son souffle, obsédé par une ritournelle de son enfance. *Un cri, bonheur, deux cris, malheur, trois cris, la mort.*

À présent l'oiseau s'était tu. Un petit malheur était à envisager, mais cela, il pouvait le supporter.

Pendant une demi-heure, ils avancèrent lentement le long du grand canal, ne changeant de direction qu'une seule fois ; ils passèrent toute une série de lagunes. La visibilité était inférieure à vingt mètres, toutefois les roseaux se faisaient plus rares à présent et le chenal s'élargissait.

L'eau commençait à heurter les flancs de la *Buena Esperanza* en longues vaguelettes successives et Orsini eut un grand sourire.

— La Bojana. On est à environ un demi-mille de la mer.

La vedette progressait doucement, le doux ronronnement du moteur, noyé par des rafales de pluie battante, était pratiquement inaudible.

Chavasse se pencha sur la carte. L'estuaire n'était qu'un amoncellement de bancs de sable et le chenal principal ne mesurait pas plus de trente mètres. Si Kapo devait être dans les parages, c'est là qu'il les attendrait.

Au bout de quelques minutes Orsini coupa les moteurs et ils se laissèrent dériver dans le courant. Il ouvrit le hublot latéral et sortit la tête.

— On y est presque. S'ils sont en patrouille, on les entendra.

Chavasse alla sur la passerelle et se plaça à la proue, l'oreille aux aguets. Carlo et Liri vinrent le rejoindre. D'abord, ils n'entendirent rien d'autre que les bourrasques de vent chargées de pluie, puis Carlo leva une main.

— Il me semble que j'entends quelque chose.

Chavasse se retourna, adressa un signe à Orsini. L'Italien changea de cap et conduisit l'embarcation à un endroit où un banc de sable s'élevant de la mer formait un petit monticule. Le bateau vibra à peine en l'abordant. Chavasse courut à la timonerie.

— Carlo pense avoir entendu un bruit. Ça ne serait pas très malin de se jeter dans la gueule du loup si on peut l'éviter. On va y aller à pied.

Il passa par-dessus la rambarde, sauta et atterrit dans cinq centimètres d'eau. Carlo lui jeta la mitraillette avant de le rejoindre. Protégés par le brouillard ils suivirent le banc de sable.

Il s'étendait sur plusieurs centaines de mètres. Parfois, l'eau était plus profonde et ils en avaient jusqu'aux chevilles. À présent le bruit d'un moteur était parfaitement reconnaissable. Parfois il s'éloignait puis, au bout d'une minute ou deux il redevenait très distinct.

— Ils doivent fouiller l'entrée du chenal, souffla Chavasse.

Carlo le força à se coucher dans le sable. Lorsque la vedette émergea de la brume elle était à moins de vingt mètres. Ils eurent le temps de voir un soldat accroupi sur le toit de la timonerie, un pistolet-mitrailleur au poing puis le brouillard se referma sur le patrouilleur.

Ils rebroussèrent rapidement chemin, n'entendant presque plus les turbines de la vedette. La brume semblait être devenue un peu plus dense. La marée montait, commençant à noyer l'épine dorsale du banc de sable et à mouiller leurs bottes cependant que la *Buena Esperanza* émergeait du brouillard comme un vaisseau fantôme.

Orsini tendit la main à Chavasse pour l'aider à monter à bord.

— Alors, ils sont là ?

Chavasse répondit oui et lui expliqua brièvement ce qu'ils avaient vu.

— Et maintenant ? demanda-t-il.

Ils retournèrent dans la timonerie et Orsini étudia de nouveau la carte.

— On pourrait retourner dans les marais. Il y a certainement un moyen de filer, mais avec une embarcation de cette taille ça prendrait des heures et c'est sans garantie. De plus, d'ici là, Kapo aura certainement rameuté toute la flotte albanaise et ils pourraient bien nous donner du fil à retordre s'ils nous tombaient dessus et qu'on soit forcés d'accepter la bagarre.

— Vois-tu une autre solution ?

Du doigt, Orsini traça une ligne sur la carte.

— Il y un chenal là. Il est à environ un mille et nous emmènera jusqu'à l'Ile du Chat. Tu vois où c'est ?

— Oui, mais où est le problème alors ? Moi, ça me paraît très bien.

— Non. Comme je te l'ai expliqué, le fleuve n'est pas très utilisé ces temps-ci à cause d'incidents frontaliers et des canaux comme celui-ci n'ont pas été entretenus. Il n'y a pas moyen de savoir s'il reste de l'eau en suffisance. Et en plus, il y a probablement des hauts fonds.

— Es-tu disposé à risquer le coup ?

— Si vous êtes tous d'accord, moi aussi.

En réalité cette question ne pouvait se poser, Chavasse le comprit en jetant simplement un coup d'œil à Liri. Orsini appuya sur le démarreur et prit la direction opposée le long du banc de sable. Le bateau décrivit une longue courbe et repartit vers l'amont.

Orsini se pencha au hublot latéral, les paupières plissées essayant de voir dans la brume. Il ne tarda pas à pousser un grognement et tourna le gouvernail. Ils passèrent entre des bancs de sable bas et bossus. Il réduisit la vitesse à “très lentement” et la marche de la vedette évoqua une vieille dame se frayant un chemin dans une rue très passante.

Les vagues clapotaient contre le bas de la coque en rendant un son mat, signe évident qu'il y avait peu de profondeur et même une fois ou deux, la quille émit un gémissement de protestation en passant sur des bancs de sable. Enfin cinq minutes plus tard ils s'arrêtaient brutalement.

Orsini fit rapidement machine arrière. Au début, la vedette refusa d'obtempérer. Mais elle finit par s'arracher au sable dans un bruit de succion des plus désagréables. Sans un mot à personne, Carlo sauta par-dessus le bastingage. L'eau lui arrivait à la poitrine, mais quand il avança, il n'en eut plus que jusqu'à la taille.

Il poussa vers la gauche et quelques secondes plus tard, elle lui remonta jusqu'aux aisselles. Il bougea rapidement la main. Orsini tourna la barre et suivit les indications de son matelot.

Le jeune Italien nageait devant eux parmi les hauts fonds, sonda les creux tous les quelques mètres et derrière lui, la *Buena Esperanza* suivait son parcours tortueux. Soudain, une vague, jaillissant de la brume, déferla et l'engloutit.

Il revint à l'air libre et, lorsque Chavasse l'aida à remonter à bord, il grimaça un large sourire.

— Nous sommes en eau profonde. Je n'ai pas touché le fond. On est tirés d'affaire.

De la timonerie, Orsini agita le bras et poussa les moteurs. Il changea de cap de façon à sortir de l'estuaire et gagner la haute mer. À cinquante mètres de l'embouchure, la masse sombre de l'Ile du Chat se dessinait dans la brume et il prit vers bâbord. Comme ils franchissaient la pointe, à contre-courant, un rugissement de moteur s'éleva et un patrouilleur gris sortit de la crique rocheuse où il était embusqué.

Comme il filait sur leur travers, une mitrailleuse lourde commença à tirer. Des balles touchèrent le pont et des vitres volèrent en éclats dans la timonerie. Chavasse eut le temps d'apercevoir Kapo au bastingage. Il portait encore sa veste de chasse avec un col de fourrure et hurlait des ordres à ses hommes.

Carlo apparut dans le chambranle de la timonerie. La mitraillette qu'il avait à la hanche crépita lorsqu'il alla vers la rambarde. Un homme cria sur le patrouilleur et Kapo se mit à l'abri.

Déjà Orsini poussait les moteurs à plein régime et sur le pont avant du bateau albanais, une autre mitrailleuse se déchaîna, des balles traçantes et des obus percutèrent la coque de la *Buena Esperanza* qui fut tout entière parcourue de grands frissons sous le choc des impacts.

Quelques secondes plus tard, ils étaient passés, la proue se soulevait dans les vagues et derrière eux le patrouilleur disparut dans la brume. Chavasse se releva et tendit la main à Liri. Il y avait du sang sur son visage, elle l'essuya d'un geste vif.

— Ça va ? lui demanda-t-il.

— Oui. Un simple éclat de bois.

Carlo se retourna, serrant la mitraillette contre sa poitrine. Pour la première fois depuis que Chavasse le connaissait, il souriait franchement.

— J'ai laissé à un de ces salauds un petit souvenir de mon passage.

Chavasse alla à la porte de la timonerie. Les vitres étaient cassées, il y avait du verre partout sur le plancher, mais Orsini paraissait indemne.

— J'ai mis toute la gomme, s'écria-t-il pour couvrir le rugissement du moteur. Tu as vu Kapo ?

— Pendant un moment, j'ai cru qu'il nous avait eus en beauté. On aurait dû se douter qu'il était bien du genre à mettre des gardes aux deux issues.

— J'espère vraiment que la tête de ce porc va tomber rien que pour nous avoir laissés échapper.

Comme Orsini grimaçait un sourire féroce, les moteurs eurent un, puis deux ratés, toussèrent, tentèrent de repartir, avant de s'arrêter complètement.

La *Buena Esperanza* continua un moment, puis sa proue s'enfonça dans une vague, elle ralentit et finalement se mit à dériver au gré du flot.

15

LE DERNIER ADIEU

Lorsqu'Orsini souleva le capot de la petite chambre des machines, ils sentirent aussitôt les vapeurs d'essence. Carlo descendit la courte échelle d'acier, suivi de Chavasse et d'Orsini.

Carlo se livra à un examen rapide.

— Ça aurait pu être pire, fit-il. Une partie du tuyau d'arrivée d'essence a été endommagée. On a eu de la chance que tout ce foutu machin n'explose pas purement et simplement.

Un trou aux bords irréguliers dans la coque d'acier, causé par un éclat d'obus, était le témoin muet des dommages subis par le bateau.

— On en a de rechange ?

— Oh pour ça, pas de problème, il faut juste que j'en coupe un bon bout, et que je le soude.

— Ça va prendre combien de temps ?

— Vingt minutes à condition que vous sortiez tous les deux d'ici et que vous me foutiez la paix.

Chavasse remonta sur le pont et rejoignit Liri.

— Comment ça se présente ?

— Suffisamment mal pour nous obliger à barboter ici pendant une demi-heure.

Orsini quitta lui aussi la chambre des machines et d'un air sombre confirma le diagnostic.

— Si ce porc ne nous coince pas maintenant, c'est qu'il ne le méritait pas. On aurait intérêt à se préparer, Paul.

Il ouvrit une boîte de munitions et remplit soigneusement le magasin circulaire de la mitraillette contenant cent cartouches. Chavasse lui, vérifia le fusil mitrailleur et la demi-douzaine de chargeurs qui allaient avec. Liri se hissa sur le toit de la timonerie et monta la garde, essayant de voir à travers la brume.

Lorsqu'Orsini eut fini son travail, il alla chercher un vieux 45 automatique d'ordonnance qu'il lança à la jeune fille. Elle l'attrapa avec adresse.

— Je n'ai pas mieux à te proposer, mais méfie-t'en. Il a un recul comparable au coup de sabot d'une vieille mule.

— J'ai toujours eu une arme entre les mains, expliqua-t-elle, puis elle sortit le chargeur et le vérifia d'un œil d'expert.

Orsini lui adressa un sourire narquois.

— Je me demande de quoi tu aurais l'air avec une jupe, des bas et des chaussures à talon. Ça me plaît bien, comme idée. Quand on sera à Matano, il faudra que j'y songe sérieusement.

Elle rit, rougit, puis elle perdit son sourire.

— Écoutez, je crois qu'ils arrivent.

Le bateau était soulevé par le ressac qui se brisait contre ses flancs avec un son creux. Chavasse s'appuya au bastingage, tendant l'oreille, et perçut dans le lointain le bruit d'un moteur.

— Descends de là, ordonna Orsini à la jeune fille. Va dans la timonerie et allonge-toi par terre.

Elle eut assez de bon sens pour obtempérer sans discuter. Chavasse était debout près d'elle. Il passa le canon du Bren par l'un des hublots tandis qu'Orsini s'accroupit près de la trappe menant à la chambre des machines.

— Ils s'éloignent peut-être, murmura Liri.

Chavasse fit non de la tête.

— Jamais de la vie. ils ont dû comprendre qu'on avait stoppé les moteurs. Ils ont coupé le leur pour savoir ce qui se passait. Kapo s'est certainement rendu compte qu'il n'y avait que deux possibilités. Ou un autre bateau est en train de nous recueillir, ou nos moteurs ont rendu l'âme.

Le patrouilleur se rapprochait de plus en plus, pourtant il semblait gêné par le brouillard. Il passa même tout près d'eux. Son étrave rebondissant sur la mer secoua violemment la *Buena Esperanza*. Pendant un moment Chavasse crut qu'ils avaient échappé à leurs adversaires, mais le moteur de la vedette albanaise s'emballa et de nouveau le bateau sortit de la brume en rugissant.

Il bondit en travers de leur poupe et des bruits violents de coups de feu déchirèrent l'air. Le principal problème provenait de la mitrailleuse lourde montée à la poupe du patrouilleur car ses servants s'abritaient derrière un blindage de forme incurvée. À la proue, plusieurs soldats leur tiraient dessus depuis la rambarde avec des fusils et des pistolets mitrailleurs. Kapo était derrière eux, un revolver à la main.

Chavasse commença à tirer, décrivant un arc de cercle avec le canon du Bren et deux ou trois soldats refluèrent vers la passerelle. Il vit Francesca courir, tête basse. Il fit désespérément pivoter le Bren et lâcha une rafale qui mit à mal le bastingage à côté d'elle. Lorsqu'il fut à court de munitions, elle avait disparu dans la timonerie.

Il se mit à couvert pour prendre un nouveau chargeur. Au-dessus de sa tête du verre vola en éclats, des balles traçantes et des éclats d'obus de petit calibre imprimèrent leurs impacts dans les cloisons. Au moment où le patrouilleur s'éloignait, Orsini sauta sur ses pieds et lâcha unc longue rafale sur les mitrailleurs de proue. Il y eut un cri aigu. Comme le bateau disparaissait dans la brume, l'un deux passa par-dessus bord.

Le moteur du patrouilleur se tut peu à peu.

— Ne te relève pas, cria Orsini à la jeune fille. La prochaine fois, ça va vraiment être du sérieux.

Les Albanais tournèrent plusieurs fois autour d'eux, invisibles dans le brouillard très dense. Chavasse s'impatientait. Quand Kapo lança sa dernière attaque, il les aborda sous un angle différent, la vedette jaillit de la brume derrière lui, Chavasse tourna frénétiquement le Bren et tira, l'arme à la hanche.

La mitrailleuse lourde à la proue du patrouilleur les couvrit d'un feu nourri, meurtrier, la *Buena Esperanza* tressautait sous les balles. Chavasse, après avoir fini son dernier chargeur, se mit à l'abri, et le toit se désintégra en partie au-dessus de sa tête.

Le canon de la mitraillette appuyé contre une cloison de la timonerie, Orsini continuait à tirer. Quand le patrouilleur vira sur un grand arc de cercle et les prit de nouveau par le travers, Chavasse saisit une grenade dans la boîte à côté de Liri, en arracha la goupille et courut sur le pont.

Pendant un bref instant le bateau adverse fut si près qu'il distingua jusqu'aux traits des soldats. Lors de son passage, il projeta la grenade par-dessus le bastingage vers la poupe. Elle roula, un soldat lui lança un coup de pied, affolé, puis elle explosa. Une vague sembla déferler sur la poupe. Quand elle retomba, il ne restait plus qu'une mitrailleuse déchiquetée. Les militaires avaient disparu.

Le patrouilleur s'enfonça dans la brume et le silence revint. Liri se releva le visage encore une fois en sang. Elle s'essuya du plat de la main.

— Ils vont réessayer ?

— Vous pouvez en être sûre. Simplement, ils seront plus méfiants, la prochaine fois.

Orsini était penché au-dessus de la trappe. Il se redressa et vint vers eux.

— Ça va… Il en a encore pour un quart d'heure au moins.

Ils se regardèrent sans souffler mot, sachant ce que cela signifiait. Brusquement la voix de Kapo résonna dans le brouillard.

— Pourquoi ne pas abandonner, Chavasse ? Vous n'espérez quand même pas vous en sortir ?

Liri poussa un cri étouffé. Orsini la rassura.

— Ne t'inquiète pas. Il utilise un porte-voix, c'est tout. Je me demande à quoi il joue, ce salaud ?

— Cause toujours ! répondit Chavasse.

Le moteur de la vedette albanaise se mit à rugir, elle émergea de la brume. Depuis le bastingage, les soldats arrosaient la *Buena Esperanza* de rafales d'armes légères.

Chavasse força Liri à s'aplatir sur la passerelle, Orsini s'accroupit à côté d'elle ; le staccato rageur de sa mitraillette retentit. Il s'arrêta soudain de tirer au moment même où les Albanais disparaissaient dans le brouillard.

Il vérifia le chargeur et jeta l'arme dans la timonerie avec un air de dégoût.

— Et le Bren ?

— Je suis moi aussi à court de munitions.

Orsini alla chercher la caisse de grenades sous la table des cartes.

— Enfin… Il nous reste au moins ça.

— S'ils s'approchent suffisamment, observa Chavasse.

De nouveau la voix de Kapo, invisible dans ce mur de grisaille, s'éleva.

— Il est évident que vous êtes incapables de bouger, Chavasse, aussi je suis prêt à me montrer généreux. Si vous vous montrez raisonnable, c'est-à-dire si vous vous rendez, je laisserai vos amis partir librement. Vous avez ma parole. Je vous accorde dix minutes de réflexion. Après cela, je vous envoie tous par le fond.

Dans le silence qui suivit, Orsini poussa un grognement et s'engouffra dans l'escalier menant au salon. Il revint avec la seconde bouteille de plongée.

— Aide-moi à l'enfiler. Vite, lança-t-il à Liri. Paul, tu trouveras des pains de plastic et des détonateurs chimiques au salon. Dépêche-toi d'aller me les chercher.

— Mais tu joues à quoi, bon Dieu ? Tu peux m'expliquer ?

Orsini se contenta de le pousser d'un geste brusque.

— Ah, ce n'est pas le moment de discuter. Allez.

Quand Chavasse fut de retour avec le chapelet d'explosifs, l'Italien avait fixé le harnais de sa bouteille et il enfilait ses palmes.

— Je vais essayer de me débarrasser de Kapo une bonne fois pour toutes, dit Orsini en attachant le plastic autour de sa taille.

— Tu ne disposeras pas de suffisamment de temps, objecta Chavasse.

L'Italien esquissa un sourire.

— J'ai déjà entendu ça en 41, lorsque je suis allé à Alexandrie avec mon équipe. Mais on y est entré, on en est même ressorti, et en prime, on a laissé deux destroyers britanniques le cul dans la vase. Je sais ce que je fais.

Il abaissa son masque, détourna le regard du visage blême de Liri et se laissa tomber par-dessus bord. Il ne savait pas exactement où se trouvait le patrouilleur, seulement qu'il ne devait pas être bien loin. Il nageait très vite, utilisant vigoureusement ses palmes et en moins de deux minutes, la brume l'avait englouti.

Il remonta doucement à la surface et regarda autour de lui. Il n'y avait pas trace du garde-côte, mais au-dessus de sa tête la voix de Kapo tonna et il finit par distinguer une masse sombre dans le brouillard.

— Encore cinq minutes, Chavasse, pas une de plus.

Orsini plongea et ne tarda pas à voir la quille de la vedette. Il se dirigea vers la proue, sortit les explosifs et fixa plusieurs poignées de pains de plastic entre l'hélice et la coque. Le temps s'écoulait rapidement, il enfonça le détonateur, en brisa l'extrémité et s'éloigna.

Il nageait en y mettant toute son énergie, poussant ses forces au maximum. L'eau bouillonnait sous ses palmes, enfin la quille de la *Buena Esperanza* se rapprocha de lui et il remonta à l'air libre.

Se penchant au-dessus du bastingage, Chavasse lui tendit la main et assisté de Carlo, l'aida à reprendre pied sur le pont. Malgré le bruit de la mer qui lui résonnait dans les oreilles, Orsini entendit le moteur du garde-côte démarrer.

Lorsque l'explosion se produisit, ses échos mêlés aux cris des mourants se répercutèrent à travers le rideau de pluie. Pendant un long moment, des débris continuèrent de tomber dans l'eau, puis le silence revint.

— Sainte Mère de Dieu, murmura Carlo avec un soupçon de crainte dans la voix, ils ont dû couler comme des pierres.

Orsini déboucla lentement les courroies de sa bouteille de plongée.

— Où en est-on en bas ?

— Tout est terminé, l'informa Carlo. On part dès que tu es prêt.

Liri était agenouillée à côté d'Orsini, sa boîte de cigarettes ouverte à la main. Chavasse se laissa tomber près d'elle, en prit une et pencha la tête ; l'allumette qu'elle lui présentait jeta une vive lueur entre ses doigts.

Orsini lança à son ami un regard curieux.

— Tu regrettes pour la fille.

— Elle n'a pas volé ce qui lui est arrivé.

Chavasse s'éloigna et s'accouda à la rambarde. Il avait une boule dans la gorge dont il aurait été bien en peine d'expliquer logiquement la présence. Seulement, il se rappelait une fille adorable, pleine de vie qu'il avait rencontrée mille ans auparavant lors d'une soirée donnée à Rome par son ambassade.

Il avait mal à la tête et il était fatigué, terriblement fatigué et voilà qu'elle ne cessait pas de l'appeler. Il ferma les yeux un instant. Quand il les ouvrit, elle émergeait de la brume et nageait vers lui.

Jamais elle ne lui avait paru plus belle qu'avec ses cheveux noirs flottant tout autour de son visage si pâle. Comme elle dérivait dans leur direction, elle lui jeta un regard suppliant.

— Aidez-moi, Paul ! Je vous en prie !

Il la regarda et se souvint de Matt Sorley, de Dumont et de tous ses autres amis qui, à cause d'elle, avaient connu une mort particulièrement pénible.

— Mais enfin, Paul, au nom du ciel. On n'est pas des sauvages, s'exclama Orsini.

Chavasse se tourna, le dévisagea, l'Italien haussa les épaules :

— Si tu ne veux pas l'aider, je m'en chargerai.

Il s'avança mais Chavasse secoua la tête.

— C'est moi que ça regarde, Giulio.

Il se baissa et hissa Francesca à bord. Elle s'affala sur le pont, toussant et cherchant à reprendre son souffle.

— Merci, Paul. Vous n'aurez pas à le regretter, je vous le promets.

Au moment où elle se remit debout elle eut un mouvement rapide de la main, il comprit qu'elle avait un couteau : son acier brillait dans la lumière crue du matin. Il essaya de s'écarter mais il était trop tard. La lame le toucha au flanc gauche, trancha sa chair, mais dévia sur la cage thoracique.

Il recula en chancelant tant à cause de la violence du coup que de la haine froide tellement visible dans son regard. Orsini poussa un cri de détresse. Chavasse vit qu'elle levait son poignard, un rayon de soleil perçant tout juste le rideau de brume s'y refléta. Liri poussa alors un cri sauvage.

Elle s'avança, tenant à deux mains le lourd automatique qu'Orsini lui avait confié. En succession rapide, les projectiles de gros calibre s'enfoncèrent dans le corps de Francesca qui bascula par-dessus le garde-fou et s'abîma dans l'Adriatique.

Chavasse sentit qu'Orsini s'agenouillait auprès de lui et que Liri jetait son arme au loin dans la mer. Il respira à fond, luttant contre la souffrance.

— Ça va, Giulio, je vais bien. Mais foutons le camp d'ici et vite.

Orsini cria un ordre à Carlo, qui se trouvait dans la timonerie. Peu après, les moteurs démarrèrent et la *Buena Esperanza* avança à petite vitesse.

Ils traversèrent un grand cercle jonché de débris du patrouilleur albanais et Liri, appuyée à la rambarde les appela d'un ton bref. Elle désignait l'eau du doigt.

Chavasse secoua la tête, serrant sa chemise roulée en boule contre son flanc pour étancher le sang. Il essaya d'écouter ce que disaient les autres. La mer déferlait dans ses oreilles et il avait le sentiment que des toiles d'araignée grisâtres dansaient lentement dans son champ de vision. Il se rendit compte que les moteurs avaient stoppé, que Carlo l'avait rejointe et qu'Orsini passait de l'autre côté de la rambarde.

Soudain pris de vertige, luttant contre la douleur, Chavasse se pencha. Lorsqu'il se redressa, Carlo remontait à bord la statue de Notre Dame de Scutari.

Orsini la prit dans ses bras et la déposa respectueusement devant Chavasse.

— Regarde, Paul. Elle flottait parmi les restes de la vedette. Elle n'a pas subi le moindre dommage. C'est un vrai miracle.

Carlo retourna à la timonerie et remit les moteurs en marche. Quant à Chavasse, il resta assis à regarder la statue. Il pleurait, c'était assez étrange et il aurait été dans l'incapacité de se l'expliquer. Mais, d'une certaine manière, devant ce visage brun, souriant, il avait l'impression d'avoir moins mal.

Au-dessus de sa tête, une mouette poussa un cri aigu, fondit sur la mer qu'elle rasa de son aile, et s'envola dans la bruine telle une âme enfin libre.

1965

LE ONZIEME COMMANDEMENT

Traduit de l'anglais
par Irène Convard

Edition revue et complétée
par Shaïne Cassim

Ce roman a paru sous le titre original :
THE GRAVEYARD SHIFT

1

Le brouillard s'épaississait au-dessus de la Tamise, jaune et menaçant, poussé par la brise matinale, enveloppant la ville dans son écharpe grise et, lorsque l'officier de service de Wandsworth ouvrit la grande porte de la prison à la demi-douzaine d'hommes qui attendait, ils pénétrèrent dans un monde qui leur était devenu étranger.

Ben Garvald était le dernier de la file, un grand homme à l'allure inquiétante, les épaules massives sous le trench-coat bon marché. Il hésita, releva son col; l'officier de service lui donna un coup de coude.

— Pas envie de nous quitter, hein?

Garvald se tourna vers lui et le toisa calmement :

— Qu'est-ce que tu en penses, gros porc?

L'officier eut un mouvement de recul et le sang lui monta au visage :

— Je pense que tu es beaucoup trop grande gueule, Garvald. Maintenant, sors d'ici!

Garvald franchit le seuil et la porte se referma derrière lui avec un fracas étrangement réconfortant.

Il traversa la rue principale, dépassa une rangée de voitures dans le parking.

L'homme assis au volant d'une vieille camionnette bleue se tourna vers son compagnon et lui fit un signe de la tête.

Garvald s'arrêta au coin, regarda le lent trafic matinal dans le brouillard et traversa la rue pour entrer dans le petit café de l'autre côté de la voie.

Deux de ses compagnons de détention se trouvaient déjà là, accoudés au comptoir où une blonde ensommeillée préparait du thé dans un pot en métal.

Garvald prit place sur un tabouret et attendit en jetant un coup d'œil par la fenêtre. Au bout d'un moment, le fourgon bleu surgit du brouillard et se rangea au bord du trottoir. Deux hommes entrèrent dans le café. L'un d'eux était petit et avait sérieusement besoin d'être rasé. L'autre était un grand type d'au moins six pieds, avec des mains énormes et un visage dur et émacié.

Quand la blonde eut servi Garvald, le plus grand se pencha et lui dit avec un fort accent irlandais :

— Deux thés, ma belle.

Il lança un regard de défi à Garvald, un sourire moqueur sur les lèvres, mais l'ex-prisonnier refusa de se laisser prendre au jeu et plongea les yeux dans le brouillard, que la pluie accompagnait maintenant en battant contre la vitre. L'Irlandais paya les consommations et rejoignit son compagnon dans le fond de la salle.

— Qu'est-ce que tu en penses, Terry ? dit ce dernier en jetant un coup d'œil furtif vers Ben.

— Dans le temps il ne fallait pas lui échauffer les oreilles, mais il doit s'être ramolli... la prison ça n'arrange personne ! (Il sourit.) Ça va être un contact comme on en a pas eu depuis longtemps.

La fille derrière le comptoir bâilla en remplissant une tasse pour Garvald. Elle l'observa du coin de l'œil. Elle était habituée à ces hommes-là. Presque tous les matins, l'un d'entre eux traversait la route et tous avaient le même regard. Mais celui-ci avait quelque chose d'autre qu'elle n'arrivait pas à identifier. Elle posa la tasse devant lui et écarta ses longs cheveux blonds de son visage.

— Autre chose ? demanda-t-elle.

— Qu'est-ce que vous avez ?

De ses yeux, aussi gris que la fumée d'un feu de bois montant dans le ciel clair par un matin d'automne, se dégageait une force attirante, une force animale, presque physique. Toutes les réactions de son corps se lisaient dans ses prunelles ardentes.

— À cette heure-ci ? Vous les hommes... vous êtes bien tous les mêmes !

— Qu'est-ce que vous attendiez ? Ça fait très longtemps. (Il posa de la monnaie sur le comptoir.) Donnez-moi des cigarettes, sans filtre, je veux en griller une... une vraie !

Il en alluma une et en offrit une autre à la fille. Les deux hommes, assis dans un coin, l'observaient dans le miroir. Garvald les ignora et donna du feu à la fille.

— Resté longtemps au trou ? demanda-t-elle en soufflant la fumée de façon provocante.

— Assez longtemps. (Il regarda par la fenêtre.) Je m'attends à trouver des changements.

— Tout change de nos jours, approuva-t-elle.

Garvald lui sourit, tendit la main, caressa les longs cheveux de soie blonde.

— Certaines choses ne changent jamais, soupira-t-elle, le souffle court.

Soudain elle se sentit défaillir, sans force, la gorge sèche comme emportée par un inexorable courant ; elle eut peur. Se penchant par-dessus le comptoir, Garvald lui prit la tête à deux mains, l'attira à lui et l'embrassa à pleine bouche.

— À un de ces jours !

Il se laissa glisser du tabouret avec une agilité incroyable pour un homme de sa taille ; en deux enjambées il atteignit la porte et sortit.

Les deux hommes coururent derrière lui aussi vite qu'ils le purent mais lorsqu'ils furent sur le trottoir, il avait disparu dans le brouillard. Le plus grand marchait devant ; allongeant le pas, il vit Ben Garvald tourner le coin de la rue et entrer dans une venelle. L'Irlandais grimaça un sourire et attendit son compagnon, qui arriva essoufflé.

— Il le cherche vraiment celui-là, lui dit-il en faisant signe du menton.

Marchant avec précaution sur les pavés inégaux, ils s'engagèrent à leur tour dans la ruelle. Les maisons dataient de l'époque victorienne et les fenêtres étaient protégées par des barreaux de fer. L'Irlandais s'arrêta, de la main il fit signe à l'autre de faire halte puis il écouta, mais il n'entendit que le ronflement des voitures passant à toute allure sur la route, étrangement amorti par le brouillard.

Une ride profonde creusa son front ; anxieux il avança de quelques pas. Derrière lui, Garvald, tapi dans l'encoignure d'une porte cochère, cueillit le petit homme d'une droite au menton et, avant même qu'il ait pu se ressaisir, lui envoya son genou dans l'aine. Comme un pantin désarticulé il s'affala sur les pavés. Un râle d'agonie s'échappa de sa gorge. Cela n'avait duré que quelques secondes. Le plus grand se retourna et vit son ami se tordre de douleur. Garvald s'était redressé, les deux mains dans les poches, un petit sourire sur les lèvres :

— Tu cherches quelqu'un, l'ami ?

L'Irlandais bondit vivement, ses grandes mains ouvertes pour détruire. Mais elles se refermèrent sur le vide et ses pieds furent pris dans un croc-en-jambe d'expert. Il chuta lourdement avec un son mat sur le trottoir humide. Au même moment, Garvald lui saisit le poignet droit et lui ramena le bras derrière le dos dans une clé savante.

Son adversaire poussa un hurlement : le muscle de l'épaule se déchirait. Le maintenant dans cette position, Garvald lui cognait la tête contre les barreaux de fer dans un va-et-vient incessant. Le petit homme avait recouvré ses esprits. Se soulevant sur un genou, il vomissait dans le caniveau. Il réussit à se relever; les yeux exorbités, une expression d'horreur sur le visage, il regardait la scène. Garvald enjamba l'Irlandais et s'approcha du petit homme : celui-ci eut si peur qu'une terreur inconnue s'empara de lui.

— Non… Pour l'amour du Christ ! Laissez-moi, bredouilla-t-il.

— C'est mieux, dit Garvald, c'est beaucoup mieux. Qui vous a lancés après moi ?

— Un type qui s'appelle Rosco, Sam Rosco. Lui et Terry ont fait quelques casses ensemble, il y a deux ans. La semaine dernière il a écrit à Terry, oui, il habite maintenant dans le Nord, il lui disait que vous alliez sortir… et que personne n'aimerait vous voir revenir…

— Et vous êtes censés me convaincre ? dit Garvald gentiment. Et dis-moi, l'ami, combien avez-vous touché pour me porter ce message ?

—… Cent livres, répondit le petit homme en s'humectant les lèvres, cent livres à nous partager…

Garvald fit pivoter l'Irlandais inanimé, l'appuya contre le mur en le soulevant du genou — tout en le fouillant il sifflotait un petit air triste. Il trouva le portefeuille, l'ouvrit et sortit une liasse de billets.

— C'est ça ?

— Oui, Terry ne m'avait pas encore donné ma part.

Après avoir compté l'argent, Garvald le glissa dans la poche intérieure de sa veste.

— Voilà ce que j'appelle un petit boulot matinal très satisfaisant.

Le petit truand s'accroupit près de son acolyte. D'un doigt hésitant il lui toucha le visage :

— Sainte Mère ! Vous lui avez fracassé la mâchoire !

— Tu ferais mieux d'appeler un docteur !

Garvald s'éloigna et disparut dans le brouillard. Le petit air triste resta un moment dans l'atmosphère puis s'évanouit mystérieusement. Le petit homme resta seul près de l'Irlandais dont la gabardine était maintenant trempée aux épaules.

Cet air — ce damné air — il ne pouvait pas se l'enlever de la tête. Il ne put jamais s'expliquer pourquoi il se mit à pleurer désespérément comme un gosse malheureux.

2

La nuit tombait. Un vent glacial venant de la mer du Nord balayait la ville comme un coup de poignard dans un dos, pénétrant profondément dans les ruelles de la ville grise, sifflant le long des étroits canyons longés par des immeubles divisés en appartements, selon les nouvelles règles de l'architecture moderne.

Et la pluie tomba aussi, c'était une froide pluie hivernale qui cinglait les vitres comme un tir de plomb.

Jean Fleming était assise sur une chaise à l'accueil du bureau principal de la police judiciaire et attendait. Il était un petit peu plus de 9 heures et l'endroit semblait étrangement désert, les ombres surgissaient des coins et retombaient sur les bureaux longs et étroits, lui donnant un vague et irrationnel sentiment de malaise.

Au travers de la vitre dépolie qui garnissait le panneau de la porte, à gauche, elle distinguait des silhouettes qui se déplaçaient, se découpant comme des ombres chinoises. Un murmure confus arrivait jusqu'à elle. Quelques minutes passèrent encore puis le battant s'ouvrit sur un homme d'une quarantaine d'années à la puissante stature; des cheveux grisonnants garnissaient son front obstiné.

— Le commissaire Grant va vous recevoir maintenant, Miss Fleming.

Elle se leva et entra dans le bureau rapidement. La pièce était à moitié dans le noir, la seule lumière était une lampe au halo vert posée sur la table. De hauts classeurs occupaient la plus grande place. Derrière le bureau, une carte de la ville était fixée au mur par des punaises et l'on avait délimité les quartiers au crayon rouge. Le commissaire ne se sentait pas bien, il lui semblait qu'un cercle de fer lui serrait la tête. Tous ces symptômes laissaient présager une attaque de cette épidémie de grippe asiatique qui touchait déjà le cinquième de son effectif sur la liste des malades. D'un geste rageur, il ouvrit le tiroir de son bureau, saisit un tube d'aspirine et prit trois cachets qu'il avala avec un verre d'eau. Tout en prenant son paquet de cigarettes, il jeta un coup d'œil sur la fille, de l'autre côté de son bureau.

La détaillant de ses yeux experts, il jugea qu'elle devait avoir vingt-sept ou vingt-huit ans, très probablement d'origine irlandaise. Bien qu'il n'aimât pas la nuque dégagée par la coupe au rasoir pour une femme, il devait en convenir : ça lui donnait quelque chose, un genre particulier. Elle portait un élégant manteau de fourrure qui devait bien coûter dans les cinquante livres et les bottes qui lui montaient jusqu'aux genoux étaient en cuir de première qualité.

Jean prit place sur la chaise que lui avança l'inspecteur Brady et croisa les jambes, donnant au commissaire Grant le plus joli point de vue qu'il ait eu de la soirée. Elle tira sur sa jupe, recouvrit ses genoux et levant les yeux elle lui sourit :

— Vous ne vous souvenez pas de moi, Mr. Grant ?

— Le devrais-je ?

Il fronça les sourcils. Fleming, Jean Fleming… et son visage — plutôt laid — se transforma grâce à un sourire au charme ravageur qui était un de ses plus grands atouts.

— Je dois me faire vieux.

— Je suis la sœur de Bella Garvald.

Comme si elle venait de prononcer un mot magique, la lumière jaillit dans le cerveau de Grant : Ben Garvald et le hold-up des aciéries Amalgat. Huit ans… non, neuf déjà. Ce fut sa première grande affaire après sa nomination comme inspecteur principal. Son esprit retourna en arrière, à la rue Khyber où vivaient Bella et sa jeune sœur.

— Vous avez changé… vous étiez encore au collège… si ma mémoire ne me fait pas défaut. Qu'est-ce que vous vouliez devenir déjà ? Ah oui, institutrice.

— Je le suis.

— Ici ? Dans notre ville ?

— …École de Oakdène, cours préparatoire de sixième.

— Voyons… celle de Miss Van Heflin. Oh ! je connais le coin, ce fut mon premier secteur alors que j'étais un jeune agent de police. Travaille-t-elle encore ? Elle doit approcher des soixante-dix ans maintenant.

— Elle a arrêté il y a deux ans, dit Jean Fleming. C'est moi qui occupe son poste depuis.

Une pointe de fierté transparaissait dans sa voix et son accent du Nord n'en était que plus prononcé.

—Vous avez fait votre chemin depuis la rue Khyber… et comment va votre sœur Bella ?

— Elle a divorcé de Ben, peu de temps après qu'il fut en prison. Remariée l'an dernier.

— Ça y est, je me rappelle maintenant… avec Harry Faulkner. Elle a eu raison, elle a la vie assurée avec lui…

— En effet, et je ne veux pas que sa situation soit gâchée.

— Comment le serait-elle ?

— Ben… il a été libéré hier.

— En êtes-vous sûre ?

— Oui. Avec les remises de peine il aurait dû sortir de prison l'année dernière, mais une tentative d'évasion de Dartmoor lui avait enlevé tout espoir de ce côté.

Grant souffla sa fumée au plafond.

— Vous pensez qu'il va faire des histoires ?

— Il a refusé le divorce. C'est pour cette raison qu'il a tenté de s'évader. Il a dit à Bella qu'il ne la laisserait pas aller avec quelqu'un d'autre.

— Lui a-t-elle rendu visite ?

Jean Fleming secoua la tête.

— Pourquoi l'aurait-elle fait ? Elle était libre et ne lui devait plus rien. J'allai le voir lorsque ma sœur et Harry décidèrent de se marier. J'annonçai à Ben leur intention et lui recommandai de les laisser en paix, les décisions de Bella ne le regardant plus.

— Quelle fut sa réaction ?

— Il était furieux. Il voulait savoir qui c'était mais j'ai refusé de le lui dire. Il a juré qu'il la retrouverait lorsqu'il serait libre.

— Faulkner est-il au courant ?

— Oui. Mais il n'a pas pris la menace au sérieux et pense que Ben n'osera pas revenir ici.

— Il a sans doute raison.

— Je ne le crois pas ! Bella a reçu une lettre, plus exactement un billet avec ces quelques mots : *À bientôt. Ben.*

— L'a-t-elle montré à son mari ?

— Non, répondit Jean, c'est idiot mais c'est l'anniversaire de Harry et ils organisent une soirée — toute la nuit —, danse, cabaret et tout le reste. Je vais aller les rejoindre en sortant d'ici. Cette soirée compte beaucoup pour Bella. Elle n'aimerait pas que Ben vienne tout gâcher.

— Je vois, mais que puis-je faire ? Il a purgé sa peine. Tant qu'il garde les mains propres, c'est un citoyen libre.

— Vous pourriez lui glisser un mot, lui dire de se tenir à l'écart. Ce n'est pas trop lui demander, non ?

Grant se leva, se dirigea vers la fenêtre et regarda le halo qui entourait chaque lumière sous la pluie.

— Regardez, dit-il en se tournant vers Jean Fleming, voyez toutes ces rues : ces maisons sont habitées par un demi-million de gens. Pour maintenir l'ordre dans notre ville nous sommes huit cents agents — y compris ceux qui travaillent dans les bureaux. Nous devrions être, pour avoir un effectif raisonnable, au moins deux cent cinquante de plus…

— Pourquoi ne les avez-vous pas ?

— Vous seriez surprise si je vous disais que peu d'hommes veulent passer leur vie dans des services comme les nôtres… mal rétribués et dangereux.

— En somme… vous m'expliquez d'une façon courtoise que vous ne pouvez rien pour moi ?

— En temps ordinaire j'ai cinquante-deux inspecteurs sous ma responsabilité. Aujourd'hui dix-huit sont atteints de la grippe et le reste doit quand même assurer le service ; mes hommes font quinze à seize heures de travail par jour, habituellement nous formons des équipes de trois huit. Vous pouvez remarquer qu'il n'y a ici que l'inspecteur Brady et moi-même, les autres sont sur des affaires urgentes… et ce soir c'est pire !

— Vous n'avez vraiment personne qui soit disponible ?

— Théoriquement si, répondit-il avec un petit rire sec.

Il retourna s'asseoir derrière son bureau.

— Nous jetterons un œil, ce ne sera pas très difficile de trouver Garvald s'il est en ville. C'est tout ce que je peux vous promettre, nous ferons ce que nous pourrons.

Jean Fleming se leva, ouvrit son sac, prit une carte qu'elle remit à Grant :

— Je serai chez Bella à St Martin's Wood, j'y resterai une ou deux heures, ensuite je rentrerai chez moi. J'habite l'ancien appartement de Miss Van Heflin, au-dessus de l'école.

Elle se dirigea vers la porte, Brady fit un pas pour l'ouvrir. Grant remarqua alors :

— Miss Fleming, une chose que je ne comprends pas bien. Pourquoi vous ? Pourquoi Bella n'est pas venue elle-même ?

Jean Fleming se tourna lentement vers lui :

— Vous vous souvenez mal de Bella, n'est-ce pas ? Ma sœur prend toujours ses rêves pour des réalités en espérant que tout s'arrangera au mieux ; elle a été ainsi toute sa vie. Seulement moi, j'ai peur du scandale, je serais éclaboussée dans l'histoire. J'ai trop travaillé, Mr. Grant, vous l'avez dit vous-même, je viens de loin, de trop loin pour ruiner ma situation.

Quand elle traversa l'antichambre elle tremblait d'indignation. Elle n'appela pas l'ascenseur, s'engagea dans l'escalier de marbre et dévala les trois étages jusqu'à la porte à tourniquet, puis sortit sous les arcades face à l'Hôtel de Ville.

Les hauts piliers de pierre ressemblaient à des fantômes surgis de la nuit. Elle s'arc-bouta sous la bourrasque glacée qui la gifla d'une façon menaçante, comme la peur qu'elle sentait monter en elle.

« Maudit sois-tu, Ben Garvald... Et que tu grilles en enfer ! » dit-elle avec orgueil.

— Quelle fille, dit l'inspecteur Brady.

— Certainement, approuva le commissaire, sinon elle n'aurait pas fait un tel chemin en sortant d'un endroit comme la rue Khyber.

— Vous croyez que son histoire cache quelque chose ?

— Possible. Ben Garvald est un dur, je ne crois pas que neuf ans de travaux forcés aient pu l'amender.

— Je ne l'ai pas connu personnellement, quand il a été arrêté je me trouvais à la division C. Avait-il beaucoup d'amis ?

— Non. C'était une espèce de loup solitaire, ceux qui trouvaient le courage de le fréquenter le craignaient.

— Bon tireur ?

— Pas du tout son genre ! Garvald détestait la violence et n'était jamais armé ; sa devise était : « Voler, mais pas tuer ». Il avait fait partie d'un commando en Corée. À la suite d'une blessure à la jambe — qui lui laissa une légère claudication — il fut rapatrié en 1951 et reconnu invalide.

— Je vais chercher son dossier ?

— D'abord nous allons voir si nous pouvons mettre un homme pour le surveiller.

Grant se leva et consulta le tableau de service, du doigt il désignait chaque nom :

— Graham est encore sur cette affaire de viol, Varley s'occupe du hold-up de l'usine et Maske Lane est parti le rejoindre voilà une heure. Grégory : grippé ; Lawrence : idem ; Forbes, à Manchester, cité comme témoin dans cette affaire de fraude ; il ne rentrera pas avant demain.

— Et Garner ?

— En déplacement à la Division C. Eux aussi ont besoin d'hommes. (Grant alla près de la fenêtre et regarda tomber la pluie.) Je serais étonné que nos citadins s'imaginent que nous sommes seulement cinq, ce soir, à la division Centrale.

— Il y a bien Miller, Commissaire.

— Miller ? répéta Grant d'un air morne.

— Oui, le bri-ga-dier sergent-détective Miller. (Brady appuya sur le grade avec intention.) J'ai entendu dire qu'il avait terminé ses examens la semaine dernière.

Il n'y avait rien d'extraordinaire dans le ton employé par Brady mais Grant savait ce qu'il impliquait. Depuis la nouvelle réglementation les jeunes recrues pouvaient suivre des cours au Collège de la Police à Bramshill House. Dès leur retour à leur division ils étaient promus, après concours, détective-sergent. Cela créait une source de jalousie et d'amertume pour les agents trop âgés qui attendaient cette promotion après les longues étapes d'un dur service.

— Je l'avais oublié, pourtant c'est un homme capable et qui connaît toutes les astuces de la loi, n'est-ce pas ?

Le commissaire Grant voulait jauger son subordonné et savoir quel serait son comportement.

— C'est ce qu'on dit, reprit Brady, une once de sécheresse dans la voix.

— Je ne l'ai rencontré qu'une fois quand il m'a demandé de l'inscrire pour Bramshill. Il avait de très bonnes notes, je l'ai encouragé. Trois ans sur le pavé de la division E ont dû lui apprendre la vie. Je me souviens qu'il fut le premier sur les lieux lors du hold-up de la banque Leadenhall. C'est à ce moment que le Vieux a décidé de le muter à la Police Judiciaire. Il est resté un an à la division D avec Charlie Parcker. Charlie pense qu'il a tout ce qui fait un bon flic de nos jours.

— Et un frère assez riche pour lui donner des voitures... et quelles voitures!... Un jour il est venu prendre son service dans une Jaguar.

— Oui. J'ai entendu dire aussi que le gros Billy McGuire aurait dégonflé les pneus de cette même voiture pour lui faire une farce. Il l'avait pris dans son cours de gymnastique et lui a appris certains secrets de défense, notamment le karaté; n'oublions pas qu'il est ceinture marron au judo. Billy raconte que Miller le dépasse en force, il le porte au pinacle. Ce compliment d'un maître a sa valeur.

— Grosses farces, grands mots! fit Brady dédaigneux, est-il capable d'arrêter les voleurs, c'est ça la question!

— Charlie Parcker l'affirme et il voudrait bien qu'il revienne dans ses services.

— Où va-t-il alors? demanda Brady, sourcils froncés.

— Chez nous. Le vieux m'en a donné confirmation cet après-midi.

Brady respira profondément et ravala sa colère.

— Ça monte en grade comme ça!... sans états de service... J'ai attendu dix-neuf ans pour être inspecteur... de nos jours...

— C'est la vie, Jack, dit gentiment le commissaire, de plus Miller, après ce brillant examen, est en congé jusqu'à mardi, à moins...

— Voulez-vous que j'aille le chercher?

— Pourquoi pas? S'il doit venir travailler chez nous, il peut aussi bien rejoindre son poste dès maintenant. Son numéro de téléphone est dans son dossier; il prendra ses jours de repos quand l'effectif sera au complet. Pas d'excuses.

Un sourire acide fleurit sur la bouche de Brady, il sortit en savourant son petit triomphe. Grant alluma une cigarette et revint près de la fenêtre; tout en regardant la ville il pensait : « Un bon gars, Jack Brady, solide, digne de confiance. Si je lui donne un ordre, je sais qu'il le suivra aveuglément. C'est bien pour ça qu'il ne sera jamais autre chose qu'un inspecteur... jusqu'à la retraite. »

« Miller représente autre chose... tout à fait différent. Nous avons désespérément besoin de types comme lui dans la police...

Pas de recrues si nous ne donnons pas des avantages en conséquence, et la situation s'aggrave de mois en mois. »

Il revint s'installer devant son bureau, écrasa sa cigarette et se mit en devoir de classer une montagne de dossiers éparpillés sur la table de travail.

3

Les maisons de l'avenue Fairview témoignaient de la prospérité de leurs habitants. Sans être des châteaux, chacune d'elles baignait dans un océan de verdure. Savoir que Nick Miller vivait là n'était pas fait pour calmer la colère de Brady.

La villa, dans le style victorien tardif, se nommait : *Les quatre vents*, et se situait à la sortie de la ville. Une façade en pierre de taille grise, un massif en forme de demi-lune, une double entrée lui donnaient fière allure.

Brady gara sa vieille Ford devant la porte. Il gravit le perron et sonna. Quelques instants plus tard, un homme grand, mince et grisonnant ouvrit la porte ; il portait des lunettes cerclées d'une monture épaisse, ce qui lui conférait une allure de professeur.

— Qu'est-ce que c'est ?

Il semblait impatient et Brady nota qu'il tenait des cartes contre sa cuisse droite.

— Je suis l'inspecteur Brady, je voudrais voir le sergent Miller. J'ai téléphoné plusieurs fois sans obtenir de réponse, votre ligne est-elle en dérangement ?

— Non, fit l'homme en secouant la tête, Nick vit dans son appartement à l'autre bout de la maison et il possède sa propre ligne. Il doit être chez lui. Je suis son frère — Phil Miller. Vous voulez le voir pour raison de service ?

— Oui.

— Je croyais qu'il était de repos jusqu'à mardi.

— C'est exact. Puis-je y aller ?

— Bien sûr, vous ne pouvez pas le rater. Prenez l'escalier de service… dans le garage, il vous amènera tout droit chez lui.

Brady s'engagea dans le chemin, ses pas faisaient crisser le gravier. Une rampe électrique éclairait la cour. Il trouva la porte du garage entrouverte, entra et tourna le commutateur. Trois voitures bien polies étaient alignées côte à côte : la fameuse Jaguar, une Zodiac et une Mini-Cooper grise. Incapable de maîtriser la colère qui jaillissait au fond de lui, il éteignit la lumière, gravit l'escalier et ressortit.

Nick Miller fut réveillé en sursaut par la sonnette stridente et insistante de la porte d'entrée. Pendant quelques instants il resta étendu, regarda le plafond, essayant de rassembler ses esprits. Repoussant la couverture il se leva, traversa le living-room, alluma les lampes au passage puis ouvrit la porte.

Brady remarqua d'abord le pyjama de soie noire fermé par un col à la russe et retenu par des boutons dorés, le monogramme brodé sur la poche, puis ses yeux remontèrent vers le visage. Miller était un très beau garçon, avec même un petit quelque chose d'aristocratique, il avait un menton volontaire, des pommettes légèrement saillantes et des yeux noirs si profonds que la lumière s'y perdait.

En d'autres temps ces yeux-là auraient fait hésiter Brady, mais il se sentait frustré et la colère qui l'aveuglait déformait son jugement.

— C'est vous, Miller ? fit-il incrédule.

— Oui.

— Je suis l'inspecteur Brady. J'ai téléphoné à plusieurs reprises, mais vous n'avez pas répondu. (Avant même d'y être invité il entra.) Vous êtes avec une souris ou quoi ? laissa-t-il tomber froidement.

Nick referma la porte et s'approcha de la cheminée près de laquelle se trouvait une table basse. Ouvrant une boîte en argent il choisit une cigarette, qu'il alluma avec un élégant briquet de bureau.

— Si vous vouliez me dire de quoi il s'agit, car étant de repos je ne me sens pas obligé de rester auprès du téléphone...

— Le commissaire Grant veut vous voir d'urgence, il a besoin de vos précieux services. (Brady, voyant le récepteur posé à côté de son support, s'approcha et le remit à sa place.) Pas étonnant que je n'obtenais pas de réponse. J'ai sonné au moins une demi-heure.

— Vous me brisez le cœur ! fit Miller en passant la main sur son menton. Vous me l'avez déjà répété trois fois. Je vous retrouverai au quartier général, je viendrai avec ma voiture.

— Laquelle ? La Rolls ? (Miller passa devant Brady qui lui agrippa le bras.) Le vieux a dit : « Sur les chapeaux de roues ! »

— Eh bien, il attendra, répondit calmement Miller, je vais d'abord prendre une douche et me raser. Vous lui annoncerez que je serai là-bas dans une demi-heure.

Avec une aisance surprenante il se dégagea de la poigne de Brady qui sentit le sang affluer à son visage. La colère se changea en torrent de rage. D'un coup d'épaule Brady poussa violemment Nick qui, pris par surprise, chancela.

— Et pour qui tu te prends, mon petit salaud ! Après cinq ans dans la police tu es déjà à moitié de l'échelle ! Et qu'est-ce que tu as fait pour ça ? C'est ton boulot qui paie tes belles bagnoles, dis ? Tu me dégoûtes… dans cet accoutrement tu ressembles à une catin de troisième ordre !… Parle… mais parle donc !…

Les yeux pleins de haine il regardait le luxueux ameublement, le tapis épais, le divan recouvert d'une peau de panthère et il pensait à son minable deux-pièces où un policier est souvent considéré comme indésirable parce que des hommes comme lui ont trop de gosses… et il établissait la comparaison. Il en était arrivé au point de ne plus pouvoir contrôler ses mots et ses actes.

— Mais regardez-moi ça ! Ne dirait-on pas le salon d'attente d'une belle-de-nuit de Gascoigne Square ?

Le visage de Nick était devenu blême. Sa peau était pâle comme si le sang s'en était retiré, ses yeux traversaient Brady comme s'il était transparent.

— Vous les connaissez donc ?

On avait pourtant conseillé à Brady de laisser Nick tranquille, mais il ne se contenait plus. Agrippant la tunique de soie, il tira sur le tissu léger qui lui resta dans la main. C'est alors qu'il sentit la douleur courir dans ses veines comme du métal en fusion. Un cri inhumain s'échappa de sa gorge, tournant sur les talons il tomba sur le bras droit, sans force.

La pression se relâcha, il put se mettre sur un genou, presque aussitôt la douleur se calma, il se releva. Tout en frictionnant son bras endolori pour remettre en place ses muscles froissés, il regarda le visage diabolique de Miller qui lui souriait.

— Il faut un cerveau à la tête de chaque entreprise, même dans la police. T'as fait une erreur, papa !… Tu n'es pas le premier ni le dernier. Un conseil : ne t'avise plus de me parler comme tu viens de le faire ou bien la prochaine fois, je te jette en bas de cet escalier. Tu entends ? Maintenant fiche le camp… C'est un ordre !… *Inspecteur Brady !*

Sans un mot Brady se dirigea vers la porte qu'il referma derrière lui. Nick écoutait le bruit de ses pas. Quand il comprit que son visiteur avait tourné le coin de la maison, il entra dans la salle de bains.

Lentement il quitta la veste déchirée, la lança à terre puis resta un moment devant la glace en attendant que sa colère s'apaise. Soudain il éclata de rire.

Cinq minutes plus tard, alors qu'il sortait de la douche, son frère entra et vit la tunique déchirée.

— Qu'est-il arrivé ?

— Divergence d'opinion, c'est tout. Brady est dans la police depuis longtemps, il est jaloux de ceux qui, comme moi, grimpent trop vite l'échelle en laissant les autres derrière.

Phil Miller ramassa le vêtement, le déploya puis en fit une boule qu'il jeta dans un coin.

— Pourquoi t'obstines-tu à travailler dans la police ? Reste avec moi, tu sais que nos affaires se développent de plus en plus. Pourquoi perds-tu ton temps dans les couloirs d'un commissariat ?

Ils étaient maintenant dans la chambre à coucher, Nick ouvrit la penderie où il choisit un complet bleu marine qu'il posa sur le lit, puis allant vers l'armoire, il prit une chemise de popeline blanche qui fleurait la lavande.

— Tu voudrais savoir pourquoi je reste dans la police, Phil ? Eh bien, parce que je suis arrivé à aimer mon job au point de ne plus pouvoir m'en passer. Tous les Brady de la terre ne me feront pas changer d'idée. Je me sens vraiment à ma place. Plus tôt ils comprendront ça, mieux ça ira pour tout le monde.

Phil s'assit sur le bord du lit en haussant les épaules :

— Je me demande ce que dirait notre mère si elle vivait encore. Tous ses espoirs reposaient sur toi, Nick, et pour aboutir où ?… Dans la peau d'un flic !

Dans la glace son frère lui sourit tout en nouant une cravate de soie bleue :

— Elle s'en amuserait comme d'une plaisanterie, Phil, et sans doute aurait-elle raison.

— Je croyais que tu étais de repos jusqu'à mardi ?

— Le service m'appelle, Phil, je dois me présenter. Cet après-midi j'ai rencontré Charlie Parcker, il me disait qu'il essaie de recruter des jeunes ; et pour tout arranger, cette grippe qui diminue l'effectif, ceux qui sont de repos doivent rejoindre leur service.

— Et ils ont besoin de Nick Miller, et ils viennent le chercher alors qu'il dort... Est-ce une heure pour aller travailler... en pleine nuit ?

Nick enfila sa gabardine bleue :

— Mais oui, en pleine nuit s'il le faut ! Il est 10 heures et j'y resterai probablement jusqu'à 6 heures demain matin, peut-être plus. Comme à l'usine : » les trois huit ». Ce soir je fais partie de l'équipe de nuit. (Il sourit en bouclant sa ceinture.) Que ferais-tu en ce moment si tu t'apercevais que des voleurs sont dans une de tes boutiques ?

Son frère replia un bras comme pour se défendre et se leva du lit.

— Très bien, je n'insiste plus, tu as fait ton choix. Le grand Nick Miller sort dans la rue pour protéger et défendre la société. Néanmoins, fais attention. Tu as un métier dangereux.

— Ne te tracasse pas, Phil, je sais me défendre.

— Je sais. Je ne veux pas recevoir un coup de téléphone à 4 heures du matin me priant de venir à l'hôpital, Ruth et les enfants risqueraient de très mal le prendre. Pour une raison étrange, ils ont l'air de beaucoup compter sur toi.

— Je n'ai plus besoin que d'une boîte à violon, à t'entendre.

Nick ajusta sa casquette de pluie en l'inclinant sur un œil et se tourna vers son frère.

— Ça ira ?

— Très bien, dit Phil, je ne sais pas pour quoi faire exactement, mais tu seras parfait.

— Avec un peu de chance, je serai avec toi demain matin pour le petit déjeuner, dit-il en allant vers la porte et en lui donnant une bourrade sur l'épaule au passage.

— Nick !

— Oui ?

Phil le regardait sans pouvoir lui dire les mots qu'il aurait voulus.

— Rien... rien. Fais attention à toi...

— Comme toujours.

Nick sortit dans la nuit. Une étrange excitation l'agitait à l'idée de reprendre ce travail qu'il aimait, après un stage d'un an.

Phil restait là, au milieu de la chambre, une large ride barrait son front. Au-dessous, dans le garage, un moteur vrombit. Sortant sur le palier en haut de l'escalier de fer il vit la Mini-Cooper traverser la cour et tourner au coin de la maison.

Il attendit sous la pluie jusqu'à ce qu'il ne l'entende plus. C'est alors qu'il eut peur. Pour la première fois depuis qu'il n'était plus un petit garçon, une peur panique lui serra la gorge.

4

Le vent soufflait fièrement autour de Town Hall et la grêle battait ferme contre les vitres du bureau d'information.

— Pauvres garçons qui battent le pavé par une nuit pareille ! dit le commissaire Grant, s'adressant à l'officier de service qui s'écarta du téléphone.

— C'est la même chose pour nous, Commissaire, répondit l'autre piqué au vif, moi, j'ai la tête pleine de cette sonnerie et nous ne pouvons pas répondre à tous ces appels par manque de personnel. Je dirai même que grâce à la grippe, les autres ont la chance d'être couchés tranquillement, bien au chaud dans leur lit. J'ai eu trente appels sur ma ligne.

— Et seulement quatre équipes pour couvrir toute la ville, soupira Grant. (Il se planta devant la grande carte murale, suivit du doigt plusieurs itinéraires.) De toute façon, je ne peux pas les suivre… Allons nous occuper d'autre chose.

Il sortit dans le couloir et rencontra Brady qui revenait de la salle du téléscripteur :

— Avez-vous une réponse du C. R. O. ? demanda-t-il.

— Oui, ils ont confirmé la remise en liberté de Garvald hier matin. C'est tout.

— Et Miller ?

— Pas encore arrivé.

Ils se dirigèrent vers le bureau principal. Grant grogna.

— Pas pressé le monsieur. Allons, Brady, nous avons déjà perdu assez de temps comme ça. Il faudrait aller aux archives chercher le dossier Garvald…

— Je serai là-bas si vous avez besoin de moi.

Grant alluma une cigarette et revint dans son bureau. Nick Miller l'attendait, debout près de la fenêtre en regardant la nuit. Il se retourna en souriant :

— Bonsoir, monsieur.

Grant examina les bottes brillantes, la gabardine de qualité supérieure, le col impeccable de la chemise blanche et la casquette inclinée sur l'oreille. Il accrocha son regard, mais Nick le soutint :

— Que diable avez-vous sur la tête ?

— C'est ce que les Allemands appellent : « Schidtmze », c'est-à-dire une casquette de policier. Tous les agents la mettront bientôt, j'espère d'ailleurs qu'elle sera obligatoire, ajouta-t-il d'un ton badin.

— Dieu nous préserve d'une telle calamité ! répliqua Grant en s'asseyant.

— Quelque chose à lui reprocher ?

— Oh non ! Si vous avez envie de ressembler à ces gandins pommadés qui font la bouche en cœur sur la couverture des magazines de femmes, libre à vous !

— C'est exactement ce à quoi j'ai envie de ressembler, répondit calmement Miller.

Grant leva sur lui des yeux étonnés, conscient qu'il avait été eu par ce jeune homme qui ne manquait pas de confiance en lui. Pourquoi lui avait-il fait cette remarque idiote sur les hommes trop élégants ? Il découvrit au même instant — ce qui le surprit encore plus — qu'il ne le pensait pas. Un large sourire éclaira son visage disgracieux :

— Très bien, Miller, un point chacun ! J'aime les gens qui ne craignent pas de me renvoyer la balle ! J'apprécie votre esprit ! À présent asseyez-vous et parlons.

Nick déboutonna sa gabardine, prit la chaise en face du commissaire et alluma une cigarette. Grant continua :

— Brady est allé chercher le dossier Garvald aux archives. Neuf ans déjà… Ben Garvald a passé près de neuf ans à Dartmoor, puis transféré à Wandsworth d'où il a été libéré hier matin.

— Vous pensez qu'il est revenu dans notre ville ?

— Sa femme le pense. Son ex-épouse devrais-je dire, Bella Garvald. Elle a divorcé et s'est remariée avec Harry Faulkner…

— Harry Faulkner le bookmaker ?

— Qu'il ne sache jamais que vous le nommez ainsi, jeune homme, « Trésorier-Turfiste », ça sonne mieux. Il ne s'est pas sali les mains en faisant des prêts aux parieurs depuis des années. Par contre, il trempe les doigts dans des affaires panachées pas toujours très claires... tout ce qui lui rapporte de gros revenus est intéressant. On dit qu'il s'occupe de son équipe de football...

— Je l'ai entendu dire aussi. Je crois qu'il court pas mal de lièvres à la fois. Quand j'étais à la division centrale, je me souviens qu'il avait acheté une maison de tolérance à Gascoigne Square.

Grant acquiesça.

— Vous serez fort si vous arrivez à le prouver !... Mais ce n'est pas cela qui nous intéresse ce soir, laissons ça de côté. Voyons plutôt l'affaire Garvald.

— Est-il en ville ?

— C'est ce que je vais vous demander de découvrir et au plus vite. Quand sa femme déposa devant le Tribunal une instance en divorce et qu'il fut prononcé en sa faveur, Ben lui jura qu'il la retrouverait à sa sortie de prison. Il proféra des menaces. Maintenant elle a peur — spécialement ce soir — car elle donne une grande réception en l'honneur de Harry à leur domicile de St Martin's Wood : c'est l'anniversaire de son mari.

— Vraiment touchant ! A-t-elle déposé une plainte officielle ?

— Non, pas elle... mais sa sœur Jean Fleming qui est institutrice et dirige l'école de Oakdène, route d'York, à l'autre bout de la ville.

Nick s'approcha du bureau et prit rapidement des notes sur son calepin. Il haussa les sourcils :

— Vous avez bien dit Fleming ? Jean et Bella Fleming ? Je me demande si ce sont les mêmes...

— Elles habitaient rue Khyber, sur la rive gauche.

— C'est bien ça. Ma mère avait une boutique dont la façade principale donnait sur la rue Hull et l'autre côté sur la rue Khyber. J'y ai vécu jusqu'à l'âge de dix ans, puis nous avons déménagé pour une endroit plus grand à Brentwood.

— Vous souvenez-vous de ces filles ?

— Comment oublier Bella, la plus belle fille du district. La moitié de la population mâle n'attendait qu'un signe d'elle. Ce fut ma première grande expérience de la vie. Seulement j'étais trop jeune, je ne savais pas ce qui m'arrivait... Maintenant je sais.

— Occasion perdue ne se rattrape jamais ! fit Grant très sérieux. Et Jean ?

— Une grande maigrichonne, sans formes, une gosse de mon âge. Nous jouions ensemble le jeudi. Ce ne sont pas elles qui ont usé le comptoir du magasin… ma mère ne faisait pas de crédit.

La porte s'ouvrit et Brady entra, une pile de dossiers sur les bras. Ignorant Nick Miller, il s'adressa à Grant :

— Où voulez-vous que je les dépose ?

— Dans le bureau à côté, avec tous nos malades il doit y en avoir un de disponible. (Il leva les yeux sur Nick.) Vous aurez besoin d'aide, vous ne disposez que de très peu de temps.

— Vous êtes seul juge, répondit poliment Nick.

— Très bien, Jack Brady peut vous consacrer une demi-heure. Si vous avez besoin d'un conseil, n'hésitez pas à venir me le demander.

Miller et Brady passèrent dans la pièce voisine. Nick enleva sa gabardine et la suspendit au portemanteau. Brady déposa une pile de dossiers sur l'une des tables; il se tenait raide et dit froidement :

— Que voulez-vous que je fasse ?

— Ça dépend, qu'avez-vous apporté ?

— Le dossier Garvald et ceux de quelques individus ayant trait à son affaire.

— Très bien. Je garde celui de Garvald, voyez le reste.

Brady ne répondit pas. Laissant le document que Miller désirait étudier personnellement il prit les autres et sortit. Il réintégra son bureau et se mit immédiatement au travail.

Miller ouvrit la chemise cartonnée et sortit la fiche anthropométrique. Il l'examina attentivement. La photo était très nette : un visage dur, cruel même, mais on sentait derrière ce front légèrement bombé la force et l'intelligence. Ce pli, au coin de la bouche, dénotait qu'il ne manquait pas d'humour.

Comme d'habitude la fiche portait un bref résumé des charges et inculpations pour lesquelles Garvald fut emprisonné. À savoir : le hold-up des aciéries Amalgat de Sheffield.

Suivait la liste confidentielle qui lui parut bien plus intéressante : durant la guerre Ben Garvald avait servi deux ans dans la Marine et fut démobilisé en 1946. Trois mois plus tard, condamné à un an de prison ferme pour vol avec préméditation.

Attaque de la voiture postale, les sacs contenaient des millions de livres sterling : ordonnance de non-lieu par la chambre des mises en accusation par manque de preuve en 1949. En 1950 rappelé sous les drapeaux, départ en Corée. Rapatrié en 1951, suite blessure, invalidité accordée à 33 % avec pension.

De 1951 à sa dernière condamnation en juin 1956, Garvald ne

comptait pas moins de vingt-sept actes délictueux tombant sous le coup de la loi : inculpation de vol, infraction aux règlements de police, attaque.

On cogna à la porte. Sans attendre la réponse Grant entra, une cigarette pendait à ses lèvres :

— Puis-je avoir du feu ? (Miller craqua une allumette qu'il tendit au commissaire, celui-ci s'assit sur un coin du bureau.) Où en êtes-vous ?

— J'ai fait le bilan de ses particularités. Avec les charges qui ont pesé sur la tête de Garvald et qui sont consignées là-dedans ils auraient dû le pendre, mais il est arrivé à passer à travers les mailles du filet.

— Drôle de zèbre, ce Ben Garvald ! Vous avez raison. Il y a eu un moment où tous les habitants de la ville avaient peur de lui. En ce qui concerne les femmes, il était le héros qu'elles craignaient et admiraient à la fois, sorti d'un roman policier, car il traitait Bella comme une princesse.

— Cela explique pourquoi il réagit avec une telle violence lorsqu'elle décida de divorcer. Justement je viens de trouver une fiche qui contient certains renseignements sur son dernier job, celui pour lequel il fut condamné à neuf ans de prison.

— À ce sujet je peux vous faire gagner du temps car je m'occupai de son affaire à cette époque. Garvald et trois de ses associés montèrent le hold-up des aciéries à Sheffield, près de Birmingham. Un beau paquet, un peu plus de quinze mille livres : la paie des ouvriers pour le lendemain. Seulement ils ne cognèrent pas assez fort sur le veilleur de nuit. Il se releva et donna l'alarme à la police de Birmingham qui fit cerner les issues, poser des barrages.

— Trop tard ?

— Pas tout à fait. Ils avaient deux voitures. L'une d'elles prenant un virage à la corde se fracassa contre un arbre et s'enflamma. On aurait cru voir une torche ! Les deux occupants dont un briseur de coffres-forts — bien connu de la police — nommé Jack Charlton, et le chauffeur furent carbonisés.

— Et Garvald ?

— Lui et son complice se jetèrent sur un barrage, les pneus furent crevés, mais ils réussirent à s'échapper. Nous arrêtâmes Garvald le lendemain. Le veilleur de nuit le désigna comme étant l'un des gangsters au cours d'une confrontation.

— Et l'argent ?

— Garvald affirma qu'il était dans le premier véhicule.

— C'est vraisemblable.

— Oui, tout d'abord je l'ai cru, mais nous aurions retrouvé des traces dans les cendres… quant à celui qui conduisait nous n'avons jamais pu le coincer.

— Garvald ne s'est pas mis à table ?

— Non, il resta fidèle à la loi du silence et accepta sa condamnation sans protester.

— N'avez-vous pas soupçonné quelqu'un ? Ne voyez-vous pas qui pouvait être dans la voiture avec lui ?

— Si. Nous avions un tas d'idées et elles menaient toutes à Fred Manton.

— Manton ? J'ai déjà entendu ce nom… n'est-ce pas lui qui tient une boîte dans Gascoigne Square : le *Flamingo ?*

— Exactement. À l'époque du vol lui et Garvald étaient associés dans une affaire sur la rive gauche : le *Old Spot*. Bien que nous fussions à peu près certains que c'était lui, trop de leurs clients vinrent jurer qu'il avait passé la nuit dans leur boîte. Parmi eux se trouvaient deux personnes dignes de foi et son alibi fut inattaquable.

— Son casier judiciaire était-il vierge ?

— Oh non !

Le commissaire se leva, alla dans son bureau et revint quelques instants plus tard, avec un papier qu'il tendit à Miller :

—Tenez, en voici un extrait :

Frédéric Manton, propriétaire du Flamingo, 44 Gascoigne Square Manningham. Quatre condamnations pour complicité de vol et recel entraînant trente mois de prison ferme. À maintes occasions la police a pensé que Manton pouvait l'aider dans certaines enquêtes, mais il s'est toujours rétracté sans vouloir donner le moindre renseignement. À chaque convocation il est sorti des locaux de la P. J. sans dénoncer ses complices.

— Supposons que votre raisonnement est juste en ce qui concerne Manton, dit Nick Miller, que le butin ne soit pas réduit en cendres, le *Flamingo* est un établissement qui a dû coûter pas mal de millions… c'est peut-être avec ça qu'il l'a payé… il est vraisemblable que Garvald revienne pour réclamer sa part du gâteau…

— Pas mal vu, mais il y a une chose qui cloche. (Grant se leva et se dirigea vers son bureau.) Harry Faulkner est le vrai propriétaire du *Flamingo*. Fred Manton n'est que son homme de paille, pas question qu'il lui coupe l'herbe sous les pieds. Harry Faulkner est un caïd, ses voitures, à elles seules, valent au moins quinze millions de livres…

La porte s'ouvrit, interrompant le commissaire : c'était Brady.

— Alors, quelque chose d'intéressant ? demanda Nick.

— J'en ai trouvé neuf qui — de près ou de loin — auraient trempé dans l'affaire. Cinq avaient été interrogés : résultat négatif. Les autres étant des commerçants de la ville ; des hommes respectables furent questionnés, puis leurs déclarations classées. Elles sont sur le dessus de la pile.

Déposant les dossiers sur le bureau de Nick, il s'adressa à Grant :

— Puis-je prendre du repos maintenant ?

— D'accord, Jack, répondit le commissaire en jetant un coup d'œil sur sa montre, soyez de retour vers minuit.

Brady referma la porte derrière lui, décrocha son imperméable du portemanteau et l'enfila dans le couloir. Il appuya avec impatience sur le bouton de l'ascenseur.

« Si Ben Garvald *était* en ville, il le trouverait. Sûr qu'il rendrait visite à qui il pensait en premier lieu ! Mais cela ne pouvait venir qu'à l'esprit d'une personne expérimentée — comme lui-même Jack Brady — et il le ramènerait au bureau de la P. J. Oui, il serait de retour dans une heure au plus. Pendant que ce gros malin de Miller battrait le pavé à la recherche de Garvald. Alors ça serait intéressant de voir la tête de Grant et ce qu'il allait trouver à dire. » Lorsqu'il entra dans l'ascenseur, Jack Brady tremblait d'excitation.

5

Pendant que Jean Fleming entretenait le commissaire Grant des frayeurs de sa sœur, Ben Garvald sautait dans le bus qui assurait le service de la petite ceinture. Dix minutes plus tard il en descendait, préférant finir à pied le demi-mile qui le séparait du centre de la ville.

Le voyage de Londres aurait pu prendre moins de quatre heures en car Pullman, mais eu égard aux circonstances, ça aurait été une entrée peu discrète dans la ville.

Il devait voir des gens, régler des affaires restées en suspens, des comptes à arranger — notamment avec Sammy Rosco — mais d'abord il lui fallait un pied-à-terre d'où il opérerait.

Il trouva ce qu'il cherchait sans trop de difficultés. Un petit hôtel de troisième ordre dans une rue assez retirée, mais dans le centre. Une femme assise derrière le bureau de la réception lisait un magazine. Elle pouvait avoir entre vingt-cinq et vingt-huit ans. Des yeux bleus effrontés et hardis éclairaient son joli visage, et sur son front lisse frisottaient des cheveux noirs coupés très court. Garvald s'approcha, posa un coude sur le bureau.

— Qui pouvez-vous bien être ?

Elle ferma le magazine, une étincelle malicieuse s'alluma dans son regard :

— Une pauvre Irlandaise qui essaie de travailler honnêtement dans un monde sans pitié.

— Que Dieu bénisse le travail honnête, dit Garvald, donnez-moi une chambre pour commencer. Une chambre avec salle de bains.

— Toutes nos chambres ont une salle de bains, répondit-elle calmement. Il n'y en a qu'une au bout des couloirs de chaque étage.

Elle décrocha une clé au tableau et s'engagea dans l'escalier. La pièce ne semblait ni mieux ni pire qu'il l'avait espéré : les meubles dataient de l'époque victorienne et le tapis était plutôt usé ; un lavabo moderne, caché par un paravent sur lequel courait une guirlande de fleurs, garnissait un coin de la chambre. Il jeta sa gabardine sur une chaise et alla à la fenêtre pendant que la jeune femme découvrait le lit.

— Ce sera tout ? demanda-t-elle.

— À boire, peut-être ?

— Je regrette, Monsieur, nous n'avons pas de licence, mais il y a un bistrot au coin de la rue.

— Non, alors je m'en passerai, je n'ai pas l'intention de ressortir, je suis fatigué et je vais aller me coucher tout de suite.

— Bien, si vous avez besoin de quoi que ce soit, vous n'aurez qu'à sonner, je suis là toute la nuit, dit-elle en posant la clé sur la table.

Garvald sourit.

— C'est plus que ce que peut endurer un être de chair et de sang, croyez-vous qu'en me disant ça je vais pouvoir dormir calmement ?

La fille sourit aussi en fermant la porte. Celui de Garvald avait disparu et une ride profonde barrait maintenant son front. Il alluma une cigarette, prit le bottin et alla s'installer sur le bord du lit. Pas de Sammy Rosco. Il essaya de penser à quelqu'un en qui il pût avoir confiance, quelqu'un des bons vieux jours.

Un à un il écartait les noms qui lui venaient à l'esprit et pour finir arrêta son choix sur Chuck Lazer, oui, il ne voyait que lui. Américain calme, bien tranquille, un pianiste qu'il avait engagé à la boîte quand Fred Manton et lui travaillaient ensemble.

Mais Chuck serait-il là ? Il disait souvent qu'il aimerait retourner en Amérique. Il parcourut la page et le nom lui sauta tout de suite aux yeux : Chuck Lazer, 15, cours Baron.

S'approchant du téléphone, il posa la main sur le combiné, hésita puis changea d'idée. Il fallait qu'il y aille en personne. Il prit son chapeau et sortit, fermant la porte derrière lui. Il posait déjà le pied sur la première marche quand il se ravisa. Il s'engagea du côté opposé et suivit le corridor jusqu'au fond. Deux portes se présentaient. Il en ouvrit une : c'était la salle de bains. Il referma et tourna la poignée de l'autre : elle donnait accès à un escalier étroit et sombre. Malgré l'obscurité il descendit en tenant solidement la rampe, jusqu'à un passage éclairé qui sortait sur une ruelle.

Pour gagner du temps il prit un taxi à City Square. L'appartement de Chuck Lazer se situait du côté de l'Université, un quartier pauvre où les maisons trop vétustes avaient été converties en petits logements à bon marché.

Il suivit un chemin, traversa un jardin couvert et grimpa quelques marches qui l'amenèrent devant un porche. Ben entendait des rires et de la musique. Il examina les noms sur les boîtes à lettres et découvrit ce qu'il cherchait : Chuck Lazer habitait au 5e étage, première porte à droite. Garvald pénétra dans le hall. Une autre porte s'ouvrit à sa droite, la musique et les rires affluèrent; un jeune homme barbu et aux cheveux longs en sortit, portant dans ses bras une caisse de bouteilles vides.

Garvald s'arrêta devant l'escalier :

— Chuck Lazer ne serait pas dans cette pièce par hasard ?

— Grand Dieu, non ! Vous rigolez ou quoi ? Pauvre vieux, on n'aime plus son style, c'est bon pour les croulants ! Vous le trouverez probablement là-haut dans son terrier !

Il disparut au bout du couloir et Garvald monta vivement les marches en fronçant légèrement les sourcils, se demandant ce que tout cela voulait dire. La musique devenait plus faible et plus irréelle, comme si elle parvenait désormais d'un autre monde.

Lorsqu'il fut sur le palier du cinquième il vérifia la plaque, écouta, puis frappa sur le battant. N'obtenant pas de réponse il toucha à peine la poignée, qui s'ouvrit à cette légère impulsion.

La puanteur le saisit à la gorge ; une odeur de sueur aigre, d'urine et de cuisine mélangée à d'autres essences qu'il ne pouvait définir, lui donna la nausée.

Tournant le commutateur il se rendit compte du désordre et de la saleté qui régnaient dans la pièce. Étendu sur le lit étroit, poussé dans un coin, un homme gisait demi-nu, le visage caché par un bras replié. Garvald ouvrit la fenêtre, s'emplit les poumons d'air frais, alluma une cigarette et revint près du lit.

On avait fixé, au-dessus de la table de nuit, une petite armoire à pharmacie aux battants vitrés : là, on pouvait lire toute l'histoire… Une boîte découverte contenait une seringue et plusieurs aiguilles sales ou émoussées. À côté traînaient des ampoules vides d'héroïne et de cocaïne, une tasse à moitié pleine d'eau et un fouillis d'allumettes brûlées.

Le bras nu de l'homme pendait, on y voyait de multiples traces de piqûres dont certaines, infectées, suppuraient. Garvald respira profondément et découvrit le visage.

Une sous-alimentation prolongée avait décharné la face de l'Américain, sa longue barbe noire lui donnait l'apparence d'un saint émacié. Il sursauta quand Garvald lui donna de petites tapes sur les joues, les paupières battirent dans un incontrôlable spasme des muscles, puis s'ouvrirent. Ses yeux sombres et vitreux reflétaient une vision sur l'éternité de l'enfer.

— Chuck… C'est moi, Ben Garvald.

L'homme le regardait d'un air morne, sans vie. Garvald plaça une cigarette entre les lèvres de son ami qui aspira une longue bouffée. Une quinte de toux, provoquée par la fumée, sembla tordre tout son corps. Quand il se calma son nez coulait, il bavait, un frisson le parcourut. Garvald jeta le drap sur ses épaules.

— Tu ne me reconnais donc pas ? C'est moi… Ben Garvald.

— Je sais. J'ai entendu, répète pas toujours la même chose. (De nouveau un frisson fit tressaillir le corps squelettique, il tira le drap et se couvrit le cou.) Christ ! J'ai besoin de ma dose ! Oh ! Doux Jésus, donnez-moi une ampoule ! (Faisant un réel effort il essaya de se soulever et regarda Garvald :) Il y a longtemps que nous ne nous sommes pas vus, Ben.

— Merci pour tes lettres.

— Je ne pouvais pas te dire grand-chose.

— Et Bella ?

— Une putain, mon vieux. Une jolie traînée, dansant au son des pièces d'or de celui qui en a le plus.

— Ils m'ont dit qu'elle s'était remariée.

— La cagnotte pleine d'or, Benny. La fin des illusions.

— Qui est l'heureux élu ?

— Harry Faulkner.

— Harry. (Garvald fronça les sourcils.) Mais il a au moins soixante ans !

— Bien sonnés même... mais aujourd'hui, Ben, c'est un grand homme. Il a un doigt dans toutes les affaires qui rapportent gros. Il n'est pas trop pointilleux. Lui et Bella vivent dans leur résidence de St Martin's Wood qui est la réplique de celle de Haroun-al-Rachid.

— Fred Manton est-il toujours par là ?

— Qu'est-ce que tu crois, mon pauvre vieux, il travaille maintenant pour Harry Faulkner. Il tient le *Flamingo* dans Gascoigne Square, j'ai joué du piano chez lui, je m'en souviens très bien. (Il poussa un sourd gémissement et de nouveau un frisson le glaça, le faisant claquer des dents.) Jésus ! Il me faut ma dose ! Quelle heure est-il ?

— Dix heures et quart à peu près.

— Trop tard pour ce soir. (Le visage de Chuck se raidit.) Ça veut dire que je suis condamné à attendre demain matin pour aller au dispensaire, à cette heure-ci je n'aurai aucune chance...

— Drogué inscrit au dispensaire ?

— Oui. C'est la seule raison pour laquelle je ne suis pas retourné en Amérique. Là-bas la loi est implacable pour les drogués. Ils me jetteraient en prison. Ici, ils m'autorisent à exister, simple courtoisie du Service de Santé.

— Depuis quand tu trempes dans cette histoire ? dit Garvald en saisissant une ampoule vide.

Lazer découvrit ses dents cariées dans un rictus qui voulait être un sourire :

— Trop longtemps pour passer une nuit sans piqûre, Ben.

— Sais-tu où en trouver ?

— Oui. Le pharmacien de City Square qui reste ouvert toute

la nuit. Pas mal de drogués obtiennent une ordonnance le soir, mais il faut de l'argent, chose que je n'ai pas.

Garvald ouvrit son portefeuille, compta dix billets d'une livre, les plia soigneusement et les posa sur le haut de l'armoire à pharmacie.

— C'est assez ?

— Largement.

Les yeux de Lazer s'emplirent soudain d'une étrange lumière à la vue des billets. Il se souleva pour les atteindre. Garvald les recouvrit de sa grande main.

— Sammy Rosco ? Chuck, où est-ce que je peux le trouver ?

— Sammy ? répéta Chuck Lazer surpris, il travaille pour Fred Manton.

— Au *Flamingo ?*

— Ce tordu avec sa sale bouille ! Fred s'occupe de deux tripots pour le compte de Faulkner et Sammy. (Lazer secoua la tête.) Il vide les poivrots et les catins qui veulent faire du boucan. Tu vois le genre ? Sammy va où on a besoin de lui. Je crois que tu le trouveras au *Club Eleven* cette semaine.

— Il est toujours avec Wilma ?

— Il ne peut pas se passer d'elle ! De quoi vivraient-ils ? Oh ! ça ne doit pas être brillant ! Quand elle était sur le trottoir il avait la vie belle, maintenant elle vieillit. Elle reçoit les clients à la maison. (Lazer fronça désespérément les sourcils comme pour faire jaillir de son front ce qu'il cherchait dans son cerveau.) Ils habitent rue Carver. Oui c'est ça, rue Carver. Je n'arrive pas à me rappeler leur numéro, tu te débrouilleras avec le bottin, la rue n'est pas longue, c'est la maison après la boutique de lingerie. Toutes ces bâtisses sont bonnes pour la démolition.

Garvald prit les billets sur l'armoire à pharmacie et les tendit à Lazer, qui les saisit d'une main avide.

— Au revoir, Chuck, je reviendrai bientôt.

— À l'enterrement de qui ?

Ben Garvald se retourna et eut un bref sourire.

— Je ne suis pas encore décidé. Lorsque je saurai je te ferai signe. Tu feras un bon muet.

Pendant quelques instants Chuck Lazer resta accroupi sur le lit, l'argent serré dans sa main crispée. D'un geste rapide il repoussa le drap, sauta sur ses pieds et s'habilla.

6

La rue Carver était une rangée de maisons croulantes près de la rivière, un bas quartier de la ville, qui, comme disait Chuck, serait bientôt voué à la démolition. Ben repéra la boutique de lingerie ; le délabrement de la maison voisine était tel qu'on se demandait si elle n'allait pas s'effondrer d'une seconde à l'autre. Il s'engagea dans l'étroit passage qui l'amena dans une grande cour jonchée de boîtes de conserve rouillées et de détritus de toutes sortes.

Il monta quatre marches et cogna à la porte. Il entendit des pas s'approcher et une voix de femme dit :

— Qui est là ?

— Je viens voir Sam, répondit Garvald, Sammy Rosco, je suis un vieil ami.

— Il n'est pas là.

Garvald reconnut le léger accent germanique, qui avait été l'un des charmes de la jeune femme, et il s'avança plus près du battant :

— C'est Ben. Ouvre-moi, Wilma, c'est Ben Garvald.

Il y eut un moment de silence, puis la chaîne de sûreté fut retirée et la porte s'ouvrit.

Il entra dans le couloir sombre, une main caressa son visage, des bras encerclèrent son cou.

— Ben… *liebling*. Je ne peux pas croire que c'est toi. C'est bien toi ?

Elle l'entraîna à travers un long couloir sombre au bout duquel se trouvait une chambre. Deux lampes éclairaient la pièce, un tapis recouvrait le sol, des lits jumeaux étaient installés contre le mur.

Elle se tourna vers lui. Wilma flirtait dangereusement avec l'obésité, la chair de son double menton était flasque. Seule, l'incroyable couleur blond paille de ses cheveux soyeux était restée la même ; elle lui sourit :

— J'ai beaucoup vieilli, Ben, je me suis laissée aller… ça fait si longtemps, dit-elle en rougissant.

— Tu as les plus beaux cheveux du monde, Wilma, je n'en ai jamais vu comme les tiens.

Ses yeux s'embrasèrent. Pendant un moment elle redevint la jeune et mince fille allemande que Sammy Rosco avait ramenée avec lui de la guerre comme un joli trophée. Glissant ses bras potelés autour du cou de Garvald, elle l'embrassa sur la bouche.

— Tu as toujours été le mieux de tous.

Garvald la serra contre lui, savourant l'étreinte avec plaisir — la première depuis si longtemps —, la chaleur de ce corps de femme le troubla. Brusquement il se ressaisit et la repoussa doucement :

— Non, Wilma, non... ne nous attendrissons pas. Le passé est mort et je ne suis pas venu pour ce que tu penses. Business, Wilma, business. As-tu un verre de quelque chose à m'offrir ?

— Ce sera un grand jour, le jour où il n'y aura plus rien à boire.

Elle alla dans la cuisine et revint avec une bouteille de gin et deux verres. Garvald s'assit près de la table et jeta un regard circulaire :

— Alors... Toujours dans la partie ?

Haussant les épaules, elle se laissa tomber sur la chaise en face de lui.

— Qu'est-ce que je sais faire d'autre ?

— Retourne dans ton pays.

— En Bavière ?

Elle se leva. Se dirigeant vers la fenêtre elle souleva le tapis d'où elle sortit une enveloppe blanche, et revint près de Garvald. Elle la jeta sur la table.

— Tiens. Ouvre-la. C'est mon passeport, je l'ai caché pour que Sammy ne le trouve pas. J'ai déjà tenté de m'enfuir, mais il m'a filé une telle raclée qu'il a fallu aller à l'hôpital où je suis restée une semaine.

— Tu aurais pu porter plainte.

— Est-ce que tu te rends compte ? Il me tue à la sortie ! (De nouveau elle haussa les épaules.) Pour en revenir à l'histoire de retourner chez moi, le croiras-tu ? Je n'ai jamais pu économiser un billet d'une livre, non, je veux dire le mettre de côté. Il voit tout... il veut tout ! Il attend que les clients s'en aillent le soir et il va tout droit à l'argent.

Garvald saisit l'enveloppe et ouvrit le passeport :

— Il est encore valide ?

— Et alors ? Pour moi il ne représente pas plus qu'un billet aller-retour pour la lune. (D'un trait elle avala son verre de gin et le remplit de nouveau.) Bon... inutile de retourner le couteau dans la plaie, c'est cuit ! Parlons de toi, Ben. Quel vent t'amène ? Il n'y a plus rien à faire pour toi ici... Je présume que tu n'ignores pas le remariage de Bella ?

— Oui, on me l'a dit. Où est Sammy ?

— Ce soir il est au *Grosvenor*, pas loin d'ici, tu sais qu'il fait le « videur » ?

— À quelle heure il revient ?

— Ça dépend. (Levant les yeux sur la pendulette elle hocha la tête.) Quand ils ferment au *Grosvenor*, il passe chez les autres pour voir si on a besoin de lui.

— Où par exemple ?

— Différents endroits. Cette semaine il va au *Club Eleven*. C'est un cabaret à un demi-mile de l'autre, c'est Fred Manton qui le fait marcher, mais en réalité il appartient à Harry Faulkner.

— Qui en est le gérant ?

— Molly Ryan.

— Des filles, hein ?

— Tu sais bien comment ça se passe, tous ces endroits sont pareils ! C'est la vie. Pourquoi tu veux voir Sammy ?

Avant de répondre Garvald alluma une autre cigarette et souffla la fumée vers la lampe voilée de mousseline rose.

— Quand je suis sorti de Wandsworth, hier matin, deux margoulins ont essayé de m'avoir, Wilma. Ils ont fait une grosse erreur. (Il sourit froidement.) Sammy aussi.

Des pas faisaient gémir les planches du corridor. Quelques intants passèrent et Sammy Rosco fit son entrée en titubant. Costaud comme un bœuf, ses bras descendaient jusqu'aux genoux, sa face plate semblait imprégnée de whisky. Il s'appuya au chambranle et resta là, un sourire niais sur ses lèvres épaisses.

— Qu'est-ce qui se passe ici ?

— Une visite pour toi, Sammy chéri, dit Wilma avec un accent de joie dans la voix, un vieil ami.

Garvald le regarda et lui sourit gentiment.

— Alors c'est toi, Sammy, mon vieux salopard.

Son visage resta calme, mais ses yeux changeaient tout le temps, comme un brouillard sous le vent d'automne, lorsqu'il demanda à Rosco tout ce qu'il voulait savoir. Ce dernier, pris de panique, essaya de s'esquiver vers la porte, mais Ben fut plus rapide et lui barra la sortie. L'empoignant au collet il le souleva et d'une terrible poussée l'envoya voler à travers la pièce.

Rosco se releva et se rua sur Garvald qui l'attendait. D'un œil expert il jugea froidement la distance et cueillit l'autre d'un coup de pied dans le ventre. En poussant un cri d'agonie, Rosco s'affaissa sur le lit.

Wilma, assise devant la table, le regardait sans pitié. Garvald prit la bouteille et versa le reste du gin dans les verres, puis il s'assit. Quelques minutes passèrent; Rosco se retourna en grognant, il était blême.

— Alors, tu te sens mieux, Sammy?

— Tu m'as esquinté, salaud! fit Rosco d'une voix rauque.

— C'est bien, c'est même beaucoup mieux. Bon, maintenant tu vas me dire pourquoi tu as lancé à mes trousses ces deux truands à la manque hier matin?

— Je ne comprends pas de quoi tu parles…

Rapide comme l'éclair, Garvald saisit la bouteille vide par le goulot et brisa le fond sur le bord de la table; il se pencha, tenant dans la main cette arme redoutable aux pointes acérées qu'il approcha du menton de Rosco.

— Tu l'as peut-être oublié, Sammy, mais je suis un type régulier.

La sueur inondait le visage de Rosco, ses yeux s'agrandirent de terreur.

— Ce n'est pas moi, Ben… c'est pas moi… c'est Fred Manton, il m'a ordonné de régler cette affaire. Il ne voulait pas que tu reviennes…

Garvald fronça les sourcils et toute lueur s'évanouit dans ses yeux.

— Pourquoi Manton m'a fait ça! Ça n'a pas de sens! Parle!

Il poussa le tesson, l'enfonça dans la chair. Rosco hurla :

— Arrête! Je ne sais rien, je te jure, Ben, je ne sais rien!

Garvald jeta la bouteille dans l'âtre, puis il traîna Rosco à ses pieds et l'immobilisa en appuyant un genou sur son ventre. Ouvrant la veste de l'homme, il glissa la main dans la poche intérieure et prit le portefeuille. Rapidement il fit le compte : cinquante livres. Il se releva, dégageant l'autre qui respira plus librement. Il prit Rosco sous les aisselles et le mit debout, tira la porte et le poussa hors de la pièce en lui disant sur un ton de mépris :

— Sors… et que je ne te trouve plus sur mon chemin.

Rosco ouvrit la bouche pour riposter, mais il pensa qu'il serait plus sage de n'en rien faire. Il marcha dans le couloir obscur en s'appuyant au mur, quelques instants après ils entendirent claquer le battant qui donnait sur la cour.

Garvald jeta les billets sur la table.

— Tiens, prends… il t'en doit plus que ça. Tu en auras assez pour le voyage et tu pourras recommencer ta vie, Wilma. Dépêche-toi et saute dans un train ce soir. Quand tu seras à Londres, tu verras, il y a des express de nuit. Bonne chance, Wilma.

Elle se jeta dans les bras de Garvald, se serra contre lui; lorsqu'elle le regarda il vit briller des larmes dans ses yeux, délayant le mascara qui coulait sur ses joues rondes.

— Jamais je ne t'oublierai, Ben, jamais!

Il l'embrassa sur les deux joues, lui donna une tape amicale sur l'épaule et sortit.

Elle écouta le bruit des pas dans la cour, puis le son s'assourdit et se perdit dans la nuit.

Les yeux de Wilma embrassèrent la pièce où elle vivait depuis si longtemps, la chambre où elle devait faire le métier abhorré que lui imposait Rosco... Sammy Rosco... qu'avait-il fait d'elle? Il lui promettait tant de belles choses quand elle l'avait suivi. Toute la haine assemblée dans son cœur la submergea. Maintenant elle allait partir. Vivement elle se précipita sur une valise où elle empila, pêle-mêle, tout ce qu'elle pouvait y fourrer. Minuit allait sonner quant elle eut terminé. Elle enfila un imperméable et empoigna la valise. Jetant un dernier regard dans cette chambre où tous ses rêves étaient morts — assassinés par Sammy Rosco — elle sortit dans le couloir.

Elle allait franchir le seuil, oublier... Deux coups sur la porte la firent sursauter. Une prière monta à ses lèvres : « Oh! mon Dieu! non... laissez-moi partir, Dieu de miséricorde, accordez-moi la grâce de revoir mon pays... »

Un cri de bête blessée jaillit de sa bouche. En courant elle revint sur ses pas; derrière elle on ouvrait.

Elle se laissa tomber à genoux devant la cheminée, ses doigts cherchèrent en tâtonnant la bouteille brisée. Elle en trouva un morceau, pointu et acéré comme un poignard, qu'elle porta à sa gorge, et appuya en le faisant glisser comme un rasoir. Elle eut l'impression qu'une lame de feu courait sur son cou et laissa tomber le tesson en hurlant. Une main puissante la remit sur ses pieds et la bascula sur le lit.

Instinctivement elle leva les bras, se protégeant le visage, parant les coups... elle avait l'habitude! Elle baissa un coude parce que ce n'était pas Sammy Rosco qui la regardait, mais un homme beaucoup plus jeune qu'elle n'avait jamais vu. Vêtu d'un élégant manteau de pluie bleu marine, il la scrutait avec d'étranges yeux noirs qui semblaient la fouiller jusqu'au fond de l'âme.

7

Charles Edward Lazer, 45 ans, domicilié 15, cours Baron. Citoyen américain. Enrôlé dans la Royal Air Force en 1939. Démobilisé en juin 1946. Grade : F/Lieutenant Navigateur. Rapport : excellent. Médaille Militaire et décoré D. F. C. en mai 1944.

Précédents : quatre condamnations englobant complicité de vol, larcin et possession illégale de stupéfiants. Non-expulsion en raison de ses brillants faits d'armes. Inscrit sur les registres de la Santé Publique comme intoxiqué à la cocaïne.

Nick se remémorait le dossier de Chuck Lazer en montant l'escalier. Il n'y eut pas de réponse lorsqu'il frappa et à peine toucha-t-il la poignée que la porte s'ouvrit.

La pluie entrait par la fenêtre ouverte et le vent faisait flotter, comme des étendards, les rideaux déchirés. Les narines délicates de Nick furent blessées par la puanteur de la literie. Il regarda avec dégoût la pièce sale, en désordre. Il sortit en tirant la porte.

Venant de l'étage inférieur le vacarme allait en augmentant, l'orchestre battait et vibrait au rythme d'un pouls bien réglé. Les blues succédaient aux twists. Ayant cogné plusieurs fois sans obtenir de réponse, Nick entra.

Dans la grande pièce une vingtaine de personnes, visiblement des étudiants, mangeaient, buvaient, dansaient. Dans un coin trois musiciens jouaient, mais ils valaient bien tout un groupe.

Un jeune homme aux cheveux ébouriffés et à la longue barbe brune taillée en pointe se faufilait à travers les couples et remplissait les verres. S'apercevant de la présence d'un étranger, il dit à Nick :

— Navré, mon vieux, nous sommes entre amis et je ne reçois pas les écornifleurs ce soir.

Nick produisit sa carte et le garçon put lire : *Sergent-Détective Nicolas Miller*. Son visage devint livide.

— Dieu du ciel ! Mais pourquoi donc ?

Il entraîna le policier sur le palier et tira la porte.

— Pas d'ennuis, rassurez-vous. Je cherche un gars. Chuck Lazer — qui habite là-haut. Il ne serait pas chez vous par hasard ?

Le jeune homme eut un sourire, prit la cigarette qu'il avait sur l'oreille et la plaça au coin de la bouche.

— Chuck ? Je ne sais pas où il est, il a son propre monde. Que Dieu lui vienne en aide.

— Il se drogue toujours ?

— J'ai entendu dire qu'il est inscrit aux intoxiqués, mais… (Le jeune garçon fronça les sourcils, alluma sa cigarette.) Dites-moi, Sergent, qu'est-ce que tout cela signifie ?

— Je ne cherche pas à le coincer. J'ai juste besoin de le voir pour un renseignement, il peut m'aider dans une enquête.

— Les policiers disent toujours ça.

— Eh bien, pour une fois c'est vrai.

Le jeune homme réfléchit un instant, puis il lâcha :

— Oh ! et puis au diable ! Il s'est endormi et a raté sa consultation du soir. Quelqu'un était venu le voir une demi-heure avant…

— Pouvez-vous me décrire cette personne ?

— Grand, des épaules carrées, il portait une gabardine mastic qui ne sortait pas de chez le teinturier. Type irlandais. (Le garçon lui sourit.) Dites donc, où avez-vous trouvé cette casquette ? Elle est du tonnerre et vous va drôlement bien. Où est-ce que je peux en trouver une ?

— À Hambourg. Sont-ils partis ensemble ?

— Lazer est descendu il y a dix minutes. Un copain et moi sommes sortis pour un besoin urgent dans le fond de la cour, et nous l'avons vu filer.

— Semblait-il pressé ?

— Ils sont toujours pressés quand ils ont besoin de se faire piquer ! Il allait sûrement chez son charlatan pour se faire rédiger une ordonnance.

— Qui est ce « charlatan » ?

— Le docteur Das. Son cabinet est au coin du square Baron, juste au bout de la rue. Il est le seul en ville qui veuille inscrire cette sorte de « malade » parmi sa clientèle. Dites-moi… êtes-vous réellement un flic ?

— Ça se voit, non ?

— Formidable ! Vous êtes dans le vent, vous au moins ! (Dans les yeux du garçon brillait une franche admiration.) Si j'étais sûr qu'on me donne un pareil uniforme, je m'engagerais tout de suite dans la police.

— J'en toucherai un mot au commissaire principal, demain matin nous vous ferons savoir la réponse.

Sur ces paroles moqueuses Nick sortit sous la pluie, se glissa au volant de la Mini-Cooper et démarra lentement.

Il trouva facilement, au numéro 20, la plaque du docteur Das. Après avoir lu le nom il l'examina de plus près : M. R. Das, docteur en médecine. *Professeur du Collège Royal des Physiciens.*

Nick pressa le bouton de la sonnette de nuit. Quelques instants plus tard un homme grand, au type indien, au visage cadavérique et pommettes saillantes, des yeux bruns surmontés par d'épais sourcils, ouvrit la porte.

— Docteur Das ?

— Oui, que puis-je pour vous ?

— Tout d'abord, permettez-moi de me présenter : Détective-sergent Miller, attaché à la Police Judiciaire. J'essaie de retrouver l'un de vos patients, Mr. Lazer. Je suis allé à son domicile sans avoir la chance de le rencontrer. Son voisin m'a dit que je le trouverais probablement chez vous.

— Veuillez entrer, Sergent.

Le docteur le fit pénétrer dans une grande pièce où brûlait un feu de bois. Un bureau garnissait un coin et une immense bibliothèque lui faisait face.

Le docteur Das ouvrit un coffret en bois de santal placé sur la cheminée et choisit un cigare.

— Excusez-moi de ne pas vous en offrir, Sergent, mais il m'est si difficile de m'en procurer. Ils arrivent tout droit de Manille, mais vous trouverez des cigarettes sur le meuble derrière vous.

Nick se servit. L'Indien, le dos tourné vers le feu, le visage parfaitement calme lui demanda :

— Mr. Lazer a-t-il des ennuis ?

— Non, Docteur, pas du tout. Je recherche quelqu'un qu'il me faudrait retrouver de toute urgence. Mr. Lazer le connaît, j'espérais qu'il me serait d'une aide précieuse, Mr. Lazer est bien inscrit chez vous ?

— Oui. Je le soigne depuis au moins deux ans, si ce n'est plus. J'éprouve un intérêt tout particulier pour mes infortunés clients. Nous sommes peu nombreux dans ce cas, dois-je ajouter.

— À quel degré en est Mr. Lazer ?

— Sa dose journalière est de l'ordre de 0, 45 gramme

d'héroïne et de 0, 38 gramme de cocaïne. Si vous considérez que la dose normale pour soulager la douleur est d'un vingtième de gramme, cela vous permet d'estimer l'ampleur du problème…

— Ne peut-on rien faire, Docteur ?

— Hélas ! Pour certains patients, je répondrais non. Ils sont « desséchés », suivant leur expression. Je les soigne, on espère que cela va mieux, puis ils régressent avec une étonnante facilité. La plupart sont d'anciens malades, des mutilés ou des blessés, ce qui explique leur retour au besoin initial de la drogue.

— Dommage que l'on ne puisse rien tenter pour sauver Lazer. J'ai examiné son dossier, cet homme a accompli certains actes de bravoure durant la guerre.

— Le cas de Charles Lazer est particulièrement tragique. Quand il prit de l'héroïne pour la première fois, il assistait à une réception, il y a un peu plus de trois ans. Ayant bu plus que de raison il n'attacha pas d'importance à son geste.

— Et cela suffit à le rendre esclave de la drogue ?

— Oui. Par deux fois j'ai tenté de le désintoxiquer, il resta cinq mois sans retomber dans son vice, ce qui est remarquable.

— Est-il vraiment perdu ?

— Vous semblez prendre un intérêt personnel à la vie de cet homme, dit en souriant le docteur Das.

— J'ai étudié son dossier et cela me l'a rendu sympathique. Il s'engagea pour défendre notre pays, docteur Das, alors que rien ne l'y obligeait. Je suis partisan des anciens usages et ce qu'il fit signifie quelque chose pour moi. Ne pouvez-vous tenter une désintoxication radicale ?

— Peut-être. Nous avons — avec l'un de mes confrères de Londres — appliqué une nouvelle méthode qui s'est avérée remarquable et nous avons eu la joie de constater quelques succès. Cela entraîne l'emploi de l'apomorphine et le retrait de tout stupéfiant. C'est une dure épreuve pour le sujet durant une période de deux mois.

— Le résultat est-il vraiment efficace ?

— S'il y a coopération du patient. L'apomorphine est tout simplement de la morphine dans laquelle on a mêlé quelques molécules d'eau purifiée. Cela réduit la passion intense, dévorante et prévient les symptômes usuels associés à la tentative d'une réduction quotidienne qui va en progressant. C'est extrêmement désagréable.

— En avez-vous déja parlé à Lazer ?

— J'allais le faire ce soir, mais il n'est pas venu.

— Peut-être est-il allé au dispensaire après l'heure si le besoin de drogue était trop urgent ?

— Il perd son temps. Ma règle est de ne pas prescrire une ordonnance quand l'heure est passée. Cela peut vous sembler dur, mais je vous assure que l'on doit appliquer cette discipline avec cette sorte de clients.

— Lazer a pu penser qu'il attendrait jusqu'à demain matin ?

— Cela me paraît invraisemblable, dit le docteur en secouant la tête. Je peux me tromper, mais cela m'étonnerait, il est certainement allé chez le droguiste de City Square. Lazer connaît des gens dans le même état que lui. Il empruntera ou achètera quelques pilules pour tenir jusqu'au matin.

— Vous pensez que je peux l'y trouver ?

— J'en suis certain.

— Alors j'y vais tout de suite, j'ai absolument besoin de le voir.

— Permettez-moi de vous prévenir, dit l'Indien en accompagnant Miller jusqu'à la porte. Après la première injection vous remarquerez la transformation de Lazer. Oh ! tous les sujets ne réagissent pas de la même manière, pour la plupart ils deviennent paranoïaques avec en particulier la peur de la police. Souvent leur langue se délie et ils parlent s'en pouvoir s'arrêter, d'autres fois ils ont des hallucinations. Ils ne sont pas dangereux, mais leur comportement risque de troubler une personne non avertie.

— Je garderai ça à l'esprit, dit Nick en lui tendant la main.

Le sergent Miller fut surpris par la force de la poignée de main du docteur Das.

— Dans tous les cas, Sergent, si je puis vous aider, n'hésitez-pas à m'appeler.

Nick tourna la clé de contact et démarra en trombe sous la pluie.

8

Chuck Lazer avait l'impression qu'une mailloche lui frappait la nuque et d'invisibles aiguilles lui fouillaient la chair, ses muscles eurent une contraction qu'il ne put réprimer. Il n'était plus loin de la boutique du droguiste. Il leva le visage vers le ciel : la pluie le fouetta et il se sentit momentanément soulagé.

Derrière lui un petit homme desséché, un béret lui servant de couvre-chef, un pardessus marron jeté sur les épaules, tenait un petit paquet dans la main. Lazer se retourna vivement :

— Où vas-tu Micky, t'as l'air bien pressé. Pour l'amour du Christ, je n'y tiens plus... rends-moi service...

Le petit homme ouvrit une boîte et y prit quelques comprimés qu'il déposa dans la paume de Lazer.

— N'oublie pas d'où ils viennent. Je serai demain à onze heures au bar du *Lézard Rouge*, passe me payer, dit Micky en s'éloignant rapidement.

Lazer repartit en sens inverse. Au même moment une Mini-Cooper grise stoppa à sa hauteur. Un jeune homme en descendit, vêtu d'une spectaculaire gabardine bleue.

— Je suis le détective-sergent Miller de la P. J., j'ai deux mots à vous dire, Lazer, où pouvons-nous aller pour être tranquilles ?

Lazer regarda l'élégant vêtement de pluie, les étranges yeux noirs qui le dévisageaient, la casquette du genre militaire, et il rit :

— Détective ? Oh ! général pour le moins ! Êtes-vous Alexandre le Grand ou Napoléon ?... Eh bien, si vous voulez me parler vous n'avez qu'à me suivre.

Ils se trouvaient maintenant dans un petit square. Lazer s'engagea dans un escalier souterrain, en se tenant à la rampe qui conduisait aux cabinets publics. Nick attendit un moment puis le suivit. Le minuscule bureau était plongé dans l'obscurité ; il n'y avait personne. Le carrelage était mouillé et glissant. Une forte odeur d'ammoniaque le prit à la gorge. Au fond du couloir, Lazer luttait avec la poignée de la dernière porte.

Comme Nick arrivait près de l'Américain, celui-ci dans une ultime secousse réussit enfin à ouvrir. Il rabattit le couvercle du siège d'aisance et se laisa choir sur un genou. Puis, ignorant Nick, il sortit tout un attirail de sa poche : un lacet, une seringue, un flacon à gros goulot et des allumettes.

Lazer se releva avec peine, enleva son pardessus et sa veste qu'il entassa sur les carreaux et retroussa la manche de sa chemise. Avec le lacet il se fit un garrot pour faire saillir les veines, puis plongea le flacon dans la cuvette des W. -C. Il le remplit d'eau et y laissa tomber deux comprimés d'héroïne. Il craqua une allumette et la plaça au-dessous pour tiédir le liquide et les faire dissoudre.

Tournant la tête, il découvrit ses dents noires et cariées dans un sourire qui n'avait plus rien d'humain et regarda Nick. Toute l'agonie de son existence se lisait dans ses yeux.

— La vie est belle quand on ne chute pas, Général !

Il frotta une autre allumette qui s'éteignit ; fiévreusement il recommença ; mais ses mains tremblantes lâchèrent la boîte qui se vida sur le carrelage souillé, les rendant inutilisables. Un gémissement de bête blessée s'échappa de ses lèvres. Prenant son briquet, Nick frotta la molette et, sans un mot, le lui tendit.

Lazer plaça la flamme sous le flacon et attendit. Les comprimés étaient fondus maintenant. Il remplit la seringue.

Cinq années passées dans la police des plus grandes villes industrielles du nord de l'Angleterre avaient pourtant endurci Nick Miller, cependant lorsque Lazer enfonça cette aiguille sale et émoussée dans son bras, fouillant les chairs pour trouver la veine, le jeune policier eut la sensation qu'elle entrait dans son propre corps.

D'une main hésitante, mais experte, Lazer dénoua le garrot. Sa tête tomba en avant, les yeux clos.

Il resta ainsi pendant une seconde ou deux, puis tout son corps se tordit dans une horrible convulsion. Sa main griffa le mur comme pour s'y accrocher et il poussa un long soupir. Nick s'accroupit en face de lui.

Le visage de l'Américain était blafard, il avait l'immobilité d'un cadavre. Puis il souleva la tête et dit dans un sourire effrayant :

— La minute de vérité, Général ! Qu'est-ce que vous voulez savoir ?

9

Depuis quelques années le quartier avait bien changé, les maisons poussaient comme des champignons autour du Club. Nick s'en souvenait parfaitement, il avait battu ce pavé avant d'être affecté à la P. J.

Un grand type noir gardait l'entrée. Il leur sourit lorsqu'ils s'approchèrent de l'escalier.

— Alors, Chuck, comment ça va ? Tu viens jouer ici ce soir ?

— Parce que je ne peux pas faire autrement. On m'a proposé

une place comme ça. (Il leva le pouce en fermant le poing.) J'irai en sortant d'ici, si je parviens à me rappeler où c'est.

Le nègre se tourna vers Miller en roulant des yeux ; ils avaient changé d'expression. Nick leva une main rassurante :

— T'en fais pas, Charlie, ce soir je suis venu pour le plaisir. À part ça, comment va le boulot ?

— Ça peut aller, Mr. Miller. On ne vous a pas vu depuis longtemps, il paraît que vous avez quitté la police ?

— Rumeur idiote, Charlie. Je suis sergent maintenant et cette semaine je suis de nuit. Tu vas me voir souvent maintenant.

— Pas si on peut l'éviter, dit Charlie en exhibant une dentition parfaite.

Il n'y avait que sept personnes au bar, toutes de couleur. Lazer salua le barman de la main, et alla s'installer devant le piano, sur l'estrade au fond de la salle. Nick alluma une cigarette, puis prenant une chaise il s'assit à côté de l'Américain.

Pendant quelques instants les mains du pianiste restèrent indécises puis, ayant trouvé le rythme, elles volèrent sur les touches comme d'étranges oiseaux qui pleuraient dans la ville endormie.

Le jeune policier attendit. À son tour il posa les doigts sur le clavier. Ils jouèrent à quatre mains. L'Américain se tourna vers Nick en souriant pour lui faire comprendre combien il appréciait sa dextérité.

— Formidable, Général ! Formidable !

Losqu'ils plaquèrent le dernier accord, ceux du bar applaudirent. Les yeux de Lazer brillaient d'excitation, le sang avait afflué à son visage. Le barman leur apporta deux whiskies sur un plateau d'argent avec « les compliments de la direction ». Chuck avala le sien d'un trait, puis il rit bruyamment :

— Vous avez donc une âme, Général ? Une âme auréolée de gloire ! Vous êtes Tatum et Garner réunis. Si Bruckner était encore de ce monde il tournerait son visage vers le mur et pleurerait de joie !

— Garvald, dit Nick, Ben Garvald.

Lazer balbutia, le flot de paroles mourut momentanément sur ses lèvres, il attendit quelques secondes avant de répondre :

— Ben ?... Mon vieux copain, mon camarade d'armes ! Il a fait la guerre comme moi. Sûr que je le connais ! Il est venu me voir hier soir... ou peut-être cette nuit... Je ne sais plus...

— Qu'est-ce qu'il voulait ? Qu'est-ce que voulait ce vieux Ben ?

Son humeur changea subitement. Il vida le verre de Nick et commença à jouer un prélude de Bach.

— Je vais vous le dire, Général. Ce vieux Ben voulait savoir où était sa femme, son nouveau nom, sa nouvelle adresse.

— Et c'est tout ?

— Non, il voulait aussi savoir où il pourrait trouver Sammy.

— Sammy ?

— Oui, Sammy Rosco… le « gros-bras » du *Club Eleven*, le videur si vous préférez. Il habite rue Carven…

— Pourquoi Garvald désirait-il le voir ?

Lazer attaqua une valse de Strauss.

— Pour sûr qu'il ne lui voulait pas du bien ! L'Ange de la Mort cheminait à ses côtés, déclama Lazer, mais le Dieu de Miséricorde aura pitié de l'âme de Samuel Rosco, misérable pêcheur… non, ce sale donneur. Vous ne devinerez jamais ce qu'il avait fait, Général, mais je vais vous le confier : il envoya deux voyous à face de rat pour supprimer mon ami Ben à sa sortie de Wandsworth. Quelle erreur ! Oui, il a commis une grossière erreur !

Étant au paroxysme de l'extase il ne se rendait plus compte des mots qu'il prononçait. Nick profita de cet avantage.

— Vous a-t-il parlé de Bella ? Était-il en colère contre elle ?

— Pourquoi le serait-il ? (La valse étant finie il joua un slow, un jeune noir entraîna une fille sur la piste.) Il aimait sa femme, Général, il l'aimait et elle le rejeta pour en épouser un autre… et à quel moment ? Pendant qu'il moisissait au ballon ! Maintenant il ne peut que la mépriser…

— Peut-être veut-il aller régler ses comptes avec elle ?

— Qu'est-ce que vous insinuez ?… La rosser ? (Il s'arrêta net de jouer, brisant la mélodie.) Si vous connaissiez Ben Garvald, Général, vous ne penseriez pas ça. (Il posa la main sur l'épaule du jeune policier et lui dit sur un ton de confidence :) Quand il s'agit de femmes, Ben Garvald est le plus doux des hommes… Un autre comme lui ? Il n'y en a pas dans toute la ville !…

— C'est vous qui le dites ! fit Nick en se levant.

— Vous croyez vraiment qu'il va aller voir Bella ?

— Elle le dit.

— Elle a porté une plainte officielle ?

— Quelque chose comme ça.

— Chienne pouilleuse, garce ! Après tout, qu'il lui file une bonne raclée, elle n'aura pas la moitié de ce qu'elle mérite. Neuf ans de ballon… et le quitter pour son vieux, pourri de pognon…

— La vie peut être un enfer, dit Nick.

Miller sortit sans se retourner, conscient que Chuck pleurait. Il traversa le square. La rue Carver et Sammy Rosco étaient visiblement les prochains sur l'agenda. La Mini-Cooper démarra rapidement.

Après le départ de Miller, Chuck Lazer décida de quitter son piano et de rentrer. Il arrivait chez lui, s'apprêtant à s'engager dans le couloir quand il vit la lueur d'une allumette dans le noir. Ben Garvald s'avança et alluma sa cigarette.

— Qui est ton ami, Chuck ?

Lazer leva les yeux, surpris. Déjà l'effet de la drogue s'atténuait et ses réactions devenaient plus normales.

— Où courais-tu si vite ?

— Je rentrais dans ma tanière parce que tu m'avais dit que tu reviendrais…

— Oui, j'espérais te trouver chez toi. Je croyais que tu irais chez le droguiste de City Square. Je voudrais bien que tu me dises qui est ce type qui portait une casquette d'officier. Vous étiez ensemble, prêts à entrer au *Club*. Alors, je suis venu t'attendre ici. Qui c'est, Chuck ?

— Un flic, Ben, le sergent… Miller. Oui, c'est bien ça, Nick Miller.

— Tu plaisantes, ou quoi ? Je n'ai pas encore vu un flic habillé comme lui. Et qu'est-ce qu'il voulait ?

— Toi, Ben. Il te cherche et est venu me demander où tu étais. Bella ne veut pas que tu reviennes ici.

— Je veux bien comprendre que ma présence ne lui plaise pas, mais quand même elle y va fort ! Qu'est-ce qu'il t'a encore dit ?

Les efforts de Chuck pour faire jaillir de son cerveau embrumé les mots qu'il cherchait restèrent vains. Garvald n'insista pas.

— Ça ne fait rien, Chuck, oublie ce que je t'ai demandé, je m'en sortirai tout seul. Après tout que peut-on me reprocher ? J'ai tiré ma peine, alors ? J'ai encore des affaires importantes à régler. Sais-tu où je peux trouver Fred Manton ?

— Au *Flamingo*, sûrement.

— Où c'est, dis-moi ? J'aimerais lui faire une surprise.

— Il y a un escalier privé avec une porte qui donne sur la petite rue derrière le cabaret. Je vais y aller, ils ont l'habitude de me voir là-bas. Je ferai comme si j'allais aux toilettes et je viendrai t'ouvrir. Tu n'auras qu'à m'attendre.

— Allons-y, j'ai perdu trop de temps.

Le premier coup de minuit sonna à la grande horloge de l'Hôtel de Ville.

10

À quarante-cinq ans, Jack Brady était policier depuis pratiquement la moitié de sa vie. Vingt-cinq ans de travail au rythme des trois huit, vingt-cinq ans à être détesté par ses voisins et à ne passer qu'un week-end sur sept en famille, ce qui avait de lourdes conséquences dans ses relations avec son fils et sa fille. Ce n'était pas un homme astucieux, mais il était patient et possédait une espèce d'intelligence lente et sûre ; cela, ajouté à sa connaissance de la nature humaine acquise durant les longues nuits de garde, avait fait de lui un bon policier.

Il n'avait pas le souhait conscient, ni même le désir d'aider la société. Pour lui, la société se composait de civils qui se mêlaient quelquefois au constant état de guérilla qui existait entre les policiers et les criminels. Dans le fond il préférait avoir affaire à ceux-là. Avec eux au moins, il savait quel langage parler.

Il n'était pas sentimental, pour lui un bandit ne représentait qu'un dossier classé aux archives. Il avait volé ou tué, il devait payer : c'était la loi, et comme la consigne, c'était sacré. Il avait lu cela quelque part et se le remémorait en marchant, tête baissée, luttant contre la pluie et le vent ; cela le fit penser à Garvald.

Il discutait tout à l'heure de ce cas avec le commissaire Grant, et Miller semblait prendre partie pour Ben Garvald.

Si ce béjaune adoptait cette attitude, plus tôt il le moucherait, lui, Jack Brady, mieux ça serait. Le boulot d'un flic consistait à attraper les malfaiteurs : toute l'éducation du monde ne pouvait enseigner ce que seule l'expérience apprenait.

Brady se sentait morose et fit une halte pour allumer une cigarette. Sans s'en rendre compte, sa grande colère se dissipait ; il se surprit à penser que les raisonnements de Miller l'impressionnaient plus qu'il ne voulait se l'avouer. D'un autre côté ce n'était pas une raison suffisante pour ne pas lui donner une bonne leçon. Cela l'aguerrirait pour la prochaine fois.

Gascoigne Square s'ouvrait dans un quartier tranquille et retiré dans le ressac d'un bras du fleuve, à environ un mile de l'Hôtel de Ville. Les maisons de style géorgien qui le bordaient étaient occupées par des agences, des études d'avocats, des hommes d'affaires qui avaient su les garder en excellent état. Pourtant deux ou trois d'entre elles avaient été converties en club-cabaret, maison de jeu et une ou deux autres pouvaient satisfaire des désirs plus élémentaires. Un sourire sardonique étira la bouche de Brady quand il vit cinq hommes d'affaires descendre d'un taxi; ils paraissaient tout excités lorsqu'ils franchirent le seuil de la petite entrée du *Club Eleven.* Ils allaient trouver tout ce qu'ils cherchaient. Molly Ryan s'en occuperait et un ou deux d'entre eux pourraient même cueillir plus que prévu.

Le *Flamingo* offrait sans doute plus de classe, cependant l'enseigne criarde, les lumières au néon ne s'harmonisaient pas avec le style du vieux square.

À quelques pas de l'entrée, un petit homme desséché, coiffé d'un béret, un manteau sur les épaules, tenant dans la main un petit paquet, étalait à côté de lui une pile de journaux. Brady connaissait le vieil homme, et le vieux le connaissait aussi, pourtant aucun signe ne fut échangé entre eux. Un groom, en uniforme rouge, ouvrit la porte quand le policier se présenta sur le seuil.

Un Italien aux cheveux noirs, en jaquette blanche, vint à sa rencontre, une expression de consternation sur le visage; bravement il tenta de sourire mais échoua misérablement.

— Monsieur Brady! Quel plaisir de vous voir! Puis-je faire quelque chose pour vous?

Brady garda ses mains dans les poches de sa gabardine, ignorant la main tendue. De l'entrée il regarda d'un air dégoûté les tapis épais, les décors crème et or, les filles dans leurs robes légères et leurs jambes gainées de fines résilles noires piquées d'étoiles dorées.

— Je veux Manton. Où est-il?

— Quelque chose ne va pas, Mr. Brady?

— Oui, ça pourrait mal tourner si Manton ne vient pas tout de suite.

Quatre personnes nouvellement arrivées lui lancèrent un coup d'œil empreint de curiosité. L'Italien s'arrêta devant une porte où était inscrit *Privé*, et l'ouvrit.

— Je crois que Mr. Manton est au bar. Si vous voulez m'attendre ici, je vais aller voir.

Brady resta dans le minuscule bureau, sobrement meublé : un classeur, deux chaises, un registre poussiéreux sur la table. Il le feuilleta et nota au passage des noms qu'il connaissait bien.

La porte s'ouvrit et se referma. Quand Brady se retourna Fred Manton, appuyé au battant, allumait une cigarette. Il était grand, malgré ses larges épaules légèrement voûtées sous le complet bien coupé. Des yeux bleus et une fine moustache lui donnaient un petit air militaire, d'ailleurs les habitués le surnommaient « Le Major ». Comprenant que son visiteur avait consulté le registre, Manton ouvrit le tiroir du bureau et l'y glissa. Un sourire mécontent sur les lèvres, il dit à Brady :

— Certains peuvent dire que vous avez la fâcheuse habitude de mettre votre nez dans les affaires qui ne vous regardent pas.

— Vous me fendez le cœur. Maintenant, je viens vous demander où est Ben Garvald.

Le visage de Manton exprimait une surprise sincère.

— Vous devez vieillir, Inspecteur. La dernière fois que j'ai entendu parler de lui il était à Wandsworth. Ce n'est un secret pour personne…

— Il a été libéré hier matin, vous ne le saviez pas ?

— Je n'ai pas vu Ben depuis neuf ans, fit Manton en haussant les épaules, depuis le jour de sa condamnation pour le hold-up des aciéries de Birmingham… vous êtes au courant ?

— Dans tous les détails. Nous n'avons jamais pu mettre la main sur celui qui conduisait la voiture où se trouvait Garvald.

— Oubliez-moi, Inspecteur, j'étais chez moi ce soir-là.

— Qui l'a dit, votre mère, grogna Brady ?

Manton écrasa très calmement sa cigarette dans le cendrier et prit le téléphone.

— Je ne comprends pas ce que vous voulez insinuer, aussi je me vois dans l'obligation d'appeler mon avocat avant de prononcer un mot de plus.

Prenant le récepteur Manton commença à composer le numéro. Brady le bloqua en posant la main sur le support.

— Ça va, Manton, arrêtons les frais ! Je veux Garvald, où est-il ?

— Comment voulez-vous que je le sache ? Croyez-moi, c'est bien ici le dernier endroit où il se montrerait.

— Quand nous l'avons arrêté lors du vol, vous étiez bien associés dans une affaire sur la rive gauche ?

— Exact. Nous possédions un bar-café : *le Old Spot.* Et alors ?

— Alors ? je suppose que vous l'avez vendu pour acheter le *Flamingo.* Peut-être qu'il viendra vous réclamer sa part, investie dans ce nouvel établissement ?

— Sa part ? (Manton éclata de rire.) Que pourrais-je lui donner, les plongeurs ? Après l'arrestation de Ben, vos cinglés de l'équipe de nuit sont venus au *Old Spot*, ils ont fait une fouille en règle croyant trouver l'argent du burin et ont tout cassé. Ça a fait mauvais effet, je n'avais plus un consommateur et j'ai dû laisser tomber l'affaire, ça n'avait plus aucune valeur. Vous savez, c'est moi qui ai reçu les huissiers quand ils sont venus saisir, pas Ben !

Dans sa voix on sentait l'amertume et un accent de vérité. Brady ravala son désappointement et tenta sa dernière chance.

— Vous avez un bureau privé... j'aimerais y jeter un coup d'œil et m'assurer que Garvald n'est pas chez vous.

— Avez-vous un mandat de perquisition ?

— À votre avis ?

— Oh !... et puis je m'en fiche ! Fouillez, regardez, ça m'est bien égal. Si vous découvrez Garvald ici, vous viendrez me le dire. Même en l'employant au *Flamingo* pendant deux ans, c'est encore lui qui me devra de l'argent.

— Je vous plains de tout mon cœur, répondit Brady en ouvrant la porte.

— C'est moi qui vous plains, Inspecteur. Au printemps je compte prendre un homme supplémentaire pour faire le rabatteur à l'entrée du Club. Je pensais à vous, vous vieillissez, Brady, quand prenez-vous votre retraite ?

Les phalanges du policier blanchirent sur la poignée de la porte, tant il la serra. Ces réflexions l'avaient profondément touché. Il inspira profondément et lorsqu'il parla sa voix était remarquablement calme :

— Cette remarque est déplacée dans la bouche d'un gentil garçon comme vous, Manton, déplacée et stupide !

Et Manton le savait. Quand le rictus cynique qui plissait ses lèvres s'évanouit, Brady lui sourit gentiment, tira la porte et sortit en foulant l'épaisse moquette de l'entrée.

La pluie continuait à tomber, poussée par le vent. Il s'arrêta près du vieux marchand de journaux qui s'était mis à l'abri de la terrasse du *Flamingo*. Il prit un quotidien et l'ouvrit à la page des sports.

— Te souviens-tu de Ben Garvald, Micky ?

Le vieil homme répondit d'une voix rauque et cassée par l'alcool depuis de longues années :

— Comment oublier quelqu'un comme lui, dit-il sans remuer les lèvres.

— L'as-tu vu entrer au *Flamingo* ce soir ?

Micky ne répondit pas à la question, il fouillait ses poches.

— Je n'ai pas de monnaie, dit-il tout haut parce que quelqu'un passait. (Il reprit tout bas :) Il y a une entrée qui donne accès à l'escalier des appartements particuliers de Manton, juste à côté de la porte destinée au personnel. Bonne chance, Mr. Brady.

— Merci, Micky.

L'inspecteur glissa un billet d'une livre dans la main du vieux, accepta la piécette d'un penny que le marchand lui tendit pour donner le change et partit dans la direction que son indicateur lui avait signalée.

Des poubelles alignées sur le trottoir sortait une odeur nauséabonde ; au-dessus des deux portes étroites, une lampe braquée vers le mur éclairait une plaque clouée sur l'une d'elles qui portait cette mention : *Privé, entrée du personnel.* Sur l'autre rien n'était indiqué, Brady tourna la poignée… fermée à clé.

Au bout de la rue passaient les voitures sur l'avenue, le trafic était étrangement assourdi. Il consulta sa montre : 11 heures et quart, il fallait qu'il soit de retour au bureau à minuit.

Presque en face des deux portes, il découvrit un porche : il se cacha dans l'ombre et attendit.

Il faisait très froid et le temps passait trop lentement. Il s'accroupit dans un coin, les mains enfoncées dans les poches ; le temps se traînait littéralement, minute après minute, longues comme des siècles, et personne ne venait.

Il avait tort et c'était ça la vérité. *« Vous vieillissez »*. Manton avait dit ça et il avait sans doute raison.

Était-ce tout ce qui restait de ces vingt-cinq années ?

Une nostalgie bizarre lui serra le cœur. Si seulement il pouvait repartir à zéro, recommencer sa vie. Tout serait différent. Il crut entendre des voix. Il prit une profonde inspiration et revint à la réalité, réalisant à son grand mécontentement qu'il s'était peut-être endormi.

Un homme marchait, il alluma une cigarette. Brady reconnut

Chuck Lazer et se souvint que l'Américain était employé au *Flamingo* en qualité de pianiste. Il franchit le seuil de l'entrée réservée au personnel et repoussa le battant.

Le froid fit frissonner Brady, il releva le col de sa gabardine humide, le vent et la pluie redoublèrent de violence. Cela ne faisait plus de doute : il perdait son temps.

De nouveau il regarda les aiguilles lumineuses de sa montre et s'aperçut avec étonnement qu'il était minuit moins 10. Relevant la tête il vit la porte de Manton s'ouvrir et quelqu'un siffla doucement. Se détachant d'une porte cochère Ben Garvald traversa la rue, s'arrêta un instant sous la lampe et disparut à l'intérieur.

Frappé de stupeur Brady restait cloué sur place. Puis il reprit ses esprits et avança, éprouvant la sensation d'avoir reçu un coup de poing au creux de l'estomac.

La porte de Fred Manton avait été refermée à clé, mais l'autre céda quand il tourna la poignée. Il entra.

11

Lazer ouvrit la porte et Garvald, qui le suivait, se retrouva devant un escalier à la rampe en fer forgé dont les marches étaient recouvertes de moquette. Lorsqu'ils furent en haut, Lazer ouvrit avec précaution une porte qui donnait sur un couloir étroit.

— Où allons-nous ? chuchota Garvald.

— Dans l'appartement privé de Manton. Son bureau est au fond, il doit y être en ce moment. Juste avant de t'ouvrir je suis allé le voir et il m'a engagé pour la fin de la nuit. J'ai accepté son offre, je partirai avec quatre autres garçons de l'orchestre attitré du *Flamingo*. Nous allons chez Bella leur faire entendre un peu de bonne musique. Elle a organisé une grande réception.

— Qu'est-ce qu'il y a donc de spécial ?

— L'anniversaire de Faulkner.

— Il faut qu'elle aiguise les sentiments de son vieux mari avec des valses viennoises, dit Garvald sur un ton amer. Je t'en prie, Chuck, ne lui raconte surtout pas que tu m'as vu. Je préfère lui faire la surprise.

— Tu penses bien ! Tu ne viendras pas trop tard ?

— Ça dépend comment ça va tourner. J'ai loué une chambre

au *Régent Hotel*, rue Gloyne. Si tu as besoin de me voir tu peux venir ou me laisser un message.

— D'accord. (Sur la pointe des pieds ils continuèrent à marcher, puis l'Américain ouvrit une porte sur la gauche. Les rires et la musique montaient jusqu'à eux.) Voilà le chemin pour l'enfer. Au revoir, Ben.

Garvald s'engagea sur le palier, laissant la porte entrouverte. Un instant il hésita. Percevant un léger bruit derrière lui, il se retourna brusquement.

Deux hommes le dévisageaient. Le plus grand avait de larges épaules, des cheveux noirs retombaient sur son col et ses oreilles, mais on ne voyait pas de méchanceté dans son regard. L'autre, trapu et plus petit, avait des yeux vairons.

— Qu'est-ce que tu fais là ? demanda-t-il à Garvald d'une voix dure.

Ben lui lança un coup d'œil méprisant, tourna sur ses talons sans prononcer un mot et ouvrit la porte qui lui faisait face. La pièce était grande, décorée en crème et or, un feu de bois pétillait dans la haute cheminée. Assis derrière le bureau de noyer massif, des papiers éparpillés devant lui, Manton releva la tête.

Durant quelques secondes leurs regards s'accrochèrent. Manton prit la parole :

— J'espérais que tu ne ferais pas ça, Ben.

— Revenir ? (Garvald prit une cigarette dans le coffret en argent et l'alluma.) Après les durs moments que je viens de passer j'ai besoin de tous mes amis, Fred. Où voulais-tu que j'aille ?

L'homme à l'œil vairon s'encadrait maintenant dans le chambranle :

— Il n'est passé ni par le Club ni par la cuisine, Mr. Manton, ça signifie qu'il est arrivé par votre entrée personnelle. Dois-je le fouiller ?

— Fais-le et je te casse le bras, dit Garvald.

L'autre recula d'un pas, Manton leva la main.

— Laisse, Donner. S'il te touche il t'envoie à l'hôpital pour un mois, et j'ai besoin de toi. Retourne en bas.

Donner resta encore, mesurant férocement Garvald du regard, puis il obtempéra. Manton se leva, ouvrit un petit placard mural, y prit une bouteille et deux verres qu'il remplit, en tendit un à Garvald. Sans un mot ils trinquèrent et burent.

— *Comment* es-tu entré, Ben ?

— Depuis quand ai-je besoin d'une clé pour ouvrir une porte ?

— Exact. Tu étais le plus fort pour pénétrer sans effraction par la porte ou par la fenêtre en ce temps-là. (Il se dirigea vers son bureau et alluma tranquillement une cigarette.) Pourquoi es-tu revenu, Ben ? Il n'y a plus rien à faire pour toi ici.

— Alors… jette-moi dehors… il y a maldonne, mon vieux ! Si tu ne voulais plus me voir il ne fallait pas m'envoyer tes deux voyous hier matin. Tu me connais assez pour savoir qu'après cette boulette je franchirai tous les obstacles pour te voir.

— Les choses ont changé, Ben, c'est plus comme avant. Avec l'argent que les gens gaspillent dans les cabarets on gagne plus qu'avec les hold-up et il y a moins de risques. Avec le dossier que tu as derrière toi, Ben, tu es fini pour le boulot. C'est aussi simple que ça.

— On m'a dit que tu travaillais pour un petit salaire maintenant. Je n'aurais jamais cru que je verrais ça un jour.

— Si tu le sais, alors tu dois savoir pour qui je travaille, dit calmement Manton. Je travaille pour Harry Faulkner, et j'avoue que je le regrette pas, il est régulier. Il me donne un salaire de base, plus une part de gâteau deux fois par an. Tu vois, c'est plus que ce que nous faisions au *Old Spot* à tous les deux, lorsque nous étions associés.

Manton posa son verre.

— Mettons les choses au point. Après ton départ, les flics ont tout chamboulé. Ils ont fermé le *Old Spot.* Je te dois rien.

— Je sais.

Manton fut incapable de se maîtriser. Il fronça des sourcils soupçonneux, puis prenant subitement une décision, il saisit un trousseau de clés sur le bureau et ouvrit un tiroir.

— Je te dois au moins ça, dit-il en jetant une liasse de billets sur le buvard, il y a cinq cents livres, ça t'aidera à démarrer ailleurs, mais je te préviens, c'est tout ce que je peux faire.

Garvald regarda l'argent, un étrange sourire sur le visage, puis il se servit un autre whisky. Lorsqu'il se tourna vers Manton, il était à nouveau impassible.

— Merci, Fred, je n'en veux pas.

— Alors, qu'est-ce que tu veux ? fit Manton les yeux pleins de colère, tu es venu voir Bella ou quoi ?

— C'est *ma* femme, Fred.

— C'était, tu veux dire, grogna Manton. Ce genre de discussion ne mène nulle part. Harry Faulkner et elle se débrouilleront pour te faire coincer et tu te retrouveras là d'où tu viens sans même savoir pourquoi.

— Tu viens pourtant de dire que les choses étaient si différentes de nos jours.

— Tu parles de Bella… ou de l'argent ?

— Qui s'envola en fumée, mêlé aux cendres de Jacky Charlton.

— À moins que vous ne l'ayez déjà partagé.

— Très intéressant.

Quelqu'un courut dans le couloir puis la porte s'ouvrit violemment et Donner entra. Il se pencha au-dessus du bureau en ignorant complètement Garvald.

— Patron… ça sent le flic ! Brady va arriver !

— Qu'est-ce qu'il veut ?

— Votre ami. (Du menton il désigna Garvald.) Jango le fait patienter en bas de l'escalier…

Manton regarda Garvald avec colère :

— Pourquoi es-tu venu ?

Garvald se rua vers la sortie.

— Présente-lui mes respects, Fred, en attendant que je le fasse moi-même. Avant de voir les poulets, j'ai d'autres poissons à faire frire…

Il s'enfuit le long du couloir. Donner fit un pas pour lui courir après, mais Manton lui agrippa la manche.

— Laisse-le, qu'il se sauve. Nous ne l'avons pas vu. Compris ?

Il s'assit, rassembla l'argent et les papiers épars qu'il rangea dans le tiroir. Il entendit des voix dans le couloir et Brady se précipita dans le bureau suivi par un homme brun en tenue de maître d'hôtel. Son accent grec était très prononcé quand il dit à Manton en se tapant sur la tempe et en regardant Brady :

— Il est entré par la porte du personnel, Patron, il est zinzin ma parole. Quand j'ai essayé de l'empêcher de monter, j'ai cru qu'il allait me casser le bras !…

— Ceux qui ont trop d'esprit, je les mate ! fit Brady d'un ton dur. Je veux Garvald, où est-il ?

— Ben Garvald ? Vous avez perdu la tête ?

Brady s'avança lentement, contourna le bureau, agrippa Manton au collet et le força à se lever.

— Ne me servez pas cette sauce-là. J'étais caché en bas et j'ai vu entrer Garvald. Quelqu'un lui a ouvert la porte.

L'espace d'une seconde, Manton perdit contenance. Il regarda Donner et Brady éclata de rire.

— Je lis dans vos yeux comme dans un livre ouvert, gros porc ! Où est Garvald ?

— Monsieur l'Inspecteur, dit Manton en se dégageant, je ne comprends pas un mot de ce que vous me dites, mais j'aimerais voir votre mandat de perquisition. Si vous n'en avez pas, filez d'ici avant que j'appelle la police.

— Vous ne me faites pas peur, rétorqua Brady dédaigneux.

— Moi, peut-être... mais avec Faulkner, ce sera une autre chanson.

La diplomatie n'avait jamais été une des vertus de Brady. Les yeux hors des orbites, il reprit :

— Garvald est ici, je l'ai vu entrer et Bon Dieu de Bon Dieu, je le trouverai.

D'un revers de bras il repoussa Jango qui lui barrait la sortie et se rua dans le couloir. Il ouvrit la première porte à droite, tourna l'interrupteur et se trouva dans la salle de bains. Quand il se retourna les trois hommes le regardaient. Les lèvres de Manton s'étirèrent dans un sourire narquois, il dit poliment :

— Trouvé quelqu'un, inspecteur Brady ?

— Peut-être qu'il croit que nous l'avons fait disparaître dans les W.-C., dit Donner.

Ignorant les deux remarques, Brady ouvrit la porte suivante.

— Le salon, reprit Manton, charitable, et à côté ma chambre.

Brady vérifia les deux... sans succès. Quand il sortit, il s'aperçut que dans le fond du couloir une porte était entrouverte. Il s'y précipita et constata qu'elle donnait accès à l'escalier privé.

— Ainsi donc, c'est par là qu'il est parti !

— Pour l'amour du ciel, Patron, combien de temps va durer cette farce ? Peut-être devriez-vous lui lâcher une liasse de billets pour qu'il vous laisse tranquille ? C'est sans doute ce qu'il cherche plutôt que Garvald !

Un grognement de colère s'échappa de la gorge du policier qui agrippa l'épaule de Donner.

— Retire ta sale patte de flic, riposta celui-ci, haineusement.

Il se retourna brusquement, se dégagea de la poigne de Brady et lui envoya son genou dans l'aine. L'inspecteur, se tordant de douleur, se baissa ; il reçut alors le deuxième coup en plein visage et tomba à la renverse. Pendant quelques secondes le policier s'accrocha à la rampe de fer forgé, puis sa main se détendit. Il plongea littéralement dans la cage d'escalier.

12

Les trois hommes restaient là, interloqués, dans le silence le plus complet. Il fut rompu par un léger craquement derrière eux. Ben Garvald sortit d'une penderie qui se trouvait dans le couloir.

— Te voilà dans de beaux draps, qu'est-ce qui t'a pris, Fred ? T'as oublié le onzième commandement : « Assassine un flic et cela te sera rendu au centuple. »

Il les effleura au passage et descendit. Quand il fut sur la dernière marche il dut enjamber le corps de Brady qui lui barrait le passage. Celui-ci était couché sur le dos, les jambes relevées sous le menton, la tête et les épaules touchaient le mur. Le sang coulait d'une blessure au crâne, collait les cheveux sur le front et suivait une mèche qui le faisait tomber goutte à goutte dans les yeux.

Garvald se retourna et regarda Manton qui avait descendu cinq ou six marches.

— Il a mauvaise mine, Fred, je te souhaite bien du plaisir !

En quelques enjambées il atteignit la porte et sortit rapidement. Manton fit signe à Jango qui se trouvait derrière lui.

— Suis-le. Si tu le perds, je te coupe les oreilles.

Lorsque Jango fut parti, le Chypriote et Manton s'approchèrent de Brady. Manton mit un genou à terre. Le policier ouvrit un œil vitreux, un son bizarre monta de sa poitrine, quelques gouttes de sang sortirent de ses narines, puis jaillirent en bouillonnant comme deux sources souterraines qui se libèrent enfin.

— Mais Patron… il est en train de crever ! murmura Donner.

— Quelle histoire !

— C'est un accident, dit désespérément Donner, il m'a touché le premier. Vous avez vu, non ?

— Et tu t'imagines que devant un jury ma parole aura quelque valeur ? répondit amèrement Manton. C'est toi, Donner, tu as tué le flic et ça, c'est du sale boulot !

— Si je vais au trou... nous irons ensemble, vous faites pas d'illusions, Patron, rétorqua Donner en pointant vers Manton un doigt menaçant.

— Inutile d'appuyer sur la chanterelle, même si ces salauds du Palais de Justice ne trouvent pas de preuves pour m'inculper, ils en inventeront !

— Y a plus qu'à se débarrasser de lui, c'est la première chose à faire. Si nous lui faisons faire un plongeon dans le canal Granger ? C'est pas loin...

— Ça ressemblera plus que jamais à un meurtre, ça serait très malin ! Si on essayait plutôt de faire croire à un accident. Comme si un chauffard s'était enfui après l'avoir écrasé.

— Pas mauvaise idée... pas mauvaise du tout !

— Surtout si nous prenons la voiture de quelqu'un... Qui l'a vu entrer ?

— Seulement Jango. Heureusement que le flic est passé par la porte du personnel, ils étaient tous dans la cuisine. Rendez-vous compte s'il avait traversé la salle ! (Il hésita.) Il reste quand même Garvald.

— Nous verrons plus tard. Parons au plus pressé et occupons-nous de notre ami d'abord. Nous allons le prendre entre nous jusqu'à Stank Yard, toi, tu pars faucher une tire et tu reviens en vitesse.

Ils s'engagèrent dans la ruelle déserte et obscure, le corps flasque de Brady entre les deux hommes.

Environ à cent mètres se trouvait Stank Yard, une petite place bordée de maisons vétustes. Certaines abritaient les clochards du coin et n'avaient plus de portes.

Donner partit à la recherche d'un véhicule. Manton étendit le mort par terre, s'appuya contre le mur et alluma une cigarette. Étrangement, il n'avait pas peur, il était excité plutôt. D'une certaine façon, il avait l'impression de revivre après toutes ces années et il eut un petit sourire lugubre. Si Ben Garvald pouvait entendre ses impressions, il rirait bien. Manton entendit des pas qui venaient dans sa direction. Un moment après, à la lueur de la lampe suspendue au bout de la ruelle, il reconnut Jango et l'appela doucement ; surpris, l'autre se retourna en disant :

— Qu'est-ce qu'il y a ?

— C'est moi, Jango, Brady est mort, nous l'avons apporté ici. Donner va arriver avec une voiture...

— Je ne suis pas d'accord ! Mr. Manton... pas d'accord du

tout, dit le Chypriote épouvanté, la respiration sifflante. Je ne veux pas être mêlé à une histoire de meurtre.

— Que tu le veuilles ou non, tu y es jusqu'au cou, mon vieux, fit brutalement Manton. Maintenant tu sais que ma mémoire ne me fait pas défaut et je me souviens que tu n'en es pas à ton coup d'essai, alors… un peu plus, un peu moins… Bon, ça va. Parle-moi de Garvald.

— Je l'ai suivi jusqu'au *Regent Hotel*, à cinq minutes d'ici, c'est une vraie fosse à puces. Ils n'ont pas même de veilleur de nuit, juste une femme de chambre.

— Tu lui as parlé ?

— Naturellement, et je la connais. C'est une putain, Mr. Manton. Je connais l'hôtel. On l'emploie surtout pour « obliger » les clients.

— Très intéressant, fit Manton pensif, que ne ferait-elle pas pour vingt livres ?

— Rien que d'y penser j'en frissonne !

Un ronronnement de moteur les interrompit. C'était une camionnette qui entrait dans la cour. Manton s'avança, Donner se pencha à la portière :

— C'est tout ce que j'ai pu trouver. Jetez le flic derrière et filons !

L'heure avancée et la pluie continuant à tomber avaient réduit le trafic. Après une courte manœuvre Donner se trouva hors de la cour et s'engagea dans l'avenue.

— Perds pas de temps en conneries, dit Manton, toutes ces rues sont trop passantes.

— Et trop près du *Flamingo*, ajouta le Grec.

— Utilise ton cerveau, répliqua Manton, notre maccab faisait partie de l'équipe de nuit, il traînait déjà du côté du Club une demi-heure avant. Je me demande s'il était en service commandé !

Donner braqua à gauche dans une rue étroite, parallèle au fleuve. Il pleuvait à torrents sur la camionnette non bâchée et ils avaient froid dans leurs vêtements mouillés.

— Je crois qu'ici ça fera l'affaire, qu'en pensez-vous, Patron ? demanda Donner en stoppant le véhicule.

— Ne coupe pas le moteur, je vais jeter un coup d'œil, dit Manton. Si ça va, Jango et moi, on va se débrouiller.

Personne en vue. Un coude s'amorçait, c'était le coin idéal. Manton rabattit le battant arrière et sauta sur la plate-forme.

Prenant Brady par les chevilles, il le poussa jusqu'au bord du châssis pendant que le Grec empoignait les épaules.

Les deux hommes le traînèrent devant la camionnette. Manton posa d'abord les pieds du cadavre par terre, puis d'un coup d'épaule Jango le mit debout ; les deux bras et la tête du policier s'affaissèrent sur le capot. Il glissa. D'un coup de pied, Manton le redressa. Le sang qui avait coulé sur le visage et sur la chemise de Brady souilla le pare-brise de la camionnette.

Manton brisa le phare avant en donnant un coup de pied. Les débris de verre tombèrent en cascade sur le corps de Brady.

— Ça va, en voiture ! ordonna Manton en poussant Jango devant lui.

— Peut-être devrais-je rouler sur lui ou quelque chose comme ça, demanda Donner, juste pour faire plus vrai.

Alors que Manton hésitait, une lueur de phare balaya la maison d'en face.

— Quelqu'un... fonce ! hurla Manton d'une voix rauque.

Donner fit une fausse manœuvre et passa la marche arrière. Les roues cognèrent le trottoir, le corps du policier s'affala la face en avant sur l'asphalte mouillé. Malmenant la boîte de vitesses, Donner trouva enfin la première, redressa le volant et repartit sur la chaussée, frôlant le pied droit de Brady.

— Satanées vitesses, je ne trouvais pas la première, dit-il en traversant l'avenue. (Il braqua à droite dans une rue plus tranquille et demanda à Manton :) Qu'est-ce qu'on fait maintenant ?

— Arrête-nous au coin. Jango et moi allons rentrer. Toi, prends la rue du Canal, engage-toi sur l'embarcadère, mets au point mort et pousse la bagnole dans l'eau. Sur la pente ce sera facile, nos empreintes et le sang du flic disparaîtront, l'eau et le feu purifient tout ! Après ça, tu reviens au Club. Il va falloir s'occuper de Garvald, tu te souviens ?

— Oui et ce boulot me revient, à moi !

Assis au volant d'une Cadillac, l'homme ralentit. Sur les coussins moelleux se prélassait une fille qui, visiblement, n'était pas sa femme. Il regarda avec impatience cette forme inerte au milieu de la chaussée.

— Les salauds, dit la fille, ils ne se sont pas arrêtés !

Son compagnon freina, laissa tourner le moteur et s'approcha de Brady. Quand il revint, il avait la nausée :

— Je crois qu'il est mort, il est barbouillé de sang.

— Je crois que nous ferions mieux de filer, dit la fille d'un ton sec.

— Nous ne pouvons pas l'abandonner ici, fit l'homme, les yeux remplis d'horreur.

— Pourquoi pas, dit-elle brutalement, les autres sont bien partis. S'il est mort que pouvons-nous faire pour lui ? Si ta conscience te tourmente, cherche une cabine publique, fais le numéro 999 : c'est la division centrale. Ne donne pas ton nom. (Il s'assit en la regardant fixement, elle haussa les épaules.) À moins que tu ne veuilles le voir en grosses lettres demain matin à la première page des journaux…

Ce fut tout ce qu'il voulut entendre. Il mit le contact, la belle voiture ronronna doucement et glissa dans la nuit, laissant l'horreur derrière lui, sous la faible lumière du réverbère vieillot.

Quelques minutes plus tard le corps du policier tressaillit, une jambe se détendit et un hoquet inhumain sortit de sa gorge. Les mains griffèrent l'asphalte, il tenta de se soulever sur le coude, mais le bras étant cassé il retomba, ce qui fit rouvrir la blessure. Le sang l'aveuglait. Dans un éclair de lucidité, il pensa qu'on ne pouvait pas le laisser crever là, avec son sang qui coulait sur le trottoir. Ils reviendraient, il le savait. L'instinct de conservation s'éveilla en lui, dans un ultime effort il essaya de ramper vers le trottoir. C'est à ce moment qu'il crut percevoir le ronflement d'un moteur puis un cri perçant déchirant le silence. Ce fut le dernier son qu'il entendit avant de sombrer à nouveau dans un puits sans fond.

*
* *

Étendu sur son lit Ben Garvald tirait des bouffées de sa cigarette et envoyait des ronds de fumée au plafond. Il réfléchissait intensément. Il avait pourtant de l'expérience, mais aujourd'hui tout se présentait différemment.

Il se demandait ce que Manton était en train de faire au sujet du flic et un rictus déforma sa bouche.

Il y avait un problème, mais d'un autre côté, il n'y était pour rien. Il jeta un coup d'œil sur sa montre : une heure du matin. Il essaya de coordonner ses plans.

Si la réception se déroulait comme il l'imaginait, les invités de Faulkner ne partiraient pas avant 4 ou 5 heures. Inutile d'y aller avant. Il rit tout haut en pensant à la tête que ferait Bella en le voyant.

On cogna à la porte. Sans attendre une réponse la jeune Irlandaise l'ouvrit ; elle apportait un plateau qu'elle déposa sur la table de nuit :

— J'ai fait du thé.

— Je me souviendrai de vous dans mes prières !

— Ça sera un grand jour, dit-elle en riant.

Elle alla près de la fenêtre, souleva le rideau et regarda dans la rue. Quand il eut fini de boire elle s'approcha, s'assit sur le bord du lit.

— Je peux prendre une cigarette ?

— Sers-toi ma belle !

Il frotta la molette du briquet et lui tendit la flamme. En se penchant, la blouse en nylon s'ouvrit jusqu'à la taille. Elle portait un slip, mais pas de soutien-gorge, ses seins étaient blancs et fermes. Elle serra le poignet de Garvald pendant qu'elle allumait sa cigarette. Garvald glissa sa main dans l'encolure de la blouse et enferma un sein dans ses doigts.

— Est-ce que… dit-elle doucement ?

Quelques instants passèrent puis il lui enleva la cigarette des lèvres et l'écrasa dans le cendrier.

— Ça fait longtemps… très longtemps, je vous préviens.

Ses bras l'enlacèrent et il fit glisser la blouse sur ses épaules pendant que leurs bouches se touchaient. Il tremblait, comme un petit garçon qui faisait l'amour pour la première fois, ce qui lui procurait une sensation étrange. La lumière de la pièce semblait s'affaiblir. Elle s'allongea sur le dos, l'entraînant dans sa douceur, mais son corps à lui semblait s'être transformé en eau. Pour une mystérieuse raison, il était sur le sol et elle était assise sur le bord du lit, le regardant, sa blouse froissée autour de ses cuisses et ses jambes étaient les plus belles qu'il ait jamais vues.

Au-dessus du lit, la porte s'ouvrit et Donner entra. Il riait mais il y avait quelque chose d'autre sur son visage et quand sa bouche s'ouvrit, aucun son n'en sortit. Il s'approcha du lit. Garvald essaya de se relever mais il était trop tard. Une douleur cuisante l'immobilisa et le cri de la fille fut la dernière chose qu'il entendit avant de plonger dans le noir.

13

Assis sur un coin de la table, Nick la regardait. Wilma vida son verre avec un haussement d'épaules. Elle leva les yeux vers lui, des yeux vides et fixes. Le mascara délayé par les larmes laissait des traînées noires sur ses joues :

— Je dois avoir un air terrible, dit-elle. Je peux en prendre un autre ?

— C'est votre gin. (Il saisit la bouteille, la servit.) Les choses doivent aller plutôt mal quand on boit comme ça.

Elle avala le gin, fit une grimace et attrapa la bouteille une nouvelle fois.

— Je croyais que c'était mon mari.

— Vous semblez éprouver pour lui un grand amour !

— Même si je le voyais pendu, je ne couperais pas la corde ! fit-elle sur un ton sauvage. Je vais tout vous raconter sur lui, je vais vous dire ce que vaut Sammy Rosco ! Quand il m'a rencontrée, dans une rue de Hambourg en 1945, et qu'il a proposé de m'épouser, je pensais que c'était un véritable miracle. En ce temps-là, je priais encore. Je n'avais que quinze ans mais j'avais menti sur mon âge.

— Qu'est-ce qui s'est passé ?

— Quand il fut démobilisé nous sommes venus ici. Dans ce taudis. (Une expression de dégoût passa sur son visage.) La lune de miel dura le temps de dépenser l'argent que lui avait remis l'armée lors de son rapatriement. Puis il a amené à la maison le premier homme…

— Et depuis il vit à vos crochets ?

— Oui, quelque chose comme ça.

— Vous avez essayé de vous enfuir ?

— Facile à dire ! (De nouveau elle remplit son verre et posa une main sur les yeux.) Bon, je vous ai tout dit. Écoutez, j'ai un train à prendre. Je ne sais pas qui vous a donné mon adresse, mais ce genre de jeu est fini pour moi… bien fini, je vous le jure.

— Je ne suis pas venu pour ça.

Elle n'avait pas mangé depuis midi et le gin qu'elle ingurgitait embuait son cerveau, lui faisait tourner la tête. Sourcils froncés, elle fit un effort pour se concentrer.

— Qui êtes-vous, que voulez-vous alors ? Vous êtes un ami de Sammy ou quoi ? dit-elle les yeux pleins de frayeur.

— Plutôt le contraire. Je suis Nick Miller, un copain de Garvald.

— Un ami de Ben? Fallait le dire!... Pourtant... (elle réfléchit un moment, puis sans raison un long frisson la fit tressaillir.) Il me semble vous avoir déjà vu...

— C'est impossible, car je suis nouveau venu dans cette ville. Ben et moi étions détenus ensemble à Dartmoor. Mais j'ai été relâché au début d'octobre.

— Vous l'avez manqué de peu, il était ici voilà une demi-heure.

— Nous avions rendez-vous à sa sortie de Wandsworth hier matin, je n'ai pas pu y aller. Il m'avait souvent parlé de vous quand nous étions au trou, il m'avait donné votre adresse et je pensais le trouver ici. On m'a dit qu'il avait eu quelques ennuis?

— Oui. On a voulu le tuer...

— Qui, Wilma, qui? Que j'aille lui régler son compte.

— Deux sales types, des copains à Sammy. (Elle commença à rire et but encore un peu de gin.) Mais qu'est-ce qu'ils pouvaient contre Ben?

— C'est vrai qu'il est drôlement costaud!

— Oui, il les a corrigés tous les deux. (Son regard se perdit comme dans un rêve...) Et dire que quand il s'agit de femmes... Ah oui, c'est un vrai gentleman! (Des larmes perlèrent à ses paupières, traçant un sillon sur les traînées noires. Elle prit son sac et l'ouvrit.) Vous voyez ça? dit-elle en brandissant la liasse de billets, c'est Ben qui me les a donnés. Et maintenant je retourne chez moi... vous comprenez? Chez moi.

— Et Sammy?

— Il a reçu la plus belle trempe de sa vie, puis Ben l'a jeté dehors.

— Un bon point pour Ben! (Miller s'approcha de la cheminée, lui tournant le dos il continua :) Cependant je comprends mal une chose : pourquoi Sammy voulait-il que Ben travaille pour lui ? ça n'a aucun sens.

— Mais Sammy n'a pas d'affaire pour le prendre...

Brusquement elle s'interrompit en voyant le visage du policier se refléter dans la glace au-dessus de la cheminée.

— Continuez, Wilma, fit Nick en se retournant.

Elle réalisa soudain qu'il y avait quelque chose qui ne tournait pas rond, elle secoua vigoureusement la tête et se leva.

— Je ne sais pas. Je ne me souviens plus de rien, je veux partir.

Elle s'approcha de la valise, mais Miller, plus rapide, la devança.

— Était-ce Fred Manton ?

— Vous n'êtes pas un ami de Ben… oh non !

— Ça va, je t'ai eue, Wilma, je suis policier.

Les yeux de la fille s'emplirent d'horreur et de dégoût ; elle tenta de saisir sa valise.

— Je n'ai rien fait de mal, vous n'avez pas le droit de m'arrêter… Je veux aller prendre mon train…

— Où est Ben Garvald ? fit Nick en lui agrippant le poignet. Parle, Wilma, et je t'emmène moi-même à la gare.

Pendant un instant, elle sembla avoir perdu l'usage de la parole, puis elle pointa un doigt tremblant sur lui et les mots lui revinrent.

— Je sais maintenant pourquoi j'avais peur tout à l'heure. J'habitais à Hambourg pendant la guerre. Je n'étais qu'une enfant. J'ai eu un cousin qui vous ressemblait : la même figure pâle, les mêmes yeux qui vous glaçaient. Il s'engagea dans la Gestapo. La guerre finie, il fut pendu par une bande de gens à un réverbère au bout de la rue.

— Ben, dit Nick, où est-il, Wilma ? Je veux causer avec lui. Il n'a rien fait, pas encore.

— Même si vous me brûlez la plante des pieds, je ne parlerai pas ! C'est le seul homme qui m'a traitée comme un être humain dans ma vie !

— Dommage. Je t'emmène au commissariat. Tu vas rater ton train.

Son visage devint blanc, sa bouche devint flasque et elle le fixa d'un air stupide.

— Mais si je rate mon train, Sammy me rattrapera et il me ramènera.

— Tout ce que tu as à faire c'est de me dire où allait Ben en sortant d'ici.

Dans le cœur de la fille monta une ardente prière, une force qu'elle ignorait posséder et qui refusait de trahir l'homme qui l'avait aidée.

— Très bien, allons à la gare, dit-elle en avalant ses larmes.

— C'est bien, Wilma. Ma voiture est devant la porte.

Incrédule, elle le regarda, puis empoignant sa valise elle sortit. Il la suivit dans le passage obscur. Lorsqu'ils eurent traversé la cour, il s'arrêta près de la voiture et ouvrit la portière.

— Monte.

— Avec un flic ? Je préférerais que le diable me conduise en enfer.

— Fais pas l'imbécile, Wilma, en voiture nous y serons en quelques minutes. Tu as un train à minuit 20, nous avons juste le temps, dit-il en lui posant une main sur l'épaule.

— Enlève tes mains. Me touche pas, sale flic ! À partir de maintenant, je marche seule.

Son visage était jaune sous la lampe et rempli de haine. La police anglaise, la Gestapo, quelle différence ?

— Vous vous foutez de tout, tant que vous avez ce que vous cherchez. J'espère que Ben Garvald te fracassera le crâne.

Elle cracha sur le pavé juste devant les pieds de Miller, puis elle fit demi-tour et partit, sa valise lui cognant les jambes. Le bruit de ses hauts talons martelant le trottoir se perdit dans la nuit.

Nick réfléchit un moment puis il se glissa au volant de la Mini-Cooper et démarra.

Il sortit de la voiture et monta quatre à quatre les marches devant le *Club Eleven*. Il sonna et regarda l'enseigne lumineuse du *Flamingo*. Il irait tout à l'heure. Pour le moment il voulait échanger quelques mots avec Sammy.

Un groom lui ouvrit et le conduisit au vestiaire où une jolie fille en jupe courte et bas noirs le débarrassa.

— Avez-vous une carte de membre du Club, Monsieur ? lui demanda un homme aux cheveux gris, à l'allure militaire et au sourire charmeur.

— Non, mais j'aimerais voir Miss Ryan, dites-lui que Nick Miller désire lui parler.

— Vous êtes un ami personnel ?

— Oui, nous sommes allés à l'école ensemble.

L'homme fronça les sourcils en voyant Nick poser sa carte sur le bureau de la réception.

— Donnez-lui ceci. Avec mes compliments.

Le visage de l'homme se défit un peu puis il appuya sur le bouton de l'interphone. Après un court conciliabule à voix basse, il reposa le récepteur. Son sourire était revenu :

— Miss Ryan va vous recevoir dans un moment. Voulez-vous l'attendre au bar ? Le spectacle va commencer.

— Merci, je connais le chemin.

Il suivit le couloir qui l'amena devant quatre marches et

poussa le battant à tourniquet; il se retrouva dans une immense salle. Au fond, sur une estrade, des filles dansaient un french-cancan. Les tables étaient toutes occupées, spécialement par des hommes. Après avoir trouvé une place au bar, Nick commanda un whisky. Il y eut un roulement de tambour et un comédien de music-hall gros et chauve apparut, un micro à la main. Son boniment était le mélange habituel de grossièretés et de propos obscènes mais il s'y mélangeait un esprit acide qui se moquait des clients, sans que ceux-ci semblent le capter. Finalement, l'homme se tint sur le côté de la scène, jouant son rôle d'animateur de l'événement de la soirée qui, à en juger par les applaudissements, était attendu de la plupart des clients. C'était la même chose que d'habitude : les plus belles femmes. À chaque fois qu'il annonçait un nom, un rideau rose se levait et des jeunes femmes apparaissaient, incarnant Hélène de Troie, Ève au paradis, etc…

Le discours de l'animateur tournait à l'obscène. Nick regardait ces hommes aux yeux brillants placés aux premières tables près de l'estrade. Luxure et désir : des mains se tendaient pour toucher les jambes des filles. Finalement il y eut des murmures et une fille complètement nue apparut, commençant une lente promenade qui réduisit la salle au silence. Elle se tourna à moitié, la pièce fut plongée dans l'obscurité et une ampoule allumée étincela entre ses amples fesses.

— Mille volts, hurla l'animateur et les lumières revinrent pendant que la salle riait.

Nick se retourna pour prendre son verre et rencontra le regard de Molly à un mètre à peine de lui. Elle devait avoir la trentaine, une opulente chevelure flamboyante encadrait son joli visage. Moulée dans une robe du soir verte elle faisait sensation. Une force de caractère mêlée à une touche d'arrogance se lisait sur ses traits réguliers. Un sourire agréable étira ses lèvres rouges :

— Ça fait longtemps, Nick.

— Trop longtemps, Molly… dit-il en serrant ses mains… Un an…

— J'ai entendu dire que tu es monté en grade ?

— C'est vrai. Sergent à la P. J. Laisse-moi t'offrir un verre.

— Pas ici. Cette salle est réservée aux tordus que tu vois. Viens, montons dans mon bureau.

Se faufilant à travers les tables, elle disait un mot aimable aux habitués. Il la suivit jusqu'à une porte marquée : *Privé*. Elle ouvrit. C'était visiblement le vestiaire des artistes. Ils le traversèrent, une deuxième porte donnait sur un couloir qui aboutissait au bureau de l'hôtesse.

Des casiers, des fauteuils, plusieurs téléphones faisaient de cette pièce le parfait bureau d'une élégante femme d'affaires.

Molly prit une bouteille et un verre dans un placard et servit le jeune policier.

— C'est du scotch irlandais, je n'ai pas oublié tes goûts.

— Et toi, tu ne prends rien ?

— C'est du vrai poison, je n'y touche pas.

— Quelque chose ici ne te va pas, dit Nick en scrutant l'ameublement de ses yeux experts.

— C'est mon lieu de travail, répondit-elle en s'asseyant, strictement de travail. Nick, tu n'es pas venu pour ça ?

— Tu lis en moi comme dans un livre.

— Je te connais depuis si longtemps... Tu te souviens de la première fois où nous nous sommes rencontrés ? Tu étais un bien jeune flic à cette époque, et nous martelions le pavé, chacun à notre manière !

— Deux heures du matin, la pluie et les chiens.

— Et on en a eu assez tous les deux, tu vois, j'ai repris ma place.

Elle eut un petit rire, alluma une cigarette et se pencha vers lui.

— Qu'est-ce que tu veux, Nick ?

— Ben Garvald, pour commencer. L'as-tu vu ce soir ?

Elle fut stupéfaite.

— Si j'ai vu Ben ? Mais il est en prison autant que je sache !

— Libéré depuis hier matin. Il paraît qu'il cherche Bella.

— Alors j'espère qu'il la trouvera, dit-elle en riant.

— Tu ne sembles pas l'aimer beaucoup ?

— Elle n'est même pas bonne à cirer ses chaussures. Oh ! Ben est un dur — dur comme l'acier ! Mais quand il s'agit des femmes...

— Ainsi, tu es de son côté ?

— Oh ! oui ! Quand je débarquai de mon Irlande natale, je n'étais qu'une pauvre gosse de dix-huit ans, sans aucune expérience de la vie. Sans même savoir comment, un salaud m'avait déjà prise sous sa coupe et embrigadée sur le bitume. Ça cognait dur, je te prie de me croire. Ben Garvald me libéra gratis, sans rien me demander. Il ne peut résister à une femme dans l'embarras.

— Ça va, l'as-tu vu cette nuit ?

— Non. Bella a-t-elle porté plainte ?

— C'est tout comme.

— La vache ! Je sais où j'aimerais la voir.

Nick essaya une autre piste.

— Et Rosco est-il chez toi ? demanda-t-il.

— Oui. Il est en affaires là-haut. Ne me dis pas que tu le cherches.

— Je voudrais lui poser quelques questions. La routine. Puis-je lui parler ?

— Pourquoi pas ? fit-elle en haussant les épaules.

Ils quittèrent le bureau et suivirent le couloir jusqu'à une porte à droite qui portait la mention « Section Santé du club - Membres seulement ».

— Une nouvelle appellation, dit Nick, mais elle ignora sa remarque et ouvrit. Ils traversèrent un couloir silencieux, passèrent une porte battante et pénétrèrent dans une pièce toute en longueur embrumée de vapeur. Un homme gros et laid entre deux âges, enveloppé dans un peignoir turc, vint vers eux, accompagné par une jeune femme vêtue de nylon blanc. Ils entrèrent dans une cabine et elle baissa le rideau. La pièce était composée de cabines semblables mais le rideau de l'une d'entre elles était mal fermé. En passant devant, Nick y jeta un œil et vit un autre spécimen gras allongé sur un divan, pendant qu'une jeune femme le massait. Elle semblait trouver la culotte qu'elle portait amplement suffisante pour la température de la pièce.

Molly tenait la porte ouverte pour lui, et souriait.

— Tout à fait légal, Nick. Elles ont toutes des diplômes d'instituts de culture physique et de massages que je connais à Londres.

— De certains instituts.

La pièce dans laquelle ils entrèrent était recouverte de carreaux blancs, il y avait une douche dans un coin et une table matelassée au centre. Sammy Rosco, assis sur une chaise, lisait un magazine. Il portait un maillot blanc et un pantalon.

— Très décoratif ! dit-il à Molly, quelle est sa fonction ?

Rosco se leva, jeta la revue sur la table et regarda Nick.

— Qui est ce type si drôle, Molly ? Je le vide ?

— Tu peux nous laisser, dit Miller en s'adressant à la jeune femme.

— Eh ! Attends une minute, répondit-elle surprise.

— J'ai dit : laisse-nous.

La voix était tranchante comme une lame de rasoir. Le visage écarlate, elle sortit. Nick présenta sa carte à Rosco.

— Je suis pressé, Rosco, tu vas me répondre franchement. Tu as envoyé deux truands attaquer Ben Garvald hier matin. Pourquoi ?

Rosco jeta un coup d'œil par-dessus son épaule, comme un animal traqué.

— Je ne comprends pas de quoi vous voulez parler.

— Ne me fais pas perdre mon temps, dit Nick d'un ton las. J'ai vu ta femme, elle m'a tout raconté, même la raclée que t'a filée Garvald. (Il posa un doigt sur les ecchymoses du menton.) Dis donc, quel punch !

— Cette sale traînée... attends que je l'attrape ! Je vous jure que je lui ferai regretter d'être née !

— Tu attendras longtemps, fit Nick, elle a pris le train pour Londres il y a dix minutes. Je l'ai accompagnée. (Il sourit avec douceur.) Elle est partie, Sammy.

— Impossible ! dit Sammy en secouant la tête, elle n'a pas un seul penny.

— Garvald lui en a donné. Chic type, tu ne trouves pas ?

Un cri de colère et de frustration sortit de la gorge de Rosco qui bondit sur Nick. Se souvenant de Wilma, il lui tordit le poignet, faisant plier Rosco. Du tranchant de la main droite il le frappa sur la bouche. Le « gros-bras » vacilla, s'agrippa à la table qu'il entraîna dans sa chute et glissa sur les carreaux blancs. Il gisait à terre, du sang tachait son maillot blanc et Nick s'accroupit près de lui :

— C'est de la part de Wilma, Sammy ! Prends ça comme si les rôles étaient renversés. Ne t'avise pas d'aller te plaindre au commissaire, c'est un conseil gratuit. Avec le dossier que tu traînes derrière toi... (Entendant des pas, il se releva. Molly entra, il lui expliqua :) Rosco a glissé et il est tombé, je crois qu'il faudrait voir si tu peux trouver un docteur.

Elle avait changé d'expression, ses yeux étaient durs quand elle dit à Miller :

— Ne reviens jamais ici... en ami, Nick ! J'aime savoir de quel côté je suis.

— Qu'est-ce que c'est ? fit-il ironique, le mur de Berlin ? Toi d'un côté et moi de l'autre ?

— Tu l'as dit.

— Comme tu veux. À un de ces jours.

Il passa devant elle et sortit. Il longea les cabines noyées dans la vapeur, ses pas s'évanouirent dans la moquette du corridor. Étrangement, il ne ressentait aucun regret. En fait, son esprit était déjà ailleurs.

Non moins bizarre fut l'impression qui le saisit en montant les marches du *Flamingo*. Manton nierait certainement avoir un lien avec l'attaque de Garvald.

Il nierait aussi avoir vu ce dernier s'il l'avait vu. Ça valait quand même le coup de jeter un œil.

Celui-ci était dans sa chambre. Il se débarrassait de ses vêtements mouillés quand le téléphone sonna. Le portier l'appelait; après un court entretien il répondit :

— Fais-le entrer dans le bureau à l'entrée. Je descends dans cinq minutes.

Rapidement il enfila une chemise blanche, un smoking noir; cela, prétendait-il, lui donnait de la classe.

Sergent Miller? Un nouveau sans doute. Il n'avait jamais entendu parler de lui. Mais qu'est-ce qu'il voulait? Là se trouvait le problème. Une pensée le réconforta : cette visite inattendue ne concernait sûrement pas Brady… Trop peu de temps s'était écoulé depuis sa mort.

Lorsque Manton entra, Nick regardait une carte illustrée du nord de l'Angleterre fixée au mur; il se retourna en souriant.

— Je suis navré de vous déranger, Mr. Manton. Mon nom est Miller, je suis détective-sergent à la police judiciaire. Je m'efforce de localiser une de vos vieilles connaissances : Ben Garvald. J'ai des raisons de croire qu'il est arrivé en ville aujourd'hui et j'ai pensé qu'il avait pu vous contacter.

Manton décida d'adopter la contenance d'un honnête homme d'affaires.

— Tout le monde court donc après Ben Garvald? Qu'est-ce que cela signifie, Sergent? Comme je le disais à l'inspecteur Brady tout à l'heure, j'ignorais même qu'il était sorti.

— Jack Brady est venu ici? demanda Miller étonné.

Il y a une demi-heure. (Manton hésita.) J'espère ne pas vous avoir dit quelque chose qui risque de lui occasionner des ennuis?

Il est arrivé comme vous par la grande entrée, tout le monde a pu le voir...

— Très bien, Mr. Manton, c'est un malentendu, sans plus. Pouvez-vous m'aider au sujet de Garvald ?

— Comme je l'ai dit à Mr. Brady, je ne savais pas qu'il avait été libéré.

— Alors, Mr. manton, je vous prie de m'excuser, fit Nick en se dirigeant vers la porte. (Il se retourna.) Encore un mot : est-ce que Sammy Rosco travaille toujours pour vous ?

— Oui, c'est vrai, je le poste le long de la rue, juste là. Pourquoi ? Qu'a-t-il fait ?

— Rien, mais à votre place, je me méfierais de lui. Il raconte des mensonges sur votre compte, Mr. Manton.

Nick souriait en franchissant le seuil.

Pendant un moment, Manton resta debout derrière le bureau, les yeux mi-clos. Puis il décrocha le téléphone et composa un numéro.

14

La maison d'Harry se situait à St Martin's Wood, un quartier résidentiel non loin de son propre domicile. Dans le style victorien tardif, elle était installée dans un immense parc qui l'isolait de la route.

Il y avait tant de voitures que Miller trouva difficilement une place pour la sienne. Il gravit les quelques marches qui menaient au porche et sonna à la porte. Il n'y eut pas de réponse. Il essaya la poignée en bronze qui lui ouvrit le passage.

La maison regorgeait de monde quand il entra. Après avoir déposé sa gabardine et sa casquette au vestiaire, il se faufila dans le grand salon qui avait été converti, pour ce soir, en salle de danse. Il reconnut Chuck Lazer et se dirigea vers lui quand on lui frappa sur l'épaule. Il se retourna vivement.

Miller se trouva en face d'un homme grand, la trentaine, un sourire poli sur les lèvres, mais ses yeux durs et inquisiteurs incitèrent Nick à la prudence.

— Je vous ai vu entrer, Monsieur. Que puis-je faire pour vous ?

— Et qui êtes-vous ?

— Craig. Le valet de chambre de Mr. Faulkner.

— J'aimerais voir Mrs. Faulkner, savez-vous où elle se trouve ?

— Elle est très occupée ce soir, est-ce très urgent ?

— Je pense que vous la verrez accourir lorsque vous lui direz qui veut la voir, dit Nick en exhibant sa carte.

Le sourire de l'homme disparut et il se durcit encore plus. Nick le suivit à travers la foule jusqu'au hall.

— Bien, voulez-vous me suivre ? (Craig prit dans sa poche une clé, ouvrit une porte.) Voici le bureau de Monsieur, attendez ici, je vais informer Madame de votre présence.

La pièce était plaisante, avec une quantité impressionnante de livres, un magnifique bureau en acajou massif, des fauteuils assortis. Des lourds rideaux de velours au tapis de Perse, tout était parfait, trop parfait. C'était comme si quelqu'un avait appelé à la rescousse une agence de décoration et commandé un bureau de gentleman sur catalogue.

Il se servit dans le coffret à cigarettes qui contenait du tabac turc et virginien, encore un autre anachronisme. D'après leur allure, les livres semblaient venir des mêmes cartons que les meubles. Il en prit un, l'examina et sourit. Les pages n'avaient même pas été coupées. Puis la porte s'ouvrit et Bella entra.

C'était presque incroyable : elle n'avait pas vieilli. Il retrouvait la très jolie femme qu'il admirait dans son adolescence quand il se cachait au coin de la rue Khyber pour la regarder passer. Évidemment, la robe rouge avait dû coûter un paquet à Faulkner et la broche en diamants semblait vraie.

Ses beaux cheveux restaient aussi bruns, ses yeux aussi brillants, ses lèvres aussi généreuses, et quand elle s'avança vers Nick il redécouvrit cette indéfinissable sensualité qui attirerait encore les hommes même lorsque ses cheveux seraient gris.

— Miller ? dit-elle d'une voix suave, Nick Miller ? Est-ce que je vous connais ?

— Depuis longtemps… Ma mère tenait une boutique au coin de la rue Khyber.

— Mais oui, je me souviens maintenant, vous êtes le jeune frère de Phil Miller. Justement je l'ai rencontré la semaine dernière à une réception, il m'a parlé de vous.

— Je suis assez surpris qu'il me mentionne en public.

— Vous êtes sergent, m'a-t-il dit ? Pourquoi ne travaillez-vous pas avec Phil, je vois des postes de télévision sortant de ses établissements partout où je vais.

— Je préfère mon métier... Mais venons-en au but de ma visite : je cours après Ben, sans succès, depuis trois ou quatre heures. Je sais qu'il est en ville.

— Ben ? dit-elle d'un ton inquiet. (Son sourire avait disparu.) Que voulez-vous dire ?

— Votre sœur a déposé une plainte hier au soir. Elle a spécifié que vous aviez reçu un message de Ben Garvald et nous a demandé de vous protéger, de le trouver pour lui conseiller de vous laisser tranquille.

— De quoi se mêle-t-elle ? dit Bella en colère.

— Elle se tourmente et craint que Ben ne vienne rôder autour de votre maison.

— Bien qu'elle ait cinq ans de moins que moi, elle a toujours pensé et agi pour nous deux, sans mon consentement.

— Puis-je voir la lettre de Ben ?

— Elle est dans ma chambre, je vous demande quelques secondes.

Elle traversa le bureau et ouvrit une porte qu'elle laissa ouverte. Nick put admirer le luxueux ameublement, le grand lit sur une estrade, le décor rouge et or. Bella s'approcha d'une commode, chercha un instant et revint près de Nick. Elle lui tendit le papier, une simple feuille administrative qui, repliée, servait d'enveloppe. Daté de quelques jours avant la libération de Garvald, le billet était bref et concis : *À bientôt. Ben.* Même le greffier de la prison chargé de la censure ne pouvait voir là qu'un innocent message.

— Quand l'avez-vous reçu ?

— Avant-hier.

— L'avez-vous montré à votre mari ?

— Avec son caractère ? (Elle secoua la tête et tapota des doigts avec impatience sur le bureau.) Non, bien sûr. Et que viendrait-il faire ? Se rappeler l'ancien temps ? Ben ne me fera jamais de mal.

— Alors, qu'est-ce qui vous inquiète ?

— Ce n'est pas moi, c'est Jean qui a fait toutes ces histoires. Peut-être aimeriez-vous avoir un entretien avec elle ?

— Oui, si cela ne vous dérange pas.

— Je vais voir si je peux la trouver. Elle doit être dans la cuisine. Elle m'aidait à préparer la nourriture. On ne peut pas faire confiance à ces traiteurs.

Elle tira la porte derrière elle et Nick s'approcha du feu. Il regardait danser les flammes sur les tisons en pensant à Ben Garvald quand il eut conscience que quelqu'un l'observait. Il se retourna : c'était Jean Fleming.

Juchée sur ses hauts talons, vêtue d'un simple fourreau de soie noire qui laissait ses bras nus, elle le fixait de ses yeux sombres. Elle dégageait une impression de calme, de sérénité, de détachement. Comme si elle attendait quelque chose. Ce n'était pas une beauté, mais son visage irlandais montrait de la force plus qu'aucune autre qualité et jamais il n'avait ressenti une attirance si immédiate pour un être humain.

— Nous nous sommes déjà rencontrés, n'est-ce pas? dit-elle.

— Oui, il y a longtemps, répondit-il d'un ton rêveur.

Elle lui tendit une main qui tremblait légèrement.

— À quoi pensez-vous?

— Que j'aimerais vous emmener — tout de suite — dans un endroit tranquille où nous serions seuls, loin du monde, loin de tout…

— Existe-t-il un tel endroit?

— Dans les rêves seulement.

En riant elle prit une cigarette, il lui tendit la flamme de son briquet.

— Je crois que vous aviez dix ans quand je tombai amoureuse de vous. J'étais souvent au coin de la boutique de votre mère pour vous voir sortir.

— Et moi qui pensais que vous me haïssiez!

— Oh! non! À cette époque je détestais Bella. Tous les hommes du district — y compris les jeunes garçons — la regardaient comme la huitième merveille du monde. Je n'aurais pas cru que vous, mon idole du moment, seriez tombé dans mes filets.

— Je n'avais rien fait pour cela.

Les yeux de la fille devenaient maintenant aussi verts, aussi profonds que la mer du Nord. On aurait pu s'y noyer.

— Bella m'a dit que vous désiriez me voir au sujet de Ben? dit-elle en reprenant ses esprits.

— C'est vrai. Votre sœur n'avait pas l'air contente que vous soyez entrée en contact avec nous.

— Bella est insouciante, à l'entendre vous jureriez que Ben n'a jamais existé.

— Je suis allé rendre visite à quelques-uns de ses anciens amis. Ben se trouve en ville.

— N'avez-vous pas idée où il peut se cacher ?

— Je pensais qu'il viendrait ici.

— Oh ! non ! J'espère que non ! (Elle se rapprocha de Nick, il semblait évident qu'elle était profondément troublée.) Que peut-il faire ? Des histoires ? S'il poussait trop loin... Nous le ferions arrêter...

— C'est Faulkner qui le dit. (Elle resta interdite, comme si elle réalisait ce qu'elle venait de dire.) Alors vous lui avez fait part de la lettre que votre sœur a reçue ?

— Oui, Bella ne le voulait pas, je l'ai fait sans son autorisation et elle ignore encore que Harry le sait. C'est pourquoi je n'ai pas tout à fait dit la vérité au commissaire Grant. Je pensais que si la police découvrait Ben et lui disait qu'elle était au courant de ses menaces envers Bella, il se tiendrait tranquille.

— Quelle a été la réaction de Faulkner quand vous lui avez appris que Garvald avait écrit à Bella ?

— Il en a ri, puis il a ajouté que je me tourmentais plus à mon sujet qu'à celui de Bella avec cette histoire.

— Est-ce vrai ?

— Oui. Si Ben revient ici et qu'il crée un incident, qu'il soit arrêté, le scandale rejaillira sur Bella et par ricochet sur moi-même. Ce sera ma ruine.

— L'école ?

— Oui. Je peux vous dire à quelques mots près l'article qui paraîtrait dans les journaux : *L'institutrice de l'école libre, dont le beau-frère a été relâché de la prison de Wandsworth, où il a purgé une peine de neuf ans de travaux forcés,* etc. Vous voyez la publicité que cela me ferait ? J'ai tant travaillé pour avoir cette école. Vous savez que les institutions libres ne sont pas propriété de l'État. Lorsque Miss Van Heflin prit sa retraite, elle était la directrice et la propriétaire d'Oakdène. Elle me fit une proposition de vente. Hélas ! Je ne possédais pas les capitaux nécessaires...

— Harry Faulkner aurait pu vous aider ?

— Je ne voulais rien accepter venant de lui. Miss Van Heflin me proposa un arrangement : lui verser tous les ans une somme à débattre, plus un pourcentage sur les profits annuels. J'acceptai son offre.

— Et vous êtes contente ?

— Oui. Encore cinq ans et je serai vraiment chez moi. (Son visage exprimait la fierté et la satisfaction, elle sourit.) Un long et dur chemin depuis la rue Khyber, comme disait le commissaire Grant… un long chemin pour nous tous !

Nick lui prit la main, il la sentit frissonner.

— J'aimerais vous revoir, Jean… souvent… tout à l'heure…

Elle se serra contre lui et lui caressa le visage :

— Moi aussi et je crois que maintenant vous vous débarrasseriez difficilement de moi… (Ils restèrent enlacés pendant quelques instants puis elle le repoussa gentiment.) Je dois dire quelques mots à Bella puis vous pourriez me ramener. Je n'ai pas ma voiture. Peut-être voulez-vous rester ?

— Non. J'aimerais juste voir Chuck Lazer avant de partir. Vous le connaissez ?

— Oui, il jouait au *Old Spot* quand Ben et Manton étaient associés. C'est un pianiste formidable. Je vous retrouverai tout à l'heure, d'accord ?

— Je ne voudrais pas être responsable de ce qui pourrait arriver, si je vous ramène chez vous, dit-il en lui prenant la main.

Son visage était calme, ses yeux demeuraient mystérieux.

— Alors j'en prendrais moi-même la responsabilité.

Elle tira doucement la porte en sortant. Un long moment il resta là, incapable de bouger. Un rendez-vous d'un soir réserve parfois des complications…

Quand Nick revint dans le grand salon des Faulkner, Chuck Lazer voguait sur un nuage où personne ne pouvait l'atteindre. Puis ses doigts agiles plaquèrent une série d'accords compliqués et il ouvrit les yeux. Il reconnut Nick, qui s'approcha de l'estrade en souriant.

— Vous étiez dans les nuages, Chuck, dit Nick, personne ne vous entend.

— Ça dépend de quel point de vue, Général. Ils étaient tous là, morts ou vivants, quelle différence ? Fats et Bix, Jack Teagerden, Charlie Parker, Goodman, Billie Halliday.

Nick lui offrit une cigarette et du feu.

— Un verre ?

— Il me faut autre chose, Général, je souffre, répondit l'Américain en essuyant du revers de la main son front ruisselant de sueur.

— J'ai eu un entretien avec le docteur Das hier soir. Il pense que pour vous tout espoir n'est pas perdu… avança-t-il avec précaution.

— Ils disent toujours ça.

— Il s'agit d'un nouveau traitement. Pas très récent mais qui marche.

— Ce qui implique le retrait de la drogue ?

— Oui, mais progressivement avec l'aide de l'apomorphine qui prévient les symptômes...

— Trop beau pour être vrai, coupa Lazer.

— Comment avez-vous commencé, Chuck ?

— J'assistais à une réception, le genre « mauvaise », dit-il en haussant les épaules, nous étions une bande de poivrots élégants. Quelqu'un m'offrit une cigarette de marijuana et c'est ainsi que je tombai dedans. (La main de Nick se posa sur le bord du piano, ses phalanges blanchirent, ce qui fit sourire Chuck. Il se leva brusquement.) Prenez ma place un moment, Général, rendez-moi ce service, je n'y tiens plus, j'ai besoin de ma piqûre.

Il disparut dans le fond de la salle et sortit. Nick s'assit devant le clavier, fit signe aux autres musiciens et attaqua un arrangement de *St. Louis Blues*. Il en était au troisième refrain quand Chuck revint. Nick voulut se lever mais l'Américain secoua la tête; il prit place sur le bord du tabouret et se joignit à lui. Le volume augmenta graduellement avec le tempo. Soudain il se passait quelque chose de différent, les danseurs quittèrent la piste, se groupèrent autour de l'estrade, attirés. La musique sonnait vrai, elle prenait corps et vie. Sans changer de tempo, Lazer continua avec *How High the moon*, un morceau brillant, et Nick, mis au défi, riposta par un motif rythmé qui enthousiasma l'Américain. Chuck jouait avec délices, la tête renversée. Ils plaquèrent l'accord final en mineur.

Ce fut un tonnerre d'applaudissements. Chuck Lazer sourit à Nick, les yeux brillants.

— Vous y êtes, Général !

Jean se faufila à travers la foule des invités, le visage empreint de surprise. Le jeune policier se leva, lui prit la main :

— La musique est un de mes vices. Êtes-vous prête ?

Une légère tape sur l'épaule le fit se retourner. Craig le regardait, un sourire poli sur sa face de valet bien stylé.

— Mr. Faulkner vous transmet tous ses compliments, Monsieur. Si vous voulez avoir l'obligeance de me suivre, il aimerait vous dire quelques mots avant votre départ.

Nick n'avait jamais parlé directement avec Harry Faulkner, il l'avait simplement aperçu en maintes occasions, et il savait que son frère Phil le rencontrait dans les clubs de la ville.

Un respectable businessman — avec de vastes intérêts — philanthrope, sportif, président de plusieurs œuvres de charité, voilà l'image que Harry Faulkner aimait à cultiver.

Un long chemin, du taudis dans le bas-quartier de la ville où il était né, l'avait amené aujourd'hui, arborant un frais gardénia à la boutonnière, dans sa somptueuse maison de St. Martin's Wood, avec ses cabarets, ses voitures et sa si jolie femme.

Et il avait gagné toutes ces choses, plus une place enviée dans la société, en contournant la loi, puis en l'employant pour arriver à ses fins. Lorsqu'il eut compris la vie, il se tint en marge de la pègre, employant son cerveau à faire faire aux autres ce qu'il ne voulait pas faire lui-même. Le tout soigneusement calculé afin que rien ne puisse toucher, de près ou de loin, Harry Faulkner.

Assis derrière son bureau, il offrait l'image d'un homme solidement bâti qui portait bien la soixantaine ; jusqu'à ses cheveux argentés qui donnaient une impression de force et de vitalité.

Craig ouvrit la porte et annonça Nick Miller. Faulkner se leva et lui tendit la main.

— Soyez le bienvenu, mon cher, on m'a parlé de vous. Oui, je joue au golf avec votre frère, nous nous voyons régulièrement au Club. Asseyez-vous. Vous prendrez bien un verre ? Whisky ?

— Irlandais si vous en avez, merci.

Nick, assis sur le bureau, l'observait pendant qu'il préparait le plateau. Cet homme donnait l'impression d'avoir appris tous les gestes du savoir-vivre et du bon maintien qui caractérisent le parfait gentleman, avec un rien d'ostentation.

Faulkner tendit l'un des verres à Miller et revint s'asseoir. Le whisky était de première qualité et Nick le savoura avec plaisir :

— Excellent, dit-il.

— Je suis content qu'il vous plaise. (Il prit une cigarette et se renversa dans son fauteuil.) Je viens d'entretenir Bella de cette malheureuse histoire. Voyez-vous, Mr. Miller, j'ai une belle-sœur qui devrait s'occuper de ses affaires... .

— Elle paraît croire que c'est son affaire aussi.

— Elle ne pense qu'à son histoire d'école, dit Faulkner.

— Ainsi Mr. Faulkner, le retour de Ben Garvald vous laisse

indifférent ? Ne croyez-vous pas qu'il puisse vous créer des ennuis ?

— Je ne pense pas qu'il fasse l'andouille, dit Faulkner en revenant avec facilité à son parler faubourien. Je suis capable de défendre ma femme ; si Garvald ne l'a pas compris à temps, qu'il apprenne.

— Intéressant, dit Nick qui avala une nouvelle gorgée de son Jamieson. Quelqu'un a essayé de lui donner une leçon hier matin à la porte de Wandsworth ; on m'a même raconté que c'est lui qui a mis ses agresseurs knock-out.

— Ce genre de choses arrive tout le temps. Il suffit d'un peu de brouillard et voilà deux casse-cou à la recherche d'un mauvais coup...

— Étrange que vous sachiez cela, hier il n'y avait pas de brouillard ici, alors qu'il y en avait à Wandsworth ; et vous savez aussi qu'ils étaient deux ?

— Que voulez-vous dire ? dit Faulkner dont le sourire disparut.

— Que deux margoulins ont tenté de supprimer Garvald à la faveur du brouillard, ils ont avoué avoir été payés par un salaud nommé Sammy Rosco, qui lui n'a pas caché avoir été commandé par Fred Manton.

Le visage de Faulkner demeura impassible.

— Manton ? Qu'est-ce qu'il vient faire dans cette histoire ?

— C'est là que ça devient intéressant... parce qu'il a joué le rôle d'intermédiaire pour un ami... ou un patron... et je me demande qui ça peut bien être.

Quand Faulkner répondit, son accent de la rive gauche avait vraiment repris le dessus, il ne surveillait plus ses paroles :

— Si vous avez quelque chose à réclamer, allez-y... crachez-le ! J'ai le bras long, mon pote ! Je me mettrai en travers de ta route !

Nick finit son verre et se dirigea vers le bar, où il s'en servit un autre.

— Ça va comme ça. Lorsque Bella a reçu la lettre de Ben, elle ne vous l'a pas dit, parce que c'est une personne qui pense qu'en fermant les yeux sur un danger la situation s'éclaircira d'elle-même. Mais sa sœur pense différemment et a pris l'inititative de vous avertir.

— Alors ?

— Alors ? Facile à comprendre. Vous en avez touché deux

mots à Manton qui, lui, s'est fait un plaisir d'arranger la petite réception pour son ancien associé. C'était ça la grosse erreur.

— Terminé ?

— Non... pas encore. Je me demande ce que Ben peut vouloir à Bella. Peut-être désire-t-il la reprendre ? On dit qu'ils s'entendaient bien avant qu'un homme vienne s'immiscer dans leur foyer...

La colère submergea Faulkner comme une coulée de lave fumante, il appuya un doigt impatient sur un bouton.

— De qui diable parlez-vous ?

— Du grand Harry Faulkner, l'ami de celui qui comptait les coups. Le businessman, le philanthrope qui matérialise le rêve de l'orphelin chaque année à Noël... mais aussi un voleur... un entremetteur... Sachez bien, Faulkner, que je n'ignore pas ce qui se passe dans vos « boîtes » de Gascoigne Square. Comme enseigne, vous devriez placer au-dessus des portes une lanterne rouge. On dit aussi — à mots couverts — que vous êtes le pourvoyeur de catins pour vos cabarets. Est-ce vrai que vous avez aussi une variété de mâles à proposer ?

La porte s'ouvrit et Craig entra. Il s'approcha de Faulkner dont le visage était devenu couleur de cendres.

— Jette-le dehors, Craig.

— Je me suis méfié de lui quand je l'ai vu entrer...

Il semblait très sûr de lui, par sa force et sa taille il impressionnait tous ceux qu'il menaçait. Il ferma le poing, prêt à s'élancer. Miller ne bougea pas. Avant que le coup ne tombe, il saisit le poignet de Craig. Du tranchant de la main droite, il lui porta un terrible coup au menton; son adversaire se plia en deux sous la douleur. Profitant des leçons de karaté de son professeur japonais, le genou de Nick se détendit brusquement comme un ressort à la hauteur de la face découverte, fracassant la mâchoire de Craig, qui vacilla et tomba à la renverse. Étendu par terre, il porta la main à sa bouche, du sang coulait entre ses doigts. Il poussa un gémissement.

— Lève-toi ! Lève-toi, Craig, hurla Faulkner.

— Je ne pense pas qu'il soit assez stupide pour vous obéir, dit le policier en allant vers la porte. (Lorsqu'il fut sur le seuil il se retourna, ses yeux noirs fouillaient Faulkner qui sentit un frisson le parcourir.) Ne vous fiez jamais aux apparences, Faulkner, jamais ! Je reviendrai vous voir quand j'aurai résolu le problème.

Un léger manteau du soir sur un bras, Jean l'attendait à l'entrée du grand salon.

— Que voulait Harry ? demanda-t-elle.

— Rien de spécial. Êtes-vous prête ?

Avant même qu'elle ait pu répondre, Chuck l'interpella.

— Vous me laissez, Général ?

— Oui. J'ai passé un moment agréable, mais tout a une fin.

— Cela vous dérangerait-il si je vous accompagnais ? J'ai besoin de me dégourdir les jambes.

— Un chaperon, dit Nick en posant le manteau sur les épaules de Jean, nous nous en passerions ce soir…

— Je n'en suis pas si sûre !

Ils sortirent en riant.

Faulkner se leva, s'avança vers Craig et lui envoya un coup de pied dans les côtes.

— Debout, sors d'ici !

Craig roula de côté, esquivant un deuxième coup, et rampa vers la porte. Il se mit à quatre pattes, puis fit un effort pour sortir en tirant le battant derrière lui. Faulkner s'approcha du petit bar et se versa un verre de whisky.

Il ne savait pas pourquoi Miller lui rappelait son vieux professeur, Walter Streel. Faulkner avait alors dix-neuf ans et vivait déjà de l'argent que lui rapportaient trois femmes. Il était fringué comme un ministre… ce bel argent avec lequel on peut tout acheter !… Après tout, l'or n'a pas d'odeur ! Eh oui ! Il avait débuté comme ça, car il pouvait bien se l'avouer, il avait réellement été un proxénète, un dur, qui s'était efforcé et avait réussi à devenir quelqu'un. Et le vieux Walter dans son trench-coat usé l'avait regardé de haut, comme un tas de fumier qu'il aurait aimé écraser de son pied valide.

D'un geste rageur, il jeta le reste de l'alcool dans le feu, puis il traversa le bureau et ouvrit la porte communiquant avec la chambre. Bella, debout devant la grande glace, les bras relevés, tirait sa robe par-dessus sa tête.

— Qu'est-ce que tu fais ? demanda-t-il, la voix rauque.

— Je suis obligée de me changer. Je vais mettre la robe noire. Aide-moi, veux-tu ?

Il tira sur le tissu léger et réussit à l'enlever sans trop de dégâts.

— Pour l'amour de Dieu, Harry, regarde, tu m'as décoiffée, est-ce le moment ? Tu oublies qu'il y a cent vingt personnes en bas ?

Vraiment en colère elle se retourna ; toute la rage, la rancœur affluèrent à nouveau en lui et il la gifla.

— Je suis Harry Faulkner, tu comprends ce que ça veut dire ? (De nouveau elle reçut une gifle magistrale, il continua :) Et puis tu es ma femme et tu feras ce que je dirai… sinon il t'en cuira.

Elle recula, effrayée. La peur de sa femme fit bouillir son sang dans ses veines. Il saisit sa combinaison, la déchirant de haut en bas. Elle chancela et tomba sur le lit. Il se jeta sur elle, ses mains caressant ses seins, leurs bouches se joignirent et comme toujours, elle lui répondit en glissant ses doigts dans ses cheveux et en l'embrassant avec passion.

Mais ce ne fut pas bon. Ce fut juste comme toutes les autres fois. La force, l'émotion s'étaient échappées et il la regarda d'un air hébété. Quand il se tourna vers le grand miroir il eut l'impression qu'un vieillard le regardait.

— Puis-je m'habiller maintenant ? demanda Bella calmement.

Il marcha vers la porte, comme un homme vieux — très vieux. Il humecta ses lèvres sèches.

— Je ne sais pas ce qui m'a pris, je suis navré, Bella.

— Ce n'est rien, Harry.

Elle l'observait, magnifique, sa culotte arrachée pendait sur sa taille, mais ses yeux n'exprimaient que de la pitié, dont il ne voulait pas.

Il ferma la porte, entra dans son bureau et pressa sur un bouton. Il avait, heureusement, le pouvoir de commander — une piètre compensation — mais c'était mieux que rien.

Quelques secondes après, Craig entra ; sa lèvre enflée saignait.

— Oui, Mr. Faulkner ?

— Oui. Miller est-il parti ?

— Il y a environ cinq minutes. Je crois qu'il a raccompagné votre belle-sœur.

— Tout à fait son genre dit-il en écrasant haineusement sa cigarette dans le cendrier. Il est temps de couper l'herbe sous le pied de ce jeune flicard, Craig — et je dis bien couper, tu entends ? Au ras… Tu es avec moi ?

— Parfaitement, dit Craig avec un visage de bois. Je vais voir ce que je peux faire…

— À ta place je ne perdrais pas de temps, il se peut qu'il ne reste pas longtemps à l'école.

— Quinze minutes, Monsieur.

Craig s'en alla et Faulkner retourna au bar. Il se versa un grand verre de soda et but lentement, savourant la boisson fraîche. La porte de la chambre s'ouvrit et Bella apparut, plus belle que jamais. Une robe noire moulait ses formes harmonieuses.

— Prêt, Harry ? dit-elle simplement.

Il lui prit les mains et secoua la tête :

— Mon Dieu ! Je suis fier de toi, Bella, tu es ce que j'ai vu de plus beau dans ma vie.

Elle embrassa affectueusement son mari sur la joue et posa une main sur son bras. Quand ils entrèrent dans le grand salon, ils souriaient.

16

L'appartement de l'institutrice donnait sur la cour de l'école et lorsque Nick souleva le rideau, les gouttes de pluie s'écrasaient contre la vitre et formaient un halo jaune autour des lampes de la rue.

— Combien d'élèves avez-vous ?

Jean répondit de la chambre.

— Cent cinquante-trois. Je pourrais oublier l'effectif sans problème, mais on ne peut plus se le permettre de nos jours.

En se tournant, il aperçut, à travers la porte entrouverte, la silhouette du corps souple et vigoureux de Jean qui enlevait sa robe de soirée.

Il la regarda se déshabiller, curieusement détaché, même plus conscient de l'irrésistible attirance qu'il avait éprouvée.

Les grâces secrètes d'un corps de femme. Quelque chose d'indispensable à la vie même, le genre d'endroit calme où un homme pouvait trouver la paix. ...*Était-ce ce qu'il voulait ?*

Il se tourna vers la fenêtre et regarda la pluie à nouveau ; la sonate de Chuck monta du plus profond de la nuit.

Il travaillait à sa manière tous les standard, Berlin, Cole Porter, Rogers et Art. Une musique que plus personne n'écrivait. Comme un été disparu dont les souvenirs affluaient seulement maintenant.

Jean revint vêtue d'un pantalon noir et d'un corsage à carreaux. Son visage démaquillé lui donnait un air d'innocence.

— Que voulez-vous boire, Nick, du café ou du thé ?

— Du thé, si vous voulez bien ; après je dois partir.

— Vraiment ! dit-elle déçue.

— Je suis encore en service.

Elle alla dans la cuisine, remplit la bouilloire qu'elle mit à chauffer. Nick la rejoignit. Elle prépara le plateau, puis s'assit sur un tabouret, entoura ses genoux de ses bras et attendit que l'eau soit chaude.

Ils avaient laissé s'enfuir le contact essentiel qui les avait rapprochés. Nick essaya d'enchaîner, mais sans chaleur, sans intimité, il ne trouvait pas les mots :

— C'est beaucoup plus grand que je ne le pensais.

— Quoi, l'école ? dit-elle en sursautant. Miss Van Heflin a fait bâtir une annexe. Depuis que je l'ai reprise j'ai fait d'autres transformations, maintenant tout communique. Vous ne pouvez le voir qu'en plein jour.

— Depuis quand êtes-vous ici ?

— J'ai acheté voilà cinq ans, quand j'ai été titularisée, mais j'étais dans l'institution bien avant. Quand Ben a été arrêté j'ai eu peur de perdre ma place. L'inspecteur écrivit à Miss Van Heflin qu'après ce scandale il ne pourrait pas me confier un poste dans un collège d'État.

— Qu'avez-vous fait ?

— Tout d'abord, j'ai pleuré, j'ai cru devenir folle. (Elle sourit à ce souvenir.) C'est bizarre comme un coup du sort peut vous stimuler. Je voulais arriver à me faire une situation et je décidai d'entrer à l'Université. Bella ne pouvait pas m'aider, elle avait assez à faire. Je fis des démarches et j'obtins une petite bourse, mais ce n'était pas suffisant. J'entrai comme barmaid dans un café : tous les soirs de 7 heures à minuit pendant un an.

— Cela devait être dur.

— Pas tant que ça. Lorsque j'eus mes diplômes je vins voir Miss Van Heflin. Elle fut merveilleuse de compréhension.

— Tout finit par s'arranger quand on mène une vie droite.

La bouilloire commença à chanter, Jean versa l'eau du thé.

— Et vous ?

— Ma vie est celle d'un garçon sans histoires. Je n'ai jamais manqué d'argent. Mon frère m'envoya à l'Université de Londres, je fis mon droit. Phil me proposa d'entrer dans son affaire…

— Vous auriez pu vous inscrire au Barreau ?

— Certainement.

— Pourquoi êtes-vous entré dans la police ?

— Pourquoi pas ?

— Vous savez très bien ce que je veux dire !

— Phil me demandait deux fois par jour d'y renoncer. « Laboureurs en uniforme, hommes sans profession, grands hommes : petits cerveaux. » N'est-ce pas ?

— Non, pas tout à fait...

— Personne ne le dit... mais c'est ce que l'on pense.

Soudain la colère le submergea. Il revint dans la chambre, ouvrit la fenêtre et se pencha sous la pluie. Elle le suivit, posa le plateau sur la table et s'avança vers lui :

— Je suis navrée, Nick, vraiment navrée.

— Les gens sont bizarres. Un notaire malhonnête s'appropriera les biens de ses clients, un banquier ruinera de petits épargnants, ils seront punis et jugés suivant la loi, comme ils le méritent, ni plus ni moins. Mais personne n'attaquera les autres membres de leur corporation... Pourtant ce raisonnement n'est pas appliqué lorsqu'il s'agit de policiers.

— J'ai dit que j'étais désolée.

— Quand les gens ont besoin de la police, ils se jettent sur le téléphone.

Elle posa une main sur le bras de Nick :

— Cela représente beaucoup pour vous, n'est-ce pas ?

Il la regarda, ses étranges yeux noirs vides d'expression ; d'un ton dur, il répondit :

— Oui, et je ne l'ai jamais regretté... je ne ferai pas autre chose, ni maintenant, ni plus tard, Jean.

Elle lui caressa la joue et ce geste représentait plus qu'un baiser.

— Vous avez raison, Nick, venez, le thé est infusé.

Ils s'assirent près du feu, le silence les enveloppa. Nick buvait par petites gorgées en jetant sur elle des coups d'œil furtifs. Jean se renversa dans son fauteuil et ferma les yeux, comme une enfant sans défense. Au bout d'un moment, Nick lui dit :

— Jean... parlez-moi de Ben... êtes-vous inquiète à cause de lui ? Vraiment inquiète ?

Elle ouvrit les yeux, et l'inquiétude qu'il lut dans son regard lui suffit.

— Depuis la rue Khyber, j'ai attendu cette minute, Nick, ce

soir, j'étais sur le point de voir mon rêve se réaliser dans le plus calme des mondes… et l'image de Ben vient le rompre. (Elle joignit les mains si fort que les jointures blanchirent.) Oh Dieu ! Combien je le hais !…

— Tant que cela ?

— Toujours… (Elle se leva et se dirigea vers la fenêtre.) Je l'ai toujours haï… J'avais quatorze ans quand il épousa Bella. Ils s'installèrent chez nous. À partir de ce jour ma vie devint un interminable cauchemar… non… ce n'est pas tout à fait exact. Cela commença quand je quittai l'adolescence, quand mes formes changèrent ; je ne pouvais me déshabiller, ni me rhabiller sans qu'il soit derrière ma porte, ce sourire sur la bouche…

Elle hésita, un frisson la parcourut. La gorge de Miller devint sèche :

— Continuez.

— Rien d'autre. Rien de ce que vous pensez. Il était trop malin pour cela. Mais ce n'est pas tout… (Nick avait l'impression qu'elle regardait le passé.) Il était si fort… quand il posait ses mains sur mes épaules, je ne pouvais plus rien… il m'hypnotisait !

— Pourquoi ne pas vous confier à Bella ?

— J'en menaçai Ben, mais il éclata de rire en me disant qu'elle n'en croirait rien… ce qui est vrai !…

Nick se leva et l'attira gentiment contre lui. Elle tressaillit.

— C'est le passé, Jean, il faut oublier… c'est si loin !… Jamais plus Ben Garvald ne vous fera du mal, je vous le promets.

Elle lui fit un collier de ses bras et renversa la tête, il se pencha et sous sa bouche les lèvres de Jean s'ouvrirent. L'émotion s'empara de lui, il la prit par la taille, et la serra fortement contre lui.

Il sentait le trouble le gagner en l'entendant répéter son nom sans fin et il ferma les yeux, attendant que sa tempête intérieure se calme.

Au bout d'un moment, il rouvrit les yeux et lui sourit.

— Je voudrais bien voir ce qu'en ferait le supplément du dimanche. Je vois les gros titres d'ici. « Le cas du détective amoureux. »

— Au diable le supplément du dimanche, dit-elle, le regard brillant.

— Je sais, mais je dois partir.

— Aucune chance de retour ?

— Hélas ! Je crains que cela ne me soit impossible. Je vous téléphonerai demain. Peut-être pourrions-nous dîner ensemble.

— Je vais vous donner le numéro, dit-elle en ouvrant un tiroir où elle prit une carte qu'elle lui remit. Mon numéro personnel n'est pas dans le bottin, seulement celui de l'école. Si c'était le cas, j'aurais les appels d'une demi-douzaine de parents tous les soirs et pas une seconde à moi. Plus d'excuses maintenant.

— Plus aucune.

— Encore moins avec ceci. (Elle sortit de sa poche un trousseau de clés, en détacha une qu'elle lui tendit.) Essayez de revenir avant le petit déjeuner.

— Vous ne serez pas au lit ?

— Je pense que si.

Elle eut un sourire délicieux. Il l'embrassa à nouveau.

— Maintenant laissez-moi partir avant que je ne sois complètement corrompu.

Lorsqu'ils descendirent, Chuck était encore assis devant le piano, jouant à la lumière d'un réverbère qui entrait à travers la fenêtre.

— Fin de la partition, lui dit Nick doucement, nous partons.

Lazer laissa ses doigts errer encore quelques instants sur le clavier, puis se leva :

— Je viens avec vous, Général, où allons-nous ?

— Au commissariat, mais je peux vous reconduire chez vous.

Ils traversèrent la cour et marchèrent jusqu'au petit porche. La pluie tombait à torrents, Jean grelottait.

— Quel temps ! Je préfère aller dans mon lit que d'être à votre place.

— Oui, rentrez, Jean, ayez pitié du pauvre flic… À bientôt.

Elle ouvrit la porte sur une ruelle étroite, bordée de l'autre côté par un haut mur. La Mini-Cooper stationnait sous une lampe d'éclairage public. Nick fouilla dans sa poche pour chercher la clé de contact et traversa la rue… Jean hurla :

— Attention… Nick !…

Alors qu'il se retournait, un poing se leva sur son visage ; dans un inexplicable réflexe il para le coup qui glissa sur sa joue. Une douleur aiguë comme la lame d'un rasoir lui entailla la peau. Avec la rapidité des initiés au karaté il se retourna et, empoignant son assaillant, lui porta un coup sur la nuque qui l'envoya rouler à terre. Nick comprit que l'homme ne se serait pas risqué seul. Combien étaient-ils ? Trois, peut-être quatre ? Il n'en fut pas certain car ils émergèrent du brouillard comme des rugbymen forçant la ligne de but.

L'un d'eux tenait à deux mains une barre de fer. Il arrivait sur Nick en la faisant tournoyer. L'individu grognait sous l'effort, mais Nick esquiva et la barre cogna avec fracas le capot de la voiture. Un sauvage coup de pied dans le tibia étendit l'homme qui lâcha la barre sur les pavés en poussant un hurlement.

Pas le temps de causer. Deux autres se détachèrent du mur, l'un d'eux brandissait un rasoir, la lame luisait sous la lampe ; Nick saisit le poignet, tourna la tête pour éviter le coup du suivant. Jean Fleming se rua sur ce nouvel agresseur, empoigna les cheveux d'une main pendant que l'autre, de ses ongles, labourait le visage. D'une clé savante, Nick tordit le poignet de son adversaire qui lâcha le rasoir. L'homme poussa un hurlement d'agonie.

Le premier se releva, trébucha et roula sur le côté. Chuck Lazer, tenant le deuxième dans une lutte corps à corps, roulait dans le caniveau. Jean continuait bravement le combat. Nick se porta à son secours, empoigna l'individu et le jeta sur le pavé. Lazer étant venu à bout de son assaillant, Nick d'un coup de pied envoya ce dernier près de ses acolytes.

Il y eut un silence, seulement troublé par la pluie et un grognement émis par celui qui portait la barre de fer. Lazer, assis sur le bord du trottoir, rattachait le lacet de son soulier. Il rit en disant :

— Qui donc vous a envoyé cette troupe, Général ?

— Quelqu'un qui ne me porte pas dans son cœur, déclara Nick en se tournant vers Jean. Et vous, ça va ?

— Oh oui, je vais bien. Qu'est-ce que ça signifie ?

— Je l'ignore, Jean, nous arriverons bien à le découvrir.

Ils entendirent un faible bruit du côté de la voiture. L'un des hommes avait ramassé la barre de fer et s'apprêtait à s'élancer sur Nick. Lazer passa par-derrière, lui porta un coup de genou dans les reins et le coinça contre la voiture après lui avoir pris la barre.

— Encore un geste comme celui-là et je t'écrase le crâne, lui dit-il.

L'homme griffa la tôle, puis la relâcha et tomba.

Prenant Jean par le bras, Nick la conduisit près du portail.

— Prenez un cordial et couchez-vous, vous l'avez bien gagné.

— Mais vous, dit-elle anxieusement, son pâle visage illuminé par la lampe.

— J'emmène ce type à la P. J. Nous n'en sortirons peut-être pas grand-chose, mais s'il prend quelques années de prison ce sera déjà ça.

— Pourrez-vous revenir ?

— J'essayerai. (Il lui prit la main, la garda un instant dans la sienne.) Oui, Jean, je ferai mon possible.

— Votre passage par la rue Khyber vous a marqué jusqu'à la moelle. Cette trace restera indélébile. Vous ne pourrez jamais l'effacer tout à fait. (Prenant son mouchoir elle essuya le sang qui coulait sur la joue du jeune policier.) Il faut faire soigner cette coupure, elle risque de s'infecter.

Il la serra contre lui en entourant sa taille de ses bras et ce fut comme une première ; il en fut troublé jusqu'au plus profond de l'âme.

Elle le regarda, une expression d'étonnement dans les yeux, et sourit : une lumière venait de s'allumer en elle.

De nouveau, elle lui caressa le visage puis courut vers le porche sous la pluie.

17

Dans la salle d'interrogatoire, assis devant la table centrale, la tête plongée dans les mains, Charles Edward Foster semblait souffrir mille martyres.

Nick, debout devant la fenêtre, appliquait sur la coupure de sa joue un coton imbibé de désinfectant. Il regarda sa montre : deux heures et quart.

Il bâilla, sortit de sa poche un paquet de cigarettes et prit la dernière. Il était en train de l'allumer lorsque l'inspecteur de service entra.

— Je viens de remplir votre bordereau, Sergent.

— Je me souviendrai de vous au moment de mes dernières volontés.

— Si vous continuez comme ça, vous irez les dire à l'infirmerie. C'est une mauvaise coupure que vous avez là. Vous avez besoin d'un ou deux points de suture.

Foster leva la tête.

— Ne vous en faites pas pour ce salaud. Occupez-vous plutôt de moi. J'ai besoin d'un médecin, si toutefois il peut encore faire quelque chose après ce qu'on m'a envoyé ! Attendez un peu que mon avocat arrive…

— Et qu'est-ce qu'on t'a fait, Charlie ? demanda le commissaire Grant en apparaissant dans l'encadrement de la porte.

Le visage de Foster prit une expression mêlée d'innocente mystification et de dignité offensée.

— Il m'a filé un coup dans un endroit bien placé, dit Foster en montrant Nick du menton. Je ne peux pas marcher, Commissaire !

Sans un mot l'inspecteur de service tendit le bordereau au commissaire.

— Je suppose que ce vaurien n'a rien à voir avec notre affaire.

Grant s'approcha de la table sur laquelle s'étalaient les pièces à conviction : une barre de fer, un rasoir au manche de corne blanche, une chaîne de vélo, tous ces objets ayant été trouvés sur les lieux où Foster et ses amis avaient attaqué Miller.

Foster retomba dans son mutisme, Grant regarda Nick :

— Ça va aller, Miller ?

— À mon avis il lui faudrait des points de suture, dit l'inspecteur de service.

— Oui, il faut qu'il aille voir le médecin, approuva Grant qui se tourna vers son subordonné. Emmenez cet individu et bouclez-le, voulez-vous, Jack ? Je le verrai un peu plus tard.

L'inspecteur obtempéra, prit Foster par le bras et ils sortirent. Grant s'assit sur le bord de la table et alluma sa pipe.

— Vous savez pour Brady ? demanda-t-il à Miller.

— J'ai su quand j'ai amené Foster. Que lui est-il arrivé exactement ?

— Probablement l'œuvre d'un chauffard. Nous avons reçu un appel anonyme sur la ligne 999. Je présume que ce brave citoyen n'a pas voulu perdre son temps et se trouver mêlé dans des histoires de témoignages… Quelle nuit ! Un meurtre, Maske Lane et un inspecteur s'y sont rendus, un vol de sept mille livres. Dieu sait combien de collisions par une pluie pareille, trois vols, selon toute apparence par le même gredin et une tentative de viol. Et pour tout arranger cet accident de Brady…

— Comment va-t-il ?

— Si ça vous intéresse, voici les préliminaires du rapport.

— Ça n'a pas l'air formidable, dit Nick en rendant le papier au commissaire.

— J'ai parlé avec le spécialiste qui l'a examiné. Après avoir vu les radios du crâne, il a décelé une fracture grave, mais il espère ne pas avoir à lui faire subir le trépan. Le reste est superficiel bien qu'il soit pas mal touché. (Il regarda le plafond et ralluma sa pipe qui s'était éteinte.) J'aimerais bien savoir ce que cherchait Brady dans la rue du Canal…

Nick écrasa son mégot dans le cendrier.

— Savez-vous qu'en sortant d'ici il est allé courir après Ben Garvald ?

Grant le regarda abasourdi, la stupéfaction la plus totale se lisait sur son visage.

— Quoi ? Que me chantez-vous là ? C'est vous qui vous occupez de cette affaire, dit Grant.

— Ce qui n'a pas arrêté Brady, qui est directement allé au *Flamingo* avant moi, bien sûr, pour demander à Manton si Garvald était dans les parages.

— Êtes-vous sûr de ce que vous avancez ?

— Manton me l'a dit lui-même, fit Nick en haussant les épaules. Je ne vois pas pourquoi il m'aurait menti.

— À quoi Jack jouait-il ? dit pensivement Grant en serrant entre ses dents le tuyau de sa pipe.

— Je crois que c'est très simple. Il me trouve trop jeune pour assumer une telle tâche qu'il a jugée au-dessus de mes compétences. Sans doute espérait-il prouver quelque chose s'il découvrait Garvald avant moi.

— Votre argument est valable, mais alors dans ce cas nous ne saurons rien avant qu'il ait totalement repris ses esprits.

— Que sait-on sur la voiture qui l'a renversé ?

— Autant chercher une aiguille dans une botte de foin par une nuit comme celle-ci ! Mais nous trouverons ! Maintenant racontez-moi ce qui vous est arrivé. Je présume que vous avez dû écraser les orteils de quelqu'un qui ne l'a guère apprécié car pour se donner la peine d'envoyer un Charlie Foster et sa bande à vos trousses pour vous descendre…

Sans rien omettre, Nick raconta tous les détails. Le récit terminé, le commissaire s'assit en fronçant les sourcils.

— Qu'en pensez-vous, demanda Nick après un moment.

— Je pense que ça sent mauvais. Quand des oiseaux de l'espèce de Fred Manton et Harry Faulkner se permettent d'être entraînés dans une affaire comme celle-ci, c'est qu'il y a une raison majeure... (Il s'interrompit brusquement puis il reprit :) Trouvez Ben Garvald, c'est la clé de l'énigme !

Nick prit sa gabardine et sa casquette qu'il avait posées sur une chaise et sourit à son supérieur.

— La ville est belle quand on ne trébuche pas.

— Pas à 2 heures du matin passées, avec cette grippe qui s'insinue jusque dans nos os. Si je prends encore de l'aspirine, elle me ressortira par les oreilles. Tenez-moi au courant. Je serai à cette usine à Maske Lane si vous avez besoin de moi.

Il sortit dans le couloir. Nick prit son imperméable et descendit jusqu'à l'entrée principale. Chuck Lazer dormait, assis dans un coin. Nick lui toucha l'épaule :

— Nous partons, l'Américain ?

Ils marchèrent jusqu'à la grande porte. Nick releva le col de sa gabardine, s'apprêtant à affronter la pluie.

— Où allons-nous ? demanda Lazer.

— Vous, vous allez au lit, je vous ramène chez vous. Quant à moi, je suis en service jusqu'à 6 heures... et plus si je n'ai pas découvert où se cache Ben Garvald.

— C'est donc tellement important ? (Lazer hésita quelques secondes puis se décida :) Voyons... vous m'avez bien dit que vous vouliez juste causer avec Ben ? Je veux dire que vous n'avez rien contre lui ?

— Oui, je dois avouer que cela éclaircirait bien les choses. Ne me dites pas que vous savez où il est ?

— Si. Il a dit quelque chose au sujet du *Regent Hotel*. Ce n'est pas loin de City Square, mais ça ne veut pas dire qu'il y soit.

— Allons-y quand même.

Ils se hâtèrent de monter dans la Mini-Cooper.

Quand ils entrèrent dans le bureau de l'hôtel la place était déserte. Nick sonna et au bout d'un instant l'Irlandaise apparut, les yeux ensommeillés. Elle rabattit un pan de sa robe de chambre entrouverte et bâilla :

— Vous désirez, Messieurs ?

— Police, dit Miller, je cherche un nommé Garvald — Ben Garvald. Vous avez dû l'enregistrer dans la soirée.

Une lueur fugitive passa dans les yeux de la fille, puis elle prit un air étonné.

— Vous faites erreur, nous n'avons personne de ce nom.

— Peut-être s'est-il inscrit sous un autre ? C'est un homme grand, fort, avec un accent irlandais, comme vous; il a la quarantaine.

— Non, nous n'avons personne qui corresponde à cette description, assura-t-elle en secouant énergiquement la tête. Nous logeons seulement un couple d'Indiens qui sont chez nous depuis trois jours.

— Puis-je consulter votre registre ?

— Certainement.

En papillotant des paupières elle le sortit de sous le comptoir et l'ouvrit. La dernière inscription datait de l'avant-veille. Si le livre était tenu à jour, elle disait la vérité.

— Satisfait, Sergent ?

— Navré de vous avoir dérangée, dit Nick en refermant le registre. Ça doit être dans un autre hôtel.

Durant le court entretien, Lazer n'avait pas prononcé un mot, mais quand ils furent dans la rue il posa la main sur le bras de Miller.

— Je vous jure que je ne me trompe pas, Général, le *Regent Hotel*, rue Gloyne, c'est ce que m'a dit Ben.

— Je sais qu'elle ment, ça se voit comme le nez au milieu de la figure. Nous allons revenir dans quelques minutes.

Il s'appuya contre le mur du porche, à l'abri de la pluie, se sentant soudain très fatigué. Nick fuma une cigarette, puis il tira sur la manche de Lazer. Ils revinrent sur leurs pas. Doucement le policier poussa la porte et s'avança.

Debout dans le bureau la fille leur tournait le dos. Devant elle se trouvait une mallette ouverte : elle en sortit une liasse de billets; posant un pied sur la chaise elle la glissa dans son bas, après avoir relevé sa jupe. Lazer fit claquer ses mains l'une contre l'autre :

— Oh !... Oh !... La jolie jambe ! Allons-nous assister à un numéro de strip-tease ? J'adore ça !

La fille se retourna vivement, baissa sa robe; durant un court instant elle fut désorientée, mais elle reprit vite son aplomb.

— Oh ! s'exclama-t-elle en riant, vous en avez de l'audace de regarder une fille avec vos petits airs sournois !

— Nous espérions que vous ne nous verriez pas ! répondit Nick en lui prenant la main. Quel est votre nom, mon cœur ?

— Vous en avez trouvé un qui me convient parfaitement. (Il la poussa contre le bureau, elle lui passa les deux bras autour du cou.) Et que dirait Mr. le Commissaire s'il vous voyait comme ça ?

— Le Commissaire nous laisse prendre notre plaisir. Après tout, c'est ce qui nous aide à continuer.

Se penchant vers elle il l'embrassa dans le cou. Sa main droite glissa sur la hanche, puis rapidement descendit sur la cuisse. Elle poussa un cri. Nick sourit en montrant à Lazer la liasse qu'il avait retirée du bas.

— Rendez-moi ça, voyou ! hurla-telle en essayant de reprendre l'argent. Vous n'êtes pas de la police ! Au voleur !...

D'un coup de coude il la repoussa et compta les billets.

— Vingt mille livres, vous n'avez jamais eu autant d'argent à la fois... avant.

— Rendez-moi mon argent ! hurlait-elle, des larmes de rage plein les yeux.

Avec la liasse de billets, il la frappa brutalement sur la bouche ; étonnée, elle recula, mais il l'attrapa par une épaule.

— Dix secondes, tu entends ? Dix secondes, je ne te donne pas plus pour répondre la vérité. Ben Garvald a une chambre ici, n'est-ce pas ?

Nick s'avança vers la fille terrifiée, elle se cacha le visage de ses bras repliés pour parer les coups.

— Pour l'amour de Dieu, je vous en prie, ne me battez pas ! Je vais tout vous dire ! Je vais tout vous dire ! Il est arrivé dans la soirée, vers 9 heures. Il n'a pas rempli de fiche parce que j'ai oublié de le lui demander.

— Est-il sorti après avoir retenu la chambre ?

— Non, je ne crois pas. En tout cas il était là quand des hommes sont venus le voir.

— Qui ? (Comme elle n'osait parler il fit deux pas et d'une voix dure il redemanda :) J'ai dit : qui ?

— Je n'en connais qu'un, un type que j'ai déjà rencontré plusieurs fois au bal. Un Chypriote, je crois. Ils l'ont appelé Jango. Je ne sais vraiment pas qui sont les autres. Je me souviens que l'un d'eux a un œil vairon. C'est tout ce que je sais.

— C'est Max Donner, dit Chuck. Manton les emploie pour les sales besognes.

— Pourquoi t'ont-ils donné cette liasse de billets ? Parle !

— Pour apporter une tasse de thé à Mr. Garvald. Jango a versé quelque chose dedans pour le mettre knock-out, je suppose qu'ils avaient peur de lui.

— Et ça a marché ?

Elle eut un signe de tête affirmatif :

— Ils l'ont emmené dans une voiture. Je ne sais pas où.

Nick se tourna vers Lazer qui haussa les épaules.

— Peut-être au *Flamingo* ?

— Non, j'y crois pas beaucoup, répondit Miller, mais allons-y quand même.

La fille agrippa la manche du policier :

— Je ne pouvais pas me douter qu'ils voulaient lui faire du mal. Ils me disaient que c'était un ami à qui ils voulaient faire une farce.

— Je vais te donner un bon conseil, tu as de l'argent, saute dans le premier train pour Liverpool, tu as le temps, il part à 6 h 30.

Il lui tapota gentiment la joue, posa la liasse sur le bureau puis les deux hommes sortirent. Hébétée, elle resta immobile, tremblante, puis ramassa fébrilement l'argent qu'elle remit dans la mallette.

Il y avait une grande agitation autour du *Flamingo*. Nick eut du mal à garer la Mini-Cooper. Il resta au volant et Chuck entra. Miller alluma une cigarette, dont il ne restait que le mégot quand l'Américain revint.

— Ils ne sont pas là, Manton non plus.

— En êtes-vous sûr ?

— Absolument. Je suis monté dans son appartement privé : il n'y a personne. Peut-être ont-ils jeté Ben dans le fleuve…

— Vous ne voyez pas un endroit où ils auraient pu le séquestrer ?

Lazer se concentra, fronça les sourcils et son visage s'illumina.

— Pourquoi n'y ai-je pas pensé plus tôt ? Ils ont une vieille maison sur la route de Ryescroft. Ils l'appellent *La Grange*.

— Elle appartient à Manton ?

— Non, à Faulkner. Il voudrait en faire un country-club. C'est Manton qui en a la charge. Pour l'instant, il n'y a qu'un vieux gardien : Bluey Squirel. Il gardait la porte du *Flamingo* avant de se casser la jambe.

Ryescroft. Ce n'était qu'à un demi-mile après la sortie de la ville. Nick prit sa décision.

— Allons-y, dit-il à l'Américain en ouvrant la porte de la Mini-Cooper.

La Grange était le genre de demeure en pierre grise du Yorkshire, construite en pleine prospérité victorienne par quelque mégalomane. De vastes cheminées gothiques pointaient du toit dans la nuit et la maison était entourée d'un mur d'au moins dix pieds de haut. Nick se gara dans un petit chemin à environ deux cents mètres de l'entrée principale et sortit de la voiture.

— On dirait un mauvais décor des *Hauts de Hurlevent.*

— Souhaitez-moi bonne chance, Général, dit Chuck en se glissant au volant de la Mini-Cooper. Peut-être va-t-on me décorer.

— Surtout retenez bien ce qu'ils vont dire. Si Manton est là, vous savez ce que vous devez dire. Je vous attendrai ici.

L'Américain claqua la portière et embraya. Il s'engagea lentement dans le chemin bordé d'une double rangée de peupliers qui conduisait jusqu'aux piliers du porche. Pas une lueur ne brillait aux fenêtres. Il traversa une cour pavée.

Une lampe s'alluma, Lazer vit la Jaguar de Manton. Il coupa le moteur.

Alors que le son s'évanouissait dans la nuit, un chien aboya dans la maison, sourd et menaçant, touchant une fibre sensible, ce qui le fit frissonner.

Lazer sortait de la Mini-Cooper quand la porte s'ouvrit, une lueur le chercha dans la nuit.

— Qui est là ? dit une voix rauque.

— Chuck Lazer, Bluey, je cherche Fred.

Bluey Squirel n'avait pas soixante ans, mais il paraissait bien davantage. Une chevelure grise et ébouriffée tombait sur son large front et il avait grand besoin d'être rasé. D'une main il charriait un vieux fusil et de l'autre retenait un magnifique chien de garde noir et feu qui montrait des crocs menaçants. Un grondement sourd sortait de sa gueule comme d'un volcan prêt à cracher la lave.

— Il est très occupé, répondit Squirel, c'est très important ?

— Je comprends ! Jango et Donner sont là aussi ?

L'homme le fixa d'un air soupçonneux.

— Vous voulez en savoir des choses !

— Pourquoi ces mystères, je suis déjà venu ici, non ?

— Bon... bon ! Entrez.

Ils pénétrèrent dans une cuisine. Sur la table traînaient des assiettes sales, deux bouteilles de lait vides, un morceau de pain et une boîte de conserve à demi pleine. Dans un coin le lit étroit était défait. Squirel donna un ordre au chien qui se coucha devant le feu en grognant, sans quitter l'Américain des yeux.

— Attendez ici, je vais chercher Mr. Manton.

Il appuya le vieux fusil contre le mur et sortit. Lazer s'assit sur le bord de la table. Quelques minutes passèrent, puis Manton entra, Donner sur les talons. Il avait jeté un imperméable sur ses épaules à cause du froid.

— Je vous croyais en train de jouer chez Faulkner... fit Manton.

— Je suis parti, dit simplement Lazer. Une espèce de flic pouilleux cherche Ben Garvald. Le sergent Miller.

— Garvald ? Mais il est au trou...

— Pas d'après ce qu'il a dit. Ben aurait été relâché hier matin et serait en ville... si ce Miller a dit la vérité.

— Qu'est-ce qu'il lui voulait ?

— La petite enquête de routine, c'est ce qu'a dit le flic. Mais j'ai pensé qu'étant donné vos anciennes relations avec Ben, vous seriez content d'être au courant, parce qu'il se pourrait qu'il vous convoque à la P. J.

— Vous avez raison, Chuck, merci. Dites donc, a-t-il parlé de moi ?

— Oui. Il était furieux parce qu'un de ses collègues, Brady, il l'a appelé, a été esquinté par un chauffard. Il est à l'hôpital et sa vie ne tient plus qu'à un fil. Ce Miller a ajouté que le jour où il attraperait le coupable il le payerait cher.

Il y eut une exclamation de Donner qui se tenait dans la porte et la peau du visage de Manton se crispa un peu plus. Il eut un sourire sinistre.

— Merci, Chuck, vous avez bien fait.

— Alors tant mieux, dit Lazer en se levant, je rentre, à demain.

Il tira la porte derrière lui. Donner rompit le silence en premier.

— Si Brady n'est pas mort et qu'il parle...

— Quinze ans chacun, murmura Manton ; pas un juge de ce pays ne donnerait moins.

— Nous pouvons être à Liverpool demain matin. De là, on passe en Espagne, je connais les bonnes personnes.

— Et l'argent, où on le prend ?

— Le coffre du *Flamingo* n'est pas vide que je sache ? Il y a bien sept ou huit mille livres.

— C'est à Faulkner, pas à moi.

— Nous pourrions aller loin avec ça.

— Et si les flics sont déjà sur nous ? Ils ont peut-être cerné le *Flamingo* et nous y attendent ? On irait directement dans la gueule du loup !

— Envoyez Jango, il peut aller chercher l'argent.

— Ira-t-il ?

— Certainement... si vous ne le mettez pas au courant.

Manton rit et secoua la tête.

— Tu es un drôle de salaud, Donner !

— C'est notre seule chance. Et Garvald, qu'est-ce qu'on en fait ?

— Inutile de le garder plus longtemps. Il faut le refroidir, nous le prendrons dans la voiture et nous le jetterons dans le marais.

Squirel arriva, caressa le chien et s'enquit :

— Combien de temps vous allez me laisser votre zèbre ? Jango est allé voir ce qu'il fait.

Avant que Manton n'ait pu répondre un cri les fit sursauter.

— On dirait la voix de Jango !

Sans un mot, Donner empoigna le fusil et courut le long du passage sombre.

Quand la torpeur où était plongé Ben Garvald se dissipa, il ouvrit les yeux. Sur les angles du plafond ondulaient doucement des toiles d'araignées géantes. Il ferma les yeux et inspira profondément, luttant contre la panique qui le gagnait. Lorsqu'il les rouvrit, elles avaient presque disparu.

Il était étendu sur un lit poussé contre le mur, la lampe éclairait faiblement les rideaux sales tirés sur les vitres. Il s'assit sur le lit avant d'essayer de se lever. Il y avait un sale goût dans sa bouche et sa langue était sèche et empâtée. Il se leva et tituba, puis s'appuya au mur et retourna vers le lit.

Au bout de quelques instants, les araignées disparurent complètement et chaque chose reprit sa place dans la pièce.

La chambre d'hôtel, la fille, la tasse de thé, il se souvenait. Puis Donner était arrivé, ce qui ne pouvait signifier qu'une chose : le flic qui était tombé dans les escaliers au club avait cassé sa pipe. Situation intéressante.

Il put enfin se tenir sur ses pieds et alla vers la porte. Il tourna la poignée : fermée à clé. La fenêtre s'ouvrit facilement, mais malgré l'obscurité il comprit : trop haut pour sauter. La fenêtre la plus proche était bien à dix pieds et impossible à atteindre. Après avoir refermé, il s'assit pour rassembler ses idées. Cinq minutes plus tard la clé tournait dans la serrure. Il hésita un instant puis s'allongea et ferma les yeux

On traversa la chambre, on lui tapota gentiment l'épaule, puis on lui souleva la paupière : il vit alors Jango, penché sur lui.

Le Chypriote poussa un hurlement quand Garvald lui envoya son poing dans l'estomac; le choc lui coupa le souffle. Un coup de pied bien placé l'étendit à terre. Garvald bondit sur le plancher, sortit rapidement et l'enferma. Il avait descendu un étage quand il entendit Donner :

— Jango! Jango! Qu'est-ce qu'il y a?

Garvald poussa la première porte à sa portée, avança d'un pas dans l'obscurité et attendit derrière le battant : il aperçut Donner le fusil à la main. Lorsque celui-ci fut en face de la porte, Garvald se rua sur Donner qui laissa échapper son arme.

— Attention, Manton, Garvald se cavale!

Donner s'élança sur Garvald les doigts en avant, visant les yeux. Un aboiement terrifiant retentit quand Squirel lâcha le chien.

Donner et Garvald vacillèrent un instant puis le chien fit irruption dans le corridor, dérapant sur ses pattes arrière.

Dans un effort désespéré, Garvald envoya son adversaire rouler à terre, puis se laissant tomber sur un genou, il saisit le fusil et visa. Quand le chien fut à moitié du trajet, Garvald pressa sur la détente.

La bête fut stoppée dans sa course par le plomb qu'elle reçut en plein poitrail. Étendue sur le plancher, elle remua faiblement les pattes, poussa un gémissement et après un dernier soubresaut se détendit. Un rugissement de colère sortit de la gorge de Squirel, Manton se porta au secours de Donner.

Ben Garvald leur lança le fusil au visage et s'enfuit dans le couloir, atteignit la porte et se trouva dans la cour.

La lumière filtrant à travers la fenêtre de la cuisine lui permit d'apercevoir la clôture. Une cabane servant à ranger l'outillage de jardinage y était accolée.

Prenant appui sur le rebord de la lucarne, Garvald réussit à grimper sur le toit. De là, il n'eut aucune difficulté pour sauter sur le mur. Agrippant fortement la crête rugueuse il se suspendit par les mains et se laissa glisser sur l'herbe mouillée.

Il tomba à quatre pattes. Avant même de pouvoir se relever on l'empoigna sauvagement au collet, lui bloquant la respiration.

On craqua une allumette et Chuck Lazer s'exclama :

— Lâchez-le, Général, c'est Ben.

Miller desserra l'étreinte. Garvald secoua énergiquement la tête, resta encore quelques instants sur les genoux. En se redressant il demanda :

— Où est votre voiture ?

— Pas loin.

— Alors, filons tout de suite.

— Pas si vite, Garvald, protesta Nick en le retenant par un bras, nous avons entendu un coup de feu il y a une minute…

— Oui, le vieux avait lâché le berger allemand sur moi. Je l'ai descendu à temps. Vous n'allez pas m'arrêter pour ça ?

— Ça dépend des réponses que vous donnerez à mes questions. Mais partons d'ici. (Ils marchèrent en direction de la Mini-Cooper garée tous feux éteints sous les arbres. Nick ouvrit la portière.) Montez derrière, Garvald, dit-il simplement.

Garvald obéit sans hésiter, son cerveau fonctionnait furieusement. Il avait perdu trop de temps et la situation lui échappait complètement. D'abord il fallait se rendre en ville, mais en jetant un coup d'œil sur Miller, il comprit que ce ne serait pas facile.

— Comment avez-vous su où j'étais ? demanda-t-il.

— Tu m'avais dit que tu logeais au *Regent Hotel*, la fille nous a dit le reste lorsqu'on a fait preuve d'un peu de persuasion.

— La chienne ! J'aimerais la persuader d'autre chose, si je la revois un jour ! (Garvald alluma une cigarette et s'adossa au siège.) Qu'est-ce que ça veut dire ? Tu joues à travailler pour la police, maintenant ?

— Pour l'amour du ciel, Ben, j'essaie de t'aider.

— Pourquoi me faites-vous la chasse ? Je suis blanc comme neige. Je dois juste aller en ville pour quelques heures.

— Quand je vous cherchais, hier soir, c'était seulement pour vous conseiller de laisser Bella tranquille.

— Ah ! C'est donc ça ? Je ne la toucherais même pas avec une canne à pêche de dix pieds.

— Alors vous êtes revenu pour l'argent, dit Nick. Votre part du vol d'autrefois.

Garvald tentait désespérément de changer de sujet. Il eut une inspiration :

— Comment va Brady ?

— Comment, Ben, tu sais quelque chose sur Brady? cria Lazer.

— Eh bien, Garvald, racontez, dit Nick d'une voix dure et froide.

— C'est un de vos collègues, n'est-ce pas? Il me poursuivait au *Flamingo*. Il s'est querellé avec Donner qui l'a poussé dans l'escalier de l'appartement privé de Manton...

— Mais on l'a retrouvé dans la rue du Canal, nous avons pensé qu'un chauffard l'avait renversé.

— Maintenant je comprends tout! s'exclama Garvald avec un sourire en coin, ça doit être une idée de Manton. Il n'y a qu'un esprit tordu comme le sien pour penser ça!

— Êtes-vous sûr de ça?

— J'ai assisté à la scène, caché dans la penderie du couloir. (Garvald éclata de rire.) Pourquoi croyez-vous que Manton et son équipe m'aient enlevé? Ils ont tué un flic et je suis le seul témoin. J'imagine le sort qui m'était réservé.

— L'ironie de l'histoire est que Brady n'est pas mort, expliqua Miller, il est encore dans le coma, mais les docteurs affirment qu'il s'en sortira.

— Et Manton ne le sait pas?

— Maintenant il est au courant, dit Lazer en se retournant vers Garvald. J'ai laissé entendre à Manton que Brady était en train d'y passer à l'hôpital. Manton et Donner en faisaient une bobine! Malades, ça les a rendus, oui!

— Ils vont se tirer, ils n'ont pas le choix.

Content de lui Garvald s'adossa à la banquette. La tempête qui allait s'abattre sur ces salauds ne le touchait pas. Manton était un faux-frère, les autres des salauds.

Pour Nick le problème était plus immédiat : il ne pouvait pas demander de l'aide, n'ayant pas de radio à bord de la Mini-Cooper. Impossible d'arrêter Manton et ses acolytes à lui tout seul.

Mais la solution arriva d'elle-même. Les phares de la Jaguar de Manton se reflétèrent dans le rétroviseur à quelques centaines de mètres en direction de la ville. Le véhicule fit une embardée pour doubler la Mini-Cooper. Nick n'hésita pas une seconde. Il écrasa l'accélérateur; dans le virage les pneus hurlèrent sur l'asphalte mouillé.

— Vous avez de l'espoir? ricana Garvald.

— Vous avez été hors du coup pendant pas mal d'années, cette voiture est un loup en costume d'agneau.

La Mini-Cooper atteignit les 70 miles à l'heure en exactement 31 secondes et l'aiguille rejoignit les 90 sur le compteur.

— Dieu du ciel, qu'est-ce que c'est ce truc ? hurla Garvald.

Miller sourit. Il concentrait toute son attention sur les lumières rouges de la Jaguar :

— La plus grande invention depuis les chevaux.

Ils roulaient sur la nationale, la Jaguar maintenait un peu d'avance.

Nick appuya encore sur le champignon. Ils n'étaient plus qu'à quelques mètres de la Jaguar. Garvald se pencha sur Nick :

— Même si vous les rattrapez, qu'est-ce que vous ferez à un contre trois, avec Donner qui vendrait sa sœur pour un peu d'argent ?

Miller ignora la remarque, se concentrant totalement sur la Jaguar, jaugeant la distance entre eux, préparant son geste à l'avance à une fraction de seconde près. Il était presque sur les feux arrière de la voiture maintenant.

Brusquement, il passa en troisième, puis écrasa son pied sur l'accélérateur.

Il braqua à gauche et doubla. D'un coup d'œil Nick s'aperçut qu'une seule personne occupait la Jaguar. Le chauffeur, pour éviter son poursuivant, mordit dans le bas-côté et fut déporté en dérapant sur l'herbe grasse. Il emballa le moteur, ce qui eut pour effet de faire patiner les roues tout en restant sur place. Nick coupa le contact et descendit.

Jango était un piètre chauffeur, il bondit hors de la Jaguar et tenta de s'enfuir. Une main de fer lui empoigna l'épaule, l'immobilisant dans son élan et le repoussa contre la voiture.

Jango eut la réaction habituelle des criminels dont l'innocence est outragée.

— Eh ! Qu'est-ce que c'est que tout ce bordel ?

Une main lui assena un coup à la gorge puis un coup de poing au plexus. L'homme tomba, la face dans l'herbe. La peur lui noua les entrailles quand il sentit sur ses poignets le métal froid des menottes.

Lazer, qui était descendu du siège avant, regardait, étonné, avec quelle rapidité la scène se déroulait. Soudain, il eut conscience de mouvements dans la Mini-Cooper. Se retournant brusquement il vit Garvald au volant ; celui-ci lui sourit en tirant sur le démarreur :

— J'ai des choses urgentes à régler, Chuck. Peut-être nous

reverrons-nous mais franchement je ne le pense pas. Présente mes respects à Miller, en d'autres circonstances, j'aurais pris plaisir à le haïr.

La voiture qui démarrait repoussa Chuck qui s'appuyait à la voiture et l'envoya en arrière.

L'Américain retrouva son équilibre au moment où Garvald claquait la portière en démarrant en trombe et la Mini-Cooper se perdit dans la nuit.

19

Il était 3 heures passées et pour vingt ou trente des invités, la fête continuait à battre son plein. Harry Faulkner en personne avait succédé au barman et quelques couples d'irréductibles dansaient au son d'un disque.

Bella avait regagné sa chambre à peu près au moment où le gin avait commencé à taquiner son estomac. Et une chose étrange arriva. Tous les visages qu'elle avait vus lui avaient paru creux et égoïstes et lorsqu'elle se regarda dans le miroir, sa propre image lui rappela ce sentiment. Trop d'alcool, voilà ce que c'était. Ce dont elle avait besoin c'était d'un bon bain chaud et de douze heures de sommeil.

Elle traversa le hall, traversa la bibliothèque et ferma la porte.

La salle de bains était en marbre noir et en or, comme la baignoire, à moitié encastrée dans le sol.

Elle examina son magnifique corps dans le miroir pendant une minute entière. Ses seins étaient hauts et fermes, sa peau uniforme, mais sa taille s'était légèrement épaissie et la manière dont la peau commençait à s'affaisser au-dessous de son menton était de mauvais augure.

Elle enjamba la baignoire et s'étendit avec délices dans l'eau chaude, savourant la délivrance que cela lui procurait toujours. Les yeux au plafond, elle se remémorait les événements de la soirée, pensant à Ben. Il était étrange qu'une image claire de lui ne se présente pas dans son esprit. Cela faisait si longtemps. Elle s'assit, saisit le savon et eut immédiatement conscience d'un faisceau de lumière comme si la porte était ouverte. Lorsqu'elle se retourna, Ben était là, souriant.

Il glissa une cigarette entre ses lèvres et sourit à nouveau :

— Ça fait longtemps, mon ange, mais tu es encore très belle.

C'était étrange, elle n'avait pas peur, elle qui redoutait cette rencontre. Était-ce le souvenir des années de bonheur passées auprès de ce diable irlandais qui ne craignait personne, pas même Dieu et pouvait donner à une femme tout ce qu'elle désirait ?…

Elle se mit debout dans la baignoire, l'eau glissa de ses seins à ses jambes.

— Tu ferais mieux de me passer une serviette.

Il garda son sourire aux lèvres comme si ce qu'elle avait dit n'avait eu aucun effet sur lui. Il laissa tomber sa cigarette sur le carrelage, saisit une serviette sur le séchoir et avança vers elle :

— Que veux-tu que je fasse, mon ange, te sécher le dos ?

— Ça ne sera pas la première fois, répondit-elle calmement.

Il passa la serviette autour de ses épaules puis dans un mouvement rapide, l'enserra dans ses bras.

Elle sentait son cœur battre à tout rompre et un creux dans son estomac. En levant les yeux vers lui, une soudaine chaleur gagna son corps. Elle mit les mains autour de sa nuque, la serviette glissa jusqu'à sa taille, ses seins se pressèrent contre lui. Sa bouche trouva la sienne, leurs langues se rencontrèrent.

Elle se recula et colla sa joue contre celle de Ben.

— Ben, oh Ben ! murmura-t-elle.

— Je sais, mon ange, l'amour est grand.

Il la prit dans ses bras et la jeta sur le lit, puis la regarda, un sourire aux lèvres.

— Bon dieu, voilà qui doit réchauffer le cœur de ce pauvre vieux Harry Faulkner.

Elle se souleva sur un coude, la serviette couvrant à moitié son beau corps et le regarda fixement, les yeux brillants de colère.

— Alors qu'est-ce que tu veux ?

— Mon argent, ange de mon cœur, ce que ma grand-mère aurait appelé une part respectable. Ce n'est rien par rapport à la fortune de ton vieux mari, mais ça m'aidera à mettre le pied à l'étrier.

Elle ne dit rien, continuant à la fixer ; il cessa de sourire :

— Tu l'as encore, n'est-ce pas ?

Elle acquiesça et s'assit, la serviette sur les épaules :

— Pas ici.

— Ça me plaît moins. J'espérais que tu l'avais emporté avec toi, j'aurais pu quitter la ville tout de suite.

— Harry m'a offert, pour mon anniversaire, un yacht de croisière qui est amarré à l'embarcadère de Hagen. J'ai caché l'argent là-bas et je te jure que je serai contente le jour où je n'en aurai plus la responsabilité.

— Très bien, dit Ben. J'ai une voiture. Ça ne prendra pas plus de dix minutes pour aller là-bas.

Elle se leva, s'enroula la taille dans la serviette.

— Sois gentil, va dans le bureau à côté. Tu vois c'est idiot, mais ça me gêne de m'habiller devant toi. Cherche dans le bar, tu y trouveras du whisky.

— Ça va, dit-il, en éclatant de rire.

Il riait encore en refermant la porte derrière lui.

Alors Bella s'assit sur le bord du lit, décrocha le récepteur et composa un numéro sur le cadran. Le correspondant fut immédiatement sur la ligne.

— Il est ici, chuchota-t-elle, nous partirons dans dix minutes.

Puis on raccrocha. Bella s'habilla rapidement, se couvrit chaudement d'un manteau de fourrure, enfila des bottes et serra ses beaux cheveux dans une écharpe à la façon des paysannes irlandaises. Après un dernier coup d'œil dans la grande glace, elle ouvrit le tiroir de la commode à l'aide d'une clé minuscule, et prit un automatique Smith et Wesson calibre 38. Durant un moment, elle regarda l'arme, n'osant la toucher. Puis elle la saisit si fort que ses phalanges blanchirent sur la crosse. Elle glissa le revolver dans la poche de son manteau et entra dans la bibliothèque.

Assis sur le coin de la table, Bluey Squirel tenait un verre d'une main, une bouteille de l'autre. Son regard fixait un point dans le vide. Il pensait à son chien qui gisait à côté du feu, recouvert d'un vieux sac. C'était bizarre, mais il n'en voulait pas à Garvald. C'était la faute de Manton et de ce salaud aux yeux vairons, Donner. S'ils n'avaient pas amené Garvald à *la Grange*, toute cette histoire ne serait jamais arrivée.

Le ronflement d'un moteur le tira de ses méditations, il se secoua et alla soulever le rideau. À travers la vitre, il reconnut la Jaguar de Manton. Aussi vite que lui permettait sa jambe blessée, il courut ouvrir la porte.

Puis tout se passa comme dans un cauchemar.

La portière de la Jaguar s'ouvrit et un grand homme en sortit vivement, un homme dont les traits lui furent immédiatement familiers. Il resta là, la bouche ouverte, la main sur la gorge comme si son dîner l'étouffait.

Le commissaire Grant lui dit doucement :

— Où sont-ils, Bluey ? J'les veux et vite !

— Ils sont en haut, monsieur Grant, répondit Squirel dans un souffle. Mr. Manton est dans son bureau... c'est la seule pièce de la maison qui soit convenablement meublée.

Il entra. Il lui semblait que le hall grouillait de policiers.

— Allons-y, décida Grant, je te préviens, Bluey, si tu veux sortir de cette sale histoire en un seul morceau, fais ce que je te dirai !

Manton avala une gorgée de whisky et, pour la centième fois peut-être, consulta sa montre.

— Il prend son temps, le salaud !

— Ses babouches doivent le gêner aux empeignes ! fit Donner en riant méchamment.

Donner s'assit, le vieux fusil en travers des genoux, une cigarette pendant au coin de la bouche. Il était imprégné de whisky et s'apprêtait à saisir la bouteille une nouvelle fois.

— Ça suffit, Donner, dit Manton en colère, tu vas avoir besoin de tes poings... et de toute ta lucidité, si nous voulons survivre à cette nuit.

— Les jours où vous me donniez des ordres sont passés, mon cher Mr. Manton, nous sommes égaux maintenant, répondit Donner en se servant.

Manton se leva. D'un revers de main il fit voltiger le verre qui se brisa. Au même instant on frappa à la porte ; Manton s'approcha rapidement :

— Qui est là ?

— C'est moi, Mr. Manton, répondit Squirel. Jango est arrivé.

Fred Manton sentit un immense soulagement le gagner et il tourna la clé. À cet instant, la porte s'ouvrit et lui cogna la face. Il eut le sentiment que le commissaire Grant ressemblait au Dieu Vengeur de la Bible. Miller l'accompagnait, ses yeux noirs dans son visage pâle, et derrière eux, comme une lame de fond, des hommes en uniforme bleu les encerclèrent. Donner saisit le fusil trop tard. Empoignant un tabouret Miller frappa sur son bras, faisant dévier la balle au sol.

Grant traversa les dix pas qui le séparaient de Donner et lui assena un coup de poing sur la joue. Un instant plus tard, Donner se débattait sur le sol, maintenu par quatre agents. Il en fallut deux autres pour lc conduire au fourgon.

20

Alors qu'ils s'approchaient du centre-ville, le brouillard s'épaississait et Garvald quitta la route principale pour s'engager dans une rue parallèle au fleuve.

— Où as-tu trouvé cette voiture ? lui demanda Bella.

— Je l'ai empruntée à un ami.

Ils continuèrent en silence puis Bella parla à nouveau.

— Ça fait longtemps, Ben, si longtemps que nous n'avons pas été ensemble comme cette nuit.

— Trop longtemps, mon ange !

Dans sa voix elle sentit quelque chose de sec et de coupant. Elle prit une cigarette dans un étui en or.

— Qu'est-ce que tu vas faire maintenant ? dit Bella.

— Quand j'aurai l'argent ? dit-il en souriant. Je retournerai dans mon pays. Mon oncle possède une grande ferme à Antrin, j'irai avec lui. J'en ai assez de la vie de citadin.

— Toi, fermier ? Je le croirai quand je le verrai.

— Il arrive tant de choses étranges !

— Cite-m'en une.

— Te vendre à un vieil homme, dit-il avec brutalité, la réduisant au silence.

Ils approchaient maintenant du fleuve ; il suivit la direction qu'elle lui indiqua. À la faveur des lampes au-dessus des entrepôts, ils voyaient les barques et deux yatchts amarrés. Le clapotis de l'eau cognant les piliers de l'embacardère troublait seul le silence.

— Nous devons continuer à pied d'ici, dit-elle.

Il la rejoignit en faisant le tour de la voiture.

Les entrées principales étaient fermées à clé mais une petite porte s'ouvrit lorsqu'elle la poussa. Une ou deux lampes au gaz éclairaient faiblement le hangar mais le brouillard venant de la rivière réduisait considérablement la visibilité.

Ils passèrent une porte avec une pancarte qui indiquait « Quai Hagen – Bureau principal » et continèrent à marcher sur les pavés noirs jusqu'à la lampe au bout de l'entrepôt.

Au-delà, les planches du quai disparaissaient dans le brouillard et l'obscurité de la rivière.

— Merde, dit Bella, la lumière de la jetée est éteinte. On ne peut pas faire confiance à ces gardiens.

— Est-ce que le bateau est là-bas ?

Elle acquiesça.

— Attends-moi ici. Je vais chercher une torche électrique. J'ai la clé de l'entrepôt.

Elle marchait rapidement, les talons de ses bottes claquaient sur les pavés. Garvald alluma une cigarette et regarda le brouillard.

Pour la première fois dans sa vie il ressentait une étrange sérénité : il allait rompre avec son passé aventureux et partir vers une existence nouvelle. Une vague de mélancolie mêlée de tristesse le submergea. Il eut une impression bizarre, la lampe au-dessus de sa tête, dans un halo, lui parut irréelle, transitoire, comme si tous les deux allaient se désagréger dans le brouillard.

« Les années que le bâton blanc des policiers avait décorées. » Il revit sa grand-mère, pauvre vieille qui lisait la Bible en fondant sur la jeune tête de son petit Ben tant d'espoirs et tant de rêves…

Il entendit à nouveau les pas et se retourna. « Ça n'a pas été long », pensa-t-il.

En une fraction de seconde, avant le grand froid final, il vit la gueule noire d'une arme qui, dans une flamme, cracha la balle qui lui traversa le cœur. Ses doigts agrippèrent la balustrade, il tournoya sur un pied, une deuxième le frappa dans le dos, l'envoyant sur les berges de l'obscurité éternelle.

21

Il était exactement 4 heures et quart quand Harry Faulkner entra dans le bureau principal de la P. J. La première personne qu'il vit fut Chuck Lazer, installé à une table et faisant des réussites devant une tasse de thé.

— Que diable faites-vous ici ? demanda Faulkner abasourdi.

— Je suis ce qu'on appelle une « aide » à la P. J., dit Lazer, travail fascinant mais salaire dégueulasse.

Un jeune inspecteur entra.

— Voulez-vous me suivre, Mr. Faulkner ? Le commissaire Grant aimerait parler un moment avec vous.

Assis devant son bureau, le commissaire n'avait pas ôté sa gabardine. La sueur coulait sur son front soucieux, il l'essuya du revers de la manche. Il fouilla dans sa poche, prit deux aspirines dans un tube et les avala avec une gorgée de thé.

— Cette boisson est infecte, dit-il à l'inspecteur de service, trouvez-moi autre chose, nous avons un invité.

L'inspecteur prit le pot de thé et sortit. Faulkner s'assit sur le siège en face du bureau en fronçant les sourcils.

— Peut-on savoir ce qui se passe ?

— Nous avons arrêté Fred Manton, dit Grant en allumant sa pipe. J'ai pensé que vous aimeriez le savoir, étant son employeur, etc.

Faulkner était un trop vieux renard pour se laisser désarçonner, il prit une cigarette et l'alluma :

— Quelle est l'inculpation ?

— Pour le moment, tentative de meurtre sur un officier de police.

Le visage de Faulkner devint gris.

— Vous savez ce que vous faites ?

— Oh que oui ! dit Grant. Si ça peut vous intéresser, il s'apprêtait à déguerpir avec tout le liquide à portée de main. Le vôtre, bien sûr.

— Le salaud. Après tout ce que j'ai fait pour lui…

— Je vais envoyer deux inspecteurs au *Flamingo* maintenant. Ils auront un mandat de perquisition afin de fouiller le bureau et l'appartement de Manton. J'aimerais aussi qu'ils inventorient le contenu du coffre… simple formalité…

— Si ça peut vous aider, dit Faulkner calmement, vous me connaissez ?

— C'est exactement ce que je pensais que vous alliez dire, dit en souriant le commissaire. L'inspecteur Carter et un détective vous attendent. (Faulkner se dirigea vers la porte. À l'instant même l'agent de service entrait, apportant une boisson chaude pour Grant.) Encore un mot, Mr. Faulkner, je vous prie de revenir avec eux après la perquisition afin de faire votre déposition concernant Manton.

— Est-ce vraiment nécessaire ?

— J'apprécierais votre aide, Mr. Faulkner, toute l'aide que vous pouvez m'apporter.

Faulkner le scruta, une légère crispation sur le visage, comme s'il ne comprenait pas tout à fait comment les choses allaient tourner. Il finit par hausser les épaules.

— À plus tard, dit-il en sortant.

Une fois la porte fermée sur lui, Grant prit une tasse de thé et la porta à ses lèvres. Il fit la grimace et reposa la tasse.

— Il vient d'être fait, dit le jeune homme sur la défensive.

— Ce n'est pas votre faute, mon garçon, dit Grant. C'est moi qui deviens trop vieux pour ce métier. La dernière fois que j'ai vu un lit c'était il y a vingt heures. J'ai au moins 40° de fièvre et j'ai dans la bouche le goût d'une aisselle de lutteur russe.

— Est-ce que je peux faire quelque chose ?

— Oui, trouvez-vous un travail décent pendant qu'il en est encore temps.

Alors qu'il se rendait à la salle des interrogatoires, Lazer secoua la tête en le voyant :

— Vous ressemblez à un mort-vivant.

— Ce n'est rien à côté de ce que je ressens.

Grant ouvrit la porte : Manton était assis, la tête entre les mains ; Grant fit signe à l'agent en uniforme qui sortit. Il prit une chaise, s'installa à côté de Manton et alluma une cigarette.

La pluie cinglait les vitres, la pièce empestait le tabac, odeur mélangée au brouillard dans l'atmosphère ; on respirait un air sec et âcre. Le visage de Manton portait des traces de lutte, une balafre profonde rayait sa joue droite de la bouche à l'oreille.

— Eh bien, nous allons essayer de nouveau, dit Grant, depuis le début.

— Je veux un avocat, dit-il d'une voix éteinte, je connais mes droits.

— Vous en aurez un quand nous en aurons fini avec vous. Je vous écoute.

— Pour la troisième fois je vous dis que c'est Garvald. Il était en haut de l'escalier quand Brady est arrivé. Garvald a voulu s'enfuir et Brady a tenté de l'arrêter. C'est simple, non ?

— Et Garvald l'a poussé dans l'escalier ?

— Ils se battaient. Je ne crois pas que Garvald voulait le tuer. Je dirais plutôt que c'est un accident.

— Quelle note de douceur dans cette remarque. Il n'y en a pas beaucoup des comme vous !

— C'est ma version et je m'y tiens.

— Jusqu'au moment où Brady a recouvré ses esprits. Qu'est-ce que vous répondrez s'il nous dit quelque chose d'autre ?

— Peut-être ne le fera-t-il pas ! Il est tombé de haut.

— Redites-moi ce qui se passa après la chute. J'aime ce morceau.

— Garvald avait une voiture garée près du *Flamingo*. Croyant Brady mort, il l'a chargé sur ses épaules. En sortant, il m'a laissé entendre qu'il le laisserait dans la rue et qu'il simulerait un accident.

— Ainsi, Donner, Stavrou et vous-même jouiez le rôle de spectateurs ?

— Garvald nous a conseillé de nous tenir en dehors de cette malheureuse histoire.

— Ce qui vous a fait trembler de peur, je suppose.

La porte fut poussée et Miller entra.

— La même chanson ?

— Mot pour mot. Lui et Donner ont dû faire leurs devoirs ensemble.

Nick tendit un papier au commissaire. Grant le lut, puis il éclata de rire.

— Pas mal ! Pas mal du tout ! Que notre lascard en prenne connaissance. Ensuite confiez-le à un agent, qu'on le mette en cellule.

Le commissaire jeta le papier sur la table et sortit. Manton s'empara les mains tremblantes de la feuille administrative :

City Police

Déclaration volontaire d'un prisonnier :

Dans le cas où un prisonnier est arrêté sous l'inculpation de félonie ou toute autre charge sérieuse, l'inspecteur qui l'arrête doit l'avertir que tout ce qu'il dira sera mis par écrit et pourra être utilisé comme preuve. Il en sera tenu compte lors du jugement. Ce rapport sera transmis au commissaire du district auquel appartient l'inspecteur et conservé par celui-ci jusqu'au procès du prisonnier.

Mon nom est Alexis Stavrou, connu par mes amis sous le nom de Jango Stavrou, et je suis employé comme assistant-manager au *Flamingo* à Gascoigne Square. Je me trouvais près de l'entrée, juste après minuit, quand Mr Brady est arrivé et a dit qu'il voulait Ben Garvald. Je lui ai répondu que je ne savais même pas qui c'était, ni s'il était en haut avec Mr Manton. Franck Donner est arrivé et il y a eu une discussion. Mr Brady est quand même monté, mais Garvald était parti, alors il a commencé à chercher dans les autres pièces. Donner a dit à Mr Manton de lui donner quelques dollars pour le calmer. Mr Brady s'est mis très en colère. Il y a encore eu une discussion. Donner lui a donné un coup dans l'entrejambe et Mr. Brady est tombé dans les escaliers. Garvald est alors sorti du placard où il se cachait. Il est sorti par la porte sur le côté et Mr Manton m'a dit de le filer. J'ai suivi Garvald jusqu'au *Regent Hotel* à Gloyne Street. Lorsque je suis revenu, j'ai trouvé Mr. Manton caché au Stank Yard près du club. Il m'a dit que Brady était mort et que Donner était parti chercher une voiture. Ils allaient abandonner Brady dans une rue et faire en sorte qu'on croie à un accident. J'ai dit à Mr. Manton que je ne voulais pas être mêlé à cette histoire mais il m'a menacé. Il savait que j'avais été membre de l'EOKA cinq ans pendant les événements de Chypre et que j'étais dans le pays avec un faux passeport. Nous avons laissé Mr. Brady dans une rue près de la rivière en laissant croire à un accident. Donner voulait lui rouler dessus pour que ça fasse plus vrai mais une voiture est arrivée et nous avons dû partir. Donner a abandonné la voiture au quai Cringer. Ensuite, sur les ordres de Mr. Manton, nous avons été chercher Garvald au *Regent Hotel* et l'avons emmené à *la Grange* à Ryescroft, parce qu'il avait été témoin de ce qui était arrivé à Brady puis avait filé. Mr. Manton m'a dit de prendre sa Jaguar, d'aller au *Flamingo* et de ramener l'argent que je trouverais. Il a dit que le patron, Mr. Faulkner, avait téléphoné et qu'il avait besoin de cash pour une autre de ses maisons de jeu. Sur le chemin, j'ai été arrêté par Mr. Miller qui m'a dit la vérité et expliqué que Brady n'était pas mort.

C'est tout ce que j'ai à dire et c'est la vérité, je le jure sur la tombe de ma mère.

signé : Alexis Stavrou

— Rien à dire ? demanda Miller.

— Si vous pouvez le prouver…

Manton prit une cigarette dans le paquet sur la table et Nick lui donna du feu.

— Ça suffit, Manton. Juste une chose. Où est Garvald ? Pourquoi ne revient-il pas ? Est-ce que l'argent du casse dort encore quelque part ?

— Et pourquoi je vous renseignerais, bande de salauds ? Vous êtes payés pour chercher, non ? Emmenez-moi et fichez-moi la paix. Je veux dormir.

— Bientôt vous n'aurez plus autre chose à faire que dormir.

Alors qu'ils allaient sortir, la porte s'ouvrit et Grant entra. Son visage était dur et creusé.

— Emmenez-le. Je dois parler au sergent Miller.

La porte se referma sur eux et Nick secoua la tête :

— Il s'accrochera au mensonge tant qu'il ne saura pas si Brady s'en est sorti ou pas. Compréhensible, je suppose. Il n'a plus rien à perdre.

— On a retrouvé votre voiture, Miller.

— Où ?

— Près du quai Hagen, juste à l'entrée de l'embarcadère. Comme la portière était ouverte, un agent qui faisait une ronde dans ce secteur a regardé si Garvald n'était pas dedans.

— Il y était ?

— Non. On l'a découvert près de la rampe qui va vers la jetée. Apparemment, il a été tué d'une balle dans le cœur.

22

Lorsque Grant et Nick arrivèrent sur les lieux du drame, le grand fourgon noir du Labo s'y trouvait déjà. Deux hommes montaient les projecteurs sur la jetée sous la direction de Henry Wade, chargé du service photographie. C'était un homme grand et gros avec plusieurs doubles mentons. Il portait des lunettes cerclées qui lui donnaient un air faussement doux. Il était vêtu d'un gros imperméable, d'un chapeau Hambourg et ressemblait à un bookmaker.

— Alors, ça avance, Henry ? demanda le commissaire.

— Nous faisons en sorte d'obtenir des images intéressantes, Commissaire. Quand j'ai reçu votre appel, nous opérions sur les lieux du crime à Parson. (Il jeta un regard curieux sur Nick.) Qui est ce collégien ?

Nick l'ignora. Il se dirigea vers le fourgon puis descendit

jusqu'au bout de la jetée. Quelqu'un brancha le gros projecteur qui inonda l'embarcadère d'un large cercle de lumière blanche.

Ben Garvald gisait sur le dos, dans la boue, une jambe repliée sous lui, le bras droit tendu ; sa main avait griffé le pavé. Ses grands yeux ouverts fixaient un point dans l'infini à un million d'années-lumière. Sur sa bouche s'était figé un sourire étonné, comme s'il ne pouvait tout à fait croire ce qui venait de lui arriver. Il semblait qu'il allait se lever, mais cela n'était plus possible. À cause du trou dans la nuque, juste au-dessous du menton et du sang coagulé sur sa gabardine, à peu près au niveau de la poitrine, là où la seconde balle avait frappé.

Les mains dans les poches, Nick regardait le corps. Ben Garvald... six ou sept heures à peine écoulées depuis qu'il avait entendu ce nom pour la première fois. Depuis, l'image de l'homme avait émergé des dossiers extraits des archives, le policier avait rencontré les personnes qu'il fréquentait et pour finir dix minutes de conversation face à face... Au bout du compte, il le connaissait mieux que tous. Comment expliquer ce sentiment étrange, l'impression de perdre un ami, qui envahissait Nick en regardant ce corps sans vie ?

— Pas beau à voir, n'est-ce pas ? fit le commissaire Grant.

— Oui, j'ignore qui l'a tué, mais il méritait mieux.

Grant lui lança un regard plein de curiosité et se tourna vers Wade.

— C'est fini, Henry ? Pouvons-nous partir ?

— Dans une minute. Vous voulez la totale, non ?

— Tout. Empreintes etc, juste au cas où le tueur viendrait s'assurer qu'il est bien mort : photographiez tout. N'oubliez pas la voiture de Miller. (Il se tourna vers Nick.) Désolé, mais vous allez devoir la laisser.

Wade les quitta pour donner des ordres. Grant s'adressa au jeune agent qui attendait patiemment près du fourgon et qui avait découvert le cadavre.

— C'est vous qui l'avez trouvé ?

— Johnson, matricule 802. D. C. Oui, Monsieur le Commissaire. J'ai reconnu la voiture du sergent Miller, exactement à 4 heures et quart, pendant ma ronde.

— Et il vous a semblé bizarre de voir le véhicule d'un collègue à cet endroit ?

— Oui. La petite porte de l'entrepôt étant ouverte, je décidai d'aller me rendre compte. Je m'apprêtais à repartir quand dans le faisceau de ma torche j'ai découvert un homme couché à même le sol.

— Et vous vouliez savoir si ce ne serait pas un clochard endormi sous la pluie ?

— Avec ses yeux ouverts, je me demandai si c'était un mort ou un vivant. Puis j'ai vu le sang, alors j'ai fouillé dans son portefeuille où j'ai trouvé les papiers délivrés par la prison : décharge du greffe et mise en liberté définitive. C'est ainsi que j'ai appris son identité ; je me suis précipité à la cabine téléphonique la plus proche, j'ai fait mon rapport et je suis revenu ici.

— Dites-moi, mon garçon, vous n'avez jamais travaillé à la P. J. ?

— Non, Monsieur.

— Justement nous avons besoin d'hommes comme vous, nous allons essayer de vous muter dans ma brigade. Cela vous plairait-il ?

Johnson essaya de cacher sa joie et échoua. Henry Wade, accroupi près du cadavre, releva la tête. Il s'adressa à Grant :

— Je vais vous dire une chose, Monsieur. Il n'est pas là depuis très longtemps.

— Vous avez raison, Wade. (Le commissaire se tourna vers Nick :) Quelle heure était-il quand Garvald s'est enfui dans votre voiture ?

— Environ 3 heures.

— Ce qui nous laisse présumer qu'il était mort depuis une demi-heure quand Johnson a découvert le corps… Oui, et il y a un battement de quarante-cinq minutes. Je me demande encore ce qu'il venait faire ici ?

— Garvald est venu en ville avec une intention bien précise, dit Nick, j'en suis sûr, maintenant.

— Le butin du hold-up ? Vous croyez encore à ça ?

— Plus que jamais.

Grant s'adossa au fourgon et prit la cigarette que Nick lui offrait.

— Admettons que vous ayez raison, si cet argent existe, à qui l'aurait-il confié ? À son chauffeur ? L'homme que nous soupçonnons est Manton, mais les preuves nous manquent. Si nous parvenions à le faire parler, ça nous ferait un argument supplémentaire.

— Garvald a écrit à Bella de la prison : *À bientôt. Ben.* Pourquoi ? Je suis sûr qu'il ne l'aimait plus. Il m'a dit qu'il ne la toucherait même pas avec une canne à pêche de dix pieds. Et je l'ai cru.

— Vous croyez qu'il désirait la voir pour une seule raison ?

— Récupérer cette somme qu'elle gardait en dépôt pour lui. La seule faille dans cet argument, c'est Bella elle-même. Je pensais qu'elle l'aurait dépensé depuis longtemps.

— J'avais pris des précautions. Je l'ai fait surveiller durant des années après la condamnation de son mari. Si elle faisait des dépenses excessives sans pouvoir prouver d'où venait l'argent, nous en aurions conclu qu'il avait été flambé. Elle ne l'a jamais fait. Elle a travaillé dur comme barmaid puis a eu un boulot dans un des clubs de Faulkner. À partir de là, elle a commencé à vivre comme une reine. Henry Faulkner l'a pourchassée longtemps et croyez-moi, elle lui a fait payer cher le privilège.

Derrière eux une voiture stoppa, interrompant le commissaire. Un homme grand, à l'allure ascétique, en descendit, portant une vieille trousse noire. Il salua familièrement le commissaire.

— Bonsoir, non, bonjour Commissaire. Grand Dieu quel temps ! L'assassin n'aurait-il pas pu choisir un autre moment ?

— Navré, Docteur, répondit Grant, vous allez devoir mettre des bottes pour constater le décès. Ils vous donneront une paire.

Le médecin légiste s'approcha de la rampe et frissonna :

— Je vois ce que vous voulez dire.

Le commissaire prit Nick par le bras et l'entraîna quelques pas plus loin :

— Je pense à une chose, Miller, Harry Faulkner ne peut se trouver qu'à deux endroits : *le Flamingo*, ou le commissariat où je l'ai convoqué pour l'affaire Brady. Bella est donc seule. Si vous alliez lui rendre une petite visite ?

— Sous quel prétexte ?

— L'identification du cadavre de Garvald. Son ex-femme étant la seule parenté que nous lui connaissions, elle ne peut s'en formaliser.

— Cette nouvelle risque de la bouleverser. J'ai l'impression qu'elle éprouvait encore un tendre sentiment pour Ben.

— C'est bien là-dessus que je compte ! Voyez ses réactions, questionnez-la. Ne faites surtout pas de sentiment !... Prenez ma voiture. Si quelque chose n'allait pas, informez-moi par radio.

Le médecin légiste sortit du fourgon chaussé de bottes trop grandes pour lui et Nick partit rapidement, content de quitter les lieux.

La voiture de Grant était garée à côté de la porte de l'entrepôt, le chauffeur en uniforme attendait en fumant une cigarette.

— Le patron reste encore ici, conduisez-moi à St. Martin's Wood chez Harry Faulkner.

— Dites, Sergent, il y a le Yankee qui n'arrête pas de tourner comme un lion en cage depuis que vous êtes là.

Chuck Lazer apparut dans la faible lueur d'une lampe. Il avait l'air d'un mort-vivant, la peau très tirée sur son visage déjà émacié, la barbe noire rendant son teint plus jaunâtre que jamais. Nick répondit à ses yeux interrogateurs :

— Oui, Chuck, c'est Ben. Deux balles apparemment. Voulez-vous le voir ?

— À quoi bon ? dit-il en secouant tristement la tête.

Le choc semblait grand et quelque chose avait définitivement disparu chez lui.

— Puis-je vous reconduire ?

— Où ? Et pour quoi faire ? À qui serai-je utile maintenant ? C'était un chic type, trop chic pour mourir comme ça.

— Vous n'allez pas faire une bêtise, Chuck ? fit Nick inquiet.

— Ça rimerait à quoi, Général ? Qu'est-ce qui vaut réellement la peine qu'on se détruise dans ce piètre monde ?

— Nous trouverons le coupable, Chuck.

— Et après ? Est-ce que ça rendra la vie à Ben ? Par Jésus-Christ, Général, vous êtes-vous seulement demandé pourquoi on l'a tué ?

Chuck Lazer partit à grandes enjambées, Nick le rattrapa.

— Je vais chez Bella, Chuck, pour qu'elle vienne identifier officiellement son ex-mari. Venez avec moi, vous m'attendrez dans la voiture si vous voulez.

— À quoi bon ? répéta-t-il.

— Un mort suffit pour une nuit !

Lazer hocha la tête en le regardant d'un air hébété, comme s'il ne comprenait pas, puis acquiesça. Ils se dirigèrent tous les deux vers la voiture.

23

Les lumières brillaient encore lorsqu'ils arrivèrent à St Martin's Wood. Bien qu'assourdie ils entendirent la musique que distillait un tourne-disques. Nick se tourna vers Chuck :

— Venez avec moi, la fête continue.

— Pourquoi pas ? Peut-être ont-ils besoin d'un pianiste.

Ils montèrent les marches ensemble. La porte était fermée et Nick pressa le bouton de sonnette pendant plus d'une minute et demie. Lorsque la porte s'ouvrit enfin, Craig les regarda fixement, avec une expression méprisante et chargée de colère. Son visage portait une meurtrissure très visible. D'après l'état de ses yeux on pouvait facilement voir qu'il avait bu.

— Que diable voulez-vous ? La fête est finie.

— Ce n'est pas ce que j'entends.

Nick le repoussa à l'intérieur et entra. Le hall était vide mais dans la grande salle, deux couples glissaient sur le sol, sans but, et un homme en habit de service dormait sur un divan Régence près du feu. Lazer pénétra dans la pièce et éteignit l'électrophone. Il s'assit au piano et commença à jouer. Craig claqua la porte d'entrée et attrapant Nick par le bras, il essaya de le jeter dehors. Nick se libéra sans difficulté.

— Refais encore ça et je te fais traverser le mur. Où est Madame Faulkner ?

— Vous avez un mandat ?

— Maintenant je n'en ai pas besoin. Où est-elle ?

— Je l'ai vue regagner sa chambre il y a une heure et demie. Je crois qu'elle en avait marre.

— Allez-y et amenez-la-moi. Je voudrais lui dire un mot.

Craig ouvrit la bouche pour lâcher une réponse pleine de fureur puis se ravisa. Il sortit du hall et Nick s'approcha du piano.

Lazer eut un sourire fatigué.

— Nous étions ici tout à l'heure, Général.

— Longue nuit, Chuck, une sale longue nuit, dit Nick. Un verre ?

— Volontiers.

Nick passa derrière le bar, dénicha deux verres propres, une bouteille de scotch et revint vers le piano. Il servit généreusement Lazer et remplit également son verre qu'il avala d'un trait.

— Attention, Général, c'est comme ça qu'on prend l'habitude.

Alors que la chaleur envahissait son corps tout entier, Nick se servit un deuxième verre et s'appuya au piano, laissant la musique l'envelopper. Il était 5 heures du matin et il était fatigué. Trop fatigué pour penser correctement, mais quelque chose, la clé de l'affaire, flottait à la surface de sa conscience, comme un refrain lancinant.

Craig apparut, un sourire ironique sur les lèvres :

— Elle ne se sent pas bien. Vous allez devoir attendre demain.

— C'est déjà demain, lui répondit Nick.

Miller se dirigea vers la chambre mais Craig essaya de lui barrer le passage. Nick le repoussa dans le hall, tira la porte et donna un tour de clé, puis frappa chez Bella. Il frappa encore :

— Bella, c'est Nick Miller. Il faut que je vous parle.

Il y eut un silence puis un pas léger presque étouffé et enfin le bruit d'une clé qui tournait dans la serrure. Lorsqu'il entra, elle allait vers la cheminée. Elle portait un négligé en soie noire dont les bretelles étaient en vison. Son visage était très pâle, ses yeux étaient devenus des ombres. Elle saisit un verre, se versa un double gin et se tourna vers lui, pleine de défiance.

— Qu'avez-vous contre Harry ? Ne me dites pas que vous avez trouvé quelque chose contre lui après toutes ces années.

— Harry ? s'étonna Nick, mais non, Bella. C'est Fred Manton qui est allé trop loin. Il était sur le point de s'emparer du contenu du coffre-fort du *Flamingo*. Nous l'avons arrêté et invité Faulkner à vérifier si tout était en ordre, c'est tout.

Le regard étrange lancé par cet homme aux yeux sombres, vêtu d'un imperméable quasi militaire, la fit frissonner. Elle avala une gorgée rapidement.

— Vous êtes venu m'apprendre ça ? dit-elle.

— Non. Je suis venu vous dire que Ben ne vous tourmentera plus.

— Alors c'est parfait. Dites-lui de ma part qu'il aille se faire pendre ailleurs.

— Il ne m'entendra pas parce qu'il est étendu dans la boue glacée de l'embarcadère de Hagen, tué par deux balles.

Jusqu'à maintenant, cela n'avait été qu'un cauchemar, composé de pluie et de brouillard dans la nuit, un mauvais rêve qui disparaîtrait avec la lumière du matin. Mais maintenant la terrible vision surgissait, claire, lorsqu'elle l'avait vu étendu dans la boue, le sourire figé. Toute cette violence lui revint comme un boomerang.

Bella reposa son verre. Elle secoua la tête de gauche à droite, puis son visage se crispa, jusqu'au moment où, n'y tenant plus, elle se précipita dans la salle de bains. Elle se pencha au-dessus du lavabo, tout son corps secoué par des spasmes.

Nick la regardait, étrangement calme, devant la porte de la salle de bains. C'était comme s'il était sorti de son corps, comme s'il les regardait tous les deux — lui et elle — mais il savait que c'était l'effet du whisky. Il savait aussi que la clé de l'énigme était à portée de main. La prenant par les épaules, il la fit se tourner vers lui :

— Pourquoi Ben Garvald est-il revenu ici ? Pour chercher sa part du butin, n'est-ce pas ? L'argent que vous avez gardé pour lui durant des années ?

D'une torsion elle se dégagea, le repoussa contre le mur et courut dans la pièce à côté en hurlant :

— Sortez ! Hors d'ici !

— Ben est venu vous voir, ce soir, n'est-ce pas ?

— Non, ce n'est pas vrai ! Je n'ai pas vu Ben depuis neuf ans.

Il la saisit par le bras. Elle essaya de s'enfuir, mais il la poussa sur le lit. Ses yeux étaient remplis de terreur. Il se pencha vers elle :

— Ben m'a dit qu'il ne vous aimait plus, alors pourquoi est-il venu si ce n'est pour chercher l'argent ?

Il sortit son portefeuille et fouilla dans les divers papiers qui s'y trouvaient. Il cherchait d'une main pendant que l'autre tenait fermement le poignet de Bella. Il trouva la lettre, la déplia et la lui montra :

— Il vous a écrit de la prison, n'est-ce pas ? Voici la lettre.

Le visage de Bella se fendit comme un miroir brisé. Il relâcha la pression sur son poignet puis se pencha sur la lettre, sourcils froncés, et ce qu'il vit lui fit l'effet d'un coup de poing à l'estomac. Des sanglots secouèrent Bella, il la saisit à la gorge et la repoussa violemment en arrière :

— Et maintenant, salope, on va tout se dire.

24

Six heures approchaient quand Jean Fleming traversa la cour de l'école. Dans la lueur grise du petit matin, le brouillard avait baissé mais la pluie continuait à tomber sans cesse, comme glissant sur un rideau immobile avant que le vent ne l'agite.

Dans le matin gris elle venait de chercher son lait et le journal. Elle fronça les sourcils en entendant quelqu'un jouer dans la salle de musique.

Nick était fatigué comme il ne l'avait jamais été. La nuit avait été longue et maintenant l'affaire était résolue. Il leva les yeux quand Jean ouvrit la porte. Elle posa la bouteille et le journal sur le bord du piano, enleva l'écharpe qui lui couvrait la tête et passa ses doigts dans ses cheveux noirs. Elle portait son manteau de fourrure et ses bottes et se tenait si près qu'il aurait pu l'atteindre rien qu'en tendant la main.

— Vous êtes belle, dit-il en continuant à jouer, plus belle et plus désirable qu'une femme peut l'être à cette heure. Avez-vous dormi ?

— Non. Je vous attendais.

— Mais je vous avais dit que je ne pourrais pas revenir avant la fin de mon enquête.

— Avez-vous terminé votre service ?

Il consulta la pendulette accrochée au mur.

— Pas tout à fait, encore dix minutes.

— Vous prenez le petit déjeuner avec moi ?

Il secoua la tête.

— Non, Jean. Je suis venu vous chercher pour vous emmener.

— M'emmener ? Où, pas au commissariat, je suppose ? fit-elle toujours en souriant, même si ses yeux étaient devenus froids.

— Tout juste. Je vous arrête pour le meurtre de Ben Garvald.

C'était assez étrange mais elle n'essaya pas de nier. Elle le regarda comme détachée de tout, le visage recomposé dans son expression habituelle.

Nick arrêta de jouer. Il prit son paquet de cigarettes, en glissa une entre ses lèvres et chercha des allumettes. Il les trouva, alluma sa cigarette, toussa lorsque la fumée atteignit sa gorge.

— Puis-je en avoir une ? (Il lui tendit le paquet et le briquet. Elle se rapprocha de lui.) Continuez à jouer, demanda-t-elle.

— Très bien. (Il posa ses mains sur le clavier, elles caressèrent doucement les touches, puis progressivement dans une série d'accords tristes comme l'automne et l'hiver réunis. Il se demandait si cela arrivait plus d'une fois dans une vie : le désir était encore là, même dans la douleur.) Un ou deux faits restaient inexpliqués dans mes recherches, la lettre par exemple… celle que Ben lui a soi-disant envoyée.

— Soi-disant envoyée ?

— Ben a dû aller voir Chuck Lazer pour trouver avec qui elle s'était mariée et où elle vivait. Comment aurait-il pu écrire sans savoir cela ? Je suppose que lorsque vous êtes allée voir Ben, à la prison, vous avez pris un ou plusieurs de ces formulaires dont les détenus sont obligés de se servir pour écrire à leur famille. C'est facile, il y en a toujours sur la table du parloir. C'est vous qui avez envoyé la lettre à votre sœur.

— Il vous sera bien difficile de le prouver !

— Je ne le crois pas.

Nick prit dans son portefeuille un de ces formulaires bleus, le posa sur le piano. En tête était imprimé :

Les détenus doivent inscrire au verso de l'enveloppe :
Numéro matricule. . . . .
Nom et prénom. . . . .
Maison d'arrêt de. . . . .

Sur le recto de la feuille rien n'était écrit, mais quand il la retourna elle put constater que le nom de Jean Fleming y figurait ainsi que son numéro de téléphone inscrit de sa propre main la veille. Il plaça à côté celle qu'avait reçue Bella.

— Véritable étourderie de ma part, dit Jean. (C'était son sang-froid, son calme qui horrifiaient Nick.) Nick, il me fallait une raison.

— Vous en aviez une. Si Ben trouvait l'argent qu'il espérait, il se faisait arrêter, car on le surveillait. Mais vous n'étiez pas sûre de sa réaction… de plus vous oubliez la lettre !

— Pour effrayer Bella.

— En partie. Vous vouliez montrer quelque chose à Harry Faulkner aussi… et vous vouliez aussi intimider Ben. Mais là vous avez fait une erreur grossière, Ben Garvald n'était pas homme à trembler devant quelqu'un. Vous êtes venue au commissariat uniquement pour donner le change.

— Vous avez vu Bella, n'est-ce pas ?

— Oui. Et je lui ai fait peur, alors elle m'a tout avoué : comment Ben lui suggéra de travailler et de demander le divorce afin de faire croire à la police qu'elle ne possédait pas l'argent.

— Vous a-t-elle avoué aussi qu'elle conduisait la voiture de Ben lors du hold-up ?

— Vous étiez son alibi. Vous avez juré sous la foi du serment qu'elle n'avait pas quitté la maison durant la soirée et la nuit où les bandits avaient vidé la paie des ouvriers. Mais sachant cela, vous l'avez fait honteusement chanter, en harcelant, martyrisant votre propre sœur. Elle était obligée de subir toutes vos volontés. Elle savait que vous n'aviez qu'à ouvrir la bouche pour l'envoyer en prison pour cinq ans.

— Il me fallait cet argent, dit-elle calmement.

— Je m'en rends compte maintenant. Quatre ans d'Université ! Vous aviez trouvé une place de barmaid ?... Dans quel établissement, citez-le ! Vous m'avez dit que vous payiez un pourcentage sur vos bénéfices à Miss Van Heflin. Je lui ai téléphoné, c'est une charmante vieille fille, nous avons parlé une bonne demi-heure. Elle m'a affirmé que vous l'aviez payée cash. Elle espère juste que vous n'avez rien fait de mal, d'ailleurs.

Jean ferma son poing qu'elle laissa retomber violemment sur le piano.

— Je voulais me sortir de la rue Khyber, Nick, pouvez-vous comprendre cela ?

— Pourquoi Ben est-il mort ?

— Il allait tout gâcher. S'il avait eu un peu de bon sens, il ne serait pas revenu et rien de tout cela ne serait arrivé.

— Bella m'a avoué que c'est vous qui avez tout combiné : que si Ben réclamait l'argent elle devait dire qu'elle le cachait sur un yacht, que vous lui aviez conseillé de vous téléphoner et surtout qu'elle apporte le revolver — par mesure de protection — avez-vous ajouté. Vous vouliez seulement convaincre Ben de repartir...

— Pauvre Bella, elle n'a jamais su se débrouiller seule. Même quand nous étions enfants, c'est toujours moi qui m'occupais de tout. Vous ne retrouverez jamais l'arme, vous le savez ?

— Aucune importance. Nous avons assez de preuves : la boue de l'embarcadère sur vos bottes, l'empreinte de vos talons, celle des pneus de votre voiture... vous n'avez aucune chance d'échapper à la Justice.

— Vraiment ?

— Vous ne savez pas quelle fut votre plus grande erreur ? Vous m'avez dit que vous haïssiez Ben depuis l'âge de quatorze ans et qu'il ne vous laissait jamais tranquille. (Il secoua la tête :) Si j'ai appris une chose depuis ces dernières heures c'est qu'en matière de femmes, Ben Garvald se conduisait en parfait gentleman. Il se serait plutôt coupé la main droite, que de toucher à une gamine de quatorze ans.

— Je le voulais, dit Jean simplement, vous ne l'avez pas compris ? Je passais des nuits entières dans mon lit à brûler d'amour pour lui et il n'a pas posé un doigt sur moi.

Nick se leva, jeta sa cigarette. Jean vint tout près de lui, sa main caressa son visage, ses bras se nouèrent autour de son cou, elle se serra contre lui.

— Personne n'a besoin de savoir tout cela, Nick. Je sais que tu le peux.

— Si je voulais, oui, dit-il doucement, mais voilà le hic. Je vais prononcer les mêmes mots qu'un homme qui vous valait des millions de fois : « Je ne te toucherais même pas avec une canne à pêche de dix pieds, mon ange ! »

Ses nerfs craquèrent, elle se jeta sur lui, les doigts recourbés, visant les yeux. Alors qu'il lui saisissait les poignets, de sa gorge jaillirent toutes les insultes ordurières qu'elle avait entendues dans la rue Khyber et qui remontaient d'un coin obscur de son cerveau.

Le commissaire Grant entra, précédant un inspecteur. Il saisit le poignet de Jean.

— C'est bon, mon garçon, je vais m'en occuper.

Le policier lui passa les menottes et l'emmena. Regardant pardessus son épaule, le visage déformé par la haine, elle lâcha une bordée d'injures obscènes qui se perdirent dans la cour, sous la pluie.

Nick restait là, debout. Il prit machinalement une cigarette. Une allumette craqua, on lui tendit la flamme. Il se retourna : c'était Chuck Lazer, son visage plus torturé que jamais. Il se pencha sur lui.

— Une très longue nuit, Général !

Nick ne répondit pas. Il sortit de la pièce, traversa le couloir et s'arrêta sous le porche, regardant fixement la pluie :

— Une très longue nuit, répéta-t-il doucement.

— Je comprends ce que vous ressentez, dit Chuck, mais c'est une femme après tout, les juges seront plus indulgents.

— Plus indulgents ? (Nick se tourna vers Lazer, la colère faisait briller ses yeux noirs dans son visage pâle. Le dégoût, toute la passion frustrée sembla jaillir de sa bouche dans une simple phrase :) Qu'elle soit damnée ! J'espère qu'ils pendront cette chienne !

1966

LE TIGRE DE FER

Traduit de l'anglais
par Gladys Molinari

Ce roman a paru sous le titre original :
THE IRON TIGER

La mort est un tigre de fer.
PROVERBE AFRIDI

1

LA VALLÉE DU SILENCE

Au-dessus des pics, le ciel était bleu saphir ; le soleil qui se levait lentement diaprait les sommets neigeux de tons dorés. Tout en bas, les vallées encore sombres dormaient dans un silence uniquement troublé par le faible vrombissement de l'avion qui se faufilait dans les couloirs montagneux, vers le Tibet.

Fatigué, Jack Drummond ressentait une petite douleur sourde et lancinante derrière l'œil droit : trop de veillées, trop de whisky, et aussi l'âge. Il se faisait vieux pour caracoler ainsi dans le pire secteur de vol du monde, à 6 000 mètres, dans une cabine non pressurisée.

Il se tourna vers Cheung avec un sourire grimaçant.

— Il y a du café dans une thermos, sous votre siège. J'en boirais bien un peu.

Chinois, Cheung avait, dans un visage hâlé et sain, des yeux d'un bleu surprenant qui révélait une part de sang européen ; sa bouche se relevait aux coins en une expression d'ironie bienveillante. Il portait un lourd manteau de mouton et une toque d'astrakan, et pourtant il frissonnait, tout en ouvrant la thermos et en versant le café dans la timbale en plastique.

— Fait-il toujours aussi froid ? demanda-t-il.

— Toujours, opina Drummond de la tête. Le vent nous arrive de la lointaine Mongolie. J'ai eu des vols au cours desquels il m'a déchiré des morceaux de fuselage.

Cheung jeta un coup d'œil sur la vallée hérissée, en bas.

— Que se passerait-il si le moteur s'arrêtait ?

— Ce serait une plaisanterie de très mauvais goût, répondit Drummond avec un rire saccadé.

— Je me rends compte, de minute en minute, que vous n'avez

pas volé votre paye, ces six derniers mois, fit Cheung avec un petit soupir.

— Je trouve même que je méritais davantage.

— Mon cher, répliqua le Chinois en souriant gentiment, Formose ne subsiste que grâce à la générosité de nos amis les Américains. Sans eux, nous ne pourrions même pas nous offrir cette petite virée tibétaine.

— D'ailleurs, tout ça n'a plus d'intérêt, conclut Drummond en haussant les épaules. Encore deux voyages et je débarque. Je n'ai que trop couvert ce trajet; je suis en sursis.

— Mais, Jack, nous n'avons personne pour vous remplacer, remarqua Cheung en fronçant les sourcils. Qu'allons-nous faire ?

— Vous trouverez bien quelqu'un, dans quelque bar de Calcutta. Il y a une foule d'ex-RAF qui ne savent que devenir, ou de ces pilotes qui n'ont plus le droit de voler sur les lignes commerciales. Ils font n'importe quoi, pourvu qu'on les paie bien.

Ils survolaient un paysage aussi désolé que celui de la lune; Drummond pilotait son Beaver de main de maître entre ces monstrueuses montagnes couvertes de neige, qui les flanquaient. Ils rencontrèrent une poche d'air et churent brutalement, à en avoir la nausée, et ils enfilèrent une gorge si étroite que l'extrémité des ailes frôlait presque la paroi rocheuse. Enfin, ils franchirent une dernière arête de glaciers et se lancèrent en espace découvert.

À 3 000 mètres sous eux, une vaste vallée de pourpre et d'or se révélait entre les grands bancs de nuages clairs qui s'effilochaient sous l'avion. À quelque 8 milles de là, se dressait l'ultime ressaut glacé, entre l'État du Balpur et le Tibet.

Le vrombissement de l'avion prit soudain une note étrangement ouatée; Cheung soupira, dans le silence bizarre.

— Le plus beau spectacle que j'aie jamais vu, dit-il.

— On l'appelle la Vallée du Silence, répondit Drummond. Les caravanes mettaient deux jours pour la traverser à pied.

Le Beaver glissait sous la voûte azurée du ciel, s'éloignant des dernières ombres des montagnes; ils entrèrent soudain dans la zone lumineuse du soleil et virent devant eux le dernier obstacle hérissé. Drummond tira sur le manche, le moteur gronda plus fort et l'avion s'éleva.

— La passe de Sangong, cria le pilote en désignant l'autre dépression profonde qui apparaissait entre les pics.

Telle une flèche rouge et or, brillante contre les parois

sombres, l'avion prit la passe et la terre gelée monta à sa rencontre. Drummond donna tous les gaz et plaqua le manche contre lui. Cheung retint son souffle dans l'attente de la catastrophe ; l'avion se cabra, franchit l'obstacle avec à peine 3 mètres de marge entre ses roues et le terrain parsemé de gros rochers, et survola ensuite un énorme glacier. Au-delà, la plaine vallonnée ondulait jusqu'à l'horizon, dans la lumière ambrée du soleil matinal.

— Vous comprenez pourquoi je demande 2 000 dollars par voyage ? fit Drummond, sarcastique.

— Oui, je commence à comprendre, répondit Cheung avec un pâle sourire et en essuyant la sueur de son front du revers de sa main gantée. Il y en a encore pour longtemps ?

— 10 ou 12 milles, au plus. Préparez-vous.

Le Chinois tendit le bras derrière son siège et ramena une mitraillette qu'il installa sur ses genoux. Il vit, alors que le Beaver amorçait sa descente, une étroite rivière serpentant entre des rochers éboulés, qui s'élargissait en un petit lac sans profondeur. À une centaine de mètres sur la gauche, au flanc d'un escarpement rocheux, se dressaient les ruines d'une lamaserie et plus bas, quelques maisons disséminées. Drummond désigna du doigt une large étendue de sable, à l'extrémité du lac.

— Voilà mon terrain d'atterrissage, si on nous signale que tout va bien.

— Et dans le cas contraire ?

— Nous filons de là, vent arrière…

Il vira, pour franchir le lac à basse altitude.

— Il y a des gens, là, au bord de l'eau ! cria Cheung, nerveux.

— Des femmes qui font la lessive, répondit tranquillement le pilote.

Il survola le village, en s'éloignant des ruines calcinées du monastère.

— Qu'est-il arrivé à cette lamaserie ? demanda Cheung.

— C'était le QG de la résistance locale, en 1950, lorsque les Chinois ont envahi le Tibet pour la première fois. Elle a été assiégée et n'a pas tenu deux jours. Les Rouges ont installé des pièces d'artillerie dans la plaine et ont démoli les murs.

— Et alors ?

— Alors, ils ont pillé ce qui les intéressait, ont incendié la bâtisse et exécuté environ deux cents lamas, fit Drummond en haussant les épaules.

— Pour encourager les autres ?

Drummond hocha la tête et ramena le Beaver de l'autre côté du lac, en une évolution gracieuse.

— Les Rouges n'y ont pas gagné grand-chose, ajouta-t-il. Dans ces régions, ils ne contrôlent finalement que les villes.

— Est-ce notre signal ? demanda vivement Cheung en touchant le bras du pilote, alors que le Beaver piquait à nouveau vers le village.

Trois feux brillants, espacés en triangle aigu, venaient de s'allumer, projetant des volutes de fumée blanche dans l'air glacé. Drummond fit oui de la tête et réduisit les gaz. Il amena son avion contre le vent, fit un atterrissage impeccable sur la plage ferme bordant le lac, et roula lentement jusqu'à son extrémité. Cheung tendit la main vers la poignée de la porte, mais Drummond l'arrêta.

— Attendez, je ne suis pas sûr…

À ce moment, un cavalier apparut au galop sur la crête du vallon et aborda la descente vers la plage. Drummond coupa le contact et eut un sourire fugitif.

— Voilà notre homme, dit-il.

Comme il ouvrait sa porte et sautait au sol, le cavalier retint son petit cheval tibétain, mit pied à terre et s'avança vers l'appareil. Grand et musclé, il avait le visage profondément basané et les hautes pommettes du Mongol ; vêtu de la longue *chuba*, la simarre en peau de mouton à larges manches qui, croisée devant, laissait le haut de sa poitrine à nu, il portait des bottes jusqu'aux genoux, en cuir non tanné. Ses cheveux longs, tressés autour de sa tête, étaient coiffés d'un chapeau en peau de mouton.

— Son anglais est assez rudimentaire, glissa vivement Drummond à Cheung. Nous parlerons chinois et, pour l'amour du ciel, traitez-le avec considération. C'est une notabilité et ils sont assez susceptibles.

Le Tibétain leur fit un large sourire et tendit la main au pilote ; une douzaine de cavaliers l'avaient suivi sur le rivage.

— C'est bon de vous revoir, mon ami, dit-il. Vous nous apportez d'autres armes ?

— Oui, vos hommes peuvent les décharger dès que cela leur convient, répondit Drummond en serrant la main offerte. Je ne veux pas m'attarder plus longtemps que nécessaire.

Le Tibétain cria un ordre, et s'éloigna en compagnie des deux voyageurs.

— Moro, je vous présente Mr Cheung, dit alors Drummond. Il est le délégué du gouvernement nationaliste chinois, au Balpur. C'est son peuple qui fournit les fusils et les munitions que je vous apporte depuis six mois.

— Avant que le seigneur Bouddha n'apporte la paix dans notre pays, les Tibétains étaient un peuple de guerriers, fit Moro en serrant chaleureusement la main de Cheung. Vos fusils nous permettent de prouver aux communistes que nous savons encore combattre. Vous accepterez bien de boire le thé avec moi, avant de repartir ?

— En avons-nous le temps ? demanda Cheung en se tournant vers Drummond.

— Pourquoi pas ? fit celui-ci en offrant une cigarette au Tibétain. Avez-vous vu des Rouges par ici, récemment ?

— Une patrouille de quinze hommes, répondit Moro. Il y a environ une semaine.

— Que s'est-il passé ?

— Vous le verrez par vous-même dans le village, répondit Moro avec une grimace.

Ils se dirigèrent vers la falaise escarpée ; le Tibétain menait son cheval de son bras passé dans la bride.

— Mr Cheung doit faire un rapport à son gouvernement de Formose sur la situation par ici, précisa Drummond. Il a donc voulu s'en faire une idée personnelle.

— Les Rouges sont-ils très nombreux dans le secteur ? demanda Cheung.

— Ils sont surtout en force à Juhma, une ville située à 150 kilomètres, répondit Moro. Ils y cantonnent un demi-régiment d'infanterie, pas plus de quatre cents hommes. Dans une agglomération d'une certaine importance comme Hurok, à 45 kilomètres à l'est, ils ont de la cavalerie, mais ils n'ont rien entre les villages.

— Vous n'avez pas remarqué de gros mouvements de troupes, de constructions de routes, dans ce coin de frontière ?

— Non, ils ont construit beaucoup de routes vers l'Aksai Chin et le Ladakh où ils ont combattu les Indiens en 1962, mais pourquoi feraient-ils des routes ici ? demanda le Tibétain étonné.

— Ils revendiquent l'État du Balpur, répondit Cheung, tranquillement.

— Ils revendiquent l'univers. Alors !... fit Moro en riant à belles dents blanches.

Ils avaient atteint les abords du hameau, constitué de misérables maisonnettes en pisé ou en claies, à un étage, au long d'une rue unique. Des enfants accoururent et leur emboîtèrent le pas, mais en se tenant à distance du fouet en cuir tressé qui pendait au poignet de Moro et que le Tibétain faisait claquer dans le vide lorsqu'un audacieux s'approchait un peu trop.

Au milieu du village, devant une maison plus grande que les autres, Moro s'arrêta et ouvrit la lourde porte de bois pour faire entrer ses invités. Il n'y avait pas de fenêtres et dans la pénombre, Drummond remarqua les murs de pisé et les peaux de mouton sur le sol. Un feu de bouse de yak flambait dans l'âtre de pierre au centre de la pièce ; une vieille Tibétaine était occupée à effriter une briquette de thé dans un chaudron d'eau bouillante. Elle y ajouta du beurre et une pincée de sel. Les hommes s'accroupirent sur une peau de mouton, devant le feu. Ils attendirent dans le silence rituel que le thé leur fût servi. La vieille femme emplit trois tasses de métal et en tendit une à chaque homme. Moro y goûta, hocha la tête en signe d'approbation et ils burent.

Une fois de plus, Drummond fut étonné de la qualité rafraîchissante de ce breuvage, et il en demanda une seconde tasse.

— Comment vont les choses, dans l'ensemble ? demanda-t-il.

— Nous ne pouvons pas les battre et nous ne l'espérons plus, répondit Moro en haussant les épaules. Mais nous pouvons les harceler, leur rendre la vie difficile.

— Avez-vous assez d'armes ? En voulez-vous davantage ? demanda Cheung.

— Nous en voulons toujours davantage. Nous ne pouvons pas combattre avec des sabres et des mousquets !

— Vous vouliez nous parler de la patrouille ? lui rappela Drummond.

— Ah, oui, j'oubliais ! fit Moro en se levant. Suivez-moi, si vous avez bu votre thé ; je vais vous montrer ce qui s'est passé.

Ils gagnèrent la rue, en clignant des yeux dans la claire lumière du soleil matinal. Le Tibétain les entraîna vers la lamaserie, suivi à nouveau par le groupe d'enfants.

Les grandes portes en bois du mur d'enceinte du monastère pendaient sur leurs gonds, à moitié calcinées et noircies. Ils traversèrent la première cour, les enfants à leur suite, et escaladèrent la large volée de marches menant aux ruines de ce qui avait été, autrefois, un des plus fameux centres culturels du Tibet occidental. Les portes en avaient été pulvérisées par les bombes explosives et le soleil pénétrait gaiement par des ouvertures béantes dans le toit.

— Il y avait ici une bibliothèque contenant quinze mille livres, et des manuscrits dont la plupart avaient plus de mille ans, expliqua Drummond à Cheung. Les Chinois ont tout brûlé, méthodiquement.

Quelque chose bougea dans un recoin sombre et un milan s'envola paresseusement, ses grandes ailes noires dentelées rasant les poutres; Drummond entendit l'inspiration sifflée de Cheung. Dérangée par le passage du vautour, une ombre se balançait dans les hauteurs, passant alternativement de l'obscurité à la clarté d'un rayon de soleil. Drummond s'approcha. Pendu à une des poutres charbonneuses, un soldat chinois, le visage noir et gonflé, tirait une horrible langue; il n'y avait plus d'yeux, dans ses orbites creuses, et il lui manquait la moitié d'une oreille.

Sa vision s'accoutumant à la pénombre, le pilote vit alors les autres, au bout de leur corde, contemplant l'éternité de leurs yeux aveugles.

— Nous étions absents quand ils sont arrivés, expliqua Moro d'un ton détaché. À notre retour, ils étaient tellement occupés à violer nos femmes qu'ils n'avaient même pas songé à poster une sentinelle, les crétins!

Un des enfants accourut et, avec un rire de gorge, prit un des pendus par les pieds et le balança furieusement de droite et de gauche, vite imité par les autres qui, hoquetant de fou rire, se mirent ensuite à courir partout, sautant de côté pour éviter les corps qui oscillaient follement. Drummond se détourna et sortit, la bouche sèche.

— Je crois qu'il est temps de partir, fit-il.

Cheung garda le silence. Il était livide et ses yeux exprimaient son émoi et sa peine, alors qu'ils regagnaient le village. Moro siffla son cheval, le prit par la bride et accompagna les deux hommes vers la plage.

— Qu'avez-vous apporté, cette fois? demanda-t-il à Drummond.

— Des fusils automatiques, des mitraillettes et dix mille chargeurs.

— Parfait, fit le Tibétain en hochant la tête. La prochaine fois, nous serions contents d'avoir des explosifs.

— Est-ce possible? demanda Drummond à Cheung.

— Je crois que oui, répondit le Chinois. Dans quinze jours. Est-ce trop tôt pour votre prochain voyage ?

— Non, répondit Drummond. Je n'en ai plus que deux à accomplir et je serai ravi d'en avoir terminé au plus vite.

— Alors, dans quinze jours, dit Moro.

Ils descendirent la pente escarpée et longèrent la berge du lac. Les hommes de Moro avaient déchargé l'avion et plusieurs chevaux de bât se dirigeaient vers le village. Drummond offrit la cigarette de l'adieu au Tibétain, grimpa dans son appareil et s'attacha sur son siège. Comme le moteur tournait déjà, Cheung tendit la main à Moro.

— Nous sommes unis dans le même combat, lui dit-il.

À son tour il se hissa à bord et boucla sa ceinture de sécurité ; le Beaver se tourna le nez dans le vent et prit son élan sur la plage dont le sable, agité par le remous des hélices, vint cascader sur les vitres. Le vallonnement escarpé au bout du lac accourut à leur rencontre et ils décollèrent enfin. Drummond fit un tour d'honneur ; en selle, Moro leur fit un signe amical, fit tourner bride à son cheval et le poussa au galop vers le village. Drummond vérifia ses instruments de bord et prit de l'altitude.

— Alors, quelle est votre impression ? demanda-t-il à Cheung.

— Les mots me font défaut.

— M'étonne pas…

Cheung poussa un soupir et alluma une cigarette.

— Pour vous, tout cela n'est rien, Jack. C'est dangereux, c'est désagréable, oui, mais vous n'y participez que pour gagner de l'argent.

— Alors que pour vous, c'est une guerre sainte. Je sais, mais inutile d'essayer de m'enrôler dans la croisade. La Corée m'a suffi ! M'a suffi pour la vie.

— Bon, bon, fit Cheung d'un ton las. Parlons un peu de ces explosifs à apporter à Moro à votre prochain voyage. Si je les fais parvenir à la tête de ligne de Juma pour le prochain week-end, pourrez-vous les y prendre ?

— Je m'y rends demain, avec mon avion, répondit Drummond. J'emmène le major Hamid qui a une semaine de permission. Il espère mieux s'amuser si je suis avec lui. Pourquoi ne pas vous joindre à nous ?

— Cela me tenterait beaucoup, mais c'est impossible, répondit Cheung en secouant la tête. J'ai de la paperasserie en retard et, en principe, je dîne samedi soir avec le vieux Khan.

— À votre guise, répondit Drummond.

Encore 2 000 dollars, ce qui porterait à 23 000 son compte à la banque de Genève. Deux autres voyages, plus l'argent que Ferguson lui devait, et il se trouverait à la tête d'un capital de 30 000 dollars. Alors, repos ! Il s'adossa à son siège, sifflotant intérieurement, et se concentra sur ses instruments de bord en engageant le Beaver dans les passes montagneuses, sur le chemin du retour.

Moro galopa de conserve avec les chevaux de bât, les pressant de la voix et cinglant leurs croupes osseuses de sa lourde cravache de cuir ; puis il poussa sa monture et entra le premier dans le village. Il sauta de selle devant sa maison.

Les enfants avaient disparu et la rue était déserte ; il resta là, prêtant l'oreille au vrombissement du Beaver qui s'éloignait dans le ciel. Des portes s'ouvrirent au long de la rue et des soldats en casquette à visière et vêtus de vestes de drap matelassées sortirent des maisons. En face de Moro surgit de sa demeure un jeune officier élégamment habillé d'un magnifique manteau à col de fourrure ; sur sa casquette s'étalait l'étoile rouge de l'armée de la République populaire.

— Me suis-je bien comporté ? demanda Moro.

Le jeune officier prit la cigarette anglaise des lèvres du Tibétain et la fuma en inhalant profondément. Un sourire enjoué détendit son visage.

— Très bien. Très, très bien.

Moro hocha la tête et les deux hommes, souriant béatement, écoutèrent le bruit affaibli du Beaver, dans le lointain.

2

UNE MAISON DE PLAISIR

Drummond sortit de l'étuve, laissa tomber sa serviette sur le sol dallé et piqua une tête dans la piscine, plongeant profondément pour aller toucher Kâli, représentée en mosaïque de couleurs vives, les yeux ouverts sous l'eau verte depuis plus de mille ans.

Il fit surface et une des jeunes filles vint s'accroupir près du vieux bassin, présentant un plateau chargé d'un petit pot de café et de tasses minuscules. Drummond nagea jusqu'à elle et elle lui tendit une tasse de café, dans l'eau.

Elle était, comme les autres filles de cette maison, étonnamment belle avec ses yeux fardés de kôhl, dans un visage aux traits délicats. Son sari de soie verte, saturé de vapeur, dessinait son corps ferme et les globes de ses seins dressés.

Tout en sirotant son café, Drummond entendit un rire gaillard non loin et reconnut la voix puissante de Hamid derrière les cloisons. Il chantait le premier couplet de la *Zukhmee-Dil*, une ballade très populaire sur la frontière du nord-ouest et qui avait été longtemps la marche de prédilection des fusiliers du Khaïber.

Wullud sureen shuftauloo-maunind duryah Ufsose! mun n'shinnah

Drummond tendit sa tasse à la jeune fille, et renvoya l'écho de la chanson au Pathan, en la traduisant en anglais.

Il y a un éphèbe de l'autre côté de la rivière avec des fesses comme des pêches, mais hélas, je ne sais pas nager!

Hamid sortit de l'étuve, une serviette autour des reins. C'était un Pathan de la tribu des Hazara, la peau sombre, portant la barbe; un magnifique boucanier d'1 mètre 80, aux solides épaules, larges et musclées.

— Tu te sens mieux, Jack? demanda-t-il à son ami avec un bon sourire. Ta migraine est partie?

— Je me sens en pleine forme!

— Moi aussi, fit le Pathan en fourrageant dans la chevelure de la jeune fille toujours accroupie près du bassin. C'est une ballade formidable, ça, mais pour l'amour, moi, je m'en tiens aux bonnes vieilles coutumes…

Il attira la fille à lui et le sari humide s'ouvrit, dénudant un sein.

— Voilà qui est intéressant… fit-il en la soulevant dans ses bras. À tout à l'heure, ajouta-t-il pour Drummond avec un clin d'œil.

Drummond nagea lentement jusqu'au bout du bassin et revint, à deux reprises, puis il fit un rétablissement et se hissa sur le bord de pierre patiné par les ans. Il ramassa sa serviette, s'en ceignit les reins et se dirigea vers la salle voisine, nu-pieds sur les dalles chaudes. Longue et étroite, surmontée d'un plafond voûté, cette pièce se subdivisait en petites cabines dont certaines avaient les rideaux tirés. De l'une d'elles s'échappa le gloussement de basse de Hamid, suivi d'un rire argentin, et Jack se sourit.

Il choisit la cabine du fond, tira sur le cordon de sonnette dans le coin, grimpa sur la table de massage en pierre, et attendit. Très vite, le rideau s'écarta et Ram Singh, le propriétaire, entra, suivi de plusieurs serviteurs chargés de seaux d'eau chaude et froide. L'Indien sourit.

— Tout va bien, Mr Drummond ?

— Vous m'avez transformé, répondit Drummond. J'aimerais bien vous avoir à Sadar.

— Sadar ! Mais c'est le bout du monde, Mr Drummond, le bout du monde ! fit l'Indien en roulant les yeux en une mimique d'horreur exagérée. Je vous envoie Raika.

Il se retira et Drummond se remit à contempler le plafond. *Le bout du monde.* La formule convenait assez bien à Sadar, cette capitale de trois mille âmes, ce qui donne une idée de l'envergure de l'État du Balpur. Une terre aussi dure, nue, laide et cruelle que ses habitants. Le dernier endroit créé par le Seigneur. Mais il n'y resterait plus encore longtemps, Allah soit loué !

Le rideau s'agita, il tourna la tête et vit Raika. Elle était d'une beauté sensationnelle et portait un rubis dans une narine ; de longues boucles d'oreilles avec des clochettes aux extrémités qui tintaient lorsqu'elle remuait la tête, ornaient ses lobes. Elle portait un sari de soie bleue filetée d'or qui dessinait les courbes de son corps gracile. Drummond lui fit un signe de tête et, sans un mot, elle se mit au travail.

D'abord un arrosage à l'eau bouillante ; surpris, il réprima un cri de douleur. Elle commença à lui masser les bras et les jambes avec les brosses douces, ensuite avec ses mains expertes, détendant les muscles durs et amenant le pilote à un état de décontraction telle qu'il croyait flotter dans l'atmosphère. Et comme chaque fois, il s'étonna de l'indifférence prosaïque de cette jeune fille, de son manque de sensualité ; mais il est vrai qu'on était en Inde où la vie et la mort, l'amour et la volupté sont les éléments d'un seul grand mystère.

Elle l'aspergea d'un nouveau seau d'eau chaude, immédiatement suivi d'une douche si froide qu'il en perdit le souffle. Il haleta et il lut une lueur amusée dans les prunelles de sa masseuse, qui devint alors une créature de chair et de sang. Elle se pencha sur lui et son sari mouillé bâilla à la taille; Drummond mit une main en coupe autour d'un sein en poire. Elle se raidit, immobile, une main étendue vers une des brosses.

Drummond la regarda; la pointe de son sein s'érigeait dans sa main et il vit une lueur trouble dans ses yeux. Elle abaissa lentement la tête, les lèvres entrouvertes, et alors qu'il l'attirait à lui en la prenant par le cou, il entendit une toux discrète près du rideau.

Raika se redressa, nullement gênée, et Drummond s'assit. Ram Singh passa sa tête en écartant le rideau, le visage froncé d'inquiétude.

— Je suis désolé, Mr Drummond, mais il y a quelqu'un qui demande à vous voir.

— Quelqu'un qui me demande? répéta Drummond le sourcil levé.

— Une miss Janet Tate, précisa Ram Singh avec un petit rire nerveux. Une Américaine.

— *Ici?*

Hamid se profila derrière le dos de l'Indien, une cigarette aux lèvres.

— La journée des surprises, Jack! As-tu une idée de qui ça peut être?

— Pas la moindre, mais je vais le savoir.

Drummond se leva, s'entortilla dans sa serviette et passa dans la pièce voisine. C'était la salle de repos, pour les clients, après la fatigue du bain; elle était luxueusement meublée de tapis épais, de divans profonds et de petites tables à café en cuivre. Il s'agenouilla sur un des divans et jeta un coup d'œil dans le bureau de Ram Singh au travers d'une grille en fer forgé qui tenait lieu de cloison.

Plantée devant le bureau de Ram, Janet Tate examinait une statuette de danseuse. Elle la reposa, tourna sur elle-même et regarda autour d'elle avec intérêt; elle était incroyablement jolie dans sa robe jaune, avec ses cheveux aux épaules encadrant son visage serein. Hamid qui avait suivi Drummond émit un petit sifflement.

— Une houri descendue du paradis pour nos délices, fit-il.

— Donnez-moi un peignoir, voulez-vous ? demanda Drummond à Ram Singh, en se redressant, l'air intrigué.

L'Indien revint rapidement avec une robe de chambre qu'il présenta au pilote.

— Tu ne t'habilles pas ? demanda Hamid.

— Ma curiosité ne m'en laisse pas le temps, répliqua Drummond, souriant.

Lorsqu'il ouvrit la porte et pénétra dans le bureau, Janet Tate examinait la tapisserie qui pendait sur un des murs. Elle se retourna vivement et s'immobilisa. L'homme en face d'elle paraissait la quarantaine ; ses courts cheveux noirs grisonnaient aux tempes. Grand, solide, bien proportionné, il avait de belles mains, capables. Elle les remarqua parce qu'il s'appliquait à resserrer son peignoir autour de lui.

C'est son visage qui intéressa particulièrement la jeune fille, avec cette ossature marquée des Celtes, et ce retroussis autour de la bouche, ce petit pli ironique de celui qui rit des autres et de soi-même. Pas beau, abîmé par une vilaine cicatrice qui creusait un sillon du coin de l'œil droit à la lèvre, mais les yeux, gris, évoquaient la douceur d'une fumée sur une colline, en hiver, et elle ressentit soudain, inexplicablement, un creux à l'estomac.

— Mr Drummond ? Je m'appelle Janet Tate.

Elle ne lui tendit pas la main, à croire qu'elle avait peur de le toucher, peur d'une réaction physique qu'elle eût été incapable de contrôler. Et alors, il lui sourit, avec tant de charme dévastateur que le cœur de la jeune fille fit un bond. Il secoua lentement la tête.

— Vous n'auriez jamais dû venir ici, miss Tate. Ce n'est pas un endroit pour une femme.

— C'est ce que m'a dit le concierge de l'hôtel. Pourtant, il y a des jeunes filles dans cette maison. J'en ai vu deux, en entrant.

Soudain elle comprit, et ses yeux s'écarquillèrent.

Drummond prit une cigarette dans une boîte de santal, sur le bureau.

— Que puis-je faire pour vous ? demanda-t-il.

— Il faut que je me rende au Balpur. J'ai pensé que vous pourriez m'aider.

— Et qu'allez-vous faire à Sadar, miséricorde ? fit-il, surpris.

— Je suis infirmière, répondit-elle. La Société des Amis m'a déléguée pour servir d'escorte au jeune fils du Khan qui doit se rendre à notre clinique de Chicago, pour y subir une opération à l'œil.

Drummond se souvint, alors. Avant son départ, le père Kerrigan lui avait parlé de cette circonstance, mais on attendait un docteur pour convoyer le jeune malade.

— Vous êtes donc une Quakeresse ?

— Oui, répondit-elle tranquillement.

— Et c'est votre premier voyage en Inde ?

— Je viens de terminer deux ans de service au Viêt-Nam. J'allais regagner l'Amérique, en congé, alors la Société m'a demandé de faire ce détour.

— Un détour d'importance !

— Pouvez-vous me prendre à votre bord ?

— Facilement, répondit Drummond en hochant la tête. Je pilote un Beaver, la place ne manque pas. Je n'ai qu'un passager, le major Hamid, conseiller de l'armée indienne au Balpur, bien que leur petite force militaire ne nécessite guère un conseiller… Nous décollerons vers 4 h 30, ferons escale pour la nuit à Juma et nous franchirons les montagnes de Sadar dans la matinée. Plus prudent. Si vous voulez bien attendre quelques instants, je vais aller m'habiller, ajouta-t-il en écrasant sa cigarette dans le cendrier de Bénarès.

Il se dirigeait vers la porte lorsqu'elle le rappela vivement :

— J'allais oublier ! J'ai un message pour vous de la part d'un certain Mr Ferguson.

Il pivota sur lui-même et son visage était celui d'un autre homme : froid, dur, des yeux comme de l'ardoise, dénués de toute expression.

— Ferguson ? Où avez-vous rencontré Ferguson ?

— Dans le train de Calcutta. Il a été charmant avec moi. Il demande que vous lui téléphoniez à l'endroit habituel, avant de partir, répondit-elle avec un sourire enjoué. Tout cela a un petit air bien mystérieux.

Une main invisible passa sur les traits de Drummond. Il se détendit et sourit à son tour.

— C'est un petit plaisantin, mon ami Ferguson. Attendez-moi, je vais faire vite.

Il s'en fut et traversa d'un bon pas les différentes pièces, jusqu'aux vestiaires où il s'habilla rapidement d'un costume tropical bleu à veston droit, sur une chemise en nylon crème avec une cravate en tricot. Quand il revint au bureau, il y trouva Hamid perché sur un coin de la table et Janet, assise près de lui, qui le regardait en souriant.

Drummond prit conscience d'un sentiment saugrenu de jalousie. Il s'avança.

— Je vois qu'Ali s'est arrangé pour se présenter tout seul, à son habitude.

— Si tu tiens à me présenter dans les règles, ne t'en prive pas, répliqua Hamid avec une mimique à l'adresse de Janet. Jack était commandant de vaisseau, autrefois. La marine a ses usages, il ne l'oublie pas.

Il sauta sur ses pieds et attendit que Drummond prît la parole ; son turban militaire, sa tenue de service kaki admirablement coupée et les décorations qui mettaient une note de couleur vive au-dessus de sa poche gauche en faisaient un homme d'une séduction provocante. Jack soupira.

— Et me voilà pris au piège, une fois de plus ! fit-il. Miss Tate, permettez-moi de vous présenter le major Ali Mohammed Hamid, DSO, une décoration anglaise, comme vous le savez certainement. Études à Winchester, une de nos meilleures universités, et Sandhurst qui a plus de classe que West Point, vous en conviendrez.

— Et voyez comme le passage des Anglais nous a marqués... fit Hamid en s'inclinant pour baiser galamment la main de la jeune fille.

— Ce n'est pas moi que ceci vise, répliqua Drummond. Je suis écossais.

— C'est pareil, fit allégrement Hamid. Tout le monde sait que ce sont les Écossais qui gouvernent l'Angleterre.

Il offrit son bras à Janet et ils sortirent dans le soleil chaud et brillant. De l'autre côté de la place, une murette bordait le fleuve qui, asséché comme toujours à l'approche de l'hiver, serpentait entre de nombreux bancs de sable.

— C'est toujours le Gange ? demanda Janet.

— Oui, le Gange, la Lumière des Ténèbres, l'Ami des Miséreux, le Gange aux mille noms, répondit Hamid en y dirigeant leurs pas sans hâte. Les Indiens croient qu'un bain dans ses eaux lave de tous les péchés.

Janet se pencha par-dessus le parapet et regarda l'eau putride et brunâtre qui venait lécher la berge couverte de galets.

— Elle semble plutôt malsaine, votre eau, constata-t-elle.

Drummond alluma une cigarette et se pencha à ses côtés.

— C'est vrai, et pourtant aussi bizarre que cela paraisse, elle a un pouvoir régénérateur. Pendant les fêtes religieuses, les pèlerins en boivent, et souvent aux endroits où les égouts de la ville se dégorgent, et ils n'en souffrent jamais. Mise en bouteille, elle se conserve un an. On dit qu'autrefois, quand on en embarquait à bord des voiliers, à Calcutta, elle surpassait en durée toutes les autres eaux.

Plus bas, sur la rive, on procédait à quelque cérémonie ; Janet leva les yeux sur Hamid.

— Pouvons-nous aller voir ?

— Bien entendu, si ça vous intéresse.

— Moi, je n'y vais pas, intervint Drummond. Je dois rendre visite à Ferguson avant notre départ et j'en ai juste le temps, ajouta-t-il en jetant un coup d'œil sur sa montre. Il est presque 2 heures. Je vous retrouverai à l'hôtel à 4 heures.

Il traversa la place d'un pas rapide ; Janet le suivit des yeux, l'air pensif et intrigué.

— Mr Ferguson n'est-il pas dans une affaire de thé ? demanda-t-elle.

— En effet, répondit Hamid. Jack a un contrat de transport avec lui. Ferguson vient le voir une fois par mois, en général. Il habite un *houseboat* ancré sur le fleuve, plus bas.

— Mr Drummond était commandant de vaisseau, avez-vous dit ?

— Dans l'aéronavale.

— Un officier de carrière, alors ? Il est trop jeune pour avoir eu le grade de commandant pendant la guerre ?

— Parfaitement, répondit le Pathan, toujours souriant, mais avec une expression et une intonation qui prévinrent Janet de ne pas pousser plus loin ses investigations. Allons-nous voir cette cérémonie ?

Ils avancèrent au milieu de la foule qui regardait quelques hommes, dans l'eau jusqu'aux genoux, le torse nu et barbouillé de boue. L'un d'eux renversa un sac de mousseline contenant des cendres dans un grand bateau en papier. Un autre y mit une allumette enflammée et repoussa la frêle embarcation loin du rivage, dans le courant du fleuve. Soudain, le papier prit feu et le bateau sombra rapidement.

— Qu'est-ce que ça veut dire ? demanda Janet.

— C'étaient les cendres d'un bébé, expliqua Hamid. D'un garçon, car cette cérémonie est coûteuse, et on n'en fait pas la dépense pour une fille.

— Ils font toujours ça ?

— Le rêve de tout Indien est de disperser ses cendres sur les eaux du Gange. Non loin d'ici, il y a un *shamsan*, un bûcher funèbre. Voulez-vous le voir ?

— Croyez-vous que j'en supporterai le spectacle ?

— Deux ans au Viêt-Nam ? remarqua-t-il en souriant. À mon avis, vous pouvez supporter n'importe quoi.

— Je n'en suis pas tellement sûre, répondit-elle en secouant la tête. En Inde, tout est très spécial. Ferguson m'a mise en garde et j'ai l'impression qu'il a eu raison.

Ils longèrent le rivage et elle sentit une odeur de bois brûlé ; non loin, elle vit une charrette à bœufs qu'entouraient trois ou quatre personnes. Elle eut soudain une exclamation étranglée et se rapprocha instinctivement de Hamid. Un homme, nu, était étendu sur une couche d'épines, les yeux fermés, un clou d'acier fiché dans sa langue pendante. Sa tignasse et sa barbe hirsutes étaient abominablement sales et son corps était couvert de bouse de vache et de cendres.

— Un *sadhou*, un saint homme, fit Hamid, en jetant une pièce de monnaie dans la sébile en terre cuite posée près de la tête du mendiant. Il mendie auprès des pleureurs et prie pour le repos de l'âme des défunts.

Il n'y avait, sur le rivage, aucun temple, aucun monument, pour distinguer ce bûcher d'un autre endroit ; rien que des cendres, des monceaux d'os calcinés et par-ci, par-là, un crâne qui regardait le ciel de ses orbites creuses.

Les gens plaisantaient et riaient entre eux et lorsque les flammes, attisées par un coup de vent, s'élevèrent entre les bûches entrecroisées, Janet fut assaillie par l'odeur douceâtre et nauséabonde de chair rôtie ; la gorge soudain sèche, elle sentit la panique l'envahir. Elle se tourna vers Hamid et juste à ce moment, dans l'eau peu profonde derrière eux, un cadavre en décomposition bascula au fil du courant, traînant ses bras derrière lui ; une grosse mouette à tête grise plongea, le bec prêt à mordre.

Le visage de Hamid exprima immédiatement la sollicitude et inconsciemment il employa le prénom de la jeune fille :

— Qu'y a-t-il, Janet ?

— C'est l'odeur, répondit-elle. Cette odeur de chair grillée.

J'étais à Nonking, un village au nord de Saigon, l'année dernière, lorsque le Viêt-Cong a fait un de ses raids nocturnes. L'hôpital a pris feu, ajouta-t-elle, le visage bouleversé d'horreur à cette évocation. Nous n'avons pu évacuer que la moitié des malades. Il y a des nuits où j'entends encore les cris des autres.

Elle se rendit compte qu'il lui avait pris le bras et la faisait escalader la berge sur une pente dallée. Et ils abordèrent soudain dans un monde totalement différent, un lieu de couleurs et de lumière, où s'épanouissaient les hibiscus pourpres et les palmiers. Ils suivirent un étroit chemin sous les arbres, et parvinrent à une terrasse empierrée dominant la rivière, percée de meurtrières et sur laquelle trônaient encore deux canons, pointés comme ils l'avaient été trois cents ans auparavant. Hamid entraîna Janet vers le parapet.

— « Regarde, de tout tes yeux, regarde », comme dit l'histoire, fit-il.

Elle poussa un cri de joyeuse surprise et se pencha, enchantée. Des centaines de flamants se promenaient sur les bancs de sable et dans les creux peu profonds du fleuve, animant le paysage de la beauté de leur plumage. Hamid ramassa un caillou et leur lança; le ciel s'emplit des lourds battements de leurs ailes lorsqu'ils s'élevèrent en un nuage chatoyant et coloré. Il regarda gravement la jeune fille.

— Là-bas, la mort, Janet. Ici, la vie dans toute sa splendeur. C'est l'avers et le revers de la même médaille. Il faut que vous l'appreniez.

Elle hocha lentement la tête et glissa sa main sous son bras. Ils marchèrent sous les arbres, en silence.

Au-delà du vieux quartier de la ville, Drummond pénétra dans un secteur de belles villas encloses dans de magnifiques jardins : les demeures des riches commerçants et des membres du gouvernement. Un chemin étroit, bordé d'eucalyptus, le ramena près de la berge du fleuve, à une trentaine de mètres d'un *house-boat*, rouge, mouillé à l'extrémité d'un môle de pierre. Le serviteur sikh de Ferguson était accroupi sur le toit de la cabine. À la vue de Drummond, il sauta au bas de son perchoir et disparut à l'intérieur.

Drummond s'engagea sur la petite passerelle et prit pied sur le pont briqué, d'une blancheur éblouissante. Il se dirigea vers les chaises de rotin disposées autour d'une table, sur la plage arrière, et s'assit ; le Sikh réapparut, porteur d'un plateau chargé d'une bouteille de gin, d'eau glacée et de verres. Il posa le tout sur la table et s'en fut sans un mot.

Drummond se servit un verre et alla s'appuyer contre la rambarde. Il regarda le fleuve en songeant à Janet Tate ; un bateau passa devant lui, les voiles bien pleines, dans le vent. Il entendit un cliquetis de verre et en se retournant, vit Ferguson assis à la table, qui se servait à son tour.

— Tu as l'air en pleine forme, Jack. Rien de tel qu'un bain de vapeur pour retaper son homme après une nuit fatigante.

— Bonjour, vieille canaille, fit Drummond. J'ai bien reçu ton message. Il m'a été remis en personne dans la maison de plaisir de Ram Singh par une délicieuse petite Quakeresse en robe jaune.

— Dieu du ciel ! Pas possible… s'exclama Ferguson, sidéré.

— Mais si, affirma Drummond qui s'assit et prit un cigare de Manille dans un étui en cuir. C'est son premier voyage en Inde et ça se voit. Elle a encore pas mal à apprendre.

— Je l'ai rencontrée dans un wagon de seconde classe, dans le train de Calcutta. Tu te rends compte ? Et qu'est-ce que c'est que cette histoire du fils du Khan qui a besoin de se faire opérer un œil ?

— Le pauvre gosse a fait une mauvaise chute de cheval, il y a un mois. La vision de son œil droit a singulièrement baissé et le vieux Khan m'a fait ramener un spécialiste de Calcutta, avec mon zinc. L'enfant a un décollement de la rétine et son moral est très affecté.

— C'est une opération chirurgicale bien délicate ! remarqua Ferguson.

— D'après ce que j'ai compris, le ponte de la question est le chirurgien d'une clinique de Chicago, une fondation Quaker. Le père Kerrigan s'est mis en rapport avec eux et ils ont accepté de s'occuper du cas de cet enfant. Ils devaient envoyer un docteur pour le convoyer.

— Et c'est Janet Tate qui a surgi ?

— Elle était au Viêt-Nam, à la veille de rentrer chez elle, en congé. Ils ont ainsi économisé les frais d'un voyage, fit Drummond avec un sourire narquois. À cheval donné, on ne regarde pas les dents, Fergy.

— C'est une jeune fille charmante, Jack, une fille bien, répliqua Ferguson, une ride barrant son front. Je n'aimerais pas qu'il lui arrive malheur.

— Et alors ? fit froidement Drummond.

— Oui, d'accord, soupira Ferguson. Alors, qu'as-tu pour moi, cette fois-ci ?

Drummond extirpa plusieurs rouleaux de films de sa poche et les poussa devant lui, sur la table.

— Voilà le travail. Tu as toute la région frontalière Balpur-Tibet, avec ça.

— Tu es sur la fin ?

— Je pars tout à l'heure pour mon avant-dernier vol et je n'en suis pas fâché, répondit Drummond en hochant la tête. Cheung s'est mis en tête de m'accompagner la dernière fois, je n'ai donc pas pu braquer ma caméra.

— Nos amis nationalistes ne lâchent pas le morceau, hein ? fit Ferguson avec un petit sourire entendu. Je me demande ce qu'en dirait Washington, si l'on y savait…

— Je m'en fiche éperdument. Encore deux voyages et c'est fini ! J'ai prévenu Cheung, d'ailleurs.

Ferguson mit une allumette au foyer de sa vieille pipe de bruyère, et toussa lorsque la fumée le prit à la gorge.

— Comment as-tu trouvé la situation, à ton dernier passage ? demanda-t-il. As-tu vu des signes d'activité des Chinois ?

— J'en ai vu au bout d'une corde, répondit Drummond. Moro et ses hommes ont réglé à leur manière personnelle le compte d'une patrouille de cavaliers ; et c'est tout.

— Rien d'autre ? Tu en es sûr ?

— Moro affirme que toute l'activité chinoise est cantonnée dans la région de l'Aksai Chin et du Ladakh. Aucun signe d'agitation d'envergure dans le coin frontalier du Balpur.

— C'est bizarre, tu sais. Car ils ont revendiqué cet État, officiellement, et il paraît que cette fois, ils y ont vraiment des droits, du point de vue historique.

— Grand bien leur fasse, en ce qui me concerne, répliqua Drummond. Je n'ai plus qu'un mois à tirer.

Ferguson piqua une allumette dans le tuyau de sa pipe pour le déboucher et demanda, sans avoir l'air d'y toucher :

— Et quelles sont tes intentions, ensuite ?

— Rien qui puisse t'intéresser, Fergy. J'en ai ma dose, je débraye. Combien d'années t'ai-je consacrées ? Quatre ? Cinq ? J'ai joué ce petit jeu sur toutes les frontières, de Sarawak au

Cachemire. Je ne peux pas faire ça éternellement. Ni moi ni personne, d'ailleurs.

— Tu as fait du bon travail, Jack, je ne peux pas le nier. Mais tu as été bien payé.

— Tu crois ? Te souviens-tu du jour où les Indonésiens m'ont descendu, à Bornéo ? Ils m'ont pourchassé dans la jungle pendant trois semaines avant que je ne parvienne à franchir la frontière, fit Drummond en frôlant du doigt la profonde cicatrice qui sillonnait sa joue. J'ai passé un mois à l'hôpital et qu'est-ce que j'ai eu pour mes peines ? La même paye que d'habitude, pas plus ni moins.

Ferguson soupira, prit une enveloppe dans une de ses poches et la tendit au pilote.

— Voici le reçu des 3000 dollars qui ont été versés, comme d'habitude, à ta banque de Genève. Tu sais où me joindre, au cas où tu changerais d'avis.

— N'y compte pas, répondit Drummond qui ouvrit l'enveloppe, vérifia le reçu et le glissa dans son portefeuille. On s'est bien amusés, Fergy. Au revoir.

Il prit la passerelle et descendit sur le quai.

— À propos, Jack ! appela Ferguson du haut du bateau. N'oublie pas à qui appartient le Beaver quand tu en auras terminé. C'est la propriété du gouvernement, tu t'en souviens, oui ?

— Et comment ferais-tu pour le prouver ? répliqua Drummond qui se mit à rire en s'éloignant.

3

LES RÔDEURS DE LA NUIT

Janet sortit de la douche, s'essuya vivement et passa dans sa chambre, la serviette de bain drapée autour de sa mince silhouette. La fenêtre donnant sur la terrasse était ouverte, et elle se tint dans l'obscurité pour regarder dehors.

La lune émergea à cet instant d'un banc de nuages et inonda de sa clarté blafarde Juma et ses maisons aux toits plats, éparpillées près de la rivière, en bas. Le ciel sombre était d'une beauté prenante, parsemé d'étoiles jusqu'à l'horizon où les montagnes s'étiraient péniblement dans l'espoir de les toucher. La nuit était calme et silencieuse, à peine troublée par l'aboiement d'un chien, au loin. Janet vit des torches s'allumer dans les rues, et soudain, un tambour commença à battre sur un rythme monotone; un instrument à cordes se joignit à lui, et des rires flottèrent dans l'air tiède. On frappa à petits coups à la porte de sa chambre.

— Qui est-ce ? demanda-t-elle vivement.

— Ali. Puis-je vous parler un instant ?

Elle enfila sa robe de chambre, s'y enveloppa en serrant sa ceinture et ouvrit à Hamid qui entra, resplendissant dans sa tenue numéro un.

— Comment vous sentez-vous ? demanda-t-il.

— Très bien. J'ai dormi une heure, et j'ai pris une douche.

— Parfait, approuva-t-il, puis il hésita et ajouta sur un ton d'excuse : je regrette, Janet, mais j'avais déjà pris mes dispositions pour cette soirée. Je suis même en retard...

— Une femme ?

— J'espère que non, répondit-il, compassé.

— Vous êtes incorrigible, fit-elle avec un petit rire. Ne la faites pas attendre.

— Jack est allé au terrain d'aviation, vérifier la cargaison que nous emportons demain. Des pièces détachées de moteurs, je crois. Il devrait être de retour dans une demi-heure.

Elle prêta l'oreille à ses pas qui s'éloignaient dans le couloir et repoussa sa porte. Elle s'y adossa un instant, le visage assombri; puis elle se dirigea lentement vers la fenêtre. Les battements de tambour lui parvinrent, plus forts; c'était maintenant un roulement régulier et insistant qui emplissait la nuit, et quelqu'un chantait d'une voix pointue et âpre, variant à peine d'une note à une autre, en une sorte de mélopée monocorde et pourtant étrangement troublante.

Elle se précipita vers son lit, ouvrit sa seconde valise et en sortit une robe en lourde soie, noire, sans manches, achetée en un moment de faiblesse, à Saigon. Elle la présenta sur elle, devant la grande glace, se sourit et commença à s'habiller. Une fois prête, elle enfila un cache-poussière de piqué blanc contre l'air de la nuit, posa sur ses cheveux une écharpe de mousseline qu'elle noua sous le menton et descendit.

L'Indien de service de nuit somnolait derrière son comptoir; il s'éveilla instantanément lorsqu'elle le toucha à l'épaule.

— Je désire me rendre au terrain d'aviation. Pouvez-vous m'appeler une *tonga* ?

— Certainement, memsahib. Suivez-moi, je vous prie.

Il lui fit franchir la grande porte et l'accompagna dans la rue où attendait une rutilante *tonga*, légère, sur deux roues, attelée d'un beau cheval qui trottait en levant haut les jambes et dont le harnais de cuivre brillait sous les réverbères.

Accroupi sur le trottoir, le conducteur bavardait avec un vieux mendiant; il sauta sur ses pieds et courut à sa voiture. L'Indien aida Janet à s'installer, donna les directives au cocher et s'en fut.

Le ciel scintillait d'un million d'étoiles et la lune était si grande qu'on l'eût crue fausse, découpée dans du carton. Le vent soufflait dans l'obscurité, emportant avec lui vers la rivière la dernière bouffée chaude de la journée. Janet respira profondément, se demandant ce que la nuit lui réservait, alors qu'elle était parcourue d'un frisson d'excitation.

Situé sur une plaine, près du fleuve, le terrain d'aviation se trouvait à un bon kilomètre de Juma. Ce n'était pas une escale pour les grands avions des lignes commerciales mais un terrain d'urgence construit par la RAF, pendant la guerre. Il y avait un hangar préfabriqué, en dur, encore enduit de sa peinture de camouflage; le Beaver s'y abritait et son fuselage rouge et or brillait à la lueur d'une lampe tempête suspendue à une poutrelle.

Appuyé contre une table à tréteaux, Drummond surveillait les deux manœuvres qui chargeaient des caisses oblongues dans l'avion. Il était en compagnie d'un marchand bengali affligé d'un glaucome, Samil, l'agent de Cheung à Juma.

— Qu'y a-t-il dans cette caisse ? demanda Drummond en désignant de la pointe du pied un emballage de bois portant l'inscription *Pièces détachées, F. Cheung, Esq., Sadar, Balpur.*

Samil prit une clef dans son trousseau, l'introduisit dans le cadenas qui verrouillait le couvercle de la caisse et l'ouvrit. Il dégagea la bourre de protection du dessus et mit au jour une rangée de fusils encore enduits de la graisse d'origine de la fabrique. Drummond en sortit un. C'était un Garrand automatique, une arme magnifique. Il l'examina de près et fronça les sourcils à la vue des mots inscrits sur la crosse : *United States Army.*

— Qu'est-ce que ça veut dire, ça? fit-il d'un ton accusateur.

En voilà une stupidité ! Je ne crois pas que nos amis les Américains apprécieraient cette plaisanterie.

— C'est ce qu'on m'a envoyé, cette fois-ci, se défendit Samil. Vous devriez savoir que les stocks de surplus sont moins chers.

— Je n'ai pas l'impression que Cheung va être satisfait, non plus.

Il épaula le Garrand, visa une cible imaginaire dans la direction de la porte, et se raidit soudain ; Janet Tate venait de surgir de l'obscurité.

— Que faites-vous ici, bon sang ? s'exclama-t-il.

— Je suis désolée si je vous dérange, s'excusa-t-elle, embarrassée. Hamid est sorti de son côté. Il m'a prévenue de ses projets et m'a dit que vous étiez ici. J'ai pensé que vous pourriez peut-être m'inviter à dîner et à passer la soirée.

— C'était exactement dans mes intentions.

Les deux manœuvres avaient interrompu leur travail et regardaient Samil d'un air interrogateur. Drummond tenait toujours le Garrand à deux mains, contre sa poitrine et Janet reprit sans broncher :

— Hamid m'a dit que vous étiez en train de charger des pièces détachées de moteurs.

Jack remit le fusil dans la caisse, le long des autres, s'essuya les mains avec un chiffon et fit un signe de tête à Samil.

— Terminez le chargement. Ne vous inquiétez pas, je me débrouillerai. Comment êtes-vous venue ? ajouta-t-il à l'adresse de Janet, en rajustant sa cravate.

— Avec une *tonga* que j'ai prise devant l'hôtel. J'ai dit au cocher d'attendre.

— Partons, alors.

Il lui prit le bras, sentit sa réticence, vit le petit menton redressé et comprit qu'il l'avait déçue de quelque manière. Elle s'assit en silence dans la voiture, aussi loin de lui que possible, et Drummond gloussa dans son coin.

— Quel dommage ! Voilà que j'ai abîmé l'idée que vous vous faisiez du contrebandier d'armes, fit-il. Ali sait fichtrement bien ce que je transporte dans ces caisses marquées « pièces détachées ».

Elle se tourna vivement vers lui et il huma son parfum, délicat dans l'air frais.

— Ce n'est un mystère pour personne, même pas pour le

Khan, ajouta-t-il en cherchant la main de Janet qu'il prit fermement dans la sienne. Je vais tout vous raconter, d'abord parce que cette aventure tire à sa fin, et ensuite parce que je ne veux pas que notre soirée, dont je me fais une grande joie, soit gâchée.

— Je vous écoute, répondit-elle.

— À Sadar, habite depuis six ou sept mois un Chinois du nom de Cheung. On le dit grossiste, mais en réalité c'est un agent du gouvernement nationaliste chinois de Formose. C'est lui qui fournit les armes et c'est moi qui les transporte de l'autre côté de la frontière, au Tibet.

— Pour aider les résistants tibétains dans leur lutte contre les communistes ?

— Voilà !...

— Oh, Jack, que je suis contente ! fit-elle en exhalant un profond soupir et en lui serrant la main.

— Eh bien, en voilà une chose à dire pour une belle petite Quakeresse consciencieuse ! Et n'allez pas me jucher sur un piédestal. Je ne fais ce trafic que pour l'argent que j'y gagne, et non dans un idéal politique.

— Vous ne croyez pas à la victoire éventuelle des Tibétains, alors ?

— Elle est absolument inconcevable, fit-il avec un rire rauque. Leur bataille va être gagnée ou perdue ailleurs, au Viêt-Nam, en Malaisie, à Sarawak, peut-être sur le plancher des États-Unis. Mais au diable tout ça ! Où voulez-vous aller dîner ?

— Dans un endroit à couleur locale, pas dans un de ces machins pour touristes. Je veux faire connaissance avec l'Inde véritable.

— Voilà qui est bien. On fera de vous une vraie femme, un jour...

Ils étaient presque dans le centre de Juma et Drummond tapa sur l'épaule du cocher, lui ordonnant de s'arrêter.

— Nous allons marcher, maintenant. Je vais vous montrer cette Inde que vous voulez connaître, dit-il à Janet.

Il paya le cocher, prit la jeune fille par le bras et l'entraîna dans la rue qui se fit de plus en plus animée en approchant du bazar. Là, accroupis près de leurs éventaires flanqués de feux de charbon de bois, les marchands de nourriture s'affairaient avec leurs poêles à frire ; des parfums d'épices et des fumets de viandes grillées alourdissaient l'air. Ils pénétrèrent ensuite dans le vieux quartier, aux lanternes suspendues aux fenêtres, encore plus grouillant qu'en plein jour de cette population qui venait prendre la fraîcheur de la nuit.

Sur le trottoir, les éventaires de bois se succédaient à se toucher ; ils débordaient de fleurs en papier, de sandales en plastique bon marché, importées de Hong Kong, et de batteries de cuisine en aluminium à l'air incongru. Des artisans, assis en tailleur dans leurs échoppes, derrière les étalages des marchands de cuivre, travaillaient ce métal à l'ancienne manière, près des orfèvres et des fabricants de vêtements qui brodaient des robes de danseuses. Il y avait des tapis de Boukhara, des couvertures d'Ispahan. Tout au bout de la rue, les prostituées, dévoilées, violemment fardées, attendaient dans leurs petites maisons ; la nuit étendait son voile indulgent sur leur bimbeloterie bon marché qui brillait à la lumière clignotante des lanternes, cette nuit qui dissimulait la saleté et la misère, toute la crasse ambiante que la lumière du jour mettait en évidence.

Drummond repoussait sans cesse les mendiants qui s'accrochaient à eux, quémandant d'une voix geignarde, et finalement il entraîna sa compagne dans une rue perpendiculaire, calme et étroite, qui menait au fleuve. Janet perçut une musique qui se fit plus forte lorsqu'ils s'arrêtèrent devant une porte voûtée.

— Vous vouliez l'Inde ? La voici, lui dit Drummond.

Ils suivirent un couloir exigu et débouchèrent sur un petit palier dominant de quelques marches une grande salle carrée. Elle était remplie d'Indiens, des hommes pour la plupart et vêtus, en majorité, du costume traditionnel. Ils mangeaient goulûment, en parlant bruyamment.

Au centre, sur une estrade surélevée, un jeune joueur de *tabla*, efféminé, les yeux faits au kôhl, battait ses tambours avec une adresse insolente, en contemplant la foule d'un regard hautain, une expression d'ennui répandue sur ses traits. Son compagnon, plus âgé, vêtu de vastes pantalons blancs et d'une tunique noire, trois-quarts, serré à l'encolure, avait un air bizarrement cérémonieux et jouait d'un instrument à cordes — *zita* — avec des doigts d'une agilité surprenante.

Un petit Indien, net sous son turban rouge et dont le regard effleura Janet avec une admiration marquée, s'approcha en souriant.

— Une table, Mr Drummond ? Vous désirez dîner ?

— Une table protégée, s'il vous plaît, répondit Drummond.

Ils se faufilèrent entre les tablées et tous les yeux se tournèrent vers Janet ; on entendit des sifflements d'admiration et même des applaudissements sur son passage.

Ils s'assirent, face à face, à une petite table de cuivre, derrière un rideau de perles qui les isolait un peu des autres dîneurs. Drummond fit le menu.

Ce fut un repas simple mais admirablement cuisiné. Du poulet au carry, si fort que Janet en perdit le souffle et but de grandes gorgées d'eau glacée pour éteindre le feu qui lui brûlait la bouche. Puis des mangues vertes recouvertes de mélasse, suivies d'un *mocha* du Yemen, le meilleur café du monde, servi dans de ravissantes tasses, minuscules.

— Satisfaite ? demanda Drummond en allumant un de ses cigares de Manille.

— C'est merveilleux, répondit-elle les yeux brillants. Je n'aurais pas voulu manquer ça pour rien au monde.

— Il y a un spectacle de cabaret. Voulez-vous y assister ? Ce n'est pas exactement le Copacabana, je vous en préviens...

Il y avait du défi dans sa voix et elle releva immédiatement le gant.

— Depuis que je sais marcher, je n'ai jamais dit non à « chiche », répondit-elle.

— Très intéressant...

Il y eut soudain un roulement de tambour soutenu, les lumières s'atténuèrent et le silence se fit, dans une atmosphère d'attente dont Janet prit conscience ; puis soudain, un murmure étouffé et amical parcourut l'assistance. Une femme venait d'écarter un rideau, au bout de la salle et se tenait en silhouette sombre sur un fond lumineux.

— Saida ! Saida ! crièrent les dîneurs, en chœur.

— Une des rares et plus grandes exécutantes de *nautch*, cette danse qui tend à disparaître, murmura Drummond. Elle a la cinquantaine bien tassée, mais on ne s'en douterait pas.

Saida étendit lentement son bras droit et un très léger tintement de cymbale répondit à son geste, puis les musiciens enchaînèrent avec leurs instruments. Saida s'avança doucement vers le milieu de la salle, en se trémoussant voluptueusement.

Elle avait le visage lourdement maquillé, en un masque symbolique impénétrable, mais son corps enveloppé de voiles soyeux et ondulants était celui d'une jeune fille vibrante de passion.

La musique accentua graduellement son tempo et elle suivit

le rythme, se balançant d'un côté et de l'autre, tout en se dépouillant de ses voiles un à un, jusqu'à ce qu'elle fût complètement nue, hormis un petit cache-sexe perlé. La musique s'arrêta, elle aussi, et toute la salle attendit. Le joueur de tambour se mit alors à battre un tam-tam monotone et Saida reprit sa danse, frappant en mesure de ses mains au-dessus de sa tête. Les spectateurs l'imitèrent, se balançant sur leurs chaises et tapant des mains, en poussant des clameurs enthousiastes.

Elle virevolta dans l'espace libre au milieu de la salle, vite, de plus en plus vite ; la sueur luisait sur son corps et soudain, d'un mouvement rapide et violent, elle arracha son cache-sexe et se lança sur les genoux, se laissant glisser jusqu'aux pieds d'un énorme marchand, richement vêtu, assis sur des coussins devant une table basse.

Le silence, total, se fit d'un seul coup, puis le tambour reprit son battement, plus lentement, mais en augmentant son intensité pendant qu'elle ondulait lascivement devant l'homme, ses seins pointus dressés vers lui, se trémoussant du bassin sans effort et échappant aux mains qu'il tendait, tandis que l'assistance hurlait. Finalement il l'attrapa par les fesses, la foule lui cria son encouragement et le tambour s'arrêta. Mais elle se dégagea de l'étreinte d'un mouvement tournant, son corps huileux glissa entre les mains du marchand et elle s'enfuit vers le rideau derrière lequel elle disparut.

Les musiciens se remirent à jouer, sur un rythme plus calme et les dîneurs retournèrent à leurs assiettes, en discutant de cette danse avec force rires et plaisanteries. Drummond regarda Janet et la trouva pâle.

— Je vous avais prévenue, lui dit-il. Vous vouliez voir l'Inde, et c'est un pays où l'on considère que la sexualité est un appétit à satisfaire, comme la soif ou la faim, sans plus.

— Est-ce aussi votre opinion ?

— Ça dépend entièrement de ce que l'homme recherche, non ? En avez-vous assez vu ?

Elle hocha la tête et il demanda l'addition, qu'il régla. Un nuage de fumée flottait sur la salle et des rires avinés fusaient de toutes parts. Lorsqu'ils se frayèrent un chemin entre les tables, les yeux se tournèrent vers Janet et il y eut des œillades par en-dessous, des coups de coude furtifs. Un homme se dressa sur le bord de la piste et fit un geste obscène auquel répondit un rire général. Janet détourna la tête, rougissante de fureur et elle sentit à cet instant une main qui se glissait sous sa jupe. Elle poussa un cri de rage et d'humiliation, et pivota sur elle-même, d'un seul élan. Elle vit quatre hommes assis à une table basse, de ces individus que l'on rencontre partout dans le monde ; ici, ils portaient le turban et la tunique de leur pays et ils étaient jeunes, mais c'étaient des animaux vicieux, en quête de bagarre. Le malotru responsable de ce geste était le plus âgé ; ses yeux farouches d'homme qui a bu étincelaient dans son visage barbu. Il portait une tunique noire filetée d'or et ses doigts rutilaient de bagues. Il éclata de rire, le menton levé, et la main de Janet s'abattit en plein sur sa joue. Sa tête bascula, les dîneurs poussèrent un cri étouffé et le silence se fit. Il ramena lentement sa tête et ses yeux brillaient d'une fureur démoniaque. Il agrippa le bas du manteau de Janet mais Drummond poussa la jeune fille de côté. Le barbu commença à se lever et Drummond lui lança son pied dans l'entrejambe. L'autre se plia en deux, hurlant de douleur, et le pilote leva alors brutalement son genou qui rencontra le visage de son adversaire. Le nez écrasé, il partit à la renverse sur la table.

Tout ceci dans le silence absolu, sans une intervention, sans que quiconque tente d'arrêter Drummond lorsque, s'étant rajusté, il prit Janet par le bras et la poussa à travers la foule vers l'escalier. Dehors, il l'entraîna d'un pas rapide dans une ruelle, puis dans une autre, en détours nombreux ; finalement ils parvinrent à un vieil embarcadère de pierre, au-dessus du fleuve.

— Pourquoi tant de hâte ? demanda-t-elle. Auriez-vous peur qu'ils nous poursuivent ?

— Mais oui, fit-il en allumant un cigare et l'allumette dans le creux de sa main révéla ses traits sardoniques et résolus. Le petit godelureau en vadrouille que j'ai un peu malmené se trouve être le fils du gouverneur de la ville.

— Va-t-on nous créer des ennuis ?

— Pas de façon officielle, si c'est ça que vous craignez. Ce garçon en a trop à son actif pour qu'on vienne pleurer sur sa beauté que j'ai abîmée ce soir, mais il pourrait bien m'envoyer ses sbires personnels et il faut nous tenir sur nos gardes.

— Fallait-il vraiment que vous soyez aussi brutal ?

— Dans ce pays-ci, il ne faut jamais faire les choses à moitié. Nous n'étions pas dans un endroit pour touristes. Mon seul regret est de vous y avoir amenée ; j'aurais dû faire preuve de plus de discernement.

— Moi, je ne regrette rien. À vous dire la vérité, j'ai passé une très bonne soirée.

— Y compris la danse lascive ?

— Ah, là, je réserve mon opinion, fit-elle en riant. Mais c'était très instructif, en tout cas.

— Voilà ce que j'appelle minimiser les choses. Vous êtes un drôle de phénomène, vous savez, et pour quelqu'un qui a pour principe de tendre l'autre joue, vous avez la main leste et sonore. Vous l'avez bien secoué, le gars !

— Mon tempérament un peu vif est mon principal défaut et m'a souvent valu des ennuis. Ma douce grand-mère me sermonnait toujours à ce propos, quand j'habitais chez mes parents, dans le Maine. Les Quakers sont des gens très agréables, quand on les connaît ; ils sont faits de chair et de sang, eux aussi.

— C'est bon, je capitule, fit-il avec un petit sourire, en lui prenant le bras. Marchons un peu, voulez-vous ?

Ils descendirent sur la plage et firent quelques pas en silence dans le clair de lune. De temps à autre, un banc de sable s'écroulait dans le courant avec un bruit de tonnerre et les échassiers, affolés par le bruit, s'ébattaient dans les trous d'eau.

D'énormes fleurs pâles émergeaient de la nuit et au-dessus des arbres, le ciel virait du pourpre au violet, offrant à Janet le plus beau spectacle qu'elle eût jamais vu. Ils passèrent près d'un pêcheur solitaire qui cuisait son poisson sur un feu de bouse de vache ; Drummond le salua en urdu.

— Et que faites-vous au Balpur, outre transporter des fusils pour le compte de Mr Cheung ? demanda-t-elle bientôt.

— Je travaille pour le gouvernement indien, je transporte du frêt et des passagers. Tout ce qui me tombe sous la main.

— Je n'aurais jamais pensé qu'il y eût assez de ce genre de travail pour gagner sa vie.

— Et vous avez raison, mais Cheung paye bien, pour ces convoyages tibétains. Et je n'en ai plus pour longtemps. J'en ai assez, de ce pays.

— Comment est-ce ?

— Le Balpur ? fit-il en haussant les épaules. Des montagnes pelées, traîtresses. La capitale a trois mille habitants et fait penser à une bourgade. Une armée, si l'on peut employer ce mot, de soixante-quinze hommes. Quand vient l'hiver, et il sera là dans un mois, c'est l'enfer absolu. Les routes sont les pires de l'univers en toute saison et en hiver, elles sont complètement enneigées.

— Et le Khan ?

— Un vieux faucon des montagnes, aussi orgueilleux que Lucifer. Un magnifique guerrier, en son temps, et quelqu'un de très spécial pour son peuple. Pas seulement un roi, mais aussi un chef religieux et ça lui confère une certaine distinction. Vous aimerez Kerim, son fils ; un accident bien dommage, pauvre petit. J'espère que votre chirurgien de Chicago pourra le rétablir.

— Il a 8 ans, n'est-ce pas ?

— Il aura 9 ans dans trois mois.

— Mes instructions m'enjoignent de me mettre en rapport avec le père Kerrigan, dès mon arrivée. C'est lui qui a tout arrangé.

— Il vous plaira beaucoup, dit Drummond. Il a 60 ans et c'est un merveilleux Irlandais, un dur-à-cuire. Il est au Balpur depuis douze ans, n'y a pas fait une seule conversion et tout le monde l'adore. C'est incroyable.

— S'il n'a pas de congrégation, à quoi s'occupe-t-il ?

— Il est médecin, aussi, et il dirige un petit hôpital de mission qu'il a entièrement organisé, à un kilomètre de Sadar. Il y a un autre Européen à Sadar, un homme du nom de Brackenhurst, un géologue employé par quelque firme anglaise. On l'a aussi bombardé consul de Grande-Bretagne, mais que ça ne vous impressionne pas, ça n'a aucune valeur.

— De ceci, je concluerais que vous ne l'aimez pas beaucoup ?

— Non, pas beaucoup.

Il s'arrêta pour allumer un autre cigare et elle en profita pour demander tranquillement :

— Pourquoi avez-vous quitté la marine, Jack ?

— Vous voulez vraiment le savoir ? répondit-il après une pause, et ses yeux parurent soudain à Janet plus enfoncés, à la lueur de l'allumette.

Elle ne répondit pas et il haussa les épaules, en lançant son allumette au loin, d'une chiquenaude.

— L'armée m'a congédié, ou si vous préférez, m'a conseillé de donner ma démission, ce qui revient au même pour un officier de carrière.

Elle discerna la peine contenue dans sa voix et lui serra gentiment le bras.

— Pourquoi ? Que s'est-il passé ?

— J'étais pilote dans l'aéronavale, pendant la guerre de

Corée. Un beau matin de juillet 1952, j'ai conduit mon escadrille sur une cible erronée. Après notre passage, c'était un monceau de ruines fumantes. Du beau travail. Nous avions réussi à tuer vingt-trois fusiliers américains et dix commandos de la Marine royale détachés auprès d'eux.

— Mais comment un tel accident peut-il se produire ? demanda-t-elle d'une voix bouleversée.

— L'officier instructeur m'a donné de fausses indications.

— Vous n'étiez donc pas responsable ?

— Ça dépend de la façon dont on considère la question. Si j'avais soigneusement vérifié mes ordres de mission, je me serais aperçu de l'erreur ; mais j'étais trop fatigué, épuisé. Trop de missions, pas assez de sommeil. J'aurais dû me mettre au repos des semaines auparavant. Je n'avais pas pu le faire.

— Alors, ils ne vous ont pas fait passer en cour martiale ?

— Non, j'ai seulement été convoqué par un homme dont la manche portait des ficelles dorées jusqu'au coude. Une très brève conversation. J'ai compris.

— Je suis navrée, Jack. Plus navrée que je ne peux l'exprimer.

Sa voix était chaude et pleine de sympathie. Ils avaient atteint une volée de marches de pierre donnant accès au parapet et il s'arrêta pour la regarder. Elle cria alors un avertissement et il plongea, tout en se retournant pour faire face à l'attaque dans l'obscurité. Un poing lui frôla la joue, il perdit l'équilibre et roula plusieurs fois sur lui-même les mains en coupe sur son ventre pour protéger ses parties génitales. Il se releva et s'adossa au mur. Ils étaient trois, trois silhouettes sombres en robes loqueteuses, la lie de la place du marché louée pour quelques roupies. En haut de l'escalier, sous un réverbère, se tenait l'homme du restaurant, le visage barbouillé de sang, entouré de deux de ses amis. La lame d'un couteau brilla sourdement et Janet courut, par-delà les trois hommes, se réfugier près de Drummond, contre le mur.

— Tuez-le ! cria le barbu. Tuez-moi ce porc !

Drummond était fatigué ; la journée avait été longue. Sa main plongea sous sa veste, vers son étui à revolver et en ressortit en braquant un Smith et Wesson, calibre 38. Il tira en l'air et personne ne bougea plus.

— Allez, filez d'ici ! cria le pilote fulminant de rage, tout en tirant un autre coup de feu dans la direction de l'homme sur l'escalier.

La balle ricocha dans la nuit; les tueurs à gages avaient déjà détalé le long du rivage, en jurant avec énergie, et le fils du gouverneur et ses deux amis prirent la fuite en trébuchant dans l'obscurité. Drummond remit son pistolet dans son étui et regarda Janet.

— J'ai comme une idée qu'il est temps de regagner notre hôtel, vous ne croyez pas? fit-il calmement.

Elle fut prise de tremblements incontrôlables et il l'attira à lui.

— Allons, allons... C'est terminé, tout va bien...

Il lui caressa gentiment les cheveux et ses lèvres effleurèrent son front. Dans le calme lourd de la nuit, elle entendait les battements de son propre cœur. Lorsqu'il lui releva le menton et l'embrassa sur les lèvres avec douceur, elle ressentit un émoi encore inconnu. Il glissa son bras sous le sien sans mot dire et d'un même pas, ils gravirent les marches menant au quai.

4

LE DERNIER ENDROIT DE LA CRÉATION

Avec un vent de quarante-cinq nœuds soufflant sur les sommets, leur vol fut cahoteux dans la passe. Ils grimpèrent dans la brume de chaleur qui brouillait l'horizon et se stabilisèrent à 3 000 mètres, pour franchir les montagnes entre l'Inde et le Balpur.

Janet occupait le siège du passager à côté de Drummond et Hamid était assis derrière elle. Elle portait un chemisier blanc au col rabattu sur un pull-over de cachemire, des pantalons en whipcord blanc et un manteau de mouton prêté par le pilote.

Hamid emplit de café une timbale en plastique et l'offrit à la jeune fille.

— Nous entrons au Balpur, lui dit-il. Ces montagnes à l'est appartiennent au Bhoutan et au loin, dans la brume, c'est l'Assam. Les Chinois l'ont envahi en force en 1962.

— Vous y étiez? demanda-t-elle.

— Non, j'étais sur le front du Ladakh, au nord-est.

— Il paraît que ce fut très dur, par là?

— Une vision d'enfer, fit Hamid avec une grimace. Imaginez,

non seulement de vivre à 6 000 mètres d'altitude, mais encore d'y combattre ! Les mules mouraient d'asthme, les hommes d'œdème pulmonaire. Vous savez ce que c'est, bien entendu ?

— Oui. Les poumons se remplissent d'eau.

— Quelle mort pour un combattant ! La noyade sur la terre ferme... Nous ne pouvions pas les évacuer sur les hôpitaux de base à temps pour qu'on les soigne.

— Vous n'étiez pas soutenus par l'aviation ? Pas d'hélicoptères ?

— Nous n'avions aucun besoin de tout ça, jusqu'en octobre 1962, répondit-il avec un rire âpre. L'Inde vivait une ère de paix. Non, nous n'avions pas l'aviation nécessaire et même si nous l'avions eue, nous n'avions pas de pilotes, en tout cas pas ceux capables de voler dans un pays pareil. C'est là que j'ai connu Jack.

— Vous étiez pilote dans l'armée indienne ? fit-elle, surprise, en se tournant vers Drummond.

— 500 livres sterling par semaine, répondit-il, narquois. Du bel argent trébuchant.

— Ne l'écoutez pas, interrompit Hamid. C'est un genre qu'il se donne. De Leh, il exécutait trois vols opérationnels par jour au-dessus des montagnes du Ladakh, vers un petit terrain à 5 000 mètres d'altitude où il apportait des vivres et des munitions, et où il prenait les malades et les blessés. En cinq semaines, il a fait plus de cinq cents sorties, puis il s'est effondré et il a passé trois semaines à l'hôpital, complètement épuisé. Or son contrat ne comportait que cinq vols par semaine, pas plus.

— Hamid devrait ajouter qu'ils ne m'ont pas payé pendant que j'étais à l'hôpital, glissa Drummond. C'est comme ça, les Orientaux. Toujours filous.

Il poussa sur les gaz, au sortir d'une passe étroite, et amorça un long virage qui les amena au-dessus d'une vallée. Une large rivière y coulait paresseusement, serpentant entre des falaises déchiquetées ; elle dessinait un ruban argenté dans un paysage si sauvage et aride qu'on en avait le souffle coupé.

— Souvenez-vous de ce que je vous ai dit, fit Drummond. Le dernier endroit de la Création. Et de penser que les Chinois revendiquent cette foutue terre !

— Pourquoi ? demanda-t-elle.

— Ils se modèlent sur la psychologie des empereurs romains, répondit Hamid. Donner au peuple de quoi occuper son esprit pour lui faire oublier des problèmes beaucoup plus importants. En 1962 la Chine a fait une récolte désastreuse et la famine régnait, alors son armée a envahi l'Inde non préparée à une telle attaque, et le gouvernement chinois a offert à son peuple une victoire facile. À Pékin, ils ont agité leurs drapeaux, en resserrant leurs ceintures de quelques crans.

— Ont-ils vraiment revendiqué le Balpur ?

— Oui, et quelques autres États frontaliers. De fait, le Balpur a fait partie de l'Empire chinois des temps reculés. Sa population est mongole. Seule la classe dirigeante est musulmane ; ce sont les descendants des premiers envahisseurs ; mais personne ne croit sérieusement que les Chinois vont l'attaquer. D'abord, le vieux Khan a choisi de rester neutre ; c'est le seul gouverneur d'un État frontalier qui n'ait pas adhéré au pacte avec l'Inde, de défense mutuelle.

— Et pourtant il vous accepte comme conseiller militaire ?

— Un conseiller militaire pour une armée de soixante-quinze hommes ? Ce n'est qu'un geste politique et Pékin en fait des gorges chaudes.

Elle s'apprêtait à parler de Cheung mais se souvint à temps des recommandations de silence de Drummond, la veille. Même si Hamid connaissait la véritable personnalité de Cheung, et la teneur des caisses transportées au Tibet par Drummond, il préférait sans nul doute rester dans l'ignorance, officiellement. Et se souvenant du Viêt-Nam, elle poussa un profond soupir. L'histoire se répétait, la violence, le sang, les souffrances, en un cercle fermé, sans fin.

Ils volaient très bas au-dessus de la vallée et soudain elle vit, dans une boucle de la rivière, Sadar, ses maisons aux toits plats, éparpillées en désordre sur un vaste plateau ; le palais du Khan émergeait comme une forteresse dans un jardin clos de murs.

Le Beaver vira doucement sur l'aile au-dessus du gracieux minaret d'une mosquée ; de l'autre côté de la ville, vers le sud, Janet distingua le terrain d'aviation, une piste étroite aplanie à grand-peine sur un terrain bosselé, avec, à son extrémité sa manche à air au bout d'une haute perche. Drummond le survola en cercle pour se mettre dans le vent, et atterrit en douceur entre deux rangées de bidons d'huile vides.

Un hangar de fortune en tôle ondulée rouillée semblait à peine assez grand pour abriter le Beaver ; Drummond roula doucement dans sa direction et coupa le contact. Il déboucla sa ceinture, sauta à terre et tendit la main à Janet. Au même instant, un Land Rover déboucha de la lisière de la ville et roula vers eux en soulevant un nuage de poussière. Janet frissonna et se pelotonna dans le manteau de mouton.

— Il fait plus froid que je ne l'aurais pensé, dit-elle.

— L'hiver approche, il est peut-être un peu en avance cette année, répondit Drummond.

Une vieille jeep de l'armée, encore sous camouflage de guerre et dont la capote était rapiécée en maints endroits, était rangée au fond du hangar. Drummond et Hamid avaient à peine commencé à y transporter les bagages que le Land Rover arriva. Cheung, vêtu d'une veste bleue ouatinée de duvet et coiffé d'une toque d'astrakan descendit en voltige du siège du passager et vint à eux. Son chauffeur, un jeune homme blond au visage hâlé et brutal portait une veste de mouton non tanné et des bottes montant aux genoux; un revolver que contenait un étui noir, bas sur la hanche, prenait un air de western, incongru. Il s'avança lui aussi, avec un large sourire, les yeux sur Janet, et Hamid lui demanda d'un ton taquin :

— Et pourquoi ce revolver, Tony? On s'attend à des ennuis?

— Je rejoins mon camp de base, en voiture, pour deux jours, répondit le jeune homme, légèrement embarrassé. On vous coupe la gorge pour vous prendre vos chaussures, par là. Je suis venu chercher ce nouveau théodolite que j'ai commandé, si Drummond a pensé à l'apporter.

— Il est dans l'avion, répondit Drummond d'un ton froid. Prenez-le.

— Voici donc miss Tate? dit Cheung en prenant les deux mains de Janet. Nous allons faire de notre mieux pour vous rendre votre séjour parmi nous agréable.

— Vous étiez au courant de mon arrivée?

— J'ai fait prévenir le Khan par le quartier général indien de Juma, intervint Hamid, avec un sourire.

— Oui, le colonel a reçu le message par radio, hier soir, dit Cheung.

— Et il vous a probablement prévenu avant le Khan…

Le jeune homme blond sauta à bas du Beaver, et se retourna pour y prendre une boîte en bois contenant son théodolite.

— Eh bien, vous transportez une fameuse quantité de pièces détachées, ces temps-ci! remarqua-t-il. Permettez-moi de me présenter, miss Tate : Tony Brackenhurst, ajouta-t-il en se tournant vers Janet avant que Drummond ait pu répondre. Je fais des travaux de recherches géologiques dans la région, et je suis aussi le consul britannique. Si je peux vous être d'une utilité quelconque, n'hésitez pas à faire appel à moi.

— Il se trouve que miss Tate est Américaine, alors il y a peu de chance pour qu'elle ait besoin de vos services, fit Drummond d'un ton aigre.

Brackenhurst l'ignora et retint la main de Janet un peu trop longtemps, en souriant avantageusement ; et c'était ce sourire qui le trahissait, révélant une faille secrète, un manque de force.

— C'est très aimable à vous, monsieur, répondit Janet.

— Je serai de retour dans deux jours, reprit-il. Vous serez probablement encore là, d'après ce qu'on m'a dit de l'état du petit garçon.

Il se dirigea vers le Land Rover, sa boîte sous le bras et Cheung dit vivement :

— Je rentre avec lui. La jeep sera juste assez grande pour vous trois et vos bagages. Vous viendrez me voir cet après-midi, Jack ?

— Après le déjeuner. Je vais d'abord conduire Janet à la mission. Kerim s'y trouve-t-il encore ?

Cheung hocha affirmativement la tête et sourit à Janet.

— Et vous, miss Tate, j'aurai le plaisir de vous revoir ce soir, dit-il. Le Khan donne un petit dîner en votre honneur et il m'a fait la grâce de m'inviter.

— Je serai ravie de vous y retrouver, répondit Janet.

Le Land Rover reprit le chemin de la ville et Drummond sortit la jeep du hangar. Aidé de Hamid, il y poussa alors le Beaver et ferma les portes au cadenas.

— Je vais conduire Janet chez le père Kerrigan, déclara Drummond. Où vas-tu, toi, Ali ?

— Dépose-moi au quartier général du colonel Sher Dil. Nous nous retrouverons probablement tous au palais, ce soir, à moins que le vieux n'ait modifié sa liste d'invités coutumiers.

Ils grimpèrent tous les trois dans la jeep et Drummond engagea le véhicule sur le chemin à ornières qui tenait lieu de route. Ils durent laisser le passage à un troupeau de chèvres, et abordèrent enfin le pourtour de la ville.

Janet regardait autour d'elle d'un œil intéressé, mais Sadar n'avait rien de la gaieté et du pittoresque de Juma ou d'Altaf. Les gens étaient petits, des Mongols trapus aux yeux bridés et à la peau couleur de vieux parchemin. Les hommes portaient des bottes de cuir naturel, des pantalons à fond ample et des vestes de mouton. La tenue des femmes ne différait qu'en un seul point significatif : au lieu de la veste de mouton, elles se couvraient de couvertures marron et noir en guise de manteau; certaines égayaient l'ensemble par un collier de pièces d'argent.

Hommes et femmes arboraient une expression austère, aussi aride que leur pays. Les enfants, eux-mêmes, sur la place du marché, ne présentaient aucun de ces signes d'énergie et de bonne humeur des petits Indiens, et les rues étaient mornes, sans animation ni vitalité.

— Avez-vous remarqué que personne ne sourit, ici ? fit Janet.

— C'est un pays très pauvre, expliqua Hamid. Tout ce que ces gens produisent est le fruit d'un labeur acharné dans un sol rocailleux. Ils ont la vie dure, ils travaillent de l'aube au crépuscule. Ça laisse peu de temps pour s'amuser.

De l'autre côté de la place, un édifice ressemblant à une caserne arborait le drapeau du Balpur, une aigle noire sur fond gris et or, qui flottait sous la brise légère, au-dessus de la grille. Deux sentinelles, surprenantes d'élégance dans leur tenue kaki et sous leur turban militaire, présentèrent les armes lorsque Drummond freina pour laisser descendre Hamid. Le Pathan prit son sac de toile dans la voiture, et une ordonnance vint l'en décharger.

— À ce soir, alors, fit Hamid avec un petit signe de la main.

Le palais n'était qu'à une centaine de mètres de là et avait l'air beaucoup moins impressionnant que vu des airs; ses grilles de fer forgé étaient ouvertes, révélant une allée de graviers, des grands cyprès alignés le long du mur et une profusion de feuillages verts derrière lesquels une fontaine projetait son jet d'eau dans l'air calme.

— Je dois dire que ceci a un aspect plus accueillant, remarqua Janet.

— Ça n'a rien d'étonnant, répondit Drummond. Le Khan est musulman, ne l'oubliez pas. Il sait vivre.

— Et quelle est la religion de son peuple ?

— Il y a beaucoup de musulmans et une non moins grande quantité de bouddhistes, mais sous une forme abâtardie. Et il y a aussi un groupe minoritaire d'Hindous qui se tiennent à l'écart des autres, et cela depuis des siècles. Ils sont trois mille, au plus, dans tout l'État.

Ils allaient bientôt sortir de la ville, de l'autre côté, et dans ce secteur, les maisons plus espacées, dans des jardins clos de murs, avaient deux étages. C'étaient, de toute évidence, les demeures des citoyens riches de Sadar, quels qu'ils fussent.

Drummond ralentit, vira sous un auvent cintré et s'arrêta devant un bungalow planté au milieu d'un jardin.

— C'est ma maison, dit-il. Si vous voulez bien m'excuser une minute, je dépose mes bagages et je reviens.

Il descendit de voiture et une petite femme, les cheveux grisonnants sur un visage plissé de rides, sortit de la maison par la porte du devant, et s'avança sur le perron en baissant la tête sur ses mains jointes, à la manière indienne.

— C'est votre gouvernante ? demanda Janet.

— Oui, répondit-il en attrapant son fourre-tout. J'en ai pour une seconde.

— Puis-je entrer ? demanda-t-elle. J'aimerais voir l'intérieur.

— Si vous y tenez, mais il n'y a pas grand-chose à voir, répondit-il en haussant les épaules, après un instant d'hésitation.

Elle escalada les marches du perron à sa suite. Arrivé en haut, il murmura quelques mots à sa vieille gouvernante qui rentra dans la maison, puis il s'effaça.

— Après vous, dit-il à Janet.

Elle prit pied dans une petite entrée étroite, aux murs crépis et au plancher ciré. Il ouvrit une porte sur la droite et elle pénétra dans le living-room. Une grande cheminée de pierre occupait un des murs, et des carpettes de fourrure réchauffaient le parquet; le mobilier était des plus simples, une table de salle à manger, quelques fauteuils confortables et deux rayonnages de livres.

— Je vous rejoins tout de suite, dit Drummond en passant dans la pièce à côté.

Elle fit lentement le tour du salon, examinant tout et elle s'arrêta près des livres. Sur un guéridon, elle vit une statuette de danseuse, sculptée dans un bois extraordinairement dur. Elle la prit pour mieux la regarder. Les seins lourds étaient d'un modelé qui les rendaient presque vivants; la danseuse étendait ses mains en une pose rituelle, et son visage grave était figé de toute éternité dans son expression hiératique. Janet entendit un léger bruit dans son dos, elle se retourna et vit une femme sur le seuil de la porte menant à l'entrée.

C'était une Indienne, comme la vieille gouvernante, mais celle-ci était jeune, avec un teint pâle et sans défaut, mis en valeur par son sari écarlate. Elle portait une chaîne d'argent autour du cou, des bracelets d'or, et ses yeux sombres étaient soulignés de kôhl.

Au même moment, Drummond sortit de sa chambre. Il proféra tranquillement quelques mots en urdu et la jeune Indienne se retira immédiatement.

— Qui est-ce ? demanda Janet.

— Famia, la fille de ma gouvernante, répondit-il en lui prenant délicatement la statuette des mains. Vous aimez cette sculpture ?

— Oui, elle est ancienne n'est-ce pas ? répondit-elle automatiquement.

— Elle est gréco-bouddhiste. Probablement du IIe siècle. On trouve des quantités d'objets de ce genre au Balpur. Comme je vous l'ai dit, le bouddhisme dominait ici, et je parle du vrai bouddhisme. Il y avait des monastères partout.

— En reste-t-il ?

— Un ou deux, dit-il en jetant un coup d'œil à sa montre. Il faut que nous partions. Il est presque 11 heures et le père Kerrigan ouvre son dispensaire chirurgical à la demie. Nous allons essayer de l'attraper avant qu'il ne commence.

Ils retournèrent à la jeep, il l'aida à s'y installer et ils reprirent leur route comme si rien ne s'était passé ; mais l'atmosphère n'était plus la même, et il régnait entre eux une certaine contrainte.

Janet revoyait la jeune Indienne, son corps gracieux, la beauté de son teint pâle contrastant avec le sari rouge, et une rage brûlante, dont elle ne comprit pas la raison, l'envahit.

La mission s'érigeait sur une colline dominant le fleuve. C'était un édifice long et bas, au toit plat, entouré de murs de pierres grises, comme cela semblait la coutume pour les maisons de ce pays âpre ; le minuscule beffroi de la petite chapelle s'élevait tout près.

Des troupeaux de chèvres, de moutons, et quelques petits chevaux paissaient l'herbe rare près du porche, trente ou quarante personnes attendaient patiemment, accroupies sur le sol ou appuyées contre le mur. Drummond ralentit la jeep pour virer dans l'entrée, et Janet se pencha ; son regard professionnel décela immédiatement les stigmates des maladies : le rachitisme des enfants et leurs pustules cutanées, les chancres pianiques dévorant le visage des vieillards, les yeux fermés par le pus séché et, par-ci, par-là, un membre cassé maintenu par un bandage de fortune.

— Il ne soigne pas tous ces malades à lui tout seul, quand même ? s'enquit Janet en se tournant vers Drummond alors que la jeep s'arrêtait devant quelques marches de pierre.

— Si, répondit Drummond en coupant le contact. Ne me demandez pas comment il y parvient, mais il est tout seul. Il a une vieille femme pour lui faire la cuisine et c'est tout. La voici, du reste.

La femme qui ouvrit la porte et s'avança sur le perron avait le même visage mongol, sans âge, que les gens de la place du marché, mais elle portait une longue chemise de coton blanc et un chandail kaki de l'armée indienne, à épaulettes. Sous cet accoutrement, complété par une écharpe nouée sur ses cheveux et des boucles d'oreilles en or, elle avait l'air d'une romanichelle.

Drummond grimpa les quelques marches avec les deux valises de Janet, les déposa sur le perron et parla en anglais à la cuisinière, en articulant soigneusement ses mots. Il revint à la jeep, et prit Janet par le bras.

— Il est à la chapelle.

Ils traversèrent la cour vers le tout petit oratoire en pierres grises, et Drummond en poussa la lourde porte de bois. Il y faisait sombre, des cierges clignotaient près de l'autel et la statue de la Sainte Vierge semblait flotter dans la pénombre.

Le père Terence Kerrigan, à genoux, était plongé en prière ; ses cheveux blancs étincelaient comme de l'argent et son vieux visage boucané, aux traits têtus d'Irlandais, était momentanément détendu, presque enfantin dans sa pureté.

Il se retourna, plissant les yeux comme le myope, à la vue de ces deux silhouettes dans l'ombre, et s'avança avec un bon sourire.

— C'est vous, Jack ? Et voici probablement miss Tate ? dit-il en prenant les deux mains de Janet qu'il tint serrées dans les siennes. Je suis content de vous accueillir ici, mon enfant. Le colonel Sher Dil m'a prévenu de votre arrivée, pour aujourd'hui. Il a reçu hier soir un message par radio d'Ali Hamid.

— Je me sens très gênée, mon père, dit Janet. Je crois que vous attendiez un médecin.

— Oh, ayez l'âme en paix ! Une infirmière diplômée Quaker qui a exercé pendant deux ans dans les camps de réfugiés au Viêt-Nam me convient parfaitement. Le major Hamid va toujours au fond des choses, ajouta-t-il en riant de son étonnement.

Ils retraversèrent la cour, gravirent le perron et entrèrent dans la maison dont la grande entrée avait été aménagée en dispensaire ; les murs blanchis à la chaux, les médicaments et tout le matériel médical et chirurgical rangés avec ordre et méticulosité sur des rayons blancs, donnaient une impression d'hygiène et d'efficacité.

— C'est ici que je travaille, la plupart du temps, et comme je suis le seul médecin qualifié du Balpur, autant vous dire que je n'ai pas le temps de souffler, dit-il en regardant sa montre. Vous allez vous en rendre compte, d'ailleurs, dans quinze minutes, très exactement.

— Et mon petit malade ? demanda Janet.

— Kerim ? soupira le vieux prêtre. À parler franc, il n'était pas brillant. Je l'ai gardé ici, pour le surveiller de près. Le Khan voulait que je m'installe au palais, mais ça m'était impossible. Comme je le lui ai fait remarquer, j'ai d'autres malades.

— Et comment va Kerim, maintenant ?

— Il est plutôt mieux, encore un peu fiévreux mais il a pris le dessus ; néanmoins je suis d'avis d'attendre encore quelques jours avant d'entreprendre ce long voyage.

— Alors, vous allez héberger Janet ? demanda Drummond.

— Oui, si elle peut s'accommoder d'un vieux fou à manies, fit le père Kerrigan en souriant. Voulez-vous voir Kerim un instant, miss Tate ?

Il la précéda le long d'un couloir aux murs blancs et ouvrit une porte sur la gauche. Le petit garçon dormait, la tête tournée de côté sur l'oreiller ; un gros bandage lui fermait l'œil droit et il avait l'air bien fragile. Ils se retirèrent sans bruit.

Le prêtre ouvrit alors la porte opposée et fit entrer Janet dans une petite chambre sommairement meublée d'un lit étroit et d'une commode. La seule note de luxe consistait en une grande peau de mouton étendue sur le sol. Une porte-fenêtre donnait sur une terrasse dominant un jardin négligé, étouffé par les mauvaises herbes.

— C'est ce que j'ai de mieux à vous offrir, dit le père Kerrigan sur un ton d'excuse.

— C'est un palais comparé à ce que j'avais au Viêt-Nam, répondit Janet.

Ils retournèrent au dispensaire ; Drummond, debout près de la porte, regardait dehors. La cour était pleine de malades, accroupis dans la poussière, qui attendaient patiemment que le vieux prêtre les reçoive. Le père Kerrigan regarda sa montre derechef et fit la moue.

— Je suis en retard de cinq minutes. Ça ne va pas. Il faut que je vous laisse, Jack. Nous nous retrouverons ce soir au palais, j'imagine.

— Probablement, fit Jack.

Il se tourna vers Janet, mais elle avait suivi le prêtre et l'avait retenu par le bras alors qu'il s'éloignait déjà.

— Puis-je vous aider, mon père ?

Le vieux prêtre la scruta du regard, un instant, et un bon sourire illumina son visage.

— J'en serais très heureux, ma petite amie. Je vais vous chercher une blouse.

— À ce soir, Jack, dit alors Janet d'un ton bref, avec un signe de tête.

Elle s'éloigna, soudain changée, compétente, sûre d'elle, les épaules redressées. Elle enfila, tout en bavardant, la blouse blanche que le père lui tendait, étonnée du pied d'intimité sur lequel elle se sentait, d'un seul coup, avec lui.

Drummond tourna brusquement les talons, se fraya un chemin dans la foule et grimpa dans la jeep qu'il fit démarrer d'un bond.

5

LE DINER AU PALAIS

La balustrade blanche de la terrasse se dessinait dans l'obscurité, par les portes-fenêtres, et les grands cyprès se silhouettaient sur le ciel de la nuit. Dans le jardin, les grillons lançaient à cœur joie leurs stridulations incessantes.

À l'intérieur, une lumière douce faisait briller les flacons de cristal, l'argenterie et la vaisselle d'or, et le gros rubis planté au centre du turban du Khan lançait des éclats intermittents.

À 70 ans, le Khan paraissait encore vert dans son smoking de mohair à revers de soie, coupé à Londres, et le visage sous le turban restait celui du guerrier valeureux et fort, avec la pointe d'arrogance de l'homme né pour gouverner. Il était assis au haut bout de la table, Janet Tate à sa gauche, et il se tourna vers elle avec un sourire, pour lui demander dans son anglais précis et précautionneux :

— Encore un peu de brandy, miss Tate ?

— Non, merci bien, répondit Janet avec un sourire.

— Alors, un peu de café ?

Il claqua des doigts et un serviteur s'avança en hâte. Ils étaient cinq invités à la table du Khan ; Janet, ravissante dans sa propre robe noire dépouillée, avait à sa gauche Jack Drummond en smoking blanc ; le père Kerrigan était à la droite du Khan, Cheung le suivait et plus loin, Ali Hamid et le colonel Sher Dil, le commandant de la petite armée du Khan, se faisaient face, resplendissants dans leurs tenues de gala.

— Le père Kerrigan vous a-t-il installée de façon confortable, miss Tate ? s'enquit le Khan.

— Impossible de faire mieux, Votre Altesse.

— J'aurais été très heureux de vous recevoir au palais, mais le père est un vieil entêté, fit le Khan avec un soupir.

— Si c'est la vérité, alors je connais un autre entêté qui n'est pas loin d'ici, repartit le prêtre, parlant avec la familiarité d'un vieil ami, et tendant en même temps la main vers le flacon de brandy. Croyez-vous, Janet, il voulait que j'abandonne tous mes malades, que je ferme ma mission et que je vienne habiter ici !

— On ne peut rien faire de lui, répliqua le Khan en haussant les épaules. Il a même renvoyé mes soldats. Et qui, à cette heure, garde l'Espoir du Balpur, voulez-vous me le dire ? lança-t-il au vieux prêtre.

— Dites-moi d'abord qui, dans tout l'État du Balpur, lui ferait du mal ? contre-attaqua le père Kerrigan.

— Vous voyez, miss Tate, charbonnier n'est plus maître chez soi, fit le Khan en soupirant.

— Si vous voulez tout savoir, la vieille Narida est assise au chevet de Kerim, reprit le prêtre. Elle se ferait couper le bras plutôt que d'abandonner son poste, tant que je ne suis pas de retour.

— Avez-vous vu Kerim aujourd'hui ? demanda le Khan en s'adressant à Janet. Comment était-il ?

— Il est bien, mais un peu faible, répondit Janet. Un accident de cette nature est un gros choc pour l'organisme, et en particulier pour un enfant.

— Un enfant qui sera un homme dans trois ans, au cours d'une cérémonie importante. Notre coutume veut qu'il soit présenté à notre peuple, ce jour-là, et qu'il soit prêt à me succéder, le cas échéant. C'est pourquoi j'ai hâte de le voir partir pour l'Amérique, dans les plus brefs délais.

— Pas avant quelques jours, déclara le père Kerrigan. Et miss Tate est de mon avis.

Le Khan jeta un coup d'œil à Janet, qui hocha la tête.

— Oui, le père Kerrigan a raison, dit-elle. Et nous avons largement le temps. Kerim sera de retour un mois après son opération, vous savez.

— Alors, je m'incline devant la force, fit le Khan, les bras écartés. Jouez-vous aux échecs, miss Tate ?

— Pas très bien.

— Le père Kerrigan se croit un champion. Il est de mon douloureux et fréquent devoir de lui prouver le contraire.

— Pas possible ? fit le prêtre en se levant, son verre de brandy en main. Si Son Altesse veut être assez bonne pour ouvrir la marche vers le coin de jeu, je vais me mettre au travail et lui faire ravaler ses mots.

— Avec plaisir, dit le Khan se levant à son tour. Messieurs ? ajouta-t-il en se tournant vers les autres.

— Une partie de billard, peut-être ? proposa Hamid à Drummond et à Sher Dil.

Ils approuvèrent de la tête à l'unisson et Cheung sourit à Janet, à travers la table.

— Ce qui ne laisse plus que miss Tate et moi, dit-il. Je pourrais peut-être lui faire les honneurs des trésors du palais, si le Khan m'y autorise.

— Je vous en prie, acquiesça le Khan. Il ne me faudra pas plus d'une heure pour venir à bout de ce prêtre présomptueux.

— C'est vous qui le dites ! répliqua le père Kerrigan avec une colère feinte.

Les deux hommes sortirent. Drummond, Hamid et Sher Dil discutèrent un moment d'un bulletin de radio émanant du Q.G. de l'armée de l'Inde, et mentionnant des engagements de patrouilles dans la région du Ladakh. Cheung se joignit à eux et Janet se dirigea vers la fenêtre, pour regarder le jardin.

Il était très grand et beau. Des jarres de style grec, remplies d'iris nains, s'espaçaient sur la terrasse et les hibiscus exhalaient leur parfum, lourd dans la nuit. Plus bas, dans l'ombre, les élégants cyprès, silhouettes noires, se dressaient comme des sentinelles, et la lune était pleine.

— Quel contraste étonnant, n'est-ce pas ? fit près d'elle la voix de Cheung qui l'avait rejointe. Ici, ce jardin dans la nuit, toute la beauté du monde ; au-delà de ces murs, une terre stérile où vivre représente un dur labeur.

— En a-t-il toujours été ainsi ?

— Oui, fit-il en hochant la tête. Autrefois, les hommes des tribus descendaient faire des raids en Inde, comme des loups, et leur nom était synonyme de cruauté. Mais ces jours-là sont révolus ; il ne leur reste plus qu'à vivre de leur terre et elle n'a pas grand-chose à donner.

— Ne peut-on rien faire ?

— Qui sait ? fit Cheung en haussant les épaules. Les travaux de Brackenhurst vont peut-être révéler quelque chose, des traces de minerais qui vaudraient d'être prospectés. Le Khan fonde de grands espoirs là-dessus, mais je doute qu'ils se réalisent. Brackenhurst n'aura pas été le premier géologue à perdre son temps par ici.

— Et pourtant Hamid m'a dit que le gouvernement chinois de Pékin avait revendiqué l'État du Balpur ?

— Comme il a revendiqué le Nepal, et le Bhoutan, et même une partie de l'Assam. Des mots, ce ne sont que des mots. Mais de fait, on ne peut pas nier que le Balpur a fait partie de l'empire chinois des temps anciens. Venez avec moi, je vais vous le prouver.

Ils traversèrent la salle à manger, se dirigèrent vers le grand hall central et Cheung ouvrit une porte. La pièce était dans l'obscurité. Janet entendit le déclic du commutateur mais ne s'attendait pas au spectacle qui s'offrit à elle. De l'obscurité jaillirent soudain les rampes lumineuses des vitrines qui tapissaient les quatre murs. Leur contenu arracha un cri étouffé d'admiration à la jeune fille. Elle avait sous les yeux la plus admirable collection de poteries que l'on pût rêver. Des vases d'opaline, translucides et fragiles, des urnes rouges et noires, vernissées, dont les coloris étaient aussi vivaces que le jour de leur cuisson, s'espaçaient sur les étagères. La plupart étaient, sans erreur possible, d'origine chinoise, et les autres portaient la marque de l'influence chinoise. Il y avait également une collection de figurines semblables à celle que Janet avait remarquée chez Drummond.

— Jack en a une comme ça, dit-elle. Il m'a dit qu'elle était gréco-bouddhiste.

— C'est exact. Vous le savez sans doute, l'Inde fut envahie par Alexandre le Grand. La culture grecque s'est infiltrée dans toute la région frontalière, et pourtant la littérature indienne n'en fait jamais mention.

Elle tendit la main et prit une urne à vin, merveilleuse et délicate, recollée à grand-peine, morceau par morceau, à en juger par le lacis de fines lignes qui la sillonnaient.

— Où a-t-on découvert cette pièce-ci ?

— Dans un tumulus, près de la rivière, au sud de la ville. Il en subsiste beaucoup. Il faut que vous alliez en visiter un, pendant votre séjour. Et il y a un temple bouddhiste en ruine, non loin de la mission. D'une beauté à couper le souffle, par clair de lune. Je vous le recommande.

Il souriait à Janet de façon engageante ; la porte s'ouvrit à ce moment, livrant passage à Hamid.

— Ah, vous êtes là, fit-il.

— Je croyais que vous jouiez au billard ? demanda Janet.

— Oui, d'une façon qui nous est personnelle, avec éliminatoires. Jack et Sher Dil sont trop forts pour moi.

— Mr Cheung me montrait la collection du Khan. Je ne me doutais pas que les Chinois avaient tant imprégné cette contrée, naguère.

— Dieu seul sait pourquoi, observa Hamid. Ce fichu pays devait déjà peser lourdement sur l'économie de la Chine, même en ce temps-là.

— Il se fait tard, il faut que je rentre, remarqua Cheung en regardant sa montre. Je confie miss Tate à vos bons soins, major.

Il sortit d'un pas rapide et Janet se tourna vers Hamid avec un soupir.

— J'ai beaucoup de compassion pour lui, dit-elle. Nous étions là, en train de parler des splendeurs de la Chine du passé, et il ne lui est même pas permis de faire partie de la Chine du présent. Cela doit être affreux d'être exilé de la sorte.

— C'est la tragédie du XXe siècle, constata Hamid. Cheung vous est-il sympathique ?

— Difficile de me prononcer. Il se met en quatre pour se rendre agréable, mais j'ai le sentiment qu'il me regarde sans me voir, si vous comprenez ce que je veux dire.

— Oui, c'est une excellente description, tout à fait adéquate. Et Sher Dil ?

— Oh, il est merveilleux ! Si élégant dans ses manières, si…

Elle trébucha sur ses mots et Hamid pouffa.

— Si britannique, c'est ça, hein ? Nous sommes encore tous profondément marqués du sceau impérial. Sher Dil était un officier considéré à Sandhurst, en son temps. Et jusqu'en 1945, il était colonel dans l'armée indienne.

— Pourquoi ne l'est-il plus ?

— Nous avons tous tenté de nous conformer à la politique de pacifisme de l'Inde, pendant longtemps. Nehru était persuadé que sa neutralité serait respectée par tous ; mais des hommes comme Sher Dil, les hauts gradés militaires de carrière, l'étaient beaucoup moins et exprimèrent leur opinion. Lorsqu'on réduisit l'armée, ils furent licenciés parmi les premiers.

— Et alors Sher Dil est venu ici ?

— Oui, commander l'armée du Khan, soixante-quinze hommes, pour la plupart recrutés en Inde. Et la population de cet État n'aime pas l'uniforme, fit-il avec une grimace souriante. Mais une nuit comme celle-ci est faite pour la gaieté et l'amour, pas pour les conversations sérieuses. Venez, je vais vous montrer les beautés du jardin.

— Mr Cheung s'en est déjà chargé.

— Sûrement pas avec ma remarquable compétence…

Ils gagnèrent la terrasse et s'arrêtèrent avant d'aborder l'escalier aux degrés peu élevés, pour laisser à Hamid le temps d'allumer un cigare.

La lune jouait entre les branches des cyprès, l'air nocturne était lourd du parfum des fleurs, et le jet d'eau éclaboussait son bassin, planté au milieu de la verdure et frétillant de petits poissons. Janet descendit les quelques marches, appuyée au bras du Pathan.

— Ils appellent ça « l'heure des tourtereaux », l'heure où les amoureux épanchent leurs cœurs, dit-il avec un geste théâtral du bras.

Ils s'approchèrent du bassin, elle s'assit sur la margelle et laissa traîner ses doigts dans l'eau. Quelque part dans les frondaisons, un oiseau appelait doucement dans la nuit.

— On se croirait dans les jardins de l'Éden, dans le désert. Comment réussit-il ce tour de force ? fit Janet.

— Grâce à une armée de jardiniers et à des soins incessants ; et tous ces hauts murs protègent du vent, ne l'oubliez pas, répondit Hamid en respirant profondément, avec un soupir. Et la chose impressionnante est que toute cette beauté meurt en une nuit. L'hiver rigoureux frappe d'un seul coup, ici, comme un sabre taille dans la chair vivante et chaude.

Elle laissa ses yeux errer sur l'eau éclairée par la lune, et sur les petits poissons qui venaient lui chatouiller les doigts.

— Jack m'a raconté ce qui lui était arrivé en Corée, dit-elle.

Hamid s'approcha, lui releva le menton d'une main ferme et plongea dans ses yeux.

— Il vous plaît, n'est-ce pas ?

— Beaucoup. Je n'ai jamais rencontré quelqu'un comme lui. C'est un homme étrange, violent et désabusé, et à la fois l'être le plus charmant que j'ai jamais connu.

— C'est toujours comme ça, dans ma vie, soupira Hamid. Bon, que voulez-vous savoir à son sujet ?

— Nous sommes passés chez lui, cet après-midi. Il y a une Indienne dans son bungalow. Je crois qu'elle s'appelle Famia.

— C'est la fille de sa gouvernante.

— Est-ce sa maîtresse ?

— Ah, voilà donc l'histoire ! s'exclama Hamid avec un gloussement, en prenant les mains de la jeune fille. Jack est un homme fait, Janet ; il serait anormal qu'il n'éprouve pas de désirs physiques de temps à autre, ne croyez-vous pas ?

Elle sentit une colère l'envahir comme un feu qui s'embrase, et elle s'accrocha aux mains qui tenaient les siennes. Hamid lui caressa doucement la joue.

— Pauvre Janet ! L'Inde est une dure école de la vie.

— Je crois que je l'aime, Hamid, dit-elle d'une petite voix. Ce n'est pas plus compliqué que ça.

— C'est toujours plus compliqué que ça, fit-il d'un ton pénétré, en la faisant lever. Nous ferions mieux de rentrer pendant que vos paroles sont encore fraîches à ma mémoire.

— Encore une question, dit-elle. Ressent-il autant d'amertume de cette histoire de Corée que son attitude le laisserait penser, parfois ?

— Pas vraiment, répondit Hamid en secouant la tête. Il est trop intelligent pour se blâmer de ce qui ne fut qu'un accident de guerre, mais il adorait la marine. En démissionnant, il a perdu beaucoup.

— Sur quoi a-t-il reporté son intérêt ?

— Sur rien. En tout cas, c'est ce qu'il se dit, et il s'occupe l'esprit en vivant dangereusement ; il travaille pour le plus offrant pour se faire un petit magot. Et, à la vue de la souffrance, il s'empresse, comme il l'a fait au Ladakh pendant l'invasion chinoise, de renier ses principes durement acquis.

— Vous l'aimez beaucoup, n'est-ce pas ?

— Je sais apprécier une amitié sincère, répondit-il avec simplicité. Jack Drummond m'a donné la preuve de la sienne en maintes occasions.

En silence, ils regagnèrent la terrasse. Alors qu'ils en gravissaient les gradins, Drummond parut sur le seuil d'une porte-fenêtre.

— Je vous cherchais, dit-il. Le père Kerrigan désire rentrer à la mission. Il n'aime pas laisser Kerim trop longtemps seul. Je vous raccompagne en jeep.

— Je vais chercher votre manteau, Janet, dit Hamid qui se dirigea vers le palais.

— Avez-vous gagné votre partie ? demanda Janet.

— Non, et vous ?

— Quelle erreur est la vôtre ! répondit-elle avec un pâle sourire.

Elle passa devant lui en le frôlant pour entrer dans le palais et il resta dans la pénombre, prêtant l'oreille aux voix qui lui parvenaient, l'estomac soudain creux et vide, comme si un doigt froid s'y était introduit.

Elle s'assit entre lui et le père Kerrigan pour le retour et, sous le vent de la route, l'extrémité de son écharpe soyeuse venait parfois effleurer le visage de Drummond. Il était conscient de sa chaleur, du modelé de sa cuisse contre la sienne, de son parfum délicat ; il serra plus fort le volant, respirant cette douceur féminine, envahi de sentiments qu'il n'avait pas ressentis depuis bien longtemps.

Le vieux prêtre riait dans sa barbe, tout seul dans son coin.

— J'aurais donné gros pour que vous soyez là, vous deux, fit-il. Quelle raclée je lui ai infligée ! Il se passera un certain temps avant qu'il ne s'avise à nouveau de plastronner devant Terence Kerrigan.

Drummond glissa un regard vers Janet, alors qu'il amenait la jeep dans la cour de la mission.

— J'ai l'impression qu'il a gagné, murmura-t-il.

— Et comment, jeune insolent ! ricana le vieux missionnaire en mettant pied à terre. Une belle nuit pour une randonnée en voiture, ajouta-t-il avec un sourire illuminant son visage éclairé par la lune.

Drummond marqua une hésitation et Janet proposa, d'une voix calme :

— Cheung m'a parlé des ruines d'un temple bouddhiste, non loin d'ici, qui vaut la peine d'être vu par clair de lune.

— Il n'a pas tort, répondit le père Kerrigan en claquant la porte de la jeep. Allez, filez, et ne rentrez pas trop tard.

Drummond fit demi-tour dans la cour, et s'engagea sur la plaine longeant la rivière. Il avait baissé la capote, précédemment, et le vent frais et cinglant s'engouffrait dans la voiture, apportant avec lui une odeur d'humus. Ils arrivèrent bientôt à la limite d'un vallonnement et virent les ruines du monastère, sur un petit plateau dénudé, balayé par le vent.

Drummond freina, coupa le contact et ils firent quelques pas. La pleine lune inondait le site de sa pâle clarté et l'ombre des colonnades en ruine se projetait sur le sol de mosaïque, comme des barres de fer. Au fond se dressait la statue de Bouddha, écorniflée et craquelée par les ans et les intempéries; un bras lui manquait, mais le visage serein s'était bien conservé et les yeux aux paupières bridées scrutaient l'éternité, par-delà le fleuve.

Janet s'en approcha lentement et Drummond alluma un manille. Il leva la tête et la vit, sur le bord de la terrasse écroulée, ses yeux pensifs fixés sur la nuit.

Elle se silhouettait sur le clair de lune, qui dessinait sa ligne fuselée sous la soie mince de sa robe, et lorsqu'elle se retourna et le regarda, elle lui sembla aussi irréelle et éthérée qu'une déesse de la nuit, prête à se fondre dans l'obscurité.

Ils restèrent ainsi, pris au piège du moment, se dévisageant; enfin, elle vint à lui sans hâte, tendit la main et lui caressa le visage avec douceur. Il tourna la tête, lui effleura la paume de ses lèvres et la prit par la taille. Elle se laissa aller, un peu tremblante; un grondement de tonnerre menaçant éclata dans le lointain.

— Qu'est-ce que c'était? demanda-t-elle en levant vivement la tête.

— Un orage qui approche, répondit-il en désignant les montagnes dont les sommets se zébraient d'éclairs. Rentrons vite.

Elle prit conscience du calme anormal de l'atmosphère. Un épais manteau noir se formait à l'horizon, éteignant les étoiles sur son passage. Drummond la prit par la main et ils coururent à la jeep. Il mit le moteur en route et embraya immédiatement; au même instant, d'énormes gouttes s'écrasèrent sur le pare-brise.

Il enfonça l'accélérateur, mais c'était peine perdue. Dans un effroyable coup de tonnerre, les cieux s'ouvrirent.

Ils n'avaient pas pris le temps de rabattre la capote ; Drummond se ratatina derrière le volant, les yeux à demi fermés sous l'attaque de la pluie glacée, et Janet se pelotonna contre lui. Il fonça dans la cour de la mission, freina brusquement et ils se précipitèrent à l'abri du porche. La robe de soie de la jeune fille lui collait au corps comme une seconde peau et elle tremblait de tous ses membres, en riant.

— C'était absolument merveilleux, merveilleux ! dit-elle.

— Allez vite vous changer, lui dit-il. Vous allez attraper la mort.

— Une bonne friction ne vous fera pas de mal non plus, répliqua-t-elle en le prenant par la main. Nous allons passer par ma chambre ; le père Kerrigan est probablement couché.

Ils longèrent la véranda jusqu'au jardin, derrière, sur laquelle donnait sa porte-fenêtre qui était restée entrouverte. Elle entra, donna de la lumière et prit une serviette propre.

— Débrouillez-vous avec ça pendant que je me change.

— Voulez-vous que je vous essuie le dos ? proposa-t-il.

Elle le poussa vivement vers la porte-fenêtre.

— Sortez d'ici, plus vite que ça, fit-elle.

Elle tira son rideau, s'extirpa de ses vêtements dégoulinants et se frictionna avec énergie. Ses tremblements cessèrent et elle ressentit bientôt une chaleur bienfaisante. Elle enfila sa robe de chambre dont elle noua la ceinture et sortit sur la terrasse.

Drummond s'était essuyé les cheveux et le visage, et avait étendu la serviette sur la balustrade. Il faisait un froid mordant, maintenant, et elle le vit qui respirait à fond, inhalant la fraîcheur de la nuit, pour calmer son émoi intérieur.

— Vous vous sentez mieux ? demanda-t-elle à voix basse.

Il pivota lentement. Janet se tenait à quelques pas ; un éclair illumina la nuit et son visage jaillit de l'obscurité, encadré par le rideau noir de ses cheveux. Elle était belle, et il le constata avec émerveillement. Pas seulement plaisante, mais belle ; il s'approcha en deux enjambées vacillantes et l'attira à lui.

Le martèlement de la pluie sur le toit de tôle ondulée gronda dans les oreilles de Janet. Elle sentit la force de Drummond, de ces bras qui l'enserraient ; sa robe de chambre lâche bâilla et les lèvres de Jack se posèrent sur ses épaules nues, sur ses seins. Elle se laissa aller contre lui, emportée par un courant violent, et sentit les mains de Jack qui s'attaquaient à la ceinture de son peignoir. Celui-ci s'ouvrit et elle se reprit, se débattant follement.

— Non, Jack, non !

Il s'immobilisa, la tête penchée en avant pour essayer de la distinguer dans l'obscurité et elle le repoussa violemment, à deux mains.

— Non, Jack, pas ainsi ! Je ne suis pas une de vos femmes faciles...

Il resta là longtemps, redressé, presque invisible dans l'ombre, les yeux rivés sur elle et soudain, sans un mot, il s'en fut d'un pas rapide.

Un autre éclair violent illumina la terrasse solitaire et Janet rentra dans sa chambre, la gorge déchirée de sanglots arides ; elle se jeta sur son lit, en proie à la colère et à la frustration.

Drummond avait laissé, délibérément, la porte-fenêtre de sa chambre ouverte, en dépit du froid. Couché, adossé à son oreiller, il fumait une cigarette en pensant à Janet ; la pluie tambourinait sur son toit, avec violence.

Si c'est ainsi qu'elle veut les choses, qu'elle aille au diable ! Il bascula sur le flanc pour écraser son mégot dans le cendrier posé sur la commode, à côté de son lit ; il perçut un léger mouvement près de la fenêtre, le rideau s'agita et Famia entra.

Ses cheveux défaits lui pendaient jusqu'à la taille et elle portait une souple robe-chemise, retenue par une ceinture. Il y eut un bruissement soyeux et, alors qu'elle s'avançait dans le cercle lumineux de la lampe de chevet, la robe glissa au sol. Elle se tint devant lui, nue et magnifique, ses seins pointés dans son désir, les mains à plat sur ses cuisses.

Elle s'approcha d'un pas de félin et il tendit les bras pour l'attirer à lui, écrasant la douceur de ce corps féminin contre le sien. Il la tint serrée, les yeux perdus sur la nuit, par la fenêtre ouverte ; elle gémit doucement, enfonçant ses ongles dans ses épaules.

Après tout, pourquoi pas ? Famia était la solution à certain problème, une solution pas plus mauvaise qu'une autre.

Sur la terrasse, dans le noir, la vieille femme écouta un moment, hocha la tête avec satisfaction et se retira sans bruit.

L'aube n'était pas loin lorsqu'il s'éveilla, dans une fraîcheur qui lui glaçait la sueur sur la peau. Il pleuvait toujours, dru ; il ramena les couvertures sur lui et se retourna, dans l'espoir de se rendormir au chaud. Mais le bruit qui l'avait réveillé s'approcha, dehors, un ronflement de moteur dominant le martèlement de la pluie. Des freins grincèrent, des pas urgents traversèrent la cour. Drummond se leva, passa sa robe de chambre et s'avança sur la véranda. Tony Brackenhurst en escaladait à toute allure les quelques marches ; il trébucha sur la dernière et tomba sur un genou. Il avait le visage tiré, hagard, à la lueur de la lanterne du porche.

— Que se passe-t-il, pour l'amour du ciel, mon vieux ? demanda Drummond.

— Les troupes chinoises ! haleta Brackenhurst. À Howeel, à mon camp de base. Elles ont massacré mes hommes !

— Des troupes chinoises ? répéta Drummond. Vous voulez parler d'une patrouille ?

— Pas une patrouille, des centaines de ces salauds-là, des centaines ! s'exclama Brackenhurst, la voix courte.

Drummond digéra la nouvelle, rivé sur place ; puis il mit Brackenhurst sur pied d'une poigne sèche.

— Avez-vous parlé de ceci à quiconque ?

— Non, je n'en ai pas eu le temps, répondit le géologue en secouant la tête.

— Bon ; parce que si cette nouvelle se répand, il y aura une panique générale et mon avion ne peut contenir que quinze passagers, pour voler dans ces régions.

— C'est bien ce que je me suis dit.

— Je m'en doute ! Voici ce que nous allons faire : nous filons à la mission prévenir le père Kerrigan et Janet. Nous leur laisserons ma jeep et ils nous rejoindront avec Kerim dès qu'ils seront prêts.

— Et nous, ensuite ?

— Nous revenons en ville avec votre Land Rover et portons la nouvelle au Khan. Il comprendra peut-être, alors, la futilité de compter sur ses tribus frontalières pour le tenir au courant.

Il rentra dans sa chambre, s'habilla rapidement ; il mit sa vieille veste de vol de l'aéronavale et chaussa ses bottes fourrées. Assise dans le lit, les couvertures ramenées sur ses seins, Famia le regardait.

— Quand reviendras-tu ? demanda-t-elle.

Il prit le Smith et Wesson 38 dans un tiroir, s'assura qu'il était chargé et glissa une boîte de cartouches dans sa poche.

— Dieu seul le sait, mais tu n'as rien à craindre. Tu n'as pas besoin de moi, tu n'en a jamais eu besoin.

Il sortit et elle entendit bientôt les deux moteurs démarrer successivement ; elle écouta leur son s'éloigner dans la pluie. La porte de la chambre s'ouvrit avec un léger craquement et la vieille Indienne entra.

— Lève-toi, ma fille ; tu sais ce qu'il faut faire et il n'y a pas de temps à perdre.

Famia enfila vivement un vieux pantalon militaire de Drummond et un pull-over de la marine qui flotta autour de ses hanches étroites. Elle glissa ses pieds dans des sandales, fit un signe de tête à sa mère et passa sur la véranda. Elle courut dans les rues désertes, la tête baissée sous la pluie cinglante.

En cinq minutes, elle parvint à un bungalow identique à celui de Drummond, escalada les marches de la terrasse et pianota nerveusement sur la porte.

— Mr Cheung ! Cheung ! appela-t-elle.

6

ACTION DANS LA NUIT

C'était la pluie qui avait sauvé Brackenhurst, ce déluge soudain qui avait, d'un paisible ruisseau de montagne, fait un torrent furieux, débordant jusque sur la piste dont il avait rempli une dépression de son eau glacée.

Le géologue avait passé une dure journée à prospecter la montagne, à la recherche de minerais, recueillant des spécimens de terre par-ci par-là ; sur le chemin du retour vers son camp de base de Howeel, le déferlement soudain des flots boueux, qui scintillèrent sous les phares de son Land Rover, le fit freiner brutalement.

Il descendit de voiture, cassa une branche sur le bord de la piste et sonda le gué avec précaution. Plus d'un mètre de profondeur ! Peut-être pourrait-il passer, mais si le moteur calait au beau milieu, il serait dans un joli pétrin. En marche arrière, il ramena sa voiture sur le sommet d'un tertre, l'y abandonna phares éteints, et refit à pied le trajet jusqu'au gué.

L'eau était bougrement froide et elle bouillonnait autour de lui, le glaçant jusqu'aux os. Il franchit le torrent avec peine, jurant à voix sonore, et reprit pied sur la terre ferme, de l'autre côté. Dieu merci, son camp n'était qu'à un kilomètre de là.

Il progressa lourdement, handicapé par ses vêtements mouillés, la tête dans les épaules contre la pluie qui le fouettait, et se guidant à la lueur d'une lampe électrique. Il lui sembla entendre un cri dans le lointain, des coups de feu désordonnés, puis clairement cette fois, la déflagration d'un coup de fusil, un peu étouffé par la pluie. S'ensuivit instantanément le « tac-à-tac » d'une mitrailleuse.

Il s'arrêta en haut d'une légère descente, le visage inquiet, et plongea du regard sur son camp, dont il distinguait la lumière vacillante entre les pins. Il y régnait une vive agitation et des mouvements de voitures ; des commandements militaires s'en élevaient.

Il quitta la piste et descendit entre les arbres, tel un Sioux, jusqu'aux abords du camp, à vingt ou trente mètres, mais en surplomb. Le creux du vallon grouillait de soldats chinois, des petits paysans trapus vêtus de vestes matelassées, coiffés de casquettes à visière et armés de fusils Burp. Brackenhurst sentit ses genoux le lâcher.

Il vit deux de ses hommes, Galur et le vieil Abdul, debout près du feu, les mains en l'air. Un fusil automatique claqua et Abdul tomba à la renverse, sur les braises. Galur pivota sur lui-même, fonça tête baissée dans le groupe de soldats et courut vers les arbres. Brackenhurst crut un instant qu'il allait réussir à s'y cacher, mais une rafale de mitraillette le cloua au sol.

Les hommes s'appelaient d'une voix excitée et pointue en allant d'une tente à l'autre. Il en arrivait de plus en plus et, dans un ronflement de moteurs, un camion chargé de troupes descendit la piste, suivi d'un autre, puis d'un autre. Ils étaient équipés de chenillettes tout terrain, qui remplaçaient les roues arrière.

Brackenhurst en avait assez vu. Il s'enfuit, se faufilant entre les arbres. Un cri s'éleva quelque part sur sa gauche et une balle siffla entre les pins dont elle cassa une branche. Le géologue baissa la tête et courut plus vite en se protégeant le visage du bras, contre les ramures basses. Il ne mit pas longtemps à regagner le gué qu'il retraversa en hâte, et courut vers son Land Rover d'un pas trébuchant.

Le moteur encore chaud démarra en force du premier coup. Il fit rapidement demi-tour et les roues patinèrent sur le bas-côté détrempé de la piste ; il retrouva enfin le chemin plus ferme et appuya sur l'accélérateur.

Assis au volant du même Land Rover, dans la cour de la mission, Brackenhurst frissonnait au souvenir des événements de Howeel. Il entendit des voix et tourna son regard vers la porte où venaient d'apparaître Drummond et le père Kerrigan, muni d'une lanterne.

Le prêtre hocha la tête et rentra dans la mission ; Drummond dévala les quelques marches et bondit dans la voiture.

— Voilà. Filons.

— Et qu'a dit le vieux ? demanda Brackenhurst, une fois sur la piste.

— Que pouvait-il dire ? Il va faire un sac de montagne en vitesse et nous suivre dans la jeep, avec Janet et Kerim. Il serait insensé de rester là, au vu des événements qui ne vont manquer de s'ensuivre. Vous savez aussi bien que moi comment ils traitent des hommes tels que lui.

— Et que va faire le Khan, à votre avis ?

— Que diable peut-il faire, si ce n'est s'enfuir ? Il n'a pas adhéré au pacte de défense mutuelle avec l'Inde, ce qui veut dire que l'armée indienne ne bougera pas de ses postes frontaliers, et tels que je connais les Chinois, ils seront assez malins pour ne pas s'aventurer au-delà de la démarcation.

— Mais à quoi rime cette attaque ? Qu'espèrent-ils trouver dans un bled pareil, bon Dieu ? Rien ne vaut rien, ici.

— On peut en dire autant de l'Aksai Chin et du Ladakh ; néanmoins, ils les ont envahis, et pour la même raison, le prestige, une victoire à clamer dans les journaux : la glorieuse armée de la République populaire reprend les territoires qui firent partie de l'empire chinois, il y a plus de mille ans. Que le Balpur ne représente que quelques milliers de mètres carrés de la terre la plus aride de la création n'a aucune importance. Enthousiasmé par cette victoire, le peuple chinois en oubliera sa récolte de famine.

Les rues étaient désertes, le ciel commençait à s'éclairer au-dessus des montagnes, et de l'autre côté des maisons en pierre grisâtre, le fleuve tumultueux, gonflé par les pluies, courait dans la vallée.

Au palais, attendant le Khan dans la pièce où ils avaient dîné la veille — la veille, qui était déjà d'un autre âge, d'un temps révolu — Drummond ouvrit la porte-fenêtre et s'avança sur la terrasse, sous la pluie, prêtant l'oreille.

Le Khan prit son temps mais quand il parut, il était vêtu d'une tenue militaire de service, et ses décorations brillaient au-dessus de sa poche gauche, mettant une note de couleur vive dans la grisaille du matin. Le majordome que Drummond avait prévenu en arrivant le suivait, portant un plateau en argent chargé d'un flacon de brandy et de verres.

Le Khan avait soudain rajeuni d'une vingtaine d'années et son pas ferme témoignait d'une nouvelle vitalité.

— M'est avis que nous avons tous besoin d'un remontant, messieurs. Et si Ahmed n'a pas exagéré les choses en me rapportant vos nouvelles, il s'écoulera un bout de temps avant que nous ayons l'occasion d'en boire un autre.

Ahmed emplit les trois verres, tendit son plateau à la ronde et s'en fut. Le Khan leva son verre en silence.

— Et maintenant, Mr Brackenhurst, veuillez être assez aimable pour me relater vous-même ce que vous avez vu au camp de Howeel.

Quand Brackenhurst se tut, le vieux guerrier se tourna vers Drummond.

— Qu'en pensez-vous ?

— Je n'y comprends rien, répondit Drummond. À mon dernier voyage par là, il n'y avait rien. Rien du tout.

— Mais il y a dix jours de ça, si je ne me trompe ?

— Quelles sont vos intentions, Altesse ?

— Je ne sais trop. Je dois d'abord conférer avec le colonel Sher Dil et le major Hamid. J'ai envoyé des messagers les prévenir de me rejoindre de toute urgence au quartier général.

— Soixante-quinze hommes, observa Drummond. Ils n'iront pas loin, et vous ne pouvez pas compter sur les hommes des tribus. Et je ne crois pas que l'armée de l'Inde intervienne.

— Un tour d'horizon pessimiste mais clairvoyant, je le crains. Combien de passagers pouvez-vous prendre, dans votre avion ?

— Pas plus de quinze, dans cette région de montagnes élevées que je dois survoler, ne l'oubliez pas. Si nous devons partir, il faut faire vite. Dès que la nouvelle se répandra en ville, les gens se précipiteront en foule au terrain d'aviation. Je n'ai encore alerté que le père Kerrigan. Nous sommes passés à la mission où j'ai laissé ma jeep ; le père se prépare en hâte et va nous rejoindre avec Kerim et miss Tate.

— Oui, il faut sauver mon fils à tout prix, dit le Khan en hochant la tête.

— Alors, en faisant le compte, notre liste de passagers serait, éventuellement, composée de vous-même, Kerim, le père Kerrigan, miss Tate, Brackenhurst ici présent, le major Hamid, et le colonel Sher Dil, bien entendu, s'il veut venir.

— Et Cheung ? intervint Brackenhurst.

— Ah, je l'oubliais, fit Drummond qui se tourna vers le Khan. Votre Altesse connait probablement l'appartenance politique de Cheung. Dieu seul sait ce que les Rouges feraient de lui s'il leur tombait entre les mains.

Le majordome revint et tendit au Khan un lourd pistolet de l'armée britannique accroché à un ceinturon de cuir bien astiqué que l'Altesse boucla autour de sa taille. Un sourire crispé se joua sur son visage.

— Dans ces conditions, je crois qu'il est temps de nous mettre en mouvement, messieurs. Déposez-moi au quartier général du colonel Sher Dil ; et je vous suggère de pousser ensuite jusqu'au terrain et de préparer l'avion en prévision d'un décollage d'urgence.

Le jour s'était levé mais le ciel restait d'un gris plombé et la pluie avait transformé la route en bourbier. Le Land Rover freina devant la lugubre caserne du colonel Sher Dil. Il y régnait déjà une certaine activité et le colonel descendit accueillir le Khan au pied de l'escalier, le major Hamid sur ses talons. Le Pathan jeta un coup d'œil à Drummond resté dans la voiture ; le pilote lui fit une grimace éloquente, avec un geste du pouce pointé vers le sol. Brackenhurst embraya sans plus attendre.

Ils tressautèrent sur la piste à ornières, dérapant dans la boue, puis ils franchirent la crête vallonnée et descendirent vers le terrain d'aviation. Le hangar de tôle ondulée avait un air sinistre et désolé dans le matin gris ; Brackenhurst stoppa à quelques mètres des grandes portes et montra de la tête la piste transformée en étendue de boue molle.

— Il ne reste pas grand-chose pour décoller, remarqua-t-il.

— Un Beaver n'en demande pas beaucoup, répliqua Drummond. C'est ce qui le rend si appréciable en ces régions.

Il prit sa clef, ouvrit le cadenas et repoussa les portes en grand, devant l'avion au repos.

— C'est parfait, mon ami, maintenant, écartez-vous, s'il vous plaît, fit alors une voix incisive et calme.

C'était celle de Cheung qui surgissait du coin du hangar, un pistolet automatique braqué dans une main, une grenade dans l'autre.

— Vous partiez, Jack ?

— C'était dans mes intentions, oui, répondit Drummond en glissant insidieusement sa main dans la poche de sa veste pour y prendre le Smith et Wesson. Que veut dire ceci ?

Famia, un tantinet ridicule dans le pull-over de Drummond qui, alourdi par la pluie, lui battait presque les genoux, s'avança à son tour et se tint près de Cheung.

— Ça alors, je n'en reviens pas ! fit Drummond.

— Personne ne s'envole, Jack, déclara Cheung avec un gentil sourire. Le plan ne prévoit aucun départ.

D'un mouvement vif comme l'éclair, il dégoupilla la grenade avec ses dents et la projeta dans le hangar. Drummond arracha son pistolet de sa poche et tira au jugé mais la balle atteignit la porte, passant par-dessus la tête de Cheung qui fila à couvert.

Drummond s'enfuit à son tour ; Brackenhurst était déjà en train de grimper précipitamment dans le Land Rover. La grenade explosa alors que le moteur démarrait ; un souffle brûlant enveloppa Drummond, et le hangar s'effondra sur l'avion. Le pilote sauta dans la voiture qui bondit en faisant jaillir une boue liquide sous ses roues. Cheung s'avança en terrain découvert et fit feu régulièrement, visant avec soin de son pistolet tenu à deux mains, comme un tireur entraîné.

Brackenhurst conduisit le Land Rover vers une sorte de chemin creux au pied d'un escarpement, où ils se trouvèrent un peu protégés. Derrière eux, le réservoir d'essence du Beaver explosa dans les flammes.

— J'espère bien que ce salaud grille avec ! s'exclama le géologue.

Ils roulèrent dans la tranchée et grimpèrent sur un plateau accroché au flanc de la montagne, d'où la vue s'étendait sur la plaine alentour.

Cheung regardait de leur côté, planté à côté du hangar embrasé; Famia était allongée à deux mètres de lui, le visage dans la boue. Drummond ne ressentit ni colère ni peine; le moment n'était pas aux épilogues, il ne s'agissait plus que de survivre. Arrivé au bord du plateau, Brackenhurst ralentit, cherchant un chemin sûr pour en descendre. Au loin, ils voyaient la ville comme un dessin sur une carte à grande échelle; les gens s'agitaient dans les rues, en dépit du déluge qui les transperçait.

— Les mauvaises nouvelles vont vite, constata Drummond.

La place de la caserne était devenue le centre d'une animation désordonnée. Trois camions s'y arrêtèrent, les chauffeurs descendirent de leurs véhicules et formèrent, avec quelques autres, un groupe discutant des événements.

Drummond perçut soudain un bruit, un peu étouffé par la pluie, sans pouvoir le situer, cependant; mais Brackenhurst poussa un hurlement et désigna du doigt le ciel dans lequel deux avions venaient de sortir des nuages gris et bas. Les appareils s'écartèrent l'un de l'autre et se laissèrent tomber en spirale, comme les feuilles d'un arbre. Le pilote de tête plongea sur la vallée et vira si près de la montagne que Drummond distingua les étoiles rouges sur ses ailes.

— Miséricorde, des Migs chinois! cria Brackenhurst.

En ville, les gens regardaient le ciel, serrés les uns contre les autres et alors que, comprenant soudain, ils s'égaillèrent en poussant des clameurs d'épouvante, le Mig de tête les survola et lâcha ses bombes qui creusèrent deux entonnoirs sur la place; un des projectiles atteignit le premier camion arrêté devant la caserne, le réservoir d'essence explosa, des débris volèrent et le liquide enflammé se répandit aux pieds de la foule en proie à la panique.

Le second Mig fonça à son tour et ses bombes pulvérisèrent les deux autres véhicules, et les maisons de pisé fragile, alentour. Alors que cet appareil passait en vrombissant dans le matin gris, le Mig de tête amorçait déjà son virage, pour revenir. Il passa en grondant, ses bombes firent mouche sur les maisons serrées, et l'un des projectiles tomba en plein sur le dépôt de munitions, non loin de la caserne de Sher Dil. Une formidable déflagration projeta une colonne de flammes dans le nuage de fumée opaque qui enveloppait déjà la ville; le second Mig revint à l'attaque à son tour.

— Allons-y, vite, fit Drummond, en tapant sur l'épaule de Brackenhurst.

— Là-bas ? Non, mais vous êtes cinglé ? fit le géologue, livide, les yeux fixes.

Drummond ne perdit pas de temps à discuter. Il poussa l'autre sur le siège du passager et grimpa au volant. Il fit descendre le Land Rover à flanc de la colline escarpée et aborda la plaine, immédiatement pris dans la fumée qui l'aveugla quelques instants ; il donna un coup de volant en distinguant soudain les ruines d'une maison droit devant. Le Land Rover tangua sur les gravats et ils furent bientôt sur la place.

Un homme émergea des volutes de fumée, son corps imbibé d'essence brûlant comme une torche ; il disparut en direction du fleuve. Quelqu'un hurlait d'une voix monotone qui dominait le craquement des incendies ; le dépôt de munitions explosait avec régularité.

Drummond freina de toutes ses forces, mais sa voiture passa néanmoins sur un corps calciné. Les clameurs s'étaient tues et on n'entendait que le sifflement des flammes, dans un silence de plomb. De ce côté de la place, il ne restait pas une maison debout, et une des ailes du quartier général n'était plus qu'un amas de décombres. Drummond sauta à terre.

Hamid parut sur le seuil, vacillant, et s'appuya un instant contre le mur, en haut des marches, la respiration haletante ; son uniforme grésillait, par places. Drummond courut à lui et le rattrapa, alors que le Pathan allait s'écrouler.

— Doucement, je te tiens. Et le Khan ?

— Je ne sais pas, répondit Hamid en essuyant machinalement le sang qui coulait sur sa joue droite. Il est quelque part, là-dedans. On en a pris un bon coup.

Brackenhurst vint à eux et ils virent alors les Migs à l'entrée de la vallée, qui revenaient à l'attaque. Les deux hommes prirent Hamid entre eux et coururent se plaquer au plancher, à l'intérieur. Les bombes labourèrent à nouveau la place, et les débris firent voler en éclats ce qui restait des fenêtres de la caserne. Drummond s'aplatit contre le mur et attendit que la ville eût fini de trembler. Deux soldats s'étaient allongés face contre terre au milieu de la pièce et Brackenhurst, terrifié, les yeux exorbités, s'était recroquevillé dans le coin le plus éloigné.

Le bombardement cessa aussi vite qu'il avait commencé, et les Migs s'éloignèrent, laissant derrière eux des ruines fumantes.

Drummond se releva et vint aider Hamid à se remettre sur pied. Brackenhurst les rejoignit. Quand il ouvrit la bouche, il en sortit une voix croassante :

— Il faut partir d'ici, Drummond. En vitesse…

Drummond l'ignora et se tourna vers Hamid qui, adossé au mur, secouait la tête de droite et de gauche, comme le taureau blessé, dans l'arène.

— Où était le Khan quand l'attaque a commencé, Ali ? demanda-t-il.

Les yeux du Pathan eurent un éclair de compréhension et il prit une profonde inspiration.

— Dans la salle de radio, répondit-il. Par là…

La porte arrachée pendait sur ses gonds et la pièce au-delà était dévastée. Quatre ou cinq hommes, morts ou grièvement blessés, étaient écroulés parmi les décombres. Agenouillé près de la fenêtre, le colonel Sher Dil tenait le Khan dans ses bras. Dans son coin, ramassé dans son fauteuil, les écouteurs aux oreilles, l'opérateur-radio continuait à appeler.

Sher Dil était couvert de plâtre, son uniforme roussi et lacéré, mais il ne semblait pas blessé. Drummond tomba à genoux à ses côtés et regarda le Khan. Le devant de la tunique du vieux guerrier était imbibé de sang, et dans les yeux qu'il ouvrit, on lisait déjà la mort. Il regarda Drummond sans comprendre, puis il eut soudain une lueur de connaissance. Il tendit sa main ensanglantée et s'agrippa fermement à celle de Drummond ; sa bouche s'ouvrit et se ferma plusieurs fois avant qu'il ne parvînt à articuler quelques mots.

— Kerim, fit-il d'une voix faible et rauque. Donnez-moi votre parole de sauver Kerim !

— Nous mettrons votre fils en sécurité, je vous en donne ma parole, répondit Drummond. Faites-moi confiance.

La main qui serrait celle du pilote se crispa, le vieux Khan eut un râle de gorge et sa bouche laissa échapper un flot de sang. Drummond se libéra de l'étreinte du mort et Sher Dil reposa doucement sur le sol le Khan qu'il recouvrit de sa propre tunique en lambeaux. Drummond se releva et se tourna vers Hamid.

— Personne n'a vu le groupe de la mission ? demanda-t-il.

Hamid secoua négativement la tête ; Brackenhurst apparut sur le seuil démantelé.

— Le Land Rover est intact, Dieu merci ! Nous avons donc

encore un moyen de transport. J'espère que ce salaud de Cheung grille en enfer!...

— Qu'est-ce qu'il raconte? fit Hamid à Drummond.

— Notre bon ami Cheung a, de tout temps, travaillé pour l'opposition. Il a ratatiné le Beaver avec une grenade, juste avant l'arrivée des Migs.

— Mais nous avions enquêté à Formose, à son sujet! fit Hamid, hébété. On nous a confirmé que c'était bien un agent nationaliste. Formose était en rapport régulier avec lui. Nous acceptions de l'ignorer pour des raisons compréhensibles, mais nous savions tout.

— Un agent double, alors, fit Drummond qui se tourna vers Sher Dil. Vous avez entendu? Alors, vous comprenez que nous sommes livrés à nos propres ressources, et il y a une sacrée trotte d'ici à la frontière. Avez-vous réussi à établir le contact avec l'armée indienne?

— Non, mais l'opérateur s'efforce d'y parvenir.

Ils entendirent des coups de feu espacés et coururent tous à la fenêtre. Un courant d'air chaud avait momentanément dissipé le voile de fumée planant sur la ville; les gens fuyaient vers le fleuve, hommes, femmes, enfants et quelques bergers à cheval, dont les troupeaux pris de panique couraillaient de-ci, de-là, gênant tout le monde.

Une petite colline en pain de sucre de l'autre côté de la plaine grouillait de troupes vêtues d'uniformes ternes et matelassés. C'étaient ces soldats qui tiraient pour couvrir leur avance, et les hurlements des fugitifs s'élevèrent dans l'air lorsque les hommes commencèrent à tomber au milieu d'eux.

Le raz de marée ennemi avançait; tout en dévalant la colline en direction de Sadar, les soldats s'appelaient les uns les autres comme les chiens de meute qui donnent de la voix; le nuage de fumée se reforma au-dessus des maisons. Hamid se tourna vers Sher Dil.

— Nous n'avons plus que cinq minutes, avant leur arrivée. Il faut absolument alerter le Q.G. de l'armée de l'Inde.

Une partie du toit s'écroula alors dans la pièce, dans les étincelles et les flammes; Hamid et Drummond se précipitèrent pour éteindre les brandons sous leurs pieds; Brackenhurst en profita pour détaler. Une seconde plus tard, on entendit le moteur du Land Rover démarrer. Lorsque Drummond parvint à la porte, la voiture s'évanouissait déjà dans la fumée.

Accouru, Hamid poussa un juron sauvage et rentra dans la caserne où l'opérateur-radio avait finalement réussi à joindre l'armée indienne à qui il parlait d'une voix surexcitée. La fumée enveloppa Drummond resté à la porte, et l'odeur douceâtre de chair grillée lui monta aux narines. Dans la chaleur intense des décombres, les choses n'avaient plus de contours et tout perdait de sa réalité.

Une balle fit voler en éclats le chambranle de la porte, et quelques Chinois surgirent, au pas de course. Jack plongea dans la maison ; Hamid se mit à une fenêtre et repoussa les attaquants derrière le rideau de fumée, en déchargeant un fusil Sten dans leur direction. Sher Dil planta là la radio et le micro à main dont il s'était servi.

— J'ai l'impression qu'il faut faire vite, maintenant, dit-il. Essayons de traverser le fleuve, chacun pour soi. Il y a un village du nom de Bandong, à 15 kilomètres plein sud, de l'autre côté. Que ce soit notre point de ralliement.

La porte de derrière menait à une cour clôturée d'une palissade. Un calme étrange y régnait, et la fumée que la pluie tenace maintenait au ras des têtes réduisait considérablement la visibilité. L'opérateur-radio enjamba la palissade. Il poussa soudain un cri ; un groupe de Chinois venaient d'apparaître sur sa gauche. Ils tirèrent sur le fugitif qui hurla et retomba dans la cour, les mains crispées sur son visage.

Sher Dil se faufila par une brèche dans la clôture et commença à gravir la butte escarpée. Drummond le suivit, faisant des zigzags désespérés pour échapper aux balles des Chinois. Il sentait Hamid qui le talonnait et il vit Sher Dil disparaître de l'autre côté du tertre. Il avait un goût de sang dans la bouche alors qu'il grimpait en s'aidant des mains dans la boue glissante ; il vit non loin les derniers mamelons de la butte qui se détachaient sur le ciel. Un ultime effort l'amena au sommet, haletant, les poumons étreints, et il trébucha sur une jambe étendue.

Il eut une vision fugitive de Sher Dil glissant vers la rivière sur la pente raide et schisteuse, se relevant et plongeant dans le fleuve, mais quant à lui, il fut rapidement cerné par les petits bonshommes informes dans leurs gros uniformes, et portant chacun un fusil embouti d'une vieille baïonnette démodée, trop grand pour lui.

Hamid, allongé sur le sol quelques mètres plus loin, était tenu en respect par un soldat qui avait posé son pied sur sa nuque.

Drummond s'adossa à un rocher et les visages jaunes de ces paysans s'avancèrent vers lui.

7

LE FIL DE L'ÉPÉE

La prison était un des rares édifices encore debout et de leur petite cellule, à l'angle du second étage, Drummond avait une vue intéressante sur la ville, par la fenêtre aux barreaux scellés.

Il était 10 heures; quatre heures s'étaient écoulées depuis le début de l'attaque mais la fumée flottait encore sur la cité blessée, la pluie tombait toujours et une nappe de brouillard qui s'était élevée de la rivière, barrait l'entrée des rues. Le froid était perçant et la pluie vaporisait les barreaux de la cellule. Drummond se laissa tomber au sol.

— L'hiver est précoce, cette année. Je le sentais dans mes os.

— Vu notre situation, c'est une constatation sans portée pratique, grogna Hamid, allongé sur sa couche.

— Tu crois ça ?

De la rivière leur parvint le staccato d'un tir de mitrailleuse.

— Voilà ta réponse, fit Hamid d'un ton morne. Pas question d'économies, chez l'adversaire. Ils n'ont pas cessé, depuis ce matin.

— Alors pourquoi nous ont-ils épargnés ? Pourquoi ce traitement de faveur ?

Hamid n'eut pas le temps de répondre. Une clef grinça dans la serrure, la porte s'ouvrit et un petit sergent entra, flanqué de deux soldats armés de mitraillettes. Hamid se leva mais le sergent secoua la tête.

— Non, pas vous, l'autre.

Ils poussèrent Drummond dans le couloir avant qu'il ait eu le temps d'ouvrir la bouche et ils refermèrent résolument la porte derrière eux. Le sergent pivota sans un mot et prit le couloir, suivi de Drummond; les deux soldats fermaient la marche. Ils gravirent un escalier en pierre menant au dernier étage et s'arrêtèrent devant une porte. Le sergent y frappa, prêta l'oreille et entra, précédant le prisonnier.

Cette pièce servait autrefois de bureau au gouverneur de la prison. Aux murs pendaient des tapis de Boukhara, des peaux de mouton couvraient le sol et, ce matin-là, des bûches flambaient dans la grande cheminée.

Un officier chinois contemplait le feu, un pied sur le bord de l'âtre, tapotant impatiemment sa jambe bottée de sa cravache de cuir. Le grand manteau à col de fourrure jeté sur ses épaules arborait les insignes du colonel plein. Il se tourna vers Drummond qu'il examina posément.

— Vous n'avez pas très bonne mine, Jack.

— C'est bien à vous que je le dois, bougre de salaud!

— Ne voyez dans tout ceci aucune animosité de ma part, Jack. Il se trouve que nous ne sommes pas du même côté. C'est très regrettable mais c'est comme ça.

— Vous faites partie du Deuxième Bureau militaire ?

— Oui.

— Puis-je me permettre de vous demander depuis combien de temps vous vous payez la tête de Formose ?

— Je n'ai jamais mis les pieds à Formose, assura Cheung. Les nationalistes avaient réellement un agent du nom de Cheung, qu'ils avaient envoyé en mission au Sikkim. Il n'est pas allé plus loin que Singapour, où j'ai pris sa place.

— Et tous ces fusils que j'ai apportés au Tibet ? Et Moro et ses hommes ? Du double jeu aussi, tout ça ?

— Une combinaison raffinée qui me permettait de communiquer constamment avec mes supérieurs, pour les aider dans la lutte que menait l'armée de la République populaire pour reprendre ce qui a toujours été, légalement, une partie de l'empire chinois.

— Faites-moi grâce des laïus, fit Drummond. Et Famia ? Que faisait-elle dans le tableau ?

— Elle et sa mère n'avaient aucune importance en soi. Je les payais bien pour qu'elles me tiennent au courant de vos mouvements.

— Vous employez le passé ?

— Oui, en ce qui concerne Famia. Elle a été tuée lors de l'explosion du hangar d'aviation.

Songeant à tous ces mois de simulation, Drummond repoussa le souvenir de la jeune Indienne sans aucun regret.

— Et croyez-vous vraiment que ça va se passer comme ça ? demanda-t-il.

— Pourquoi pas ? répliqua Cheung. L'Inde n'interviendra pas. Son intérêt est de maintenir le statu quo, or le Balpur n'a pas adhéré au pacte de défense mutuelle. Les Nations Unies tiendront une session d'urgence qui durera toute la nuit et qui n'aboutira à rien. Personne ne veut faire chavirer le bateau, Jack. C'est une formule que je tiens de vous.

— Vous avez tout prévu, à une virgule près, hein ?

— Sauf un détail assez important. Le Khan est mort, ce qui nous arrange plutôt, mais son peuple est superstitieux et le Khan, pour lui, est un chef religieux autant qu'un roi. Seul le prince Kerim peut lui succéder.

— Et de ce fait, il est un obstacle à l'institution de la République populaire.

— Pas du tout, rétorqua Cheung avec un sourire fugitif. Il peut, sous notre directive, devenir un chef extraordinaire pour son peuple. Allons, vous qui avez toujours travaillé dans votre intérêt, dites-moi où est le jeune prince ?

Ébahi, Drummond regarda le Chinois.

— Ne me racontez pas que vous ne le savez pas ! s'exclama-t-il.

— Nous ne le savons pas. Kerim n'est plus à la mission, le père Kerrigan et la jeune Américaine ont également disparu. Mes hommes ont passé des heures à les chercher dans la foule, et à fouiller les abords immédiats de la ville.

— Et vous espérez que je vais vous aider dans vos recherches ?

— Je sais qu'en quittant votre bungalow, vous êtes allé tout droit à la mission, accompagné de Brackenhurst qui était venu vous annoncer l'invasion. Famia me l'a dit.

Drummond opta pour la vérité, la solution la moins dangereuse.

— C'est exact. J'ai laissé ma jeep au père Kerrigan qui devait faire un sac en vitesse et nous rejoindre au terrain d'aviation. J'imagine que vos hommes ont été plus rapides que lui.

— Mais nous n'avons pas retrouvé Brackenhurst, non plus. Je vous connais bien, Jack. Je reste persuadé que vous aviez prévu un plan de repli, en cas de difficultés. Réfléchissez ; je pourrais adoucir votre condition, si vous vous décidiez à coopérer avec nous.

— Oh, pour l'amour du ciel ! soupira Drummond. On croirait entendre la tirade d'une mauvaise pièce.

Calme en apparence, le colonel Cheung scruta le visage du pilote, mais sa cravache cinglait sa botte droite.

— Bien. Sergent, emmenez-le, ajouta-t-il en chinois, avec brusquerie. Faites entrer l'autre.

Drummond s'arrêta sur le seuil de la porte et secoua la tête.

— Ça, c'est bien du temps perdu ! fit-il.

L'armée chinoise avait installé son quartier général dans le palais et l'officier commandant la place, le général Ho Tsen plongeait du regard dans le jardin, du haut de la terrasse. Il avait un air moins que satisfait et faisait les cent pas avec impatience. Il entendit une petite toux derrière lui et se retournant, vit Cheung sur le seuil de la porte-fenêtre.

— Vous l'avez trouvé ? demanda le général avec vivacité.

— Hélas, non, mon général.

Ho Tsen tapa du poing sur la balustrade, avec violence.

— Vous êtes personnellement responsable de la disparition du prince, colonel. Je m'attendais à trouver ce jeune garçon ici, à mon arrivée.

— Le prêtre et la jeune Américaine ont quitté la mission, en emmenant le prince, peu de temps avant que mes hommes n'y parviennent. C'est un point que nous avons acquis en questionnant les bergers d'un camp, près de la rivière. Et je viens d'apprendre que leur jeep a été retrouvée à 15 kilomètres au nord de Sadar, dans un village du nom de Quala. Il y existait un bac dont on ne trouve plus trace ; j'en conclus qu'on l'a détruit après la dernière traversée. Le Land Rover de Brackenhurst a été retrouvé au même endroit.

— Avez-vous fait suivre les fugitifs par votre patrouille ?

— Malheureusement, il a été impossible de trouver un seul bateau et le village était entièrement désert. Toute sa population avait traversé le fleuve et depuis lors, le niveau des eaux s'est considérablement élevé, avec les pluies.

— Y a-t-il un endroit où l'on puisse traverser la rivière avec des voitures ?

— Pas par ici, en tout cas. Le courant y est, en toute saison, trop violent pour un bac, répondit Cheung en étalant une carte sur une table en fer forgé. Mais à Kama, à 25 kilomètres au nord, le fleuve est très large et peu profond. Nous pourrions passer avec des chenillettes. Il n'existe qu'une route vers l'Inde, ajouta-t-il en suivant de l'ongle une ligne le long de la frontière. Ils n'ont pas de voiture, nous devrions pouvoir les rattraper facilement. Ils ne peuvent pas s'écarter de la route, le prêtre est âgé et de toute façon, avec cette jeune fille et le prince, il ne pourrait envisager de passer par la montagne.

— Je l'espère de tout cœur, pour vous, répliqua Ho Tsen en hochant la tête. Pékin ne serait pas satisfait si vous échouiez dans vos recherches. Je vais également envoyer quelques éléments en camion, vers le sud de la rivière. Nos hommes finiront bien par trouver un bateau et une fois de l'autre côté, ils continueront à pied et couperont la route aux fuyards.

— Une excellente idée.

Ho Tsen prit une cigarette et se pencha vers l'allumette enflammée que Cheung lui offrait.

— Quelque chose me tracasse, néanmoins, reprit le général. Et si le prêtre avait un plan différent ? Si un véhicule l'avait attendu de l'autre côté ? Cela expliquerait pourquoi ils n'ont pas continué en jeep jusqu'à Kama pour traverser l'eau avec leur voiture. Êtes-vous sûr que ce Drummond dont vous m'avez parlé ne sait rien ?

— Avec lui, on n'est jamais sûr de rien, et le Pathan est obstiné comme cette race sait l'être.

— Vous avez épuisé toutes les méthodes classiques d'interrogatoire ?

— Cela prend du temps, mon général, et de toute façon, je dois amener Drummond en bon état à Pékin, pour un interrogatoire serré.

— Et pourquoi ça ?

— Je sais qu'il travaillait pour l'Intelligence Service.

— Aha !...

— Avant de me mettre en chasse, je vais encore faire une tentative, au cas où ils détiendraient quelque information de valeur. J'ai combiné une petite mise en scène qui a parfois des résultats étonnants.

— Très intéressant, commenta le général Ho Tsen. Je crois que je vais assister à ça ; espérons que vous ne me ferez pas perdre mon temps.

Le vent du fleuve lui coupait le dos en deux et Drummond frissonna longuement. Il fit jouer ses doigts pour détendre ses muscles noués et grimaça de douleur en sentant le fil d'acier, qui lui liait les poignets, lui scier la chair. De l'autre côté de Hamid qui le flanquait, un des soldats de Sher Dil pleurait silencieusement. Il était pris, parfois, d'une quinte de toux et un filet de sang lui coulait alors des lèvres. Il finit par s'écrouler, face contre terre. Les gardes chinois qui surveillaient les prisonniers, non loin, ne s'en préoccupèrent pas.

Deux camions de soldats, leurs chenilles labourant la boue, s'arrêtèrent à une cinquantaine de mètres; ils contenaient chacun une douzaine d'hommes, et une lourde mitrailleuse montée sur pivot.

Drummond se reposa en se laissant tomber sur les talons et jeta un coup d'œil sur la rangée de prisonniers agenouillés. Ils étaient une trentaine, pour la plupart des soldats de Sher Dil, et quelques bergers pris les armes à la main. Son imagination les vit, basculant l'un après l'autre lorsque la mitrailleuse les faucherait en un mouvement tournant qui l'atteindrait finalement, lui; il frissonna derechef. Une jeep rejoignit les camions et stoppa.

— Voilà notre petit ami, Jack, lui glissa vivement Hamid.

Cheung s'avança vers eux, sur le terrain bosselé, suivi du général Ho Tsen. Les deux hommes s'arrêtèrent à quelques pas et le général dit tranquillement :

— Voici les hommes en question ?

— Oui, mon général, répondit Cheung. Ils parlent chinois l'un et l'autre.

— Parfait, commenta le général en approchant encore. Soyons brefs, messieurs, car je trouve cette pluie parfaitement déplaisante. Nous désirons savoir où se trouvent le prêtre catholique et le jeune prince. Si vous êtes raisonnables et que vous consentez à nous aider, je verrai à ce que vous soyez bien traités. Sinon…

Drummond et Hamid regardèrent le Chinois sans un mot; Cheung poussa un petit soupir exaspéré.

— Vous êtes un fameux crétin, Jack! s'écria-t-il en anglais. Vous l'avez toujours été, d'ailleurs. Nous avons retrouvé votre jeep à Quala, ce qui signifie qu'ils ont traversé le fleuve. Mais ils n'iront pas loin, c'est moi qui vous le dis!

Il tourna les talons, en compagnie du général et ils regagnèrent leur jeep. Ho Tsen y grimpa, à l'abri de la pluie et Cheung se tourna vers le sergent posté près de la mitrailleuse, dans le premier camion.

— Vous connaissez les ordres, n'est-ce pas ? Cessez le tir lorsque vous en serez à l'Indien et à l'Anglais. Si vous en blessez un, vous m'en répondrez de votre tête.

Il rejoignit le général dans la voiture ; Ho Tsen lui sourit et lui offrit une cigarette.

— Vous aviez raison, colonel. Cette séance devrait offrir beaucoup d'intérêt.

Drummond, annihilé par le froid, contemplait la terre détrempée, résigné quant à la suite inéluctable. Il vit, en imagination, le père Kerrigan, Janet et Kerim de l'autre côté du fleuve, et fit une prière pour que le vieux prêtre eût la bonne inspiration de poursuivre sa route. Mais la frontière de l'Inde était si loin, à plus de 400 kilomètres…

Des rires aigus, des glapissements éclatèrent chez les Chinois et il se raidit. Ils trottinèrent vers la rangée de prisonniers, en bavardant de leurs voix de crécelle que le vent emportait ; Drummond baissa la tête et attendit.

Il reçut un coup de botte en pleine poitrine et tomba sur le nez, la respiration coupée. On lui délia les mains et un coup de pied au flanc, cette fois, le mit sur pied ; un soldat chinois lui fit une grimace souriante et lui tendit une pelle.

Drummond lança un coup d'œil à Hamid et ils commencèrent à bêcher. Le sol était meuble et sablonneux, facile à creuser. Les autres prisonniers travaillaient comme eux, en silence. Penché sur sa bêche, envahi du sentiment de la défaite totale, Drummond savait qu'il n'y en avait plus pour longtemps.

La pluie incessante tourna à l'averse torrentielle et les Chinois coururent se mettre à l'abri de leurs camions, ne laissant qu'un garde, mitraillette braquée.

La tranchée avait maintenant 60 centimètres de creux et Drummond se demanda s'il faudrait pelleter encore. 1 mètre 80 était la profondeur réglementaire dans l'armée anglaise, mais il y avait peu de chances pour que les Chinois se préoccupent de tels raffinements. Il s'appuya un instant sur le manche de sa pelle et Hamid se glissa contre lui.

— La fin est proche, lui murmura Drummond.

— Pas si j'y peux quelque chose, répliqua Hamid, en jetant un coup d'œil par-dessus son épaule sur les nappes de brouillard qui flottaient sur la rivière. Que vaux-tu au 100 mètres, Jack ?

— Qu'est-ce que tu baragouines ? fit Drummond, ahuri.

— Ça ! fit sèchement Hamid en giflant le pilote à toute volée.

Pris par surprise, Drummond vacilla et le garde se précipita pour rétablir l'ordre. Il se pencha au-dessus de la tranchée, mitraillette braquée; Hamid lui assena un coup de bêche sur le cou. L'homme bascula dans le trou sans un mot.

La pluie tombait tellement dru qu'elle formait un rideau de grisaille qui dissimulait presque les prisonniers à la vue des hommes des camions et de la jeep. Hamid arracha la mitraillette des mains du garde, escalada la tranchée et s'élança au galop vers le fleuve. Drummond le suivit immédiatement, glissant et trébuchant dans la boue. Il entendit des cris derrière lui et regarda par-dessus son épaule. Les autres prisonniers s'étaient enfuis aussi et couraient comme des dératés, en ligne brisée. Les premiers poursuivants tiraient déjà de la tranchée, et une des mitrailleuses lourdes ouvrit le feu.

La rivière n'était plus loin et Drummond accéléra l'allure en humant soudain l'odeur de l'eau. Une balle ricocha près de son talon; il fit un faux pas et tomba lourdement. Hamid fut près de lui en un éclair et le remit sur pied; côte à côte, ils dévalèrent le remblai. Le fleuve avait méchante allure; l'eau courait vite sous la pluie cinglante qui l'éclaboussait et des tourbillons de surface faisaient présager des courants traîtres. Les branches qui flottaient en tournoyant, prenaient une vitesse telle que l'on ne pouvait envisager de traverser à la nage.

Ils entendirent des pas précipités et un des soldats de Sher Dil les dépassa en courant; son effort soutenu lui avait empourpré le visage que barrait, livide, une profonde cicatrice sur la joue. Il plongea sans hésitation et se mit à nager avec fureur. Le courant violent l'entraîna rapidement hors de vue, derrière le rideau de pluie. D'autres prisonniers le suivirent, certains ensanglantés, et tous hurlant de terreur en se jetant à l'eau.

— Ils ne tiendront pas cinq minutes, cria Hamid. L'eau ne doit pas être loin de son point de congélation.

Une balle frappa le sol près d'eux, les éclaboussant de boue. Hamid pivota et vit quatre Chinois en haut du remblai. Il les balaya d'une rafale de mitraillette et deux hommes s'écroulèrent. Leurs compagnons coururent à l'abri d'un rocher, mais il en arriva d'autres et Hamid vida son chargeur dans leur direction. Il jeta son arme désormais inutile et à la vue du camion de troupes qui approchait, il entraîna Drummond; ils se précipitèrent, en longeant le bord de l'eau, vers le couvert de buissons d'épineux qui prenaient racines dans les creux peu profonds du fleuve. Les balles sifflèrent alentour, mais ils se trouvaient maintenant cachés par la brume, dans l'eau jusqu'à la taille. Glacée en effet, cette eau leur gelait la moelle des os. Ils entendirent les cris des soldats qui se rapprochaient et ils se laissèrent alors pousser par le courant en s'efforçant de rester près du bord. Non loin, le lit du fleuve s'incurvait sur une cinquantaine de mètres, formant une sorte de digue naturelle contre laquelle était venue s'agglomérer une masse d'arbres feuillus, déracinés. Pris de pitié pour les fugitifs, le courant les poussa vers l'abri de cette jungle flottante.

Ils reprirent leur souffle, agrippés aux branches d'un arbre. Des voix s'élevèrent près du rivage; six soldats se frayaient un chemin dans les broussailles de la berge. Ils n'étaient pas à plus de 10 mètres, et Drummond voyait, au travers des frondaisons, les casquettes à visière, enfoncées sur les yeux des Chinois, l'étoile rouge qui ressortait sur le tissu terne, les fusils Burp brillants et les demi-bottes de caoutchouc.

Les minutes angoissantes s'écoulèrent une à une, pendant que les deux malheureux, transis, s'engourdissaient doucement. Et les soldats tenaient un conciliabule; enfin ils se dispersèrent, par paire, et s'évanouirent dans le brouillard de pluie.

— Et maintenant ? fit Drummond.

— Nous n'avons qu'une possibilité : traverser sur un tronc d'arbre, articula Hamid avec difficulté, les lèvres bleues. Dans cinq minutes ils vont grouiller comme des mouches sur cette berge, et ils nous découvriront tout de suite.

Il lâcha son arbre et barbota jusqu'au suivant, progressant ainsi lentement dans l'enchevêtrement flottant, Drummond à sa suite. Arrivés au bout, ils virent un gros tronc à moitié libéré dont l'extrémité oscillait dans le courant. Hamid se hissa à califourchon entre ses branches.

— Je vais essayer de le guider par un bout, dit Drummond.

Il sortit un pied de l'eau et imprima un bon élan à leur radeau en poussant sur les bois derrière eux. Ils entendirent un bruit de branches cassées, et leur fût se souleva sous l'impulsion du courant. Ils furent rapidement entraînés; le promontoire de terre disparut dans le brouillard.

Drummond constata tout de suite qu'il lui était impossible de diriger son arbre, dans ce courant violent; ses petits battements de pieds n'étaient d'aucun effet. Il renonça à la lutte et tenta de s'installer sur le tronc, dans une position plus sûre, mais ses membres gelés lui refusèrent tout service. Il dut se contenter de s'accrocher à bras-le-corps à une grosse branche ; il flotta, à la traîne et il devint, bientôt, aussi insensible au froid qu'à ses crampes.

Cheung escalada le remblai abrupt de la rivière et vit Ho Tsen qui l'attendait dans la jeep ; le général fumait, un long fume-cigarette de jade entre les dents.

— Alors ? demanda-t-il.

— Pas trace de nos fugitifs, mon général, soupira Cheung, l'air épuisé.

— « Une petite mise en scène qui a parfois des résultats étonnants », railla Ho Tsen. N'est-ce point ce que vous m'aviez annoncé ?

Cheung essuya machinalement son visage ruisselant de pluie.

— Que puis-je dire ?

— Rien, répondit Ho Tsen. C'est ce que vous avez de mieux à faire. Il est d'ailleurs probable, étant donné les conjonctures, que Drummond et son ami sont déjà en train de flotter la tête dans l'eau, dans le fleuve en crue. De toute façon, je prends le commandement de ce secteur, colonel. Filez avec vos hommes au nord de Kama, traversez le fleuve et ramenez-moi le jeune Khan.

Il fit une pause et d'un coup sec, libéra son fume-cigarette du mégot. Quand il releva les yeux, son visage était glacé.

— Inutile de revenir sans lui. Vous m'avez compris ? fit-il.

Cheung resta planté sous la pluie, livide, les yeux rivés sur le général. Puis il se reprit avec effort, salua, tourna les talons et grimpa à côté du chauffeur du premier camion. Les deux véhicules démarrèrent, les chenilles dérapèrent en s'attaquant au terrain vallonné et boueux, et le convoi disparut dans la brume.

8

LA MARCHE FORCÉE

L'esprit aussi engourdi que le corps, Drummond eut du mal à comprendre ce qui le heurtait ainsi. Il vit enfin que c'était un autre gros tronc d'arbre qui avait rejoint le leur. Ils flottaient de conserve, leurs ramures entrelacées, et leurs poids combinés contribuaient à ralentir leur navigation. Hamid tenait bon, dans son perchoir feuillu et soudain, il cria :

— Je vois l'autre rive ! Le fleuve doit se rétrécir.

Drummond tourna la tête de côté. Sous le déluge opaque, on distinguait vaguement la berge opposée dont ils s'approchaient peu à peu. L'eau devint plus agitée, des débris de tous genres et de toutes dimensions flottaient autour d'eux, dans les vaguelettes écumeuses. Et soudain, la rive fut là et leur sembla prendre d'énormes proportions alors que la rivière s'engageait en bouillonnant dans une gorge étroite. Ils ressentirent un choc violent qui les ébranla ; leur tronc venait de s'échouer.

Drummond entendit un cri et vit Hamid disparaître sous l'eau. Il contraignit ses muscles durcis à lâcher leur prise sur la branche et s'aperçut qu'il avait pied, dans l'eau jusqu'à la taille. Il se laissa pousser par le courant, tout en lui résistant pour se diriger vers Hamid qu'il rattrapa par la ceinture au moment où le flot allait l'entraîner. Il perçut un grondement derrière eux : soulevé par une vague soudaine, leur arbre remis à flot reprenait sa course.

L'eau bouillonnait autour des deux hommes. Ils firent appel aux faibles forces qui leur restaient et poussèrent, contre la force du fleuve, vers la rive escarpée, momentanément sauvés. Allongés sur le sol détrempé, secoués de nausées, ils recrachèrent l'eau qu'ils avaient ingurgitée.

Ils se levèrent enfin et escaladèrent le remblai boueux. Ils scrutèrent le fleuve dans le brouillard, prêtant l'oreille. Hamid tremblait de froid, son uniforme se plaquait sur son corps mais son turban avait, curieusement, gardé bonne allure.

— Ils traverseront en bateau, tôt ou tard, fit-il. Ils finiront par en trouver un ou deux, oubliés par les fugitifs.

— Mais ils seront alors à pied, tout comme nous, observa Drummond. Le plus proche endroit où ils pourraient traverser avec des véhicules est à Kama, à 25 kilomètres au nord. Et même ces gués-là sont peut-être devenus impraticables, avec la crue.

— En tout cas, une chose est certaine, fit Hamid avec une expression sauvage. Il n'existe qu'une route vers l'Inde et c'est vers cette route que nous allons nous acheminer.

Ils partirent vers le sud, à pas comptés, car la pluie incessante transformait le terrain en marécage. Drummond soulevait péniblement un pied après l'autre et il se fit bientôt distancer par

Hamid, ce montagnard endurci. Ils progressaient, enveloppés d'une brume grise et opaque qui les isolait complètement du monde extérieur. Il n'y avait plus qu'eux deux, et la pluie, et la boue, dans laquelle Drummond s'engluait en se demandant ce qu'il faisait là et comment tout cela allait se terminer.

Il entendit enfin Hamid qui l'appelait depuis un petit moment, et il vit le Pathan sur le sommet d'un tertre, à une cinquantaine de mètres. Arrivé près de lui, il aperçut une cabane de berger, dans un creux.

Il n'en émanait aucun signe de vie, mais ils y descendirent avec prudence. La fatigue de Drummond s'était évanouie ; il ne ressentait plus rien, d'ailleurs, si ce n'est le fait d'être encore vivant.

Ce n'était qu'une misérable hutte en clayonnage revêtu de boue ; un léger filet de fumée s'échappait d'un orifice dans le toit de paille. Hamid ouvrit la porte et entra. On avait étouffé avec de la terre le feu allumé dans l'âtre de pierre, et la pièce était enfumée à mi-hauteur. Elle était d'une saleté repoussante et empestait, mais il y faisait chaud et sec et Drummond ne regarda pas plus loin. Il déblaya l'âtre et prit du bois sur une pile dans un coin. Hamid fourragea dans les peaux de mouton entassées dans le fond de la cabane et revint, porteur de deux jarres en grès.

— Du lait de chèvre et du fromage. Quelque peu suris, mais c'est bon pour la santé, fit-il avec un sourire malicieux.

— Pour le moment, tout m'est bon, plutôt que de retourner dehors dans ces vêtements à tordre, déclara Drummond.

Il attisa le feu qu'il nourrit généreusement et qui ronfla bientôt. Hamid secouait les peaux de mouton avec énergie.

— Dieu seul sait ce que nous aurons attrapé, lorsque nous aurons dormi dans ces machins-là, remarqua-t-il.

Mais plus rien n'avait d'importance, plus rien ne comptait que d'être à l'abri, près d'un feu qui rôtissait la peau. Une des peaux de mouton sur les épaules, Drummond s'allongea devant l'âtre, contemplant ses vêtements qui fumaient, accrochés à la poutre faîtière et il s'endormit.

Il s'éveilla lentement, ouvrit les yeux, dans la lumière grisâtre, sur ses vêtements suspendus et se demanda où il était. Il s'en souvint et s'assit. Déjà habillé, Hamid était assis en tailleur de l'autre côté du foyer.

— Comment te sens-tu ? demanda-t-il en souriant.

— Affreusement mal, déclara Drummond en s'étirant pour rétablir la circulation dans ses membres engourdis. Combien de temps avons-nous dormi ?

— Pas plus de deux heures. Il faut que nous partions. Tes habits ont un peu séché ; ils sont mieux qu'ils n'étaient, en tout cas.

Drummond commença à les enfiler et Hamid alla jeter un coup d'œil dehors.

— À la voir tomber, c'est à se demander si cette pluie cessera jamais, fit-il. Elle va bientôt tourner en neige, je crois.

— Comme si nous n'avions pas assez de difficultés sans la neige, en plus !

— Le mauvais temps nous est plutôt favorable, rétorqua Hamid. Il rend la poursuite des Chinois difficile.

Drummond vint le rejoindre près de la porte en remontant la fermeture à glissière de sa veste d'aviateur. La pluie fouaillait la terre détrempée avec une vigueur inlassable, et la légère brume qui s'élevait du sol glacé contribuait à rendre la visibilité nulle, sur quelques mètres.

— Tu dois avoir raison, quant à la neige proche.

— Ce qui veut dire qu'il faut nous hâter. La route ne doit pas être à plus de 10 kilomètres. Et ceux qui ont traversé la rivière ne peuvent avancer que dans cette direction. Ils n'ont pas le choix.

— Tu penses au père Kerrigan et à Janet ?

— Et à Sher Dil. Seulement, les Chinois emprunteront aussi cette route-là, une fois qu'ils auront traversé le fleuve et il faut que nous conservions notre avance sur eux. Si nous pouvions atteindre Bandong, ce village dont nous a parlé Sher Dil et y trouver des chevaux, nous serions en meilleure posture.

Il ramassa deux peaux de mouton et en tendit une à son ami.

— Mettons ça sur nos épaules. Elles nous protégeront un peu de la pluie.

Au même instant, il mit un doigt sur ses lèvres et se laissa tomber, un genou en terre.

Ils attendirent en silence, accroupis côte à côte. Drummond ne percevait, quant à lui, que le martèlement furieux de la pluie, mais soudain son oreille capta le bruit qui avait alerté le Pathan : des pas trébuchants et patauds dans la terre spongieuse, et qui s'arrêtèrent devant la hutte. Hamid ouvrit la porte d'un coup sec et bondit. Drummond entendit des piétinements, des coups ; il suivit d'un seul élan, les poings serrés et vit le Pathan qui attrapait brutalement par les cheveux un homme écroulé à ses pieds, et qui le secouait d'une poigne énergique. Une large cicatrice sillonnait la joue de l'intrus, vêtu d'un uniforme kaki déchiré et trempé, mais dont la manche portait encore des galons de caporal. Drummond le reconnut.

— C'est un des hommes de Sher Dil, celui qui a plongé juste avant nous, dit-il.

Le visage de l'autre se fendit en un large sourire impudent.

— Vous me connaissez, major Hamid, je suis Ahmed Hussein, caporal à la première section, dit-il dans un anglais presque parfait, avec un accent chantant. Et j'ai souvent vu le sahib Drummond.

— Bien entendu que je te connais ! s'exclama Hamid en partant d'un rire sonore. Un beau chenapan et un vétéran de l'armée indienne. Dans les Fusiliers du Khaïber, non ?

— Oui, sahib, répondit Ahmed qui se releva et désigna les rubans souillés qui ornaient encore sa poitrine. La DMC que m'a remise le roi George en personne, sahib*.

— Il l'a probablement achetée dans les souks de Peshawar, dit Hamid à Drummond. Mais c'est un Afridi, une race de bons soldats.

Ils rentrèrent devant la cabane et Ahmed s'accroupit devant le feu.

— Qu'allons-nous faire de lui ? demanda Drummond. Nous n'avons pas le temps d'attendre qu'il sèche à son tour.

— Ce n'est pas la peine, sahib, répondit Ahmed souriant, en s'emparant d'une autre peau de mouton. Avec ça, je serai très bien. Le froid ne me gêne pas, je suis habitué à la vie dure, je suis un Afridi.

— Ce qui veut dire également un menteur, un tricheur et une canaille, renchérit Hamid. Il y a du fromage de chèvre dans cette jarre. Si tu as faim, emporte-la et mange en route.

— Où allons-nous, sahib ?

— Vers la route, évidemment, la seule route qui nous sortira de ce pays maudit. Le colonel Sher Dil nous a indiqué Bandong comme point de ralliement si nous parvenions à traverser le fleuve. Sais-tu où est ce village ?

* D C M *Distinguished Conduct Medal*, décoration anglaise décernée aux soldats qui se sont distingués sur le champs de bataille. (Note du traducteur)

— Oui, je le connais. C'est à une dizaine de kilomètres, au sud. Je vais vous y conduire, sahib.

À mi-flanc du coteau, Drummond se retourna et regarda la cabane et la fumée qui tourbillonnait au-dessus de son toit. Aussi rudimentaire que fût cette hutte, elle leur avait offert un abri, et il venait de l'abandonner pour se lancer dans l'inconnu. Il frissonna et se hâta de rejoindre les deux autres.

Durant les premiers 500 mètres, Ahmed traîna derrière, occupé à piocher à pleines mains dans la jarre de fromage mou, en mangeant gloutonnement avec des cris de délice. Finalement il lança le pot vide au loin, et courut en avant, pour indiquer le chemin.

Drummond suivait Hamid. L'univers se réduisait à quelques mètres cubes emmurés par la pluie et couverts par le brouillard, et ils en étaient les seuls habitants. Ils marchaient depuis une demi-heure lorsque Hamid s'arrêta brutalement et prit Drummond par le bras.

— Écoute un peu, lui dit-il.

Ahmed vint les rejoindre et ils formèrent à eux trois un groupe étrange, sous leurs peaux de mouton dégoulinantes ; une sorte de sculpture moderne symbolique.

— J'ai cru entendre des coups de feu, dit Hamid au moment précis où une autre détonation éclatait, un son étouffé vers l'ouest.

— On dirait un tir de mitrailleuse, fit Drummond.

Ils l'entendirent une nouvelle fois, et le silence régna.

— C'est probablement de l'autre côté de la rivière, constata Hamid. Nous suivons une route qui lui est parallèle, ne l'oublions pas ; mais je crois qu'il serait prudent que l'un de nous marche en éclaireur, maintenant.

— J'y vais, sahib, répondit Ahmed qui partit en courant.

Ils reprirent leur marche. Drummond commença par se tenir sur ses gardes, les sens en alerte, mais il succomba graduellement à l'atmosphère plombante. La pluie et le brouillard les isolaient dans une sorte de sécurité un peu réconfortante.

Il se retira en lui-même, son vieux truc pour oublier la fatigue, l'inconfort et les dangers. Il ne ressentit même pas la peur lorsque Ahmed émergea soudain du brouillard, accourant à eux. Hamid agrippa l'Afridi par le bras.

— Que se passe-t-il ?

— Nous approchons d'un village, droit devant, sahib.

— Parfait ; conduis-nous.

Ahmed replongea dans la brume et Drummond et Hamid le talonnèrent. Drummond constata qu'il était en sueur ; le sol s'inclinait sous ses pieds et ils descendirent, soudain, vers une grande cuvette. Les maisons surgirent, dans le jour opaque, cinq ou six misérables chaumières en pisé, le long d'un cours d'eau.

Ils avancèrent d'un pas rapide et Drummond huma l'odeur âcre de bois brûlé. Ahmed entra dans la première maison et en ressortit aussi vite.

— Elle est vide, sahib. Plus personne, plus rien.

Il courut d'une chaumière à l'autre, poussant les portes de bois rude et jetant un coup d'œil à l'intérieur. Finalement, il revint, l'air abattu.

— Il ne reste rien, sahib. Absolument rien.

Hamid pénétra à son tour dans la maison la plus proche et contempla les braises qui se consumaient encore dans l'âtre.

— Je le disais bien, les mauvaises nouvelles vont vite. Ils ont fui jusqu'au dernier, en emmenant les chevaux, le bétail, tout. Ils ont couru se réfugier dans les collines, j'imagine, le temps de voir venir.

— Nous continuons ? fit Ahmed. Il n'y a rien pour nous ici.

— Ce n'est que trop juste, Ahmed. Il n'y a rien pour nous, ici, soupira Drummond.

Ils sortirent du village. La terre spongieuse rendait leur marche pénible et le terrain devenu rocailleux les obligeait à regarder leurs pieds. Puis ils perçurent un changement ; le froid, plus vif, leur mordit le visage, et le sol prit une inclinaison marquée. Ils s'arrêtèrent pour se repérer.

— Nous sommes arrivés à l'extrémité de la barre qui domine la vallée, dit Hamid. Par conséquent, notre route n'est plus loin. Nous devrions la couper dans un kilomètre ou deux.

Ils abordèrent la descente, parfois si raide qu'ils devaient se retenir avec les mains ou se laisser glisser. Enfin la pente se fit plus douce, et leur avance plus facile sur une terre couverte de mousse. Ahmed reprit son poste en éclaireur et disparut dans le brouillard qui épaississait.

C'est Drummond qui entendit le moteur le premier. Il s'arrêta net, et appela Hamid. Perchés à flanc de coteau, ils prêtèrent l'oreille et entendirent tous deux, clairement, des moteurs de camions. Ahmed les rejoignit au pas de course.

— Bandong est là, tout près, sahib, dans le creux. Quatre camions y sont arrêtés. Des gros camions, sahib, et je crois bien que ce sont les nôtres.

— Comment ça, les nôtres ? répéta Drummond, stupéfait.

— Des camions de l'armée, sahib. Le convoi de l'Inde sur Sadar.

— Il a raison, reconnut le pilote. Je l'avais oublié, mais il y a un convoi tous les mois, n'est-ce pas ?

— Un seul ennui, objecta Hamid. Si c'est le convoi de Sadar, il roule dans la mauvaise direction.

— Pas s'ils ont eu connaissance des événements.

Ils couvrirent le reste de la distance à toute allure, glissant sur la pente mouillée ; ils parvinrent à un cours d'eau parsemé de rochers, et de l'autre côté, ils grimpèrent sur un chemin de cendrée. Ahmed leur enjoignit le silence en leur montrant une maison au toit plat, qui venait d'émerger de la brume.

— Bandong, murmura-t-il.

Les moteurs s'étaient tus et un silence ouaté régnait. Drummond ressentit un certain malaise ; soudain, il entendit une voix, cette voix irlandaise et bourrue qui lui était bien connue, et il prit sa course vers les maisons.

Quatre camions s'alignaient sur le bord de la route, quatre vieux Bedford de trois tonnes, le capot pointé dans la direction de l'Inde. Nu-tête sous la pluie, le père Kerrigan parlait avec un homme des tribus vêtu d'un manteau de mouton et coiffé d'une toque de fourrure, qui tenait un poney par la bride d'une main, et un fusil Enfield 303 de l'autre.

Une pierre roula sous les pieds de Drummond. Les deux hommes pivotèrent d'un seul élan. Le montagnard était le colonel Sher Dil.

— Que Dieu soit loué ! souffla doucement le père Kerrigan.

La porte d'un des camions s'ouvrit et Janet Tate sauta à terre. Elle était habillée comme le jour de leur vol de Juma à Sadar, d'un pantalon de whipcord, de la veste de mouton de Drummond et ses pieds étaient chaussés de bottes fourrées. Drummond ne vit rien de tout cela mais seulement les yeux de Janet et son regard inondé de joie encore incrédule, alors qu'elle accourait à lui.

9

LE CONSEIL DE GUERRE

Un caporal et trois soldats approchèrent lentement, la curiosité inscrite sur leurs visages et derrière eux, traînant les pieds, le bras gauche sous un gros pansement, suivait Tony Brackenhurst.

— Nous avions perdu tout espoir de vous revoir, dit le père Kerrigan. Les Chinois sont arrivés tellement vite que nous ne leur avons échappé que par miracle. J'ai conduit la jeep jusqu'à Quala où j'ai découvert que le chef du village avait déjà détruit le bac, pour empêcher les Chinois de traverser avec leurs véhicules. Les habitants se sauvaient avec des petits bateaux, qui faisaient la navette.

— Mr Brackenhurst est arrivé pendant que nous attendions notre tour, enchaîna Janet. Il était grièvement brûlé. Il nous a raconté ce qui s'était passé dans Sadar; il croyait être le seul à avoir pu se sauver.

— En effet, il fut le seul, pour quelque temps, répliqua Hamid d'un ton calme.

Blême, Brackenhurst vacilla et se raccrocha à la paroi du camion. Deux soldats s'approchèrent de lui, pour le soutenir.

— Vous n'êtes pas bien, mon garçon, constata le père Kerrigan. Allez vous allonger, Janet va s'occuper de vous.

Brackenhurst s'en fut d'un pas mal assuré, entre les deux soldats; Janet les suivit et le prêtre se tourna vers les autres.

— De ma vie, je n'ai été surpris comme je le fus il y a dix minutes, lorsque cet homme des tribus a surgi de la brume et que j'ai reconnu le colonel Sher Dil.

— Il y a quatre heures, environ, que je suis dans le village, raconta Sher Dil. J'ai exposé la situation aux habitants et ils ont pris la décision d'aller se cacher dans les montagnes. Ils voulaient que je les accompagne, mais j'avais dit à Drummond et à Hamid de me retrouver ici, s'ils parvenaient à traverser le fleuve. Je commençais à avoir des inquiétudes à leur sujet, ajouta-t-il avec un sourire significatif.

— Il y avait de quoi, répondit Hamid. On a insisté pour nous garder un peu, là-bas. Peut-être cela vous intéressera-t-il, à propos, d'apprendre que l'ami Cheung est colonel de leur Deuxième Bureau militaire ?

— Que Dieu m'assiste ! fit le père Kerrigan. En êtes-vous sûrs ?

— Sûrs et certains, de façon formelle, mon père, répondit Drummond. Comment va Kerim ?

— Il supporte tout ça d'une façon étonnante. Il faut dire que jusqu'à présent, le voyage n'a pas été trop dur. De l'autre côté du fleuve, nous avons roulé en charrette à bœufs, et puis nous avons rencontré le convoi. Après m'avoir entendu, le caporal Nadin a fait demi-tour sur place.

— Avez-vous annoncé à Kerim la mort de son père ?

— Ah, c'est donc vrai ? Brackenhurst me l'avait dit mais j'espérais qu'il s'était trompé, soupira le père Kerrigan. Non, Kerim ne sait rien. Attendons un peu ; je lui parlerai lorsque nous serons en sécurité, de l'autre côté de la frontière.

— Si nous y parvenons, mon père. Et rien n'est moins sûr, en ce moment précis.

Ahmed vint à eux, pataugeant sous la pluie, deux quarts remplis de thé bouillant dans chaque main.

— Une tasse de thé, mon colonel ?

— Tu t'en es donc tiré, espèce de gredin ! s'exclama Sher Dil avec une colère feinte. Alors, je ne serai jamais débarrassé de toi !

— Que la volonté d'Allah soit faite, mon colonel ! répliqua Ahmed avec un sourire narquois.

Il arborait des bottines de combat toutes neuves et une parka kaki ouatinée, un de ces vêtements spécialement conçus pour la guerre en hiver ; il avait rabattu sur sa tête le capuchon doublé de fourrure.

— Ça alors ! Où as-tu trouvé ces vêtements ? s'enquit Drummond.

— Un des camions transportait des équipements pour l'armée, sahib. Il en reste un peu, bien qu'ils aient allégé le camion d'une grosse partie de son chargement, pour faire place aux femmes et aux enfants.

— Des femmes et des enfants ?

— Des réfugiés que le convoi a rencontrés sur la route. On ne pouvait pas les laisser tomber aux mains des Chinois.

— Dis au caporal Nadin de m'apporter une carte, ordonna Sher Dil.

Ils s'assirent en tailleur sous la véranda la plus proche, pour boire leur thé ; Nadin, un Indien mince et nerveux, le teint foncé et portant une longue moustache noire, vint les y rejoindre avec une carte. Sher Dil la déplia.

— Plus de 400 kilomètres d'ici à la frontière de l'Inde, et une seule route, commenta-t-il. L'unique moyen de traverser le fleuve avec des véhicules était le bac de Quala et le père Kerrigan nous dit que les villageois l'ont détruit.

— Il est peut-être encore possible d'emprunter le gué de Kama, fit remarquer Drummond. En particulier avec des chenillettes, et ils en ont.

— Croyez-vous qu'ils vont essayer ? demanda le père Kerrigan.

— Sans l'ombre d'un doute, fit Hamid en hochant la tête. Ils veulent le jeune Khan à tout prix, Cheung nous l'a bien dit. Un petit mannequin à asseoir sur le trône du Balpur, qui deviendrait le porte-parole de la République populaire. Comme vient de le constater Sher Dil, il n'existe qu'une route et ils l'emprunteront forcément.

— Alors, il faut nous mettre en mouvement. Nous avons une bonne avance sur eux.

— Pas pour longtemps, objecta Sher Dil en suivant du doigt le cours de la rivière. Là, à une centaine de kilomètres de Sadar, il y a un village du nom de Huma. Si les Chinois avancent jusque-là et s'emparent des bateaux, ils traverseront l'eau.

— Mais ils n'auront pas de véhicules.

— C'est vrai, mais regardez comme la rivière s'incurve pour suivre la vallée. Ils ne seraient pas à plus de 15 ou 20 kilomètres de la route, une distance insignifiante pour des troupes entraînées.

— Vous craignez qu'ils essaient de nous couper le passage ? fit Drummond.

— Je ne connais pas leur commandant, mais c'est ce que je ferais, à sa place, intervint Hamid en haussant les épaules.

— Il nous reste deux heures de jour, dit Sher Dil en regardant le ciel plombé. Nous pouvons faire un bon bout de route.

— Vous n'êtes pas d'avis de rouler de nuit ?

— Sur ces chemins ? fit Hamid avec un rire rauque. Ce serait un suicide, avec ces camions. Non, il faut camper pour la nuit dans un bon endroit, et filer dès le lever du jour.

Sher Dil se leva et se tourna vers le caporal Nadin.

— Comment est la situation essence ?

— Il y en a largement pour tous les camions, mon colonel.

— Pourquoi les prendre tous les quatre ? s'enquit Drummond. Deux nous suffiraient largement, en débarquant leur chargement.

Sher Dil ricana et balaya les quatre Bedford d'un geste du bras.

— Regardez-les ! fit-il. Ils ont vingt ans s'ils ont un jour. Ils sont en service depuis la campagne de Birmanie et on s'en aperçoit. Combien de fois tombez-vous en panne, par voyage ? ajouta-t-il en s'adressant à Nadin.

— Tout le temps, mon colonel, répondit le caporal en secouant la tête. Quand ce n'est pas une chose, c'est une autre.

— Voilà qui règle la question. Nous prenons les quatre ; si l'un nous lâche, il nous en restera trois et ainsi de suite. Espérons qu'au moins l'un de ces quatre foutus machins tiendra jusqu'à la frontière. Et, de toute manière, leur chargement se révèlera peut-être bien utile.

Groupés non loin, les trois soldats avaient écouté la conversation et lorsque le caporal Nadin sortit sur la route, un des hommes l'attrapa par la manche et lui murmura quelques mots. Sher Dil fronça les sourcils et descendit de la véranda.

— Que se passe-t-il ? demanda-t-il.

Nadin se tourna vers lui, l'air soucieux et indécis.

— Deux de nos hommes, Piroo et Yussuf, sont de Sadar, mon colonel. Leurs femmes y sont restées. Ils voudraient les rejoindre.

Lorsque le caporal se tut, on n'entendit, dans le silence qui s'était fait, que le martèlement de la pluie et le bouillonnement du cours d'eau de l'autre côté du village.

Le père Kerrigan avait l'air ennuyé ; Hamid avait conservé son calme mais on le sentait prêt et tendu. Le visage de Sher Dil était devenu blanc de colère et ses yeux étincelaient.

— Il n'existe qu'une punition pour un soldat qui désobéit en face de l'ennemi, gronda-t-il en faisant glisser de son épaule le vieux fusil qu'il arma avec un cliquetis audible de loin. Vous avez compris ?

Les deux soldats le regardèrent, terrifiés. Sher Dil remit l'arme à la bretelle.

— Rompez, caporal Nadin. Préparez-vous au départ.

Nadin entraîna ses trois hommes et le père Kerrigan exhala un soupir de soulagement.

— Vous m'avez presque fait peur, dit-il.

— Une sale affaire, constata Hamid. Quand ça commence, on ne sait pas où on va.

— Oui, et nous avons assez perdu de temps comme ça, approuva Sher Dil d'un mouvement de la tête. Prenez ce qu'il vous faut comme armes et équipement, et partons.

Les réfugiés, une douzaine de femmes et cinq enfants, s'étaient entassés dans le fond d'un camion, cramponnés aux petits baluchons pathétiques qui contenaient tous leurs biens sur cette terre. Ils contemplèrent, sans impatience ni émotion, Drummond et Hamid qui fourrageaient dans ce qui restait des équipements transportés par le convoi. Les deux hommes y trouvèrent des parkas ouatinées semblables à celle d'Ahmed, et Drummond troqua ses bottes d'aviateur imbibées par leur séjour dans la rivière contre une paire de bottines de combat, prévues pour la montagne. Il enfila des moufles imperméables et sauta à terre.

Hamid était déjà près du deuxième camion, avec Sher Dil. Ils avaient découvert une caisse de mitraillettes et en avaient fait sauter le couvercle.

— Formidable ! fit Sher Dil en ricanant. Un cadeau de Moscou ! La contrepartie intéressante d'une politique de stricte neutralité.

Il ouvrit également une caisse de chargeurs et une autre de grenades, et se tourna vers le caporal Nadin.

— Appelez tout le monde, ordonna-t-il. Je vais procéder à une distribution d'armes.

Nadin obéit et quelques instants plus tard, Ahmed et le troisième chauffeur, un grand Bengali du nom d'Amal, arrivèrent en courant.

— Et Piroo et Yussuf ? demanda Sher Dil. Où sont-ils ?

Les hommes s'entre-regardèrent, hésitants. Nadin courut aux camions, et revint rapidement.

— Ils se sont enfuis, mon colonel.

Sher Dil agrippa Ahmed par sa parka.

— Les as-tu vu se sauver, toi, crapule ?

Ahmed leva les mains, paumes en avant.

— Sur la tombe de mon père, mon colonel ! Ils étaient encore là il y a cinq minutes. Nous parlions tous les trois.

— De quoi ?

— Ils étaient très fâchés contre le colonel. Ils disaient que les Chinois allaient nous rattraper, que les camions ne parviendraient jamais en Inde. Ils ne voulaient pas obéir, ajouta-t-il en haussant les épaules.

Sher Dil poussa un juron mais Hamid eut un mouvement de tête fataliste.

— Nous en sommes débarrassés, comme ça. N'y pensons plus, nous avons bien assez de chauffeurs. Je conduirai un des Bedford.

— Bon, se résigna Sher Dil. Je prends la tête avec le caporal Nadin. Vous me suivez avec le camion de ravitaillement, major. Et vous prenez le père Kerrigan, miss Tate et le jeune Khan à votre bord.

— Et moi ? demanda Drummond.

— Vous fermez le convoi avec Ahmed, et Mr Brackenhurst monte dans le troisième camion, avec Amal et les réfugiés. Dès que tout le monde est à bord, nous prenons la route.

Ils se dispersèrent et Drummond s'entendit alors appeler par Janet, penchée au-dessus du layon de son camion. Il grimpa vivement près d'elle.

— Un ennui ? demanda-t-il.

— Non, non, j'aimerais seulement savoir ce qui se passait.

— Deux chauffeurs ont déserté, mais ça n'a pas d'importance. Comment va Kerim ?

— Il dort. Nous l'avons installé aussi confortablement que possible.

Ils avaient repoussé quelques caisses, tout au fond de la plateforme, aménageant ainsi une sorte d'alcôve. Le jeune Khan y dormait, emmailloté dans des couvertures, très pâle sous son bandeau blanc. Janet se pencha sur lui pour mieux le couvrir, et Drummond prit les mains de la jeune fille.

— Êtes-vous inquiète, Janet ?

— Non, fit-elle de la tête. Je ne me rends pas compte de la situation, je n'arrive pas à croire à ce qui nous arrive.

Il lui serra les mains et l'attira à lui.

— Et ça, vous y croyez ? fit-il en l'embrassant.

Elle leva les yeux sur lui, le visage grave, puis elle lui sourit et lui caressa doucement le visage. Elle ne dit rien, les mots étaient inutiles, mais elle l'embrassa à son tour.

— À tout à l'heure, lui dit-il.

Quand il sauta à terre, il trouva le père Kerrigan près du camion, debout sous la pluie, un cigare dans la bouche, si long qu'il dépassait le bord de son chapeau d'ecclésiastique.

— M'est-il permis de monter à l'abri, maintenant? fit-il narquois.

Drummond eut un petit sourire et poussa le prêtre par-dessus le layon.

— Et où avez-vous découvert ces cigares étonnants? demanda le pilote.

— Voir Ahmed. Il a fouillé dans toutes les caisses.

Drummond pataugea dans la boue jusqu'au camion de queue. Il grimpa dans la cabine et y trouva Ahmed assis au volant, perdu dans un nuage de fumée.

L'Afridi l'accueillit avec un sourire et lui tendit un carton.

— Des cigares, sahib. Ils sont très forts, c'est du tabac spécial pour l'armée indienne.

— Dans l'état où je suis, je fumerais bien pis, répliqua Drummond.

Il en alluma un et s'étrangla lorsque la fumée âcre le prit à la gorge; la porte de sa cabine s'ouvrit et Sher Dil passa la tête.

— Le prochain village, Hasa, est à 140 kilomètres d'ici.

— Nous ne pouvons guère espérer l'atteindre avant la nuit, avec un temps pareil, fit observer Drummond.

— Je ne l'espère pas; si nous faisons 60 kilomètres, je m'estimerai très satisfait. Nous camperons sur le bord de la route et partirons dès l'aube.

Il claqua la porte et Ahmed pressa sur le démarreur. Après quelques essais infructueux, starter grand ouvert, le moteur consentit à partir. Le camion qui les précédait fit un bond en avant, Ahmed desserra le frein à main et embraya.

Il régnait une odeur d'essence et d'huile dans la cabine; la pluie venait s'écraser sur le pare-brise. Et soudain, Drummond retrouva le sentiment de sécurité, temporaire, qui l'avait habité dans la hutte du berger. Il s'adossa à son siège, sa mitraillette sur les genoux et s'affaira à la nettoyer de sa graisse de protection, à l'aide d'un chiffon.

Dès que le ronflement des moteurs se fut évanoui dans la pluie, Piroo et Yussuf surgirent de la berge du cours d'eau où ils s'étaient planqués et prêtèrent l'oreille dans le brouillard.

— Ils sont partis ! souffla Piroo avec un soupir de soulagement. Bigre, Sher Dil était rudement en colère.

— Aucune importance, son règne est terminé, répliqua Yussuf. Il y a encore du feu, là, ajouta-t-il en désignant la maison du chef du village. Nous allons y passer la nuit et nous partirons au petit matin.

Ils grimpèrent sous la véranda, poussèrent la lourde porte de bois et entrèrent ; la rue retourna à sa solitude. La pluie creusait des rigoles dans la boue, le brouillard enveloppait les maisons silencieuses ; le hameau désert attendait la nuit.

Ils cahotaient durement sur la route boueuse, pleine de nids de poule ; penché en avant, Drummond scrutait les bancs de brume à travers le pare-brise.

Le camion qui les précédait s'arrêta soudain, et Ahmed freina. Drummond ouvrit sa porte, mitraillette braquée ; Sher Dil vint à eux.

— Nous sommes embourbés, venez nous aider.

Ils pataugèrent jusqu'au véhicule de tête ; une de ses roues avant disparaissait dans un trou rempli d'eau ; et Nadin et Hamid s'affairaient avec des pelles.

Il leur fallut plus de vingt minutes de labeur acharné. Lorsque Drummond regagna sa cabine, ses bottines étaient engluées de boue et sa belle parka toute neuve avait pris, d'un seul coup, la patine de nombreuses campagnes. Le même accident se reproduisit une demi-heure plus tard.

Drummond revint s'affaler sur son siège, les pieds glacés et morts, les mains en sang d'avoir coltiné pierres et cailloux coupants pour combler le trou, exténué, incapable de la moindre réaction. La visibilité était de plus en plus mauvaise, et il épuisa le reste de ses forces à scruter la route dans le crépuscule envahissant.

Le véhicule de tête donna de l'avertisseur une fois et le convoi ralentit près d'un terrain planté de quelques pins, à main gauche. Ahmed quitta la route et se guida au feu arrière du troisième camion. Ils s'arrêtèrent enfin, coupèrent les moteurs, et le silence retomba.

10

VEILLE DE NUIT

Sher Dil avait choisi, pour camper, un site plat et rocailleux, parsemé de quelques pins qui dressaient un certain écran entre les camions et la route.

Drummond rejoignit Hamid, Sher Dil et le père Kerrigan qui se parlaient à voix basse près du deuxième camion. Janet était penchée au-dessus du layon.

— Nous pensons qu'il n'est pas nécessaire d'observer un black-out sévère, dans ce brouillard, dit Sher Dil. Nous allons installer un des poêles à pétrole à l'arrière du camion de ravitaillement, et miss Tate pourra s'occuper de la cuisine, à l'abri de la pluie. Que les réfugiés en fassent autant, il y a de la nourriture pour tous amplement.

— Un bon repas chaud remontera le moral de tout le monde, déclara le père Kerrigan.

— Et Kerim ?

— Il va bien. Je le tiens sous sédatifs.

— Comment allons-nous nous organiser, pour dormir ? demanda Hamid.

— Dans les camions, bien entendu. Et nous posterons deux sentinelles, l'une près de la route, l'autre ici. J'établirai le roulement de garde après le dîner.

Sher Dil s'éloigna et le père Kerrigan leva la tête vers Janet.

— Passez-moi ma trousse médicale, s'il vous plaît, Janet. Je vais aller refaire le pansement de Brackenhurst.

— Je vous accompagne, dit Hamid.

Ils s'en furent et Drummond aida alors Janet à descendre, tout en appelant Ahmed. Le petit Afridi arriva au pas de gymnastique.

— Oui, sahib ?

— Miss Tate va nous préparer un repas chaud, lui dit Drummond. Installe-lui le poêle à pétrole à l'arrière du camion de ravitaillement, et ouvre les boîtes de conserve. Si tu ne lui obéis pas au doigt et à l'œil, je te coupe la gorge.

— Le sahib a bon cœur, memsahib, dit Ahmed à Janet en souriant. Il ne ferait jamais une chose aussi horrible, mais je vais tout organiser pour vous. Venez avec moi.

Drummond se dirigea alors vers le Bedford des réfugiés. Il y trouva Hamid et le père Kerrigan près de Brackenhurst qui, le torse nu, était assis sur une caisse de munitions. L'intérieur était éclairé par une baladeuse et le père Kerrigan déroulait avec précaution les mètres de gaze qui entouraient le bras de l'Anglais, sous les regards graves des femmes et des enfants.

Brackenhurst avait les traits tirés et pâles, et il jetait des regards furtifs vers Hamid qui l'observait avec hauteur. Le prêtre décolla la dernière compresse et se pencha pour examiner la brûlure.

— Ce n'est pas aussi grave que je l'ai cru au début, dit-il. Vous irez beaucoup mieux dans deux jours.

— Je souffre horriblement, geignit Brackenhurst.

— Il souffre horriblement ! répéta Drummond en se hissant sur la pointe des pieds pour regarder à l'intérieur. Mais c'est affreux ! Tu ne trouves pas que c'est affreux, Ali ?

— Affreux ! renchérit Hamid d'un ton paisible. Il faut vous reposer, Tony. Nous tenons à ce que vous preniez bien soin de vous.

Brackenhurst leur jeta un regard venimeux et Drummond s'en fut vers la popote. Il huma un fumet de cuisine, et le creux qu'il ressentit soudain à l'estomac lui rappela que son dernier repas datait de loin. À l'intérieur, il trouva Ahmed et Janet penchés sur le réchaud, et Sher Dil assis sur une caisse, la carte étalée sur les genoux.

— Vous avez l'air soucieux, lui dit Drummond.

— Je pense à demain. Nous allons nous rapprocher terriblement de la rivière. Si les Chinois ont progressé avec leurs camions rapides, sans faire de halte de nuit, et que quelques patrouilles aient déjà traversé, nous courons au-devant d'ennuis. S'ils détruisent le pont qui enjambe le ravin de Sokim, par exemple, il ne nous resterait plus que nos jambes pour continuer.

— Nous nous en inquiéterons demain matin, le calma Drummond. Pour le moment, une seule chose m'intéresse : manger.

Ahmed leur passa bientôt des gamelles de bœuf aux haricots et le père Kerrigan les rejoignit en compagnie de Hamid.

— Pensez à porter une gamelle à Mr Brackenhurst, Ahmed, je vous prie, dit le prêtre qui se tourna ensuite vers Drummond.

N'avez-vous pas été un peu dur avec lui, tout à l'heure, Jack ? Il est permis de perdre courage, dans une situation comme la nôtre.

— Brackenhurst ne possède aucun courage qu'il puisse perdre, déclara Drummond, tout net.

Le père fronça les sourcils, regardant alternativement Hamid et Drummond, conscient d'un secret qu'il ignorait. Drummond sauta à bas de la plate-forme et s'en fut dans la cabine. Il y resta au chaud, dans le noir, à fumer, et Ahmed lui apporta un quart de thé bouillant et réconfortant. Peu après, Sher Dil ouvrit la porte.

— J'ai organisé les quarts, dit-il. Vous relèverez Amal, sur la route, à 10 heures. Et vous reprendrez un tour de garde d'une heure, ici, à 4 heures. Je veux que tout le monde soit debout à 5 heures. Nous avons une journée dure devant nous.

Il ferma la porte et l'obscurité l'avala. Drummond se pelotonna dans sa parka dont il rabattit le capuchon sur sa tête. Il pouvait dormir deux heures ; il se cala dans le coin et ferma les yeux.

Il courait sur une route interminable et sombre, et là-bas, au loin, il voyait Janet. Elle l'appelait et il savait que quelque chose d'horrible le talonnait. Il courut plus vite mais la route se transforma en boue épaisse et ses pieds, enfoncés jusqu'aux chevilles, s'y engluaient et le ralentissaient. Les cieux s'ouvrirent sur sa tête et l'averse diluvienne lui cacha Janet. Seul le son de sa voix lui dit qu'elle était encore là. Ses appels se firent de plus en plus faibles, il ressentit une peur atroce, et la chose derrière lui, l'horrible menace qui le paralysait de terreur, l'attrapa brutalement par l'épaule.

Il ouvrit les yeux, réveillé en sursaut par le froid de la nuit et par quelqu'un qui le secouait ; il se redressa en grognant.

— Vous aviez un cauchemar, sahib, lui dit Ahmed dans le noir.

— Il est l'heure ?

— Oui, sahib.

Drummond respira profondément à deux reprises, et enfila ses moufles. Il prit sa mitraillette et sauta dans la boue.

Rien n'avait changé, la pluie tombait toujours avec violence dans l'obscurité, et le brouillard flottait comme avant sur la terre détrempée. Il avança vers la route, entre les pins, et appela à voix basse :

— Où es-tu, Amal ?

— Ici, sahib Drummond, répondit Amal en venant le rejoindre.

— Rien à signaler ?

— Rien à signaler, si ce n'est la pluie et encore la pluie. Et bientôt ce sera de la neige. Je l'ai déjà vue tomber si tôt en saison.

— Espérons que non ! soupira Drummond.

Abandonné à lui-même, il s'assit sur le tronc d'un arbre déraciné, les bras croisés sur la mitraillette posée sur ses genoux, mais le froid le transperça bientôt et il se leva et marcha un peu, battant de la semelle pour rétablir sa circulation. Finalement, oublieux de toute précaution, il alluma un cigare. C'était un tabac horrible mais la vue du bout incandescent le réchauffa moralement. Celui-là terminé, il en alluma un autre.

Il se redressa soudain, tous les sens en alerte ; il entendait des bruits de succion dans la boue, engendrés par des pas en provenance du camp. Il y eut un temps de silence, comme si le rôdeur cherchait à s'orienter, puis le bruit se reproduisit, plus proche cette fois.

Drummond déposa son cigare allumé sur une branche de son arbre, et s'éloigna avec des précautions infinies. Il décrivit un vaste cercle, jusqu'à ce qu'il fût certain de se trouver derrière son visiteur, et alors seulement il s'avança. La silhouette d'un homme se dessinait confusément dans l'obscurité, et non loin d'elle, brillait le bout du cigare. C'est l'immobilité de l'homme qui fit agir Drummond, cette immobilité et le cliquetis reconnaissable d'une arme glissant de la bretelle. Le pilote fit un pas en avant, tapa sur l'épaule de l'homme et alors que l'autre se retournait, il lui décocha son poing au creux de l'estomac.

L'homme s'effondra en gémissant et Drummond craqua une allumette. Il vit Brackenhurst allongé dans la boue, une mitraillette à côté de lui. L'allumette s'éteignit en sifflant sous la pluie. Brackenhurst finit par s'asseoir, en geignant.

— Que s'est-il passé ? demanda-t-il d'une voix tremblante.

— Il n'est pas prudent de vous glisser furtivement, comme ça, dans le noir, lui répondit Drummond. Les gens pourraient se tromper sur vos intentions.

— Je désirais simplement avoir un mot avec vous, à l'écart des autres, répondit Brackenhurst. Je voudrais m'expliquer sur ce qui s'est passé à Sadar. Quand le toit a commencé à s'écrouler, j'ai été pris de panique. J'ai couru au Land Rover et comme personne ne m'y a rejoint, j'ai pensé que vous aviez tous été pris sous les décombres.

C'était un mensonge éhonté, mais Drummond le laissa passer.

— N'en parlons plus. Tout le monde peut être pris de panique.

— Avez-vous parlé de cet incident autour de vous ? reprit Brackenhurst, après un instant d'hésitation.

— Il n'y a que Hamid et moi pour le connaître et nous avons d'autres chats à fouetter, répondit Drummond dans le noir, calme, tranquille, mais intraitable. Vous feriez mieux d'aller dormir pour être en forme demain matin. Et prenez ceci, ajouta-t-il en ramassant la mitraillette qu'il lui tendit.

Le géologue s'en fut sans un mot, d'un pas mal assuré et Drummond retourna s'asseoir sur son arbre. Sher Dil vint le relever une demi-heure plus tard.

— Tout va bien ?

— Tout va bien, rien à signaler, répondit Drummond.

Il retraversa l'étendue de boue jusqu'à son camion, grimpa à l'arrière et s'étendit, roulé dans une couverture. Transi et gourd, il avait dépassé le point où l'on se rend encore compte de sa misère physique.

Il s'éveilla lentement, bâilla et bascula sur le côté. Penchée sur le réchaud, Janet attendait que l'eau bouille, le visage à moitié dans l'ombre, dans la clarté diffuse.

— Quelle heure est-il ? demanda-t-il à voix basse.

— À peine un peu plus de 3 heures, répondit-elle en regardant sa montre. Je ne pouvais plus dormir.

Elle lui apporta un quart de thé chaud et ils burent, dans un silence amical, à la clarté du réchaud. Au bout d'un moment, il lui demanda avec douceur :

— Qu'y a-t-il, Janet ? Vous avez peur ?

— Oui, j'ai peur, répondit-elle avec simplicité. Même le Viêt-Nam ne m'a pas préparée à ce genre d'aventure. Croyez-vous que nous nous en tirerons ?

Il fut tenté de mentir pour la rassurer mais un regard sur ce visage grave, et cependant posé, l'en dissuada.

— Je ne crois rien. Comme dit Sher Dil, si les Chinois ont progressé rapidement sur l'autre rive du fleuve, ils sont peut-être devant nous. Ils finiront par trouver des bateaux à Huma, ou à un des villages riverains. Dans ce cas, nous rencontrerions des patrouilles en travers de notre route.

— Sher Dil a parlé d'un pont sur un ravin. Vous y craignez des difficultés ?

— Nous pouvons craindre des difficultés partout, et il ne sert à rien de s'inquiéter d'avance, dit-il en souriant. Quels sont vos projets, lorsque nous serons de l'autre côté de la frontière ?

— Emmener Kerim à Chicago. C'est une nécessité à laquelle les événements actuels ne changent rien. Et j'ai droit à trois mois de congé.

— Et après ?

— Je ne sais pas. J'irai là où ma Société quakeresse m'enverra.

— Ne serait-il pas temps de songer à vous installer quelque part ?

— Serait-ce une demande en mariage ?

— Non, répondit-il en secouant la tête. Je peux vous offrir plus d'argent qu'il n'en faut, Janet, mais regardez un peu la colonne débit : 40 ans, et un aviateur de l'aéronavale, congédié, qui a vu trop de pays chauds et de villes étranges, et qui a trop volé dans des pays où personne ne veut aller. J'ai besoin de me reposer dans un trou perdu, pendant longtemps. Rien de tout ça ne fait de moi un parti bien désirable.

— Moi, je sais une chose, répliqua-t-elle posément. Si nous n'essayons pas, nous le regretterons toute notre vie.

Il garda le silence, contemplant la lueur du poêle, sa main dans la sienne ; finalement, il se leva.

— Je vais prendre un peu l'air. J'ai matière à réflexions.

Janet demeura assise à sa place, dans le noir. Hamid vint bientôt la rejoindre ; il se servit une tasse de thé et s'accroupit près d'elle.

— Il faut que je réveille Jack. C'est lui qui me relève à 4 heures.

— Inutile. Il était là, avec moi ; il vient de sortir prendre l'air.

— Des ennuis ? demanda Hamid.

— Une petite conversation de 4 heures du matin, sans plus, répondit-elle en haussant les épaules. Il a décidé qu'il était trop vieux pour moi.

— Il est épuisé ; n'attachez pas d'importance à ses divagations, répondit Hamid qui hésita un instant, puis décida de continuer.

Jack ignore que je suis au courant, Janet, mais depuis cinq ans au moins, il travaille pour l'Intelligence Service. Ses missions consistaient surtout en vols pirates au-dessus des frontières de ce que nous pourrions appeler des nations peu amies.

— Vous êtes sûr de ça ? fit-elle en exhalant un profond soupir qui lui vida les poumons.

— Absolument sûr. Je le tiens d'amis appartenant au Service Secret indien. C'est long, cinq ans, pour vivre sur ses nerfs.

— Et ça explique beaucoup de choses.

— L'année dernière, il s'est écrasé dans la jungle de Bornéo et a été grièvement blessé. Il s'est échappé de justesse, et les Indonésiens n'aiment pas beaucoup les Anglais en ce moment. Il aurait passé un très mauvais quart d'heure.

— C'est là qu'il a gagné cette terrible cicatrice sur la joue ?

Hamid hocha la tête et se pencha vers elle, le visage grave à la lueur du poêle.

— C'est un homme bien, Janet, mais il est arrivé au bout de son rouleau. Ramenez-le à la maison, où qu'elle se trouve.

Un changement s'était opéré en Janet, elle avait repris assurance et confiance. Elle sourit soudain et pressa la main du Pathan.

— C'est ce que je vais faire, Ali, comptez sur moi. Il faut que je m'occupe de Kerim, ajouta-t-elle en se levant.

Hamid se versa une seconde tasse de thé, envahi d'une tristesse étrange. Drummond enjamba le layon et s'installa près de lui.

— Où est Janet ? demanda-t-il.

— Partie s'occuper de Kerim. Qui est de garde sur la route ?

— Ahmed, je crois, répondit Drummond qui hésita, puis reprit : Brackenhurst est venu me rendre visite cette nuit, pendant mon quart.

— Que te voulait-il ?

— Je me le demande encore. J'ai cru qu'il était tenté par l'idée de me liquider mais au fond, je crois qu'il est simplement venu s'assurer que nous n'avions pas parlé aux autres de l'épisode de Sadar.

Il relata les circonstances de la nuit. Hamid hocha lentement la tête, le sourcil froncé.

— Il peut toujours prétendre qu'il a pris la mitraillette pour se défendre contre des ennemis, le cas échéant. Il n'aurait pas pu s'en servir contre toi, Jack. Bien trop bruyant. C'est le couteau, l'arme de la nuit.

— Je ne crois pas qu'il lui reste assez de sang-froid pour penser à ça. Il est complètement désarçonné et de toute façon, il n'a certainement jamais possédé le genre de courage qu'exige l'attaque au couteau.

— Il faut que nous le gardions à l'œil, voilà tout, dit Hamid qui frissonna soudain. Je n'aime pas cette petite heure du matin, Jack, ça me rappelle d'autres aubes, d'autres endroits et tant de braves soldats tués. Je dois me faire vieux, ajouta-t-il avec un gloussement de gorge.

— Et moi donc ! renchérit Drummond.

Il se leva et pencha la tête dehors. L'aube pointait sa lueur grise dans le brouillard, la pluie cinglait la terre, et il se demanda, morose, ce que cette journée leur réservait.

Enroulé dans une peau de mouton, couché sur le plancher devant l'âtre de la maison du chef du village de Bandong, Piroo fut réveillé par un furieux coup de botte dans les côtes. Il s'assit d'un seul élan et vit, comme dans un cauchemar, les visages jaunes penchés sur lui, les fusils Burp astiqués, les étoiles rouges sur les casquettes à visière.

Non loin, Yussuf hurla et courut vers la porte. Une jambe étendue le fit trébucher et un formidable coup de crosse lui fractura le crâne.

D'une poigne sans aménité, les soldats firent lever Piroo qui glapissait de terreur ; une voix cassante domina le tumulte et tous firent silence.

Son col de fourrure relevé autour du menton, les traits tirés et le visage raviné sous sa toque, le colonel Cheung parut sur le seuil, enveloppé dans son grand manteau.

Ils avaient perdu du temps, pour traverser le fleuve à Kama. L'eau était beaucoup plus profonde que de coutume sur les gués, en raison des pluies, et un des camions s'était enlisé au beau milieu. Ils avaient passé plusieurs heures à essayer de le tirer de là. À la nuit tombante, Cheung avait décidé de l'abandonner et de poursuivre sa route avec l'autre véhicule et une douzaine d'hommes. Ils avaient roulé presque toute la nuit, souvent empêchés de dépasser le quinze à l'heure, dans des conditions effroyables, mais poussés par l'espoir de Cheung de trouver le père Kerrigan et Kerim à Bandong, ce village offrant la possibilité d'une étape. Arrivés à l'entrée du hameau, le colonel chinois avait envoyé le sergent et dix hommes se livrer à la fouille des maisons.

— Que se passe-t-il ? demanda-t-il.

Ng, le sergent, un petit Cantonais au visage impitoyable, s'avança militairement.

— Le village est vide, mon colonel. Nous n'avons trouvé que ces deux-là, des déserteurs, je crois.

— Des déserteurs ? répéta Cheung soudain galvanisé et qui repoussa ses hommes pour examiner Piroo. Qui es-tu ? demanda-t-il alors en urdu. Un des hommes du colonel Sher Dil ? Tu t'es enfui en traversant le fleuve à la nage ?

— Non, sahib, répondit Piroo. J'étais dans le convoi venant de l'Inde.

— Le convoi était par ici ? Où est-il maintenant ?

— Il est reparti vers l'Inde, sahib, avec le colonel Sher Dil et le jeune Khan. Ils espèrent gagner la frontière.

— Sher Dil ? fit Cheung ébahi.

— Mais oui, sahib, continua Piroo plein de bonne volonté. Et aussi le major Hamid et le sahib Drummond. Ils ont tous traversé le fleuve à Sadar.

— Quand sont-ils partis ?

— Hier, deux heures avant la tombée du jour. Ils avaient l'intention de camper au bord de la route, pour la nuit. J'ai entendu le colonel le dire.

Cheung émit un petit rire excité et cingla la paume de son gant de sa cravache.

— Ralliez vos hommes immédiatement, sergent. Nous reprenons notre route.

Il se dirigea vers la porte ; Ng le rappela.

— Que dois-je faire de celui-ci, mon colonel ? demanda-t-il en désignant Piroo.

Cheung regarda l'Indien avec une expression qui ne manquait pas de sentiments.

— Laissez-le aller. Il nous a bien servis.

Il sortit et Piroo qui n'avait rien compris à ce dialogue en chinois, se tourna vers le sergent avec empressement.

« Un homme bizarre, le colonel, se dit Ng. Un bon officier mais sujet à lubies. »

Il hocha la tête vers un de ses hommes qui attrapa Piroo et lui plaqua une main sur la bouche. Piroo vit venir le couteau, sentit le froid sous les côtes, près du cœur et plongea dans le noir. Ils l'abandonnèrent devant l'âtre et un instant plus tard, le camion de troupes se mit en marche, ses chenilles projetant la boue de la route jusque sur le mur des maisons.

11

LE PONT DE SOKIM

— Je vois le pont, il est intact ! s'écria Sher Dil.

— Dieu merci ! souffla Drummond en s'emparant des jumelles qu'il régla vivement à sa vue. Et le calme a l'air de régner alentour.

— Il n'y a pas non plus de possibilité d'embuscade, renchérit Hamid. Dépêchons-nous de passer pendant que tout va bien.

Ils regagnèrent leurs camions respectifs ; bien content de se mettre à l'abri, Drummond se hissa à côté d'Ahmed. Il n'avait cessé de pleuvoir de toute la matinée et la route, transformée en bourbier, ne leur avait pas permis de dépasser le vingt à l'heure.

Du haut de la colline, le chemin descendait en pente raide vers le profond ravin qui scindait le cœur de la montagne. Ahmed rétrograda en première et suivit avec prudence. Les véhicules de tête s'arrêtèrent sur le replat précédant l'entrée du pont, une construction arachnéenne, à voie unique, et Ahmed, le dernier, freina sec.

— Je descends voir ce qui se passe, dit Drummond en sautant à terre.

Penché par-dessus le parapet, Sher Dil contemplait les poutrelles de fer, aussi ténues qu'une toile d'araignée. Il se retourna à l'approche du pilote.

— Ce pont est le rêve de tout saboteur, fit-il, pensif. Il faudrait longtemps aux Chinois pour le reconstruire.

— Songeriez-vous à le démolir vous-même ?

— Pourquoi pas ? Ça ne nous prendrait pas longtemps. Mais nous le traverserons avant, bien entendu…

Drummond s'en fut et lorsqu'il arriva à la hauteur de Hamid, celui-ci se pencha par la fenêtre de sa cabine.

— Qu'est-ce qu'il combine ? demanda-t-il.

— Il veut prendre le temps de faire sauter le pont. Qu'en penses-tu ?

— C'est une excellente idée. La route serait fermée pour des mois.

— Tu ne crains pas que ça signale notre passage ?

— Et même dans ce cas, ça n'aurait aucune importance. S'il y a déjà des Chinois au-delà du pont, nous les rencontrerons, que nous le fassions sauter ou non.

Drummond reprit sa place près d'Ahmed et le convoi traversa le ravin. Ils grimpèrent la rampe sur l'autre versant et s'arrêtèrent en haut de la colline. Sher Dil avait stoppé son camion un peu plus haut sur la route.

Tout le monde mit pied à terre et Brackenhurst s'avança, le visage blême et tendu.

— Pourquoi nous arrêtons-nous ? grinça-t-il.

— J'ai décidé de faire sauter le pont, répondit Sher Dil.

— Pour l'amour du ciel ! s'écria Brackenhurst. N'avons-nous pas assez perdu de temps comme ça ?

— S'il n'y a plus de pont, les Chinois en perdront bien davantage, rétorqua Sher Dil avec patience. Nous allons utiliser les munitions contenues dans mon camion. Mettez-vous tous au déchargement, ça ira plus vite. Vous, mon père, restez à votre bord avec miss Tate et le Khan, ajouta-t-il en s'adressant au père Kerrigan.

Le prêtre remonta dans son Bedford dans lequel le jeune Kerim, réveillé, se tenait près de Janet qui l'entourait d'un bras.

Sher Dil prit le volant pour faire descendre son véhicule en marche arrière jusqu'au milieu de la passerelle. Drummond et Hamid grimpèrent alors sur la plate-forme et tous se mirent au déchargement, en faisant la chaîne. Ils travaillaient avec hâte et Drummond remarqua que le visage de Brackenhurst luisait de sueur.

— C'est parfait, constata Sher Dil à la vue des caisses entassées sur le pont. Quand ce paquet-là sautera, ils l'entendront de Sadar !

— Et que fait-on, maintenant ? demanda Hamid.

— Je vais poser les cordons Bickford moi-même, avec l'aide du caporal Nadin et d'Amal. Vous, regagnez vos véhicules à pied. Je garde mon camion pour filer en vitesse à l'ultime seconde.

Brackenhurst prit sa course sans plus attendre et Nadin resta vissé au sol, atterré. Sher Dil lui lança un rouleau de cordons que l'Indien laissa choir, dans son désarroi.

— Reprenez-vous, caporal ! fit sèchement Sher Dil. Plus vite nous en aurons terminé, plus vite nous partirons d'ici.

Arrivé au sommet de la colline, Drummond se retourna et plongea du regard dans le ravin ; le camion avait l'air d'un jouet sur une construction d'enfant et toute la scène revêtait un aspect irréel, artificiel.

Hamid le rejoignit, tenant en main les jumelles de Sher Dil. Il les porta à ses yeux, assis sur un tertre.

— Que font-ils ? demanda Drummond.

— Sher Dil raccorde les mèches. Je dois dire que Nadin n'a pas l'air à la fête. Amal non plus.

— Ils sont terrifiés l'un et l'autre. Je crois que c'est pour cette raison que le colonel Sher Dil les a obligés à rester.

Nadin courut vers l'extrémité du pont, tirant à lui le bout d'un rouleau de cordons. Il revint en hâte vers le colonel, s'arrêta net et pointa du doigt vers les hauteurs, avec un cri perçant qui domina le clapotis de la pluie.

Un camion de troupes venait d'apparaître sur le sommet de la colline opposée. Hamid braqua rapidement ses jumelles et le visage de l'officier chinois, debout près du chauffeur, lui sauta aux yeux.

— C'est Cheung ! s'exclama le Pathan.

Le camion ennemi abordait déjà la descente.

— Ils n'ont plus le temps de faire sauter le pont ! s'écria Drummond. Nous ferions mieux de nous mettre en route.

— Avec ce camion-là, ils nous rattraperaient en cinq minutes, répliqua calmement Hamid. Sher Dil le sait, et il va faire sauter le pont, pour sauver le jeune Khan.

Vissé au sol, Drummond contempla le drame qui se jouait sous ses yeux. Il vit Sher Dil se pencher sur les mèches et comprit que Hamid avait vu juste. Le colonel allait démolir le pont, au risque de sauter en même temps.

Paralysé de terreur, Amal n'avait pas fait un pas, mais Nadin se précipita sur lui et l'attrapa par l'épaule. Sher Dil se retourna et envoya Nadin au sol d'un coup de poing, puis se remit à son travail avec sang-froid. Nadin se releva, arracha la pelle du camion de ses supports extérieurs et, de toutes ses forces, en assena un coup sur la tête de Sher Dil. Il courut et grimpa dans le véhicule qu'il fit démarrer. Le moteur cala et Amal, réveillé de sa torpeur, en profita pour se hisser à bord par l'arrière. Sher Dil eut juste la force de se redresser sur les genoux ; il prit alors une grenade dans une de ses poches, la dégoupilla et la projeta sur les caisses de munitions.

Le camion fit un bond en avant, mais il n'avait pas parcouru six mètres que les munitions explosaient en un nuage de fumée. Les morceaux de poutrelles volaient en l'air, les détonations éclataient en chaîne, et la partie centrale de la passerelle s'effondra ; le camion glissa en arrière et disparut dans l'abîme qui s'était ouvert sous ses roues.

Les Chinois, qui s'étaient arrêtés sur le replat de la rive opposée, ouvrirent le feu de leur mitrailleuse lourde, tirant à l'aveuglette dans l'épais nuage de fumée et de flammes. Les balles ricochèrent autour des fugitifs.

Brackenhurst avait déjà remplacé Amal au volant du Bedford et filait à tombeau ouvert, aux glapissements apeurés des femmes et des enfants qu'il transportait.

Le moment n'était plus aux paroles mais à l'action rapide. Hamid grimpa à côté du père Kerrigan et embraya en hâte, suivi de Drummond et d'Ahmed. Pendant quelques secondes angoissantes, les balles de la mitrailleuse percèrent des trous, en chuintant, dans la bâche de leurs véhicules ; enfin ils se trouvèrent à l'abri, de l'autre côté de la colline.

Dix minutes plus tard, Hamid donna un coup d'avertisseur. Brackenhurst ralentit et se rangea sur le bord de la route. Ahmed et Drummond le dépassèrent et stoppèrent, eux aussi.

Le pilote sauta à terre et se dirigea vers Hamid ; Brackenhurst s'avança à son tour, d'un pas vacillant.

— Que faisons-nous, maintenant ? demanda-t-il, les yeux fous.

Le Pathan l'ignora et montra à Drummond la carte de Sher Dil.

— Elle était restée dans ma cabine, par un bienheureux hasard, dit-il. C'est bien ce que je pensais, ajouta-t-il en se penchant dessus. Il y a un autre village à 30 kilomètres d'ici, et ensuite, c'est la frontière, à 75 kilomètres au-delà.

— En tout cas, une chose est certaine, fit Drummond. Cheung n'a plus aucun espoir de nous rattraper, maintenant.

— Non, opina Hamid. Si le prochain village n'est pas entre les mains des Chinois, tout ira bien pour nous.

— Et si nous abandonnions deux camions ? proposa Drummond.

— Non, nous dépendrions alors d'un seul véhicule et s'il nous lâchait, nous serions dans de sales draps. En outre, trois camions donnent une plus grande impression de force armée qu'un seul, et ça peut nous aider à bluffer des patrouilles isolées.

— Et toutes ces femmes ? intervint Brackenhurst. Ne serait-il pas temps de les débarquer ?

— Pour que les Chinois leur mettent la main dessus ? Même venant de vous, ça ne me semble pas une idée géniale. Remontez dans votre camion et fermez la marche, fit Hamid d'une voix cinglante de mépris.

Brackenhurst eut un haut-le-corps, comme si le Pathan l'avait frappé, et s'en fut à pas lents.

— Pour l'amour du ciel, major ! s'exclama le père Kerrigan du haut de sa plate-forme. Vous ne voyez donc pas que cet homme n'en peut plus ?

— Ce qui implique qu'il faut le mener tambour battant, mon père, répliqua Hamid. Prends la tête du convoi avec le camion de ravitaillement, Jack, ajouta-t-il en se tournant vers Drummond. Je suivrai en deuxième position. Si tu tombes dans une embuscade, essaie au moins de mettre ta voiture en travers de la route ; ça nous donnera le temps de faire demi-tour et si tu cours assez vite, tu pourras nous rattraper.

— Espérons-le, murmura Drummond.

Il contourna le Bedford de Hamid et fit un petit signe à Janet qui lui répondit, ainsi que Kerim, que Drummond voyait réveillé pour la première fois. Ahmed et lui démarrèrent.

La brume, au sol, avait pris de la densité et la pluie tombait toujours, inlassable, torrentielle. Il faisait un froid mordant, et Drummond se sentait la bouche amère. Il passa une main sur son menton envahi d'une barbe de deux jours, et s'adossa à son siège, scrutant la route, sa mitraillette sur les genoux.

Ils roulaient depuis près de vingt minutes lorsque Hamid klaxonna à deux reprises. Ahmed se rangea sur le bord de la route et le Pathan les dépassa pour s'arrêter à son tour. Il vint à eux.

— Brackenhurst ne suit plus, dit-il.

— Allons bon ! Que fabrique cette espèce de salaud, encore ? grommela le pilote.

— S'il n'y avait que lui, je le laisserais bien mijoter dans son jus, remarqua Hamid. Mais il a ces réfugiés à son bord.

— Oui, acquiesça Drummond. Reste là, toi ; je vais retourner sur nos pas avec Ahmed. Il est possible qu'il soit tombé en panne, après tout. Je me demande d'ailleurs comment ces engins ont fait pour rouler jusqu'ici sans ennuis mécaniques.

Ahmed fit demi-tour et ils refirent la route en sens inverse. Au bout de cinq minutes, ils virent Brackenhurst debout près de son véhicule. Ahmed le dépassa, manœuvra un peu plus loin et revint s'arrêter à quelques mètres au-delà. Drummond descendit s'enquérir de la situation. Brackenhurst l'accueillit avec un sourire nerveux, et soulagé.

— Vous êtes revenu, Dieu merci ! fit-il. Je savais bien que vous ne me laisseriez pas là.

— Que se passe-t-il ?

— Ce sont les freins. Des freins hydrauliques, qui ne marchent plus. Il doit y avoir une fuite.

— C'est le bouquet !

— Il faudra bien débarquer les femmes, maintenant, dit le géologue.

— Glisse-toi dessous pour regarder, Ahmed, dit Drummond qui grimpa sur le siège du conducteur.

Il actionna la pédale de frein à plusieurs reprises mais constata qu'elle était folle, en effet. Ahmed l'appela. Il descendit, se fraya un chemin dans le groupe de femmes, silencieuses, serrées les unes contre les autres, et se faufila à son tour sous la carrosserie.

— Regardez, sahib, lui dit Ahmed. Le tuyau a été saboté, c'est visible.

Ils entendirent à cet instant leur camion démarrer. Drummond se dégagea en vitesse, mais trop tard ! Brackenhurst accélérait déjà, et le ronflement du moteur mourut bientôt, au loin, les laissant à leur solitude, et au seul bruit de la pluie. Ahmed rejoignit le pilote.

— Il doit y avoir une place réservée, quelque part en enfer, qui attend Mr Brackenhurst, gronda le petit Afridi. Et que fait-on maintenant, sahib ?

— On se lance à sa poursuite. Que faire d'autre ?

— Sans freins ?

— Ce n'est pas la première fois que ça m'arrive. Je vais conduire.

Il se tourna vers le groupe de réfugiées dont les enfants commençaient à pleurer.

— Grimpez ! leur dit-il. Tous à bord, en vitesse.

Dieu seul savait ce que ferait Brackenhurst en arrivant à la hauteur du Bedford de Hamid ! Il foncerait, probablement, pour poursuivre sa route. Et comment réagirait alors le Pathan ? Il fallait rattraper le fuyard au plus vite ; on transférerait alors les femmes et le chargement dans le camion en bon état. S'il conduisait avec prudence, en utilisant le frein moteur, il parviendrait à se débrouiller.

Il s'installa au volant, lâcha le frein à main et embraya doucement. Il prit graduellement confiance, passa en quatrième et accéléra. Ils furent bientôt à l'endroit où ils avaient laissé Hamid, et il s'arrêta. Il vit les traces de pneus sur le bord de la route, une tache d'huile et rien d'autre.

Inquiet, il reprit sa route, le visage sombre ; de la grêle se mêlait à la pluie, maintenant, et l'essuie-glace avait du mal à faire son travail. Au bout d'une demi-heure, ils abordèrent une déclivité rapide. Drummond rétrograda en seconde et roula avec plus de prudence. La vallée qui s'étendait sous eux était barrée non loin par des montagnes, sur leur gauche. La pente s'accentua et à travers le pare-brise brouillé, Drummond entrevit un petit pont. Il passa en première, cette fois, et aborda au pas les planches jetées au-dessus d'un cours d'eau, en guise de passerelle. Toujours aucun signe des autres camions ; il continua à rouler.

La route grimpa soudain, à flanc de versant de la montagne qui les dominait. Les roues du Bedford mordaient avec difficulté dans la boue, mais le moteur tournait rond ; Drummond commençait à transpirer, agrippé à son volant, le visage crispé et concentré. Il prit le dernier virage et déboucha sur la crête de la montagne ; de là, la route descendait en pente raide sur l'autre vallée. Il se pencha par la fenêtre et regarda. Il vit, sans aucun parapet, une route en lacets serpentant sur 600 mètres, et dont le bord détrempé s'effritait sous la pluie, côté ravin.

Ils abordèrent la déclivité, le cœur dans la gorge lorsque le camion patinait soudain. Drummond tremblait, et la sueur perlait sur le front d'Ahmed. L'arrière du véhicule dérapa à nouveau au cours d'un virage et les roues glissèrent vers l'abîme. Drummond redressa à la dernière extrémité, et reprit par miracle le contrôle de la direction. La sueur lui coulait au creux des reins et dans les yeux ; la grêle tambourinait sur les vitres, dans les tourbillons de vent.

Ils contournèrent, en le serrant, un éperon de roche noirâtre ;

de l'autre côté du lacet, une cascade d'eau boueuse tombait de la montagne et courait vers le vide en traversant la route. Le camion s'engagea dans cette nappe d'eau, mais ses roues avant défoncèrent la terre meuble qui s'effondra sous le poids, et une masse bourbeuse commença à glisser vers l'abîme, entraînant le véhicule.

Drummond eut un instant l'espoir qu'il allait s'arrêter, en le sentant ralentir et il s'accrocha au frein à main avec l'énergie du désespoir. En vain. La terre continua à glisser, et la roue avant extérieure plongea dans le vide.

— Saute ! hurla Drummond à Ahmed.

Lui-même ouvrit sa porte d'un coup sec, plongea la tête en avant et atterrit à quatre pattes. Le camion termina sa glissade et bascula dans la vallée.

Ahmed ne parvint à ouvrir sa porte, coincée, qu'une seconde trop tard. Le camion plongea dans un concert de hurlements des malheureux enfermés à l'arrière. Drummond entendit un effroyable fracas de tôles brisées, comme le véhicule accomplissait plusieurs tonneaux au cours de sa chute, puis un silence, et enfin une explosion assourdissante. Il s'avança avec précaution sur l'à-pic et vit une immense flamme orangée qui s'élevait de la carcasse disloquée. Il fut pris d'une nausée incoercible qui lui vida l'estomac, et il s'appuya un instant contre la paroi rocheuse ; puis il traversa la route effondrée en s'accrochant à la roche et s'en fut, à pied, seul sous la pluie.

Il continua à descendre rapidement sur 500 mètres, et il entrevit le fleuve qui serpentait dans le brouillard en bas, dans la vallée. La pluie se fit glaciale, et la nuit commençait à tomber. Il ne pouvait que continuer sur cette route, bien qu'il se demandât vers quoi elle le menait. Il n'était plus armé, sa mitraillette avait plongé avec le camion.

Quelque chose lui chatouilla le visage. Il s'essuya avec sa moufle et la ramena couverte de légers flocons blancs. Il leva les yeux ; déjà bien formée, la neige se mêlait à la pluie.

Au loin, il entendit un crépitement d'armes à feu et il s'arrêta un instant. Qui était-ce ? Hamid ? Brackenhurst ? Il reprit sa marche. L'obscurité s'épaississait et la pluie avait fait place à la neige qui recouvrait déjà le sol d'un léger manteau blanc. Il perçut une nouvelle déflagration, beaucoup plus proche, cette fois. La situation lui apparut complètement désespérée. S'il restait sur la route, il finirait par tomber dans une embuscade, à en juger par ces tirs sporadiques. De plus, sans abri, il allait geler pendant la nuit, par un temps pareil.

Il était parvenu aux premiers arbres de la vallée et il s'écarta, sous leur couvert relatif, marchant les mains aux aisselles pour se protéger du froid intense. C'est alors qu'il entendit les sabots d'un cheval butant sur une pierre, et un hennissement proche. Il se glissa derrière un arbre et attendit.

Une demi-douzaine de cavaliers le dépassèrent, en une cavalcade assourdie par le tapis de neige. Ils portaient le manteau grossier en peau de mouton des montagnards, mais l'étoile rouge des casquettes à visière et les fusils Burp à la bretelle lui en dirent suffisamment.

— Et qu'est-ce que je fais, maintenant ? se murmura-t-il après leur passage.

— C'est très exactement ce que je me demandais, fit la voix de Hamid, avec un gloussement, dans la nuit.

12

LA NUIT INTERMINABLE

— J'ai craint des ennuis, quand je t'ai entendu approcher, lui dit Hamid dont les dents blanches luirent dans la pénombre. Je m'apprêtais à être très désagréable. Tu as eu de la chance que passent ces cavaliers ; quand je t'ai vu te cacher, j'ai compris que tu étais du bon côté.

Impossible de distinguer le visage du Pathan dans le noir ; Drummond tendit la main pour le toucher, dans sa joie.

— Ali, vieille canaille ! Que s'est-il passé ?

— À toi de me le dire ! Nous t'attendions avec des nouvelles de Brackenhurst et tu nous as dépassés comme si tu avais toute l'armée chinoise aux trousses !

— Ce n'était pas moi, c'était Brackenhurst, expliqua Drummond.

Il relata les événements de la route, le sabotage, la disparition de leur camion avec l'Anglais, au volant, et le drame du ravin. Hamid garda le silence un moment.

— Il y a eu une fusillade intense, plus loin sur la route, dit-il enfin à voix basse. Il se pourrait bien qu'il ait payé sa dette, Jack.

— Impossible, elle est trop lourde, déclara Drummond, tout net.

— Peut-être, mais je crois que depuis Sadar, il n'était plus responsable de ses actes.

— Où est ton camion ?

— À une cinquantaine de mètres, dans ces arbres. J'ai décidé de quitter la route dès que j'ai entendu les coups de feu. Et je suis revenu m'assurer que la neige avait effacé mes traces de roues.

— À en juger par ces cavaliers, le prochain village est entre les mains des Chinois. Qu'allons-nous faire ?

— Je n'en ai pas la moindre idée. Viens en discuter à l'abri. Nous sommes à peu près en sécurité, pour la nuit.

Drummond le suivit en trébuchant, dans l'obscurité, et le camion se dessina confusément, après quelques minutes de marche.

— Ce n'est pas précisément le Claridge, mais c'est mieux qu'une tempête de neige par ce froid de canard, remarqua Hamid. Fais attention, il y a des caisses un peu partout ; je les ai débarquées pour faire de la place.

La bâche se souleva légèrement à l'arrière, laissant fuser un rai de lumière.

— C'est vous, major ? murmura le père Kerrigan.

— Oui, c'est moi, avec un invité. Le vagabond est de retour, répondit Hamid.

Drummond enjamba le hayon à sa suite. Il remit la bâche en place avec précaution et se retourna. Ils n'avaient en effet gardé que quelques caisses en guise de sièges, et pour aménager une petite alcôve ; le poêle à pétrole installé au centre répandait sa chaleur, et une lumière diffuse.

Le père Kerrigan murmura quelque chose, sa main sur l'épaule de Drummond, mais le pilote n'avait d'yeux que pour Janet, accroupie devant le poêle, le jeune Khan à ses côtés.

— Jack… fit-elle doucement. Jack !

Il s'approcha, s'agenouilla près d'elle et lui prit la main, sans un mot car aucune parole n'aurait pu exprimer ses sentiments, et il se borna à un baiser furtif au creux de cette petite paume chaude.

— Qu'est-il arrivé ? demanda-t-elle.

Il refit le récit des événements en quelques courtes phrases. Quand il se tut, il y avait des larmes dans les yeux de Janet.

— Ces malheureuses femmes et ces enfants ! Et Ahmed... fit-elle dans un souffle.

— Je n'ai rien pu faire. Rien !

— J'ai eu très peur moi-même, à ce passage, dit Hamid.

Dans le silence qui s'ensuivit, Janet se reprit, et mit la bouilloire sur le poêle.

— Alors, ces coups de fusils que nous avons entendus tout à l'heure ? fit le père Kerrigan. Ils étaient probablement destinés à Brackenhurst ?

— Probablement, opina Hamid. Des Chinois à cheval sont passés sur la route. Ça signifie qu'ils tiennent le prochain village.

— Sommes-nous en sécurité, ici ?

— Pour la nuit, oui.

— Et quand le jour se lèvera ?

— Ah, je ne sais plus, fit Hamid. Même si nous parvenions à sortir notre camion de cette fondrière, ce dont je doute sérieusement, je ne vois pas où aller. Nous ne parviendrions jamais à traverser le village occupé, et nous savons qui nous talonne. Nous avons un abri, de la chaleur et de la nourriture, ce qui est déjà beaucoup, dans les circonstances actuelles, ajouta-t-il en se chauffant les mains devant le poêle.

— Des haricots, des haricots et du thé, dit Janet.

— À chaque jour suffit sa peine, comme il est dit dans la Bible !

Elle emplit deux quarts de thé et les leur offrit.

— Nous n'avons plus que ces deux récipients, dit-elle. Il faut qu'ils passent à la ronde.

Drummond ôta ses moufles et prit le quart bouillant dans ses deux mains ; emmailloté dans ses couvertures, dans son coin d'ombre, Kerim l'observait de son regard sérieux. Il eut un gentil sourire qui découvrit ses petites dents blanches.

— Tiens, voilà Kerim qui se réveille, fit Drummond en lui rendant son sourire.

— Il possède l'heureuse adaptabilité de la jeunesse, fit le père Kerrigan sur un ton d'envie.

Drummond fixa son regard sur le poêle, perdu dans ses souvenirs : la destruction de Sadar, les yeux brillants du vieux Khan lorsqu'il lui avait fait promettre de sauver son fils, le visage sympathique et pâli de Cheung. Bizarre, la vie. Cheung et lui s'étaient liés d'une bonne amitié au cours de ces années. Et maintenant ?

Il vida son quart et le tendit à Janet.

— Où est la carte ? demanda-t-il.

— Tu as une idée ? s'enquit Hamid en la sortant d'une des poches de sa parka.

— Pas encore. À quelle distance sommes-nous de ce fameux village occupé ?

— Nous sommes ici, répondit Hamid en pointant un doigt sur la carte que Drummond venait d'étaler sur le plancher. Le village est à 8 kilomètres, environ. Il s'appelle Chamde. Et la frontière est à 70 kilomètres, de l'autre côté.

Drummond étudia la carte avec attention et fronça les sourcils.

— Où peut bien mener ce sentier qui escalade la montagne à partir de Chamde ? Il y a un nom en haut du plateau, Ladong Gompa.

— Ladong Gompa ? intervint le père Kerrigan. C'est un monastère bouddhiste. Il y a un lieu saint, dans le creux de la vallée, très fréquenté autrefois. Après l'ascension de la montagne, les pèlerins s'arrêtaient au monastère, pour la nuit. Je crois qu'il n'a été bâti que dans ce but, d'ailleurs. Le vieux Khan m'en avait parlé, un jour.

Hamid étudia la carte à son tour et secoua la tête.

— Ce monastère est situé à 3 000 mètres d'altitude, ou presque, Jack, et il neige, remarqua-t-il. Jamais le père Kerrigan ni Janet ne parviendraient au sommet.

— Mais vous y parviendriez, tous les deux, et vous pourriez prendre Kerim, dit vivement le prêtre.

— Nous y réussirions tous, si nous avions des chevaux, pensa tout haut Drummond.

— Des chevaux ? fit Hamid en fronçant les sourcils. Et où veux-tu trouver des chevaux ?

— Tu viens de le dire, le village n'est qu'à 8 kilomètres. En nous glissant furtivement à l'aube, nous devrions en trouver là sans trop de difficultés.

— Nous irions tous ? demanda Hamid.

— Non, seulement toi et moi. Les autres nous attendront ici. Quand nous reviendrons avec les chevaux, nous couperons l'éperon de la montagne derrière le village et nous rejoindrons le sentier plus haut.

— Si nous trouvons des chevaux !...

— C'est à tenter, fit Drummond. As-tu un meilleur plan ?

— Non, mon pauvre Jack, aucun. Nous n'avons pas beaucoup de choix !

— Alors, je te propose de dormir un peu. Nous avons besoin de reprendre des forces.

Janet lui tendit une couverture dans laquelle il s'enroula ; il s'allongea près de Hamid et du prêtre. Ce petit poêle chauffait bien l'intérieur du camion. Il regarda Janet assise sur le plancher, adossée à une caisse et tenant dans le creux de son bras le jeune Khan qui dormait paisiblement.

Quelle fille merveilleuse ! L'ombre de la flamme du poêle dansait sur la bâche, éclairant les objets ou les renvoyant à l'obscurité. « Exactement comme avec les gens, pensa-t-il. Ils ont parfois besoin les uns des autres, ou bien ils se suffisent à eux-mêmes. Ils se rencontrent, et la vie les sépare. »

Il dormit comme une souche en dépit du froid qui s'était insinué sous la bâche pendant la nuit ; il s'éveilla coincé entre le vieux prêtre et Hamid. Il se leva et alluma le poêle. La flamme brillante se refléta soudain dans l'œil que Kerim venait d'ouvrir, et Drummond fit un bon sourire au petit garçon, pelotonné dans le coin près de Janet.

Il mit un doigt sur ses lèvres pour lui recommander de rester sage et alla regarder dehors. C'était l'heure de la petite aube, quand les choses commencent à prendre contours. Il n'y avait pas autant de neige au sol qu'il l'avait craint ; elle avait dû cesser de tomber des heures auparavant.

Il se sentait frais et dispos et il sauta sur le tapis blanc, inhalant l'air vivifiant, après l'atmosphère confinée du camion. Les arbres se silhouettèrent devant ses yeux, prenant du relief, et il vit que le jour n'était pas loin.

— Il fait bon, là, dehors ? demanda Janet, penchée sous la bâche.

— Je ne crois pas que « bon » soit le mot juste, fit-il en se retournant avec un sourire. Je me sens tout bizarre, ce matin, ajouta-t-il avec un geste expansif des bras. J'ai l'impression d'être arrivé chez moi, où que ce soit, alors que je sais bigrement que ce n'est pas le cas !

Elle lui tendit la main dans l'obscurité et pressa longuement la sienne.

— Nous y parviendrons, Jack, murmura-t-elle. Il y a un endroit qui nous attend, et nous y arriverons.

— Cramponnez-vous bien à cette certitude ! fit-il avec une grimace. Vous feriez bien de mettre la bouilloire sur le poêle et de réveiller Ali. Le temps presse, le jour pointe.

— Pas la peine, fit Hamid en émergeant à son tour, sous la bâche. Quel temps fait-il ?

— Pas trop mal ; il n'a pas neigé longtemps.

— Mais il va reneiger, je peux te l'assurer. Dépêchons-nous.

Drummond se hissa à bord et vit le père Kerrigan qui aidait Janet à ouvrir des boîtes de haricots.

— Comment vous sentez-vous, mon père ? demanda Drummond.

— Mes vieux os manifestent un peu leur déplaisir, ça craque, mais ça peut aller, répondit le père Kerrigan en riant.

— Il y a une chose que j'ai oublié de vous demander hier soir : savez-vous monter à cheval, vous et Janet ?

— Je monte depuis ma petite enfance, répondit Janet.

— Il serait étonnant que vous ayez monté des bêtes aussi récalcitrantes que l'espèce locale, fit le prêtre avec un sourire en coin. De sales brutes rétives, oui, et j'en parle d'amère expérience.

— Je me débrouillerai, répliqua-t-elle avec assurance. Et vous, Jack ?

— Moi, je tiens en selle, c'est tout ce qu'on en peut dire. Pour le cavalier accompli, voir Ali. C'est un Hazara ; depuis des milliers d'années, ils galopent en Inde et de préférence avec une femme sur le pommeau, au retour.

Hamid eut un sourire fugitif et ouvrit une caisse de fusils Garrand automatiques. Drummond nettoya rapidement le sien ; il força une caissette de munitions et s'en emplit les poches. Hamid prit en supplément quelques grenades et en tendit trois à son ami.

Ils s'assirent autour du poêle pour boire leur thé, qui accompagnait une gamelle de haricots.

— Ce repas liquide nos stocks, dit Janet. Je peux encore remplir la grande thermos de thé bouillant avant de partir, et puis on ne parlera plus de rien…

Drummond vida son quart de thé, le tendit à Janet et se tourna vers Hamid.

— Prêt ? demanda-t-il.

— Prêt.

Il mit son Garrand à la bretelle et sauta à terre. Le père

Kerrigan et Janet les regardèrent s'éloigner, silhouettes pâles dans l'obscurité.

— Nous serons de retour dans deux heures, leur dit-il d'un ton qu'il tenta de rendre assuré.

Hamid partit en tête entre les arbres ; ses bottes faisaient crisser la neige glacée ; Drummond écartait les branches couvertes de givre de ses mains gantées. Il était habité par un sentiment d'euphorie ; ils en avaient trop enduré, ils avaient tenu jusqu'ici, tout se terminerait bien.

Hamid leva un bras et ils s'arrêtèrent. La route était toute proche. Et la neige recommençait à tomber, à gros flocons fermes. Un rocher noir en saillie se projetait dans la pénombre, en face d'eux, de l'autre côté du chemin, et Hamid le désigna du doigt.

— Voilà un repère qui en vaut un autre, dit-il. Nous allons emprunter la route, ça ira plus vite. J'ai la désagréable impression que nous sommes partis trop tard. Le jour se lève de minute en minute.

Il était dans le vrai. Les arbres sortaient un à un de la grisaille, alors qu'ils avançaient d'un bon pas. Les ornières de boue gelée étaient dures comme du fer, et leur marche était aisée. Hamid allait en tête, Drummond un peu en arrière et légèrement sur le côté.

Il régnait ce calme étrange et ouaté qui accompagne toujours les chutes de neige ; elle tombait en flocons serrés, maintenant, et réduisait considérablement la visibilité. Pris par ce silence de plomb, Drummond avançait la tête basse, perdu dans ses pensées, oublieux de tout danger possible.

Ils n'avaient pas fait un kilomètre qu'il fut brutalement rappelé à la réalité par la voix de Hamid, étouffée et urgente. Il se hâta de le rejoindre.

À une vingtaine de mètres, dans la futaie, l'arrière d'un camion pointait à un angle anormal. Saisis par la même pensée, ils restèrent là, un moment, sans mot dire, puis Hamid s'avança, posant ses pieds dans les traces laissées par le véhicule.

C'était bien le camion de ravitaillement. Drummond balaya de la main la paroi enneigée et sa moufle s'érailla sur des aspérités. Il regarda froidement les trous causés par les projectiles.

— La paroi est comme une passoire, dit-il. Il a dû tomber en plein sur une patrouille.

Il décoinça la porte, mais la cabine était vide. Hamid l'appela de l'autre côté. Il vit alors le cadavre de Brackenhurst tassé au pied d'un arbre, la tête sur le côté, les doigts gelés recroquevillés comme des serres, trois trous béants dans la poitrine.

Non loin, un cheval hennit doucement. Ils entendirent des cliquetis de harnais, des voix ouatées par l'atmosphère, et des rires. Ils se glissèrent derrière les arbres.

— Passe-moi ton fusil, murmura Hamid. Nous nc pouvons pas les laisser continuer leur route ; ils repéreraient notre camion, là-bas.

Drummond lui tendit le Garrand et Hamid visa en prenant appui sur le tronc le plus proche. Les cavaliers apparurent, et celui de tête vida les étriers au premier coup de fusil. Il hurla et roula dans la neige. Les deux chevaux, effrayés, firent un bond en avant alors que l'autre soldat tentait désespérément de faire tourner bride à sa monture. Deux balles dans le dos le soulevèrent de sa selle.

Drummond et Hamid se précipitèrent. L'un des chevaux s'était tranquillement arrêté près du corps de son cavalier, mais l'autre s'enfuyait au petit trot dans la direction du village. Hamid lança son fusil à la bretelle et sauta sur la selle rustique en peau de mouton.

— Je vais rattraper l'autre, Jack, dit-il en prenant les rênes.

Il poussa furieusement sa monture et disparut derrière le rideau de neige. Drummond vérifia la bonne marche de sa mitraillette et attendit avec impatience. Il lui sembla percevoir des appels au loin et à ce moment, Hamid reparut au galop, menant l'autre cheval par la bride.

— Vite ! D'autres cavaliers suivent. Ces cochons-là sont sortis de bonne heure, ce matin.

Drummond épaula la bretelle de sa mitraillette et prit les rênes. Son cheval fit un écart, en montrant le blanc de ses yeux ; le pilote le ramena d'une poigne sèche et grimpa en selle.

Hamid partit au galop et Drummond se cramponna éperdument lorsque sa monture suivit le train. Ils entendirent des cris excités derrière eux, mais pas de coups de fusils ; ils aperçurent enfin le rocher noir, leur repère, et ils plongèrent entre les arbres.

Le père Kerrigan les attendait anxieusement, debout près du Bedford, et Janet se penchait sous la bâche.

— Que s'est-il passé ? demanda le prêtre.

— Pas le temps de vous raconter, répondit Drummond en

sautant à terre. Faites descendre Kerim, nous partons immédiatement.

Janet leur passa le jeune Khan, épaula un petit havresac et les rejoignit. Emmailloté dans les couvertures grises de l'intendance, Kerim avait l'air d'une petite vieille, mais il ne semblait nullement effrayé et son grand œil velouté regardait tout avec intérêt.

Drummond aida Janet à monter en selle et lui tendit le petit garçon. Elle le cala sur le pommeau et prit les rênes.

— Traversez la route et attaquez la colline, lui enjoignit Drummond. Et ne traînez pas.

Comme Hamid installait de son côté le père Kerrigan sur l'autre cheval, il y eut de l'agitation sur la route, des voix qui s'appelaient et soudain, un coup de fusil éclata, et une balle ricocha sur la paroi du camion. Drummond prit sa mitraillette et poussa vigoureusement Hamid.

— File, Ali ! Je m'occupe d'eux ; je les retiendrai.

Hamid ne perdit pas de temps en discussion. Il sauta en croupe derrière le père Kerrigan et assena un bon coup de poing sur la hanche de leur cheval, qui bondit entre les arbres. Celui de Janet suivit instinctivement.

Drummond lâcha une courte volée de mitraillette dans la direction des voix piaillantes, et il perçut un cri. Il abandonna alors l'abri du camion et se laissa tomber à genoux derrière un arbre.

Il entendait la galopade de ses amis, quelque part sur sa gauche. Hamid les emmenait en diagonale, dans l'intention évidente de traverser la route un peu plus bas.

Un cavalier surgit entre les arbres, se dirigeant vers le Bedford, suivi d'un camarade. Drummond tira longuement et hommes et chevaux s'abattirent en une mêlée confuse ; il courut tête baissée dans la futaie, l'œil rivé sur les traces de sabots de Hamid. Il perçut encore du mouvement sur sa droite, des ombres dans la neige, et il vida son chargeur sur elles, en un large mouvement tournant.

Il continua sa course éperdue, mais à l'orée d'une petite clairière, un Chinois se dressa, sur sa droite. Drummond lâcha sa mitraillette désormais inutile, et fonça sur l'homme, tête baissée, sans ralentir l'allure.

Pétrifié, au lieu d'épauler son fusil, le Chinois l'éleva devant lui en un geste de défense. Drummond plongea sous l'arme inoffensive, attrapa l'ennemi à la gorge et lui lança son genou entre les jambes. Le soldat s'écroula dans la neige, Drummond lui arracha son arme et reprit sa course.

Il haletait et cherchait sa respiration à petits cris rauques en escaladant la rampe menant à la route. Il glissa et tomba sur les genoux. Alors qu'il se relevait et s'apprêtait, enfin, à traverser le chemin, des voix s'élevèrent non loin.

Douze soldats au moins fonçaient sur lui, à pied cette fois, et vêtus de l'uniforme régulier. Parmi eux, il vit Cheung dans son grand manteau à col de fourrure, la bouche ouverte en un cri silencieux.

Drummond vida son chargeur en un tir continu et mal pointé, qui ricocha à quinze mètres des Chinois, et il reprit sa fuite vers la colline. Il entendit les cris des hommes lancés à sa poursuite, puis un hurlement suivi de deux explosions, coup sur coup. Il continua à courir, trébucha et tomba à plat ventre. Deux mains vigoureuses le remirent sur pied.

— Heureusement que j'avais ces grenades ! lui dit Hamid.

Drummond s'appuya sur lui, jambes écartées, cherchant son souffle.

— Le groupe que je viens de rencontrer… haleta-t-il. Pas des soldats du village… Cheung et ses hommes… Ont dû traverser le ravin à pied… Salaud-là n'abandonnera donc jamais la poursuite ?…

— Sûrement pas, répondit Hamid en lui tapant dans le dos. Filons. Il lui faut des chevaux, s'il veut essayer de nous rattraper. Il va perdre du temps à aller en chercher au village. Avec un peu de chance, une de mes grenades l'a peut-être liquidé, ajouta-t-il avec une grimace sauvage.

À ce moment précis, le vent balaya une éclaircie dans le rideau de neige et ils virent la route, en bas, les corps étendus sur le tapis blanc, les rescapés debout parmi eux, et une silhouette immobile dans son grand manteau, le visage encadré par le col de fourrure, tourné vers la montagne.

— C'est raté ! constata Drummond en frissonnant.

Le rideau blanc retomba et le pilote suivit Hamid qui grimpait déjà, sous les flocons épais.

Sur la route, Cheung contemplait le carnage, les morts et les moribonds. Il ne lui restait de valides que le sergent Ng et trois hommes. À ce moment surgit d'entre les arbres, en boitant, un des soldats du village, sa veste de mouton imbibée de neige ; il soutenait un de ses bras ensanglanté.

Cheung alla à sa rencontre, suivi de Ng.

— Tu viens de Chamde, le prochain village ? demanda Cheung au blessé.

— Oui, mon colonel.

— Comment as-tu atteint ce village ?

— Par bateau, de Huma. Nous sommes quelques patrouilles.

— Avez-vous des chevaux ?

— Oui, mon colonel, autant que vous en désirez.

Cheung déplia sa carte et y jeta un coup d'œil. Il suivit du doigt la piste menant de Chamde à Ladong Gompa, par la montagne.

— C'est donc là qu'ils vont, se dit-il dans un souffle. Un nom tibétain, ajouta-t-il pour son sergent.

— C'est un nom de monastère, mon colonel, répondit le sergent qui avait regardé la carte, lui aussi.

— À quelle distance se trouve Chamde ? demanda alors Cheung au blessé, en repliant sa carte.

— À 8 kilomètres, mon colonel.

— Alors, nous n'avons pas une minute à perdre, dit Cheung à Ng. Nous nous y rendons à bonne allure et nous y prenons des chevaux.

— Et nos blessés, mon colonel ?

— On les laisse là. J'enverrai des hommes du village pour s'en occuper.

Il remonta son col autour de son cou et s'en fut sur la route gelée, sous la neige tourbillonnante.

13

LA MONTAGNE DE DIEU

La neige les entourait comme un linceul ; ils avançaient à l'aveuglette. La mort et la vallée avaient disparu et ils étaient seuls, aux prises avec le plus vieil ennemi de l'homme : les éléments.

Le terrain était inégal, parsemé de gros cailloux, et le tapis velouté qui les cachait rendait leur progression hasardeuse. Le cheval du père Kerrigan buta et serait tombé à genoux si Hamid ne l'avait retenu en force, par sa bride.

Janet arrêta le sien et Drummond la rejoignit. Elle était toute poudrée de frimas et ses joues étaient roses lorsqu'elle se pencha pour lui sourire.

— Ça va ? lui demanda Drummond.

— Très bien, et Kerim aussi.

Le petit garçon disparaissait sous ses couvertures ; on ne voyait de lui que son œil valide qui brilla soudain, et Drummond comprit qu'il avait souri, lui aussi.

— Ces chevaux ont l'habitude de ce genre de terrain, dit Hamid. Laissons-les choisir leur route, ils la sentent mieux que nous.

— Crois-tu que nous allons trouver la piste ? demanda Drummond.

— Forcément. Si nous continuons à grimper en diagonale, vers l'est, je ne vois pas comment nous pourrions la manquer.

Ils repartirent, Hamid en tête, suivi du père Kerrigan, et Drummond fermant la marche, derrière le cheval de Janet. La pente se fit plus raide en prenant de l'altitude, et la neige que le vent rabattait leur cinglait le visage. À mi-chemin d'un tertre, la monture de Janet se mit à glisser des sabots arrière. Drummond se projeta en avant, et bourra de coups de poing la croupe de l'animal qui se rattrapa péniblement.

C'est la neige qui leur montra la piste, ce tapis blanc qui en délimitait le creux zigzaguant à flanc de montagne derrière eux, et continuant, devant, vers un étroit ravin, à une centaine de mètres.

Dans la faille, ils eurent un moment de répit contre la bourrasque, et ils grimpèrent au claquement des sabots sur le sol gelé, qui se répercutait contre les parois rocheuses. La pente s'accentua encore, et ils émergèrent sur la montagne aride. Ils montèrent, encore, de plus en plus, et au bout d'une heure ils se trouvèrent en haut d'un escarpement avec, en face d'eux, un étroit plateau bordé, d'un côté, de dalles de roc en surplomb, éclatées en milliers de fissures.

Ils continuèrent, la tête baissée contre les rafales de neige ; une heure plus tard, Hamid prit le cheval du père Kerrigan par la bride et le poussa à l'abri de gros rochers.

— Une pause, dit-il.

Janet passa Kerim à Drummond et se laissa glisser à terre. Elle s'essuya le visage et eut un petit sourire épuisé.

— Quel froid ! dit-elle.

— Un froid atroce, renchérit Drummond.

Le père Kerrigan vint à eux d'un pas raide, en battant des bras pour rétablir sa circulation.

— Je viens voir comment se comporte Kerim.

Drummond s'accroupit à l'abri des rochers ; le prêtre s'agenouilla devant lui et écarta les couvertures.

— Dieu Tout-Puissant, il dort ! s'exclama-t-il.

— Est-il bien ? demanda Janet d'un ton anxieux. A-t-il assez chaud ?

— Il a plus chaud qu'aucun de nous, dans ce cocon, répondit le prêtre, en s'asseyant à son tour. Avez-vous apporté les médicaments contenus dans ma trousse, Janet ?

Elle hocha la tête et fit glisser le havresac qu'elle portait en bandoulière. Elle l'ouvrit et y prit la thermos de thé préparée au petit déjeuner.

— Que désirez-vous, mon père ? demanda-t-elle.

— Passez-moi cette trousse. Je vais y fouiller moi-même.

Le vieil ecclésiastique avait le teint plombé et le visage raviné. Il chercha dans le petit sac et y prit un flacon de pilules rouges. Il en glissa deux dans sa bouche et Janet lui tendit leur unique gobelet, plein de thé chaud. Il en but une gorgée et se laissa aller contre le rocher, avec un soupir.

— Vous sentez-vous bien, mon père ? s'enquit Hamid, inquiet.

— Disons que je ne suis plus aussi jeune que je l'ai été, répondit le prêtre en ouvrant les yeux. Mais les pilules que je viens d'avaler agissent vite. Je tiendrai le coup, ma chance d'Irlandais aidant.

Le gobelet de thé passa à la ronde et Drummond but sa part avec délectation. Hamid sortit deux manilles de sa poche intérieure et ils s'écartèrent un peu pour les fumer, contemplant la piste blanche.

— Notre vieux père me semble mal en point, fit Drummond. À quelle distance se trouve encore le monastère ?

— Nous avons encore trois heures de marche, je crois, répondit Hamid. Mais ça dépend de l'état de la piste.

— Je réfléchissais, en route, fit Drummond. Qu'est-ce qui nous prouve que ce monastère est habité ? Il est peut-être abandonné depuis des années, comme tant d'autres.

— En tout cas, nous y trouverons un abri, répliqua Hamid. Nous en avons besoin, et le plus rapidement possible. Il ne faut pas se faire d'illusions : ni le père Kerrigan, ni Janet, ni même Kerim ne tiendraient encore longtemps, dans cette tempête.

Ils rejoignirent les autres et le père Kerrigan se leva. Son médicament, quel qu'il fût, était certainement miraculeux, car il leur sourit, les joues roses.

— Je suis prêt, si vous l'êtes, leur dit-il.

Hamid l'aida à remonter en selle, Drummond passa Kerim à Janet et ils reprirent leur avance, en contournant les dalles rocheuses.

Au cours des années, la piste avait été jalonnée par les pèlerins qui érigeaient des monticules de pierres tous les 250 mètres, et on distinguait clairement ces cônes, malgré la neige. Ils abordèrent bientôt une faille creusée dans le roc, et les gros cailloux roulants dont la piste était parsemée, indiquaient des années d'abandon. Hamid prit la tête, menant le cheval du père Kerrigan par la bride ; Drummond en fit autant pour celui de Janet et il eut vite mal au bras à diriger ce cheval ombrageux, à la bouche dure. Il glissait sur la neige, et les pierres roulaient sous ses pas, dévalant la montagne.

Lors de leurs rares arrêts, il observait Janet, bouleversé par les yeux de la jeune fille, qui se creusaient de plus en plus. Néanmoins, elle parvenait à lui sourire gentiment. Ils émergèrent enfin de la faille, sur une corniche d'une douzaine de mètres de large qui grimpait sur leur gauche, en surplomb sur l'à-pic. Hamid se retourna.

— Tout va bien, derrière ? appela-t-il.

Drummond glissa un regard vers Janet, qui hocha la tête.

La corniche grimpait dur en contournant le flanc de la montagne ; la neige tourbillonnait sur la vallée, tout en bas. Drummond refoula le cheval de Janet le plus près possible de la paroi. Et la corniche se rétrécit tellement qu'il lui parut impossible d'y passer de front avec l'animal. Il le poussa de toutes ses forces et ils débouchèrent sur un vaste plateau. Au-delà, les derniers hauts pics montagneux se hérissaient sur le ciel, et de grandes vallées arides, étendues à leurs pieds, se frayaient leur place, vers le lointain.

— Le grand plateau, hurla Hamid dans le tumulte des rafales. Le monastère ne doit plus être bien loin. Continuons.

Il faisait froid, à cette altitude, abominablement froid. Il ne neigeait plus mais le vent, de plus en plus âpre, traversait leurs vêtements et cinglait leurs corps douloureux. Kerim se mit à pleurer.

Janet le serra plus fort, contre elle, et Drummond entraîna leur cheval au-delà de la crête d'une petite colline. Ils firent halte, un peu à l'abri.

En bas, se creusait une sorte d'arène naturelle vers laquelle convergeaient plusieurs vallées, et érigé à l'entrée de l'une d'elles, ils virent Ladong Gompa. Hamid aiguillonna le cheval du père Kerrigan avec un hurlement de joie, et Drummond se hâta de le suivre.

Les murs du monastère avaient été, naguère, peints en rouge, en vert et en noir, pour indiquer l'ordre auquel appartenaient ses moines, mais le temps avait terni ces couleurs. L'édifice n'était pas grand, et il avait un air sinistre et abandonné. Il ne possédait pas le mur d'enceinte des grandes bonzeries ; quelques marches menaient à la porte d'entrée, protégée des intempéries par un auvent de pierre.

La neige s'était amassée sur l'escalier ; une chaîne qui pendait d'un trou, haut dans le mur, heurtait la pierre en cliquetant dans le vent. Hamid l'actionna avec énergie, une cloche lugubre retentit à l'intérieur et ils attendirent.

Un long moment s'écoula, puis ils entendirent enfin des semelles de bois claquer sur les pavés, et des bruits grinçants de verrous qu'on tirait. La porte s'ouvrit, révélant un bonze en robe d'un jaune délavé. Il n'eut pas l'air surpris, mais s'avança rapidement, sans un mot, pour soutenir le père Kerrigan qui trébuchait sur les marches. Drummond tint Kerim le temps que Janet descendît de cheval, le lui rendit, et elle suivit le prêtre, l'enfant dans les bras. Un autre bonze, plus jeune, descendit le perron et Hamid lui demanda :

— Que faisons-nous des chevaux ?

En silence, comme son aîné, le jeune moine leur fit signe de le suivre et lorsqu'il retroussa sa robe pour qu'elle ne traîne pas dans la neige, Drummond vit qu'il était nu-pieds. Ils conduisirent leurs montures vers une cour enclose, derrière. Ils attendirent qu'on leur ouvrît la barrière. Un novice emmena les chevaux à l'écurie, et Drummond et Hamid suivirent le bonze vers le monastère.

Ils traversèrent un corridor étroit, mal pavé, entrèrent dans une grande pièce pauvrement meublée ; à son extrémité flambait un feu de bois, dans une immense cheminée de pierre.

Janet s'était installée devant les flammes, Kerim dans les bras, et le père Kerrigan, assis sur un banc près d'une grande table de bois, conversait avec animation en anglais avec un très vieux bonze coiffé d'un chapeau jaune et conique, à oreillettes. Le prêtre et le bonze se levèrent à l'entrée des deux hommes. Le père Kerrigan fit les présentations en anglais.

— Le major Hamid et Mr Drummond, dit-il. Et voici le supérieur de Ladong Gompa, mes amis. Je viens de lui raconter succinctement nos misères. Ce monastère voit encore quelques pèlerins, en été. Une chance pour nous, hein ?

— Nous sommes des pèlerins, en un sens, fit Drummond. Les pèlerins de l'espoir !

— J'étais en train d'expliquer au père Kerrigan que mes bonzes ont fait vœu de silence, répondit le supérieur, avec un sourire. Veuillez le comprendre, et ne pas croire à un manque de courtoisie de leur part.

Son anglais, parfait dans sa construction grammaticale, était un peu haché et émis de la voix grave et sans timbre de l'homme qui ne parle pas souvent.

— Pouvons-nous nous reposer un peu entre vos murs ? lui demanda Drummond.

— Restez aussi longtemps que vous le désirez, répondit le supérieur.

— Le père Kerrigan vous a-t-il dit que nous sommes poursuivis par les troupes communistes ?

— Oui, fit le supérieur de la tête. Mais ne craignez rien ; le son porte à de grandes distances, à notre altitude. Nous vous avons entendus alors que vous traversiez le grand plateau. Nous serons donc prévenus à temps si on vous a suivis. Je vais vous faire apporter de la nourriture et des couvertures, je vous suggère de dormir un peu.

— C'est la proposition la plus agréable que j'aie entendue depuis longtemps ! s'exclama Drummond.

— Je prierai pour votre sauvegarde.

Le supérieur quitta la pièce. On leur apporta bientôt de grands bols en cuivre remplis d'une soupe épaisse et bouillante, et des couvertures.

Drummond s'en drapa une sur les épaules et Hamid déplia la carte sur la table.

— Où allons-nous, à partir d'ici ? s'enquit Drummond.

Hamid suivit du doigt la piste qui descendait d'une montagne vers une vallée.

— La frontière de l'Inde est à une vingtaine de kilomètres, pas plus, répondit-il.

Drummond jeta un coup d'œil vers le père Kerrigan et Janet, déjà endormis devant le feu, Kerim entre eux.

— Crois-tu qu'ils pourront encore faire ce trajet ?

— Il le faudra bien. Nous n'avons pas le choix, répliqua Hamid.

Il s'allongea à son tour sur le sol et rabattit sa couverture sur sa tête. La pièce était paisible et chaude, après ce blizzard ; les dormeurs respiraient avec régularité et Drummond, resté à la table, posa sa tête sur ses bras allongés et s'endormit, lui aussi.

Il s'éveilla brusquement, bâilla et s'étira ; la couverture glissa de ses épaules et, se baissant pour la ramasser, il vit le supérieur debout près de la porte, qui les contemplait.

— Combien de temps ai-je dormi ? demanda-t-il.

— Environ trois heures. Il fait presque nuit, répondit le bonze en s'avançant pour s'asseoir de l'autre côté de la table.

Drummond jeta un regard sur les autres, plongés dans un sommeil réparateur.

— Ils sont bien fatigués. Nous en avons vu de dures.

Le supérieur hocha la tête, son visage calme et dénué d'expression éclairé par le feu. Drummond se sentait reposé et bien éveillé ; seuls ses pieds le faisaient souffrir, et ses orteils droits étaient morts, insensibles. Il essaya, mollement, de se déchausser, mais les lacets de ses bottines étaient noués, serrés à bloc par l'humidité de ces derniers jours, et il y renonça.

— Que pensez-vous de mon pays ? demanda le supérieur.

— Pour être tout à fait franc, je n'ai qu'une idée : en sortir au plus vite ! J'ai eu tout mon content de circonstances analogues, les villes en feu, les réfugiés en exode !

— Mais vous y êtes venu de votre propre gré, non ?

— J'avais lu quelque part qu'il faut prendre part à la vie avec action et passion, sous peine de n'être qu'un végétal.

Il battait machinalement de la semelle pour essayer de réveiller son pied droit.

— Il serait une erreur de prendre cette phrase au pied de la lettre. Elle fut prononcée par un homme qui, après avoir vécu les horreurs de la guerre, termina sa vie sous la règle d'un ordre.

Sur ces mots, le supérieur traversa la pièce et alla ouvrir les grands volets de bois, sur le crépuscule et les montagnes. Drummond le rejoignit sur une petite terrasse pavée.

Il faisait affreusement froid et il se pelotonna dans sa couverture en frissonnant. Son organisme avait été soumis à de telles alternances de froid et d'humidité depuis quelques jours qu'il était descendu à son point de moindre résistance.

La nuit tombait, froide et claire ; les étoiles brillaient, lumineuses, au-dessus des pics. Sous leurs yeux, le noir se fit plus dense, d'est en ouest, et ces mêmes étoiles s'éteignirent comme des flammes de bougie que l'on souffle.

— Il va reneiger, constata le supérieur.

Un vent glacial souleva les cheveux de Drummond. L'ombre noire s'étendit graduellement sur la voûte céleste, il n'y eut plus d'étoiles et le vent hurla sur un ton lugubre, en s'engouffrant dans la vallée.

— Il se prépare une nuit que je n'aimerais pas passer dehors, murmura Drummond.

À cet instant, le supérieur leva la main pour lui imposer silence. Le pilote tendit vainement l'oreille. Il allait parler lorsque le vent lui apporta un bruit lointain, une sorte de cliquetis.

— Ils arrivent, dit simplement le supérieur.

— Vous en êtes sûr ?

— Certain. Ils traversent le grand plateau.

— Y a-t-il un endroit où nous pourrions nous cacher ?

— Non, notre monastère est petit, répondit le supérieur en secouant la tête. S'ils ont fait tout ce trajet à votre recherche, ils ne manqueront pas de fouiller les moindres recoins.

Drummond se débarrassa de sa couverture et s'en fut secouer les autres. Hamid s'assit immédiatement.

— Que se passe-t-il ? Des ennuis ?

— Oui, des ennuis sous peu, si nous restons là. Ils arrivent, répondit Drummond.

— Je vais faire préparer vos chevaux, dit le supérieur, qui sortit d'un pas vif.

Janet et le père Kerrigan se levèrent à leur tour. Hamid se dirigea vers les volets et en ouvrit un. Il le referma, le visage sombre.

— Il reneige, dit-il. Combien de temps allons-nous tenir, dehors, par une température pareille ?

— Si nous restons là, Cheung finira par nous trouver, dit Drummond en s'adressant au père Kerrigan. Il démolirait plutôt ce monastère, ça ne fait pas l'ombre d'un doute.

— Sûrement, Jack, approuva le père d'une voix lasse. La

porte s'ouvrit et le supérieur revint, suivi d'un moine chargé d'un monceau de manteaux en peau de mouton.

— Voici un manteau pour chacun de vous, dit-il. Nos bergers les trouvent bien utiles en cette saison.

— Y a-t-il un abri vers lequel nous puissions nous diriger ? demanda Hamid d'une voix pressante, en enfilant son vêtement. Nous ne tiendrons pas longtemps, par une telle nuit.

— Je vais vous indiquer le chemin d'un refuge, dehors, répondit le supérieur.

Kerim ne s'était pas réveillé. Janet le prit doucement dans ses bras et le supérieur ouvrit la marche, dans le couloir sombre, vers la cour aux écuries.

Un moine amena les chevaux et aida le père Kerrigan et Janet à se mettre en selle. Ils sortirent de la cour, suivis par le supérieur. Il leur désigna une vallée, au loin.

— Voilà le meilleur chemin, le seul, dit-il. Une douzaine de kilomètres vous amèneront de l'autre côté de cette montagne. Vous trouverez alors une hutte de berger, avec du bois pour faire du feu, une lanterne, tout ce qu'il faut. Et à 7 kilomètres au-delà, par une descente facile, vous parviendrez à un poste frontière, en Inde.

Les gros flocons poudreux s'accrochaient déjà à leurs peaux de mouton. La petite cavalcade s'éloigna, Hamid menant le cheval de Janet, cette fois, suivi du père Kerrigan et de Drummond.

— Merci de votre accueil, merci de tout, cria Drummond au bonze.

— Ne vous inquiétez pas, mon ami. Vous atteindrez la frontière, répondit calmement le moine.

La neige dressait son écran blanc sur l'obscurité et ils s'y enfoncèrent, seuls dans la nuit.

Leur avance se fit plus pénible, en approchant du fond de la vallée. Drummond sentait ses jambes enfoncer dans la neige molle, jusqu'à la cheville. Il marchait la tête baissée contre le vent, perdu dans ses pensées; un picotement douloureux au visage lui fit faire la grimace et il s'arrêta. Il s'aperçut avec surprise qu'il marchait dans le duvet blanc jusqu'aux genoux. Il ôta une moufle pour s'essuyer la figure, et il sentit de la glace sur ses joues dont l'épiderme s'était fendillé en plusieurs endroits. Il fronça les sourcils, remit son gant et levant les yeux, constata qu'il était seul.

Le vent rabattait les flocons en rafales sur sa tête et sur son visage, cinglant ses joues à vif, mais bientôt il n'en sentit même plus la douleur. Depuis combien de temps avaient-ils quitté le monastère ? Une heure ? Deux heures ? Impossible de le savoir. Il entendit un cheval hennir devant lui, et il repartit de sa démarche lourde, à moitié courbé pour suivre les marques des sabots. Le temps s'était arrêté dans son cerveau engourdi, qui avait du mal à coordonner ses gestes. Dans le vent qui hurlait comme un damné, il se transformait doucement en bonhomme de neige. Il tomba plusieurs fois et prit, à chaque fois, un peu plus de temps pour se relever.

Une main d'acier lui étreignait les poumons et il haletait, à la recherche de son souffle. Il entendit à nouveau le hennissement terrorisé d'un cheval et il distingua la silhouette plus sombre de l'animal qui se cabrait ; le père Kerrigan vida les étriers et glissa en arrière, dans la neige.

Le vent apporta à Drummond le cri d'angoisse désespérée de la bête, et il se releva ; il sentit le froid plus intense sur son visage, en même temps qu'une impression de néant, d'espace illimité. Il s'avança à quatre pattes, tâtant le chemin devant lui, et ses mains ne rencontrèrent que le vide. Il rampa en arrière et s'approcha du vieux prêtre, à quatre pattes lui aussi, le corps couvert de neige. Drummond le mit sur pied et ils avancèrent, appuyés l'un à l'autre, en longeant la paroi rocheuse.

En vain. Ils se retrouvèrent tous les deux au sol ; le père agitait faiblement les bras. Drummond prit une profonde inspiration, et une force intérieure qui refusait la défaite, une sorte de courage intrinsèque lui insufflèrent l'énergie nécessaire pour relever le vieillard. Debout, vacillants, ils distinguèrent alors l'autre cheval qui venait à eux, monté par Hamid.

Drummond ne put jamais se rappeler de façon précise ce qui s'ensuivit. Il distingua vaguement Hamid qui, dans un effort ultime, soulevait le prêtre pour l'installer sur son pommeau, il perçut comme dans un brouillard les instructions emportées par le vent que lui criait le Pathan, et alors que le cheval plongeait en avant, il se sentit entraîné, sa main droite crochée dans les sangles de la selle.

C'est Janet, qui agitait la lanterne à la porte de la hutte, qui les sauva. Hamid se laissa glisser au sol, tirant le père Kerrigan derrière lui en titubant. Drummond se cramponna au cheval ; mais une bourrasque soufflant de la vallée les larda de milliers d'aiguilles d'acier, l'animal terrifié se cabra et s'enfuit au grand galop dans le noir.

Projeté au sol, c'est sur les mains et les genoux que Drummond gagna la porte de la hutte ; le vent qui hurlait dans la nuit pénétra dans son cerveau et en souffla la dernière lueur de conscience.

14

LE DERNIER COMBAT

Il reprit lentement connaissance ; allongé par terre dans la pénombre, il chercha à se reconnaître. Le souvenir des événements lui revint, et il tenta de s'asseoir.

Bâtie en pierres grossières, la cabane était très basse de plafond. Il était couché sur de la paille, à côté de Hamid. Au centre de la pièce brûlait un feu de bois, à même la pierre.

Il constata qu'il était en sous-vêtements, couvert par un manteau de mouton. Il le repoussa et examina ses mains gercées et gonflées. Il se tâta le visage avec précaution et fit une grimace lorsque ses doigts rencontrèrent de longues crevasses à vif. Son pied droit, lourd et insensible, était bandé. Il avança la main pour le palper ; Hamid ouvrit les yeux et bascula sur un coude.

— Comment te sens-tu ? demanda-t-il.

— Affreusement mal ! Pourquoi mon pied est-il pansé ?

— Il avait gelé, un peu ; ce n'est pas grave, tu as encore tous tes orteils, si c'est à ça que tu penses…

— Je ne sens rien du tout.

— Janet t'a fait une piqûre avec un médicament de la trousse du père Kerrigan.

Drummond regarda alors de l'autre côté de la cabane, où le prêtre, Janet et Kerim dormaient paisiblement.

— Comment est-il, lui ?

— Il a eu une crise cardiaque lorsque je l'ai déposé à l'intérieur. Heureusement, il avait emporté les médicaments nécessaires, et Janet a pu lui faire une piqûre.

— Il est en mauvais état ?

— Il ne peut plus faire un pas, et de toute façon, nous avons perdu les deux chevaux. Tu ne t'en souviens pas ?

Il prit un cigare dans sa poche, le cassa par le milieu et en offrit une moitié à son ami.

— C'est le dernier, alors profites-en !

Il alla à la porte, l'entrouvrit et jeta un coup d'œil dehors.

— L'aube pointe et la neige tombe moins dru. Je vais faire un tour et voir exactement où nous en sommes, ajouta-t-il en revenant près du feu pour enfiler ses bottes.

La porte se referma doucement sur lui et le petit vent froid qu'il avait laissé pénétrer se heurta aux quatre murs. Les couvertures remuèrent de l'autre côté du feu, et Janet s'assit.

— Jack ! Comment vous sentez-vous ?

— Très bien, murmura-t-il. Ali est allé jeter un coup d'œil dehors.

Il commença à s'habiller et ses doigts enflés eurent du mal à boutonner ses vêtements. Janet ranima le feu et rajouta du bois.

— Comment va votre pied ?

— Je commence seulement à le sentir un peu.

— Il vaudrait mieux que je vous fasse une autre piqûre.

Il sentit à peine l'aiguille pénétrer dans la chair insensible.

— Combien de temps dure l'effet de ce produit ?

— Cinq ou six heures.

Il ne put venir à bout des lacets de ses bottines, et c'est Janet qui les lui attacha, après avoir chaussé le pied malade avec précaution.

— Ça va, comme ça ? demanda-t-elle.

— Ça va, merci, répondit-il en lui prenant la main. Vous avez l'air à deux doigts de vous effondrer, vous aussi. Et le père Kerrigan ?

— Il est très atteint. Son état nécessite des soins en clinique.

— Et Kerim ?

— Oh, lui, il est mieux que nous quatre réunis ! glousa-t-elle.

Hamid revint et l'air glacé les saisit, comme il refermait la porte. Il s'assit près du feu et tendit ses mains à la flamme, en jurant entre ses dents.

— Comment ça se présente ? s'enquit Drummond.

— Il fait un froid à vous geler sur place, mais il ne neige plus.

— Comment peut-on sortir d'ici ?

— Nous sommes dans le creux d'un petit plateau qui domine

la dernière pente de la montagne. D'après le supérieur du monastère, il n'y a que 8 kilomètres d'ici à la frontière de l'Inde.

— Le trajet semble dur ?

— On ne voit rien, il fait encore trop sombre, mais je ne crois pas que ça nous demande plus de deux heures de marche. Ça descend tout le temps.

Drummond se leva, et vacilla, pris de vertige. Il se dirigea vers la porte à pas lents. Il faisait encore noir, dehors, mais vers l'est, une pâle clarté grise s'étendait sur les pics. Il suivit la trace des pas de Hamid pour sortir du creux, et du haut de la crête, plongea du regard dans la vallée. Il revint à la cabane et s'assit.

— Alors, qu'en penses-tu ? demanda Hamid.

— Le père Kerrigan n'y parviendra jamais.

— Nous pourrions le porter.

— Non, fit Drummond de la tête. J'ai l'impression qu'il nous reste tout juste assez de forces pour nous descendre nous-mêmes, à pied.

— Que faire, alors ? Nous ne pouvons pas l'abandonner.

Ils entendirent un petit rire las, de l'autre côté du feu, et le père Kerrigan murmura :

— Vous n'avez pas le choix, mes pauvres amis.

— Je ne vous abandonnerai certainement pas, déclara Drummond. Si Cheung et ses hommes ont passé la nuit au monastère, à cause de la tempête, nous pouvons penser qu'ils vont en repartir dès l'aube, en particulier du fait que la neige a cessé. Il est venu jusqu'ici, il ne s'arrêtera qu'à la frontière, vainqueur ou vaincu.

— Alors, que faisons-nous ? Nous restons ici et nous acceptons le combat ? Avec un unique fusil ? ajouta Hamid en montrant le Garrand.

— Tu as une suggestion ?

— Si nous parvenions à atteindre le poste frontière assez vite, nous pourrions y trouver du secours.

— Et revenir du même pas ?

— Oui. Après tout, ils ont peut-être des hélicoptères, en bas. Ils ont certainement renforcé le secteur, en raison des événements.

Drummond réfléchit, indécis. Janet intervint.

— Ali a raison, Jack. C'est le seul plan raisonnable. Je resterai ici avec le père Kerrigan.

— Ah non… commença Drummond.

— Je reste, Jack, insista-t-elle, le visage grave. Il a besoin de moi, mais prenez Kerim.

— Mais pourquoi, miséricorde ? Nous reviendrons vous chercher tous les trois.

— Vous pourriez ne pas revenir à temps.

Elle se tenait droite devant lui, les bras ballants, calme et résolue, mais les yeux cernés, la mine défaite ; puis elle lui sourit, et il ne vit plus que de l'amour, sur ce visage.

— Partez vite, Jack ! Et dépêchez-vous de revenir !

Il tendit un bras avide vers elle, mais Hamid le retint.

— Nous perdons du temps, Jack.

Drummond pivota et trébucha vers la porte. Hamid tendit son fusil à Janet.

— Je vous le laisse, dit-il.

— Je ne saurais pas m'en servir, Ali, répondit-elle avec simplicité.

Hamid la regarda, les sourcils froncés, puis il épaula la bretelle de son arme et contourna le feu, vers Kerim qui dormait près du vieux prêtre, bien emmailloté. Il le prit doucement dans ses bras. Le père Kerrigan lui sourit.

— Je vous garderais une reconnaissance éternelle si vous courriez tout le long du chemin, major, dit-il.

Hamid prit la porte, la gorge serrée, en tenant bien serré le petit garçon et il dépassa sans un mot Drummond qui l'attendait dehors. Arrivé au sommet de la crête, Drummond se retourna. Janet, debout sur le seuil, le suivait des yeux, puis elle rentra dans la cabane dont la porte se referma avec un bruit désagréablement définitif.

Il s'en fut à la suite du Pathan.

Leur avance fut laborieuse, dès le début. La neige s'était amassée sous l'épaule de la montagne et ils enfonçaient profondément. Drummond s'aperçut bien vite de sa faiblesse physique ; ils n'avaient pas encore fait un kilomètre que déjà, il serrait les dents et mettait un pied après l'autre, avec opiniâtreté. De loin, Hamid semblait en pleine possession de ses moyens ; il labourait la neige d'un pas régulier, mais lorsqu'ils s'arrêtèrent pour souffler à l'abri d'un éperon rocheux, son visage trahit son épuisement.

Étonné, Kerim écarquillait son œil valide, sous la couverture rabattue sur son visage. Hamid se mit à rire.

— Je me demande s'il se souviendra de cette équipée, plus tard ? fit-il.

— Dieu seul le sait, répondit Drummond d'une voix rauque. Passe-le moi un peu, c'est à mon tour de le porter.

Hamid ne tenta même pas de discuter, ce qui était mauvais signe, et ils reprirent leur route. Le petit garçon pesait lourd, et Drummond s'en étonna ; il le tint serré contre lui, et se renversa en arrière, dans la descente. Au bout de 1500 mètres, ses jambes se mirent à trembler sous lui, et au prochain pas, il perdit l'équilibre et tomba. Ils roulèrent tous les deux sur la déclivité, Kerim toujours dans les bras de Drummond qui avait resserré sa prise. Il entendit faiblement l'appel de Hamid, alors que ses oreilles grondaient, que la terre basculait sur lui, et que des lueurs rouges passaient devant ses prunelles. Leur chute fut arrêtée par un monticule de neige.

Hamid releva Kerim qui pleurait et lui essuya le visage. Drummond se remit péniblement debout. Les yeux du Pathan n'étaient plus que deux trous noirs enfoncés dans ses orbites. Ils gardèrent le silence, il n'y avait rien à dire. Ils reprirent leur marche, Kerim dans les bras de Hamid.

Le temps s'écoulait sans plus rien signifier. Drummond ne pensait plus qu'à faire pas après pas, avec entêtement. Ils finirent par aborder une grande plaine, recouverte de neige profonde. À mi-chemin, ils durent s'arrêter, à bout de forces.

Le jour s'était levé, pâle et gris, et de gros nuages précurseurs de nouvelles chutes de neige s'amassaient sur leurs têtes ; ils abordèrent enfin un petit bois aux arbres rares mais où la neige était moins profonde, et d'où s'amorçait une petite descente vers la vallée. Drummond suça un morceau de glace, se régalant de la fraîcheur qui lui fondait dans la bouche, et continua à soulever ses pieds d'un mouvement inconscient, comme en transe.

Il se réveilla soudain en sentant de la neige dans sa bouche, et le froid sur son visage. Hébété, il s'aperçut qu'il était allongé de tout son long dans le duvet blanc ; Hamid lui donna un coup de pied dans les côtes.

— Lève-toi, Jack, je n'ai plus la force de te remettre sur pied, lui dit-il d'une voix atone.

Il partit et d'un suprême effort, Drummond se releva et le suivit. Il baissa la tête et posa un pied devant l'autre, un pied devant l'autre. Il banda ses dernières forces pour répéter ce simple geste mécanique, un pied devant l'autre, un pied devant l'autre. Il entendit un hurlement.

Hamid s'était arrêté au sommet d'une légère montée, à une trentaine de mètres, et l'appelait d'une voix bizarre, toute fêlée. Drummond tituba vers lui comme un ivrogne, et vit alors le Pathan plonger dans la cuvette. Et il vit aussi le camp, les canons solidement retranchés, les camions de ravitaillement et les huttes disséminées, poudrées de frimas.

Des hommes accoururent à eux, des hommes en uniforme ami, avec des turbans kaki. Ils se précipitèrent vers Hamid, et le Pathan tendit le petit garçon, avec précaution, à un grand Sikh barbu. Il se retourna, regarda du côté de Drummond, fit un pas vers lui et s'écroula d'une seule pièce, le visage dans la neige.

Drummond se laissa glisser au sol et de grosses larmes coulaient sur ses joues craquelées lorsque les soldats vinrent le chercher.

Il faisait chaud dans la hutte ; il s'assit devant le poêle, une couverture sur les épaules et sirota son thé bouillant en tenant son bol à deux mains. La porte donnant sur la pièce voisine s'ouvrit et un jeune Bengali, un sergent du corps médical, entra.

— Comment est-il ? demanda Drummond.

— Très bien. Il s'est endormi, complètement épuisé.

— Et le jeune Khan ?

— Il déjeune au mess des officiers, si on peut employer ce mot pompeux, fit le sergent en riant. Il est en parfait état et on dirait même qu'il s'est bien amusé, lui. Encore un peu de brandy ?

— Oui, merci, répondit Drummond en tendant sa tasse. L'officier commandant votre poste va-t-il être encore long à venir ? ajouta-t-il.

— Je ne pense pas ; le poste central de commandement n'est qu'à 5 kilomètres d'ici, mais nous ne pouvons pas nous servir des camions, avec cette neige. On y est allé à dos de mule.

La porte extérieure s'ouvrit, laissant pénétrer le froid, et le jeune lieutenant Singh parut.

— Voici le major Naru, Mr Drummond.

— Dieu merci ! souffla Drummond.

Il se leva et boitilla jusqu'à la fenêtre, par laquelle il vit arriver le major et son escorte de deux soldats, à dos de mules. Ils sautèrent à terre, et le major grimpa l'escalier, tout en époussetant la neige de sa parka.

Le lieutenant Singh l'accueillit sur le seuil et le major, un grand bel homme portant une courte moustache, se dirigea vers le feu.

— Mr Drummond ? fit-il en enlevant ses gants pour offrir sa main. Nous sommes ravis de vous accueillir ici.

— Et je suis ravi d'y être, vous pouvez me croire, major ! répondit Drummond. Le lieutenant Singh vous a-t-il raconté notre équipée dans le détail ?

— Oui, il m'a tout raconté au téléphone de campagne. Où est le major Hamid ?

— Il dort, dans la pièce à côté. Il a fait le travail de dix hommes depuis quelques jours.

— Et le jeune Khan ?

— On s'occupe de lui au mess des officiers, mon commandant, s'interposa le lieutenant Singh.

— Et mes amis, major ? reprit Drummond. Quand pouvons-nous nous mettre en route ? Je voulais repartir immédiatement avec des hommes et des mules, mais votre lieutenant m'a dit qu'il ne pouvait rien faire sans votre autorisation.

— C'est encore bien plus compliqué que ça, soupira Naru. L'invasion du Balpur par les Chinois est une situation de fait qui exige beaucoup de diplomatie de notre part. Les Nations Unies siègent en séance d'urgence. Nos unités postées près de la frontière ont reçu des ordres stricts d'éviter tout engagement avec les troupes chinoises, à tout prix. Dans ces conditions, il m'est impossible d'envoyer une patrouille en territoire de Balpur.

— Mais cette cabane de berger n'est qu'à 8 kilomètres, insista Drummond. Avec des mules, nous y serions en moins d'une heure ; or le temps travaille contre nous. Je l'ai dit au lieutenant Singh, le colonel Cheung nous talonnait.

— Raison de plus pour éviter une situation qui pourrait entraîner un engagement militaire.

— Nous allons bien voir ce qu'en pense le major Hamid, fit Drummond empoigné par la colère, et qui se dirigea vers la porte.

— Le major Hamid est un officier de l'armée de l'Inde. Il ne peut que faire comme moi, obéir, fit le major Naru dont la voix s'érailla soudain. Croyez-vous que ma passivité me fasse plaisir, Mr Drummond ? S'il ne tenait qu'à moi, nous serions déjà sur la colline, moi, et tous mes hommes. Je vais prendre contact avec le quartier général, par radio, sans délai, ajouta-t-il en enfilant ses gants. S'ils me donnent le feu vert, c'est moi qui monterai vers cette cabane, je vous en donne ma parole.

— Combien de temps cela va-t-il prendre ?

— Pour avoir une réponse ? Une heure, peut-être deux, répondit Naru avec un mouvement d'épaules. C'est un cas épineux qui demande réflexion. Je suis désolé de ne pouvoir faire mieux, ajouta-t-il en se dirigeant vers la porte que le lieutenant Singh lui ouvrit.

Le battant claqua sur eux et Drummond alla à la fenêtre. Le major Naru se dirigeait vers le poste de commandement, Singh à ses côtés. Les trois mules étaient restées attachées près de la porte de la hutte. Drummond les contempla un moment, et sa décision fut prise.

Le sergent du corps médical, assis près du poêle, l'air peiné, regarda Drummond passer dans la pièce à côté. Hamid y dormait, couché sur le dos, la respiration paisible, les rides de fatigue effacées de son beau visage. Quelqu'un avait déposé son fusil dans un coin de la pièce, près de la fenêtre. Drummond le mit à la bretelle et contempla son ami.

— Bonne chance, Ali ! murmura-t-il.

Il revint près du poêle, se versa une bonne rasade de brandy qu'il avala d'une gorgée ; le sergent l'observa, le sourcil froncé.

— Pourquoi prenez-vous ce fusil, Mr Drummond ? demanda-t-il.

— Je vais faire une petite promenade à dos de mule. Il se pourrait que j'en aie besoin.

Il se dirigea vers la porte, le sergent sur ses talons.

— Mais c'est de la folie pure ! cria celui-ci.

Drummond l'ignora, descendit les quelques marches en enfilant ses moufles et s'approcha des mules. Comme il les détachait, le sergent le dépassa en courant, escalada le perron du poste de commandement et s'engouffra à l'intérieur.

Drummond prit tout son temps, accrocha les rênes de deux mules au pommeau de la troisième qu'il monta, et qu'il poussa au pas. Il passa entre les canons, près des hommes qui le regardèrent, ébahis ; le major Naru et Singh surgirent alors du P.C., le sergent à leur suite. Ils rattrapèrent la petite cavalcade près du dernier canon, et Naru prit la mule de Drummond par la bride.

— Je ne peux pas vous laisser faire ça, Mr Drummond ! s'écria-t-il.

— Alors, ouvrez le feu. Je ne vois pas d'autre moyen de m'arrêter, répondit Drummond.

Il arracha sa rêne des mains du major et éperonna sa monture. Arrivé au sommet de la petite colline, il jeta un regard en arrière ; le major Naru était resté planté devant le canon, mais le lieutenant Singh courait vers le P.C.

Le plafond s'était abaissé sur les pics hérissés ; les nuages étaient lourds de neige et les premiers flocons se mirent à tomber alors que les mules attaquaient la montagne, à la sortie de la vallée.

Toute fatigue évanouie, Drummond se sentait la tête légère ; le brandy, peut-être ? Il était seul dans le grand silence blanc et il suivait les traces de sa descente avec Hamid. Il poussa ses mules au maximum, progressant dans le calme ouaté vers les pics lointains. Une heure s'était à peine écoulée qu'il sortait du dernier ravin, et abordait le plateau.

Du bord de ce plateau, caché derrière des rochers, le sergent Ng le vit déboucher de la faille. Il courut vers le colonel Cheung qui gardait les chevaux, dans le creux, près de la cabane.

Cheung avait l'air épuisé et la peau de son visage, tendue sur ses pommettes, était mordue par le gel.

— Un homme monte avec trois mules, le prévint Ng.

— Emmenez les chevaux dans la cabane, lui ordonna Cheung.

Il alla lui-même se poster dans les rochers et reconnut alors Drummond. Il n'en ressentit aucune joie ; sa mission se soldait par un échec ignominieux et il devrait en rendre compte à Pékin, mais au moins ramènerait-il un élément de valeur en la personne du pilote.

Il courut à la cabane. Les chevaux s'y étaient tassés à un bout et mâchonnaient tranquillement la paille. Le père Kerrigan était assis de l'autre côté du feu, Janet à ses côtés. Le sergent Ng l'attendait près de la porte.

— C'est Drummond, dit Cheung à son sergent. Je reste ici. Allez l'attendre derrière ces rochers qui bordent la cuvette. Laissez-le vous dépasser, avant de vous montrer.

— Vous le voulez vivant ? s'enquit Ng, froidement.

— À tout prix.

Ng sortit, refermant la porte sur lui et Cheung dégaina son revolver. Il sourit aimablement à Janet et au père Kerrigan.

— Il serait imprudent de votre part de signaler notre présence en criant. Me suis-je bien fait comprendre ?

Drummond aborda le plateau et retint ses mules. Le site était paisible, avec cette petite cabane dans le fond, et la fumée qui s'échappait de son toit, dans la neige qui tombait doucement. Dans le ravin, il avait pris son fusil en main par prudence, et l'arme reposait sur le pommeau de sa selle. Il enfonça ses talons dans les flancs de sa bête et la poussa dans la légère descente. Il en était à mi-chemin lorsqu'un certain branle-bas se fit dans la cabane dont la porte s'ouvrit brutalement. Janet bondit sur le seuil.

— Attention, Jack ! Derrière vous, attention, derrière ! hurla-t-elle.

Drummond libéra ses deux mules et fit sauvagement tourner bride à la sienne, juste comme le sergent Ng émergeait de sa cachette entre les rochers, sa mitraillette pointée. Le Chinois tira en l'air, en avertissement, et la mule de Drummond se cabra, se débarrassant en même temps de son cavalier, cramponné à son fusil.

Il se retrouva dans la neige jusqu'aux genoux, le Garrand en main et les trois mules pressées autour de lui. Le sergent Ng s'accroupit, cherchant à s'y reconnaître dans ce méli-mélo d'homme et de bêtes et Drummond fit feu à deux reprises. Le Chinois fit la culbute entre les blocs grisâtres.

Les mules s'enfuirent au petit trot vers la cabane ; Drummond se retourna et vit Janet un genou en terre. Cheung la tenait par les cheveux et pressait le canon de son revolver sur son cou. Le pilote marcha vers eux, son fusil à la hanche et s'arrêta à deux mètres.

— Laissez-les aller, elle et le père Kerrigan, Cheung, dit-il. Je peux vous être d'un grand intérêt, plus que vous ne le pensez.

— Pas de chantage, Jack. Allez… Vite !…

Cheung parlait de sa voix douce habituelle, mais elle était implacable et il amorça son revolver. Drummond lança son Garrand au loin dans la neige.

— Voilà qui est mieux !

Cheung lâcha sa prise sur Janet qui se releva et courut dans les bras de Drummond. Il la serra contre lui.

— Comment va le père Kerrigan ? demanda-t-il.

— Bien. Et Ali et Kerim ?

— Arrivés en bon état de l'autre côté de la frontière. Ali dormait et Kerim déjeunait au mess des officiers, lorsque je suis reparti. L'armée indienne a des ordres stricts de rester de son côté de la ligne. Je suis donc revenu tout seul.

— Une chance pour moi ! constata Cheung qui vint reprendre Janet. Vous m'avez donné beaucoup de mal, Jack. J'ai essayé de vous suivre hier soir, de Ladong Gompa, mais j'ai été pris dans le blizzard. Nous avons dû faire demi-tour. Il ne restait plus que le sergent Ng et moi. Je savais que j'arriverais trop tard, et pourtant je suis parti dès l'aube, parce que je n'abandonne jamais une entreprise.

— Le père Kerrigan et Janet ne peuvent vous être d'aucun intérêt. Laissez-les aller. Je ne vous causerai plus d'ennuis.

— Ils vous veulent, à Pékin, Jack, répliqua Cheung. Ils sont au courant du travail que vous faisiez pour Ferguson. Lorsque vous comparaîtrez devant notre tribunal militaire, Janet et le père Kerrigan seront à vos côtés, c'est moi qui vous le garantis.

— Mais vous, vous comparaîtrez devant votre propre cour, colonel. Vous avez laissé échapper le jeune Khan, vous vous en souvenez ?

Les yeux de Cheung eurent un éclair, il repoussa Janet et leva son revolver. Drummond se ramassa pour bondir, sachant néanmoins qu'il n'en avait plus le temps.

Cheung inhala profondément et se reprit.

— Non, Jack, non. Cela ne sera pas aussi simple que ça, je vous le promets.

Ils entendirent alors une cavalcade et des cliquetis de mors, et une voix connue cria froidement :

— Ohé, Cheung, par ici !

Sur la crête, Hamid sauta à bas de sa mule, pointant un fusil automatique. Cheung pivota et s'accroupit. Hamid tira successivement trois coups, si vite que les trois détonations n'en firent qu'une. La première balle atteignit le Chinois à l'épaule, les deux autres le clouèrent au mur.

Janet s'écarta et trébucha vers Drummond. Cheung eut un dernier sursaut de vitalité et agrippa le revolver qui lui avait échappé, mais le sang jaillit de sa bouche à gros flots rouges, il s'étrangla et retomba.

Le lieutenant Singh apparut à son tour, se profilant sur le ciel gris ; il prit par la bride la mule du Pathan et l'entraîna avec lui. Hamid bascula le corps de Cheung de la pointe du pied et le contempla.

— Le visage du damné !

— Que signifie cette arrivée plus qu'opportune ? fit Drummond. Je croyais que l'armée indienne avait des ordres formels de ne pas franchir la frontière du Balpur ?

— Ces ordres tiennent, répliqua Hamid. Le jeune Singh que voici m'a réveillé juste après ton départ, pensant que j'avais un autre point de vue sur la question. En quoi il avait raison, et comme c'est un jeune homme aventureux, il a pris la décision de m'accompagner.

— Et le major Naru ?

— Très, très malheureux…

— Flairerais-je une cour martiale dans les jours à venir ?

— Éventualité qui nous indiffère autant l'un que l'autre, mais très improbable, de toute façon. Les journaux feraient une publicité peu élogieuse à ce procès. Comment va le père Kerrigan ?

— Le père Kerrigan va très bien, répondit le prêtre, du seuil de la cabane. Une bouteille de whisky et un bon repas achèveront de le remettre d'aplomb.

— Alors, je suggère de vous emmener au plus vite là où nous pourrons vous offrir ces deux articles. En outre, ce pauvre Naru passe un très mauvais quart d'heure, dans l'attente de notre retour.

Ils amenèrent les mules et aidèrent le prêtre et Janet à monter en selle. Le père Kerrigan regarda Cheung, se signa et murmura une prière ; il s'éloigna entre Singh et Hamid, et Janet les suivit.

Drummond fut le dernier à se mettre en mouvement ; perché sur sa selle, il jeta un dernier regard sur Cheung, envahi d'une tristesse étrange. Mais plus rien ne comptait, maintenant, rien que la vie nouvelle qui s'ouvrait à lui. Il poussa sa monture vers Janet qui l'attendait sur la crête, et lui sourit.

Table

J. HIGGINS

1

LES ANNÉES 1959-1962

L'OR DES MARAIS ROUGES

LA DERNIÈRE CHASSE

LES VISAGES DE LA NUIT

RETOUR À L'ENFER

LE TESTAMENT DE CASPAR SCHULTZ

ÉVASION VERS L'ENFER

AU DIABLE SON DÛ

J.D. CARR

1

Dr FELL
1933-1935

LE GOUFFRE AUX SORCIÈRES

LE CHAPELIER FOU

LE HUIT D'ÉPÉES

LE BARBIER AVEUGLE

L'ARME À GAUCHE

2

Dr FELL
1935-1939

TROIS CERCUEILS SE REFERMERONT

LE MEURTRE DES MILLE ET UNE NUITS

À RÉVEILLER LES MORTS

LE NAUFRAGÉ DU TITANIC

LES YEUX EN BANDOULIÈRE

J.D. CARR

3

SIR HENRY MERRIVALE 1934-1937

LA MAISON DE LA PESTE

LA MORT DANS LE MIROIR

LA MAISON DU BOURREAU

LES MEURTRES DE LA LICORNE

ARSENIC ET BOUTONS DE MANCHETTE

4

SIR HENRY MERRIVALE 1937-1940

LA POLICE EST INVITÉE

LA FLÈCHE PEINTE

LE LECTEUR EST PRÉVENU

EH BIEN, TUEZ MAINTENANT !

STEEMAN

1

PÉRIL

ZÉRO

LE DOIGT VOLÉ

SIX HOMMES
MORTS

LA NUIT
DU 12 AU 13

LE DÉMON
DE SAINTE-CROIX

UN DANS TROIS

LE MANNEQUIN
ASSASSINÉ

2

LES ATOUTS
DE M. WENS

LE TRAJET
DE LA FOUDRE

VIRAGE DANGEREUX

L'ENNEMI
SANS VISAGE

LE LÉVRIER BLEU

FEU LADY ANNE

LA MAISON
DES VEILLES

LES FILS DE BALAOO
de Gaston Leroux
et S.A. Steeman

STEEMAN

3

LES ANNÉES
1937-1945

L'INFAILLIBLE
SILAS LORD

L'ASSASSIN
HABITE AU 21

LA VIEILLE DAME
QUI SE DÉFEND

LA RÉSURRECTION
D'ATLAS

LÉGITIME DÉFENSE
(QUAI DES ORFÈVRES)

CRIMES À VENDRE

4

ÉPHÉMÈRES

UN ROMAN POUR
JEUNES FILLES

LE MYSTÈRE
DU ZOO D'ANVERS
de Sintair et Steeman

LE TREIZIÈME COUP
DE MINUIT
de Sintair et Steeman

LE DIABLE AU COLLÈGE
de Sintair et Steeman

LE MAÎTRE
DE TROIS VIES
de Sintair et Steeman

LE GUET-APENS
de Sintair et Steeman

CÔTÉ CRIME,
CÔTÉ MARTYRE

A. CHRISTIE

1

LES ANNÉES 1920-1925

LA MYSTÉRIEUSE AFFAIRE DE STYLES

MR BROWN

LE CRIME DU GOLF

L'HOMME AU COMPLET MARRON

LES ENQUÊTES D'HERCULE POIROT

LE SECRET DE CHIMNEYS

2

LES ANNÉES 1926-1930

LE MEURTRE DE ROGER ACKROYD

LES QUATRE

LE TRAIN BLEU

LES SEPT CADRANS

LE CRIME EST NOTRE AFFAIRE

L'AFFAIRE PROTHEROE

A. CHRISTIE

3

LES ANNÉES 1930-1933

LE MYSTÉRIEUX MR QUINN

CINQ HEURES VINGT-CINQ

LA MAISON DU PÉRIL

MISS MARPLE AU CLUB DU MARDI

LE COUTEAU SUR LA NUQUE

LE FLAMBEAU

4

LES ANNÉES 1934-1935

MR PARKER PYNE

LE CRIME DE L'ORIENT-EXPRESS

POURQUOI PAS EVANS ?

LE MYSTÈRE DE LISTERDALE

DRAME EN TROIS ACTES

LA MORT DANS LES NUAGES

A. CHRISTIE

5

LES ANNÉES 1936-1937

ABC CONTRE POIROT

CARTES SUR TABLE

MEURTRE EN MÉSOPOTAMIE

MORT SUR LE NIL

LE MIROIR DU MORT

TÉMOIN MUET

6

LES ANNÉES 1938-1940

RENDEZ-VOUS AVEC LA MORT

LE NOËL D'HERCULE POIROT

UN MEURTRE EST-IL FACILE ?

DIX PETITS NÈGRES

UN, DEUX, TROIS

JE NE SUIS PAS COUPABLE

A. CHRISTIE

7

LES ANNÉES 1941-1944

LES VACANCES D'HERCULE POIROT

N OU M ?

LE CADAVRE DANS LA BIBLIOTHÈQUE

CINQ PETITS COCHONS

LA PLUME EMPOISONNÉE

L'HEURE ZÉRO

8

LES ANNÉES 1944-1948

LA MORT N'EST PAS UNE FIN

MEURTRE AU CHAMPAGNE

LE VALLON

LES TRAVAUX D'HERCULE

LE FLUX ET LE REFLUX

LA MAISON BISCORNUE

EXBRAYAT

1

LES IMOGÈNE

NE VOUS FÂCHEZ PAS, IMOGÈNE !

IMOGÈNE EST DE RETOUR

ENCORE VOUS, IMOGÈNE ?

IMOGÈNE, VOUS ÊTES IMPOSSIBLE !

NOTRE IMOGÈNE

LES FIANÇAILLES D'IMOGÈNE

IMOGÈNE ET LA VEUVE BLANCHE

2

LES TARCHININI

CHEWING-GUM ET SPAGHETTI

LE PLUS BEAU DES BERSAGLIERS

CHIANTI ET COCA-COLA

LE QUINTETTE DE BERGAME

CES SACRÉES FLORENTINES

LA BELLE VÉRONAISE

DES AMOURS COMPLIQUÉES

METS TES PANTOUFLES, ROMÉO

EXBRAYAT

3

LE TOUR D'EUROPE D'EXBRAYAT

PLAIES ET BOSSES

VOUS SOUVENEZ-VOUS DE PACO ?

L'INSPECTEUR MOURRA SEUL

LES BLONDES ET PAPA

CE MORT QUE NUL N'AIMAIT

LES FILLES DE FOLIGNAZZARO

LES MESSIEURS DE DELFT

CHANT FUNÈBRE POUR UN GITAN

ISBN 270 242605.0
Édition 01
Dépôt éditeur 9660-09/1995

Composition Infoprint - Ile-Maurice
Achevé d'imprimer en Juillet 1995
par G. Canale & C. S.p.A. - Borgaro T.se (Torino)
Printed in Italy

52/0776/6